田村俊子全集

第4巻

大正3年

【監修】黒澤亜里子
長谷川 啓

ゆまに書房

刊行にあたって

本全集は、田村俊子（一八八四～一九四五）の全作品を初出復刻の形で集成する。

大正初期に活躍した田村俊子は、一葉没後の明治三〇年代に文壇に登場し、昭和の「女流輩出時代」への道を切り拓いた、先駆的かつ重要な存在である。平塚らいてうが主宰した『青鞜』にも参加、文壇という男性中心の市場に、本格的な職業作家として参入した初めての女性作家でもある。

ただし、大正七（一九一八）年にその経歴を中断、恋人鈴木悦を追ってカナダに渡った後、一時帰国をはさんで中国で客死したこともあって、文学史的には長い間忘れられた存在だった。戦後、瀬戸内晴美（寂聴）の伝記小説『田村俊子』（文藝春秋新社、一九六一年四月）によって改めてその人生に光が当てられたが、肝心の作品を読むことが難しい状態が続いていた。

『田村俊子作品集』（全三巻、オリジン出版センター、一九八七～八八年）の刊行により、主要作品だけは容易に読めるようになったが、作家としての全盛期である大正前期に発表した「暗い空」「女優」などの長編をはじめ、多くの短編が刊本に未収録のままであり、加えて、露伴門下の佐藤露英時代の初期作品や、カナダ時代および帰国した後の昭和期の作品は、わずかな例外を除き、いまだまとまった形で刊行されたことがなかった。前述の作品集や、生前に刊行された単行本を集めても、彼女が発表した小説全体の三割程度に過ぎない。

本企画は、エッセイ、韻文等を含む全作品を調査収集し、編年体・初出復刻の形態で刊行する初の全集となる。詳細は各巻の解題、および別巻の著作年譜等にゆずるが、これまでの年譜等でも知られていなかった七〇編余の新出作品（小説、韻文、その他）を収録する。また、別巻『田村俊子研究』においては、晩年の俊子が上海で主宰・刊行していた華字女性誌『女声』の一部を資料として紹介する。

凡例

一、本全集は田村俊子の多岐にわたる著作を、編年体で纏め刊行するものである。

一、田村俊子の他、佐藤露英、露英、花房露子、俊子、田村とし子、田村露英、田村とし、田村としこ、鳥の子、とりのこ、鈴木俊子、優香里、佐藤俊子等の署名（＊上海時代を除く）がある作品を収録の対象とした。

一、復刻原本には原則として初出紙誌を使用した。

一、配列は原則として発表順とした。

一、収録にあたって、各原本を本書の判形に納めるために適宜縮小した。また、新聞連載は、三段組へのレイアウト調整を行った。

一、執筆者が複数となる雑文などについては、レイアウトの調整を行っている場合がある。

一、原則として、底本の修正は行わない。

一、アンケート回答など、著者の付した題名がない雑文に関しては、その記事名を〔　〕で括り表記した。

一、各巻には監修者による解題を付す。

一、単行本等に収録される際に、初出との異同が生じた場合には、その主な一覧を巻末に付した。

一、文中には、身体的差別、社会的差別にかかわる当時の言葉が用いられているが、歴史的資料であることを考慮し、原文のまま掲載した。

大正三年

「市の晩」『大阪朝日新聞』（第11459号、11460号）大正3年1月1日、2日　3

「時雨の朝」『秀才文壇』（第14巻1号）大正3年1月1日　12

「楽屋」『処女』（第10年1号）大正3年1月1日　27

「お豊」『新公論』（第29年1号）大正3年1月1日　33

「整二のこゝろ」『新小説』（第19年1巻）大正3年1月1日　41

「白昼の思ひ」『新潮』（第20巻1号）大正3年1月1日　69

「昔ばなし」『新日本』（第4巻1号）大正3年1月1日　73

「昼の暴虐」『中央公論』（第29年1号）大正3年1月1日　79

「或る日」『婦人評論』（第3巻1号）大正3年1月1日　111

「ぬるい涙」『早稲田文学』（第98号）大正3年1月1日　120

「恋の手紙」『我等』（第1年1号）大正3年1月1日　139

「やま子」『大阪毎日新聞』（第10928号）大正3年1月5日　156

「『海の夫人』を観て」『時事新報』（第10919号〜第10921号）大正3年1月24日〜26日　163

〔最近の感想〕『読売新聞』（第13211号）大正3年2月8日　166
「寒椿」『新潮』（第20巻3号）大正3年3月1日　167
「炮烙の刑」『中央公論』（第29年4号）大正3年4月1日　177
「双葉記」『読書世界』（第4巻1号）大正3年4月1日　237
「『匂ひ』を書いた頃」『新日本』（第4巻5号）大正3年4月3日　239
「夜道」『読売新聞』（第13266号）大正3年4月4日　241
「暗い空」『読売新聞』（第13271号〜第13413号）大正3年4月9日〜8月29日　242
〔一日一信〕『読売新聞』（第13278号）大正3年4月16日　467
〔「印象と記憶」〕『読売新聞』（第13280号）大正3年4月18日　468
〔一日一信〕『読売新聞』（第13285号）大正3年4月23日　469
「芝居はわからない」『演藝画報』（第8年5号）大正3年5月1日　470
「若葉を渡る風」『番紅花』（第1巻3号）大正3年5月1日　471
〔大正博覧会を観て最も深き印象を得たもの〕『中央公論』（第29年5号）大正3年5月1日　477
〔会心の一編及一節〕『読書世界』（第4巻2号）大正3年5月1日　478
〔一日一信〕『読売新聞』（第13293号）大正3年5月1日　479

〔一日一信〕『読売新聞』（第13307号）大正3年5月15日　480
〔一日一信〕『読売新聞』（第13315号）大正3年5月23日　481
「悲しき青葉の陰」『読売新聞』（第13317号）大正3年5月25日　482
〔初夏と女〕『処女』（第10年6号）大正3年6月1日　484
「春の晩」『新潮』（第20巻6号）大正3年6月1日　485
〔実社会に対する我等の態度〕『早稲田文学』（第103号）大正3年6月1日　511
〔五文星の相撲見物〕『読売新聞』（第13326号）大正3年6月3日　512
〔選評に就いて〕『読売新聞』（第13331号）大正3年6月8日　513
〔一日一信〕『読売新聞』（第13341号）大正3年6月18日　514
〔一日一信〕『読売新聞』（第13348号）大正3年6月25日　515
〔文士の生活〕『大阪朝日新聞』（第11637号）大正3年6月28日　516
〔予が生ひ立ちの記〕『読売新聞』（第13352号）大正3年6月29日　520
「私の浴槽」『時事新報』（第11076号）大正3年6月30日　521
「新富座の「片思ひ」」『演藝画報』（第8年7号）大正3年7月1日　522
「森田草平論」『新潮』（第21巻1号）大正3年7月1日　526

〈藝術家の観たる『夏の女』〉『中央公論』（第29年7号）大正3年7月1日　546
〈一日一信〉『読売新聞』（第13357号）大正3年7月4日　549
「夏のかまくら」『読売新聞』（第13366号）大正3年7月13日　550
「奴隷」『中央公論』（第29年8号）大正3年7月15日　553
〈今月の帝劇〉『読売新聞』（第13372号）大正3年7月19日　576
〈選後の感〉『読売新聞』（第13380号）大正3年7月27日　578
〈夏季の愛読書〉『時事新報』（第11113号）大正3年8月6日　579
〈一日一信〉『読売新聞』（第13395号）大正3年8月11日　580
〈一日一信〉『読売新聞』（第13398号）大正3年8月14日　581
〈趣味と好尚〉『文章世界』（第9巻9号）大正3年8月15日　582
〈新進作家と其作品〉『新潮』（第21巻3号）大正3年9月1日　584
「父の死後」『婦人画報』（第100号）大正3年9月1日　585
「枸杞の実の誘惑」『文章世界』（第9巻10号）大正3年9月1日　612
〈一日一信〉『読売新聞』（第13425号）大正3年9月10日　633
〈一日一信〉『読売新聞』（第13433号）大正3年9月18日　634

「秋、眼、唇」『時事新報』（第11163号、第11164号）大正3年9月25日、26日　635
〈一日一信〉『読売新聞』（第13444号）大正3年9月29日　637
「市川門之助を惜しむ」『演藝画報』（第8年10号）大正3年10月1日　638
「鈴虫」『新公論』（第29年10号）大正3年10月1日　639
「妙齢」『中央公論』（第29年11号）大正3年10月1日　647
「観劇の後「和泉屋染物店」に就て」『読売新聞』（第13446号）大正3年10月1日　669
〈一日一信〉『読売新聞』（第13449号）大正3年10月4日　671
〈十月の帝劇評〉『読売新聞』（第13454号、第13455号）大正3年10月9日、10日　672
「自殺未遂者」『読売新聞』（第13457号）大正3年10月12日　674
〈一日一信〉『読売新聞』（第13462号）大正3年10月17日　679
「「光の巻」を観て」『読売新聞』（第13469号、第13470号）大正3年10月24、25日　680
「紛失」『新潮』（第21巻5号）大正3年11月1日　682
「秋日和――最近の日記――」『文章世界』（第9巻12号）大正3年11月1日　710
〈選評雑感〉『読売新聞』（第13478号）大正3年11月2日　716
〈一日一信〉『読売新聞』（第13482号）大正3年11月6日　717

「山茶花」『東京朝日新聞』（第10171号～第10183号）大正3年11月10日～22日　718
「俗縁」『読売新聞』（第13488号～第13505号）大正3年11月12日～29日　740
〔一日一信〕『読売新聞』（第13494号）大正3年11月18日　763
〔一日一信〕『読売新聞』（第13505号）大正3年11月29日　764
「由良之助にはまる役者」『演藝画報』（第1年2号）大正3年12月1日　765
〔一日一信〕『読売新聞』（第13515号）大正3年12月9日　766
〔一日一信〕『読売新聞』（第13517号）大正3年12月11日　767
〔帝劇合評〕『読売新聞』（第13519号）大正3年12月13日　768
〔一日一信〕『読売新聞』（第13525号）大正3年12月19日　769
異同　771
解題　長谷川啓　809

田村俊子全集

―― 第4巻

市《いち》の晩《ばん》（上）

田村俊子

「もう十日で、また一《ひと》つ年《とし》を老《と》る。」綾子《あやこ》は獨《ひと》り言《ごと》を云《い》ひながら、ぢつと坐《すわ》つて鏡《きやう》の中《なか》を見詰《みつ》めてゐた。

今年《ことし》も戀《こひ》の背景《はいけい》なしに過《す》ぎてしまつた。誰《た》れとも、誰《た》れとも、自分《じぶん》の情《じやう》の上《うへ》にある約束《やくそく》を作《つく》ることもなしに、すべて自分《じぶん》の今年《ことし》は終《をは》つてしまつた。さうして來年《らいねん》は、二十四になる――綾子《あやこ》は自分《じぶん》の顏《かほ》を見詰《みつ》めながらこんな事《こと》を思《おも》ひつゞけた。綾子《あやこ》はいま、お化粧《けしやう》を濟《す》ましたばかりのところであつた。いつものやうに、眼《め》の端《はし》にまですみを入《い》れて奇麗《きれい》にお粧《つく》りした自《じ》分《ぶん》の顏《かほ》は、四五日の風邪《かぜ》熱《ねつ》のために少《すこ》しやつれた頰《ほゝ》のところに老《ま》せた美《うつく》しさがあつて、綾子《あやこ》は自分《じぶん》ながら今日《けふ》の顏《かほ》を奇麗《きれい》だと思《おも》つた。顏《かほ》や頭髪《かみ》や掌《てのひら》から、なまめかしい匂《にほ》ひが散《ち》つた。

外《そと》には雪《ゆき》の解《と》ける點滴《しづく》の音《おと》がしてゐた。曇《くも》り日《ひ》でもないのに部屋《へや》の中《なか》が薄暗《うすぐら》くて鏡《きやう》のなかも暗《くら》く沈《しづ》んで見《み》えた。綾子《あやこ》は、こんな日《ひ》に外《そと》へ出《で》たくないやうな氣《き》がした。自分《じぶん》の奇麗《きれい》な顏《かほ》を、そつくり、この薄暗《うすぐら》い部屋《へや》にしまつておいて、さうして、赤《あか》や黑《くろ》の友禪《ゆうぜん》の炬燵蒲團《こたつぶとん》の中《なか》に、物思《ものおも》はし氣《げ》に頰《ほゝ》を埋《うづ》めておきたいと思《おも》つた。ただ一人《ひとり》で、さうして、いろ〳〵な美《うつく》しい夢《ゆめ》の思《おも》ひ出《で》に耽《ふけ》つてゐたい。訪《たづ》ねてくれる人《ひと》は、この部屋《へや》へ迎《むか》へて、いつしよに炬燵蒲團《こたつぶとん》のなかにはいつて、さうして、おなじやうな美《うつく》しい夢《ゆめ》のなかに浸《した》らせてやりたいと思《おも》つた。

訪《たづ》ねてくれる人―綾子《あやこ》は其《そ》れを數《かぞ》へて見《み》た。友達《ともだち》の千代子《ちよこ》、柳子《りうこ》、どつちでもよかつた。二人《ふたり》いつしよに來《き》てくれてもいいと思《おも》つた。さうして、夢《ゆめ》のはなしでもしながら、他愛《たあい》のない戀《こひ》の詩《し》でもそらんじ合《あ》ひながら、この暗《くら》いこゝろの濕《しめ》つぽい日《ひ》を過《す》ごすのにと綾子《あやこ》はその人《ひと》たちが今日《けふ》來るやうに、祈《いの》つて見《み》たりした。綾子《あやこ》はその儘部屋《まゝへや》から出《で》ずに、炬燵《こたつ》のなかにはいつて、しばらくうつとりしてゐた。心《こゝろ》の中《うち》に別《べつ》に、深《ふか》く強《つよ》く思《おも》ひ込《こ》むやうな人《ひと》もないのを飽《あ》き足《た》りなくも思《おも》ひながら、どこにか自分《じぶん》の戀《こひ》の相手《あひて》が潜《ひそ》みかくれてゞもゐるやうな、物《もの》なつかしい氣《き》分《ぶん》の中《なか》に、綾子《あやこ》は媚《なまめ》かしくしつとりと俯《うつ》向《む》いてゐた。

「何故《なぜ》自分《じぶん》には戀《こひ》が出來《でき》ないのかしら。」

綾子《あやこ》は、いつも考《かんが》へるやうなことを、又《また》繰返《くりかへ》して考《かんが》へ初《はじ》めてゐた。二十三になる今日《けふ》まで、一度《ど》も綾子《あやこ》は戀《こひ》を覺《おぼ》えなかつた。その癖《くせ》、さま〴〵な男《をとこ》が、綾子《あやこ》の心《こゝろ》の前《まへ》を幾度《いくど》も幾度《いくど》も過《す》ぎて行《い》つたのだけれども、綾子《あやこ》はいつも、その男《をとこ》たちの影《かげ》を、しつかりと捉《とら》へたことがなかつた。男《をとこ》が、綾子《あやこ》の心《こゝろ》の中《うち》にぢつと立止《たちどま》らうとすれば、綾子《あやこ》はあわてゝ、其《そ》れを避《さ》けて、さうして男《をとこ》の影《かげ》から逃《に》げやうとしたりした。

「私《わたし》は臆病《おくびやう》なんだわ。」

綾子《あやこ》ばいつも自分《じぶん》で然《さ》う思《おも》つてゐた。思《おも》ひきつた戀《こひ》もしずに、この儘《まゝ》結婚《けつこん》してしまふのかと思《おも》ふと、綾子《あやこ》は寂《さび》しくてたまらなかつた。けれども又《また》、戀《こひ》をすると云《い》ふことが、綾子《あやこ》には恐《こは》かつた。

綾子《あやこ》は、自分《じぶん》の友達《ともだち》たちが、どれも、どれも、戀《こひ》と云《い》ふローマンスの中《うち》に、淋《さび》しいやうな輝《かゞや》かしいやうな微笑《びせう》を含《ふく》んで、あわたゞしい日《ひ》を過《す》ごして行《い》つたある期《き》間《かん》のあつたことを、見《み》たり聞《き》いたりしてよく知《し》つてゐた。その度《たび》に、綾子《あやこ》は羨《うらや》ましいとも思《おも》はなかつたけれども、ある時《とき》はそれを馬鹿《ばか》々《く》々しく考《かんが》へたりした。

「戀《こひ》がなんだらう。それが私《わたし》たちのすべてぢやない。私達《わたしたち》は、ほかにもつと爲《す》ることがある。戀《こひ》はいつでも出來《でき》る。」

綾子《あやこ》は斯《か》う思《おも》つた。さうして、學校《がくかう》へ通《かよ》ひながら綾子《あやこ》は學課《がくくわ》以外《いぐわい》にもたくさんの勉強《べんきやう》をした。さうして大學《だいがく》を卒《で》た。

何《なん》か爲《す》ることのある筈《はず》であつた綾子《あやこ》は、何《なに》も爲《す》ることがなかつた。綾子《あやこ》は、新刊《しんかん》の小說本《せうせつほん》が丸善《まるぜん》に着《つ》くのを待《ま》つて、其《そ》れを買《か》つて來《き》て讀《よ》んだり、日本《につぽん》のあらゆる文學雜誌《ぶんがくざつし》を買《か》つて來《き》て、其《そ》れを片《かた》つ端《ぱし》から讀《よ》んだり、演劇《しばゐ》を見《み》たりするほかには綾子《あやこ》は何《なに》も爲《す》ることがなかつた。

「遊《あそ》んでゐてはいけない。何《なに》かしなくつちやいけない。」

と思《おも》ひながら綾子《あやこ》は何《なに》も爲《す》ることがなかつた。富裕《ふいう》な家《いへ》に生《うま》れた綾子《あやこ》は、自分《じぶん》で生活《せいくわつ》しなければならないと云《い》ふ責任《せきにん》がなかつた。着《き》たいものを着《き》、讀《よ》みたいものを讀《よ》んで、靜《しづ》かに遊《あそ》んで暮《く》らしてゐれば、誰《たれ》も其《そ》れを妨《さまた》げはしなかつた。唯一《たゞひと》つ、その爲《ため》に綾子《あやこ》が何《ど》うしても親《おや》たちの云《い》ふ事《こと》に從《したが》はなければならない義務《ぎむ》があつた。それは親《おや》から強《し》ひられる結婚問題《けつこんもんだい》であつた。

綾子《あやこ》は極力《きよくりよく》其《そ》れを避《さ》けやうとしながら、ついに避《さ》けられないものだと云《い》ふ事《こと》を知《し》つてゐた。

「もう學校《がくかう》も濟《す》んだし――日本《につぽん》では最《さい》高《かう》の敎育《けういく》まですましたのだから、これからは、唯《たゞ》良《よ》い緣《ゑん》を求《もと》めて結婚《けつこん》する事《こと》だ。」

斯《か》く云《い》ふ親《おや》や親戚《しんせき》の言葉《ことば》を、綾子《あやこ》には何《ど》う振《ふ》りきる事《こと》も出來《でき》なかつた。それを避《さ》けるために、綾子《あやこ》は獨立《どくりつ》しやうかと考《かんが》へた。さうして、多《おほ》くの友達《ともだち》のやうに、學《がく》校《かう》の敎師《けうし》になるか、それとも婦人記者《ふじんきしや》になるか、爲《し》なければ自活《じくわつ》が出來《でき》ないことを考《かんが》へると、それもいやであつた。自分《じぶん》には自分《じぶん》だけの仕事《しごと》があるに違《ちが》ひない。それを探《さが》して自分《じぶん》でやりさへすればい、と思《おも》つたが、さてその仕事《しごと》が何《ど》んな性質《せいしつ》のものだか自分《じぶん》にも分《わか》らなかつた。

綾子《あやこ》はかうして、學校《がくかう》を卒《で》てからも、ぶら〳〵と何《なん》も爲《す》ることなしに暮《く》らしてゐた。結婚問題《けつこんもんだい》に對《たい》しては、なるだけ、ぐづ〳〵と煮《に》え切《き》らない返事《へんじ》をしながら、自分《じぶん》は思《おも》ひがけないところからある幸福《かうふく》の湧《わ》いてくる事《こと》を豫想《よさう》したりして暮《く》らしてゐた。幸福《かうふく》の中《なか》にはいろ〳〵なものがあつた。自分《じぶん》の探《さが》し求《もと》めてゐる自分《じぶん》の才《さい》能《のう》を現《あら》はすに足《た》りるだけの仕事《しごと》が見付《みつ》かると云《い》ふ事《こと》も一《ひと》つだつたけれども、何《い》時《つ》か自分自身《じぶんじしん》は、幸福《かうふく》の一として戀《こひ》を求《もと》めてゐた。

けれども。其《そ》の戀《こひ》を求《もと》めると云《い》ふ事《こと》が、綾子《あやこ》には、また恐《おそ》ろしい事《こと》になつてゐた。戀《こひ》、と云《い》ふ深《ふか》みへくるまでの間《あひだ》に、綾子《あやこ》は、たゞ美《うつく》しい夢《ゆめ》の名殘《なごり》だけにして、其《そ》の男《をとこ》の影《かげ》を自分《じぶん》の胸《むね》から逐《お》ひやつてしまつた。綾子《あやこ》にはどうしても戀《こひ》をすることが出來《でき》なかつた。

「相手《あひて》がないんだ。自分《じぶん》がどんなにしても夢中《むちう》にしがみ付《つ》からうと云《い》ふやうな相《あひ》手《て》が見付《みつ》からないんだ。」

綾子《あやこ》は斯《か》うも思《おも》つた。

外《そと》がだん〲暗《くら》くなつてきたので、綾子《あやこ》は手《て》を出《だ》してそつと窓《まど》の障子《しやうじ》を開《あ》けて見《み》た。雪《ゆき》もよひのやうに、空《そら》が薄赤味《うすあかみ》を含《ふく》んで、靜《しづ》にうつとりと低《ひく》く軒《のき》を壓《あつ》してゐた。綾子《あやこ》は直《す》ぐに障子《しやうじ》を閉《し》めて、炬燵《こたつ》の中《なか》に手《て》を引《ひ》つ込《こ》めた。そこへ電話《でんわ》がかゝつたと云《い》つて女中《ぢよちう》が知《し》らせて來《き》た。

「何處《どこ》から？」

「柳子《りうこ》さんのお宅《たく》から。」

綾子《あやこ》はいそいで電話室《でんわしつ》へ行《い》つた。かちやりと云《い》ふ受話器《じゆわき》をとり上《あ》げた音《おと》といつしよに、直《す》ぐ柳子《りうこ》の方《はう》から聲《こゑ》がかゝつた。家《うち》へいらつしやいと云《い》ふ綾子《あやこ》の聲《こゑ》と、此《こち》方《ら》へいらつしやいと云《い》ふ柳子《りうこ》の方《はう》の聲《こゑ》とで、二人《ふたり》はしばらく爭《あらそ》つてゐたが、結局《けつきよく》綾子《あやこ》が出《で》かけることにして、電話《でんわ》を切《き》つた。

綾子《あやこ》は、外《そと》へ出《で》るとなると、氣《き》がはづんで、心持《こゝろもち》よく身仕度《みじたく》をしながら、今日《けふ》は柳子《りうこ》を連《つ》れだして、方々《はう〲》歩《ある》き廻《まは》らうなどと考《かんが》へたりした。

綾子《あやこ》は手袋《てぶくろ》を穿《は》めながら外《そと》に出《で》た。外《そと》は、家《いへ》にゐた時《とき》とは違《ちが》つて明《あか》るく晴《は》れてゐた。弱《よわ》い日射《ひざ》しが、うつすらと道《みち》の傍《そば》にかぶさつてゐて、歩《ある》いてゆく人《ひと》の心《こゝろ》をそゝるに足《た》りるだけの華《はな》やかさがその外《そと》の空氣《くうき》のうちに含《ふく》まれてゐた。そんなに寒《さむ》くはなかつた。

銀座《ぎんざ》で電車《でんしや》を下《お》りると、綾子《あやこ》は、柳子《りうこ》の待《ま》つてゐると云《い》つたあるカフエーの方《はう》へ歩《ある》いて行《い》つた。電話《でんわ》は其所《そこ》からかゝつたのだから、隨分《ずゐぶん》待《ま》ちくたびれてゐるに違《ちが》ひないと思《おも》ひながら扉を開《あ》けてはいると見馴《みな》れない女《をんな》が出《で》てきて綾子《あやこ》を二階《にかい》へ導《みちび》いて行《い》つた。

階子《はしご》の中途《ちうと》で二階《にかい》の一室《しつ》から漏《も》れてくる男《をとこ》と女《をんな》の聲《こゑ》を綾子《あやこ》は聞《き》いた。その女《をんな》の聲《こゑ》は柳子《りうこ》の聲《こゑ》だつた。綾子《あやこ》は思《おも》ひがけない男《をとこ》の連《つ》れを、誰《た》れだらうと推測《すゐそく》しながら、少《すこ》し胸《むね》をときつかせて其《そ》の室《しつ》の前《まへ》に立《た》つてそつと覗《のぞ》いて見《み》た。柳子《りうこ》は彼方向《あちらむ》きになつてゐて、若《わか》い男《をとこ》が入《い》り口《くち》の方《はう》を眞正《まとも》面《めん》に向《む》いてゐた。さうして、其所《そこ》に立《た》つた綾子《あやこ》を見《み》ると親《した》しさうに微笑《びせう》した。

「まあ川崎《かはさき》さん？」

綾子《あやこ》は然《さ》う云《い》ひながら入《はい》つて行《い》つた。

「嬉《うれ》しいでせう。」

柳子《りうこ》は皮肉《ひにく》な眼《め》をして、綾子《あやこ》を見上《みあ》げながら笑《わら》つた。

「だから、わざ〱呼《よ》んで上《あ》げたのに、來《こ》ないなんて云《い》ふんですもの。憎《にく》らしい。」

「今日《けふ》はね、出《で》たくなかつたんですもの。わたくし。」

綾子《あやこ》は然《さ》う云《い》ひながらコートを脱《ぬ》いだ。さうして、しとやかに手《て》を突《つ》いて川崎《かはさき》に挨拶《あいさつ》した。

「しばらく。」

川崎《かはさき》も然《さ》う云《い》つて、丁寧《ていねい》に頭《あたま》を下《さ》げた。此室《ここ》の一室《しつ》だけは坐《すわ》るやうになつてゐた。暗《くら》い座敷《ざしき》の中《なか》に、今《いま》まで向《む》ひ合《あ》つてゐた二人《ふたり》は、いゝ加減話《かげんばなし》も仕尽《しつく》してしまつたし、食《た》べるものも食《た》べてしまつたと云《い》ふやうに、少《すこ》し倦怠《けんたい》な顔色《かほいろ》が二人《ふたり》の上《うへ》に見《み》ゐてゐたが、綾子《あやこ》が入《はい》つて来《き》たのと同時《どうじ》に、柳子《りうこ》も目《め》の覚《さ》めたやうな顔《かほ》をしたり、川崎《かはさき》も生《い》きくした眼《め》の色《いろ》をして顔《かほ》を上《あ》げてゐた。綾子《あやこ》は二人《ふたり》の間《あひだ》の火鉢《ひばち》のところに坐蒲団を持《も》つて来《き》て坐《すわ》つた。さうして小《ちひ》さい瀬戸《せと》火鉢《ひばち》に手《て》を出《だ》した。

「如何《いかが》です？しばらくお目《め》にかゝりませんでしたね。」

川崎《かはさき》は愛嬌《あいけう》のある笑《わら》ひを見《み》せながら、長い髪を片手《かたて》で撫《な》で上《あ》げて、片手《かたて》は巻煙草《まきたばこ》に火《ひ》を付《つ》けやうとして火鉢《ひばち》の中《なか》へ出《だ》した。その指《ゆび》の先《さき》が、綾子《あやこ》の手《て》にちよいと触《さは》つた。綾子《あやこ》は、あわてゝ自分《じぶん》の手《て》を退《ひ》きながら、

「ほんとに、長《なが》くお目《め》にかゝりませんでした。いつか××座《ざ》でお目《め》にかゝつたきりで御座《ござ》いますもの。」

綾子《あやこ》は丁寧《ていねい》に斯《か》う云《い》つてから、ちらと柳子の顔《かほ》を見《み》て微笑《びせう》した。

「綾子《あやこ》の夢《ゆめ》！」

柳子《りうこ》は斯《か》う云《い》つて、綾子《あやこ》の手《て》を突《つ》つ突《つ》きながら笑《わら》つた。綾子《あやこ》は然《さ》う云《い》つた柳子《りうこ》の美《うつく》しい眼《め》を見詰《みつ》めながら、何《なん》とも云《い》へない反感《はんかん》が起《おこ》つたけれども、黙《だま》つて俯向いてゐた。

市《いち》の晩《ばん》（下）

田村俊子

綾子《あやこ》は川崎《かはさき》の書《か》くものは、何《なん》でも好《す》きで読んでゐた。さうして、人《ひと》としても川崎《かはさき》は好《す》きであつた。厭味《いやみ》のない、その癖《くせ》情《じやう》熱《ねつ》をもつたきつい眼《め》を持《も》つてゐる川崎《かはさき》の顔《かほ》を見《み》ると、綾子《あやこ》はふしぎにひきつけられた。綾子《あやこ》は川崎《かはさき》の眼《め》が好《す》きであつた。

「男《をとこ》のくせに、黒目勝《くろめがち》な、なんて、味《あぢ》のある眼付《めつき》をもつてゐるのでせうね。」

綾子《あやこ》は斯《か》う云《い》つて、柳子《りうこ》の手《て》を握《にぎ》りしめたりした。川崎《かはさき》は、柳子《りうこ》の紹介《せうかい》で知《し》るやうになつたのであつた。柳子《りうこ》と川崎《かはさき》の間《あひだ》に、どんな事《こと》が繋《つな》がれてゐるか、綾子《あやこ》は知

つてるやうな知《し》らないやうな風《ふう》でゐた。仲《なか》の好《い》い柳子《りうこ》は何事《なにごと》も綾子《あやこ》に隠《かく》しはしなかつたけれども、川崎《かはさき》の事《こと》だけは、唯《たゞ》普通《ふつう》の友達《ともだち》として綾子《あやこ》の前《まへ》にも扱《あつか》つてゐた。けれども綾子《あやこ》の眼《め》から見《み》ると、其《そ》の普通《ふつう》の友達《ともだち》と云《い》ふ奥《おく》に、何《なに》かあるものが二人《ふたり》の間《あひだ》に通《かよ》つてゐるやうな氣《き》がしてゐた。

「云《い》つたつてもいゝぢやありませんか。」

「何《なに》を？」

「戀物語《こひものがたり》を。」

「そんなもの、ありやしないわ。」

「きつとね。」

「ゑゝ。嘘《うそ》なんかつくもんですか。」

二人《ふたり》は川崎《かはさき》の事《こと》で、こんなに云《い》ひ合《あ》ひをした。柳子《りうこ》の隠《かく》してゐると云《い》ふ事《こと》が、綾《あや》子《こ》には不満《ふまん》だつた。

「ぢや、私《わたし》のものにするからいゝわ。」

綾子《あやこ》は意味《いみ》のある眼《め》で、柳子《りうこ》を見《み》ながら斯《か》う云《い》つたりした。

「ゑゝ。ゑゝ。私《わたし》が傳《つた》へて上《あ》げるわ。川崎《かはさき》さんも喜《よろこ》ぶでせう。あの人《ひと》はあなたに就《つ》いて何《なに》か抱《いだ》いてゐるものがあるんですとさ。」

「然《さ》う。そりや嬉《うれ》しいわ。幸福《かうふく》だわ。」

柳子《りうこ》はこんな事《こと》を聞《き》くと、皮肉《ひにく》に笑《わら》つた。さうして川崎《かはさき》の創作《さうさく》を、わざと口《くち》を極《きは》めて悪《わる》く云《い》つたりした。

「よござんすよ。私《わたし》は好《す》きなんだから。あなたゞつて其様《そんな》ことを云《い》つてると、口《くち》がまがるから。」

「古《ふ》るい云《い》ひ草《ぐさ》だわ。月並《つきなみ》だわ。」

そんな事《こと》を云《い》ひながらも、二人《ふたり》して川崎《かはさき》のところへ、繪端書《ゑはがき》を送《おく》つたりした。

川崎《かはさき》は、二人《ふたり》が夢《ゆめ》のやうな事《こと》を云《い》つてるのがおもしろかつた。若《わか》い女《をんな》が他愛《たあい》のない事《こと》を云《い》つてるのを聞《き》いてゐるのと、匂《にほ》ひの高《たか》い花《はな》を眺《なが》めてゐるのと、おんなじやうな懐《なつか》しいよころびがあつた。だが其《そ》れ以上《いじやう》に深入《ふかいり》をしやうとも思《おも》はなかつた。二人《ふたり》のどちらかに、戀《こひ》を作《つく》るなぞと云《い》ふ事《こと》は考《かんが》へてもゐなかつた。川崎《かはさき》は、もつと他《ほか》の女《をんな》にいそがしかつた。

「何所《どこ》かへお伴《とも》するんですか。」

川崎《かはさき》は然《さ》う云《い》ひながら時計《とけい》を出《だ》して見《み》た。

「何處《どこ》かへ行《ゆ》くんですか。」

柳子《りうこ》はまた斯《か》う云《い》つて綾子《あやこ》を見《み》た。

綾子《あやこ》はなんとなく、氣《き》が鬱《ふさ》いできて、おもしろくなかつた。こんな所《ところ》へ來《く》るよりは、家《いへ》にゐて友禪《いうぜん》の炬燵蒲團《こたつぶとん》のなかに埋《うづ》まつてゐる方《はう》がよかつたと思《おも》つた。それで默《だま》つて、片手《かたて》をふところに入《い》れた儘《まゝ》俯《うつ》向《む》いてゐた。

「ねゑ、何《ど》うするの。」

柳子《りうこ》は綾子《あやこ》の身體《からだ》をゆすぶつた。

「私《わたし》はどつちでも、これでお別《わか》れしたつて構《かま》ひませんわ、皆《みな》さんがお忙《いそが》しいなら。」

綾子《あやこ》は、つい面白《おもしろ》くないのでこんな皮肉《ひにく》を云《い》つて見《み》た。柳子《りうこ》が、自分《じぶん》をだしにして、何《なん》でも自分《じぶん》に言葉《ことば》を出《だ》させやうとするのが、ちよいと憎《にく》かつた。

「あなたが私《わたし》を呼《よ》んだんぢやありませんか。」

斯《か》う云《い》つて柳子《りうこ》に突《つ》つかゝつてやり度《た》い氣《き》がしたけれども、綾子《あやこ》はそんな事《こと》は云《い》はなかつた。さうして、おもしろく無《な》ささうな顔《かほ》をしてだまつてゐた。川崎《かはさき》も默《だま》つて煙草《たばこ》を吸《す》つてゐた。

「どうするの。」

柳子《りうこ》はまたそんな事《こと》を云《い》つてゐた。

「ぢや、まあ一旦《たん》外《そと》へ出《で》やうぢやありませんか。空氣《くうき》が苦《くる》しくなつたから。」

川崎《かはさき》は煙草《たばこ》をくはへながら直《す》ぐに立《た》つて外套《ぐわいたう》を着《き》た。さうして勘定《かんぢやう》を濟《す》ませにいそいで下《した》へおりて行《い》つた。

「どうしたの、あなた今日《けふ》は。」

柳子《りうこ》は立《た》ちながら、さも不快《ふくわい》さうな聲《こゑ》で然《さ》う云《い》つて綾子《あやこ》の顔《かほ》をきつく見《み》た。

「何《ど》うもしないわ。何故《なぜ》？」

綾子《あやこ》は然《さ》う云《い》つたけれども柳子《りうこ》の顔《かほ》は見《み》なかつた。さうして、自分《じぶん》もコートを引《ひ》つかけると、もう、つまらなくなつて〳〵堪《たま》らないと云《い》ふ樣《やう》に、身體《からだ》をぐた〳〵させた。

「變《へん》だわ、川崎《かはさき》さんにだつて惡《わる》いぢやありませんか。」

「だつて私《わたし》の知《し》つた事《こと》ではありませんもの。私別《わたしべつ》に皆《みな》さんのお氣《き》をわるくさせやうなんて思《おも》つてやしないんですもの。」

二人《ふたり》は不快《ふくわい》な顔《かほ》をならべて、下《した》へおりて行《い》つた。川崎《かはさき》は、ストーヴのところに腰《こし》をかけて二人《ふたり》を待《ま》つてゐた。

「淺草《あさくさ》の市《まち》へゆきませんか。」

斯《か》く云《い》つて快活《くわいくわつ》に笑《わら》つて見《み》せた。

「えゝ、然《さ》うしませう。それがいゝわ。」

綾子《あやこ》は急《きふ》にはしやいで斯《か》く言《い》ひながら、自分《じぶん》も川崎《かはさき》の傍《そば》に立《た》つてショールをしつかりと頸《くび》に卷《ま》いた。柳子《りうこ》はだまつてゐた。

「ねえ、いゝでせう。あなたも。」

川崎《かはさき》は又柳子《またりうこ》に斯《か》う云《い》ひながら立《た》つた。

「えゝ、何方《どちら》へでも。」

三人《にん》は其所《そこ》を出《で》てぶら〳〵歩《ある》いた。

「すつかり晴《は》れてしまつた。」

川崎《かはさき》は然《さ》う云《い》つて四邊《あたり》を見《み》た。淺草《あさくさ》でみんなに別《わか》れてから、何所《どこ》へ行《ゆ》かうかと、そんな事《こと》を考《かんが》へながら二人《ふたり》にはなれて歩《ある》いた。

「綾子《あやこ》さんは兄《にい》さんが欲《ほ》しいんださうですよ。」

柳子《りうこ》は川崎《かはさき》の方《はう》に向《む》いて斯《か》く云《い》つて笑《わら》つた。

「然《さ》うですか。」

川崎《かはさき》は微笑《びせう》しながら、道《みち》の向《むか》ふを見《み》ながら歩《ある》いてゐた。

「ほんとに欲《ほ》しいんですの。私《わたし》は戀《こひ》がして見《み》たいんですけれど、思《おも》ふやうな戀《こひ》ができないので寂《さび》しくつて仕方《しかた》がありませんの。」

綾子《あやこ》はすてばちのやうに斯《か》う云《い》つて、華《はな》やかに笑《わら》つた。

「あなたが？」

川崎《かはさき》は然《さ》う云《い》ひながら綾子《あやこ》の方《はう》へ寄《よ》つて來《き》た。さうして二人《ふたり》は少時《しばらく》並《なら》んで歩《ある》いてゐた。

「あなたが戀《こひ》を求《もと》めてゐらつしやるんですつて。それならいくらでもお相手《あひて》がありさうなもんですね。」

「ありませんわ。私《わたし》の思《おも》ふやうなのは先《さ》きでいけないんですから。それに私《わたし》は戀《こひ》なんか出來《でき》ないでんせうよ一生《いつしやう》—何故《なぜ》つて云《い》へばね、おしまひに抛《ほう》り出《だ》されてしまふ樣《やう》な氣《き》がして恐《こわ》いんですもの。」

「初《はじ》めつからそんな利己《りこ》な事《こと》を云《い》つて

ちや戀《こひ》は出來《でき》やしませんよ。無論《むろん》、拋《はふ》り出《だ》される覺悟《かくご》でなくつちや優《やさ》しい戀《こひ》は出來《でき》やしない。さもなきや、拋り出《だ》してやるつもりで お遣りになつたらいゝでせう。どつちにしても面白《おもしろ》いぢやありませんか。」

「弄《もてあそ》ばれたくはありませんからね。」

綾子《あやこ》は眞面目《まじめ》な顏《かほ》をした。

三人《にん》はいつまでも〳〵歩《ある》いた。綾子《あやこ》は川崎《かはさき》を時々見《み》た。柳子《りうこ》はまるで離《はな》れた人《ひと》のやうな顏《かほ》をして、途中《とちう》の店々《みせ〴〵》へ足《あし》をとめては商品《しやうひん》を眺《なが》めたりしてゐた。

「手《て》が冷《つ》めたい。」

綾子《あやこ》は然《さ》う云《い》ひながら、手套《てぶくろ》の上《うへ》から自分《じぶん》の手《て》を押《おさ》へてゐた。

「手套《てぶくろ》をはめてゐながら？」

川崎《かはさき》は然《さ》う云《い》つて、優《やさ》しく笑《わら》ひながら綾子《あやこ》の顏《かほ》を見《み》た。綾子《あやこ》はそれが嬉《うれ》しくつて、

「え。」

と甘《あま》へた聲《こゑ》で返事《へんじ》をしながら、もう一度《ど》川崎《かはさき》の顏《かほ》を見《み》て笑《わら》つた。川崎《かはさき》が向《むか》ふを向《む》いてしまつてからも、今《いま》綾子《あやこ》の顏《かほ》を見《み》て笑《わら》つた顏《かほ》が、綾子《あやこ》の眼《め》に殘《のこ》つた。

「もう少《すこ》しゆつくり歩《ある》きませうよ。」

柳子《りうこ》が後《うしろ》から聲《こゑ》をかけた。

「買物《かひもの》でもするんですか。」

川崎《かはさき》は足《あし》をとめて振返《ふりかへ》ると、柳子《りうこ》はうなづきながら玩具店《おもちやみせ》の前《まへ》に立《た》ちどまつて何《なに》か見《み》てゐた。川崎《かはさき》はその傍《そば》へ行《ゆ》かなかつたけれども、綾子《あやこ》は引《ひ》つ返《かへ》して行《い》つた。

さうして二人《ふたり》は中《なか》へはいつた。

柳子《りうこ》の買物《かひもの》を濟《す》ましてから、二人《ふたり》は外《そと》に出《で》ると川崎《かはさき》は直《す》ぐ前《まへ》で待《ま》つてゐた。然《さ》うして、綾子《あやこ》の顏《かほ》を見《み》て微笑《びせう》した。綾子《あやこ》は胸《むね》がどきりとした。

「何《なに》を買《か》つたんです。」

川崎《かはさき》は柳子《りうこ》に斯《か》う云《い》つたけれども、其《そ》れに對《たい》して柳子《りうこ》の云《い》つた言葉《ことば》は、ろくに聞《き》いてゐなかつた。川崎《かはさき》は綾子《あやこ》と並《なら》んで、身體《からだ》が摺《す》れ〳〵になるほどしつかりと寄《よ》つて歩《ある》いていつた。綾子《あやこ》は其《そ》れを避《さ》けやうともしずに、しばらく無言《むごん》で自分《じぶん》も足《あし》を運《はこ》んでゐた。

「電車《でんしや》に乘《の》りませうか。」

川崎《かはさき》が思《おも》ひ付《つ》いたやうに斯《か》う云《い》つて、京《きやう》橋外《はしそと》で足《あし》をとめた。さうして柳子《りうこ》の方《はう》を見《み》た。

「もつと歩《ある》きませうよ。」

柳子《りうこ》は斯《か》う云《い》つて川崎《かはさき》の向《むか》ふへ廻《まは》つた。

「ねえ。綾子《あやこ》さん。あなたは？」

柳子《りうこ》は綾子《あやこ》の方《はう》に首《くび》を突《つ》き出《だ》して聞《き》いて見《み》た。

「どつちでも。」

綾子《あやこ》は然《さ》う云《い》ひながら、何《なに》か嬉《うれ》しくて堪《たま》らない事《こと》があるやうに、笑《わら》ひを迯らした。さうして誰《たれ》の顏《かほ》も見《み》ずに、眞《ま》つ直《す》ぐに道《みち》の上《うへ》に眼《め》を落《おと》してゐた。

「だん〳〵暮《く》れてくるわね。」

柳子《りうこ》が又《また》然《さ》う云《い》つた。三人《にん》の歩《ある》いてゆく道《みち》の上《うへ》が、だん〳〵に夕闇《ゆふやみ》におほはれて來《き》た。赤《あか》らんだ東の空《そら》の果《は》てから、薄光が搖《ゆら》いで來《き》て、往來《わうらい》の人々の顏《かほ》が誰《だれ》も神祕的《しんぴてき》に美《うつく》しく見《み》えた。

「僕《ぼく》はもう歩《ある》くのはいやです。彼方《あつち》へ行《い》つて歩《ある》かうぢやありませんか。」

川崎《かはさき》は頑固《ぐわんこ》に然《さ》う云《い》つて足《あし》をとめたので、三人《にん》はそこから淺草行《あさくさゆき》の電車《でんしや》に乘《の》つた。

電車《でんしや》は混《こ》んでゐて、みんな別々《べつ〳〵》に離《はな》れて

しまつた。綾子《あやこ》は、一人《ひとり》で川崎《かはさき》の笑《わら》つた顔《かほ》を胸《むね》に抱《いだ》きながら、ぢつとして腰《こし》をかけてゐた。却《かへつ》て柳子《りうこ》とはなれてゐるのが綾子《あやこ》は嬉《うれ》しかつた。

淺草《あさくさ》に近《ちか》くなるほど電車《でんしや》は混《こ》んで、誰《た》れが何所《どこ》にゐるのか見《み》ることが出來《でき》なかつた。けれども、雷門《かみなりもん》で、綾子《あやこ》の傍《そば》へ柳子《りうこ》が近《ちか》よつて來《き》た。さうして綾子《あやこ》を促《うなが》して其所《そこ》で下《お》りた。川崎《かはさき》はもう先《さ》きに下《お》りて、帽子《ばうし》をかぶり直《なほ》しながら二人《ふたり》の下《お》りるのを見《み》てゐた。

「お待遠樣《まちどほさま》。」

川崎《かはさき》はそれに會釋《ゑしやく》しながら先《さ》きに立《た》つて歩《ある》いた。群集《ぐんしふ》が、きら〳〵した明《あか》りを浴《あ》びながらぞろ〳〵と仲店《なかみせ》の方《はう》へ押《お》して行《い》つた。三人《にん》も其《そ》の中《なか》に吸《す》ひ込《こ》まれながらだん〳〵に奧《おく》の方《はう》へと押《お》されていつた。綾子《あやこ》と柳子《りうこ》はしつかりと手《て》をつないでゐた。

二人《ふたり》は羽子板《はごいた》を見《み》ながら、川崎《かはさき》の後《うしろ》からついて歩《ある》いた。好《す》きなのがあつたら買《か》つてもいゝと云《い》ふ事《こと》を二人《ふたり》は話《はな》しながら、通《とほ》りすがりに一《ひ》とつづゝ、一瞥《べつ》を投《な》げて行《い》つた。似顔《にかほ》の上《うへ》に强《つよ》い瓦斯《ガス》の光《ひかり》が漲《みなぎ》つてゐた。ひわ色《いろ》、もゝ色《いろ》、あかい色《いろ》、白《しろ》、羽二重《はぶたへ》などのとり〴〵の色彩《しきさい》が、目眩《めまぐ》るしくちら〳〵と搖《ゆ》れてゐた。

「ろくなのはない。」

三人《にん》ながらてんな嘲罵《てうば》を浴《あ》びせながら、それでも、能《よ》く見《み》い〳〵しながら押《お》されて歩《ある》いた。仁王門《にわうもん》を入《はい》ると、商人《しやうにん》の忙《いそが》しく客《きやく》を呼《よ》ぶ聲《こゑ》が方々《はう〴〵》から耳《みゝ》にはいつた。

「靜《しづ》なところへ行《い》きたいわね。」

綾子《あやこ》は疲《つか》れた眼《め》をして斯《か》う云《い》ひながら、五重《ぢう》の塔《たふ》の方《はう》へ外《そ》れたかつた。川崎《かはさき》もそれに同意《どうい》しながら羽子板店《はごいたみせ》と店《みせ》との間《あひだ》を潜《くゞ》り拔《ぬ》けて冷《つめ》たい空氣《くうき》の暗《くら》い中《なか》へ出《で》た。

「市《まち》を裏《うら》から見《み》るんだわね。」

綾子《あやこ》は振返《ふりかへ》つて眺《なが》めた。明《あか》りに照《て》らされて眞《ま》つ赤《か》な顔《かほ》をした人《ひと》たちが、向《むか》ふ向《む》きになつてゐる羽子板店《はごいたみせ》の前《まへ》を、影《かげ》を作《つく》りながら通《とほ》つていつた。店《みせ》の後《うしろ》は眞《ま》つ暗《くら》だつたけれども、其《そ》の店《みせ》のまはりを、火《ひ》の明《あか》りがぽつと隈取《くまど》つてゐた。

「何《なに》か食《た》べてから、もう一遍《ぺん》あの中《なか》へはいりませうよ。」

柳子《りうこ》は市《まち》の群集《ぐんしふ》の方《はう》をぢつと見《み》て身體《からだ》を斜《はす》にしながら立《た》つてゐた。川崎《かはさき》は、もつとおもしろい連中《れんぢう》と、この市《いち》へ來《く》ればよかつたと思《おも》ひながら、この若《わか》い二人《ふたり》に何《い》時《つ》、どう云《い》ふ口上《こうじやう》で別《わか》れたものかと考《かんが》へてゐた。川崎《かはさき》は少《すこ》し面倒《めんだう》になつて來《き》て、ぼんやりと、柳子《りうこ》と同《おな》じやうに羽子板店《はごいたみせ》で限《かぎ》られた群集《ぐんしふ》の方《はう》を見守《みまも》つてゐた。

「私《わたし》、悲《かな》しくなつてきた。もう歸《かへ》りますわ。一人《ひとり》で。」

綾子《あやこ》は突然《とつぜん》に斯《か》う云《い》つて歩《ある》きださうとした。川崎《かはさき》は其《そ》れにおどろかされながら、自分《じぶん》も足《あし》を運《はこ》ばせやうとして綾子《あやこ》の方《はう》へ寄《よ》つていつた。綾子《あやこ》は早《はや》く一人《ひとり》になり度《た》いやうな氣《き》がした。川崎《かはさき》と柳子《りうこ》と三人《にん》で歩《ある》いてゐると云《い》ふ事《こと》が、無暗《むやみ》と煩はしくなつて來《き》て、綾子《あやこ》はぢり〳〵した。柳子《りうこ》もそんな氣《き》がしてゐた。さうして、柳子《りうこ》は川崎《かはさき》と別《わか》れて、綾子《あやこ》と二人《ふたり》だけで歩《ある》いてもいゝやうな氣《き》がした。

「ぢや、兎《と》に角僕《かくぼく》は此所《ここ》でお別《わか》れしませう。」

11　「市の晩」『大阪朝日新聞』大正3（1914）年1月2日

川崎《かはさき》は然《さ》う云《い》つて帽子《はうし》に手《て》をかけた。綾《あや》子《こ》はそれをどんなにか悲《かな》しく聞《き》きながら、何《ど》うすることも出來《でき》なかつた。

「然《さ》うですか。」

柳子《りうこ》はぼんやりと斯《か》う云《い》つて綾子《あやこ》の方《はう》を向《む》かうとしたが、綾子《あやこ》はずつと離《はな》れたところに歩《ある》いて行《い》つて其所《そこ》に立《た》つてゐた。

「ぢや、又《また》。」

川崎《かはさき》は二人《ふたり》に然《さ》う云《い》つておいて、急《いそ》いだ歩《ある》きつきで、又辨天山《またべんてんやま》の方《はう》へ歩《ある》いて行《い》つてしまつた。柳子《りうこ》が綾子《あやこ》の傍《そば》へ來《き》て手《て》を取《と》つた。

「二人《ふたり》で少《すこ》し遊《あそ》んで歩《ある》きませう。」

綾子《あやこ》はうなづいたけれども、眼《め》のなかに涙《なみだ》がいつぱいになつてゐた。さうして、もう歩《ある》く力もなくなつて川崎《かはさき》の行《い》つてしまつた方《はう》を見送《みおく》つてゐた。


（完）

時雨の朝

田村俊子

「何《ど》うしてそんな顔《かほ》をしてゐるの。」

春枝《はるえ》は然《さ》う云《い》ひながら、自分《じぶん》の膝《ひざ》の上《うへ》にのせてゐる道男《みちを》の手《て》を取《と》つて其《そ》の顔《かほ》をのぞいて見《み》た。男《をとこ》が顔《かほ》を上《あ》げた時《とき》、春枝《はるえ》はすこし自分《じぶん》の頰《ほゝ》から瞼《まぶた》のまはりが。ちら〳〵と縮《ちゞ》んでゆくやうな眩《まぶ》しさを感《かん》じたけれども我慢《がまん》して、その眼《め》にぢつと力《ちから》を入《い》れて。瞼毛《まつげ》のおのゝきに微《かすか》な羞《は》ぢらいをあつめながら。男《をとこ》の顔《かほ》を見《み》詰《つ》めてゐると、道男《みちを》は直《す》ぐに眞《ま》ッ赤《か》になつて下《した》を向《む》いた。さうして、取《と》られた手《て》を引《ひ》き込《こ》ませやうとして、春枝《はるえ》の華奢《きやしや》な白《しろ》い手《て》の先《さ》きの中《なか》で。自分《じぶん》の細《ほそ》い指《ゆび》をもがかせてゐた。

「泣《な》きさうな顔《かほ》をしてゐる。」

春枝《はるえ》は笑《わら》つてゐて、なか〳〵その手《て》をはなさなかつた。

然《さ》う云《い》つた言葉《ことは》の下《した》から、ほんとうに、道男《みちを》の眼《め》から涙《なみだ》がにじんできた。

「ばかね。」

春枝《はるえ》は二三度《ど》男《をとこ》の手《て》を振《ふ》つてから、それをぐいと向《むか》ふの方《はう》へ持《も》つて行《い》つて、ぽんと放《はな》した。さうして長襦袢《ながじゆはん》の上《うへ》に羽織《はおり》を引《ひ》つかけて欄干《らんかん》のところへ出《で》て見《み》た。

春枝《はるえ》は悪《わる》るい顔《かほ》の色《いろ》をしてゐた。さうして、眉毛《まゆげ》ばかり濃《こ》いのが目《め》に立《た》つて、瞼《まぶた》や口尻《くちじり》に、荒《すさ》んだ夜《よ》るのなごりが、撓《たわ》んで皺《しわ》になつて醜《みにく》い影《かげ》を殘《のこ》してゐたけれども、眼《め》だけは、一《ひ》と晩《ばん》ぢう戀《こひ》の思《おほ》ひにやるせなく動《うご》いてゐたやうな、情味《じやうみ》のしたゝりを瞳《ひとみ》の底《そこ》に殘《のこ》してゐて、その色《いろ》つぽさがこつくりと潤《うるほ》つてゐた。春枝《はるえ》は小《ちひ》さな力《ちから》のない欠伸《あくび》をしてから、上唇《うはくちびる》だけで笑《わら》つたやうな、倦《だ》るい、拔《ぬ》けていきさうな表情《へうじやう》を見《み》せながらぼんやりと空《そら》の模様《もやう》を眺《なが》めてゐた。

空《そら》のまんなかの一點《てん》が、ほつつりとほぐれて、其所《そこ》がだん〳〵赤味《あかみ》を帶《お》びて明《あか》るくなつてきた。その明《あか》るさに追《お》はれるやうに、時雨《しぐれ》の數《かず》が軒《のき》のところに數《かぞ》へられるほど少《すく》なくなつてきて、ばらりばらりと小《ちひ》さな雨《あめ》の足《あし》を掠《かす》らしてゐたけれども、それも、いつまでも見守《みまも》つてゐるうちに、いつともなく途切《とぎ》れて立《た》ち消《き》えていつた。さうして、ほんのりと目《め》にもとまらないやうな日射《ひざ》しが、向《むか》ふの塀《へい》から見《み》える松《まつ》の枝《えだ》に斜《なゝめ》に色《いろ》をこぼしてゐた。春枝《はるえ》はぢり〳〵と雲《くも》の薄《うす》れてゆく空《そら》を眺《なが》めてゐると、なんとなく、自分《じぶん》の大事《だいじ》なものを秘《ひ》めこんだ美《うつく》しい世界《せかい》が、それといつしよに、少《すこ》しづつ端《はじ》からめくられて行《ゆ》くやうな興《きよう》ざめさを覺《おぼ》えて、氣《き》になつた。

「降《ふ》ればいゝのにね。」

春枝《はるえ》は呟《つぶや》きながら欄干《らんかん》から下《した》を見《み》た。此處《ここ》の娘《むすめ》のお千滿《ちま》が、雜巾《ざふきん》がけのあとの水《みづ》を、バケツからぞんざいに撒《ま》いてゐる姿《すがた》が、目《め》の下《した》に見《み》える。起《お》きてからまだ櫛《くし》も入《い》れてないお千滿《ちま》の髮《かみ》は、前髮《まへがみ》も、鬢《びん》も、たぼも、銀杏《いてふ》返《がへ》しの輪《わ》も、柔《やは》らかい素直《すなほ》な毛《り》の靡《なび》き癖《くせ》のまんまに、細長《ほそなが》く、ずうと髮《かみ》の形《かたち》がだれてゐて。

（三）

それで手《て》を動《うご》かす度《たび》に、ゆら〳〵と媚《なまめ》かしく搖《ゆ》れてゐる。お千滿《ちま》は好《い》い加減《かげん》に水《みづ》を撒《ま》いてしまふと、そこいらの木戸口《きどぐち》から、馴染《なじ》みの誰《だ》れかの顔《かほ》が出《で》るかと思《おも》つて、しばらく然《さ》うして立《た》つた儘彼方此方《まゝあちこち》と見《み》廻《まは》してゐたが、二階《かい》の欄干《らんかん》に春枝《はるえ》の立《た》つてゐるのには氣《き》が付《つ》かないで、その儘家内《まゝうち》へ入《はい》つていつた。お向《むか》ふの烟草屋《たばこや》の店《みせ》も、ぴつたりと硝子障子《がらすしやうじ》がしまつてゐて、店《みせ》にはいつもの娘《むすめ》の影《かげ》も見《み》えなかつた。隣《となり》家も斜向《すぢむか》ふの家《うち》も、門燈《もんとう》の艶消《つやけ》しがらすの白《しろ》い球《たま》にしづかさが潜《ひそ》み込《こ》んでゐた。その靜《しづ》かさが家《いへ》の構《かま》へを守《まも》つてゞもゐるやうに、どこも呆氣《あつけ》なく森閑《しんかん》としてゐた。

春枝《はるえ》は、階下《した》へ下《お》りやうとして、障子《しやうじ》のところから、奥《おく》の座敷《ざしき》をのぞいて見《み》た。間《あひ》の襖《ふすま》の一枚開《まいあ》いてるところから、夜着《よぎ》の赤《あか》い縞《しま》が見《み》える。刎《は》ねかへしておいた夜着《よぎ》が舊《もと》の通《とほ》りになつてるのは、道男《みちを》がもう一度《ど》その中《なか》に入《はい》つたのかも知《し》れないと思《おも》ひながら、春枝《はるえ》はその儘聲《まゝこゑ》もかけずに階子《はしご》を下《お》りていつた。

「お目覺《めざ》めだよ。」

直《す》ぐ下《した》の座敷《ざしき》で、おたかの然《さ》う云《い》ふ聲《こゑ》がしたけれども、春枝《はるえ》は縁側傳《えんがはづた》ひに便所《はゞかり》の方《はう》へ通《とほ》り拔《ぬ》けていつた。

「お嬢《ぢやう》さん。お湯《ゆ》を取《と》りませうか。」

春枝《はるえ》の出《で》てくるのを、其所《そこ》に佇《たゝず》んで待《ま》つてゐたお千滿《ちま》が、春枝《はるえ》と顔《かほ》を見合《みあ》はせると、直《す》ぐに斯《か》う云《い》つて聲《こゑ》をかけた。

お千滿《ちま》は象牙《ざうげ》のやうな艶々《つや〳〵》した生地《きぢ》をもつた色白《いろじろ》で、いゝ加減眼《かげんめ》を開《あ》いてゐても睫毛《まつげ》が長過《ながす》ぎるので、眼《め》の恰好《かつかう》がはつきりしないでゐる。鼻《はな》は低《ひく》いけれども、眉毛《まゆげ》が薄《うす》くて、可愛《かあい》らしい口許《くちもと》をしてゐる。黒《くろ》と鼠《ねずみ》の荒《あら》い牛蒡縞《ごばうじま》の双子《ふたこ》の着物《きもの》に半襟《はんえり》をかけて、下《した》から赤《あか》い襦袢《じゆはん》の襟《たすき》をすこし出《だ》してゐる。さうして知《し》つてる人《ひと》から貰《もら》いあつめた緋鹿《ひが》の子《こ》の古《ふ》るくなつた手柄《てがら》のきれを、ていねいにきはつで洗《あら》つて、それをはぎ合《あ》はせて、くけて、お千《ち》滿《ま》は襷《たすき》にしてゐる。黒繻子《くろじゆす》の半巾帶《はんはゞおび》をちよつきりと結《むす》んだ端《はじ》が、恰好《かつかう》よく兩方《りやうはう》に垂《た》れてゐるので。春枝《はるえ》はお千《ち》滿《ま》のその姿《すがた》が、可愛《かあい》らしくて堪《たま》らなかつた。

「好《す》きな服裝《なり》。」

春枝《はるえ》は、さも好《す》いたらしく微笑《びせう》しながらお千《ち》滿《ま》の顏《かほ》を見《み》た。

「さくばんは御厄介《ごやくかい》でしたことね。」

「いゝえ。何《ど》ういたしまして。」

お千《ち》滿《ま》は頭《あたま》を下《さ》げながら、どうしたのか顏《かほ》を赤《あか》くした。其《そ》れを紛《まぎ》らせるやうに友禪《いうぜん》の前垂《まへだ》れで口許《くちもと》をかくしたけれども、見《み》る見《み》る額際《ひたひぎは》まで赤《あか》くなつた。

「お湯《ゆ》を取《と》りませうか。」

又《また》、かう云《い》つてお千《ち》滿《ま》が聞《き》くと、春枝《はるえ》がうなづいたので。お千《ち》滿《ま》は急《いそ》いで臺所《だいどころ》の方《はう》へ引《ひ》つ返《かへ》していつた。

春枝《はるえ》は袖《そで》を重《かさ》ね合《あ》はせて柱《はしら》のところに寄《よ》つかゝつてゐた。小《ちひ》さい石地藏《いしぢざう》を据《す》ゑた後《うしろ》に、木賊《とくさ》が青々《あを〳〵》とのびてゐる。その青《あを》い色《いろ》にぢつと意識《いしき》を凭《もた》れ込《こ》ませてゐると、昨夜《ゆふべ》からの心《こゝろ》の疲《つか》れがだん〳〵と遠《とほ》のいてゆくやうな、煩《わづら》ひのないはつきりした心持《こゝろもち》にかへつてゆく。戀《こひ》も男《をとこ》も何所《どこ》かへ消《き》えてしまつて、たゞ自分《じぶん》だけがふうわりと心《こゝろ》の底《そこ》に殘《のこ》つてゐるやうな。靜《しづか》な氣《き》安《やす》さがよみかへつてきて、春枝《はるえ》はしばらくの間《あひだ》、うつとりとしてゐた。

「お寒《さむ》かございませんか。」

おたかが、縁側《えんがは》に座蒲團《ざぶとん》を持《も》つてきて、春枝《はるえ》にあいさつをした。

　おたかは、若《わか》い時《とき》、春枝《はるえ》の父《ちゝ》の妾《めかけ》をしてゐたことがあつた。それから後《のち》に小《ちひ》さな葉茶屋《はぢやや》に嫁付《かたづ》いて、その亭主《ていしゆ》が僅《わづ》かの小金《こがね》の貯《たくは》へを殘《のこ》して死《し》んでから、おたかは、その小金《こがね》を貸《か》し付《つ》け貸《か》し付《つ》けして、殖《ふ》えた利足《りそく》の財産《ざいさん》で、今《いま》では樂《らく》に母娘《をやこ》二人《ふたり》が何《なに》も爲《し》ずに暮《く》らしてゐる。お千滿《ちま》は葉茶屋《はちやや》のあるじの先妻《せんさい》の娘《むすめ》であつた。

　かうした因縁《いんえん》で、春枝《はるえ》の父《ちゝ》が死亡《なくな》つてからも、おたかは時々《とき〴〵》春枝《はるえ》の家《うち》に訪《たづ》ねて行《い》つたりして、縁《えん》をつないでゐた。かう云《い》ふ女《をんな》のところへ、自分《じぶん》のいたづらの爲《ため》につい宿《やど》を借《か》りたりしたことが、春枝《はるえ》には今《け》朝《さ》になつて見《み》ると面伏《おもぶ》せで、はつきりした言葉《ことば》もその口《くち》からはちよいと出《で》なかつたけれども、おたかは極《きま》りを惡《わ》るがらせずに、ちよこ〳〵と世話《せわ》を燒《や》いて取《と》り廻《まは》してゐた。

　春枝《はるえ》は、ちつとも、おたかを眞實《しんじつ》のある賴母《たのも》しい女《をんな》だとは思《おも》はなかつた。その顏《かほ》も春枝《はるえ》は嫌《きら》いだつた。もう六十を越《こ》してゐるけれども、まだやつと五十そこ〳〵にしきや見《み》えなかつた。普通《ふつう》の男《をとこ》の脊丈《せい》ならおたかの方《はう》が立《た》ち越《こ》えるほど大《おほ》きな女《をんな》で、顏《かほ》もいつたいに大《おほ》きかつた。鼻《はな》がつんと高《たか》くつて、人《ひと》を馬鹿《ばか》にしたやうな顏《かほ》をする時《とき》は、きつとその大《おほ》きな小鼻《こはな》が動《うご》いて、鼻《はな》の穴《あな》がちつと擴《ひろ》がるのが癖《くせ》だつた。としよりの脣《くちびる》にしては赤過《あかす》ぎるほど、い〻色《いろ》を持つてゐた。その薄《うす》い赤《あか》い脣《くちびる》がいつも乾《かわ》いてゐて、さうして、態《わざ》とへの字形《じなり》に下脣《したくちびる》を突《つ》き出《だ》して結《むす》んでゐた。皺《しわ》はその顏《かほ》一面《めん》だけれども、道具《だうぐ》が揃《そろ》つて大《おほ》きいので、その立派《りつぱ》な目《め》鼻立《はなだ》ちまでが、皺《しわ》の中《うち》に埋《うづ》まつてゐるやうには見《み》えなかつた。

　さうして皮膚《ひふ》がつや〳〵と綺麗《きれい》だつた。眼《め》は大《おほ》きくつて、この老婆《としより》の生涯《しやうがい》が、どれほど惡疎《あくらつ》なものだつたかを思《おも》はせるやうに、鋭《するど》い光《ひか》りを含《ふく》んでゐるけれども。おたかは、大概《たいがい》は、その瞼《まぶた》をわざとしほしほと萎《しほ》ませて、よく近眼《きんがん》の人《ひと》がその眼《め》をしばめるやうに、ちろ〳〵した眼付《めつき》をして人《ひと》に對《たい》するのがお極《きま》りだつた。それでも、何《なに》か自分《じぶん》の腑《ふ》に落《お》ちないことがあつたり、相手《あひて》を邪推《じやすゐ》しやうとする時《とき》などは、その眼《め》がきろつと廻轉《くわいてん》して、大《おほ》きく光《ひか》つた。

　おたかの髮《かみ》は、相當《さうたう》にまだきれいだつた。白髮染《しらがぞ》めで黑《くろ》くしたその毛《け》を、ちやんと總髮《そうがみ》の丸髷《まるまげ》にしてゐるのを、後《うしろ》からなど見《み》ると、鬢《びん》たぼの毛《け》の彩《あや》などは、い〻頃《ころ》の年增女《としまをんな》のやうにふつくりしてゐた。おたかは今朝《けさ》も、その髮《かみ》をきれいに撫《な》で付《つ》けて、耳搔《みゝか》きのかんざしを一本後《ほんうしろ》に插《さ》してゐた。さうして、黑《くろ》縮緬《ちりめん》の襦袢《じゆばん》の半襟《はんえり》と黑繻子《くろじゆす》のきもの〻半襟《はんえり》とが隙《すき》もなしに揃《そろ》つた襟《えり》を拔衣紋《ぬきえもん》にして、半手拭《はんてぬぐひ》をその襟《えり》にきちんと當《あ》て〻ゐた。

　おたかは、春枝《はるえ》の身《み》の落着《おちつ》きのい〻やうに、優《やさ》しく柔《やは》らかに物《もの》を云《い》つて、あんまり惡《わ》るでいねいには纒繞《まつは》つてゆかないやうな、自然《しぜん》なとりなしをつくろつてゐた。昨夜《ゆふべ》、初《はじ》めて春枝《はるえ》が此家《こゝ》を訪《たづ》ねあて〻きた時《とき》に、おたかはもう聞《き》かないうちから春枝《はるえ》のこ〻ろを知《し》つてゐた。

「どうせ二階《かい》が明《あ》いてるんですから、ほんとに御《ご》遠慮《ゑんりよ》なんぞはなさらないで、お氣《き》やすくいらしつて下《くだ》さいましよ。わたくしは斯《か》うして打《う》ち明《あ》けていたゞくと、どんなに嬉《うれ》しいか知《し》れませんもの。よく、でもね、此家《ここ》をあてにして來《き》て下《くだ》さいましたことね。」

おたかは然《さ》う云《い》つてよろこんだ。さうして霜夜《しもよ》の夜更《よふ》けを、さん／＼歩《ある》き疲《つか》れた二人《ふたり》を二階《かい》に上《あ》げて、いろ／＼な心盡《こゝろづく》しで氣兼《きが》ねもさせずにあたゝめて呉《く》れた。

春枝《はるえ》はそれに馴《な》れやうとはしなかつたけれども。今《いま》の自分《じぶん》の氣儘《きまゝ》さを、それなりに眼《め》をふさいで受《う》けてくれたおたかの待遇《もてなし》で春枝《はるえ》は安心《あんしん》ができた。然《さ》うして、ついいゝ氣《き》に甘《あま》えるやうな心持《こゝろもち》にもなつて、おたかの手《て》の中《うち》にそつくりと、自分《じぶん》の優《やさ》しい秘密《ひみつ》を含《ふく》んだ心《こゝろ》の底《そこ》を托《あづ》けやうとしてゐた。——

お千満《ちま》が縁側《えんがは》に花蓙《はなござ》を敷《し》いて、自分《じぶん》の鏡臺《きやうだい》を持《も》つて來《き》て据《す》ゑた。さうして自分《じぶん》の使《つか》ふお化粧道具《けしやうだうぐ》などをそこに並《なら》べ立《た》てた。

「何《なに》か召《め》し上《あが》るものを、見《み》つくろつておきませうね。」

おたかが然《さ》う云《い》つて、お千満《ちま》を招《まね》きながら奥《おく》へ行《い》つた。

春枝《はるえ》はそのあとで、二階《かい》の人《ひと》を思《おも》ひながら、髮《かみ》を撥《か》いたり、手水《てうづ》をつかつたりした。昨夜《ゆふべ》自分《じぶん》が無理《むり》に引《ひ》きとめて、兩親《りやうしん》の前《まへ》へ歸《かへ》りにくゝなつて心配《しんぱい》してゐる若《わか》い男《をとこ》の心持《こゝろもち》を、何《ど》う慰《なぐさ》めたらいゝものかと思《おも》ふと、春枝《はるえ》はかうして落着《おちつ》いてはゐられなかつた。

寐床《とこ》の中《うち》で、泣《な》いてるかも知《し》れない。あの嚴《きび》しい親《をや》たちの目《め》をかすめて、初《はじ》めて家《うち》をあけたと云《い》ふ心《しん》配《はい》が、どれほどあの初心《しよしん》なしほらしい胸《むね》を痛《いた》めてゐるのか知《し》れないのだと思《おも》ふと、

「ばかね。」

と云《い》ひつ放《はな》しにして、階下《した》へ來《き》てしまつたのが、可《か》哀想《あいさう》でたまらなくなつた。それで湯《ゆ》にでも行《い》つてくるやうに、お千滿《ちま》に宣傳《ことづ》てをして貰《もら》はうと思《おも》つて、春枝《はるえ》は濡《ぬ》れ手拭《てぬぐひ》で顔《かほ》を拭《ふ》きながら障子《しやうじ》を明《あ》けてお千滿《ちま》を呼《よ》んだ。

お千滿《ちま》が二階《かい》に行《い》つてしまふと、春枝《はるえ》はおしろいを手《て》にといて、お粧《つく》りをした。けれども、それが今朝《けさ》は憶劫《おつくう》で、春枝《はるえ》はちつとも氣《き》がのらなかつた。こんな事《こと》は何《ど》うでも、道男《みちを》の心《こころ》を、もう一度《ど》ゆふべ逢《あ》つた最初《さいしよ》のやうに、自分《じぶん》に優《やさ》しく可愛《かあい》らしいものにしておいてこなければ、氣《き》がすまなかつた。さつきから、道男《みちを》は自分《じぶん》に怒《おこ》つてゐる。何《なに》か濟《す》まない顔《かほ》をして口《くち》もきかないのである。それは、昨夜《ゆふべ》の、あの時《とき》から――

春枝《はるえ》はいゝ加減《かげん》にしておいて、まだ下《お》りてこないお千滿《ちま》を何《なに》をしてゐるのかしらと疑《うたが》ひながら、自分《じぶん》もそつと二階《かい》にあがつて行《い》つた。お千滿《ちま》は唐紙《からかみ》の此方《こつち》に困《こま》つた顔《かほ》をして立《た》つてゐた。

「どうして。」

「なんとも仰有《おつしや》らないもんですから。」

「ぢやあ、よござんすわ。」

春枝《はるえ》は目《め》で笑《わら》ひながらお千滿《ちま》の顔《かほ》を見《み》て、彼方《あつち》へ行《い》つてもいゝと云《い》ふやうに顔《かほ》をしやくらした。春枝《はるえ》が入《はい》つてゆくと、道男《みちを》は起《お》きて、ちやんと仕度《したく》をして坐《すわ》つてゐた。

「お湯《ゆ》にでもいつてらしやらない。」

然《さ》うは云《い》ひながら、春枝《はるえ》の胸《むね》はどつきりとした。いま直《す》ぐ。この儘《まゝ》で道男《みちを》に別《わか》れるのは春枝《はるえ》はいやであつた。

「歸《かへ》らうかと思《おも》つて。」

道男《みちを》は下《した》を向《む》いた儘《まゝ》で、指先《ゆびさき》で火鉢《ひばち》の炭《すみ》の灰《はひ》をはじいてゐた。うつむいた濃《こ》い美《うつく》しい眉《まゆ》に、しづかな悲《かな》しみが滿《み》ちてゐる。さうして、新奇《しんき》な心持《こゝろもち》で打《う》ち向《むか》ふ朝《あさ》の女《をんな》の前《まへ》に、羞恥《しうち》の情《じやう》がその頰《ほゝ》から眼尻《まなじり》をふるはせてゐるのを。春枝《はるえ》はなつかしいやうな悲《かな》しいやうな、切《せつ》ない心持《こゝろもち》で見守《みまも》つてゐた。

「歸《かへ》りたいの。」

春枝《はるえ》は立《た》つた儘《まゝ》、そつと其《そ》の肩《かた》に手《て》をかけて。男《をとこ》を輕《かる》くゆすぶつた。小《ちひ》さい口《くち》をしつかりと結《むす》んだおとなしさうな男《をとこ》の頰《ほゝ》から。薄鼠《うすねずみ》いろの羽《は》二重《ぶたへ》の襦袢《じゆばん》の襟《えり》をきつちりと重《かさ》ねた頸付《えりつき》をぢつと見《み》てゐるうちに、春枝《はるえ》の眼《め》から涙《なみだ》があふれてきた。

「え？　歸《かへ》る？」

道男《みちを》はそれなり默《だま》つてゐた。

いつたん。晴《は》れさうになつた空《そら》が又時雨《またしぐ》れて。こまかな雨《あめ》がぱら／＼と落《お》ちては止《や》み、落《お》ちては止《や》みしてゐた。今日《けふ》いちにち、此家《こゝ》で遊《あそ》ぶことにあきらめて、道男《みちを》はぶらりと入湯《ゆ》に出《で》て行《い》つた。それも、おたかに逢《あ》ふのを厭《いや》がつて、裏《うら》の木戸《きど》からそつと拔《ぬ》け出《で》てゆく傘《かさ》をさした道男《みちを》の後姿《うしろすがた》を。春枝《はるえ》は緣《えん》に立《た》つて見送《みおく》つてから、ひとりで二階《かい》の座敷《ざしき》に戻《もど》つてきた。

お千満《ちま》が綺麗《きれい》に片付《かたづ》けた座敷《ざしき》の隅《すみ》に、道男《みちを》の持《も》ちものや縮緬《ちりめん》の帛紗《ふくさ》に包《つゝ》んだ書物《しよもつ》などが、疊《たゝ》んだ羽織《はおり》の上《うへ》にのせた儘《まゝ》、ちやんとしてゐるのを、春枝《はるえ》は物《もの》を云《い》ひかけたいやうな戀《こ》ひしい心《こゝろ》でしばらくの間《あひだ》眺《なが》めてゐた。然《さ》う云《い》ふ男《をとこ》の品々《しなじな》が、さつき、自分《じぶん》の云《い》ふ通《とほ》りにした時《とき》の男《をとこ》の柔順《すなほ》な態度《やうす》を型取《かたど》つて、さも、どことなく可憐《しほ》らしく優《やさ》しい姿《すがた》を見《み》せてゐるのが、春枝《はるえ》には可愛《かあい》らしかつた。

春枝《はるえ》はその傍《そば》に坐《すわ》つて、衣桁《いかう》のところに輕《かる》く脊《せ》を凭《もた》せながら、さま〴〵に思《おも》ひ縺《もつ》れてゐた。、、の道《みち》男《を》の爲《ため》に、一度《ど》嫁入《よめい》つた先《さ》きも我《わ》が儘《まゝ》で出《で》てきた春枝《はるえ》は、それから半年餘《はんとしあま》りも然《さ》うした心《こゝろ》の戀《こひ》のまゝで思《おも》ひ合《あ》つてきた。年《とし》から云《い》つても姉《あね》になる筈《はず》の自分《じぶん》が、こんな戀《こひ》を男《をとこ》に無理《むり》に強《し》ひやうとは思《おも》はなかつたのに、つい、こゝまで落《お》ちてしまつた二人《ふたり》の仲《なか》は、この先《さ》き何《ど》うなつてゆくのかと思《おも》ふと、春枝《はるえ》の胸《むね》は、さつきの男《をとこ》の綺麗《きれい》な眼《め》の戰《おのゝ》きのやうに、かすかに波《なみ》を打《う》つてふるへてゐた。その中《なか》を、時々《とき〴〵》昨夜《ゆふべ》の夢《ゆめ》が、重《おも》たく重《おも》たく春枝《はるえ》の心《こゝろ》に浮《うか》んでは消《き》える。春枝《はるえ》はその夢《ゆめ》を追《お》ひながら、強《し》ひても男《をとこ》の口許《くちもと》から微《ほゝ》笑《ゑ》みを吸《す》はうとしてあせりあせりしてゐるうちに、ついうと〳〵とした。

「お孃《ぢやう》さん。」

お千満《ちま》が唐紙《からかみ》の外《そと》から二三度《ど》呼《よ》んだのも、春枝《はるえ》は知《し》らなかつた。

「お仕度《したく》が出來《でき》てますから、いつでもお呼《よ》び下《くだ》さいましつて。」

お千満《ちま》はそつと唐紙《からかみ》を開《あ》けて斯《か》う云《い》つた。その聲《こゑ》で春枝《はるえ》ははつきりと目《め》が覺《さ》めた。

「ありがたう。」

春枝《はるえ》はお千満《ちま》の顏《かほ》を見《み》て笑《わら》つた。

「こつちへお入《はい》んなさいな。」

春枝《はるえ》はふところから片手《かたて》を出《だ》して、その手《て》でお千滿《ちま》を招《まね》いだ。さうして、自分《じぶん》の片手《かたて》に嵌《は》めてゐた眞珠《しんじゆ》とルビーの玉《たま》のはいつた指環《ゆびわ》をぬいて、それを紙《かみ》に包《つゝ》んで、お千滿《ちま》の襟《えり》の間《あひだ》からふところの中《なか》にそつと插《さ》し入《い》れてやつた。

「いゝんですよ。大切《だいじ》に取《と》つておきなさいな。いゝのではないけれどもね。」

春枝《はるえ》はお千滿《ちま》が辭退《じたい》しやうとするのを斯《か》う云《い》つてとめながら、道男《みちを》の卷莨入《まきたばこい》れの中《なか》から、たばこを一本拔《ほんぬ》いて目覺《めざ》ましに吸《す》ひつけた。

今《いま》までとは、すつかりと氣分《きぶん》が變《かは》つて、春枝《はるえ》の心《こゝろ》は浮々《うき〳〵》とはしやいでゐた。さうして、お千滿《ちま》が可愛《かあい》らしくなつかしくなつて、お千滿《ちま》の喜《よろこ》ぶことをもつとなんでも爲《し》てやり度《た》いやうな氣《き》になつた。

「おつかさんは何《なに》をしてゐて？」

「お膳《ぜん》ごしらへをして。」

「時々《とき〴〵》、遊《あそ》びにこやうと思《おも》ふけれども。いゝかしら。」

「えゝ、どうぞ。」

お千滿《ちま》は、ちらと春枝《はるえ》を見《み》てから、その眼《め》を伏《ふ》せた。

「二人《ふたり》ぎりでこんな廣《ひろ》い家《うち》にゐるのは勿體《もつたい》ないやうですね。」

「えゝ。二階《かい》は始終《しじう》間貸《まが》しをしてゐますの。今丁度《いまちやうど》明《あ》いてゐたもんですから。」

「然《さ》うですか。」

春枝《はるえ》は煙草《たばこ》の煙《けむり》の隙《すき》から、戀《こひ》の怨念《かたみ》を殘《のこ》した六疊《でふ》の座敷《ざしき》を眺《なが》めてゐた。

「ちや當分《たうぶん》私《わたし》が借《か》りておかうかしら。」

春枝《はるえ》は、戲談《じやうだん》らしく云《い》つてお千滿《ちま》の顔《かほ》を見《み》ながら笑《わら》つた。何故《なぜ》と云《い》ふこともなく、これから先《さ》き、この部屋《へや》が二人《ふたり》の戀《こひ》の棲家《すみか》になるやうな氣がした。さうして、昨夜《ゆふべ》の匂《にほ》ひに滿《み》ちた部屋《へや》の隈々《すみぐ》を、春枝《はるえ》はなよやかな袖屏風《そでびやうぶ》で圍《かこ》つてでもおき度《た》いやうな媚《なまめ》いた心地《こゝろもち》で、いつまでもうつとりと見守《みまも》つてゐた。

「然《さ》うなされば おつかさんはきつと悦《よろこ》びますでせう。」

お千滿《ちま》は斯《か》う云《い》つて、つい半月《はんつき》ほど前《まへ》まで、柳橋《やなぎはし》の小《こ》つたと云《い》ふ藝妓《げいしや》が此室《ここ》を借《か》りてゐたことなど話《はな》した。やつぱり女《をんな》は、時々《とき〴〵》此家《ここ》でその情人《をとこ》に逢《あ》つてゐたのだつた。

情人《をとこ》は女房子《にようほこ》があつて、それにすつかり身上《しんしやう》が落目《おちめ》になつてゐたし、女《をんな》の方《はう》は抱《かゝ》へ主《ぬし》がやかましいので、二人《ふたり》はずいぶん逆上《のぼ》せ合《あ》つてゐた。

「おつかさんがね、ひよつと心中《しちう》でもするやうな事《こと》があるといけないからつて、それはね、ずいぶん氣《き》を付《つ》けてゐたんですよ。私《わたし》はほんとに一時《じ》は恐《こは》いやうでしたわ。二日《ふつか》も三日《みつか》もとまりつゞけて、たゞ寢《ね》てばかしゐた時《とき》もあつたんですから。」

「二人《ふたり》は別《わか》れたの。」

「えゝ。とう〳〵別《わか》れることにしたんでせう。女《をんな》も美《い》い女《をんな》でしたけれど、男《をとこ》もよござんしたよ。どうしても別《わか》れられないつて、小《こ》つたさんはよくおつかさんと話《はな》しちや泣《な》いてゐましたけれど。」

春枝《はるえ》はそれを聞《き》くといやな心持《こゝろもち》になつた。さんざん泣《な》き合《あ》つた二人《ふたり》の魂《たましひ》が、その儘《まゝ》こゝに潛《ひそ》んでゐると云《い》ふことが、春枝《はるえ》の折角浮《せつかくう》いた氣《き》をおもく鬱陶《うつたう》しくおしつけた。

「おつかさんだつて、ずいぶん心配《しんはい》したんですよ。だから二階《かい》を人《ひと》になんか貸《か》すのはおよしなさいつて云《い》ふんですけれど、おつかさんは慾張《よくば》りだから。」

この慾張《よくば》りと云《い》ふことで、お千滿《ちま》はもつと春枝《はるえ》に聞《き》いてもらひ度《た》いことがあるのだけれ共《ども》、まだ其處《そこ》までは云《い》はれなかつた。其《そ》れはお千滿《ちま》に、この間《あひだ》からおたかが旦那《だんな》取《ど》りを勸《すゝ》めてゐることなのだつた。お千滿《ちま》はそれがいやさに、一人《ひとり》で家《うち》を出《で》て奉公《ほうこう》でもしやうかなどと、考《かんが》へてゐた。——

春枝《はるえ》はしばらく、ぢつと默《だま》つてゐた。雨《あめ》がさつきよりは少《すこ》し強《つよ》くなつて、軒《のき》の雫《しづく》の音《おと》が響《ひゞ》いてゐる。その人《ひと》たちはこんな雨《あめ》の音《おと》を聞《き》きながら、離《はな》れがたない戀《こひ》の深《ふか》みのうちに心《こゝろ》と心《こゝろ》を縺《もつ》れ合《あ》はせて、おののいてゐたある朝《あさ》もあつたに違《ちが》ひなかつた。——女《をんな》の眼《め》——男《をとこ》の眼《め》——それが、自分《じぶん》の眼《め》と、道男《みちを》の眼《め》のやうな氣《き》がして、春枝《はるえ》の胸《むね》は果敢《はか》ないもだえにしほれてゐた。

「小《こ》つたさんはやつぱり舊《もと》の家《うち》にゐるんですよ。よくお座敷《ざしき》に行《い》く途中《とちう》なんかで逢《あ》ふことがありますけれど、もう先《さ》きぢや知《し》らん顔《かほ》をして。」

お千滿《ちま》はそんな事《こと》を云《い》つてるうちに、いま、春枝《はるえ》から高價《かうか》なものを思《おも》ひがけず貰《もら》つたことを、はつきりと心《こゝろ》に思《おも》ひしみ〴〵してゐた。然《さ》うして、どうして今朝《けさ》に限《かぎ》つてこんな嬉《うれ》しい事《こと》が、自分《じぶん》の上《うへ》に湧《わ》いてきたのかと思《おも》ふと、お千滿《ちま》の胸《むね》は今更《いまさ》らしくどぎ〳〵と鳴《な》つて顏《かほ》がほてつてきた。お千滿《ちま》はそれを早《はや》く階下《した》へ持《も》つて行《い》つて、おたかに見《み》せながら自分《じぶん》の指《ゆび》に篏《は》めて見《み》たくつて、其《そ》の座《ざ》を立《た》ちたさうにもじもじした。

春枝《はるえ》はかうしてゐるのが、たまらなく淋《さび》しくなつて、早《はや》く道男《みちを》が歸《かへ》つてくればいゝと思《おも》つた。そうして、このあとの二人《ふたり》の戀《こひ》を、口《くち》にだしてしつかりと約束《やくそく》し合《あ》はなければ、心《こゝろ》がおちつかなかつた。春枝《はるえ》は欄干《らんかん》のところに出《で》て、往來《わうらい》の方《はう》を眺《なが》めてゐた。

「お歸《かへ》りになりましたよ。」

暫時《しばらく》してお千滿《ちま》があとから欄干《らんかん》に出《で》て來《き》たが、眞《ま》つ直《す》ぐ向《むか》ふに見《み》える小路《こうち》から傘《かさ》をかしげて歩《ある》いてくる男《をとこ》の姿《すがた》を見付《みつ》けると、そつちを指《ゆび》でさしながら春枝《はるえ》に敎《をし》へた。

「えゝ、あんな方《はう》から。」

春枝《はるえ》もさつきから其《そ》れを見付《みつ》けて、歩《ある》いてくる人《ひと》の方《はう》を見詰《みつ》めてゐたのだつた。お千滿《ちま》は。

「いたゞいたものを、おつかさんに見《み》せて參《まゐ》りますから。」

と云《い》つて、其《そ》れをいゝ機《しほ》に階下《した》へおりていつた。

「あの人《ひと》はどんな事《こと》を考《かんが》へながら歩《ある》いてるのだらう。」

と春枝《はるえ》は思《おも》ひながら。ぢつと男《をとこ》の姿《すがた》を見《み》てゐた。男《をとこ》の傘《かさ》がだん／＼に擴《ひろ》がるやうに大《おほ》きくなつて、直《す》ぐ目《め》の下《した》にちか／＼と近《ちか》よつてきた時《とき》、春枝《はるえ》は、ふと、突《つ》き動《うご》かされたやうに、戀慕《れんぼ》の思情《おもひ》が高《たか》まつて、その胸《むね》が一時《じ》に燃《も》えた。

春枝《はるえ》はその胸《むね》をおさへながら、ぢつとして道男《みちを》の上《あが》つてくるのを待《ま》つてゐた。道男《みちを》はぢきに階子段《はしごたん》をそつくりと上《あが》つてきた。さうして、欄干《らんかん》のところで振《ふ》り返《かへ》つた春枝《はるえ》と顔《かほ》を見合《みあ》はせると。晴《は》れやかに微《び》笑《せう》して座敷《ざしき》の方《はう》へはいつて行《い》つた。

春枝《はるえ》はその男《をとこ》の微笑《びせう》した顔《かほ》を見《み》た瞬間《しゆんかん》に。男《をとこ》がもう何《ど》うでも自分《じぶん》の思《おも》ふまゝになると云《い》ふ事《こと》を意識《いしき》しながら。これから先《さ》き自分《じぶん》の執着《しふちやく》を。どうその男《をとこ》の心《こゝろ》にからませて行《い》かうかとうつとりと考《かんが》へてゐた。

樂屋

——田村俊子——

峰子《みねこ》は、もう半時間《はんじかん》ほど泣《な》きつゞけてゐた。この部屋《へや》に出《で》たり入《はい》つたりしてゐた人《ひと》たちは、峰子《みねこ》の泣《な》いてる姿《すがた》を見《み》ても、又初《またはじ》まつたと云《い》ふ樣《やう》な顏付《かほつき》でちら〳〵と見《み》たばかりで、其《そ》のわけを聞《き》いてやらうともしなかつた。合部屋《あひべや》のやな枝《え》が喜劇《きげき》に出《で》る貴夫人《きふじん》の扮装《なり》で、出口《でぐち》で靴《くつ》を穿《は》いてゐたが、やがて床《ゆか》の上《うへ》をそろ〳〵踏《ふ》みかためて行《ゆ》くやうな輕《かる》い靴《くつ》の音《おと》を殘《のこ》して、行《い》つてしまつてから、そこいらにまご〳〵してゐた衣《い》裳屋《しやうや》も、火鉢《ひばち》に乘《の》つかゝつて卷煙草《まきたばこ》に火《ひ》を吸《す》ひつけると、直《す》ぐに部屋《へや》を出《で》て行《い》つた。

峰子《みねこ》は、ざわ〳〵してゐた自分《じぶん》の周圍《まわり》が、急《きふ》にひつそりした事《こと》に心付《こゝろづ》くと同時《どうじ》に、ふいと、今《いま》までの悲《かな》しみが音《ね》を立《た》ち切《き》つたやうに途《と》絶《だ》えた。あとからあとからと溢《あふ》れてくるやうな悲《かな》しみが押《おさ》へきれないで、さも悲《かな》しさを心《こゝろ》の奥《おく》へ突《つ》き戻《もど》すやうな心持《こゝろもち》で、半巾《はんかち》をおさへた指《ゆび》に力《ちから》をぐつと入《い》れて目《め》がしらを潰《つぶ》すやうにしてゐた兩手《りやうて》を、この時《とき》やうやく峰子《みねこ》は放《はな》した。その機《はづみ》に、さも堰《せ》かれてゐたやうな涙《なみだ》が、生《なま》ぬるくぽた〳〵と流《なが》れたが、それで峰子《みねこ》の悲《かな》しい思《おも》ひはすつかりとお終《しま》ひになつた。

「ああ。ああ。」峰子《みねこ》は斯《か》う息《いき》をついて、電燈《でんとう》の蓋《かさ》の影《かげ》をふつさりと拵《こしら》へてゐる白《しろ》い壁《かべ》をぼんやりと見詰《みつ》めた。壁《かべ》の色《いろ》の通《とほ》りに、其《そ》の心《こゝろ》が白《しろ》つぽく、なんにも無《な》くなつていつた。長《なが》い睫毛《まつげ》が涙《なみだ》で捻《よ》れて、眼《め》の端《ふち》を濃《こ》く隈取《くまど》らした黛《すみ》の色《いろ》がほんのりと溶《と》けて、いつよりも峰子《みねこ》の眼《め》は大《おほ》きくなつてゐた。

峰子《みねこ》は鏡臺《きやうだい》の上《うへ》に散《ち》らばつてゐる白粉《おしろひ》や刷毛《はけ》を、こま〴〵と細《ほそ》い指《ゆび》で片付《かたづ》けて、どれも小《ちい》さい抽斗《ひきだし》へちやんと藏《しま》つてしまふと、もう一度《ど》さつきの濡《ぬ》れた半巾《はんかち》で、自分《じぶん》の顏《かほ》に殘《のこ》つてる涙《なみだ》を拭《ぬぐ》つた。自分《じぶん》の汚《よご》れた顔《かほ》を鏡《かゞみ》に映《うつ》すのがいやで、峰子《みねこ》は成《な》る丈鏡《たけかゞみ》のおもてへ自分《じぶん》の顔《かほ》の行《い》かないやうに下《した》を向《む》きながら、手際《てぎは》よく其所等《そこいら》を取《と》り纏《まと》めてから、手拭《てぬぐひ》を持《も》つて立《た》つた。峰子《みねこ》は浴衣《ゆかた》の上《うへ》に赤《あか》い縞《しま》のはいつた荒《あら》い銘仙《めいせん》の袷《あはせ》をかさねて、赤《あか》いしごきを巻《ま》いてゐた。

――あなた歸《かへ》つて下《くだ》さいよ。斯《か》うしてゐると惡《わ》るいから。

――だつて、ほんの戯談《じやうだん》に來《き》たんだよ。エリヤンは何《なん》でもあんまり眞面目《まじめ》に取《と》り過《す》ぎるから困《こま》る。それぢや歸《かへ》る。おやすみなさい。

――おやすみなさいは、さつき云《い》つたぢやありませんか。

――ほんとに僕《ぼく》は、あんな處《ところ》に居《ゐ》るのは、一日《にち》でも厭《いや》になつた。コーテリオン夫人《ふじん》と、男《をとこ》の給仕《きふじ》と、たつた二人《ふたり》の相手《あひて》だもの。あゝフリードランド街《がい》は、どんなに面白《おもしろ》かつたらう。

（二人《ふたり》は其《そ》の時握手《ときあくしゆ》した。）

――おやすみなさい。

――其《そ》れつきり？たいへん、今日《けふ》は、よそ〳〵しいねえ。

（男《をとこ》が女《をんな》を抱《いだ》かうとした。）

――わたしを苛《いぢ》めて、いやな思《おも》ひをさせたいのですか。いつからこんな事《こと》がお好《す》きになつたの。

――怒《おこ》つたの？

――怒《おこ》つてよ。

――勘忍《かんにん》しておくれ。ね、ね、ちよいと庭《には》へ一緒《しよ》にこないの？、少《すこ》し植込《うゑこ》みの中《なか》を散歩《さんぽ》しやう。

――いやですよ。

――ほんの、ちよいと。まだ怒《おこ》つてるの？　勘忍《かんにん》してくれないの？

――勘忍《かんにん》しますよ。

――この儘別《まゝわ》れちや、僕《ぼく》は今夜《こんや》眠《ねむ》れない。僕《ぼく》はなんといふ馬鹿《ばか》だらう

峰子《みねこ》はさつき演《や》つた自分《じぶん》の持《も》ち役《やく》の、四幕目《まくめ》のあるシーンを思《おも》ひ浮《うか》べながら、

――わたしを苛《いぢ》めていやな思《おも》ひをさせたいのですか。いつからこんな事《こと》がお好《す》きになつたの？

と云《い》ふ言葉《ことば》を、口《くち》の内《うち》で云《い》ひながら階子段《はしごだん》を下《お》りて行《い》つた。

そうして、峰子《みねこ》は、其《そ》の自分《じぶん》の相手《あひて》になる男《をとこ》に扮《ふん》する俳優《はいいう》の顔《かほ》を、この時暗《ときくら》い階子段《はしごだん》ではつきりと思《おも》ひ出《だ》した。背《せい》が高《たか》くつて、唇《くちびる》が厚《あつ》くつて、まじめな眼色《めつき》を持《も》つてゐるその男《をとこ》の顔《かほ》が、峰子《みねこ》の睫毛《まつげ》の先《さき》から朦朧《もうろう》とにぢみだしたやうに、高《たか》い天井《てんじやう》から下《さ》がつてゐる階段《かいだん》の中途《ちうと》の電燈《でんとう》のかげに、ふと見《み》えた。そうして、舞臺《ぶたい》の上《うへ》で男《をとこ》が自分《じぶん》を抱《いだ》かうとする時《とき》の息《いき》せはしい呼吸《こきふ》が、峰子《みねこ》の頰《ほゝ》の皮膚《ひふ》に傳《つた》はつたやうな氣《き》がして、峰子《みねこ》はびつくりしながら片足《かたあし》を一段《いちだん》から下《おろ》そうとしたまゝで、其《そ》の足《あし》をちよいと留《と》めて自分《じぶん》の顔《かほ》を振《ふ》つた。

まぼろしは直《す》ぐに消《き》えてしまつたけれども、峰子《みねこ》の胸《むね》の血《ち》は微《かす》かに搖《ゆ》れてゐた。今《いま》まで毎日逢《まいにちあ》つてはゐるけれども、別《べつ》にはなれてゐて思《おも》ひ出《だ》したこともないあの男《をとこ》の顔《かほ》を、今偶然《いまぐうぜん》に思《おも》ひ出《だ》したことが、峰子《みねこ》には不思議《ふしぎ》な判斷《はんだん》になつて、自分《じぶん》の頭《あたま》に殘《のこ》つた。その男《をとこ》は今《いま》の幕《まく》の喜劇《きげき》で、主要《しゆえう》な人物《じんぶつ》になつて動《うご》いてゐる。

――けれども、峰子《みねこ》は、男《をとこ》に就《つ》いてもう其《そ》の先《さき》までを聯想《れんさう》もしなかつた。思《おも》ひがけなく、相手《あひて》になつて芝居《しばゐ》をしてゐる其《そ》の俳優《はいいう》の顔《かほ》を湯殿《ゆどの》へ行《ゆ》く途中《とちう》で、思《おも》ひ浮《うか》んだ瞬間《しゆんかん》が、峰子《みねこ》にはなんと云《い》ふ事《こと》もなく嬉《うれ》しかつた。あの男《をとこ》に對《たい》して、いつの間《ま》にか自分《じぶん》の知《し》らない間《ま》にある情誼《じやうぎ》を通《かよ》はしてゐたのかも知《し》れない。其《そ》

のなさけが、私《わたし》の心《こゝろ》の隅《すみ》に私《わたし》にも知《し》らさずにかくれてゐて、いまも人知《ひとし》れず男《をとこ》のまぼろしになつて私《わたし》の眼《め》の前《まへ》に現《あら》はれたのかもしれないと思《おも》つた。

然《さ》う思《おも》ふと、峰子《みねこ》は、あの男《ひと》を好《す》きになつてもいゝやうな氣《き》がした。ほんとうに今《いま》まではあの男《ひと》に就《つ》いてなんの注意《ちうい》もないと思《おも》つてゐたけれども、いつの間《ま》にか好《す》きになつてゐたのかもしれない。

「小山《こやま》さん。」

峰子《みねこ》は男《をとこ》の名前《なまへ》を考《かんが》へながら、欄干《らんかん》にしなだれかゝるやうにして下《お》りていつた。

「又《また》、泣《な》いてゐたんだつてねえ。」

直《す》ぐ、階子《はしご》の横《よこ》から歩《ある》き寄《よ》りながら洋服《やうふく》を著《き》てゐた男《をとこ》が峰子《みねこ》に聲《こゑ》をかけた。

「どうかしたの。」

「いゝえ。いつもの癖《くせ》よ。」

峰子《みねこ》は柔《やは》らかに云《い》つて其《そ》の男《ひと》の前《まへ》に手《て》を出《だ》した。其《そ》の男《ひと》は若《わか》い作劇家《さくげきか》で、今度《こんど》の興行《こうぎやう》の舞臺監督《ぶたいかんとく》だつた。すんなりと高《たか》い脊丈《せい》を前屈《まへかゞ》みにして、すこし極《きま》り惡《わ》るそうに峰子《みねこ》の手《て》を握《にぎ》つたが、直《す》ぐにはなした。

「しばゐが濟《す》んでね、衣裳《いしやう》をぬいでね、鏡《かゞみ》の前《まへ》に坐《すは》るとぢつと悲《かな》しくなるの。そうして泣《な》きたくつてたまらなくなるの。泣《な》けば少《すこ》しは疲《つか》れたのがよくなるの。」

「一種《いつしゆ》の發作《はつさ》だね。神經過勞《しんけいくわらう》なんでせう。」

「えゝ、然《そ》うよ。」

「病氣《びやうき》つてほどもないんでせう。」

「えゝ、然《そ》うよ。誰《た》れから聞《き》いて？」

「僕《ぼく》、いまや、、な枝《え》やら聞《き》いたの。」

男《をとこ》は強《つよ》い香水《かうすゐ》の匂《にほ》ひのする半巾《はんかち》をだして、其《そ》れを兩手《りやうて》で持《も》ちながら自分《じぶん》の口《くち》のまはりを拭《ふ》いた。

峰子《みねこ》は其《そ》の匂《にほ》ひに打《う》たれたやうな怳惚《うつとり》した氣分《きぶん》になりながら、右《みぎ》へ折《を》れて湯殿《ゆどの》の方《はう》へ曲《まが》つてゆかうとした。

「ぢや、いつしよに歸《かへ》るからね。今夜《こんや》も。いや？」

「いゝえ。よくつてよ。」

斯《か》うは返事《へんじ》をしながら、峰子《みねこ》は、今夜《こんや》もまたこの男《ひと》にカッフエーからカッフエーへ引《ひ》つ張《ぱ》り廻《まは》されるのかと思《おも》つた。峰子《みねこ》には其《そ》れがひどく太儀《たいぎ》なことに考《かんが》へられた。殊《こと》に今夜《こんや》は、この儘湯《まゝゆ》にもはいらずに、車《くるま》にでも乘《の》つて家《うち》に歸《かへ》つて寢《ね》てしまいたいほど身體《からだ》が疲《つか》れてゐた。それで、陰潤《いんじゆん》した思《おも》ひに沈《しづ》みながら湯《ゆ》どのへはいると、風呂番《ふろばん》の男《をとこ》に湯《ゆ》を取《と》つてもらつて、顔《かほ》だけを洗《あら》つた。

一座《ざ》のうちで、もう斯《か》うしてゆつくりと顔《かほ》を落《おと》してふだんの氣持《きもち》になつてゐられるのは、峰子《みねこ》ばかりであつた。ほかのひとは總出《そうで》で、いま舞臺《ぶたい》の上《うへ》で見物《けんぶつ》を笑《わら》はしてゐる。唇《くちびる》を一《ひ》とつ動《うご》かすにしても、まだ自《じ》分《ぶん》の所有《しよいう》の口《くち》のやうな氣《き》になつてるものは一人《ひとり》もない。そうして笑《わら》ひに動搖《どうえう》してる見物《けんぶつ》の前《まへ》で、友達《ともだち》たちはみんな緊張《きんちやう》した顔付《かほつき》をしてゐるのだと思《おも》ふと、峰子《みねこ》は自分《じぶん》だけ早《はや》く樂《らく》になるのが、却《かへ》つて淋《さび》しくつて飽《あつ》氣《け》ない氣《き》もしてゐた。

部屋《へや》へ歸《かへ》つてくると、若《わか》い男《をとこ》が一人《ひとり》そこに坐《すは》つてゐた。峰子《みねこ》を見《み》ると、輕《かる》く笑《わら》つた。髮《かみ》を長《なが》くしてゐる男《をとこ》の顔《かほ》は、色《いろ》が白《しろ》くつて美《うつく》しかつた。

「今夜《こんや》來《き》てらしつたの。」

「えゝ。」

「ちつとも知《し》らなかつたわ。」

峰子《みねこ》は鏡《かゞみ》に向《む》いて、少《すこ》し濃《こ》いめにお粧《つく》りをした。しばゐが初《はじ》まつてから、だんだんに磨《と》がれてくるやうな自分《じぶん》の顔面《かほ》を峰子《みねこ》はしばらくぢつと見据《みす》へてゐたが、

「私《わたし》、しばゐが濟《す》むと、一とつきりづゝ悲《かな》しくなつて泣《な》いてしまふのよ。」

と云《い》ひながら男《をとこ》の方《はう》を向《む》いた。男《をとこ》は、何《なに》かおそろしいチヤームを感《かん》じたやうな眼《め》をして、峰子《みねこ》の顔《かほ》をしげしげと見《み》たまゝ、直《す》ぐには返事《へんじ》をしなかつた。峰子《みねこ》はすつかり疲《つか》れてゐた。そうしてこの男《をとこ》の手《て》にでも、誰《だ》れの手《て》にでも抱《だ》かれてゐたいやうな氣持《きもち》になりながら、然《さ》り氣《げ》なく立《た》つて、部屋着《へやぎ》を脱《ぬ》がうとした。その峰子《みねこ》の姿《すがた》が、電燈《でんとう》の光《ひか》りで白壁《しらかべ》にかげを映《うつ》してゐる。

公論文藝

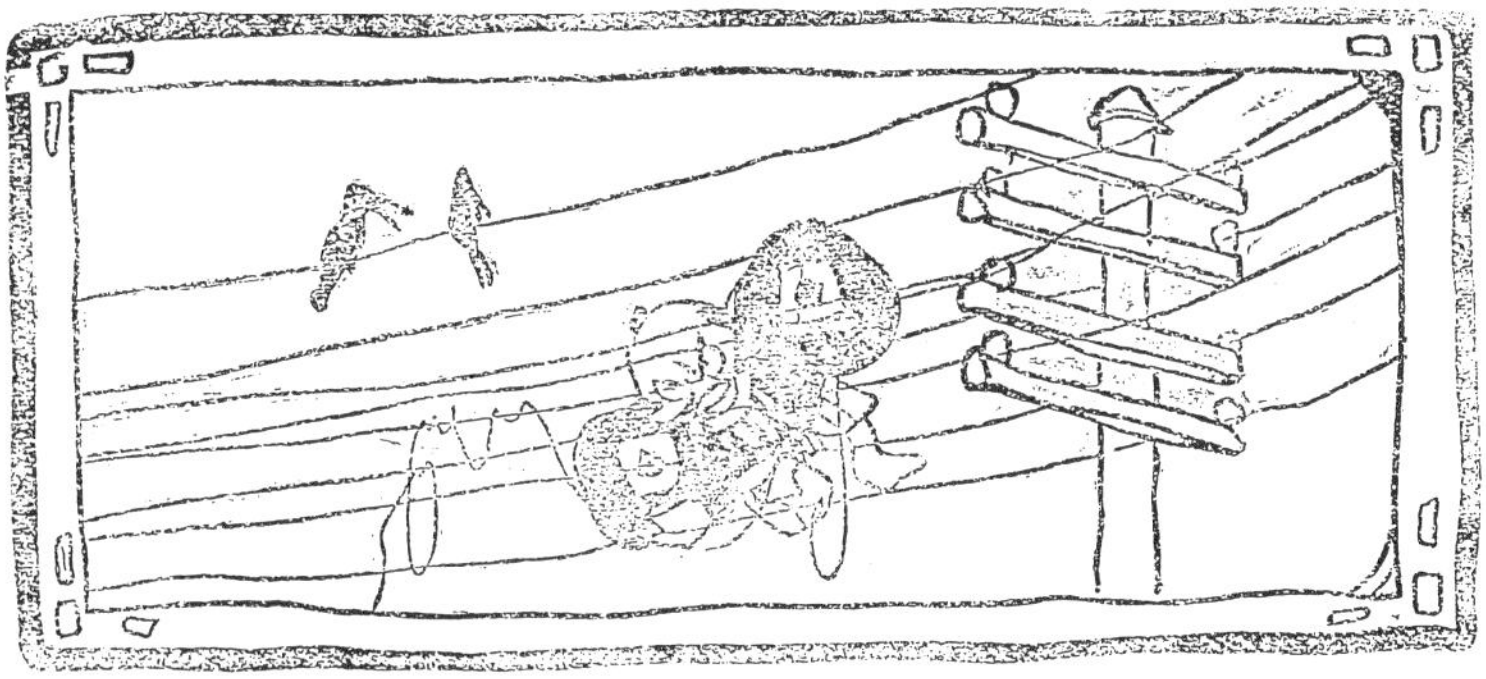

お豊

田村俊子

お豊《とよ》はこの頃、口もあんまりきかず、母親が何《なに》か云ふと、直《ぢ》きに不興氣《ふきやうげ》な貌をして其《そ》の方《はう》をぢろりと見たりするばかりで、ふさぎこんでゐた。

それに母親のすることが一々《いち〳〵》癪にさはつて、三度《さんど》々々、母親といつしよにお取《と》膳《ぜん》で食事をするのさへいやでたまらなかつた。

「私はあとで食《た》べるよ。」

お豊《とよ》はかう云つて、なるだけ、母親《はゝおや》の濟んだあとで一人で食事をするやうにしたりした。

「何《ど》うしたつて云ふんだね。」

母親のおつねは、時々、かう云つてお豊《とよ》に突つかゝつた。

おつねには、お豊が毎日《まいにち》おもしろくない顔をして過ごしてゐる譯《わけ》が知れてゐた。そうして、其れが何《なに》も自分のせひでもない事だと思ふと、お豊の我《わ》が儘《まゝ》さに腹《はら》が立つて、

「勝手《かつて》におし。」

と心では思ふけれども、娘の可愛《かあい》さに、然《そ》う〳〵強いことも云はれなかつた。それで、つい、此方から機嫌《きげん》を取るやうになつて、

「髮でも結《い》つておいでな。」

とか、

「芝居《しばゐ》へでもお鶴ちやんと行つて見るさ。」

とか云つて、いろ〳〵其の鬱《ふさ》ぎきつてる心をおもしろく開《ひら》かしてやらうとするけ

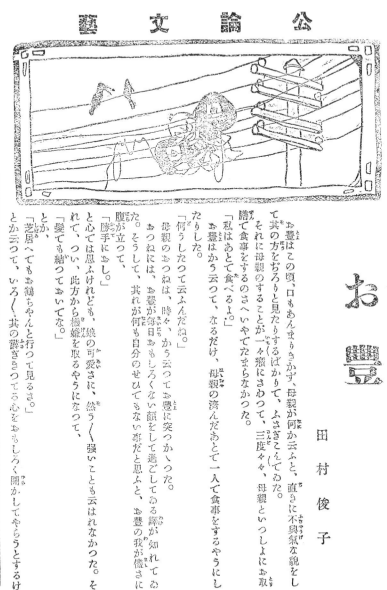

れども、お豊は然うされるほど、猶癪《しやく》にさわつて、態と髪もこわれた儘《まんな》にしてゐるし、何所《どこ》が惡るいと云ふのでもないのに三疊にはいつて一日寐てくらしたりしてゐた。

「あゝ、〳〵、私は奉公《ほうこう》にでも出やうかしら？」

　お豊はこんな事を云つて、窓から外《そと》を覗《のぞ》いてゐたりした。

「いつたい何《ど》うすりやいゝのさ。」

　おつねは自烈度《じれつた》そうに、火鉢《ひばち》のふちで煙管《きせる》をはたきながら肝癪聲《かんしやくごゑ》でかう云つて、その煙管をぽんと抛《はう》りだした。そうして、自分《じぶん》までが毎日お豊の鬱《ふさ》ぐのに引き込まれて、おもしろくない日を送るので、くさ〳〵しきつて我慢が出來なかつた。派出《はで》つ氣なおつねは、一時間でも娘《むすめ》と物を云はずに尖《とが》つた顔をして向ひ合つてはゐられなかつた。ひゐきの役者《やくしや》の噂でもして、聲色《こわいろ》まじりの戯談《じやうだん》でも云ひながら呑氣《のんき》な日が送りたかつた。

　二人は親子でも、まるで友達《ともだち》のやうな氣でゐた。そうして、死んだ主人の殘して行《い》つた小金《こがね》で二人は賃仕事《ちんしごと》などしながら、不自由もなしに、小奇麗《こぎれい》に暮《く》らしてゐるのだつた。お豊はさして容貌《きりやう》よしではないけれども、としごろだけに島田姿など目に立つて、襦袢《じゆばん》の半襟の好《この》みなぞを云つたりしてゐるのを、おつねも嬉《うれ》しい氣持で相手《あいて》になつてゐた。そうして、好《す》きな小芝居を二人で見物して、其れを何《なに》よりも樂《たの》しみにして氣樂《きらく》な日《ひ》を過ごしてゐた。

　それがふいと、ある事で二人の仲《なか》を妙に隔てて、お豊はこの世界中で、一番癪《いちばんしやく》にさわるのは母親だと思ふやうになつた。

　それはお豊が惚《ほ》れ込《こ》んだ男を、おつねが好《す》かなかつたことから初まつたのであつた。

　お豊はその男と夫婦《ふうふ》になりたいと思つて、おつねに相談した時、おつねは顔色《かほいろ》を變へて、それを拒んだ。相手《あひて》と云ふのは、直ぐ近所《きんじよ》の淸元の師匠の二階を間借《まが》りしてゐるある會社《くわいしや》へ出てゐる男だつた。

　その男はちよいときれいな男《をとこ》だつた。いつも服裝《なり》をくづした事がなくつて、その月給の取《と》り額《だか》相應に身の廻《まは》りに氣をつかつてゐた。近所の娘たちが寄れば、その「大平《おほひら》さん」は直ぐ話の中に出で、岡惚《をかぼ》れの連中も二人や三人はあつた。

「昨夜ね、大平《おほひら》さんに伊井の部屋簪をもらつてよ。」

　そんな事を自慢《じまん》にして、友達のなかを觸《ふ》れてまはる娘もあつた。お豊も岡惚《をかぼ》れをしてゐた一人で、二人はそつと人にかくれて寄席《よせ》なぞへ行《い》つたりしたこともあつた。お豊は男の方にも自分に氣のあることが分《わか》ると、一層思ひが募《つの》つた。大平《おほひら》さんは自分で反物《たんもの》なぞを持つて來て、親娘《おやこ》に縫つて貰つたりした。親娘《おやこ》を連れて、宮戸座なぞへを驕つたりしたこともあつた。

「あの人は駄目《だめ》だよ。」

　おつねは斯う云つて、娘が大平《おほひら》さんに逆上《のぼせ》てゐるのを、何かとやかましく云つてお豊の心を傍《わき》へ向けやうとした。

「何《ど》うしてあの人がおつかさんの氣《き》に入らないのだらう。」

　お豊には分《わか》らなかつた。眞面目《まじめ》で、優しくつて、親切で、男振《をとこぶ》りも惡るくはないし、それに勤《つと》めは怠つたこともなし、田舍《ゐなか》の方も可《か》なりな身代《しんだい》だと云ふことも聞いてゐるし、堅《かた》いことは受け合《あ》ひだのに、それが何故おつねの氣に入らないのか、お豊には分《わか》らなかつた。

「どこが好《す》かないの。」

「虫が好かないんだね。」

おつねは斯う云つた。

この返事が、無性にお豊の癪《しやく》にさわつて、二人《ふたり》はその時も烈しひいさかひをした。

「なにも、阿母さんの亭主《ていしゆ》にしやうと云ふんぢやあるまいし、虫《むし》が好《す》かないなんて、阿母さんもずいぶん勝手《かつて》だね。そんな事で人間も上げ下《お》ろしされちやたまりやしない。私だつて相當に男が分《わか》るわ。なにも浮氣《うはき》やなんかであの人と夫婦《いつしよ》になりたいつて云ふんぢやあるまいしさ。私にだつてあの人の價《ね》打《うち》が分《わか》つてるから相談《さうだん》するんぢやないか。」

「私はいやだね。そりや然うさ。私の亭主《ていしゆ》にするんぢやないから、お前さんさへ氣に入つてればそれで何も云ふ事はないがね、やつぱり親子三人で暮《く》らさなくつちやならない人だからね。私《わたし》にはあの人が輕薄《けいはく》に見えるんだよ。それがお前には分らないのさ。人間はちつとも落着《おちつ》いてやしない。田舍のことだつて私の見るところぢや當《あ》てになんぞならないね。こんなところへ養子してもいゝなんて男《をとこ》ぢや、これでちつと考へもんだよ。私はやつぱり居職《ゐじよく》の腕《うで》のたしかな人を養子《やうし》に貰ひたいと思つてゐるんだからね。」

「私はどうしてもあの人と夫婦《いつしよ》になるのよ。」

「廿圓や二十一二圓の月給《げつきう》なんぞ貰つてゐてさ。それで何《ど》う一と月の繰り廻しがつくもんか。あの人一人だけの食扶持《くひぶち》にも足《た》りないぢやないか。月《つき》二十圓やそこいらの月給で、あんなにぴか〳〵した服裝《なり》をして、頭を光らかしてゐやうなんて男は、私は眞《ま》つ平《ぴら》さ。」

おつねは何《ど》うしても聞かなかつた。そして、自分たち二人の理想《りさう》から云つても、お豊があんな男を好《す》きになる筈はないのだと思ふと、おつねはおもしろくなかつた。もう少し肌合《はだあひ》のおもしろい男をお豊が何《なん》とか云へばおつねにも堪能《たんのう》ができるのだつた。

お豊は大平《おほひら》さんを、かう頭《てん》から安《やす》く見積《みつも》られたのが口惜《くや》しかつた。そうして何《なん》とも云へず恥かしい氣がした。人知れず闇《やみ》の小路で別れる時に、手を握《にぎ》り合つたりした事が、なつかしいやうな、恥《はづ》かしいやうな、馬鹿にされたやうな、嬉《うれ》しいやうな、不思議《ふしぎ》な感情のうちに思ひ返されたりした。おつかさんも一所《いつしよ》に大平さんを賞《ほ》めてくれたら、あの思ひ出が、もつと強く、もつと嬉しいものになつて殘るかもしれないのにと思ふと、お豊は唯ぢれつたくてたまらなかつた。

それからは、おつねはお豊と大平さんの仲を注意《ちうい》して、お豊が大平さんの坐敷《ざしき》にでも遊《あそ》びに行《い》つてると、直ぐ自分で清元《きよもと》の師匠のところへ迎ひに出かけて行《い》つたりした。

「近所で、いやな評判《ひやうばん》なんか立てられないやうにしておくれ。見つともないから。」

おつねは斯う云つて注意《ちうい》した。

「うるさいね。一服吸ひに行くぐらゐが何《ど》うしたつて云ふの。」

「あんまり入《い》り浸《びた》つてると、近所の手前《てまへ》だつてきまりがわるいぢやないか。先方から來《く》るのは勝手さ。此方《こつち》から追ひまはしたりしてお呉れでない。」

「私が追ひまわすつて？ずいぶん阿母さんも人聞《ひとぎ》きのいゝ事を云つてくれるわね、私が何したつて大きなお世話《せわ》ぢやないか。」

「いけないよ。」

おつねに斯う極《き》め付《つ》けられると、お豊は然う強いことも云はれなかつた。それで、つい遠慮勝《ゑんりよが》ちになつて、大平さんのところへ三度行きたいところも一度にしたりして、足を遠《とほ》くするやうにした。けれども、そんな事をするほど、お豊はやつぱり大平さんが戀ひしくなつてたまらない時があつた。

お豊は毎朝、往來《わうらい》へ向いた窓のところに立つて、大平さんの出てゆく姿を一度づゝ見ないでは氣がすまなかつた。大平さんもこゝまでくると、お豊と顏を合はせるのを樂しみにしてゐるやうな風をして、笑《わら》つて通つて行《い》つた。

「こんや、一寸出られない？」

こんな事を書いた紙きれを、窓のところからお豊に手渡《てわた》して行《い》つたりした。

二人は、よく二三町先きの明神《めうじん》の境內で待ち合はせて、それから暗い路を通つては一時間ほど、なんと付《つ》かずぶらついて歸つて來たりした。

「お豊、何所《どこ》へ行《い》つて來たんだい。」

おつねは直ぐ斯《か》う云つた。おつねにはお豊のうか／＼してる樣子がよく分《わか》つて、それをどんなにしても今の內に目《め》を覺ませなくてはならないと思つた。おつねの目には、どうしても大平と云ふ男は、娘の一生を面倒見《めんどうみ》てくれる賴母《たのも》しい男には映らなかつた。それがお豊に分らないと云ふのは、まだ娘《むすめ》が若いからだと思つた。お豊をなるだけあの男の傍に近付けないやうにするのが何よりのいゝ策だと思つて、おつねはせい／＼お豊の外出《ぐわいしゆつ》に氣を配つた。

「阿母さんがうるさくつて堪《たま》らない。ほんとに、なんてやかましい阿母さんだらう。あんな人ではなかつたんだのに。」

お豊はぢり／＼した。何《ど》うかして、母親が一人でお詣《まゐ》りになど行く暇《ひま》をぬすまうと思つても、この頃では滅多に外へも出なかつた。

「何をするもいゝがね、あとで泣《な》きを見るからよく考へなくつちやいけない。お前《まへ》の目がくらんでるんだよ。もう少し經《た》つと、ほんとにあんな薄つぺらな男が何處《どこ》がよかつたと思ふよ。」

おつねはしんみり斯う云つて聞かせたりした。

お豊は然う云はれる度《たび》に、大平《おほひら》さんに對して、いくらかづゝ情《こゝろ》が薄らぐやうにも思ふけれども、直《ち》きに大平さんがお豊を見て笑つた眼で、すべては消《け》されてしまつて、お豊には何うしても大平《おほひら》さんは好《す》いた人であつた。

大平さんは最初こそ、おつねの御機嫌《ごきげん》を取らう爲に、ちよい／＼來《き》たけれども、自分を好《よ》く思つてゐない事が分ると、自づとおつねの家へは行きにくゝなつた。

「なまじつか、家に少《すこ》しの貯蓄《ちよちく》があるから、阿母さんは用心をするんだわ、こんな事《こと》してゐたら阿母さんの氣に入る養子の來《き》つこはありやしない。」

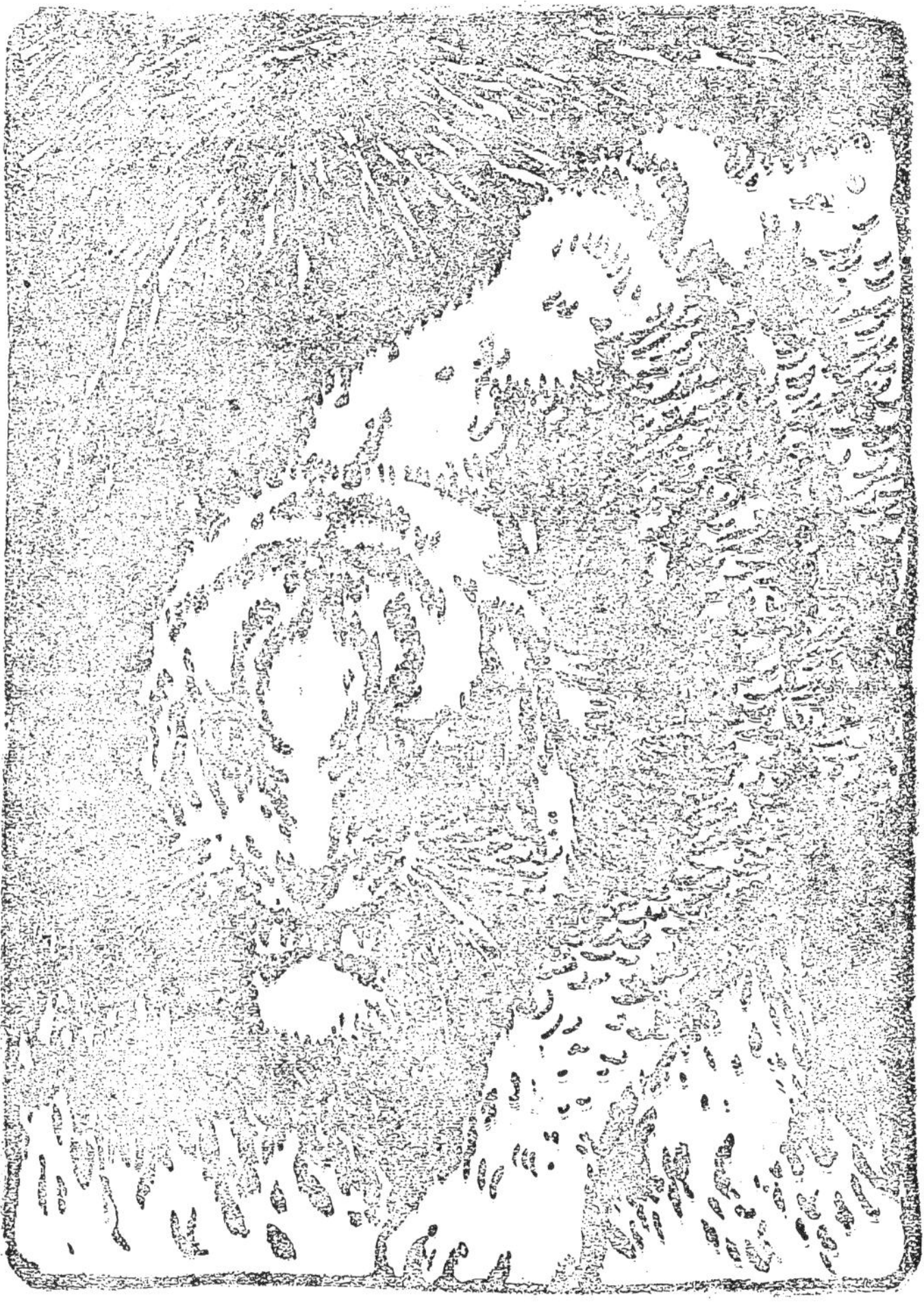

矢崎千代二筆

お豊はいつも斯《か》う思つた。

この大平《おほひら》さんに、この頃近所で浮名《うきな》が立つた。

そうしてこの相手《あひて》は、向ふの横町の鹽煎餅《しほせんべい》やの娘だつた。

「お艶ちやんと？」

お豊はその噂《うはさ》を聞いたとき、ほんとだとは思へなかつた。

それは湯屋で小間物屋《こまものや》のおていに逢つた時聞いたのだつた。

そうしてお艶は大平《おほひら》さんの爲に、身持《みもち》になつたことまでおていは話した。

「おどろいたこと。」

斯う云つたもの丶、お豊はいやな氣がして、まるで世界が闇《やみ》のやうになつた。こればかりでなく、若し自分《じぶん》との仲もこの友達が知つてゐたとしたら、どんなに自分を蔑《さげす》むことだらうと思ふと、顔さへ上げられないやうな氣がして、お豊はきまりが惡るかつた。

お豊はそれを母親に話《はな》す氣はなかつたけれど、この日の夕方、またおていが遊びに來て、そうして母娘《おやこ》の前でその話がもう一遍《いつぺん》おていの口から繰り返されたので、おつねに分《わか》つてしまつた。

「云はないこつちやない。」

おつねは斯う云つて眉《まゆ》をひそめた。お豊がどんなところへまで深入《ふかい》りしたかは知らないけれど、今のうちに、男の方に相手《あひて》が出來てしまつて、よかつたとおつねは思つた。これでお豊も思ひ切れるだらうと思ふと、安心《あんしん》もできるやうな氣がした。

だがお豊は、その時からすつかり鬱《ふさ》いでしまつて、口もきかず、髪も結はず、何《なに》か一人で思ひ屈《くつ》して日を送《おく》つてゐる。

おつねが何《ど》う氣を引き立てやうとしても、然うすればするほどお豊の癇《かん》が立つだけだつた。

大平《おほひら》が自分に戀をしてる時がたしかにあつたとお豊は思つてゐた。その時に自分も思ひきつて逆上《のぼせ》てしまへば、きつと男はお艶なぞとそんな仲にはなりはしなかつたんだとお豊は思つた。それが唯、取《と》り返《かへ》しがつかないやうな氣がして、お豊は思ひきれなかつた。母親がうるさいばかりで、遂、男の云ふことも半分《はんぶん》は聞かないで過ぎてきたことなぞ思ふと、お豊はおつねに當《あた》つてやらなくてはゐられないやうな氣がしたりした。

「どうせあんな男なんだよ。お代《かは》りはいくらでもあるんだから恐《おそろ》しいぢやないか。」

「そんな事聞きたくない。もうあの人の事なんか云はないで下さい。」

お豊《とよ》はおつねの冷笑を見《み》ると、むか〳〵として斯うどなり付けたりした。

「まあ〳〵其れでもよかつた。あれがお前《まへ》でなくつて。」

おつねは、吻《ほつ》とした顔をしたお豊《とよ》を見ながら云つた。當分鬱《ふさ》いでゐたつて、もう直《ぢ》きなほる時がくる。その時は大平のおの字《じ》も其の心から消《き》へてしまふにきまつてゐる――おつねは斯う高《たか》をくゝてゐた。

お豊はちつとも外に出《で》なかつた。出て、ひよつと大平にでも逢《あ》ふと、それがいやだと思つたからであつた。

「奉公《ほうこう》にでも出やうか。」

斯う思ふのは、近所《きんじよ》にゐる大平と顏《かほ》を合はせるのがいやなからであつた。あの噂《うはさ》を聞いてからこつち、まだ一度もお豐は男に逢《あ》はなかつた。お艶《つや》にはたつた一度表《おもて》で逢つた。お艶は平氣《へいき》な顏して、おしろいを眞《ま》つ白《しろ》に塗《つ》けて歩いてゐた。お豐は直《す》ぐ、そのお腹《なか》のところに目を付けたけれども、別に變つてはゐなかつた。お艶《つや》はだまつて通つて行《い》つてしまつた。

「いやな奴。」

お豐はかう思ひながら、あんな女を相手《あひて》にした大平を蔑《さげす》まずにはゐられなかつた。そうしてお豐はちつとも、男に逢ひたいとは思はなかつた。大平《おほひら》を何《ど》うの斯《か》うのとは、ちつとも思へなくなつた。それだのに、唯氣《たゞき》がふさいで心がはしやがなかつた。唯世《たゞよ》の中が淋《さび》しくつて、陰氣《いんき》で、つまらなかつた。お豐《とよ》はたゞくさ〴〵した。母親《はゝおや》が忙しそうに、仕事に精《せい》を出してゐるのを知《し》つてゐながら、自分《じぶん》はぼんやりとこわれた髮をして火鉢《ひばち》の前に坐り込んでゐたりした。

「ちつとおはしやぎな。」

おつねは見るのも嫌《いや》だと云ふやうな顏をしてから云つた。

お豐《とよ》は、こんな事をしてゐてはつまらないとも思つた。それよりは、又おしやれでもして、身奇麗《みぎれい》になつて、大平に逢ひでもした時は、きれいになつて濟《す》ましてゐてやり度いやうな氣もした。誰《た》れの爲に、こんなにおもしろくない日を送《おく》るのだらう。——そうして、ほんとに自分も浮氣《うはき》をしてやらう。——こんな事《こと》も思ふけれども、それも直きに、おつくうになつて、お豐《とよ》はやつぱり氣が引き立たなかつた。

ある夕方、ふいに大平《おほひら》が洋服姿《やうふくすがた》でやつて來た。そうして入《い》り口《ぐち》のところに腰《こし》をかけて、用ありそうにおつねの顏を見て挨拶《あいさつ》した、お豐は大平《おほひら》と顏を合はせたけれども、默《だま》つて奧へはいつてしまつた。

「ちつと遠《とほ》くへ行くもんですから、お別《わか》れに上つたのです。いろ〳〵とお世話《せわ》さまになりました。」

大平はかう云つて笑《わら》ひながらお辭儀《じぎ》をした。

「へえ。どちらへ。」

「大阪の方へ。會社《くわいしや》の都合で。」

「それは結構《けつかう》でございますね。ほんとにお別れをするとお名《な》殘《ご》りが惜しうございましてね。」

二人がこんな事を云つてるのをお豐は奧で聞いてゐた。なんとなく懷《なつか》しい思ひに浸されながら、男《をとこ》の聲を一と言でも聞《き》き逃《のが》すまいとしてゐたが、男はそれだけで何も云はずに歸つてしまつた。

厄拂《やくばら》ひでもした氣で、おつねはいゝ鹽梅《あんばい》だと思つた。

「大阪で、また娘《むすめ》でも引つかけるんだらう。あゝ、氣障《きざ》な男だね。」

おつねは斯う云つて笑《わら》つたけれども、お豐《とよ》はだまつてゐた。自分に逢《あ》ひに來たんだと思ふと、お豐《とよ》は、男の心にひきつけられるやうな氣がして、ぽつとなつてゐた。

今夜《こんや》にも、何《ど》うかして一度大平《おほひら》さんに逢つて見やう。——お豐はふと斯《か》う思つた。どうせもう遠《とほ》く別れるんだから、一度ぐらゐ逢《あ》つて、そうして一《ひ》と言《こと》何か言つてやりたい。それが嘘《うそ》の事《こと》でもほんとの事でも、何か一《ひ》と言《こと》云つてやりたい。この儘《まゝ》別《わか》れてしまへば、もうあの人に物《もの》を云ふ機《とき》が來《く》るかどうかは分《わか》りやしない。これぎりの縁《えん》なら、せめて別れるときにもう一度逢《あ》つて何か一《ひ》と言《こと》云つてやりたい。

　お豊はかう思ひ出すと、もうぢつとしてはいられなくなつて、手ばしこく髪《かみ》を撫《な》で付けたり、湯をつかつたりした。そうしてこの頃になく奇麗に身粧《みじま》ひをした。おつねは其れを不《ふ》思議《しぎ》そうに見てゐたが、直ぐに娘《むすめ》の心がおつねに分つた。

たが、おつねは見て見ない振《ふ》りをしてゐた。お豊は時々遊びに行く親類《しんるゐ》の家の名を云つて、其所《そこ》へ行くと云つて家を出た。そうして、通《とほ》りがゝりのやうにして、清元《きよもと》の師匠の家へ寄らうとすると、丁度《ちやうど》、格子の中から、大平《おほひら》がお艶を連《つ》れて外へ出《で》てくるところに打《ぶ》つ突《つ》かつた。大平《おほひら》はお豊の顔を見ると、ちよいと顔《あたま》を下げたけれども、其の儘《まゝ》ずつと通りの方へ行《い》つてしまつた。お艶《つや》の髪が丸髷《まるまげ》だつたのが、お豊《とよ》の眼にはいつた。

「お目出度う。」

　お豊はそれを見《み》ると、直ぐかう云つてお艶《つや》に笑ひかけた。お艶は其れを聞《き》き流《なが》しにして、赤い顔《かほ》をしながら小走りに大平のあとを追《お》つかけていつた。

　お豊は別にどんな氣《き》もしなかつた。そうして師匠《しゝやう》の家へ一《ちよ》寸《つと》寄《よ》つて、二人がとう〳〵夫婦《ふうふ》になることなどを師匠《しゝやう》の口から聞いた。

「もう一年《ねん》にもなるんだつてね二人が好《い》い仲になつてから。私は余つぽとぼんくらだから、ちつとも知らなかつたのさ。赤《あか》ん坊が出來ちやつたもんだから艶《つや》ちやんとても遣る事にしたらしいのね。もう此家《こゝ》の二階へ艶ちやんは來つきりなのさ。なんても明後日《あさつて》あたり立《た》つんだらう。」

　お豊はそんな話《はなし》を聞きながら、自分が大平《おほひら》と手などひかれて暗い路《みち》を通つたのがついこの二た月ほど前の事《こと》だつたことなどを考《かんが》へてゐた。大平はどうしても自分《じぶん》を女房にしたいと云つて、あんな打明《うちあ》けたことまでも云つたのにと思ふと、お豊にはどうしても男《をとこ》の心が分らなかつた。そうして、捲《ま》き添《ぞ》えを食《く》はなかつたことが嬉《うれ》しくなつて、お豊はあの男と手をひかれたりした事は、みんな奇麗《きれい》に忘れてしまはうと思つた。そう思ひながら、母親《はゝおや》に云つて出た通《とほ》りに、久し振りて晴《は》れ〳〵した氣持《きもち》になりながらお豊は親類の家へ行つた。

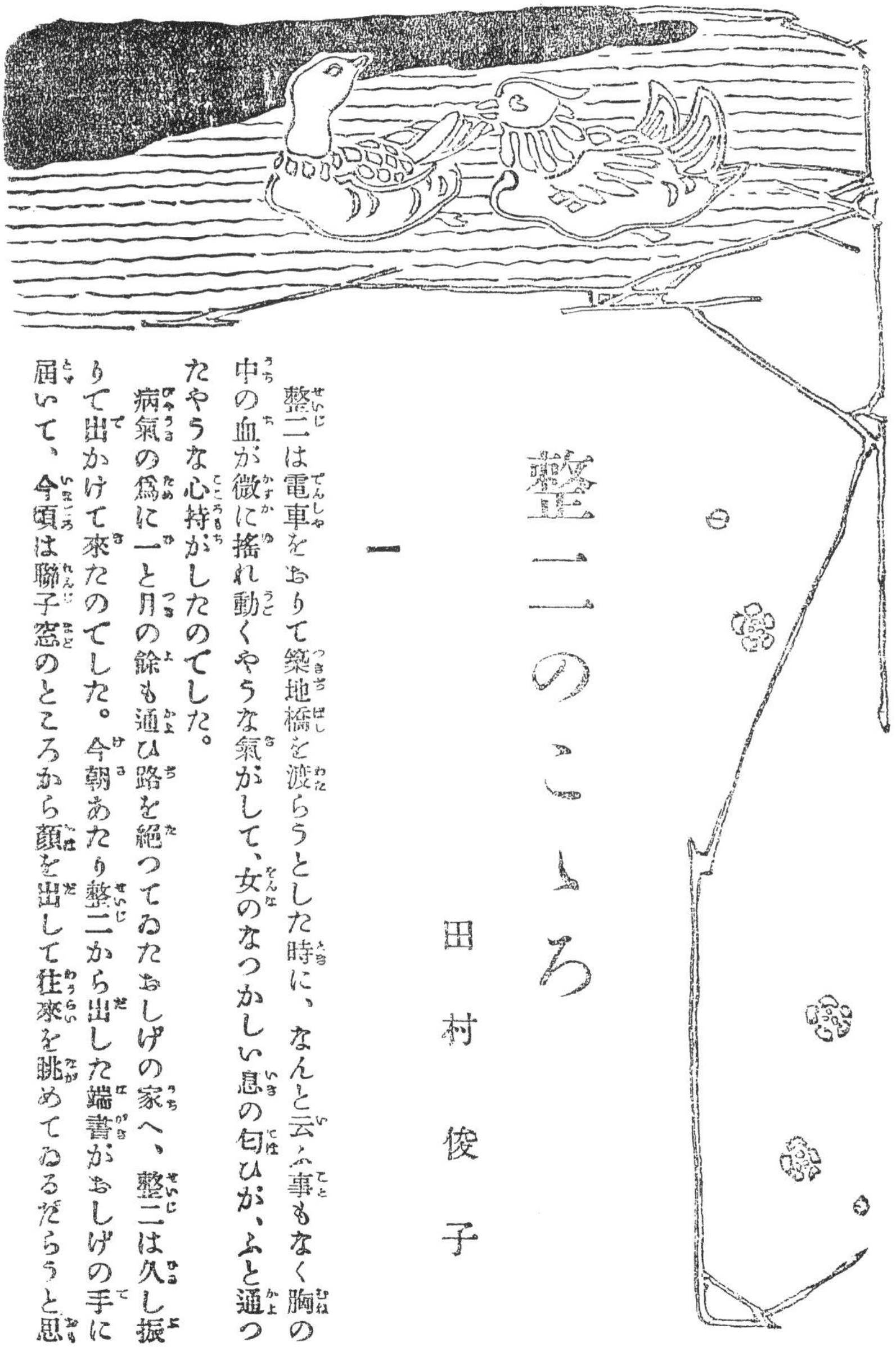

整二のこゝろ

田村俊子

一

整二《せいじ》は電車《でんしや》をおりて築地橋《つきぢばし》を渡《わた》らうとした時《とき》に、なんと云《い》ふ事《こと》もなく胸《むね》の中《うち》の血《ち》が微《かす》かに搖《ゆ》れ動《うご》くやうな氣《き》がして、女《をんな》のなつかしい息《いき》の匂《にほ》ひが、ふと通《かよ》つたやうな心持《こころもち》がしたのでした。

病氣《びやうき》の爲《ため》に一《ひ》と月《つき》の餘《よ》も通《かよ》ひ路《ぢ》を絶《た》つてゐたおしげの家《うち》へ、整二《せいじ》は久《ひさ》し振《ぶ》りで出《で》かけて來《き》たのでした。今朝《けさ》あたり整二《せいじ》から出《だ》した端書《はがき》がおしげの手《て》に屆《とゞ》いて、今頃《いまごろ》は聯子《れんじ》窓《まど》のところから顏《かほ》を出《だ》して往來《わうらい》を眺《なが》めてゐるだらうと思《おも》

整二のこゝろ

ふと、整二《せいじ》は人目《ひとめ》も構《かま》はず驅《か》け出《だ》してゆきたいやうな氣《き》がしてゐるのでした。整二《せいじ》はおしげの顔《かほ》を見《み》たいと云《い》ふよりも、姿《すがた》を見《み》たいと云《い》ふよりも、もつと他《ほか》におしげに逢《あ》ふと直《す》ぐ云《い》はなければならない事《こと》があるので、唯《ただ》そればかりを思《おも》つてゐました。云《い》ひ度《た》ひことゝ云《い》ふのは、

「ほんとに逢《あ》ひたくつて、泣《な》いてゐたんだよ。死《し》んでしまへば逢《あ》へないんだから。」

整二《せいじ》は直《す》ぐ斯《か》う云《い》ふつもりでゐたのでした。

親《おや》に内密《ないしよ》で、そつと圍《かこ》つてある女《をんな》の事《こと》ですから、表《おもて》むき女《をんな》から見舞《みまひ》を貰《もら》ふことなぞは出來《でき》ませんでした。友達《ともだち》にも誰《た》れにも内密《ないしよ》の女《をんな》ですから、人《ひと》に頼《たの》んで言傳《ことづ》てをして貰《もら》ふこともできませんでした。それて病氣《びやうき》が少《すこ》し快《よ》くなつた時《とき》に、漸《やうや》く妹《いもうと》のおつねに頼《たの》んで一封《いつぷう》の郵書《いうしよ》をおしげのところへ出《だ》したのですが、それもおつねを瞞《だま》して出《だ》してもらつたのですから、幾度《いくたび》も頼《たの》む譯《わけ》には行《ゆ》かないのでした。

おしげは整二《せいじ》が來《こ》ないのを恨《うら》むと云《い》ふやうなことはしないと整二《せいじ》は思《おも》つてゐました。恨《うら》んでくれるやうな女《をんな》ならいゝのですが、どんなに男《をとこ》から便《たよ》りのないのを悲《かな》しがつて、泣《な》いてゐるか知《し》れないと思《おも》ふと、整二《せいじ》は女《をんな》の心《こころ》を悲《かな》しがらせた事《こと》が、たまらなく自分《じぶん》にも悲《かな》しいのでした。

この世《よ》の中《なか》におしげと、自分《じぶん》ぐらゐ思《おも》ひ合《あ》つた二人《ふたり》はあるまいと整二《せいじ》は思《おも》つてゐました。

おしげと云《い》ふのは名古屋《なごや》の生《うま》れて、下谷《したや》で藝者《げいしや》をしてゐた女《をんな》なのです。整二《せいじ》とは五《いつ》つ違《ちが》ひで十八でした。

顔《かほ》は小《ちひ》さい方《はう》で、顔全體《かほぜんたい》の割合《わりあひ》に額《ひたひ》が廣《ひろ》くて少《すこ》し生際《はへぎは》が惡《わ》るいのですけれども、睫毛《まつげ》が長《なが》くつて口《くち》許《もと》が小《ちひ》さくつて、それに眉毛《まゆげ》が下《さが》り尻《じり》で濃《こ》いのです、その爲《ため》に、默《だま》つてゐる時《とき》は愁《うれ》ひを含《ふく》んでゐるやう

な顔付《かほつき》になりますが、笑《わら》ふと、蕾《つぼみ》のほころびたやうなあでやかな愛《あい》らしさがこぼれるのです。

整二《せいじ》の家《うち》は大《おほ》きな袋物店《ふくろものみせ》でした。整二《せいじ》は其《そ》の後《あと》とりなのです。整二《せいじ》は總領《そうりやう》ではありますけれども、親類《しんるゐ》うちにも評判《ひやうばん》の利口《りこう》ものでした。父親《てておや》がたいへんな吝《しは》りやで、もし自分《じぶん》の作《つく》つた財産《ざいさん》を失《な》くすやうな子供《こども》が出來《でき》たら、殺《ころ》してもいゝと云《い》ふやうな息《いき》ぐみで子供《こども》に對《たい》してゐるのですから、小供《こども》たちは、どれもひり〳〵して、まるで土藏《どざう》の陰《かげ》に生《は》えひろがつた蔦《つた》かづらのやうに、青《あを》く凋《しな》びて育《そだ》つてゐるのでした。整二《せいじ》はわりあいにゆつたりと育《そだ》つてはきましたけれども、他《よそ》の金持《かねもち》の我《わ》が儘息子《まゝむすこ》のやうなところはありませんでした。としごろになつてもあてがはれた小遣錢《こづかひ》よりほかには、一錢《いつせん》でも自分《じぶん》から使《つか》ふことを知《し》らないのでした。それだけに、他《はた》から誘《さそ》はれても、決《けつ》して遊《あそ》びの仲間《なかま》にも入《はい》らうともしませんでした。他《よそ》の息子《むすこ》たちが、今日《けふ》は何《なん》百圓《ゑん》持《も》ち出《だ》したとか、情人《をんな》ができたとか云《い》つて噂《うはさ》の絶《た》えない時《とき》でも、整二《せいじ》にはなんの不始末《ふしまつ》もありませんでした。

「親父《おやぢ》の思《おも》ひ通《どほ》りの息子《むすこ》ができた。」

と云《い》つて同《おな》じ息子《むすこ》を持《も》つた商賣仲間《しやうばいなかま》の人《ひと》たちは、整二《せいじ》の行《おこな》ひの好《い》いのを羨《うらや》しがりました。そうして親類《しんるゐ》の人《ひと》たちは賞《ほ》めものにしてゐました。

その整二《せいじ》が今年《ことし》の春《はる》になつてから、下谷《したや》の藝妓《げいしや》を買《か》ひ馴染《なじ》むやうになりました。女《をんな》の方《はう》からもたいへんに思《おも》はれて、整二《せいじ》はその女《をんな》を思《おも》ひ切《き》ることが出來《でき》ないやうになりました。

いづれも、仲間《なかま》の懇親會《こんしんくわい》の崩《くづ》れか何《なに》かで、この女《をんな》と知《し》つたのが最初《さいしよ》なのでしたが、整二《せいじ》が思《おも》ふよりも、女《をんな》の方《はう》の熱《ねつ》が強《つよ》かつたので、この戀《こひ》は其《そ》れぎりでは濟《す》まないものになつたのでした。

整二のこゝろ

整二《せいじ》は初《はじ》めての戀《こひ》ごころに、よく若いものがするやうな埒もない醉ひは覺えませんてした。それには嚴《きび》しい親《おや》たちの監視《かんし》を潜《くゞ》つて、しげ／＼其《そ》の女《をんな》に逢《あ》ふと云《い》ふことは出來《でき》ませんてした。整二《せいじ》は親《おや》の目《め》が、地獄《ぢごく》の鬼《おに》の目《め》よりも恐《おそろ》しいのてしたから。それて、自分一人《じぶんひとり》の智恵《ちゑ》て、直《す》ぐにこの女《をんな》を落籍《ひか》してしまつたのてした。それが四度目《よたびめ》の女《をんな》との逢《あ》ふ瀬《せ》のときに定《き》めた話《はなし》なのてした。整二《せいじ》は問屋《とんや》の方《はう》の勘定《かんぢやう》を遣《や》り繰《く》りしたり、譯《わけ》を知《し》つた叔父《をぢ》のところへ、其《そ》れとは云《い》はずに纏《まとま》つた金《かね》をこしらへて貰《もら》つたりして、女《をんな》を自分《じぶん》のものにしてしまつたのてした。そうして新富町《しんとみちやう》に圍《かこ》つておいて、自分《じぶん》は寐泊《ねとま》りなぞはしずに、晝《ひる》の間《あひだ》のひまな時間《じかん》をぬすんでは女《をんな》の許《ところ》へ通《かよ》つてゐたのでした。

女《をんな》を然《さ》う云《い》ふことにしてから、もう半年《はんとし》にもなりました。整二《せいじ》はだん／＼に其《そ》の女《をんな》を戀《こひ》しく思《おも》ふやうになつてきました。一日《いちにち》でも女《をんな》の顏《かほ》を見《み》ずには過《す》ごされませんでした。それでも整二《せいじ》は決《けつ》して親《おや》の家《いへ》を一《ひ》と晩《ばん》でも明けると云《い》ふやうなことはないのでした。

「よくあの時《とき》に、おしげを直《す》ぐと落籍《ひか》すと云《い》ふ智恵《ちゑ》がでたものだつた。」

整二《せいじ》はいつも然《さ》う思《おも》ひました。自分《じぶん》の戀《こひ》を安全《あんぜん》にするには、唯親《ただおや》たちに知《し》れさへしなければ、いゝのでした。おしげを思《おも》へば思《おも》ふほど、整二《せいじ》は親《おや》たちの前《まへ》では謹《つゝし》めるだけつゝしんで稼業《かげふ》に精《せい》を出《だ》してるやうな樣子《やうす》をしてゐました。つまらなく親《おや》の機嫌《きげん》を損《そこ》ねなぞして、一日《いちにち》でもおしげのところへ通《かよ》ふ時間《じかん》を失《な》くしたりすることが辛《つら》いからでした。

「整二《せいじ》が女《をんな》を圍《かこ》つてゐる。」

こんな事《こと》は誰一人《たれひとり》知《し》つてるものはありませんてした。この頃《ごろ》金《かね》の要《い》り用《よう》が多《おほ》くなつて、ちよい／＼

整二のこゝろ

整二《せいじ》がやつてくる上野《うへの》の叔父《をぢ》の家《うち》でも、整二《せいじ》が少《すこ》しばかり遊《あそ》びても初《はじ》めたのだらうぐらゐにしきや考《かんが》へてゐませんでした。よく通《とほ》つた叔父《をぢ》は、整二《せいじ》が僅《わづか》の金《かね》をつかつたところで、其《そ》れを兎《と》や角《か》う云《い》ふやうな人《ひと》ではありませんでした。

整二《せいじ》はかうして誰《たれ》にも秘《ひ》し隠《かく》しにして女《をんな》を圍《かこ》つてゐたのですが、この秋《あき》になつてから腸《ちやう》チブスにかゝつて、おしげにも逢《あ》へなくなつたのでした。整二《せいじ》はこの一《ひ》と月餘《つきあま》りと云《い》ふもの、おしげの袖《そで》の先《さ》きにも觸《ふ》れることが出來《でき》ませんでした。呼《よ》べば直《す》ぐに自分《じぶん》の手《て》に縋《すが》り付《つ》くおしげに、整二《せいじ》はどうしても聲《こゑ》をかけることが出來《でき》ませんでした。病《やま》ひの峠《たうげ》を越《こ》してからも、整二《せいじ》はおしげを思《おも》つてうつら〳〵してゐました。凡《すべ》てのことが親《おや》に分《わか》つても、其《そ》の爲《ため》に自分《じぶん》の戀《こひ》に破綻《はたん》が來《き》ても、病氣《びやうき》の間《ま》におしげに來《き》て貰《もら》ふやうに母親《はゝおや》に頼《たの》んで見《み》やうかと云《い》ふ事《こと》を、幾度《いくたび》思《おも》つたか知《し》れませんでしたが、とう〳〵我慢《がまん》を仕通《しとほ》してしまひました。妹《いもうと》のおつねに頼《たの》んで出《だ》してもらつた手紙《てがみ》はたしかにおしげの手《て》に渡《わた》つてゐるに違《ちが》ひありませんでした。そうして、自分《じぶん》の病氣《びやうき》の癒《なほ》るやうに、おしげは神々《かみ〴〵》に祈念《きねん》をかけてくれたに違《ちが》ひないと整二《せいじ》は想像《さうざう》してよろこびました。

河《かは》の水《みづ》は白《しろ》つぽくちゞれて、初冬《しよとう》の薄寒《うすさむ》い日影《ひかげ》の底《そこ》にふるえてゐました。橋《はし》の向《むか》ふを通《とほ》る人《ひと》たちが、冷《つめ》たい世界《せかい》にかがまり込《こ》んでゆく人々《ひと〴〵》のやうに、背《せ》を丸《まる》くして俯向《うつむ》いて急《いそ》ぎ足《あし》になつてゆきます。開場《かいぢやう》してゐない新富座《しんとみざ》の建《た》てものは、何《なに》か暗《くら》い夢《ゆめ》を見《み》てゐるやうに、入《い》り口《くち》を閉《と》ざしてひつそりとしてゐました。

整二のこゝろ

整二《せいじ》は或《あ》る横町《よこちやう》をはいつて、又小《またちひ》さい路次《ろじ》にはいりました、おしげの家《うち》の隣家《となり》は歌澤《うたざは》の師匠《ししやう》が住《す》んでゐました。そうして其《そ》の松葉巴《まつばどもゑ》の紋《もん》をかいた軒燈《けんとう》が、路次《ろじ》を入《はい》ると直《す》ぐに見《み》えたものですが、今日《けふ》はその軒燈《けんとう》が目《め》に入《はい》りませんでした。整二《せいじ》はずん／＼歩《ある》いて來《き》ておしげの家《うち》の欞子窓《れんじまど》のところに立《た》ちどまりました。窓《まど》には戸《と》が閉《さ》してありました。

整二《せじ》の胸《むね》はどきりとしました。格子《かうし》の方《はう》へ廻《まは》ると其所《そこ》にも戸《と》が閉《さ》してありました。そうして貸家《かしや》の札《ふだ》が貼《は》つてあるのでした。

整二《せいじ》は、眼《め》の端《ふち》から顔面《かんめん》の肉《にく》がそげ／＼と落《お》ち剝《は》がれてゆくやうな氣《き》がして、しばらく立《た》つてゐました。それから、隣家《となり》の歌澤《うたざわ》の師匠《ししやう》へ行《い》つて、いつ何所《どこ》へ越《こ》したのか聞《き》いて見《み》やうと思《おも》つて、急《いそ》いで隣家《となり》の格子《かうし》先《さき》を覗《のぞ》き込《こ》みましたが、先《せん》の師匠《ししやう》の住《す》み家《か》でないことが直《す》ぐ分《わか》りました。その人《ひと》も越《こ》してしまつて、誰《た》れか違《ちが》つた人《ひと》が移《うつ》り住《す》んでる樣子《やうす》でした。

整二《せいじ》はふら／＼と路次《ろじ》を出《で》てきました。そうして何《ど》うしたのか分《わか》りませんでした。歌澤《うたざわ》の師匠《ししやう》がゐたにしても、其《そ》の人《ひと》におしげの行《ゆ》く先《さき》を聞《き》いて見《み》るなどゝ云《い》ふやうな、馬鹿《ばか》げたことは出來《でき》ない筈《はづ》でした。整二《せいじ》はそれを思《おも》つた途端《とたん》に、一時《いちじ》にかつとして顔《かほ》が赤《あか》くなりました。

二

おしげは何《ど》うしてあの家《うち》を越《こ》したのか整二《せいじ》にはどうしても分《わか》りませんでした。周圍《しうゐ》の何《なに》もかもが、整二《せいじ》を一人《ひとり》立《た》たしておいてばた／＼と落《お》ち込《こ》んで行《い》つてしまふやうな、日《ひ》光の影《かげ》がだん／＼に消《き》えて

整二のこゝろ

行《い》つてしまふやうな、暗《くら》い淋《さび》しい果敢《はか》ない氣《き》が整二《せいじ》の胸《むね》いつぱいにふさがりました。整二《せいじ》は築地橋《つきぢばし》の上《うへ》にぼんやりと立止《たちどま》りました。おしげは自分《じぶん》から離《はな》れて行《ゆ》かう筈《はず》がないと整二《せいじ》は思《おも》ひました。何《なに》かあの家《うち》に譯《わけ》があつて、自分《じぶん》の行《ゆ》くのを待《ま》つひまもなく、つい近《ちか》くに移《うつ》つたのかも知《し》れないと云《い》ふ氣《き》がしました。整二《せいじ》は然《さ》う思《おも》ふと、足《あし》に任《まか》せてそこいらの軒並《のきなみ》を探《さが》して歩《ある》かうと思《おも》ひました。それて又後《またあと》に引《ひ》つ返《かへ》して、先《せん》のおしげの家《うち》のあたりを中心《ちうしん》にして、彼方此方《あちこち》と當《あ》てもなく表札《へうさつ》を見《み》て歩《ある》いたりしましたが、直《ち》きに病後《びやうご》の身體《からだ》は疲《つか》れてしまつて、なんとも云《い》はれず悲《かな》しみが込《こ》み上《あ》げてきたりしました。整二《せいじ》は帽子《ぼうし》のひさしを下《さ》げて俯向《うつむ》きながら、力《ちから》のない足取《あしど》りで往來《わうらい》の方《はう》へ出《で》て來《き》ました。そこいらに女《をんな》が歩《ある》いてゐるやうな氣《き》もされて、整二《せいじ》は新富座《しんとみざ》の横《よこ》までくると、電車《でんしや》の通《とほ》る方《はう》を、しばらく痛《いた》さうな眼《め》で眺《なが》めました。

その内《うち》に、ふと、おしげは越《こ》した先《さき》だけを書《か》いて自分《じぶん》のところへ寄越《よこ》してあるのぢやないかと整二《せいじ》は思《おも》ひつきました。その端書《はがき》を誰《た》れかゞ受取《うけと》つたに違《ちが》ひないと思《おも》ひました。ひよつとすると土藏脇《どざうわき》の茶《ちや》の間《ま》の狀差《じやうさ》しに紛《まぎ》れ込《こ》んでるかも知《し》れないと思《おも》いました。整二《せいじ》は然《さ》う思《おも》ふと今夜《こんや》はきつとおしげに逢《あ》へるやうな氣《き》がしました。それて急《きう》に勢《いきほ》ひがついて整二《せいじ》は其所《そこ》から車《くるま》に乘《の》りました。

整二《せいじ》は家《うち》へ入《はい》ると直《す》ぐ茶《ちや》の間《ま》の狀差《じやうさ》しを取《と》つて調《しら》べて見《み》ました。端書《はがき》が五六枚《まい》に受取《うけと》りが四五通《つう》押《お》し込《こ》んであるほかには、おしげの書《か》いたらしいやうな轉居《てんきよ》の知《し》らせなどはありませんでした。整二《せいじ》はこの狀差《じやうさ》しを誰《た》れがこの頃《ごろ》になつて掃除《さうぢ》したのか其《そ》れを聞《き》かうと思《おも》つて、おつねが何時《いつ》も裁縫《さいほう》などを

整二のこゝろ

してゐる臺所《だいどころ》のわきの小座敷《こざしき》へ行《い》つて見《み》ました。

もう座敷《ざしき》には十燭《しよく》の電燈《でんとう》がついてゐました。窓《まど》の障子《しやうじ》が薄淺黄《うすあさぎ》色《いろ》になつて、仕事臺《しごとだい》のあたりに散《ち》らかつてゐる赤《あか》いきれの色《いろ》が、水《みづ》に濡《ぬ》れてるやうにぢつとりと柔《やは》らかくおつねの袖《そで》のまはりを色彩《いろど》つてゐました。

「狀差《じやうさ》しはこの頃《ごろ》誰《た》れが片付《かたづ》けたの。おつね。」

「私《わたし》ですよ。」

おつねは然《さ》う云《い》つて兄《あに》の方《はう》を振《ふ》り返《かへ》りました。おつねは銀杏返《いてふがへ》しに結《い》つてゐました。紫《むらさき》の地《ち》に赤《あか》のはいつてる襦袢《じゆばん》の襟《えり》が、黒繻子《くろじゆす》の半襟《はんえり》の下《した》から目立《めだ》ちました。兄《あに》とは違《ちが》つておつねは肩《かた》などが丸々《まる〱》と肥《ふと》つてゐるのでした。

「俺《おれ》のところへ端書《はがき》が來《き》てる筈《はづ》なんだがな。」

「何處《どこ》から？」

整二《せいじ》はふいと口《くち》を噤《つぐ》んで妹《いもうと》の顏《かほ》を見《み》ましたが、一度病中《いちどびやうちう》にこの妹《いもうと》に賴《たの》んでおしげのところへ手紙《てがみ》を出《だ》したことを思《おも》ひ付《つ》くと、直《す》ぐなんでもなく、其《そ》の差出《さしだ》し人《にん》がおしげだと云《い》ふことを云《い》つても差支《さしつか》へないやうな氣《き》がしました。それで整二《せいじ》も笑《わら》ひを含《ふく》みながら。

「名《な》は書《か》いてなかつたかも知《し》れないけれども、轉居《てんきよ》の知《し》らせが來《き》てる筈《はず》なんだよ。」

「そんな端書《はがき》は來《き》ませんでしたよ。兄《にい》さんのところへ來《き》た手紙《てがみ》は、一々《いち〱》私《わたし》が受取《うけと》つてあなたに渡《わた》したつもりですよ。」

整二のこゝろ

其《そ》のおつねの物《もの》の云《い》ひかたが、整二《せいじ》の癪《しやく》にさわりました。整二《せいじ》は平常《ふだん》からこの妹《いもうと》を好《す》かないのてした。親《おや》たちへのおべつかものて、いつも帯《おび》をきちんと締《し》めて前垂《まへだ》れを角形《さくかた》にぴつたりと締《し》めてる樣子《やうす》からして氣《き》に入《い》らないのてした。そうして何《なん》でもしやん〳〵と仕事《しごと》を捗取《はかど》らせると云《い》つた風《ふう》な、きりつまつた恰好《かつかう》をして、薄白《うすじろ》い唇《くちびる》をぶつと結《むす》びつきりにしてゐるのも虫《むし》が好《す》きませんてした。今云《いまい》つたおつねの言葉《ことば》も、整二《せいじ》にはわざと意地《いぢ》を惡《わ》るくしてゐられるやうて腹《はら》が立《た》ちました。

「大切《だいじ》な用《よう》だから聞《き》いてるんぢやないか。もつと優《やさ》しく物《もの》を云《い》へ。口《くち》ばかり尖《と》がらかしてればいゝかと思《おも》つてやがる。」

「引《ひ》つ越《こ》してしまつた人《ひと》のことなら、私《わたし》の方《はう》がよく知《し》つてるわ。」

おつねは薄《うす》い唇《くちびる》のわきに冷笑《れいせう》の皺《しわ》をこしらへて、下《した》を向《む》きながら仕事《しごと》をつゞけてゐました。整二《せいじ》は、なんとなく心持《こころもち》が惡《わ》るくなつて、おつねを見詰《みつ》めてゐましたが、

「そりや何《なん》のこつたい？」

と聞《き》き返《かへ》しました。

「おしげさんて人《ひと》のことでせう。あの人《ひと》なら越《こ》してしまつた筈《はづ》ですもの。」

「どうして其《そ》れをおつねが知《し》つてるの。」

整二《せいじ》は、一生懸命《いつしやうけんめい》に突《つ》つかゝつてくるものを呑《の》み込《こ》むやうにして、靜《しづか》な聲《こゑ》でかう聞《き》きましたがおつねは其《そ》れぎりで默《だま》りました。

整二《せいじ》はおつねに弱點《じやくてん》を押《おさ》へられてるやうな氣《き》がして不快《ふくわい》になりました。けれども、おしげの事《こと》なら

整二のこゝろ

知《し》つてると云《い》はれたので、何《ど》うしてもおつねの言葉《ことば》に自分《じぶん》の思惑《おもわく》を絡《から》ませずにはゐられなくなりました。

「どうして越《こ》したんだかおつねが知《し》つてるつてのはをかしい。」

「おつかさんに聞《き》くとよく分《わか》りますよ。」

「どうして？」

おつねは、ついと立《た》つて部屋《へや》の外《そと》に出《で》て行《い》つてしまひました。

外《そと》がだん〱薄《うす》ぐらくなつてきました。

整二《せいじ》は障子《しやうじ》の硝子《ガラス》窓《まど》から薄《うす》ねずみな色《いろ》に暮《く》れてゆく軒《のき》の下《した》を、悲《かな》しい心《こころ》で眺《なが》めました。母親《ははおや》に自分《じぶん》の戀《こひ》を知《し》られたと云《い》ふことが、整二《せいじ》にはすべての破滅《はめつ》のやうに思《おも》はれたからでした。けれども、何《ど》うして親《おや》たちが女《をんな》の事《こと》を知《し》つたのであらう、おしげが自分《じぶん》に逢《あ》ひにでも來《き》たのぢやないか。其《そ》れで家《うち》のものたちに知《し》られたのぢやないか。それとも――

整二《せいじ》は直《す》ぐに思《おも》ひ當《あた》りました。それはおつねが饒舌《しやべ》つたに違《ちが》ひないのでした。

整二《せいじ》は我《わ》れ知《し》らず、其所《そこ》にあつた二尺《にしやく》ざしを取《と》つて握《にぎ》りました。おつねが此所《ここ》に入《はい》つてくるなり、このさしで打《ぶ》ち叩《はた》いてやらうと思《おも》つたからでした。病氣《びやうき》の最中《さいちう》におつねに頼《たの》んだ手紙《てがみ》を、おつねはきつと親《おや》への忠義《ちうぎ》立《だ》てに見《み》せたに違《ちが》ひないのでした。そうして、そんな事《こと》は、おつねの爲《し》そうな事《こと》だと整二《せいじ》は思《おも》ひました。

「そうしておしげを何所《どこ》かへやつたんだな。」

然《さ》うは思《おも》つたものゝ、おしげに對《たい》して家《うち》のものたちが何《ど》う云《い》ふ處置《しよち》を取《と》つたか、整二《せいじ》には少《すこ》しも察《さつ》しることが出來《でき》ませんでした。そしておしげが、家《うち》のものゝ處置《しよち》に對《たい》して、どんな返答《へんたふ》をしたか――

整二《せいじ》は夢中《むちう》にそのさしを握《にぎ》つたまゝ部屋《へや》を出《で》ました。丁度《ちやうど》縁側《えんがは》のところで、此方《こつち》へ歩《ある》いてくるおつねに出《で》逢《あ》ふと、整二《せいじ》はいきなり其《そ》の尺《さし》でおつねの腕《かひな》を突《つ》きました。

「なにも人《ひと》を嘲弄《からか》はなくつてもいゝぢやないか。はつきり云《い》つたらいゝぢやないか。おい。」

「なにもからかやしませんよ。あの女《をんな》の事《こと》ならおつかさんにお聞《き》きなさいつて云《い》つたんぢやありませんか。」

「どうしてお母《かあ》さんが知《し》つてるんだ。」

「そんな事《こと》は知《し》らないわ、おしげつて女《をんな》なら、もう國《くに》へ歸《かへ》つちやつたんですよ、家《うち》からお金《かね》を貰《もら》つて。」

「あの女《をんな》が貰《もら》いになんぞ來《く》るもんか。」

「えゝ然《さ》うよ。家《うち》から手切《てぎ》れ金《きん》をやつたんですもの。」

「お前《まへ》がしやべつたんだらう。」

おつねは默《だま》つて整二《せいじ》の顔《かほ》を見詰《みつ》めてゐました。整二《せいじ》は尺《さし》で其《そ》の默《だま》つてるおつねの顔《かほ》をびしりと打《ぶ》ちました。

「おしやべり。」

整二《せいじ》は二度《にど》おつねの背中《せなか》を打《ぶ》ちました。おつねは背中《せなか》を打《ぶ》たれたときに泣《な》き出《だ》しました。

「兄《にい》さんが、兄《にい》さんが。」

おつねが逃《に》げやうとすると、整二《せいじ》は其《そ》れを追《お》つて叉尺《またざし》を振《ふ》り上《あ》げましたが、茶《ちや》の間《ま》にゐた母親《ははおや》がそれを聞《き》き付《つ》けると直《す》ぐに出《で》てきました。整二《せいじ》は母親《ははおや》の顔《かほ》を見《み》ると、ぐつと癇癪《かんしやく》が込《こ》み上《あ》げてきて、つゞいて母親《ははおや》も打《ぶ》たうとしたのを、後《うしろ》から來《き》た下女《をんな》の手《て》にとめられました。

「何《ど》うしたと云《い》ふんだね。」

「おつかさんも然《さ》うだ。私《わたし》の爲《す》ることは私《わたし》の爲《す》ることぢやありませんか、私《わたし》に僞《うそ》はつかないで下《くだ》さい。私《わたし》に隱《かく》さないで下《くだ》さい。」

整二《せいじ》は然《さ》う云《い》つて物尺《ものさし》を抛《はう》りだすと、急《きふ》に泣《な》きたくなつたのを我慢《がまん》して、その儘急《ままいそ》いで外《そと》に出《で》やうとしました。

「まだ病氣《びやうき》が快《よ》くないんぢやないか。整二《せいじ》。」

然《さ》う云《い》つた母親《ははおや》の聲《こゑ》を聞《き》き流《なが》しにして、整二《せいじ》は、全身《ぜんしん》の血《ち》が痲痺《しび》れてゆくやうな思《おも》ひをしながら出《で》てゆきました。

三

整二《せいじ》は外套《ぐわいたう》も着《き》ずに、ふところ手《て》をした儘足《ままあし》に任《まか》せて淺草橋《あさくさばし》の方《はう》まで歩《ある》いてきました。おしげが姉《きやう》妹《だい》のやうにしてゐる仲《なか》の好《い》い友達《ともだち》が、柳橋《やなぎばし》の近所《きんじよ》に圍《かこ》はれてゐることを知《し》つてゐた整二《せいじ》は、その家《うち》を訪《たづ》ねるつもりなのでした。さうしておしげの今《いま》の樣子《やうす》をその女《をんな》から聞《き》かふと思《おも》ひました。

整二のこゝろ

整二《せいじ》は其《そ》の女《をんな》の家《うち》を知《し》つてゐました。柳橋《やなぎばし》を渡《わた》つて、代地河岸《だいちかし》へつゞく或《あ》る小路《こうぢ》の通《とほ》りの一番奥《いちばんおく》の家《うち》なのでした。藍色《あゐいろ》の壁《かべ》の色《いろ》が軒燈《けんとう》の光《ひか》りに氣取《きど》りを見《み》せた、格子《かうし》造《づく》りの家《うち》の前《まへ》まで來《く》ると整二《せいじ》はなんとなく、自分《じぶん》の見窄《みすぼ》らしくなつた風《ふう》を氣《き》にしながら、家《うち》の中《なか》の様子《やうす》を立聞《たちぎ》きしましたが、家《うち》の中《なか》はひつそりしてゐました。其《そ》れて猶氣が退《ひ》けて、整二《せいじ》は裏木戸《うらきど》の方《はう》へ廻《まは》つて勝手口《かつてぐち》から聲《こゑ》をかけました。直《す》ぐ勝手《かつて》元《もと》で食事《しよくじ》でもしてゐたやうな女《をんな》の返事《へんじ》といつしよと箸《はし》をいた音《おと》がしましたが、やがて戸《と》を開《あ》けて若《わか》い女《をんな》が顔《かほ》を出《だ》しました。

「おしまさんはおいでゞすか。」

「へえ？」

女中《ぢよちう》が不思議《ふしぎ》さうな返事《へんじ》をした時《とき》に、奥《おく》の方《はう》から艶《つや》つぽい含《ふく》み聲《ごゑ》で、

「どなた？」

と云《い》つたのはおしまでした。其《そ》の聲《こゑ》を聞《き》くと、整二《せいじ》は飛《と》び立《た》つ様《やう》な思《おも》ひをしました。それであわて其所《そこ》から上《あが》らうとしながら、

「整二《せいじ》ですが。」

と云《う》つて躊躇《ちうちよ》してゐますと、

「まあ珍《めづ》らしいおかたがいらしつたんですねえ。どうして？」

おしまは然《さ》う云《い》ひながら出《で》て來《き》ました。障子《しやうじ》のところから丸髷《まるまげ》に結《い》つた長《たか》い顔《かほ》を出《だ》したおしまは、

整二《せいじ》の姿《すがた》を見《み》ると、

「お一人《ひとり》て?」

「ええ然《さ》うです、すこしお聞《き》きしたいことがあつたもんですから。」

整二《せいじ》の聲《こゑ》は戰《ふる》えてゐました。そうして女《をんな》らしい調子《てうし》で語尾《ごび》なぞははつきりとは聞《き》こえませんでした。

「まあお上《あが》んなすつて。」

然《さ》う云《い》つたおしまの聲《こゑ》は、濕《うるほ》ひも素《そ》つ氣《け》もありませんでしたが、整二《せいじ》は其所《そこ》から上《うへ》にあがりました。奥《おく》へはいると、整二《せいじ》には眩《まぶ》しいほど座敷《ざしき》が明《あか》るかつたのでした。諸道具《しよだうぐ》の新《あた》らしい木《き》の色《いろ》も、坐蒲團《ざぶとん》の赤《あか》い色《いろ》も、神棚《かみだな》のお燈明《とうみやう》の灯《ひ》も、鐵瓶《てつびん》の光《ひか》りも、みんな溫《あたた》かく綺麗《きれい》に明《あか》るく整二《せいじ》の眼《め》にうつりました。おしまは自分《じぶん》で坐蒲團《ざぶとん》を取《と》つて來《き》て整二《せいじ》にすゝめました。鼻《はな》の高《たか》い險《けん》のある顏《かほ》を斜《はす》に俯向《うつむか》して、おしまは長火鉢《ながひばち》の前《まへ》で茶《ちや》なぞをいれる仕度《したく》をしてゐました。

整二《せいじ》は急《きう》に極《きま》りの惡《わ》るいやうな氣《き》がしました。おしげの事《こと》を、何《ど》う云《い》ひだしたら好《い》いかと思《おも》ふと、取《と》り付《つ》き端《は》かなくつて整二《せいじ》は言葉《ことば》が出《で》ないのでした。おしまは茶《ちや》をいれてしまふと、其《そ》れを整二《せいじ》の前《まへ》にすゝめて、しばらく整二《せいじ》の顏《かほ》を見《み》てゐましたが、

「おしげちやんも國《くに》へ歸《かへ》つてね。」

と云《い》ひました。

「え? 國《くに》へ歸《かへ》つたんですか。ほんとに。」

「御存《ごぞん》じないの?」

「その事《こと》て上《あが》つたんですから。」

整二のこゝろ

整二《せいじ》は斯《か》う云《い》つた機《はずみ》に胸《むね》がどきどきと鳴《な》りました。後《あと》は物《もの》が云《い》へなくなつてしばらく默《だま》つてゐました。

「おや。それは可《を》笑《か》しいんですね。なんでもね、おしげちやんが來《き》て云《い》ふには、あなたが大分《だいぶ》長《なが》いことお見《み》えなさらなかつたんですつてね。それで、何《なに》しろあなたは親御《おやご》さんにも内密《ないしよ》のことなんだ

女夫合二十四題

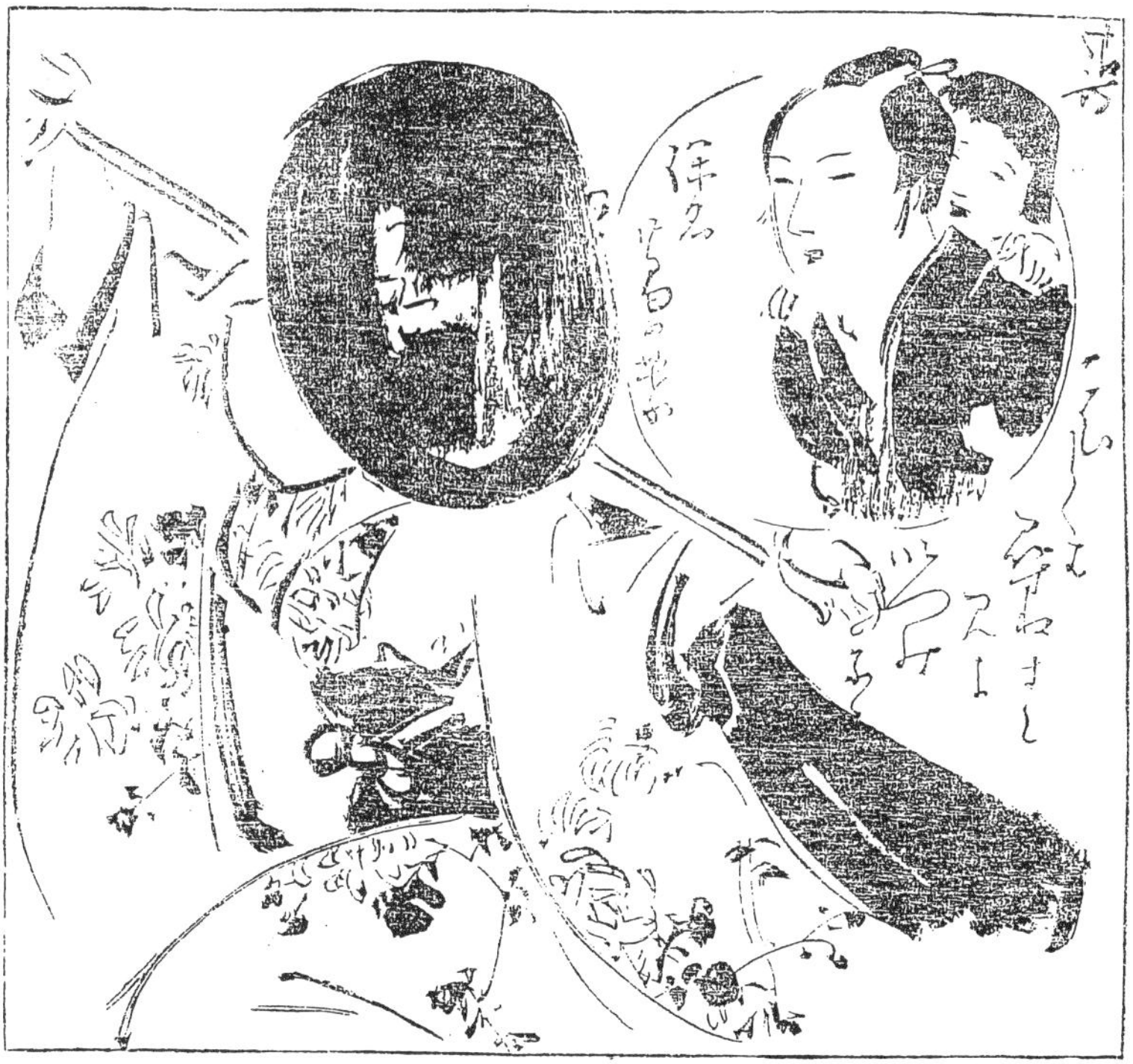

から手紙《てがみ》を出《だ》す譯《わけ》にも行《ゆ》かないし、何《ど》うしやうつて度《たび》々《び》家《うち》へ來《き》たりしてたんですよ。その内にね。あなたの方《はう》から別《わか》れ話《ばなし》が持《もち》上《あが》つて來《き》たつて。」

「私《わたし》の方《はう》から？」

「なんでもね。あなたのお家《うち》から男《をとこ》の人《ひと》がおしげちやんのところへ來《き》てね、おしげちやんとあなたとの關係《くわんけい》を聞《き》いたりしたつて。然《さ》うして、相《さう》

當《たう》のお金《かね》を出《だ》すから、整《せい》さんと別《わか》れてもらひ度《た》ひつて云《い》つて來《き》たと云《い》ふんですよ。おしげちやんがあんな氣性《きしやう》だからなんでも、大分《だいぶ》ごてたらしいんだけれども、結局《けつきよく》おしげちやんは國《くに》へ歸《かへ》ることになつたんですよ。おしげちやんはね、あなたが餘《あん》り顏《かほ》をお出《だ》しなさらないから、あなたのお心持《こころもち》から出《で》たもんだと斯《か》う思《おも》つてゐましたよ。家《うち》へ來《き》ちや泣《な》ひてゐましたけどね。」

整二《せいじ》の眼《め》には涙《なみだ》がいつはいになりました。それをおしまに見《み》られるのは羞《はづか》しいのでしたけれども、堪《こら》へられなくなつて袂《たもと》から半巾《はんけち》を出《だ》して顏《かほ》に當《あ》てると、とめどもなく涙《なみだ》が流《なが》れました。整二《せいじ》は眼《め》がしらを強《つよ》く押付《おしつ》けてから、半巾《はんけち》を放《はな》すと。生《なま》ぬるくぽたくと涙《なみた》が傳《つた》はりましたが　それで悲《かな》しいのが少《すこ》し薄《うす》らいだやうな氣《き》がしました。おしまは默《だま》つて整二《せいじ》の顏《かほ》を見《み》てゐましたが、氣《き》の毒《どく》になつて、

「ぢやああなたは御存《ごぞん》じなかつたのね。」

「えゝ。病氣《びやうき》だつたもんですから。」

「然《さ》うですか。親御《おやご》さんが傍《わき》からお聞《き》き込《こ》みでもなすつたんでせう。よくあることですわね。」

整二《せいじ》はうなづいてゐました。半巾《はんけち》を袂《たもと》に入《い》れて、下《した》を向《む》きながらはにかんだやうな笑《わら》ひかたをしてゐました。

「まあね。それぢや手紙《てがみ》でも出《だ》してやつて下《くだ》さいましな。おしげちやんも喜《よろこ》ぶでせうから。別《わか》れるやうになつたのも因縁《いんねん》ですから、いくらお互《たか》ひに思《おも》ひ合《あ》つてゐても、こればかりは一人《ひとり》で住《す》んでる世界《せかい》ぢやないんだから仕方《しかた》がありませんわねえ。」

「親《おや》のところにゐるんでせうか。」

「おしげちやんですか。然《さ》うらしいんですよ。もう稼業《しやうばい》はしないなんて云《い》つてましたから。つい、一《いつ》週間《しうかん》ばかり前《まへ》に歸《かへ》つたんですよ。」

整二《せいじ》は今夜《こんや》にもおしげの故郷《こきやう》へ行《ゆ》かうと思《おも》ひました。これから下谷《したや》の叔父《をぢ》のところへ廻つて、何《なに》か口實《こうじつ》を設《まう》けて旅費《りよひ》をこしらへれば直《す》ぐにも行《ゆ》けると思《おも》ひました。整二《せいじ》は、なんでも今夜《こんや》おしげの居《ゐ》るところまで出《で》ださなければ、居《ゐ》ても立《た》つてもゐられないのでした。

「どうも有《あ》りがたうございました。」

整二《せいじ》はかう挨拶《あいさつ》して直《す》ぐに歸《かへ》らうとしました。おしまはもう少《すこ》し引《ひ》き留《と》めて、話《はな》しの相手《あひて》になつても好《い》いやうな顔《かほ》をしましたけれども、整二《せいじ》はもうおしまの云《い》ふことなどを聞《き》いてる空《そら》はありませんでした。一分間《いつぷんかん》も早《はや》く叔父《をぢ》のところに行《い》つて、そうして汽車《きしや》に乘《の》らなければならないと思《おも》ひました。

「ではね、手紙《てがみ》だけでも出《だ》してやつて下《くだ》さいましな、おしげちやんもあなたの事《こと》ばかり云《い》つてましたからね。」

整二《せいじ》は何《なんに》も云《い》はずに急《いそ》いでおしまの家《うち》を出《で》ました。

四

徒士町《おかちまち》の叔父《をぢ》の家《うち》に着《つ》いた時《とき》は、整二《せいじ》は疲《つか》れきつて、生唾《なまつばき》が出《で》て仕方《しかた》がありませんでした。いつもの通《とほ》り默《だま》つて上《あが》り口《ぐち》から茶《ちや》の間《ま》の方《はう》へはいらうとすると、仝《おな》いとじの従妹《いとこ》のお峰《みね》が奥《おく》から出《で》て來《き》て、聲《こゑ》を立《た》てました。

「整《せい》ちやんが來《き》ましたよ。叔母《をば》さん。」

「整二《せいじ》が來《き》た？そりやまあよかつた。」

然《さ》う云《い》つたのは思《おも》ひがけない母親《はゝおや》のおのぶの聲《こゑ》だつたので、整二《せいじ》は少《すこ》しぎくりとしました。それて茶《ちや》の間《ま》の方《はう》へ行《ゆ》くのがいやになつて、其所《そこ》から二階《にかい》へ上《のぼ》らうとすると、叔母《をば》のお京《きやう》が急《いそ》いだ風《ふう》で中《なか》から出《で》て來《き》ました。

「心配《しんぱい》してゐたんだよ。此方《こつち》へおいで。え？大層《たいそう》疲《つか》れてるやうぢやないか。」

お京《きやう》はもう四十《じふ》を越《こ》してるけれとも、美《い》い容貌《きりやう》でした。整二《せいじ》はこの叔母《をば》と話《はなし》をしたり好《す》きな事《こと》を云《い》つたりして我《わ》が儘《まゝ》をする度《たび》に、芝居《しばゐ》でもしてゐるやうな氣《き》になる事《こと》があるのでした。小《ちひ》さい身體《からだ》に品《しな》があつて、優《やさ》しい調子《てうし》で物《もの》を云《い》はれる時《とき》は、整二《せいじ》は心《こゝろ》から甘《あま》えたくなるのでした。それで今《いま》この叔母《をば》に手《て》を取《と》られた時《とき》は、整二《せいじ》はどうしたのが身體《からだ》がふるえる樣《やう》な氣《き》がしましたが、云《い》ふなりに茶《ちや》の間《ま》の方《はう》へ入《はい》りました。

母親《はゝおや》のおのぶは火鉢《ひばち》を前《まへ》に控《ひか》へて煙草《たばこ》をのんでゐました。

「何所《どこ》へ行《ゆ》きなすつたかと思《おも》つて、ほんとに氣《き》が氣ぢやなかつたのよ。」

お京《きやう》は剃《す》つた痕《あと》のこんもりと青《あを》く高《たか》くなつてゐる眉毛《まゆげ》を寄《よ》せて、整二《せいじ》の顔《かほ》を見《み》ました。整二《せいじ》の顔《かほ》は眞《ま》つ蒼《さを》で、酒《さけ》に惡《わ》る醉《ゑ》ひした人《ひと》のやうに其《そ》の眼《め》が恐《おそろ》しく逆釣《さかつ》つてゐました。

「よく此家《こゝ》へ來《き》なすつたね。姉《ねへ》さんもね、これで安心《あんしん》なすつて。」

整二のこゝろ

「お蔭様《かげさま》で。ほんとにいろ〳〵御《ご》心配《しんぱい》をかけて濟《す》みません。」

整二《せいじ》は其《そ》の母親《はゝおや》の聲《こゑ》をきくと、ぢり〳〵しましたが、默《だま》つてそこに坐《すわ》りました。

「外《そと》は寒《さむ》くはなかつた？　顔色《かほいろ》が惡《わ》るいよ。」

お京《きやう》は甥《をひ》の顔付《かほつき》を見《み》てゐるうちに、直《す》ぐ涙《なみだ》つぽつくなつて胸《むね》がふさがりました。お京《きやう》は甥《をひ》の女《をんな》のことに就《つ》いて何《なに》もかも知《し》つてゐるのでした。そうして若《わか》い甥《をひ》がこの夜寒《よさむ》を今《いま》までうろついてゐた譯《わけ》も、お京《きやう》にはよく分《わか》つてゐるのでした。お京《きやう》は煙管《きせる》を取《と》り上《あ》げやうとして、お召《めし》の前垂《まへだ》れの端《はし》をつまんで、ちよいと涙《なみだ》をふきました。

「私《わたし》は何《ど》うでもいゝけれども、親父《おやぢ》さんが怒《おこ》りだした日《ひ》には困《こま》るからね。あの女《をんな》の事《こと》を始末《しまつ》するにだつて親父《おやぢ》さんの耳《みみ》に入《い》れまいと思《おも》つてどんなに苦勞《くらう》をしたんだか知《し》れないのだからね。」

「よけいな事《こと》をするからさ、あの女《をんな》の事《こと》で私《わたし》がどんな御《ご》迷惑《めいわく》をかけました。みんなが勝手《かつて》に心配《しんぱい》して勝手《かつて》に騒《さわ》いだんぢやありませんか。」

「勝手《かつて》にですつて、まあ強《つよ》い事《こと》が云《い》へたもんだね。」

おのぶは脂肪《あぶら》の多《おほ》い赤《あか》ら顔《かほ》を上《あ》げて整二《せいじ》の顔《かほ》を見《み》ました。女《をんな》が出來《でき》ると、こんなにも男《をとこ》の氣《き》は強《つよ》くなるものかと、おのぶは呆《あき》れたのでした。親《おや》の前《まへ》では足一《あしひ》とつ投《な》げ出《だ》したこともないやうに、溫和《をんわ》に柔順《じうじゆん》に育《そだ》て上《あ》げた筈《はづ》の小供《こども》から、唾《つば》を返《かへ》されたのはこれが初《はじ》めてでした。そうして女《をんな》のことを云《い》はれても、母親《はゝおや》の前《まへ》で顔《かほ》も赤《あか》めずにゐられる厚《あつ》かましさにおのぶは驚《おどろ》きました。二十歳や二十一歳の男《をとこ》の爲《す》るしぐさかと思《おも》つて眉《まゆ》をひそめずにはゐられないのでした。

整二のこゝろ

「お前《まい》さんにはどんな惡《わ》るの友達《ともだち》があつたんだえ？私《わたし》はちつとも氣《き》が付《つ》かなかつたよ。」

「惡《わ》るい友達《ともだち》ですつて？何故《なぜ》です。」

整二《せいじ》は母親《はゝおや》に突《つ》つかゝつてゆきました。お京《きやう》は氣《き》を揉《も》みながら、

「分《わか》つてますよ。整《せい》さんの云《い》ふ事《こと》はよく分《わか》つてゐますからね。少《すこ》し落着《おちつ》かなけりやいけない。二階《にかい》へでも行《い》つてしばらく横《よこ》になつてゐたらいゝでせう。身體《からだ》だつてまだほんとうではないんだから。無理《むり》をして又《また》、ぶり返《かへ》してもしたらそれこそ取《と》り返《かへ》しがつかないからね。」

整二《せいじ》は、ぷいと立《た》つて茶《ちや》の間《ま》から出《で》てゆきました。

暗《くら》い玄關《げんくわん》を拔《ぬけ》て、二階《にかい》へ上《あが》つて行《ゆ》くと、電燈《でんとう》が煌々《くわう〳〵》として、突《つ》き當《あた》りの文字《もんじ》の扁額《へんがく》がはつきりと部《へ》屋《や》の輪廓《りんかく》の一部《いちぶ》を限《かぎ》つてゐるのが目《め》に付《つ》きました。若《わか》い時《とき》にすつかり設《まを》けて、今《いま》は損《そん》のないやうな小《ちひ》さな株《かぶ》などをやりながら氣樂《きらく》に暮《く》らしてゐる叔父《をぢ》の家《うち》は、何所《どこ》から何所《どこ》まで拔《ぬ》け目《め》がなく、贅澤《ぜいたく》な裝《さう》飾品《しよくひん》が並《なら》んでゐるのでした。整二《せいじ》は何《ど》うしてこの叔父《をぢ》の子《こ》に生《うま》れてこなかつたのだらうとしみ〴〵思《おも》ふことがあるのでした。叔父《をぢ》には子《こ》がなくつて、今《いま》の娘《むすめ》のお峯《みね》は貰《もら》ひ子《こ》でした。同《おな》じ兄弟《きやうだい》でも、叔父《をぢ》と整二《せいじ》の父親《ちちおや》とでは、其《そ》の性質《せいしつ》がまるで違《ちが》つてゐました。

整二《せいじ》が二階《かい》へ上《あが》つてくると間《ま》もなくお峯《みね》が上《あが》つて來《き》ました。お峯《みね》は容貌好《きりやうごの》みで貰《もら》はれて來《き》た娘《むすめ》なのてした。ふつくりした島田《しまだ》に結《い》つて鴇色《ときいろ》絞《しぼ》りのきれをかけてゐました。細《ほそ》い頸脚《えりあし》の衣紋《えもん》を拔《ぬ》いて、荒《あら》い棒縞《ぼうじま》のお召《めし》の羽織《はおり》を着《き》た恰好《かつかう》は、まだ十八九にしきや見《み》えないのでした。

「お床《とこ》を敷《し》いて上《あ》げるわ。」

「なに、よござんす。」

「阿母《おつか》さんがね、すこしお寐《やす》みなさいつて云《い》つたんですから、苦勞《くらう》をするのはおよしなさいよ。馬鹿《ばか》馬鹿《ばか》しいから。」

お峯《みね》の聲《こゑ》は錆《さ》びがあつて、太《ふと》い聲《こゑ》でした。斯《か》う云《い》つてから笑《わら》ひながら次《つ》ぎの室《しつ》の戸《と》棚《だな》から夜《よ》着《ぎ》などを出《だ》して來《き》ました。

「ゆうべ本郷《ほんがう》へ行《い》つたのよ。あなたの御《ご》ひゐきがそりや宜《よ》かつたの。」

お峯《みね》は華奢《きやしや》な手《て》をこま〴〵と動《うご》かして、蒲團《ふとん》を敷《し》きました。

「私《わたし》に何《なに》か飲《の》むものを下《くだ》さいな。お願《ねが》ひだから。」

「飲《の》むもの？お酒《さけ》のやうな方《はう》がいゝの。」

「お茶《ちや》でもいゝんです。」

お峯《みね》は其所《そこ》の柱《はしら》の鈴《べる》を押《お》して女中《ぢよちう》を呼《よ》びました。

二人《ふたり》は四五年前《ねんぜん》、かすかな戀《こひ》を感《かん》じ合《あ》つた事《こと》があつたのでした。其《そ》の年《とし》の暮《く》れに降《ふ》つた淡雪《あわゆき》のやうに、直《す》ぐその戀《こひ》は消《き》へてしまつたけれども、二人《ふたり》は麻利支天《まりしてん》の縁日《えんにち》などを、人知《ひとし》れず手《て》を握《にぎ》り合《あ》ひながら歩《ある》いたこともあつたのでした。

それからお峯《みね》には役者《やくしや》のやうな奇麗《きれい》な養子《やうし》が來《き》ましたけれども、事情《じじやう》があつてその養子《やうし》は、いま實家《じつか》に歸《かへ》つてゐるのでした。お峯《みね》にも人知《ひとし》れない苦勞《くらう》が數々《かず〳〵》ありました。お峯《みね》はそんな話《はなし》を整二《せいじ》に聞《き》いてもらひ度《た》いやうな氣《き》もしながら、自分《じぶん》の情人《をんな》のことで惱《なや》んでゐる整二《せいじ》の様子《やうす》に、僅《わづか》な嫉妬《しつと》を感《かん》じてゐるのでした。

「整《せい》さんの話《はなし》を聞《き》いたときにはね。今《いま》だから云《い》ふけれども、阿母《おつか》さんと二人《ふたり》でおつねちやんの事《こと》を随《ずゐ》分《ぶん》悪《わ》るく云《い》つたもんよ。あなたが悪《わ》るい最中《さいちう》あの人《ひと》に手紙《てがみ》を出《だ》すのを頼《たの》んだのだつてね。おつねちやんは其《そ》の上書《うはが》きを見《み》ると、直《す》ぐ阿母《おつか》さんに其《そ》の手紙《てかみ》のことを話《はな》したんだつてね。ほんとにおせつかいな事《こと》を為《す》る人《ひと》ね。あの人《ひと》さへそんな事《こと》を云《い》はなければあなただつて、今頃《いまごろ》こんなに苦勞《くらう》もしないで濟《す》んだのに。」

整二《せいじ》は蒲團《ふとん》の上《うへ》に仰《あふむけ》に仆《たふ》れてゐました。おしげに逢《あ》ひたい思《おも》ひで其《そ》の胸《むね》がいつぱいでした。たゞおしげが戀《こ》ひしくて、今直《います》ぐにおしげに逢《あ》へるのなら、其《そ》の儘《まゝ》おしげに取《と》りついて息《いき》が絶《た》えてもいゝと思《おも》ひました。おしげも自分《じぶん》の胸《むね》のところに顔《かほ》を押《お》し付《つ》けてほそ〳〵と泣《な》くだらうとも思《おも》ひました。整《せい》二《じ》は、そのおしげの泣《な》く姿《すがた》を想像《さうざう》してゐるうちに、自分《じぶん》の眼《め》から涙《なみだ》がほろ〳〵と落《お》ちてきました。

「整《せい》ちやんなにを考《かんが》へてゐるの?」

お峯《みね》は整二《せいじ》の頭《あたま》のところに中腰《ちうごし》になつて、その顔《かほ》を覗《のぞ》き込《こ》みましたが、整二《せいじ》は眼《め》を瞑《つぶ》つてゐました。

「あら泣《な》いてるのね。」

整二《せいじ》の蒼白《あをじろ》い頬《ほゝ》に傳《つた》はつた涙《なみだ》が光《ひか》つてゐるのを見付《みつ》けたお峯《みね》は、斯《か》う云《い》つて珍《めづ》らしいものでも見《み》たやうに、その涙《なみだ》に濡《ぬ》れてる男《をとこ》の顔《かほ》をしげ〳〵と見詰《みつ》めてゐました。

整二《せいじ》は自分《じぶん》の泣《な》いてるところをおしげが見《み》たなら、おしげは兩方《りやうほう》の袖《そで》をかさねて自分《じぶん》の顔《かほ》を掩《おほ》ふてくれるだらうと思《おも》ひました。そうして其《そ》の袖《そで》の上《うへ》ておしげも泣《な》くだらうと思《おも》ひました。整二《せいじ》は頭《あたま》を腕《かひな》の上《うへ》に押《お》し付《つ》けると、嗚咽《をえつ》して泣《な》きました。

「阿母《おつか》さんはお歸《かへ》りなすつたよ。」

女夫合二十四題

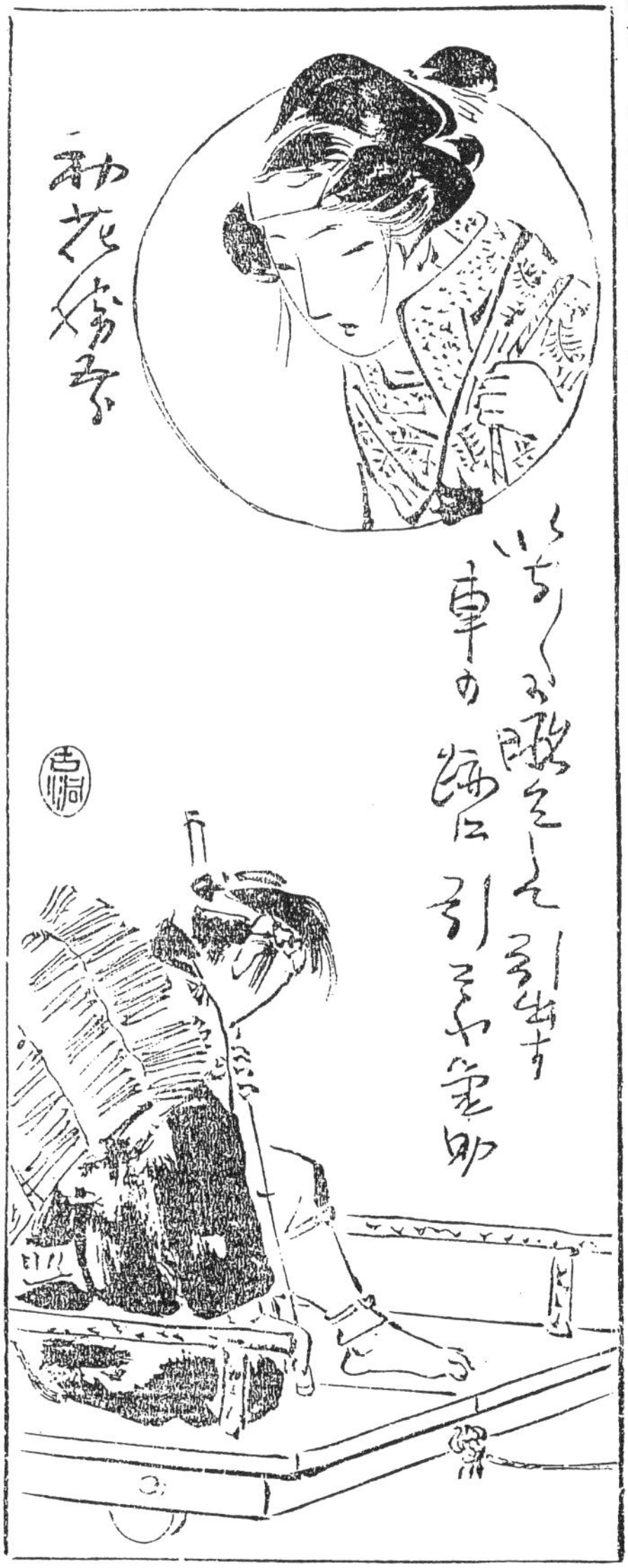

その時《とき》にお京《きやう》が然《さ》う云《い》ひながら靜《しづか》に上《あが》つて來《き》ましたが、二人《ふたり》の樣子《やうす》を見《み》ると、

「どうしたの？」

と云《い》つて遠《とは》いところに足《あし》をとめました。そうしてお峯《みね》の顔《かほ》を眺《なが》めました。

「整《せい》ちやんがね。」

整二のこゝろ

お峯《みね》は微笑《びせふ》しながら母《はゝ》の傍《そば》まで摺《す》り寄《よ》つてくると、小聲《こごゑ》で、

「さつきから泣《な》いてるんですよ。」

お京《きやう》は其《そ》れを聞《き》くと、さも感激《かんげき》したやうにちよいと頭《あたま》を振《ふ》りましたが、兩袖《りやうそで》を胸《むね》のところに當《あ》てながら整二《せいじ》の傍《そば》に來《き》て其《そ》の顔《かほ》を、さつきお峯《みね》が覗《のぞ》いたやうな恰好《かつかう》をして見《み》下《おろ》しました。

「おつかさんがね斯《か》う云《い》つてお歸《かへ》んなすつたのよ。二《に》三《さ》日《にち》ね、私《わたし》の方《はう》へお前《まへ》さんを托《あづ》けるからつて。私《わたし》も其《そ》の方《はう》がいゝだらうと思《おも》つてね。それとも家《うち》へ歸《かへ》る？」

整二《せいじ》はきつく頭《あたま》を振《ふ》りました。

「整《せい》さんもよくないね。阿母《おつか》さんを打《ぶ》つたと云《い》ふぢやないか。」

お京《きやう》は調子《てうし》を代《か》へてから云《い》ひながら整二《せいじ》の傍《そば》にしやがみました。

「あんな事《こと》はね、何《ど》うせ一度《いちど》は知《し》れるのだから、知《し》れゝば騒動《さうどう》が起《おこ》らずにはゐやしませんよ。それに相手《あひて》が稼業人《しやうばいにん》だつたもんだから阿母《おつか》さんも心配《しんぱい》しなすつたらしいんだよ。なにね、逢《あ》つて見《み》ればおしげさんと云《い》ふ人《ひと》は溫和《おとな》しい女《をんな》だがね。」

整二《せいじ》は顔《かほ》を上《あ》げませんでした。

「其《そ》れもこれも、おつねがおせつかいなのさ。若《わか》いうちには有《あ》り勝《か》ちだあね。整《せい》さんの爲《し》たことなんぞは随分《ずゐぶん》利口《りこう》な爲《し》かただからね。然《さ》うみんなでわい／＼云《い》ふ程《ほど》の事《こと》もないのさ。おしげさんと云《い》ふのもよく分《わか》つた女《をんな》でね。」

お京《きやう》は娘《むすめ》の方《はう》を見《み》てから云《い》ひました。お峯《みね》はうなづきながら其所《そこ》に立《た》つてゐましたが、やがて下《お》り

てゆきました。

「叔母《をば》さんお願《ねが》ひですからね。」

整二《せいじ》は急《きう》に起《お》き上《あが》つて、行儀《ぎやうぎ》よく叔母《をば》の前《まへ》に手《て》を支《つ》きました。そうして遣《や》る瀬《せ》のないやうに肩《かた》を揺《ゆ》りながら、

「私《わたし》を一日《いちにち》おしげのところへ遣《や》つて下《くだ》さいませんか。お願《ねがひ》ですから。――今夜《こんや》これから汽車《きしや》に乗《の》つて、明後日《あさつて》は歸《かへ》つて來《き》ますから、おしげのところへやつて下《くだ》さいな。」

「馬鹿《ばか》な事《こと》を云《い》つてさ。」

お京《きやう》は整二《せいじ》の言葉《ことば》を遮《さへぎ》るやうに斯《か》う強《つよ》くは云《い》ひましたけれども、その一生懸命《いつしやうけんめい》な様子《やうす》を見《み》ると、可《か》哀想《あいさう》でたまらなくなりました。それで何《ど》う慰《なぐさ》めたらいゝかと考《かんが》へ迷《まよ》ふやうな眼《め》を整二《せいじ》の肩《かた》や袖《そで》の上《うへ》に辷《すべ》らせてゐましたが、

「今《いま》はそんな事《こと》はできませんよ。もう少《すこ》し機《をり》を待《ま》つて。ね、整《せい》さんはよく氣《き》を落着《おちつ》けて、ほとぽりを冷《さ》まさなくつちやいけないよ。」

「どうしても今夜《こんや》行《い》きたいんですから。汽車賃《きしやちん》だけ貸《か》して下《くだ》さい。――叔母《をば》さんがかして下《くだ》さらなければ何處《どこ》へだつて行《い》つて借《か》りられるんですから。」

「まあ一《ひ》と晩寝《ばんね》てごらんなさい。おしげのところへ行《ゆ》くつたつて、何處《どこ》へ行《ゆ》くつもりなの。」

「おしげは田《ゐ》舎《なか》へ歸《かへ》つたんぢやありませんか。知《し》つてますよ。」

お京《きやう》は仕方《しかた》なしに口《くち》を噤《つぐ》みました。そうして。これは何《ど》うしてもおしげの居《ゐ》るところへ行《ゆ》くに違《ちか》ひ

整　二　の　こ　ゝ　ろ

ないと思《おも》ひました。今夜《こんや》引き留《と》めて見《み》たところで、整二《せいじ》は機《をり》を見付《みつ》けて出《で》てゆくに違《ちが》ひないと思《おも》ひました。もし然《さ》うしては兩親《りやうしん》の心配甲斐《しんぱいがひ》もないと思《おも》ひながら、困《こま》つた顏《かほ》をして整二《せいじ》の俯向《うつむ》いた肩付《かたつき》をまじ〳〵と見守《みまも》りました。

「おしげの故郷《くに》へ歸《かへ》つたことを何《ど》うして知《し》つたの。」

整二《せいじ》はそれには返事《へんじ》をしませんでした。

「叔父《をぢ》さんがね、もうぢき歸《かへ》つて來《き》なさるから、叔父《をぢ》さんとよく話《はなし》をしてごらん。私《わたし》にはそんな事《こと》はできませんよ。よしんばお前《まへ》さんが他所《よそ》からお金《かね》を借《か》りて、名古屋《なごや》へ行《ゆ》くにしても、さ。其《そ》れは仕方《しかた》がないが、私《わたし》に相談《さうだん》すれば、私《わたし》は何《ど》うしたつて引《ひ》き留《と》めるよ。もう切《き》れた女《をんな》ぢやないか。」

「ぢやあ他所《よを》へ行《い》つて借《か》ります。」

整二《せいじ》は直《ず》ぐに立《た》ちました。唯《ただ》おしげに逢《あ》ひたいばかりでした。何《なに》かしら下腹《したはら》の方《はう》から込《こ》み上《あ》げてくるやうに、整二《せいじ》は落着《おちつ》いてはゐられませんでした。

「まあ。いけませんよ。」

お京《きやう》は整二《せいじ》の袖《そで》を捉《つかま》へて下《した》に引《ひ》き据《す》へました。そうして自分《じぶん》も涙《なみだ》つぽくなりながら、叔母《をば》さんがその内《うち》に何《ど》うかして上《あ》げるから何《ど》うしても今夜《こんや》は出《で》てはいけない、と云《い》つた自分《じぶん》の口《くち》を整二《せいじ》の耳《みみ》に押付《おしつけ》けるやうにして、云《い》ひ聞《き》かせましたけれども、整二《せいじ》は頭《あたま》を振《ふ》りました。整二《せいじ》は——平常《ふだん》の時《とき》にこんな姿《すがた》を見《み》たら自分《じぶん》で失笑《ふきだ》すだらうと思《おも》ふやうに——膝《ひざ》の上《うへ》に兩手《りやうて》を突《つ》いて、肩《かた》をいからして、身體《からだ》が固《かた》まつてしまつたやうに、下《した》を向《む》いたまゝ動《うご》きませんでした。

整二のこゝろ

「心《こゝろ》を落着《おちつ》けておやすみなさい。」

「いやです。」

「私《わたし》だからそんな我《わ》が儘《まゝ》を云《い》ふんだよ、それはね察《さつ》してゐるよ。女《をんな》に逢《あ》ひたいだらう！ほんとに察《さつ》してゐるよ。けれども仕方《しかた》がないぢやないか。家《うち》を出《で》るつもりなら何《なん》でもおしなさい。」

「出《で》ますとも。あんな家《うち》なんぞ。」

お京《きやう》は、今《いま》この男《をとこ》に旅費《りよひ》を與《や》り、身拵《みごしら》へもしてやつて、そうして早《はや》く汽車《きしや》にお乗《の》りよ。と云《い》つてやつたら、どんなに喜《よろこ》ぶだらうと思《おも》ひました。私《わたし》にだからこんな事《こと》も頼《たの》むのだと思《おも》ふと、可憐《いぢら》しくつてたまりませんでした。殊《こと》に別《わか》れ話《ばなし》を女《をんな》のところへ持《も》つて行《い》つたのはお京《きやう》でした。女《をんな》からもさん〳〵に泣《な》かれて、一度《いちど》整二《せいじ》に逢《あ》つてから心持《こころもち》よく別《わか》れるからと云《い》つたことなどを思《おも》ひ出《だ》すと、女《をんな》にも男《をとこ》を逢《あ》はしてやりたいのでした。こんな事《こと》と知《し》つたら、誰《た》れにも知《し》らさずにあの時《とき》整二《せいじ》にだけ話《はなし》をしてやればよかつたと後悔《こうくわい》がされないでもありません。そうして整二《せいじ》の身體《からだ》が快復《なほ》つて女《をんな》に逢《あ》へる時《とき》がくるまで、自分《じぶん》の手《て》でおしげを隱《かく》しておいてやればよかつたとも思《おも》ひましたが、然《しか》し到底夫婦《たうていふうふ》になれる望《のぞ》みがあるのではなし、今《いま》の内《うち》思《おも》ひ切《き》らした方《はう》が當人《たうにん》の爲《ため》だとも思《おも》ひ返《かへ》しました。

「もう逢《あ》つても逢《あ》はなくつても全《おんな》じぢやないか。一所《いつしよ》に暮《く》らせる譯《わけ》でもなしさ。」

「逢《あ》つて別《わか》れさへすればいゝんですから、もう一度《いちど》逢《あ》はなければ――」

「もし叔母《をば》さんだけが承知《しようち》して、お前《まへ》さんをおしげのところへ遣《や》るとするね。きつとお前《まへ》さんは明後《あさ》日《つて》歸《かへ》つてくるかい。」

「きつと歸《かへ》つて來《き》ます。」

「どうだか危《あぶ》ないものだね。それなりにずる〳〵辷《べ》つたりにでもなられやうものなら、私《わたし》がみんなから恨《うら》まれなくつちやならないからね。」

「そんな事《こと》はありません。」

「今夜《こんや》一《ひ》と晩《ばん》、引《ひ》き留《と》めて見《み》たところで、お前《まへ》さんは行《ゆ》くに違《ちが》ひないから――」

お京《きやう》は粋《すゐ》が通《とほ》して見《み》たくなりました。義理《ぎり》づめにして明後日《あさつて》はきつと歸《かへ》らせる。歸《かへ》ればよし、もし歸《かへ》らなければ、私《わたし》との約束《やくそく》を云《い》ひ立《た》てに、今夜《こんや》の恩《おん》を枷《かせ》に、どうしてもおしげとの仲《なか》を思《おも》ひ切《き》らせて見《み》せる。――お京《きやう》は叔父《をぢ》の歸《かへ》らないうちに、行《ゆ》くものなら行《ゆ》かしてやらうと思《おも》ひました。

「二《に》三《さ》日《にち》私《わたし》が托《あづ》かると云《い》つたのだからね。」

斯《か》う云《い》つたお京《きやう》は、優《やさ》しい笑《わら》ひをもらしながら、

「叔父《をぢ》さんの外套《ぐわいたう》を着《き》ておいでなさい。」と云《い》ひました。

「停車場《ていしやぢやう》へ行《ゆ》きさへすれば、まだ發車《はつしや》の時間《じかん》はあるだらうから、早《はや》く行《い》つた方《はう》がいゝよ。」

お京《きやう》はお峯《みね》にも一言《ひとこと》相談《さうだん》して置《おか》なければならないと云《いつ》て、下《した》へ降《おり》てゆきました。整二《せいじ》は、屹度《きつと》明後《あさつ》日《て》歸《かへ》りますとお京《きやう》に云《い》はうとしたのですが、云《いひ》そびれて、固《かた》くなつた儘《まゝ》其所《そこ》に坐《すわ》つてゐました。身體《からだ》がすつかり疲《つか》れて、頭《あたま》の中《なか》に煙《けむ》でも入《はい》つてきたやうに、ぼうと何《なに》かが群《むらが》つてくるやうな氣《き》がしました。

整二のこゝろ　終

白晝の思ひ

田村俊子

彼《か》の女《ぢよ》は停車場《ていしやば》を出《で》ると、眞《ま》つ直《す》ぐに廣小路《ひろこうぢ》の方《はう》へ歩《ある》いて行《い》つた。

電車《でんしや》の路《みち》を突《つ》つ切《き》らうとした時《とき》に、ふいと右手《みぎて》の横《よこ》の方《はう》から彼《か》の女《ぢよ》の面前《めんぜん》を遮《さへぎ》らうとするやうに驅《か》けてきた男《をとこ》があつた。その男《をとこ》は女《をんな》の正面《しやうめん》に立《た》ち塞《ふさ》がつて彼《か》の女《ぢよ》の顔《かほ》を覗《のぞ》きながら、さも、邂逅《かいこう》の突然《とつぜん》なのを自身《じしん》にもおどろいてるやうな瞼《まぶた》の釣《つ》つた眞《ま》つ赤《か》な顔《かほ》をして、息《いき》をはづませてゐた。

「あら。どうしたの。」

彼《か》の女《ぢよ》もびつくりして男《をとこ》を見《み》た。ぴつたりと自分《じぶん》の前《まへ》に覆《おほ》いかゝるやうにして立《た》つた男《をとこ》の胸《むね》に、我《わ》れ知《し》らず彼《か》の女《ぢよ》の兩《りやう》の手《て》がかゝらうとして、白《しろ》い細《ほそ》い指《ゆび》がこゝろもち男《をとこ》の方《はう》に物《もの》を支《さゝ》へるやうに動《うご》いたけれども、直《す》ぐにその手《て》は彼《か》の女《ぢよ》のショールの下《した》にはいつてしまつた。さうしてじつと男《をとこ》の顔《かほ》を見《み》つめてゐた。男《をとこ》のふところから表紙《へうし》に赤《あか》と淺黄《あさぎ》色《いろ》の字《じ》がいつぱい書《か》いてある旅行案内《りよかうあんない》の本《ほん》が半分《はんぶん》はみ出《で》てゐた。

「僕《ぼく》はこの汽車《きしや》に乘《の》つてゐたんですよ。田舍《ゐなか》へ歸《かへ》る姉《ねえ》さんを××まで送《おく》つて行《い》つて、今《いま》この汽車《きしや》で引《ひ》つ返《かへ》してきたところなの。だから、あなたとおんなじ汽車《きしや》の中《なか》にゐたのです。

――」

「けさは、お手紙《てがみ》ありがたう。」

彼《か》の女《ぢよ》は男《をとこ》の込《こ》み上《あ》げるやうな言葉《ことば》を、聞《き》き流《なが》しにして、かう云《い》つて改《あらた》めて會釋《ゑしやく》した。

彼《か》の女《ぢよ》の男《をとこ》を見《み》つめてる眼《め》に、技巧的《ぎこうてき》な羞恥《しうち》の笑《ゑ》みがあつた。さうして、其《そ》の笑《ゑ》みの中《なか》に、男《をとこ》のある事《こと》にふるへてゐる事《こと》、自分《じぶん》がかつちりと嚙《か》みしめてゐると云《い》ふやうな、男《をとこ》に對《たい》する優《やさ》しいうなづきを漂《たゞよ》はしてゐた。

「最中《もなか》は？」

男《をとこ》は直《す》ぐに斯《か》う云《い》つて、また眞《ま》つ赤《か》になつた。

「見《み》てよ。」

彼《か》の女《ぢよ》は男《をとこ》を促《うなが》して歩《ある》きだした。いま、男《をとこ》が不意《ふい》に自分《じぶん》の前《まへ》に姿《すがた》を現《あら》はした横手《よこて》の方《はう》を彼《か》の女《ぢよ》は歩《ある》きだす時《とき》に振返《ふりかへ》つて眺《なが》めた。そこは廣《ひろ》い道幅《みちはゞ》の土《つち》が黑《くろ》かつた。白晝《はくちう》の光線《くわうせん》が全面《ぜんめん》にふりかゝつてゐる上野《うへの》の森《もり》が、直《す》ぐ其《そ》の黑《くろ》ひ道《みち》の上にぱつとひろがつてゐた。

彼《か》の女《ぢよ》は、しばらく最中《もなか》のことを思《おも》ひながら微笑《ほゝゑ》んでゐた。手紙《てがみ》といつしよに、男《をとこ》からといつた小包《こづゝみ》は菓子箱《くわしばこ》であつた。其《そ》の中《なか》には最中《もなか》の菓子《くわし》がいつぱい入《はひ》つてゐて、其《そ》のうちのどれかの二《ふ》たつの中《うち》に、男《をとこ》が女《をんな》に見《み》せたいものが入《い》れてあつた。

彼《か》の女《ぢよ》は其《そ》れを一《ひ》とづゝ探《さが》した。さうして漸《や》つと輕《かる》ひ最中《もなか》を二《ふ》たつ見付《みつ》けだして開《あ》けて見《み》た。一《ひ》とつの中《なか》からは、赤《あか》い霰《あられ》のやうにこまかい布《き》れが四つ出《で》て、其《そ》の一《ひ》とつ〳〵に、Kの字《じ》と、Iの字《じ》と、Sの字《じ》と、Sの字《じ》と、を書《か》いた一分《いちぶ》ぐらゐな紙《かみ》きれが貼《は》つてあつた。もう一《ひ》とつには、「こんな夢《ゆめ》ばかり見《み》てをります。」と書《か》いた、青《あを》い小《ちひ》さな紙《かみ》がはいつてゐた。——

その最中《もなか》のなかの赤《あか》いこまかい四つのきれを、彼《か》の女《ぢよ》の夫《をつと》が見付《みつ》けて、

「この菓子《くわし》はなんだか汚《きた》ならしいな。」

とまじめに怒《おこ》つて、その菓子《くわし》折《をり》を抛《はふ》りだしたことを、彼《か》の女《ぢよ》はつ、ひ、この男《をとこ》の前《まへ》で思《おも》ひ出《だ》した。これを思《おも》ひ出《だ》したときに、彼《か》の女《ぢよ》は自分《じぶん》とならんで歩《ある》いてゐる男《をろこ》が、ひどく可哀想《かあいさう》になつてきて、なんとなく物《もの》を云《い》ふことが氣重《きおも》くなつたのでしばらく口《くち》を噤《つぐ》みながら歩《ある》いていつた。

「あなたにまだ一度《いちど》も手紙《てがみ》を上《あ》げないわね。」

「え——」

彼《か》の女《ぢよ》は停留場《ていりうば》のところへくると、足《あし》をとめて男《をとこ》を見返《みかへ》つた。男《をとこ》も彼《か》の女《ぢよ》の顔《かほ》をじつと眺《なが》めながら足《あし》をとめた。

「私《わたし》は今日《けふ》はいそがしいから、これでお別《わか》れするわ。その内《うち》あなたのところへ行《ゆ》きます。きつと！」

丁度《ちやうど》、そこへ來《き》た電車《でんしや》に、彼《か》の女《ぢよ》は足《あし》をかけながら男《をとこ》に別《わか》れを告《つ》げた。白金《はくきん》のやうな白《はく》

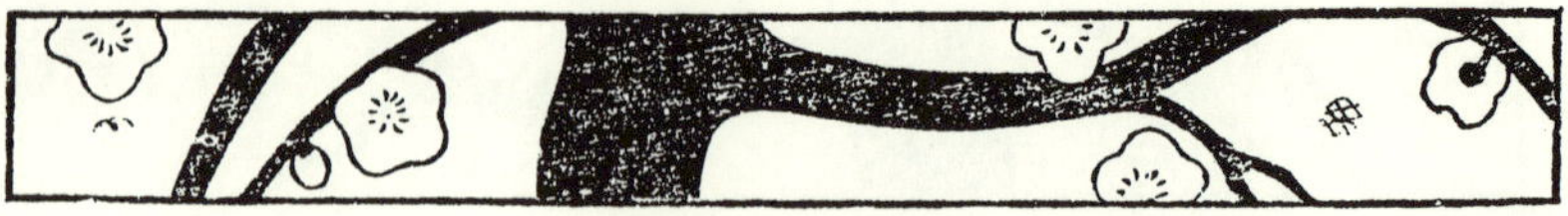

晝《ちう》の日光《につくわう》を浴《あ》びながら、人《ひと》の群《む》れの中《なか》に立《た》つて彼《か》の女《ぢよ》を見送《みおく》つてゐた男《をとこ》の顔《かほ》は、一時《いちじ》に紅《あか》潮《み》が去《さ》つて白々《しら〴〵》としてゐた。

彼《か》の女《ぢよ》は石町《こくちやう》で電車《でんしや》を下《お》りると、通《とほ》りを折《を》れて、ある本屋《ほんや》の扉《とびら》を押《お》してはひつた。さうして、その三階《がい》の應接室《おうせつしつ》で、ある雑誌《ざつし》の主事《しゆじ》に原稿《げんかう》を渡《わた》して、その稿料《かうれう》を受取《うけと》ると、又外《またそと》に出《で》た。さつきのやうに、白晝《はくちう》の日光《につくわう》が、彼《か》の女《ぢよ》の額《ひたひ》にぢり〳〵とあたつた。

彼《か》の女《ぢよ》は、いま、男《をとこ》に別《わか》れた停留場《ていりうば》のところで再《ふたゝ》び電車《でんしや》を下《お》りると、眞《ま》つ直《す》ぐに電車《でんしや》の路《みち》を横切《よこぎ》つて、暗《くら》い停車場《ていしやば》にはひつて行《い》つた。

彼《か》の女《ぢよ》は郊外《かうぐわい》の自分《じぶん》の家《いへ》へ歸《かへ》る發車《はつしや》の時間《じかん》を待《ま》ちながら、じつと何《なに》か考《かんが》へてゐた。

「白晝《はくちう》の想《おも》ひ。」

彼《か》の女《ぢよ》の心《こゝろ》が、彼《か》の女《ぢよ》の耳《みゝ》にかう云《い》つて囁《さゝや》いてゐた。

新日本　第四巻第壹號

昔ばなし

田村俊子

一

私《わたし》が、むかし、芝居《しばゐ》をした話《はなし》をするのですか？　今《いま》の帝劇《ていげき》の女優《じよいう》たちが、舞臺《ぶたい》に上《のぼ》つた最初《さいしよ》の感想《かんさう》だと云ふやうなことでも話《はな》すのなら、又格別《またかくべつ》の興味《きようみ》もありませうが、私《わたし》がそんな話《はなし》をしたところで、誰《た》れもおもしろく思《おも》つて開《き》いてくれる人《ひと》もないでせう。

二

小説《しやうせつ》を書《か》くのをやめてしまつてから、私《わたし》はむやみと芝居《しばゐ》がしたくてたまらなくなりました。私《わたし》は幼少《ちいさ》い時《とき》から芝居《しばゐ》はよく観《み》ましたけれども、そんなに好《す》きではないのでした。私《わたし》を芝居《しばゐ》へ連《つ》れてゆくと、直《す》きにお小用《こよう》に行《ゆ》くと云《い》ひ出《だ》すので、一々《いちいち》従《つ》いてゆかなければならない女中《じよちゆう》たちは私《わたし》をいやがつて小突《こづ》かれたものです。それでも直《す》きに倦《あ》きて、舞臺《ぶたい》を見《み》てゐるのがいやになつて、運動場《うんどうば》へ出《で》たかつたのです。

三

けれども、家《うち》のひとは私《わたし》を連《つ》れてゆかなければ芝居《しばゐ》を観《み》る譯《わけ》に行《ゆ》かなかつたのでせう。祖父《そふ》が私《わたし》を可愛《かはい》がつてゐまして、私《わたし》をきつと連《つ》れてゆくのですから。私《わたし》が行《ゆ》かなければお供《とも》が要《い》らない譯《わけ》ですから従《したが》つて女中《じよちゆう》も行《ゆ》く譯《わけ》にはいかなかつたのです。だから私《わたし》がおとなしく観《み》てゐさへすれば女中《じよちゆう》たちにも宜《よ》かつたのですけれども、何《ど》う云《い》ふものか芝居《しばゐ》がきらひ、寄席《よせ》がきらひで、寄席《よせ》へ行《ゆ》くときまつて寝《ね》てしまつたのです。

四

祖父《おぢい》さんは藝人《げいにん》が好《す》きで、私《わたし》の幼少《ちいさ》なころ、祖父《おぢい》さんは松島屋《まつしまや》をたいへんひゐきにしてゐました。私《わたし》の母《はゝ》は川崎《かはさき》やに夢《む》中《ちゆう》だつたと云《い》ふことです。

五

私《わたし》が幼少《ちいさ》い時《とき》によく行《い》つた芝居《しばゐ》のうちで、いちばん記憶《きおく》に殘《のこ》つてゐるのは、本郷《ほんがう》の春木座《はるきざ》です。つちや。。。と云ふお茶屋《ちやや》の名《な》は、さすがになつかしく私《わたし》の心《こゝろ》の中《なか》に殘《のこ》つてゐます。芝鶴《しくわく》の金歯《きんば》にお馴染《なじ》みだつたのはここです。家橘《かきつ》（いまの羽左《うさ》のお父《とつ》さん）を騒《さわ》いでゐたきよと云《い》ふ女中《じよちゆう》がゐまして、家橘《かきつ》が何《なに》かの役《やく》をした時《とき》に舞臺《ぶたい》で着物《きもの》を着代《きか》へたことがあつたのです。その時《とき》家橘《かきつ》のお乳《ちゝ》が見《み》えたとかなんとか云《い》つて、毎日々々《まいにち〳〵》その事《こと》を云《い》つてゐたことを覺《おぼ》えてゐます。富《とみ》十郎《らう》といふ役《やく》者《しや》はいゝ役者《やくしや》だと云《い》ふことを始終《しじう》聞《き》いてゐたので、いまでもこの人《ひと》の名《な》を思《おも》ひ浮《うか》べると、なんだかなつかしくて仕方《しかた》がありません。

六

それから私《わたし》はちつとも芝居《しばゐ》へ行《い》かないやうになりました。大《おほ》きくなつてからは、家《うち》のひとが行《い》つても、私《わたし》は家《うち》に留守番《るすばん》をしてゐるやうになりました。女學校《じよがつかう》へ行《い》くやうになつてからは、芝居《しばゐ》なぞへ行《い》くのは罪惡《ざいあく》のやうに思《おも》つてちつとも行《ゆ》きませんでした。よくしたもので、家《うち》はだん〳〵に零落《れいらく》してきてゐますから、祖父《おぢい》さんだつて、あれほど好《す》きな芝居《しばゐ》を滅多《めつた》に行《い》つても見《み》ないやうになつてゐました。

七

私《わたし》の家《うち》は、私《わたし》のちいさへ時《とき》には藝妓《げいしや》だの落語家《はなしか》だのたいこもちだのと云ふやうなものが始終出《しじゆで》たり入《はい》つたりしてゐました。そうして毎日お花《はな》をひいたり、歌《うた》つたりして騒《さは》いでゐたのです。私《わたし》はどう云《い》ふものか然《さ》う云ふことが大嫌《だいきら》ひで、誰《た》れにも馴染《なじ》まなかつたのです。いつも土藏《どざう》の中にはいつて、繪《ゑ》を彩《いろど》つたり、古《ふ》る新《しん》聞《ぶん》の綴《と》ぢたのを出《だ》してきて讀《よ》んだりしてゐたのです。それが私《わたし》の九才《こゝのつ》ぐらゐの時《とき》なのです。それでもちいさい時《とき》から、みんなに「龜井戸《かめゐど》の天神《てんじん》さま」と云《い》はれてゐました。

八

私《わたし》はちつとも人《ひと》と口《くち》をきかなかつたのです。そうして、ぷつつりとしてゐるものですから、私《わたし》は誰《たれ》にもお愛想《あいそ》をされたことがありませんでした。私《わたし》の妹《いもうと》は利《り》口《こう》もので、みんなに可愛《かはい》がられました。私《わたし》が十二ぐらゐの時《とき》、髪《かみ》を洗《あら》つたことがあるのです。さうするとお目出度《めでた》うございますと云《い》はれたのです。私《わたし》はだまつてゐましたが、六才《むつつ》になつた妹《いもうと》が、

「姉《ねえ》さんありがたうと云《い》ふものよ。」

と云《い》はれて、みんなが私《わたし》の馬鹿《はか》を笑《わら》ふといつしよに、妹《いもうと》の利口《りこう》なのに舌《した》を捲《ま》きました。この妹《いもうと》は十四で亡《な》くなつてしまいました。

九

この妹《いもうと》が生《い》きてゐると、私《わたし》はきつと女優《じよいう》にしてしまつたらうと思《おも》ひます。小學校《せうがくかう》を卒《で》業てから、音樂《おんがく》をやらせるつもりでゐたのですが、きつと今頃《いまごろ》は女優《じよいう》になつてゐたらうと思《おも》ひます。死《し》ぬ子容目《こみめ》よしとよく云《い》つたものです。妹《いもうと》は私《わたし》と違《ちが》つていゝ顔《かほ》でした。私《わたし》は妹《いもうと》を女優《じよいう》にするのだつたのにと思ふと、ほんとに惜《を》しくつて仕方《しかた》がありません。妹《いもうと》は美《い》い聲《こゑ》を持《も》つてゐたのです。

十

私《わたし》が女學校《じよがつかう》を出《で》で、小說《せうせつ》なぞを書《か》きたいなどと思《おも》ひ出《だ》した頃《ころ》に、自分《じぶん》から好《す》きで芝居《しばゐ》をのぞいて歩《ある》くやうになりました。女《をんな》がむかし、芝居《しばゐ》へ行《ゆ》く朝暗《あさくら》いうちに起《お》きて髪《かみ》を結《い》つた話《はなし》などを聞《き》いてゐると、私《わたし》は然《さ》う云《い》ふ古《ふ》るくなつた粉《こな》おしろいの匂《にほ》ひを嗅《か》ぐやうな情調《じやうてう》が嬉《うれ》しくてたまらなくなりました。私《わたし》はこの頃《ころ》、母《はゝ》によつて。昔《むかし》の芝居《しばゐ》の話《はなし》を好《この》んで聞《き》きたがつたりしました。

十一

今《いま》の六代目《たいめ》が、初《はじ》めて代《たい》をついで曾我《そが》の五郎《らう》をやつだ時、私《わたし》は權《ごん》十郎《らう》の朝比《あさひ》奈《な》を見《み》て、母《はゝ》のむかしのひゐきに初《はじ》めて逢《あ》つたと思《おも》つて一生懸命《しやうけんめい》に見詰《みつ》めてきました。そうして歸《かへ》つてくると、「祐經《すけつね》どんが御意《ぎよゐ》ある」を覺《おぼ》えてゐて、「すけつねどんが、ぎやある。」と眞似《まね》をしては、母《はゝ》に聞《き》かせました。母《はゝ》は川崎《かはさき》やの聲色《こはいろ》が上手《じやうづ》でした。

十二

幸田《かうた》先生《せんせい》のところへ通《かよ》ふやうになつて、私《わたし》が小說《せうせつ》を書《か》き出してから、私《わたし》はふいとした事《こと》で、淺草《あさくさ》の公園《こうゑん》の浪花《なには》踊《をど》りといふものを見《み》に行くやうになりました。

十三

その中《うち》に、私《わたし》がほんとに夢中《むちゆう》になつた女《をんな》が一人《ひとり》ありました。これは極《きま》りが惡《わる》いから誰《た》れにも話《はな》さなかつたのですが、私《わたし》はその女《をんな》に逆上《のぼせ》て、一日《にち》でもその顏《かほ》を見《み》てこないと眠《ねむ》れないやうな騷《さは》ぎをしたことがあります。それは雲雀《ひばり》と云《い》ふ女《をんな》でした。この女《をんな》の寫眞《しやしん》が幾枚《いくまい》も私《わたし》の手《て》に殘《のこ》つてゐます。

十四

私《わたし》は人《ひと》に見《み》られるといやなので、小屋《こや》へ飛《と》び込んでははいつたのです。そうして隅《すみ》の方《はう》に小《ち》さくなつてこの戀《こ》ひしい人《ひと》を見《み》てゐたのです。この女《をんな》の泣《な》き顏《かほ》が私《わたし》には好《す》きで〳〵たまらなかつたのです。この女《をんな》の顏《かほ》が、今《いま》の洋畫家《やうぐわか》の齊藤與里《さいとうより》さんによく似《に》てゐます。私《わたし》は與里《より》さんに初《はじ》めて逢《あ》つた時《とき》、久《ひさ》しく忘《わす》れてゐた自分《じぶん》の戀《こひ》を思《おも》ひ出して、なつかしく思《おも》つたことがあります。

十五

私《わたし》は毎晩《まいばん》、この小屋《こや》へ行《い》つて、好《す》きな顏《かほ》を見《み》てくると、直《す》ぐそれで安心《あんしん》して歸《かへ》つたものです。私《わたし》は後《あと》にも前《さき》にも、この女《なんな》に逆上《のぼせ》たほど逆上《のぼせ》たものは一人《ひとり》もないのですから不思議《ふしぎ》です。公園《こうえん》の街燈《がいとう》に雪《ゆき》がちら〳〵ちら〳〵降《ふ》りかゝつてゐるのを見《み》ながら、私《わたし》は何《ど》うしやうもない女《をんな》の戀《こ》ひしさに、涙含《なみだぐ》みながら立《た》つてゐたことなどがありました。この女《をんな》の唇《くちびる》は薄《うす》くつて大《おほ》きいのでした。頰《ほゝ》にいゝ感覺《かんかく》がありました。姿《なり》は小《ち》さい女《をんな》でした。この女《をんな》がゐなくなつてから、私《わたし》の公園通《こうゑんがよ》ひもおしまひになりました。

十六

私《わたし》の思想《しさう》がだん〳〵に變《かは》つていきました。其《そ》の頃勃興《ころぼつこう》した自然主義《しぜんしゆぎ》の小說《せうせつ》などを讀《よ》んだりしてゐるうちに、自分《じぶん》は小說《せうせつ》などを書《か》くことがふつつりといやになりました。

其《そ》の時私《ときわたし》は繪《ゑ》をやらうかと思《おも》つたのです。日本畫《にほんぐわ》なのです。その內《うち》に何《ど》うしても芝居《しばゐ》がやりたくつて仕方《しかた》がなくなりました。其《そ》の時分《じぶん》の早稻田《わせだ》の文藝協會《ぶんげいけふくわい》などの、新《あた》らしいしばゐは頭腦《あたま》のあるものでなくては演《や》れないと云《い》ふやうな主張《しゆてう》を、いくらか聞《き》き嚙《かじ》つたりしたのだと見《み》えます。それで芝居《しばゐ》などをやることが、格別《かくべつ》恥辱《ちじよく》でもないやうに思《おも》つたりして、何所《どこ》かいゝところがあつたら出《で》て見《み》やうと思《おも》ひました。

十七

女優《じよいう》と云ふものに就《つ》いて、格別《かくべつ》しつかりした思想《しさう》などを持《も》つてのぞんだのではありません。また、其《そ》れが脚本《きやくほん》を作《さく》する上《うへ》について、いゝ助《たす》けになるなどとも思《おも》つたのではありません。云《い》はゞ自分《じぶん》は何《ど》うでもいゝのでした。私《わたし》にもう少《すこ》し演劇《えんげき》について智識的《ちしきてき》な考《かんが》へがあつたなら、私《わたし》は決《けつ》してあの時《とき》、毎日新聞《まいにちしんぶん》の文士劇《ぶんしげき》に加《か》入《にふ》はしなかつたらうと思《おも》ひます。

十八

私《わたし》は早稻田《わせだ》へ行《ゆ》かずに、接近《せつきん》しやすい毎日新聞《まいにちしんぶん》の文士劇《ぶんしげき》に入《はい》らうと思《おも》ひました。もつとも私《わたし》はかう云《い》ふ事《こと》を考《かんが》へてゐました。舞臺《ぶたい》に馴《な》れるまでは何處《どこ》でもいゝと云《い》ふ事《こと》なのでした。それで文士劇《ぶんしげき》の一員《ゐん》の岡鬼太郎《をかおにたらう》さんに逢《あ》ひに、毎日新聞《まいにちしんぶん》社《しや》へ出《で》かけたのです。この岡《をか》さんを選《えら》んだのは、書《か》いたものを見《み》たりしてゐる內《うち》に何《なん》となく心持《こゝろもち》の快《い》いひとのやうな感《かん》じを持《も》つてゐたからなのです。私《わたし》が初《はじ》めて岡《をか》さんに逢《あ》ひに、毎日新聞社《まいにちしんぶんしや》へ出《で》かけた時《とき》は、夏《なつ》の夜《よ》るでした。私《わたし》は荒《あら》い浴衣《ゆかた》を着《き》てゐました。

十九

横濱《よこはま》でやる芝居《しばゐ》に、吉田寅次郎《よしたとらじらう》の妹《いもうと》をやる人《ひと》がなくつて困《こま》つてゐる。直《す》ぐ其《そ》れにお出《で》なさいと云《い》つて、二三日《ち》經《た》つと私《わたし》はもう其《そ》の役《やく》の稽古《けいこ》を初《はじ》めました。杉贋《すぎがん》阿彌《あみ》さんがゐました。岡本綺堂《をかもときどう》さんがゐました。栗島狹衣《くりしまさごろも》さんがゐました。葛城《かつらぎ》ふみ子さんがゐました。田村西男《たむらにしを》さんがゐました。

二十

私《わたし》はろくに稽古《けいこ》もしないで、横濱《よこはま》の芝《しば》居《ゐ》へ出《で》ました。顏《かほ》は誰《た》れかがこしらへてくれました。舞臺《ぶたい》へ出《で》たつて私《わたし》は何《なに》をしてゐるのか分《わか》りませんでした。聲《こゑ》はちつとも出《で》ないで、唯《たゞ》まご〳〵してゐたさうでした。私《わたし》はみんなから文句《もんく》を云《い》はれました。そうして、

「あれぢや仕樣《しやう》がない。一番目《はんめ》は滅茶苦茶《めちやくちや》だ」と云《い》つて、ひそ〳〵みんなが話《はな》し合《あ》つてるのを私《わたし》は聞《き》きました。私《わたし》はなんでも振袖《ふりそで》の着物《きもの》を着《き》て、高髷《たかまげ》の鬘《かつら》をかぶつてゐました。

二十一

私《わたし》は泣《な》いたりしました。そうしてもう出《で》ないつもりで汽車《きしや》に乘《の》つて歸《かへ》つて來《き》てしまいましたが、又氣《またき》になつて、翌日《あくるひ》ゆきました。私《わたし》は夜《よ》るになると一人《ひとり》で寄席《よせ》へ行《い》つて義太夫《ぎだいふ》を聞《き》いてきたりしました。そうして三日《か》か五日《か》かの興行《こうぎやう》をすましたのが、私《わたし》の初《はじ》めて鬘《かつら》をきた紀念《きねん》の芝《しば》居《ゐ》なのです。田中介二《たなかかいじ》さんが藝術座《げいじゆつざ》に入《はい》つて、役者《やくしや》になつたと云《い》ふ事《こと》を聞《き》いたとき、私《わたし》はこの時《とき》の自分《じぶん》の不快《ふくわい》な印象《いんしやう》を繰《く》り返《かへ》して思《おも》ひました。そうして、田中《たなか》さんが、あの兵卒《へいそつ》になつて立《た》ち並《なら》んでゐるのを見《み》たとき、お氣《き》の毒《どく》のやうに感《かん》じました。

田中《たなか》さんに云はせたなら、氣《き》の毒《どく》だなど思《おも》はれる理由《りゆう》はないと力《りき》むかもしれませんが、芝居《しばゐ》の空氣《くうき》に馴《な》れないうちに、其《そ》の中《なか》でまごついてゐる心持《こゝろもち》は、あとで考《かんが》へるとあまりに自分《じぶん》で馬鹿《ばか》々々しくて白痴《こけ》の骨頂《こつちやう》で、いかに自分《じぶん》を安價《あんか》に見《み》つもると云《い》つても、これ以上《いじやう》安《やす》い自分《じぶん》はないと思《おも》ふ時《とき》が來《く》るに違《ちが》ひないからです。

二十二

私《わたし》は其《そ》れから直《ぢ》きに、また東京座《とうきやうざ》に出《で》ました。岡本《をかもと》さんの『十津川戰記《とつかはせんき》』と云《い》ふものゝ中《なか》に出《で》てくる田舍娘《ゐなかむすめ》です。籠《かご》を背負《しよ》つて出《で》てくるのです。相手《あひて》の男《をとこ》の名《な》が「ソウ助《すけ》」とか云《い》ふのでした。然《さ》うです惣助《そうすけ》と云《い》つたんでした。私《わたし》は毎日《まいにち》々々『毎日新聞《まいにちしんぶん》』の三階《かい》へ行《い》つてその稽古《けいこ》をしました。

この間《あひだ》阿部次郎《あべじらう》さんに逢《あ》つた時《とき》、阿部《あべ》さんが、

「あなたの芝居《しばゐ》を一度《ど》見《み》ましたよ。」

と云《い》はれたので、私《わたし》は何《なん》の時《とき》ですと聞《き》いたら、

「十津川合戰《とつかはかつせん》の娘《むすめ》。」

と云《い》つて「あはゝ」「あはゝ」と笑《わら》つてゐらしつたのです。阿部《あべ》さんは餘《よ》つ程《ほど》をかしかつたのでせう。私《わたし》はあの時《とき》隨分《ずゐぶん》見物《けんぶつ》に笑《わら》はれましたから。阿部《あべ》さんも笑《わら》つた一《ひと》人《り》なんだと思《おも》つたら、私《わたし》はどうも變手古《へんてこ》で、仕方《しかた》がないから苦笑《にがわら》ひをしてゐました。

二十三

私《わたし》はそれでも一生《しやう》懸命《けんめい》に踊《をど》りの稽古《けいこ》をしたり、義太夫《ぎだいふ》の稽古《けいこ》をしたりしてゐま

した。この間《あひだ》亡《な》くなつた九女八《くめはち》のところに通《かよ》つて、お師匠《しよ》さんのところの疊《たゝみ》を摺《す》り切《き》らすほど、毎日《まいにち》々々根《こん》よく稽古《けいこ》をしたものです。つい二三日前《にちまへ》、この時《とき》の義《ぎ》太夫《たいふ》の師匠《ししやう》に逢《あ》つたのです。丁度《ちやうど》その頃《ころ》この師匠《ししやう》が妊娠《にんしん》してお稽古《けいこ》を休《やす》み勝《が》ちなので、私《わたし》もそれなりずる〳〵に廢《や》めてしまいましたが、その時《とき》のお腹《なか》の子《こ》が、もう六才《むつつ》ぐらゐになつて、おしやまな男《をとこ》の子《た》になつてゐました。母親《はゝおや》にお辭儀《じぎ》をおし、と云《い》はれて、兩手《れうて》で帽子《はうし》をとると「こんちは」と云《い》つて頭《あたま》を下《さ》げたので、私《わたし》はびつくりしました。この子《た》がお師匠《しよ》さんのお腹《なか》にゐる頃《ころ》、私《わたし》はこの師匠《ししやう》の前《まへ》で、千代萩《だいはぎ》の奥《おく》を稽古《けいこ》してゐたのだなど〻、考《かんが》へました。その頃《ころ》の私《わたし》と、今《いま》の自分《じぶん》とを引《ひ》き比《くら》べて見《み》ない譯《わけ》にいきませんでした。年月《としつき》の經《た》つのは早《はや》いものです。然《しか》しこの師匠《ししやう》の顏《かほ》を見《み》ると、私《わたし》はまた義《ぎ》太夫《たいふ》を初《はじ》めやうかと思《おも》いました。眞劍《しんけん》に聲《こゑ》を出《た》しさへすれば、ある意味《いみ》で靜座法《せいざはふ》をやるよりい〻かも知《し》れないと思《おも》いましたから。

二十四

何《なん》の役《やく》でしたかしら。岡本《をかもと》さんが下《しも》手《て》から出《で》て舞台《ぶたい》の二重《にぢう》へ驅《か》けあがるところがあつたのです。その時《とき》、岡本《をかもと》さんの羽織《はをり》を着《き》た背中《せなか》が、帆《ほ》を張《は》つたやうにふくらんだことを、今《いま》思《おも》つても私《わたし》はふきだします。あんなに一生懸命《しやうけんめい》になつて驅《か》けなくともよさそうなものだと思《おも》ふとをかしくてたまりません。

二十五

私《わたし》はそれから、俳優《はいゆう》でゐたいと思《おも》ふばかりに、いろ〳〵と、舞台《ぶたい》の上《うへ》の放浪生《はうらうせい》活《くわつ》をやりました。そうして、やつぱり俳《はい》優《いう》とはならずにしまいました。私《わたし》はつい近頃《ちかごろ》までも、しばゐを遣《や》つてもい〻と云ふ樣《やう》な氣《き》でゐましたが、今《いま》は絶對《ぜつたい》に、こんな事《こと》は考《かんが》へないことにしました。私《わたし》はしばゐの人《ひと》として生《うま》れついて來《き》たのではないと云《い》ふことを考《かんが》へるからです。それなら文學《ぶんがく》の人《ひと》として生《うま》れついて來《き》たのかと、皮肉《ひにく》を云《い》はれるかも知《し》れませんが、何《なに》も然《さ》う定《き》めるのではありません。たゞ、自分《じぶん》の最初《さいしよ》に志《こゝろざ》した文學《ぶんがく》で、自分《じぶん》の生《せい》活《くわつ》を終始《しうし》するのがいちばん自然《しぜん》だと考《かんが》へるからです。

二十六

私《わたし》が舞台《ぶたい》に出《で》たり、よしたりしてるうちに、女優《じよいう》と云ふものが、立派《りつぱ》に現社會《げんしやくわい》の一階級《かいきう》になつて存在《そんざい》するやうになりました。

松井須磨子《まつゐすまこ》さんが女優中《じよいうちゆう》の大立物《おほたてもの》になつて、時々《ときぐ》、劇《げき》の團體《だんたい》のうちにあつて社《しや》會的《くわいてき》の問題《もんだい》を起《おこ》したりするやうになりました。森律子《もりりつこ》さんが洋行《やうかう》をして、そうしてもう歸《かへ》つて來《き》ました。歸《かへ》つて來《き》て、もう洋行土産《やうかうみやげ》の初舞台《はつぶたい》をつとめてゐるやうになりました。いろ〳〵な女優《じよゆう》が現《あら》はれました。そうして女優《じよいう》の初舞台《はつぶたい》と云《い》ふものが、いつも立派《りつぱ》に、あるところまで成《せい》功《こう》をおさめてゐるのには驚《おどろ》かずにはゐられないではありませんか。

二十七

私《わたし》はいまに、立派《りつぱ》な女優《じよいう》がどこからか現《あら》はれるだらうと思《おも》つてゐます。今《いま》の人《ひと》たちは、誰《た》れも女形《をんながた》と女優《じよいう》を比較《ひかく》して、女優《じよいう》は駄目《ため》だと云《い》つてゐますが、いまに、おどろくやうな女優《じよいう》が現《あら》はれるだらうと思《おも》つてゐます。女優《じよいう》と云《い》ふものは、女《をんな》のうちの女《をんな》が現《あら》はれなければならない筈《はず》だのに、現在《げんざい》の日本《にほん》の女優《じよいう》は、女《をんな》の中《うち》の女《をんな》の屑《くづ》ばかりが現《あら》はれると、云《い》つた人《ひと》があります。

全《まつた》く然《さ》う云《い》つた傾向《けいかう》がないではありません。もつとも然《さ》う云《い》はれた人《ひと》は、西洋《せいやう》の演劇《えんげき》を見《み》てきた人《ひと》で、そうして露國《ろこく》の女優《じよいう》なぞにも逢《あ》つて話《はなし》をしてきた人《ひと》でありますけれども、現在《げんざい》の日本《にほん》の女優《じよいう》は、まだ〱前途《せんと》が遠《とほ》いやうに思《おも》はれます。けれども、これは女優《じよいう》ばかりではありません、凡《すべ》ての方面《はうめん》を通《つう》じて、日本《にほん》には、どうやら形《かたち》だけでも纏《まとま》つた女《をんな》さへ現《あら》はれてゐないのだから仕《し》方《かた》がないでせう。之《こ》れから思《おも》ふと、各方面《かくはうめん》の女《をんな》のうちで、一番働《ばんはたら》いてゐるのは、やつぱり現在《げんざい》の女優《じよいう》のやうな氣《き》がします。

私《わたし》は自分《じぶん》が演劇《しばゐ》からはなれてゆくと同《どう》時《じ》に、あるかぎりの、まごゝろで、多《おほ》くの日本《にほん》の女優《じよいう》の前途《せんと》を祝福《しゆくふく》しやうと思《おも》います。

晝の暴虐

田村俊子

ある風の冷たい初冬の朝、美知子の秘藏の紅《べに》どりが死にました。

丁度、美知子は朝の手水を濟まして、濡れた手拭をその椽の欄干にかけやうとしてゐた時でした。美知子は今朝にかぎつて、紅どりの可愛らしいさへづりをはつきりと耳にしなかつたので、少し氣にかゝつて軒の日向に出してある鳥籠の方を見たのでした。美知子は、

『あら。』

と叫んで、その美しい目を見張りました。

紅どりは籠のとまり木から逆《さか》に落ちて、籠の中の敷き渡した板の上に翼を亂してもがひてゐました。美知子は何《ど》うしたのかと思ひながら、あわてゝ手を延

ばして籠を軒からはづしました。そうして、戸を開けて、美知子の小指と同じぐらゐな小さゝを持つた紅どりを、そつと手に握りながら引き出しました。五本の指の先きを丸《まる》くして、その中に包むやうにしながら、美知子は紅どりを眺めました。

紅どりは、まだその瞳子を開いてゐました。そうして、眞紅な小さい嘴をすこし開けて、絶ゝやうとする息《いき》を、やう／＼に繋《つな》ぐやうな微かな呼吸をしてゐるのでした。美知子はその苦しさを少してもゆるめてやり度いために、そつと水のところにその嘴を持つていつてやりました。紅どりは水に嘴をつけましたけれども、直ちにそれを拒むやうに、かち／＼と薔薇の尖《と》げのやうな嘴をふるはせて、あるじの手から差出された水の上から小さい頭を振るやうに見えました。

ちいさな、ちいさな、ちいさな生物のちいさな苦しみ！　極微な生命《いのち》が消えてゆくその臨終のほそほそしい苦痛が、美知子の温い掌の上に二三秒つゞいてゐました。死から受けるあるだけの苦痛の表情がその他愛《たあい》のない小《ちい》さな形の上に、こま／＼と現はれてゐました。翼のおのゝき、眼の動《うご》き―小鳥はあるじの掌の上にも、ぢつとしてはゐられないやうな切《せつ》なさを、そのからだの全體に表はしてゐるのでした美知子はこの目前に迫つた小さなものゝ死を何うすることも出來ませんでした。そうして、そつと疊の上に日光の射してるところを選んで、そこへおいてやりました。紅どりはそこに置かれると直ぐ、翼をほつと開きそうにして、その儘落ちて了ひました。

紅どりは、その生の最後にもう一度美しい翼をひろげやうとしました。ちいさな可愛らしい生の執着

——紅どりはどんなに死ぬのが厭だつたのか知れなかつたと思ふと、美知子の眼にはおのづと涙があふれて來ました。美知子は、どうかすればその小さい魂がもう一度蘇生るやうに思はれて、掌の上に、そつとのせて見ました。そうして、掌の上で柔らかに紅どりの身體を搖《ゆす》ぶつて見ましたけれども、紅どりの微妙な歌をやどしてゐた小さい魂は、その儘唯幽にきえ〳〵と埒《らち》もなく消えていつてしまひました。眞つ黒な漆のやうな紅どりの眼はもう二度と開かなくなりました。こまかな赤い地紋の模樣をつけた可愛らしい衣裳のまゝ、紅どりは、ふくよかな身體を殘して、その眞赤な嘴を堅く閉ぢてゐるのでした。あるかなきかに、この小さな生物のうちに流動してゐた僅な血汐は、その瞬間から紅どりの身體に凝結してゆきました。

「紅《べに》。紅《べに》。」

美知子はかうして、唇をその頭に押し付けて呼んで見ました。美知子はまた、紅どりを紫鹿の子の襦袢の襟の間からふところに差し入れて、その溫みのうちに浸らせても見ました。けれども盡きてしまつた小鳥の命は、もう何《ど》うすることも出來ないのでした。

美知子は小鳥の死骸を日《ひ》光の射す窓の敷居の上においてぢつと眺めました。小鳥はつかみどころもないほどに、ぐつたりとして横になつてゐました。可愛らしくちよこ〳〵と籠の中で飛び廻つてゐた紅どりの姿は、もうこれぎりで見る事は出來ませんでした。

「ぴよぴよぴよぴよぴい——」

かう云つて囀る、あの奇麗な、すこしとぼけた紅どりの聲も、もう聞くことが出來なくなりました。囀るときに、顏を上げて、咽喉のところで拍子を取りながら、一と歌うたつてしまふと、自分の聲の餘韻をしばらくぢつと聞きますやうに、小さい首《くび》を傾《かし》げてゐる――あの紅どりのいたいけな風情も、もう見ることが出來なくなりました。美知子はその死んだ姿を見守りながらやゝ長い間泣いてゐたのでした。

美知子が紅どりを飼つたのは、一昨年の秋でした。それから今日まで、紅どりは美知子といつしよに二度お正月を迎えたのでした。

樂屋《がくや》で悲しいことがあつた時も、舞臺で嬉しいことがあつた時も、美知子はいつもこの紅どりを眺めながら、自分の心の中を人知れず語つては暮らしてゐたのでした。病氣が重くなつて、しばらく舞臺を退《ひ》くやうになつてからも、美知子《みちこ》は、この紅どりの上からさま〳〵な思ひ出を求めて、そうして懷かしい昔語りを囁いたりしました。自分の華やかな昔を知つて、それをとも〳〵なつかしんで呉れるのは、ほんとうに美知子にとつてはこの紅どりばかりのやうな氣さへするのでした。

舞台へ送られたローズの花束の中に、美知子は紅どりの籠をおいたこともありました。

『可愛らしい紅どり。戀ひしい紅どり。』

そうして、この紅どりの哀れな死は、やがて自分の死ぬといふことを豫示《しらせ》てゐるのではないかと美知子は思ひました。

小島の中ても、いちばん小《ちい》さくしほ〳〵としてゐる紅どりの姿は、丁度女の中てもいちばん華奢て小《ちい》さくなよ〳〵としてゐる美知子の姿によく似てゐました。美知子は、少し強く抱きしめれば其の儘ほろ〳〵と花片のやうに崩《くづ》れて行つてしまひはしないかと思ふ樣な、他愛のないからだを持つて生れてきたのてした。さうしてその纖弱な體質の爲に、美知子はつひに自分のあるかぎりを傾けて執着する舞臺の生活をつゞけることが出來なくなりました。

二三年このかた美知子は、健康な身體て舞臺を踏んだことが一度もないくらゐてした。美知子はいつも、重い鬘になやみながら、その纖弱な病ひがちな身體を無理無體に引き摺るやうにしては、切《せつ》ない舞臺をつとめてゐたのてした。いかなる日にも、美知子は氣分が勝れて、眼のうちがはつきりして、さうしておもたい衣裳を樂《らく》な力《ちから》てひきこなすと云ふやうな、輕い舞臺をふんだことがありませんてした。樂屋のなかの華やかな灯の色も、蒔繪の鏡臺にうつる自分の鬘に挿したかんざしの輝きも、まるて夜更けて人の夢を襲ひにゆく夢魔《むま》の瞳子の輝きのやうにさへ思はれることがあるのてした。家に歸つて、床にはいれば、美知子はきつと、心臟のなかの血がすつかりと乾ききつてしまつたやうな苦しさに泣きました。そうして疲れて昏々と眠りに落ちやうとする自分の魂を、おそろしく惱みを持つた現《うつゝ》が途切《とぎ》れ〳〵にゆさぶりたてゝ、自分の夢を自分の現《うつゝ》に責められ通してゐるやうな不快な眠りのうちに、母に縋つて一と夜を明《あ》かしてしまふのてした。

朝になれば、目がくらんて、美知子は頭を上げることさへ出來ない日がありました。何がこんなに自分を惱ますのか美知子には分りませんでした。病氣の爲だとは、美知子は思ひませんでした。自分一人が虚弱なものに生れ付いて、自分一人が演劇《しばゐ》に疲れるのだと思ふと、美知子は自分の仲間のしあはせを羨しく思はずにはゐられませんでした。そうして、おれつたく、泣きたくなる心持を自分で靜におさへて、たとへ舞臺の上で倒れてもいゝと思ひながら、胸を引き緊めて樂屋へ通ふのでした。

暗い、精《せい》のない美知子の瞳子の働きも、車の上から自分の出勤する劇場を眺める時には、一時に湧き上つてくる血の激動のために、美しくかがやいて、艶麗な、媚びの深い目許のしほが、その幌のかげにおのづと作られるのでした。それと同時に、病ひの惱みに疲れて鬱しきつてゐたその心が、爽やかな銀の鞭で突かれたやうに、きれいな色氣《いろけ》を含んではつきりとするのでした。

樂屋に行けば、美しい仲間たちが、派出な樂屋着《がくやぎ》を引つかけて聲高《こわたか》な調子で面白そうに男優の惡る口なぞを云つて騷いでゐました。美知子もそれにつれて、氣分の惡るさが何所かへ消えてゆくやうな氣にもなりました。

そうして、冷《つ》めたい白粉刷毛の肌觸りに、今まで病ひの曇りのなかにすつかりと潛んでゐた美知子の藝術のヴァニチーが、知らず〳〵美知子を驕慢に打笑ませてゐるのでした。美知子は唯夢中でした。演技の最後まで自分の魂をしつかりと摑んでゐたあるものが、ふつと弛《ゆる》んだと思つた時に、美知子はきまつて昏倒しました。そうして絶え〳〵になつた呼吸の苦しい中から、美知子は聲を上げて泣くのでした。醫者は絶體に、美知子の舞臺に出ることをとゞめました。もし强ひて其れを續けてゐれば、あなたはもう直《ち》き死なゝければならないと云つて、醫者は美知子に舞臺の生活をやめさせやうとしました。けれども美知子にはこの儘舞臺を退《ひ》くことは出來ませんでした。舞臺の上で、劇場を彩《いろど》るあの灯い色に眩暈して、それぎり絶息してしまふまでも、女優の生活はやめないと云ひ張つて美知子は聞きませんでした。

多くの仲間を見ても、自分のやうに醫者から舞臺に出ることを禁《とゞ》められやうとしてゐる樣な、不しあはせな人は一人もありませんでした。皆、豐かに肥えて女の中の女のしあはせを集め合はせて生きてるやうな輝いた眼を持つて、元氣よく働いてる人ばかりでした。さうして、舞臺の空氣を匂やかに呼吸して樂しい笑ひをその胸に秘めつゝ暮らしてゐるのでした。臺のために、頭の痛いやうな一瞬間はあつても、たいがいは、樂屋の灯を浴びながら蒔繪の鏡臺に向つて眉を作つてゐれば、氣分の惡るいくらゐはどこかへ消へて行《い》つてしまふと云ふほどだのに、何故自分一人が、こんな不仕合《ふしあは》せな、纖弱な身體を持つて生れたのかと思ふと、美知子は自分の肉を掻きむしつてもやりたいほどに、情けなくなつてたまりませんでした。

舞臺の上で生きられないなら、美知子は死んだ方がいゝのでした。美しいあの夢の世界を、美知子の生《せう》あるあひだは、どうしても捨てることは出來ないのでした。しばゐの爲に自分の命が盡きるなら、美知子には却つてそれが嬉しいのでした。

他《ほか》の人だらは、誰れも生《い》き〳〵して、さうして自分々々の華美な生活のなかに自分の心を紅色《べにいろ》に溶かし込んで、おもしろさうに美しい夢の世界に花やかな笑ひを放つてくらしてゐるのに、何うして自分はかりは、こんな身慘めな、陰鬱な、病ひに閉ぢられる頬《ほゝ》の色をして、その仲間に入《はい》らなければならないのだらうと思ふと、美知子は、手當《てあた》り次第《しだい》誰れにでも縋つて、聲のかぎり泣き叫びたいやうな焦《いら》つた氣持になるのでした。

海岸へ行つて長い保養をしたり、根氣《こんき》をよくすると云ふつまらないまじなひなどを受けたりして、美知子は自分の身體の養生につとめますけれども、それは少しも甲斐のないことでした。醫者の云ふやうに、舞臺の生活をすつかりとやめなければ、美知子の身體は癒《なほ》らないのでした。

『命があつての物だねだからね、當分舞臺を退《ひ》いてゐては何《ど》うだらう。その内に又いゝ時もくるだらうから、さうして身體をすつかり癒してから、もう一度好きな演劇《しばゐ》をやることにした方が、いゝぢやないか。』

母のお鶴は、かう云つて美知子にすゝめますけれ共、美知子は聞きませんでした。

美知子《みちこ》の身體はぢり〳〵と衰へてゆくばかりでした。舞臺で使《つか》ふ美知子の聲は、だん〳〵に嗄《か》れ〳〵になつて、いつもその聲が聞き辛く慄へおのゝいてゐるのでした。さうしてその技藝も、思ふやうにはのびて行きませんでした。定興行が初まつても、途中で病ひに仆れてしまつて、美知子はきつと其れを勤めつづけることが出來ないやうになりました。氣ばかりはあせつても、美知子は自分の身體を何《ど》う動なすことも出來ないのでした。ある興行のとき、中幕の野崎にお染をつとめてゐた最中《さいちう》に、美知子は舞臺て仆れて、それぎり翌日から立つことが出來なくなりました。そうして美知子は病院に入《い》れられました。

その時から、美知子は座の方から當分靜養するやうに云ひ渡されてしまつたのてした。美知子はそれが泣くほど厭ても、どうしても舞臺を退《ひ》かなければなりませんてした。

病院を出てからも、美知子はしばらくの間《あひだ》、自分の足て疊の上にも立つことが出來ませんてした。病院にゐた間も、美知子は劇場《しばゐ》のことばかり云ひつゞけて、興奮して、安らかな睡眠をとることができないのてした。それて極度に用ひた睡眠劑の中毒もすこしはあつて、退院してからも、美知子の足はすつかりと萎縮《すく》んてゐて動《うご》かすことができないのてした。それをいつまても打つ捨つておけば、終《しま》ひには腰が立たなくなると醫者は云ひなした。どんなに苦しくとも毎日その足て歩かせつけなければいけないと云はれて、美知子は兩方から瘦せた腕を抱へられながら、萎えてる足をそろ〳〵と歩ませるやうに癖をつけたりしてゐたのてした。

舞臺を捨てゝ生きるなら、美知子は生きない方がいゝのてした。身體《からだ》がどう癒《なほ》つても、自分の一生は舞臺を踏んて通すことの出來ない弱い力を持つてゐるのてした。舞臺に出れば、美知子は直ぐに脆い呼吸の下に仆れなければなりませんてした。

美知子は今日まて、同じやうに舞臺の生活をおくつて來た麗子のことを思ひました。麗子が自分よりも、優れた技藝を持つてゐるとは美知子は思ひませんてした。あの下卑《げび》た粗雜なアートの表現一《ひ》とつにも、美知子は麗子を蔑《さげす》まずにはゐられませんてした。けれども麗子はだん〳〵にいゝ女優になつてゆくのてした。一と芝居ごとに、落着いたしつかりした基礎を少《すこ》しづゝ作《つく》りながら上《のぼ》つてゆくのてした。何のう自分とおない年《とし》の二十二才！　美知子はあの薄紅色をしたぽつとりした麗子の頰を思ひました。何のうたほいもなく怜悧そうに小《ちい》さく光つてゐる麗子の眼を思ひました。そうして、いかなる役も相當《さうとう》の努力て押しこなしてゆく其の度胸《どきよう》の強さを思ひました。すべては強いものが得るのだと思つたとき、美知子は自分の肉の破れるほどな烈しい意氣を感じるのてしたけれども、繊弱なその身體ばかりは自分の手に何うすることも出來ませんてした。

それさへも一年經つた昔になりました。身體だけは舊《もと》のやうになつても、まだはか〳〵しく其の疲勞のあとが癒りませんてした。轉地をして、病ひのあとを養ひたいにも、美知子はそれだけの費用も持ちませんてした。そうして又、美知子にそれだけのものを與へる人もないのてした。

美知子の舞臺は、病ひの爲にいつたいが陰鬱な影を持つてゐて、それほどの人氣も立ちませんてした。だから、美知子は、昔の生活を振り返つて見ても、そこには、自分のための花のやうな絢爛な世界は見出されないのてした。自分の昔の生活のまはりには、月の光りのやうな、青白《あをじろ》い、淋しい、靜かな光りが漂つてゐるばかりてした。そうして、その惱ましげな、靜な光りの中に、美知子の強い憧憬の世界があるのてした。

山下美知子と云ふ名を、誰れも興味をもつて聞かなくなつたことを、美知子はもう悲しいと思ひませんてした。途中て、知る人にあつても、ふと好奇に輝いた眼をして自分を見直してくれるやうな車がなくなつたのにつけても、美知子はこれを淋しい心持て打ち笑むやうなこともなくなりました。ある社會から忘れられることに悲しみも恨みもありませんてしたけれども、唯美知子の若い血は時として自分の熱愛するものゝ爲に湧かずにはゐられませんてした。美知子は昔のある役に扮裝した寫眞などを取り出して、それを眺めてゐるうちに、娘らしくしみ〴〵と泣いてるやうなことは珍らしくないのてした。

『因果だねえ。この娘《こ》は！』

お鶴も共涙《ともなみだ》に誘はれながら、美知子をいたはるよりほかに仕方がありませんてした。そうして、芝居と云ふものから一切《いつさい》美知子を遠ざけて、一日も早くその虚弱な身體に適當した新たな幸福な生活を美知子に求めさせなくてはならないと、母は考へました。

『私はどつちにしても死ぬのだから、それなら舞臺の上て死なしてもらひたい。然うてなければ、私は死ぬにも死にきれやしない。』

美知子は、かうして、寢てゐる間《ま》も、起きてゐる間《ま》も、昔の生活の月のやうな青白い靜かな夢の光りの中に、憧憬の一點の血汐を漏らせては、纖弱な肉につゝまれた、己が魂をふるはせてゐるのてした。

紅どりの死んだことが、やがて自分の死に近づいてゐることを暗示されたやうな果敢なさを思ひながら、美知子はそれを掌にのせた儘、母のところへ持つて行つて見せました。

『可哀想にねえ。お前《まい》の行くのを待つてゐて息《いき》を引き取つたんだらうよ。』

美知子は涙含みながら、いつまでも見守つてゐました。柔らかな毛並《けな》みは、今までのやうに滑らかな手觸《てざわ》りを與へてゐました。閉ぢた眼から、小鳥の涙かと思はれるやうな露《つゆ》が潤《うる》んでその眼のまはりを浸してゐました。『紅《べに》の方が先きへ死んだわねえ。』

美知子は痩せたその頬に傳はつてくる涙を、袂て拭きながら、この可愛いゝものを何《ど》うすればいゝか分りませんでした。

『よく葬つてやりませう。今度もまた紅どりに生れてくるやうにつてね。』

美知子は母の言葉を聞きながら、今度は自分が死んだら、何に生れ代つてこよと云つて祈つて貰はうかと思ひながら、

『紅い女優に生れかはつてこないか知ら。』

『然うさね。』

美知子は、紅どりを、鼻たゝきの入《はい》つてゐた小箱《こばこ》に入れて、上から粉《こな》おしろいを振りかけてやりました。そうして小《ちい》さな庭に下《お》りてゆきました。

初冬の空は、くつきりと晴れてゐました。松と紅葉と、色を交ぜたその間を、何處《どこ》からか流れてきた煙りが薄つすりと陰をまつはらせてゐました。

美知子は、花壇の隅の白菊の下に、紅どりを葬つてやりました。お染をした時の友禪の振りの袖が、紅どりを入れた小箱のまわりに色をたゝへてちら〳〵と其れを包むやうな氣がしたのてした。美知子は悲しい幻影を追ひながら、丁寧に土をかけて、そうしてその前に合掌しました。

美知子の唯一とつの慰みだつた紅《べに》の聲が、初冬の紺碧の空に消えてしまつてから、美知子の朝夕がげつそりと淋しくなりました。三年のあひだ、一度は自分の掌の上にのせて其小さい頭に接吻をしたいと願つてゐた紅どりは、とう〳〵その掌の上にのせる時が來ましたけれども、其れが紅どりの生の最後なのてした。

美知子はこの頃になつて、この紅どりの死んだことが、やがて自分の死ぬことを豫示《しらせ》てゐるのだとは思へないやうになりました。それよりも、死ぬと云ふことよりも、もつと恐しい事實が近づいてくると云ふ豫示のやうな氣がするのてした。

自方の生命《いのち》のやうに可愛がつた小さな物が、ある朝ほつつりと消へて行つたと云ふことは、自分の身に何か不幸なことが起つてくると云ふ占ひに違ひないと美知子は思ひました。自分の手から可愛いゝものを奪はれたと云ふことは、それと同時に自分の生活のなかからも何かしらある物を奪はれたと云ふ暗示に違ひないと美知子は思ひました。そうして其れは何なのか美知子たは分りませんてした。唯自分が死ぬのてはないと云ふことだけが美知子にははつきりと分つてゐるのてした。

自分が死ぬのてはないと考へられるのは、それは美知子の身體が、思ふよりは快《よ》い方に向いてゆくからなのかも知れませんてした。自分の身體が快《よ》くなれば、美知子はもう一度昔の生活に復《かへ》れる筈てした。あの憧憬の世界へもう一度自分の魂を柔らかに浸すことが出來る筈なのてした。けれども、そこまて進んてゆく徑路の間に、何か、可愛いゝものを突然に失はれたと同じやうな、澗な不幸が潜んてゐるやうな氣が美知子はするのてした。ふとすると、自分の一生はこれぎりて埋れてしまふのてはないかと云ふ様な、不安な悲しい思ひにふさがれるのてした。

母のお鶴が散々才覺をして長い間を持ちこたへて來た生活《くらし》の費用も、もうこの頃ては何《ど》うにもその繰《く》り廻《まは》しがつかなくなつてゐるのてした。母子《おやこ》は何《なに》かやらなければ、一日の食も得られないほどに窮迫しきつてゐるのてしたけれども、お鶴は美知子に然うしたいやな事が聞かせたくなくつて一日々々と、さまざまな、遣り繰り算段にその日を濁《にご》してゐるのてした。

それに、美知子をもう一度芝居の中に入《い》れてそれて金錢を取らせると云ふことはお鶴はもう爲《し》たくないと思つてゐるのてした。一時は身體が快《よ》くなつても、又舞臺を踏めば、美知子は今までと同じやうに病苦にくるしまなければならないと云つて、醫者は美知子が舊の生活に復《かへ》ることをとゞめてゐまました。お鶴は其れが恐しいのてした。どれほど多くの報酬が得られるにしても、あゝした切《せつ》ない勤《つと》めは決してさせまいと自分の心に誓つてゐるのてした。我が子が、喘ぎ苦しみながら、突き放されるまでも芝居と

云ふものに取り付いてゐる哀れな姿を見ると、お鶴は眞から芝居を呪はずにはゐられませんでした。そうして、口癖のやうに、

『舞臺の上で死にたい。』

と云ひ張る美知子の心を、母は恨めしく思はずにはゐられないのでした。

美知子も、生計《くらし》のことでお鶴が苦しんでゐることを知らないではありませんでした。然うして、然う云ふ事實に迫られるほど、美知子は一日も早く舞臺に出なければならないと思ふのでした。自分が働かなければならないと思ふのでした。

『もう舞臺に出られる。』

美知子は斯う思つて、お鶴にその事を話しましたが、お鶴はそんな事は聞き入れませんでした。

『ぢやあ何《ど》うして暮らしてゆくの。この先《さ》きを。』

『いゝえ。どんな事があつても今のところ、あなたはまだ舞臺には出られないよ。もつと養生をして、すつかり身體を快《よ》くしなければいけません。お醫者が云ふのではもう決してあんな事をしてはいけないと云ふのぢやないか。』

『お醫者がなんと云つたつて、くらしに困れば仕方がないぢやありませんか。』

『直ぐ病氣になれば同じことぢやないか、もういや〳〵お前《まい》さんのあの苦しみを見るのは。』

母子は斯う云つて爭ひました。

『ほんとうに、なまじ遊藝なんぞを仕込《しこ》まなければよかつたと思ふよ。學校の先生でもしてくれる方がまだしもよかつた。』

『おやあ何《ど》うすればいゝの。』

『だから私もいろ〳〵考へてゐる。』

お鶴はそれぎりで後《あと》を云ひませんでした。

美知子には母の思つてゐることがよく分つてゐるのでした。

『そんなことは厭だ。』

美知子は胸の中にしつかりと斯う思つたぎり、自分も何も云はずに過ぎてゐました。美知子が舞臺に出てゐた頃から、たいへんに美知子を可愛がつてゐる人が一人あつたのでした。そうしてお鶴はいまでも、美知子には知らさずにその人の恩にあづかつてゐるのでした。お鶴は、美知子をその人に縋らせて然うして安氣なゆつくりした暮らしをさせたいと考へてゐるのでした。

『何をするにも、後楯《うしろだて》がなくつてはならない、これから先《さ》き、又役者《やくしや》をするにしてもさ。』

お鶴は時々斯う云つて、自分の考へをすこしづゝ漏らそうとしてゐるのでしたが、美知子はそんな事は聞きたくないのでした。

一日々々と自分の周圍に迫つてくるさま〴〵な事實のうちに必らず不幸を伴つてくると云ふしらせが

紅どりの死の中に含まれてゐるのだと、美知子はかたく信じるやうになりました。美知子はどうしても落着いてはゐられませんでした、今、自分を何《ど》うにかしなければ、自分はどうしても舊《もと》の生活に復《かへ》れなくなるのではないかと思つて、そゞろ心にもなるのでした。そうして自分はもう捨《す》てものになつて了つたやうな悲しい氣がしました。何所《どこ》からも捨てられてしまつて、もう二度とあの世界へは歸つてゆかれないのではないかと思はれました。病氣の爲とは云へ、あんまり離れ過ぎてしまつた芝居の人たちが、この頃の美知子には却つて悲しいやうにも思はれるのでした。美知子は、その人たちを誰れも——彼れも——と思い浮べました。

『今のうちに、あの人たちの御機嫌を取つておかなければいけない。時々あの人たちを訪ねておかなければいけない。』

然うしなければ、便宜を失つてしまふと、美知子はいろ〳〵賢《かしこ》く思ひめぐらしました。けれども其れは思つたゞけの事なのでした。翌日になれば、美知子は誰れのところへも行く氣はしないのでした。

斯うしてゐる間《ま》に、自分の周圍にある不幸が湧いてくる——と美知子はそこいらを見詰めるやうにして思つて見ました。今のうちに自分からこゝを動かなければ、その不幸の恐しい手に捉へられなければならない。自分は今のうち、昔の人たちのところへ近づいて行かなければいけない。そうして、その人たちのなつかしい手で、もう一度自分を引き上げて貰はなければならない。——美知子はかう思ひつゞけながら、自分の身體はぐつたりと疲れてゐて、自分の思ふまゝには動きませんでした。舞臺に出てゐた頃、絶死するほどに苦しみながらも、毎日々々心を引き緊めて家を出て行《い》つたやうな、あの凄《すさま》じい抵抗力は、美知子の今のからだの上にはとても求めることが出來ませんでした。一日も早く、昔の生活に復《かへ》りたいとは思ひながら、その遠ざかつた生活のなかにもう一度新奇《しんき》に入《はい》つてゆく順序を思ふとき、美知子はそれがこの上もなく、憶切なことに思はれるのでした。

『阿母さん。日下《くさか》さんのところへ行《い》つて話をして來て下さいな。』

美知子は毎にかう云つて請求《せが》んだりしました。日下《くさか》と云ふのは、美知子が專屬してゐたある劇場の座主なのでした。

『當分そんなことは思い切つておいてなさいと云ふのに、お前《まい》さんが何をしないでも、私が何《ど》うにかしてやつてゆくから、芝居へ出るだけはよしておくれ。私は自分が煩ふとも、お前さんの煩ふのはほんとに見てゐたくはないからね。』

お鶴の返事はいつも斯うでした。それで美知子は自分が日下《くさか》のところへ出て行つて、よく話をして見やうかとも思ふのでしたけれども、それも不揃《ふそろひ》になつてしまつた身服装《みなり》のことを思ふと、美知子は恥かしくして出る氣にもなりませんでした。

『いつたい何《ど》うすればいゝのかしら。』

美知子は思ひなやみながら、縮緬細工の手すさみなどに日を暮らしたり、おもしろくもなく、琴など弾《ひ》いて、やるせない淋しい夜るをおくつたりしました。

「私は何《ど》うしたつて芝居はやめないわ。誰れも構つてくれなくつても、私は何所へ流れていつても芝居《しばゐ》をして暮らす。それがいけないつて事はありやしない。」

美知子はしみ〴〵と泣きたくなるやうな心持て、斯う考へたりしました。

そうして、母の云ふやうな意味とは違つた意味て、自分を引き廻してくれる頼母しい人が一人欲しいやうな氣もしました。

今まて戀と云ふことを、一度も覺えずに來たことも美知子はこの頃になつて淋しい一とつに數へてゐるのてした。美知子はほんとうに戀を知りませんてした。舞臺に出てゐた頃、美知子に心をよせて、なんの彼のと云つた人はありましたけれ共、自分から、あつい、まことの戀の心を覺えたやうな男は一人もなかつたのてした。

「自分があるところまて、上《のぼ》りついた時てなければ、自分の思ふやうな戀人は見付かりはしない。」

美知子はいつも斯う思つてゐました。けれども、この世に生れて何一とつ與へられなかつた自分は、もうこの儘て朽ちてゆくのかも知れない。紅《べに》があの死《し》に際《きは》に、もう一度美しい翼をひろげやうとして、その儘命が滅していつたやうに、自分ももう一度心の翼を張らうとしながら、この儘消えていつてしまふ藝術のいのちなのかも知れないと、美知子は思ひました。自分の求めるやうな戀人とは、この生きてゐる間ては目と目を可愛らしく見合はせることさへなくつて濟んてしまふのてはないかと思ふと、美知子は胸の喘《あへ》ぎのほかに、まだしほらしく喘ぐものがこの繊弱な肉のなかに潜んでゐるやうな氣がして、味氣ないのてした。

美知子は日下《くさか》のところへ、或る日に手紙を書きました。

身體が思ひのほかに快《よ》くなつたこと。そうして、もう一度舞臺で働きたいと云ふことなど、こま〳〵と認めました。書くのに、少《すこ》し氣はさしましたけれども、今の自分が生計の上から云つても、何《ど》うしても一日も早く働かなければならないと云ふ事も添へて。そうして、しばらく舞臺を休んだことだから、どんな端役に使はれても、それは自分は覺悟してゐると云ふことなども書きました。

手紙を書きながら、美知子は、日下《くさか》の黒い髯を思ひ浮べてゐました。

『女優の資格のうちで最條件は、どうしても體質だと思ふね。どんなに容貌がよくとも才分があつても體質の弱いものは到底女優なんて職業はつゞけられないね。』

いつか美知子に日下《くさか》が斯う云つたことも美知子《みちこ》は思ひ出してゐました。

紅どりの死が、この手紙の返事を占《うら》なつてるやうな氣か美知子はしました。——返事がよければ、自分はもう直《ぢ》き死ぬ運命を持つてゐることになるのかもしれない。もし又、返事がわるければ、自分は虚弱な身體を持て餘《あま》しながら、この先《さ》きあるかぎりの不しあはせを見ると云ふことになるのに違ひないと美知子は豫測しました。返事のいゝと云ふ事は、日下が美知子の頼みを聞き入れることなのてした。返事のわるいと云ふ事は、美知子の頼みに應じないと云ふ意味なのてした。

手紙を出してしまつてから、美知子に紅とりの死から自分て自分の易をこしらへたことを後悔しました。どちらにしても、自分の上にいゝことは落ちてこない占ひを立てゝ、そうして、この上にも一人して思ひ鬱ぐのは馬鹿々々しいと美知子は思ひました。けれども然う思ふ傍《そば》から、自分のこの果敢ない生と、紅どりのいぢらしい死とが、ある宿命の一端に結びついてるやうな氣がして、美知子にはその占ひを思ひ捨てることが出來ないのてした。そうして、あの手紙の返事は、きつと、自分の考へてははかりされないやうな、思ひの外の返事が書かれてくるかもしれないと、思ひ返して胸を安めやうとしたりしました。

美知子は幼少い時から、何かこのひろい宇宙に、自分を見守つてゐてくれる優しい慈愛深い眼を持つた人が一人あるやうな氣がして仕方がありませんてした。そうして其れが神様かとも思へるのてした。何所《どこ》にゐるのか分らないその慈愛に富んだ一人のものに、美知子は悲　い時にも苦しい時にも、唯ちつと縋りついて、そうしてしみ〴〵と泣いてゐたやうな氣がするのてした。自分が一人して泣いてる時には、きつとその慈愛に富んだ優しい一人のものが、自分を撫て愛《いつく》しんてくれるやうな氣がするのてした。そうして其れは、いつも美知子が苦しむ時にばかり、慈愛深く現はれるのてした。

美知子はそれを觀音さまに、ておきました。美知子は、いろ〴〵な神や佛の偶像のうちて、觀音の顏と姿がいちばんに好きだからでした。基督の顔も好きでしたけれ共、それよりも觀音の方に親しみが深いやうな氣がして、美知子は自分の心を溫く慈《いつく》しんでくれるものは觀音さまだとしておきました。

何かあれば、美知千は直ぐに觀音の姿を心に描いて、そうして其の半眼の美しい眼を見詰めながら祈りをこめました。舞臺につとめてた間も、美知子は他の仲間たちのやうに信心と云ふことを初めてゐました。そうして其れは觀音さまばかりなのでした。美知子は、賑やかな町を遊びながらに淺草の觀音へお詣りに行つてこやうと思ひました。美知子は午後から一人して出かけました。

舞臺を退いてから、外に出ることがあつても美知子はなるだけ派出々々した服装《なり》をしないやうにしてゐました、今日も美知子はお鶴に輕い銀杏返しに結んでもらつて、華美な色氣《いろけ》はどこかに潛んでるやうな扮《つく》りをして出かけたのでした。

切れの長い美知子の眼に、きれるやうな磨《と》がれた光りが滿《み》ちてゐました。頰が痩せて、一としほ濃く見える其の眉毛のどこかに、憂《うれ》ひの影をまつはらせながら、美知子は、冬の日光の下を、たよ〳〵と歩きました。電車に乘つても、美知子はその隅に小さく腰をかけて長い袖を重《かさ》ねてゐました。

赤い旗や紫の旗が、ひら〳〵と商店の前に吹き亂《みだ》れてゐる賑やかさを電車の窓からさし覗いた時、美知子はふとした眩暈《めまい》を感じましたけれども、仲店の敷石を踏んでゆく頃には、日のまわりがはつきりして、奇麗な花かんざしの色などに、娘々《むすめ〳〵》したこゝろもちがおのづと浮《う》いたりしました。觀音堂に上つて美知子はそこで手を合せましたけれども、いつも家にゐて優しいお姿を思ふ時のやうな眞實な一心な祈念はおこらないのてした。美知子はあたりの人に目を配りながら、ちよいとお辭儀をしただけて、直ぐに裏手の階段を下りてゆきました。

龍頭觀音の噴水が、霧のやうに輕くさや／＼と水をふいてゐました。すつかり葉の落ち盡した大銀杏の木を後《うしろ》にして、その前のロハ臺に赤い襯衣の袖口を出して腕組みをした男が一人、腰をかけてゐました。噴水の霧のかげに、僅な人がばらりと群れてゐました。空がよく晴れてゐながら、ふしぎな綠《みどり》の氣體がぼつとひろがつてゐて、そこには日光の影が見えないのてした。

美知子は冷めたい道を横切《よこぎ》つて、樂隊の聞こえる池のふちへ廻《まは》つてきました。そうして、いちばん端《はじ》の、女しばゐの小屋の前を通つたときに、美知子はふとものずきに、入《はい》つて見たい氣がしましたが、其の邊にうろ／＼してゐる呆平《うつけ》た群集が自分を見てゐるやうなので、其の儘何氣《なにげ》ない顏て行き過ぎましたけれども美知子はあの小屋の中て、自分と同じやうな道に生きてる女たちが、どんな顏をしてどんなことをやつてゐるのかと思ふと、どうしても覗いて見たくてならないのてした。美知子は五六歩その前を過ぎてから、又後に戻つて、そうつとその木戸口をはいつてゆきました。

小屋の中は眞つ暗て、唯汚《きたな》いものゝ形のあつまりがもや／＼としてゐるばかりてした。美知子はその汚《よご》れに濕《しめ》つた蒲團を敷く氣にもならないて、横の羽目板の前によりかゝりながら立つてゐました。舞臺の上ては、淺黄小紋の上下《かみしも》をつけたさむらひが、領主のやうな人に何か云はれてゐるところなのてした。どちらも美《い》い顏だつたのて、美知子はぢつとその顏を見詰めてゐました。領主は暴君のやうてした。

そうして其の彌十郎と云ふ家來《けらい》を憎んてゐるらしく見えました。しまひにその暴君が彌十郎の妻を斬り捨てゝその首を彌十郎の前に投げ出すと、彌十郎は懣憤みなぎるやうな表情で、其の首を抱へながら、よろぼひながら引つ込んてゆきました。美知子はそれだけて小屋を出ました。

美知子は外に出てから、よの中の底の方に棲《す》んて暮らすと云ふ事を考へてゐました。自分の行く先きは暗いけれども、よの中の底の方に棲んてくらしたくはない。自分はやつぱりよの中の一段高いところて驕りにかゞやいてゐたい。

「私はどうしても世の中の底の方に落ち込んて生きてゆかなければならない樣になるのだらう。」

そうして、この虛弱な身體に、自分の手て食《た》べるものをあてがつてやらなければ、何《ど》うすることも出來ないのだと思ふと、美知子は一時に心の中が眞つ暗になりました。

ぼそ〳〵とした風《ふう》をして、何の味《あに》も風情もない人たちが、けづればばら〳〵と粉《こな》になつて落ちそうな堅い黃色い皮膚をして、こちん〳〵とした下駄の音を立てながら打群《うちむ》れて歩《ある》いてゐるのを見ると、美知子は癇が高くなつていやてたまりませんてした。美知子は公園を出るとそこから車に乘つて、濱町の家まて歸りました。

四五日經《た》つても日下《くさか》からまだ返事がないのてした。もう一度、あすこて自分を使つてくれなければ、田舍の方へ買はれて行つても芝居をしやうと美知子は心を定めてゐました。

　日下《くさか》からの返事がおそいほど、ふしぎに美知子の胸にだん〳〵演劇の熱が高まつてゆくのてした。演技と云ふことを思ひ詰めてゐれば、その儘ふら〳〵と心が狂つてゆくやうに美知子はしばゐの爲にその心を燃やしてゐるのてした。美知子は唯、しばゐの灯が戀ひしくてたまりませんてした。ほんとうに、自分はどんな端役てもいゝ。もう一度舞臺を踏みたい。樂屋の風呂場て、あの薄白くにぢんだ灯の色を見詰めながら、自分の舞臺姿の幻影にうつとりしながら甘い悲哀の快さをもう一度味はつて見たい——

　美知子は舞臺の上て昏倒した苦しさをすつかりと忘れてゐました。あの喘《あへ》ぎ苦しんだ呼吸の切なさなどは思ひ浮べて見やうともしませんてした。

　しばゐと云ふ事を、强い心て嚙みしめる時、美知子は何《ど》うしても自分の身體をかよわいものに思ふことが出來ませんてした。あの美しい憧憬の世界へ入《はい》つてゆかうとしてゐる自分には、身慘《みじめ》な病ひなどが取りついてゐやうとは何《ど》うしても思へないのてした。これから先《さ》き麗子のやうに生《い》き〳〵と舞臺の上て働くのだと思ふと、それと同時に、今までの惡るい夢はすつかりとこれかぎりに消へて行つてしまつて、新らしいよろこびに滿ちたしあはせな未來が向いてくるのだと云ふやうな嬉しさがあふれるのてした。

　日下《くさか》は自分を迎へてくれるかもしれないと。美知子は時々、自分の蔭に、につと打ち笑んて愛の手を差出してる運命の姿を垣間《かいま》見たやうな心持て、かう思ふことがありました。そうして自分は昔の生活に復《かへ》る。病ひなともすつかりと失《な》くなつて、他《ほか》の仲間の女優たちのやうに、自分にもしあはせばかりが集つてくる。そうして自分は一生懸命に藝をみがく。阿毋さんもそれて安心して、私の成功するのをよろこんて見てくれるやうになる。私たちはお醫者に逢つて、なんても仰山に病氣を取り扱ふことを笑つてやる——美知子は斯う思ふのてした。

美知子の心には、眞實性をもつたこま〳〵としたものが、いつぱいに擴《ひろ》がつてゆきました。自分には見ることの出來ないある力《ちから》に、しつかりと縋つてゐるやうな甘えたあたゝかひ心持にもなりました。そうして、自分と云ふものが辛い運命の下に泣き悲しんてこの世を終らうとはどうしても思へませんてした。自分はその目に見えないある慈愛のものに、慈《いつく》しまれなければならないやうな氣がして、美知子の心が優しくおのゝきました。そうして、ある一《ひ》とつの願ひが、成就と云ふ信念を帶びてその心の隈にしつかりと纏つてゐることを思ふと、美知子は嬉しさにいつともなく涙含んてゐるのてした。

その時から二日經つて、座主の日ド《くさか》から返事が來ました。

その手紙は丁寧て親切てした。もう少し身體を靜養した方があなたの爲だと思ふ。いつても此劇場へ歸りたければ歸れるのだから、心を落着けてゆつくり靜養をした方がいゝ。もし生計の爲に必要なるものがあるなら、個人として應分の助力はして上げてもよい。其の内に一度氣分のよい日に訪ねてこられては如何？　云ふ意味の手紙なのてした。

自分の身體はもう舊《もと》に復つたと云つてやつたのに、もう少し靜養をした方がいゝと返事をして來たのが美知子には分りませんてした。こんな位なら、いつそ一と思ひに拒絶をしてくれた方が思ひきりがついていゝのにと思ふと、何事も自分の思ふやうにはすら／＼と運んてゆかない世の中の事實が恨めしくてなりませんてした。

美知子はこの間日下《くさか》に手紙をやつた事をお鶴に打け明けながら、その返事を見せました。「だからどうせ駄目なことは知れてゐるのに。——

「駄目つて一《ひ》と口《くち》にも云へないわ。いつても歸らうと思へば歸れるつて書いてあるんてすもの。」

「それはお座なりだよ。お前《まい》のやうな弱いものに到底難儀な舞臺はつとまりやしないんだからね。」

お鶴は、俯向いて手紙の端《はじ》をこまかく疊《たゝ》んでゐる美知子の姿をしげ／＼と眺めました。

「どうしてもお前《まい》さんは芝居をやりたいのかい。思ひきつてしまふ譯にはいかないんだね。」

「思ひきれないわ。どうせ自分の力でお飯をいたゞかなけりやならないんなら、やつぱり自分の好きなことをして一生を送りたいわ。どうしたつて、私はしばゐに疲れて死んてしまふのだから——どうせ長いことはありはしないんだから——又やくしやになればもつと重い病氣になつて死んてしまふんだつて云はれてるんてすもの。私はそれてもいゝ。どうせ早々死ぬのたら、然うして死んてしまつた方がいゝから。」

美知子はこんな事を云ひながら、泣いてゐました、どんな思ひをしても、しばゐから離れまいと云ふ自分の執着心に、美知子は我れから悲しくなつてゆくのてした。

不思議な機運て、一流の劇場に、その美しさを保たせてゐたのも、夢のやうな一つ時てした。いつたん其所《そこ》から追はれた自分は、この先き、どこへ、どこへと落ちこんで行くのであらうと思ふと、美知子は唯一人ぼつち闇の世界へ抛り込まれたやうな氣がするのでした。

「そんなに思ひ詰めたつて仕様《しやう》がない。其れよりは自分からあくせくしずに、しばらく凝つとしてるより仕方があるまいと思ふよ。どうせ女は一人立ちはできないにきまつてるんだから。」

お鶴は美知子に早く緣《えん》をかためることをすゝめました。どうしてもお鶴は美知子に男を添はせなければ、一時も安氣には過ごされないやうな氣がするのでした。

美知子が芝居へ出てゐた頃には、お鶴も相當におやつしをして、皺の多い小さい赤ら顏にいつぱい愛嬌をたゝえてゐたものでしたけれ共今ては姥の面を捨てたあとのやうに、瞼い萎びた撓んだ眼をして、險相な眉付《まゆつき》をして、そうしてそゝけた筋肉がその口尻の兩端にだらりとした曲線をかいてゐました。美知子は母のその顏を見ると、この頃にもなく、そのまゝ、その胸のところに抱きつきたいやうななつかしさと悲しさを覺えました。そうして、母の手にさへ縋つてゐれば、なんの事もなくやす〳〵と、つまづき易い浮世の道をしづかに歩いてゆかれるやうな、賴《たよ》り深い情けを感じながら、美知子はしばらくの間は、母が何を云つてゐるのかもわからずに咽び上げて泣きつゞけました。

美知子にはどうしても母の云ふことは聞かれないのでした。美知子は自分の執着するものゝ爲に、自分の纖弱な身體を虐げられるならそれでも仕方がないと思つてるのでした。美知子はある傳手《つて》から、仙臺の方へ乗り込むことになつてゐる下《した》つ端《は》の新派の連中のなかへ、自分の身體を賣ることにきめてしまひました。

「旅へ出れば二三日して直ぐ病氣が起るにきまつてゐるよ。」

「えゝ知つてますよ。」

「それで何《ど》うするの。」

「田舍の芝居小屋で血を吐いて死ぬばかり。」

美知子は斯う云つて自分の家を出ました。兩國のある料理屋で、美知子は買はれてゆく其の興業師に逢ひに行く日なのでした。

その人たちは、美知子を離れの座敷で待ち受けてゐました。若い番頭が一人隨《つ》いて、他《ほか》に、今度の興行に同じやうに買はれてゆく若い貧相な俳優が一人來はせてゐました。美知子はその離れに通されて、さうして其の人たちに逢ひました。美知子は見ると直ぐその興行師の顏がいやでたまりませんでした。

興行師の顏は、骨を抜いてしまつて肉だけを丸く膨らましたやうな大きな平《ひら》たい顏でした。そのどす蒼い顏の色は脂肪《あぶら》ですつかり照つてゐました。さうして、血の色のない薄い唇に、唾液がいつたいに滲《し》みてゐて、物を云ふ時には眉に八字をよせながらその薄い唇を尖《と》がらせるのでした。

「役者はみんな田舍でたゝき上げてくるんでさ。」

興業師は然う云つて美知子を見ながら笑ひました。太《ふと》つた膝前《ひざまへ》から、濃いお納戸《なんど》地の友禪縮緬の長襦袢がぞろりと出てゐるのでした。

「役者はなんても、自分の藝を自分で鞭達しなくつちや駄目てす。それにや田舍廻りが一番て、田舍を稼いでりや腕はどしどし達者になります。生れた土地てばかり御贔屓を願ひ奉つてゐちやいつまで經つたつて一向《いつかう》進歩しませんからな。女優さんなんかも、一とつ大奮發てそこいら中驅け廻つて見るやうてなくつちやいけません。どうして、田舍は馬鹿に出來ませんよ。東京の役者衆なんぞより豪勢なのがありますからな。田舍の役者が、一とつ人氣が出たとなつちやあ、そりやあ響いたもんですからな。」

興行師は切り口上て、手を膝の上に突きながら美知子にこんな事を云ひました。さうして、ぷよぷよした手に小さい盃を持つて、それを美知子にさしました。

美知子はふと、黒い髭をもつた日下《くさか》のことを思ひ浮べました。さうして、この相手《あいて》に對しては言葉少《すく》なの味氣《あぢき》ない心のうちに、日下《くさか》座主のことをぢつと懷しく思ひしみてゐるのでした。

もつと身體を靜養《せいやう》しなくてはいけないと云つてくれたあの座主の心持は、自分に對してはどんなにか優しい恩愛のあるまごゝろを含んでゐたものゝやうに、今の美知子にはしんみりと受け取ることが出來るのでした。いつてゝ歸りたい時には歸れると云つたあの座主の言葉は僞てはないに違ひない。——自分勝手に斯うした道へ踏み込んでくる前《まへ》に、あの座主に逢つてもう一度よく相談をすればよかつたと思ふやうな悔いの心が、美知子の俯向いてる胸のなかに萌し初めてゐました。

それに、美知子がかつて東都の一流の劇場て、その名をうたはれてゐた事を看板にして、田舍の客をおどろかすつもりてゐる興行師の腹がその言葉のはし〳〵に現はれるのを聞いてゐると、美知子はちよつと、日下《くさか》座主に對しても濟まないやうな氣がするのてした。昔の自分の經歴などはこの場ぎりて捨てゝもらひたいと思つて、美知子はそれを興業師に、初心らしい恥ぢを含みながら話して見ましたが、興行師は、たゞ、

「はあ。」

と云つて笑つてゐました。さうして、

「役者はやつぱり苦勞をしたもんてなくつちや、ほんとのところへは入《はい》つていかれません。なんてもどたんばて叩き上げなくつちや駄目です。」

と興行師はまじめらしく云ひました。

さうして、田舍芝居によくある役者の失敗ばなしなぞを、いろ〳〵と面白さうにもう一人の男に話してゐました。

美知子は直《ち》きに切《き》り上げてそこを出ました。外にはひどい風が吹いてゐました。瞬くたびに聲があるやうに、星がするどい光りを放つてゐました。夜るの河水が黑くちゞれて、金屬のやうなかたい冷めたい船の灯が、時々その上を細い線を曳きながら眞つ直ぐに貫いてゆきました。美知子はショールに襟を埋めながら河岸傳ひに、寒い道を自分の家の方へ歩いてゆきました。

何もかも決着してしまつたあとのやうな物憂さを感じながら、美知子の心にはわりあひに暗い蔭がさ

してはゐませんてした。澁り澁りしてゐたものが快く流れ初めてゆくのを恍惚《うつとり》と、自分の心が見詰めてゐるやうな靜な氣持て美知子はゐるのてした。そうして、さつき厭てたまらなかつた興行師の顏も馴染みのない一座の人たちに對する不安さも、みんな美知子の眼の前から消へてしまつて、美知子はたゞ自分一人のあこがれの世界を思ひました。

家に歸ると、美知子は母の愚痴を聞きながら、歌などうたつて早く床にはいりました。其の夜半《よなか》に美知子は發熱の苦しさに目が覺めました。

目が覺めると直ぐ、また病氣が起つたのぢやないかと美知子は思ひました。思つた機にどんと慟悸を打ち初めてから、その慟悸がいつまでもやみませんてした。美知子は起き上つて、しばらくの間括り枕の上に突伏してゐましたが、だん／＼に自分の身體に浮動し初める病ひの切《せつ》なさを意識しながら、美知子は、あしたになれば直ぐ癒《なほ》つてしまふに違ひないと、すべてを打ち消すやうに一生懸命に斯う考へてゐました。この病ひと云ふことから、いやな聯想なぞはすこしも起したくはありませんてした。

美知子は、さも病魔の手に引き入れられることを拒むやうにあはてゝいろ／＼な、いろ／＼な、昔の舞臺の美しい自分の姿ばかりを思ひ並べて、たゞ、その中に浸らうとつとめました。そうして、あの興行師につれられて、仙臺の芝居へ行くと云ふことが、だしぬけに嬉れしくてたまらなくなりました。美知子は一點《いつてん》にしがみつくやうに心を緊《し》めて、絶叫したいほど嬉しい、嬉しい、と思ひつゞけながら、その儘熱におそはれる眠りのうちに、いつともなくうつら／＼と落ちてゆきました。

（をはり）

小説

或る日

田村俊子

英子《えいこ》は眼《め》が覺《さ》めたけれども、まだ鼻《はな》の髓《ずひ》を通《とほ》して眠《ねむ》りが、もや〳〵と殘《のこ》つてゐるやうであつた。眼《め》を閉《と》ぢれば、その儘《まゝ》またうつ〳〵と眠《ねむ》り入《い》つてゆくやうな氣《き》もしてゐた。

二三時間前《じかんまへ》に眼《め》を開《あ》いたときは、ひどい雨《あめ》の音《おと》がしてゐたが、いまはその雨《あめ》の音《おと》もしなかつた。雨《あめ》がやんで風《かぜ》になつたと見《み》えて、雨戸《あまど》や、庭《には》の木《き》などが風《かぜ》のあたる音《おと》を立《た》てゝゐる。毎朝《まいあさ》、この頃《ごろ》の薄寒《うすさむ》さに寢床《ねどこ》のなかで足《あし》の先《さ》きの冷《ひ》へる思《おも》ひがするのに、今朝《けさ》は、陽《やう》氣《き》が生暖《なまあた》かくつて、蒲團《ふとん》をかぶつた額際《ひたいぎは》などが、蒸《む》し〳〵するやうな心持《こゝろもち》がした。丁度櫻《ちやうどさくら》の咲《さ》く頃《ころ》の春雨《はるさめ》の降《ふ》る朝《あさ》の間《ま》のやうな生暖《なまあた》かい氣候《きこう》が感《かん》じられて、英子《えいこ》の身體《からだ》は、床《とこ》の中《なか》でだらりとしてゐた。

それでも、耳《みゝ》を濟《す》ましてゐると、風《かぜ》が鳴《な》つて、落葉《らくえふ》の拂《はら》ひ落《お》ちる音《おと》が家根《やね》の上《うへ》から幽《かすか》に窓《まど》を通《とほ》して聞《き》こえる。その音《おと》を聞《き》いてゐると冬《ふゆ》に向《むか》はうとする、庭《には》のけしきの荒涼《くわうりやう》さが、窓《まど》の外《そと》のぐるりに冷《つ》めたいさびしい色《いろ》をひろ〴〵と現《あら》してゐるやうな氣《き》がした。窓《まど》の外《そと》の事《こと》を思《おも》はずに、ぢつとりと、友禪《いうぜん》の蒲團《ふとん》の赤《あか》い色《いろ》の上《うへ》に眼《め》を落《おと》して、生暖《なまあた》かい肌《はだ》の感觸《かんしよく》に、眠《ねむ》りの半分《はんぶん》を浸《ひた》してゐれば、矢《や》つ張《ぱ》り、春雨《はるさめ》の降《ふ》る、櫻《さくら》の咲《さ》いてゐる頃《ころ》のなつかしい寢床《ねどこ》の中《なか》のやうな氣《き》がして嬉《うれ》しいのであつた。英子《えいこ》は、自分《じぶん》の寢《ね》てゐる座敷《ざしき》のうちだけが、春《はる》のやうに思《おも》はれて、うつ〳〵と、鼻《はな》の髓《ずゐ》のところに眠《ねむ》りを集《あつ》めて見《み》たり、又《また》、それを無理《むり》に開《ひら》くやうにして、はつきりと眼《め》を冴《さ》えさせて見《み》たりした。

起《お》きて、今日《けふ》は何《なに》をして暮《く》らさうか。——

英子《えいこ》は、毎朝《まいあさ》かう云《い》ふ事《こと》を考《かんが》へるのであつた。英子《えいこ》は、一日《いちにち》の仕事《しごと》と云《い》ふものがなんにもなかつた。催《もよふ》しでもあれば美術《びじゆつ》の展覽會《てんらんくわい》へ行《い》つて見《み》るとか、芝居《しばゐ》へでも行《い》つて見《み》るとか、さもなければ、好《す》きな友達《ともだち》を誘《さそ》つて、築地《つきぢ》の海岸《かいがん》でも歩《ある》いて見《み》たり、銀座《ぎんざ》の柳《やなぎ》の散《ち》る夕《ゆふ》べをそゞろ歩《ある》いたり、カッフェーへ入《はい》つて、寂《さび》しいやうな甘《あま》つたるいやうな情緒《じやうちよ》を、カッフェー店《てん》の壁《かべ》かけの更紗《さらさ》の色《いろ》に織《を》り込《こ》んで見《み》たりして、一日々々《いちにち〳〵》を遊《あそ》んで暮《く》らしてゐるのであつた。

英子《えいこ》が大學《だいがく》を出《で》てから、もう三年《ねん》になつた。その三年《ねん》の月日《つきひ》を、英子《えいこ》は毎日《まいにち》かうして暮《く》らしてきた。英子《えいこ》は小說家《せうせつか》にならうと思《おも》つたこともあつた。女優《ぢよいう》になつてしまへ、と思《おも》つたこともあつた。詩《し》を書《か》いて見《み》やうと思《おも》つたこともあつた。そうして本《ほん》はよく讀《よ》んだ。本《ほん》を讀《よ》むと云《い》ふことだけが、英子《えいこ》の心《こゝろ》を緊張《きんちやう》させる唯一《ゆいいつ》の勉强仕事《べんきやうしごと》であつた。丸善《まるぜん》へ出《で》かけて行《い》つて、新着《しんちやく》の洋書《やうしよ》の中《なか》から、好《す》きな集《しふ》を選《よ》り取《ど》つて歸《かへ》つて來《き》た時《とき》は、何《なん》の時《とき》よりも充實《じうじつ》した、新《あた》らしい生々《なま〳〵》した氣分《きぶん》になれた。然《しか》し、この頃《ごろ》では、本《ほん》を讀《よ》むことも憶却《おつくう》になつた。そうして、芝居《しばゐ》を見《み》たり、役者《やくしや》の中《なか》から、特《とく》に好《す》きな一人《ひとり》を拵《こしら》へて樂《たの》しんで見《み》たり、氣《き》の合《あ》ふ友達《ともだち》と、然《さ》う云《い》ふ樂《たの》しみの噂《うわさ》をしたりして騷《さわ》ぎ合《あ》つて見《み》たりするのが、主《おも》な日課《にくわ》になつてきた。

英子《えいこ》は寢床《ねどこ》のなかで、

「今日《けふ》は何處《どこ》へ行《い》かうかしら。」

と考《かんが》へながら、自分《じぶん》の手《て》をずつと出《だ》して見《み》た。奇麗《きれい》な手《て》に指環《ゆびわ》がはまつてゐた。その手《て》が直《す》ぐ枕許《まくらもと》の姿見《すがたみ》に映《うつ》つて見《み》えたのを、英子《えいこ》は顏《かほ》を仰向《あふむ》かしてぢつと見《み》た。毎晩《まいばん》ほどいて寢《ね》る髪《かみ》が、白《しろ》いシーツの上《うへ》に流《なが》れるやうに亂《みだ》れてゐた。

「いつそ結婚《けつこん》してしまへ。」

始終《しじう》英子《えいこ》の頭《あたま》の中《なか》で、さや〳〵と囁《さゝや》いてるやうなこの聲《こゑ》が、この時《とき》もふいと捨鉢《すてばち》な調子《てうし》を帶《お》びて英子《えいこ》の耳《みゝ》にひゞいた。

「いつそ結婚《けつこん》してしまへ。」

この聲《こゑ》は誰《たれ》の聲《こゑ》でもなく、やつぱり自分《じぶん》の聲《こゑ》だと思《おも》ひながら、英子《えいこ》はその聲《こゑ》に對《たい》して、直《す》ぐ何《なに》か返答《へんたふ》をしなければならないと考《かんが》へてゐた。

「誰《たれ》と結婚《けつこん》をする？」

英子《えいこ》は、自分《じぶん》の掌《てのひら》に、多くの候補者《こうほしや》の名前《なまへ》が記《しる》されてゞもゐるやうに、自分《じぶん》の手《て》の先《さ》きを打返《うちかへ》し〳〵眺《なが》めながら、知《し》り合《あ》ひの多《おほ》くの男《をとこ》の事《こと》を考《かんが》へた。

どれも、これも、いやであつた。其《そ》の中《なか》に、一人《ひとり》ある若《わか》い洋畫家《やうぐわか》がゐた。この手《て》は、その洋畫家《やうぐわか》の手《て》に引《ひ》かれたこともあつた。ある夕方《ゆふがた》、水《みづ》の見《み》える河《かは》のふちを二人《ふたり》が歩《ある》いてゐた時に、この手《て》が自然《しぜん》とその洋畫家《やうぐわか》の手《て》とつながつてゐたことがあつた。――その時英子《ときえいこ》は其《そ》の前《まへ》の晩《ばん》に見《み》たゴルキーの夜《よ》の宿《やど》の芝居《しばゐ》で、ナスチャの云《い》つた「おだまり、おだまりつたら。」と云《い》ふ台詞《せりふ》のところを考《かんが》へてゐた。何《ど》う云《い》ふ譯《わけ》かそれは分《わか》らなかつたが、頻《しき》りに、「おだまり、おだまりつたら――」と胸《むね》の中《なか》で云《い》ひつゞけてゐた。

その時二人《ときふたり》の手《て》はしばらくつながつてゐたが、再《ふた》び自然《しぜん》にほどけてしまつて、それぎり、普通《ふつう》の友達《ともだち》のやうな見得《みえ》で別《わか》れてしまつた。

英子《えいこ》はそれを思《おも》ひ出《だ》すと、微笑《びせう》しずにはゐられなかつた。そうして、

「私《わたし》はあんな男《をとこ》はきらひだ。」

と英子《えいこ》は印《いん》を押すやうに、力《ちから》を入《い》れてはつきりと斯《か》う思《おも》つた。

あんな弱々《よわ〳〵》した、感激《かんげき》の多《おほ》い、紙屑《かみくづ》のやうな男《をとこ》は自《じ》分《ぶん》の良人《をつと》には出來《でき》ない。良人《をつと》にするなら、もつと力《ちから》の充《み》ちた、仕事《しごと》の出來《でき》そうな、凡《すべ》てを一氣《いつき》に摑《つか》むことの出來《でき》るやうな男《をとこ》でなくてはいけない。あゝ云《い》ふ男《をとこ》は、唯《たゞ》、時《とき》のはづみの玩弄《おもちや》に過《す》ぎないと英子《えいこ》は考《かんが》へた。だが、英子《えいこ》の知《し》れる限《かぎ》りの人《ひと》の中《なか》には、そうした男《をとこ》は一《ひと》人もなかつた。どれもこれも、英子《えいこ》の理想《りさう》ではなかつた。

「ふん。」

と鼻《はな》であしらつて、冷《つ》めたい一瞥《べつ》を投《な》げつけてやり度《た》いやうな男《をとこ》ばかりが多《おほ》かつた。たとへ一時《じ》の感興《かんきやう》でも、自分《じぶん》の手《て》を握《にぎ》らせて其《そ》れを拒《こば》みもしないでゐられるやうな男《をとこ》は、若《わか》い髪《かみ》の長《なが》いあの洋畫家《やうぐわか》一人《ひとり》ぐらゐなものであつた。

英子《えいこ》は枕許《まくらもと》の鈴《りん》を押《お》して女中《ぢよちう》を呼《よ》んだ。女中《ちよちう》が窓《まど》をあけて英子《えいこ》の平常着《ふだんぎ》などを取揃《とりそろ》へてる間《ひま》に、疾《と》うから

枕許《まくらもと》においてあつた澤山《たくさん》な繪葉書《ゑはがき》を讀《よ》んでゐた。

　氣《き》の合《あ》つた友達《ともだち》の二三人《にん》と約束《やくそく》して、英子《えいこ》は、毎日《まいにち》四五枚《まい》の繪葉書《ゑはがき》をやつたり取《と》つたりしてゐるのであつた。全《おな》じに大學《だいがく》を出《で》て雜誌《ざつし》記《き》者《しや》をしてゐる女《をんな》もゐた。女《をんな》音樂家《おんがくか》もゐた。それから一人《ひとり》新《あた》らしい女優《ぢよいう》もゐた。その小說家《せうせつか》もゐた。それ等《ら》の四人《にん》が毎日《まいにち》のやうに、その日《ひ》の感興《かんきやう》を書《か》きつけては英子《えいこ》のところへ送《おく》つてよこした。さうしてそれ等《ら》の人《ひと》たちは、毎日《まいにち》のやうに英子《えいこ》に逢《あ》つてゐる人《ひと》たちであつた。

　私《わたし》は夢《ゆめ》はきらひです。なんでもいゝから現實《げんじつ》の面《おもて》から、ぴつたりと打《ぶ》つ突《つ》かつてくるもんでなくては！」

　ある一人《ひとり》の繪葉書《ゑはがき》の中《なか》に書《か》いてあつたこの文句《もんく》を、英子《えいこ》はくちずさみながら起《お》きた。

「夢《ゆめ》はきらひです。夢《ゆめ》はきらひです。」

英子《えいこ》は大《おほ》きな聲《こゑ》で斯《か》う云《い》ひながら、鏡《かゞみ》の前《まへ》に行《い》つて髮《かみ》をかきはじめた。

「今日《けふ》は何所《どこ》へ行《い》つて見《み》やう。」

　今日《けふ》は誰《だれ》とも約束《やくそく》がなかつた。誰《たれ》かのところへ電話《でんわ》でもかけて、カツフエーで逢《あ》つて話《はなし》でもしやうか。それとも今日《けふ》はいちにち家《うち》にゐて、本《ほん》でも讀《よ》まうか……

「お天氣《てんき》は何《ど》うなの。」

　英子《えいこ》は髮《かみ》の先《さ》きを片手《かたて》にかけたまゝ、窓《まど》のところへ行《い》つて庭《には》を見《み》おろした。吹《ふ》き亂《みだ》されたコスモスの間《あひだ》にしやがんでる父親《ちゝおや》の後姿《うしろすがた》が見《み》えた。何所《どこ》か光《ひか》りを含《ふく》んでゐながら空《そら》はすつかり曇《くも》つてゐた。曇《くも》りに包《つゝ》まれたその光《ひか》りが、父親《ちゝおや》のやはらかい着物《きもの》の上《うへ》に微動《びどう》してゐた。

「今日《けふ》は降《ふ》るわ。いつそざあ〳〵降《ふ》つてくれゝば、いのに。コートを着《き》て雨傘《あまがさ》をさして歩《ある》くのに。」

　英子《えいこ》は、雨《あめ》が降《ふ》つたら、すつかりお粧《つく》りをして、蛇《じや》の目《め》の傘《かさ》をさして、足駄《あしだ》を穿《は》いて、柳《やなぎ》の濡《ぬ》れてる街《まち》を一人《ひとり》で歩《ある》かうと思《おも》つた。然《さ》う思《おも》ふと、英子《えいこ》は嬉《うれ》しくてたまらなくなつた。

　英子《えいこ》の髮《かみ》を上《あ》げて、おしまいを濟《す》まして、朝《あさ》の膳《ぜん》に向《むか》つた時《とき》は、もう十時《じ》を過《す》ぎてゐた。雨《あめ》はあれぎりで上《あ》がつたと見《み》えて、縁側《えんがは》の障子《しやうじ》にだん〳〵と光《ひか》りが增《ま》してきた。風《かぜ》が強《つよ》く吹《ふ》くたびに、その風《かぜ》によつて磨《と》がれてゞもゆくやうに、光《ひか》りがぽつ〳〵と部屋《へや》の中《なか》を隈《くま》取《ど》つて明《あか》るくしていつた。

英子《えいこ》は乾《かわ》いた氣分《きぶん》で、其《そ》の部屋《へや》の中《なか》で一人《ひとり》で食事《しよくじ》をしてゐたが、雨《あめ》が降《ふ》らなければ、外《そと》に出《で》る氣《き》もしないのであつた。それで、今日《けふ》はぢつと家《うち》に落着《おちつ》いて、部《へ》屋《や》を片付《かたづ》けたり、本《ほん》でも讀《よ》んで暮《く》らさうと思《おも》つた。白《しら》菊《ぎく》を澤山《たくさん》に買《か》つてきて、それをいつぱい花瓶《くわびん》に挿《さ》して、部屋《へや》の窓《まど》のところへ置《お》いて、白菊《しらぎく》の中《なか》に、今日一日《けふいちにち》の自分《じぶん》の感情《かんじやう》を匂《にほ》やかに押《お》し浸《ひた》して見《み》やう。さうして今《け》日《ふ》は誰《だれ》にも逢《あ》はずにゐて見《み》やうと思《おも》つた。

英子《えいこ》は白《しろ》いシヨールをして、近《ちか》くの花屋《はなや》まで出《で》て行《い》つた。午前《ごぜん》の愁《うれ》ひを帶《お》びてるやうな、曇《くも》り日《び》の街《まち》の家《や》並《なみ》が、英子《えいこ》の心《こゝろ》をしつとりさせた。英子《えいこ》は、通《とほ》りすがりの家《いへ》の出窓《でまど》の聯子格子《れんじかつし》にも、なまめいた情緒《じやうちよ》を持《も》ちながら靜《しづか》に歩《ある》いた。

花屋《はなや》の店《みせ》には、露《つゆ》に濡《ぬ》れた菊《きく》の花《はな》が、ずつしりと積《つ》みかさなつて花片《はなびら》と花片《はなびら》とを、柔《やは》らかな頰《ほゝ》を接《せつ》しるやうにくつゝけ合《あ》つてゐた。英子《えいこ》は手《て》に持《も》ち餘《あま》るほど白《しら》菊《ぎく》を持《も》つて、やがて花屋《はなや》の店《みせ》を出《で》た。

菊《きく》の花片《はなびら》は、白銀作《しろがねづく》りのやうに、ぴんと張《は》つてゐる。その花片《はなびら》から、菊《きく》の匂《にほ》ひが英子《えいこ》の眉《まゆ》を拂《はら》ふやうに薫《かほ》つてゐた。英子《えいこ》は自分《じぶん》の感覺《かんかく》を、その匂《にほ》ひの中《なか》にいつぱいに漲《みなぎ》らして歩《ある》いた。

「おゝ、我《わ》が愛《あい》する君《きみ》よ、」

英子《えいこ》は、昨日《きのふ》友達《ともだち》と銀座《ぎんざ》を歩《ある》きながら、てんでんにこの言葉《ことば》を云《ひ》ひ合《あ》つたことを思《おも》ひだした。

「おゝ、わが愛《あい》する君《きみ》よ。」

昨日《きのふ》は、この言葉《ことば》をみんなが、いやだと云《い》つてけなし付《つ》けた。自分《じぶん》も然《さ》う云《い》つた一人《ひとり》だつたが、今日《けふ》はこの言葉《ことば》がたいへんに情味《じやうみ》を含《ふく》んで、しつとりと自分《じぶん》の胸《むね》に應《こた》へるやうな氣《き》がした。英子《えいこ》は「おゝわが愛《あい》する君《きみ》よ。」と云《い》ふその言葉《ことば》が、滑《なめ》らかに自分《じぶん》の唇《くちびる》から辷《すべ》つて出《で》てくるのがおもしろくつて、小聲《こごゑ》で、幾度《いくど》も、

「おゝ、我《わ》が愛《あい》する君《きみ》よ。」

と云《い》つて見《み》た。然《さ》うしてゐるうちに、それが唄《うた》のや

うな調子《てうし》になつてきて、「君《きみ》よ。」と云《い》ふよの語尾《ごび》の響《ひゞ》きが輕《かる》く空《くう》を打《う》つやうな快《い》い氣持《きもち》が味《あぢは》はれた。

家《いへ》へ入《はい》ると、英子《えいこ》を訪《たづ》ねてきた友達《ともだち》が一人《ひとり》、座敷《ざしき》に待《ま》つてゐると云《い》つた。英子《えいこ》は四人《にん》の中《なか》の一人《ひとり》ぢやないかと思《おも》ひながら、なんだか今日《けふ》獨《ひと》りして暮《く》らそうと思《おも》つた企《くはだ》ても、破《やぶ》られたやうな不快《ふくわい》な氣《き》がしながら、菊《きく》を持《も》つて緣側《えんがは》へ廻《まは》つて行《い》つた。英子《えいこ》は、ゆる〳〵と其《そ》所《こ》で花瓶《くわびん》に花《はな》を挿《さ》したり、濡《ぬ》れた手《て》を拭《ふ》いたりして、二階《にかい》へ上《あが》つて行《い》くと、ぞれは別《べつ》の友達《ともだち》だつた。いつもの遊《あそ》び仲間《なかま》の友達《ともだち》ではなかつた。

その人《ひと》は紡績《ばうせき》の汚《よご》れた絣《かすり》の羽織《はをり》を着《き》てゐた。素足《すあし》を羽織《はをり》の裾《すそ》の横《よこ》から出《だ》して、英子《えいこ》の机《つくゑ》に寄《よ》りかゝつて、本《ほん》を讀《よ》んでゐたが、英子《えいこ》の入《はい》つてくるのを見《み》ると、ちよいと顏《かほ》を上《あ》げて會釋《ゑしやく》した。顏《かほ》だけは奇麗《きれい》におしろいが塗《つ》いてゐた。そうして美《うつく》しい顏《かほ》をしてゐた。

「珍《めづ》らしいわね。」

英子《えいこ》は思《おも》ひがけない友達《ともだち》の訪問《はうもん》なので、少《すこ》し驚《おどろ》きながら、何《なに》しに來《き》たのだらうと思《おも》つた。この人《ひと》も同時《どうじ》に大學《だいがく》を出《で》た友達《ともだち》たつた。そうして英子《えいこ》などの遊《あそ》びの群《む》れからはなれて、この人《ひと》は、學校《がくかう》を出《で》ると直《す》ぐ、ある新聞社《しんぶんしや》の婦人記者《ふじんきしや》になつた。そうして社會部《しやくわいぶ》の外勤《ぐわいきん》か何《なに》かをやつてゐたのだが、顏《かほ》の美《うつく》しい爲《ため》に、ぞれかつまらない問題《もんだい》を起《おこ》して直《ぢ》きに社《しや》からも退《しりぞ》けられた。それぎり、何《なに》か著述《ちよじゆつ》に耽《ふけ》つてゐるとは聞《き》いたけれども、この人《ひと》の消息《せうそく》は絕《た》へて英子《えいこ》は聞《き》かなかつた。

「この頃《ころ》何《ど》うしていらつしやるの。」

英子《えいこ》は、いつまでも本《ほん》を讀《よ》んでゐる友達《ともだち》にから云《い》つて聲《こゑ》をかけた。

「御無沙汰《ごぶさた》をしてゐました。」

友達《ともだち》は然《さ》う云《い》つて膝《ひざ》を直《なほ》したが、英子《えいこ》の顏《かほ》をぢろりと見《み》ると、其《そ》の眼《め》を横《よこ》に流《なが》して、あとは默《だま》つてゐた。英子《えいこ》は、この汚《きたな》い風《ふう》をした友達《ともだち》の裝《よそほ》ひを、見《み》るともなしに眺《なが》めながら、在學《ざいがく》の頃《ころ》からこの人《ひと》とは心《こゝろ》の合《あ》はなかつたことなどを考《かんが》へてゐた。

「この人《ひと》は、いま困《こま》つてゐるんだらう。」

英子《えいこ》は、然《さ》う想像《さうぞう》しながら、

「しばらく振《ぶ》りですから、御馳走《ごちそう》でもしませう。今日《けふ》はいちにち遊《あそ》んでいらつしやいな。」

と云《い》つて、この頃《ごろ》の友達《ともだち》の生活《せいくわつ》などを聞《き》いたり、又《また》、自分《じぶん》の今《いま》の境遇《きやうぐう》を話《はなし》たりした。

「あなたは今何所《いまどこ》にいらつしやるの。」

「私《わたし》ですか。柏木《かしはぎ》にゐるんですけれどもね。一人《ひとり》ぢやないんです。」

「どなたと御一所《ごいつしよ》。」

「ある男《をとこ》と仝棲《どうせい》してるんですの。それが近頃病氣《ちかごろびやうき》でしてね。困《こま》つてるんです。」

友達《ともだち》は斯《か》う云《い》つてから、女《をんな》らしくはにかんだ笑《わら》ひを漏《も》らして下《した》を向《む》いてゐた。

學校《がくかう》にゐた頃《ころ》から、文學《ぶんがく》や演劇《えんげき》に生命《いのち》を打《う》ち込《こ》んでる友達《ともだち》を、この人《ひと》はいつも冷《ひや》やかに眺《なが》めてゐた。さうして美《うつく》しい顔《かほ》に冷嘲《あざけり》の色《いろ》を漂《たゞ》へて、自分《じぶん》は自分《じぶん》の行《ゆ》くべき道《みち》を眞《ま》つ直《す》ぐに歩《ある》いてゆくのだと云《い》ふ様《やう》な顔《かほ》をして、群《む》れからはなれてゐた。だが、誰《たれ》も、この人《ひと》が何《なに》を考《かんが》へてるのかは知《し》らなかつた。さうして奇麗《きれい》な顔《かほ》におもしろいだけをつけて、汚《きたな》い風《ふう》をしてゐるこの友達《ともだち》を、享樂派《けうらくぶう》の連中《れんぢう》は爪彈《つまはじ》きして自分達《じぶんたち》の群《む》れのうちに無理《むり》にも引寄《ひきよ》せやうとするものもなかつた。

英子《えいこ》は、この友達《ともだち》が本《ほん》を抱《かゝ》へて、髪《かみ》を思《おも》ひ切《き》つてばら〳〵にしながら瞑想《めいさう》に耽《ふけ》つてゞもゐると云《い》ふ様《やう》に眼《め》をつぶつて、木蔭《きかげ》などに一人《ひとり》して佇《たゝず》んでゐたことなどを思《おも》ひ出《だ》しながら、ある男《をとこ》と同棲《どうせい》してると云《い》ふ事《こと》を、不思議《ふしぎ》なことに思《おも》つた。さうして其《そ》の男《をとこ》がどんな男《をとこ》なのか急《きふ》に知《し》りたくなつた。

「結婚《けつこん》なすつたの。」

「えゝ。結婚《けつこん》と云《い》ふ譯《わけ》ぢやありませんけれど、――もう直《ぢ》き別《わか》れるつもりなんです。」

「ちつとも知《し》らなかつたわ。いつ頃《ごろ》から？」

「去年《きよねん》の暮《く》れから……」

友達《ともだち》は英子《えいこ》が興味的《きやうみてき》に聞《き》いてることを知《し》つても、不快《ふくわい》な顔《かほ》をした。さうして口《くち》を結《むす》んで、英子《えいこ》を侮蔑《ぶべつ》するやうな眼色《まなざし》をしながら押《お》し默《だま》つた。

英子《えいこ》は、いゝ話《はなし》のたねの出來《でき》たことがおもしろかつ

た。あの國訛《くになま》りのある言葉《ことば》で、

「眞《しん》の生活《せいくわつ》とは、どんな生活《せいくわつ》だと思《おも》ひます。何《ど》ふ云《い》ふ生活《せいくわつ》が眞《しん》の生活《せいくわつ》だと思《おも》ひます。私《わたし》にはちつとも分《わか》らない。」

直《ち》きに斯《か》う云《い》つたこの友達《ともだち》が、自分《じぶん》たちのまだ知《し》らない戀愛《れんあい》を經《へ》て、ある男《をとこ》と仝棲《どうせい》してると云《い》ふ事《こと》をみんなに聞《き》かしてやつたら、みんなも面白《おもしろ》がるだらうと思《おも》つた。

「男《をとこ》の爲《ため》に苦勞《くらう》するやうになつて、あなたは眞生活《しんせいくわつ》がお分《わか》りになりましたか。」

英子《えいこ》は斯《か》う云《い》はうかと思《おも》ひながら、しばらく默《だま》つてゐた。

「どなたかにお逢《あ》ひになりましたか。」

「いゝえ。誰《だれ》れにも。」

「ごいつしよの方《かた》は、何《なに》をしてゐる方《かた》なの。」

「何《なに》もしておりません。くだらない人《ひと》ですわ。」

「まさか然《さ》うでもないでせう。」

友達《ともだち》は、こんな下《くだ》らない會話《くわいわ》には堪《た》へられないと云《い》ふ様《やう》な顔《かほ》をして、溜息《ためいき》をした。さうして、僅《わづか》な人間《にんげん》の生計《せいけい》のための職業《しよくげふ》などに就《つ》いて、彼《か》れこれと聞《き》きたがる英子《えいこ》を、又《また》、侮蔑《ぶべつ》したやうな眼色《まなざし》をして、冷《つ》めたい笑《わら》ひをその白粉《おしろい》のついた頰《ほゝ》に漲《みなぎ》らした。

英子《えいこ》はばか〳〵しくなつてきた。いつたいこの友達《ともだち》は何《なに》をしに來《き》たのだらうと思《おも》つた。自分《じぶん》から言葉《ことば》をかけなければ、少《すこ》しも物《もの》を云《い》はなかつた。然《さ》うして、强《し》ひて話《はなし》をしやうとすれば、友達《ともだち》は、直《す》ぐに其《そ》の話題《わだい》を却《しりぞ》けて人《ひと》を蔑《さげす》むやうな眼付《めつき》をすると思《おも》つた。

英子《えいこ》は今朝《けさ》繪葉書《ゑはがき》をよこした友達《ともだち》たちの事《こと》を考《かんが》へた。

「夢《ゆめ》はきらひです。」

斯《か》う云《い》つてよこしたあの友達《ともだち》と、いつしよにそこいらを歩《ある》いて、さうしてまた夢《ゆめ》を漁《あさ》つて歩《ある》きたくなつた。二三日《にち》は印象《いんしやう》に殘《のこ》るやうな、二三日《にち》は夢《ゆめ》にしみ込《こ》むやうな、あこがれ深《ふか》い眼《め》が、魅力《みりよく》の深《ふか》い脣《くちびる》に出逢《であ》ふために、そこいら中《ぢう》これから歩《ある》きまはつて見《み》たくなつた。

英子《えいこ》は、ぷつつりと默《だま》つて、貧《まづ》しい風《ふう》をした友達《ともだち》の姿《すがた》をぢつと見《み》てゐた。

「お邪魔《じやま》をいたしました。」

友達《ともだち》は數分間《すうふんかん》、だまつてゐた後《あと》で、斯《か》う云つて立上《たちあが》つた。

「然《さ》う。では又《また》いらつしやいまし。」

英子《えいこ》も斯《か》う云《い》つて、友達《ともだち》といつしよに立《た》つた。そのお友達《ともだち》の眼《め》が、涙《なみだ》でいつぱいになつてゐたのを英子《えいこ》は見付《みつ》けた。

「何《なに》か御用《ごよう》があつたのぢやないんですか。」

英子《えいこ》は、友達《ともだち》の涙《なみだ》を見《み》ると、急《きふ》に氣《き》の毒《どく》になつて、かう云《い》つて見《み》たが、友達《ともだち》は、

「いゝえ。」

と云《い》つて、其《そ》の儘歸《まゝかへ》つて行《い》つた。

其《そ》の後姿《うしろすがた》を見送《みおく》つた時《とき》に、英子《えいこ》は初《はじ》めて友達《ともだち》が單衣《ひとへ》物《もの》でゐた事《こと》に氣《き》が付《つ》いた。單衣物《ひとへもの》に羽織《はをり》を重《かさ》ねて、あの人《ひと》は何《なに》をしに歩《ある》いてるのだらう。

「もつと親切《しんせつ》に話《はなし》をしてやればよかつた。私《わたし》は惡《わ》るいことをした。」

英子《えいこ》は、自分《じぶん》より一とつ年下《とした》の、今《いま》の友達《ともだち》を、急《きふ》に哀《あは》れに思《おも》ひしみながら、それでも、昔《むかし》の高慢《かうまん》さを失《うしな》はない友達《ともだち》の顔付《かほつき》を小憎《こにく》くも思《おも》つた。

英子《えいこ》は縁側《えんがは》におきつ放《はな》しにしてきた花瓶《くわびん》の菊《きく》を、女《ちよ》中《ちう》に此處《こゝ》へ上《あ》げさせた。そうして鏡《かゞみ》の前《まへ》に白菊《しらぎく》をおいて、鏡《かゞみ》のうちに白菊《しらぎく》の映《うつ》つた姿《すがた》を、美《うつく》しいと思《おも》つて眺《なが》めたりした。水《みづ》に浸《ひた》る女《をんな》の白《しろ》い肌《はだ》のやうな感《かん》じだと思《おも》つた。英子《えいこ》は繪葉書《ゑはがき》に、

「いま、私《わたし》の眼《め》の前《まへ》に、水《みづ》の中《なか》に浸《ひた》つてゐる處女《しよぢよ》の白《しろ》い肌《はだ》が見《み》えます。この白《しろ》い肌《はだ》は、いくら切《き》つても血《ち》は出《で》ませんよ。」

と書《か》いた。さつき「夢《ゆめ》はきらひです」と云《い》つてよこした友達《ともだち》のところへ送《おく》るつもりで、其《そ》の名《な》を書《か》いた。

「今日《けふ》は何《なに》をしやう。どうして暮《くら》そう。」

英子《えいこ》は斯《か》う思《おも》ひながら、開《あ》いてる窓《まど》の外《そと》を見《み》た。紅《もみ》葉《ち》の葉《は》が、薄《うす》ら冷《つ》めたい風《かぜ》にこまかく、ちり〳〵とふるへてゐる。其《そ》のこまかな戰《ふる》への中《なか》から、無限《むげん》の寂《さび》しさが、英子《えいこ》の眼《め》の奥《おく》へとだん〳〵に湧《わ》きひろがつていつた。（をはり）

ぬるい涙

田村俊子

一

この夏《なつ》、信雄が五年ほど勤《つと》めた社から突然にその職務を解かれてから、多衞子《たゑこ》は一人ですべてを負擔して働いた。働いた金で食を求めて、それを男の口にも供してゐた。

信雄が社をやめたとき、つゞいて信雄に他のしごとを見付けさせると云ふことは多衞子には出來なかつた。何故と云つて、信雄は健康をそこなつてゐた。五年もつゞいた勤務が、信雄の根氣をすつかりと疲らしてしまつて、信雄は病ひのある人のやうに痩せ衰へてゐた。信雄の友達は誰れもその目に皺を作つて信雄を氣の毒さうに見た。さうして、親切に、

「すこし休養しなくちやいけないね。」

と云つたものもあつたけれども、

「君は影が薄くなつたよ。來年あたりは石塔を立てるんぢやないか。」

と云つて冷《ひや》かした友達もあつた。多衞子《たゑこ》は、その心《しん》の衰へを慘ましく現はしてゐる信雄の痩せこけた、よろ〳〵した姿を見るたびに、痛々しい悲しみを覺えて、小供のやうな坊主《ばうず》頸《くび》のほそいぼんのくぼに、摘《つま》めるほど毛の延びる信雄の見すぼらしい後付きを見てゐる時など、おのづと涙が差含《さしこ》んできて可哀想でならなかつた。

多衞子《たゑこ》は、當分信雄の身體を休ませて代《かは》りに、健康《けんかう》な自分《じぶん》が働《はたら》かなければならないと思《おも》つた。二人《にん》の生活《せいくわつ》の糧《りやう》は、どちらかゞ働《はたら》かなければ得《え》られなかつた。

「却つてこの方があなたの爲にいゝのでせう。あゝ云ふ仲間に入《はい》つてゐられないと云ふのは、あなたの精《こゝ》神《ろ》のなかにまだ失はずにあるものがあるのだわ。あなたはすこし休んで、それからゆつくり勉强した方がいゝでせう。これからは自由にあなただけの仕事を勉强することが出來ますよ。さうして靜に考へなくてはいけないと思ふわ。これから私はせつせと働きますから、あなたは安心して當分ゆつくりと遊んでゐらつしやい。」

多衞子《たゑこ》はその時信雄にかう云つた。信雄も口では强いことは云ひながら、多衞子に對しても、どこか極りの惡るい思いをしないではゐられなかつた。社會的の人と人との交渉の上になつて、强いものから拒絶を受けたと云ふその屈辱を帶びたおどついた心が、一時ではあつたけれども、哀れつぽく信雄の袖の皺にも貧しい蔭をたゞえてゐるのを見ると、多衞子はなさけなかつた。さうして、

「あしたから、力いつぱい働く。」

多衞子《なゑこ》は斯うしつかりと思ひ詰めた。

その當時、信雄はさま／＼な事をして遊んで暮らしてゐた。初めは小《ちい》さな庭弄《にはいぢ》りに浮身をやつしてゐた。安《やす》いこまかい植木をたゝさんに買ひ込んできて、それを自分で鍬をとつて植ゑ込んだ。折れさうな腕に、糸ののびた夏襯衣の袖口《そでぐち》をびら／＼させて、足袋はだしで、赤土《あかつち》にまみれながら、夏の日を暮らしてゐた。

信雄は直きに多衞子《たゑこ》を呼んだ。多衞子は一とつ／＼、位置を選んで植ゑ込む場所の相談相手になつてゐた。

「これが正面かい。木が曲《ま》がつてやしないか。」

信雄は土を掘つた上に植木を据ゑて、斯う云つては多衞子《なゑこ》に聞いた。少しでも煩《うるさ》さうに、それに倦じた返事をすれば信雄は直ぐに怒つた。多衞子はどんな忙しい時でも、直ぐに飛んできて、わざと面白さうに世話をやいて見せたりした。さうして、いつしよに土《つち》を弄《いぢ》ることもあつた。けれども多衞子はぢきにぼんやりして、黄金色《きいろ》に暮れてゆく夏の空を深い庇の下から仰ぎながら、だまつてゐることが多かつた。

「庭をこしらへることがうまいね。」

信雄は多衞子の敎へる通りの場所に植木をいれてから、その風情を眺めては斯う云つて賞めた。

信雄は、庭をこしらへることの書いてある古本を買つてきて、夜るになるとそれを病床に持ち込んで讀んでゐた。さうして、庭石を買つたり、一度植ゑ込んだ樹木を、その日の都合であちこちと植ゑ變へたりした。

「枯れやしないかね。こんなにいぢり散らして。」

小《ちい》さなこま〴〵と葉のついた丁子の木などが、どこか萎《いぢ》けて見えるのを、信雄は植ゑ變へてから心配したりした。土を掘つて根を動かされる度に、多衛子は小さい植木が痛々しくて可哀想だつた。一と晩土の中に落着いた小さな植木は、翌る朝になると又根を動かされはしないかと云ふやうな、不安そうな澁面をその勢ひのないこまかな葉の上に作つてるやうに多衛子には思はれた。けれども、狭い小さな庭はあとから新らしい氣の利いた植木が殖える度に、以前の植木は彼方此方と三度も五度も邪魔らしく隅へ隅へと追ひこくられてゐた。

かうして一日土弄りに疲れると、信雄は夜になつてぐつすりとよく眠つた。

さうして、毎日、何かしら新らしい植木を庭の中に持ち込まなければ信雄は氣が濟まなかつた。小《ちい》さな二十錢そこ〳〵の植木さへも、然《そ》うは買ひきれなくなると、郊外の方へ出て行つて、そこで見付けた木の芽などを大切そうに土ぐるみ持つて歸つて、其所等ぢうへ植ゑ込んだりした。

郊外のある構へ内から、一度、恰好のいゝ椋の木を見付けて、それを夜になつてそつと荷つてきたことがあつた。それを庭に植ゑてから、二三日してその木の葉がだん〳〵に枯れていつた。信雄はそれを不吉がつて、直ぐ臺所の隅に植ゑ變へてしまつたが、植ゑ變へるとやがて葉がすつかりと枯れて落ちてしまつた。そうして幾日かおいてから、生《うま》れ代つたやうに眞《ま》つ青《さを》な生《い》き〳〵した芽が細い小枝のあいだから群がるやうに發生してきた。信雄はそれを見ると氣を直してよろこんだ。

「見たまへ。ほら。こんなに芽が出てきたらう。ねえ、强いもんだね。」

信雄はこの木が榮えを持ち直したと云ふことが、何か自分の生活の上にある新らしい幸福の生れてくる瑞兆のやうに思つて嬉しがつてゐた。そうして毎朝其の椋の木の前に立つては、こまかい萠芽がだんだんにその股を開いてくるやうに少しづゝ葉の形をひろげてゆくのを眺めてゐた。そのたびに、信雄はある清新なものに、自分の朽ちかゝつた魂をちつとづゝ蘇生らして貰ふやうな歡びを感じてゐた。

夕方になると、信雄は怠らず自分の手で植ゑた小さな樹木に水をやつて、靑々と美しくそよぐその葉の色を眺めてゐた。

けれども、其れも直きに倦きがきた。信雄は郊外を歩いた時に窯のあるところを見付けてから、しばらく樂燒をやつて遊んでゐた。それから土を買つてきて、人形を塊《かた》めたり、スフィンクスのやうなものをこね上げたり、茶碗をこしらへたりした。それに無茶な繪などをかいて、籐《とう》で編《あ》んだ提げ箱に入れては遠い郊外まで燒きに持つていつた。

多儞子《たゑこ》もいつしよに、夕日のちら〳〵と射す簾の蔭で、汗にぬれながら、國貞の畫の眞似をしたをいらんの顏を盃に描いたりした。

「人間も一生斯うして暮らしてゐられるといゝがなあ。呑氣だなあ。」

信雄は小さい脹れぼつたい眼で、天井や襖を見廻しながら、ぷか〳〵と煙草をのんでゐる事があつた。

信雄は久し振りで時間と云ふものを忘れた。自分の住み家のうちに、時間の制限なしに、寝たり起たり呼吸したりしてゐられる嬉しさが、時々、信雄に座敷の隅々までを珍らしく眺めさせた。信雄は自分の部屋にふしぎな親しみを感じた。そうして、小さな置物の僅な品の一とつ〳〵を、右近のきれで丁寧に拭いて、それを飾つたり散らばしたりしてゐた。

「あなたはなんにも考へない。」

「あゝ、なんにも考へない。たゞ、ぽかあんとしてゐる。」

信雄は、魂の底に穴のあいたやうな顔をしてこんな返事をすることがあつた。

二

多衞子《たゑこ》は今まで、自分の生活の爲に働くと云ふことをちつとも知らない女であつた。多衞子《たゑこ》には天才的のしごとがあつて、其のしごとを仕終《しおほ》へれば、いつでも幾何《いくら》かの報酬は得られるのだつたけれども、多衞子《たゑこ》は今日までそれで自分の口を糊するほどのしごとはしたことがなかつた。まして、自分と男と二人の生活をこれから自分が負はなければならないと云ふ事は、考へるだけでも多《た》衞子《ゑこ》には切《せつ》なかつた。

「どう働いて、二人の生計《くらし》を保つてゆかう。」

多衛子《たゑこ》は毎日其れを考へた。

けれども、多衛子《たゑこ》がこれから眞劔《しんけん》になつて働くと云つた言葉をあてにして、他愛もなくぶら〳〵と暮らしてゐる信雄の姿を見ると、多衛子には愚痴などは聞かられなかつた。疲れ果てた、筋肉のだら〳〵と弛《ゆる》みきつた、何十年も地の底に壓し伏せられてゐるやうな精《せい》のない瞳子を持つた男の顔を見詰めてゐると、多衛子は、まだ〳〵どんな喘《あへ》いだ苦しみをしながらでも自身のからだを虐げた方が心持がいゝと思つた。自分のやうな脆弱《ひよわ》なものに取り縋りながら、何年でもこの男が苦痛なしに生きられると云ふなら、自分はたとへ泥沼のやうな世界に落ち込んで行かうとも、この男だけは片手に抱へて大切に命を保たしてやらなければならないと思つた。多衛子の力《ちから》は見すぼらしい信雄の姿を憫れむ時にいつも湧いてきた。

多衛子《たゑこ》は頻りに仕事をしだした。然うして、それだけでは經費の足りないやうな時は、多衛子は自分で借金をした。

多衛子《たゑこ》の近くに住む○と云ふ彫塑家は、よく、多衛子の困つてゐる時に金を用立てゝくれた。彫塑家が不在のとき、多衛子が置手紙をしてくると、彫塑家は夜更けてから、何所《どこ》かの歸途《かへり》だと云つて太い洋杖をつきながら廻《まは》つてきた。そうして縮緬の帛紗に包んだ紙入れから大きい紙幣を二三枚引出しておいて行つたりした。

「○さんにずゐぶん借りてゐる。もう百圓を越してゐる。」

多衛子《たゑこ》は時々斯う云つて、信雄を見て笑つた。そんな時信雄は下を向いて目をしばたゝいてゐた。

「いゝわ。いまに返すから。借りつ放しには決してしないから。」

親《した》しみの上から多衛子《たゑこ》は彫塑家を兄のやうになつかしむことはあつても、こんな金圓の因縁でこの愛に媚びるのはいやだと思つてゐた。けれども、

「妹にやるのだと思つてお小遣《こづかひ》を上げますから、いくらでもおねだりなさい、」

大きな身體《からだ》をした彫塑家の斯う云ふ言葉を、その胸《むな》もとを見守りながら多衛子はしんみりと聞いてゐることもあつた。

時々新築の彫塑家の部屋で、多衛子《たゑこ》は製作に疲れた彫塑家と夜の食事を一所にしたりした。入り口に垂れた南洋更紗の土人の血のやうな赤い色に包まれながら。ばらの香りと灯の色にこまやかな情緒の輪廓をピンク色に色どらせながら、多衛子はそこで彫塑家の古るい戀のある一とつのシーンを聞いたりした。

「もう戀なんて關係はいつさいいやですね。責任を感じて重つ苦しくつていけないですね。それよりは友達がいゝ。ほんとうに能く物の分つた異性の友達が欲しいと思つてゐる。何を話してもかまはないやうな、何《ど》んなことでも聞いてくれるやうな、それで――」

彫塑家は感興的に笑いながら、パンの間にまぐろの肉を醤油漬けにしたのを挾みながら食べてゐた

多衛子《たゑこ》はこの彫塑家のアトリヱにくると、十五六の小娘のやうになつて、小僧を相手にふざけた。小僧の顔にいたづら書きをしたり、鼻をつまんだり、追つかけつこをしたり、小僧におぶさつたりして、そうして、わつ〳〵と騒ぎ散らした。

信雄は爵ぎきつて、立つた兩膝の上に腕を組んでその中に頭を埋めたまゝ、ぢつとしてゐることがあつた。信雄はだん〳〵に自分は何をしていゝか分らなくなつてきた。

「おれはこわくつて仕様がない」

信雄は多衛子《たゑこ》の顔を見ると斯う云つた。そうして多衛子の健康そうな、血色の美《い》い、ふつくりした頬を見ると、手を延ばして其れに觸つたり、胸をつまんだりして、多衛子を見ながら笑つた。

「よく肥えてるね。」

「え、働く人はかうでなくつちや。」

多衛子《たゑこ》は信雄の前《まへ》にくると、きれいにお粧《つく》りしたその顔を、見せびらかすやうにわざと突き出したりすることがあつた。

「ぢつとして能く考へなくつちやいけないわ。あなたの行く道がその内にだん〳〵分《わか》つてくるでせう。」

信雄は多衛子《たゑこ》にこんな事を云はれても、この頃では少しもそれが慰安にはならなかつた。自分の行く先《さ》きはたゞ暗かつた。何時を振返つても、誰れを眺めても、自分を其の中に取り込んでくれるやうな自分の爲の新らしい世界はないと思つた。そうして、一日々々と經つほど自分はあらゆる知己の手から遠ざけられて行くやうで、信雄は手も足も出なくなるやうな氣がした。

「おれも何かやらなくつちやならない。」

信雄はせか〳〵と身體を窘めては、斯う云つて考へてゐた。多衞子が頻りに働きだして、そうして自分の生《う》んだしごとを築き上げるある一社會の群れのなかでも、すこしは榮《はえ》のある顏を出してゐることを思ふたびに信雄は興奮して自分も何かしなければならないと思つた。そうして机に向つて、信雄は頻りに書いたり讀んだりした。

けれども、其れもほんの一瞬《しゆん》の發作《はつさ》であつた。信雄は直きに倦じて、多衞子から貰つた少しの小遣を袂に入れては遊んで歩いてゐた。小遣もなく、行きどころもなければ半日も郊外の芝生の上に日向ぼつこをして、ふやけたやうな身體を持ち扱つてゐた。

社のつとめを突然に解かれたとき、信雄の友達は信雄の未來の爲にその自然の解放を祝福してくれた自由になつた信雄は、あれを機にして、これから自分の理想のしごとに專念になることが出來ると云つて友達はよろこんでくれた。多衞子もその一人であつた。そうして其の爲に多衞子は半年餘りも一人して働きつゞけた。信雄は然う云ふことを思ふ度に、健康を取り返したら自分も何かやらしなければならないと考へてゐた。けれども信雄は、思ひ切つて新らしい一とつの仕事に取りかゝるだけの内にあふれ生命の力をいつになつても感じることが出來なかつた。信雄の神經の中樞がなまくらになつてゐて直きに思念に疲れて、直きに仕事に怠けて、こゝろがだらりして物を把握するやうな力がこの全身にみなぎつてこなかつた。

三

この頃の多衛子《たゑこ》は、いつも默つて信雄を眺めてゐるやうな人になつた。斯う云ふ生活が自分の力でいつまで保たれるか多衛子は分らなかつた。一とつのしごとを仕上げる勞力の後にだん／＼疲れてゆく自分を覺束なく見詰めながら、多衛子《たゑこ》は時々すてばちになる事はあつても、決して其れを信雄に聞かそうとは思はなかつた。そうして、自然と信雄の心が何かに向つて開いてくるまで、唯そつとしておいて、自分の力のつゞく限りこの生活をしづかに營んでゆくより仕方がないと多衛子はあきらめたりした。連れ添ふものが生活の爲にはなれると云ふやうな、然う云ふ醜いことは多衛子には出來なかつた。そればかりでなく、それを單に、夫婦と云ふものゝ情誼から起る一方が一方に對する務めだと云ふやうな、夫婦關係ばかりの小さな義理合ひにすべてを解釋したくはなかつた。自分の脆弱な力で、信雄のやうにその半生に勞れきつてしまつた一人の人間を、もう一度ある清新な意氣に滿ちた生の道に立ち返らせ　ることが出來たなら、それはほんとうに人の道としても、又事業としても美しいことだと多衛子《たゑこ》は考へた。

多衛子《たゑこ》はどうしても一生懸命に働かなければならなかつた。つまりは二人の爲の生活ではなくつて、多衛子《たゑこ》にはやつぱり其れが自分の爲の生活であつた。

「自分の生活の爲に自分が働く。」

多衞子《たゑこ》は斯《か》う云《い》ふまじめな事實を、眞實に自分の上に確め得た氣がして、なんとも云へぬ純なよろこびを感じることがあつた。そうして兎もすれば澁滯しやうとする自分の力を、自身で突き動かして働きつゞける自分の心の上に、すこしも犧牲と云ふやうな陰潤した卑劣な影は見出すまいとした。

顔を合はせても、二人はたゞ茫然としてゐる時が多かつた。多衞子の何か知らず充實した眼の力を仰ぎながら、信雄はその強い女の胸に甘えるよりほかはすべてを忘れて過す事もあつた。信雄は、

「多衞子《たこ》。多衞子《たゑこ》。」

と云《い》つて、直《ぢ》きに多衞子《たゑこ》を呼んだりした。多衞子《たゑこ》が一日不在《るす》にすると、信雄は、淋しがつて其の歸るのを待ちつゞけてゐたりした。

「多衞子《たゑこ》はそんなに働いて、可哀想だな。」

信雄が斯う云つていたはつたりすると、多衞子《たゑこ》はまじめに、

「人間は働くために生《うま》れてきたんだわ。」

と返事した。まつたく、人間の生活の上には、休息する時間はあつても、遊ぶ時間はないのだと云ふことを、この頃の多衞子《たゑこ》は眞實に考へてゐた。

朝起きて、その日の新らしい空氣を呼吸し初めたその時から、自分は力強いある小さい營みを起してゆく、さうしてその營みの間隙にはすこしでも遊びの皺を作つてはならない。自分の命が外に脉打つ瞬間

を、自分はもつともまじめにもつとも大切に取り扱はなければならないと多衞子《たゑこ》は思ひつめた。自分を愛すると云ふことは、それよりほかにはないのだと、多衞子《たゑこ》はこま〴〵と何物かゞ打ち戰ふ心の底で思ひつめた。

さうして、その時から多衞子はすべてに向つて純な愛着を持つことが出來るやうに思つた。自分の生活の上にも、また藝術の上にも、信雄の上にも。――然う思ふ時、多衞子の心は、ある信念の輝きのなかに鄭重に勤勉にそうして愛らしく纏つてゐた。

多衞子《たゑこ》は斯うした自分のあはれにまとまつた考へを、少しでも無駄にほぐれさせてはならないと思つて引き緊めたりした。多衞子は仕事の勞力に喘ぐたびに生計の難澁に苦しむたびに、兎もするとすてばちになる心を、自分で大切に抱へ上げて然うしてそれを純な愛着の一點に自分からおしつけてゐた。――

毎日、よく晴れた日がつゞいてゐた。

木の葉の掃ひ盡した枝々が、そこにもこゝにも眞《ま》つ青《さを》な空に銀色で微細な蜘蛛手《くもで》をかいてゐて、その小枝の亂《みだ》れの間々《あひだ〳〵》を、日光があざやかな瞳子の光を白晝いつぱいに瞬かしてゐるやうな、ぱつきりした快晴の冬の日がつゞいてゐた。隣家の小供たちは毎朝早く起きると、直ぐに大きい聲で唄を歌ひ出したまるい朗かな男の子の聲と、息の弱いしやがれた女の子の聲と、交ぢつたり、別々になつたり云ひ合ひをしたりして唱歌をうたつてゐた。

　多衞子《たゑこ》は隣家のその小供たちの聲で毎朝目を覺ました。目を覺まして、戸を開けると、きれいな晴れやかな日光が戸の外に一《ひ》と搖《ゆ》れして射《さ》し込《こ》んできた。そうして冬の小鳥が、き、き、き、と鳴きながら、赤いもみぢの小枝の間を飛びまはつてゐた。

　多衞子《たゑこ》は今朝も小供の唱歌の聲で目を覺ましてから、狹い庭に出て朝の空を仰いでゐた。冷めたい空氣が多衞子《たゑこ》の頸筋に及物の切れ味のやうに觸れてゐながら、日光の一點が多衞子《たゑこ》の額にちり〳〵と溫みを傳へてきた。瞼を上げると、前髮の毛の亂れにきら〳〵と青や赤の光りがみなぎつて、其れが睫毛《まつげ》の上でまぶしくしほらしく戰いでゐた。亂暴な調子で飛び上るやうにいつまでも同じ唱歌を繰り返してうたつてゐる男の子の聲に、多衞子《たゑこ》は自分の心を快く轉《まろ》ばされながら、うつとりと輕い笑ひの波が血管の中をかすかに曲折《うね》つてゆくやうな懷かしい心持になつて、多衞子はある事をぢつと思つた。

　それは今日の午後から、多衞子《たゑこ》のところへ訪ねてくると手紙で約束したKのことなのであつた。

　晴れてはゐるけれども、空はいつたいに烟りがおほひ掛つたやうな暗い色を帶びてゐた。そうして、平面な静さの底に大きな擾亂を含んでゐるやうな物憂げな、何か不安の豫覺に充ちた靜寂の影が、その空に映つてゐた。多衞子《たゑこ》は緣側に腰をかけて、この夏時分《じぶん》、信雄が汗になりながら植ゑ込み植ゑ込みした小さな樹木を眺めてゐた。葉の落ちてしまつた植木もあつたけれども、青い葉を保つてゐる植木はその葉がこずんで、小さくこせ〳〵と汚れてゐた。多衞子《たゑこ》は、この小さな植木のなかに信雄の命《いのち》の力《ちから》がこもつてゐることを思ひいながら、哀れに淋しい氣持《きもち》になつて、見守つてゐた。

晝を過ぎて、K は約束した時間よりも少し早く多衞子《たゑこ》のところへ來た。久し振りで逢つたKの愁ひと羞ぢらひをあつめた若い美しい眉を、多衞子《たゑこ》は深い可愛《いと》しみのうちに見詰めながら、二人は夕暮れになるまで窓の下で語り合つた。

その窓にさつきから降り出した雨がぱら〳〵と時々あたつて、小さい雨のあとを白い障子ににぢました。雁が遠い空でゆるやなか忍び泣きをしながら、その窓のそとを過ぎていつた。多衞子はいつまでもいつまでもKを歸したくないやうに思つた。そうして、自分はとりとめもなく話をつゞけながら、言葉がきれるとぢつと下を向いて、火鉢の中を見詰めてゐるKにいろ〳〵とお愛想《あひさう》をした。Kは時々その顔を赤くしながら、行義よくちやんとして坐つてゐた。

多衞子《たゑこ》は夕暮れに、K を送りながら雨の降る外に出た。

「毎日手紙を下さいな。」

「えゝ。」

Kは口を再び閉ぢながら傘の下で合點《うなづ》いた。

「ほんとうに下さるの。毎日。」

「えゝ。きつと上げます。」

Kはまた、男らしくきつぱりと斯う云つた。

雨の雫と、灯の輝きのもつれる町に出て、二人は夕食をすますと、また小雨《こさめ》に濡れながら四《よ》つ角《かど》のところで別れた。愁ひと羞らひをあつめたあの美しい眉を、Kは傘《かさ》の下からのぞかせながら、ふと何か心の中のためらひをその眼に見せてから、靜な微笑を取り交はして別れて行つた。

四

多衞子《たゑこ》は家に歸つてから、自分の部屋にはゐると唐紙を閉めきつて、そうしてKの事をしばらく思ひつゞけてゐた。何故、Kにかぎつて、男の面影を自分の心に優《やさ》しく思ひしみさせるのか、多衞子には分らなかつた。

「また、初まつたのだ。」

多衞子《たゑこ》は冷《ひや》やかに自分に斯う云つた。自分の肉のなかに流れる放縱な一滴の血の暴虐を、多衞子には何《ど》うすることもできなかつた。そうして自分の前に羞恥を含んで眼をおのゝかしてゐる男の初心さが、多衞子《たゑこ》の情《こゝろ》を緋牡丹の花のくづれるやうな他愛なさに埋もらせてゐた。

私はあなたが可愛いゝのです。そうしてどうかあなたをこれから可愛がつたらいゝかと思ふと、それがまた苦勞です――

多衞子《たゑこ》はこんな事を紙に書いてゐたけれども、手紙にはしないで、その儘自分の寢床にはいつた。

寢付《ねつ》いてから少《すこ》し經《た》つと、多衞子《たゑこ》は信雄に起された。多衞子《たゑこ》は目の覺めた途端に、誰れが自分を呼んだのかと思ひながら、不快な眠りの痕跡が、その鈍く疲れた頭の中にぼんやりと殘つてゐることを意識しながら、頭を上げて枕もとを見廻した。

「多《た》ゐ子《こ》。多《た》ゐ子《こ》。」

信雄はまたつゞけて多《た》衞《ゑ》子《こ》を呼んだ。その聲が靜に唐紙を隔てゝ多《た》衞《ゑ》子《こ》の耳にひゞいてきた。多衞子は直ぐ、

「え?」

と返事して、枕の上から頸を延ばした。

「寒くつて、寒くつて、寢られない。どうしたらいゝだらう。」

「然う。——」

多《た》衞《ゑ》子《こ》は床の上に起き直つたけれども、直ぐには床を出なかつた。

「足が氷のやうに冷えてしまつて、どうすることも出來ないよ。」

「そんなに?」

「あゝ。」

「ちつとも眠れなかつたの?。」

「あゝ。」

蒲團を引き被つた中から云つてると見えて、物にこもつた男の戰えてゐる聲を、多《た》衞《ゑ》子《こ》はこの頃にもな

く、冷《つ》めたい心で微塵に搔《か》きこなしてるやうな餘所《よそ》〳〵しさで聞き流してゐた。そうして背中《せなか》から辷《すべ》り落ちる夜着の襟を肩の方へ引き上げたり、自分の膝前《ひざまへ》のくづれてゐるのを寒そうに直したりして、やつぱり床の上に坐《すわ》つてゐた。多衞子《たゑこ》は男の傍にゆくことがちよいと物憂《ものう》かつた。それに眠りの惡るかつた頭の中の血が、横鬢から頰へ絕へず波を打つてるやうに思はれて、烈しく頭を動かすとくら〳〵しさうだつた。

「ねえ何《ど》うしやう。」

「それぢや湯たんぽを拵へて上げませう。」

多衞子《たゑこ》はそつと起きた。着物の前をしやんとして下締《したじ》めを締《し》め直してゐるうちに、多衞子の手は直ぐに冷めたくなつた。五燭の電燈の光りで自分の姿が唐紙に薄く大きく映つて、ゆら〳〵と動《うご》くのが多衞子には淋しくつてたまらなかつた。

「待つてゐらしやいよ。」

多衞子《たゑこ》は優しく云つておいて、羽織を引つかけながら部屋を出て行つた。

瓦斯の火で湯を沸かして、それを湯たんぽにうつす頃には多衞子《たゑこ》は頰から唇を緊め付けられるやうな冷めたさに震えてゐた。殘つた湯で手をあたゝめてから、湯たんぽをタオルに包んで多衞子は信雄の部屋に入《はい》つていつた。信雄の部屋は暗かつた。多衞子《たゑこ》は手探りでだまつて湯たんぽを夜着の裾から信雄の足の方へ入れてやつた。信雄のじめ〳〵と冷えた足の先きが、多衞子《たゑこ》の手に觸つたので、多衞子《たゑこ》はその足の指を手で握つてしばらくの間あたゝめてゐた。

「直ぐあつたまるでせう。」

信雄は蒲團を被《かぶ》つたまゝ合點《うなづ》いたと見えて、括《くゝ》り枕の中の蕎麥殼《そはがら》がざくりと小《ちい》さな音を軋《きし》らせたのが微に聞こえた。それにつれて、夜着の何所《どこ》かゞ搖《ゆ》れたやうな手觸《てざは》りが多衞子《たゑこ》の掌にあつた。多衞子《たゑこ》は夜着の裾を上からふつくりと包むやうに押し付けておいて、自分の部屋に歸つてきた。

多衞子《たゑこ》の寢床はすつかり冷めたくなつてゐた。それで床にはいる氣もしなくなつて、多衞子《たゑこ》は取り散らした机の前に堅くなつて坐《すわ》つてゐた。

外の大きな闇のうめきがぢつとしてゐる多衞《たゑ》子の耳のはたを、時々、ぢぢぢと襲つては、また幽な溜息になつて長く／＼消えていつた。多衞子《たゑこ》は肱を机に突いて、兩方の手でしつかりと顔を掩ひながら、指の先きで瞼を壓《お》しつけたまゝしばらく凝《ぢ》つとしてゐたが、その瞼がだん／＼重くなつてくると眼のなかから溫《ぬる》い涙が指に傳はつて流れてきた。あとからあとからと涙が染《し》み流れてきた。多衞子にもなんの涙なのか分《わか》らなかつた。分らないまゝに多衞子《たゑこ》はいつまでも然うした姿《なり》で泣いてゐた。

戀の手紙

田村俊子

○

あら。鳥がないてます。あれは、よろこび鳥ですよ。ころころころころろろろろ、ころころころころろろろろ、つて咽喉のところへ、よろこびの感情をいつぱいに詰めてるやうな聲で、あんなによろこんでゐます。何が嬉しいのでせう。あれはきつと私におよろこびを云つてくれてるのですよ。今日は私に、何かきつと嬉しいことがあるに違ひない。

あなたが、不意にお手紙を下さるのぢやないかしら?

あなたがお手紙を下さるのだわ。きつと。きつと然うですよ。それを鳥が、およろこびなさいつて知らしてくれてるのですわ。ほら、まだ、よろこんでゐる。——今度は、ごろごろあを、ごろごろあを、ですつて。——あらまあ、さもね、目を細《ほそ》うくしててもゐるんぢやないかと思ふやうに、咽喉をならして、ぎあ——

——つて、あの響きをふるはして引つ張つてゐますよ。あの響きがだんだん消えてゆく——まあ、さも嬉しい嬉しいことに喘《あえ》ぎ笑ひをしてるやうに、それから其れが忍び笑ひになるやうに、——あの聲を聞いてると、私はなんだか自分の肉を自分でゆすぶつて、それからねぢりたくなる。

「どうしたの。」

　つて甘えた聲で、鳥を突つついてやりたくなる。をかしいわね。私はあの鳥を見てやるわ。ちよいと。

　障子をあけて、今ね、聲のする方をのぞいて見ましたの。鳥のとまつてゐた樹はね、ほら、私の家の裏手に大きな松の木があるでせう。八幡さまのお社のなかですよ。窓から見ると直ぐ目に付くわ。——さつと斯う云へば、あなたは知つてゐらしつてよ。あの樹なの。鳥の姿は見えませんでしたけれども、ね、私が障子を開《あ》けたら、急に「あわあ。あわあ。あわあ。」

　つて、其れはほんとに、だしぬけな聲を出して飛んで行つてしまひましたの。なんて仰山な聲をしたのでせうね。私にはあの聲がね、私を馬鹿にしたやうに聞こえたの。でも鳥の氣では然うではなかつたんだらうと思ひますわ。

鳥は、きつと嬉しいことがあつたんだけれども、然うして、いつまでもよろこび笑ひをしてゐられなくなつて、
「さあさあ。さあさあ。」
つて自分を促し立てゝ、飛んで行つたのに違ひないと思ふわ。鳥はきつと、これから澤山に仕事があるのでせう。

働かなければならないんでせう。

私のやうに、あなたの事ばかり考へて、いつまでも、いつまでも、一とつところに、ぼんやりと坐り込んではゐられないのですわね。可哀想ねえ。

あなたにお手紙書かうとして、筆をとつたら、鳥の聲が耳にはいつて、今日は鳥のことだけでおしまいになりました。今日は、きつと、あなたのことで嬉しいことがあるに違ひない、と思つてますわ。

○

ほんとに昨夜は悲しかつたのね。どうしてあんなに悲しかつたのでせう。

赤い柱の停留場のところで、私はあなたのお顔を見詰めてゐるうちに、涙がいつぱい出てくるんですもの。あなたは何うして、あんなにぢつと私の顔を見詰め

てゐらしつたの？まるで、あなたの魂が何所か遠くの遠くの方へ行つてしまはうとして、ぢいつと私の顔を見詰めたやうな眼でしたわ。そうして、ちつとも物をおつしやらなかつた。

あなたの眉のところに、それは、それは、何とも云ひやうのない悲しい影がさしてゐたんですもの。私も悲しそうな顔をしてゐましたてせう。

あすこで別れて、てんてんの家の方へ歸つて行つてしまひました。私だち二人は！

私はいまね、硝子障子のなかから、雨の降る外《そと》を見つめながら、あなたのことを考へてゐるのです。

それて、ちつとも、あなたを戀ひしいとも思つてゐないのですわ。なんとも思つてゐないのです。それであなたのことを考へてゐるのですわ。静な私の心ですわ。目をつぶつて、ぢつとしてゐると、その目を瞑つたなかが、どこまでも、どこまでも透徹してゐるやうで、そうしてはつきりと明《あか》るいのです。その明るいはつきりとした中に、あなたのお顔が映つてゐます。

そのお顔は、あなたと昨夜お別れした時の、あの電車を待《ま》つ間《ま》の二分間ばかりの間の、私をぢつと見てゐらしつたあの悲しいお顔なのです。

私は目をつぶつては、この透み徹るやうな明るさの中で、あなたのお顔を見つめてゐます。斯くしてゐると、ほんとうに私の心は靜になつてゆきます。しづかに、しづかに、しづかに、なつてゆきます。蒼白《あをじろ》い水のやうな靜かさが、私の心のなかに漫つてゆきます。

あなたのお顔の、まあ悲しく靜なこと！

私はいつまでも、いつまでもそれを見詰めてゐたい。靜な心と、靜な眼とが、まぼろしの中で、ぢつと、見合つてゐます。――私の眼から、涙がこぼれてきました。これは何と云ふ涙なのでせう。悲しくもないのに、なんともないのに、あなたが戀いしくつてたまらないと云ふ瞬間ではないのに、どうして、こんなに涙がこぼれてくるのでせう。

私はこの涙を拭かずに、そつと斯うしておかうと思います。この涙でお化粧をした私の顔は、どんなに奇麗だか分らないのですもの。きつと、きつと、私の今の顔は、清淨で、ある思いが、美しい輝きとなつて現はれてゐることだと思います。私は、いつまでも、いつまでも、いつまでも、眼をつぶつて、眼をつぶると、明《あか》るい幻しの透み徹る中に現はれてくる、あなたの、あの靜な悲しいお顔をぢつと見詰めて、然うして、靜な眞つ白な涙を流してゐやう。

○

よく晴れましたわね。

いいお天氣になりましたのね。

紺碧の空の色が、ほんとに、美しい。私は冬の空にも、こんな、霞のかかつたやうなきれいなほんのりした、空の色があるのかと思つて、すこしびつくりしながら、庭の飛石の上に立つて、空を眺めてゐたのですよ。

菊がもうすつかり、汚《きた》なくなつてしまつた。丁度ね、白髮《しらが》の髮《かみ》がばらばらになつて、皺くちやの顏にかぶさつてるやうですわ。ほら、蕋が赤黄色くびしよびしよになつてゐませう。その周圍へ、白い花辯が、ばらばらになつてかかつてるんですもの。

女もね、こんな姿にはなりたくないと思つたの。私は四十だの五十だのと云ふ、女の年齢《とし》のことを考へると、ほんとに死にたくなります。

そんな時分まで、生きてゐやうとは思はないわ。

この間、ある女の雑誌を讀んだのですよ。然うしたら、その中に何とか云ふ人の云つた言葉でね、――それはね、女のことばかりを云つた警句集の中にあつたことなの――その中にね、女は三十になると自分の年齢《とし》を忘れるのですつて。然うしてね、四十になると、全くその意識を失つてしまふつて、書いてあつたのですわ。

をかしいと思いますわ。何故なのでせうね。女がそんな年頃になると、自分の年齢を忘れてしまふんでせうか。もう年のことなんか云つてゐられなくなると云ふことなのでせうか。――それとも、きつと斯うだわ。自分の年齢のことを考へると、いやで悲しくつてたまらなくなるから、それでわざと年齢を忘れやうとするのかも知れないことね。

まあ、慘ましいことですわね。それだつて、老つてくる年は何うしやうもないと思いますわ。ね。悲しいことですわね。

私は、いや。いや。年なんか老《と》らない。何うしたつて。――私は今まで年齢の事なんぞ考へたこともなかつたのに、どうして、こんな事を考へるのでせう。そうしてね。もう、そんなに年を老つたら、あなたにはお目にかゝらないときめましたわ。

そんなにならないうちに、私はきつと死にますよ。いま、十九ですわね。だから二十四五になつたら死にますよ。然うすれば、もう五六年しきや生きてゐられないことになるんですわね。

ええ。それでもいいの。其のくらゐのうちに死んでしまはないと、私は困るから。

あなたに、年を老つたところを見られるのはいやだし、それよりは若いうちの死に顔を見られた方が、まだ、まだ、嬉しいと思ふのですもの。

でもね、私が死んだら、死に顔だけは見ないで頂戴。きつと汚いと思ふと、なさけないから。私、その時は、お母さんにおねがひしておいて、私の死んだ顔にお化粧をしていたゞきます。然うしてから、あなたに見ていたゞくの。そしてね、その顔を、すつかり西洋花で——赤いいろ、紫のいろ、白いいろ、いろ〳〵な、そんな美しい色の花で、そうして薫りのたかいたかい花で、私の顔のまはりを包んで貰ひますの。私の髪の毛を、まんなかから二たつに分けて、その髪の毛を、やつれてしまつた頰のところへ、すつかりとかけて隠して貰ひます。そうしてね。その髪の上から、顔の腮の方へかけて、いつぱいに花で取り巻くやうにして貰つて、そうしてね、それを、硝子のはまつた箱に入れてもらつて、仰向けにして貰ひます。その顔へ——キス、——して下さいな。

私の手は、きつと、胸のところで、合掌をしてゐてよ。そうして眼を瞑つて、——眼を瞑つても、もうあなたのお顔のまぼろしは、見ることは出來ないわ。あなたのお口が、私の頰にさわつても、そのなつかしい、血のたゆむやうな嬉しいことを、感じることは出來なくなつてゐますわ。然うして、あなたの涙を、私は見ることができないわ。

やつぱり、いつまでも生きてゐて、あなたのすつかりを、知つてゐられた方がいゝかしら。――つまらないことを書いてゐましたわね。そんなこと、何うでも、何うでもいい。私は、いまの、現在の、よろこびにさへ生きてゐられれば、それでもうなんにも考へなくていいのだわ。私は嬉しいのですもの。私はしあはせなのですもの。私の心を可《か》愛《わい》がつて、いつも靜な優しいあの眼で、私をぢつと見て下さるかたが、たつた一人あるのですもの――ああ、嬉しい。私は、ほんとにほんとに嬉しい。そうして、今日お目にかかるのだわ。

お天氣がよくなつて、ほんとによかつたと思ひますわ。ではあすこの停車場で、きつとお待してゐますよ。この手紙は、あなたにお目にかかつて、嬉しい、樂しい、かずかずの紀念を私たちの心に殘してから、其から、お歸りになつてから、御らんになるのですわ。でも、いま、私の思つてゐることを書いて、そうして、出しておけば、私の氣がすむのですもの。

○

「私の腕から、あなたの長い髮の毛が、波を打つて搖れながら疊の上に流れた。」

こんな事、お書きになつて、私は、いや。私は、いや。


ほんとに暗い夜るでしたわね。

私の髮がこわれたわ。

あの、赤い薔薇の花が散つてしまつたわ。

あの時に。

私が泣いたでせう。いつまでもね。だつて悲しかつたのですもの。暗い夜るが悲しかつたのですもの。

○

ほんとに嬉しいお手紙。

ええ。私は誓ひます。きつと。

私の心のなかから、生れて初めてのやうな、なんとも云はれない、あつい、あつい、まごころが、にぢみ出してくる。私にはそれがほんとに、よく分るのです。

こんなに、私の心が素直で、そうして、しつとりと落着いてゐたことはありませんの。私は、お母さんの仰有ることでも、兄さんの云ふことでも、お父さんがお叱りになることでも、私は、ほんとに、よく聞いて、そうして、ちつとも、さからはうなぞとは思はないわ。

私の心はね、自分ながら、可愛らしくて仕様がないほど、ほんとに、しほらしくつて、優しいのよ。私は、ほんとに、いい子になりました。

でも、病氣になりましたわ。

病氣になつたので、こんなにしほらしくなつたのではないのですわ。それは、この間から、私の心が然うなつてゐたのですわ。そうして、昨日から身體が悪るくなりましたの。

悪るいと云つても、そんなにひどくはないのですの。だから心配はなさらないで頂戴な。

お蒲團のなかにぢつと寐てゐて、あなたのことを、思つてゐれば、その内に、なほつてしまふのですから。

いま、あなたのお手紙を讀んでゐると、妹が蜜柑を持つて來てくれましたのよ。

妹は、あなたのことを知つてゐるのですもの。

それはね、私が妹にだけ話したのですから。妹は、ほんとに、私に同情してゐてくれますの。さうしてね、私とおんなじやうに、妹もあなたが大好きだと申しましたわ。

妹をごぞんじ？ ごぞんじですわね。いつか、ほら、九月の興行のときの、あの劇場でお目にかかつた時、私といつしよにおりましたわ。

十七ですけれども、私より大きく見えるのですつてね。妹は可哀想な子ですわ。もう直き、九州の果てへ、貰はれてゆくことになつてゐるのですもの。けれども妹はなんとも思つてゐませんのよ。

呑氣な子ですわ。みんなに別れて、たつた一人ぽつちで、そんなところへ貰はれて行つて、然うして其所で御養子を取ることになつてゐるのですけれどもね。妹はなんとも思つてゐませんわ。

思つてゐないのではないのでせうけれど、きつと、あきらめてゐるのだと思ふのですわ。私だけは。

妹は、家の犧牲になつて、行くやうなものですもの。何うしても其所へ貰はれてゆかなければ、家では困るのですから。

父の爲ですわ。そのかはり妹が其所へ行《い》つてくれれば、私だちは、たいへん助かるのですから、仕方がないと思つて、妹はあきらめてゐるのでせうと思ふの。妹はお父さんにもお母さんにも云ひ聞かされたのですから。妹はそれを、一《ひ》と言《こと》もいやなんては申しませんでしたわ。

でもね。いづれ、其所の娘になつて、來年聟をとつて、そうして少し落着けば、又、こちらへ出てはくるでせうと思ひますけれど、あの子だつて、ちつとは自分のこれからの生活について、考へてゐたこともあるんですから、私にしては猶更可哀想なんですの。

妹は音樂家になるつもりでしたの。

そうして勉强をしてゐたんですから。ほんとに、何《なん》とも云はないほど、私は可哀想で仕方がありませんの。もう直き行くんですのよ。お正月を濟ませば直ぐ、あちらから迎ひが來て、妹は行つてしまふのです。

ああ云ふ人ですから、泣きなんかもしないでせうよ。私は考へても胸がいつぱいて、ほんとに、お葉ちやんに別れるのが、いやで、いやで、悲しくつて、悲しくつて、仕方がないのですけれど、お葉ちやんはそんなことも考へてはゐないさうですわ。

妹はいい容貌でせう。誰れでも妹の容貌を賞めない人はないくらゐですわ。私なんか、同じ姉妹でも恥かしいくらゐだのに、ほんとに、妹は、何もかも捨てるのですねえ。

今日は妹のことばかり書きました。

妹も、あなたのお手紙拝見して、嬉しそうな顔をしてゐましたの。そうしてね、こんな事を云いましたわ。

「誰れでも、一生の間に、一度は、かう云う手紙を貰ふときがあるのかしら。」

なんて、そうしてね、笑つてゐましたの。妹は私より大人《おとな》振《ぶ》つてゐるのですよ。

そうして、蜜柑をむいて、私に食べさしてくれましたわ。私、あなたのお手だと思つて、妹の手を見ましたわ。

○

そんなに心配して下さらなくつても、もうたいへん、快くなりましたの。

美しい花束を、お送り下すつて有がたう。何誰《どなた》からおよこし下すつたの、つて、みんなが聞きましたのよ。私、なんとも云はれないから、ええ、お友達から――つて云つておきましたの。

アネモネが奇麗で奇麗で、あの赤い色がほんとに、乙女の戀の色のやうでしたわ。

リボンを着けたまゝ、ベースに盛つて私の枕許においてありますのよ。

その花を眺めてゐれば、私はあなたの温いお手に、縋つて、あなたの温いお心に、ぢつと寄りかかつてゐるやうな、なつかしい、嬉しい心持になつて、もう、どんな病氣でも、わるいことでも、私の身にはおこつてはこないやうに思いますわ。もう起きても。いいのですけれども、みんなが心配しますから、もう一日、あたたかにして、寐てゐるやうと思ひますの。

長いこと、お目にかからないやうな氣がして、私は、あの、ストーヴの暖ひお部屋のことを、どんなに戀いしがつてゐるか知れませんわ。

やつぱり、あの冷《つ》めたい硝子の下で、何かおかきになつてゐらつしやいますの。そうして、私のことを思つてゐて下さいますの。早く病氣が快《よ》くなつて、私の傍に來《く》ればいいつて、思つてゐて下さいますの。

私は妹より、父母に可愛がられてゐるのですから、猶のこと、私は悲しいのです。親の愛も、やつぱり、一樣には行かないのですわね。だつて、九州へ行くのも、私でも、妹でも、どつちでもよかつたのですけれど、父母が、私の方をよして妹にしたのですから。

　また、私なら、云ふことを聞かなかつたかも知れませんのね。ええ。私はいやだと云つて聞きはしませんわ。父母は私の我が儘はいくらでも許してくれますのよ。妹は強く生れたから、それだけ壓迫もよけい受けるのかもしれませんのね。妹はほんとうに父母から嚴重にされてゐるのですもの。だから今度の話にしても、妹はそれをいやなんて云ふ樣な我が儘は云へないのでせう。私は父も母も、そんなに恐いとは思いませんけれど、妹はたいへんに恐がつてゐるのですよ。その癖、兄は馬鹿にして、よく喧嘩をしますけれども、それはお父さんを恐がつて、ろくに、お話もしたことはありませんわ。妙ですのね。

　あなたが、妹のことを氣にしてあんな事を書いて下すつたので、妹もよろこんでおりますの、そうして、いつかお目にかゝつた事を、すつかり忘れて、どう云ふ方《かた》だか、お目にかかつて見たいつて申しておりますの。私が癒《なほ》つたら、一度、いつしよに伺つてもいいでせう。

　妹にも然う云つたら、ほんとに、それは、それは、よろこんでゐましたのよ。私も一度、妹が彼方へ行くまへに、よいお別れをしたいと思いますから、然うしたら、その時も、あなたがおはいり下さいな。そうして、妹のために、あの人の行末を祝福してやつて下さいましな。

妹も私たちの未來を、祝福してくれますつて。――――どうしたのでせう。ああ、悲しくつて、悲しくつてたまらなくなつた。――

ずいぶん、泣いたの。いま――

だんだん聲が高くなつて、私、泣いても、泣いても、悲しくつて、悲しくつて、困つてしまいましたわ。

お目にかゝり度い。お目にかゝり度い。私、すぐにもあなたのお傍へ行きたい。

こんなに戀いしくて、私、どうしたらいいでせう。馬鹿ですね。

こんなに、急に、あなたが、なつかしくなつて、どうすることも出來ないのですもの。でも仕方がない。今日はどうしたつて上れやしないんですもの。いただいた花を眺めて、今日はいちにち、戀しい戀しいと云つて、泣いてゐませう。

やま子《こ》

田村俊子

原《はら》は、だん〴〵にその女《をんな》の來《く》るのが恐《こわ》くなつてきた。女《をんな》は毎日《まいにち》來《き》た。

一日《にち》の間《あひだ》のどの時間《じかん》ときまりはないけれども、一日《にち》に一度《ど》はきつとその女《をんな》は姿《すがた》を見《み》せた。夕方《ゆふがた》、ふいと影《かげ》のやうに格子《かうし》の外《そと》に立《た》つてることもあるし、夜《よる》おそくなつてから、氣《き》味《み》の惡《わる》いやうににこ〳〵して、愛嬌《あいけう》のいゝ顔《かほ》を見《み》せながら訪《おとづ》れるともあつた。男《をとこ》のゐない時《とき》に訪《たづ》ねてきたりする時《とき》は、馴《な》染《じみ》になつた男《をとこ》の家《うち》の婆《ば》あやと話《はな》し込《こ》んで、男《をとこ》の歸《かへ》りを待《ま》つてゐた。それが夜《よ》にいつても男《をとこ》の歸《かへ》つてこない時《とき》などは、女《をんな》は紙《かみ》のはしに、

「どうしてもお歸《かへ》りがないから、私《わたし》はこれでお暇《いとま》します。私《わたし》はたゞ悲《かな》しくつて、悲《かな》しくつてたまりません。」

と書《か》いておいたりした。女《をんな》の名《な》はやま子《こ》と云《い》つた。

やま子《こ》が、小説《せうせつ》が書《か》きたいと云《い》つて原《はら》のところへ弟《で》子《し》入りしたのは、今年《ことし》の四月《ぐわつ》の半《なかば》ごろだつた。やま子《こ》は誰《だ》れの紹介《せうかい》もなしに、一人《ひとり》ではがきをよこしておいて、やがて一人《ひとり》でやつて來《き》たのであつた。初《はじ》めて原《はら》の家《いへ》へ來《き》たときのやま子《こ》は、荒《あら》い紫《むらさき》の矢《や》絣《がすり》の着物《きもの》をきて、赤《あか》い色《いろ》のまじつた友禪《ゆうぜん》の帶《おび》を締《し》めてゐた。顔《かほ》には白粉《おしろい》が濃《こ》くつけてあつた。口許《くちもと》の可愛《かあい》らしい、瞼《まぶた》の腫《は》れぼつたい、眉毛《まゆげ》のすこし下《さが》り尻《じり》のその顔付《かほつき》は、さほど原《はら》の興味《けうみ》も起《おこ》さなかつたけれども、直《ぢ》きに顔《かほ》を眞《ま》つ赤《か》にしたり、袂《たもと》の先《さき》であねさまに着《き》せる着物《きもの》のやうな恰好《かつこう》を折《を》つてゐたりして、含羞《はにか》んだ樣子《やうす》を見《み》せるのがおもしろかつた。

「どうして小説《せうせつ》を書《か》きたいと思《おも》ひだしたんです。」

「好《す》きですから――」

「そんな事《こと》をしてもいゝやうな家《か》庭《てい》なんですか。あなたの御《ご》家《か》庭《てい》は。お父《とう》さんやお母《かあ》さんはおゆるしになつたのですか。」

「は。そんな事《こと》は勝手《かつて》なんで御座《ござ》います。母《はゝ》も好《す》きですから。――」

やま子《こ》は細《ほそ》い小《ちひ》さな聲《こゑ》で、まじめに斯《か》う云《い》つた。原《はら》が、もつと傍《そば》へお寄《よ》んなさいと云《い》つても、やま子《こ》は座敷《ざしき》の隅《すみ》の唐紙《からかみ》のところに、ぴつたりと引《ひ》つ着《つ》いてゐて、中々前《なか〳〵まへ》へ出《で》なかつた。そうして下《した》ばかり向《む》いてゐた。

原《はら》は、どうして自分《じぶん》を選《えら》んできたのか、その動機《どうき》が知りたいやうな顔《かほ》をしてゐたけれども、なんだか然《さ》う云《い》つて明《あか》らさまに聞《き》くのが、自分《じぶん》の估券《こけん》を落《おと》すやうな氣《き》がしてだまつてゐた。自分《じぶん》のところへ、若《わか》い女《をんな》が弟子《でし》にしてくれなど、云《い》つて來《き》たのは、この女《をんな》が初《はじ》めてなので、少《すこ》しは嬉《うれ》しい思《おも》ひも持《も》たないでもなかつた。そうして、女《をんな》の作家《さくか》を自分《じぶん》の手《て》で一人《ひとり》仕立《した》て、見《み》るのもおもしろいやうな氣《き》もした

それで遠廻《とほまは》しに、

「今《いま》の作家《さくか》をいろ〳〵知《し》つておいでゞすか。」

と優《やさ》しく聞《き》いて見《み》た。

「いゝね。」

「それぢや、作《さく》だけでも讀《よ》んでゐらつしやる？」

「ねゝ、すこしは。」

やま子《こ》は薄笑《うすわら》ひした上眼《うはめ》で、原《はら》の顔《かほ》をちよいと見《み》ると、さも、自分《じぶん》で自分《じぶん》の羞恥《しうち》の情《ぜう》に堪《た》へられないと云《い》ふやうに、片方《かたほう》の掌《てのひら》で袂《たもと》の先《さき》をすく〳〵と擦《こす》りながら、

「いちばん、先生《せんせい》のものが好《す》きで、いちばん、よく拜見《はいけん》します。」

と云《い》つた。かう云《い》つて終《しま》ふと眞《ま》つ赤《か》になつた。やま子《こ》は自身《じしん》にも、頬《ほゝ》のあたりが血潮《ちしほ》でぶつ〳〵と痒《かゆ》いやうな氣《き》がしたほど、血《ち》の上《のぼ》つたのを知《し》つてゐた。

「然《さ》うですか。」

原《はら》は、なんでもないやうに斯《か》う云《い》つて、卷《まき》煙草《たばこ》の先《さき》を炭《すみ》の上《うへ》で、こすつてゐた。

やま子《こ》には別《べつ》して、文學《ぶんがく》の上《うへ》だけの友達《ともだち》もないらしいかつた。そうして文壇《ぶんだん》の消息《せうそく》にも、然《さ》うよくは通《つう》じてゐないし、小説《せうせつ》と云《い》ふものに就《つ》いての鑑賞《かんしやう》も、ごく初心《うぶ》なのが原《はら》には氣《き》に入《い》つてゐた。やま子《こ》は一週《しう》間《かん》に一度《ど》ぐらゐづゝ、まじめに勉強《べんけう》するやうな態度《たいど》で、本《ほん》を抱《かゝ》へてやつて來《き》た、そうして、先生《せんせい》には、縮緬細工《ちりめんざいく》の肱突《ひぢつ》きだの、根《ね》もとをリボンで括《くゝ》つた西洋花《せいようはな》だの、インキ入《い》れの敷《し》きものなどを細工《さいく》したりして、持《も》つて來《き》た。

「まあ、先生《せんせい》はお酒《さけ》に醉《よ》つてゐらつしやいますね。先生《せんせい》。」

原《はら》が酒《さけ》を飮《の》んだりした後《あと》に來合《きあ》はせると、わざと仰山《けうさん》に聲《こゑ》を上《あ》げて斯《か》う云《い》つたりした。そうして、さもふざけるやうに、

「眞《ま》つ赤《か》ですわ。」

と云《い》つて笑《わら》ふことがあつた。然《さ》うかと思《おも》ふと、原《はら》がやま子《こ》を打《う》つ捨《ちや》つておいて、自分《じぶん》は自分《じぶん》だけの勉強《べんけう》をしてゐる時《とき》があるとやま子《こ》は抛《はつ》ておかれる間《あいだ》、何時間《なんじかん》でも、本《ほん》を讀《よ》んだり雜誌《ざつし》を見散《みち》らしたりして、默《だま》つて坐《すわ》り込《こ》んでゐた。やま子《こ》は、紫《むらさき》いろの袴《はかま》を穿《は》いてくることがあつた。原《はら》の想像《さうぞう》では、やま子《こ》はさして有福《ゆうふく》な家《いへ》の娘《むすめ》だとは見《み》ねなかつた。おしろいを濃《こ》く塗《つ》けて、派出《はで》な柄《がら》の服裝《なり》はしてゐるけれども、其《そ》の樣子《ようす》のうちに、何所《どこ》かあるものが不足《ふそく》なやうな可憐《いぢ》らしい貧《まづ》しさを持《も》つてゐた。殊《こと》にその小《ちひ》さながさ〳〵した手《て》を見《み》ると、原《はら》は氣持《きもち》が惡《わる》かつた。

「なにか書《か》いて見《み》ましたか。」

原《はら》は時々優《やさ》しくかう云《い》つて聞《き》くけれども、やま子《こ》は何《なに》も書《か》いて持《も》つて行《い》かなかつた。いつも、

「書《か》けません。」

と云《い》つて、唇《くちびる》をふくらめた結《むす》びかたをして、極《ご》く初心《うぶ》つたく困《こま》つたやうな表情《へうぜう》を見《み》せた儘《まゝ》、本《ほん》の頁《ぺーじ》などを返《かへ》してゐた。

「なにも其《そ》れで、急《きふ》にあなたが自分《じぶん》の生活《せいくわつ》を何《ど》うかしなくちやならないと云《い》ふ責任《せきにん》がないなら、急《いそ》がなくつてもよござんすね。ゆつくり書《か》いた方《ほう》がいゝから。」

「ねゝ。」

やま子《こ》は斯《か》う、頷《うなづ》いてゐた。

私《わたし》は、先生《せんせい》のお宅《たく》へ伺《うかゞ》はうとする時《とき》に

は、きまつて心臓《しんぞう》の血《ち》が沸繰《にえく》り返《かへ》るやうな、不思議《ふしぎ》な胸騒《むなさわ》ぎを感《かん》じるので御《ご》座《ざ》います。歩《ある》いてゆく道《みち》すがらが然《さ》うなので御《ご》座《ざ》いますが、もう御門《ごもん》をあけて、格子《こうし》のところに手《て》をかけます時《とき》は、かつとして卒倒《そつとう》でもしさうになります。私《わたし》は、いつも、いつも、かう云《い》ふ苦《くる》しい切《せつ》ない思《おも》ひをしては、お伺《うかゞ》ひするので御《ご》座《ざ》います。それが何故《なぜ》然《さ》うなのか、自分《じぶん》にも分《わか》らないので御《ご》座《ざ》います。

何故《なぜ》、平氣《へいき》な心持《こゝろもち》でお伺《うかゞ》ひすることが出來《でき》ないので御《ご》座《ざ》いませう。こんなくらゐですから、お伺《うかゞ》ひしても、ちつともはき〳〵致《いた》しませんし、先生《せんせい》もどんなにか自烈度《じれつた》く思召《おぼしめ》すとでせうと存《ぞん》じますと、私《わたし》は只《たゞ》悲《かな》しくなります。そうして、私《わたし》は、いつも先生《せんせい》に、大切《たいせつ》な時間《じかん》をお費《つひや》させして、ほんとに濟《す》まないと存《ぞん》じます。先生《せんせい》のお傍《そば》にゐられさへ致《いた》しますことなら、それがどんなに嬉《うれ》しいのだか知《し》れないので御《ご》座《ざ》います。ですから、つい、いつまでも愚圖《ぐづ》愚圖《ぐづ》して、御用《ごよう》のお妨《さまた》げばかりいたしてをります。先生《せんせい》はどんなにか、煩《うるさ》い女《をんな》だと思召《おぼしめ》してゐらつしやいませう。私《わたし》はそれを、ほんとうに濟《す》まないことだと思《おも》つてをります。口《くち》へ出《だ》して、然《さ》う云《い》ふことを申上《まをしあ》げられると宜《よろ》しいのですけれども、思《おも》つてるばかりで、言《こと》葉《ば》では申上《まをしあ》げられませんから、手紙《てがみ》でお詫《わ》びを申上《まをしあ》げておきます。

私《わたし》が伺《うかゞ》つた時《とき》に、先生《せんせい》がおそろしく不《ふ》機嫌《きげん》な顔《かほ》をしてゐらつしやることが御《ご》座《ざ》います。そんな時私《ときわたし》はほんとうに死《し》んでしまひたいやうに味氣《あぢき》なくなります。然《さ》う云《い》ふ日《ひ》は、私《わたし》は家《いへ》に歸《かへ》りますと、しみ〴〵と泣《な》いてばかりをります。

やま

私《わたし》のたゞ一人《ひとり》の

御《おん》師《し》へ

やま子《こ》が原《はら》の家《いへ》へ度々《たびく》通《かよ》ふやうになつてから、こんな手紙《てがみ》をよこしたことがあつた。原《はら》はやま子《こ》に向《むか》ひ合《あ》つてゐても、格《かく》別話《べつはなし》のない時《とき》はいつまでも默《だま》つてゐた。然《さ》うするとやま子《こ》も默《だま》りこんで、どれほどの時間《じかん》が經《た》つても、唯《たゞ》俯向《うつむ》いてぢつとしてゐた。原《はら》はやま子《こ》に歸《かへ》るやうに云《い》ふ譯《わけ》にも行《ゆ》かず、然《さ》うかと云《い》つて自分《じぶん》が用《よう》もなく立《た》つ譯《わけ》にも行《ゆ》かなかつた。どうかすると、原《はら》は帽子《ぼうし》を取《と》つて、

「ちよいと散歩《さんぽ》してきますから、遊《あそ》んで待《ま》つてゐらつしやい。」

と云《い》つて出《で》てゆくこともあつた。然《さ》う云《い》ふ時《とき》、やま子《こ》の眼《め》のうちに、自分《じぶん》も行《ゆ》きたさうな色《いろ》の動《うご》くことを原《はら》は知《し》つてゐたけれども、原《はら》は自分《じぶん》から勸《すゝ》めたことはなかつた。

原《はら》は、だん〳〵にこの女《をんな》が鬱陶《うつこう》しくなつてきた。安易《あんい》と安靜《あんせい》を味《あぢ》はふ自分《じぶん》のたつた一とつの部屋《へや》の中《うち》へ、朦朧《ぼんやり》と坐《すわ》り込《こ》んでゐるこの女《をんな》が、どうかすると堪《たま》らなく癪《しやく》にさはることがあつた。作《さく》に惱《なや》んでる時《とき》などに、この女《をんな》の訪《おとづ》れる聲《こゑ》が階下《した》から聞《き》こゑてくると、原《はら》はうんざりした。

やま子《こ》はそれでも、

「お忙《いそが》しいので御《ご》座《ざ》いますか。」

とも云《い》はずに、原《はら》から不快《いや》な顔《かほ》をされながら、座敷《ざしき》の隅《すみ》にぢつと坐《すわ》つて、袖《そで》を膝《ひざ》

の上《うへ》にかさねながらそれを手弄《てなぐさ》みにしてゐたりした。然《さ》う云《い》ふ時《とき》ほど、女《をんな》の、あんまりと美《よ》くない容貌《ようばう》に濃《こ》く白粉《おしろい》のついた顏《かほ》が、恐圖《ぐづ》に小馬鹿《こばか》に見《み》ゑることはなかつた。原《はら》はやま子《こ》に對《たい》する自分《じぶん》の態度《たいど》を、もつと恐《こわ》もてにしてやりたいやうな氣《き》のすることもあつたけれども、まだ若《わか》い原《はら》には然《さ》うも出來《でき》なかつた。殊《こと》にやま子《こ》が、何《なに》かスケッチ風《ふう》のものを書《か》いて持《も》つて來《き》た時《とき》に、少《すこ》しも才分《さいぶん》の閃《ひらめ》きの見《み》ゑないその文章《ぶんしやう》に絶望《ぜつばう》した原《はら》は、もうこの女《をんな》に對《たい》してはなんにも期待《きたい》することがなくなつてしまつた樣《やう》な氣《き》がして、不愛想《ぶあいそう》がちに迎《むか》へる日《ひ》が多《おほ》くなつた。

それでもやま子《こ》は、毎日《まいにち》々《く》來《き》た。原《はら》がゐれば、いつまでも坐《すわ》り込《こ》んでゐるし、原《はら》がゐない時《とき》には日暮《ひく》れまでも、夜更《よふ》けまでも待《ま》ち盡《つく》してゐた。それでも歸《かへ》らない時《とき》は、悲《かな》しいやうな置手紙《おきてがみ》をして行《い》つた。

原《はら》は關西《くわんさい》の方《はう》へ旅行《りよこう》することになつたので、丁度《てうど》いゝ機《しほ》に、當分《たうぶん》來《き》て貰《もら》はないやうにと思《おも》つて、大分《だいぶん》長《なが》く旅行《りよこう》をするやうなことを端書《はがき》に書《か》いておくつておいた。

その端書《はがき》が着《つ》くか着《つ》かないうちに、やま子《こ》はもう原《はら》のところへやつて來《き》た。

其《そ》の日《ひ》、原《はら》は朝《あさ》から家《いへ》にゐた。旅行《りよこう》に出《で》ると定《き》めた日《ひ》まではまだ四五日《にち》あつた。

それまでに片付《かたづ》けておかなければならない用事《ようじ》を、二《ふた》つ三《み》つ處理《しより》してゐると、やま子《こ》が蒼《あを》い顏《かほ》をして部屋《へや》に入《はい》つて來《き》た。原《はら》は人《ひと》のはいつてくる足音《あしおと》に、ふいと振《ふり》向《む》いたが、やま子《こ》の顏《かほ》が障子《しやうじ》の蔭《かげ》から見《み》ゑた時《とき》に一途《づ》に不快《いや》な氣持《きもち》になつて、原《はら》はわざと其《そ》の儘《まゝ》やま子《こ》の方《はう》へは顏《かほ》を向《む》けずに、又用事《またようじ》の手許《てもと》の方《はう》に向《む》き直《なほ》つてだまつてゐた。

やま子《こ》も、其處《そこ》へはいつたなり、何《なに》をしてゐるのか、だまつてゐる。挨拶《あいさつ》の聲《こゑ》も聞《きこ》ゑないし、自分《じぶん》を呼《よ》ぶ聲《こゑ》も聞《きこ》ゑない。いつまでも、いつまでも、女《をんな》の方《はう》に音沙汰《おとさた》がないので、原《はら》はつい根負《こんまけ》して、自分《じぶん》のうしろに人《ひと》が一人《ひとり》ゐると云《い》ふ事《こと》が氣《き》になつて原稿《げんかう》の束《たば》を抛《ほ》り出《だ》しながらやま子《こ》の方《はう》を向《む》いた。やま子《こ》はそれを見《み》ると、丁寧《ていねい》にお辭儀《じぎ》をした。

「あなたぢやないのかと思《おも》つてゐた。婆《は》あやが火《ひ》でも持《も》つて來《き》てくれたのか思《おも》とつて。」

原《はら》はさすがに氣《き》の毒《どく》になつて、下手《へた》な云《い》ひ譯《わけ》をしながら、火鉢《ひばち》の火《ひ》などをほぢつたりした。

「今日《けふ》は寒《さむ》いやうですね。」

原《はら》は然《さ》う云《い》ひながら、机《つくゑ》の上《うへ》から手《て》を延《の》ばして、小窓《こまど》をあけて外《そと》を見《み》た。もう何《ど》處《こ》かで羽子《はね》を突《つ》く音《おと》がしてゐる。よく晴《は》れた青《あを》い空《そら》が、原《はら》の眼《め》にさつぱりと映《うつ》つた。

「あゝ、いゝ、天氣《てんき》だなあ。――暮《く》れが近《ちか》くなるといゝ、天氣《てんき》がつゞきますね。」

何《なに》を云《い》つてもやま子《こ》は默《だま》つてゐる。

原《はら》がそつとやま子《こ》の方《はう》を見《み》ると、やま子《こ》は下《した》を向《む》いて自分《じぶん》の指《ゆび》を傷《きず》つけでもしてゐるやうに、自分《じぶん》の爪《つめ》で自分《じぶん》の指《ゆび》を力《ちから》いつぱい押《お》しつけてゐる。

「暮《く》れの仕事《しごと》がすつかりお終《しま》ひになつたもんですから、少《すこ》し春《はる》へかけて旅行《りよこう》をしやうと思《おも》つてゐるんです。」

「餘《よ》つぼど長《なが》く――」

原《はら》はやま子《こ》へやつた端書《はがき》に、半年《はんとし》ばかり、ぐる〳〵と方々《はう〴〵》を廻《まは》つてくるやうに書《か》いてやつたので、やつぱりその豫定《よてい》だと返《へん》事《じ》した。けれども、それは一と月《つき》にも滿《み》たないうちに歸《かへ》つてくるのかもしれなかつた。

「わたくし、悲《かな》しくつて――」

やま子《こ》は然《さ》う云《い》つて下《した》を向《む》きつゞけてゐたが、あわて、袂《たもと》から半巾《ハンケチ》を出《だ》して顏《かほ》にあてた。

原《はら》はびつくりして、やま子《こ》の姿《すがた》を見詰《みつ》めて居《ゐ》ると、やま子《こ》は、やゝ長《なが》い間《あひだ》然《さ》うしたまゝでぢつとして居《ゐ》た。原《はら》にはそれが泣《な》いてるやうにも見《み》ゑなかつた。

「直《ぢ》きに歸《かへ》つて來《き》ますよ。」

原《はら》は仕方《しかた》なしに然《さ》う云《い》つた。そうして、何《ど》うしてこの女《をんな》は、こんなに煩《うるさ》い仕打《しうち》をするのだらうと思《おも》つて不快《ふくわい》でたまらなかつた。どうしたらこの女《をんな》の訪問《はうもん》をぴつたりと斷《た》つてしまふことが出來《でき》るのだらうと思《おも》ふと、原《はら》はやま子《こ》に、思《おも》ひきつて愛想《あいそ》盡《つか》しを云《い》つてやり度《た》いやうにも思《おも》つて、苛々《いら〳〵》した。こんなに天氣《てんき》が好《い》いなら、今《け》日《ふ》はこれから友人《ゆうじん》を訪《たづ》ねて、それから夕《ゆふ》方《かた》から劇塲《しばゐ》にでも行《い》つて見《み》やう。と思《おも》つたりして、女《をんな》の前《まへ》に苛々《いら〳〵》する心持《こゝろもち》を強《しひ》て自《みづ》から鎭《しづ》めやうとしたりした。

「半年《はんとし》なんて、私《わたし》は先生《せんせい》にお目《め》にかゝらずにはゐられませんわ。」

やま子《こ》は、半巾《ハンケチ》を放《はな》すとはつきりと斯《か》う云《い》つた。眼《め》のふちが、僞《うそ》ではなく涙《なみだ》で眞《ま》つ赤《か》になつてゐる。原《はら》は其《そ》れを見《み》ると、つい心《こゝろ》が和いだ。

「何《なに》、そんなにもかゝらないでせうよ。僕《ぼく》のことだから、直《ぢ》きいやになつて歸《かへ》つてくるかもしれないから。」

「ほんとうでございますか。」

やま子《こ》は、急《きう》に笑《わら》ひ顏《がほ》になつて、はしやいだ聲《こゑ》で斯《か》う云《い》ひながら、初《はじ》めて原《はら》の顏《かほ》をまともに見《み》た。

「ね、。然《しか》し豫定《よてい》は半年《はんとし》ぐらゐです。」

やま子《こ》は、又《また》、ぐつたりとした態《しな》をして、半巾《ハンケチ》の先《さ》きで眼《め》に殘《のこ》つてる涙《なみだ》を拭《ふ》いてゐた。

「先生《せんせい》にお願《ねが》ひがありますわ。」

やま子《こ》は甘《あま》へた聲《こゑ》でかう云《い》つた。

「なんです。」

「御旅行先《ごりよこうさき》から、御手紙《おてがみ》を下《くだ》さらないでせうか、こんなことを先生《せんせい》にお願《ねが》ひしては惡《わる》いで御座《ござ》いませうか。」

原《はら》はそれを聞《き》くと面倒臭《めんどうくさ》く、苦笑《にがわら》ひした。

「上《あ》げないこともないが、しつかりお約束《やくそく》は出來《でき》ませんね。親《した》しい友人《ゆうじん》のところにだつて、僕《ぼく》は旅先《たびさき》からはがき一本《ぽん》出《だ》したことがないんですから。――まあ御請《おう》けあひは出來《でき》ませんね。」

やま子《こ》は、それを聞《き》くとあどけなく合點《うなづ》いておいて、それ以上《いぜう》は押《お》しても求《もと》めなかつた。

「おこころが分《わか》りませんから、私《わたし》から差《さ》し上《あ》げることも出來《でき》ませんし――」

「手紙《てがみ》なんぞを、わざ〳〵書《か》いて下《くだ》さらなくつてもよござんすよ。」

「先生《せんせい》はどうでも、私《わたし》が差上《さしあ》げたいのですから――」

やま子《こ》はこんな事《こと》を云《い》つてるうちに、又《また》悲《かな》しくなつたと見《み》ゑて、涙《なみだ》がその眼《め》からあふれてきた。

「ほんとに、悲《かな》しくつて、悲《かな》しくつて。」

やま子《こ》は然《さ》う云《い》ひながら又《また》半巾《ハンケチ》で顏《かほ》をおさへた。

「困《こま》りますね、あなたにそんな事《こと》を云《い》はれては、僕《ぼく》は困《こま》るばかりですよ。」

原《はら》は怒《おこ》ることも出來《でき》なかつた。然《さ》うかと

云《い》つて、かうして何時《いつ》まで果《は》てしもなしに女《をんな》に泣《な》いてゐられるのは、ずいぶん苦《く》痛《つう》だつた。原《はら》は何《ど》うしてい、のか分《わか》らなくなつて、今朝《けさ》から家《いへ》にゐたことを後悔《こうくわい》するより仕方《しかた》がなかつた。

「あなたに泣《な》かれるからつて、旅行《りよこう》を止《よ》す譯《わけ》にもゆかないしね。」

原《はら》はこんな戯談《ぜうだん》を云《い》つて、漸《やうや》く笑《わら》ひだした。それがやま子《こ》にも應《こた》へたと見《み》れて、やま子《こ》は氣《き》を取《と》り直《なほ》したやうに涙《なみだ》を拭《ふ》いて、もう泣《な》かないと云《い》ふやうに、それを袂《たもと》の中《なか》にちやんとしまつてしまつた。そうしてから袂《たもと》の先《さき》で又顔《またかほ》を拭《ふ》いてゐた。

「直《ぢ》きに歸《かへ》つて來《き》ますからね。然《さ》うしたら、又《また》お遊《あそ》びにいらつしやい。あなたもよく勉強《べんけう》をしなくつちやいけませんね。二《ふ》たつ三《み》つ何《なに》か書《か》いておいてごらんなさい。僕《ぼく》が歸《かへ》つてくるまでに。」

原《はら》は優《やさ》しい心持《こゝろもち》になつて、斯《か》う云《い》つてやつた。やま子《こ》も其《そ》れが嬉《うれ》しかつたと見《み》れて、につこり笑《わら》ひながら會釋《ゑしやく》して見《み》せた。

「ぢやあね。僕《ぼく》はこれから出《で》ますから。」

原《はら》は氣《き》の毒《どく》さうに斯《か》う云《い》つて、やま子《こ》の歸宅《きたく》を促《うなが》しながら、わざと机《つくゑ》の上《うへ》の時計《とけい》を見《み》たりした。

「どちらへお出掛《でか》けになりますの。」

「ね、。ちよいと。あなたが搆《かま》はなければ遊《あそ》んでゐらしつてもい、んですよ。僕《ぼく》は出《で》ますから。」

「い、ね。私《わたし》も。」

やま子《こ》は斯《か》う云《い》つてから、自分《じぶん》の顔《かほ》に手《て》を當《あ》て、ゐた。

「泣《な》いた顔《かほ》で歩《ある》くのはいやですことね。」

「ね、。」

原《はら》はやま子《こ》の顔《かほ》を見《み》ながら、うつかりと返事《へんじ》をしてゐた。やま子《こ》の顔《かほ》の生地《きぢ》が荒《あ》れて、眼《め》のふちが腫《は》れぼつたく赤《あか》くなつてゐた。

「あなたが勝手《かつて》に泣《な》いたんでせう。僕《ぼく》が泣《な》かした譯《わけ》ぢやありませんよ。」

やま子《こ》は原《はら》のその言葉《ことば》を聞《き》くと、はにかんだ風《ふう》をして、袂《たもと》の先《さき》をもぢ〳〵と弄《いぢ》つてゐた。そうして、何《なに》かもつと云《い》ひ度《た》さうにその唇《くちびる》を動《うご》かしてゐたが、

「歸《かへ》つてから先生《せんせい》にお手紙《てがみ》を差《さ》し上《あ》げます。」

と云《い》つて、其《そ》の眼《め》に媚《こび》を含《ふく》ませながら原《はら》の顔《かほ》をそつと見《み》た。原《はら》は默《だま》つてゐた。

「いつお立《た》ちになりますの。」

「分《わか》りませんね。だが、もう直《ぢ》きゐないものと思《おも》つてゐて下《くだ》さい。」

「今夜《こんや》はいらつしやいまして。」

「ね、。」

原《はら》は然《さ》う云《い》ひ切《き》つてしまふと、直《す》ぐに立《た》つて奥《おく》の座敷《ざしき》の方《はう》へはいつて行《い》つた。やま子《こ》は中腰《ちうこし》になつた儘《まゝ》、しばらくその後《あと》を見送《みおく》つてゐたけれども、自分《じぶん》も直《ぢ》きに立《た》つて原《はら》の書齋《しよさい》にか、つてる畫《ゑ》の額《がく》などを見《み》たりして時間《じかん》をつぶしてゐた。

支度《したく》した原《はら》が出《で》てきて、珍《めづ》らしく、

「そこまでいつしよに出掛《でか》けませうか。」

と云《い》つてやま子《こ》に聞《き》いた。やま子《こ》は、

「ね。」

と返事《へんじ》をすると、いそ〳〵して自分《じぶん》も部屋《へや》を出《で》た。原《はら》は、さつきやま子《こ》が自分《じぶん》の前《まへ》で泣《な》いたことを思《おも》ひながら、

「何《ど》うしてあんなにセンチメンタルになつたんです。」

と餘《あま》つぽど聞《き》いて見《み》やうかと思《おも》つたけれ

ども、よけいな事《こと》は云《い》はない方《ほう》がいゝと思《おも》つて、だまつてゐた。そうして連《つ》れ立《だ》つて家《いへ》を出《で》ながら、旅行先《りよこうさき》から、一度《ど》ぐらゐ手紙《てがみ》でもやつて、やま子《こ》を喜《よろこ》ばしてやらうなど、考《かんが》へてゐた。（完）

「海《うみ》の夫《ふ》人《じん》」を觀《み》て

（1）

田村 俊子

もつと早く御約束《やくそく》を果さなければならない筈《はず》でしたのに有樂座《いうらくざ》へ行つた晩から風邪《かぜ》を買きかへして、其の儘《まゝ》二三日床に就いてしまつたので執筆《しつぴつ》がおそくなつて社の方《かた》へも御迷惑をかけましたいまだに熱《ねつ》に苦しみせきと頭痛《づつう》に惱んでゐるので頭腦《づのう》が朦朧としてゐてはつきりした思索《しさく》ができませんこのなかで「海《うみ》の夫人《ふじん》」の評《へう》をやるのは藝術座《げいじゆつざ》の技藝團諸氏《しよし》に對しても濟《す》まない譯だとは思いましたが何さかしてこの責《せ》めをふさがなければならないので餘儀《よぎ》なく一と晩の印象《いんしやう》を書きつけて、御詫《わ》びに代へやうと思います。

私《わたし》は「海《うみ》の夫人《ふじん》」をまだ讀《よ》んだことがありません。嶋村先生《しまむらせんせい》の御譯《やく》しになつた臺本《だいほん》も、私《わたし》の手《て》に入《はい》りませんのでこれもまだ讀《よ》むことが出來《でき》ないでゐるのですが、初《はじ》めて觀《み》た「海《うみ》の夫人《ふじん》」をおもしろい演劇《しばゐ》だとは思《おも》ひませんだした。エリーダが諾威《ノルヱー》の入江《いりえ》の海《うみ》を生《なま》ぬるくつてだらけてゐるとか云《い》つてゐますがこの感《かん》じも丁度《ちやうど》その海《うみ》の水《みづ》のやうな氣《き》がしました。一つには役者《やくしや》の演技《えんぎ》の鈍《にぶ》いせいで、演出《えんしゆつ》せられた「海《うみ》の夫人《ふじん》」の演劇《しばゐ》がこんなだらけたものになつて私《わたし》の頭《あたま》に殘《のこ》つたのかもしれませんが、作《さく》から云《い》つても「人形《にんぎやう》の家《いへ》」のやうな華《はな》やかな舞臺技巧《ぶたいぎかう》もないし、「鴨《かも》」のやうな藝術的《げいじゆつてき》の滋味《じみ》もなく、それにこの作《さく》で取り扱つた問題《もんだい》を、作者《さくしや》はお終《しま》ひに好《い》い加減《かげん》に片付《かたつ》けてしまつてゐるところのある樣《やう》な氣《き》もして、いろ〳〵な意味《いみ》でこの「海《うみ》の夫人《ふじん》」と云《い》ふ劇《げき》は生《なま》ぬるいと云《い》ふ感《かん》じが私《わたし》に殘《のこ》つてゐます。

松井《まつゐ》さんのあの役《やく》に對《たい》する解釋《かいしやく》は何《ど》うなのか分《わか》りませんが、何《なに》か知《し》らずノラとは違《ちが》つた性格《せいかく》の女性《ぢよせい》が現《あら》はれてゐたことは確《たしか》でした。態度《たいど》にも、臺詞《せりふ》にも、いつもとは違《ちが》つて厭味《いやみ》のない柔かさが含《ふく》まれてゐましたし、それに自然的《しぜんてき》な一種《しゆ》のうるほひが、あのエリーダの凡《すべ》てに滿《み》ちてゐたことも、少《すく》くとも反感《はんかん》を起《おこ》させない程《てい》度《ど》において嬉《うれ》しいと思《おも》はせました、全《ぜん》體《たい》に舞臺《ぶたい》の上《うへ》の演技《えんぎ》の樣《やう》が柔《やはら》かにしつとりと流《なが》れてゐたことも心持《こゝろもち》がよいと思《おも》ひました、そうして、エリーダの役《やく》に對《たい》する松井《まつゐ》さんの演技《えんぎ》の感情《かんじやう》がすべて強《つよ》さを殺《ころ》して弱《よわ》いところからばかり流《なが》れて行《い》つてゐたと云《い》ふことも松井《まつゐ》さんの役《やく》に對《たい》する解釋《かいしやく》の一面《めん》として、合點《がつてん》されました。

「海《うみ》の夫人《ふじん》」を觀《み》て

（2）田村俊子

ヴンナよりエリーダの方《はう》が松《まつ》井さんの欲《はま》り役《やく》か何《ど》うか私にそんな詮穿《せんさく》はいらない其《そ》れはどちらでもいゝ。唯《たゞ》松《まつ》井《ゐ》さんがこの役《やく》を、あるところまで自分《じぶん》のものにして、自分《じぶん》の手《て》で柔《やは》らかに搓《こ》ねるだけの解釋《かいしやく》を持《も》つことが出來《でき》たし、然《さ》うしてまたあるところまでその解釋《かいしやく》を自由《じいう》に舞臺《ぶたい》の上《うへ》に表現《へうげん》が出來《でき》たと云《い》ふことは、充分《じうぶん》ではなくともこの役《やく》を兎《と》に角《かく》松《まつ》井《ゐ》さんの手《て》で生《い》かしたと云《い》ふ意味《いみ》には取《と》つてもいゝかもしれません。エリーダの性格《せいかく》の一面《めん》の、世間《せけん》見《み》ずな、又愛《またあい》らしい純《じゆん》な、優《やさ》しい女《をんな》と云《い》ふことは、たしかにこれによつて現《あら》はれてゐたと思《おも》います。然《しか》し、惜しいことに唯《たゞ》それだけでした。松《まつ》井《ゐ》さんの海《うみ》の夫人《ふじん》に對《たい》する解釋《かいしやく》はもうちつとある深《ふか》さまで徹《てつ》しなくてはならなかつたと思《おも》ひます。海《うみ》と云《い》ふ背景《はいけい》を持《も》つ女《をんな》のグルーミイな影《かげ》はあの松《まつ》井《ゐ》さんのエリーダには少《すこ》しも現《あら》はれてゐませんでした。幾分《いくら》が神經質的《しんけいしつてき》な氣《き》分《ぶん》だけは、強《し》いて味《あぢ》あへば味《あぢ》はへないこともなかつたけれど、エリーダと生命《せいめい》の響《ひゞ》きを通《かよ》はしてゐる海《うみ》そのものを見《み》るやうな恐怖《きようふ》と、誘惑《いうわく》と陰鬱《いんうつ》と暗《くら》さとに滿《み》ちた不思議《ふしぎ》な神秘的《しんぴてき》な氣《き》分《ぶん》はあの松《まつ》井《ゐ》さんのエリーダには求《もと》めることが出來《でき》なかつたと思《おも》います。松《まつ》井《ゐ》さんはだん〳〵に上手《じやうづ》になつてゆきます。厭味《いやみ》だと云《い》はれゝば其《そ》の厭味《いやみ》なものを自分《じぶん》の技藝《ぎげい》の上《うへ》から脫《ぬ》ぐことを知《し》つて、そうして圓滑《えんかつ》に自在《じざい》に滯《とゞこほ》りなくだん〳〵にその舞臺《ぶたい》が上手《じやうづ》になつてゆきます。けれども唯上手《たゞじやうづ》になるばかりで、松《まつ》井《ゐ》さんの藝術《げいじゆつ》に少《すこ》しも深《ふか》みが加《くは》はらないと云《い》ふことは、考《かんが》へて見《み》なければならないことだと思《おも》ひます。芝居《しばゐ》の數《かず》を多《おほ》くこなして、芝居《しばゐ》の數《かず》を多《おほ》く踏《ふ》んで、何《なん》でも演《や》り得《う》ると云《い》ふことだけで濟《す》むのなら、そこに藝術的《げいじゆつてき》の努力《どりよく》も何《なに》も要《い》らないことになります。歩《ある》いてさへゐれば自然《しぜん》に滑《すべ》れるやうになるスケーチングの運動《うんどう》とおんなじでは少《すこ》しなさけない樣《やう》に思《おも》ひます。無論《むろん》松井《まつゐ》さんは、あのグルーヅの文學者がたに指導《しだう》されて、充分研究《じうぶんけんきう》もし、又《また》絶《た》えず劇《げき》と云《い》ふものに就《つ》いて考《かんが》へてもゐるのではありませうけれど、松《まつ》井《ゐ》さん自身《じしん》の眼《め》が、ほんとうに劇《げき》と云《い》ふものに向《むか》つて、又自分《またじぶん》の藝術《げいじゆつ》に向《むか》つて開《ひら》かれてこなくては駄目《だめ》だと思《おも》います。女優《ぢよいう》であつて藝術座《げいじゆつざ》の長《ちやう》と云《い》ふ資格《しかく》から云《い》つても、いつまでも練習的《れんしふてき》の心持《こゝろもち》ばかりを見《み》せてゐずに、もう松《まつ》井《ゐ》さんは何《なに》か新《あたら》しい生命《せいめい》をその演技《えんぎ》の上《うへ》にもたらして呉《く》れてもよささうなものだと思《おも》ふのです。

 「『海の夫人』を観て」『時事新報』大正3（1914）年1月26日

『海《うみ》の夫《ふ》人《じん》』を觀《み》て

（3） 田村俊子

これは皮肉《ひにく》ではありません。松井《まつゐ》さんに對《たい》して云《い》つてゐるこれ等《ら》の言葉《ことば》は、立場《たちば》こそ違《ちが》へ實《じつ》は、私《わたくし》自身《じしん》に云《い》つてやり度《た》いやうな言葉《ことば》なのです。それだけに、私《わたくし》は松井《まつゐ》さんに同情《どうじやう》もしてゐますし、又《また》、あの後《あと》から後《あと》からと演劇《しばゐ》をつゞけてゆくだけの松井《まつゐ》さんの力《ちから》と云《い》ふものに對《たい》しても敬意《けいい》を持つことが出來《でき》るやうに思《おも》ふのです。表面的《へうめんてき》に見《み》ても、現在《げんざい》の女優《ぢよいう》のうちで絶《た》えず努力的《どりよくてき》に自分《じぶん》を演劇《えんげき》界《かい》に驅使《くし》してゐるのは松井《まつゐ》さんばかりです。これだけでも松井《まつゐ》さん自身《じしん》に取《と》つては意味《いみ》があることかもしれないけれども、それと同時《どうじ》に何等《なんら》か自身《じしん》の藝術《げいじゆつ》のうちに自覺的《じかくてき》に育《はぐ》くまれてゆくものがなければならないと思《おも》ひます。松井《まつゐ》さんの演劇《しばゐ》を見《み》る度《たび》に、誰《たれ》でも、すま子《こ》はもう型《かた》にはまつてしまつたと云《い》つてゐるのは、取《と》りも直《なほ》さず、松井《まつゐ》さんの藝術《げいじゆつ》にその後《のち》新《あたら》しい何物《なにもの》も芽《め》ざゝれてこないと云《い》ふ事《こと》を說明《せつめい》してゐると云《い》つていゝではありませんか。いかなる演劇《しばゐ》も層《かさ》にかゝつて演《し》終《を》ほせやうとするその手際《てぎは》と努力《どりよく》とに眩《くら》まされて、自身《じしん》の藝術《げいじゆつ》におけるもつとも大《たい》切《せつ》な魂《たましひ》のありどころを忘《わす》れてゐるとしたら、それは松井《まつゐ》さんに取《と》つて悲《かな》しむべきことだと思《おも》ひます。

今度《こんど》のエリーダも、兎《と》に角《かく》むらなしに演《や》つてのけてゐたに過《す》ぎなくつて、他《ほか》には何《なに》もありませんでした。部分的《ぶぶんてき》に考《かんが》へればずゐぶん批難《ひなん》したい箇所《かしよ》が澤山《たくさん》にあります。最初《さいしよ》の幕《まく》のリングストランドから航海《かうかい》の途中《とちう》で逢《あ》つた亞米利加《アメリカ》人《じん》の話《はなし》を聞《き》くところのエリーダの表情《へうじやう》なぞも、あんまり手《て》や顏《かほ》が動《うご》き過《す》ぎてみつともない位《くらゐ》でした。何《なん》に就《つ》けても松井《まつゐ》さんの藝《げい》には深《ふか》みがありません。幾度《いくど》云《い》つてもおんなじですが、演《す》ることが相當《さうたう》に上手《じやうず》でゐながら藝《げい》に深《ふか》みのないと云《い》ふ事《こと》は、ある意《い》味《み》から云《い》つて其《その》藝術《げいじゆつ》は墮落《だらく》的《てき》なものだと云《い》はなくてはなりません。松井《まつゐ》さんはこゝを考《かんが》へなければならないと思《おも》ひます

熱《ねつ》で眼《め》がしば/\と痛《いた》くなつて來《き》ましたからこれでお終《しま》ひにします。最後《さいご》に、今《こん》度《ど》の芝居《しばゐ》で田中介二《たなかかいじ》さんがたいへん饒舌《しや》べるところの多《おほ》い役《やく》をしてゐます。學生《がくせい》のリングストランドです。舞臺《ぶたい》馴《な》れて來《き》ましたがそれをいつしよに、すつかり藝《げい》術《じゆつ》座《ざ》式《しき》（と云《い》ふよりは一般《ぱん》の新《あたら》しい芝居《しばゐ》式）の一種《しゆ》の臺詞《せりふ》の調子《てうし》にはまつて了《しま》つたことを可笑《をか》しく思《おも》つたと云《い》ふことを添《そ》へておきます。せめて臺詞《せりふ》だけでも獨創《どくさう》的《てき》の調子《てうし》を聞《き》かしてもらへないものでせうか。（をはり）

▲訂正、第一回八行目の「この齣」は「この劇」上段の終《をは》りから二行目の「演技の標」は「演技の線」の誤植

「最近の感想」

（十三）

田村俊子

この頃《ころ》「サニン」を読《よ》みました。ほんとうにサニンの樣《やう》な兄《にい》さんを欲《ほ》しいと思《おも》ひました。

167　「寒椿」『新潮』大正３（1914）年３月１日

寒椿

田村俊子

私《わたし》はあなたのお歸《かへ》りになつたあとしばらく書棚《しよだな》の上《うへ》の赤《あか》い山椿《やまつばき》の花《はな》を見詰《みつ》めて、ぼんやりと致《いた》しておりました。

この椿《つばき》を此瓶《このびん》に挿《さ》してから、もう十日《とをか》の餘《よ》になりますけれど、蕾《つぼみ》から蕾《つぼみ》がだん／＼に開《ひら》いていつて、まだ何《ど》の花《はな》の一《ひ》とつも落《お》ちないのです。挿《さ》した最初《さいしよ》にたつた一とつ咲《さ》いてゐた花《はな》がすつかり萎《しぼ》んで、赤《あか》い花瓣《くわべん》をちゞらしてゐる他《ほか》は、どれも蕋《しべ》を露《あらは》にして、一《ひ》と重《へ》の花瓣《くわべん》が反《そ》るやうにぱつと開《ひら》いてゐます。葉《は》つ葉《ぱ》の周圍《ぐるり》の鋸歯《きよし》に手《て》がふれると切《き》れさうなほど分厚《ぶあつ》な、重苦《おもくる》しい椿《つばき》の葉《は》の蔭《かげ》に、うしろ向《む》きになつたり正面《しやうめん》を向《む》いたりして、丁度《ちやうど》その花《はな》の數《かず》が七《なゝ》つあります。

椿《つばき》と云《い》へば、まだ美《うつく》しいうちに直《ぢ》きにぽた／＼と花《はな》が落《お》ちるやうに思《おも》つてゐた私《わたし》は、かうして幾日《いくにち》經《た》つても開《ひら》いたまゝ枝《えだ》にしつかりと附着《くつゝ》いて咲《さ》いてるのを、不思議《ふしぎ》にしていつも眺《なが》めてゐたのです。

私《わたし》は、いまも、そんな事《こと》を思《おも》ひながら色《いろ》の褪《あ》せかけてる花《はな》の一とつに指《ゆび》をふれて、わざと衝《つ》いて見《み》ましたが、程《ほど》よい私《わたし》の指先《ゆびさき》の力《ちから》だけではその花《はな》は中々《なか／＼》動《うご》きませんでした。私《わたし》の一本《ぽん》の指《ゆび》の力《ちから》がその花《はな》の蕚《がく》をだん〳〵に押《お》していつて花《はな》を捥《も》ぎ落《おと》しさうになつたとき、私《わたし》は指《ゆび》をひきました。花《はな》は、咲《さ》けるだけ咲《さ》いてるのだと云《い》ふやうな顔《かほ》をして、薄赤《うすあか》い色《いろ》をみなぎらしてゐるのです。——

　あなたはさん〳〵私《わたし》に愚痴《ぐち》を云《い》つてお歸《かへ》りになりましたね、私《わたし》に一《ひ》と肌脱《はだぬ》いでもらうとか云《い》ふやうなことで、相談《さうだん》でもあるらしく飛《と》んでおいでになつたのに、やつぱり、私《わたし》の考《かんが》へた通《とほ》り、結局《けつきよく》あなたはその女《をんな》に對《たい》する愚痴《ぐち》を云《い》つたゞけで、すご〳〵お歸《かへ》りになりましたね。

　やつぱりあなたは、其《そ》の儘《まゝ》で、その女《をんな》から蛇《へび》の生殺《なまごろ》しに逢《あ》つてゐるやうな關係《くわんけい》で、日《ひ》をお送《おく》りになるより仕方《しかた》がないと私《わたし》は思《おも》ひました。

「むかふの心持《こゝろもち》を徹底《てつてい》させるよりも、あなた御自身《ごじしん》の態度《たいど》を徹底《てつてい》させて、女《をんな》に打《よ》つ突《つ》かつてゆかなけりや駄目《だめ》ですよ。」

　なんて私《わたし》はあなたに云《い》ひましたけれども、あなたにはそれだけの勇氣《ゆうき》がお有《あ》りにならないから駄目《ため》です、あなたは、私《わたし》が大層眞面目《たいそうまじめ》にあなたの愚痴《ぐち》を聞《き》いて上《あ》げたやうに思《おも》つて、よろこんでいらしつたけれども、實《じつ》を云《い》ふと、私《わたし》は別《べつ》にあなたに同情《どうじやう》なんかしてお話《はなし》を聞《き》いてゐた譯《わけ》ではありません、唯《たゞ》、ちよいと粹《いき》がつて見《み》ただけなのです。男《をとこ》の愚痴《ぐち》を聞《き》くと云《い》ふものは滿更《まんさら》いやなものではありません。他《よそ》の女《をんな》との關係《くわんけい》をすつかり聞《き》くと云《い》ふことにも、おもしろさがあるし、その女《をんな》に捨《す》てられかけてる男《をとこ》が、それを愚痴《ぐち》にして、身悶《みもだ》えてもしたいやうな甘《あま》へた感情《かんじやう》をもつて聞《き》き人《て》に縋《すが》つてゐる樣子《やうす》は、丁度《ちやうど》、おしろいの塗《つ》いてる役者《やくしや》の顔《かた》が、愁嘆《しうたん》で泣《な》き顔《かほ》になつた時《とき》にふと感《かん》じる衝動的《しようどうてき》の哀《あは》れさと同《おな》じやうな感覺《かんかく》を味《あぢ》はふことが出來《でき》て、いゝ心持《こゝろもち》なのです。情事《いろごと》の愚痴《ぐち》を云《い》ふ男《をとこ》に、すつかりとおもひやりをもつたやうな眼《め》を投《な》げて、大事《おとな》しく分《わけ》のわかつた心持《こゝろもち》で聞《き》いて上《あ》げてる意氣《いき》さ加減《かげん》は、自分《じぶん》がお芝居《しばゐ》をしてゐるやうに嬉《うれ》しいものです。

まあ、こんな心持《こゝろもち》で聞《き》いて上《あ》げてゐたのですから、あなたがしみ〴〵と喜《よろこ》んでゐらしつたやうに、私《わたし》はまじめにあなたの仰有《おつしや》るヿを判斷《はんだん》したり解釋《かいしやく》したりしてゐたのではありません。そうしてお話《はなし》を聞《き》いてるうちに、私《わたし》は女《をんな》の方《はう》に同感《どうかん》を起《おこ》して、あなたを捨《す》てやうとしてゐる女《をんな》に無理《むり》がないと迄思《までおも》ひました。

考《かんが》へて御覧《ごらん》なさいまし、あなたと私《わたし》とどれだけのお交際《つきあひ》があるのでせう。ほんの會《くわい》なぞで五六度《ど》しきやお目《め》にかゝつてゐないのぢやありませんか。そんな親《した》しみの薄《うす》い私《わたし》なぞに、どうしてあなたがそんな打《う》ち明《あ》け話《ばなし》をなさらうとお思《おも》ひ立《た》ちになつたのか私《わたし》にはそれからして合點《がてん》がまゐりません。斯《か》う云《い》ふことをあなたと關係《くわんけい》のある其《そ》の女《をんな》のかたがお聞《き》きになつたら、どんなに怒《おこ》るかしれません。あなたは其《そ》の女《をんな》を侮辱《ぶちよく》したことになるのですからね。

女《をんな》が祕《かく》しがくしにしてゐるあなたとの情事《いろごと》を、何《なん》の因縁《いんえん》もなく私《わたし》なぞに打明《うちあ》けたと云《い》ふことを知《し》つたら、その女《をんな》はどんなにあなたに對《たい》して憤《いきどほ》りを持《も》つことでせう。然《さ》う云《い》ふあなたの心《こゝろ》いきからして、私《わたし》には見《み》下《さ》げたものだと思《おも》はれたのですもの。

其《そ》のほかの、女《をんな》に對《たい》するあなたのお考《かんが》へなぞと云《い》ふものも、ずゐぶん得手《えて》勝手《かつて》なもので「こんな男《をとこ》ならいくらでも、玩弄《おもちや》にできるだけ玩弄《おもちや》にして、抛《はを》り出《だ》してやれ。」

と私《わたし》さへ思《おも》つたくらゐですから、其《そ》の女《をんな》は、あなたに對《たい》して始終《しじう》然《さ》うした憤懣《ふんまん》を持《も》つに違《ちが》ひないと思《おも》ひました。

　あなたは大人《おとな》しくありませんよ。力《ちから》もありもしないのに、男《をとこ》と云《い》ふだけの價値《ねうち》もまだ持《も》つてはおいてなさらないのに、その女《をんな》に對《たい》して中々《なか〳〵》男振《をとこぶ》つた考《かんが》へを持《も》つておいてのやうですね、第《だい》一あなたは、その情人《じやうじん》を、

「をんなが、をんなが、」

と云《い》つてゐらしつたが、其《そ》れからして私《わたし》には癪《しやく》にさわりました。男《をとこ》と女《をんな》の異《ちが》ひこそあつても、又《また》色《いろ》の關《くわん》係《けい》ではあつても、女《をんな》の方《はう》があなたよりは名譽《めいよ》のある人《ひと》ではありませんか。地位《ちゐ》を持《も》つた人《ひと》ではありませんか。社會的《しやくわいてき》に云《い》つてもあなたは、その人《ひと》の下《した》にならなけりやならないのぢやありませんか。其《そ》の女《ひと》があなたほどの學識《がくしき》がなくとも、又《また》思想《しさう》が淺《あさ》くとも、兎《と》に角《かく》あなたよりは世間的《せけんてき》に働《はたら》いてゐる婦人《ふじん》です。其《そ》の女《ひと》の名《な》を云《い》つたら、世間《せけん》の人《ひと》は大概《たいがい》知《し》つてゐるかもしれないが、あなたの名《な》などを云《い》つたつて誰《たれ》が知《し》るでせう。そこから云《い》つても、あなたはその女《ひと》に敬意《けいゝ》を持《も》たなくてはならないのに、いゝ男振《をとこぶ》つた顔《かほ》かなにかで、

「をんなが、をんなが、」

と仰有《おつしや》つたのは、餘計《よけい》なことだが私《わたし》の癪《しやく》にさわりました。

　あなたと其《そ》の女《ひと》との關係《くわんけい》が八年《ねん》だか五年《ねん》だか知《し》りませんけれども、その關係《くわんけい》の間《あひだ》、私《わたし》が表面的《へうめんてき》に知《し》つ

たゞけても、其《そ》の女《ひと》は可成《かな》りな働《はたら》きをしておいでゞす。そうしてあなたは、なんにもしてゐない。——一もう少《すこ》し勉強《べんきやう》をしなくつちやいけない。もつと偉《えら》くなつてくれなくちやいけない。」と其《そ》の女《ひと》があなたに對《たい》して云《い》ふと云《い》ふ心持《こゝろもち》も、私《わたし》にはよくわかります。あなたは怠惰者《なまけもの》で、遊惰《いうだ》で、おまけにお酒《さけ》なぞを飲《の》んだりして、女《をんな》にお小使《こづかひ》をせびつて、一向《かう》世間的《せけんてき》に働《はたら》かうとなさらない。其《そ》の女《ひと》はもう餘《よ》つほどあなたに愛想《あいそ》が盡《つ》きてゐるのです。

もつとも、怠惰者《なまけもの》ならなまけもので、それでもいゝでせう。あなたと云《い》ふ人《ひと》が、もつと、奴隷的《どれいてき》な媚《こ》びを保《たも》つてとができて、そうして何《なに》から何《なに》まで、一々《いち〳〵》女《をんな》の云《い》ふのを聞《き》き得《う》る人《ひと》なら、又《また》それだけに女《をんな》の愛《あい》をつゞけ得《う》られるだけの資格《しかく》があるけれども、あなたは然《さ》うでもない。

なか〳〵我意《がい》が強《つよ》くつて、相當《さうたう》に女《をんな》に對《たい》して權利《けんり》を要求《えうきう》してゐらつしやる。それがいけないのです。其《そ》の女《ひと》を、

「をんなが、をんなが。」

と云《い》ふ様《やう》な心持《こゝろもち》をもつてゐらしつては、到底永久《たうていえいきう》に其《そ》の女《ひと》に可愛《かあい》がられることはむづかしいでせう。

あなたに斷《ことわ》りもなしにだまつて、旅行《りよかう》をしてしまつたら、あなたが默《だま》つてゐれば、いつまでも手紙《てがみ》をやらずにおくと云《い》ふ様《やう》なその女《ひと》の態度《たいど》から考《かんが》へても、その女《ひと》はもうあなたを捨《す》てたも同然《どうぜん》です。いくらあなたが、

「私《わたし》たちの戀《こひ》の成立《せいりつ》は、こと〳〵く涙《なみだ》だ。笑《わら》ひや戯談《じようだん》のはいつた戀《こひ》なぞではない。」

とお威張《いば》んなすつても、いやになれば仕方《しかた》がないでせう。捨《す》てると云《い》ふ事《こと》は力《ちから》の強《つよ》いもの丶方《はう》がすることで、捨《す》てられると云《い》ふのは弱《よわ》いもの丶方《はう》が受《う》ける負傷《いたで》です。

あなたは今《いま》、捨《す》てられまいとして、その女《ひと》に獅噛《しが》みつからうとしてゐらつしやるところなのです。女《をんな》の心《こゝろ》が他《ほか》へ外《そ》れがちで、今《いま》までのやうにあなたを濃厚《こつくり》とした相手《あひて》にしない。それがあなたには物足《ものた》りないから、何《ど》うかして、もう一度《ど》女《をんな》の心《こゝろ》を昔《むかし》のやうにして見《み》たい。――あなたが先刻《さつき》云《い》つてゐらしつた事《こと》はそれでしたが、然《さ》うお思《おも》ひつめになるくらゐなら――女《をんな》に對《たい》して執着《しうちやく》を感《かん》じて、どうしてもあなたにはその女《ひと》から離《はな》れられないと云《い》ふのなら、私《わたし》などに、めそ〳〵と相談《さうだん》をなさる暇《ひま》などはないぢやありませんか。

「苦《くる》しくつてたまらないから、誰《たれ》かにこの苦《くる》しさを聞《き》いてもらひたい。」

などとあなたは仰有《おつしや》つたが、そんな卑屈《ひくつ》な話《はなし》があるでせうか。それほど苦《くる》しいなら、どし〳〵直接《ちよくせつ》にその離《はな》れられない人《ひと》に打《ぶ》つ突《つ》かつてゐらつしたらいゝぢやありませんか。あなたの成《な》さることは、すべてが斯《か》う卑怯《ひけふ》なのです。あなたはその女《ひと》を卑怯《ひけふ》だと仰有《おつしや》つたが、それはあなたの態度《たいど》の方《はう》が卑怯《ひけふ》です。

私《わたし》などにそんな話《はなし》をして、どれだけいゝ事《こと》がありましたか。意味《いみ》がありましたか。結局《けつきよく》なんにもなかつたのでせう。あなたは唯廣告《たゞくわうこく》にいらつしたやうなものです。あの女《ひと》とあなたとの間《あひだ》が、決《けつ》して浮氣《うはき》な戯談《じようだん》ごとから初《はじ》まつたのではないと云《い》ふことを吹聴《ふいちやう》にいらしつたのに過《す》ぎなかつたのです。だのにあの女《ひと》の心持《こゝろもち》が外《よそ》にはぐれ勝《が》ちになつてきた。女《をんな》の心《こゝろ》が解《わか》らないと云《い》ひ〳〵、あなたは、飛《と》んでもないことまでおしやべりしてゐらしつた――

そんな事《こと》を、他《よそ》の女《をんな》に聞《き》かせる餘裕《よゆう》があるなら、あなたの今《いま》の問題《もんだい》もそんなに差《さ》し迫《せま》つたものぢやありませんね。

「女《をんな》を殺《ころ》さうとさへ思《おも》つた。」

なんて、おそろしく凄《すご》い文句《もんく》をおつしやつたけれど、そんなに思《おも》ひ詰《つ》めたあなたが、私《わたし》のところへ來《き》て、おしやべりなぞが出來《でき》ますものか。

あなたは、そんな男《をとこ》の意地《いち》を出《だ》すだけが野暮《やは》です。すつばりとあなたから離《はな》れることのできないほどの未練《みれん》があるなら、あなたはすつぱり自分《じぶん》を殺《ころ》して、その女《ひと》の力《ちから》のかげに小《ちい》さくなつてゐらつしやるより仕方《しかた》がない、然《さ》うすれば、その女《ひと》もあなたを可哀想《かあいさう》に思《おも》つて、又愛《またあい》がかへつてこないとも限《かぎ》らないけれども、さもない上《うへ》は、其《そ》の女《ひと》はたゞあなたを煩《うるさ》く思《おも》ふばかりです。

あなたよりは物質的《ぶつしつてき》にも世間的《せけんてき》にも女《をんな》の方《はう》に力《ちから》があるのだから、あなたは何《ど》うしても其《そ》れに屈從《くつじゆう》するより仕方《しかた》がないとおあきらめなさるんですね。だん〳〵女《をんな》があなたに飽《あ》きてきた以上《いじやう》、あなたは捨《す》てられない算段《さんだん》をして、女《をんな》に可哀想《かあいさう》がられる工夫《くふう》をなさるのが何《なに》よりです。あの女《ひと》があなたに對《たい》して、「氣《き》の毒《どく》な人《ひと》だ。」と云《い》つたと、あなたがお云《い》ひてしたが、女《をんな》から氣《き》の毒《どく》がられるやうでは男《をとこ》もおしまいです。せめて、可哀想《かあいさう》がられるやうでなければ――

それだのに、あなたは

「私《わたし》は人《ひと》を追《お》ふことはきらひだ、追《お》はれるならいゝけれども、追《お》ふことはきらひだ。」

など〻濟《す》ましてゐたり、然《さ》うかと思《おも》ふと、

「いつしよになれ。」と云《い》つて女《をんな》に要求《えうきう》したりするのです。いつぱし、あなたに取つては女《をんな》を然《さ》うするだけの權利《けんり》がありでもするやうに。だからあの女《ひと》は猶《なほ》さらあなたをいやに思《おも》ふのでせう。

　あの女《ひと》は獨身《どくしん》で、一本立《いつぽんだち》でやつてゐる人《ひと》だから、あなたといつしよにならうと、あなたと關係《くわんけい》をつゞけてゐやうと、その境遇《きやうぐう》が自由《じいう》だけに、何《ど》うにでも自分《じぶん》の思《おも》ふやうになる筈《はず》です。然《さ》うしないのはあなたが厭《いや》になつたからで、考《かんが》へてもごらんなさい。事業《じげふ》やら交際《かうさい》やらで今日《こんにち》を多忙《たばう》でゐるあの女《ひと》が、あなたのやうな怠惰者《なまけもの》を引《ひ》き受《う》けて、そうして二人《ふたり》の生活《せいくわつ》を自分《じぶん》の手《て》一とつで支《さゝ》へてゆくなど〻云《い》ふやうなそんな馬鹿《ばか》々〳〵しいことができるか何《ど》うか……それは、あなたと戀《こひ》の最初《さいしよ》の何年《なんねん》か前《まへ》でゞもあるなら、然《さ》うした打算的《ださんてき》な感情《かんじやう》なぞは微塵《みぢん》もおこらなかつたかもしれないけれども、今《いま》では、あの女《ひと》には色《いろ》のさめた戀《こひ》よりも、やりかけた世間的《せけんてき》の事業《しごと》の方《はう》が大切《たいせつ》に違《ちが》ひないぢやありませんか。今更《いまさら》、働《はたら》きもない、力《ちから》もない、技倆《うで》もない、唯《たゞ》うそ〳〵としてゐる子供《こども》のやうなあなたなど〻いつしよになつて、つまらなく自分《じぶん》の價値《ねうち》を世間《せけん》からおとしめられるよりは、獨身《どくしん》で、一本立《いつぽんだち》で、可愛《かあい》がるものは蔭《かげ》で可愛《かあい》がつて、表面《へうめん》は一人《ひとり》で働《はたら》いてゐた方《はう》が、どんなに理想《りさう》だかしれやしません。又《また》あなたにしても、そんな事《こと》をあの女《ひと》に要求《えうきう》するのは、あなたの心《こゝろ》が見《み》え透《す》いてみつともない。まさか、あの女《ひと》に一生《しやう》養《やしな》つてもらはうと思《おも》つて、あの女《ひと》に執着《しうちやく》してゐる譯《わけ》ぢやないでせうけれど、今《いま》のあなたの境遇《きやうぐう》を考《かんが》へると、まあ、ちよいと、そんな事《こと》が云《い》つて見《み》たくなりますからね。

「男《をとこ》を養《やしな》ふつて、いゝもんですよ。」

私《わたし》もあなたに斯《か》う云《い》つたけれども、女《をんな》の心《こゝろ》を脆《もろ》く惹《ひ》き付《つ》けるとを知《し》つてゐなくちや、男《をとこ》は女《をんな》に養《やしな》はせるとは出來《でき》ませんよ。あれも男《をとこ》の一つの技術《ぎじゆつ》ですもの。あなたは、習《なら》つてもそんな技術《ぎじゆつ》は會得《ゑとく》の出來《でき》ない質《たち》ですから駄目《だめ》です、然《さ》うかと云《い》つて、あなたは逆《ぎやく》に女《をんな》を脅迫《けふはく》するとも出來《でき》ない男《をとこ》なんですからね。

もつとも、そんな人《ひと》だからこそ、他人《たにん》の私《わたし》なぞのところへ來《き》て、女《をんな》の心《こゝろ》がわからないと云《い》つて泣《な》き言《ごと》をおつしやるんでせうけれど、あなたのやうな男《をとこ》には私《わたし》は同情《どうじやう》がおこらないんです。それでも、私《わたし》はあなたをお氣《き》の毒《どく》だと思《おも》つて、とう／＼あの女《ひと》はあなたを捨《す》てるつもりだとまで、云《い》ひ切《き》らなかつたんです。あなたのお話《はなし》を聞《き》いてゐれば、あの女《ひと》がもうあなたを捨《す》てたも同然《どうぜん》だと云《い》ふことが分《わか》るのですよ。

「をんなの心《こゝろ》がわからない。あのをんなは戀《こひ》なんぞの出來《でき》ないをんなだ。」

こんな事《こと》を云《い》つて、方々《はう／＼》廻《まは》つてお歩《ある》きになるひまに、だまつて、靜《しづか》に、あの女《ひと》から離《はな》れて、あなた御《ご》自身《じしん》の御勉强《ごべんきやう》でもなさいまし、一年《ねん》でも二年《ねん》でも、十年《ねん》でも、あの女《ひと》の心《こゝろ》が自然《しぜん》ともう一度《ど》あなたの上《うへ》によみがへつてくるまで、あなたはぢつとして、遠《とほ》くにはなれて、あの女《ひと》の傍《そば》へよらずにあの女《ひと》のことを思《おも》つてごらんなさいまし、そのくらゐの深《ふか》い心持《こゝろもち》で、あの女《ひと》の傍《そば》をはなれられたなら、あの女《ひと》は直《す》ぐ、三日《みつか》と日《ひ》をおかずにあなたから新《あた》らしい戀《こひ》を感《かん》じるにちがひありません。もしあなたの女《をんな》に對《たい》する愛《あい》がそこまで男《をとこ》らしく徹底《ていてい》したなら。——

然《しか》し、そんな美《うつく》しい純《じゆん》な愛《あい》があなたのお心《こゝろ》のうちに爪垢《つめあか》ほどでもあつたらふしぎです。それが出來《でき》るやうな頼母《たのも》しいあなたなら、私《わたし》なぞのところへ來《き》て、おしやべりを成《な》さるやうな淺薄《あさはか》なこともしないでせうからね。そんな男《をとこ》らしい態度《たいど》をとると云《い》ふことは、あなたの夢《ゆめ》にもごぞんじないことでせう。それも出來《でき》ず女《をんな》のおもちやにも成《な》りきれず、それてゐて、女《をんな》には執着《しうちやく》があつて其《そ》の女《をんな》の弱《よわ》い力《ちから》には甘《あま》へてゐたいと云《い》ふやうなそんな蟲《むし》の好《い》いことを考《かんが》へてゐらつしやるあなたは、何《ど》うしたつて女《をんな》には飽《あ》きられるのが落《お》ちですね。をかしかつたのは、

「少《すこ》し技巧的《ぎこうてき》にもつていつたらいゝでせう。」と私《わたし》が申《まを》したら、あなたは

「一度《ど》操縦《さうじゆう》しやうとしてしくぢつちまつた。」

と云《い》つて笑《わら》つておいでゞしたが、其《そ》の操縦《さうじゆう》しやうとした場合《ばあひ》は、どんな場合《ばあひ》だつたか私《わたし》にはちよいと想《さう》像《ざう》もつきませんが、女《をんな》に對《たい》して少《すこ》しの技巧《ぎこう》も持《も》ち得《え》ないあなたが、自分《じぶん》より十歳《とう》近《ちか》くも年長《としうへ》の女《をんな》をいつまでも自分《じぶん》の手《て》に引《ひ》きとめておかうと思《おも》ふだけが、、、コケです。その癖《くせ》、

「戀《こひ》をして見《み》たい。こんどこそ僕《ぼく》にとつては眞《しん》の戀《こひ》だ。」

などゝ、小憎《こにく》らしいことを云《い》つておいでゞしたね。

「こんな話《はなし》をしてしまつて、私《わたし》はきつと後悔《こうくわい》する。」

かう云《い》つてお歸《かへ》りでしたが、さぞ、今頃《いまごろ》は御自分《ごじぶん》の淺墓《あさはか》な口《くち》を怨《うら》んでゐらつしやるでせう。

だが御《ご》安心《あんしん》なさいまし、私《わたし》はぢきに聞《き》いたことを忘《わす》れてしまひますから。

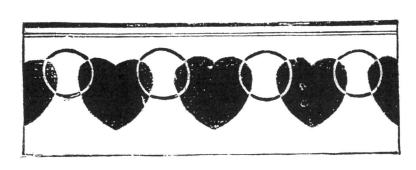

炮烙の刑

田村俊子

一

室内の戸はまだすつかり閉《と》ざされたまゝてゐたが、外はもう晝に近いやうな光線が、戸の隙間《すきま》から障子の紙に漏れてゐた。家のものたちは疾うに起きて働いてゐた。然し何室《どこ》にも物音も話し聲もおこらなかつた。血を見るやうな一と晩ぢうの主人の爭ひに氣も心も消えてゐる女たちは、唾《つ》を呑んで、その昏惑しつゝある無智なこゝろの中に唯己《おの》れを埋めて沈默してゐるやうにひつそりとしてゐた。今日一日の間に、何か恐しい凶事がこの家に起ると云ふ豫表のやうに、家のなかは暗澹とした隈を作つて、どこも陰氣に閉鎖《とざ》されてゐた。外には悲しい風が吹き暴《あ》れてゐた。

混沌と眠りに落ちてゐた龍子は、時々びくりとして目を覺ました。その度に動悸が高まつて、心臟から頭腦へ突き上る血の音が、枕に押附《おしつ》けた耳の鼓膜を破るやうに響いた。

突然、頭の上に押しかぶさつてくる眞つ暗な陰翳を見て、おどろいて覺めた時もあつた。目をつぶると陰翳は消え、目を開くとその陰翳は又かぶさつてきた。さうして、はつきりと目を見開いた時に、陰翳は一層濃くばつと彼の女の顏にかぶさつた。それは自分を覗かうとして近寄せた男の顏であつた。龍子は聲を立てゝ起き返つたが誰れもそこにはゐなかつた。薄暗い部屋の中は陰欝に靜で、四方の障子や襖がぴたりと閉《た》てゝあつた。

今も龍子は何か打ち付けられたやうに思つて、おどろいて覺めた。やつぱり部屋の中は陰欝に靜て何もなかつた。然しその時、隣りの室から起るある微《かすか》な音を彼女は聞きつけた。それは紙に物を書いてるペンの音であつた。ペンの音は龍子の耳に、殺人を犯してからの男の呼吸のやうに、絶望と慘虐と悔恨との響きが打《う》ち縺《もつ》れ／＼して、荒々しく狂的に絶え間なくつゞいてるやうに思はれた。

「慶次が何か書いてゐる。何を書いてゐるのだらう。」

龍子は顏を上げてあたりを見た。ペンの音が猶近《なほちか》く聞こえた。あれは慶次が書いてゐるペンの音だ――龍子はもう一度强く意識して、さうして襖一とつ隔てた彼方で物を書いてゐる慶次の姿をふと考へた時、さつきまでの男の恐しい激怒の形相が直ぐ彼女の頭に映つて、龍子の胸はどき／＼と波を打つた。その鼓動が半身を延ばした彼女の股《もゝ》の肉《にく》から冷めたい膝頭《ひざがしら》をふるはした。

龍子は書いてるものを想像することができた。慶次自身が云つたやうに、女を殺してからあとに殘しておかなければならないものを、彼男は書いてるに違ひない。

斯うしてはゐられないのだと龍子は思つた。自分を殺さうとする彼の男の手から逃れなければならない。逃げなくてはならない。私は逃げる。逃げてやる。逃げおほせられないことはない。逃げてやる。――彼男は決して女を許さないと云つた。女の罪惡を許さないと云つた。自分はあの男から、自分の爲《し》たある一とつの行爲のために、恐しい慘虐な報いを受けなければならないのだ。自分の爲たことのために、――自分の生の破滅！　それは自分の爲《し》たことのために――

龍子の半分眠りにおほはれた頭のなかに、ついさつきまでの激しい二人の爭ひが夢のやうに擴がつてきた。昨夜一と晩ぢうの女のあの暴露の恥ぢ、懲罰的な侮辱――男は女を獸だと罵つた。獸のやうに女を足蹴にした。さうして散々に女を打つた。

「私は何をした？　どんな事をした？」

あの青年を愛すのも、慶次を愛すのも、それは私の意志ではないか。私は決して惡るいことをしてはゐない。私は深く慶次を愛してゐた。私の爲たことが慶次の思ふやうに憎むべき罪惡だとしても、その罪惡の中にたつた一《ひ》とつの眞實があるてはないか。自分がどんな事をしてゐる時でも、誰れよりも慶次を愛してゐたと云ふことは、たゞ一とつの私の眞實であつた。

「あなたを愛してゐる。」

この言葉は自分の心にいつも眞實に生きてゐた。けれども慶次はそれも淫婦の戲言だと云つて罵つた。

「汝はそれを罪惡だと思はないのか。汝のしたことは何《ど》んなことだと思つてゐるのだ。關係したもおんなじだぞ。それを罪惡だと思はないのか。おれの前によく汝はその厝をさらしてゐられるな。なんと云ふ太太《ふとぶと》しい女だ。」

龍子はその言葉を繰り返して、眩くやうにかつとした。血が逆つたやうに、空を見詰めた龍子の目の周圍が眞つ赤になつた。憎んでも憎んでも憎み足りない男に對する憎惡の念がつのつた。

「罪惡ぢやない。決して私はあやまらない。私はあなたに殺される。殺して下さい。殺して下さい。」

斯う罵つて男の怒りの前に身體を抛り付けたあの反抗が、總身の震ふやうな憤激を帶びて龍子の心に兆《きざ》してきた。

なんと云ふ憎い男だらう。彼男は私を殺すのだ。どうしても殺すと云つてゐるのだ。私は何をしたらう。どんな事をしたらう。何故私は男の怒りを受けて殺されなければならないのだらう。誰れも誰れも味ひ知らないやうな恐しい慘虐の手の中に、何故私一人が突つ込まれなければならないのか。どうしてあの男が、慶次が、長い間共棲にゐたあの慶次か、私を殺すと云ふやうな恐しい事をするのであらう。あの男の激怒を私には何うすることもできない。

脊筋に嫉妬と激怒の錨を打ち込まれたやうに、私には其れを何うすることもできない。私は恐しい。私にはそれがどんなに恐しいことだか知れない。私はあれを愛してゐるのではないか。私は僞をつかない。私はほんとうに彼男を愛してゐる。だのに、何故彼男はそんな慘いことを私にしやうとするのであらう。あの爲に、私が他の男を愛した爲《ため》に。その爲に？

然し、私は彼男の怒りが和《やわ》らぐやうに、自分の爲《し》たことを彼男に詫びるやうな事は決してしない。それは厭《いや》だ。私の爲《し》たことは、私の爲《し》たことだ。私は決して其れを罪惡だとは思はない。私は最後まで、私の爲たことは罪惡ではないと云ひ張つて殺されるまでだ。人に殺されて死ぬと云ふ私の宿命なら仕方がない。私は死ぬまで彼男を毒突《どくづ》いゝやる。惡態《あくたい》を吐《つ》く。然うして殺されやう。

私は彼男を愛してゐた。殺されると云ふことはどんなに恐しい事であらう。彼男が私に掴みかゝる時てさへ私はあんなに恐しさに戰える。何故彼男が私を殺すのだらう。何故？　私はこんなに恐しいのに、何故私を殺さうとするのであらう。私は恐い、殺されるのはいやだ。何うして慶次が、あの男が、私を殺さうとするのだらう。私は何をした？　どんな事をした？　私は殺されるのはいやだ。私は彼男を愛してゐた。

慶次が何か云つてゐる。私を見て笑つてゐる。あれはいつもの彼男の笑ひ顏た。何を云つてゐるのだらう。あれは怒つた時の顏でない。いつもの顏だ。おゝ。いつもの顏だ。あなたは怒つた顏をしてはいけない。決して怒つた顏をしてはいけない。其れはどんなに恐しい恐しい顏だか知れない。恐しい恐しい顏だか知れない――

龍子は、又物に脅かされて目が覺めた。覺めた瞬間の意識が、直ぐ鋭く室内の周圍の物音に向けられたけれども、何の音もなかつた。ペンの音を聞きながら自分は何か考へてゐたのだがと龍子は思つた。ペンの音は？　と聞き耳を立てたが、ペンの音もやんでゐた。龍子は仰に寢たまゝ息を凝《こ》らして、何か不意におそつてこやうとずる不安な影をぢつと見詰めてゐたが、何の音もおこらなかつた。動悸の音が頭腦から足の爪先まで響いてゐた。その儘で二分ほど經つた時、室《へや》の入り口の踏み板が突然にぎしりと鳴つた。

慶次が立つてゐる——龍子は思はず夜着の上に起き直つたが、その足音は續いて階子段をしづかに下《お》りていつた。彼女は片手て夜着の襟につかまりながら、身を伸ばして、階下へおりて行つてからの慶次の樣子を聞き取らうとした。階下からはそれぎりで何も聞こえてこなかつた。龍子の唇は、冷《つ》めたくいつまでも戰《ふる》えてゐた。

彼女はもう寢てゐてはならないと思つて、手を廻して着物に捲きつけた紐などを解かうとしたが、夜着を剝ねた肩先から、肉の痛みにしみこんでくる惡寒の心地わるさに我慢ができなくてその手をとめながら、床の上に坐つた儘て少時のあいだ凝つとしてゐた。頭が打ち碎かれてゞもあるやうに、血がもや〳〵として、無感覺にづしりと腦が重《おも》かつた。肉が一《ひ》と層《かさ》づゝ層を盛つて腫れあがつてゐるやうに、痛みと麻痺が全身にひろがつてゐた。彼女は突然自分の生活の上に非常な激動の起つたことを思ひながら夜着の赤い色を見つめてゐた。

外《そと》にはげしい風の吹いてるのが龍子の耳にはいつた。龍子は今日は幾日だらうと考へた。しばらく考へてゐたが幾日だかはつきり分らなかつた。

龍子は立上つて、その儘で寢てゐた着物の寢くづれたのを、紐をといて着直した。さうして女を呼んて、そこいらの戶を開けさせた。女は戶を開けてしまつてから龍子の傍に來て、心配さうな顏をして立つてゐた。

「慶次は？」

龍子は小さい聲で女に聞いて見た。

「どつかへお出かけになりました。」

龍子は思ひがけなかつたので、羽織を引つかけやうとしてゐたその手を外《はづ》して、女の顏を見た。然し直ぐにその行く先きが推量された。彼男は兇器を求めて歩いてゐるのではないか――龍子の腦裡に、慶次の殺氣走つた形相があり〳〵と映つた。

「さうだ。彼男が歸つてこないうちに、今の間に此家を出て行かう。」

吹き荒れてる風に、一寸耳を傾けてるやうに見えた龍子の目は、力が漲つて強く光つてゐた。然う決心した刹那に、いきなり眞つ暗な闇の底によろめき入つたやうに、氣が一時に上《のぼ》りながら、ふと意識が暗くなつて考への辨別がつかなくなつたけれども、直ぐにすべてが明瞭になつて、精神がはつきりした。心が明らかになつたと同時に、閃くやうに宏三の面影が浮んだ。彼女の考へが、やゝ長い間宏三の方に向いてゐた。

「どこかお痛いのですか。」

龍子が何かぐづ〳〵してゐるやうに見えて、女が早や足袋などを取り上げながら、斯う云つて聞いた。龍子は湯を沸かしておくやうに云ひ付けて、女を階下《した》へやつてから、急いで室の隅の机の前に行つて手紙を書いた。

私は急にあなたにお別れをしなくてはならないのです。

何も彼も知れました。私があなたを愛したことを慶次はどんなに怒つたでせう。私は恐しい目に逢ひました。その上に彼の人は私に復讐をすると云つてゐます。さうしてあなたにも。

私は今直ぐ此家を出るのです。私は此家を出てから、眞つ直ぐに朝鮮の父のところへ行くつもりです。あなたに一度お目にかゝつて、すつかりお話してから遠くへ行かうかと思つたのですが、私はお目にかゝらずに參ります。いまお別れすれば、もう當分はお目にかゝれまいと思ひます。朝鮮まで行つてからの私は何うなるか分りません。

突然にお別れするやうになつたことを、どうぞ悲しまないでゐらしつて下さい。お目にかゝらずに行つてしまふことを恨まないで下さい。私はいま、あなたに就いて考へることが非常に厭はしいのです。あなたにお目にかゝるのがいやなのです。落着いてから私はあなたにもう一度手紙を書くつもりでをりますが、これぎりで何も彼もお別れにしてしまひ度いと思つてゐます。あなたに差上げる手紙もこれが最後かもしれません、どうぞ何事も悲しまないで下さいまし。さうして、捨てゝ下さいまし。

龍子はそれを封筒に入れて名宛を書いた。華奢な優しい宏三の指先が、ふと龍子の目に見えた。姿《なり》の小《こ》柄《がら》な、光りを鬱陶しさうに見る癖を持つた若い人の美しい眼、彼女に別れてゆく人を振返るやうに、その男の眼を心に描いた。まぼろしの男の眼は龍子の心にこま〲な事を強いやうとしたけれども、龍子は、其れを避けて、その他には何も考へまいとした。

二

龍子は急いで支《し》度《たく》をした。いつ、突然に慶次が眼の前に現はれても、それに對抗のできるやうな不貞腐れた強い意地を張りつめながら、僅なものを撰り出して入れた小鞄の蓋をぴたりと閉ぢた。鏡臺の上の櫻草の花に、過ぎてしまつた平和な日の恨みが殘つてゐた。さうして、彼女の捨てゝ行かうとするその持ち物のいろ／＼な影に、底つめたい破滅の色が動いてゐた。

龍子は出る時に、さつき髮を結ぶ時に見えなかつた飾りピンがそこいらに落ちてはゐないかと思つて、隣りの室を開けて見た。大きいペンは床の間の柱の前に落ちてゐた。それといつしよに、机の上に封書が一通載せてあるのが目に入つた。龍子はピンを拾つて、髮のくづれないやうに其のピンで結髮の中心をとめながら、封書の上書きを眺めた。その宛名は自分であつた。「野代慶子殿」と書いたその字は慶次の手蹟だつた。龍子は不思議に思ひながらその手紙の封を切つた。

何故。お前はあんな事をしたか。何故あんな事をしてくれたか。私は斯う云つて繰り返すより仕方がない。

私にはもう怒る力もない。一時の怒りで私はお前を打擲し罵つたことを後悔する。お前のやうな弱いものに亂暴をしたことを私は自身に恥ぢる。私はそれを許してもらひたいのだ。

お前は自分の爲たことを罪惡でないと云つた。お前自身にとつてはその考へが正當なのかもしれない。然し私はどこまでもあの事を大きな罪惡だと信じてやまない。お前は憎いことをした、お前は私のこの愛にそむいて、天地に憚かるやうな大罪を犯した、それに違いないと私は思ふ。

曉方になつて、私はお前の眠つたことを知つてゐる。私は襖の外に立つて長い間お前の呼吸を聞いてゐた。さうして私はお前を殺しても足りない憎い女だと思つた。お前は他の男の唇に觸れたその唇を私の前に持つて來て、さうして平氣でゐた。凡そこれほどの大きい罪惡があらうか。お前はそれを罪惡ではないと云つた。

然し私は何うすることも出來ぬ。戀愛と云ふ獨立の尊いものに對して、それを破壞した私はやはり罪人であるかもしれない。私はたゞ默してゐるより仕方がない。私はお前に恐しい制裁を加へると云つて誓つたが、私にはお前に對して何も出來ないのである。私はお前を打つたことさへ後悔してゐるのである。私にはお前を何うすることも出來ないのである。私は卑劣な男だ。私は愚な男だ。けれども仕方がない。私にはお前を何うすることも出來ない。

お前は疲れて眠つたが、私は眠らなかつた。さうして私はいろ〳〵に考へた。お前を許さうとも思つた。心から許さうとも思つた。さうして、若しお前が喜んでくれるなら、私はお前と再び新らしい生活を立て直さうかとも思つた。過去は忘れやう。あの事件を忘れやう。さうしてお前にも彼男を忘れてもらはう。私は斯う考へて見た。

自分の行爲を罪惡でないと否定してゐるお前が、その罪を許されると云ふ事はお前にとつて却つて侮辱かもしれない。必らずお前は然う云ふに違ひない。然し私はお前を許さうと思つた。

お前に對する未練の爲に、私は斯う云ふ事を考へたのだ。けれども其れも私には出來ないのである。私のこの嫉妬をどうしたらいゝか。

私はやつぱりお前が憎い。私は到底この嫉妬を忘れることはできない。現在二人の間にお前の眼を見、お前の唇を見ながら、過去を忘れて舊の生活に返ると云ふことは私には苦痛だ。お前の一切はもう私のものではない。

私は恥ぢる。お前が私に向つて自分の行爲を罪惡でないと云ひ張るその大膽さに對しても、私は自分のこの卑劣さを氣恥かしく思ふ。

然し、私にはお前を何うすることもできないのである。

お前は私を愛してゐると云つた。然しお前の愛は二重になつて現はれてゐるではないか。私の愛は嘗てまだ、お前に對して二重の不義の影を見せたことはない筈である。

私はつひに徹底した手段をとることができない。私は何うすればいゝのか。私自身の上に斯う云ふ恐しい事實の起つたことを、私は何かの懲罰として、私自身に天から與へられた慘刑だと觀念して默するより仕方がないのか。

私はたゞ怒りに戰えながらお前の肉體を見つめてゐなければならない。なんと云ふ苦痛だ。その肉を苛み破ることもできずに、私はたゞ見つめてゐなければならない。私には堪へられない。

私はお前に別れやうと思ふ。お前が私に要求したやうに、私はお前に別れやうと思ふ。私は東京を去らう。私は旅に出る。今からあてもない旅に出る。さうしてお前を忘れやうと思ふ。

龍子は靜に手紙を机の上においた。さつきのペンの音はこれを書いてゐたのだと龍子は思つた。身の縮むやうに狂暴にいとはしく聞こえたあのペンの音が、しゆ、しゆ、と襦子を柔らかにこくやうな優しい懷しみを帶びた音になつて彼女の耳に返つてきた。さつきこれを書いてゐたのだ、この手紙を書いてゐたのだと龍子は再び思つた。直ぐ、ぎしりと踏み板の鳴《な》つた音が、其音につゞいて彼女の耳を打つやうに強く響き現はれた。彼の足音が、此家を出てゆく――私に別れてゆく最後の慶次の足音だつたのだと龍子は思つた。

龍子は少し唇を開いて、眼を見張つてゐた。机においた片手から肱へかけて、ふわりとして、力《ちから》がなかつた。顏の中に廣漠とした白いものがひろがつていつた。空のまぼろしてもなかつた。野のまぼろしてもなかつた。たゞ際限のない廣漠とした白いものがひた〳〵とひろがつていつた。龍子は其れを見つめた。行つてしまつた人の後を追ひながら、あてもなく呼び叫んでゐるいら〳〵として自分の聲がそれに反響してゐた。けれども、頭の中の白いまぼろしは閑として沈んでゐた。

龍子の心に、一時に悲しみが突つかけてきた。絶叫したいやうな悲しみが突つかけてきたけれ共、革《かは》のやうなもので心臟を引き絞られてるやうな苦しさが殘つて胸が乾いてゐた。唇も眼も乾いてゐた。口尻から耳朶へかけての筋肉が引き吊るやうに思ひながら彼女は泣くことができなかつた。頰から瞼へかけての肉の纖維がふるえてゐながら涙がのぼつてこなかつた。龍子は夢中に袂を顏にあてゝ机の上に突つ伏した。自分の身を揉《も》んで、揉《も》んで、揉《も》みぬきたいやうな焦《あ》せつた心持に壓しつけられながら、龍子は袂をしつかりと顏にあてゝ突つ伏した。

けれども、龍子は又直ぐに顏を上げた。そうしてあわてゝ立上つた。慶次を戀ひしく思ふこゝろが犇と迫つてきて、彼女はたゞ一と向きに何か思ひつめてゐた。顏が眞ッ赤になつて、血に乾ききつた眼のうちが險しい光りを含んで瞳子が濁つてゐた。

龍子は手紙をふところに入れて、慶次の跡を追ひかけるつもりで階下へおりて行つた。そこで出逢つた女に、慶次の出て行つた時間を聞いて見た。女は丁度その時から一時間ばかり經つと云つた。

「どんな風をして。」

「ふだんの儘て、外套を着て。」

「慶次が何所へ行つたのだか分らないんだよ。」

龍子は然う云つて女の顔を見た。龍子は偶然にこんな言葉が出たあとで、慶次は何所へ行つたのだか分らないと云ふ當惑が、初めてはつきりと彼女の意識に上つて來た。

「何うしやう。何方へ行《い》つたのだらう。もう一時間も經つのではそこいらには居やしないだらうね。」

龍子は轉倒してるやうな震へた眼て、女に相談するやうに聞いた。

「直きに歸つていらつしやるやうな御様子でした。」

「いゝえもう歸つてこない。あの人は歸らないと云つて出て行つたんだから。」

龍子は然う云つて立つた儘考へてゐた。女には解らなかつた。女は落着かない主人の様子を默つて打守つてゐた。

「停車場へ行つて見やう。彼所で聞けば何方へ行つたか分るかもしれない。」

龍子は又女に相談するやうに斯う云つた。慶次が出てからの經過の時間が、まだ一時間ぐらゐだと云ふことが彼女には、また心頼みにもなつてきた。外へ出れば、きつと慶次に出逢へるやうな氣がした。もう一度逢つて、どうしても慶次に云はなければならないことがあると彼女は思ひあせつた。

彼女はさつき自分が捨てゝ行かうとしたこの家の留守を女にしつかりと頼んで、自分がこの儘て當分歸らないやうな事があつても心配をしてはならないと云ひ付けた。さうして少しの金を托《あづ》けて龍子は家を出た。

龍子の家からEの停車場まで十四五町ほどあつた。丘の上は虚空を渦巻くやうに風が吹き立つて、龍子の着物はそつくり下から引き剝がれるやうに向ひ風に煽られた。ぽつりと立つてゐる郊外の家並らびは、寒風に曝されて灰色にから〳〵としてゐた。空の果てから暗く襲ひかゝるやうな不安な天候の中を通して、薄い冷めたい日光が丘の上から下へ叉の影を投げてゐた。

彼女の聽神經は、ぎしりと鳴つた踏み板の音に鋭く刻まれてゐた。龍子は丘をめぐる黑い柵に添ひながら、時々息を切つて駈けた。

三

小さい停車場へはいつて、龍子が少時立つてゐると、奥から改札の男が出てきた。それは龍子の馴染の顏であつた。龍子は微笑しながらその男の傍に寄つて行つた。

この停車場は、單に郊外から東京へ通じる電車の乘り場であつた。改札の男は附近に住むこの人等の顏には馴れてゐても、名前を知らなかつた。龍子が自分の家の名を云つて、一時間ばかり前にその人が此所へ來たか何うかを聞いて見たけれども、改札の男は分らないと云つた。龍子はその樣子などを話て、この改札の男が馴染んだ乘客の顏と符合させやうとしたが、この男には中々思ひ付かなかつた。やつと、半時間ほど前にそれに似た人が上野へ行く切符を切つたと云つたけれども、それも覺束ない返事であつた。

龍子はそれを賴りにして、自分も上野の切符を切つて電車の乘り場へおりた。切符を手袋をはめた片手に握つて、龍子は柱の蔭に立つてゐた。

寒い風が龍子の顏を吹いた。丘の上の立木が根こぎにされるやうに烈しく左右に吹き廻されてゐた。龍子は、その風に動亂する雜木林の死のやうな黑い影を見上げてゐると、厭世的な陰潤した氣持になつて、悲しみが物の底からだん〳〵に解れていつた。涙が瞼をついてあふれた。

龍子は足を動かしながらこの涙を妨《まぎ》らさうとした。後《うしろ》の腰かけに腰をおろしたり、立つたり、歩いたりした。それから又柱の蔭に立つて、自分のいまの狀態を、よく明瞭と考へやうとしたりした。けれども、一切が直ぐ渦になつてその考へを昏くしてしまつた。なんにも分らなかつた。たゞ暗い悲しみがあとから〳〵と彼女をおそつた。彼女は涙の流れるまゝに任せて、顏を仰向けて、雜木林を見上げながら立つてゐた。

十分程て電車が來た。それに乘つたとき、龍子はふとこの電車の中に宏三がゐるやうな氣がした。宏三の住む方面とは恰《まる》で違つた場所だつたにも拘はらず龍子は斯う云ふ事を直覺的に感じて、どきりとした。龍子にはそれがひどく恐しかつた。彼女の入り口に立つた足がわく〳〵した。さうして、その中には入《はい》り得なかつたほど恐怖に閉ざされたけれども、入り口の際《きは》にゐた車内の人の注意が自分に向いたやうな氣がして、彼女はなかに入《はい》つた。一番端に腰をかけて、ショールで半面を埋めながら彼女は車内をそつと見渡した。

なかは隙《す》いてゐた。宏三に似たやうな男も見えなかつた。彼女はそれで安心して、走り出した電車の響きに、あらゆる感覺を揺られながら、感情の外廓だけが何事もない平常に復つたやうな心持で、彼女は恍然とした。戸に遮られて、外の風が聞こえないのは彼女にはよかつた。走り過ぎてゆく窓から見える森や林が、斯うしてゐると風をも受けてゐないやうに見えた。車內の人々の沈默してゐる姿も、靜に彼女の目にはいつた。

然しそれも僅の間であつた。上野まで出てから、何うして慶次の行先を見定めやうと云ふ不安で、そのおちついた氣分は直ぐに破られた。的《あて》もなく探し歩くことはできなかつた。慶次の行つた先きを知る爲に、慶次の懇意な人たちに電報でも打つて見やうかとも思つた。然し、そんな人騷《ひとさわ》がせもできなかつた。なんの爲に慶次が家を出た？——然う云ふ事を人々に聞き探られるのが辛かつた。罪惡だと罵られた自分の行爲が、思ひがけなく自身において世間を狹くしつゝある事を彼女は氣付いて、いやに思つた。

何もかも、二人の間は破れてしまつたのではないか。それは自分が打破つたのではないか。最初思ひ決したやうに、自分は慶次から離れて、いつたん自分のやつた行爲のまゝに、明らかに自分の境涯を導いて行くのがほんとうではないか。何故私はそれを又裏返《うらがへ》さうとするのだらう。慶次にはあの爲に、これから却つていゝ生活が表はれるのかもしれない。私はそれを妨げることはない。慶次の行くまゝに私は行かせておけばいゝのではないか。さうして、私は私だけの生活にはいつてゆく。それで二人の間が終つてしまへばそれでいゝのだ。

「私は何をしてゐるのだらう。」

龍子が斯う思つて自分の心を彈いた刹那に、慶次に對する戀ひしさが、火のやうに燃えた。その戀ひしさがすべてを打消してしまつた。唯、慶次に逢へさへすればいゝと云ふ小供のやうな願ひて、彼女の胸はいつぱいになつた。

さうして、うろ〳〵と慶次を探し歩いてゐる自分の姿を心に描いて、彼女は自然と涙ぐんだ。もしこれぎりで慶次に逢へない運命だつたら何うしやうと思つた。然う思ふと彼女は猶更悲しくなつて、自殺と云ふことを思ひ耽つた。

龍子はほんとうに死ぬやうな氣がした。このまゝて慶次に逢へないなら、自分はきつと生きてゐるに堪へられないに違ひないと思つた。龍子は寂しくて悲くしてたまらなかつた。耳についてゐて離れないい、い、ぎしりとなつた踏み板の音を、彼女はまざ〳〵と繰り返しながら、悲しい思ひを我慢して歯を嚙んでゐた。

上野に着くと、彼女は直ぐ思ひ付いて、大きい停車場へ入《はい》つて行つた。どの汽車かゞ發車する時てあつた。人々がざわ〳〵と待合室から改札の方へ出て行つた。驛夫が「日光行」の出ることを知らせて呼んてゐた。

龍子は唐突に柱の傍に立つて四邊の騒がしさに心を奪はれながら、彼方を向いて押してゆく群集の後を見てゐた。荷物を抱へた赤帽が龍子の腕に突つかゝつて、その横を通つて行つた。

龍子はあの群集の中に慶次がゐるやうな氣がした。傍へ行つて探して見やうと思ひながら、つと前へ出やうとした時に、ふいと、龍子の立つた側面の待合室から出た男があつた。その男は黒木綿に模様を革で張りつけた手提袋を、外套の下から出してゐた。その袋に見覺えがあつた。龍子は思はずはつとして、柱の蔭に身を隠すやうに後へ足を退《ひ》いた。それは慶次であつた。

龍子の胸がどき〳〵と戰えた。血が一時に上つて彼女の顔は赤くなつた。瞬間に目の前の何も彼もが、粉碎《こなぐ》になつて散らばつたやうな氣がした。彼女はしばらく、がらんとした中に一人突つ立つてゐるやうな曝《さらさ》れた氣持でぢつとしてゐたが、思ひきつて半身を出して、もう一度今の場所《ところ》を覗いて見た。慶次はそこにゐなかつた。目で探してゆくと、改札の近くに立つてゐるその後姿が見えた。

彼女は追ひかけるやうに五六歩前へ出たけれども、立止つて慶次の後姿を眺めてゐた。慶次の姿はやがて群集の中にまぎれて見えなくなつた。プラットフオームの上を多くの人がばら〳〵と驅けてゆくのが、光景《こうけい》を追つてゆく龍子の眼にはいつた。

龍子は後悔した。どうして傍《そば》まで近寄つてゆくことができなかつたのか、どうして氣後《きおく》れがしたのか、自分にも分らなかつたけれども、突嗟に思ひ返して、心を急がしながら日光までの切符を買つて、直ぐその後を追つた。何《ど》の車室に慶次がゐるのかそれを知らうとして、龍子は車體の前に躊躇してゐたが、發車を促されて龍子は少しあわてながら、そこから隔つた二等室にはいつた。

四

汽車は直きに動き出した。

龍子の乘つた室は中央にクッションの仕切りのついた狭い室であつた。彼方《あちら》に平常の服裝をした僧侶らしい人が一人乘つてゐた。龍子の前《まへ》に、お召《めし》地の袴をはいた大きな男が外套を着たまゝで仰に寐てゐた。龍子は一尺とはなれない自分の膝の前に寐てゐる男が、唯、むやみと汚《きたな》くてたまらなかつた。龍子は顔を外《そ》らして、成る丈、その仰に寐てゐる唇のあつい男の顔が眼にはいらないやうにしながら、隅の方に自分の身體を厭しつけるやうにして腰をかけてゐた。

慶次はどこまで乘るつもりなのか、龍子には考へがつかなかつた。停車する毎に、慶次の姿に注意しなければならないと龍子は思案して櫛をだして亂れた髪をかいたりした。

汽車は都會を遠くはなれるほど、停車から停車までの時間が長くなつていつた。窓から黄色く荒れた畑が見えた。森の梢が見えた。藪際の窪地に、こぼれるやうにみつしりと花の咲いてゐた白梅の老木があつた。娘が三人ふところ手をしながら眞つ直ぐに田甫道を驅けだして行つたりした。その突き當りに赤い鳥居があつた。

慶次も同じ汽車の窓から、それ等を眺めて行くのだらうと思つた。思ひがけなく慶次が停車場にゐた事が、彼女は今思ふと不思議なよろこびであつた。もう五分おくれたなら彼所《あすこ》では逢へなかつたのだつた。微妙なところに二人の運命の糸がつながれてゐた。二人の約束は永いのかもしれないのだと龍子は考へた。

汽車が震動する度に、慶次の身體もこれと同じ震動を受けてゐるのだと思つたりした。やがて、慶次の前に自分が立つ時の事を思つて、彼女は、初めて嬉しいと云ふ感情を味はつた。もう何日《なんにち》にも、斯う云ふ優しく微動する感情を味はつたことがないやうな氣がした。顔を合はせて一度手を取り合へば、それて塵芥の苦痛も消滅して行くやうな氣がした。すべてはこの剎那の嬉しいと云ふ感情の中に二人の間は溶けていつて了ふやうに思はれた。最初の愛が又形ちづくられる――――龍子は其れを夢みた。

龍子は停車する度《たび》に、窓をあけて下車する人々を眺めた。時がやゝ長く經つていつた。僧侶らしい男は、もう餘程手前《でまへ》で下《お》りてしまつて、寐てゐる男ばかりが殘つてゐた。龍子は下駄を脱いて、クッションの仕《し》切りを此方《こつち》から彼方《あつち》へ飛び越して、彼方側《むかふがは》の腰かけへ行《い》つた。そうしてそこに一人してゐた。昨夜から食をとらずにゐるのだけれども、龍子は何も欲しくなかつた。今日《けふ》の日《ひ》も、もう午後の三時を過ぎてゐた。

汽車が走れば走るほど、龍子の心は平淡になつていつた。大きな河が眠るやうに流れてゐた。影をかさねて、曇つた西の空の果てに淡く見えてゐた山の姿が、だん／＼に濃くなつていつた。山は北の空にも現はれてゐた。龍子はある限りのなつかしさて、その山の姿を眺めた。放膽な山の姿は、龍子の感覺を大きく新らしく伸んびりとさせた。龍子は初めて自由な氣がした。さま／＼の心勞がその心の底から消えていつた。山のこゝろが自分の魂に響きを打つてくるやうであつた。彼女の精神が自然と深く大きく明《ひら》いていつた。

「なんて親しい色をしてるのだらう。」

龍子は然う思つて、空想的な代赭色の山の襞《ひだ》を眺めた。

氣がせい／＼とした。龍子は當分《たうぶん》山を見て暮らしたいと思つた。誰れの顔をも見ずに、たゞ山を見て日を送つて見たいと思つた。さうして其所《そこ》で靜に考へたい。一日でもほんとうの心の生活がして見たいと思つた。
龍子は神經的に、停車すると直ぐ顔を出して、下《お》りてゆく人々を注意した。乘車してからもう三時間ぐらゐは立つやうな氣がしたが、下《お》りてゆく慶次の姿は見えなかつた。日光まで行くつもりなのかと龍子は考へて見た。それとも何所《どこ》かの停車場でその姿を見《み》紛《はぐ》つてしまつたのかもしれない。若し然うだつたら自分はこの儘一人で日光へ行かう。さうして、一人でゐて一人で考へやう。

誰れの顔も見ずに、誰れの感情にも煩はされずに、私は私の事をそこで考へる。——私は一人でよく考へなければならなかつた。私は私の行爲についてよく考へなければならなかつた——。

昨夜から彼女の上に起つた一切が、恥ぢを含んで靜に彼女の腦裡に上つてきた。屈辱が點々として自分の周圍に落ちてゐた

Kと云ふ大きい町の停車場で汽車がとまつた時、龍子は、自分の車室より後方から下《お》りた慶次が、自分の車室の前を通つてゆくのを見た。その姿を認めた時に、この儘で慶次に逢はずに別れて了はうかと云ふ考へがふと浮んできたが、龍子は機械的な動作で扉を押して下へおりてしまつた。さうして、慶次のあとにそつと隨《つ》いて階段を上つていつた。四五人の人の足音に交ぢつて、二人の足音が板の上に呼應するやうに響いたけれど、慶次は振り返らなかつた。龍子はわざと後《おく》れて隨《つ》いていつた。改札口へおりるまでも、龍子はこの傍へ近寄らないやうにして歩いた。切符を渡す時に、慶次は偶然後を振り返つて龍子の姿を見つけた。慶次は驚いた眼をして、龍子の顔を見た。

龍子はつゞいて改札口を出てから、慶次の傍に立つて、だまつてその顏を見つめてゐた。慶次の顏は眞つ蒼だつた。その顏が一日でやつれてゐた。

「何所へいらつしやるのです。」

龍子が徐《しづか》な口のきき方《かた》で斯う聞いた。

「どうして來た。」

「あとから……」

慶次も自分の傍に立つた龍子の顏を見つめてゐたが、だまつて町の方を向いて歩きだした。龍子もそれに並《なら》んで行つた。大通《おほどほ》りの彼方《むかふ》側《がは》に大きな宿屋の建て物が幾棟がつゞいてゐた。その軒に灯《ひ》がついてゐた。皮膚を切るやうな山の風が龍子の顏と足を襲つた。龍子は寒さに身震《みぶる》ひしながら田舍の町の灯をめづらしく眺めたりした。日はまだすつかり暮れてゐなかつた。薄光がいつまでも漂つてるやうに、家根や地上が黄昏の色を彈ね返さうとして夕暮れの明《あか》るさを浮《う》かせてゐた。

慶次はその大通りを右に折れた。慶次はその歩調を非常にゆるくして、ぶら／＼と歩いてゐた。何か考へてゐるやうな考へてゐないやうな眞つ直ぐな顏の向《む》けかたをして、時々、小《ちひ》さく溜息をつきながらこつ／＼と云ふ足音を立てゝ歩いてゐた。道路の幅が狹くなつて、兩側に軒の低い小さな料理屋がずつと並んでゐた。假名で家《や》號《がう》を書いた看板の行燈が、薄赤い灯のいろを包んでその影が往來の地面を匍《は》つてゐた。龍子はその灯の色を追ひながら、默つて歩いてゐた。疲勞が、ぐん／＼とその身體の上に現はれてきた。

料理屋の並んだ一廓がつきると、小さな川が横に流れて、橋がかゝつてゐた。龍子はその橋を渡りながら空を見た。曇つた空に思ひがけなく半月がぽつとにぢんでゐた。

あたりが暗くなつた。灯などの見えない暗《くら》い堺つゞきの町などを長く〳〵通つた。慶次はいつまでも默つて歩いてゐた。龍子に一《ひ》と言《こと》も聲をかけなかつた。龍子は幾度も立止らうとしながら、無暗《むやみ》と引きずられてその後に隨《つ》いていつた。暗《くら》い町が彼女にはたまらなく厭であつた。そこを何町《なんちやう》か曲り〳〵して歩いてきた時に、縁日《えんにち》のやうに賑かに灯の輝いた露店が、行手《ゆくて》の四つ角の一角《いつかく》に見えてきた。闇の空間《くうかん》が明るく灯にぼかされてゐた。

やがて二人はその賑やかな市《いち》の立つてゐる横の通りを突つ切つて、又暗い町にはいつた。慶次は直く足をとめて龍子の方を見た。さうして、嗄枯れた聲で、

「僕は用があつて妹のところへ來たんだ。」

と云つた。

龍子はそれて初めて思ひ出した。此町に慶次の妹が人に嫁付《かたづ》いてゐた――

「然しお前といつしよに今夜は其家へとまる譯にはいかない。お前もいやだらう。」

慶次は然う云つて少し考へてゐた。龍子は暗い地上に目を落してだまつてゐた。慶次の聲が遠くからひゞいてくるやうに思はれた。

「何所《どこ》かそこいらの宿屋へでも行かう。」

慶次は斯う云ひきつて、又、あとへ引つ返した。龍子は其れに伴《つ》いて行つた。

五

停車場の附近まで引つ返して、二人はある旅宿にはいつた。通された室は二階の右の廊下を出つた突き當りであつた。六疊の仕切《しき》りの襖に、墨で描いた四君子の唐紙の繪が一枚づゝ貼つてあつた。龍子はコートもぬがずに、女中の運んできた火鉢の前に坐つて手を翳した。道の途中で紛れた二人がお互に見付け合つたやうな輕い氣持が浮いてゐたが、二人は長い間默つて坐つてゐた。慶次は龍子の顔を見ないやうにして、俯向いて煙草を吸つたりした。電燈の灯が見知らない二人の人を咎めるやうに高い天井の下で空々しく輝いてゐた。

「もう歸らないつもりだつたんですか。」

「うむ。」

こんな簡單な言葉が取り交はされてから、又二人は默つてゐた。龍子はづき／＼と頭が痛みだしてきた。女が入浴をすゝめに來た時、慶次は出て行つた。

室の周圍がひつそりとしてゐた。一とつ二たつ先きの室から、帳面の紙でも次ぎ／＼と返してゆくやうな音が、時々靜に考へ深《ぶ》かさうに聞こえてきた。遠くで樂隊のはやしの音がしてゐた。ぢつと耳を澄ましてゐると、何とも云へぬノロマな樂隊の調子の中から出てくるドウンと響く奴隷の返事のやうな低い音と、ガヤガヤしてゐる雜音の中から特にある一とつの聲の響きだけがいつしよになつて猶高く流れてるやうな群集の訛りの音《おん》とが縺れ合つて、田舍の町の散漫な空氣を搖つてゐた。龍子は今歩いてきた町の様子を眼に浮べてゐた。暗《くら》い灯りが所々にあつた。小さな橋があつた。水の流れが黒かつた。黒い板塀が長く／＼つゞいてゐた。——その中を歩き廻つてゐた自分の姿と慶次の姿とを見つけ出して、龍子は物淋しい氣分にふさがれた。

龍子は慶次のことを考へた。自分を見ておどろいた時の慶次の顏の表情——思ひの外に慶次の顏がやつれてゐた、と龍子はそれを哀れに思つた。慶次に逢つて、一と言物を云ひ交はしたその時から、もう慶次に對する一種の反抗的な感情が極《ご》くかすかに兆し初めてゐたのだけれども、かうしてゐれば矢つ張り、猶一層に男を戀ひしく思つた。離れたくはないと云ふ肉に甘へた感情がひし／＼と迫つていつた。それに、久し振りで慶次と旅の宿に身を休めたと云ふ事で、彼女にある追憶が起つてきた。龍子はその昔の旅のこゝろを繰り返した。

それからもう八年になると龍子は思つた。二人は東京を逃げて、京都の祇園の宿にかくれてゐた事があつた。丁度五月の初めてあつた。丸山の公園に葉の出た遲櫻が咲いてゐた。毎日毎日雨が降つた。龍子は袷を着てゐた。——部屋の二方の白い壁に、洋館に見るやうな窓が二つづゝ切つてあつた。龍子はその窓に肱を突いて、石燈籠に降る靜な雨を眺めてゐると、その肩に慶次の手がかゝつて、いつまでも其の身體を押へつけてゐたりした。その座敷に添つた長四疊の室へ入つて、女中に京都風の髮を結つてもらつたりした。慶次の師匠が傘を持つてたづねて來た時、龍子はその四疊の室にはいつて半日もかくれてゐた。龍子が女中といつしよに雨の中を清水へ參詣などしてきても、慶次はどこへも出ずに寐てばかりゐた。二人は其所《そこ》で、どんな事があつても、きつと一所になると云ふ約束をした。どんな事があつても離れないと云ふ約束をした。

それは二人の過去のおもてに貼りつけられた美しい繪の中の一とつてあつた。この繪ばかりは、時の力に蝕まれもされずに、いつも鮮やかな、緋桃の花のやうな可愛らしい色彩をかゞやかしてゐた。繪の中に描かれた人物は自分と慶次の外にはなかつた。

けれども、繪は繪であつた。繪になつてしまつたのだ。その時の二人の呼吸も、その時の笑つた唇もそれは再び繪の中から生きて脫け出てくる事はできなかつた。

龍子はそれからそれへと繪を追つた、さうしておつと見詰めた。見詰めても、見詰めても、繪は繪のまゝて卷き返されていつた。

「はいつてきたら何《ど》うだ。」

湯から上つて來た慶次が、龍子の顏を見ると斯う云つた。龍子は俯向いたまゝて頭を振つた。

直ぐに食事の繕を女が持つて來た。龍子は今日一日何も口にしなかつた事を思ひ返しながら、箸を取つたけれども口のなかゞぱさ〳〵してゐて味がなかつた。それて自分は好い加減にして、慶次が食を重ねてゆくのを小憎《こにく》い氣持て眺めてゐた。

「食べないのか。」

慶次が中途で龍子に聞いた。

食事が濟むと、二人は小さい火鉢に寄り合つて手をかざした。龍子はやつぱり、づき〳〵と頭が痛んてゐた。それを堪へながら、妹のゐる家は何邊《どこいら》なのか其れを慶次に聞いたりした。慶次は妹の家の様子などを話したり、田舍の町のわびしい光景などを語つたりした。その間々に、ぽつりと糸の切れるやうに話が續かなくなつて、お互に默つて考へ込む時があつた。

それは考へるのではなかつた。二人共昨夜からの激しい心勞と肉體の疲勞とで、まるで病的な睡眠が朦朧とおそつてくるやうな氣がするからであつた。然し龍子はそれが眠りがくるのだとは思へなかつた。時々意識が昏くなつてゆくのを自身に針を刺《さ》すやうにして、精神をはつきりさせやうとした。さうしては慶次のやつれた顏を見た。慶次の默つてゐるのが龍子には苦しくつてたまらなかつた。けれども自分から口を開くことはいやなのであつた。それは、一と言でも物を云へば、あの問題に觸れなければならないと云ふ事が煩はしいからであつた。

慶次は幸福のやうな氣がした。龍子が自分の後々追つてきたと云ふ事が慶次には嬉しかつた。これだけは紛ふべくもない女の眞實のやうな氣がした。もうこれで一切が濟んでしまつたやうにも思はれた。龍子の罪惡も、自分の嫉妬もあの激怒も、一切が過ぎ去つて了つたやうにも思はれた。過去が消えて、新たな愛の結び目が二人の間につながれるやうにも思はれた。

けれども、慶次は何か解決しなければならない事があるやうな氣がした。何か極《き》めておかなければならないものが、あるやうな氣がした。二人の間がこの儘で舊に戻つてはならないやうな氣がした。それさへ極《きま》りがつけば其れてすべては溶け去つてしまふのだと思つた。

其れは、たゞ一と言の女の謝罪の言葉てあつた。それさへ聞くことが出來れば、自分は全くよみかへつたやうな新らしい悦びの中で、女を抱くことができるのだと慶次は思つた。けれども龍子はいつまでも何とも云はなかつた。

「來《く》る時に櫟死者の千人塚があつたね。」

慶次がふいと思ひ出した。

「氣が付かなかつたわ。どこいらに。」

「餘つ程、此方へ來てからだ。」

しばらく、恐しい幻想がお互ひの胸の中で映り合つた。龍子は慶次の顔を見詰めてゐた。

「僕はあれを見た時ぞつとした。」

「どうして。」

慶次はあとを云はずにゐた。さうして、今朝家を出てから、幾度も死なうと思つたほど自分の感情が女々しくなつてゐた事を考へてゐた。

憎むべき女！　慶次は心の中で繰り返した。昨夜のやうな狂暴な感情がふつと動いて、血が沸えた。

「どうして僕のあとを隨《つ》いてきたんだ。どうして同じ汽車に乘《の》つてゐたんだ。」慶次は龍子に聞いた。

「あなたを探しに上野の停車場へ行つたんです。然うしたら丁度あなたが彼所にゐたんです。けれども――」

龍子は斯う云ひかけて、あの時、何《ど》うしても慶次を呼ぶことの出來なかつた氣《き》後《おく》れを、自身に考へて見やうとして、言葉をとめた。慶次はその時、初めて龍子の顔をしみ／＼と見た。龍子の眼は充血して皮膚の荒れたその頰が赤味を帶びてゐた。眉毛がざら／＼と立つてゐた。丁度酒を飲み過ごした後《あと》の血の荒《あ》れが、その薄い皮膚を透《とほ》して醜く現はれてゐるやうに見えた。そこへ男が宿帳を持つてはいつてきた。慶次が何か書いて男の前へ抛り出してやるまで、龍子は彼方を向いて、床の間の梅の幅を見つめてゐた。男が行つてしまふと、龍子は又膝を慶次の方に向けて、その顏をぢつと見た。「あれぎりであなたに逢へなければ私は死なうと思つた。」

　龍子は俯向いて呟ぐやうに然う云つた。その聲がふるえてゐた。

「何故だ。」

「あんまり戀ひしくつて——何うしていゝか分らなかつた。」

　龍子の俯向いてゐた眼から不意に涙が落ちてきた。龍子は半巾を出してそれを拭いた。拭いても、拭いても、涙があふれた。

「あなたは何《ど》うしても別れやうと思つたんですか。家を出てしまつて私を忘れやうと思つたんですか。」

　慶次は返事をしなかつた。。

「あなたには其れが出來るかもしれないが、私は別れるのはいやです。私は何所までもあなたの後を隨《つ》いてゆきます。別れるのはいやです。」

「けれども、お前が僕に要求したことぢやないか。お前は別れやうと云つたぢやないか。お前はどんな事をしたんだ。考へて見ろ。」

「いゝえ私は何うしても別れるのはいやです。駄目なんです。あなたに別れられないんですから。あなたとは別れることが出來ないのです。」

　その聲が涙にふるえて、口惜しさうな息の彈みが絡んでゐた。あとを續けて何か云ひかけやうとしたが、聲が嗚咽でふさがつてしまつて出なかつた。その胸が破れさうに波を打つてゐた。

女の興奮したこの言葉を聞きながら、慶次は腕組みをしてぢつと默つてゐた。

女は惡るい事をしてゐる。自分を捨てゝ他の男を愛した。自分の想像もつかないやうな愛着の甘い言葉で、他の男のこゝろを惹きつけてそして女はよろこんでゐた。それを自分が知つても女は平氣でゐた。自分の爲た事は自分の爲た事だと云つた。其れが面白くないなら別れやうと云つた。

龍子の行爲に對する極端な怒りと憎惡が、いきなり胸を打碎くやうに起つて、その唇がふるえた。

「お前は考へて云つてゐるのか。考へなしに云つてゐるのか。」

「私は考へて云つてるのです。今日私がどんな思ひをしたかあなたには想像もできやしないでせう。私がどんな思ひをしてあなたの後を追つかけて來たか――」

龍子の涙は漸くきれて、その聲がはつきりしてきた。龍子は斯う云つてから、自分の聲が聞き馴れない――他人の聲のやうな氣がして、ふとその聲を呑んだ。さうして慶次の顏を見た。突然、はげしい力て彼女の肉の上にある感覺がおそつてきた。龍子はそれを何うすることも出來なかつた。四肢が釣《つ》れて呼吸が燃えた。龍子は唇を嚙みながらいつまでも慶次の顏を見据へてゐた。

「僕は何うしても別れやうと思つたのだ。これぎりで逢ふまいと思つてゐたのだ――」

「私を殺さうと云つたぢやありませんか。何故然うしないんです。そんな事を思ふなら殺して下さい。殺しちまつて下さい。私はまだその方がいゝ。あなたに殺されるか、もつとそれよりも酷い目に逢はしてもらつた方がいゝ。もうこの上もない慘虐な目に――」

龍子は自分の手を握りしめながら、身體を慶次に突きつけて斯う云ひつゞけた。自分の身體がぢりぢりした。自分の肉全體を燃え上る火の中に抛り込んでもらひ度いやうに肉が苛《い》れた。

「燒き殺して下さい。」

龍子は底强い聲で斯う云つてその身體を慶次に摺りつけた。慶次の身體がその動搖を受けて彼方此方《あちこち》に搖れたけれども慶次は手を出さなかつた。

「僕には分らない。」

「何が分らないのです。分つてゐるぢやありませんか。私にもよく分つてゐる。」

「僕には分らない——僕は歸らないとは云つたが然うぢやなかつた。僕は明日にも、今朝にも引つ返さうかと思つてゐたのだ。何うしてもお前をその儘にしてはおけないやうな氣がした。」

慶次は險しい眼で龍子を見た。然しその口許に蒼い微笑が浮んでゐた。その微笑を受けた龍子の眼が瞬間的に侮蔑の光りを含んでぢろりと動いた。龍子の心がすつと冷めたく明らかになつた。龍子はしばらく口を閉ぢてゐた。

「どんな思ひをしてお前が僕のあとを追つてきたか——家を出てから僕がどれほどの思ひをしたか——お前には比べて考へることが出來るか。」

龍子はその言葉を、男の顏から嚙み味はうとするやうに、嘲笑を帶びた目で見つめてゐた。

「お前はこんな苦痛を僕に與へたのだ。僕はもう何うすることも出來ない。僕は幸福にはなれない。」

憎むべき女だ——慶次は再びそれを心に繰り返した。

「お前は僕の前に來て自分の行爲を悔いてるのか。」

「いゝえ後悔なんかしてません。決して。」龍子は冷めたくから云ひ放つた。身體が斜になつて、少《すこ》し慶次から退《す》さらせた左の肩が上《あ》がつて見えた。

「後悔してゐないのか。然うか。それで凡てがお終ひだ。」

慶次は潰れたやうな聲で云つた。慶次は女の心の底に陰を卷いてゐるその敵意の情を見ることが出來たやうに思つた。この女を何《ど》うすればいゝだらう――慶次は女の髪を掴んだまゝ、ずん／＼と深い底へ落ちて行くやうな重《おも》い陰翳に捉はれながら、指も動かさずにぢつとしてゐた。

「私は今朝父のところへ行つてしまふつもりだつたのです。」

龍子の聲が低く寂びしく響いた。慶次はふとその眼を動かした。

「あなたに殺されるのがこわかつたのです。こわくつて堪らなかつたのです。それで逃げて行かうと思つたのです。その儘で私がもしあなたの跡を追つてこなければあなたは何うするんです。」

「僕は東京へ引つ返してゐたかもしれない。いや引つ返したにきまつてゐる。さうしてお前を探すだらう。」

「さつきKの停車場であなたを見かけた時も、私はあなたに逢ひたくなくなつたのです。その儘歸らうかと思つたのです。けれども矢つ張り尾《つ》いて來たんです。」

龍子は言葉を切つて、考へた。

「この事は後悔さへすればいゝんですか。あなたの前であやまりさへすればいゝ事なんですか。」

「さうしてくれなければ僕はお前は許すことは出來ない。お前の眞實を認めることができない。」

「然うですか。私は許してもらはなくつてもよござんす。私は惡るいことをした女のまんまであなたに復讐してもらひます。」

龍子は笑はうとしたが笑へなかつた。胸が迫つて涙がぢり／＼と湧いてきた。

「あなたにどんな目にでも逢ひせうよ。あなたの好きにして下さい。私の爲た事があなたにそんな苦痛を與へたと云ふことなら、あなたからどんな復讐でも受けませう。好きにして下さい。私は決して後悔してはゐないんです自分の爲た事を。」

龍子は決心したと云ふやうな緊い顔付きをして、その口を結んだ。

心を責める？　あの事が？

龍子は自身の心に聞いて見た。然うだ。確かにあの行爲が私自身の心を責めたに違ひなかつた。自身に責めたと云ふよりは自身に恥ぢたのである。それは、自分が愛の言葉を一方《いつぱう》に送つてゐながら、自分の行爲を二人の男のどちらへも明らかにする事の出來なかつたのを卑怯だと思つて恥ぢたのである。一人に心を惹かれながら一人にも心を殘してゐたと云ふ事は、一人を欺き、一人を弄んだ事になつた。それが私の心を責め通してゐた。私は何方へ對しても惡るいことをしたと思つた。さうして私は自分のいたづらを悩んだ。私は同時に兩方へ噓を吐いた。私は同時に二人の魂に執着して、然うして同時にその魂を踏みにぢつた。私が一方にこの肉を許さなかつたと云ふ事は何の條件にもならない事であつた。

けれども、その行爲を、私が慶次の前に懺悔をしなくてはならないと云ふ事はない。私は決　てそんな事はしない。それは厭てある。あの行爲も、私の男へ對する愛も、みんな私のものである。何の爲に私が慶次へ悔いの心を見せる必要があるのだらう。私はそれほどにしても慶次の心を求めやうとは思はない。私はこの人も愛してゐる——と自身に思つてゐればそれでいゝのである。私は默つてゐればいいのだ。後悔せよと云ふやうな事をこの人から強いられるのは侮蔑だと思ふ。私はいやだ。慶次から何も許してもらはうと思はない。

　龍子の考へがだん〳〵重《おも》たくその心の底に沈んで行つた。家を出る時、あんなにも慶次を戀ひしく思つた事を繰り返して悲しさが迫つた。涙がとめどなく流れた。復讐の爲得るまで、自分は慶次の傍にぢつとして見てゐてやる。どんな復讐でも受けやう。今朝のやうにそれを恐れて男の手から逃げやうと思ふやうな卑怯な事は決してしまい。復讐かくるまで私はぢつとしてゐる。さうして默つて受ける。さうされた方が自分の立ち場が徹底して心持がいゝ。その方がいゝ。——龍子は然う思つた。

　さうして、あしたの朝早く、一人して東京へ歸らうと龍子は決めた。

二人は長い間默つてゐた。風が廊下の雨戸をガタ〳〵ふるはせた。痩せた女が用を聞きに來て直ぐ出て行つた。

「何故あんな事をしたのだ。」

慶次がふつと迸るやうな聲で云つた。龍子は振向かなかつた。この男にもう口を交《き》く用はないと思つたからである。

「可哀想だと思つてくれ。僕を。」

慶次の眼から涙が落ちてゐた。慶次は腕組みをしたまゝて嗚咽した。

六

慶次はまだぐつすり寝てゐた。

龍子は起きて廊下に立つて外を眺めた。向ふに停車場の家根が見えた。その家根の後に山が見えた。空を切つてうねつた山の輪廓が龍子の眼のさきを遮つてゐた。空が鉛のやうに曇つてゐた。龍子は山を見た。それから、山と家根の間から一と筋濃い烟りが少し右にからんで立ち騰つてゐるのをぢつと見た。彼女の心は陰欝であつた。あたりの風物と同じやうに、たゞ暗いものばかりが其の心を取り巻いてゐた。龍子は、また室内にはいつて障子を閉めた。

汽笛と、車の響音が遠く空を貫いて消えていつた。——男か女か分らないやうな小供の聲で、訛りの交ぢつた音《おん》で唱歌をうたつてゐるのが、直ぐ階下から聞こえてきた。周圍の室は昨夜のやうにひつそりしてゐた。

龍子は慶次の方を見ないやうにして、夜着の裾のところに懐手をしたまゝで坐つてゐた。さうして、男の涙を見たあの瞬間からその情が夢のやうにくづれてしまつた事を考へてゐた。龍子は唯胸が閉ぢた。色も彩も消え〳〵になつたやうな寂しさが、打破られた戀のこゝろの上を果敢なく綴つてゐるのを彼女は自身に感じて、其れを靜にながめた。

龍子はそこに然うしてはゐられなくつて、又立つた。立つて後《うしろ》の窓をあけて外《そと》を見た。この旅宿の一劃を廻つて流れる小さなながれが直ぐ目の下にあつた。きれいな水であつた。水がちろ〳〵と震えて流れてゐた。

この水は何故あんなに震えて流れるのかと龍子は思つた。龍子は又空を見た。空はやつぱり鉛のやうに曇つてゐた。それで身體をずつと延《の》ばして、塀の外《そと》の町並みを眺めた。家號を假名で書いた小料理屋の紙行燈が一とつ見えた。こゝの通りは、昨夜慶次と歩いたあの狭い横の通りなのだと龍子は思つた。こゝを眞つ直ぐに行けば小さい橋がある。あの橋の上で、雲ににぢんだ半月を見付けたのだ——寒い風が肌を刺すやうに吹いた。龍子は窓をしめて、又、暗い室内のなかに坐つた。黄色い夜着の縞と、脱ぎ捨てた辨慶のどてらの鼠いろが龍子の眼に、すぐ鬱陶しく映《うつ》つた。

龍子は直ぐ汽車に乘つて東京へ歸りたくなつた。慶次の傍に一時間でもかうして坐つてゐる事が彼女には堪らなくいやな氣がした。それで慶次を起さうとして、そつちへ眼をやつたが、慶次のよく眠つてゐるのを見ると、この儘にしておいて、自分だけ此家《こゝ》を出やうかと云ふ考へがおこつた。龍子は階下《した》におりて行つて、湯殿で髮を結んだり顏を洗つたりした。

「雪が降つてきた。」

「雪だな。」

然う云ふ聲が帳場の方でしてゐた。

二階に上つて來た時に、龍子は廊下に立つて雪を見た。つい今まで何も見えなかつた透徹した空間が灰のやうにこまかい雪で埋まつてゐた。雪は風に飛びながら降つてゐた。

次ぎの汽車が出るまで、まだ二時間も間《あひだ》のある事を階下《した》で聞いたので、龍子はその時間を何《ど》うしてまぎらさうかと考へながら、室内にはいつて衣服を着直したりした。慶次が起き返つて龍子の方を見た。龍子はそれに氣が付いたけれども默つてゐた。慶次は床をはなれて、其れなり廊下の外に出て行つた。自分の何かしやうとする事を、妨げる憎い影のやうな氣がして、龍子はその後を見送つた。

「何うしても歸る。」龍子は然う決《き》めて羽織の紐をむすんだ。

龍子が今から直ぐ東京に歸ると云ふのを聞いて、

「然うした方がいゝ。」と云つた儘慶次は逆らはなかつた。

「あなたは？」

「僕は二三日妹のところにゐやうと思ふ。」慶次は沈んだ聲で低く云つた。

慶次はさつき目が覺めてから、四五日龍子といつしよに旅て日を送りたいと云ふ事を考へてゐた。龍子もきつと其の企てをよろこぶだらうと思つた。旅にゐて心を紛らしたなら、自然自分の嫉妬も薄らぐだらう。龍子も自分の執念に煩はされることがなくつて、お互に暫しでも物忘れをした何事もない日に蘇ることができるに違ひない――慶次は然う思つて、新らしいよろこびに滿ちた眼を開《あ》けた。さうして床をはなれた――

それが思ひがけなく、龍子から東京へ歸ると云ふ事を聞いて、覆るやうに忽ち不快な聯想が起つた。疑惑の黑い雲がその胸にひろがつて、神經が脅かされるやうに戰えた。慶次の腋の下から冷めたい汗が流れた。

慶次は窪んだ眼を伏せて、何か心に編んでゐた。

「ぢや然うなさい。私は家へ歸つて待つてます。」

龍子の聲が、平生のやうに明快に聞こえたのにも慶次は反感が起つた。慶次は返事をしなかつた。

二人は又、繕を並べておそい朝の食事を濟ませた。時刻はもう午《ひる》を過ぎてゐた。女か障子を開け閉てする度に、外の雪が見えた。雪は見《み》る間に降りつのつてゆく樣な氣色を見せた。

「いつたん、他人を戀した女だ。」

慶次は絶えず斯う思ひを繰つた。――

龍子は無言でゐる自分の頭のうちに、ある煩惱が暗い陰を曳きながらそつと匍《は》ひ擴がつてゆくのを感じてゐた。其の暗い陰のうちに、龍子の情緒をそゝる男の聲がひそんでゐた。光《ひか》りを欝陶しさうに見るきれいな男の眼がひそんでゐた。龍子はそれを自身の眼《め》で追《お》ひ除《の》けやうとするやうに、時々空《くう》を見て目叩きをした。龍子の胸は、だん〳〵捨てがたい惱みに埋《うづ》もれていつた。

「この雪に歸るんだね。」

突然、慶次の聲がした。龍子はぼんやりとして「えゝ」と云つた。

「もう一日此處へ宿つて行かないか。」

急いて、女の心に縋らうとするやうに、その聲がおのゝいて聞こえたけれ共、龍子は自分の心で其れを強くはね返《かへ》してゐた。さうして、

「いゝえ歸ります。あなたは後からいらつしやい、二三日宿《とま》るなら宿《とま》つて――」

と慶次の顔を見ないて云つた。

慶次は何も彼も思ひ切つたと云ふやうに立上つて、窓の方へ歩いて行つた。そこを開《あ》けて、降りしきる雪を眺めてゐた。

先刻、龍子がそこを眺めて昨夜の情景を追想したやうに、慶次も軒の低い茶屋の並んだ町を見て、昨夜の事を繰り返した。自分はあの時、女を振り捨てゝ眞つ直ぐに行《い》つてしまふやうなつもりでゐた。自分の後を追つてきた女の顔を見て、意外には思つたけれども、その女には再び物を云はないつもりで、此の町を歩いてゐた。自分は女の顔を見ると直ぐ女を捨てる覺悟をした。

慶次はその時からの自分の心の徑路をもう一度引つ繰り返して辿つて見た。そこには、女の手でぐんぐん引つ張られて行つた未練な自分の姿が殘つてゐた。自分に對しては、肉のほかは何も持たないやうな女の姿が殘つてゐた――

「僕は直ぐ妹のところへ行かう。」

慶次は窓を閉《し》めながら斯う云つた。窓から吹き入つてくる寒い風に、身震ひしてゐた龍子が蒼い顔を上げて慶次を見た。

何となく、これぎりで別れてしまふやうな氣がして、龍子はついと悲しさが迫つたが、それを抑へて微笑した目で慶次が自分の前にくるのを迎へてゐた。笑つた目の影に、微な僞りの皺がたゝまれてゐた。

「お前は直ぐ行くのか。」

「まだ一時間ぐらゐ間《あひだ》があるでせう。」

慶次は女を呼んで、妹の住むA町まで車を頼んだ。慶次はそれぎりで物を云はずにゐた。

「二三日したら、ほんとに歸つていらつしやい。少し遠のいてゐた方がいゝでせうよ二人は・・・あなたもその間に考へて下さい。私も考へるから。龍子がこんな事を云つた。

龍子は慶次からはなれて、しばらく一人でゐたいと云ふ望みがいつぱいなので、却つて其れを都合よく考へた。今慶次とはなれて、一人になつてからの自分の前に、初めてはつきりと處決の姿が横はるやうに思はれた。自分は其れを前にして誰にも煩はされずによく考へることが出來ると思つた。その處決の姿がどつちへ現はれるかは分らなかつた。慶次への別離？　新らしい戀への別れ？　龍子は早く一人になりたいと思つた。この紛亂した感情を打鎮めなくてはならないと思ひつめた。彼女は沈み込んだ姿をして、慶次の前に坐つてゐた。

車が直ぐに來た。慶次は外套を引つかけながら「ぢや。」と龍子に挨拶した。龍子は會釋をしたけれども、無暗《むやみ》に悲しくなつて言葉が出なかつた。自分の面《おもて》に注がれた慶次の眼がちらりと光つて見えた。慶次は室を出て行つた。

七

列車は雪を衝いて走つてゐた。吹雪が見える限りの萬象をどこかへ引つ攫つて行くやうに見えた。森も、山も、原も、木も、吹雪に捲き上げられてはその姿を消していつた。時々河の流れが其の吹雪を破つて、鑛物のやうな結晶した黑い色を點出してゐた。龍子は窓に顏を近寄せて、さかんな雪の姿を順々に見送つていつた。窓の外にこまかい雫が垂れてゐた。

どの停車場でも、人々が雪のかゝつた外套にくるまつて、彼方此方《あちこち》してゐた。吹雪を蹴つてきたと云ふやうな驕つた雄大な様子《やうす》振《ぶ》りて、列車が一々停車場にはいつていつた。さうして又雪を衝いて出てゆく列車の意氣横溢した姿を、停車場の人々は目を上げて一樣に見送つてゐた。誰れの眼も生き〳〵した力に滿ちた光りを漲らしてゐるやうに龍子に見えた。

何かをぢつと見詰めてるやうな眼をして、考へに耽つてゐる龍子は、時々窓に顔を寄せては其れ等の景色に心を奪られてゐた。暖いスチームが彼女の足の爪先から肌に馴れまつはつて、クッションに身を落してゐる彼女の全身の血がぽつとりとしてゐた。この室には龍子の他には誰れもゐなかつた。

龍子は大膽に、ある思ひの中に其の心をすつかりと沈めてゐた。その思ひは、彼女の安らかな心を柔らかに、こわ〳〵に、片端から食《は》んでいつた。輕い微笑が淡く彼女の血潮に動搖を與へてゐた。

「私を捨てないで下さい。どんな事があつても。きつとです。」

斯く云ふ男の聲が若やかに響いた。「其れは誰れの聲であつたらう?　龍子の血が、また柔らかに搖いだ。

「捨てやしません。あなたを捨てる時があつたら、私は自分を捨てゝゐるでせう。」

龍子の耳に、又女の聲が若やかに響いた。其れは誰れの聲であつたらう?

女は鳩《はと》を袂て抱いてゐた。二人の周圍に集つてきた澤山な鳩の中の一羽が、不意に女の胸に飛びついて絡んだのであつた。女はその唐突な鳩の愛におどろきながら、しつかりと抱き縮めて鳩の嘴に接吻をした。

「早く、そのお米を出して頂戴。」

女が鳩をいたはりながら、その小さな頭を撫でながら、男に云つた。

男は硝子の蓋《ふた》をとつて、其の中から米と豆を盛つた小さい土器の皿を取り出して、女の抱いてる鳩の傍に持つていつた。女はそれを受取つて、鳩に食べさせてやつた。男も嬉しさうに覗いてゐた。

「可愛いゝ鳩ですね。」

「然うですね。」

澤山な鳩の群れが、泳ぐやうに二人を取り巻いて、くく、くく、とないてゐた。二人は鳩といつしよに遊んでゐた。その歸り途に男が云つた言葉があれてあつた。女が返事をした言葉があれてあつた。

龍子の思ひ出が、次ぎから次ぎと美しい色を含んだ靄の中に縺れては浮んでいつた。悩み深い男の心が、龍子の心に執拗《しつこ》くまつはつてきた。この頃になつて一層女から離れまいとして、しつかりと纏ひついてきた男の情念が、龍子の胸にいた〳〵しい哀れさを帶びてはつきりと映つてきた。――鬱憂な眼をもつた男の大きな眼が、ふと彼女を覗くやうな氣がして、龍子ははつとした。誰れの眼であつたか、そのまぼろしの眼に覺えがなかつた。龍子の胸がかすかに動悸を打つた。自分はいま、眠つてゐたのではないかと思つた。然う思つて、龍子はいま迄の意識を探るやうに振り向いて見た。血を搖がしたある思ひが、夢でなく、彼女の腦裡に色を濃くして殘つてゐた。彼女はそれと心付いた刹那にたまらなく煩はしい氣がした。然う云ふ思ひに捉はれた自分が欝陶しくいやな氣がした。けれども、然う思ふ傍から男の情念が、しみ〴〵と哀れ深く彼女の心を襲つてきてはなれなかつた。龍子は窓の外を見た。雪が彼女の眼許々掠めて横に吹き過ぎて行つた。

中途から、この室に乘客が增してきた。煙草の煙が匂ひ強く室に流れた。新聞を返す音がひゞいた。太い男の話聲も龍子の耳に賑やかにはいつた。灯りが親しみ深い色を落して室内を照らしてゐた。外はだん〳〵に雪の光りを殘して暮れて行つた。

ふと、龍子の心がぱつと開いて、急にその周圍が華やかになつていつた。自分の身體がいまそつくり自分のものだ。自分の精神がいまそつくり自分のものだ。と云ふ意識が彈くやうに強く起つた。彼女はまるで、この瞬間を何うしていゝか分らないほど、その自由な氣分が嬉しくてたまらなかつた。何を思つてもよかつた。何を爲《し》てもよかつた。誰れを捨てゝもよかつた。誰れにそむいてもよかつた。誰れもの情念に自分の心を煩はされなくてもよかつた。自分を思ふものは、自分を思ふ人の心であつた。欺かれたと思ふものは、欺かれたと思ふ人の心であつた。弄ばれたと思ふものは、弄ばれたと思ふ人の心であつた。——龍子はこれからの自分の生が自分の心のまゝに動いてゆくやうな氣がして、大きく、ひろくその心が昂《あが》つた、

東京もひどい雪であつた。汽車から下りた人たちは、停車場の一角に群集して、てん〳〵に車を求めてゐた。雪の中に屯ろしてゐる車臺は、どれも前幌《まへほろ》を通して蹴込《けこ》みのなかまで雪がいつぱい降り積つて

ゐた。車夫はそれを拂ひ〳〵して人を乘せてゐた。「白金三光町――」「神田の錦町――」然う云つて靑い帽子を冠つた世話人が車夫を呼んでゐた。吹つ込む雪を避けながら乘客たちは難義な姿をうろつかせてゐた。

龍子はつい其所《そこ》の郊外へ行く電車の停車場まで車を求める譯にもいかなかつた。龍子は雪の中をそこまで驅けて行つた。僅の間に、髮も、きものも、足袋も、雪に濡れた。

電車が彼方へ着いてからも、龍子は自家へ行くまでの道を、雪を浴《あ》びながら歩いて行つた。

郊外の道は布のやうに白かつた。步を運ぶ度に駒下駄が着物の裾を咬へてざく〳〵と雪の中に埋まりつゝ行つた。全身に雪がかゝりながら、顏だけに冷めたいものがちら〳〵と降りかゝるのだけが感じられた。彼女の身體は溫かであつた。時々、彼女は空を仰いだり丘から彼方を見渡したりした。雪の光りが何所までも展がつてゐた。こまかに際限なく降りしきつてる雪がその光りを通してぼんやりと見分けることができた。雪の降る下に、雪の積つた家根が薄つすりと浮んでゐた。

龍子はいつまでも、斯うして、ほつつき步いてゐたいやうな氣になつた。駒下駄に力を入れては雪をづかりと踏んで蹴つて步いた。わざと深い呼吸をしては吹きつける雪に反抗した。然し、家へ着く頃には、その自暴な氣分が凝結してしまつて、息が切れて、その儘氣が遠くなつてゆくやうな、何とも云はれないいやな心持になつてゐた。閉《し》まつた門の戶をあけさせて、その入り口の笹の雪がばらりと顏にかかつたのを知りながら、玄關に腰を下した時は、半分氣を失つたやうな脉搏がだん〳〵消え〳〵になつてゆくやうな氣持の中に、ぼつとしてゐた。

濡れたものを一切身體から脫《と》つて、髮をといて龍子は自分の室へはいつた。室には明《あか》りがあか〳〵と點いてゐた。昨日の朝彼女がすべてを捨てゝ出やうとした時と同じ位置に、さま〴〵なものがちやんとして動かずにゐた。鏡臺の上の油の壜も、細い肩《かた》をすぼめてその隅に明《あか》りを受けてゐた。彼女は泣きたいやうにこの室のなかのすべてが可愛いかつた。

「お前たちはなんにも知らないだらうが、私は昨日から今日へかけて、生血を絞り盡すやうないろ〳〵な思ひをしてきた。でも私は又此室へ歸つてきた。」

龍子はこんな事を思ひながら室の中を見廻した。さうして女の拵へてくれた炬燵の中にはいつて寢た。久し振りて自分の友禪の蒲團のなかに包まつたやうな氣がした。自分の肌に馴染んだ夜着の柔らかさが、慰めるやうに彼女の身體にしつくりと纒繞つた。龍子は何も思はずに、明るい電氣の下で安々と眠りに就いた。

餘つ程更《ふ》けた頃に　龍子は枕頭で何か音がしたので目が開いた。それは女が手紙を持つて來たのであつた手紙は宏三からよこしたものだつた。

僕は一時から五時過ぎまでお待ちしました。どうしておいでがないのかと思ひ思ひ、よもやに惹かされて、一時間一時間と待ちくらして、とう〳〵五時過ぎまでお待ちしましたがおいでがありませんてした。何うなすつたのかと思つて氣になつてをります。御病氣てはないでせうか。直ぐに御返事をお聞かせ下さい。さもなければ明日、もう一度彼の停車場でお待ちします。いらつしやれるなら、いらしつて下さい。僕は待つてゐます。

然う書いてあつた。

今日はその日であつた。今日よく晴れてゐたら郊外を散歩する約束をしたのであつたと、龍子は思ひ出したが、手紙はそこに投げ出しておいたまゝて、又直ぐ眠つてしまつた。

八

翌朝龍子は割合に早く目が覺めた。外は晴れて、日光が雪の上に輝いてゐた。雨垂れが騒々しく家の周圍に音を起してゐた。

龍子は身體に熱があつたけれ共床を出て窓から青い空を見た。青い空はすつかり自身の口から吐き盡してしまつた白いものを、遙に見下して笑つてゐた。その面にいつぱいに光りがあふれてゐた。龍子はその光りを眩ゆく思ひながら、鏡の前に行つて自分の顔を映して見た。昨日も一昨日も、鏡に顔を映した時はあつたけれども、しみ〴〵と自身の顔をよくは見ないやうな氣がした。その顔は慶次のやうにやつれてはゐなかつた。眼に暗い影はあつたが、頰の肉も腮の肉も豐つくりと附いてゐた。血の色もきれいであつた。龍子は自分の手でその頰から腮の肉を撫でゝ見た。

しばらく龍子は明るい光線の射してゐる坐敷の中を、寢衣のまゝで彼方此方と歩き廻つてゐた。ふと昨夜の宏三の手紙が目に入ると、それを取り上げて又讀んで見た。昨夜は何とも思はなかつた事が、今朝はひどく氣の毒に思ひ返された。雪の降る寒い停車場に、四時間も五時間も待ちつくしてゐた宏三の姿が、彼女の眼にあり〳〵と映つた。

龍子は打つ捨つてはおけないやうな氣がした。今日も、きつと又《また》自分を待つてゐるのかもしれない。

自分はそれを何うにかしなければならないと龍子は思つた。けれども然う思ふ傍《そば》から龍子の心にある殘忍な意地の惡るい捨鉢な微笑が、忍びやかに浮んできた。

打つ捨つておけと彼女は思つたのであつた。彼女はこの手紙の一句一句から人の思ひを辿るのも面倒くさく、煩さく、自烈度かつた。

「何うでもいゝ。何うでもいゝ。」

と龍子は胸の底で叫びつゞけた。これに就いて考へることは、丁度、露出した肉の上に物がひつたりと附着してくるやうな感じをさせた。

龍子は官覺的にその手紙を揉み苦茶にして端からぎり／＼と嚙んでいつた。さうして、自分の仕出來《してか》したことが、仕出來《してか》されたまゝで横はつてゐるのを、自分で嘲笑しながら冷めたく眺めた。龍子はそこいらを開《あ》け放しておいて、再び床のなかに入《はい》つた。明るい光線が、粉《こ》を振りかけるやうに彼女の眼の周圍に注ぎ入《はい》つてきた。

龍子はうつとりと直ぐ眠つた。さうしてまざ／＼とした夢に入つていつた。それは全く夢とは思はれないほど明《あか》るく幻の姿が動いてゐた。

龍子は脊の高い檜葉垣に添つてある路次をはいつて行つた。自分は入新井の宏三の家へ行くつもりで歩いてゐるのであつた。新築の家が五六軒、東に向き北に向きして一と纒めに建つてゐるその一廓も、突き當りの格子戸の宏三の家も、事實の通りにその夢の上に現はれていつた。龍子は格子の前から裏に廻つて井戸端の方を見た。その井戸端に明るい日が射してゐた。そこで宏三の母親が洗濯をしてゐた。

龍子が聲をかけると母親は自分の前に來てとうしたのかさめ〴〵と泣いた。

龍子も悲しくなつてしばらく泣いてゐたが、自分は何時《いつ》の間にか宏三の部屋に入《はい》つて、宏三と向ひ合つてゐた。宏三が頻りに立つたり坐つたりしてゐた。その素足《すあし》があり〳〵と龍子の眼に映つた。

龍子はひどく又泣いた。聲を上げて泣いた。

「あのお母あさんを見ると私はいつても斯う悲しいんてす。ほんとに何時《いつ》見てもいゝお母あさんね。」

龍子は斯う云つたやうな心持て、いつまでも泣いた。さうして少しも泣いてゐない宏三が龍子には憎かつた。二人はその母親の事で何か云ひ爭ひをした。それは慶次の母親だと宏三が云つた。けれども、龍子には宏三の母親としきや思はれなかつた。その顔も宏三の母親とおんなじ顔てあつた。たいへんに暗《くら》い隅の隅の方に、その母親の坐つてゐる影が見えた。龍子は其所へ行かうとして立つたが、ちつとも歩けなかつた。龍子は「お母あさん。お母あさん。」と呼んだけれども、その母親はだまつてゐた。宏三は其の母親の傍に行つて何か話してゐた。

龍子は宏三がその母親と二人だけて話しいゐるのが口惜しい氣がした。それて自分が何か云はうとすると宏三がいつの間《ま》にか自分の傍にゐて、自分の手を取らうとしてゐた。龍子はそれを頻りに拒まうとしてゐると、母親の顔と姿が直ぐ目の前に大きく出《で》てゐたので、龍子は嬉しさに我れ知らず聲を立てながらその母親に縋らうとした、龍子の夢はそこで破れた。

何うしてあの母親を夢に見たのか龍子には分らなかつた。龍子は明るい坐敷の中を目を上げて見た。そこに夢て見た母親の姿がはつきりと坐つてゐるやうに思はれて、なつかしいやうな氣味の惡るいやうな思ひをした。

その時から龍子の身體に一層熱が加はつて、龍子は直ぐにうと〳〵したが、午《ひる》を過ぎた頃に龍子は客が來たと云つて起された。來た人は宏三であつた。龍子は床を出て宏三に逢つた。

階下《した》の坐敷に待つてゐた宏三の顏は蒼白かつた。宏三は何か急《せ》いてゐるやうな表情をして落着かない眼の配《くば》りかたをしてゐた。龍子の顏を見ると淋しく笑つて會釋した。宏三はマントを着たまゝで坐つてゐた。

「私は昨夜一と晩も寢なかつたのです。」

宏三は震えを帶びた聲で然う云つた。龍子は着物を曳《ひ》き摺《ず》つたまゝで、其の前にしばらく立つてゐた。

「どうしました。」

龍子は別な事を云つてゐるやうな心持で宏三の顏を見た。急に悲しさが漲つてきたと云ふやうな顏をして、宏三は下をぢつて見詰めて物を云はずにゐた。

その表情が龍子の眼に映つた。この人は何をそんなに悲がつてゐるのだらうと思つた。夢で見た宏三の顏が彼女の頭に浮んできた。龍子はやつぱり、ぼんやりと立つた儘で宏三の顏を見てゐた。

「上がつては惡るいと思つたんですが、我慢ができなかつたんです。——何うして昨日おいてにならなかつたんです。今日《けふ》も。」

宏三は言葉を切つて龍子を見上げた。病氣らしいやうなその容態《やうす》を見ると、又急にそれが氣になつた。

「どこかお惡るいんですか。」

「えゝ、少《すこ》し。」

龍子は宏三の前に坐《すは》ることができなかつた。その前に坐《すは》つてしまへば、自然と定まるものがあるやうな氣がした。それで何時《いつ》までも立つてゐたが、今度は座敷の中を着物を曳《ひ》き摺《ず》つたまゝで歩き動いてゐた。

「手紙でも下さればこんなに心配はしないのに。」

宏三はその姿を見守りながら呟いてゐた。さうして、直ぐに立つて歸らうとした。

「歸るんですか。」

「えゝ。これで安心しましたから。どんなに心配したか知れないんです。ほんとに御病氣なら大切になすつて下さい。」

宏三は龍子が自分の前に來《く》るのを立つた儘で待つてゐたが、龍子は遠くにゐて何も云はずに宏三の顏を眺めてゐた。

「急に上がつたりして勘忍して下さい。ね。」

宏三は、自分の突然の訪問を龍子が氣に障《さ》へてゐるのだと思つた。それを許して貰はうとして甘えるやうに斯う云つた。

「惡るかつたでせう。」

「いゝえ。」

龍子は頭を振つたまゝ遠くに立つてゐて動かなかつた。

「ぢや歸ります。」

宏三はひどく殘り惜しさうな顏をして室を出やうとした。と、急に、

「お待ちなさい。そこまで送つて行くから。」

と龍子が大きな聲で云つた。龍子はその儘二階に上つて行つた。

龍子はぢきに支度《したく》をしておりて來た。考へ〱歩いてゐるやうに、一段々々階子をおりてくるその足《あし》取《と》りが鈍かつた。

「加減がわるいのでせう。外へ出てはわるかありませんか。」

宏三が、さも心配だと云ふ思ひをその言葉の調子にこもらしてゐるやうな云ひ方をした。さうして龍子の顏を覗くやうにした。龍子は返事をしないで先きに立つて外に出た。

雪溶けの泥濘道を氣を使つて歩いてゆくので二人は、やゝ長い間默つたまゝて過ぎて行つた。龍子はこの儘何も云はずにゐて停車場まで送つて行かうと考へた。何事も手紙に書いて送つてやればいゝ。然う思ひながら龍子はふと足をとめて、宏三の方を見た。宏三は直ぐにその方へ顏を向けて、龍子の何か云ひ出すのを待つやうな氣色を見せた、その唇が赤く美い色をしてゐた。帽子を脫つてゐたので、長い濃い髮に日光がきら〱と射した。龍子は思はず宏三に向いて笑みを漏らした。宏三は其れに微かな笑ひを返《かへ》した。

が、その笑ひを見た瞬間に、龍子の胸に忽ち暗欝なかげがさつと閉かつた。

「私たちはもうお別れしなくちやならないかもしれない。」

龍子は斯う云つてしまつた。宏三はある豫示を得たやうな閃きを含んだ眼をして龍子を見返つたが、龍子はその先《さ》きを續けなかつた。

二人は、戸をおろした掛茶屋のところを廻つて、丘の上に出た。その柵のところに立つて龍子は西の空を眺めた。空が見える限り晴れ渡つてゐた。雪　反射が目に痛かつた。小料理屋の紙行燈の出てゐた町の空も、晴れてゐるやうに見えた。龍子は一昨日の烈しい風の中をこゝを驅けて行つた自分の姿を振り返つて見て、苦《にが》いやうな痛《いた》いやうな思ひに刺された。

「何かあつたのぢやないんですか。」

宏三が斯う云ひながら龍子の傍に身をよせた。

「これぎりお別れするやうな事があつたら、あなたはいやですか。」

龍子は遠い西の空を見ながら聞き返した。

「えゝいやです。」

宏三がはつきり云つた。

龍子は何も彼も云つてしまはうか何うしやうかと惑《まど》つた。けれども云ふことができなかつた。一昨日からの事を、すつかり話すことはできるにしても、自分が慶次を追つて行つたと云ふ事を宏三に聞かせるのがいやであつた。そこに思ひがけない戀の虚勢のあることを彼女は心恥かしく思つたけれども、何うすることもできなかつた。龍子はやつぱり西の空を眺めながら考へてゐた。

「あなたにお目にかゝることがいやになつたんです。この頃、むやみと。」

龍子はわざと皮肉に云つた。殘忍な、捨鉢《すてばち》な感情がだん／＼に兆《きざ》して來た。龍子は嘲弄的な笑ひを胸の底に忍ばせながら、顏を宏三の方に振り向けなかつた。

「何故そんなことを仰有るの。」

宏三は、其れをほんとうにしない樣な調子で、靜に云つた。いつものやうに、女の手の内に毬のやうに媚びやうとする男のおとなしい感情がそこに現はれてゐた。それが龍子の神經的になつてる氣分にさわつて、逆上するやうにかつとした。龍子は歩きだした。

「停車場まで送つて行きませう。」

「それよりも、今の事を聞かして下さい。何故然う云ふことを仰有るのだか。」

「譯も何もないのです。」

と云つたが、思ひ返して、

「あの人はすつかり知つてるんてす。」

と亂暴な調子で抛り付けるやうに云つた。

「然うてすか。」

突嗟に云つた宏三のその聲に、不安と絕望が交ぢつて響いた。行く道に、日光が柔らかくほんのりと照りつけてゐた。時々、思ひがけないところから雪の雫がばらりと落ちたりした。宏三はその話をすつかり聞かうとしたが、龍子は昨日のことも一昨日のことも口に出さなかつた。

二人の間が破れた――然う云ふ悲しみが、あとから／＼と宏三の胸を突いた。宏三はそれを龍子にも悲しんでもらひたかつた。それをせがむやうに、宏三は龍子の方を強く見た。さうして、その顔の上に少しでも感情の動いた色を認めたいと思つたが、龍子は冷《つめ》めたい――寧《むし》ろ憎々しいやうな硬《かた》い感じのする顔付きていつまでも口を開かなかつた。

「何かおつしやらずにはゐなかつたてせう。野代《のしろ》さんは。」

「え丶云ひました。私は酷《ひど》い目に逢ひました。殺すと云つたのです。」

その言葉から、宏三には二人の争《あらそ》ひが聯想された。何事にもまだ練磨されてゐない宏三の初心な若《わか》い心が、恐しい一撃に逢つたやうに一時に戰えた。「殺す」と云ふ一とつの言葉を、宏三はよく味はうことさへ恐しかつた。然う云ふ恐しい惡魔の手が、自分の爲にこの龍子の上に覆《おほ》ひかゝらうとは宏三には思ひもよらなかつた。

二人は默したまゝで歩いて行つた。さうして停車場にはいつた。龍子は別れやうとした。

「私はいやです、この儘でお別れしては。」

宏三はその手に取《と》り付《つ》くやうにして、龍子をはなすまいとした。

「何うすればいゝのてせう。あなたは何うなさるのです。――今日はお留守なのですか。」

龍子はだまつてゐた。

「ねえ龍子さん。私は覺悟をしてゐるのです。私はもう親も家も思ひはしません。私はあなたの思ふ通りになります。あなたにはなれるのはいやです。」

宏三は彼方を向いて、白い半巾を出して涙を拭いた。其れを袂に入《い》れてまた龍子の方を向き返つた。眼許が赤くなつてゐた。龍子はその眼を見入《みい》つてゐたが、龍子の顏には何の感動の色も出てゐなかつた。

「到底二たつの道を同時にいらつしやる譯には行かない。どつちかを取らなければ——。」

宏三は云ひながら下を見て立つてゐた。龍子は停車場を出て行つて柵のところから方々《はう〲》を眺めてゐた。宏三に對する嫌惡の念が募つて來て、彼女はたまらなくなつたからであつた。何故そんなに宏三が煩《うる》さく厭はしくなつたのか彼女自身にもわからなかつた。

龍子は遠い空に眼も心も放《はな》つてゐた。此處《こゝ》からこの儘に何處《どこ》かへ行つてしまひたかつた。自分の仕出《しで》來《か》した事のなかからすつと逃《のが》れて行きたかつた。それは卑怯でもなんても、逃れてゆくより他《ほか》に道のないやうな氣がした。男の執念深いあの思情《こゝろ》も、誰れが燃やさせたのでもなかつた。それをひきだしたものは龍子であつた。龍子が男の心に絡んでいたづらにひきだした其の戀は、今は何うすることも叶はないやうに燃え立つてきた。龍子はそれをはつきりと、男の心から抉りだしてきたやうに現在の目の前で見た。

然し、「私は惡るいことをした。」斯う自から省みることさへも、もう彼女には煩さくてたまらなかつた。

「煩い。煩い。」

彼女は自分の髮を掻きむしりたいやうに思ひながら柵にしつかりと捉まつてゐた。

「何うすればいゝのでせう。」

宏三の聲が耳近く聞こえた。

宏三は唯斯う云つて龍子に急《せ》いた。二人の間の破れ――それは宏三には堪へられない悲しみであつた。龍子が自分の手に逃《のが》れて來てくれるより他には、宏三にはもう待つこともなかつた。それが唯一とつの願ひであつた。さうしてそれに由《よ》つて、この戀は一層濃く強く實際的に結ばれるのだと思つた。宏三は、龍子が其れを決心しかねてゐるのではないかと思つた。

「何を考へていらつしやるのです。」

龍子はだまつてゐた。時々、後ろを停車場へ行く人が通つた。その足音が、二人の心を外《よそ》へ向けさせて氣を散らさせた。二人は何氣《なにげ》ない顏で空を見たり、前面を見たりした。

「ねえ。何を考へていらつしやるのです。あなたを殺すと云ふなら私も一所に殺されます。私はどうしてもあなたとはなれるのはいやです。そんな事はできません。もう私には。」

龍子の胸の底から突然に涙が催してきた。けれども龍子はそれを唇を噛んで抑へてゐた。

「私はこの儘歸ることは出來ません。」

宏三は然う云つた。

電車が行き違つて通つて行つた。龍子はその儘默つて歸らうかと思ひながら、初めて振り返つて宏三の顏を見た。宏三の顏には龍子の心を惹きつけずにはおかないやうな哀れな悲しみが漂つてゐた。龍子はまた首を垂れて目を外《そ》らした。

日光がよく輝いてゐた。その光りが幸福であつた。

「いつまで斯うしてゐても仕方がないでせう。今日はこれでお別れにしませう。」

龍子が優しく云つた。

「あなたは何うなさるのです。私はそれが心配ですから。」

「なにも心配をなさることはありませんわ。手紙でよく申し上げますから。」

龍子はそれだけ云つた。父のところへ行かうと決心したことが、最もいゝ順路な手段のやうに龍子の心に思ひかへされてゐた。明日にも、今日にも、自分はやつぱりすべてを捨てゝ遠い父のところへ行かうと考へてゐた。龍子の心に情趣を含んだ淡い悲しみが流れていつた。

「ぢや御機嫌よく。」

龍子が然う云つた時に、宏三が、ふと物に驚いた聲を立てた。

「野《の》代《しろ》さんでせう。」

宏三が息をつめるやうにして云つた。龍子は振返つて見た。慶次が昨日の姿のまゝて、駒下駄で泥の道を突つかけながら一二間先きを歩いて行つた。慶次は此方を向きもしなかつた。

「氣が付かなかつたんですか。」

龍子は宏三に聞いた。

「いゝえ。あなたを見て行きました。私の顔も見ました。」

宏三の顏が蒼味を帶びて、その眼が異樣に輝いてゐた。宏三は慶次の後姿から目を放さなかつた。

「ぢやあなたはお歸りなすつた方がよござんす。」

龍子は強いて押付けるやうに宏三に向つて促した。

「野代《のしろ》さんはまた何か仰有るでせうね。」

「かまやしません。」

「私は野代《のしろ》さんにお目にかゝります。」

宏三が決心したやうに力を入《い》れて斯ういつた。

「何《なん》のために。」

龍子は冷めたい眼で靜に宏三の顏を見た。

「あなたはお歸りになつた方がいゝんです。」

龍子は、宏三が次に逢ふと云つたその言葉から、ある潛越の意味の侮辱を感じて、心が不快に昂つた。

「お歸りなさい。心配をすることはありませんから。」

龍子は口だけでなだめるやうに云つた。

「ほんとうに手紙を下さいますか。私は心配ですから。」

龍子は默つてうなづいた。宏三は龍子の手を取つて、何か訴へるやうに龍子の眼に見入《みい》つてゐたが、言葉には出さずに龍子の傍をはなれた。龍子は宏三をその儘にして舊《もと》の道へ引つ返して行つた。

思ひがけなく、慶次が道の角《かど》に立つてゐた。龍子はその顔を見た。殺氣を含んだその眼に打《ぶ》つ衝《つ》かつた時、龍子は其れをぢつと見返しながら、默つて行き過ぎやうとした。

「何をしてゐたんだ。」

慶次が後《うしろ》から聲をかけたが龍子は返事をしなかつた。

「どこへ行くんだ。」

慶次が追ひすがつて龍子の腕を押へた。

「家へ歸るんです。」

龍子は顔を近々とよせて、その慶次の顔をぢつと見た。胸がずん〳〵と彈《はづ》んで、血が荒く潮のやうに身内を動揺するほどその顔を見てゐることが恐しかつた。それをぢつと我慢して、龍子は慶次の顔を睨みつめた。

「お放しなさい。何をするんです。」

龍子はその手から腕を抜《ぬ》かうとしてもがいたが、慶次ははなさなかつた。二人はその儘ずん〳〵歩いて行つた。

「汝が云つた通りに燒き殺してやる。」

慶次はうめくやうに低く云つた。その息が大きく彈《はづ》んでゐた。龍子は默つて引きずられて行つた、恐怖が全身を襲つたけれども、龍子は非常な力でそれを押へつけた。

「どんな目にでも逢ひます。逢はしてごらんなさい。」

自分の人生に然う云ふ奇蹟がおこるのだ――龍子は冷嘲的に然う思ひながら空を見た。靑い空は幸福に輝いてゐた。

（をはり）

双葉記

田村俊子

私《わたくし》の母《はゝ》が二年《ねん》ほど足腰《あしこし》の立《た》たない長《なが》わづらひをした事《こと》があつた。母《はゝ》は小說《せうせつ》が好《す》きなので、その間《あひだ》始終《しじう》貸本《かしほん》を取《と》りよせて、それを女中《ぢよちう》たちに讀《よ》ませて慰《なぐさ》みにしてゐた。それが丁《てう》度《ど》私《わたし》の八才《やつつ》ぐらゐな時《とき》であつた。

私《わたくし》はいつもその本《ほん》を讀《よ》むのをよろこんで聞《き》いてゐた。それは大概《たいがい》黑岩淚香氏《くろいはるゐこうし》の飜譯《ほんやく》もの、探偵小說《たんていせうせつ》だつた。私《わたし》は一所《しよ》になつて、神田夫人《かんだふじん》が何《ど》うだの、横疵《よこきづ》のまあ坊《ぼう》が何《ど》うしたのと云《い》つた事《こと》を覺《おぼ》えてゐる。それは小說《せうせつ》の中《なか》へ出《で》てくる女《をんな》の名前《なまへ》である。十才《さい》十一才《さい》ぐらゐの時《とき》は一人《ひとり》で讀《よ》み散《ち》らした、もう黑岩氏《くろいはし》の探偵小說《たんていせうせつ》なら殆《ほと》んど讀《よ》まないものはない位《くらゐ》に讀《よ》んでゐる。死美人《しびじん》、鐵假面《てつかめん》と云《い》ふのなどはいまだに面白《おもしろ》くつて覺《おぼ》えてゐる。

その次《つ》ぎに最《もつと》も多《おは》く讀《よ》んでゐるのが浪《なみ》六の時代小說《じだいせうせつ》である。（井筒女之助《ゐづゝめのすけ》）とか（誰《た》そや行《あん》燈《どん》）とか云《い》ふものを面白《おもしろ》がつて讀《よ》んだ。その次《つ》ぎに讀《よ》んだのが紅葉《かうえう》さんの小說《せうせつ》である。それは私《わたし》の今《いま》云《い》つた十一二から十三四ぐらゐの間《あひだ》で、私《わたし》が高等女學校《かうとうじよがくかう》へ入學《にふがく》した當時《たうじ》である。私《わたし》は家《うち》にゐると貸本《かしほん》と首引《くびひ》きばかりしてゐた。柳浪《りうらう》の河内屋《かはちや》だの今戸心中《いまどしんぢう》などを讀《よ》んだのもその頃《ころ》であつた。

丁度私《てうどわたし》と同《おな》じ級《きう》に富井《とみゐ》つると云《い》ふ人《ひと》がゐて、この人《ひと》がやつぱり小說好《せうせつず》きの人《ひと》で、その頃《ころ》の一葉女史《えうぢよし》や薄氷女史《うすらひぢよし》のものなどを、よく雜誌《ざつし》で讀《よ》んでゐた人《ひと》であつた。私《わたし》は一向然《かうそ》う云《い》ふものは讀《よ》んでゐなかつた。その人《ひと》が一葉女史《えうぢよし》の小說《せうせつ》の中《なか》から拔《ぬ》いて來《き》た文章《ぶんしよう》を羅列《られつ》しておかしな小說《せうせつ》のやうなものを書《か》いて、それをちやんと綴《と》ぢては私《わたし》に送《おく》つてよこした。そうして(私《わたし》にも何《なに》か書《か》け〳〵と云《い》つたけれども、私《わたし》は富井《とみゐ》さんの文章《ぶんしよう》のうまいのに驚《おどろ》いて(一葉女史《えうぢよし》や何《なに》かの小說《せうせつ》から拔《ぬ》いてくるとは知《し》らなかつたものだから)自分《じぶん》は書《か》けないと思《おも》つて悲觀《ひくわん》してゐた。それでも、學校《がくかう》から歸《かへ》つてくると、罫紙《けいし》に小女小說見《せうぢよせうせつみ》たいなものを書《か》いて、富井《とみゐ》さんに送《おく》つたことがあつた。二人《ふたり》で合作《がつさく》するなどゝ云《い》つて、富井《とみゐ》さんが一回書《くわいか》いてよこした後《あと》を、私《わたし》が又書《またか》いたりしたことがあつた。いつも拗《す》ねたやうな、癇癪《かんしやく》を起《おこ》したり、泣《な》いたり、我《わ》が儘《まゝ》を云《い》つたりする女《をんな》ばかりを、富井《とみゐ》さんと云《い》ふ人《ひと》は書《か》いてゐた、私《わたし》は又《また》、美《うつく》しい女《をんな》の子《こ》と男《をとこ》の子《こ》が仲好《なかよ》くすることを理想《りさう》にして、それぱかり書《か》いてゐた。それが私《わたし》の十三から四までの間《あひだ》であつた。時々《とき〲》机《つくえ》を敎頭《けうとう》に突然《とつぜん》と調《しら》べられて、小說本《せうせつぽん》を取《と》り上《あ》げられた事《こと》などもあつた。

『匂ひ』を書いた頃

田村俊子

『新日本』の創刊《さうかん》三周年記念《きねん》號へ、寄稿《きかう》家《か》の一人として何か書《か》けとのお手紙《てかみ》、今《け》朝ほど拜見《はいけん》いたしました。

考へて見ると、私は『新日本』へ、丁度《ちやうど》二たつ自作《じさく》のものを出してゐます。それに無駄話《むだばなし》のやうなものが二たつです。自作《じさく》の小説《せうせつ》は一とつが「匂ひ」と云ふのです一とつが「山吹の花」と云ふのです。

私は自分《じぶん》の書いたものゝ中で、これはどつちとも私の所有のおもちやの樣に好《す》きな作《さく》なので御座います。理屈《りくつ》をぬきにして、好《す》きな作品《さくひん》なので御座います。人《ひと》が何《なん》と云つても、まるで氣《き》にもとめないやうなくだらないものでも、私には幾度でも讀《よ》んでゐられるやうな味のある氣に入つた作品《さくひん》なので御ざいます。殊に「山吹《やまぶき》の花《はな》」は好《す》きな作なので御座います。

「匂《にほ》ひ」を書《か》いた時は、私がまだ「あきらめ」以後《いご》なんにも書かない頃で、『新日本』のやうな大きな雜誌《ざつし》から創作《さうさく》をお頼《たの》まれしたことが、恐《おそ》しいほど嬉しかつだので御座います。たつた十七枚のものを苦しんで、苦しんで、苦しみぬいて、血《ち》を吐《は》くやうな思ひをして、締切《しめき》りの御催促《さいそく》を地獄《ぢごく》からの使《つか》ひのやうにびく〳〵しながら、一生懸命《しやうけんめい》になつて書いたので御座います。そうしてそれを速達《そくたつ》で出してから、原稿《げんかう》を受取《うけと》つたと云ふお手紙《てがみ》をわざ〳〵頂いた時、私は自分の原稿《げんかう》をひどく大切がられたやうな氣持《きもち》でして、何んなに嬉しかつたか知れないので御座います。それは一咋々年の十一月で御座《ござ》いました。

「山吹《やまぶき》の花《はな》」も苦《くる》しんだのですが「匂ひ」は如何にも私の創作《さうさく》に對する初心《しよしん》さを考へさせて、ほんとうに懷《なつか》しう御座います。あの作品《さくひん》のなかには、作《さく》に對する私の純《じゆん》な血《ち》が流《なが》れてゐるので御座います。

然《さ》う云ふ時期の作の載《の》つてゐる『新日本』と云ふ雜誌《ざつし》は私にとつてやつぱり懷《なつか》しい雜誌《ざつし》で御座います。私は今『新日本』と云ふ雜誌《ざつし》について何か考《かんが》へやうとしながら、あの頃の、作に對する私のあの初《しよ》心《しん》さを永久《えいきう》に失《うし》ひたくないものだと云ふやうな事を考《かんが》へてしまひました。初心《しよしん》の作《さく》の中には、まづくてもなんでも、自分の眞實《しんじつ》の光《ひか》りが含《ふく》まれてゐると思ふと嬉《うれ》しう御座います。

夜道

田村俊子

男《をとこ》が××へ行《ゆ》く道《みち》を角《かど》で聞《きい》てゐる。女《をんな》は一二間《けん》先《さ》きへ來《き》て男《をとこ》を待《ま》つてゐた。

「やつぱり此方《こつち》を曲《まが》るんです。」男《をとこ》の聲《こゑ》が後《うしろ》から聞《き》こえた。女《をんな》は直《す》ぐに引《ひ》つ返《かへ》した。二人《り》は並《なら》んで横町《よこちやう》を曲《まが》つた。肩《かた》と肩《かた》が摺《す》りつくと二人《り》の手《て》がさつきのやうに繋《つな》がつた。

「まあ暗《くら》い。」

女《をんな》の俯向《うつむ》いて呟《つぶや》いた聲《こゑ》が、だるく疲《ひ》勞《らう》を帶《お》びてゐた。

道《みち》は洞穴《ほらあな》のやうに眞《ま》つ暗《くら》であつた。何處《どこ》へ眼《め》を向《む》けても、闇《やみ》が闇《やみ》を押《お》してひた〳〵と眉《まゆ》に迫《せま》つてきた。空《そら》は、星《ほし》が紺青《こんじやう》の奥深《おくふか》く吸《す》ひ込《こ》まれてゐるやうに、光《ひか》りがひそやかに小《ちひ》さくつて、仰向《あふむ》いて見詰《みつ》めるほど高《たか》く見《み》えた。男《をとこ》は寒《さむ》さうな息《いき》を吐《は》いた。

歩《ある》いて行《ゆ》く道《みち》がおそろしく廣《ひろ》くなつたり、狹《せま》くなつたりもした。ふと、軟《やは》らかい土《つち》の中《なか》に輪《わ》が窪《くぼ》みこんでは軋《きし》つく車《くるま》の音《おと》が、きし〳〵と聞こえてきた。灯《ひ》がぽつと、行方《ゆくて》の道《みち》の上《うへ》に射《さ》した。女《をんな》は眼《め》を上《あ》げてそれを見《み》た。車《くるま》といつしよにのた〳〵と動《うご》いてくるものがあつた。

「牛《うし》ですよ。」

男《をとこ》はしばらくして斯《か》う云つた。

「こつちへいらつしやい。」

男《をとこ》は女《をんな》を伴《つ》れて、道《みち》の傍《はた》に荷車《にぐるま》の通《とほ》るのを避《さ》けた。二人《り》の後《うしろ》に扉《さ》の閉《しま》つた冠木門《かぶきもん》があつた。男《をとこ》は女《をんな》を自分《じぶん》の身體《からだ》で庇《かく》まふやうにして立《た》つてゐた。牛《うし》がのた〳〵と通《とほ》つていつた。獸《けもの》の臭《にほ》ひがもした。土《つち》を踏《ふ》んでゆく人《にん》足《そく》の足音《あしおと》が輕《かる》く闇《やみ》に響《ひゞ》いた。明《あか》りがゆら〳〵と尾《を》を曳《ひ》きながら先《さ》きへ〳〵と消《き》えていつた。——

男《をとこ》が行《ゆ》かうとして女《をんな》を促《うなが》したが、女《をんな》は動《うご》かずにゐた。見返《みかへ》つた時《とき》に女《をんな》の手《て》が自分《じぶん》の方《はう》に高《たか》く延《の》ばされてゐるのを男《をとこ》は見《み》た。男《をとこ》は體《からだ》をまげた。女《をんな》の手《て》がその頸《くび》に柔《やはら》かく絡《から》んで、仰向《あふむ》いた顔《かほ》が白《しろ》く男《をとこ》に迫《せま》つた。

暗《くら》い空《そら》

田村俊子

一

榮《さかえ》はいつもより少《すこ》し遅《おく》れて彌生町《やよひちやう》の家《うち》を出《で》た。花見時《はなみどき》なので外《そと》に出《で》ると毎日人《まいにちひと》が煩《うるさ》い。榮《さかえ》はそれを鬱陶《うつたう》しいことにも賑《にぎ》やかなことにも思《おも》ひながら、裏道《うらみち》から裏道《うらみち》を拔《ぬ》けて池《いけ》の端《はた》へ出《で》た。

朝《あさ》の日光《につくわう》が櫻《さくら》の花《はな》の色《いろ》のやうに白々《しろ〴〵》と美《うつく》しく輝《かゞや》いてゐた。プラチナのやうに微動《びどう》する空氣《くうき》が蒸《む》し〳〵する香氣《かうき》を含《ふく》んで榮《さかえ》の濃《こ》い髮《かみ》を取《と》りめぐつた。榮《さかえ》の生際《はえぎは》が温《あたゝ》かくぢり〳〵とした。榮《さかえ》はわざと洋傘《かさ》もさゝずに、その日光《につくわう》に面《おも》てを曝《さ》らしながら、冷《つ》めたい頬《ほゝ》や唇《くちびる》がだん〳〵に紅《べに》の色《いろ》を帯《お》びるほど、和《やは》らかに熱《ほて》つてゆく毛《け》觸《ざは》りのやうな感覺《かんかく》をよろこびながら朝《あさ》の氣輕《きかる》な氣分《きぶん》のまゝで歩《ある》いた。着《き》飾《かざ》つた女《をんな》たちの後姿《うしろすがた》などを見《み》れば、自分《じぶん》の目許《めもと》がはつきりして、鮮明《あざやか》な色彩《しきさい》のなかに自然《しぜん》と心《こゝろ》が蕩《とろ》けてゆくやうに思《おも》はれた。

廣小路《ひろこうぢ》は人《ひと》の雜沓《ざつたふ》で、電車《でんしや》の道《みち》まで突《つ》つ切《き》つてゆくのに骨《ほね》が折《を》れた。山《やま》を見上《みあ》げると眞《ま》つ白《しろ》な花傘《はながさ》を擴《ひろ》げて重《かさ》ねたやうに、櫻《さくら》が高《たか》いところにこんもりと群《むらが》つてゐた。朝日《あさひ》の光線《くわうせん》が一《ひ》とつ一《ぴ》とつの花片《くわへん》に打《ぶ》つ突《つ》かつて、そうして其《そ》の周圍《しうゐ》に小波《さゞなみ》のやうな光《ひか》りを散《ち》らしてゐた。その遥《はる》か下《し》の方《た》を頭《あたま》の黒《くろ》い生物《せいぶつ》がぞろ〳〵と蠢《うご》いてゆく。榮《さかえ》は其《そ》れをしばらく眺《なが》めてから叉足《またあし》を運《はこ》んだ。そこから築地《つきぢ》へ行《ゆ》く電車《でんしや》に乘《の》つた。

電車《でんしや》の中《なか》は隙《す》いてゐた。いつも築地《つきぢ》へ通《かよ》ふ途中《とちう》では、何《なに》かしら書物《しよもつ》を讀《よ》んでゆく癖《くせ》がついて、今朝《けさ》も榮《さかえ》は何《なに》か服紗《ふくさ》に一冊《さつ》包《つゝ》んで持《も》つてきたのだが、それは開《ひら》かないで築地《つきぢ》へ行《い》つてからマダムに別《わか》れの挨拶《あいさつ》する言葉《ことば》などを考《かんが》へてゐた。

「今日《けふ》ぎりで、此方《こちら》へは伺《うかゞ》はないことにしました。」

これだけの簡單《かんたん》な言葉《ことば》で、すべてが

濟《す》んでくれゝば面倒《めんだう》な思《おも》ひをしないでいゝのだが、マダムは決《けつ》してそれだけの言葉《ことば》を聞《き》いて、

「然《さ》うですか。」

と云《い》つて承知《しようち》して呉《く》れさうには思《おも》はれなかつた。何故《なぜ》急《きふ》に今日《けふ》ぎりで自《じ》分《ぶん》の傍《そば》をはなれてゆくのか？マダムはきつと其《そ》れを氣《き》にして自分《じぶん》に聞《き》き質《たゞ》すに違《ちが》ひないと榮は思《おも》つた。普《ふ》通《つう》の、人《ひと》に雇《やと》はれてゐる女《をんな》たちが暇《ひま》を取《と》る時《とき》に見《み》るやうに、結婚《けつこん》をするとか、故郷《くに》へ歸《かへ》るとか云《い》ふやうな、そんな好《い》い加減《かげん》な口實《こうじつ》を榮は口《くち》にするとは厭《いや》であつた。今《いま》まで雇《やと》はれてゐたマダムに對《たい》しては、やつぱり自《じ》分《ぶん》の眞實《ほんたう》の考《かんが》へを打明《うちあ》けて、そうして綺麗《きれい》に別《わか》れてくるより仕方《しかた》がなかつた。けれども、その榮の考《かんが》へと云《い》ふものをあのマダムには理解《りかい》することはむづかしいかも知《し》れなかつた。自分《じぶん》に理解《りかい》のできない言葉《ことば》を信《しん》じるとは猶更《なほさら》できない筈《はず》であつた。幾度《いくたび》考《かんが》へてもつまりは、雇《やと》はれたものと雇主《やとひぬし》との女同士《をんなどうし》の間《あひだ》に有《あ》り勝《が》ちな、讒誣的《ざんぶてき》な猜疑《さいぎ》と誤解《ごかい》とを殘《のこ》して、懷《なつ》かしいマダムに不快《ふくわい》に別《わか》れてくるやうな結果《けつくわ》が想《おも》はれる許《ばか》りであつた。榮はそれが心《こゝろ》にかゝつた。何《ど》うかして、自分《じぶん》の云《い》ふ事《こと》を正面《しやうめん》から受《う》け入《い》れさせて、機嫌《きげん》よく自分《じぶん》を手許《てもと》から放《はな》してくれるやうな方法《はうはふ》はないものかと、榮はそれを頻《しき》りに案《あん》じたけれども、

「私《わたし》は少《すこ》し身《み》にしみて勉強《べんきやう》をしなくちやならないのです。それで今日《けふ》ぎりで、もう此方《こちら》へも出《で》てこないことに爲《し》たいと思《おも》ひます。」

斯《か》う云《い》ふより他《ほか》には、何《なに》も正當《せいたう》らしい言葉《ことば》は見付《みつ》からなかつた。

とんがらかつた感情《かんじやう》に煩《わづら》はされながら、マダムの嚴《きつ》い眼《め》に疑《うたが》ひを持《も》つて見据《みす》ゑられる不快《ふくわい》な氣持《きもち》を想像《さうざう》しながら、榮は富田《とみた》の家《うち》の門《もん》をはいつた。車夫《しやぶ》の池田《いけだ》が柔《やはら》かい褞袍《どてら》に包《くる》まりながら、無精《ぶしやう》らしく箒《はうき》を持《も》つて立《た》つてゐた。塀《へい》の隅《すみ》の彼岸櫻《ひがんざくら》が脆《もろ》い姿《すがた》を小《ちひ》さく屈《かゞ》まして、はらり〳〵と日《ひ》の影《かげ》に花《はな》を散《ち》らしてゐる。池田《いけだ》は其《そ》れを掃《は》きよせた。

「いゝお天氣《てんき》になりましたね」

池田《いけだ》は煙草《たばこ》を啣《くわ》へたまゝの口《くち》で榮に挨拶《あいさつ》した。

暗《くら》い空《そら》

田村俊子

二

マダムが英國《えいこく》から連《つ》れて來《き》たと云《い》ふマスチーフの黒《くろ》い大《おほ》きい犬《いぬ》が、何日《いつ》も供《こ》部屋《べや》の柱《はしら》に繋《つな》がれてゐた。犬《いぬ》は病氣《びやうき》に罹《かゝ》つてゐた。食慾《しよくよく》がすつかり失《な》くなつて、もう一週間《しうかん》ほど何《なに》を與《あた》へても口《くち》にしなかつた。腹部《ふくぶ》ばかりが大《おほ》きく膨《ふく》れて、身體《からだ》の肉《にく》がすつかり落《お》ちて骨《ほね》が出《で》てゐた。「今日《けふ》は病《びやう》院《ゐん》に送《おく》る。」「今日《けふ》は病院《びやうゐん》に送《おく》る。」と云《い》ひながら、マダムが忙《いそが》しいので犬《いぬ》は其儘《そのまゝ》にいつ迄《まで》も抛《はう》つておかれた。犬《いぬ》は耳《みゝ》を垂《た》れて、地面《ちめん》の上《うへ》に匍匐《はらば》ひになつてゐた。榮はその傍《そば》に行《い》つて名《な》を呼《よ》んで見《み》たが、犬《いぬ》は眼脂《めやに》で密着《くつゝ》いた眼《め》をやつと開《あ》いただけで、頭《あたま》も上《あ》げなかつた。榮は中腰《ちうごし》になつて犬《いぬ》の姿《すがた》を見守《みまも》つてから、そこを離《はな》れて格子《かうし》の内《うち》にはいつた。玄關《げんくわん》の三疊に明《あか》るい日射《ひざ》しがいつぱい擴《ひろ》がつてゐた。

どの部屋《へや》を覗《のぞ》いても誰《たれ》もゐなかつた。廊下《らうか》を傳《つた》つて、榮は下女部屋《をんなべや》へ行《い》つて見《み》た。この間味噌汁《みそしる》の鍋《なべ》を覆《くつがへ》して腕《うで》に火傷《やけど》をした下女《をんな》が、障子《しやうじ》を半分《はんぶん》開《あ》けて其處《そこ》に突《つ》つ伏《ぷ》して寢《ね》てゐた。繃帶《ほうたい》を頸《くび》から吊《つ》つた片手《かたて》を胸《むね》に挾《はさ》んで、片手《かたて》で額《ひたひ》を押《おさ》へてゐた。壞《こは》れた髮《かみ》が大《おほ》きな肩《かた》に垂《た》れて塊《かたま》つてゐた。

「何《ど》うです。」

榮は愛想《あいそ》よく下女《をんな》にたづねてやつた。

「痛《いた》くつてね。」

下女《をんな》は然《さ》う云《い》つて突《つ》つ伏《ぷ》してゐた。赤《あか》い細帶《ほそおび》が一本《ぽん》太《ふと》い胴中《どうなか》に括《くゝ》られてゐた。呼吸《こきふ》をする度《たび》に、その胴中《どうなか》から太《ふと》い尻《しり》にかけて波動《はどう》する筋肉《きんにく》が、女《をんな》の引《ひ》つかけてる衣物《きもの》に移《うつ》つて見《み》えた。榮は其處《そこ》から茶《ちや》の間《ま》へ出《で》た。

室《へや》の中《なか》は眞《ま》つ暗《くら》で、絨氈《じうたん》の暗紅色《あんこうしよく》だけが、流《なが》れてゐるやうにちら／＼と底深《そこぶか》く榮の眼《め》に映《うつ》つた。靜寂《ひつそり》と室《へや》の中《なか》の裝飾《さうしよく》が薄暗《うすぐら》く疲勞《ひらう》した色《いろ》のなかに隱《かく》れてゐた。マダムの始終《しじう》使《つか》つてゐるオーデ、コロンの香水《かうすゐ》の匂《にほ》ひが、冷《つめ》たく室《へや》のなかに籠《こも》つてゐた。榮は其《そ》れを嗅《か》ぎしめながら、白《しろ》い覆布《おほひ》をひいて緣側《えんがは》の硝子《ガラス》戸をところ／＼開《ひら》いた。空《そら》の明《あか》りが鏡《かゞみ》に突《つ》きあたつ

て、鏡《かゞみ》の中《なか》で渦《うづ》を巻《ま》いた。室《へや》の中《なか》に急《きふ》に水《みづ》のやうな光《ひか》りが和《やは》らかく浸《ひた》つていつた。

隣家《となり》の高《たか》い建物《たてもの》の陰《かげ》になつて、庭《には》の中《なか》には少《すこ》しも日光《につくわう》が當《あた》らなかつた。深《ふか》い植《う》ゑ込《こ》みの隅々《すみ〴〵》の土《つち》は常《つね》に濕《しめ》つて其所《そこ》から陰森《いんしん》な息《いき》を微《かすか》に吐《つ》いてゐる。樹木《じゆもく》の色《いろ》が殊《こと》にこの庭《には》では暗鬱《あんうつ》に鈍黑《にぶぐろ》く見《み》えた。垣根《かきね》の外《はづ》れに白《しろ》い木蓮《もくれん》が咲《さ》いてゐた。四邊《あたり》が靜《しづか》で何《なに》も動《うご》いてゐるものがなかつた。松《まつ》の葉《は》が拳《こぶし》を作《つく》つてうつとりとしてゐた。

じばらくして二階《かい》で鈴《べる》が鳴《な》つたので榮《さかえ》は上《あが》つて行《い》つた。

「誰《だ》れでせう？」

室内《なか》から櫻子《さくらこ》の聲《こゑ》がした。

「私《わたくし》です。」

「榮《さかえ》さんですか。憚《はゞか》りですが窓《まど》の戸《と》を開《あ》けて下《くだ》さいませんか。」

榮《さかえ》は障子《しやうじ》を開《あ》けて室内《なか》にはいつた。丸行燈《まるあんどう》の中《なか》で電氣《でんき》が小《ちひ》さな光《ひか》りを潜《ひそ》めてゐた。宵《よひ》に燻《た》いた香《かう》の煙《けむり》が、消《き》え〴〵にマダムの寢床《ねどこ》のまはりに殘《のこ》つてゐた。榮《さかえ》が戸《と》を開《あ》け放《はな》つと、マダムの夜着《よぎ》の濃紫《こいむらさき》が色《いろ》の輪廓《りんくわく》を部屋《へや》の中《なか》にぼつと滲染《にじ》みださせた。

「開《あ》けておいて下《くだ》さい。あゝ好《い》い心持《こゝろもち》だ。」

マダムは頭《あたま》を返《かへ》して榮《さかえ》の方《はう》を見《み》ながら欠伸《あくび》をした。夜着《よぎ》の繍《ぬ》ひの糸《いと》が織物《おりもの》のやうに光《ひか》りに輝《かゞや》いて揺《ゆ》れた。枕《まくら》箱《はこ》に美《うつく》しい畫本《ゑほん》の帖《でふ》が重《かさ》なつてゐた。それはマダムが寢《ね》る時《とき》に毎晩《まいばん》眺《なが》めて樂《たの》しむ秘密《ひみつ》な色刷《いろず》りの畫《ゑ》であつた。畫本《ゑほん》の周圍《まはり》に朝《あさ》の光《ひか》りがじら〴〵しく取《と》り籠《こ》めた。

「昨夜《ゆふべ》は苦《くる》しんでね。」

櫻子《さくらこ》は云《い》ひながら、ずつと夜着《よぎ》の襟《ゑり》から顏《かほ》を延《の》ばした。蒼《あを》い顏《かほ》に澁面《じふめん》を作《つく》つて、濃《こ》い眉毛《まゆげ》と眉毛《まゆげ》の間《あひだ》に深《ふか》い皺《しわ》を寄《よ》せた。病的《びやうてき》に苦《くる》しんだあとの倦怠《けんたい》がその眉《まゆ》から、頬《ほゝ》にかけて深酷《しんこく》に現《あら》はれてゐた。

暗《くら》い空《そら》

田村俊子

三

櫻子《さくらこ》の肩《かた》から胸《むね》に、夜着《よぎ》の襟《えり》が櫻子《さくらこ》の肌《はだ》に甘《あま》へるやうになだらかに態《しな》を装《よそほ》つて流《なが》れてゐた。その夜着《よぎ》の裏《うら》の緋《ひ》のいろが殊《こと》に櫻子《さくらこ》の顔《かほ》の色《いろ》を惡《わる》く見《み》せてゐた。夜《よる》の睡眠《すゐみん》の間《あひだ》に魂《たましひ》がすつかりマダムの眞實《しんじつ》の年齢《とし》を肉《にく》のおもてに染《し》みださせてゐるやうであつた。皮膚《ひふ》の纖維《せんゐ》から、その染《し》みでた年齢《とし》の陰影《かげ》が顔全体《かほぜんたい》に何處《どこ》と云《い》はれず暗《くら》くひろがつて、細《ほそ》くきつかりと高《たか》い小鼻《こばな》の横《よこ》にも、睫毛《まつげ》の長《なが》い眼《め》の端《ふち》にも、小《ちひ》さい口尻《くちじり》にも、老《ふ》けた、然《しか》し肉感的《にくかんてき》の魅力《みりよく》をもつた衰弱《すゐじやく》の色《いろ》が薄《うす》く隈《くま》を取《さ》つてゐた。櫻子《さくらこ》は白《しろ》い腕《うで》を夜着《よぎ》の外《そと》に出《だ》した。然《さ》うして、昨夜《ゆうべ》招《まね》かれた席《せき》で飲《の》み過《す》ぎた酒《さけ》を、歸《かへ》つてから夜半《よなか》に突《つ》つ返《かへ》した苦《くる》しみを榮《さかえ》に話《はな》した。

「それを、だあれも心配《しんぱい》してくれるものもない。いくら夜半《よなか》だつて直《す》ぐ傍《わき》に寢《ね》てゐるのに、何《ど》うかしましたかと一《ひ》と言《こと》起《お》きて聞《き》くものもありやしない。私《わたし》が湯殿《ゆどの》であれほど苦《くるし》んでゐるのに。」

櫻子《さくらこ》は怒《おこ》つてゐる聲《こゑ》をわざと舌《した》の先《さ》きで丸《まろ》めて、靜《しづか》に低《ひく》く呟《つぶや》くやうに云《い》つた。枕《まくら》に頬《ほゝ》を押付《おしつ》けながら榮《さかえ》を見《み》た眼《め》に打《う》つ捨《ちや》つたやうな笑《わら》ひが映《うつ》つてゐた。榮《さかえ》はいつもマダムに對《たい》してゐる時《とき》と同《おんな》じな、沈着《ちんちやく》な眼色《まなざし》を作《つく》つて默《だま》つて其《そ》れを聞《き》いてゐた。

マダムは能《よ》く家《いへ》のものたちが自分《じぶん》に對《たい》して不忠實《ふちうじつ》で不親切《ふしんせつ》なことを、榮《さかえ》に不平《ふへい》らしく話《はな》すことがあつた。マダムの家《いへ》には弟子《でし》が五人《にん》ゐた。それと、亡《な》くなつた夫《をつと》の弟《をとうと》と妹《いもうと》が二人《り》ゐた。それ等《ら》の人《ひと》たちの中《うち》で實際《じつさい》に自《じ》分《ぶん》を思《おも》つてくれるものは一人《り》もない。自分《じぶん》の爲《ため》には朝《あさ》の牛乳《ぎうにう》一とつ満《まん》足《ぞく》に沸《わ》かしてくれるものもないと云《い》つて怒《おこ》つてゐた。マダムには、家《うち》のものは誰《た》れのする事《こと》でも不眞實《ふしんじつ》で、皮相的《うはつら》で、好《い》い加減《かげん》な事《こと》ばかりのやうに思《おも》はれた。誰《た》れでも自分《じぶん》の前《まへ》では、何《なに》に就《つ》けて明確《はつきり》したことは云《い》はないやにう思《おも》はれた。嘘《うそ》を云《い》ひ／＼遠巻《とほま》きに自分《じぶん》の機嫌《きげん》を取《と》つて、そうして陰《かげ》で舌《した》を出《だ》してゐる人間《にんげん》ばかりのやうに思《おも》はれた。

世間《せけん》に出《で》て働《はたら》きつゞけ、戰《たゝか》ひつゞけてゐる自分《じぶん》の身體《からだ》を、家《うち》のものたちは誰《た》れ一人《り》親切《しんせつ》に愛護《あいご》してくれやうとするものもない。みんな自分《じぶん》の手《て》に養《やしな》はれてゐながら其《そ》れ丈《だけ》の權威《けんゐ》の人《ひと》らしく自分《じぶん》を扱《あつか》はうともしない。何《ど》うかするとあべこべに、自分《じぶん》の方《はう》から一同《みんな》の情意《こゝろもち》を和《やは》らげることにつとめたりする。何《なん》と云《い》ふ馬鹿氣《ばかげ》たことだらう。マダムは然《そ》う云《い》つて不快《ふくわい》な家庭《かてい》の人《ひと》たちを當《あ》て擦《こす》つたりした。

然《しか》し、そんな事《こと》を榮《さかえ》に云《い》ふ時《とき》は、どこか、忍從的《にんじうてき》な優《やさ》しい頼《たよ》りない感《かん》情《じやう》をマダムはその言葉《ことば》の上《うへ》に漂《たゞ》へてゐるのが常《つね》であつた。癇癪《かんしやく》を起《おこ》して、家《うち》のものゝ態度《たいど》に焦燥《ぢ》れて怒鳴《どな》り散《ち》らす時《とき》はあつても、あとで其《そ》れを榮《さかえ》に繰返《くりかへ》す時《とき》は、反動的《はんどうてき》に絶望《ぜつばう》をもつた愚痴《ぐち》な調子《てうし》を含《ふく》んでゐた。それが榮《さかえ》の心《こゝろ》にきつと同情《どうじやう》を喚《よ》びおこさせて、マダムを氣《き》の毒《どく》に思《おも》ふことが多《おほ》かつた。殊《こと》にこの頃《ころ》は、先日《せんじつ》の興行《こうぎやう》がうまく行《ゆ》かなかつたので、マダムはいとゞ神經的《しんけいてき》になつてゐた。榮《さかえ》は次《つ》ぎの興行《こうぎやう》が定《き》まるまで温泉《をんせん》へでも出《で》かけて心《こゝろ》を休《やす》めてくるやうに勸《すゝ》めたりしたが、マダムは遊《あそ》んでゐる弟《で》子《し》達《たち》を集《あつ》めて地方《ちはう》へ出《で》かける準備《じゆんび》をしなければならないので、其《そ》れに忙《いそが》しかつた。

榮《さかえ》はマダムが昨夜《ゆうべ》一人《り》して、細《ほそ》い電《あか》燈《り》の下《した》で嘔吐《おうと》に苦《くる》しんだ樣子《やうす》などを目《め》に浮《うか》べながら、櫻子《さくらこ》の青《あを》い顔《かほ》を眺《なが》めた。肉《にく》に疲勞《ひらう》の色《いろ》が見《み》えるのは其《そ》の爲《せい》だと思《おも》つた。

「まだ苦《くる》しいのですか。」

榮《さかえ》が聞《き》くと、「なに。」と云《い》つて櫻子《さくらこ》は頭《つむり》を振《ふ》つた。

榮《さかえ》は階下《した》へおりた。さつき見《み》えなかつた女《をんな》たちは、弟《おとうと》といつしよに事務室《じむしつ》に集《あつ》まつてゐた。

榮《さかえ》はマダムの起《お》きたことをみんなに知《し》らせた。

「然《そ》う。吐《は》いたの。ちつとも知《し》らなかつたわ。」

「私《わたし》は知《し》つてたけれど、だまつてゐた。」

やがて、そんな事《こと》を云《い》ひながら、各自《てんで》に階子段《はしごだん》を上《あが》つてゆく音《おと》が聞《きこ》えた。

暗《くら》い空《そら》

田村俊子

四

榮《さかえ》は茶《ちや》の室へ行《い》つた。榮《さかえ》はこの茶《ちや》の室が好《す》きで、來《く》ると大概《たいがい》この薄暗《うすぐら》い室にゐて仕事《しごと》をした、仕事《しごと》の隙《ひま》にモーリエルの全集《ぜんしふ》を此室《こゝ》で讀《よ》んでゐることもあつた。暗《くら》い色《いろ》を垂《た》れてゐるその庭《には》を一日《にち》眺《なが》めて茫然《ぼんやり》してゐる事《こと》もあつた。榮《さかえ》はこの家《うち》の誰《た》れ彼《かれ》よりもこの庭《には》の色《いろ》にいちばん親《した》しんでゐた。唸《うな》りを立《た》てゝ烈《はげ》しく風《かぜ》の吹《ふ》き捲《ま》くつてゐる時《とき》でも、周圍《しうゐ》の高《たか》い建物《たてもの》に區劃《くぎ》られてゐるこの庭《には》の一劃《かく》は、樹《き》が僅《わづか》に影《かげ》と影《かげ》を搖《ゆる》がすばかりで動《うご》かなかつた。塀際《へいぎは》の土《つち》が始終《しじう》黒《くろ》く濕《しめ》つてゐた。室內《へや》で華美《はで》な裝《よそほ》ひをした女《ぢよ》優《いう》たちがその色彩《いろ》を花《はな》のやうに輝《かゞや》かしてゐる時《とき》も、庭《には》の樹木《じゆもく》は暗《くら》く重《おも》く沈滯《ちんたい》した空氣《くうき》のなかに幽閉《いうへい》されてゐた。誰《たれ》もこの庭《には》を陰氣《いんき》だと云《い》つて眺《なが》めるものもなかつたが、榮《さかえ》は陰《かげ》の錯《さく》綜《そう》した暗綠《あんりよく》な色《いろ》の奥《おく》に、此家《こゝ》にゐる間《あひだ》の自分《じぶん》の心《こゝろ》が屛息《へいそく》してゐるやうに思《おも》はれて此庭《このには》を懷《なつか》しんでゐた。櫻子《さくらこ》も此室《こゝ》へ來《き》て茶《ちや》を呑《の》みながら、

榮《さかえ》と二人《ふたり》で演劇《しばゐ》の話《はなし》や流行《りうかう》の話《はなし》をすることもあつた。夜《よる》になつても仕事《しごと》の連絡《れんらく》が切《き》れないで此室《こゝ》で書《か》き物《もの》をしてゐる榮《さかえ》に、マダムはペパートミントの瓶《びん》を提《さ》げて來《き》て、小《ちひ》さい洋盃《こつぷ》に注《つ》いでくれたりした。榮《さかえ》は刺戟《しげき》に咽《むせ》て其《そ》れを口《くち》の端《はた》まで持《も》つてゆくこともできなかつた。

「これが呑《の》めないとは驚《おどろ》いた。」

櫻子《さくらこ》は洋盃《こつぷ》を榮《さかえ》の面前《めんぜん》にいつまでも突《つ》き付《つ》けてゐた。榮《さかえ》は眞つ靑な蒼液のやうな酒《さけ》の色《いろ》を、机《つくゑ》の上《うへ》でしばらく灯《ひ》に照《てら》して見《み》たりしてから其儘《そのまゝ》マダムに返《かへ》した。マダムはそれを呑《の》み干《ほ》してからもう一杯《いつぱい》榮《さかえ》に注《つ》がせたりした。然《さ》う云《い》ふ時《とき》、マダムの薄《うす》い赤《あか》い唇《くちびる》は波《なみ》を打《う》つやうに笑《わら》つてゐた。美《うつく》しい眼《め》がぢつと冷《つ》めたく据《す》はつてゐながら、その周圍《しうゐ》の筋肉《きんにく》がばらりと笑《わら》つてゐるやうな表情《へうじやう》がこのマダ

ムの顏《かほ》の癖《くせ》であつた。榮《さかえ》は此室《こゝ》でマダムの情人《じやうじん》に送《おく》る手紙《てがみ》なども時々《とき〴〵》に書《か》かせられた。

今夜《こんや》十時《じ》。例《れい》のM。

この閒《あいだ》話《はな》してゐたあの本《ほん》をきつと忘《わす》れずに持《も》つて來《き》て下《くだ》さい。

斯《か》う云《い》ふ簡單《かんたん》な手紙《てがみ》をよく書《か》いた。

榮《さかえ》とマダムの關係《くわんけい》は妙《めう》な狀態《じやうたい》になつて現《あら》はれてゐた。マダムから給金《きふきん》を取《と》つて事務《じむ》にたづさはつてゐる榮《さかえ》は、丁度《ちやうど》、マダムに對《たい》して少《すこ》し精神《せいしん》的《てき》に働《はたら》く女番頭《をんなばんとう》のやうな地位《ちゐ》にあつた。毎日《まいにち》富田《とみた》の家《いへ》に出《で》ては來《き》ても、マダムの爲《ため》にする仕事《しごと》は榮《さかえ》は自由《じいう》であつた。マダムはいくらか見識《けんしき》のある榮《さかえ》を力強《ちからづよ》い相談相手《さうだんあひて》にしてゐた。他《ほか》の女《をんな》たちのやうに、マダムを唯恐《たゞおそ》れるばかりで逡巡《もぢ〳〵》してゐる濕氣《しつけ》虫《むし》のやうな女《をんな》か、さもなければ直《ぢ》きに心《こゝろ》を角立《かどだ》たせて反抗《はんかう》してくる我意《がい》ばかりに強《つよ》い女《をんな》などに、接近《せつきん》し馴《な》れてゐるマダムは、素直《すなほ》で沈默《ちんもく》で、人《ひと》が好《よ》くつて、その癖當面《くせたうめん》に確《たし》かな批判《ひはん》を充分《じうぶん》に蓄《たくは》へてゐる榮《さかえ》を、いちばん信《しん》じて、尊敬《そんけい》した。自分《じぶん》の交際《かうさい》や事業《じげふ》や演劇《えんげき》の上《うへ》に起《おこ》る小《ちひ》さな煩《わづら》はしい問題《もんだい》に就《つ》いても、榮《さかえ》は何時《いつ》もマダムの氣《き》に入《い》るやうな確固《しつかり》とした判別《はんべつ》を與《あた》へてゐた。マダムは榮《さかえ》の物《もの》にこだはらない正直《しやうぢき》な心持《こゝろもち》をよろこんでゐた。

「私《わたし》はほんとうにあなたが氣《き》に入《い》つてゐる。」

マダムは榮《さかえ》を見《み》ながらよく斯《か》う云《い》つた。

「牧《まき》さんは勉強家《べんきやうか》だことねえ。」

「本《ほん》ばかり讀《よ》んでゐて偉《えら》いわねえ。」

周圍《まはり》の女《をんな》たちも、こんな事《こと》を云《い》ひながら榮《さかえ》の傍《そば》に寄《よ》つて來《き》たりした。然《しか》し、自分《じぶん》たちの趣味《しゆみ》とはまるで異《ちが》つたところに其《そ》の脊《せ》を向《む》けてゐる榮《さかえ》を、若《わか》い人《ひと》たちは成《な》る丈《たけ》避《さ》けて自分《じぶん》のグループへは入《い》れないやうにしてゐた。榮《さかえ》はその若《わか》い人《ひと》たちに對《たい》しても温和《をとな》しかつた。然《さ》うして極《ご》くありきたりの女性《をんな》らしい見《み》せつけの態度《たいど》や、わざと拗《す》ねた無智《むち》な心《こゝろ》の氣取《きど》りなどをその人《ひと》たちから見出《みいだ》しながら、榮《さかえ》はそれを靜《しづ》かに見守《みまも》つてゐたりした。榮《さかえ》の弱《よわ》い心《こゝろ》は、その人《ひと》たちの相手《あひて》になるまいと思《おも》ひながら、いつのまにか、彼方《さき》のいたづらな相手《あひて》にされてゐる時《とき》などがあつた。

暗《くら》い空《そら》

田村俊子

五

櫻子《さくらこ》が入浴《にふよく》してる間《あひだ》に、マダムの一座《ざ》にゐる俳優《はいいう》が來《き》てダイヤの指環《ゆびわ》を貸《か》して貰《もら》ひたいと云《い》つて榮《さかえ》に頼《たの》んだ。今日《けふ》招《まね》かれてゆく宴席《えんせき》にそれを始《は》めて行《ゆ》くので入《い》り用《よう》なのだと云《い》つた。榮《さかえ》はマダムに取り次《つ》いでやつた。

「始終《しじう》指環《ゆびわ》ぐらゐ持つてゐたらいゝぢやないか。役者《やくしや》の癖《くせ》に。」

湯殿《ゆどの》のなかで櫻子《さくらこ》は然《さ》う小言《こごと》を云《い》つたが、榮《さかえ》が押《お》して云《い》つた時《とき》許《ゆる》しが出《で》たので、榮《さかえ》は櫻子《さくらこ》の常用《じやうよう》の手箱《てばこ》の中《なか》から求《もと》められた指環《ゆびわ》を出《だ》して俳優《はいいう》に渡《わた》してやつた。俳優《はいいう》は榮《さかえ》に禮《れい》を云《い》つて櫻子《さくらこ》に逢《あ》はずに歸《かへ》つた。

榮《さかえ》はまた菊《きく》の室《ま》にはいつて、櫻子《さくらこ》と話《はな》すことのできる時間《じかん》のくるのを待《ま》つてゐた。さう今日《けふ》ぎりで此家《こゝ》へも來《こ》ないと定めてしまふと、いつもなら早速《さつそく》手《て》にする用《よう》など眼《め》に見《み》えても、榮《さかえ》は煩《うるさ》くつて爲《す》る氣《き》もなかつた。この一年近《ねんちか》くの間《あひだ》に、知《し》らず〳〵すつかり自分《じぶん》の心《こゝろ》に奴隷的《どれいてき》の根性《こんじやう》が染《し》みひろがつたことなどを榮《さかえ》は考《かんが》へてゐた。

榮《さかえ》は此家《こゝ》へ通《かよ》ふやうになつて、初《はじ》めて斯《か》う云《い》ふ人《ひと》たちの生活《せいくわつ》を直接《ちよくせつ》に見《み》ることができた。斯《か》う云《い》ふ人《ひと》たちの生活《せいくわつ》は、砂《すな》の投《な》げ合《あひ》をやつてゐるやうに、無味《むみ》で亂雜《らんざつ》で騷々《さうぞう》しいばかりであつた。根底《こんてい》のない藝術《げいじゆつ》につかまつて輕業師《かるわざし》のやうに生《い》きてゐる人《ひと》たちばかりであつた。次《つ》ぎから次《つ》ぎと芝《しば》居《ゐ》の當《あた》りを取《と》る爲《ため》に作戰《さくせん》する仲間《なかま》たちは、よく富田《とみた》の二階《かい》に集《あつ》まつて論《ろん》議《ぎ》をしてゐた。一と興行《こうぎやう》ごとに劇《げき》に新奇《しんき》を衒《てら》ふことゝ、演劇《しばゐ》の改革《かいかく》と云《い》ふ空《くう》な聲《こゑ》ばかり大《おほ》きくしてゐた。座《ざ》長《ちやう》の櫻子《さくらこ》はどの興行《こうぎやう》にもその中《うち》の立《た》て物《もの》でなければ通《とほ》らなかつた。櫻子《さくらこ》は時《とき》には男形《をとこがた》にもなつて働《はたら》いてゐた。西洋《せいやう》から歸《かへ》つて來《き》てからは昔《むかし》ほどの人氣《にんき》はなかつたが、それでも櫻《さくら》子《こ》は一座《ざ》を組織《そしき》して自身《じしん》の力《ちから》で多《おほ》くの男《をとこ》を使《つか》つてゐた。

榮《さかえ》は斯《か》う云《い》ふ人《ひと》たちの中《なか》に入《はい》つて、

うか〳〵と自分《じぶん》も亂雜《らんざつ》な多忙《たばう》の渦《うづ》に卷《ま》き込《こ》まれながら、何時《いつ》の間《ま》にか立《りつ》派《ぱ》に人《ひと》に使《つか》はれることのできるやうな女《をんな》になつて行《い》つた。今《いま》のやうに、氣《き》の利《き》いた取《と》り次《つ》ぎの功名《てがら》がマダムの仲間《なかま》の俳優《はいいう》たちの信《しん》を買《か》つて、

「牧《まき》さん、牧《まき》さん。」

と立《た》てられたり、櫻子《さくらこ》の何事《なにごと》にも半《はん》理解《りかい》な乏《とぼ》しい頭腦《づなう》の働《はたら》きの上《うへ》に、いくらか明《あき》らかな知識《ちしき》を注《そゝ》ぐことによつて調法《てうはふ》がられたりする他《ほか》には、榮《さかえ》の藝術《げいじゆつ》の上《うへ》に新《あらた》に求《もと》め得《え》たものなどは何《なに》もなかつた。

初《はじ》めは自分《じぶん》の趣味《しゆみ》が斯《か》うした社會《しやくわい》へ自身《じしん》を誘《おび》いて來《き》たのだが、今《いま》では、櫻子《さくらこ》の調法《てうはふ》の爲《ため》に勤《つと》めてゐると云《い》ふ他《ほか》には、すべてが無意義《むいぎ》であつた。榮《さかえ》はいくらでも人《ひと》の奴隷《どれい》になり得《う》る自身《じしん》を、此家《こゝ》へ來《き》てから初《はじ》めてはつきりと見出《みいだ》した。

正午《ひる》過《す》ぎになつてから、榮《さかえ》は櫻子《さくらこ》と二階《かい》で話《はなし》をした。榮《さかえ》に今《いま》よされては、何彼《なにか》につけて不自由《ふじいう》で困《こま》ると云《い》つて櫻子《さくらこ》は考《かんが》へてゐた。

「他《ほか》にいゝ口《くち》でもあつたんですか。」

斯《か》う云《い》つた櫻子《さくらこ》の言葉《ことば》に、がつかりした心持《こゝろもち》が含《ふく》まれてゐた。ぢつと瞳子を凝《こ》らして當惑《たうわく》したやうな眼《め》で榮《さかえ》の顏《かほ》をしばらく見詰《みつ》めてゐた。

榮《さかえ》は斯《か》う云《い》ふ問《と》ひを出《だ》されたのが不快《ふくわい》で默《だま》つてゐたが、やがて、

「家《いへ》に落着《おちつ》いて、すこし勉強《べんきやう》しやうと思《おも》つたものですから。」

と輕《かる》く云《い》つて見《み》た。櫻子《さくらこ》は「困《こま》つた。困《こま》つた。」と繰《く》り返《かへ》してゐた。

榮《かえ》の代《かは》りになるやうな女《をんな》はちよつとは見付《みつ》からないやうな氣《き》がして、櫻子《さくらこ》は惜《を》しかつた。榮《さかえ》が豫想《おも》つたよりも、もつと多《おほ》く失望《しつはう》したらしい樣子《やうす》の櫻子《さくらこ》を見《み》て、榮《さかえ》は氣《き》の毒《どく》になつた。あれほど世間《せけん》に強《つよ》ひ衒氣と虛榮《きよえい》を榮《さかえ》の前《まへ》ではすつかり脫《ぬ》いでしまつて、榮《さかえ》のやうな若《わか》い女《をんな》の力《ちから》にたよつてゐた櫻子《さくらこ》の平生《へいぜい》の仕向《しむ》けを思《おも》ふと、榮《さかえ》はこんな事《こと》は云《い》はずにいつまでも櫻子《さくらこ》の調法《てうはふ》になつてゐてやり度《た》いやうな氣《き》もした。

暗《くら》い空《そら》

田村俊子

六

榮《さかえ》は櫻子《さくらこ》が好《す》きなのであつた。榮《さかえ》は櫻子《さくらこ》ほど美《うつく》しい女《をんな》はないと思《おも》つてゐた。櫻子《さくらこ》の爲《た》めに用《よう》を達《た》して、櫻子《さくらこ》の爲《ため》に働《はたら》いてゐる自分《じぶん》の心持《こゝろもち》の底《そこ》には、自分《じぶん》にも判然《はつきり》とは分《わか》らないほどその美《び》に醉《よ》つてゐるやうな戀《こひ》の感情《かんじやう》がかくれてゐた。自分《じぶん》の生活《せいくわつ》が奴隷《どれい》的《てき》だと思《おも》ふことはあつても、世界《せかい》の舞臺《ぶたい》に曝《さら》してきた練磨《れんま》されたその美《うつく》しい眼《め》の輝《かゞや》きと、どことなく異國味《いこくみ》の感觸《かんしよく》のまつはつてゐる其肌《そのはだ》の匂《にほ》ひや身体《からだ》の調子《こうし》などに魅《み》せられて榮《さかえ》はマダムから離《はな》れられないやうな強《つよ》い執着《しふちやく》を感《かん》じてゐた。美《うつく》しい女《をんな》と云《い》ふものは生《うま》れながらの美術品《びじゆつひん》で、ある天賦《てんぷ》の權利《けんり》を所有《しよいう》してゐるものだと榮《さかえ》は思《おも》つてゐる。其權利《そのけんり》の下《もと》にねんごろに支配《しはい》される自分《じぶん》は幸福《かうふく》だと思《おも》つたりすることがある。ふとした櫻《さくら》子《こ》の感覺《かんかく》の中《なか》に自分《じぶん》の感覺《かんかく》も動《うご》いてゆき、ふとした櫻子《さくらこ》の感情《かんじやう》の中《なか》に自《じ》分《ぶん》の感情《かんじやう》も流《なが》れてゆくことが、榮《さかえ》にとつてはこの頃《ころ》の樂《たの》しみの一《ひと》つになつてゐるのである。それほど榮《さかえ》は櫻子《さくらこ》に打《う》ち込《こ》んでゐた。

櫻子《さくらこ》は自分《じぶん》の名《な》と美《び》を賣《う》る他《ほか》には藝《げい》術《じゆつ》などはまつたく知《し》らない女《をんな》であつた。劇《しばゐ》を演《す》ることは知《し》つてゐても、藝術《げいじゆつ》の生命《せいめい》を感受《かんじゆ》することのできない女《をんな》であつた。それでゐながら自分《じぶん》自身《じしん》は藝術的《げいじゆつてき》の女《をんな》であつた。舞臺《ぶたい》の上《うへ》で動《うご》く櫻子《さくらこ》には藝術《げいじゆつ》の光輝《くわうき》がなかつたが、平常《ふだん》の櫻子《さくらこ》には藝術《げいじゆつ》の氣分《きぶん》が漲《みなぎ》つてゐた。榮《さかえ》は平生《ふだん》の櫻子《さくらこ》が好《す》きであつた。榮《さかえ》は櫻子《さくらこ》が一人《ひとり》でゐる時《とき》には、好《この》んでその傍《そば》に行《い》つて坐《すわ》つてゐた、そうして、いくら見《み》ても見《み》ても見盡《みつく》せないやうに、その極《きは》まつた美《び》の底《そこ》に微《かすか》に生《せい》の衰《おとろ》へを反映《はんえい》させてゐるマダムの面《かほ》を、榮《さかえ》は頻《しき》りに哀《あは》れな心持《こゝろもち》で眺《なが》めてゐたりした。默《だま》つ

て美《うつく》しい面《おもて》を俯向《うつむ》けて考《かんが》へてゐる櫻《さくら》子《こ》の心《こころ》の奧《おく》に何《なに》か不思議《ふしぎ》な誰《たれ》にも觸《ふ》れることのできないやうな憧憬《どうけい》と戀情《れんじやう》で形《かたち》づくられた肉《にく》の秘密《ひみつ》を保《たも》つてゐるやうに感《かん》じられて、榮《さかえ》はその美《び》の秘密《ひみつ》の奧《おく》に透徹《とうてつ》しやうとして苛《い》ら〜するやうな烈《はげ》しい妄想《もうさう》に囚《とら》はれたりすることがあつた。

だから、櫻子《さくらこ》にすつかり別《わか》れて了《しま》ふことは、榮自身《さかえじしん》にもいゝ心持《こころもち》はしないのである。自分《じぶん》にもまだ取《と》り止《と》まつた、ほんとうの意義《いぎ》のある生活《せいくわつ》が自分《じぶん》の對《たい》する世間《せけん》の上《うへ》にも求《もと》められてはゐないのだから、自分《じぶん》の身體《からだ》は何《ど》うなつてもいゝやうなものなのである。それほど好《す》いた人《ひと》なら、櫻子《さくらこ》の傍《そば》で一生《しやう》その調法《てうはふ》になつてしまつてもいゝのである。榮《さかえ》は時々《ときどき》然《さ》う考《かんが》へることもあつた。然《しか》しその傍《そば》から、この頃《ころ》榮《さかえ》の精神《せいしん》に燃《も》え立《た》つてゐるある野心《やしん》は、いつまでも斯《か》うしたところに自身《じしん》の身體《からだ》を埋《うづ》めさせてはおくまいとした。榮《さかえ》はもう少《すこ》しはつきりと、自身《じしん》の心《こころ》にだん〜に芽《め》ざしてくるある物《もの》に對《たい》して、もつと新《あたら》らしい光《ひか》りと確實《かくじつ》な形式《けいしき》とを與《あた》へてやらなくてはならない氣《き》もした。それには朝《あさ》から晩《ばん》まで富田《とみた》の家《いへ》に來《き》てつまらなく一日《にち》を費《つひや》してゐることは惜《を》しかつた。

榮《さかえ》は櫻子《さくらこ》の顏《かほ》を見《み》ながら迷《まよ》つてゐた。もつと強《し》ひて自分《じぶん》を抑《おさ》へやうとしたら、又當分《またたうぶん》櫻子《さくらこ》の傍《そば》にゐて見《み》やうかと云《い》ふやうな曖昧《あいまい》な考《かんが》へのうちに榮《さかえ》は笑《わら》ひを漏《も》らしながら櫻子《さくらこ》を見《み》た。

「それぢや、迚《と》ても私《わたし》といつしよに行《い》つてくれることも出來《でき》ないわけね。」

櫻子《さくらこ》は斯《か》う云《い》つて可愛《かあい》らしく首《くび》を傾《かし》げた。口《くち》を窄《すぼ》めたところに懷《なつか》しい小《こ》供《ども》らしさがあつた。小《ちひ》さい薄《うす》い唇《くちびる》は紅《べに》で奇麗《きれい》に鮮明《あざやか》な色《いろ》を點《てん》じてゐた。この紅《べに》の色《いろ》が櫻子《さくらこ》の顏《かほ》にいつも厭味《いやみ》でない調和《てうわ》を作《つく》つてゐた。

「何處《どこ》へ行《ゆ》くのです。」

榮《さかえ》は少《すこ》し興味《きやうみ》を覺《おぼ》えて聞《き》き返《かへ》した。今日《けふ》までに、まだそんな約束《やくそく》はなかつたからである。櫻子《さくらこ》はしばらく口《くち》を噤《つぐ》んで榮《さかえ》の顏《かほ》を見守《みまも》つてゐたが、

「非常《ひじやう》に遠《とほ》くへ行《ゆ》かうと思《おも》つてゐるのだけれども。」と云《い》つた。

暗《くら》い空《そら》

田村俊子

七

櫻子《さくらこ》は一座《ざ》をすつかり解散《かいさん》して、もう一度《ど》西洋に渡《わた》るつもりでゐた。榮《さかえ》もいつしよに連《つ》れて行《ゆ》きたいと云《い》ふのは其《そ》れであつた。

「いふぢやありませんか。あなたなんぞも一人《ひとり》ぼつちの人間《にんげん》なんだから。良人《をつと》があると云《い》ふ譯《わけ》ぢやなし、今《いま》のうちなら行《い》きたいところへ行《い》けるぢやありませんか。こんな狹《せま》いところにゐたつて勉強《べんきやう》になんぞなりやしませんよ。それより私《わたし》と一所《しよ》に彼《あ》方《つち》へ行《い》つていろ〳〵見《み》てきたら何《ど》うです。日本《にほん》にゐるよりずつと面白《おもしろ》いから。私《わたし》は一生《しやう》歸《かへ》らないやうなことがあつたつて、あなたはきつと日本《にほん》へ歸《かへ》して上《あ》げますよ。」

櫻子《さくらこ》は膝《ひざ》の傍《そば》へ寄《よ》つてきた狆《ちん》を抱《だ》き上《あ》げながら然《さ》う云《い》つて笑《わら》つた。何《なん》と云《い》ふこともなく、暗《くら》い思《おも》ひが其《そ》の聲《こゑ》の中《なか》に響《ひゞ》きを籠《こ》めてゐたやうに思《おも》はれた。

「ほんとに然《さ》うなさるんですか。」

「えゝ。私《わたし》の心《こゝろ》はもう決《き》まつてゐるんですから、後《あと》の始末《しまつ》さへ誰《た》れか付《つ》けて呉《く》れゝば私《わたし》は直《す》ぐにも行《い》かうと思《おも》つてゐるんです。」

櫻子《さくらこ》は長《なが》い睫毛《まつげ》を二三度《ど》瞬《しばたゝ》いてから、はつきりとした明《あか》るい眼色《まなざし》を見《み》せた。

「いつしよに來《き》て下《くだ》さい。あなたが行《い》つてくれるとどんなに心丈夫《こゝろぢやうぶ》だか知《し》れない。女《をんな》の話相手《はなしあひて》はやつぱり女《をんな》でなくつちや駄目《だめ》ですよ。あなたはすつかり私《わたし》に見込《みこ》まれてゐるんだから。」

櫻子《さくらこ》の微《かすか》な唇《くちびる》の笑《わら》ひの中《うち》に愛着《あいちやく》の影《かげ》がほのめいてゐた。榮《さかえ》はそれを認《みと》めながらだまつて考《かんが》へてゐた。空想《くうさう》が限《かぎ》りもなくひろがつていつた。日《に》本《ほん》の旅藝人《たびげいにん》といつしよに外國《ぐわいこく》の町《まち》を彷徨《うろつ》く自分《じぶん》の姿《すがた》が、殊《こと》にロマンチツクな色《いろ》を帶《お》びてその頭《あたま》に描《ゑが》かれた。

「面白《おもしろ》いでせうね。」

「そりや面白《おもしろ》いでさんすよ。行《い》つて見《み》れば。」

演劇を事業《じげふ》の一とつにして今日《こんにち》まで扱《あつか》つてきた櫻子《さくらこ》は、日本《にほん》で自分《じぶん》の演《や》るしばゐが何日《いつ》も巧《うま》く行《い》かないので、もう一度外國へ渡《わた》つて山師的《やましてき》の興行《こうぎやう》で最後《さいご》の金儲《かねまう》けをしてこやうと企《くはだ》てゝゐた。然《さ》うしてその傍《かたは》ら、外國《ぐわいこく》の劇《げき》を秩序的《ちつじよてき》に研究《けんきう》してきて、歸《かへ》つてから日本《にほん》の時代《じだい》に適應《はま》るやうな新《あたら》しい芝居《しばゐ》を起《おこ》して見《み》やうなぞとも考《かんが》へてゐた。もう一度自分《じぶん》の國《くに》を捨《す》てゝ外《よそ》の國《くに》で、生活《せいくわつ》の基礎《きそ》を立《た》て直《なほ》してこやうと云《い》ふのである。それには榮が好い相談相手《さうだんあひて》だと思《おも》つた。榮は櫻子《さくらこ》の入《はい》りきれない知識《ちしき》のむづかしい世界《せかい》にも、相當《さうたう》に明《あき》らかな眼《め》を持《も》つてゐた。櫻子《さくらこ》はそれが賴母《たのも》しかつた。役《やく》に立《た》つ人《ひと》だと思《おも》つた。どんなにしても櫻子《さくら》は榮を伴《つ》れてゆきたかつた。

だが、榮はその話《はなし》を聞《き》いて空想的《くうさうてき》に許《ばか》りおもしろがつてはゐられなかつた。櫻子《さくらこ》は隨《つ》いて遠《とほ》くへ行《い》つてしまつてからの自分《じぶん》を、もつと實際《じつさい》に思考《しかう》して見《み》なくてはならなかつた。

「あなたの勉強《べんきやう》だと思《おも》つて行《い》つてごらんなさい。今《いま》の人《ひと》は一度は世界《せかい》を見《み》てこなければ仕事《しごと》ができない。」

櫻子《さくらこ》が然《さ》う云《い》つて勸《すゝ》めるほど、榮はこの偶然《ぐうぜん》な夢物語《ゆめものがたり》のやうな事實《じじつ》に對《たい》して思《おも》ひ切《き》つた判斷《はんだん》がつかなかつた。

此家《ここ》に毎日《まいにち》來《き》てゐたことは、自活《じくわつ》の經濟《けいざい》の爲《ため》の便宜《べんぎ》からであつた。然《さ》うして櫻子《さくらこ》を自分《じぶん》が好《す》いてこの人《ひと》の傍《かたは》にゐる事《こと》を樂《たのし》みにしてゐたのは、自《じ》分《ぶん》の美《うつく》しいものに對《たい》する幼稚《やうち》な享樂《きやうらく》的《てき》の氣分《きぶん》であつた。もしくは然《さ》う云《い》ふ氣分《きぶん》を、自分《じぶん》の乾《かは》いた生活《せいくわつ》を味つける爲《ため》に強《し》ひて増長《ぞうちやう》させたに過《す》ぎないくらゐのものであつた。自分《じぶん》の好《す》きな櫻子《さくらこ》をはなれる事《こと》は、戀仲《こひなか》のやうに苦《くる》しいことでも何《なん》でもなかつた。一生櫻子《さくらこ》の調法《てうはふ》になつてしまはうかと考《かんが》へたことも、一とつは自分《じぶん》の境遇《きやうぐう》から起《おこ》る自暴《やけ》の聲《こゑ》も交《ま》じつてゐた。まして櫻子《さくらこ》を力《ちから》の上《うへ》からも藝術《げいじゆつ》の上《うへ》からもまるつきり信《しん》じてゐるのではなかつた。榮から見《み》れば櫻子《さくらこ》は無智《むち》と虚榮《きよえい》と愛嬌《あいけう》をほどよく醇化《じゆんくわ》した普通《ふつう》の藝人的《げいにんてき》の女性《ぢよせい》に過《す》ぎなかつた。その人《ひと》に連《つ》れられて海外《かいぐわい》まで踏《ふ》み出《だ》して行《い》つてからの自分《じぶん》の立場《たちは》を榮は考《かんが》へて見《み》た。

暗《くら》い空《そら》

田村俊子

八

だが、然《さ》う云《い》ふ櫻子《さくらこ》と自分《じぶん》との間《あひだ》の組織的《そしきてき》の考察《かうさつ》などは何《ど》うでもよかつた。決心《けつしん》がつけば、今《いま》までのやうに或《あ》る緩《ゆる》やかな義務《ぎむ》を脊負《しよ》はされながら、雇《やと》はれ人《びと》の一人《ひとり》として櫻子《さくらこ》に随《つ》いて行《い》くだけのものであつた。然《さ》う云《い》ふ些細《ささい》な感情《かんじやう》の詮議《せんぎ》立《だ》てよりも、榮《さかえ》にとつてはもつと大《おほ》きな生《せい》の問題《もんだい》がその中《なか》に動《うご》いてゐた。

榮《さかえ》は何《ど》うしやうかと惑《まど》つた。もつと確實《かくじつ》に自分《じぶん》の生活《せいくわつ》の道《みち》を考《かんが》へなくてはならない。感興《かんきやう》に乗《じやう》じてその機會《きくわい》の中《なか》に自分《じぶん》を任《まか》してしまつてはならないと云《い》ふ嚴肅《まじめ》な考《かんが》への底《そこ》から、思《おも》ひがけない世界的《せかいてき》な放浪《はうらう》の旅《たび》の感興《かんきやう》が其心《そのこゝろ》をそゝつて、胸《むね》がをどつてゐた。その眼《め》がものめづらしさに輝《かゞや》いてゐた。然《さ》うして、時々《とき〴〵》日本《にほん》などへも船《ふね》をつけて興行《こうぎやう》しては旅《たび》から旅《たび》へ渡《わた》つてゆく、外國《ぐわいこく》のサーカスの一《いち》座《ざ》や歌劇《オペラ》役者《やくしや》のツループなどを詩味《しみ》を含《ふく》んで思《おも》ひ出《だ》した。然《さ》う云《い》ふ外國《ぐわいこく》から渡《わた》つてきた役者《やくしや》たちの、群《む》れを作《つく》つて映《うつ》した寫眞《しやしん》を新聞《しんぶん》の上《うへ》などで見付《みつ》ける時《とき》、榮《さかえ》は流浪《るらう》の旅《たび》の哀愁《あいしう》に其胸《そのむね》を刻《きざ》まれるのが癖《くせ》であつた。そうして、寫眞《しやしん》の下《した》の段《だん》の方《はう》にスカーフの裾《すそ》を展《ひら》いて、靴《くつ》を穿《は》いた足《あし》の先《さき》を投《な》げ出《だ》してゐる顔《かほ》の窶《やつ》れた女役者《をんなやくしや》などに心《こゝろ》を惹《ひ》かれて、その面《かほ》から、その女《をんな》の經《へ》てきた世間《せけん》の暗《くら》い味《あぢ》や、深酷《しんこく》な人情《にんじやう》の味《あぢ》なぞを空想《くうさう》したり、美《うつく》しい女《をんな》の微笑《びせう》の影一《かげひと》つを見付《みつ》けても、榮《さかえ》はその女《をんな》の持《も》つてゐる精練《せいれん》された感情《かんじやう》を思《おも》ひやつて、いつまでも眺《なが》め盡《つく》してゐたりした。それ等《ら》の役者《やくしや》たちが自動車《じどうしや》に乗《の》つて、異國《いこく》の街《まち》の柳《やなぎ》の影《かげ》を走《はし》つてゆく姿《すがた》をわざ〳〵見《み》に行《い》つて、沈鬱《ちんうつ》な思《おも》ひをその心《こゝろ》の上《うへ》に殘《のこ》してきたりした。車《くるま》の走《はし》つて過《す》ぎて行《い》つた銀座《ぎんざ》の街上《かいじやう》に、漂泊《へうはく》の影《かげ》の落《お》ちた寂《さび》しさが榮《さかえ》には忘《わす》れられなかつた。然《さ》うして、

その人《ひと》たちは三日《か》か四日《か》を興行《こうぎやう》して歸《かへ》つてゆく。――その人《ひと》たちと唯一《ゆゐ》の伴侶《はんりよ》の親《した》しい音樂《おんがく》の音色《ねいろ》が、異國《いこく》の空氣《くうき》に淋《さび》しく賴《たよ》りなく戰《ふる》え響《ひゞ》いたことをその心《こゝろ》に殘《のこ》しながらその人《ひと》たちは歸《かへ》つてゆく。榮《さかえ》はその情調《じやうてう》がたまらなく懷《なつか》しくつて、外國《ぐわいこく》の旅藝人《たびげいにん》の上《うへ》に差別《さべつ》もなく空想的《くうさうてき》な悲《かな》しい愛《あい》慕《ぼ》の思《おもひ》をいつまでも捧《さゝ》げてゐた。

榮《さかえ》は自分《じぶん》も、ふとすると然《さ》う云《い》ふ放《はう》浪《らう》の生活《せいくわつ》に一生《しやう》を投《な》げ込《こ》んだ旅藝人《たびげいにん》を同《おな》じ群《むれ》に、加《くは》へられやうとしてゐることを考《かんが》へた。

「行《い》つて見《み》ませんか。」

その時《とき》、櫻子《さくらこ》の心《こゝろ》の奥《おく》に、無限《むげん》な廣《くわう》漠《ばく》な世界《せかい》がひろがつてゐるやうに榮《さかえ》に感《かん》じられた。榮《さかえ》は櫻子《さくらこ》の眼《め》を見《み》た。この美《うつく》しい眼《め》を輝《かゞや》かして、この人《ひと》は四十を越《こ》しながら再《ふたゝ》び遠《とほ》い旅《たび》へ上《のぼ》つて行《ゆ》かうとしてゐる。榮《さかえ》は櫻子《さくらこ》のもつと切實《せつじつ》な聲《こゑ》が聞《き》きたいやうになつた。其《そ》れを何《ど》う云《い》ふ側《がは》から尋《たづ》ねていつたらいゝかと躊躇《ちうちよ》しながら、鑛物《くわうぶつ》の結晶《けつしやう》したやうな櫻子《さくらこ》の瞳子《ひとみ》を見詰《みつ》めてゐた。

「何日《いつ》頃《ごろ》いらつしやるのです。」

「來月《らいげつ》の末《すゑ》ですね。あなたが行《ゆ》くと定《き》まれば、また、いろ〳〵内容《ないよう》のお話《はなし》もするけれども。」

櫻子《さくらこ》は外《そと》へ出《で》なければならないので、話《はなし》はそれで切《き》り上《あ》げた。櫻子《さくらこ》は榮《さかえ》の爲《ため》に取《と》つておいた小《ちひ》さい包《つゝ》み物《もの》を榮《さかえ》に渡《わた》した。

榮《さかえ》は然《さ》う云《い》ふものを櫻子《さくらこ》から送《おく》られる度《たび》に、どことなく意志《いし》の奥《おく》の方《はう》にこそばゆい感《かん》じのするものが不明瞭《ふめいれう》に意識《いしき》された。榮《さかえ》は然《さ》う云《い》ふものを受取《うけと》る時《とき》の自分《じぶん》の手《て》つきまで、氣《き》がさした。然《さ》うして其《そ》れを櫻子《さくらこ》の前《まへ》で一旦《いつたん》拒絶《きよぜつ》して、猶《なほ》櫻子《さくらこ》から強《し》ひられた時《とき》ほど、一層《いつそう》屈辱《くつじよく》の思《おも》ひが上塗《うはぬ》りされるやうに感《かん》じられた。榮《さかえ》は一時《いちじ》、櫻子《さくらこ》から何《なに》か心付《こゝろづ》けのやうなものを送《おく》られるときの、自分《じぶん》の態度《たいど》を一人《ひとり》でひそかに研究《けんきう》したりした事《こと》があつた。櫻子《さくらこ》は榮《さかえ》に品物《しなもの》を渡《わた》しておいて、女《をんな》を呼《よ》んで着物《きもの》の支度《したく》をさせてゐた。榮《さかえ》は直《ぢき》に、櫻子《さくらこ》の外出《ぐわいしゆつ》しないうちに自分《じぶん》も富田《とみた》の家《いへ》を出《で》た。

暗《くら》い空《そら》

田村俊子

九

櫻《さくら》の花《はな》が咲《さ》くやうになつてから、畫《くわ》室《しつ》の右手《みぎて》の窓《まど》が二《ふ》たつながら花《はな》の陰《かげ》にふさがれて朦朧《もうろう》とした白《しろ》い色《いろ》を匂《にほ》はせてゐる。何時《いつ》顔《かほ》を上《あ》げて見《み》ても、何時《いつ》眼をやつて眺《なが》めても、朝《あさ》の光《ひか》りを含《ふく》み、夕暮《ゆふぐれ》れの光《ひか》りを含《ふく》んで、朦朧《もうろう》とした花《はな》の色《いろ》がそこに浮游《ふいう》してゐる。濃《こ》くその色《いろ》をにぢませたり、薄《うす》くその色《いろ》を乾《かは》かせたりしながら、花《はな》の陰《か》に始終《しじう》窓際《まどぎは》をいつぱいに隈取《くまど》つてゐる。恰度《ちやうど》戀《こひ》にあこがれてゐる人《ひと》の靈魂《れいこん》がそつと其處《そこ》に立《た》ち添《そ》つてゐるやうな執着《しふちやく》の強《つよ》い、果敢《はか》なげな朧げな陰《かげ》である。

錄子《ろくこ》は籐椅子《とういす》に身《み》を横《よこ》たへながら、よく花《はな》の陰《かげ》を眺《なが》めては思《おも》ひに耽《ふけ》つた。その時《とき》自分《じぶん》の思想《しさう》がその靜寂《せいじやく》な花《はな》の陰《かげ》に宿《やど》つてゐた。そうして、しつとりと重《おも》い暗《くら》い媚《なま》めかしさがそこから湧《わ》いて、錄子《ろくこ》の胸《むね》に幽《かすか》な美《うつく》しい血《ち》をゆるがせた。

室《しつ》の中《なか》はいろ〳〵な花《はな》の香《かを》りが滿《み》ちてゐた。カーネエションやフリイジヤの香《かを》りが、甘《あま》く、刺戟《しげき》強《つよ》く匂《にほ》ひ散《ち》らして、飽《あ》きつぽい女主人《をんなしゆじん》の嗅覺《きうかく》にその香《かを》りをなづませまいとして注意《ちうい》を怠《おこた》らずにゐるやうに、清新《せいしん》な息《いき》を花《はな》が代《かは》る〴〵吐《は》いてゐた。錄子《ろくこ》はもう二時間《じかん》ほどそこで畫布《ぐわふ》に向《むか》つてゐた。時々、溜息《ためいき》といつしよにさらつさ動《うご》かすスリッパか、床《ゆか》に觸《さは》つて音《おと》を低《ひく》く軋《きし》らせる外《ほか》には、四邊《あたり》が閉《と》ざしてあるので室内《しつない》は何《なに》も聞《き》えるものも動《うご》くものもなかつた。錄子《ろくこ》自身《じしん》には、自分《じぶん》の頭腦《づなう》にひゞく製作《せいさく》の興奮《こうふん》の血《ち》の鳴《な》りが、銳敏《えいびん》な感覺《かんかく》の中《なか》を脈《みやく》打《う》つて貫《つらぬ》いてゐることばかりが感《かん》しられた。錄子《ろくこ》は一心《しん》になつて向《むか》からかゝつてゐる「櫻《さくら》の精《せい》」をかいてゐた。錄子《ろくこ》はまだ全《まつた》くその畫《ゑ》から興味《きようみ》が失《うしな》はれずにゐた。一度錄子《ろくこ》の頭《あたま》の上《うへ》に

ぽつんと落《お》ちて忽《たちま》ちひろがつた「櫻《さくら》の精《せい》」の幻影《げんえい》は、自分《じぶん》がそれを繪《ゑ》の具《ぐ》で畫布《ぐわふ》にかき現《あら》はしてゐる間《うち》に、だん〳〵に滅茶《めちや》々々《〳〵》になつてきたけれども、それでもまだ、仕《し》上《あ》げの技《ぎ》巧《かう》の上《うへ》に細《ほそ》い筆《ふで》の力《ちから》を働《はたら》かせることに趣《しゆ》味《み》を感《かん》じて錄子《ろくこ》は描《か》きつゞけてゐた。櫻《さくら》の花《はな》が亂《みだ》れてもつれて、こまかく集《あつま》つたり荒《あら》くちらばつたり渦《うづ》を巻《ま》いたりしてゐるのが、無數《むすう》の眠《ねむ》つてゐる女《をんな》の顏《かほ》になつて見《み》えるやうな畫《ゑ》であつた。錄子《ろくこ》はその顏《かほ》の一《ひ》とつ〳〵の表情《へうじやう》に苦《くるし》んでゐた。

そこへ扉《と》をあけてはいつて來《き》たのは榮《さかえ》であつた。榮《さかえ》は富田《とみた》の家《うち》を出《で》ると、直《す》ぐYの郊外《かうぐわい》にゐる錄子《ろくこ》のところへ眞《ま》つ直《す》ぐに來《き》た。外《そと》はこの頃《ごろ》の日《ひ》和癖《よりぐせ》になつてゐる四月《しぐわつ》の荒《あら》い風《かぜ》が吹《ふ》き初《はじ》めてゐた。榮《さかえ》の顏《かほ》は郊外《かうぐわい》の日《につ》光《くわう》に照《て》りつけられて赤《あか》くなつてゐた。油《あぶら》が毛《け》から彈《はじ》かれて、ばさ〳〵になつた髮《かみ》が頰《ほゝ》や前髮《まへがみ》などに亂《みだ》れてゐた。

錄子《ろくこ》は榮《さかえ》を見《み》ると初《はじ》めて製作《せいさく》に疲《つか》れたやうな顏付《かほつき》で、畫布《ぐわふ》の傍《そば》をはなれてきた。錄子《ろくこ》は榮《さかえ》と殆《ほと》んど同《おな》じ型《かた》にはめて拵《こしら》へた形《かたち》のやうに、脊《せい》も肉《にく》付《つ》きも骨組《ほねぐ》みも同《おな》じやうに生《うま》れ付《つ》いてゐた。髮《かみ》の恰好《かつかう》も似《に》てゐた。その毛《もう》髮《はつ》の軟《やはら》かさも色《いろ》の薄《うす》赤《あか》く癖《くせ》のないのも似《に》てゐた。だが其《そ》の二人《ふたり》の樣子《やうす》は全《まる》で異《ちが》つてゐた。錄子《ろくこ》は華奢《きやしや》にできた身躰《からだ》つきを損《そん》じないやうに柔《やはら》かい着物《きもの》を着流《なが》して、その形《かたち》を美《うつく》しく拵《こしら》へてゐたけれども、榮《さかえ》は華奢《きやしや》な身《から》躰《だ》にわざと反抗《はんかう》するやうに、ごつ〳〵した物《もの》を手荒《てあら》に着纏《きまと》つてゐた。錄子《ろくこ》は自分《じぶん》の身体《からだ》の全体《ぜんたい》を引《ひ》き摺《ず》つてくるやうな風《ふう》で榮《さかえ》の傍《そば》に來《き》た。

「勉强《べんきやう》をしてゐるんですか。」

榮《さかえ》は友達《ともだち》の畫《ゑ》の前《まへ》に行《い》つて、それを眺《なが》めながら云《い》つた。然《そ》うしてしばらくその畫《ゑ》を見《み》てゐた。榮《さかえ》は友人《ともだち》の仕《し》事《ごと》に對《たい》する同情《どうじやう》の義務《ぎむ》のやうに、自《じ》分《ぶん》はその畫《ゑ》にそれほど心《こゝろ》も惹《ひ》かれなかつたけれども、何《なに》かその畫《ゑ》に就《つ》いて云《い》はなければならないことを見《み》付《つ》けやうとして考《かんが》へてゐた。

「何《ど》う云《い》ふ畫《ゑ》なんです。」

錄子《ろくこ》はわざと自分《じぶん》の畫《ゑ》の傍《そば》に來《こ》ずに、遠《とほ》くで笑《わら》つてゐた。

「自分《じぶん》にも分《わか》らない。」

「あふ。私《わたし》には分《わか》つてゐる。これは女《をんな》の性欲《せいよく》をシンボルした畫《ゑ》なんでせう。」

榮《さかえ》は然う云《い》つて笑《わら》つた。

暗い空

田村俊子

十

「隠《かく》してもいけませんよ。あなたはそれを象徴《シンボル》しやうと思《おも》つてかいたんです。又私《またわたし》に悪口《わるくち》を云《い》はれるのが厭《いや》で何《なん》とも云《い》はずにゐるんです。ところがこの畫《ゑ》は駄目《だめ》ですよ。」

「駄目《だめ》です。」か

「深《ふか》いものが何《なん》にも出《で》てゐませんよ。これは玩具《おもちや》の風車《かざぐるま》ですね。もつと靑《あを》い色《いろ》を憂鬱《いううつ》に現《あら》はすとよかつたんですね。私《わたし》は然《さ》う思《おも》ひますよ。やつぱり奇麗《きれい》な畫《ゑ》ですね。」

「然《さ》う。然《さ》う。なんでもよろしい。」

錄子《ろくこ》は始終《しじう》笑《わら》ひを投《な》げながら、椅子《いす》の上《うへ》にぐつたりしてゐた。今《いま》まで自《じ》分《ぶん》を霧《きり》のやうに包含《はうがん》してゐた豐《ゆた》かな藝術《げいじゆつ》の氣分《きぶん》が、まだ血《ち》のなかで密々《ひそ〳〵》とはしやいでゐるやうな柔《やはら》かな心持《こゝろもち》を味《あぢ》はひながら、室《へや》のなかの花《はな》を見《み》廻《まは》した。

室咲《むろざき》の赤《あか》い躑躅《つゝじ》の花《はな》が眼《め》についた。

「この花《はな》も赤《あか》い色《いろ》が汚《きたな》い。ねえ。赤《あか》い色《いろ》が汚《きたな》いでせう。」

「あなたはこんな畫《ゑ》ばかり描《か》いてるんですね。丁度《ちやうど》この頃《ころ》の象徴詩《しやうちようし》見《み》たいな畫《ゑ》ばかり描《か》いてるちやありませんか。詩《し》を詠《よ》むつもりで畫《ゑ》を描《か》いてゐるあなたの態度《たいど》は私《わたし》には喰《く》ひつ足《た》りませんね。もつと強《つよ》い、力《ちから》のあるものを描《か》いたらいゝぢやありませんか。もつと現實的《げんじつてき》なものをお描《か》きなさい。現實《げんじつ》に密接《みつせつ》したものをおかきなさい。こんな藝術《げいじゆつ》はいつまで經《た》つたつて大《おほ》きくならない。」

榮《さかえ》はやつぱり笑《わら》ひながら、畫《ゑ》の前《まへ》に立《た》つたまゝで云《い》つてゐた。無數《むすう》の眠《ねむ》つてる女《をんな》の顔《かほ》がもや〳〵と蠢《うごめ》いたやうな感《かん》じにふと襲《おそ》はれながら、榮《さかえ》は畫面《ぐわめん》を見詰《みつ》めてゐた。

錄子《ろくこ》は默《だま》つて考《かんが》へてゐた。自分《じぶん》の纖《せん》細《さい》な官能《くわんのう》を藝術《げいじゆつ》の基礎《きそ》にして、そうして象徴《シンボル》を藝術《げいじゆつ》の生命《せいめい》にしてゐるをが、其《そ》れが自分《じぶん》の藝術《げいじゆつ》の全体《ぜんたい》だと思《おも》ひ信《しん》じてゐる。自分《じぶん》のほんとうの藝《げい》術《じゆつ》に生《い》きる道《みち》は其《そ》れより他《ほか》にないと思《おも》つてゐる。其《そ》れでいゝのだと思《おも》つてゐる。錄子《ろくこ》は自分《じぶん》と同《おな》じやうな女《をんな》の洋畫家《やうぐわか》が新《あたら》しい一部《いちぶ》の男《をとこ》の洋畫家《やうぐわか》たちと一所《いつしよ》に、自然《しぜん》を崇拜《すうはい》して、自然《ぜん》の生命《せいめい》そのものを直《なほ》に畫布《ぐわふ》に打《ぶ》つ突《つ》け得《え》ることをもつて、眞《しん》の藝術《げいじゆつ》と解釋《かいしやく》してゐるものに對《たい》して、常《つね》に反感《はんかん》を持《も》つてゐた。女《をんな》が、眞《しん》に生《ライフ》を突《つ》詰《つ》めた力《ちから》のある藝術《げいじゆつ》を産《う》み出《だ》すことさは、到底《たうてい》不可能《ふかのう》な事實《じじつ》だと云《い》ふ論理《ろんり》を錄子《ろくこ》は持《も》つてゐる。悲《かな》しいことに、女《をんな》はこの大《おほ》きな自然《しぜん》に觸《ふ》れ得《う》るだけの大《おほ》きな感受性《かんじゆせい》を持《も》つて生《うま》れてゐない。女《をんな》は、どこまで行《い》つても然《さ》う云《い》ふ大《おほ》きい使命《しめい》には打《ぶ》つ衝《つ》かり得《え》ないものだと思《おも》ひ信《しん》じてゐる。殊《こと》に女《をんな》には把《は》握的《あくてき》の力《ちから》がない。稀《まれ》に女性《ぢよせい》が、強烈《きやうれつ》な力《ちから》を摑《つか》んだ製作《せいさく》を其處《そこ》に産《う》み出《だ》したとしても、それは靈魂《れいこん》の大《おほ》きな力《ちから》ではない。いつも其《そ》れは激烈《げきれつ》な女性《ぢよせい》の生理的感情《せいりてきかんじやう》がもたらしてくる製作《せいさく》だと錄子《ろくこ》は思《おも》つてゐた。

自分《じぶん》の藝術《げいじゆつ》は弱《よわ》くても、生《ライフ》の深《ふか》さがなくつても、眞《ほんたう》の自分《じぶん》の藝術《げいじゆつ》だと思《おも》つてゐる。おもちやの様《やう》な藝術《げいじゆつ》でも、感覺《かんかく》ばかりの藝術《げいじゆつ》でもいゝ。それが自分《じぶん》の實際《じつさい》に持《も》つてゐるもので、そうして又《また》、其《そ》れに生《い》きることを自《みづか》ら信《しん》じてゐるものなら、自分《じぶん》の藝術《げいじゆつ》はどこまでも眞《しん》の自分《じぶん》と云《い》ふものゝ上《うへ》に立《た》つてゐる。自分《じぶん》は何《なに》も迷《まよ》ふことはない。それを押《お》し進《すゝ》めて行《ゆ》きさへすればいゝのだ――と。

だが榮はいつもそれに反對《はんたい》してゐた。女《をんな》が美《うつく》しい可愛《かあい》らしい藝術《げいじゆつ》を作《つく》ることを、性《せい》の本然《ほんぜん》だと解《かい》してゐるのは、其《そ》れは傳來的《でんらいてき》の感情《かんじやう》で、つまらない事《こと》だと云《い》ふのである。女《をんな》だからと云《い》つて、この大《おほ》きい生《ライフ》に打《ぶ》つ衝《つ》かり得《え》ない筈《はず》はない。そこまで靈魂《れいこん》の目《め》を明《あ》けるまで、修養《しうやう》しやうとしてゐるのが今《いま》の女《をんな》の要求《えうきう》だと云《い》ふのである。二人《ふたり》は逢《あ》ひさへすれば、然《さ》う云《い》つて論《ろん》じ合《あ》つた。然《しか》し、錄子《ろくこ》は自分《じぶん》の所信《しよしん》をかうして藝術《げいじゆつ》の製作《せいさく》の上《うへ》に現《あら》はしてゐることが出來《でき》たが、榮には何《なに》もなかつた。榮はそれだけに猶《なほ》生活《せいくわつ》の上《うへ》に苦《くる》しむことが多《おほ》かつた。錄子《ろくこ》は友達《ともだち》の物質的《ぶつしつてき》にも困難《こんなん》な境遇《きやうぐう》を眺《なが》めながら、然《さ》うしてそれに同情《どうじやう》しながら、いつも斯《か》く思《おも》つた。

「この人《ひと》の藝術《げいじゆつ》は、私《わたし》のところまでさへ現《あら》はすことができないでゐる。生涯《しやうがい》この人《ひと》は何《なに》も現《あら》はれずに終《をは》つてしまふのではないか。」

と云《い》ふのであつた。

暗い空

田村俊子

十一

「藝術《げいじゆつ》に性《せい》の問題《もんだい》はないでせう。天《てん》才《さい》に性《せい》の問題《もんだい》はないでせう。」

榮《ゑい》は錄子《ろくこ》に向《むか》つて何時《いつ》も持《も》ち出《だ》すこの言葉《ことは》を繰返《くりかへ》しながら、錄子《ろくこ》の傍《そば》に椅《い》子《す》を持《も》つてきて腰《こし》をかけた。

「女《をんな》に天才《てんさい》はない。女《をんな》に獨創《どくさう》はない」

それに答《こた》へる錄子《ろくこ》の言葉《ことは》も、何時《いつ》も斯《か》うと定《き》まつてゐた。女《をんな》には唯《たゞ》熟達《じゆくたつ》があるばかりである。一度男《をとこ》の手《て》で創始《さうし》されたものゝ中《なか》から一《ひ》とつを取《と》つて來《き》て、其《そ》れに自分《じぶん》の熟達《じゆくたつ》を求《もと》めるだけのものである。それだけだと錄子《ろくこ》は主張《しゆちやう》してゐる。自分《じぶん》の爲《し》てゐることもそれなのである。小《ちひ》さなものを細工《さいく》してゐるばかりなのである。自分《じぶん》は好《す》きな畫《ゑ》を描《か》いてさへゐればいゝのである。熟達《じゆくたつ》と云《い》ふをさへも考《かんが》へないのである。だが其《そ》の中《なか》におのづと或《あ》る自覺《じかく》がある。其《そ》れは飽《あ》くまでも女《をんな》の性《せい》を確實《かくじつ》に摑《つか》まうと云《い》ふ努力《どりよく》であつた。それが自分《じぶん》の藝術《げいじゆつ》に對《たい》する一切《さい》なものであると信《しん》じてゐた。

錄子《ろくこ》は今日《けふ》はそんな話《はなし》はしたくないので、榮《ゑい》が何《なに》か云《い》ひ出《だ》さうとすると、ついと白《しろ》い片《かた》手《て》を出《だ》して榮《ゑい》の口許《くちもと》を掩《おほ》ひにかゝつた。

「今日《けふ》は外《ほか》の事《こと》を話《はな》しませうよ。私《わたし》はねあなたに聞《き》いて貰《もら》ひたいことがあるんです。其《そ》れであなたの許《ところ》へ手《て》紙《かみ》を出《だ》さうかと思《おも》つてゐたところなんですから。」

「なんのお話《はな》し？」

「其《そ》れよりもあなたの方《はう》は何《ど》うなすつたの。やつぱり築地《つきぢ》へ行《い》つてるんですか。もう止《よ》したんですか。」

「行《ゆ》くまい行《ゆ》くまいと思《おも》ひながら、やつぱり行《い》つてたんです。お蔭《かげ》でおもしろい話《はなし》が起《おこ》つたんですよ。今《いま》も考《かんが》へながら此處《こゝ》まで來《き》たんですけれどね。何《ど》うもそれが自分《じぶん》の眞《ほんと》の生活《せいくわつ》ぢやないかとも思《おも》つてゐるんです。」

「なんなの。」

錄子《ろくこ》は聲《こゑ》を低《ひく》く詰《つ》めて、少《すこ》し驚《おどろ》かされたやうな身振《みぶり》をした。その時《とき》二人《ふたり》は初《はじ》めてゆつくりとお互《たがひ》の顏《かほ》を見合《みあ》つた。お互《たがひ》の顏《かほ》の缺點《けつてん》を二人《ふたり》はもう知《し》り盡《つく》し見盡《みつく》してゐるのだが、それでも偶《ふ》と久《ひさ》し振《ぶり》で顏《かほ》を見合《みあ》はせた時《とき》には、氣《き》になつてるその缺點《けつてん》にきつと眼《め》が着《つ》いた。其《そ》れが何《ど》うかして、

前《まへ》の時間《じかん》から慣《な》れた表情《へうじやう》の工合《ぐあひ》や、

生理的《せいりてき》の變化《へんくわ》などで、著《いちじる》しく缺點《けつてん》が眼《め》に立《た》つてゐる時《とき》は、見付《みつ》けた方《はう》の何方《どつち》かゞ不快《ふくわい》な思《おも》ひをして、それから後《あと》は成《な》る丈《だけ》それには眼《め》をつけないやうにした。けれども、其《そ》れがすつかりと不思議《ふしぎ》に隠《かく》されてゐるやうな時《とき》がある。筋肉《きんにく》が美《うつく》しくのびやかになつてゐて、顔全体《かほぜんたい》が自然《しぜん》な調和《てうわ》を作《つく》つてゐる時《とき》には、やつぱり缺點《けつてん》もその調和《てうわ》のなかにかくれてゐて、見馴《みな》れた眼《め》にも缺點《けつてん》がはつきりとは映《うつ》つてこない。然《さ》う云《い》ふ時《とき》は、見付《みつ》けた何方《どつち》かゞ安心《あんしん》するのである。今《こん》日《にち》は榮《さかえ》の顔《かほ》はいつもより美《うつく》しくて、録子《ろくこ》の方《はう》が皮膚《ひふ》が荒《すさ》んで見《み》えた。眼《め》の端《ふち》も薄黒《うすぐろ》くたるんでゐた。殊《こと》に段《だん》の付《つ》いた高《たか》い鼻《はな》が、みつともなかつた。いつも皺《しわ》なぞの見《み》えない額《ひたひ》に、皮膚《ひふ》に刻《きざ》み癖《くせ》のついた皺《しわ》が現《あら》はれてゐた。

「あなたの話《はなし》から聞《き》きますよ。どんな話《はなし》だか。きつと又《また》あの問題《もんだい》でせう」

榮《さかえ》は録子《ろくこ》の顔《かほ》から眼《め》を外《そ》らして、畫《ぐわ》室《しつ》の高《たか》い天井《てんぜう》を見上《みあ》げた。何所《どこ》かの水《みづ》に映《うつ》つた日光《につくわう》が壁《かべ》の上《うへ》に影《かげ》を斜《はす》に射《さ》して、ゆら〳〵と陽炎《かげろう》のやうに搖《ゆら》いでゐた。榮《さかえ》はそこに自分《じぶん》の視線《しせん》をしばらく落《おと》してゐた録子《ろくこ》の室《へや》にはいると必《き》つと感《かん》じる、豐《ゆた》かな、幸福《かうふく》な自由《じいう》な感覺《かんかく》が、榮《さかえ》の身《み》の上《うへ》に流《なが》れた。

榮《さかえ》は花《はな》の香氣《かうき》を思《おも》ふさま嗅《か》ぎながらうつとりした。

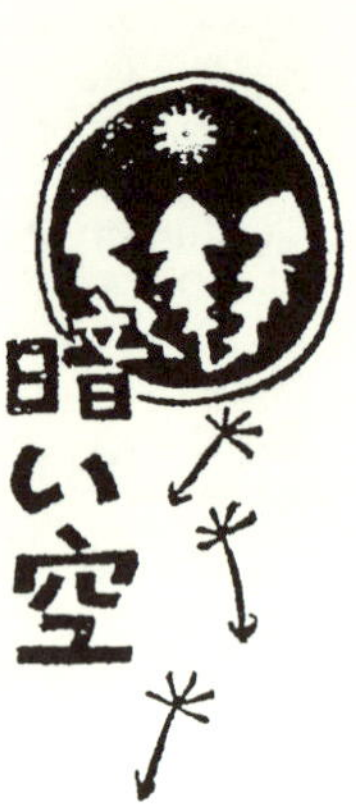

田村俊子

十二

録子《ろくこ》の父親《ちゝおや》は、なんでも東京《とうきやう》に出《で》てゐる録子《ろくこ》の爲《す》る儘《まゝ》に任《まか》せておいた。畫《ゑ》を專門《せんもん》にやるやうになつてからは、此家《こゝ》に録子《ろくこ》の望《のぞ》むやうな家《うち》も建《た》てゝやつた。録子《ろくこ》は故郷《くに》から來《き》てゐる老爺《ぢい》と若《わか》い女《をんな》の二人《ふたり》をおいて、勝《かつ》手《て》に、氣儘《きまゝ》に、仕《し》度《た》い三昧《まい》に好《す》きな仕事《しごと》をして日《ひ》を送《おく》つてゐた。

「なんでもいゝから萬人《まんにん》に勝《すぐ》れた女《をんな》になつてくれ。洋行《やうかう》でもなんでもさせてやる。」

父親《ちゝおや》は斯《に》うした意氣込《いきご》みで娘《むすめ》を大切《だいじ》にした。娘《むすめ》の云《い》ふまゝを、どんな事《こと》でも聞《き》き入《い》れてやつた。録子《ろくこ》の家《うち》は佐賀《さが》の素封家《そほうか》であつた。

「私《わたし》を偉《えら》いものにしやうと思《おも》つてゐるんだから困《こま》つてしまふ。もしお父《とう》さんが何處迄《どこまで》もその積《つも》りで私《わたし》を構《かま》つてゐるのだつたら、お終《しま》ひに何《ど》うなるでせう。お父《とう》さんは俺《おれ》の眼鏡《めがね》が違《ちが》つてゐたと云《い》つて落膽《らくたん》するでせうね。私《わたし》は偉《えら》い女《をんな》になんぞなるつもりぢやないんだから。偉《えら》くなる爲《ため》に勉強《べんきやう》をしてゐるのぢやないんだから」

録子《ろくこ》は榮によく斯《か》う話《はな》した。

「だけれど私《わたし》はこんな事《こと》を考《かんが》へますよ。私《わたし》は實《じつ》はお父《とう》さんを欺《だま》してゐるんだと思《おも》ふのです。何故《なぜ》と云《い》へばね、私《わたし》はまだお父《とう》さんに向《むか》つてはつきりと、私《わたし》は偉《えら》い女《をんな》になんぞ成《な》るつもりぢやありませんと云《い》ひ切《き》つたことがないんだから――つまり、私《わたし》はお父《とう》さんが私《わたし》に對《たい》して持《も》つてゐる希望《きばう》を、うまく利用《りよう》してゐるんだと思《おも》ふんです。私《わたし》はお父《とう》さんに甘《あま》へて自分《じぶん》の要求通《えうきうどほ》りをお父《とう》さんに爲《さ》せて了《しま》ふことを知《し》つてゐるんですからね。お父《とう》さんにいろ〳〵藝術上《げいじゆつじやう》のむづかしい問題《もんだい》を持《も》ち出《だ》して私自身《わたしじしん》が偉《えら》さうにちよいと脅《おど》かしておいたり、一度《ど》自分《じぶん》の畫《ゑ》が世間《せけん》に紹介《せうかい》されたりすると、それを自分《じぶん》で誇張《こちやう》した贊辭《さんじ》を附《つ》け加《くは》へて手紙《てがみ》で送《おく》つてやつたりするんです。くだらない事《こと》でせう。お父《とう》さんはそれは喜《よろこ》びますよ。私《わたし》がデイレツタントでゐたい以上《いじやう》、斯《か》うしてお父《とう》さんをうまく安心《あんしん》させておかなければこの生活《せいくわつ》がむづかしくなるんですからね。私《わたし》はこの間《あひだ》に、いやなものがあると思《おも》ふけれども仕方《しかた》がないんだから。」

「今《いま》のうちにお父《とう》さんをよく理解《りかい》し合《あ》つて了《しま》ふ方《はう》がいゝぢやありませんか。お父《とう》さんにあなたが一生《しやう》遊《あそ》ぶつもりでゐる事《こと》を、今《いま》の内《うち》にはつきりと主張《しゆちやう》なすつた方《はう》がいゝぢやありませんか。」

「私《わたし》はもう少《すこ》し、父《ちゝ》の前《まへ》で、偉《えら》い女《をんな》になるつもりで勉強《べんきやう》をしてゐる樣《やう》な顏《かほ》をしてゐやうと思《おも》ふんです。差《さ》し當《あた》つて父《ちゝ》の誤解《ごかい》が私《わたし》の生活《せいくわつ》の上《うへ》に影響《えいきやう》してもこないんだから。」

錄子《ろくこ》は斯《か》くして、よく遊《あそ》んでゐた。世間《せけん》に出《で》て働《はたら》く女《をんな》にばかり同情《どうじやう》を持《も》つてゐる榮は、錄子《ろくこ》の生活《せいくわつ》に對《たい》してある微《かすか》な人生的《じんせいてき》の敵意《てきい》を含《ふく》んでゐるほどであつたけれ共《ども》、自分《じぶん》が働《はたら》きに疲《つか》れた身體《からだ》をこの室《へや》に運《はこ》んで來《き》て、そこで花《はな》の香《かを》りに浸《ひた》つたり、露骨《ろこつ》な錄子《ろくこ》の戀《こひ》の情熱《じやうねつ》を聞《き》いたり、錄子《ろくこ》の弾《ひ》くピアノの音《ね》に自分《じぶん》の感情《かんじやう》が誘惑《いうわく》的《てき》に溶《と》け合《あ》つて行《い》つたりする心持《こゝろもち》に自身《じしん》の幸福《かうふく》を見出《みだ》さないではゐられ

なかつた。榮は錄子《ろくこ》を訪《たづ》ねてくる時《とき》が、どの自分《じぶん》の時間《じかん》よりも、いちばん甘《あま》い欲情《よくじやう》を自身《じしん》に意識《いしき》させてくれるやうに思《おも》はれた。榮は今《いま》も、然《さ》うした欲情《よくじやう》にそゝられながら、何時《いつ》までもうつとりしてゐた。女《をんな》が紅茶《こうちや》を持《も》つて來《き》て卓子《てーぶる》の上《うへ》に置《お》いて行《い》つた。錄子《ろくこ》は血《ち》に倦《う》んで脈管《みやくくわん》が、ぼつとしたやうな他愛《たわい》もない白《しろ》い柔《やわら》かな温《あたゝ》かさうな手《て》で、茶碗《ちやわん》を取《と》り上《あ》げてゐた。榮は其《そ》の手《て》の動《うご》くのなどを興《きよう》ありさうに見《み》たりした。

「林《はやし》の中《なか》を散歩《さんぽ》して來《き》ませうか。」

錄子《ろくこ》は銀絲《ぎんし》で縁《ふち》を縫《ぬ》つた黒天鵞絨《くろびろうど》のマントを引《ひ》つかけて畫室《ぐわしつ》の扉《と》から外《そと》に出《で》た。榮も後《あと》から扉《と》の外《そと》の石段《いしだん》を下《お》りやうとした時《とき》に、庭《には》を廻《まは》つてそこまで歩《ある》いて來《き》た男《をとこ》があつた。錄子《ろくこ》は榮を振返《ふりかへ》つて見《み》てから、

「あなたも一所《しよ》にいらつしやいな。」

と云《い》ひながら男《をとこ》の方《はう》へ寄《よつ》て行《い》つた。

田村俊子

十三

榮は峰夫《みねを》と顔《かほ》を見合《みあ》はせた時《とき》に、その顔《かほ》のあんまり蒼《あを》いのに驚《おどろ》きながら、輕《かる》く會釋《ゑしやく》をした。

「外《そと》は風《かぜ》がひどく吹《ふ》いてますよ。こんな風《かぜ》に散歩《さんぽ》なさるんですか。」

峰夫《みねを》は榮《さかえ》の方《はう》を向《む》いて云《い》つた。さうして女《をんな》たちと反對《はんたい》に畫室《ぐわしつ》の入《い》り口《くち》の短《みじか》い石段《いしだん》を上《あが》つて來《き》た。すらりと丈《たけ》の高《たか》い骨《ほね》つぽい身體《からだ》に、マントが長《なが》く、ほんの肩《かた》のところに輕《かる》く引《ひ》つ括《く》つてゐるやうな持《も》ち重《おも》りのする態《しな》を靡《なび》かせて、後《うしろ》の方《はう》に着流《きなが》れてゐた。

「林《はやし》の中《なか》へはいつてしまへば風《かぜ》は當《あた》らないかも知《し》れませんね。」

「でも、途中《とちう》がたまらないでせう。いやな風《かぜ》ですからね。」

峰夫《みねを》は立《た》ち止《ど》まつて、自分《じぶん》の方《はう》を向《む》いてゐる二人《り》の女《をんな》の顔《かほ》を見比《みくら》べてから、扉《と》を開《あ》けて中《なか》に入《はひ》つて行《い》つた。

「まあ行《い》つてらつしやい。」

畫室《ぐわしつ》の中《なか》で峰夫《みねを》の斯《か》う云《い》ふ聲《こゑ》がした。

二人《り》は庭《には》の木戸《きど》から狹《せま》い崖道《がけみち》に出《で》た。はた〳〵と物《もの》を疊《たゝ》んでくるやうに、遙《はる》か彼方《むかう》の煉瓦《れんぐわ》の建物《たてもの》の上《うへ》から二人《り》の歩《ある》いて行《ゆ》く眼《め》の前《まへ》まで、日光《につくわう》の影《かげ》がだん〳〵に一《ひ》と塗抹《ず》りづゝ消《き》えてきた。天上《てんじやう》の雲《くも》は二人《り》の姿《すがた》を越《こ》してから、又《また》その後《うしろ》の日光《につくわう》の影《かげ》をだん〳〵に襲《おそ》つていつた。

風《かぜ》が強《つよ》く二人《り》を摑《つか》み捨《す》てるやうに吹《ふ》きつけながら、二人《り》の周圍《しうゐ》に音《おと》を走《はし》らせて行《い》つた。

「ひどい風《かぜ》ですね。」

榮《さかえ》は自分《じぶん》の後《うしろ》から來《く》る錄子《ろくこ》を振《ふ》り返《かへ》つた。

「今《いま》は春《はる》でせう。いつたい春《はる》つて季節《きせつ》は、ろくな季節《きせつ》ぢやないんですね。まあ、春《はる》つて聯想《れんさう》して見《み》るでせう。何處《どこ》にもとろりとした融《と》かされたやうな空氣《くうき》が香《かを》つてゐて、靜《しづ》で、溫《あたゝ》かで、その氣候《きこう》の中《なか》からある情慾《じやうよく》が醸《かも》されるほど豐潤《ほうじゆん》だと斯《か》う思《おも》ふでせう。だけど然《さ》うぢやないんですね實際《じつさい》は。――春《はる》つてものは底意地《そこいぢ》の惡《わる》いこんな風《かぜ》が吹《ふ》き廻《まは》つてゐるうちに、いら〳〵いぢ〳〵して濟《す》んでしまふんですね。毎日々々《まいにち〳〵》こんな風《かぜ》が吹《ふ》き廻《まは》つてゐるうちに夏《なつ》になつてしまふんでせう。こんな春《はる》に毎年《まいねん》逢《あ》つてゐながら、春《はる》を春《はる》らしく思《おも》はうと

267　「暗い空」『読売新聞』大正3（1914）年4月22日

するのはつまらない理想《りさう》ですね。四季《き》のうちで春《はる》ぐらゐ矛盾《むじゆん》した不調和《ふてうわ》な不自然《ふしぜん》ないやな氣候《きこう》はないとふ思《おも》でせう。暖《あたゝ》かさの底《そこ》に寒《さむ》さが針《はり》のやうにちく／＼してゐたり、寒《さむ》さの底《そこ》に暖《あたゝ》かさが歯痛《しつう》のやうにうよ／＼してゐたり。」

榮《さかえ》は斯《か》う云《い》ひながら、強《つよ》く吹《ふ》く風《かぜ》に顔《かほ》を差《さ》し向《む》けて反抗《はんかう》した。髪《かみ》が掻《か》きむしられるやうに亂《みだ》れた。

「春《はる》ぐらゐいやな時《とき》はありやしない。」

「あなたは物《もの》に飽《あ》きるつてことをほんとに經驗《けいけん》したことがある？」

錄子《ろくこ》は、道《みち》の幅《はゞ》が濶《ひろ》くなつたところで榮《さかえ》に並《なら》んで歩《ある》いた。片側《かたがは》は地面《ちめん》を區《し》劃《き》つた板塀《いたべい》が何町《なんちやう》か續《つゞ》いてゐた。崖際《がけぎは》に鮮《あざ》やかな青《あを》い色《いろ》を着《つ》けた草《くさ》が生《は》えのびてゐた。道《みち》の途中《とちう》に切《き》り株《かぶ》から長《なが》い木《き》の芽《め》の出《で》てゐるのなどがあつた。それが二人《ふたり》の裾《すそ》に觸《さは》つて、錄子《ろくこ》の草履《ざうり》がそれを突《つ》つかけたりした。

「私《わたし》は飽《あ》きるつてことをまだ知《し》らないやうですよ。私《わたし》の生活《せいくわつ》は物《もの》に飽《あ》きたりしてゐる隙《ひま》がないんだから。」

「然《さ》うですね。」

「それが春《はる》の氣候《きこう》と何《なに》か關係《くわんけい》があると云《い》ふんですか。」

「然《さ》うぢやない。別《べつ》の事《こと》です。この頃《ころ》私《わたし》の心《こゝろ》に始終《しじう》引《ひ》つかゝつてゐるある事《こと》なの。」

「何《なに》かに飽《あ》きたとでも云《い》ふんですか。戀《こひ》に飽《あ》きたんですか。」

榮《さかえ》は男性的《だんせいてき》の調子《てうし》を帯《お》びた言葉《ことば》で斯《か》う云《い》つて聞《き》いた。

「飽《あ》きてしまつた戀《こひ》を何《ど》うしやうかと思《おも》つて、持ちあぐんでるぢやないんですか。さつきあなたが話《はな》しをすると云《い》つたのはそんな事《こと》？」

「まあ然《さ》うなの。」

錄子《ろくこ》は首肯《うなづ》きながら然《さ》う云《い》つた。

暗い空

田村俊子

十四

林《はやし》の中《なか》は風《かぜ》が侵《をか》してこなかつた。風《かぜ》の遠鳴《とほな》りが林《はやし》の周圍《しうゐ》を騷亂《さうらん》させながら通《とほ》り過《す》ぎて行《ゆ》くばかりで、林《はやし》の中《なか》は踏《ふ》み分《わ》けて進《すゝ》めば進《すゝ》むほど、ぢつとりと重《おも》く森《しん》として木の魂《たましひ》が眠《ねむ》つてゐた。時々《とき〴〵》、外《そと》の風《かぜ》の遠鳴《とほな》りに強《し》ひられて、ふと相呼應《あひこおう》するやうに樹《き》の梢《こずゑ》がざわつと頭《あたま》を振《ふ》ることがあるが、直《す》ぐに寂寞《しん》として又眠《またねむ》りの中《うち》にその心《こゝろ》を垂《た》れていつた。林《はやし》の中《なか》の司神《つかさがみ》は、この眠《ねむ》りの中《うち》にひそかに春《はる》を醸《かも》さうとしてゐるやうに、まだ樹《き》の群《む》れに向《むか》つて何《なん》の知《し》らせも與《あた》へてゐなかつた。だから樹々《きゞ》は自分《じぶん》のからだに嫩葉《わかは》の芽《め》のふき初《はじ》めたことも知《し》らずに、冬《ふゆ》からの快《こゝろよ》い睡眠《すゐみん》の中《うち》に沈《しづ》んだ儘《まゝ》でゐた。

榮は心持《こゝろもち》がよかつた。林《はやし》の中《なか》の爽《さわ》やかな氣《き》を吸《す》つて歩《ある》きながら、この前《まへ》二人《り》で林《はやし》へ遊《あそ》びに來《き》た時《とき》の事《こと》などを思《おも》ひ出《だ》してゐた。落葉《おちば》がいつぱいに積《つも》つてゐた頃《ころ》であつた。錄子《ろくこ》は自分《じぶん》の新《あたら》しい戀《こひ》を、落葉《おちば》の中《なか》にしやがみ

ながら榮に話《はな》した。

「でも今度《こんど》はよく續《つゞ》くぢやありませんか。あなたの戀《こひ》は。」

榮はひやかすやうに云《い》つた。

「えゝ。私《わたし》を押《おさ》へてる方《はう》の人《ひと》の力《ちから》が強《つよ》かつたから——私《わたし》はその内《うち》に旅行《りよかう》をします一人《ひとり》で。それを機《しほ》に何《ど》うかして別《わか》れてしまはうと思《おも》つてゐるんです。」

錄子《ろくこ》は行《ゆ》き過《す》ぎやうとして手《て》を延《の》ばして、大《おほ》きな楓《かへで》の木の二《ふ》た葉《は》を挘《むし》りとつた。急《きふ》にある感情《かんじやう》が湧《わ》き立《た》つてきて、手《て》を思《おも》ひ切《き》り延《の》ばすか、足《あし》を突《つ》つ張《は》るか、自分《じぶん》の身體《からだ》を筋肉《きんにく》の張《は》れる限《かぎ》り運動《うんどう》させないではゐられない樣《やう》な、血《ち》の動亂《さうらん》してくる心持《こゝろもち》がした。錄子《ろくこ》は楓《かへで》の葉《は》を口《くち》に宛《あ》てがひながら林《はやし》の中《なか》を拍子《ひやうし》を取《と》つて踵《かゝと》で跳躍つて歩《ある》いた。

「私《わたし》がもし幼少《ちひさ》い時《とき》から輕業師《かるわざし》のや

るやうな事《こと》を稽古《けいこ》してゐたら、あんなタンゴ踊《をどり》以上《いじやう》のものを作《こしら》へだして見《み》せると思《おも》ふ時《とき》がある。」

錄子《ろくこ》は立《た》つて見《み》てゐる榮《さかへ》の傍《そば》へ寄《よ》つてきて云《い》つた。

「丁度《ちやうど》、こんな感情《かんじやう》が起《おこ》つてくる時《とき》なんです。」

錄子《ろくこ》は息《いき》を切《き》つて胸《むね》を波立《なみだ》たせてゐた。血《ち》が縱横《じゆうわう》に循環《じゆんくわん》し初《はじ》めたのがその頰《ほゝ》に美《うつく》しく微動《びどう》の影《かげ》を映《うつ》してゐた。眼《め》がくつきりと明《あき》らかな感能《かんのう》を保《たも》つて、肉《にく》の快濶《くわいくわつ》が自然《しぜん》と笑《わら》はせた顏《かほ》の表情《へうじやう》がはつきりと輝《かゞや》いてゐた。

「蛇《へび》をね。いろ〳〵に撓《しな》はせたり、巻《ま》き付《つ》けたり、丸《まる》めたり、のたくらせたりするやうに、自分《じぶん》の身體《からだ》を自《じ》由《いう》自在《じざい》に運動《うんどう》させて見《み》たくなる事《こと》があるんです。丁度《ちやうど》、こんな感情《かんじやう》の起《おこ》つてくる時《とき》――自分《じぶん》の足《あし》の爪先《つまさき》が頭《あたま》の上《うへ》にくつついたり、自分《じぶん》の頭《あたま》が兩《りやう》足《あし》の間《あひだ》から向《むか》ふへ出《だ》すことが出來《でき》たりしたら、どんなに快《い》い心持《こゝろもち》でせう。私《わたし》はきつとこの感情《かんじやう》だけでうまく演《や》つて見《み》せることが出來《でき》ると思《おも》ふの。私《わたし》の身體《からだ》はちつとも痛《いた》みを感《かん》じませんよ。ちつとも痛《いた》くない。」

錄子《ろくこ》は左《ひだり》の腕《うで》を背中《せなか》へ廻《まは》して、それを右《みぎ》の手《て》で拔《ぬ》けるほど引《ひ》つ張《は》つてゐた。

「放縱《はうじゆう》な官能欲《くわんのうよく》をすつかり筋肉《きんにく》の運《うん》動《どう》の上《うへ》に現《あら》はして了《しま》ふことができたら、快《い》い心持《こゝろもち》でせうね。あらゆる情《じやう》欲《よく》をすつかり全身《ぜんしん》の筋肉《きんにく》の運動《うんどう》の上《うへ》に散《ち》らしてしまつたらどんなに面白《おもしろ》いでせうね。そうして其《そ》れを公衆《こうしゆう》に見《み》せることが出來《でき》たらね。」

錄子《ろくこ》はずん〳〵奥《おく》の方《はう》へ歩《ある》いて行《い》つた。林《はやし》の間《あひだ》から赤《あか》い夕日《ゆふひ》がちらと見《み》えた。榮《さかへ》はそこに立止《たちど》まつて錄子《ろくこ》の行《ゆ》く方《はう》へは伴《つ》いてゆかずにゐた。

「私《わたし》は歸《かへ》りますよ。」

榮《さかへ》は大《おほ》きな聲《こゑ》で云《い》つたが錄子《ろくこ》は返事《へんじ》をしなかつた。黑《くろ》いマントが樹《き》の間《あひだ》をしはらくゆら〳〵してゐたが、見《み》えなくなつた。榮《さかへ》は一人《ひとり》で何《なに》か考《かんが》へに耽《ふけ》りながら舊《もと》の道《みち》へ引《ひ》つ返《かへ》し初《はじ》めた。風《かぜ》がまだ林《はやし》の外《そと》を強《つよ》く吹《ふ》き廻《まは》つてゐた。

田村俊子

十五

榮《さかえ》は友達《ともだち》の、戀《こひ》に無頼《ぶらい》なその心持《こゝろもち》に今日《けふ》はかすかな怒《いか》りが起《おこ》つてゐた。

「戀《こひ》に飽《あ》きる。しかも彼《あ》の男《をとこ》との戀《こひ》に。」

榮《さかえ》はさつき畫室《ぐわしつ》の入《い》り口《ぐち》で、自分《じぶん》と眼《め》を見合《みあ》はせた時《とき》の男《をとこ》の蒼《あを》い顏《かほ》を思《おも》ひ浮《うか》べた。自分《じぶん》の心《こゝろ》にしつかりと抱《だ》いてゐた頃《ころ》の、あの愛《あい》を含《ふく》んだ男《をとこ》の眼《め》が榮《さかえ》の心《こゝろ》になつかしい思《おも》ひの響《ひゞ》きを返《かへ》してきた。

榮《さかえ》はうつかりと、自分《じぶん》の心《こゝろ》を取《と》り外《はづ》したやうな氣咎《きとが》めを自《みづか》ら感《かん》じて、その思《おも》ひ出《で》を打《う》ち消《け》してしまつた。男《をとこ》と錄子《ろくこ》との間《あひだ》に、嘗《かつ》ての自分《じぶん》たちの間《あひだ》よりも一層《そう》進《すゝ》んだ、濃厚《のうこう》な、たしかな戀《こひ》が成《な》り立《た》つてから、榮《さかえ》は決《けつ》して夢《ゆめ》にも辿《たど》つたことのない追懷《おもひで》であつた。その時限《ときかぎ》り、榮《さかえ》は男《をとこ》を忘《わす》れることに努《つと》めたと云《い》ふよりは、自分《じぶん》の戀《こひ》をすつかり錄子《ろくこ》の胸《むね》のなかに人知《ひとし》れず投《な》げ出《だ》してしまつたやうな心持《こゝろもち》でゐた。男《をとこ》に對《たい》して持つてゐた愛着《あいぢやく》は、何《なに》も知《し》らずにゐる錄子《ろくこ》に殘《のこ》らず與《や》つてしまつてさつぱりしてゐた。それが思《おも》ひがけなく、男《をとこ》に對《たい》する同情《どうじやう》から、ふと自分《じぶん》の戀《こひ》の聯想《れんさう》を喚《よ》び起《おこ》したを羞《はづ》かしく思《おも》つた。榮《さかえ》は錄《ろく》子《こ》の云《い》つた事《こと》は考《かんが》へないことに定《き》めて、錄子《ろくこ》が林《はやし》の奥《おく》から出《で》てくるのを待《ま》つてゐた。

錄子《ろくこ》は何《ど》うしてゐるのかいつまでも出《で》てこなかつた。暮《く》れがたが近《ちか》づいてくるのが、林《はやし》の空氣《くうき》のおもさで量《はか》られるやうに、樹《き》から樹の間《あひだ》に何《なに》か色《いろ》を帶《お》びた不純《ふじゆん》な氣勢《けはひ》がひそやかに染《し》みひろがつてゆくのが、むつとして坐《すわ》つてゐる榮《さかえ》に感《かん》じられた。

「錄子《ろくこ》さん。」

榮《さかえ》は五六歩《ほ》足《あし》を進《すゝ》めて呼《よ》んで見《み》たが錄子《ろくこ》の返事《へんじ》がないので、奥《おく》の方《はう》へはいつて行《い》つた。錄子《ろくこ》はマントを兩手《りやうて》できゆつと引《ひ》き緊《し》めながら、小高《こだか》くなつた丘《をか》の藪《やぶ》の際《きは》に立《た》つてゐた。其《そ》處《こ》からは疎《まば》らになつた木立《こだち》を通《とほ》して、林《はやし》の外《そと》の荒《あ》れた墓地の一角《いつかく》が見《み》えた。

「私《わたし》は歸《かへ》りますよ。そこでお別《わか》れして。」

榮《さかえ》は下《した》から聲《こゑ》をかけた。錄子《ろくこ》は、

「寒《さむ》くなつて來《き》ましたね。」

と低《ひく》い聲《こゑ》で云《い》ひながら、榮《さかえ》の方《はう》を向《む》いておりてきた。錄子《ろくこ》の顔《かほ》は急《きふ》に蒼《あを》ざめてゐた。その眼《め》が涙《なみだ》を持《も》つてゐた。まだ何《なに》か考《かんが》への續《つゞ》きからその思《おも》ひをすつかり引《ひ》はなして了《しま》ふことができないでゐるやうに、疲《つか》れた眉宇《りう》の表情《へうじやう》がその儘《まゝ》でゐた。

「何《ど》うかしたんですか。はしやぎくたびれたんですか。」

「いゝえ。」

錄子《ろくこ》はだまつて、榮《さかえ》と並《なら》んで行《ゆ》きながら林《はやし》を出《で》た。僅《ほん》の五分《ぶん》十分《ぶん》の間に錄子《ろくこ》がひどく憔悴《やつ》れたやうな面色を見《み》せたことを、榮《さかえ》は不思議《ふしぎ》に思《おも》つた。

錄子《ろくこ》はマントの下《した》から手《て》を延《の》ばして榮《さかえ》の手《て》を取《と》つた。自分《じぶん》一人《ひとり》では支《さゝ》へきれない身體《からだ》の重《おも》さを、榮《さかえ》の力《ちから》に托《かつ》けてしまはうとする樣《やう》に、錄子《ろくこ》は一寸《ちよつと》したあひだ榮《さかえ》に寄《よ》りかゝつて歩《ある》いたが、直《ぢ》きに手《て》を延《の》ばして其《そ》の手《て》をはなした。

「何《なに》かあるやうですね。」

「あるんです。私《わたし》一人《り》では兎《と》ても考《かんが》へきれないほどの事《こと》なんです。だけれど、私《わたし》は斯《か》う云《い》ふ事《こと》を、自分《じぶん》以外《いぐわい》の人《ひと》に相談《さうだん》していゝかわるいか、まだ能《よ》く考《かんが》へてないんですから。」

「御兩親《ごりやうしん》にも。」

「兩親《りやうしん》。」

錄子《ろくこ》は榮《さかえ》の顔《かほ》を振返《ふりかへ》つて見《み》た。その眼《め》が鋭《するど》く、利口《りこう》らしく、瞥《ちら》と睫毛《まつげ》の陰《かげ》に光《ひか》つたが、口許《くちもと》は戯談《じやうだん》を云《い》はうとしてそれを意識《いしき》した前觸《まへぶ》れのやうに狡猾《こす》い笑《わら》ひを漂《たゞ》えてゐた。

「彼樣《あう》云《い》ふ人《ひと》たちに云《い》へる位《くらゐ》ならあなたにも造作《さうさ》なくお話《はなし》ができる事《こと》だと思《おも》はない？」

「どんな事《こと》なんです。」

偶然、錄子《ろくこ》は見《み》る間《ま》に眞《ま》つ赤《か》になつた。錄子《ろくこ》は顔《かほ》を背向《そむ》けながら榮《さかえ》より一二歩《ほ》足《あし》を早《はや》めて、「これでお別《わか》れにしませうね。」と云《い》つた。

「左樣《さやう》なら。手紙《てがみ》を上《あ》げますから、都合《つがふ》ができたら旅行《りよかう》先《さ》きへ來《き》て下《くだ》さい。」

錄子《ろくこ》は榮《さかえ》の方《はう》を振向《ふりむ》かずに、斯《か》う云《い》ひつ放《ぱな》しにして、調子《てうし》の付《つ》いた早足《はやあし》で急《きふ》に別《わか》れて行《い》つた。

暗い空

田村俊子

十六

友達《ともだち》の陰氣《いんき》な、思《おも》ひ屈《くつ》してうつとりした今《いま》の樣子《やうす》が榮《さかえ》の心《こゝろ》に殘《のこ》つた。別《わか》れた時《とき》の錄子《ろくこ》の眼《め》に、恐《おそ》ろしくもがいてゐるものが映《うつ》つてゐたと榮《さかえ》は思《おも》つた。

榮《さかえ》はしばらく友達《ともだち》のあとを見送《みおく》つてゐた。錄子《ろくこ》は下《した》を向《む》いて、歩調《ほてう》をゆるくしながら歩《ある》いていつた。右《みぎ》に折《を》れる時《とき》に振返《ふりかへ》つたが、榮《さかえ》の立《た》つてゐる姿《すがた》には眼《め》のとまらなかつた樣《やう》な偶然《ぐうぜん》な心持《こゝろもち》を殘《のこ》したまゝで曲《まが》つてしまつた。榮《さかえ》もそこから停車場《ステーション》へ出《で》る道《みち》を辿《たど》つて左《ひだり》に折《を》れた。

榮《さかえ》は錄子《ろくこ》が何《なに》かに苦《くる》しんでゐるのだと思《おも》つた。そうして其《そ》れを榮《さかえ》には想像《さうざう》することができた。友達《ともだち》の生理的《せいりてき》の變調《へんてう》は、久《ひさ》し振《ぶり》で逢《あ》つたその顔《かほ》の上《うへ》に目《め》に立《た》つて現《あら》はれてゐた事《こと》を、榮《さかえ》は今《いま》になつて判《はん》じたしかめた。友《とも》達《だち》は其《そ》の恐《おそ》ろしい事實《じじつ》の前《まへ》に、惑亂《わくらん》してゐるのに違《ちが》ひなかつた。

「きつと然《さ》うだ。」

榮《さかえ》はその想像《さうざう》を、もつと判斷《はんだん》の上《うへ》に精《くは》しくはつきりと證據《しようこ》づける爲《ため》に、氣《き》にもとめずに過《す》ぎた錄子《ろくこ》の今日《けふ》の動作《どうさ》の一《ひと》つ〳〵まで記憶《きおく》から引《ひ》き出《だ》して考《かんが》へながら歩《ある》いた。

錄子《ろくこ》のいつもと異《ちが》つた眼《め》の輝《かゞや》きや、言葉《ことば》の中《なか》に含《ふく》まれた意味《いみ》などをもう一度《ど》繰返《くりかへ》した。戀《こひ》に飽《あ》きたと云《い》つたのは、自分《じぶん》の苦《くる》しい感情《かんじやう》を壓搾《あつさく》する爲《ため》にわざと使《つか》つた反語《はんご》に違《ちが》ひなかつた。あぐねた戀《こひ》を小楊枝《こやうじ》の先《さき》で突《つ》つ突《つ》き廻《まは》してゐると云《い》ふやうな、例《いつも》の、自分《じぶん》で自分《じぶん》の行爲《かうゐ》に甘《あま》へた遊戲的《いうぎてき》な言葉《ことば》で、自分《じぶん》の暗《くら》い秘密《ひみつ》に、陽氣《やうき》な色《いろ》を被《かぶ》せやうとした錄子《ろくこ》の聲《こゑ》を、榮《さかえ》は慘《いた》ましく心《こゝろ》の底《そこ》で聞直《きゝなほ》してゐた。

榮《さかえ》は引《ひ》つ返《かへ》さうかと思《おも》つた。友達《ともだち》の苦《くる》しんでゐる事《こと》を、もう少《すこ》し聞《き》いてやらなければならないやうな同情《どうじやう》が榮《さかえ》の胸《むね》に起《おこ》つたからであつた。榮《さかえ》は足《あし》をとめて考《かんが》へたが、畫室《ぐわしつ》に峰夫《みねを》の待《ま》つてゐることを思《おも》ひ浮《うか》べると、自分《じぶん》が行《い》つてもなんにもならない事《こと》だ

と思《おも》ひ返《かへ》して榮《さかえ》は又歩《またある》きだした。榮《さかえ》はふと、何《なに》か非常《ひじやう》なものに自分《じぶん》を覆《くつがへ》されるやうな、騒《さわ》いだ、いやな氣持《きもち》がした。何《なに》がそれほどに突然《とつぜん》な感覺《かんかく》を自分《じぶん》に與《あた》へるのか分《わか》らなかつたけれども、唯《たゞ》、魂《たましひ》の底《そこ》から、ある非《ひ》常《じやう》な力《ちから》が自分《じぶん》を覆《くつがへ》してゆくやうに思《おも》はれた。榮《さかえ》の胸《むね》に輕《かる》い動悸《どうき》が打《う》つた。榮《さかえ》はしばらくの間《あひだ》、沈鬱《ちんうつ》な重苦《おもくる》しい氣分《きぶん》に引込《ひつこ》まれながら歩《ある》いた。

風《かぜ》がやんでゐた。風《かぜ》の巨人《きよじん》が宇宙《うちう》の一隅《ぐう》に狂《くる》ひ仆《たふ》れて息《いき》を絶《た》やしてゐるやうに四邊《あたり》がひつそりとしてゐた。攪亂《かくらん》のあとの沈靜《しづか》さを薄《うす》ら寒《さむ》い夕暮《ゆふぐ》れの空《そら》がこの薄光《うすあかり》のなかに悲《かな》しく保《たも》つてゐた。夕日《ゆふひ》が煉瓦《れんぐわ》の建物《たてもの》の横《よこ》に傾《かたむ》いてゐた。建物《たてもの》の煙筒《えんとう》から黑《くろ》い煤《ばい》煙《えん》が吐《は》きだされてゐた。五色《しき》の光線《くわうせん》が、日《ひ》を包《つゝ》む雲《くも》の間《あひだ》を幾條《いくすぢ》かに貫《つらぬ》いて、その尖端《せんたん》を空《そら》の下《した》に降《ふ》らしてゐた。榮《さかえ》は停車場《ステーシヨン》にはいつていつた。

暗い空

田村俊子

十七

榮《さかえ》は家《うち》へ着《つ》くまで友達《ともだち》の事《こと》を思《おも》ひつゞけてゐた。女《をんな》の性慾《せいよく》の殘忍《ざんにん》な論證《ろんしよう》を、榮《さかえ》は最《もつと》も親《した》しい友達《ともだち》の上《うへ》に見出《みいだ》したことを、不思議《ふしぎ》に、又物《またもの》めづらしく繰《く》り返《かへ》した。

「もし全《まつた》く然《さ》うだとしたら、あの人《ひと》は結婚《けつこん》するより仕方《しかた》がない。」

榮《さかえ》の閉《と》ぢてゐた唇《くちびる》から溜息《ためいき》がもれた。

町《まち》はもう夜《よる》になつてゐた。自分《じぶん》の家《うち》にはいると、榮《さかえ》は病氣《びやうき》で寢《ね》てゐる筈《はず》の妹《いもうと》の室《へや》へ先《さ》きに行《ゆ》かうとして、縁側《えんがは》の開《ひら》き戸《ど》を押《お》してそこから潜《くゞ》つ

て上《あが》つたが、妹《いもうと》の咲子《さきこ》は起《お》きてゐた。姉《あね》の姿《すがた》を見《み》るとマッチを持《も》つて立《た》つて來《き》た。そうして姉《あね》の室《へや》へ急《いそ》いで行《い》つて瓦斯《ぐわす》に灯《ひ》を點《つ》けた。

「起《お》きたの。」

榮《さかえ》は自分《じぶん》の室《へや》の机《つくゑ》の前《まへ》に落着《おちつ》きながら妹《いもうと》の顔《かほ》を眺《なが》めて聞《き》いた。病氣《びやうき》で痩《や》せた妹《いもうと》の顔《かほ》に、冷《つめ》たいおしろいの痕《あと》のあるのを榮《さかえ》は見付《みつ》けた。

「今日《けふ》は工合《ぐあひ》がよくつて起《お》きたんですの。それにお客《きやく》があつたりしたもんだから。お湯《ゆ》にも行《い》つたし。」

咲子《さきこ》は病氣《びやうき》をしてから、ひどく小供《こども》つぽくなつた、と榮《さかえ》は思《おも》つてゐたが、今夜《こんや》髮《かみ》を普通《ふつう》に結《むす》び上《あ》げたせいか、少《すこ》し大人《おとな》らしく見《み》えた。反《そ》つ齒《は》の薄《うす》い唇《くちびる》を結《むす》んで、瞼毛《まつげ》の長《なが》い小《ちひ》さい眼《め》を伏《ふ》せながら、咲子《さきこ》は火鉢《ひばち》に活《い》けてあつた火《ひ》を、火箸《ひばし》でほぢつて姉《あね》の前《まへ》に出《だ》した。

「誰《だれ》が來《き》たの。」

「堀田《ほつた》さんが來《き》たの。いゝ口《くち》があつたんですよ。私《わたし》そこへ行《い》かうかと思《おも》つて考《かんが》へてゐましたの。あなたが歸《かへ》るのを待勞《まちくたび》れてゐたんですわ。」

咲子《さきこ》は然《さ》う云《い》つてから、病氣上《びやうきあが》りらしい疲《つか》れた眼《め》を何《なに》か求《もと》めてるやうにちらと姉《あね》の顔《かほ》の上《うへ》に投《な》げた。

「この人《ひと》は職業《しよくげふ》のことばかり氣《き》にして。身體《からだ》も快《よ》くない癖《くせ》に。」

榮《さかえ》は戲談《じやうだん》のやうに云《い》はうとしたが、斯《か》う云《い》ふ問題《もんだい》から少《すこ》しも心《こゝろ》のはなれない、生活《せいくわつ》の爲《ため》にせか〳〵した妹《いもうと》の心持《こゝろもち》に接《せつ》することが、殊《こと》に今夜《こんや》は億劫《おつくう》だつたのでその言葉《ことば》が自然《しぜん》と面《めん》倒臭《だうくさ》さうに聞《き》こえた。咲子《さきこ》はそれを聞《き》くと悲《かな》しさうに怒《おこ》つた表情《へうじやう》を見《み》せて俯向《うつむ》いた。色《いろ》の良《よ》くない頬《ほゝ》が吊《つ》れるやうに慄《ふる》えを帶《お》びてゐるのが、青《あを》い沈んだ光《ひか》りの蔭《かげ》に哀《あはれ》つぽく榮《さかえ》の眼《め》に映《うつ》つた。

「ごめんなさい。咲《さ》ちやんの苦勞《くらう》をしてゐるところをさも構《かま》はないやうな事《こと》を云《い》つて、惡《わる》い事《こと》をしましたね」

田村俊子

「早《はや》く私《わたし》が職業《しよくげふ》を見付《みつ》けないと姉《ねえ》さんだつて困《こま》るでせう。だから心配《しんぱい》してゐるんですわ。」

咲子《さきこ》は自分《じぶん》で自分《じぶん》の癇《かん》を押《おさ》へやうとすると、猶言葉《なほことば》がふるえた。何故《なぜ》自《じ》分《ぶん》とこの姉《あね》とは斯《か》う心《こゝろ》がしつくりと合《あは》ないだらうと思《おも》ふほど咲子《さきこ》は何《なん》とも云《い》ばれない味氣《あぢき》ない感《かん》じがした。其《そ》れは滅多《めつた》に得《え》られない好《い》い口《くち》で、姉《あね》の歸《かへ》るのを樂《たの》しみにしながら待《ま》つてゐたのに、姉《あね》はその口《くち》のどんな方面《はうめん》かも碌《ろく》に聞《き》かずに、いきなり自分《じぶん》の言葉《ことば》をかなぐり捨《す》てるやうな同情《どうじやう》のない事《こと》をした。咲子《さきこ》はそれが唯《たゞ》なさけなくつて堪《たま》らなかつた。この姉《あね》には決《けつ》して何《なに》も相談《さうだん》はしまいと云《い》ふ、例《いつ》の反抗的《はんかうてき》な決心《けつしん》が浮《うか》んで咲子《さきこ》はあとを云《い》はずに自分《じぶん》の室《へや》に立《た》つていつた。

「直《す》ぐむきになる。其様《そんな》ことよりは身体《からだ》を大切《だいじ》におしなさい。」

榮は後《うしろ》から斯《か》う言葉《ことば》をかけたが、咲《さき》子《こ》に返事《へんじ》がなかつた。意地《いぢ》ばかりで骨組《ほねぐ》まれてゐるやうな、咲子《さきこ》の纖細《かぼそ》い、しやんとした身体《からだ》つきが榮には可《か》哀《あい》想《さう》に思《おも》はれたが、それぎりで榮も咲《さき》子《こ》の方《はう》へ出《で》て行《ゆ》かなかつた。しばらくすると、姉《あね》の食事《しよくじ》の膳《ぜん》を拵《こしら》へる爲《ため》に咲子《さきこ》が臺所《だいどころ》で用事《ようじ》にかゝつた物音《ものおと》がこの室《へや》に聞《きこ》えた。

十八

咲子《さきこ》の職業《しよくげふ》の口《くち》と云《い》ふのは家庭教師《かていけうし》であつた。其《そこ》家は千葉《ば》町《まち》の有力《いうりよく》な富豪家《がうか》で、面倒《めんだう》を見《み》てやる小供《こども》は十三になる女《をんな》の子《こ》であつた。その子《こ》は五《いつ》つ歳の時《とき》に庭《には》の泉水《せんすゐ》に落《お》ちて頭腦《あたま》を打《う》つてから、腦《なう》のはたらきが不可能《ふかのう》になつて、學齡期《がくれいき》になつても學校《がくかう》へ出《だ》すことができないでゐた。然《しか》し一人《り》だけ靜《しづか》な部屋《へや》において、丹《たん》念《ねん》に物《もの》を敎《をし》へ込《こ》めば、むづかしい讀《よ》み書《か》きでも覺《おぼ》えられないと云《い》ふ事《こと》もない樣《やう》な傾向《けいかう》が少《すこ》しづゝ見《み》えてきた。それに樂器類《がくきるゐ》を弄《もてあそ》ぶことが好

きで、祖母《そば》が遊《あそ》び相手《あひて》に教《をし》へてやつた琴《こと》などもこの子《こ》はいくらかづゝ覺《おぼ》えていつた。この子《こ》が世《よ》に生《うま》れてくる時特《さうさく》に神《かみ》に與《あた》へられた音樂《おんがく》の才分《さいぶん》が、白痴《はくち》になつてからも消《き》えずに殘《のこ》つてゐるやうな不思議《ふしぎ》を、この子《こ》の親《おや》たちも祖母《そば》も不憫《ふびん》がつた。それで滿足《まんぞく》なことは覺《おぼ》えられないまでも、人《ひと》をこの子《こ》に附《つ》けて見《み》やうと云《い》ふので、音樂《おんがく》の素養《そやう》のあるしつかりした婦人《ふじん》の家庭教師《かていけうし》を探《さが》し初《はじ》めた。堀田《ほつた》と云《い》ふのは咲子《さきこ》といつしよに音《おん》樂《がく》學校《がくかう》の師範科《しはんくわ》を出《で》た同窓《どうそう》の友達《ともだち》でその人《ひと》は其《そ》の後《のち》も專心《せんしん》にピアノを習《しふ》得《とく》して、今《いま》では實業界《じつげふかい》に好《よ》い地位《ちゐ》を持《も》つてゐる姉婿《あねむこ》の引《ひ》き立《た》てゞ上流《じやうりう》の家《いへ》に出入《しゆつにふ》してピアノの教授《けうじゆ》をしてゐた。千葉《ちば》の家庭教師《かていけうし》は、その人《ひと》がある銀行家《ぎんかうか》の許《もと》から持《も》つて來《き》た話《はなし》であつた。

咲子《さきこ》はその話《はなし》を聞《き》くと、殆《ほと》んど理想《りさう》の世界《せかい》に突《つ》き當《あた》つたやうな歡《よろこ》びに興《こう》奮《ふん》した。職業《しよくげふ》の性質《せいしつ》から云《い》つても小《せう》學校《がくかう》の唱歌《しやうか》の教師《けうし》などよりは、どんなに高尚《かうしやう》で、どんなに獻身的《けんしんてき》で、どんなに精神的《せいしんてき》だか知《し》れないと思《おも》つた。

「私《わたし》の一生《しやう》の力《ちから》でその子《こ》に立派《りつぱ》な音《おん》樂《がく》の才能《さいのう》を發揮《はつき》させてやりたい。」

咲子《さきこ》はその希望《きばう》の爲《ため》に胸《むね》が躍《をど》つた。

そうして美《うつく》しい同情《どうじやう》と云《い》ふ觀念《くわんねん》が、何《なに》よりも先《ま》づその子《こ》に對《たい》する教育法《けういくはふ》を優《やさ》しくまじめに咲子《さきこ》自身《じしん》に考究《かうきう》させたりした。若《わか》い咲子《さきこ》の胸《むね》にその子《こ》を可憐《いぢ》しむ愛情《あいじやう》の念《ねん》が、涙含《なみだぐ》むやうに湧《わ》き上《あが》つてゐた。

だが、あの晩限《ばんぎ》りで咲子《さきこ》は姉《あね》に何《なに》も話《はな》さなかつた。咲子《さきこ》は一度《ど》、自分《じぶん》の氣先《きさき》を姉《あね》の爲《ため》に折《を》られると決《けつ》して其《そ》の事《こと》は再《ふたゝ》び云《い》ひ出《だ》さない意固地《いこぢ》な癖《くせ》を姉《あね》に對《たい》して持《も》つてゐた。榮《さかえ》の無《かん》思慮《がへなし》な不圖《ふと》した一《ひ》と言《こと》が、咲子《さきこ》の心《こゝろ》を損《そん》じて斯《か》う云《い》ふ偏癖《へんぺき》をいつまでも二人《ふたり》の間《あひだ》に持《も》ち續《つゞ》けさせることが度《たび》〳〵あつた。榮《さかえ》はいつも其《そ》れに煩《わづら》はされた。妹《いもうと》の無一克《むいつこく》な、自分《じぶん》の足許《あしもと》ばかり見詰《みつ》めてゐるその我意《がい》を、榮《さかえ》は憎《にく》く思《おも》つたり、又《また》氣《き》の毒《どく》に思《おも》つたりした。二人《ふたり》はお互《たがひ》に、お互《たがひ》をイゴイストだと云《い》ひ合《あ》つた。咲子《さきこ》には姉《あね》の榮《さかえ》が自分《じぶん》のことより他《ほか》には考《かんが》へてゐない人《ひと》のやうに見《み》えたし、榮《さかえ》は妹《いもうと》を自己主義《じこしゆぎ》な女《をんな》だといつも思《おも》つ

277　「暗い空」『読売新聞』大正3（1914）年4月28日

暗い空

田村俊子

てゐた。榮は妹《いもうと》に怒《おこ》られることは始終《しじう》だが、自分《じぶん》が妹《いもうと》に怒《おこ》つたことはないと思《おも》つてゐる。自分《じぶん》の自己主義《じこしゆぎ》は他人《たにん》に寛大《くわんだい》な自己主義《じこしゆぎ》だが、妹《いもうと》の自己主義《じこしゆぎ》は他人《たにん》に冷酷《れいこく》な自己主義《じこしゆぎ》だから自分《じぶん》のイゴイストよりは質《たち》が惡《わる》いと榮は笑《わら》つて云《い》ふことがあつた。咲子《さきこ》はまた、姉《あね》が自己主義《じこしゆぎ》だから自《じ》分《ぶん》が怒《おこ》るやうになるので、自分《じぶん》の自《じ》己主義《こしゆぎ》は姉《あね》の自己主義《じこしゆぎ》に對《たい》して防禦《ばうぎよ》するための仕方《しかた》なしの自己主義《じこしゆぎ》だなぞと云《い》つた。

咲子《さきこ》の健康《けんかう》はだん〳〵に快《よ》くなつた。咲子《さきこ》は堀田《ほつた》のところに手紙《てがみ》を出《だ》して自分《じぶん》はその職業《しよくげふ》に應《おう》ずる決心《けつしん》を傳《つた》へてないた。榮は妹《いもうと》にその口《くち》の話《はなし》をはつきりと聞《き》かうとしても、

「何《ど》うなるか分《わか》りませんから。」

と云《い》ふ一と言《こと》に抛《はう》り出《だ》されるので其《そ》の儘《まゝ》にして過《す》ぎてゐた。マダムが田《ゐな》舍《か》に行《い》つてから榮は築地《つきぢ》へも足《あし》を向《む》けなかつた。病氣《びやうき》の犬《いぬ》が病院《びやうゐん》にはいつてからその翌晩《よくばん》に死《し》んだことをマダムのところに手紙《てがみ》にしてやつてから二三日《にち》經《た》つて、姉妹《きやうだい》は思《おも》ひがけなく臺灣《たいわん》にゐる父親《ちゝおや》の處から電報《でんぱう》を受《う》け取《と》つた。咲子《さきこ》の處へはまだ堀田《ほつた》から何《なん》の返事《へんじ》もない時《とき》であつた。

十九

電報《でんぱう》の來《き》た時《とき》は日《ひ》の暮れ際《ぎは》であつた。姉妹《きやうだい》はその日《ひ》も一日《にち》別々《べつ〳〵》の室《しつ》にゐた。咲子《さきこ》は嚴肅《げんしゆく》と眞摯《しんし》と熱心《ねつしん》とで新《あたら》しく見付《みつ》かつた事業《しごと》について今日《けふ》も

考《かんが》へてゐた。白痴《はくち》の心理状態《しんりじやうたい》を研究《けんきう》した醫學上《いがくじやう》の著書《ちよしよ》などもあるに違《ちが》ひない。晩《ばん》にはそれを探《さが》してこやうと思《おも》つた。自分《じぶん》の平素《ひごろ》の生活《せいくわつ》に對《たい》する理想《りさう》が初《はじ》めて形《かたち》の上《うへ》に現《あらは》されてゆくことを思《おも》ふと咲子《さきこ》の心《こゝろ》は昂《たかぶ》らずにはゐなかつた、咲子《さきこ》は嘗《かつ》て感《かん》じたことのないやうな生《せい》の滿足《まんぞく》と心《こゝろ》の活潑《くわつぱつ》をこの四五日《にち》その事業《しごと》の上《うへ》から吸收《きふしう》してよろこんでゐた。

咲子《さきこ》は姉《あね》の勸《すゝ》めで音樂《おんがく》を半職業的《はんしよくげふてき》の目的《もくてき》でおさめたけれども、自身《じしん》が生活《せいくわつ》の上《うへ》に眼《め》が開《あ》いてきてからは音樂《おんがく》で身《み》を立《た》てやうと云《い》ふ考《かんが》へはなくなつてしまつた。咲子《さきこ》は狂人《きやうじん》の看護婦《かんごふ》になつて一生を終《をは》りたいと云《い》ふことを考《かんが》へ初《はじ》めてから、看護婦志願《かんごふしぐわん》を云《い》ひ出《だ》したがそれは姉《あね》に遮《さへぎ》られてしまつた。その次《つ》ぎには、盲目《めくら》や唖《おし》の教育《けういく》を専門《せんもん》に研究《けんきう》して見《み》たいと云《い》ふ目的《もくてき》を持《も》つたり、貧困《ひんこん》な子供《こども》の教育《けういく》に從事《じうじ》することを理想《りさう》にして見《み》たり、其《そ》れにはもつと確實《くわくじつ》な教養《けうやう》を自身《じしん》の知識《ちしき》に與《あた》へる必要《ひつえう》の爲《ため》に宗教《しうけう》の學校《がくかう》に入《はい》つて見《み》やうとしたりした。咲子《さきこ》には社會《しやくわい》の犠牲《ぎせい》になつて生涯《しやうがい》を働《はたら》くことが、人間《にんげん》のいちばん美《うつく》しい仕事《しごと》だと考《かんが》へられた。自分《じぶん》の生活《せいくわつ》はそれより他《ほか》にないと咲子《さきこ》は固《かた》く決心《けつしん》してゐた。學校《がくかう》を出《で》てから、一度《ど》小學校《せうがくかう》の唱歌《しやうか》の教師《けうし》になつて田舎《ゐなか》に行《い》つた事《こと》があつたが、咲子《さきこ》は身体《からだ》を悪《わる》くして直《ぢ》きにそこから歸《かへ》つて來《き》た。

榮《さかえ》は斯《こ》う云《い》ふ妹《いもうと》の考《かんが》へに同情《どうじやう》はあつたが、その妹《いもうと》の選擇《せんたく》した生活《せいくわつ》の色取《いろど》りが榮《さかえ》には好《す》きではなかつた。そうして、体質《たいしつ》のあまり強《つよ》くない妹《いもうと》が一人《り》して然《さ》うした生活《せいくわつ》にはいつて行《ゆ》かうとしてゐることが、榮《さかえ》にはたまらない淋《さび》しさを感《かん》じさせた。榮《さかえ》は妹《いもうと》の前《まへ》で生活《せいくわつ》や職業《しよくげふ》のことさへ口《くち》にすることが厭《いと》はしかつた。榮《さかえ》は妹《いもうと》がその問題《もんだい》を持《も》ち出《だ》してくるさへ成《な》るたけ取《と》り合《あ》はないやうにして避《さ》けてゐた。咲子《さきこ》は姉《あね》のその態度《たいど》に始《し》終《じう》不滿《ふまん》を持《も》つてゐた。

榮《さかえ》はその日《ひ》一日《にち》、何《なに》を何《ど》うすることもできない滅入《めい》つた陰鬱《いんうつ》な心持《こゝろもち》で暮《くら》してゐた。機嫌《きげん》をわるくしてゐる妹《いもうと》に殊更口《ことさらくち》をきくのも大儀《たいぎ》であつた。朝《あさ》から雨《あめ》が降《ふ》つてゐたが、夕方《ゆふがた》に其雨《そのあめ》がやんで、隣《となり》の家《うち》の櫻若葉《さくらわかば》が雨上《あめあが》りの淺黄色《あさぎいろ》にそよいでゐた。榮《さかえ》は縁《えん》から、ぼんやりとまだ雨《あめ》を含《ふく》んでゐる外《そと》のけしきを眺《なが》めてゐた。手管《てくだ》を持《も》つた春《はる》の雨《あめ》の態《した》よさに醉《よ》はされて、外物《ぐわいぶつ》の表情《へうじやう》が皆《みな》仇《あだ》つぽく色情《しきじやう》を帯《お》びてしなだれてゐた。庭《には》の隅《すみ》の乙女椿《をとめつばき》の花《はな》も葉《は》の陰《かげ》に羞恥《しうち》を装《よそほ》つて色《いろ》なかくしてゐた。榮《さかえ》は美《うつく》しい葉

田村俊子

二十

「あんまり突然《とつぜん》ね。お父《とう》さんはどんなに困《こま》つてゐらつしやるんだか知《し》れませんわね。お父《とう》さんが歸《かへ》つていらつしやらうと決心《けつしん》なすつたんだからよく〳〵お困《こま》りなんですわ。」

妹《いもうと》は考《かんが》へてゐた。

「父《ちゝ》は事業挽回《じげふばんくわい》の上《うへ》ならでは決《けつ》して東京《とうきやう》の土《つち》は踏《ふ》まぬ覺悟《かくご》なり——父《ちゝ》は當地《たうち》にあつて如何《いか》ほど窮迫《きうはく》致《いた》し候《そろ》とも、其許達《そこもとたち》は身《み》を堅固《けんご》に守《まも》り、一意《いちい》志《こゝろざし》を遂《と》げられたく……」

もう餘程《よほど》以前《いぜん》父《ちゝ》から受取《うけと》つた手紙《てがみ》の中《なか》の文句《もんく》が、咲子《さきこ》の記憶《きおく》の底《そこ》から悲《かな》

の色《いろ》や、空《そら》の光《ひか》りを見守《みまも》りながら、微妙《びめう》な自然《しぜん》の生命《いのち》の感觸《かんしよく》をこま〴〵と味《あぢ》はつてゐるうちにその氣分《きぶん》が少《すこ》しづゝ晴《は》れていつた。その時《とき》電報《でんぱう》を持《も》つて來《き》た配夫《はいふ》は、高《たか》い聲《こゑ》で「牧《まき》さん。」と云つて格子戸《かうしど》を開《あ》けた。咲子《さきこ》は電報《でんぱう》を開《ひら》きながら榮《さかい》のところへ來た。

「お父《とう》さんから、どうしたんでせう。」

それは向《むか》ふを立《た》つてくる時《とき》に打《う》つた電報《でんぱう》であつた。最《も》う僅《わづか》な日數《につすう》で二人のとこへ歸《かへ》つてくると云《い》ふ父《ちゝ》の眞作《しんさく》からの知《し》らせであつた。

「お父《とう》さんが歸《かへ》つてくる。」

榮《さかい》の渡《わた》した電報《でんぱう》を咲子《さきこ》は手《て》に取《と》つて讀《よ》んで見《み》た。そうして、

「ほんとにお父《とう》さんが歸《かへ》つていらつしやるのですね。」

と云《い》つた。「フネニノツタカヘル」と云《い》ふ電文《でんぶん》を咲子《さきこ》はまた口《くち》の中《なか》で讀《よ》んだ。姉妹《きやうだい》は同時《どうじ》にふと父《ちゝ》の零落《れいらく》してゐる姿《すがた》を心《こゝろ》に描《ゑが》いたが、二人《ふたり》はその刹那《せつな》に心《こゝろ》に現《げん》じた父《ちゝ》の姿《すがた》に就《つ》いて話《はな》し合《あ》はうとしなかつた。そうして暫時《しばらく》の間《あひだ》寂《さび》しい沈默《ちんもく》に落《お》ちながら、この電文《でんぶん》に記《しる》された父《ちゝ》の言葉《ことば》をお互《たがひ》の胸《むね》のなかで繰返《くりかへ》してゐた。

しく浮《うか》んできた。家《いへ》の破産《はさん》やら母《はゝ》の死去《しきよ》やら續《つゞ》いてから、父《ちゝ》はその當時《たうじ》新《あた》らしく日本《にほん》の領域《りやうゐき》になつた臺灣《たいわん》へ一と事業《じげふ》起《おこ》しに出《で》かけて行《い》つた。その時《とき》から九年《ねん》經《た》つた。衛戍病院《ゑいじゆびやうゐん》のある仕事《しごと》で一《ひ》と頃《ころ》非常《ひじやう》に金儲《かねまう》けをした事《こと》があつたのだが、その後《のち》どんな蹉《さ》跌《てつ》があつたのかだん〳〵に落魄《らくはく》して、今《いま》ではその土地《とち》で思《おも》ふやうにならない困難《こんなん》な生活《せいくわつ》をしてゐた。咲子《さきこ》はこの一二年《ねん》、父《ちゝ》を東京《とうきやう》へ呼《よ》び迎《むか》へやうと云《い》つて、幾度《いくど》も其《そ》れを勸《すゝ》めたけれども父《ちゝ》は娘《むすめ》の厄介《やくかい》になるのは好《この》まないと云《い》つて、娘《むすめ》たちの言葉《ことば》に從《したが》はなかつた。

「あなたはお父《とう》さんに逢《あ》つて見《み》たい？」

榮《さかえ》が妹《いもうと》にふいと聞《き》いた。榮《さかえ》は今偶《いまぐう》然《ぜん》に父《ちゝ》の酒飲《さけのみ》の惡《わる》い癖《くせ》を思《おも》ひ出《だ》した。十六の時《とき》に父《ちゝ》に別《わか》れてしまつてから、すつかり忘《わす》れてゐたその父《ちゝ》の日常《にちじやう》の癖《くせ》を榮《さかえ》は今《いま》まざ〳〵と思出《おもひだ》して、身戰《みぶる》ひするほどいやに思《おも》つた。

「其《そ》れはお父《とう》さんには逢《あ》つて見《み》たいと思《おも》ひますわ。それに年《とし》を老《さ》つてゐらつしやるし。」

咲子《さきこ》がいかにも親《おや》を懷《なつか》しむやうな愛《あい》らしい眼色《まなざし》を、長《なが》い睫毛《まつげ》の下《した》に見《み》せたのを榮《さかえ》は眺《なが》め詰《つ》めながら、

「お父《とう》さんは非常《ひじやう》なお酒飲《さけの》みでしたよ。」

「然《さ》うでしたわ。今《いま》でもあんなにお酒《さけ》の上《うへ》が惡《わる》いでせうか。」

「あなたも覺《おぼ》えてゐる？」

「えゝ覺《おぼ》えてゐます。」

父《ちゝ》の惡《わる》い酒癖《しゆへき》の爲《ため》に、いとけなく苦勞《くらう》した幼少《ちひさ》い時《とき》の記憶《きおく》が二人《ふたり》に浮《うか》んだ。お互《たが》ひに其《そ》れを打明《うちあ》け合《あ》ふのが苦《くる》しいやうな悲《かな》しいやうな心持《こゝろもち》で、其《そ》れとなく微笑《ほゝゑみ》を交《か》はしながら、默《だま》つてゐた。微笑《ほゝゑみ》のうちにお互《たがひ》の幼時《いうじ》を抱《だ》き合《あ》ふやうななつかしい味《あぢ》が籠《こも》つてゐた。殊《こと》にひどい嫉妬家《しつとか》で、酒《さけ》に醉《よ》ふと女《をんな》の美《うつく》しい丸髷《まろまげ》を摑《つか》んで引《ひ》き摺《ず》り廻《まは》したことや、父《ちゝ》が暴《あば》れ出《だ》すと咲子《さきこ》は其《そ》れを恐《こは》がつて、一生懸命《しやうけんめい》に佛壇《ぶつだん》の前《まへ》に行《い》つて拜《をが》んでゐたことなぞを、榮《さかえ》は亡《な》くなつた母《はゝ》の面影《おもかげ》の追憶《つゐおく》の底《そこ》から、暗《くら》い夢《ゆめ》のやうに曳《ひ》き出《だ》してゐた。

「今《いま》は昔《むかし》のやうな事《こと》はないでせうさ思《おも》ひますわ。年《とし》は老《さ》つてらつしやる

し、随分困苦《ずゐぶんこんく》をなすつたんだから。咲子《さきこ》は父《ちゝ》をどんなにでもして慰《なぐさ》めて、生活《せいくわつ》に鬪《たゝか》ひ疲《つか》れた心《こゝろ》を休《やす》めさせて上《あ》げなくてはならないと云《い》つて、父《ちゝ》の歸《かへ》つてくる事《こと》を待《ま》ち望《のぞ》んだ。

「一度《いちど》はどうせ歸《かへ》つてゐらつしやるんだから。それにしても私《わたし》たちは猶《なほ》更《さら》ぐづ〳〵してはゐられない。働《はたら》けるだけ働《はたら》かなくちやなりませんわ。

咲子《さきこ》は暗《くら》くなつた座敷《ざしき》に灯《ひ》を點《つ》けながら云《い》つてゐた。

榮《さかえ》も咲子《さきこ》の云《い》つたやうな事《こと》を心《こゝろ》に感《かん》じてゐた。けれどもその心《こゝろ》の陰《かげ》で、何《なに》か不安《ふあん》な落着《おちつ》かないものが動《うご》いてゐた。父《ちゝ》がどんな人《ひと》になつて歸《かへ》つてくるのかと思《おも》ふと榮《さかえ》はそれが恐《おそ》ろしかつた。

暗い空

田村俊子

二十一

父《ちゝ》の書《か》いてよこす手紙《てがみ》の上《うへ》に現《あら》はれてゐた其《そ》の意思《いし》はいつも明確《めいくわく》で、窮《きう》迫《はく》をしても若《わか》い者《もの》と同《おな》じ勢《いきほ》ひで運命《うんめい》の挽回《ばんくわい》に努《つと》めてゐると云《い》ふことを元氣《げんき》らしく書《か》いてあつたりしたことを、榮《さかえ》は心《こゝろ》に殘《のこ》してゐるけれども、九年《ねん》も十年《ねん》も父《ちゝ》の生活《せいくわつ》を直接《ちよくせつ》に見《み》なかつた榮《さかえ》は、自分《じぶん》の父《ちゝ》がほんとうに何《ど》う云《い》ふ人《ひと》なのか分《わか》らない氣《き》がした。榮《さかえ》が小供《こども》の時《とき》から父《ちゝ》と別《わか》れた頃《ころ》までの父《ちゝ》から受《う》けた印象《いんしやう》は、みんな可《い》けないものばかりであつた。父《ちゝ》を惡《わる》い人《ひと》とも思《おも》はなかつたが、榮《さかえ》は幼少《ちひさ》い時《とき》から父《ちゝ》が嫌《きら》ひであつた。

父《ちゝ》は執拗《しつこ》くて理窟《りくつ》が多《おほ》くて、毎晩《まいばん》醉《よ》ふと大聲《おほごゑ》で議論《ぎろん》ばかりして家《うち》のものたちを困《こま》らせてゐた。父《ちゝ》が不在《ふざい》の時《とき》は母《はゝ》も奉公人《ほうこうにん》もみんな賑《にぎ》やかな顏《かほ》をしてゐたが、父《ちゝ》が居《ゐ》ると誰《た》れも恐《こは》もてな容態《ようだい》を作《つく》つて默《だま》り込《こ》んでゐた。父《ちゝ》が在宅《ざいたく》をしてゐる間《あひだ》の家《うち》の中《なか》の感《かん》じが、今《いま》でも底《そこ》に恐怖《きやうふ》を湛《たゝ》えながら氣《き》むづかしくその記憶《きおく》を襲《おそ》つてくる氣《き》がした。然《さ》うして父《ちゝ》と母《はゝ》とは小供《こども》の躾《しつけ》について意見《いけん》が異《ちが》つてゐた。父《ちゝ》

は決《けつ》して娘《むすめ》たちに時務《じむ》の氣《き》を帶《お》びさせてはいけないと云《い》ふ主義《しゆぎ》で、母《はゝ》に向《むか》つて男《をとこ》の子《こ》と同《おな》じな氣質《きしつ》を養《やしな》はせることを云《い》ひ付《つ》けてゐた。母《はゝ》は華美《はで》に娘《むすめ》らしく二人《ふたり》を育《そだ》てることを望《のぞ》んでゐたから母《はゝ》と父《ちゝ》はその事《こと》で毎日《まいにち》のやうに衝突《しようとつ》してゐた。

「小供《こども》の敎育《けういく》……家庭敎育《かていけういく》……」

その敎育《けういく》と云《い》ふ父《ちゝ》の聲《こゑ》のひゞきが、奇麗《きれい》なものを引破《ひつやぶ》つてくるやうな調《てう》子《し》で榮の耳《みゝ》に染《し》み付《つ》いてゐた。父《ちゝ》は斯《か》くして家《うち》のものには嚴格《げんかく》を裝《よそほ》つて壓制的《あつせいてき》だつたけれども、外《そと》に出《で》ると酒《さけ》と遊《あそ》びに耽《ふけ》つて、妾《めかけ》などもおいてゐた。榮はそれをみんなから聞《き》いて知《し》つてゐた。榮は母《はゝ》や女《をんな》たちの味方《みかた》になつて父《ちゝ》を憎《にく》んだりした。だが父《ちゝ》は榮を可愛《かわい》がつてゐた。榮の云《い》ふことなら何《なん》でも能《よ》く聞《き》き入《い》れた。

「お父《とう》さんはあなたの仰有《おつしや》ることだけはお聞《き》きなさいますね。」

と家《うち》のものが云《い》ふと、榮はまた其《そ》れがいやで堪《たま》らなかつた。こつちから父《ちゝ》を嫌《きら》つてやると云《い》ふ心持《こゝろもち》で、榮は父《ちゝ》が家《うち》のものに理窟《りくつ》を云《い》つて困《こま》らせてゐる時《とき》は、自分《じぶん》が負《ま》けずに父《ちゝ》に理《り》窟《くつ》を云《い》ひ返《かへ》したりした。主人《しゆじん》の權利《けんり》と云《い》ふヿばかりを嵩《かさ》にきて、家《うち》にゐても一日《にち》でも家族《かぞく》のものと平和《へいわ》に自《じ》由《いう》におもしろく暮《くら》すことのできない父《ちゝ》を、榮はその幼《をさな》い心《こゝろ》にも蔑《さげす》んでゐた。母《はゝ》はいろ／＼な遊藝《いうげい》に通《つう》じて、何事《なにごと》にも趣味《しゆみ》の深《ふか》い人《ひと》であつた。父《ちゝ》をうるさがつて、

「何故《なぜ》あゝ煩《うる》さいんだらうね。ほんとに煩《うる》さい人《ひと》だ。うるさい。うるさい。」

と蔭《かげ》で云《い》つてゐた。母《はゝ》は三十四の後厄《やく》で肺炎《はいえん》で亡《な》くなつたが、榮は母《はゝ》は父《ちゝ》を煩《うるさ》く思《おも》ひ死《じ》に死《し》んだやうな氣《き》がした。色《いろ》の白《しろ》い鼻《はな》の高《たか》い、髮《かみ》の毛《け》に癖《くせ》の多《おほ》かつた母《はゝ》は、父《ちゝ》がゐる時《とき》は呆《ほ》乎《つ》とした迂濶《うくわつ》な顔《かほ》をして手《て》を膝《ひざ》の上《うへ》に組《く》みながら、よく長火鉢《ながひばち》の傍《わき》に坐《すわ》つてゐた。

榮は、直《ぢ》きに九年振《ねんぶ》りで逢《あ》ふ父《ちゝ》を、どう云《い》ふ人《ひと》だと思《おも》つて接《せつ》したらいゝのか分《わか》らなかつた。別《わか》れてゐた間《あひだ》にも、榮は父《ちゝ》をなつかしく思《おも》つた事《こと》などは曾《かつ》てなかつた。小學校《せうがくかう》の修身《しうしん》の敎科書《けうくわしよ》にあるやうな敎訓的《けうくんてき》の言葉《ことば》だの、生活《せいくわつ》の經過《けいくわ》を簡單《かんたん》に記《しる》してよこす手紙《てがみ》ばかりを受取《うけと》つてゐた榮は、まだ一度《ど》も自分《じぶん》の父《ちゝ》として其《そ》の人《ひと》の人格《じんかく》を考《かんが》へた事《こと》もなかつた。その父《ちゝ》に接《せつ》しながら、九年振《ねんぶ》りの親子《おやこ》の情《じやう》愛《あい》を形式《けいしき》とつて親密《しんみつ》に扱《あつか》つてゆかなくてはならないと思《おも》ふと、榮はそれが妙《めう》に父《ちゝ》に對《たい》して極《きま》りが惡《わる》く、自《じ》分《ぶん》に對《たい》して嘘《うそ》らしく思《おも》はれた。榮は

何《ど》う思《おも》ひ返《かへ》してもこの辻褄《つじつま》の合《あ》はない感情《かんじやう》を打《う》ち捨《す》てることができなかつた。

「自分《じぶん》の父《ちゝ》は、自分《じぶん》の父《ちゝ》だ。」

榮は頻《しき》りにこの言葉《ことば》を繰《く》り返《かへ》しながら、何《なに》か親子《おやこ》の間《あひだ》に當然《たうぜん》解《わか》つたものを求《もと》めやうとして考《かんが》へてゐた。が、父子《ふし》と云《い》ふ殊更《ことさら》な情誼《じやうぎ》の反影《はんえい》が何《ど》うしても其心《そのこゝろ》の底《そこ》に映《うつ》つてこなかつた。

暗い空

田村俊子

二十二

夜《よる》になつてから又雨《またあめ》がばら／＼と降《ふ》り初《はじ》めた。咲子《さきこ》は父《ちゝ》を思《おも》ふと姉《あね》に何《なに》か云《い》はずにはゐられなかつた。幼少《ちひさ》い時《とき》の追憶《つゐおく》などを辿《たど》るよりも、咲子《さきこ》は現在《げんざい》父《ちゝ》がどんな落魄《らくはく》した姿《すがた》で歸《かへ》つてくるかと云《い》ふことが心配《しんぱい》になつた。そうして其《そ》れが際立《きはだ》つて父《ちゝ》を思《おも》ふ情《じやう》になつて、咲子《さきこ》は船《ふね》の上《うへ》の健康《けんかう》まで心遣《こゝろづか》つた。

「それにお父《とう》さんは身体《からだ》がお惡《わ》るいかもしれませんね。船《ふね》にも漸《や》つと乘《の》れたんぢやないでせうか。」

「ひどく惡《わ》るければ船《ふね》にも乘《の》れない譯《わけ》だけれど。」

榮は妹《いもうと》が可愛《かはい》らしい卒直《そつちよく》な情《こゝろ》で父《ちゝ》を思《おも》つてゐるのが羨《うらや》ましかつた。

「あなたは其様《そんな》にお父《とう》さんが懷《なつか》しいの。」

咲子《さきこ》は其《そ》れを聞《き》くと、少《すこ》し考《かんが》へて、

「なつかしいつて云《い》ふよりは心配《しんぱい》になるんですわ。無論《むろん》早《はや》くお目《め》にかゝりたい氣《き》もしますけれど——私《わたし》は早《はや》くお父《とう》さんて云《い》つて見《み》たいんです。」

「其《そ》れぢや矢《や》つ張《ぱ》りなつかしいんでせう。」

「それは親《おや》ですもの。姉《ねえ》さんは何《なん》どもお思《おも》ひにならない？」

「何《なん》だか變《へん》なので困《こま》つてゐる。恐《こは》いやうな氣《き》がして。」

「それは何《ど》う云《い》ふ譯《わけ》なの。」

「私《わたし》にもよく分《わか》らない。」

咲子《さきこ》は姉《あね》の顔《かほ》をぢつと見《み》た。その姉《あね》の顔《かほ》に出《で》てゐる心《こゝろ》の奥《おく》が咲子《さきこ》には冷《ひや》やかに受取《うけと》れた。

「あなたはきつとお父《とう》さんの歸《かへ》つていらつしやるのがうるさいやうに思《おも》はれるんでせう。」

「然《さ》うかもしれないけれど、斯《か》うも云《い》へますよ。お父《とう》さんが歸《かへ》るのが煩《うるさ》いんぢやなくつて、それに就《つ》いて何《なに》か私《わたし》の感情《かんじやう》の底《そこ》にある知《し》られない煩《うるさ》いものが湧《わ》きだしてきたと云《い》ふことなの。」

「其《そ》れは何《なん》でせう。」

「一口《ひとくち》に云《い》へばお父《とう》さんが解《わか》らないので、其《そ》れを私《わたし》が今《いま》のうちに知《し》らうとするからなんだらうと思《おも》ひますよ。私《わたし》はお父《とう》さんに逢《あ》ふことがたいへんに恐《こは》くつて可《い》けない。お父《とう》さんが歸《かへ》つて來《き》ても、當分《たうぶん》私《わたし》は逢《あ》はずにゐて、そつとお父《とう》さんを傍《わき》から見《み》てゐたいやうな氣《き》がしますよ。」

「けれどもお父《とう》さんはお父《とう》さんですわ。私《わたし》たちにたつた一人《ひとり》のお父《とう》さんぢやありませんか。天《てん》にも地《ち》にもたつた一人《ひとり》のお父《とう》さんぢやありませんか。殊更《ことさら》にお父《とう》さんを考《かんが》へて見《み》る必《ひつ》要《えう》はないと思《おも》ひますわ。」

「何故《なぜ》？それは愛《あい》なの。」

「えゝ。」

榮《さかえ》は妹《いもうと》の云《い》ふ事《こと》が眞實《しんじつ》だと思《おも》つた。何《なに》も殊更《ことさら》に父《ちゝ》を考《かんが》へて見《み》る必要《ひつえう》はない。何《なに》も解《わか》らなくてもいゝ。妹《いもうと》のやうな卒直《そつちよく》な心持《こゝろもち》で父《ちゝ》の歸《かへ》つてくるのを待《ま》つてればいゝ。然《さ》うは思《おも》つたけれども、榮《さかえ》はやつぱり父《ちゝ》に逢《あ》ふと云《い》ふことに僅《わづか》な苦《くる》しい壓迫《あつぱく》があつた。

「私《わたし》はお父《とう》さんをお父《とう》さんらしく思《おも》ふことが出來《でき》ない。幼少《ちひさ》い時《とき》に父《ちゝ》を嫌《きら》つた習慣《しふくわん》がまだ私《わたし》の感情《かんじやう》の上《うへ》に殘《のこ》つてゐるのかもしれない。」

咲子《さきこ》は姉《あね》がつまらない事《こと》に心《こゝろ》を勞《つか》らしてゐることを馬鹿《ばか》々々しく思《おも》つた。そんな事《こと》は何《ど》うでもいゝやうな氣《き》がした。父《ちゝ》を父《ちゝ》らしく思《おも》ふことができないでも、自分《じぶん》の生《う》みの父《ちゝ》はやつぱり生《う》みの父《ちゝ》であつた。姉《あね》にはいつも斯《か》うした變《へん》な思想《しさう》の誤謬《ごびう》があると思《おも》つた。

「お父《とう》さんが嫌《きら》ひなら嫌《きら》ひでもいゝぢやありませんか。それは姉《ねえ》さんの感情《かんじやう》ぢやありませんか。」

「今《いま》はちつともお父《とう》さんが嫌《きら》ひではないんです。たゞ解《わか》らないと云《い》ふだけ。」

「私《わたし》にはよく解《わか》つてゐますけれどもね。」

「どう。」

「お父《とう》さんはお氣の毒《どく》な人《ひと》ですわ。それこそ人生《じんせい》の敗殘《はいざん》の人《ひと》ですわ。一生《しやう》思《おも》ひ立《た》つたことが何一《なにひと》つうまく行《い》かないで、年《とし》を老《さ》つて落《おち》ぶれて娘《こども》の處《ところ》へ歸《かへ》つてくるんですから。」

「それだけなら私《わたし》にも解《わか》つてゐる。」

「お父《とう》さんは善《い》い人《ひと》ですわ。其《そ》れで何《なに》も彼《か》も解《わかつ》てるぢやありませんか。」

田村俊子

二十三

空《そら》は濃藍色《こひあゐいろ》に染上《そめあ》げた絖《ぬめ》を張詰《はりつ》めたやうに、塵《ちり》ほどの雲《くも》も見《み》えなかつた。初夏《しよか》の光《ひか》りが若葉《わかば》の隙間《すきま》々々に眞劍《しんけん》の勝負《しやうぶ》らしく打《ぶ》つ突《つ》かり合《あ》つて、きら／＼とその反射《はんしや》を野《の》の上《うへ》にこぼしてゐた。反射《はんしや》のこぼれは尺《しやく》ほど延《の》びた麥《むぎ》の穂《ほ》の一《ひ》と筋《すぢ》一と筋《すぢ》に這《は》ひ入《い》つて、軸《ぢく》の底《そこ》の方《はう》まで光《ひか》りの滋養《じやう》をしたゝらしてゐた。

榮《さかえ》は洋傘《かさ》の陰《かげ》だけでは遮《さへぎ》りきれないやうな光《ひかり》の強《つよ》さに氣壓《けお》された。何時《いつ》の間《ま》にか夏《なつ》らしくなつた四邊《あたり》の景色《けしき》におどろきながら、榮《さかえ》は麥《むぎ》の穂《ほ》を見《み》詰《つめ》たり、眞《ま》つ黄色《きいろ》な蒲公英《たんぽゝ》の花《はな》の鮮《あざ》やかな色《いろ》に瞳子《ひとみ》を馴染《なじ》ませたりした。色《いろ》と云《い》ふ色《いろ》がすべて新《あたら》しくはつきりしてゐた。家《いへ》の輪廓《りんくわく》も森《もり》の輪廓《りんくわく》も一《ひ》と際濃《きはこ》い紫色《むらさきいろ》の線《せん》を描《か》いて光《ひかり》の中《なか》に浮《う》いてゐた。堀《ほ》りかへされた土《つち》が日《ひ》の熱《ねつ》を受《うけ》てもく／＼と膨《ふく》れてゐた。其土《そのつち》のおもてに精力《せいりよく》が漲《みなが》つてゐた。光《ひかり》と空氣《くうき》は榮《さかえ》の肉《にく》を柔《やわら》かに侵《をか》して、ちく／＼と肉《にく》のなかの血《ち》を探《さぐ》るやうに刺《さ》してはいつた。血《ち》は乾《かは》きを持ちながら、その光《ひか》りの外《そと》に發散《はつさん》して行《ゆ》かうとするやうに、榮《さかえ》の皮膚《ひふ》の内側《うちがは》で逆《さか》に動搖《どうえう》してゐた。

道《みち》の片側《かたがは》に斜《はす》の位置《ゐち》を作《つく》られてゐる録子《ろくこ》の家《いへ》も、遠《とほ》く晴《はれ》た空《そら》を背景《はいけい》にして薄鼠色《うすねずみいろ》の建物《たてもの》が初夏《しよか》の光《ひか》りに包《つゝ》まれながら調和《てうわ》よく落着《おちつ》いて見《み》えた。畫室《ぐわしつ》の前《まへ》の脊《せい》の高《たか》い二三本《ほん》の棕梠《しゆろ》の木《き》が、涼《すゞ》しい色《いろ》を動《うご》かしながら白壁《しらかべ》に爽《さは》やかな影《かげ》を映《うつ》してゐる。花《はな》の散《ち》つてしまつた櫻《さくら》が、褪《さ》めた紅《べに》の色《いろ》を含《ふく》んだ花《はな》の蕋《しべ》を若葉《わかば》の間《あひだ》にしほらしく殘《のこ》つたまゝ、家《いへ》の横手《よこて》に憂鬱《いううつ》らしく木《き》の振《ぶ》りを垂《た》れてゐた。

榮《まさえ》はその家《いへ》を望《のぞ》みながら、錄子《ろくこ》の住《す》みさうな家《いへ》だと云《い》つて評《ひやう》したことを思《おも》ひ出《だ》した。然《しか》し今日《けふ》は、錄子《ろくこ》はあの家《いへ》の中《なか》で、自殺《じさつ》を思《おも》ふほどに苦《くる》しんでゐる。

この美《うつく》しく生《い》き〲した初夏《しよか》の光《ひか》りを浴《あ》びてゐる白壁《しらかべ》のうちで、錄子《ろくこ》は死《し》の闇黑《くらやみ》におそはれながら、罪《つみ》の經《けい》過《くわ》を見詰《みつ》めてゐる。榮《まさゑ》は今朝《けさ》の手紙《てがみ》を繰返《くりかへ》し思《おも》ひながら、白《しろ》い壁《かべ》を見守《みまも》つて歩《ある》いて行《い》つた。白《しろ》い壁《かべ》は近付《ちかづ》いてゆくほど光《ひか》りが薄《うす》れて寂《さび》しい色《いろ》を潛《ひそ》ませてゐた。榮《まさゑ》は棕梠《しゆろ》の木《き》の前《まへ》に立《た》つて、その大《おほ》きな垂《た》れた葉《は》を仰《あふ》いで眺《なが》めた。日光《につくわう》がその隙《すき》を漏《も》れて榮《まさゑ》の頭髮《かみ》の上《うへ》に搖《ゆら》いだ影《かげ》を黄金《きん》のやうに振《ふ》りおとした。

扉《と》を押《お》してはいつてゆくと、錄子《ろくこ》はその音《おと》を聞《き》き付《つ》けて他《た》の室《しつ》から出《で》て來《き》た。二人《ふたり》はいつもの暖爐《だんろ》の前《まへ》の卓《テー》子《ブル》のところに行《い》つて向《むか》ひ合《あ》つた。室《へや》の中《なか》が何《なん》となく荒《あ》れてゐた。錄子《ろくこ》が氣《き》にして挿《さし》ておく花《はな》も、葉《は》の萎《しほ》れた赤《あか》い何《なに》かの花《はな》が隅《すみ》の飾《かざ》り棚《だな》のペースの上《うへ》から落《お》ちかゝつてゐるぎりで、新《あたら》しい色《いろ》もそこいらに見《み》えなかつた。

「あなたの家《うち》の前《まへ》までくるとこのなかゞ眞《ま》つ闇《くら》なやうな氣《き》がしましたけれども、あなたは割《わ》り合《あひ》に元氣《げんき》のいゝ顔《かほ》をしてゐますね。」

「然《さ》うでせうか。」

錄子《ろくこ》は榮《まさゑ》に然《さ》う云《い》はれたので、初《はじ》めて元氣《げんき》の付《つ》いた顔《かほ》をして榮《まさゑ》に眼《め》を向《む》けた。

正誤　第廿一回の初めから廿六行目「父は決して嬌態に時務の氣だ」云々は「脂粉の氣だ」云々の誤まり

暗い空

田村俊子

二十四

錄子《かくこ》の手紙《てがみ》に、それは自分《じぶん》の汚辱《をじよく》だとしてあつた。私《わたし》の生《い》きた身体《からだ》のうちに男《をとこ》は汚辱《をじよく》を殘《のこ》した。どんな場合《ばあひ》にも男《をとこ》が必《かなら》ず勝利者《しようりしや》だと云《い》ふことが今《いま》初《はじ》めて私《わたし》に分《わか》つた。性交《せいかう》の不自由《ふじいう》が永遠《えいゑん》に女《をんな》を男《をとこ》のために物質《ぶつしつ》にする――私《わたし》は斯《か》う云《い》ふことを初《はじ》めて知《し》つた。私《わたし》は馬鹿《ばか》だ、淺薄《せんぱく》だ、私《わたし》は汚辱《をじよく》を殘《のこ》して行《い》つた男《をとこ》が憎《にく》くつてたまらない。男《をとこ》が憎《にく》い。憎《にく》い。私《わたし》は初《はじ》めて男《をとこ》を呪《のろ》ふことも知《し》つた。男《をとこ》も女《をんな》もたゞ假《か》りの戯《たはむ》れに過《す》ぎなかつたいたづらな戀《こひ》でゐながら、女《をんな》にばかり必然《ひつぜん》の罪《つみ》が殘《のこ》るとは何《なん》と云《い》ふ悲《かな》しい恐《おそ》ろしい事《じ》實《じつ》だらう。そうしてこれは何世何《なんせいなん》百萬年永劫《ねんえいごふ》脫《のが》れることのできない事《じ》實《じつ》なのぢやないか。

私《わたし》は消滅《せうめつ》させなくてはならない。男《をとこ》から受《う》けた汚辱《をじよく》を消滅《せうめつ》してやる。私《わたし》はあの男《をとこ》を勝利者《しようりしや》にさせるヿはできない。私《わたし》はこの汚辱《をじよく》を自分《じぶん》の手《て》で消《せう》滅《めつ》してやる。消滅《せうめつ》――私《わたし》はこの一字《じ》に絕《すが》るより他《ほか》に道《みち》がない。それは男《をとこ》へ對《たい》する復讐《ふくしう》だ。と。

榮《さかえ》はこの手紙《てがみ》を讀《よ》んだ時《とき》に、錄子《ろくこ》はこれを書《か》いてる間精神《あひだこころ》が狂《くる》つてゐたのだと思《おも》つた。消滅《せうめつ》と云《い》つてゐるのはそれは無論自殺《むろんじさつ》のヿだと思《おも》つた。榮《さかえ》は急《いそ》いで家《いへ》を出《で》た。錄子《ろくこ》に逢《あ》つたら直《すぐ》に斯《か》う云《い》はなければならない。

「それは汚辱《をじよく》でもなんでもないぢやありませんか。何故《なぜ》それな汚辱《をじよく》だと思《おも》ふのです。汚辱《をじよく》だと思《おも》ふのが間違《まちが》つてゐます。あなたはこの事實《じじつ》が戲談《だん》のやうな戀《こひ》もほんとうの戀《こひ》にはいつてゆくヿのできる善《よ》い過程《くわてい》だと思《おも》はなくてはならない。その事實《じじつ》をもつと眞面目《まじめ》に解釋《かいしやく》して見《み》なければいけないと思《おも》ひます。」

そうして、それを自分《じぶん》から汚辱《をじよく》だと考《かんが》へるのは、あなたの世間《せけん》に對《たい》するつまらない道德的《だうとくてき》な卑下《ひげ》だと云《い》つてやらうと思《おも》つた。

榮《さかえ》は錄子《ろくこ》の顏《かほ》を靜《しづか》に見《み》てゐた。女《をんな》が斯《こ》う云《い》ふ男《をとこ》との情事《じやうじ》の結果《けつくわ》の爲《ため》に苦《くる》しんでゐるのは、隨分無智《ずゐぶんむち》な醜《みにく》いことだと思《おも》つた。女《をんな》は永遠《えいゑん》に男《をとこ》に勝《か》たれないと云《い》ふことはない。生涯《しやうがい》の純《じゆん》潔《けつ》、女《をんな》はそれによつていつでも男《をとこ》の勝利者《しようりしや》になることができる。――

「あなたのお手紙《てがみ》ぢや、思《おも》つたより苦《くる》しんでゐらつしやるんですね。」

「え、苦《くる》しんでます。」

錄子《ろくこ》は何事《なにごと》も打《う》ち明《あ》けてしまつた友《とも》

田村俊子

二十五

達《だち》の前《まへ》で、慚愧《はづかし》さに堪《た》へない心持《こゝろもち》がしてゐた。殊《こと》にこの友達《ともだち》にも、すべてな女《をんな》の淫《みだ》らに解《かい》されることが辛《つら》かつた。然《さ》う云《い》ふことは平生《ふだん》からよく解《わか》り合《あ》つたつもりでゐながら、この場合《ばあひ》の榮《さかえ》の考《かんがへ》が自分《じぶん》を辱《はぢ》しめてはゐないかと思《おも》つて氣《き》がさした。

「苦《くる》しむことはないと思《おも》ひますよ。直《す》ぐに解決《かいけつ》のできることなんですから。」

「解決《わか》つてそう云《い》ふ意味《いみ》の？」

「結婚《けつこん》してしまへばそれですつかり濟《す》むのぢやありませんか。結婚《けつこん》すればあなたは幸福《かうふく》になるのですから。」

「極《ごく》きまりきつた問題《もんだい》をどうしてそんなに苦《くる》しむのでせう。」

「結婚《けつこん》なんかするもんですか。そんな事《こと》は卑怯《ひけふ》です。それは手段《しゆだん》ですもの。私《わたし》はこんな事《こと》がなくつたつてあの人《ひと》と結婚《けつこん》なんかしやうとは思《おも》つて

ゐないんですから。」

「自殺《じさつ》するよりいゝぢやありませんか。」

「自殺《じさつ》ですつて？」

錄子《ろくこ》は自分《じぶん》で云《い》つたその言葉《ことば》にひどく脅《おびや》かされて顏《かほ》を上げた。

「どうして然《さ》う思《おも》つたんです。私《わたし》がそんな事《こと》を考《かんが》へてゐるなんて。自分《じぶん》が死《し》ぬなんて。」

錄子《ろくこ》の蒼《あを》い頬《ほゝ》にだん／＼に喘《あへ》ぐやうな笑《わら》ひが上《のぼ》つてきた。

「まだそれほどの弱《よわ》い考《かんが》へは持つてゐないんです。」

「でもあなたの手紙《てがみ》に消滅《せうめつ》と云《い》ふ字《じ》がありましたね。それがたゞ一《ひと》つの道《みち》だと書《か》いてありました。私《わたし》はそれを自殺《じさつ》と云《い》ふ意味《いみ》にとつて考《かんが》へてゐたけれども然《さ》うじやなかつたんですか。」

錄子《ろくこ》は胸《むね》を打《う》たれたやうにふつと默《だま》つた。自分《じぶん》の書《か》いた消滅《せうめつ》と云《い》ふ言葉《ことば》を他人《たにん》の口《くち》から自分《じぶん》の耳《みゝ》に判然《はつきり》と聞《き》いた時《とき》、それが初《はじ》めて大《おほ》きな罪悪《ざいあく》の響《ひゞ》きを鋭《するど》く反響《はんきやう》させたことに錄子《ろくこ》は

戰へた。錄子《ろくこ》の頰《ほゝ》から眼許《めもと》が燃《も》えるやうに眞《ま》つ赤《か》になつた。額顬《こめかみ》が纖維《せんゐ》を立《た》ち切《き》るやうにづき〳〵と烈《はげ》しく打《う》つた。

錄子《ろくこ》は榮の前《まへ》にぢつとしてゐる事《こと》ができなかつた。それで默《だま》つて立《た》つて室《へや》の突《つ》き當《あた》りの壁《かべ》にピンで留《さ》めてあるヘレンの畵《ゑ》の前《まへ》に行《い》つて立《た》つて眺《なが》めた。ヘレンがパリスに抱《いだ》かれて羅《うす》衣《もの》を空中《くうちう》にひるがへしながら走《はし》つて行《ゆ》く。男《をとこ》の裸体《らたい》、女《をんな》の裸体《らたい》、女《をんな》の足《あし》に薄《うす》く纏繞《まつ》つて二人のうしろに飛んでゐる羅衣《うすもの》の襞積《ひだ》、男《をとこ》の角笛《つのぶえ》、錄子《ろくこ》はぼんやりとその畵《ゑ》を見詰《みつ》めてゐた。

昨夜《さくや》の七時頃《じごろ》、あの手紙《てがみ》を書《か》いた頃《ころ》の、無暗《むやみ》と聲《こゑ》を上《あ》げて泣《な》き叫《さけ》びたかつた苛《い》ら〳〵しさが、今《いま》の錄子《ろくこ》の神《しん》經《けい》を襲《おそ》ひ返《かへ》してゐた。あの時《とき》眞《ま》つ暗《くら》な意識《いしき》の底《そこ》で、体内《たいない》の一部《ぶ》の血《ち》が少《すこ》しづゝ凝《ぎよ》結《けつ》してゆく音《おと》を確《たし》かに聞《き》いた。一分《ぶん》、二分《ぶん》、一秒《べう》の間《ま》も凝《ぎよ》結《けつ》してゆく血《ち》は其作用《そのはたらき》をやめないでゐた。

「消滅《せうめつ》ですつて？」

錄子《ろくこ》は癇走《かんばし》つた聲《こゑ》で云《い》つたつもりで

あつたが、それは榮にも能《よ》くは聞《き》き取《さ》れないほどの低《ひく》い聲《こゑ》であつた。

「間違《まちが》つてゐるのですか。私《わたし》の思《おも》ひ違《ちが》ひだつたのですか。」

榮も錄子《ろくこ》の傍《そば》に立《た》つて來《き》た。

「ぢや何《ど》う云《い》ふ意味《いみ》のつもりでお書《か》きになつたの。」

「別《べつ》に意味《いみ》なんかありません。何《なん》でもない事《こと》だつたんです。」

「ほんとうに？」

「えゝ、ほんとうに。」

「私《わたし》には解《わか》りましたよ。その意味《いみ》が。今漸《いまやうや》く解《わか》つたんです。もう秘《かく》すことはないぢやありませんか。手紙《てがみ》にまで書《か》いてしまつた事《こと》ですもの。何卒《どうぞ》はつきり聞《き》かして下《くだ》さい。あなたの考《かんが》へてゐる事《こと》を。」

錄子《ろくこ》は榮の顏《かほ》を見《み》ることができなかつた。錄子《ろくこ》は榮の傍《そば》をはなれて、帷幕《はり》から半分《はんぶん》見《み》えてゐる寢臺《しんだい》の上《うへ》に腰《こし》をおろして俯向《うつむ》いてゐた。高《たか》い硝子《ガラス》窓《まど》に映《うつ》つてゐる若葉《わかば》の色《いろ》が、錄子《ろくこ》の顏《かほ》に反影《はんえい》を投《な》げてその片頰《かたほゝ》から鬢《びん》にかけて靑《あを》い隈《くま》をかげらした。錄子《ろくこ》の顏《かほ》には陰鬱《いんうつ》な表情《へうじやう》がぢつと保《たも》たれてゐた。

田村俊子

二十六

榮《さかえ》は長《なが》い間《あひだ》、俯向《うつむ》いてゐる友達《ともだち》の姿《すがた》を見詰《みつ》めて立《た》つてゐた。友達《ともだち》の体内《たいない》に、何《なに》か異常《いじやう》に生存《せいぞん》しつゝ行《ゆ》くある感覺《かんかく》が、友達《ともだち》と、自分《じぶん》の立《た》つた足許《あしもと》との間《あひだ》の距離《きより》を辿《たど》つて、電氣《でんき》のやうにぢり／＼と傳《つた》はつてくるやうに思《おも》はれた。

榮《さかえ》はその体内《たいない》に異常《いじやう》に生存《せいぞん》してゆく微《かすか》な一《ひ》と片《ひら》の肉《にく》のうごめきを、友達《ともだち》のお召《めし》の羽織《はおり》を透《すか》して確《しつか》りと見詰《みつ》めてゐた。錄子《ろくこ》の呼吸《こきふ》が頸《うなじ》に垂《た》れた髮《かみ》の毛《け》を不規則《ふきそく》に搖《ゆる》がしてゐる。あの呼吸《こきふ》の一瞬々々《しゆん／＼》が、目《め》に見《み》えない生《せい》命《めい》の芽《め》を、その一《ひ》と片《ひら》の肉《にく》に知《し》らず／＼與《あた》へつゝゆくのだと思《おも》つた。

「この人《ひと》は全《まつた》くそれを斷行《だんかう》しやうとしてゐるのだらうか。」

闇《やみ》から闇《やみ》へ――ふと、いつも無智《むち》な社會《しやくわい》の人《ひと》たちの中《なか》で聞《き》き馴《な》れた斯《か》う云《い》ふ諺語《げんご》が榮《さかえ》の胸《むね》に浮《う》んだ。榮《さかえ》はその言葉《ことば》に含《ふく》まれた氣持《きもち》の惡《わる》い殘酷《ざんこく》な聯想《れんさう》に、痲痺《しび》れるほど心《こゝろ》のおもてを縊《くび》られるやうな氣《き》がした。假《か》りにも、一時《じ》の氣迷《きまよ》ひにも、然《さ》うした無《む》分別《ふんべつ》な恐《おそ》ろしい企《たく》らみの中《うち》に友達《ともだち》は思《おも》ひを埋《うづ》めたのである。榮《さかえ》は眼《め》の前《まへ》にある不思議《ふしぎ》な男女《だんぢよ》の間《あひだ》の謎《なぞ》を展《ひら》かれたやうに思《おも》つた。然《さ》うして其謎《そのなぞ》は自分《じぶん》などには兎《と》ても解《と》くことのできないむづかしいものに考《かんが》へられた。二人《ふたり》は學校時代《がくかうじだい》からの仲好《なかよ》しであつた。物質《ぶつしつ》の上《うへ》でも錄子《ろくこ》に榮《さかえ》は幾度《いくたび》か助《たす》けられてゐた。そうしてよく了解《れうかい》し合《あ》つた優《やさ》しい恩誼《おんぎ》の情《じやう》を榮《さかえ》は常《つね》に錄子《ろくこ》に對《たい》して持《も》つてゐた。年齡《とし》も榮《さかえ》よりは下《した》であつたし、錄子《ろくこ》も榮《さかえ》に取《と》り縋《すが》るやうな甘《あま》へた情《じやう》でいつも榮《さかえ》に接《せつ》してゐた。どんな事《こと》にも、二人《ふたり》の交《かう》際《さい》の上《うへ》ではお互《たがひ》を卑《いや》しめ合《あ》ふやうな感《かん》じを持《も》つたことなどはなかつた。榮《さかえ》は錄子《ろくこ》がかうした輕卒《かるはづみ》な秘密《ひみつ》な企《たくら》みを心《こゝろ》に持《も》つたことに就《つ》いても、誠意《まごゝろ》を盡《つく》してよく聞《き》いてやらなければならないと思《おも》つてその氣《き》を緊《し》めた。錄子《ろくこ》が顏《かほ》を上《あ》げて榮《さかえ》の方《はう》を見《み》た。二《ふた》人《り》は顏《かほ》を見合《みあ》はせたがどつちも笑《ゑ》みを浮《う》かべなかつた。錄子《ろくこ》は榮《さかえ》の蒼白《あをじろ》くなつた嚴《きび》しい顏附《かほつき》を見《み》ると直《す》ぐ眼《め》を反《そ》らした。

「あなたの考《かんが》へてゐることはたいへん間違《まちが》つたことですよ。そんな事《こと》は決《けつ》していけないと思《おも》ひます。私《わたし》は。」

榮《さかえ》は錄子《ろくこ》の顏《かほ》を見《み》ると斯《か》う云《い》つた。我《わ》れ知《し》らず、思《おも》ひ辿《たど》つてもゐなかつた事《こと》を口《くち》に出《だ》したことを榮《さかえ》は直《すぐ》に自分《じぶん》に氣《き》がついた。榮《さかえ》は錄子《ろくこ》の傍《そば》に行《ゆ》きながら、自分《じぶん》の思《おも》ふことを端《はし》から順《じゆん》々に云《い》つて行《ゆ》かうとしてちよつと考《かんが》へた。

「Mに話《はな》さないなんて、Mに話《はな》さなくつちやならない。あなたは何故《なぜ》そんなにMに怒《おこ》るのです。今《いま》になつて何故《なぜ》Mを怒《おこ》るのです。あなたはその事實《じじつ》に氣《き》が付《つ》いてからMを怒《おこ》つたのですか。初《はじ》めからMに對《たい》して純粹《じゆんすゐ》な愛《あい》などはなかつたのに斯《か》うした結果《けつくわ》ができたので怒《おこ》つてゐるのですか。然《さ》うぢやないでせう。あなたは最初《さいしよ》あんなにMを愛《あい》してゐたぢやありませんか。あなたはもつと感情《かんじやう》を鎭《しづ》めて、Mにすつかり打《う》ち明《あ》けなくちやならないと思《おも》ひます。」

「そんな事《こと》を今《いま》云《い》はないで下《くだ》さい。」

錄子《ろくこ》の聲《こゑ》が戰《ふる》へてゐた。兩手《りやうて》を組《く》み合《あ》はした掌《てのひら》で、自分《じぶん》の膝《ひざ》の上《うへ》をぐつと押付《おしつ》けながら錄子《ろくこ》は俯向《うつむ》いた。

「けれどもこの問題《もんだい》の根本《おほね》はそれ一とつなのですから。あなたがそれを汚辱《をじよく》だなんて云《い》ふのも私《わたし》は間違《まちが》つてゐると思《おも》ひます。Mは私《わたし》の友達《ともだち》だから私《わたし》から話《はな》して上《あ》げても宜《よ》ござんす。然《さ》うしてMの心持《こゝろもち》を私《わたし》が聞《き》いて上《あ》げませう。」

「云《い》つてはいけないのです。あの人《ひと》に。——私《わたし》は間違《まちが》つてはゐません。」

錄子《ろくこ》は烈《はげ》しく云《い》つた。

暗い空

田村俊子

二十七

「私《わたし》の苦《くる》しんでることは私《わたし》にだけしきや解《わか》らないことです。Mには云《い》ひたくないんです。私《わたし》はあの人《ひと》を憎《にく》んでゐるのです。あの人《ひと》にもう逢《あ》ふ必《ひつ》要《えう》もないし、話《はなし》をする必要《ひつえう》もないのです。私《わたし》は默《だま》つてなんにも云《い》はずに二《ふた》今《いま》の内《うち》に別《わか》れて了《しま》ふつもりです。二人《り》の間《あひだ》はもう濟《す》んでしまつたんですから何《なに》も彼《か》も。」

錄子《ろくこ》の聲《こゑ》が悲《かな》しさうに撓《たわ》んで聞《き》こえた。

「別《わか》れるについて手紙《てがみ》も送《おく》つたんですから——このあひだ、あなたの入《い》らしつた時《とき》Mが來《き》ましたね。Mはその手紙《てがみ》を受取《うけと》つてから來《き》たのだつたんですよ。」

榮《さかえ》はあの時《とき》の峰夫《みねを》の蒼《あを》い顏《かほ》を思《おも》ひ浮《う》かべた。自分《じぶん》と見合《みあ》つた時《とき》のあの眼《め》は悲《かな》しみに滿《み》ちた眼《め》であつたと思《おも》つた。

「Mは何《なん》と云《い》つてゐるのです。」

「誤解《ごかい》してゐるのです。けれども私《わたし》は構《かま》はないんです。」

錄子《ろくこ》は自身《じしん》の聲《こゑ》が一つ〳〵耳《みゝ》の底《そこ》に力強《ちからつよ》く入《はい》つてくるやうに思《おも》はれた。語尾《ごび》が一々《〳〵》錄子《ろくこ》自身《じしん》の心臟《しんざう》に喰《く》ひ込《こ》んで、聲《こゑ》の途切《とぎ》れる毎《ごと》に、落着《おちつ》いた、靜《しづか》な、深《ふか》く考《かんが》へやうとする意識的《いしきてき》の沈思《ちんし》がその腦裡《なうり》にひろがつていつた。錄子《ろくこ》は口《くち》を閉《と》ぢて暫時《しばらく》默《だま》つてゐた。と、錄子《ろくこ》はだん〳〵に悲《かな》しくなつてきた。

自分《じぶん》の身體《からだ》に變化《へんくわ》が起《おこ》つたことに氣《き》付《つ》いてから、錄子《ろくこ》の感情《かんじやう》は恥辱《ちじよく》と嫌《けん》惡《を》と恐怖《きようふ》と激怒《げきど》とで日《ひ》も夜《よ》も荒狂《あらく》れてゐた。錄子《ろくこ》はその間《あひだ》泣《な》くと云《い》ふ自身《じしん》の心《こゝろ》の融和《ゆうわ》を見出《みいだ》す隙《すき》さへなかつた。それが今《いま》、荒《あら》い感情《かんじやう》の隙《すき》を破《やぶ》つて優《やさ》しいものを導《みちび》くやうに悲《かな》しい涙《なみだ》が知《し》らず〳〵錄子《ろくこ》の眼《め》から流《なが》れてきた。錄子《ろくこ》はベッドに横《よこ》に仆《たふ》れて半巾《はんけち》を眼《め》に當《あ》てながら稍《やゝ》長《なが》い間《あひだ》泣《な》いてゐた。然《さ》うして泣《な》いてゐるうちに、錄子《ろくこ》は峰夫《みねを》を戀《こひ》しく思《おも》ふ情《こゝろ》が、なつかしくその魂《たましひ》の奥《おく》から忍《しの》びやかに自身《じしん》の胸《むね》に映《うつ》つたのを感《かん》じてゐた。

あの時《とき》ぎり、峰夫《みねを》には錄子《ろくこ》は逢《あ》はずにゐた。

「私《わたし》にもよく解《わか》らないけれども。」

榮《さかえ》は感動《かんどう》を帶《お》びた聲《こゑ》で云《い》つて、自分《じぶん》もベッドに腰《こし》をおとした。

「あなたのその手段《しゆだん》だけは何《ど》うしても考《かんが》へ直《なほ》さなければならないと思《おも》ひますよ。そんな事《こと》をしては可けない。決《けつ》して。」

榮《さかえ》は斯《か》う云《い》ひながら友達《ともだち》の泣《な》いてゐる

姿《すがた》を見返《みかへ》つた。ふと現實《げんじつ》の恐《おそ》ろしい手《て》に摑《つか》まれてから、その反抗《はんかう》の感情《かんじやう》で狂氣《きやうき》のやうになつてゐる友達《ともだち》を榮《さかえ》は痛《いた》ましく思《おも》つた。

「男《をとこ》に負《ま》けたとか、男《をとこ》に勝《か》たれたとか云《い》ふ事《こと》はつまらない感情上《かんじやうじやう》のことだけです。そんな事《こと》を氣《き》にかける位《くらゐ》なら、最初《さいしよ》からあなたは男《をとこ》に許《ゆる》さなければよかつたと云《い》はなくちやならない。そんな反感《はんかん》からつまらない手《しゆ》段《だん》を取《と》るなんて、恐《おそ》ろしい事《こと》です。ごつちにしても、Mと別《わか》れるなら別《わか》れるにしてもあなたの身体《からだ》だけは完《くわん》全《ぜん》な經過《けいくわ》を保《たも》つやうに養生《やうじやう》をしなくては駄目《だめ》です。──それは犯罪《はんざい》ぢやありませんか。よく考《かんが》へてごらんなさい。」

「犯罪《はんざい》でもよござんす。私《わたし》の考《かんが》へてゐることが間違《まちが》つてゐてもいゝのです。私《わたし》は然《さ》うするより他《ほか》にこの苦《くる》しみを逃《のが》れる道《みち》がないんですから。」

錄子《ろくこ》は身《み》を起《おこ》して榮《さかえ》の顏《かほ》をぢつと見《み》た。

二十八

暗い空

田村俊子

錄子《ろくこ》は立上《たちあが》つてベッドの横《よこ》に取《と》り付《つ》けた上《うへ》の棚《たな》から、ウヰスキーの瓶《びん》と洋盃《こつぷ》をおろした。其《そ》れを立《た》つた儘《まゝ》後向《うしろむ》きになつて飲《の》まうとして仰向《あふむ》いた時《とき》に、頭髮《かみ》がだらりと解《ほど》けてピンが一《ひと》つ拔《ぬ》け落《お》ちた。

「あなたの考《かんが》へは間違《まちが》つてゐないと云《い》ふんですか。それぢやあなたは、其《そ》れを平氣《へいき》でやるつもりなの。」

錄子《ろくこ》は其《そ》れに返事《へんじ》をしないでゐた。然《さ》うして何時《いつ》までも彼方《むかふ》を向《む》いたまゝで默《だま》つて立《た》つてゐた。

榮《さかえ》は自分《じぶん》の推測《すゐそく》した意味《いみ》の「消滅《せうめつ》」の遂行《すゐかう》を、錄子《ろくこ》がはつきりと自分《じぶん》の前《まへ》で繰《く》り返《かへ》すことができないのは、それを罪惡《ざいあく》だと自覺《じかく》してゐるからなのだらうと思《おも》つた。こゝで其《そ》れを押《お》し詰《つ》めて云《い》ひ窮《きは》めるほど錄子《ろくこ》の感情《かんじやう》は騷《さわ》ぐばかりだと思《おも》つて自分《じぶん》も言葉《ことば》を切《き》つて立《た》ち上《あが》つた。

「だがこの友達《ともだち》は、それを一人《ひとり》して行《や》つて了《しま》ふかもしれない。」

きつと其《そ》れが罪惡《ざいあく》か何《ど》うか──榮《さかえ》はふと自分《じぶん》の心《こゝろ》に然《さ》う云《い》ふ疑《うたが》ひが起《おこ》つた。自分《じぶん》はさつきから深《ふか》い考《かんが》へもなく「それは犯罪《はんざい》だ。そんな事はしてはいけない。」と云《い》つて錄子《ろくこ》を責《せ》めたけれども、それが何《ど》うして罪惡《ざいあく》なのか、榮《さかえ》自身《じしん》にも確然《はつきり》と解《わか》らない氣《き》がした。錄子《ろくこ》が云《い》ふやうに、子《こ》を生《う》む目的《もくてき》で戀《こひ》をしたのでないからには、消滅《せうめつ》と云《い》ふ手段《しゆだん》をとる方《はう》が却《かへ》つて人《じん》間《けん》の本能生活《ほんのうせいくわつ》の自然遂行《しぜんすゐかう》かもしれないと思《おも》つた。

そうして其《そ》れが男《をとこ》への復讎《ふくしう》だと錄子《ろくこ》は云《い》つたが、それはつまらない事《こと》だと思《おも》つた。その爲《ため》に男《をとこ》を憎《にく》むことはない。然《さ》う云《い》ふ反感《はんかん》で、自分《じぶん》の戀《こひ》を踏《ふ》み躙《にじ》らうとするのは女《をんな》の弱《よわ》い心《こゝろ》だと榮《さかゑ》は解釋《かいしやく》した。

「身體《からだ》の健康《けんかう》を損《わる》くしない限《かぎ》り、いつそ、やつた方《はう》がいゝかもしれませんね。」

榮《さかゑ》は思《おも》ひ切《き》つて、こんな事《こと》を云《い》はうとして足《あし》をとめたが、自分《じぶん》の口《くち》に出《だ》してそれを友達《ともだち》にすつかりと云《い》ふ事《こと》ができなかつた。榮《さかゑ》は窓際《まどぎは》へ行《い》つて窓《まど》の戸《と》をひらいた。靑《あを》い匂《にほ》ひを含《ふく》んだ空氣《くうき》が小刻《こきざ》みに窓《まど》の陰《かげ》からはいつて來《き》た。眼《め》のさきの櫻若葉《さくらわかば》の上《うへ》に光《ひか》線《せん》が黄色《きいろ》く靑《あを》く、摺箔《すりはく》をおいて輝《かゞや》きながら、うつとりと日光《につくわう》が晝《ひる》の眠《ねむ》りを催《もよほ》してゐるやうにぼやけた色《いろ》を展《の》ばしてゐた。榮《さかゑ》は外《そと》を見《み》ながら、今日《けふ》の午後《ごご》に新橋《しんばし》へ着《つ》く父《ちゝ》の事《こと》を心《こゝろ》に浮《うか》べた。斯《か》うした靜《しづか》な晴《は》れやかな日《ひ》の午後《ごご》に、遠《とほ》い旅先《たびさき》から九年《ねん》振りで歸《かへ》つてくる父《ちゝ》は、どんなにか東京《とうきやう》の街《まち》から幸福《かうふく》な印象《いんしやう》を受《う》け取《と》るだらうと榮《さか》は思《おも》つた。榮《さかゑ》の胸《むね》が騷《さわ》いだ。そうして一脈《みやく》の愛情《あいじやう》の糸《いと》が、どこからか泌々《しみ〴〵》と自分《じぶん》の全身《ぜんしん》に泌《し》み傳《つた》はつてくるやうな快《こゝろよ》い氣持《きもち》がした。

「今日《けふ》は父《ちゝ》の歸《かへ》つてくる日《ひ》なので

す。」

榮《さかゑ》は錄子《ろくこ》の方《はう》を振返《ふりかへ》つた。錄子《ろくこ》はベツドの上《うへ》に舊のやうに腰《こし》をおろしてゐた。

「私《わたし》は 妹《いもうと》と父《ちゝ》を迎《むか》ひに行《ゆ》かなちやなりませんから、もう少《すこ》しの時間《じかん》しきや此家《こゝ》にゐる間《あひだ》がありませんよ。」

「なんにも話《はな》しませんでしたね。私《わたし》は嘘《うそ》ばかり云《い》つてたやうです。」

錄子《ろくこ》は暫時《しばらく》して斯《か》う云《い》ひながら遣《や》る瀨《せ》のない溜息《ためいき》を漏《も》らした。

「こんな事《こと》はやつぱり知《し》らし合《あ》はない方《はう》が好《い》いやうな氣《き》がしますね。手《て》紙《がみ》なんぞも貰《もら》はない方《はう》がよかつたと思《おも》ひます。私《わたし》はその事《こと》についてはもう默《だま》つてる事《こと》にしませう。」

「えゝ、私《わたし》も。」

錄子《ろくこ》はだん〳〵に醉《よ》ひの上《のぼ》つてくる燃《も》えるやうな眼《め》を上《あ》げた。

田村俊子

二十九

榮《さかえ》は室《へや》の中《なか》の空氣《くうき》が重苦《おもくる》しく、感情《かんじやう》が窮屈《きうくつ》でぎごちなくなつて來《き》た。妹《いもうと》といつしよに能《よ》く晴《は》れた外《そと》を姉《きやう》妹《だい》らしい親《した》しんだ心持《こゝろもち》で歩《ある》きながら、父《ちゝ》を迎《むか》ひに行《ゆ》くことに氣《き》が向《む》いて見《み》ると、もうこの室《へや》に少《すこ》しでも凝《ぢ》つとしてゐる事《こと》が厭《いや》になつた。力《ちから》のない初夏《しよか》の風《かぜ》が青葉《あをば》の底《そこ》から榮《さかえ》の魂《たましひ》に憂鬱《いううつ》な氣分《きぶん》を強《し》ひつけてくる。榮《さかえ》はかうしてゐるとだん／＼にその氣分《きぶん》に引《ひ》き摺《ず》られて行《ゆ》くやうに思《おも》はれた。何《なに》か一《ひ》と言《こと》で友達《ともだち》の心《こゝろ》を安《やす》めてやることのできる樣《やう》な言葉《ことば》を殘《のこ》して、然《さ》うして歸《かへ》らうと思《おも》つた。友《とも》達《だち》の苦痛《くつう》は、自分《じぶん》が斯《か》うして友達《ともだち》の傍《そば》にゐて、何時《いつ》までその心《こゝろ》を見守《みまも》つてゐても救《すく》ふこともできなかつた。

「あなたにお願《ねが》ひがあつたんですよ。それであなたに彼樣《あんな》手紙《てがみ》を上《あ》げたんですけれど。」

錄子《ろくこ》は沈《しづ》んだ聲《こゑ》で云《い》つた。榮《さかえ》はふと、氣《き》の引《ひ》き立《た》つたやうな眼《め》づかひで、錄子《ろくこ》の傍《そば》に寄《よ》つて行《い》つた。

「いつしよに旅行《りよかう》をして貰《もら》はうと思《おも》つてゐたんです。私《わたし》には兎《と》ても一人《ひとり》ではゐられませんからその間《あひだ》だけ——それであなたに手紙《てがみ》を上《あ》げて來《き》ていたゞいたんですが。」

錄子《ろくこ》は恥《はぢ》にふるへた唇《くちびる》を結《むす》んで、言葉《ことば》をとゞめた。榮《さかえ》がその手段《しゆだん》は犯《はん》罪《ざい》だと云《い》つて遮《さへぎ》つたことが、錄子《ろくこ》の心《こゝろ》を臆病《おくびやう》にしてゐた。錄子《ろくこ》はそれを考《かんが》へ惑《まど》ふほど、現在《げんざい》自分《じぶん》がどんな境《きやう》遇《ぐう》におかれてゐるかと云《い》ふ事《こと》がまざ／＼と判然《はんぜん》として來《き》て、恐《おそ》ろしさが迫《せま》つた。

「自分《じぶん》はやつぱり友達《ともだち》の云《い》ふ樣《やう》に、正《たゞ》しく身体《しんたい》の上《うへ》の完全《くわんぜん》な經過《けいくわ》を保《たも》たなくちやならないかも知《し》れない。」

錄子《ろくこ》には然《さ》う云《い》ふ經過《けいくわ》を待《ま》つてとの方《はう》が、自分《じぶん》の考《かんが》へた手段《しゆだん》よりも、ずつと恐《おそ》ろしく不安《ふあん》なことであつた。

「私《わたし》は何《ど》うしていゝか分《わか》らない。ほんとに何《ど》うしていゝか分《わか》らない。」

錄子《ろくこ》は深《ふか》い絶望《ぜつばう》で斯《か》う云《い》つて、默《だま》つた。醉《ゑひ》が妙《めう》にその胸《むね》のあたりに熱《ねつ》を、ぢりつと燒《や》き付《つ》けてゐる。そうして感情《かんじやう》がその燒《や》き付《つ》く醉《ゑひ》のなかで沸《に》えてゐた。

「あなたと一所《しよ》に旅行《りよかう》するのですか。父《ちゝ》が歸《かへ》つて來《き》てからの樣子《やうす》ですけれども、約束《やくそく》してもよござんす。」

榮《さかえ》は斯《か》う云《い》ひながら、峰夫《みねを》に逢《あ》つて、自分《じぶん》の口《くち》からこの話《はなし》を打明《うちあ》けて見《み》や

暗い空

田村俊子

三十

裏手《うらて》の入《い》り口《ぐち》や窓《まど》の方《はう》を戸閉《とじま》りをして了《しま》つたので、家《うち》の中《なか》が薄暗《うすぐら》くなつてゐた、咲子《さうこ》は其《その》座敷《ざしき》の柱《はしら》に寄《よ》りかゝりながら片足立《かたあしだ》ちをして足袋《たび》を穿《は》いてゐた。榮《さかえ》が入《はい》つてきたのを見《み》ると、

「あんまりあなたが遲《おそ》いから時間《じかん》が間《ま》に合《あ》はなくなりやしないかと思《おも》つて心配《しんぱい》してゐましたわ。」と愚痴《ぐち》を云《い》つた。頭髪《かみ》に黑《くろ》と薄《うす》い靑《せい》磁色《じいろ》の布片《きれ》でできた造花《ざうくわ》などを挿《さ》してゐた。足袋《たび》を穿《は》いてしまふと、自分《じぶん》の机《つくゑ》の上《うへ》に載《の》せてあつた紙入《かみい》れを

うと考《かんが》へ付《つ》いた。錄子《ろくこ》のその苦《くる》しい經過《けいくわ》の間《あひだ》、錄子《ろくこ》の傍《そば》にゐて精神《こゝろ》を安《やす》らかに見守《みまも》つてやる人《もの》は峰夫《みねを》の他《ほか》にはないと思《おも》つた。自分《じぶん》からその話《はなし》を打明《うちあ》けた時《とき》に男《をとこ》がどんな態度《たいど》を見《み》せるか、それは解《わか》らなかつたけれども、榮《さかえ》は峰夫《みねを》の性格《せいかく》をあるところまで信《しん》じてゐた。峰夫《みねを》は眞《ま》つ直《す》ぐな感情《かんじやう》で、深《ふか》い愛《あい》を持《も》つてゐる男《をとこ》だと思《おも》つた。自分《じぶん》は錄子《ろくこ》のこの苦《くる》しい心持《こゝろもち》を、そつくり深《ふか》い同情《どうじやう》で男《をとこ》に話《はな》さうと決心《けつしん》してゐた。

錄子《ろくこ》は今夜《こんや》にも東京《とうきやう》を立《た》つやうな事《こと》を云《い》つた。

「行《い》つた先《さ》きから手紙《てがみ》を出《だ》しますから、然《さ》うしたらきつと來《ヨ》て下《くだ》さいますか。」

「えゝ、父《ちゝ》の樣子《やうす》で。」

その時《とき》峰夫《みねを》が行《ゆ》くやうになるかも知《し》れないと、榮《さかえ》は密《ひそか》に思《おも》つた。然《さ》うなれば錄子《ろくこ》は却《かへ》つて幸福《かうふく》になることができるかもしれない。

榮《さかえ》は友達《ともだち》の苦《くる》しみを、白壁《しらかべ》に取《と》り圍《めぐ》らされたこの室《へや》の中《なか》に殘《のこ》したまゝで外《そと》に出《で》た。日光《につくわう》が金粉《きんぷん》のやうに散《ち》つてゐた。

懐中《ふところ》に挾《はさ》んだり、襟止《ゑりど》めで胸《むね》の合《あは》せ目《め》をきつちりと留《と》めたりした。米琉《よねりう》の一枚綿入《いちまいわたい》れに博多《はかた》の帯《おび》をぐいと締《し》めて羽織《はおり》を着《き》ないでゐる。榮《さかえ》は少《すこ》し疲《つか》れてゐるので、直《す》ぐには動《うご》く氣《き》もしないで机《つくゑ》の傍《そば》にぼんやり立《た》つて妹《いもうと》の動《うご》く樣子《やうす》などを見《み》てゐた。

「私《わたし》はお父《とう》さんの顏《かほ》を覺《おぼ》えてゐない樣《やう》な氣《き》がして心配《しんぱい》なんですの。すぐ分《わか》りますかねえ。姉《ねえ》さん。」

洋傘《かうもり》を緣側《えんがは》の突《つ》き當《あた》りから取《と》り外《はづ》しながら咲子《さきこ》は其所《そこ》から姉《あね》に聲《こゑ》をかけた。

「顏《かほ》を見《み》れば直《す》ぐに分《わか》りますよ。どんな忘《わす》れた人《ひと》でも面《めん》と逢《あ》ふと思《おも》ひ出《だ》すもんだから。其《そ》れにお父《とう》さんは然《さ》う變《かは》つてはゐないでせうよ。いちばんあなたをお父《とう》さんが見違《みちが》へるかもしれない。」

榮《さかえ》は一人《ひとり》外《そと》に出《で》て、妹《いもうと》が戸締《とじま》りをして出《で》てくるのを待《ま》つてゐた。木戸《きど》の傍《わき》によく茂《しげ》つてゐる八《や》つ手《で》の葉《は》を洋傘《かうもり》の先《さ》きで叩《たゝ》いたり、垣根《かきね》の前《まへ》の堅《かた》い蕾《つぼみ》を持《も》つた薔薇《ばら》を覗《のぞ》いて見《み》たりしてゐるうちに、寄宿《きしゆく》から出《で》た妹《いもうと》と二人《ふたり》して此家《ここ》に移《うつ》つてからもう三年《ねん》にもなるなぞと榮《さかえ》は思《おも》つた。父《ちゝ》と別《わか》れてから世話《せわ》になつた小石川《こいしかは》のたつた一人《ひとり》の叔母《をば》のところへも、まるで緣《えん》を絶《た》つてしまつたやうにして姉妹《きやうだい》ながら疎遠《そゑん》にしてゐる。榮《さかえ》か咲子《さきこ》か、何方《どつち》かを養女《やうぢよ》にしたいと云《い》つた叔母《をば》の望《のぞ》みに二人《ふたり》ながら背向《そむ》いてから、叔母《をば》との間《あひだ》は氣兼《きが》ねの多《おほ》い面白《おもしろ》くないものになつて、だん／＼に二人《ふたり》の足《あし》が遠《とほ》くなつて行《い》つた。だが、今度《こんど》父《ちゝ》が久《ひさ》し振《ぶ》りで歸京《ききやう》したと云《い》ふ事《こと》だけは、叔母《をば》の耳《みゝ》にも入《い》れておかなければならないと思《おも》つた。

咲子《さきこ》が片手《かたて》に鍵《かぎ》の音《おと》をさせながら裏手《うらて》から廻《まは》つてきた。その鍵《かぎ》を帶《おび》の間《あひだ》に入《い》れた時《とき》に、序《ついで》に銀側《ぎんがは》の時計《とけい》を出《だ》して時間《じかん》を見《み》た。

「今《いま》、丁度《ちやうど》三時《じ》十分前《ぶんまへ》ですからゆつくり間《ま》に合《あ》ひますね。」

二人《ふたり》は木戸《きど》の外《そと》に出《で》た。咲子《さきこ》は千葉の話《はなし》が定《き》まつたけれども、父《ちゝ》が當分《たうぶん》落着《おちつ》くまで此方《こつち》にゐるつもりの事《こと》を話《はな》しながら行《い》つた。

「その女《をんな》の子《こ》はそれは奇麗《きれい》な子《こ》だそうですよ。」

榮《さかゑ》はそれを聞《き》いた時《とき》、不意《ふい》と戯曲的《ぎきよくてき》な感《かん》じが、薄《うす》く其情緒《そのじやうちよ》の上《うへ》を掠《かす》めて過《す》ぎていつた。二人《ふたり》は急《いそ》いだ歩調《あしどり》で行《い》つた。姉妹《きやうだい》が揃《そろ》つて歩《ある》くとは近頃《ちかごろ》にないことであつた。榮《さかゑ》はそんな事《こと》も思《おも》つた。咲子《さきこ》は途々《みち〳〵》、父《ちゝ》と同年《どうねん》ぐらゐの男《をとこ》を見《み》ると、それに目《め》が止《と》まつた。もう父《ちゝ》が新橋《しんばし》に着《つ》いてしまつて、此邊《こゝいら》をうろ〳〵探《さが》して歩《ある》いてるのではないかと云《い》ふやうな不安《ふあん》からそれ等《ら》の人《ひと》たちの顔《かほ》を、一々《いち〳〵》神經《しんけい》を戰《ふる》はせながら見詰《みつ》めて行《い》つた。

田村俊子

三十一

神戸發《かうべはつ》の汽車《きしや》が着《つ》くまでにまだ二十分《ぷん》ほど時間《じかん》があつた。二人《ふたり》は婦人室《ふじんしつ》へはいつて並《なら》んで腰《こし》をかけた。入場《にふぢやう》券《けん》を買《か》つてプラツトフオームへはいらうかと咲子《さきこ》が云《い》つたが、數多《たくさ》ある三等《とう》の室《しつ》を一々《いち〳〵》覗《のぞ》いてゐるうちに、却《かへ》つて父《ちゝ》の姿《すがた》を見紛《みはぐ》つて終《しま》ふやうなことがあるかも知《し》れないから。其《そ》れよりは改札口《かいさつぐち》のところに立《た》つて、一人々々《ひとり〳〵》見張《みは》つてゐた方《はう》がいいと云《い》ふ榮《さかゑ》の言葉《ことは》で、其《そ》れに決《き》めた。停車場内《ていしやぢやうない》の隅《すみ》の一劃《いつくわく》を、箱《はこ》のやうに仕切《しき》つてある婦人室《ふじんしつ》は周圍《しうゐ》が靜《しづか》で、喧騒《けんさう》の音《おと》が遠《とほ》く遮《さへぎ》られてゐた。白《しろ》いスカーフを肩《かた》の上《うへ》に纏《まと》つた綺羅《きら》びやかな扮裝《なり》をした若《わか》い女《をんな》がそつと入《はい》つてきて卓《たく》の外《はづ》れに腰《こし》をおろしたが、二三分《ぷん》ほど壁《かべ》にかゝつてゐる大時計《おほどけい》の針《はり》を見詰《みつ》めてゐたと思《おも》ふ間《うち》に、舌《した》打《うち》をしながら出《で》て行《い》つた。其《そ》の舌打《したう》ちをした女《をんな》の口《くち》のなかの響《ひゞ》きが、やゝ長《なが》く榮《さかゑ》の耳《みゝ》に殘《のこ》つた。

榮《さかゑ》は此場《こゝ》へ着《つ》いてから殊《こと》に胸《むね》が騒いて苦《くる》しかつた。其《そ》れを強《し》ひて壓《おさ》へつけると、血《ち》が何點《どこ》か一點《てん》へ退《ひ》いてゆくやうに皮膚《ひふ》の表《おもて》が冷《つ》めたくなつた。父《ちゝ》のことは思《おも》はないやうにして、——唯《たゞ》ある事件《じけん》が自分《じぶん》に打《ぶ》つ突《つ》かつて來《こ》やうとしてゐるのを、輕《かる》く支《さゝ》へてゐるやうな氣持《きもち》で待《ま》たうとしながら、一人《り》で室《へや》を出《で》た。然《さ》うして待合室《まちあひしつ》の壁《かべ》の角《かど》に凭《もた》れて人《ひと》の往來《わうらい》するのを眺《なが》めてゐた。石《いし》の階段《かいだん》の下《した》に自動車《じどうしや》が來《き》てはとまつた。中《なか》から出《で》てくるのは大抵《たいてい》外國人《ぐわいこくじん》が多《おほ》かつた。狹《せま》い袋《ふくろ》のやうなスカーツを着《つ》けてゐる婦人《ふじん》は、そのスカーツの中《なか》で足掻《あが》きのつかないやうな窮屈《きうくつ》な歩《ある》きかたをして通《とほ》つた。誰《た》れも舗石《しきいし》の上《うへ》を蹴《け》るやうにして改札口《かいさつぐち》の方《はう》へ突《つ》つ切《き》つて行《い》つた。此場《ここ》へ來《き》て初《はじ》めて嚴密《げんみつ》な時間《じかん》におどかされたやうな狼狽《うろた》へた眼《め》をして、時計《とけい》を見上《みあ》げたり、切符賣場《きつぷうりば》へ驅《か》けつけて行《い》つたりする人《ひと》たちもゐた。暫《しば》しでもこの土地《とち》を捨《す》てゝ他《ほか》の土地《とち》へ急《いそ》ぐと云《い》ふその人々《ひと〴〵》の生《せい》の動《どう》搖《えう》の影陰《かげ》が、寂《さび》しいやうに、晴《は》れ〴〵しいやうに、すべての擧動《きよどう》の、その人等《ひとら》の上被《うはぎ》のそよぎ一《ひ》とつにも現《あら》はれてゐた。

「牧《まき》さん。」

然《さ》う榮《さかえ》を呼《よ》んだ人《ひと》があつた。榮《さかえ》が振《ふ》り返《かへ》ると、洋服《やうふく》を着《き》た男《をとこ》が煙草《たばこ》を燻《ふか》しながら立《た》つてゐた。それは櫻子《さくらこ》の弟《おとうと》であつた。

「ぼんやりしてますね。待《ま》ち合《あ》はしてゐる人《ひと》でもあるんぢやありませんか。」

と弟《おとうと》は笑《わら》つた。榮《さかえ》は微笑《びせう》して默《だま》つてゐた。その顏《かほ》を見詰《みつ》めながら弟《おとうと》は煙草《たばこ》を口《くち》に啣《くは》へた儘《まゝ》で、兩手《りやうて》でネクタイの留針《びん》を挿《さ》し直《なほ》した。その手《て》探《さぐ》りで見付《みつ》けるピンの位置《ゐち》を、榮《さかえ》の顏《かほ》のどこかに標準《へうじゆん》でも求《もと》めてゐるやうに、ピンを挿《さ》し終《をは》るまで榮《さかえ》の顏《かほ》から目《め》をはなさずにゐた。

「姉《あね》がこの列車《れつしや》で歸《かへ》つて來《き》ますから、ちよいと迎《むか》ひにやつて來《き》たんです。あなたは？」

弟《おとうと》は煙草《たばこ》を口《くち》からはなすと然《さ》う云《い》つて聞《き》いた。

「私《わたし》も人《ひと》を迎《むか》ひに。――然《さ》うですか、マダムもこの列車《れつしや》で。」

名古屋《なごや》の興行《こうぎやう》が、昨日《きのふ》で打上《うちあげ》になつたことだけは榮《さかえ》も知《し》つてゐた。父《ちゝ》と同《おな》じ列車《れつしや》のうちにマダムはゐるのだと榮《さかえ》は思《おも》つた。弟《おとうと》はいろ〳〵な話《はなし》をしたし、厚《あつ》い唇《くちびる》をまじめに飜《ひるがへ》しながら、外國行《ぐわいこくゆき》の話《はなし》までした。

「僕《ぼく》は御免《ごめん》を蒙《かうむ》るつもりです。」弟《おとうと》は然《さ》う云《い》つた。「僕《ぼく》は妻君《さいくん》を貰《もら》つて、何《なに》か商賣《しやうばい》を初《はじ》めるつもりです。相應《さうおう》な西洋料理店《せいやうれうりてん》をやらうと思《おも》つてゐるのです。僕《ぼく》はもう先《せん》で懲《こ》り〳〵してますからね。何處《どこ》へ轉《ころ》げて行《い》つても人間《にんげん》の持《も》つて生《うま》れた運《うん》は其《そ》れだけにしきや通用《つうよう》しませんからね。ほんさうですよ。」

車夫《しやふ》の池田《いけだ》が入場券《にふぢやうけん》を持《も》つて來《き》たので、弟《おとうと》は彼方《むかふ》へ行《い》かうとした。池田《いけだ》は榮《さかえ》の顏《かほ》を見《み》ると輕《かる》く頭《あたま》を下《さ》げた。

「あなたはお入《はい》りにならないんです

か。」

「えゝ私《わたし》は――」

榮《さかえ》が婦人室《ふじんしつ》の方《はう》へ引《ひ》つ返《かへ》さうとするのを見《み》て二人《り》はずん／＼改札口《かいさつぐち》の方《はう》へ出《で》て行《い》つた。

田村俊子

三十二

榮《さかえ》は婦人室《ふじんしつ》の入《い》り口《ぐち》から妹《いもうと》を招《よね》いた。プラットフォームから出《で》てくる人々《ひと〴〵》を、遠《とほ》くからでも能《よ》く見究《みきは》められるやうに、改札口《かいさつぐち》を少《すこ》し離《はな》れたところから向《むか》ふを見渡《みわた》すことのできる位置《ゐち》を取《と》つて二人《り》は其處《そこ》に立《た》つてゐた。白《しろ》い光線《くわうせん》が構内《こうない》の天井《てんじやう》の外《はづ》れから、明《あか》るく眞《ま》つ直《す》ぐに二人《り》の眼《め》の前《さき》の舗石《しきいし》の上《うへ》に落《お》ちてゐた。改札《かいさつ》の口《くち》にいつともなく人《ひと》が集《あつ》まつてきた。マダムの弟《おとうと》と池田《いけだ》が切符《きつぷ》を切《き》らせて入《はい》つて行《い》つた後姿《うしろすがた》が見《み》えた。その後《あと》から上流《じやうりう》の社會《しやくわい》の人々《ひと〴〵》らしい誰《たれ》かを出迎《でむか》ひの一團《だん》がつゞいて入《はい》場つて行《い》つた。上品《じやうひん》と禮儀《れいぎ》と威權《ゐけん》に慣《な》れた婦人《ふじん》たちの態度《たいど》が、素《す》直に物々《もの〳〵》しく美《うつく》しかつた。老人《としより》の從者《じゆうしや》が袴《はかま》の上《うへ》に手《て》を置《お》きながら婦人《ふじん》たちの後《あと》に附《つ》隨いて行《い》つた。

榮《さかえ》はプラットフォームを眺《なが》めてゐた。妹《いもうと》と口《くち》も交《さ》かずに汒《はう》さしてゐた時《じ》間《かん》が大分《だいぶ》長《なが》かつたやうに思《おも》つて我《わ》れに返《かへ》つた時《とき》に、プラットフォームがさつと暗《くら》くなつて名古屋《なごや》から直行《ちよくかう》の汽車《きしや》が入《はい》つて來《き》た。驛員《えきゐん》たちが汽車《きしや》の方《はう》に走《はし》つてゆくのが見《み》えた。改札《かいさつ》口《ぐち》にゐた群集《ぐんしふ》が動《うご》きだした。咲子《さきこ》が急《きふ》に姉《あね》を引《ひ》つ張《ぱ》つて改札口《かいさつぐち》に近《ちか》い方《はう》へ行《い》かうとしたが、榮《さかえ》はそれを制《せい》して行《い》かずにゐた。自分《じぶん》も何《なに》か、忽卒《こつそつ》としたあわてた意識《いしき》が群集《ぐんしふ》といつしよに渦《うづ》を巻《ま》いてゐるのを知《し》りながら、榮《さかえ》はぢつとして、黒《くろ》い人《ひと》の塊《かたま》まりが此方《こつち》を向《む》いて押出《おしだ》されてくるの

301　「暗い空」『読売新聞』大正3（1914）年5月11日

を見詰《みつ》めてゐた。
多勢《おほぜい》の人《ひと》が改札口《かいさつぐち》から出《で》て行《い》つた。
二人《り》の眼はその人々《ひと〴〵》の顔《かほ》の上《うへ》に一と
つ〳〵鋭《するど》い注意《ちうい》で働《はたら》いてゐたけれど
も、その多《おほ》くの人《ひと》の面貌《おもざし》に次《つ》ぎ〳〵
と眼《め》を迷《まよ》はしてゐるうちに、父《ちゝ》の姿《すがた》
も顔《かほ》も薄《うす》い記憶《きおく》から抜《ぬ》けて行《い》つて了《しま》
つたやうな氣《き》がした。榮《さかえ》は自分《じぶん》の記《き》
憶《おく》から父《ちゝ》の顔《かほ》を探《さぐ》り、現在《げんざい》の見《み》る眼《め》
から父《ちゝ》の顔《かほ》を見出《みいだ》さうとするので、
猶更心《なほさらこゝろ》が惑《まご》つた。胸《むね》の慟悸《どうき》ばかり烈《はげ》
しく弾《はず》んでゐた。
「お父《とう》さんは解《わか》りませんか。まだで
せうか。」然《さ》う云《い》つて氣《き》を揉《も》んでゐた
咲子《さきこ》は、ふと誰《た》れかを見付《みつ》けて、榮《さかえ》
の顔《かほ》の前《まへ》で人差指《ひとさしゆび》を上《あ》げた。
「マダムてせう。そら、そら、」
榮《さかえ》が眼を返《かへ》すと、黒《くろ》い面紗《べエル》を頭髪《とうはつ》に
半分《はんぶん》かぶつた櫻子《さくらこ》が、妹《いもうと》と並《なら》んで、
遥彼方《はるかむかう》の一等《とう》の改札口《かいさつぐち》から出《で》て行《い》つ
た。後《うしろ》から若《わか》い女《をんな》たちが賑《にぎや》かに派出《はで》
な袖《そで》を返《かへ》しながら随《つ》いてゐた、榮《さかえ》は
身《み》を潜《ひそ》めるやうにして、みんなが自《じ》
分《ぶん》には氣《き》が付《つ》かずに停車場《ステーション》の出口《でぐち》の
方《はう》に向《む》いて行《ゆ》く後姿《うしろすがた》を見送《みおく》つてゐた
が、その眼《め》を傍《わき》に反《そら》したときに、赤《あか》
帽《ぼう》が荷物《にもつ》を肩《かた》にかゝげて直《す》ぐ前《まへ》の改《かい》
札口《さつぐち》から出《で》て來《き》たのを見《み》た。そうし
て其《そ》の後《うしろ》からつゞいて歩《ある》いて來《く》る父《ちゝ》
の顔《かほ》を見付《みつ》けた。
「お父《とう》さんだ。」
榮《さかえ》はその顔《かほ》を見《み》ると直《す》ぐに然《さ》う思《おも》つ
た。赤《あか》ちやけたパナマの帽子《ぼうし》をすこ
し照《て》らして被《かぶ》つてゐた淺黒《あさぐろ》く皮膚《ひふ》の
焦《や》けた老人《らうじん》の顔《かほ》は。何處《どこ》と云《い》はれず
直《す》ぐ妹《いもうと》の顔《かほ》に似《に》てゐると榮《さかえ》は感《かん》じ
た。榮《さかえ》は妹《いもうと》にも聲《こゑ》をかけずに、暫《しば》ら
く黙《だま》つて父《ちゝ》の姿《すがた》を見《み》てゐた。身体《からだ》が
骨立《ほねだ》つて痩《や》せて、脊中《せなか》が丸《まろ》くなつて
ゐた。黒《くろ》い紋付《もんつき》の羽織《はおり》が悄然《しほ〳〵》と見窄《みすぼ》
らしい襞《ひだ》を垂《た》らしてゐた。疲《つか》れて
ゐるのが父《ちゝ》の歩調《あしどり》は一歩《ぽ》〳〵に浮《う》き
足《あし》になつて膝《ひざ》から下《した》に應《こた》へる力《ちから》が無《な》
ささうに見《み》えた。赤帽《あかぼう》が父《ちゝ》の傍《そば》で何《なに》
か囁《さゝや》いてゐると思《おも》つた。父《ちゝ》は鞄《かばん》を持《も》
ち代《か》へながら周圍《しうゐ》の人《ひと》を前《まへ》に向《む》き後《うしろ》
を見返《みかへ》りして見廻《みまは》してゐた。
「お父《とう》さん。」
榮《さかえ》は咲子《さきこ》の手をぎつと握《にぎ》りながら然《さ》
う云《い》つて父《ちゝ》の傍《そば》へ歩《ある》き寄《よ》つた。

暗い空

田村俊子

三十三

「お父《とう》さん？」

咲子《さきこ》には父《ちゝ》の姿《すがた》が見分《みわ》けられないで、まだ彼方《あつち》此方《こつち》と眼《め》を送《おく》つてゐたが、榮《さかえ》が人《ひと》を避《よ》けてある一人《ひとり》の前《まへ》に摺《ず》り寄《よ》つた時《とき》に咲子《さきこ》は初《はじ》めてその人《ひと》を父《ちゝ》だと思《おも》ふことができた。咲子《さきこ》が心《こゝろ》に描《ゑが》いてゐた父《ちゝ》よりもずつと若《わか》かつた。父《ちゝ》の年齢《とし》は其《そ》れほどに老《お》いては見《み》えなかつた。唯《たゞ》なんとなく其《そ》の顔形《かほかたち》が變《かは》つたと咲子《さきこ》は思《おも》つた。自分《じぶん》の幼時《えうじ》の記憶《きおく》にあつた父《ちゝ》の面影《おもかげ》はその人《ひと》の何點《どこ》からも求《もと》めることができないのを咲子《さきこ》は知《し》つた。羽織《はおり》の襟《ゑり》だけが辷《すべ》つて丸《まる》い脊中《せなか》を抜《ぬ》き衣紋《えもん》になつたその父《ちゝ》の姿《すがた》が、明《あか》るい白《しろ》い光線《くわうせん》の下《した》に、他《ほか》の人々《ひと〴〵》の群《むれ》の影《かげ》になつておろ〳〵と動《うご》いてゐた。咲子《さきこ》はその姿《すがた》をぢつと見守《みまも》つてゐるうちに胸《むね》が塞《ふさ》がつた。

榮《さかえ》は咲子《さきこ》の手《て》を引《ひ》いたまゝ、不思議《ふしぎ》な羞恥《しうち》を覺《おぼ》えながら父《ちゝ》の後《うしろ》に立竦《たちすく》んで、父《ちゝ》が自分《じぶん》たちに氣《き》の付《つ》くのを待《ま》つてゐた。眞作《しんさく》は直《ぢ》きに自分《じぶん》の傍《そば》に立《た》つた二人《ふたり》の女《をんな》に眼《め》を返《かへ》した。その娘《むすめ》が偶然《ぐうぜん》らしく二人《ふたり》の顔《かほ》の上《うへ》に漂《たゞよ》つてゐたが、

「榮《さかえ》か。」

と云《い》つて聞《き》いた。榮《さかえ》は無言《むごん》で父《ちゝ》の前《まへ》に辭儀《じぎ》をした。咲子《さきこ》が小《ちひ》さい聲《こゑ》で、

「えゝ」と云《い》つたのが榮《さかえ》に聞《き》こえた。眞作《しんさく》の窪《くぼ》んだ光《ひか》つた眼《め》のふちから笑《わら》ひに似《に》た線《せん》のゆらぎが迸《ほとばし》つて、突《つ》き出《で》た頬骨《ほゝぼね》の上《うへ》にその笑《わら》ひの波《なみ》が堆《うづ》高《たか》く盛《も》り上《あが》りながら筋肉《きんにく》をふるはしてゐた。姉妹《きやうだい》は人々《ひと〴〵》の混雑《こんざつ》から父《ちゝ》を導《みちび》くやうに、先《さき》に立《た》つて停車場《ステーシヨン》の入《い》り口近《くちぢか》くに歩《ほ》を運《はこ》んできた。

「みんな大《おほ》きくなつた。」

そこへ足《あし》をとめた時《とき》に父《ちゝ》が呟《つぶや》くやうに云《い》ひながら手《て》の鞄《かばん》を下《した》においた。父《ちゝ》のネルと襲《かさ》ねた藍縞《あゐじま》の袷《あはせ》が汚點《しみ》で汚《よご》れてゐた。榮《さかえ》は父《ちゝ》の眼《め》に涙《なみだ》が浮《う》かんでゐるのを見《み》た。赤帽《あかばう》に賃銀《ちんぎん》を拂《はら》ふ時《とき》、こまかい錢《ぜに》を蟇口《がまぐち》から出《だ》さうとして俯向《うつむ》いた父《ちゝ》の蒼黑《あをぐろ》い頬《ほゝ》にその涙《なみだ》が傳《つた》はつてゐた。赤帽《あかばう》は荷物《にもつ》をそこに置《お》いて、賃銀《ちんぎん》を貰《もら》ふと引《ひ》つ返《かへ》して行《い》つた。

「少《すこ》しの間《あひだ》お前《まへ》たちのところへ居候《ゐさふらふ》においで貰《もら》ふつもりで歸《かへ》つて來《き》ました。御厄介《ごやくかい》だらうが。」

父《ちゝ》は二人《ふたり》を見《み》て笑《わら》つた。九年《ねん》の間《あひだ》眞《しん》作《さく》の腦裡《なうり》に生《い》きて小《ちひ》さく蹲踞《うづくま》つてゐた二人《ふたり》の姿《すがた》は十二に十六の小娘《こむすめ》であつた。眞作《しんさく》は娘《むすめ》たちの肩《かた》の肉《にく》を見《み》た。それから腰《こし》を見《み》た。二人《ふたり》は今《いま》開《ひら》いた

暗い空

田村俊子

花《はな》のやうに眞作《しんさく》の眼《め》の前《まへ》に生氣《せいき》と匂《にほ》ひをみなぎらしてゐた。

「お父《とう》さんよく歸《かへ》つてゐらつしやいました。別《べつ》に身体《からだ》はお惡《わ》るくはないやうですのね。」

咲子《さきこ》は父《ちゝ》の前《まへ》で明瞭《はつきり》と云《い》つた。眼《め》のふちが赤《あか》くなつてゐた。咲子《さきこ》はまた、車《くるま》を頼《たの》みに行《ゆ》かうとして榮《さかえ》に相談《さうだん》をかけた。榮《さかえ》は咲子《さきこ》だけ車《くるま》で父《ちゝ》と一所《しよ》に歸《かへ》るやうに云《い》つた。咲子《さきこ》は急《いそ》いで人力車《じんりきしや》の札賣場《ふだうりば》の方《はう》へ向《むか》つて行《い》つた。

「昨夜《さくや》は名古屋《なごや》へお泊《とま》りになつたのですか。」

「あゝ。」

父《ちゝ》は茫然《ぼんやり》と返事《へんじ》した。

一昨十日三十一回の初まり神戸を名古屋と訂正す

三十四

やがて、咲子《さきこ》は父《ちゝ》と一所《いつしよ》に一臺《いちだい》の車《くるま》に乗《の》つてその後《あと》に随《つ》いて行《い》つた。

「お前《まい》はいつしよに行《ゆ》かないのか。」

父《とゝ》は車《くるま》に乗《の》る時《とき》に遠慮《ゑんりよ》を持《も》つた口吻《くちぶり》で云《い》つて榮《さかえ》の顏《かほ》を見《み》た。榮《さかえ》はその時《とき》、其《そ》の聲《こゑ》を懐《なつ》かしく耳《みゝ》にしながら、自《じ》身《しん》の眼《め》は、削《け》づつたやうに四角《しかく》く尖《さ》がつた父《ちゝ》の冷《つ》めたい額《ひたひ》と、卑屈《ひくつ》な口《くち》尻《じり》の皺《じわ》と、直《す》ぐ猜疑《さいぎ》の青《あを》い色《いろ》を浮《うか》べる小《ちひ》さな鋭《するど》い窪《くぼ》んだ眼《め》とを、能《よ》くはつきりと見《み》たと思《おも》つた。幼少《ちひさ》い時《とき》から厭惡《えんを》の感情《かんじやう》のなかに浸《ひた》つてゐた父《ちゝ》の顏《かほ》の印象《いんしやう》が、この實在《じつさい》の顏《かほ》の肉《にく》の上《うへ》に一層《そう》強《つよ》い厭惡《えんを》の繪《ゑ》の具《ぐ》を塗《ぬ》つて榮《さかえ》の心《こゝろ》に反影《はんねい》を投《な》げた。榮《さかえ》は父《ちゝ》に返《へん》事《じ》をすることも忘《わす》れて自分《じぶん》の顏《かほ》を俯《うつ》向《む》けたのであつた。榮《さかえ》の胸《むね》が騒いてゐた。榮《さかえ》はこの父《ちゝ》の顏《かほ》を見《み》てゐることができなかつた。

榮《さかえ》は舗石《しきいし》の上《うへ》に立《た》つて、二臺《だい》の車《くるま》の後影《うしろかげ》を見送《みおく》つてゐた。車《くるま》の上《うへ》に赤《あか》ちやけたパナマ帽《ばう》子《し》の鍔《つば》が輕《かる》く動《うご》いてゐるのが見《み》えた。榮《さかえ》はその鍔《つば》の動《うご》くのを見詰《みつ》めた。その眼《め》の運《はこ》びが、自《し》然《ぜん》と後《あと》から行《ゆ》く妹《いもうと》の頭髪《かみ》に移《うつ》つた時《とき》、黒《くろ》と青磁色《せいじしよく》の造花《ざうくわ》の簪《かんざし》が、蝶《てふ》のやうに髷《まげ》の好《い》い位置《ゐち》にぴたと留《さ》まつてゐるのが見《み》えた。妹《いもうと》の頭髪《かみ》と、父《ちゝ》の帽子《ぼうし》の鍔《つば》が、右《みぎ》に搖《ゆ》れ左《ひだり》に寄《よ》りして縺《もつ》れて行《い》つた。榮は一時《いちじ》に悲《かな》しくなつた。

突《つ》き上《あ》がつた悲《かな》しみが、榮の眼許《めもと》に淡《あは》い涙《なみだ》をにじませた。榮はその悲《かな》しさを紛《まぎ》らせやうとして歩《ある》きだしたが、一度《ど》、心《こゝろ》の底《そこ》にひろがつた悲《かな》しみは、暮靄《ぼあい》のやうに榮の情感《じやうかん》を緩《ゆる》く取《と》り籠《こ》めて消《き》えずにゐた。榮は夕暮《ゆふぐれ》の街《ちまた》に踏《ふ》み出《だ》しながら、街路《がいろ》や、商店《しやうてん》の軒並《のきなみ》に明《あか》るく輝《かゞや》いた電燈《でんとう》の光《ひかり》を眺《なが》めた。

限《かぎ》り知《し》られない多《おほ》くの人々《ひと〴〵》がその下《した》を往來《ゆきき》してゐた。歩《ある》けば歩《ある》いてゆくほどさま〴〵な人《ひと》に出逢《であ》つた。その人々《ひと〴〵》の面相《おもて》を榮は一とつ〳〵注意《ちうい》しながら歩《ある》いた。誰《たれ》も皆《みな》、なだらかな運《うん》命《めい》の掌《て》のなかに、輕々《かる〴〵》した息《いき》を吐《は》いてゐるやうな悠然《ゆつたり》とした表情《へうじやう》を持《も》つてゐた。自分《じぶん》の踏《ふ》んでゆく大道《だいだう》の土《つち》はいつも斯《か》うして自分《じぶん》の足《あし》の下《した》に展《の》べられてあるやうな、自若《じじやく》とした、安《あん》易《い》な、豐《ゆた》かな微笑《びせう》を夕空《ゆふぞら》に輝《かゞや》かして誰《たれ》も歩《ある》いてゐた。いま、父《ちゝ》の顏《かほ》に見《み》た、あの生活《せいくわつ》に虐《しいた》げられた殘忍《ざんにん》な卑《ひ》屈《くつ》な皺《しわ》は、誰《た》れのおもてからも見《み》受《う》けることができなかつた。榮は父《ちゝ》を思《おも》つた。父《ちゝ》の熱帶《ねつたい》の風土《ふうど》に焦《こが》れた顏《かほ》の皮膚《ひふ》の色《いろ》を思《おも》つた。父《ちゝ》の貧《まづ》しい姿《すがた》を、今《いま》この往來《わうらい》に導《みちび》いて來《き》たなら、この往來《わうらい》の路上《ろじやう》の人《ひと》たちはきつと侮《ぶ》の顰《ひそ》みを無遠慮《ぶゑんりよ》に父《ちゝ》に向《むか》つて與《あた》へるだらうと榮は思《おも》つた。榮の胸《むね》に再《ふたゝ》び淡《あは》い悲《かな》しみが込《こ》み上《あ》げて來《き》た。さうして、厭《いと》はしさに堪《た》へなかつた父《ちゝ》の顏《かほ》を、榮はほろ〳〵と涙《なみだ》の落《お》ちてくるやうな憫《あは》れみの心《こゝろ》で見詰《みつ》めた。

途《みち》すがらの青《あを》い芽出《めだ》し柳《やなぎ》が榮の面《おもて》に優《やさ》しい振《ふ》りを匂《にほ》はしてゐた。榮はその柳《やなぎ》の色《いろ》を見《み》た。柳《やなぎ》の影《かげ》に、高價《かうか》な目《め》も眩《まば》ゆい装飾品《さうしよくひん》を賣《う》る店《みせ》などが、煉瓦《れんが》の路《みち》を隔《へだ》てゝ列《つら》なつてゐた。榮はそこを往來《ゆきき》する人々《ひと〴〵》を再《ふたゝ》び眺《なが》めた。その時《とき》にこれ等《ら》の人々《ひと〴〵》の顏《かほ》から、町《まち》の光《ひか》りに釣《つ》られて幸福《かうふく》らしく眼《め》ばかりを躍《をど》らせた、輕佻《けいてう》な浮薄《ふはく》な賤《いや》しい閃《ひらめ》きを、榮は容易《ようい》に認《みと》めることができた。けれども、然《しか》し、それでも、これ等《ら》の人《ひと》は自分《じぶん》の父《ちゝ》よりは幸《かう》福《ふく》に生《い》きてゐる人《ひと》だと思《おも》はずにはゐられなかつた。榮は父《ちゝ》の姿《すがた》を胸《むね》に抱《だ》きながら足《あし》の進《すゝ》むまゝに歩《ある》きつゞけてゐた。

暗い空

田村俊子

三十五

榮《さかえ》は父《ちゝ》の姿《すがた》を憫《あはれ》んだ自身《じしん》の心《こゝろ》に、自《じ》分《ぶん》でなつかしい思《おも》ひを寄《よ》せながら歩《ある》いた。生涯《しやうがい》の幸福《かうふく》を金錢《きんせん》の富《とみ》に求《もと》めて、遂々《たう／＼》その幸福《かうふく》の得《え》られなかつた父《ちゝ》の貧《まづ》しい相《すがた》を、榮《さかえ》は決《けつ》して皮肉《ひにく》に卑《いや》しんだりはしまいと思《おも》つた。長《なが》い間《あひだ》の流浪《るらう》の生活《せいくわつ》で父《ちゝ》の生命《いのち》は衰《おとろ》へ、父《ちゝ》の力《ちから》は勞《つか》れてゐる。あの父《ちゝ》の餘生《よせい》を出《で》來るかぎり安《やす》らかに靜《しづか》に送《おく》らせやうとするのは、自分《じぶん》たちの義務《ぎむ》だと榮《さかえ》は深《ふか》く考《かんが》へた。

父《ちゝ》の汚《よご》れたネルと襲《かさ》ねた衣服《いふく》の皺《しわ》なざが榮《さかえ》の眼《め》に見《み》えた。たざ／＼した中風《ちうぶう》を病《や》んでる人《ひと》のやうな父《ちゝ》の歩調《あしどり》も傷《いた》ましく思《おも》ひ返《かへ》された。自分《じぶん》たちを見《み》た時《とき》に、父《ちゝ》はあの蒼黑《あをぐろ》い頬《ほゝ》に涙《なみだ》を流《なが》してゐた。

「お父《とう》さん。」

榮《さかえ》は先刻《さつき》停車場《ていしやば》で、たつた一度《ど》口《くち》の中《なか》で斯《か》う云《い》つて呼《よ》んだ言葉《ことば》を繰返《くりかへ》した。この響《ひゞ》きの中《なか》に甘《あま》へた感情《かんじやう》が滲んでゐると思《おも》つた。そうして、人《にん》間《げん》の血《ち》から血《ち》へ傳《つた》はつてゆく愛《あい》の微《び》妙《めう》な感動《かんどう》がその父《ちゝ》と呼《よ》ぶ名稱《めいしよう》のなかで戰《ふる》へてゐると思《おも》つた。

「自分《じぶん》はこれから父《ちゝ》を養《やしな》はなくてはならない。父《ちゝ》の精神《せいしん》も。それから父《ちゝ》の肉体《にくたい》も」

榮《さかえ》は何《なに》かに感激《かんげき》したやうな眞實《しんじつ》な温《あたゝ》かい心持《こゝろもち》で斯《か》う確然《しつかり》と覺悟《かくご》しやうとした時《とき》に、却《かへ》つて心《こゝろ》が重《おも》く暗鬱《あんうつ》になつた。そうして、自身《じしん》の感情《かんじやう》が、知《し》らず／＼堅《かた》く窮屈《きうくつ》に縛《しば》られて行《ゆ》くのを感《かん》じた。

榮《さかえ》は歩《ある》いてゆく途《みち》の上《うへ》に、その重《おも》く襲《おそ》つてきた暗鬱《あんうつ》な思《おも》ひを振《ふ》り拂るやうにして心《こゝろ》を放《はな》した。暮《く》れ近《ちか》い柳《やなぎ》の影《かげ》が、依然《やはり》榮《さかえ》の歩《ある》いてゆく道《みち》の横《よこ》にあつた。榮《さかえ》は築地《つきぢ》へ廻《まは》つて櫻子《さくらこ》に逢《あ》つて行《ゆ》かうとして道《みち》を折《を》れた。銀《ぎん》を溶かしたやうな冷《つめ》たさを含《ふく》んだ夕寒《ゆふさむ》い輕《かる》い風《かぜ》が、街《まち》の蒼白《あをじろ》い灯《ひ》の上《うへ》を靜《しづか》に取り圍《めぐ》つて流《なが》れてゐた。橋《はし》を渡《わた》ると劇場《げきぢやう》の繪看板《ゑかんばん》が、まだ晝《ひる》の光《ひかり》の消《き》え盡《つく》さない中《なか》に、空高《そらたか》く萎縮《すく》んでゐる燭光《しよくくわう》の陰《かげ》になつて色《いろ》を沈《しづ》ましてゐた。榮《さかえ》は其前《そのまへ》を通《とほ》り過ぎた。其劇場《そのげきぢやう》の破風作《はふづく》りの家根《やね》の端《はし》に、小《ちひ》さな眞珠《しんじゆ》の光《ひか》りをひそめた星《ほし》が一とつ見《み》えた。榮《さかえ》はその星《ほし》を眺《なが》めた。と、思《おも》ひがけなく突然《とつぜん》に大學病院《だいがくびやうゐん》の死亡室《しばうしつ》が榮《さかえ》の心《こゝろ》に浮《うか》んだ。死亡室《しばうしつ》のベッドの上《うへ》から小《ちひ》さい蜘蛛《くも》が一とつ糸《いと》を曳《ひ》いて這《は》ひ落《お》ちてきた。白《しろ》い布《ぬの》にかくれた母《はゝ》の頭髮《かみ》の上《うへ》から、それが下《した》に傳《つた》つて來《き》たやうに見《み》えた。それを母《はゝ》の魂《たましひ》だと自分《じぶん》は妹《いもうと》に云《い》つた。妹《いもうと》は泣《な》くのを止《や》めてその蜘蛛《くも》が寢臺《ねだい》の脚《あし》の下《した》に動《うご》かずにゐるのを恐《こわ》がりながら見詰《みつ》めてゐた。

榮《さかえ》は何《ど》うして、今《いま》死亡室《しばうしつ》の事《こと》なぞが心《こゝろ》に浮《うか》んだのか解《わか》らなかつた。それからは亡《な》くなつた母《はゝ》のことを思《おも》ひしみながら歩《ある》いた。至情《しじやう》の勞《つか》れた追憶《つゐおく》の中《なか》に、亡《な》くなつた母《はゝ》の優《やさ》しい面影《おもかげ》が、朧《おぼろ》になつた輪廓《りんくわく》を描《ゑが》いてゐた。

「母《はゝ》が生《い》きてゐたらば？」

榮《さかえ》はふと母《はゝ》に對《たい》しては犧牲的《ぎせいてき》の心持《こゝろもち》が持《も》ちつゞけられたやうな氣《き》がした。母《はゝ》の好《このみ》なら、今頃《いまごろ》は人《ひと》の妻《つま》になつて、あの母《はゝ》に孫《まご》を抱《だ》かせてゐたかも知《し》れなかつた。

「早《はや》くお前《まへ》に養子《やうし》をして樂《らく》になりたい。」

母《はゝ》はいつも榮《さかえ》に斯う云《い》つてゐた。榮《さかえ》はその母《はゝ》の言葉《ことば》を思《おも》ひ出《だ》した。それももう十年《ねん》の昔《むかし》になつた。然《しか》しその思《おも》ひ出《で》は輕《かる》い惱《なや》みを榮《さかえ》の胸《むね》に絞《しぼ》つただけで、直《ぢ》きに消《き》えて行《い》つた。

富田《とみた》の家《うち》では誰《た》れもゐなかつた。停《てい》車《しや》場《ば》へ着《つ》いてから、直《す》ぐにその人等《ひとたち》は他《ほか》へ廻《まは》つたまゝで、まだ歸《かへ》つてゐなかつた。

田村俊子

三十六

榮《さかえ》が家《うち》に歸《かへ》つた時《とき》、父《ちゝ》は膳《ぜん》の前《まへ》に坐《すわ》つてゐた。膳《ぜん》の上《うへ》に鰻《うなぎ》などが乘《の》つてゐた。

「お父《とう》さんのお蔭《かげ》で私《わたし》たちも滿足《まんぞく》に學校《がくかう》を卒《で》たりしたんですから。」

咲子《さきこ》が堅苦《かたくる》しく然《さ》う云《い》つてゐる聲《こゑ》がした時《とき》に、榮《さかえ》は玄關《げんくわん》にゐた。

「いや、おれはお前《まへ》たちに充分《じうぶん》な事《こと》をしたとは思《おも》つてゐない。然《しか》し、俺《おれ》はまだ〳〵これから働《はたら》くのだからな。まあお父《とう》さんを頼《たよ》りにしてゐてくれ。今《いま》にお前《まへ》を自働車《じどうしや》にでもなんでも乘《の》せてやる。決《けつ》して他人《たにん》を羨《うらやま》しがるな。一時《じ》の榮華《えいぐわ》なんぞを望《のぞ》ん

で堕落《だらく》してはならん。お前《まい》は自分《じぶん》で働《はたら》いて自分《じぶん》で食《く》ふのか。いやそれ

は決《けつ》して不幸《ふかう》な境遇《きやうぐう》ではない。貧窮《ひんきう》と云《い》ふことは却《かへ》つて人間《にんげん》を立派《りつぱ》にする最良薬《さいりやうやく》だ。それをお前《まい》は不幸《ふかう》だなぞと思《おも》つてはならん。然《しか》し、お父《とう》さんはお前《まい》たちの世話《せわ》にはならん積《つも》りだ。何處《どこ》へ行《い》つてもお父《とう》さんはお父《とう》さんだけの事《こと》を爲《し》て行《ゆ》く。俺《おれ》は東京《とうきやう》へ歸《かへ》つたら先《ま》づ第一《だいゝ》にこれをお前《まい》たちに聞《き》かして置《お》かうと思《おも》つてゐたのだ。お父《とう》さんは如何《いか》に零落《れいらく》しても、お前《まい》たちの世話《せわ》になる積《つも》りで歸《かへ》つて來《き》たと思《おも》はれては困《こま》るからな。」

榮《さかえ》は玄關《げんくわん》に立《た》つて父《ちゝ》のこの言葉《ことば》を聞《き》いてゐた。父《ちゝ》は少《すこ》しの酒《さけ》に醉《よ》つてゐるのだと思《おも》つた。娘《むすめ》たちが何《ど》う云《い》ふ境涯《きやうがい》に目《め》を開《ひら》いて、然《さ》うしてどんな思想《しさう》のなかに精神《こころ》が動《うご》いてゐるかも知《し》らずに、父《ちゝ》は幼少さなものを戒《いまし》めるやうな事《こと》を云《い》つてゐると思《おも》つた。

然《しか》し、何《なに》か錯綜《さくそう》した感情《かんじやう》が嵐《あらし》のやうに縺《もつ》れてその聲《こゑ》を荒《あら》くしてゐる父《ちゝ》の言葉《ことば》のうちに、親《おや》らしい慈愛《じあい》が脈《みやく》を刻《きざ》むやうに表《あら》はれてゐることを感《かん》じて、榮《さかえ》は其《そ》れに幽《かす》かに胸《むね》を打《う》たれた氣《き》がした。榮《さかえ》が入《はい》つてゆくと、父《ちゝ》はふと笑《わら》つて「お歸《かへ》り」と頭《あたま》を下《さ》げた。煙草《たばこ》の脂《やに》で黑《くろ》く染《そ》まつた所々《ところ〴〵》缺《か》けた齒《は》が笑《わら》つた口許《くちもと》から現《あら》はれてゐた。榮《さかえ》はその父《ちゝ》の顏《かほ》から停車場《ステーシヨン》で見《み》たやうな厭《いや》はしい表情《へうじやう》の消《き》えてゐるのを見《み》て心《こゝろ》が落着《おちつ》いた。たつた一《ひ》とつ藏《し》つてあつた硝子《ガラス》の洋盃《コツプ》に注《つ》がれてゐる、黄色《きいろ》な飴《あめ》のやうな色《いろ》をしてゐる日本酒《にほんしゆ》のおもてから、睦《むつま》じやかな氣《き》分《ぶん》と、父《ちゝ》の急遽《にはか》な活氣《くわつき》とが蒸《む》れ上《のぼ》つてゐるやうに思《おも》はれた。酒《さけ》を燗《かん》する徳利《とくり》がないので、それを急《きふ》に買《か》つて來《き》たことを咲子《さきこ》は話《はな》してゐた。瓦斯《がす》の灯《ひ》が煌々《くわう〴〵》としてゐた。

「みんなが立派《りつぱ》になつてゐるのでお父《とう》さんは滿足《まんぞく》してゐる。お父《とう》さんは或《あるひ》は翌日《あした》にも臺灣《たいわん》へ引返《ひつかへ》すかも知《し》れないし、又《また》この儘《まゝ》で東京《とうきやう》に落着《おちつ》いて終《しま》ふかも知《し》れん。然《しか》し何《ど》れにしてもお父《とう》さんはお前《まい》たちの世話《せわ》にはならん積《つも》りだ。お前《まい》たちはお前《まい》たちだけで立派《りつぱ》になつてくれ。」

父《ちゝ》の眞作《しんさく》は俯向《うつむ》いて少時《しばらく》默《だま》つてゐ

た。その眼からぼろ〳〵と涙《なみだ》が落《お》ちた。胡坐《あぐら》に崩《くづ》した膝《ひざ》の上《うへ》に其《そ》の涙《なみだ》が落《お》ちては泌《し》みた。

「お父《とう》さんが何《なに》を爲《し》たかお前《まへ》たちが聞《き》いても何《なん》にもならない事《こと》だ。」

父《ちゝ》は然《さ》う云《い》つて、涙《なみだ》の傳《つた》はつてゐる眼《め》で二人《ふたり》の顔《かほ》を見《み》た。

「もう彼方《あつち》へ行《い》らつしやらない方《はう》が宜《よ》う御座《ござ》いますよ。」

咲子《さきこ》が涙含《なみだぐ》んだ聲《こゑ》で父《ちゝ》に云《い》つた。榮《さかえ》は妹《いもうと》が父《ちゝ》に優《やさ》しい可憐《しほ》らしい眞情《まごころ》を運《はこ》んでゐるを、懐《なつ》かしく思《おも》つた。そうして、其妹《そのいもうと》へ對《たい》する物懐《ものなつ》かしさが、父《ちゝ》へ對《たい》する温情《をんじやう》になつて自身《じしん》の心《こゝろ》が動《うご》いてゆくことを榮《さかえ》は自《みづか》ら感《かん》じてゐた。榮《さかえ》は妹《いもうと》のなつかしい心《こゝろ》の影《かげ》から父《ちゝ》の涙《なみだ》を透《す》かして見《み》た。

田村俊子

三十七

父《ちゝ》の眞作《しんさく》は晝《ひる》を過《す》ぎてもまだ床《とこ》の中《なか》にゐた。

朝《あさ》、便所《はゞかり》へ起《お》きたやうだつたが娘《むすめ》たちには聲《こゑ》もかけずに直《す》ぐ寢床《ねどこ》に返《かへ》つて行《い》つた。それぎりで父《ちゝ》はまだ寢《ね》床《とこ》をはなれなかつた。咲子《さきこ》は父《ちゝ》の袍の中《なか》から汚《よご》れたものを見付《みつ》け出《だ》してそれを洗《あら》つてゐた。朝《あさ》から晴《は》れてゐた日《ひ》が、今《いま》しがたから靑葉《あをば》の色《いろ》深《ぶか》くどんよりと曇《くも》つて、裏町《うらまち》の空氣《くうき》が寂《さび》しく沈《しづ》んできた。烏《からす》が先刻《さつき》から遠《とほ》いところで續《つゞ》け樣《ざま》に泣《な》いてゐるのを榮《さかえ》は咲子《さきこ》の室《へや》で聞《き》いてゐた。

父《ちゝ》は昨夜《ゆうべ》更《ふ》けるまで種々《しゆ〳〵》な話《はなし》をして聞《き》かせた。

父《ちゝ》はある佛教《ぶつけう》の布敎師《ふけうし》と心《こゝろ》を合《あ》はせて、非常《ひじやう》な盡力《じんりよく》で臺中《たいちう》のある街《まち》に宏大《くわだい》な寺院《じゐん》を建築《けんちく》したことを自慢《じまん》に話《はな》した。富豪《ふがう》の土人《どじん》を操縦《さうじう》して數多《たくさん》の金《かね》などを支出《だ》させたのは父《ちゝ》一人《ひとり》の力《ちから》であつた。

「あの寺院《てら》だけは俺《おれ》のものも同然《どうぜん》だ」

眞作《しんさく》はその所有《しよいう》に就《つ》いての權利《けんり》が自分《じぶん》にあることを、さも滿足《まんぞく》らしく漏《も》らしてゐた。そうして、自分《じぶん》の落魄《らくはく》の後影《うしろかげ》を永久《ゑいきう》に落《おと》してきた新領土《しんりやうど》のある一部《ぶ》の土地《とち》に、黄金色《わうごんしよく》を帶《お》びて遠《とほ》く熱帶《ねつたい》の空《そら》に聳《そび》えてゐる寺院《じゐん》の家根《やね》を懐《なつ》かしく幻《まぼろし》に追《お》ふやうな溜息《ためいき》を吐《つ》いた。然《しか》し父《ちゝ》はその布敎師《ふけうし》を憎《にく》んでゐた。布敎師《ふけうし》は父《ちゝ》を媚《おだ》てゝ父《ちゝ》に骨《ほね》を折《を》らせてから、好《い》い加減《かげん》に父《ちゝ》に見《み》限《き》りをつけて省《かへり》みなくなつて終《しま》つたのだと云《い》ふことが、父《ちゝ》の話《はなし》のうちで察《さつ》しられた。

「だがお父《とう》さんの事業《しごと》はそこに立派《りつぱ》に殘《のこ》つてゐる。そこに建《た》てた紀念碑《きねんひ》に俺《おれ》の名《な》が殘《のこ》つてゐる。お前《まへ》たちもそれで滿足《まんぞく》してくれるだらう。」

と云《い》つた。父《ちゝ》は又《また》、いろ／＼な事業《じげふ》を計畫《けいくわく》して、どれも成就《うま》く行《い》かなかつたことを話《はな》したけれども、榮《さかえ》には父《ちゝ》の考《かんが》へるその事業《じげふ》の性質《せいしつ》がどれもよく解《わか》らなかつた。たゞ、宗教《しうけう》とか敎育《けういく》とか公益《こうゑき》とか云《い》ふ名《な》を藉《か》りて、その裏《うら》で父《ちゝ》は私利《しり》を貪《むさぼ》らうとしてゐたとなどが榮《さかえ》には朧《おぼろ》に推《お》し量《はか》られて、それを不快《ふくわい》なことに考《かんが》へた。姑息《こそく》な、曖昧《あいまい》な、愚直《ぐちよく》な、狡猾《かうくわつ》な父《ちゝ》の性格《せいかく》が、父《ちゝ》自《みづか》らの失敗《しつぱい》の徑路《けいろ》の背景《はいけい》になつてその言葉《ことば》の上《うへ》に浮《う》いてゐた。

「お父《とう》さんは世《よ》の中《なか》の利益《ため》になる事《し》業《ごと》でなければ決《けつ》して計畫《けいくわく》しない。

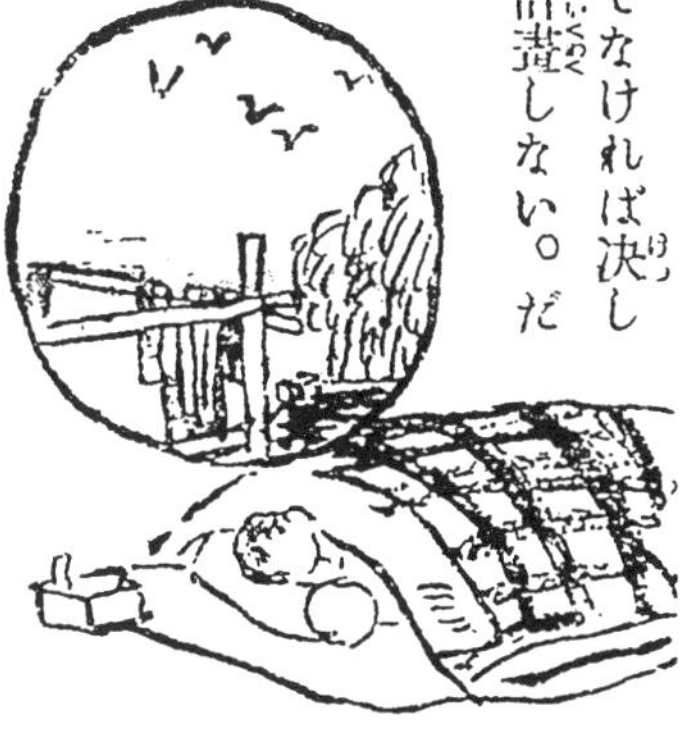

だから何《ど》う云《い》ふ境遇《きやうぐう》に陷《おちい》つてもお父《とう》さんは世間《せけん》の信用《しんよう》は失《な》くさないのだ。お父《とう》さんはそれだけで生《い》きてゆかれる。」

父《ちゝ》は斯《か》う云《い》つて繰《く》り返《かへ》した。榮《さかえ》は昨夜《ゆうべ》の父《ちゝ》の言葉《ことば》を、ぢつと靜《しづか》に思《おも》ひ浮《うか》べてゐた。何《なん》となく父《ちゝ》は娘《むすめ》たちの前《まへ》で虛僞《うそ》の蔭《かげ》に掠《かす》めたやうな事《こと》を云《い》つてゐたやうな氣《き》がした。父《ちゝ》は娘《むすめ》たちの顏《かほ》を見《み》てから急《きふ》に自身《じしん》の人《じん》格《かく》を繕《つくろ》つたやうなところがあると思《おも》つた。そうして、亡《な》くなつた母《はゝ》の事《こと》を父《ちゝ》が一と言《こと》も云《い》ひ出《だ》さなかつたことも榮《さかえ》には心地《こゝち》を惡《わる》くさせた。父《ちゝ》はある事業《しごと》を目論《もくろ》んで歸《かへ》つて來《き》たと云《い》つた、それは委《くは》しくは話《はな》さなかつたけれども、その運《はこ》びの都合《つがふ》によつて父《ちゝ》は翌日《あした》にも再《ふた》び彼方《あつち》に引返《ひつかへ》すのだと云《い》つた。榮《さかえ》はその言葉《ことば》を考《かんが》へた時《とき》に、父《ちゝ》と自分《じぶん》との生活《せいくわつ》の交渉《かうせふ》がやがて氣輕《きがる》くすつと過《す》ぎ去《さ》つて終《しま》ふやうに思《おも》つて心《こゝろ》が伸《の》びやかになつた。

「この近所《きんじよ》に床屋《とこや》がありますか。」

父《ちゝ》の寢《ね》てゐる方《はう》の座敷《ざしき》で父《ちゝ》の然《さ》う云《い》ふ聲《こゑ》がした。榮《さかえ》は立《た》つて襖《ふすま》を開《あ》けて見《み》た。父《ちゝ》は起《お》きてゐた。榮《さかえ》は理髮店《りはつてん》のある場所《ばしよ》を敎《をし》へながら床《とこ》などを片《かた》付《づ》けた。父《ちゝ》は榮《さかえ》の机《つくゑ》の上《うへ》に乘《の》せておいた蟇口《がまぐち》から小《ちひ》さい銀貨《ぎんくわ》を摘《つま》みだして座敷《ざしき》を出《で》て行《い》つた。中風《ちうぶう》を病《や》んで

ゐるやうな歩調《あしどり》が二三歩《ぽ》との座敷《ざしき》か
歩《ある》いてゐる間《あひだ》にも見《み》えてゐた。

正誤　第三十五回終りより十四行目「毋の好なら」は「母の爲なら」の誤り

田村俊子

三十八

髮《かみ》を五分《ぶ》に短《みじか》く摘《つ》んで父《ちゝ》は歸《かへ》つて來《か》た。榮《さかえ》は昔《むかし》の父《ちゝ》を見《み》たやうに思《おも》つた。尖《と》がつた頭《つむり》の中央《まんなか》が少《すこ》し禿《は》げてゐた。その禿《は》げた痕《かさ》に一點針《てんはり》で絞《しぼ》つたやうに滲染《にじ》んだ血《ち》の塊《かた》まつてゐるのを榮《さかえ》は見《み》出《い》でた時《とき》、自分《じぶん》の幼少《やうせう》の折《をり》から知《し》つてゐる父《ちゝ》の頭《つむり》の小《ちひ》さい腫物《しゆもつ》が、未だに癒《なほ》らずに逆上《ぎやくじやう》の血《ち》を滲《に》染《じ》ませてゐると思《おも》つた。父《ちゝ》を忌《い》み嫌《きら》つた自分《じぶん》の子供《こども》の頃の感情《かんじやう》が、然《さ》うした酒《さけ》の爲《ため》の不治《ふぢ》の腫物《しゆもつ》の上《うへ》にも微《かすか》に殘《のこ》つてゐることを榮《さかえ》は感《かん》じて、疎《うと》ましい氣《き》がした。

父《ちゝ》は昨夜《ゆうべ》の元氣《げんき》はまるで失《な》くなつて、重《おも》い勞《つか》れた沈默《ちんもく》に閉《と》ざされてゐたつ食事《しよくじ》もすゝまなかつた。

「榮《さかえ》はお母《かあ》さんに能《よ》く似《に》てきたな。」

不圖、父《ちゝ》は眼《め》も向《む》けずに何《なに》か考《かんが》へながらこんな事《こと》を云《い》つた。榮《さかえ》も咲子《さきこ》も默《だま》つてゐる父《ちゝ》を、默《だま》つて眺《なが》めてゐる時《とき》が多《おほ》かつた。壁《かべ》に寄《よ》りかゝつて、時々刻《きざ》みの煙草《たばこ》をのみながら考《かんが》へこんでゐる父《ちゝ》を、姉妹《きやうだい》は所在《しよざい》なく打守《うちまも》つてゐた。父《ちゝ》はぼつ〳〵と小石川《こいしかは》の妹《いもうと》の事《こと》などを二人《ふたり》に聞《き》いた。

「此り《こつち》から疎遠《そえん》にしてゐるのは宜《よ》くない。」

父《ちゝ》は沈んだ聲《こゑ》で、僅《わづ》かに娘《むすめ》たちの我《わが》が儘《まゝ》を怒《おこ》つた語氣《ごき》を見《み》せたが、其《そ》れぎりで何《なに》も云《い》はずにゐた。やがて、妹《いもうと》のところへ行《い》つて見《み》ると云《い》つて眞作《しんさく》は家を出《で》た。

「變《かは》らないのはお鐵《てつ》の家許《ばか》りだな。」父《ちゝ》は出《で》て行《ゆ》く時《とき》に笑《わら》ひながら云《い》つてゐた。咲子《さきこ》が電車《でんしや》の道《みち》に出《で》るところまで送《おく》つて行《い》つた。

「お父《とう》さんは草履《ざうり》でなければ歩《ある》けないのですか。」

格子《かうし》の外《そと》に殘《のこ》して行《い》つた妹《いもうと》の然《さ》う云《い》ふ聲《こゑ》を榮《さかえ》は耳《みゝ》にしながら、四邊《あたり》を閉《た》てこめて自分《じぶん》の室《へや》にはいると茫然《ぼんやり》と坐《すわ》つてゐた。父《ちゝ》の茶色《ちやいろ》の木綿《もめん》の兵《へ》兒帶《こおび》が榮《さかえ》の眼《め》に付《つ》いてゐた。

榮《さかえ》が五《いつ》つ六《むつ》の頃《ころ》に、夕方《ゆふがた》になると自《じ》分《ぶん》だけを連《つ》れて能《よ》く仲店《なかみせ》の萬梅《まんばい》へ食《とき》事《じ》に行《い》つた父《ちゝ》と、川《かは》の端《はた》を車《くるま》で走《はし》つて行《い》つた薄暗《うすくら》い、灰色《はいいろ》のものが眼《め》の前《まへ》いつぱいに擴《ひろ》がつて行《ゆ》くやうな子《こ》供心《どもごころ》の寂《さび》しい氣分《きぶん》が、榮《さかえ》の記憶《きおく》に殘《のこ》つてゐた。その記憶《きおく》のなかに父《ちゝ》の若《わか》やかな懷《なつ》かしい奢侈の姿《すがた》が物《もの》の影《かげ》のやうに搖《ゆら》いでゐるのを、榮《さかえ》は今《いま》、ふと見付《みつ》けたと思《おも》つた。榮《さかえ》は其《そ》れから其《そ》れへと昔《むかし》の我家《わがいへ》の樣子《やうす》などを眼《め》に浮《うか》べたりした。父《ちゝ》の眞作《しんさく》は東京《とうきやう》の人《ひと》ではなかつた。群馬《ぐんま》に生《うま》れた人《ひと》で、牧《まき》の家《いへ》に養子《やうし》してから放蕩《はうたう》の限《かぎ》りをして家《いへ》の財產《ざいさん》を傾《かたむ》け盡《つく》して了《しま》つた。その爲《ため》に父《ちゝ》は榮《さかえ》の祖父《そふ》から勘當同樣《かんだうどうやう》の身《み》になつてゐた時《とき》があつた。祖父《そふ》が亡《な》くなると父《ちゝ》は又複に戻つてきた。この父《ちゝ》が若《わか》い頃《ころ》、無地《むぢ》の紫羽二《むらさきはぶ》重《たへ》の紋付《もんつき》などを着《き》て歩《ある》いたと云《い》ふことを榮《さかえ》は母《はゝ》から聞《き》いてゐた。

「そこから車《くるま》に乘《の》せて上《あ》げました。」

咲子《さきこ》が歸《かへ》つて來《き》て榮《さかえ》に聲《こゑ》をかけた、榮《さかえ》が振《ふ》り向《む》くと咲子《さきこ》は色《いろ》の勝《すぐ》れない顏《かほ》をして入《はい》つて來《き》た。

「私《わたし》はこんなに冷汗《ひやあせ》が出《で》るんですの。」

咲子《さきこ》は手巾《はんけち》で額際《ひたひぎは》を拭《ふ》いてから、その手巾《はんけち》の濡《ぬ》れたところを自分《じぶん》で見詰《みつ》めてゐた。

「昨夜《ゆうべ》も、今朝《けさ》も。お父《とう》さんの事《こと》を考《かんが》へたり、お父《とう》さんの傍《そば》にゐたりすると此樣《こんな》に冷汗《ひやあせ》が出《で》てくるんですが、何《ど》う云《い》ふのでせう。」

咲子《さきこ》はふつと切《せつ》ない息遣《いきづか》ひをして胸《むね》を動かした。

「あんまりお父《とう》さんの事《こと》を心配《しんぱい》しない方《はう》が宜《よ》ござんすよ。」

「でもお父《とう》さんは身體《からだ》がひどく弱《よわ》つてますよ。口《くち》ばかり頑いことを云《い》つてね。」

咲子《さきこ》の眼《め》に直《す》ぐに涙《なみだ》が漲《みなぎ》つてきた。

暗い空

田村俊子

三十九

「お父《とう》さんは私《わたし》たちに餘《よ》つ程《ほど》遠慮《ゑんりよ》をしてゐらつしやるやうですね。姉《ねえ》さんは然《さ》うは感《かん》じませんでしたか。」

咲子《さきこ》は心勞《しんらう》に濁《にご》つた眼《め》をしてゐた。父《ちゝ》の鞄《かばん》の中《なか》には、人《ひと》の所有品《しよいうひん》らしく纏《まと》まつたものゝ一とつも無《な》かつたことを、咲子《さきこ》は身《み》慘《じ》めに考《かんが》へながら、竹《たけ》の根《ね》だの大《おほ》きなザボンだの、飴《あめ》などが其《そ》の荷物《にもつ》の中《うち》にあつた事《こと》を思《おも》ひ出《だ》して、咲子《さきこ》は押入《おしい》れの前《まへ》の板敷《いたじ》きに押付《おしつ》けてあつた父《ちゝ》の荷物《にもつ》を引《ひ》き出《だ》してきた。荷物《にもつ》の手觸《てざは》りが海《うみ》の潮氣《しほけ》を含《ふく》んで濕々《じめ〳〵》としてゐた。

「お父《とう》さんには私《わたし》たちがよく解《わか》らないやうですね。何《ど》うかしてお父《とう》さんに安心《あんしん》をさせて上《あ》げたいものですわね。お父《とう》さんは私《わたし》たちに對《たい》して何《なん》となく氣詰《きづま》りなやうな氣《き》がしてゐらつしやるんだと思《おも》ひますわ。」

咲子《さきこ》は焦《こ》げた色《いろ》をした餅《もち》のやうな飴《あめ》を摘《つま》んで見《み》た。藤の實《み》で製作《こしら》へた楊《やう》枝《じ》入《い》れなぞを中《なか》から取《と》り出《だ》して眺《なが》めたりした、砂糖《さたう》の木《き》からできる菓子《くわし》などが罐《くわん》に入《はい》つてゐたり、パイナップルの小《ちひ》さい罐《くわん》が二たつ三つ括《くゝ》つてあつたりした。

「いろ〳〵な物《もの》があるぢやありませんか。」

榮も初《はじ》めて氣《き》が付《つ》いて覗《のぞ》いて見《み》た、土産《みやげ》の意志《つもり》で父《ちゝ》はこんな物《もの》を取《と》り集《あつ》めて來《き》たのだらうと咲子《さきこ》は思《おも》つた。其《それ》を父《ちゝ》は自分《じぶん》からは一つの物《もの》も出《だ》して見《み》せもしずにゐた。斯《か》う云《い》ふ土産《みやげ》を父《ちゝ》の前《まへ》で樂《たの》しく打開《うちひら》いて、もつと自《じ》分《ぶん》たちが興味深《きようみぶか》く、父《ちゝ》の放浪《はうらう》して來《き》た九年《ねん》の間《あひだ》の親《した》しみ多《おほ》い土地《とち》に就《つ》いて尋《たづ》ねたり語《かた》つたりしたなら、父《ちゝ》も何《なに》も成《な》さなかつた流浪《るらう》の生活《せいくわつ》に問《と》はれただけのある意義《いぎ》を感《かん》じて喜《よろこ》びのうちに其《そ》の土地《とち》の人情《にんじやう》などを歴史的《れきしてき》の趣味《しゆみ》で聞《き》かしてくれるであらうと咲子《さきこ》は思《おも》つた。父《ちゝ》は娘《むすめ》たちの前《まへ》に見《み》窶《すぼ》らし氣《げ》な姿《すがた》を見《み》せたことを密《ひそ》かに恥《はぢ》てゐるのに違《ちが》ひない。その父《ちゝ》の九年《ねん》の生活《せいくわつ》を自分《じぶん》たちが蔑《な》みしてゐる

暗い空

田村俊子

四十

やうに父《ちゝ》が思《おも》ひ取《と》つたなら、父《ちゝ》は猶《なほ》更《さら》苦《くる》しく切《せつ》ない事《こと》であらう。父《ちゝ》の九年間《ねんかん》も住《す》み馴《な》れた熱帯《ねつたい》のその土地《とち》に殊更《ことさら》に懐《なつ》かしい感動《かんどう》を持《も》ち、父《ちゝ》の生活《せいくわつ》にある経験《けいけん》の尊重《そんちよう》を務《つと》めて感《かん》じて上《あ》げることは、父《ちゝ》の今《いま》の落魄《らくはく》した心境《しんきやう》を安《やす》める一《ひ》とつの義務《ぎむ》だと咲子《さきこ》は考《かんが》へてゐた。

「私《わたし》たちは少《すこ》し冷淡《れいたん》でしたよ。もう少《すこ》しお父《とう》さんの事《こと》を聞《き》いて上《あ》げなくてはいけないと思《おも》ひますわ。私《わたし》は態《わざ》と聞《き》かないのが宜《い》いかと思《おも》つたけれども然《さ》うではありませんのね。お父《とう》さんの身《み》に取《と》つては私《わたし》たちに默《だま》つてゐられる方《はう》が却《かへ》つて心苦《こゝろぐる》しいでせう。お父《とう》さんの長《なが》くゐらしつた土地《とち》に就《つ》いてもあんまり私《わたし》たちは興味《きようみ》を持《も》たずにゐるやうな風《ふう》ですのね。」

咲子《さきこ》は、一《ひ》とつには姉《あね》の心《こゝろ》を諷《ふう》するつもりで云《い》つた。父《ちゝ》のすべてを冷《つ》たくじつと傍《そば》から眺《なが》めてゐるやうな姉《あね》の態度《たいど》が咲子《さきこ》の氣《き》になつた。

「私《わたし》はちつともお父《とう》さんのゐた土地《とち》に興味《きようみ》を持《も》つてゐない。お父《とう》さんの爲《し》た事《こと》は何《なに》も聞《き》きたくない。」

榮《さかえ》はザボン香《かほり》を嗅《か》ぎながら眼《め》を垂《た》れて云《い》つた。父《ちゝ》の暗澹《あんたん》とした生涯《しやうがい》、それに自分《じぶん》の心《こゝろ》を向《む》けたくはない。さうして父《ちゝ》の暗澹《あんたん》とした生涯《しやうがい》の半面《はんめん》を彫《ゑ》り付《つ》けたその熱帯《ねつたい》の土地《とち》にも、興《きよう》などはないと思《おも》つた。斯《か》う云《い》ふ荷物《にもつ》のなかに染《し》み込《こ》んだある一種《しゆ》の熱帯《ねつたい》の風土《ふうど》の匂《にほ》ひにも、榮《さかえ》は不愉快《ふゆくわい》な聯想《れんさう》をもたずにはゐられなかつた。

「あなたは少《ち》つともお父《とう》さんに同情《どうじやう》をしてゐないんですから。其《そ》れが能《よ》くあなたの態度《たいど》の上《うへ》に現《で》てゐますよ。お父《とう》さんも其《そ》れに氣《き》が付いてます。今《いま》も途《みち》でお父《とう》さんは然《さ》う云《い》つてゐらしつた。俺《おれ》には榮《さかえ》が恐《こは》いつて。何故《なぜ》だらうかつて考《かんが》へてゐらつした。私《わたし》は默《だま》つてましたけれ共《ども》。」

咲子《さきこ》は斯《か》う云《い》ひながらも、昨夜《ゆふべ》も停車場《ステンシヨン》から直《す》ぐには歸《かへ》つて來《こ》なかつた姉《あね》の擧動《ふるまひ》を憎《にく》く思《おも》つた。

「何《なに》も彼《か》も姉《ねえ》さんの虚榮《きよえい》だと思《おも》つてゐる。私《わたし》は。」

咲子《さきこ》は悲《かな》しみを帯《お》びた眼《め》を瞬《またゝ》かしな

がら、強《し》ひて口許《くちもと》に冷笑《れいせう》を作《つく》つて姉《あね》を見《み》た。

「お父《とう》さんが立派《りつぱ》になつて歸《かへ》つてゐらしつたらあなたは喜《よろこ》んで、あなたは必然《きつと》お父《とう》さんお父《とう》さんと仰有《おつしや》るに違《ちが》ひない。あなたは極《きま》りが惡《わ》るいんです世間《せけん》へも。お父《とう》さんと一所《しよ》に歩《ある》く事《こと》さへあなたは厭《いや》なのぢやありませんか。姉《ねえ》さんの考《かんが》へてゐらつしやる事《こと》が私《わたし》には解《わか》つてゐますよ。幾程《いくら》お父《とう》さんが汚《よご》れた風《ふう》をしてゐらしつても落魄《おちぶれ》ても親《おや》は親《おや》ですもの。名譽《めいよ》のある親《おや》を持《も》つのばかりが人間《にんげん》だと云《い》ふなら、私逹《わたしたち》は人間《にんげん》でなくてもいふぢやありませんか。」

「あなたは何《なに》を云《い》ふの。」

妹《いもうと》の言葉《ことば》を遮《さえぎ》つた榮《さかえ》の聲《こゑ》が高《たか》く慄《ふる》へてゐた。思《おも》はざる恥辱《ちじよく》と憤《いきどほ》りとで、榮《さかえ》は妹《いもうと》の顔《かほ》を見詰《みつめ》たまゝ直《す》ぐには脣《くちびる》が動《うご》かなかつた。

「下司女《げすをんな》のやうな事《こと》を云《い》ふもんぢやありませんよ。何《なに》を云《い》ふの。あなたは何《ど》うしたの。」

榮《さかえ》は漸《や》つと其《そ》れだけを云《い》つて默《だま》つた。ふと何物《なにもの》かゞ心《こゝろ》の底《そこ》で鬪《たゝか》ひ合《あ》ふやうな、沈《しづ》んだ、迫害《はくがい》を受《う》けるやうな不安《ふあん》な時《とき》が、榮《さかえ》の心臓《しんざう》の血《ち》の戰《をのゝ》きといつしよに鋭《するど》く刻《きざ》まれつゝ行《い》つた。

「だつて然《さ》うぢやありませんか。」

やがて、咲子《さきこ》が靜《しづ》につぶやいた。

「姉《あね》は下司女《げすをんな》のやうな事《こと》を云《い》ふと云《い》つた。けれども姉《あね》は下司女《げすをんな》の考《かんが》へるやうな事《こと》を考《かんが》へてゐるではないか。」

咲子《さきこ》は斯《か》う思《おも》つたが、然《しか》し強《し》ひては爭《あらそ》はなかつた。往來《わうらい》をとぼ〳〵と歩《あゆ》いた脊中《せなか》の丸《まる》く曲《ま》がつた父《ちゝ》の姿《すがた》を哀《あはれ》に悲《かな》しみ深《ふか》く思《おも》ひ出《で》ながら、父《ちゝ》が餘《あま》り多《おほ》くの金《かね》なども所持《しよぢ》してはゐない事《こと》などが不安心《ふあんしん》に考《かんが》へられた。二三年《ねん》この方《かた》父《ちゝ》はまるで送金《そうきん》を絶《た》やしてはゐたけれ共《ども》、滿足《まんぞく》に目的《もくてき》の學校《がくかう》を卒《で》られたお蔭《かげ》には思《おも》ひ〳〵に相當《さうたう》の自活《じくわつ》の道《みち》を取《と》ることができる。父《ちゝ》は困窮《こんきう》のなかでも娘《むすめ》たちに能《でき》る限《かぎ》りを盡《つく》してくれた。早《はや》く千葉《ば》の家《いへ》に雇《やと》はれて行《い》つて月給《げつきふ》でも前借《ぜんしやく》の運《はこ》びにして、其《そ》の内《うち》の幾分《いくぶん》でも父《ちゝ》に與《あた》へやうと咲子《さきこ》は思《おも》ひ廻《めぐ》らした。然《さ》うして其《そ》れを深《ふか》い情《こゝろ》で姉《あね》にも語《かた》つた。

「其《そ》れはおよしなさい。其様《そんな》ことはあなたが考《かんが》へなくても心配《しんぱい》しなくても何《ど》うにかなるんですから。まだ一日《にち》と職務《しよくむ》に就《つ》きもしない家《うち》へ行《い》つて突如《いきなり》そんな請求《せいきう》をするなんて、あなたが下《くだ》らなく賤《いや》しめられるばかりですよ。私《わたし》はあなたに其様《そんな》ことをさせたくない。」

榮《さかえ》はわざと強《つよ》く云《い》つた。妹《いもうと》は何故《なぜ》こんなに貧しく切迫《せつぱく》した事《こと》を無理《むり》にも考《かんが》へやうとするだらう。又《また》しても妹《いもうと》の性質《せいしつ》の上《うへ》に自分《じぶん》の嫌《きら》ひな狹隘しい癖《くせ》を見《み》せつけられる事《こと》だと榮《さかえ》は思《おも》つた。榮《さかえ》は妹《いもうと》に背後《うしろ》を向《む》けて自分《じぶん》の机《つくゑ》の方《はう》に立《た》つてきた。築地《つきぢ》へ通《かよ》ふことも暫時《しばらく》止《や》めにして、一心《いつしん》に滿足《まんぞく》な製作《せいさく》が續《つゞ》けたいと思《おも》つた書《か》きかけて置《お》いたものなどを、榮《さかえ》はなつかしく抽斗《ひきだし》の中《なか》で弄《まさ》ぐつて見《み》た。柔《やは》らかな、何枚《なんまい》か文字《もんじ》の綴《つゞ》られてゐる紙《かみ》の端《はし》が、榮《さかえ》の生命《いのち》を負らうとするやうに紙《かみ》に含《ふく》まれた思想《しさう》の波《なみ》をひら〳〵と打《う》たしてゐた。榮《さかえ》は其《そ》れを見《み》守《まも》りながら、當分《たうぶん》は父《ちゝ》の爲《ため》に築地《つきぢ》へも通《かよ》はなくてはならない事《こと》を思《おも》つた。其《そ》れよりも一層《もつと》確定《かくてい》した職業《しよくげふ》を父《ちゝ》の爲《ため》に求《もと》めなくてはならないかも知《し》れない。榮《さかえ》は靜に抽斗《ひきだし》を閉《さ》ぢて机《つくゑ》の上《うへ》に眼《め》を落《おと》した。自分《じぶん》に打突《ぶつ》けて云《い》つた先《さ》きの妹《いもうと》の言葉《ことば》が榮《さかえ》の頭腦《つむり》に上《のぼ》つてきた。


「何《なに》も彼《か》も姉《ねえ》さんの虚榮《きよえい》だと思《おも》つてゐる。私《わたし》は。」

榮《さかえ》はそれを繰《く》り返《かへ》した。

暗い空

四十一

田村俊子

「私《わたし》はお父《とう》さんが嫌《きら》ひなのだ。」

これが取《と》り除《のぞ》くことのできない自分《じぶん》の現在《げんざい》の父《ちゝ》に對《たい》する眞實《しんじつ》な感情《かんじやう》だと考《かんが》へた時《とき》に、孤獨《こどく》な淋《さび》しさが榮《さかえ》の胸《むね》に寄《よ》せてきた。妹《いもうと》が云《い》ふやうに、自分《じぶん》はあの父《ちゝ》を自分《じぶん》の眼《め》で眞正面《まさも》に見《み》ることさへできないでゐる。この二十年《ねん》近《ちか》く小才《こさい》と機會《きくわい》とで世間《せけん》を渡《わた》つてきた、欺瞞《ぎまん》と阿諛《あゆ》に表情《へうじやう》づけられたあの卑屈《ひくつ》な父《ちゝ》の顏付《かほつき》を、自分《じぶん》はやつぱり自分《じぶん》の親《おや》だと思《おも》つては見《み》るに得堪《えた》へない。父《ちゝ》のとぼ〳〵したあの見窄《みすは》らしい樣子《やうす》は絶《た》えず自分《じぶん》の心《こゝろ》を針《はり》で突《つ》くやうな惱《なや》ましさを覺《おぼ》えさせるけれども、自分《じぶん》はどうしても娘《むすめ》らしい床《ゆか》しさと優《やさ》しさとであの父《ちゝ》を傷《いた》はらうと云《い》ふ氣《き》にはなれないのである。自分《じぶん》はあの父《ちゝ》が厭《いや》である。自《じ》分《ぶん》の父《ちゝ》だと思《おも》ふことが厭《いや》である。子《こ》が父《ちゝ》を嫌《きら》ふやうな因縁《いんねん》に生《うま》れ合《あ》はせたことが自分《じぶん》には悲《かな》しい、子《こ》としてその人格《ひとがら》を懐《なつ》かしみたいやうな親《おや》が持《も》ちたい。その人《ひと》の生活《せいくわつ》の上《うへ》に尊敬《そんけい》したいやうな偉《おほ》きな陰翳《かげ》をひろげてゐる親《おや》が持《も》ちたい。「私《わたし》の父親《ちゝおや》。」この言葉《ことば》の響《ひゞ》きのなかに、何《なに》か自分《じぶん》の人生《じんせい》の得意《とくい》な一片《いつぺん》を潜《ひそ》まして見《み》たい。自分《じぶん》はたゞ斯《か》うした尊《たうと》い父親《ちゝおや》が持《も》つて見《み》たい。さも無《な》くば、自分《じぶん》は憫《あは》れに貧《まづ》しい、神《かみ》に使《つか》へる人《ひと》のやうな正《しやう》直《ぢき》な心《こゝろ》を持《も》つた老《お》いた父親《ちゝおや》のために泣《な》いて見《み》たい。だが、其《そ》れが何《なん》で虚榮《きよえい》だらう。

榮《さかえ》は思《おも》はず振返《ふりかへ》つて妹《いもうと》の方《はう》を見《み》た。妹《いもうと》は默《だま》つて四方《あたり》を片付《かたつ》けてゐた。ある一事《いちじ》に窶《やつ》れて齷齪《あくせく》とした氣《き》分《ぶん》がその萎《な》えた妹《いもと》の樣子《やうす》の上《うへ》に現《あら》はれてゐた。昨日《きのふ》挿《さ》して行《い》つたあの簪《かんざし》が、抜《ぬ》くことも忘《わす》れてゐると見《み》えて壞《こは》れた髮《かみ》にその儘《まゝ》揉《も》み潰《つぶ》された樣《やう》になつて殘《のこ》つてゐる。

「昨夜《ゆうべ》からいろ〳〵働《はたら》いて氣疲《きづか》れがしてゐるでせう。少《すこ》し寐《やす》んだら何《ど》うなの。あなたは身体《からだ》が健全《ぢやうぶ》ではないんだから。」

榮《さかえ》は額《ひたひ》に皺《しわ》を寄《よ》せて、つとめて柔《やは》らかな口調《くてう》で云《い》つた。此妹《このいもうと》が身体《からだ》の虚弱《よわ》いことを知《し》つてゐながら、何時《いつ》も妹《いもうと》にばかり家事《かじ》などを働《はたら》かせてゐることを、榮《さかえ》はふと思《おも》ひがけない機《はずみ》に省《かへり》みられた。冬《ふゆ》の寒《さむ》い朝《あさ》に榮《さかえ》が寐過《ねす》ごしてゐる間《あひだ》でも、妹《いもうと》は早《はや》く起きて冷《つ》めたい水《みづ》に息《いき》を切《き》りながら勝手《かつて》で働《はたら》いてゐるのである。榮《さかえ》は自《じ》分《ぶん》よりは弱《よわ》く生《うま》れついた妹《いもうと》を氣《き》の毒《どく》に思《おも》ひながら、朝《あさ》に晩《ばん》に妹《いもうと》を使《つか》ふ癖《くせ》を直《なほ》すことができないでゐた。

「自分《じぶん》の血《ち》のなかには輕薄《けいはく》なある物《もの》が交《ま》じつてゐるのではないか。自分《じぶん》の愛情《あいじやう》は肉身《にくしん》のものに向《むか》つては少《すこ》しも可憐《しほ》らしく搖《ゆら》ぐことを知《し》らない愛《あい》情《じやう》なのである。他人《たにん》に對《たい》して醉狂《すゐきやう》に濃《こま》やかに燃《も》える情熱《じやうねつ》が、自分《じぶん》の肉身《にくしん》のものにはいつも冷《つ》めたい反感《はんかん》の陰《かげ》に消《き》えてしまふのである。」

妹《いもうと》が何《なに》か云《い》つたやうであつたが榮《さかえ》には聞《き》こえなかつた。咲子《さきこ》は一《ひ》と寝《やす》みするつもりでゐたと見《み》えて、隅《すみ》の方《はう》に夜着《よぎ》を敷《し》いて横《よこ》になつた。日《ひ》の落《お》ち際《ぎは》に人《ひと》が夜着《よぎ》のうちに包《くる》まる氣《け》勢《はい》が、何《なん》となく室内《しつない》に陰氣《いんき》なかげな漂《たゞよ》はした。榮《さかえ》は鎌子の手紙《てがみ》を受取《うけと》るまで、机《つくゑ》の前《まへ》に動《うご》かずにゐた。

暗い空

四十二

田村俊子

（あなたが歸《かへ》つてから私《わたし》は直《す》ぐに寐《ね》床《どこ》の上《うへ》に横《よこ》になつたのです。眠《ねむ》つてゐたのか考《かんが》へてゐたのか、何《なに》か混沌《こんとん》とした昏《くら》い時間《じかん》が經《た》つてからふと氣《き》が付いて眼《め》を開《あ》いた、櫻《さくら》の青葉《あをは》の被《か》ぶさつてゐるあの寐《ね》床《どこ》の横《よこ》の硝子《ガラス》窓《まど》がぼんやりと私《わたし》の眼《め》に映《うつ》つたのです。私《わたし》はその明《あか》るさが何所《どこ》から入《はい》つて來《き》たのか初《はじ》めは分《わか》りませんでした。何《なん》だか白《しろ》い薄明《うすあか》るいものが眼《め》の上《うへ》に見《み》えると思《おも》つたのです。私《わたし》は少時《しばらく》その薄《うす》ぼんやりとした明《あか》りの色《いろ》を見詰《みつ》めてゐたのです。そうして其《そ》れが漸《や》つと、例《いつも》の自分《じぶん》の畫室《ぐわしつ》の硝子《ガラス》窓《まど》の明《あか》るさだとわかつた時《とき》に、私《わたし》は斯《か》うして例《いつも》の自分《じぶん》の室《へや》に何事《なにごと》もなく寢《ね》てゐた事《こと》が何《なん》とも云《い》へない不思議《ふしぎ》だつたのです。私《わたし》は自分《じぶん》の身体《からだ》を照《て》らしてゐる硝子《ガラス》窓《まど》の白《しろ》い神秘《しんぴ》な薄明《うすあか》るさを見詰《みつ》めてゐました。私《わたし》は平日《いつも》の自分《じぶん》だと思《おも》ひました。自分《じぶん》の室《へや》に斯《か》うして寢《ね》てゐた平日《いつも》の自分《じぶん》だと思《おも》ひました。私《わたし》はそれが非常《ひじやう》に喜《よろこ》ばしかつたのです。何《さ》うしたと云《い》ふのか、その瞬間《しゆんかん》あの硝子《ガラス》窓《まど》の薄明《うすあか》るさに恐《おそ》ろしいほど生《せい》の色《いろ》が濃《こ》く強《つよ》くいつぱいに擴《ひろ》がつてゐたと思《おも》つたのです。私《わたし》は起《お》きて外《そと》に出《で》ました。突《つ》き上《あ》がつてくる酷《むご》い事實《じじつ》の自覺《じかく》を成《な》る丈《た》け押《お》し退《の》けるやうにして私《わたし》は外《そと》を歩《ある》いて見《み》ました。Mに逢《あ》ひたくなつてMの家《うち》の傍《そば》まで行《ゆ》きましたが

私《わたし》はとう〳〵逢《あ》はずに引《ひ》つ歸《かへ》つてしまひました。

私《わたし》は矢《や》つ張《ぱ》りMが戀《こひ》しいのだらうか？私《わたし》がMに逢《あ》ひたいと云《い》ふのは幾分《いくぶん》でも事實《じじつ》に就《つ》いての負擔《ふたん》をあれに感《かん》じさせてやりたいと云《い》ふだけの事《こと》で逢《あ》ひたいのだ。Mに實際《じつさい》の話《はなし》があるからだ。私《わたし》の戀《こひ》は褪《さ》めてゐる。斯《か》う云《い》ふ事實《じじつ》が起《おこ》らなかつたら私《わたし》はまだ面白《おもしろ》い夢《ゆめ》を見《み》續《つゞ》けてゐたかも知《し》れない。——私《わたし》はMに逢《あ》ひたくはない。私《わたし》はこの身体《からだ》を、この事實《じじつ》を、あのMに差《さ》し突《つ》けることはたまらなく厭《いや》なことである。自分《じぶん》の汚辱《をじよく》である。私《わたし》は矢《や》つ張《ぱ》り默《だま》つてゐやう。默《だま》つてMに別《わか》れやう。逢《あ》ひたくはない。逢《あ》ひたくはない。私《わたし》は斯《か》う思《おも》ひ詰《つ》めながら歸《かへ》つて來《き》たのです。一度《いちど》自身《じしん》に興褪《きようさ》めた戀《こひ》を、私《わたし》は再《ふたゝ》びMに對《たい》して追求《つゐきう》しやうとは思《おも》はないのです。まして自分《じぶん》の身《み》に受《う》けた汚辱《をじよく》の證《しるし》を、私《わたし》は男《をとこ》に向《むか》つて打算的《ださんてき》に露骨《むきだし》にしやうなどゝは考《かんが》へても恐《おそ》ろしい恥《はづ》かしい事《こと》なのです。私《わたし》は寧《むし》ろそれよりも、兩親《りやうしん》に打明《うちあ》けて兩親《りやうしん》の傍《そば》で自分《じぶん》の肉体《にくたい》の無事《ぶじ》な經《けい》過《くわ》を見《み》る事《こと》の方《はう》が、今《いま》の私《わたし》に取《と》つて正《たゞ》しい感情《かんじやう》のやうに思《おも》はれるのです。男《をとこ》の前《まへ》に汚辱《をじよく》の身体《からだ》を反抗《はんかう》的《てき》に投《な》げ出《だ》すよりは、兩親《りやうしん》の怒《いか》りの前《まへ》で嚴肅《げんしゆく》な懺悔《ざんくわい》に滿《み》ちた氣分《きぶん》のまゝにある期間《きかん》を過《すご》したい。其方《そのはう》が私《わたし》にはどんなに新《あたら》しい血《ち》の蘇《よみがへ》りを想《おも》はせるか知《し》れません、私《わたし》は現《い》在《ま》斯《か》うした氣持《きもち》でゐるのです。

其《そ》れは私《わたし》は一方《いつぱう》で世間《せけん》と云《い》ふ事《こと》も考《かんが》へてゐます。私《わたし》はこの事實《じじつ》が暴《ばく》露《ろ》した時《とき》、世間《せけん》から受《う》ける誹《そし》りと批難《ひなん》がどれほど私《わたし》を辱《はづ》かしめるかと云《い》ふ事《こと》を考《かんが》へてゐます。私《わたし》はそれも恐《おそ》ろしいのです。あなたは其《そ》れを繕《つくろ》ふために私《わたし》に結婚《けつこん》を勸《すゝ》めてゐました。結婚《けつこん》は私《わたし》の意志《いし》にない事《こと》だと云《い》ふことをあなたは平常《へいじやう》から知《し》つてゐる筈《はず》だと思《おも》ひます。結局《けつきよく》は、反抗《はんかう》、殘忍《ざんにん》、呪咀《じゆそ》、憎惡《ぞうを》、復讐《ふくしう》、こんなものばかりが私《わたし》の胸《むね》に纏《まつ》れてくるのです。兩親《りやうしん》の許《もと》に歸《かへ》つて兩親《りやうしん》の慈愛《じあい》の手《て》のなかにこの事實《じじつ》を葬《はうむ》つて終《しま》はう。——私《わたし》は今《いま》、これを強《つよ》く考《かんが》へてゐます。そうして其《そ》れから私《わたし》は新《あたら》しい道《みち》に上《のぼ》らう。私《わたし》は佛蘭西《フランス》へ行《ゆ》く。私《わたし》は唯《たゞ》一意《い》に自分《じぶん》の道《みち》を踏《ふ》んでゆかう私《わたし》はほんとうに生《うま》れ變《かは》るのだ。私《わたし》は何《なに》も彼《か》も父《ちゝ》に打明《うちあ》けやう。そうして父《ちゝ》に縋《すが》らう。あの兩親《りやうしん》はきつと私《わたし》を許《ゆる》してくれます。そうして

319　「暗い空」『読売新聞』大正3（1914）年5月22日

新《あらた》な道《みち》に私《わたし》を送《おく》つてくれるに違《ちが》ひありません。兩親《りやうしん》は私《わたし》を愛《あい》してゐるのですから。私《わたし》は今《いま》、全身《ぜんしん》をあげてある物《もの》に取《と》り縋《すが》らうとする自分《じぶん》の眞正《しんせい》な心《こゝろ》の叫《さけ》びを自身《じしん》の耳《みゝ》に聞《き》いて、涙《なみだ》が流《なが》れてきたのです。私《わたし》は姦淫《かんいん》の報《むく》いを抱《いだ》いて、汚辱《をじよく》の證《しるし》を抱《いだ》いて父《ちゝ》の許《ところ》に歸《かへ》ります。母《はゝ》の許《ところ》に歸《かへ》ります。私《わたし》は父母《ふぼ》の前《まへ》に出《で》て一切《いつさい》を語《かた》る自身《じしん》の言葉《ことは》を思《おも》ふ時《とき》、父《ちゝ》や母《はゝ》が、いかに私《わたし》の嚴格《げんかく》な眞劍《しんけん》な人生《じんせい》の背景《はいけい》になつて肅とし てゐるかと云《い》ふ事《こと》がしみ〴〵と思《おも》はれます。

あなたは必定《きつと》Mにすべてお話《はなし》なさるだらうと思《おも》ひます。私《わたし》が一時《いちじ》でもある無智《むち》な反撥《はんはつ》から消滅《せうかつ》と云《い》ふやうな事《こと》を考《かんが》へた事《こと》をあなたが危《あやぶ》んで、きつとMに話《はなし》をするだらうと思《おも》つてゐます。然《さ》うぢやありませんか。もし然《さ》うでしたら其《そ》れだけは止《やめ》て頂《いたゞ》きたいのです。何卒《どうぞ》私《わたし》をMから無言《むごん》の裡《うち》に引《ひ》きはなさせて下《くだ》さい。Mに何事《なにごと》も知《し》らせないで下《くだ》さい。すべてが濟《す》んだ後《のち》に私《わたし》はMに一度逢《あ》ふ機會《きくわい》を作《つく》るかも知《し》れませんけれども、今《いま》は私《わたし》は默つて父母《ふぼ》の許《ところ》に歸《かへ》りたいのです。私《わたし》は明日《みやうにち》出發《しゆつぱつ》するかも知《し》れません。あなたにはもう一度逢《あ》つてゆきたい。時間《じかん》をお知《し》らせしたら停車場《ステーシヨン》まで來《き》て下《くだ》さいますか。」

これが緑子の手紙《てがみ》であつた。

暗い空

田村俊子

四十三

その晩《ばん》遲《おそ》く、姉妹《ふたり》は醉《よ》つて歸《かへ》つて來《き》た。父《ちゝ》の眞作《しんさく》の傍《そば》で戰《ふる》へてゐた。眞作《しんさく》は車《くるま》で送《おく》られて來《き》た。

そうして格子戸《かうしど》の前《まへ》で車夫《しやふ》が戸《と》を叩《たゝ》いてゐる間《あひだ》に、眞作《しんさく》は

「開《あ》けろ。おい。榮。咲子《さきこ》。」

然《さ》う云《い》つて怒鳴《どな》つた。父《ちゝ》の歸《かへ》りが遲《おそ》いので姉妹《ふたり》は小石川《こいしかは》に泊《とま》つてくるのではないかなざゝ語《かた》り合《あ》つた。戸締《とじまり》をして姉妹《ふたり》ながら床《とこ》に就《つ》いてゐた。

「何《なん》だ。お前《まへ》たちは。お父《とう》さんが又《また》臺《たい》灣《わん》へ歸《かへ》つてしまつたのかと思《おも》つたんだな。何《ど》うも可《い》かん。お前《まへ》たちの事《こと》をお父《とう》さんはすつかり小石川《こいしかは》で聞《き》い

て來《き》たぞ。」

父《とゝ》はよろけて、戸《と》や障子《しやうじ》にその他愛《たあい》のない身體《からだ》を打《ぶ》つ突《つ》けた。咲子《さきこ》は、「お、危《あぶな》い。お父《とう》さん。危《あぶな》い。」然《さ》う云《い》つてはら〳〵した。腕《うで》を押《おさ》へたり、脊《せ》を抱《だ》いたりした。

「俺《おれ》はお前《まい》たちの親《おや》だ。可《い》いか。父親《ちゝおや》だ。父親《ちゝおや》を馬鹿《ばか》にしては可《い》かん。お前《まい》たちは馬鹿《ばか》にしてゐるのだ。親《おや》を侮辱《ぶじよく》してゐるのだぞ。いやお前《まい》たちばかりではない。お鐵《てつ》も然《さ》うだ。彼《か》女《れ》は俺《おれ》が臺灣《たいわん》から無心《むしん》に來《き》たやうな事《こと》を云《い》つたぞ。怪《け》しからん奴《やつ》だ。十年《ねん》振《ぶ》りで逢《あ》つた實兄《じつけい》に惡口雜言《あくこうざうごん》した。お前《まい》たちの事《こと》も惡口《あくこう》してゐたぞ。お父《とう》さんはお前《まい》たちの爲《ため》に、一層《そう》侮辱《ぶじよく》されたぞ。第《だい》一お前《まい》たちの品行《ひんかう》が良《よ》くないと云《い》つた。」

父《ちゝ》の眞作《しんさく》は帽子《ばうし》を忘《わす》れずに被《かぶ》つてゐた。その帽子《ばうし》を脱《ぬ》がずに唐紙《からかみ》の前《まへ》に坐《すわ》つて、身体《からだ》の半身《はんしん》をふら〳〵させた。窪《くぼ》んだ瞼《まぶた》が重《おも》く垂《た》れて、顏《かほ》の筋《きん》肉《にく》が弛《ゆる》んでゐた。瘦《や》せた衰《おとろ》へた身体《からだ》に、唯《ただ》酒氣《しゆき》ばかりが暴虐《ばうぎやく》をしてゐるやうに、支《さゝ》へきれない父《ちゝ》の体力《たいりよく》が腦や肩《かた》の中心《ちうしん》を外《はづ》れて肉《にく》の上《うへ》に顫動《せんどう》してゐた。

「決《けつ》してそんな事《こと》はありません。それは叔母《をば》さんが……」

咲子《さきこ》が引緊《ひきし》まつた口許《くちもと》をして斯《か》う父《ちゝ》に云《い》ひかけたのを、榮《さかえ》は眼《め》でとめた。それで咲子《さきこ》は言葉《ことば》を切《き》つて無言《むごん》で父《ちゝ》を見詰《みつ》めた。酒氣《しゆき》を帶《お》びた時《とき》の父《ちゝ》の恐《おそろ》しさが、初《はじ》めて咲子《さきこ》の記憶《きおく》の底《そこ》から其神經《そのしんけい》を刺《さ》すやうに起《おこ》つてきた。咲子《さきこ》の齒《は》がかち〳〵と戰へてゐた。

「俺《おれ》はお前《まい》の父親《ちゝおや》だ。」

父《とゝ》は又《また》繰《く》り返《かへ》して云《い》つた。

「世間《せけん》の奴等《やつら》はみんな俺《おれ》を馬鹿《ばか》にする。何故《なぜ》だ。咲子《さきこ》。お前《まい》には分《わか》るか。分《わか》るなら云《い》つてくれ。何《ど》う云《い》ふ譯《わけ》でお父《とう》さんは世間《せけん》から馬鹿《ばか》にされるのだ。」

「分《わか》りません。」

咲子《さきこ》は小供《こども》のやうな聲《こゑ》をして小《ちひ》さく云《い》つた。

「榮《さかえ》。お前《まい》には分《わか》るだらう。お前《まい》は咲《さき》子《こ》の姉《あね》さんだからな。」

榮《さかえ》は默《だま》つてゐた。榮《さかえ》の顏《かほ》が際《きは》立《だ》つて蒼《あを》く見《み》えた。

「誰《たれ》にも分《わか》らないのか。お前《まい》は親《おや》の事《こと》

が分《わか》らないのか。親《おや》が何《ど》んな境遇《きやうぐう》にゐるか、親《おや》がどんな事《こと》を考《かんが》へてゐるか。お前《まい》たちには分《わか》らないのか。よし、其《そ》れではお前《まい》たちに分《わか》らせてやる。」

眞作《しんさく》は立上《たちあが》つて帶《おび》を解《と》からうとしたがその手《て》が帶《おび》の結《むす》び目《め》に當《あた》らないので長《なが》い間《あひだ》蹌踉《よろけ》ながらぐづ〳〵としてゐた。帶《おび》を漸《や》つと取《と》ると、着物《きもの》を左《ひだ》り前《まへ》に着直《きなほ》して、其《そ》の上《うへ》から帶を締《し》めやうとした。

「咲子《さきこ》。締《し》めてくれ。お父《とう》さんはこれから斯《か》うして世間《せけん》を歩《ある》いてやる。」

咲子《さきこ》が父《ちゝ》の前《まへ》に膝《ひざ》を進《すゝ》めた時《とき》に、眞《しん》作《さく》は又《また》榮《さかえ》の方《はう》に向《む》いて手《て》に持《も》つた帶《おび》を出《だ》した。

「榮《さかえ》。お前《まい》が締《し》めてくれ。」

然《さ》う云《い》つて眞作《しんさく》はふいと仰向《あふむ》いて笑《わら》つた。そうして、榮《さかえ》がぢつとして物《もの》も云《い》はずにゐるのを、「お前《まい》は母親《はゝおや》そつくりだぞ。從順《すなほ》でない奴《やつ》だ。何《なん》だ。」と云《い》つて怒《おこ》つた。咲子《さきこ》は帶《おび》を取《と》つて左《ひだ》り前《まへ》の着物《きもの》の上《うへ》から其《それ》を締《し》めた。その間《あひだ》眞作《しんさく》は兩手《りやうて》を胸《むね》の兩脇《りやうわき》に上《あ》げてだらりと手首《てくび》を垂《た》らしながら、咲《さき》子《こ》の上《うへ》に仆《たほ》れかゝるやうにしてよろ〳〵と立《た》つてゐた。

暗い空

四十四

田村俊子

「よし。よし。」

眞作《しんさく》は咲子《さきこ》の肩《かた》を突《つ》いて咲子《さきこ》を退《ど》けた。

「俺《おれ》は斯《か》うして世間《せけん》を歩《ある》いてやる。何故《なぜ》これが惡《わる》いか。何故《なぜ》俺《おれ》がこんな風《ふう》をしては惡《わ》るいかと聞《き》いて歩《ある》いてやる。何《ど》うだ。お前《まい》たちは何方《どつち》が惡《わ》るいと思《おも》ふんだ。お父《とう》さんが惡《わ》るいのか。世間《せけん》の奴《やつ》が惡《わ》るいのか。何方《どつち》が惡《わ》るいんだ。」

眞作《しんさく》は口尻《くちにり》を痙攣《けいれん》させながら斯《か》う怒《ど》鳴《な》つた。

榮《さかえ》はその父《ちゝ》の樣子《やうす》を、極端《きよくたん》な憎《にく》しみと蔑《さげす》みとで見据《みす》ゑてゐた。肉体《にくたい》の底《そこ》から腦髓《なうずゐ》へ突《つ》き上《あが》つてくる荒々《あら〳〵》しい血《ち》の鳴《な》りを自身《じしん》で何《ど》う抑《おさ》へることもできなくて戰《ふる》へてゐた。そうして、氷《こほ》つた自分《じぶん》の掌《てのひら》を榮《さかえ》は堅《かた》く握《にぎ》りしめてゐた。胸《むね》がどき〳〵と高《たか》く彈《はづ》んだ。父《ちゝ》を見据《みす》ゑてゐるその瞳子《ひとみ》が冷《つ》めたく凝結《ぎようけつ》して動《うご》かずにゐた。

眞作《しんさく》はその儘《まゝ》で、外《そと》に出《で》て行《ゆ》かうとした。

「もう遲《おそ》いのですから。お父《とう》さん。」

咲子《さきこ》は苛《いら》つた泣聲《なきごゑ》を立《た》てながら、父《ちゝ》の腕《うで》を抱《かゝ》へて連《つ》れ戻《もど》して來《き》た。

「お寢《やす》みになつたら何《ど》うです。又《また》明《みやう》日《にち》お出《で》かけになつたらいゝでせう。」

「然《さ》うか。」

父《ちゝ》は幾度《いくたび》も首肯《うなづ》く樣《やう》に頭《かしら》を下《さ》げた。舊《もと》の唐紙《からかみ》の前《まへ》に坐《すわ》ると、其《そ》れ限《ぎ》りでぢつと默《だま》り込《こ》んで俯向《うつむ》いてゐた。帽《ばう》子《し》の鍔《つば》が居眠《ゐねむ》りでもしてゐるやうに時々前後《ぜんご》に搖《ゆ》れて、大《おほ》きな影《かげ》を唐紙《からかみ》ににじませてゐた。咲子《さきこ》は姉《あね》の病床《びやうしやう》を自分《じぶん》の方《はう》に持《も》ち運《はこ》んで來《き》て、その後《あと》に父《ちゝ》の寢床《ねどこ》を延《の》べたりした。

「お父《とう》さん。」

咲子《さきこ》はそつと憚《はゞか》る樣《やう》な聲《こゑ》をかけた。

「お寢《やす》みになりませんか。」

「よし、分《わか》つた。咲子《さきこ》、お前《まへ》は俺《おれ》の小《こ》供《ども》だぞ。俺《おれ》の娘《むすめ》だぞ。墮落《だらく》をしては可《い》かん。お鐵《てつ》の奴《やつ》に俺《おれ》は聞《き》いて來《き》たぞ。然《しか》し俺《おれ》は彼女《あいつ》の云《い》ふ事《こと》は信用《しんよう》しないんだからな。だがいろ〳〵云《い》つてゐたぞ。彼女《あいつ》は狐見《きつねみ》たいな女《をんな》だ」

眞作《しんさく》が立《た》つと、咲子《さきこ》は其《そ》れを扶《たす》けながら寢床《ねどこ》の方《はう》に連《つ》れて行《い》つた。

「榮《さかえ》。おい。一寸《ちよつと》來《き》てくれ。榮《さかえ》。榮《さかえ》。」

父《ちゝ》は寢床《ねどこ》の上《うへ》で榮《さかえ》を呼《よ》び立《た》てたが、榮《さかえ》は身《み》を縮《すく》めて返事《へんじ》をしないでゐた。殘忍《ざんにん》に光《ひか》つた三角《かく》に窪《くぼ》んでゐる父《ちゝ》の眼《め》が、榮《さかえ》と閲《せめ》ぐやうに榮《さかえ》の胸《むね》に邪慳《じやけん》さを高《たか》まらせてゐた。そうして、眦《まなじり》が裂《さ》けるほど父《ちゝ》を憎《にく》さげに見詰《みつ》めてやり度《た》いやうに情《じやう》の激動《げきどう》した瞬間《しゆんかん》が、いつまでも榮《さかえ》の胸《むね》にその餘波《よは》を打《う》ちつゞけてゐた。

「お酒《さけ》が惡《わ》るいのですね。私《わたし》は一生《しやう》懸命《けんめい》になつてお父《とう》さんに酒《さけ》を禁《や》めるやうに云《い》つて上《あげ》なくちやならない。」

咲子《さきこ》が唐紙《からかみ》を閉《し》めて姉《あね》の傍《そば》に戻《もど》つてくると斯《か》う云《い》つて溜息《ためいき》を吐《つ》いた。晝《ひる》間《ま》姉《あね》に話《はな》したやうに、咲子《さきこ》は今《いま》も濡《ぬ》れるやうに冷汗《ひやあせ》をかいてゐた。そうして惡寒《さむけ》がした。

「叔母《をば》さんは何《なに》か酷《ひど》いことをお父《とう》さんに云《い》つたのぢやないでせうか。」

叔母《をば》は獨身《どくしん》でゐた。十年《ねん》餘《あま》りも同《おな》じ女學校《ぢよがくかう》に教鞭《けうべん》を取《と》つてゐる人《ひと》であつた。咲子《さきこ》は何時《いつ》にもなく其《そ》の叔母《をば》を心頼《こゝろだよ》りに懐《なつ》かしく思《おも》ひやつた。我執《がしふ》の強《つよ》いところはあつたけれ共《ども》姉《あね》が思《おも》ふほどに咲子《さきこ》はこの叔母《をば》を貶《けな》してはゐなかつた。其《そ》れを遂《つひ》姉《あね》に同《どう》じて叔《を》母《は》を疎《おろそ》かにした爲《ため》に、叔母《をば》の心《こゝろ》を害《そこ》ねて父《ちゝ》へも良《よ》くは云《い》はれなかつたのを咲子《さきこ》は詰《つま》らなく思《おも》つた。こんな事《こと》から自分《じぶん》たちの品格《ひんかく》まで下《さ》げられたのを咲子《さきこ》は純《じゆん》な氣持《きもち》で悔《く》いてゐた。

「叔母《をば》さんだつて私《わたし》たちを憎《にく》く思《おも》つたに違《ちが》ひない。」

だが榮は叔母《をば》のことなどは思念《しねん》してゐなかつた。父《ちゝ》を厭《いと》はしく思《おも》ふ極度《きよくど》の興奮《こうふん》がだん／＼に消《き》えてゆくに連《つ》れて、まるで自分《じぶん》の手《て》で父《ちゝ》を打据《うちす》ゑでもした後《あと》のやうに悲《かな》しく力《ちから》が抜《ぬ》けて、不思議《ふしぎ》な罪過《ざいくわ》の悔《く》いが其身《そのみ》に迫《せま》つてくるのを覺《おぼ》えてゐた。二人《ふたり》は床《とこ》に入《はい》つても眠《ねむ》ることができなかつた。

暗い空

四十五

田村俊子

翌日《よくじつ》になると父《ちゝ》は又《また》、因循《いんじゆん》した顔《かほ》をして考へ込《こ》みながら娘《むすめ》たちの前《まへ》にゐた。榮の讀《よ》んでゐる本《ほん》などを手《て》に取《と》つて眺《なが》めた。

「むづかしい本《ほん》を讀《よ》んでゐるのだな。」

と云《い》つて書棚《しよだな》を覗《のぞ》いて見《み》たりした。

咲子《さきこ》は千葉《ちば》へ行《ゆ》く話《はなし》を、自分《じぶん》の職業《しよくげふ》に對《たい》する理想《りさう》などを交《ま》ぜながら父《ちゝ》に語《かた》つてゐるのを、「うむ。うむ。」と首《うな》肯《づ》きながら父《ちゝ》は脊《せ》を屈《かゞ》めて聞《き》いてゐた。父《ちゝ》の食事《しよくじ》は同《おな》じ事《こと》に進《すゝ》まなかつた。舊知《きうち》の人《ひと》たちの行衛《ゆくゑ》を二人《ふたり》に尋《たづ》ねたりした。

姉妹《きやうだい》ながら昔《むかし》の知人《ちじん》とは全然《まるで》消息《せうそく》を杜絶《こぜつ》してゐるので見當《けんたう》もつかなかつた。眞作《しんさく》はその中《なか》でも未《いま》だに榮《さか》えてゐさうな人《ひと》たちを物色《ぶつしよく》して、その人《ひと》たちを訪《たづ》ねてこやうと云《い》つた。

「然《さ》う云《い》ふ人《ひと》を今更《いまさら》訪《たづ》ねて見《み》ても仕《し》方《かた》がないと思《おも》ひますけれ共《ども》。」

榮は何《なん》の爲《ため》に父《ちゝ》が其落魄《そのらくはく》した姿《すがた》を舊《きう》知《ち》の人《ひと》たちの前《まへ》に曝《さら》すのか解《わか》らなかつた。父《ちゝ》が數《かぞ》へた舊知《きうち》の中《なか》には牧《まき》の家《いへ》から恩顧《おんこ》を受《う》けた人《ひと》たちもゐた。父《ちゝ》は深川《ふかがは》に住《す》むその一人《ひとり》のところを今日《けふ》は訪《たづ》ねると云《い》つた。

「そんな人《ひと》の許《とこ》へいらしつたつて、お父《とう》さんの感情《かんじやう》を害《そこ》ねて歸《かへ》つてゐらつしやるに極《きま》つてゐます。」

榮は昨夜《ゆうべ》父《ちゝ》が醉《よ》つてゐた時《とき》の「世間《せけん》の奴等《やつら》は俺《おれ》を馬鹿《ばか》にしてゐる。」と怒《ど》鳴《な》つた言葉《ことば》を悲慘《ひさん》に思《おも》ひ出《だ》してゐた。榮《さかえ》が止《と》めたので父《ちゝ》は不快《ふくわい》な色《いろ》を浮《うか》べた。父《ちゝ》の眼《め》が直《す》ぐ猜疑《さいぎ》深《ぶか》く光《ひか》つたのを榮《さかえ》は認《みと》めた。

「お母《かあ》さんのお墓《はか》へは時々《ときどき》行《ゆ》くのか。」

「缺《か》かさずにお參《まゐ》りしてます。」

咲子《さきこ》が返事《へんじ》した。父《ちゝ》は當分寺《たうぶんてら》へも行《ゆ》かない積《つも》りだからお前《まへ》たちが能《よ》く訪《たづ》ねてくれと云《い》つた。

父《ちゝ》は晝近《ひるちか》くになるとその男《をとこ》を訪《たづ》ねる爲《ため》に家《いへ》を出《で》やうとした。咲子《さきこ》が電車《でんしや》で行《ゆ》く道筋《みちすぢ》を委《くは》しく敎《をし》へやうとするのを遮《さへぎ》つて、

「東京《とうきやう》は九年《ねん》振《ぶ》りでも然《さ》う變《かは》つてはゐないやうだ。電車《でんしや》に乘《の》れば何所《どこ》へでも行《ゆ》けるのだらう。」

父《ちゝ》は獨《ひと》り斷《ぎ》めな事《こと》を云《い》つて咲子《さきこ》の言《こと》葉《ば》などは能《よ》く耳《みゝ》にも入《い》れないでゐた。咲子《さきこ》は朝《あさ》から氣分《きぶん》が勝《すぐ》れないで引《ひ》き立《た》たない顏《かほ》をしてゐたが、父《ちゝ》の出《で》る時《とき》今日《けふ》も本郷《ほんがう》の通《とほ》りまで送《おく》つて行《い》つた。

父《ちゝ》のあの勞《つか》れた肉体《にくたい》にどんな血《ち》が濺《そゝ》つてゐるのだらうと榮《さかえ》は思《おも》つた。生《せい》活《くわつ》に破《やぶ》れ傷《きず》ついた精神《せいしん》の狂燥《きやうさう》が、絶《た》えず父自身《ちゝじしん》を脅《おど》かし、虐《しひた》げ、切迫《せつぱく》させてゐるやうに見《み》える。榮《さかえ》はその父《ちゝ》の浮浪性《ふらうせい》を帶《お》びた不安《ふあん》に充《み》ちた心《こゝろ》の狀《じやう》態《たい》を今日《けふ》はつく〴〵と氣《き》の毒《どく》に思《おも》ひ返《かへ》された。

「父《ちゝ》をあの儘《まゝ》にしておいては成《な》らない。」

榮《さかえ》は斯《か》う強《つよ》く感《かん》じた。だが、其父《そのちゝ》に一時的《じてき》にも安堵《あんど》を與《あた》へるには何《ど》うしていゝか分《わか》らなかつた。差《さ》し當《あた》り父《ちゝ》が現在《げんざい》その胸《むね》に抱《いだ》いてゐる問題《もんだい》があるならば、それを打《う》ち割《わ》つて能《よ》く聞《き》いて見《み》るより仕方《しかた》がなかつた。その問《もん》題《だい》も榮《さかえ》には想像《さうざう》がつかなくもなかつた。父《ちゝ》が歸《かへ》つた際《さい》に「ある事業《じげふ》の運《はこ》びが、うまく調《とゝの》はなければ自分《じぶん》は再《ふたゝ》び臺灣《たいわん》へ歸《かへ》る。」と云《い》つた言葉《ことば》から察《さつ》

しても、父《ちゝ》がまだ然《さ》う云《い》ふ境遇《きやうぐう》に心《こゝろ》を埋《うづ》めて何《なに》か一と計畫《けいくわく》してゐることが押《お》し量《はか》られた。然《さ》うとすれば、其《そ》れに就《つ》いて共《とも》々便宜《べんぎ》を講《かう》じなどする事《こと》が、差《さ》し當《あた》つて父《ちゝ》の心《こゝろ》を落着《おちつ》かせる手段《しゆだん》かも知《し》れなかつた。榮《さかえ》は然《さ》う

思《おも》ひ着《つ》いた時《とき》に心《こゝろ》が昏《くら》く曇《くも》つた。父《ちゝ》に然《さ》うした無意味《むいみ》な起業《きげふ》など云《い》ふ考《かんが》へを斷念《だんねん》させて、貧《まづ》しくとも安《やす》らかに世《よ》を送《おく》らせやうとするには、自分《じぶん》たちで父《ちゝ》を何《ど》うにかしなければならなかつた。

咲子《さきこ》は歸《かへ》つて來《き》てから、非常《ひじやう》に身体《からだ》の惡《わ》るさうな顔付《かほつき》をしながら餘《あま》り物《もの》を云《い》はずに横《よこ》になつた。錄子《ろくこ》が夜行《やかう》の十一時《じ》の汽車《きしや》で下《しも》の關《せき》まで行《ゆ》くと云《い》ふ端書《はがき》をよこした。

暗い空

四十六

田村俊子

榮《さかえ》が錄子《ろくこ》を送《おく》りに停車場《ステーシヨン》へ出掛《でか》けやうとする時《とき》まで父《ちゝ》は歸《かへ》つて來《こ》なかつた。妹《いもうと》の咲子《さきこ》は大《たい》して惡《わ》るい容態《ようだい》にもならなかつたが、熱《ねつ》が出《で》て寢《ね》たまゝで時間《じかん》を過《す》ごしてゐた。外《そと》は宵《よひ》から風《かぜ》の加《くは》はつた雨《あめ》が降《ふ》り通《とほ》してゐた。

「父《ちゝ》はこの雨《あめ》のなかを何處《どこ》を歩《ある》いてゐるのだらう。」

榮《さかえ》は先刻《さつき》からこの心配《しんぱい》が募《つの》つて來《く》ると、自分《じぶん》で自分《じぶん》の身体《からだ》を持《も》ち扱《あつか》ふやうな、心《こゝろ》の集《あつ》めどころのない氣《き》がした。父《ちゝ》が醉痴《ゑひし》れて道《みち》の泥濘《ぬかるみ》の上《うへ》に仆《たふ》れてゐる幻象《げんしやう》が、ふと壁《かべ》を見詰《みつ》めてゐる眼《め》の先《さき》に現《あらは》れたりした。が妹《いもうと》に後《あと》をよく心付《こゝろつ》けて、妹《いもうと》の「大《だい》丈夫《ぢやうぶ》ですから行《い》つていらつしやい。」と云《い》つた確《しつ》かりした返事《へんじ》を聞《き》いて、傘《かさ》をさして往來《わうらい》に出《で》ると、急《きふ》に何《なに》かから逃《のが》れて來《き》たやうな輕《かる》い氣分《きぶん》になつた。自分《じぶん》が家《いへ》を出《で》る際《きは》まで父《ちゝ》の歸《かへ》つてこなかつたのが榮《さかえ》は嬉《うれ》しかつた。自分《じぶん》の出《で》た後《あと》で、又昨夜《またゆうべ》のやうな出來事《できごと》があの家《いへ》の中《なか》に起《おこ》るとしても、自分《じぶん》だけは今夜《こんや》は其《そ》れを知《し》らずに過《す》ごすことができると思《おも》ふと、何《ど》所《こ》かで暗《くら》い不安《ふあん》が蠢《うご》めいてゐるやうな氣《き》もしながら、一方《はう》では人知《ひとし》れずのび〱とした。

大學《だいがく》の通《とほ》りへ出《で》るまで、坂道《さかみち》が眞《ま》つ闇《くら》で寂《さび》しかつた。提灯が雨《あめ》を照《て》らして一臺《いちだい》の車《くるま》が坂《さか》を下《お》りて來《き》たのに逢《あ》つた。榮《さかえ》は恰度《ちやうど》去年《きよねん》の今頃《いまごろ》、このやうな雨《あめ》の晩《ばん》に峰夫《みねを》の傘《かさ》の下《しも》にはいつて峰夫《みねを》に送《おく》られながらこの通《とほ》りを歩《ある》いたことを思《おも》ひ出《だ》してゐた。榮《さかえ》は峰夫《みねを》から借《か》りた本《ほん》なぞを大切《たいせつ》に抱《かゝ》へてゐた。益《つま》らない無駄言《むだごと》のやうに漏《も》れてくる男《をとこ》の言葉《ことば》にも、榮《さかえ》は一々《いち〳〵》男《をとこ》の深《ふか》い思想《しさう》を探《さぐ》つて感激《かんげき》して歩《ある》いた。初心《しよしん》に律義《りちぎ》に自分《じぶん》の情《じやう》が男《をとこ》に對《たい》して顫《ふる》へてゐると感《かん》じた時《とき》榮《さかえ》は殊更《ことさら》に自身《じしん》の心《こゝろ》を優《やさ》しく思《おも》つた。峰夫《みねを》の無頓着《むとんちやく》に翳《さ》して行《ゆ》く傘《かさ》のなかで榮《さかえ》の半身《はんしん》は隨分《ずゐぶん》濡《ぬ》れたけれども榮《さかえ》は默《だま》つてゐた。

「暗《くら》い晩《ばん》ですね。」

男《をとこ》は迂濶《うつか》り自分《じぶん》と女《をんな》との間《あひだ》が離《はな》れると、斯《か》う云《い》つて傘《かさ》を腕《うで》の延《の》びる限《かぎ》り差《さ》し翳《かざ》しながら榮《さかえ》の身邊《しんぺん》に自分《じぶん》の身《から》体《だ》を寄《よ》せてきた。

「あの頃《ころ》の自分《じぶん》の戀《こひ》は峰夫《みねを》に知《し》れないうちに死《し》んでしまつたのである。」

榮《さかえ》は今《いま》でも男《をとこ》に多《おほ》くの執着《しふちやく》を持《も》つてゐる自分《じぶん》の戀《こひ》をそゞろに懐《おも》つた。自《じ》分《ぶん》に絶望《ぜつぼう》な戀《こひ》は、友達《ともだち》の上《うへ》に滿足《まんぞく》と幸福《かうふく》とで輝《かゞや》いて花《はな》のやうに亂《みだ》れた。あの人達《ひとたち》二人《ふたり》の思《おも》ひの儘《まゝ》に戀《こひ》を貪《むさぼ》つた歡樂《くわんらく》の名殘《なごり》の眼《め》の濁《にご》りを、自分《じぶん》は幾度《いくたび》かある機會《きくわい》に見守《みまも》り〳〵した。夏《なつ》から秋《あき》までの間《あひだ》に自分《じぶん》は殊《こと》に數多《かずおほ》く、男《をとこ》の歸《かへ》つた後《あと》の病床《ベツド》の上《うへ》で、友《とも》達《だち》が惱《なや》んだ身体《からだ》を亂次《しどろ》に投《な》げ出《だ》してゐる時《とき》などに出《で》つ會《くは》した。自分《じぶん》は限《かぎ》りない絶望《ぜつぼう》の淵《ふち》から自分《じぶん》の心《こゝろ》を引《ひ》き上《あ》げてきて、そうして態《わざ》と自身《じしん》を虐《しひた》げるやうにその心《こゝろ》を友達《ともだち》の肉《にく》の上《うへ》にぴつたりと押付《おしつ》けたりした。あの畫《ぐわ》室《しつ》から遠《とほ》ざからう〳〵と悶《もだ》えながら、自分《じぶん》は依然《やはり》夏《なつ》の夕方《ゆふがた》の薔薇《ばら》の匂《にほ》ひの強《つよ》い畫室《ぐわしつ》のうちについ惹《ひ》き付《つ》けられて行《い》つた。畫室《ぐわしつ》の扉《と》の開《あ》かない時《とき》、自分《じぶん》は畫室《ぐわしつ》の外《そと》の薔薇《ばら》のなかに埋《うづ》もれて月《つき》が上《のぼ》るまで幾時《いくとき》か過《す》ごしたりした事《こと》があつた。

その友達《ともだち》が、今《いま》自分《じぶん》から男《をとこ》には何《なに》も告《つ》げずに東京《とうきやう》を遠《とほ》く立《た》つてゆくのである。友達《ともだち》自身《じしん》云《い》ふやうに、汚辱《をじよく》と姦淫《かんいん》の報《むく》いとを抱《いだ》いて郷里《きやうり》に歸《かへ》つてゆくのである。友達《ともだち》の体内《たいない》に小《ちひ》さく煑凝《にこゞ》つた肉《にく》の結晶《けつしやう》――それが友達《ともだち》のあの戀《こひ》の神秘《しんぴ》を醜《みにく》く無殘《むざん》に破《やぶ》つたのである。

然《しか》し男《をとこ》は何《なに》も知《し》らないでゐる。自分《じぶん》に嘗《かつ》て戀《こひ》されたことも、又《また》、現在《げんざい》の戀人《こひびと》がまざ〳〵と醜《みにく》い現實《げんじつ》の恐怖《きやうふ》に慄《おび》えながら、惨《いた》ましく男《をとこ》の心《こゝろ》から永《えい》久《きう》に隱《かく》れて行《ゆ》かうとしてゐることとも、何《なに》も男《をとこ》は知《し》らないでゐる。――

榮《さかえ》は何所《どこ》に人生《じんせい》の眞《しん》の美《うつく》しい戀《こひ》があ

るのか分《わか》らなかつた。そうして譯《わけ》もなく一度録子《ろくこ》から別《わか》れを告《つ》げられてその後《のち》、男《をとこ》がどんな心持《こゝろもち》で過《す》ごしてゐるか榮はそれが知《し》り度《た》いやうに思《おも》つた。榮は電車《でんしや》に乘《の》つてからも、しばらくその思《おも》ひからさめずにゐた。

暗い空

四十七

田村俊子

電車《でんしや》を下《お》りると、雨《あめ》の強《つよ》い音《おと》が傘《かさ》の上《うへ》にさつと一時《いちじ》に落《お》ちた。榮《さかえ》は停車《ステー》場《シヨン》へ向《む》いて行《ゆ》く路《みち》が餘《あま》り暗《くら》いので振《ふ》返《かへ》つて新橋《しんばし》の方《はう》を見《み》た。銀座《ぎんざ》の街《まち》の一端《いつたん》の灯《ひ》が、艶《なま》めかしく密語《さゝめ》き疲《つか》れたやうに雨《あめ》の中《なか》にしほらしく瞬《またゝ》いてゐた。眼近《まぢか》に見《み》える新橋《しんばし》手前《てまへ》の街路《かいろ》の灯《ひ》は、雫《しづく》になつて雨《あめ》の中《なか》に流《なが》れてゐた。雫《しづく》が切《き》れると灯《ひ》が上部《じやうぶ》に一點《いつてん》ぽつんと縮《ちゞ》まつては輝いた。榮は顔《かほ》を返《かへ》して停車場《ステーシヨン》の方《はう》に歩《ある》いて行《い》つた。風《かぜ》が寒《さむ》くて濡《ぬ》れたところが濕々《しめ〳〵》とした。停車場前《ステーシヨンまへ》の廣場《ひろば》では殊《こと》に雨《あめ》が強《つよ》くかゝつて、榮の裾《すそ》が氣味《きみ》惡《わ》るくすつかり濡《ぬ》れた。

石段《いしだん》の上《あが》り口《くち》ががらんとしてゐた。驛夫がたつた一人《ひとり》袢袴《ずぼん》の衣嚢《かくし》に兩手《りやうて》を突《つ》つ込《こ》んで茫然《ぼんやり》と其所《そこ》に立《た》つてゐた。榮はその前《まへ》を通《とほ》りながら、二三日前《にちまへ》に父《ちゝ》を迎《むか》へた時《とき》の光景《くわうけい》を、順々《じゆん〴〵》に、何《なん》の感動《かんどう》も起《おこ》さずに思《おも》ひ浮《うか》べてゐた。櫻子《さくらこ》の弟《おとうと》の顔《かほ》が見《み》えた。黒《くろ》い面紗《ベール》を辷《すべ》らして被《かぶ》つてゐた若々《わか〴〵》しい櫻子《さくらこ》の姿《すがた》も畫《ゑ》のやうに劃然《くつきり》と浮《う》いてゐた。そうして改札口《かいさつぐち》の前《まへ》で父《ちゝ》が彼方此方《あちこち》と見返《みかへ》り見廻《みまは》してゐた姿《すがた》を思《おも》ひ辿《たど》つた時《とき》、それは何《なん》だか遠《とほ》い昔《むかし》の追憶《おもひで》のやうに影《かげ》が薄《うす》かつた。榮は プラツトフオームを見返《みかへ》つた。まるで無限《むげん》に續《つゞ》く白《しろ》い一道《いちだう》の入《い》り口《くち》を見《み》るやうに、プラツトフオームは奥《おく》を闇《やみ》にぼかして電燈《でんとう》の光《ひか》りが薄《うす》くぼやけてゐた。汽車《きしや》が一《ひ》とつ横《よこ》たはつてゐゐた。

「錄子《ろくこ》はあれに乘《の》るのぢやないか。」

榮は然《さ》う思《おも》つて能《よ》くは目《め》の屆《とゞ》かない汽《き》車《しや》を見《み》た。ふと、父《ちゝ》を迎《むか》へた時《とき》、改札口《かいさつぐち》の前《まへ》に立《た》つて汽《き》車《しや》の着《つ》くのを待《ま》つてゐた間《あいだ》の、妹《いもうと》と並《なら》んで無言《むごん》でゐたあの茫《ばう》とした白《ま》晝《ひる》に夢《ゆめ》を見《み》てゐたやうな感覺《かんかく》が、今《いま》の榮の暗《くら》い感《かん》覺《かく》に白金《はくきん》のやうな光《ひかり》を帶《お》びて強《つよ》く映《えい》じてきた。それが榮には苦《くる》しい氣《き》がした。

榮は足《あし》を返《かへ》して待《まち》合《あひ》室《しつ》の方《はう》に行《い》つた。四方《あたり》が冷《つ》めたく陰氣《いんき》に靜《しつ》まつて、外《そと》の黑闇《くらやみ》が半分《はんぶん》滲染《にじ》み込《こ》んでゐるやうに、構内《こうない》の出口《でぐち》の方《はう》は暗《くら》かつた。電燈《でんとう》の光《ひか》りがどれも黑《くろ》く掠《かす》んで見《み》えた。そこいらに廢滅《はいめつ》の腐《くさ》れが潜《ひそ》んでゐるやうに、廣《ひろ》い構内《こうない》が唯暗《たゞくら》く深《しん》としてゐた。此中《このなか》を歩《ある》いてゐるのは自分《じぶん》ばかりのやうに思《おも》はれたが、

少時《しばらく》すると、淋《さび》しく濡《ぬ》れしほたれた人等《ひとだち》がぽつ〳〵と右《みぎ》に左《ひだり》に歩《ある》いてゐる影《かげ》が見《み》えた。と、待合室《まちあひしつ》の前《まへ》に錄子《ろくこ》が榮の來《く》る方《はう》を向《む》いて立《たつ》てゐた。榮は錄子《ろくこ》を見《み》ると、手紙《てがみ》で云《い》つて來《こ》たとは、全《まつた》く彼《あ》の人《ひと》の空想《くうさう》ではなかつたのだと云《い》ふことをふと思《おも》つた。俄に切實《せつじつ》なものが自分《じぶん》の胸《むね》に打《ぶ》つ衝《つ》かつて來《き》たやうな感《かん》じがして、榮は友達《ともだち》の顏《かほ》を奇蹟《きせき》を見詰《みつ》めるやうにぢつと見《み》ながら立止《たちどま》つた。錄子《ろくこ》は今夜《こんや》は上品《じやうひん》に美《うつく》しい顏《かほ》をしてゐた。荒《あら》い縞《しま》のコートを長《なが》く着《き》てすんなりと立《た》つてゐた。水淺黄《みづあさぎ》の地《ぢ》に縫《ぬ》ひのある半襟《はんゑり》が、質素《じみ》なその服裝《なり》の上《うへ》に悲《かな》しい花《はな》のやうに際立《きはだ》つた色《いろ》を點《てん》じてゐた。全体《ぜんたい》に仇《あだ》つぽく意氣《いき》に見《み》えて、その癖灑酒《くせあつさり》してゐた。暫時《しばらく》自分《じぶん》の世《よ》を捨《す》てゝ行《ゆ》くと云《い》ふやうな沈《しづ》んだ態度《たいど》が、懷《なつ》かし氣《げ》な印象《いんしやう》深い影《かげ》をとめてゐた。錄子《ろくこ》は默《だま》つて會釋《ゑしやく》した。

暗い空

田村俊子

四十八

二人《ふたり》は連《つ》れ立《だ》つて室《へや》の中《なか》に入《はい》つたが、錄子《ろくこ》が思《おも》ひついて又外《またそと》に出《で》た。二人《ふたり》は二階《かい》に上《あが》つてそこに設備《もうけ》られてある西洋料理《せいやうれうり》の店《みせ》の入《い》り口《くち》で下駄《げた》を脱《ぬ》いだ。直《す》ぐ出端《ではな》の食卓《よくたく》に西洋人《せいやうじん》が一人《り》ゐて、今入《いまはい》つて來《き》た女《をんな》の方《はう》を振返《ふりかへ》つて眺《なが》めてゐた。二人《ふたり》は隅《すみ》の窓《まど》際《さい》の食卓《よくたく》に行《いつ》て並《なら》んで腰《こし》をかけた。卓《テーブル》の周圍《しうゐ》の何《なに》も彼《か》もひそやかに溜《ため》息《いき》を吐《つ》いて薄濕《うすじめ》りしてゐた。卓《テーブル》の上《うへ》の四季《き》咲《さ》きの小《ちひ》さい薔薇《ばら》も瞼《まぶた》を合《あ》はせてるやうに、明《あか》りの蔭《かげ》に眠《ねむ》つてゐた。客《きやく》が自分《じぶん》の前《まへ》にあるのを知《し》つてゐながら、何《ど》うしても目《め》が覺《さ》めないでゐると云《い》ふやうに、濃《こ》い牡丹色《ぼたんいろ》をしたその花《はな》は夜更《よふ》けの灯《ひ》のなかにうつとりと息《いき》をひそめてゐた。榮は其花《はな》に眼《め》を遣《や》つてゐた。

「もう二十分《ぷん》ほどしきや間《ま》がないんです。」

錄子《ろくこ》が何《なに》か給仕《きふじ》に云《い》ひ付《つ》けてから、初《はじ》めて榮に向《む》いて口《くち》を開《ひら》いた。榮は其聲《そのこゑ》を絡《から》むやうな思慕《しぼ》の情《じやう》で耳《みゝ》にした。長《なが》い間《あひだ》の二人《り》の交友《かういう》の年月《ねんげつ》がこの一時《いつとき》に、濃《こま》やかな情誼《じやうぎ》と親愛《しんあい》とで壓搾《あつさく》されたやうな、はげしい懷《なつ》かしさが込《こ》み上《あが》つてきた。

「手紙《てがみ》はほんとうだつたんですね。」

榮は熱情《ねつじやう》に戰《ふる》へるやうな眼《め》で友達《ともだち》の顏《かほ》を見《み》た。長《なが》い年月《としつき》この友達《ともだち》の生活《せいくわつ》を自分《じぶん》は見《み》て來《き》たと云《い》ふことがふと榮に思《おも》はれた。その間《あひだ》多《おほ》くの會《くわい》に出《しゆつ》品《ぴん》した畫《ゑ》が評判《ひやうばん》になつて、美術界《びじゆつかい》に友達《ともだち》は匂《にほ》ひの深《ふか》い花《はな》を咲《さ》かした。その畫《ゑ》を製作《せいさく》してゐる友達《ともだち》を自分《じぶん》は幾《いく》度《ど》あの畫室《ぐわしつ》で見《み》たことだらう。箱《はこ》を一《ひ》とつ持《も》つて友達《ともだち》は畫《ゑ》を描《か》きに旅《りよ》、して歩《ある》くことがあつた。友達《ともだち》はそんな時《とき》、いつも洋裝《やうさう》でゐた。その鼻《はな》の爲《ため》に混血兒《あひのこ》のやうに見《み》えると自分《じぶん》はよく友達《ともだち》に云《い》つて笑《わら》つた。自分《じぶん》が一《いつ》所《しよ》に行《ゆ》き度《た》いと思《おも》ふ時《とき》でも、友達《ともだち》は畫《ゑ》を描《か》く爲《ため》に旅行《りよかう》をする時《とき》は連《つ》れ立《だ》つことを拒《こば》み〱した。

「佛蘭西《フランス》なんかでも女《をんな》の畫描《ゑか》きは男《だん》裝《さう》して歩《ある》くんですからね。ほんとに女《をんな》は仕事《しごと》が出來《でき》ないのね。」

友達《ともだち》がそんな事《こと》を云《い》つてスケツチに行《ゆ》く時《とき》などは態《わざ》とらし男性的《だんせいてき》な擧動《きよどう》があつた。自分《じぶん》はそれを面白《おもしろ》く感《かん》じてゐた。だが然《さ》うして畫《ゑ》の爲《ため》に飛んで歩《ある》いたとは一時《いちじ》で、友達《ともだち》は室《へや》に籠《こも》つて考《かんが》へながら奇麗《きれい》な畫《ゑ》を描《か》く樣《やう》になつた。友達《ともだち》は其頃《そのころ》から遊《あそ》びが多《おほ》くなつて、移《うつ》り氣《げ》な戀《こひ》に浮身《うきみ》をやつしたりした。自分《じぶん》は友達《ともだち》の興奮《こうふん》しながら製作《せいさく》を産《う》んでゆく力《ちから》を目前《もくぜん》に見《み》たり、藝術《げいじゆつ》の豐《ゆた》かな生命《せいめい》の感覺《かんかく》に身近《みぢか》に觸《ふ》れたりしながら、又《また》、友達《ともだち》の放《はう》埒《らつ》な戀《こひ》をも一分《ぶん》一秒《べう》の變轉《へんてん》まで知《し》り盡《つく》してゐた。そうしてその間《あひだ》、自分《じぶん》は何一《なにひ》とつ爲《す》る事《こと》なしに過《す》ぎてきた。友達《ともだち》の絢爛《けんらん》な豐富《ほうふ》な生活《せいくわつ》を見詰《みつ》めながら、自分《じぶん》は丁度《ちやうど》あの父《ちゝ》のやうに徒《いたづら》にある物《もの》を探《さが》し求めながら、齷《あく》齪《せく》としてきた。

「けれども私《わたし》は家《うち》へ行《ゆ》くのがたいへんに嬉《うれ》しいんですよ。最初《さいしよ》家《うち》へ

行《ゆ》くと極《き》めた時《とき》に自分《じぶん》はどんな氣《き》がするだらうと思《おも》つたんですけれ共《ども》、其《そ》れが少《すこ》しも苦痛《くつう》ではなかつたんです。え、ちつとも苦痛《くつう》ではないんですの。だから家《うち》へ歸《かへ》りたいと思《おも》つてゐるうちに私《わたし》は早《はや》く歸《かへ》つて了《しま》はうと思《おも》ふんです。家《うち》へ行《い》つたら勉強《べんきやう》します。もう前途《さき》が見《み》えてゐるやうで私《わたし》は却《かへ》つて嬉《うれ》しくつてたまらないんです。兩《りやう》親《しん》に話《はな》すのはそんなに億劫《おくくう》なをではないと思《おも》つて安心《あんしん》してゐるんです。」

榮《さかえ》が氣《き》が付《つ》くと、錄子《ろくこ》は小供《こども》らしい調子《てうし》で斯云《かうい》つてゐるのが耳《みゝ》に入《はい》つた。錄子《ろくこ》の眼《め》が輝《かゞや》いてゐた。友達《ともだち》が今夜《こんや》は案外《あんぐわい》氣輕《きがる》い風《ふう》でゐ ると榮《さかえ》は思《おも》つた。然《さ》う思《おも》ふと同時《どうじ》に、友達《ともだち》の体内《たいない》に醸《かも》された秘密《ひみつ》が、今迄《いままで》になく榮《さかえ》には重大《ぢゆうだい》なをのやうな氣《き》がしてきた。

「其《そ》れで一切《さい》が清浄《きれい》に洗《あら》ひ盡《つく》されてしまふだらうか。この人《ひと》は全《まつた》く兩親《りやうしん》に臆面《おくめん》なく打明《うちあ》けられるだらうか。」

榮《さかえ》は今初《いまはじ》めてそんな事《こと》が考《かんが》へられた。

暗い空

田村俊子

四十九

二人《ふたり》が重《おも》く沈黙《ちんもく》してゐる間《あひだ》に直《ぢ》きに時間《じかん》が經《た》つた。錄子《ろくこ》は立《た》ちながら思《おも》ひ出《だ》して聞《き》いた。

「お父《とう》さんはあの日《ひ》に歸《かへ》つてゐらしつたのですか。」

「え、あの日《ひ》に。」

榮《さかえ》は短《みじか》く斯《か》う返事《へんじ》してから、この場《ば》合《あひ》に錄子《ろくこ》の口《くち》から父《ちゝ》のことを尋《たづ》ねられたのが奇異《ふしぎ》な氣《き》がした。と、あの父《ちゝ》が自分《じぶん》たちの顏《かほ》を見《み》ると直《す》ぐに、それが親《おや》の体面《たいめん》にでも關《かゝ》はるやうに女《をんな》の品行《ひんかう》とか墮落《だらく》とか云《い》つて其《そ》れを戒《いまし》めたり、年頃《としごろ》の娘《むすめ》に對《たい》する疑《うたが》ひを挿《はさ》んだりした口吻《くちぶり》が、榮《さかえ》の胸《むね》に閃《ひらめ》いた。

「あなたはね。家《うち》へ歸《かへ》つても御兩親《ごりやうしん》になんにも云《い》はないうちに、直《す》ぐ又《また》東京《とうきやう》へ出《で》てゐらつしやる樣《やう》な事《こと》になりはしないでせうか。まあこんな風《ふう》に云《い》つても惡《わ》るくなければ——なあたはきつと、もう一度峰夫《みねを》さんのところへ歸《かへ》つてらつしやる樣《やう》な氣《き》がしますよ。」

「然《さ》うでせうか。そんな事《こと》があるでせうか。」

錄子《ろくこ》は其《そ》れを聞《き》くと、自分《じぶん》のそつと除《よ》けておいた曖昧《あいまい》な、不確《ふたしか》な、又《また》ある無謀《むぼう》な考《かんがへ》にふと指《ゆび》を觸《ふ》れられたやうに思《おも》つてびつくりした。

「もうこゝへ來《き》て私《わたし》はなんにも考《かんが》へたくない。今《いま》は家《うち》へ歸《かへ》りたいのだから歸《かへ》つてしまはうと思《おも》つてゐるのです。私《わたし》は父《ちゝ》に救《すく》つて貰《もら》はうと思《おも》つて歸《かへ》るんですもの。父《ちゝ》にすつかり話《はなし》をするのが苦痛《くつう》でも何《なん》でもないのです。却《かへ》つて今《いま》の私《わたし》にとつてはどんなにか自由《じいう》になれる氣《き》がしてゐるし、すつかり父《ちゝ》に自分《じぶん》の生活《せいくわつ》を宜《よ》くして貰《もら》へると思《おも》つて信《しん》じてゐるんですもの。私《わたし》は今日《けふ》も一日《にち》考《かんが》へてゐたんです。私《わたし》には何《ど》うしたつて畫《ゑ》は捨《す》てられないんですから。」

錄子《ろくこ》は俯向《うつむ》いて云《い》つた。この身体《からだ》を曳摺《ひきず》つて何《ど》うして自分《じぶん》は再《ふたゝ》び此方《こつち》へ引《ひ》つ返《かへ》して來《こ》やう。だが若《も》し何《ど》うしても自分《じぶん》の心《こゝろ》を父《ちゝ》が解《わか》つてくれなかつたら——そんな事《こと》は今《いま》考《かんが》へなくてもいゝことだ。あの畫室《ぐわしつ》のベッドの上《うへ》の暗《くら》い戸棚《とだな》から強《つよ》い酒《さけ》の瓶《びん》を取《と》り出《だ》す自分《じぶん》の姿《すがた》を、二度《ど》と彼所《あそこ》で見出《みいだ》したくはない。錄子《ろくこ》はぢつと其《そ》の思《おも》ひを堅《かた》くして默《だま》つた。

「だけれど私《わたし》はこんなに思《おも》ひますよ。あなたは然《さ》うして自分《じぶん》の周圍《しうゐ》を蹴《け》つてお父《とう》さん一人《ひとり》に縋《すが》らうと思《おも》つ

暗い空

五〇

田村俊子

てゐても、家《うち》へ歸《かへ》つてからあなたの戀《こひ》が眞劍《しんけん》になつて燃《も》えてくるにきまつてゐます。私《わたし》は然《さ》うなくちやならないと思《おも》つてゐるのです。私《わたし》は何方《どつち》かと云《い》へばその時《とき》の來《く》るのを待《ま》つてゐますよ。峰夫《みねを》さんの爲《ため》にも。」この人《ひと》がやがて子《こ》を生《う》むのである。榮《さかえ》は幾月《いくつき》か後《のち》の友達《ともだち》の上《うへ》に思《おも》ひが走《は》せた。この友達《ともだち》の肉体《にくたい》から小《ちひ》さく可《か》愛《あい》らしく一《ひと》つの肉体《にくたい》が分《わ》けられるのである。然《さ》うして其《そ》れには峰夫《みねを》の血《ち》と肉《にく》が交《ま》じつてゐるのである。自《じ》分《ぶん》は長《なが》い間《あひだ》この友達《ともだち》の生活《せいくわつ》を見《み》て來《き》た。と榮《さかえ》は又《また》思《おも》つた。友達《ともだち》の体内《たいない》に芽生《めばえ》て行《ゆ》くその小《ちひ》さな生命《せいめい》を榮《さかえ》は密《ひそか》になつかしく感《かん》じた。然《しか》し直《す》ぐにこの幻想《げんさう》は消《き》えてしまつた。それは「父《ちゝ》の傍《そば》にもゐられなくなるとしても、私《わたし》はあの人《ひと》のところへは歸《かへ》つて來《こ》ないのです。」然《さ》う強《つよ》く云つた錄子《ろくこ》の顏《かほ》を、榮《さかえ》が階段《かいだん》の下《お》り口《くち》の電燈《でんとう》の下《した》で見《み》た時《とき》である。錄子《ろくこ》の顏《かほ》は蒼白《あをしろ》く引《ひ》き緊《し》まつてゐたがその眼《め》が殊《こと》に鋭《するど》く光《ひか》つてゐた。榮《さかえ》は驚《おどろ》いて友達《ともだち》の娘《むすめ》を見《み》た。今《いま》までは嘗《かつ》て知《し》つたことのない眼付《めつき》であつた。榮《さかえ》は友達《ともだち》の性情《せいじやう》のある厭《いと》はしい一《ひと》つを偶然《ぐうぜん》その眼《め》によつて覗《み》せられたと思《おも》つたほど、その殘忍《ざんにん》な眼《め》の光《ひか》りをいやに思《おも》つた。

二人《り》は靜《しづか》にプラットフォームを通《とほ》つた。

「たつた、あなたが一人《り》で旅《たび》をするやうですね。」

榮《さかえ》は汽車《きしや》を見《み》ながら云《い》つた。長《なが》い道《だう》程《てい》を衞《まも》つてゆく車室《しやしつ》の灯《ひ》は、暗黑《あんこく》な人間《にんげん》生活《せいくわつ》を背景《はいけい》にして踊《をど》り狂《くる》つてる若者《わかもの》のやうに、黑《くろ》く疲弊《ひへい》した車体《しやたい》のなかで元氣《げんき》に滿《み》ちた輝《かゞや》かしい笑《わら》ひをその空虚《からつぽ》な車室《しやしつ》の窓《まど》から投《な》げてゐた。僅《わづか》な旅行《りよかう》の人〻《ひと〴〵》がその灯《ひ》を目《め》がけてばら〳〵と走《はし》つて行《い》つた。雨《あめ》の音《おと》が何處《どこ》からか響《ひゞ》いてゐた。榮《さかえ》は殘忍《ざんにん》な友達《ともだち》の眼《め》の光《ひかり》を見《み》てから、何《なん》となく興《きよう》ざめて心《こゝろ》が解けなくなつてゐた。この別《わか》れに對《たい》しても熱《ねつ》が醒《さ》めたやうに思《おも》つた。友達《ともだち》の戀《こひ》も、友達《ともだち》の生活《せいくわつ》も、友達《ともだち》の藝術《げいじゆつ》も、あの殘忍《ざんにん》な眼《め》の光《ひかり》の中《なか》に總括《そうくわつ》されるのだと思《おも》つた時《とき》榮《さかえ》はもうすつかり疎《うと》ましくなつた。然《しか》しその感情《かんじやう》の癖《くせ》も一時《じ》で消《き》えてゐた。手《て》を握《にぎ》り合《あ》つて斯《か》うして友達《ともだち》を送《おく》つてゆくうちに、悲《かな》しみが輕《かる》くその胸《むね》を掬《すく》つたからであつた。

「今度《こんど》あなたに逢《あ》ふ時《とき》は私《わたし》は何《ど》うなつてゐるか分《わか》りませんね。」

榮《さかえ》は思《おも》ひに沈《しづ》んで云《い》つた。

「あなたは自分《じぶん》の運命《うんめい》を自分《じぶん》で救《すく》ふことが出來《でき》るけれども、私《わたし》は自分《じぶん》の運命《うんめい》に虐《しひた》げられなくちやならないんです。ほんとうに私《わたし》は明日《あした》からどんな事《こと》をするか分《わか》らないんですよ。」

錄子《ろくこ》は何故《なぜ》榮《さかえ》が然《さ》う云《い》ふのか分《わか》らなかつた。そうしてその言葉《ことば》を意味《いみ》あらしく聞《き》いてゐたが、何《なに》も云《い》はずにゐた。錄子《ろくこ》は今《いま》きつくある恥《はづ》かしさを感《かん》じたので口《くち》が交《き》けなかつたのである。

錄子《ろくこ》は唐突《たうとつ》にあらゆる知人《ちじん》を思《おも》ひ出《だ》してゐた。誰《たれ》も彼《か》れも一《いち》時《じ》にその記憶《おぼえ》から群《むら》がつてゐた。然《さ》うして其《そ》の人《ひと》たちに隱《かく》れ忍《しの》んで都《みやこ》を出《で》てゆく自《じ》分《ぶん》の姿《すがた》を錄子《ろくこ》は自《みづか》ら振返《ふりかへ》つて眺《なが》めた、その姿《すがた》の上《うへ》に自分《じぶん》の魂《たましひ》を點《てん》じた時《とき》、錄子《ろくこ》は恥《はづ》かしかつた。錄子《ろくこ》はその恥辱《ちじよく》の思《おも》ひに反抗《はんかう》することもできないで、唯《たゞ》無言《むごん》のまゝ其《そ》の思《おも》ひを嚙《か》んでゐた。

「左樣《さやう》なら。」

これ限《かぎ》りで、お互《たがひ》に深《ふか》い言葉《ことば》は見付《みつ》からないやうな氣《き》がした。錄子《ろくこ》は車《しや》室《しつ》に上《のぼ》つて榮《さかえ》の方《はう》を振返《ふりかへ》つて少時《しばらく》立《た》つてゐた。

「身體《からだ》だけは――」

榮《さかえ》は然《さ》う云《い》はうとしたが、それも直《す》ぐに口《くち》へ出《で》てこなかつた。悲《かな》しみの倦怠《けんたい》がその肉《にく》を痲《し》痺《び》らせてゐるやうに、車室《しやしつ》に上《のぼ》つた友達《ともだち》の顔《かほ》を見《み》ると、榮《さかえ》は舌《した》を動《うご》かすこともできなかつた。錄子《ろくこ》は室内《しつない》にはついて窓《まど》を明《あ》けた。

六

「江上《えがみ》は何《ど》うしたんだらうと云《い》つて聞《き》く人《ひと》があるでせうね。あなたに。」

錄子《ろくこ》は蒼《あを》く微笑《びせう》しながら云《い》つた。自《じ》分《ぶん》の關係《くわんけい》してゐる委員會《ゐゐんくわい》の同人《どうじん》たちに、東京《とうきやう》が厭《いや》になつて旅行《りよかう》がしたくなつた、當分《たうぶん》行先《ゆくさき》の定《さだ》まらない旅《たび》に出《で》ると云《い》ふ端書《はがき》を、ある驛《えき》から送《おく》らうとしたことなどを錄子《ろくこ》は今更《いまさら》卑怯《ひけふ》なことだと思《おも》つた。

「もし聞《き》く人《ひと》があつたら、事實《じじつ》を云《い》つておいて下《くだ》さない。」

榮《さかえ》は默《だま》つて首背《うなづ》いた。自分《じぶん》に友達《ともだち》のことを聞《き》く人《ひと》があつても、自分《じぶん》の口《くち》から何《なに》も事實《じじつ》を明《あき》らかにして話《はなし》をする要《えう》はないと思《おも》ひながら、榮《さかえ》はたゞ首背《うなづ》いてゐた。そうして、友達《ともだち》はやつばり興奮《こうふん》してゐると榮《さかえ》は思《おも》つた。

汽車《きしや》はゆる〳〵と出《で》て行《い》つた。

暗い空

田村俊子

五一

家《うち》へ着《つ》いた頃《ころ》には雨《あめ》が降《ふ》りやんでゐた。空氣《くうき》が淀《よど》んで、更《ふ》けた町《まち》が寂寞《ひつそり》と寢鎭《ねしづ》まつてゐた。自分《じぶん》の家《うち》も靜《しづ》かに戸《と》が閉《さ》されてゐた。足許《あしもと》を薄《うす》く照《て》らしてゐる隣家《となり》の軒燈《けんとう》の灯《ひ》をなつかしみながら、榮《さかえ》は家《うち》の木戸《きど》を押開《おしひら》いた。入《い》り口《ぐち》で何《なに》かしてゐた咲子《さきこ》は其所《そこ》から身体《からだ》を動《うご》かす音《おと》を聞《き》かして、そつと障子《しやうじ》をあけた。垣根《かきね》の薔薇《ばら》が冷《つ》めたく潜々《ひそ〳〵》と雨《あめ》に匂《にほ》つてゐた。

「締《し》めてもいゝ？」

「え、何《ど》うぞ。」

格子《かうし》の内《うち》と外《そと》で斯《か》う口《くち》を交《き》き合《あ》つてから、榮《さかえ》は木戸《きど》を支《か》つて戸締《とじま》りをして内《うち》にはいつた。


「お父《とう》さんは。」

「歸《かへ》つてゐらつしたんです。今《いま》お寐《やす》みなすつたばかりのところ。」

薄暗《うすぐら》い入《い》り口《ぐち》で、咲子《さきこ》は父《ちゝ》の濡《ぬ》れたものを始末《しまつ》してゐたので、父《ちゝ》の着物《きもの》の裾《すそ》などが泥《どろ》によごれた儘壁《まゝかべ》にかゝつてゐた。

「今夜《こんや》はそんなに醉《よ》つてゐなかつたんですよ。何所《どこ》かで自働車《じどうしや》にはねを上《あ》げられたんですつて。たいへんな泥《どろ》ですわね。」

咲子《さきこ》はその裾《すそ》を引《ひ》つ張《は》つて姉《あね》に示《み》せた。

二人《ふたり》は茶《ちや》の室《ま》にはいつた。そこには座敷《ざしき》いつぱいに榮《さかえ》の床《とこ》も敷《し》いてあつた。榮《さかえ》は隣《とな》りの自分《じぶん》の部屋《へや》と定めた例《いつも》の座敷《ざしき》に父《ちゝ》が寐《やす》んでゐるのだと思《おも》ふと、何《なん》となく恐《おび》えた氣《き》がされた。胸《むね》が緊《し》まつて、神經《しんけい》が鋭《するど》く聽覺《ちやうかく》に集《あつ》まつて、顳顬《こめかみ》がちんとした。

「姉《ねえ》さんの事《こと》を聞《き》いて。こんなに遲《おそ》く何處《どこ》へ行《ゆ》くんだつて云《い》つてゐらしつた。何《なん》だか疑《うたぐ》つたやうな事《こと》をお父《とう》さんは云《い》つてらしつたから、私《わたし》は安《あん》心《しん》なさるやうに今夜《こんや》はよく云《い》つて上《あ》げたんですの。」

「友達《ともだち》を送《おく》つて行《い》つたつて。」

「えゝ然《さ》う云《い》ひましたの。まだ目《め》が覺《さめ》てらつしやるかも知《し》れませんわ。」

咲子《さきこ》は急《きふ》に聲《こゑ》を小《ちひ》さくした。それと同時《どうじ》に輕《かる》い咳《せき》が出《で》た。この頃《ころ》窶《やつ》れた爲《い》なのか、妹《いもと》の少《すこ》し反《そ》つ齒《は》の口許《くちもと》が今夜《こんや》は殊《こと》に薄命《はくめい》らしく目《め》に付《つ》くと思《おも》つた。

「咳《せき》が出《で》るのね。」

榮はそれを惡《わ》るい兆候《きざし》だと思《おも》ひながら、妹《いもと》の滑《なめ》らかに艶《つや》のない額《ひたひ》を見《み》た。

「身体《からだ》の工合《ぐあひ》は何《ど》うなの。」

「今《いま》は少《すこ》し良《い》いんですの。さつきお父《とう》さんが歸《かへ》つてゐらしつた頃《ころ》は泣《な》きたいやうに身体《からだ》が變《へん》だつたんですけれど。」

咲子《さきこ》は云《い》ひながら、一度《ど》締《し》めた帶《おび》を又解《またほど》きなどして床《とこ》に入《はい》つた。然《さ》ほどではないと自分《じぶん》で容体《ようだい》を輕《かる》く扱《あつか》ふ傍《そば》から、病氣《びやうき》はずん〱進《すゝ》んでくるやうな氣《き》がした。咲子《さきこ》は床《とこ》に入《はい》りながらそれを考《かんが》へてゐた。

「明日《あした》の朝《あさ》になつたらずつと快《よ》くなるだらう。」

咲子《さきこ》は然《さ》う元氣《げんき》をつけて見《み》ながら、朝《あさ》になつて床《とこ》を離《はな》れるのは太儀《たいぎ》に思《おも》はれた。それで後《あと》は姉《あね》とも口《くち》を交《き》かずに夜着《よぎ》の襟《えり》を深《ふか》く被《かぶ》つて、たゞ物《もの》の襲《おそ》つてくる「氣分《きぶん》が惡《わ》るい」感《かん》じのなかに、うつとりと眼《め》を閉《つぶ》らせた。

榮は疲《つか》れてゐながら床《とこ》に就《つ》かずに起《お》きてゐた。そうして、自分《じぶん》に迫《せま》らうとしてゐる惡《わ》るい運命《うんめい》をいろ〱な上《うへ》で豫期《よき》したし、榮は家《うち》へ入《はい》らうとした時《とき》垣根《かきね》の傍《そば》で幽《かすか》に匂《にほ》つた薔薇《ばら》の香《か》を今更《いまさら》戀ひしくその官能《くわんのう》に追《お》ひながら、何時《いつ》か昨年《さくねん》の錄子《ろくこ》の戀《こひ》の上《うへ》にその思《おも》ひがさまよひ返《かへ》つてゐた。

暗い空

田村俊子

五二

父《ちゝ》の眞作《しんさく》が歸《かへ》つて來《き》てからもう三週間《しうかん》經《た》つた。綠《みどり》が密《こまや》かになつて毎日《まいにち》雨《あめ》が降《ふ》りつゞいた。庭《には》の隅《すみ》に茸《きのこ》などが生《は》えて、垣根《かきね》の薔薇《ばら》が散《ち》つてしまつた。

歸《かへ》つた當時《たうじ》其所《そこ》此所《こゝ》と出《で》歩《ある》いてゐた父《ちゝ》は、この頃《ころ》は家《うち》に居付《ゐつ》いて、厚《あつ》ぼつたいネルを着《き》てぼんやり縁の下《した》に坐《すわ》り込《こ》んでゐた。市内《しない》の藥店《やくてん》と交涉《かうせふ》を求《もと》めて臺灣《たいわん》で產《さん》する鹽を手《て》擴《ひろ》く販賣《はんばい》しやうと云《い》ふ計畫《けいくわく》などがあつたやうであつた。眞作《しんさく》は名高《なだか》い藥店《やくてん》を一人《ひとり》して訪《たづ》ねて歩《ある》いたり、舊知《きうち》の人《ひと》で相應《さうおう》に財《ざい》を持《も》つてゐる人《ひと》たちに資《し》本《ほん》の借《か》り出《だ》しを謀《はか》つたりしたが、何《ど》れも思《おも》ふ樣《やう》には行《い》かないらしかつた。その中《なか》では相手《あひて》にしない人《ひと》などが多《おほ》かつた。父《ちゝ》は失望《しつばう》して何事《なにごと》も手《て》に付かなかつた。

叔母《をば》の鐵子《てつこ》が、眞作《しんさく》が歸《かへ》つてから初《はじ》めて彌生町《やよひちやう》を訪《おとづ》れたのは三週間目《しうかんめ》の日曜日《にちえうび》であつた。咲子《さきこ》が健康《けんかう》の勝《すぐ》れない身体《からだ》を無理《むり》して、千葉《は》へ行《い》つてから四日《か》目《め》であつた。

「身體《からだ》の方《はう》は此方《こつち》へ來《き》てから却《かへ》つていゝのですが、この家《うち》の家庭《かてい》がだらしがなくつて誠《まこと》に張《は》り合《あ》ひがないのです。敎《をし》へる子《こ》は私《わたし》と同《おな》じ名《な》なのです。何《なに》か因緣《いんねん》があるやうです。思《おも》つたほど白痴《はくち》ではないやうです。舌《した》が少《すこ》し釣《つ》れるのです、私《わたし》にはまだ少《すこ》しも馴《な》れません、お父《とう》さんはいかゞですか。」

その日《ひ》の朝《あさ》咲子《さきこ》から斯《か》う云《い》ふ端書《はがき》が來《き》てゐた。叔母《をば》の鐵子《てつこ》も眞作《しんさく》から見《み》せられてこの端書《はがき》を讀《よ》んでゐた。

「彼女《かれ》は中々《なか〳〵》堅固《けんご》な考《かんが》へを持《も》つてゐます。そうして犧牲的《ぎせいてき》な精神《せいしん》で何《なん》でもやる氣《き》でゐますからね。」

鐵子《てつこ》は然《さ》う云《い》つて咲子《さきこ》が千《ち》葉《は》へ行《い》つたことをいろ〳〵と榮《さかえ》にも話《はな》させた。

「あなたはこの頃《ころ》何《なに》をしてゐるのです。」

その後《あと》で鐵子《てつこ》は榮《さかえ》に斯《か》う聞《き》いたから、榮《さかえ》が挨拶《あいさつ》ばかりに笑《わら》ひを見《み》せて何《なに》も云《い》はずにゐるのを見ると、

「この人《ひと》は何《なん》でも私《わたし》に云《い》はないのですかね。餘《よ》つ程《ほど》妙《めう》な人《ひと》ですね。何《なに》でも獨《ひと》り承知《しようち》なんすからね。」

と眞作《しんさく》に向《む》いて云《い》つた。

「文學《ぶんがく》なんぞはあなたのやうな境遇《きやうぐう》にゐるものゝ爲《す》ることでないと隨分《ずゐぶん》云《い》つて上《あ》げたんだが、やつぱり其《そ》の方《はう》に執着《しふちやく》してゐるんですね。空想《くうさう》ばかりで生《い》きて行《ゆ》かれる身分《みぶん》ぢやない

ぢやありまんか。それでも若干《いくら》かその方《はう》で收入《しうにふ》の付《つ》くやうにでもなりましたか。」

「いゝえ、ちつとも。」

「其《そ》れぢや困《こま》るでせう。よくやつて行《い》きますね。一体《たい》何樣《どんな》生活《せいくわつ》をしてゐるの。何《なに》をやつてゐるんです。」

榮《さかえ》が默《だま》つてゐると眞作《しんさく》は娘《むすめ》を庇《かば》ふやうに、また、自分《じぶん》の娘《むすめ》が碌《ろく》でない生《せい》活《くわつ》はしてゐないことを證明《しようめい》でもするやうに、

「榮《さかえ》も毎日勤《まいにちつと》めるところがあるんだ。」と云《い》つた。鐵子《てつこ》はその行《ゆ》く先《さき》を聞《き》いたけれども、眞作《しんさく》は知《し》つてゐて其《そ》れは告《つ》げなかつた。榮《さかえ》は父《ちゝ》が默《だま》つてゐるのは、役者《やくしや》なぞを職業《しよくげふ》にしてゐる女《をんな》の許《ところ》へ、働《はたら》きに行《ゆ》くと云《い》ふことを、鐵子《てつこ》にも恥《はぢ》がましく感《かん》じたからなのだらうと思《おも》つた。それが却《かへ》つて榮《さかえ》の胸《むね》にある反抗心《はんかうしん》を燃《も》えさせたけれども榮《さかえ》はおとなしく其《そ》れを鎭《しづ》めてゐた。

「姪《めひ》を二人《ふたり》捨《す》てゝしまつた氣《き》でゐたけれども。」叔母《をば》の癖《くせ》で、その語尾《ごび》を特《とく》に上《あ》げてふつと言葉《ことば》を切《き》つてから、

「斯《か》うして兄《にい》さんが歸《かへ》つて來《き》て見《み》れば矢《や》つ張《ぱ》り顏《かほ》を合《あ》はせなくてはならない。逢《あ》へば又《また》あなた方《がた》のことが氣《き》になるんですからね。」

叔母《をば》は意味《いみ》を含《ふく》めて輕《かる》く云《い》つた。

暗い空

田村俊子

五三

榮《さかえ》はその日《ひ》は築地《つきぢ》へ行《い》かなければならない用《よう》をひかへてゐた。マダムに金《かね》の上《うへ》で頼《たの》みたいこともあつた。機《をり》を見《み》て自分《じぶん》は外《そと》へ出《で》てゆかうと定《さだ》めながら、叔母《をば》の持《も》つて來《き》た土産物《みやげもの》などを開《ひら》いてゐた。室《へや》が暗《くら》いので臺所《だいどこ》と仕切《しき》りの障子《しやうじ》をあけると、引窓《ひきまど》の明《あか》りが射《さ》し込《こ》んできた。妹《いもうと》の咲子《さきこ》が大抵《たいてい》はこの室《へや》で引窓《ひきまど》の明《あか》りを頼《たよ》りに縫物《ぬひもの》をしたり、身体《からだ》が惡《わる》い時《とき》は殊《こと》に此薄暗《このうすぐら》い室《しつ》を好《この》んで蒲團《ふとん》に包《くる》まつて寢《ね》てゐた姿《すがた》などが榮《さかえ》に思《おも》はれた。

「何時《いつ》までもそんなふら〳〵した生《せい》活《くわつ》はやめる事《こと》ですね。すつと東京《とうきやう》へ落着《おちつ》いて終《しま》ひなすつたら宜《い》いでせ

う。年《とし》を考《かんが》へなくちやなりませんからね。彼方《あつち》へ行《い》つたつてもう好《い》いことなどはありやしませんから。榮《さかえ》も咲子《さきこ》ももう一人前《いちにんまへ》の女《をんな》で斯《か》うしてゐるんですからあなた一人《ひとり》ぐらゐは養《やしな》つて行《ゆ》かれないこともないでせう。」

「娘《むすめ》に養《やしな》つて貰《もら》ひたくはないんだからな。俺《おれ》はまあ、何《ど》うしても彼方《あつち》へ歸《かへ》るつもりでゐる。斯《か》うしてゐれば一日《いちにち》でも餘計《よけい》な費用《ひよう》がかゝるばかりだ。」

「それはあなたが酒《さけ》なんぞを飲《の》みたいと思《おも》ふからです。だから娘《むすめ》に養《やしな》つて貰《もら》ふことが窮屈《きうくつ》だなどゝ考《かんが》へるのです。榮《さかえ》が咲子《さきこ》に相當《さうたう》な養子《やうし》でもして、あなたは大人《おとな》しく孫《まご》の世話《せわ》でもするお祖父《ぢい》さんになつた方《はう》が宜《よ》しいと思《おも》ひますね。それが順當《じゆんたう》でせう。榮《さかえ》だつて咲子《さきこ》だつて獨《ひと》りで大《おほ》きくなつたんぢやありませんからね。學校《がくかう》の教育《けういく》にしてもあなたが充分《じうぶん》にさせたのだし、これまで不自由《ふじいう》な思《おも》ひも爲《し》ないで立派《りつぱ》に日《ひ》が過《す》ごせて來《き》たのは親《おや》のお蔭《かげ》なのだから。その位《くらゐ》なことは彼《あ》の女《をんな》たちの腦髓《あたま》にだつてあるでせう」

「俺《おれ》は然《さ》うは考《かんが》へてゐない。子供《こども》を教育《けういく》するのは親《おや》の義務《ぎむ》だ。其《そ》れを今《こん》日《にち》の恩義《おんぎ》にして彼《あ》れ等《ら》に養《やしな》つて貰《もら》ひたくはない。俺《おれ》は俺《おれ》でやる。彼《あ》れ等《ら》は彼《あ》れ等《ら》で何《なん》でもやるがいゝ。二人《ふたり》ながらお前《まへ》の考《かんが》へてゐるやうな人間《にんげん》ぢやない。中々《なか／＼》堅固《しつかり》したもんだ」

「それはあなたの眼《め》からは然《さ》うも見《み》えるでせう。あなたに能《よ》く似《に》て剛情《がうじやう》ですからね。我意《がい》が強《つよ》くつて、決《けつ》して人《ひと》の云《い》ふ事《こと》なぞは聞《き》かない性質《せいしつ》なんですから。全《まつた》く現今《いま》の女《をんな》には柔順《じうじゆん》なところがないのですよ。人《ひと》の言葉《ことば》に從《したが》ふのを恥辱《ちじよく》だと思《おも》つてゐるんですから。家《うち》の女《ひと》ばかりぢやありませんがね」

「何《なん》だ。お前《まへ》は教育者《けういくしや》ぢやないのか。教育者《けういくしや》の口《くち》からそんな事《こと》を云《い》つていゝのか。女學校《ぢよがくかう》の先生《せんせい》が今《いま》の若《わか》い女《をんな》は柔順《じうじゆん》でなくつて困《こま》ると云《い》つてゐていゝのか。其《そ》れで。」

「云《い》つたつて差支《さしつかへ》ないでせう。若《わか》い女《をんな》に接近《せつきん》してゐるからそんな事《こと》も云《い》へるんぢやありませんか。此《こ》の間《あひだ》の晩《ばん》のやうにお酒《さけ》に醉《よ》つぱらつて彼樣《あんな》下等《かとう》な風体《ようてい》をするやうなあなたに教育者《けういくしや》の心持《こゝろもち》は分《わか》らないでせう。」

それぎりで父《ちゝ》は默《だま》つてゐた。榮《さかえ》はその二人《ふたり》の話《はなし》を聞《き》きながら、何時《いつ》までも立《た》たずにゐた。

正誤　五〇回の終りの方に委員會とあるは畵の會の間違ひなり

暗い空

田村俊子

五四

叔母《をば》の鐵子《てつこ》も酒《さけ》の飲《の》ける口《くち》であつた。榮《さかえ》姉妹《きやうだい》がその家《いへ》に寄食してゐた間《あひだ》でも叔母《をば》は時々《ときどき》晩餐《ばんさん》に少《すこ》しづゝ飲《や》つてゐた。「内密《ないしよ》の樂《たの》しみ。」叔母《をば》は然《さ》う其《そ》れに名《な》を付《つ》けてゐた。今日《けふ》も父《ちゝ》に云《い》はれて榮《さかえ》はその膳《ぜん》を拵《こしら》へる爲《ため》に、裏口《うらぐち》から二三度《ど》出《で》たり入《はい》つたりした。妹《いもうと》が居《ゐ》なければこんな事《こと》にも榮《さかえ》には多《おほ》くの不自由《ふじいう》があつた。漸《やうや》くの手間《てま》で調《とゝの》へた物《もの》を叔母《をば》の前《まへ》に運《はこ》んで了《しま》ふと、榮《さかえ》はむつゝりとした顔付《かほつき》で茶《ちや》の室《ま》に戻《もど》つてゐた。

鐵子《てつこ》は黑《くろ》の單衣《ひとへ》羽織《はおり》を脫《ぬ》いで、打解《うちと》けた調子《てうし》になつて實家《じつか》の話《はなし》なぞを初《はじ》めてゐた。

「片眼《かため》を失《な》くしても三百圓《ゑん》のお金《かね》の方《はう》が欲《ほ》しいと云《い》ふんです。」

それは群馬《ぐんま》の實家《じつか》の後《あと》を繼《つ》いでゐる眞作《しんさく》兄妹《けいまい》の大《おほ》きい兄《あに》の噂《うはさ》なのであつた。

眼《め》を病《わづら》つて二三年前《ねんまへ》に東京《とうきやう》の大學病院《だいがくびやうゐん》へ入《はい》つたことがあつたが、其《その》眼《め》を癒《なほ》すのには時日《じじつ》が要《い》るので費用《ひよう》の全部《ぜんぶ》を計算《けいさん》すると三百圓《ゑん》以上《いじやう》の格《たか》に上《のぼ》ると云《い》はれた。其兄《そのあに》は眼《め》を一《ひと》つ失《な》くしても片々《かた〳〵》の眼《め》が殘《のこ》れば物《もの》を見《み》るのに其《そ》れ程《ほど》の不便《ふべん》は感《かん》じないで濟《す》む。眼《め》を一《ひと》つ生《い》かす爲《ため》に三百圓《ゑん》を失《な》くすのは取返《とりかへ》しのならない損害《そんがい》だと云《い》つて病院《びやうゐん》を退《で》て田舍《ゐなか》へ歸《かへ》つてしまつた。歸《かへ》るとやがてその眼《め》は潰《つぶ》れた。大《おほ》きい兄《あに》はその後《のち》身體《からだ》は壯健《さうけん》で片眼《かため》で百姓《ひやくしやう》をしてゐるのであつた。榮《さかえ》は片眼《かため》喪ひて終《しま》つてからの伯父《をぢ》の顔《かほ》は一度《ど》も見《み》たことはなかつたが、三百金に代《か》へられなかつたその不具《ふぐ》の顔《かほ》を榮《さかえ》は時《とき》につれて淺間《あさま》しく思《おも》ひ浮《うか》べることがあつた。

「その時《とき》なんぞも一《ひ》と月《つき》も家《うち》に寢泊《ねとま》りして、砂糖袋《さたうぶくろ》に白豆《しろまめ》一升《しよう》のお土產《みやげ》だけです。田舍《ゐなか》の人《ひと》たちの吝嗇《りんしよく》なのには今更《いまさら》ながら驚《おどろ》いてしまふ。彼樣云《い》ふ人《ひと》たちとは人間並《にんげんな》みの交際《かうさい》も出《で》來《き》ませんね。」

「俺《おれ》が行《い》つて片眼《かため》だけのものを奪つてやる。」

父《ちゝ》の眞作《しんさく》は醉《よ》ひの廻《まは》つた高聲《たかごゑ》で然《さ》う云《い》つた。

「いまに天罰《てんばつ》で片《かた》つ方《はう》もつぶれるよ。馬鹿《ばか》な兄貴《あにき》だ。俺《おれ》はその內《うち》に出《で》かけて行《い》つて世間《せけん》はどんなものだと云《い》ふことを逐一敎《をし》へてやる。六十年《ねん》

間兄貴《あにき》なんぞは肥桶《こゑをけ》の底《そこ》より他《ほか》に見《み》たことがないんだ。まあ舍弟《しやてい》の様《ざま》を見《み》るがいゝさ。俺《おれ》はその内《うち》に出《で》かけて行《い》つて兄貴《あにき》のめつかちになつた顔《かほ》を能《よ》く見《み》てやらなくちやならない。」

昔《むかし》牧の家《いへ》から澤山《たくさん》な金《かね》が田舎《ゐなか》の兄《あに》の身《み》に就《つ》いても出《で》てゐることを眞作《しんさく》は繰返《くりかへ》した。現在《げんざい》兄《あに》が村《むら》で多額納税者《たがくなふぜいしや》の一人でゐられる様《やう》な身分《みぶん》になつたのも牧《まき》の家《いへ》のお蔭《かげ》だ。それから鐵子《てつこ》の學費《がくひ》も同《おな》じやうに牧《まき》の家《いへ》から出《で》て、牧《まき》の家《いへ》のお蔭《かげ》で然《さ》うして立派《りつぱ》に生《い》きて行《ゆ》かれることも眞作《しんさく》は口《くち》に出《だ》した。それは一寸《ちよいと》したことにも自分《じぶん》の權威《けんゐ》を妹《いもうと》の前《まへ》でも落《おと》したくない爲《た》めに、昔《むかし》の自分《じぶん》の兄妹《けいまい》に對《たい》する好意《かうい》を枷《かせ》にした言葉《ことば》だつたけれども、鐵子《てつこ》は今更《いまさら》牧《まき》の家《いへ》の舊《ふ》るい恩義《おんぎ》を引合《ひきあ》ひに出《だ》されたのが感情《かんじやう》をわるくして、二た言《こと》三言《みこと》眞作《しんさく》と爭《あらそ》つた。

「なあに牧《まき》の家《いへ》で何《なに》も爲《し》てくれなくつても、私《わたし》は相當《さうとう》に獨立《どくりつ》してやつてゐましたとも。私《わたし》が泣《な》き付《つ》いても世《せ》話をして貰《もら》つた譯《わけ》ぢやありません。妹《いもうと》なんぞに學費《がくひ》を貢《みつ》ぐとか何《なん》とか云《い》ふのも世間体《せけんてい》の見得《みえ》だつたんですあの頃《ころ》の牧《まき》の家《いへ》の。私《わたし》は然《さ》う云《い》ふ風《ふう》を榮《さかえ》の祖父《おぢい》さんからも散々《さんざん》見《み》せ付《つ》けられたし、それから義姉《ねえ》さん（榮《さかえ》の母《はゝ》）からも見《み》せ付《つ》けられたもんです。二た其《その》目《め》には田舎者《ゐなかもの》々々々と侮辱《ぶじよく》されながらお世話《せわ》になつたのです。人に鬱憤《うつぷん》を殘《のこ》すやうな恩義《おんぎ》なら與《あた》へない方《はう》が増《ま》しです。私《わたし》は一体牧《まき》の家《いへ》の者《もの》とは氣《き》が合《あ》はないんですからね。

「もう止《よ》せ。四十面下《つらさ》げて。假《か》りにも女教師《ぢよけうし》とか何《なん》とか云《い》ふ資格《しかく》を持《も》つたものが口《くち》にする言葉《ことば》か。」

「あなたにそんな事《こと》を云《い》ふだけの資《し》格《かく》があるんですか。私《わたし》に對《たい》して。」

「お前《まへ》は兄《あに》を侮辱《ぶじよく》するのか。」

榮《さかえ》は父《ちゝ》と叔母《をば》の口爭《くちあらそ》ひを、そこまで聞《き》いて默《だま》つて家《うち》を出《で》た。

暗い空

五五

田村俊子

榮は外《そと》の明《あか》るい空氣《くうき》に自分《じぶん》の肉《にく》を放《はな》して、大學構内《だいがくこうない》の鬱蒼《うつそう》とした樹木《じゆもく》の綠《みどり》を仰《あふ》いだ時《とき》に、漸《やうや》く父《ちゝ》の聲《こゑ》や叔母《をば》の聲《こゑ》が自分《じぶん》から遠《とほ》ざかつて行《い》つた。蛇《へび》の腹《はら》の樣《やう》に光《ひか》る叔母《をば》の顏《かほ》の色《いろ》や、左《ひだり》の鬢際《びんぎは》の一《ひと》と握《にぎ》りほどのもぢや〳〵とした縮《ちゞ》れた毛《け》の癖《くせ》や、鼻《はな》の下《した》に常《いつ》も長《なが》く延《の》ばしてゐる白《しろ》い生毛《うぶげ》など、見《み》るも厭《いや》な叔母《をば》の顏《かほ》が全《まつた》く消《き》えていつた。往來《わうらい》を歩《ある》いてゆく人《ひと》と同《おな》じに、父《ちゝ》も叔母《をば》も自分《じぶん》に取《と》つては關係《くわんけい》のない人間《にんげん》になつて心《こゝろ》からはなれた。感情《かんじやう》が冷《ひや》やかに落着《おちつ》いた。あの人々《ひと〴〵》の口《くち》からもうどんな言葉《ことば》が出《で》やうと、自分《じぶん》の血《ち》を厭惡《けんを》と侮蔑《ぶべつ》でふるはしは爲《し》ないのである。榮は和《やは》らいだ安《やす》らかな何《なん》にも負《お》ふものゝない氣持《きもち》になつて、手《て》にしてゐた洋傘《かうもり》を初《はじ》めてすつと開《ひら》いた。

綠《みどり》の粉《こな》から涼《すゞ》しい風《かぜ》が起《おこ》つて榮の眉《まゆ》を拂《はら》つた。蒼《あを》い空《そら》の下《した》に靑葉《あをば》を捲《ま》いて不穩《ふをん》を帶《お》びた黑《くろ》い雲《くも》が、群《むらが》つてゐたが、日光《につくわう》は陰《かげ》つてはゐなかつた。軒《のき》の低《ひく》い小《ちひ》さな商店《しやうてん》の看板《かんばん》に晝《ひる》の光《ひか》りが滿《み》ちてゐた。榮はその上《うへ》にも氣《き》を紛《まぎ》らす爲《ため》に、興味《きようみ》の眼《め》を開《ひら》いて、歩《ある》いてゆく途中《とちう》に在《あ》るものゝすべてを能《よ》く見《み》た。電信柱《でんしんばしら》が宇宙《うちう》を觀《くわん》じて哲學者《てつがくしや》のやうに突《つ》つ立《た》つてゐた。石塊《いしころ》が土《つち》の上《うへ》で光《ひか》りを浴《あ》びながら肩《かた》を突《つ》つ突《つ》き合《あ》つてふざけてゐた。石垣《いしがき》の下《した》の小溝《こみぞ》を流《なが》れる水《みづ》の小波《さゞなみ》にも、詩《し》の情緒《じやうちよ》がゆらめいてゐた。勞働者《らうどうしや》が一人《ひとり》、破《やぶ》れた麥藁帽子《むぎわらばうし》を被《かぶ》つて煙草《たばこ》をふかしながら、道傍《みちばた》に腰《こし》を落《おと》して兩膝《りやうひざ》を立《た》てゝゐた。煙《けむり》が緩《ゆる》く、紫《むらさき》いろに獅子《しし》の卷毛《まきげ》を描《か》いて空間《くうかん》に漂《たゞよ》つてゆく。その煙《けむり》の周圍《しうゐ》に薄《うす》い光《ひか》りが微動《びどう》してゐた。

「あの勞働者《らうどうしや》は何《なに》を考《かんが》へてゐる。」

榮はその前《まへ》を通《とほ》る時《とき》に然《さ》う思《おも》つた。

榮はふと父《ちゝ》が默《だま》つて煙草《たばこ》を吸《す》つてゐる時《とき》の姿《すがた》を思《おも》ひ出《だ》した。父《ちゝ》は引《ひ》つ斷《き》りなしに煙草《たばこ》をふかしては脊《せ》を丸《まろ》くして考《かんが》へてゐた。榮はその勞働者《らうどうしや》の姿《すがた》から何《なん》となく恐怖《きやうふ》を思《おも》ひ起《おこ》して急《いそ》いで通《とほ》り過《す》ぎた。通《とほ》り過《す》ぎてから、榮は振返《ふりかへ》つてもう一度勞働者《らうどうしや》を見《み》た。直覺的《ちよくかくてき》に、その男《をとこ》の姿勢《しせい》に何《なに》か正《たゞ》しい觀念《くわんねん》を表《あら》はしてゐるやうなところがあると思《おも》つた。

「あの人《ひと》はあらゆる人間《にんげん》の内《うち》で最《もつと》も

暗い空

田村俊子

五六

それから一時間《じかん》ほど後《のち》に榮は峰夫《みねを》の狭《せま》いアトリエにゐた。峰夫《みねを》は近所《きんじよ》に散歩《さんぽ》に出《で》てゐて不在《ふざい》だつたが、峰夫《みねを》の母親《はゝおや》が榮の名《な》を聞《き》くと自身《じしん》に出《で》てきて無理《むり》にこゝに上《あ》げたのである。

榮はその一《ひ》とつの椅子《いす》に腰《こし》をかけて、彼方《あち》此方《こち》に並《なら》んでゐる峰夫《みねを》の製《せい》作《さく》を見廻《みまは》してゐた。女《をんな》の顔《かほ》が三つ並《なら》んでゐるのがあつた。その顔《かほ》が錄子《ろくこ》に似《に》てゐると氣《き》付くと榮は立《た》つて行《い》つてその製作《せいさく》の前《まへ》に顔《かほ》を差出《さしだ》して眺《なが》めた。思《おも》ひきつて醜《みに》くゝ出來《でき》てゐるけれども、それはどれも錄子《ろくこ》の顔《かほ》であつた。粘土《ねんど》の冷氣《れいき》が榮の肌《はだ》に徹《し》み透《とほ》つて、その塑像《そざう》の唇《くちびる》から微《かす》

實直《じつちよく》な事《こと》を考《かんが》へてゐるのだらう。」そうして彼《かれ》の休息《きうそく》の時間《じかん》に、煙《けむり》をふきながら自分《じぶん》を自分《じぶん》の社會《しやくわい》から救濟《きうさい》することを考《かんが》へてゐるのだらう。あの男《をとこ》は煙《けむり》の中《なか》から自己《じこ》の靈《れい》を見詰《みつ》めてゐるに違《ちが》ひない。意識的《いしきてき》に高尚《かうしやう》な精神《せいしん》の動《うご》いてゐるやうな強《つよ》い眼《め》の光《ひかり》を持《も》つてゐた。父《ちゝ》のやうに酒飲《さけのみ》に濁《にご》つた眼《め》などはしてゐなかつた。卑《ひ》屈《くつ》にだれた皮膚《ひふ》の線《せん》などはあの男《をとこ》の顔《かほ》に見《み》られなかつた。自分《じぶん》の父《ちゝ》よりは遙《はるか》にその心《こゝろ》が向上《かうじやう》したところに在《あ》るのに違《ちが》ひない。そうして自分《じぶん》の父《ちゝ》よりはもつと立派《りつぱ》な風采《ふうさい》を持《も》つてゐる。自分《じぶん》の父《ちゝ》よりは――

ふつと其所《そこ》迄《まで》で考《かんが》への糸《いと》が切《き》れた。榮は眼眩《めまぐる》しく電車《でんしや》の往《ゆ》き交《か》ふ往來《わうらい》に立《た》つて、何處《どこ》へ行《ゆ》かうかと惑《まご》つた。築地《つきぢ》へ行《ゆ》く用《よう》はあるのだが、其方《そつち》へは心《こゝろ》が向《む》かなかつた。こんな時《とき》に錄《ろく》子《こ》の畫室《ぐわしつ》へでも遊《あそ》びに行《ゆ》きたいのだが、錄子《ろくこ》が居《ゐ》なくては其《そ》れも面白《おもしろ》くはなかつた。と、榮の胸《むね》がどきりとして、洋傘《かうもり》の中《なか》でその顔《かほ》がおのづと眞《ま》つ赤《か》になつた。榮は峰夫《みねを》のところへ行《ゆ》かうと思《おも》ひ付《つ》いたからであつた。それには二三日前《にちまへ》に來《き》た錄子《ろくこ》の手紙《てがみ》が榮の心《こゝろ》を誘《いざな》つたのだが、榮は峰夫《みねを》を訪《たづ》ねやうと決心《けつしん》すると躊躇《ためら》はずに直《す》ぐ道《みち》をその方《はう》に向《む》いた。あの人《ひと》の書齋《しよさい》にはいるのももう一年振《ねんぶ》りである。不思議《ふしぎ》な日《ひ》に廻《まは》り合《あは》せたことを榮は思《おも》ふひまもなく雜司《ざふし》ケ谷《や》へ行《ゆ》く方向《はうかう》を取《と》つて電車《でんしや》に乘《の》つた。

かに息《いき》が通《かよ》つてくるやうな物憂《ものう》い感《かん》觸《しよく》があつた。塑《そ》像《ざう》の顔《かほ》はこの瞼《まぶた》の周《しう》圍《ゐ》に冷笑《れいせう》を盛《も》つた眼《め》を緑色《みどりいろ》のカーテンの方《はう》に投《な》げてゐた。榮《さかえ》は虛無《からつぽ》な心《こゝろ》でそれ等《ら》を眺《なが》めてから、塑《そ》像《ざう》の眼《め》の投《なげ》られてゐるカーテンの方《はう》に歩《ある》いて行《い》つた。窓《まど》から黒《くろ》い森《もり》が見《み》えた。あの森《もり》の中《なか》に榮《さかえ》は峰夫《みねを》と錄子《ろくこ》と三人《にん》で一度《ど》行《い》つたことがあつた。それも今《いま》頃《ころ》で、その時《とき》は雨《あめ》が降《ふ》つてゐた。三人《にん》はわざと雨《あめ》の森《もり》の中《なか》を歩《ある》きに行《い》つたのだが、道《みち》が惡《わ》るくて足駄《あしだ》の齒《は》が埋《うつま》つて了《しま》ふので、面白《おもしろ》く歩《ある》き廻《まは》ることができなかつた。あの時《とき》の雨《あめ》の濕《しめ》つぽさが今《いま》も榮《さかえ》の身体《からだ》を犯《をか》してくるやうに感《かん》じられたが、今日《けふ》は黒《くろ》い森《もり》が晴《は》れてゐた。

友達《ともだち》は親《おや》の許《ところ》に歸《かへ》つてから、まだあの事《こと》を云《い》ひ出《だ》さずにゐる。「私《わたし》はMを氣狂《きちが》ひになるほど戀《こひ》しく思《おも》ふことがある」斯《か》ういふ錄子《ろくこ》の手紙《てがみ》の中《なか》の一句《く》を、榮《さかえ》は森《もり》を見《み》ながら辿《たど》つた。自分《じぶん》の淺《あさ》い思《おも》ひで豫知《よち》したやうに友達《ともだち》はきつと親《おや》の前《まへ》では何《なに》も云《い》ひ出《だ》さずに歸《かへ》つてくるだらう。そうして二人《り》の戀《こひ》はその時《とき》から又《また》一層《そう》強《つよ》く烈《はげ》しくなるのではないか。榮《さかえ》はそこから、靜《しづ》かに塑像《そざう》の顔《かほ》の方《はう》を見返《みかへ》つた。物体《ぶつたい》になつてそこに實在《じつざい》してゐる錄子《ろくこ》の顔《かほ》をいつまでも遠《とほ》くから見詰《みつ》めてゐるほど、その背《に》てゐるものゝ上《うへ》に映《えい》じた懷《なつ》かしい影《かげ》が冷《つ》めたく凝固《かたまつ》てゆくやうに思《おも》つた。友達《ともだち》へ對《たい》する愛慕《あいぼ》や同情《どうじやう》が粘土《ねんど》の匂《にほ》ひと冷氣《れいき》に吸《す》はれて自分《じぶん》の心《こゝろ》から消《き》えていつて、この粘《ねん》土《ど》を扱《あつか》つた作者《さくしや》の感情《かんじやう》がより多《おほ》く自《じ》分《ぶん》に向《む》いて動《うご》いてくるやうな氣《き》がした。そうして醜《みにく》い憎《にく》さ氣《げ》な塑像《そざう》の頬《ほゝ》の感覺《かんかく》ばかりが、榮《さかえ》の氣分《きぶん》を荒《あら》くした。榮《さかえ》は停車場《ステーシヨン》で別《わか》れる時《とき》に不圖《ふと》見《み》た錄子《ろくこ》の眼《め》の色《いろ》の不快《ふくわい》さを、この塑《そ》像《ざう》の表情《へうじやう》の上《うへ》で見付《みつ》けたと思《おも》つた。

「どうして戀人《こひびと》の塑像《そざう》をそんなにして作《つく》つて見《み》てゐるのだらう。其《そ》れは男《をとこ》のある怒《いか》りから？」

榮《さかえ》の胸《むね》に隱《かく》れたこの男《をとこ》の感情《かんじやう》から受《う》けたある和《やは》らかな動搖《どうえう》が兆《きざ》してゐた。其《そ》れは男《をとこ》を可愛《かあい》らしく思《おも》ふやうな意味《いみ》で。

「お久《ひさ》し振《ぶ》りでございましたね。」

と云《い》つて峰夫《みねを》の母親《はゝおや》がきた。榮《さかえ》はこの老人《としより》が先《せん》から好《す》きであつた。その年《とし》になるまで直接《ちか》に世間《せけん》に接《せつ》してこなかつたと云《い》ふやうな品《ひん》の好《い》い寛《ゆた》かな、無知《むち》な、そうして昔《むかし》の娘氣質《むすめかたぎ》をその儘《まゝ》殘《のこ》してゐるやうな未通女《おぼこ》らしさをこの老人《としより》は持《も》つてゐた。榮《さかえ》はこの老人《としより》に相對《あひたい》してゐると靜《しづか》に大人《おとな》しく優《やさ》しく微笑《びせう》して、老人《としより》の好《す》きな食物《しよくもつ》の話《はなし》や、この人《ひと》の孫《まご》の利發《りはつ》な可愛《かあい》らしさを何時《いつ》までゝも聞《き》いてゐてやり度《た》いやうに思《おも》ふのである。此人《このひと》の顏《かほ》を見《み》ると義務《ぎむ》などゝ云《い》ふ觀念《くわんねん》は忘《わす》れて了《しま》ふやうな氣《き》がした。榮《さかえ》は今《いま》も優《やさ》しく微笑《びせう》して老人《としより》の方《はう》に向《む》いた。

暗い空

田村俊子

五七

峰夫《みねを》の母親《はゝおや》は窓《まど》のカーテンを引《ひ》いて室《へや》の隅々《すみずみ》を明《あか》るくしたり、散《ち》らばつてる椅子《いす》を卓《テーブル》の周圍《しうゐ》に纏《まと》めたりした。自分《じぶん》も椅子《いす》に着《つ》くと榮《さかえ》の近頃《ちかごろ》の樣子《やうす》や妹《いもうと》の椅子《いす》まで、長《なが》く氣《き》にかゝつてゐたと云《い》ふ風《ふう》で、人好《ひとよ》く榮《さかえ》を見守《みまも》りながら尋《たづ》ねだした。いつも悠《いう》長《ちやう》な時《とき》の進行《しんかう》がこの人《ひと》の額《ひたひ》にかゝつてゐるやうに、穩《おだや》かな平和《へいわ》な素直《すなほ》な老《お》いが、美《うつく》しくその面《おもて》に刻《きざ》まれてゐるのを、榮《さかえ》は心持《こゝろもち》よく向《む》ひ合《あ》つて眺《なが》めた。前《ぜん》から此人《このひと》は榮《さかえ》姉妹《きやうだい》に母親《はゝおや》のないのを氣《き》の毒《どく》がつてゐた。榮《さかえ》が亡《な》くなつた母《はゝ》の追憶話《つゐおくばなし》をするのはこの人《ひと》だけに限《かぎ》つてゐた。榮《さかえ》は他人《たにん》に向《むか》つて然《さ》うした内輪《うちわ》の係累《けいるゐ》の話《はなし》などを爲《す》ることが嫌《きら》ひな方《はう》であつたが、この人《ひと》には何《なに》も構《かま》はずに話《はなし》ができた。然《しか》しそれは重《おも》に亡《な》くなつた母《はゝ》に對《たい》する思慕《しぼ》の情《じやう》を漏《も》らすためや、追憶《つゐおく》の悲《かな》しみの慰安《ゐあん》などにはならなくつて却《かへつ》てこの人《ひと》の慈悲《じひ》深《ぶか》い心《こゝろ》を一層《そう》滿足《まんぞく》させる爲《ため》に話《はなし》をしてゐるやうな場合《ばあひ》が多《おほ》かつた。この人《ひと》から自分《じぶん》の上《うへ》へ妹《いもうと》の上《うへ》を聞《き》かれたに對《たい》して、榮《さかえ》は峰夫《みねを》の妹《いもうと》になる人《ひと》の上《うへ》やその孫《まご》たちの健康《けんかう》などを尋《たづ》ねたりした。二人《ふたり》が丁寧《ていねい》な情思《じやうし》の柔《やはら》かな會話《くわいわ》を二たつ三つ交《か》はしてゐるうちに、峰夫《みねを》が歸《かへ》つて來《き》たと云《い》つて茶《ちや》を運《はこ》んできた女中《ぢよちう》が母親《はゝおや》に告《つ》げてゐた。峰夫《みねを》は直《す》ぐにその後《あと》から入《い》り口《くち》の扉に添《そ》つて姿《すがた》を見《み》せた、榮《さかえ》と顏《かほ》を見合《みあ》はせた時《とき》、峰夫《みねを》は非常《ひじやう》に厭《いや》な表情《へうじやう》を浮《うか》べて堅苦《かたくる》しく會釋《ゑしやく》した

が、傍《そば》に寄《よ》つて卓《たく》の向《むか》ふに廻《まは》ると、

「何《なん》だか珍《めづ》らしい氣《き》がしますね。」

と云《い》つて親《した》しさうな氣振《けぶ》りを、その擧動《きよこう》のどこやらに表《あら》はして榮《ゑい》と並《なら》んだ。榮《ゑい》は峰夫《みねを》の顔《かほ》を見《み》た咄嗟《さつさ》に、このアトリエに平氣《へいき》で人《ひと》を待《ま》つてゐた自分自身《じぶんじしん》を不快《ふくわい》に見出《みいだ》さずにはゐられなかつた。

「自分《じぶん》はこゝへ何《なに》をしに來《き》た？」

斯う云《い》ふ自身《じしん》の氣紛《きまぐ》れな曖昧《あいまい》さを、今《いま》の峰夫《みねを》の表情《へうじやう》で強《きつ》く省《かへり》みさせられたやうに思《おも》つて、榮《ゑい》は恥《は》ぢと自身《じしん》の厚《あつ》かましさとで苦《くる》しんだ、榮《ゑい》は顔《かほ》を赤《あか》くしながら母親《はゝおや》が立《た》つてゆくまで默《だま》つてゐた。

「彼方《あつち》の室《へや》へ行《ゆ》きませうか、此塲《こゝ》は散漫《さんまん》で可《い》けませんから。」

峰夫《みねを》は立《た》ちにかゝつたが榮《ゑい》は直《ぢ》きにお暇《いとま》するからと云《い》つて其儘《そのまゝ》でゐた。

峰夫《みねを》は榮《ゑい》に錄子《ろくこ》の粘土《ねんど》の顔《かほ》を見《み》られる事《こと》が氣《き》になつて、此塲《こゝ》に居《ゐ》るのが面白《おもしろ》くなかつた。

「僕《ぼく》は今《いま》此塲《こゝ》にゐたくないんだから。彼方《あちら》へ行《い》つてから直《ぢ》きにお歸《かへ》りになつたら宜《い》いでせう。」

と云《い》ひつ放《はな》しにして先《さ》きにずん〳〵と出《で》て行《い》つた。其《そ》れで仕方《しかた》なしに榮《ゑい》もその後《あと》に尾《つ》いて其所《そこ》を出《で》た。何所《どこ》からも光線《くわうせん》の入《はい》つてこない暗《くら》い廊下《らうか》を越《こ》すと、右手《みぎて》の小《ちひ》さい室《へや》の扉を開《あ》けて峰夫《みねを》は入《はい》つた。書物《しよもつ》と雜誌《ざつし》と埃《ほこり》で亂雜《らんざつ》になつてゐる疊《たゝみ》の上《うへ》に椅子《いす》が二《ふ》たつあつた。郊外《かうぐわい》の空《そら》が海《うみ》のやうに洋々《やう〳〵》として、硝子窓《ガラスまど》いつぱいに映《うつ》つて見《み》える。榮《ゑい》はその空《そら》を眺《なが》めながら入《い》り口《ぐち》のところに立《た》つた。

「どうぞ。」

峰夫《みねを》は椅子《いす》に腰《こし》をかけながら丁寧《ていねい》に手《て》で招《せう》じて、もう一《ひ》とつの椅子《いす》を榮《ゑい》の方《はう》にすゝめた。峰夫《みねを》は血色《けつしよく》のいゝ顔《かほ》をしてゐた。肩《かた》などが男《をとこ》らしく聳《そび》えてゐた。榮《ゑい》は扉を閉《し》めて室内《なか》にはいつた。出來《でき》るだけ務《つと》めても、相手《あひて》の些細《ささい》な感情《かんじやう》をも同感深《どうかんぶか》く待遇《あしら》はうとする平常《いつも》の人《ひと》に對《たい》する峯夫《みねを》の好《い》い癖《くせ》が、その態度《たいど》の上《うへ》に優《やさ》しく流《なが》れ初《はじ》めたのが、その時《とき》榮《ゑい》に感《かん》じられて嬉《うれ》しく思《おも》つた。

暗い空

田村俊子

五八

峰夫《みねを》の機嫌《きげん》もだん〳〵能《よ》くなつて、榮《さかえ》がいまだに大《おほ》きい仕事《しごと》に手《て》も着《つ》けないで、こそ〳〵と詰《つま》らないものに筆《ふで》を勵《はげ》ましながら冴《さ》えない生活《せいくわつ》をやつてゐるのを、親切《しんせつ》な意味《いみ》で卒直《そつちよく》に詰《なじ》つたりした。

「頭腦《あたま》ばかり先《さ》きに熟《こな》して了《しま》ふのもあんまり宜《よ》くはありませんよ。例《れい》の本《ほん》ばかりを弄《いぢ》る癖《くせ》がありますね。あなたに。少《すこ》し頭《あたま》でつかちになつてしまつた氣味《きみ》ぢやないのですか。」

と云《い》つて峰夫《みねを》は笑《わら》つた。

「相變《あひかは》らずの貧乏《びんばふ》でその日《ひ》に追《お》はれてるのですもの。なんにも出來《でき》やしないのです。」

峰夫《みねを》は前《まへ》に能《よ》く聞馴《きゝな》れた女《をんな》の靜《しづか》ないぢらしい言葉《ことば》を聞《き》くと、一寸《ちよつと》唇《くちびる》を緊《し》めて陰《かげ》を帶《お》びた眼《め》を下《した》に落《おと》した。榮《さかえ》はその表情《へうじやう》に、男《をとこ》のわざとらしくない慕《した》はしいやうな品格《ひんかく》を見《み》たと思《おも》つた。

「其《そ》れを何《ど》うかしなくちやなりませんね。生活《せいくわつ》を悠《ゆつ》くりさせないと落着《おちつ》いた仕事《しごと》ができませんね。」

「それにこの頃《ごろ》は父《ちゝ》が歸《かへ》つて來《き》てゐるのです。遠《とほ》くから。すつかり零落《れいらく》して。」

「お父《とう》さんがあつたのですか。あなたに。」榮《さかえ》はうなづいてから「其《そ》れも可《い》けない父《ちゝ》なのです。」

と云《い》つて女《をんな》らしく微笑《びせう》した。「可《い》けない父《ちゝ》」と云《い》つたのが、峰夫《みねを》にお伽噺《とぎはなし》の中《なか》の言葉《ことば》のやうな感《かん》じを起《おこ》させたので、峰夫《みねを》は顔《かほ》を仰向《あふむ》けて無邪氣《むじやき》に笑《わら》ひだした。この男《をとこ》の顔《かほ》のうちで榮《さかえ》の一番《いちばん》好《す》きな劃然《かつきり》として豐《ゆた》かな額《ひたひ》に長《なが》い髮《かみ》が垂《た》れた。峰夫《みねを》はそれを撫《な》で上《あ》げながら「可《い》けない父《ちゝ》」のことを榮《さかえ》に半分《はんぶん》戯談《じやうだん》らしい語氣《ごき》で聞《き》いた。

榮《さかえ》はこま〴〵と父《ちゝ》の事《こと》を話《はなし》だした。

「私《わたし》はほんとうに父《ちゝ》が嫌《きらひ》なのです。」

時々《ときどき》話《はなし》の中途《ちうと》で斯《か》う云《い》ふ憤《いきどほ》りらしい激情《げきじやう》の言葉《ことば》が挾《はさ》まれながら、榮《さかえ》は父《ちゝ》に關《かゝ》はることを何《なに》も彼《か》も話《はな》し盡《つく》した。話《はな》しながら、榮《さかえ》は幾度《いくたび》も、峰夫《みねを》に限《かぎ》つて父《ちゝ》のことを話《はな》せるのが自分《じぶん》にも譯《わけ》が解《わか》らない氣《き》がした。錄子《ろくこ》にも誰《た》れにも父《ちゝ》のことだけは云《い》はなかつた。それが峰夫《みねを》だけはこんな話《はなし》ができるのである。榮《さかえ》は然《さ》う思《おも》ひ〳〵父《ちゝ》のことを話《はな》した。

「ちつともいけない人《ひと》ぢや無《な》いぢや

ありませんか。面白《おもしろ》いお父《とう》さんぢゃありませんか。僕《ぼく》は好《す》きです。」

峰《みね》夫《を》が斯《か》う云《い》つて笑《わら》つてしまつたので榮《さかえ》は話《はなし》をやめた。氣《き》が付《つ》いて見《み》ると、自分《じぶん》の話《はなし》は余《よ》つ程《ほど》父《ちゝ》の樣子《やうす》を愛《あい》情的《じやうてき》にユーモラスに表《あら》はしてゐたと思《おも》つた。

「たゞ困《こま》るのはあなたが當分《たうぶん》お父《とう》さんを養《やしな》はなくちや成《な》らない事《こと》ですね。だがあなたは隨分《ずゐぶん》然《さ》う云《い》ふ苦痛《くつう》に堪《た》へられる方《はう》の人《ひと》ぢやないのですか。」

榮《さかえ》は峰《みね》夫《を》のその問《と》ひに返事《へんじ》をしないでゐた。男の理解《りかい》のないこの一と言《こと》が榮《さかえ》の氣《き》に障《さは》つたのであつた。こんな間《あひだ》にも頻《しき》りに峰《みね》夫《を》の胸《むね》に寄添《よりそ》はうとしてゐた自分《じぶん》の女《をんな》らしい弱《よわ》い心《こゝろ》がふと冷《さ》めた。榮《さかえ》はぢつと沈默《ちんもく》をつゞけてゐるうちに、自分《じぶん》の心《こゝろ》の中《うち》で父《ちゝ》と云《い》ふ言葉《ことは》が峰《みね》夫《を》の上《うへ》に移《うつ》つて行《い》つてることを見出《みいだ》して、榮《さかえ》は何《なん》とつかず吃驚《びつくり》した。

「この人《ひと》がお父《とう》さんになる。もう直《ぢ》きに。」

榮《さかえ》は聲《こゑ》に出《だ》して叫《さけ》びたいほど、其《そ》の思《おも》ひがけない未來《みらい》を峰《みね》夫《を》の顏《かほ》の上《うへ》で見詰《みつ》めた。この人《ひと》が父親《ちゝおや》になるのである。私《わたし》に父《ちゝ》があるやうに、この人《ひと》に母《はゝ》があるやうに、この人《ひと》も人《ひと》の親《おや》になるのである。

「あなたは其《そ》れを知《し》つてゐらつしやる。」

榮《さかえ》は斯《か》う云《い》はうとして、唇《くちびる》を動《うご》かした。

暗い空

五九

田村俊子

「江上《わがみ》さんが國《くに》へお歸《かへ》りになつたのを御存《ごぞん》じでゐらつしやる？」

榮《さかえ》が氣《き》を變《か》へて重《おも》く口《くち》を開《ひら》くと、峰《みね》夫《を》はあわてゝ「えゝ知《し》つてます」と遮《さへぎ》るやうに口早《くちばや》に云《い》つた。峰《みね》夫《を》の顏《かほ》が薄赤《うすあか》くなつて眼尻《めじり》の筋肉《きんにく》が戰えて吊《つ》つたやうに見《み》えた。峰《みね》夫《を》は其《そ》の顏色《かほいろ》を取《さ》り繕《つくろ》ふつもりで、自分《じぶん》の前《まへ》にある小《ちひ》さい圓卓《えんたく》の上《うへ》の煙草《たばこ》の箱《はこ》を引《ひ》きよせた。撓《しな》やかな長《なが》い指《ゆび》の先《さ》きで峰《みね》夫《を》は卷《ま》いた煙草《たばこ》を一本《ぽん》取上《とりあ》げると其《そ》れを口《くち》に啣《くは》へて徐《しづか》にマッチの火《ひ》をつけた。そうして姿勢《しせい》を舊《もと》に直《なほ》して煙を淡《あは》く吐《は》きだしながら硝子《がらす》の窓《まど》から遠《とほ》い空《そら》に轉《てん》じた峰《みね》夫《を》の眼《め》のうちに、相手《あいて》を窘《たしな》めるやうな高慢《かうまん》な色《いろ》が浮《うか》んでゐた。

「あちらからおたよりが御座《ござ》いましたか」

追《お》つかけて聞《き》いた榮《さかえ》の言葉《ことば》に峰夫《みねを》は直《すぐ》に返事《へんじ》をしなかつた。少《すこ》し經《た》つて、煙草《たばこ》の灰《はい》を落《お》とす時《とき》に峰夫《みねを》は考《かんが》へながら、

「昨日《きのふ》初《はじ》めてよこしました。」

と云《い》つた。――やつぱり錄子《ろくこ》は我慢《がまん》ができなかつたのだ――榮《さかえ》は然《さ》う思《おも》ひながら峰夫《みねを》の顏《かほ》をぢつと見《み》た。自分《じぶん》へよこした手紙《てがみ》には、近頃《ちかごろ》峰夫《みねを》の様子《やうす》がどんなでゐるか其《そ》れが知《し》りたい思《おも》ひでいつぱいだ。私《わたし》は今《いま》になつて、あの人《ひと》の靈魂《たましひ》と肉《にく》の一部をかうして自分《じぶん》の体内《たいない》に宿《やど》してゐると云《い》ふ意識《いしき》が、恐《おそ》ろしくあの人《ひと》を戀《こひ》しがらせて氣《き》が狂《くる》ふやうだと書《か》いてあつた。友達《ともだち》は辛抱《しんばう》ができなくて男《をとこ》の許《ところ》へ手紙《てがみ》をよこしたと見《み》えると榮《さかえ》は思《おも》つた。きつとあの事《こと》も書《か》いてあるに違《ちが》ひない。あの事《こと》も。榮《さかえ》は其《そ》れが聞《き》きたかつたが、然《さ》う云《い》ふ問題《もんだい》を興味《きようみ》的《てき》にばかり聞《き》かうとしてゐるやうに端《はし》た無《な》く思《おも》はれることも好《この》ましくはないので其《そ》の問《と》ひを口《くち》にしないでゐた。峰夫《みねを》もそれを語《かた》らなかつた。だが其《そ》の無《む》言《ごん》の峰夫《みねを》の様子《やうす》が、榮《さかえ》の胸《むね》にいたいけな嫉妬《しつと》の念《ねん》を燃《も》やさせた。女中《ぢよちう》が果物《くだもの》などを持《も》つて來《き》た。峰夫《みねを》は又《また》窓《まど》から遠《とほ》いところを見《み》てゐた。榮《さかえ》も物《もの》を思《おも》ひながら窓《まど》から空《そら》を眺《なが》めた。虐《しいた》げられるものゝ呻《うめ》き聲《ごゑ》のやうな工場《こうば》の笛《ふゑ》の響《ひゞ》きが郊外《かうぐわい》の遠《とほ》い邊《あた》りから傳《つた》はつてきた。夕暮《ゆふぐ》れのやうに空《そら》の光《ひか》りが薄《うす》れて曇《くも》りを含《ふく》んでゐた。野《の》に大《おほ》きな陰翳《かげ》が冠《かぶ》さつて鬱《うつ》屈《くつ》した吐息《といき》が、その暗綠《あんりよく》な野《の》の胸《むね》の底《そこ》から微《かすか》な波《なみ》を打《う》たしてゐた。

「親《おや》を養《やしな》ふと云《い》ふやうなまじめな義《ぎ》務《む》を負《お》はされるのは若《わか》いものに取《と》つては隨分《ずゐぶん》苦痛《くつう》ですね。係累《けいるゐ》の間《あひだ》に負《お》ふべき義《ぎ》務《む》なんてことは僕《ぼく》なんぞは避《さ》けるだけ避《さ》けたい方《はう》だから。」

峰夫《みねを》は先《さ》きの考《かんが》へ續《つゞ》けてゐたやうに斯《か》う云《い》ひ出《だ》した。其《そ》れが何《なに》か錄子《ろくこ》の手紙《てがみ》の内容《ないよう》に關聯《くわんれん》のあるやうな氣《き》がして榮《さかえ》は心《こゝろ》を留《と》めた。

「ですが大抵《たいてい》の人《ひと》の親《おや》は自分《じぶん》の子供《こども》に對《たい》しては相當《さうたう》に義《ぎ》務《む》を感《かん》じてゐるやうですのね。私《わたし》の父《ちゝ》なんかでも、能《よ》くそんな事《こと》を云《い》つてゐます。もつとも其《そ》れは親子《おやこ》の間《あひだ》の一《ひ》とつの形式《けいしき》にして考《かんが》へてゐるのかも知《し》れませんけれど。親《おや》の義《ぎ》務《む》なんてことをよく云《い》ひます。それから口《くち》だけでは子供《こども》からは何《なに》も受《う》けたくないと云《い》つてますよ。」

「親《おや》と云《い》ふ名目《みやうもく》がつくと誰《たれ》でも、直《す》ぐ重《おも》い何《なに》かを感《かん》じてくるんですね。然《さ》う云《い》ふ事《こと》は一生《しやう》の間《あひだ》に誰《たれ》れし

も味《あぢは》はなくてはならない事《こと》なんですかね。あなたも何時《いつ》かお母《かあ》さんになる時《とき》があるのでせう。」

それはある聯想《れんさう》から迂闊《うくわつ》に出《で》て來《き》た言葉《ことば》ぢやないかと榮《さかえ》は思《おも》つた。峰夫《みねを》は昨日《きのふ》の不圖《ふと》した時間《じかん》から自分《じぶん》が子《こ》を持つたことを初《はじ》めて知《し》つたのではないのか。

「いゝえ、決《けつ》して私《わたし》にはそんな時代《じだい》は來《き》ません。そんな經驗《けいけん》は私《わたし》の生涯《しやうがい》にはない事《こと》なのです。」

榮《さかえ》は急《きふ》に激亢《げきかう》した言葉《ことば》で嚴《きび》しく云《い》ひ張《は》つた。空洞《くうどう》へ物《もの》を投《な》げ込《こ》んだやうな反響《はんきやう》のない言葉《ことば》の餘韻《よゐん》を嚙《か》みながら、榮《さかえ》はどうしたのかあらゆる男《をとこ》に敵意《てきい》の矢《や》を向《む》けたいやうに氣《き》が燥《はや》つた。峰夫《みねを》も憎《にく》かつた。自分《じぶん》の肉体《にくたい》を生涯《しやうがい》異性《いせい》の手《て》には觸《ふ》れさせないと云《い》ふ誓《ちか》ひに、復讐《ふくしう》の意義《いぎ》であるやうに榮《さかえ》は其《そ》れを心《こゝろ》の底《そこ》で固執《こしつ》して峰夫《みねを》の顔《かほ》を見《み》た。自分《じぶん》のどこかを、「失戀《しつれん》」と云《い》ふ詩情《しじやう》を帶《お》びた響《ひゞ》きが貫《つらぬ》いてるやうに思《おも》つたが榮《さかえ》はそれを反感的《はんかんてき》に打消《うちけ》してゐた。
暗い空

六〇

田村俊子

「あなたが其樣《そんな》ことを實際《じつさい》に考《かんが》へてゐるんですね。」

峰夫《みねを》は因循《いんじゆん》な性質《せいしつ》の榮《さかえ》の口《くち》からこんな思《おも》ひ切《き》つた言葉《ことば》を聞《き》いたことがなかつたと思《おも》つて驚《おどろ》いた風《ふう》で云《い》つた。然《しか》し榮《さかえ》のその云《い》ひ分《ぶん》が峰夫《みねを》は不愉快《ふゆくわい》にはさせなかつた。寧《むし》ろその言葉《ことば》に、女《をんな》の自覺的《じかくてき》な重々《おも〳〵》しい生《せい》の緊張《きんちやう》を見《み》せられたことを感《かん》じて、頼母《たのも》しい氣《き》がした。

「だが、その考《かんが》へはもう一とつの意《い》味《み》で、永久《えいきう》に男性《だんせい》を愛《あい》さないと云《い》ふことにもなるのですか。」

「えゝ。」

榮《さかえ》は打《う》つ捨《ちや》る樣《やう》に明瞭《はつきり》と返事《へんじ》した。

戀《こひ》、愛《あい》、男《をとこ》、女《をんな》、接吻《せつぷん》とか抱擁《はうよう》とか云《い》ふ目《め》にだけ馴《な》れて、まだ榮《さかえ》の探《さぐ》つたことのない未知《みち》のものが、榮《さかえ》の頭《あたま》の中《なか》で血《ち》を沫吹《しぶ》きながら急《いそ》がしく廻轉《くわいてん》した。そうしてこの瞬間《しゆんかん》榮《さかえ》には其《そ》れ等《ら》がすべて厭《いと》はしく、憎《にく》かつた。去年《きよねん》の夏《なつ》、峰夫《みねを》と錄子《ろくこ》との戀《こひ》に我身《わがみ》を燃《も》やしたある一時期《いちじき》の懊惱《あうなう》が、その心《こゝろ》に目覺《めざ》めてくるほど、榮《さかえ》は斯《か》うして男《をとこ》の前《まへ》に對《たい》してゐる自分《じぶん》を厭《いと》ひ、男《をとこ》を厭《いと》つた。榮《さかえ》はもう一分《ぶん》とこの儘《まゝ》にはしてゐないつもりで、歸《かへ》らなくちやならないと幾度《いくたび》も自分《じぶん》の胸《むね》を促《うなが》した。この人《ひと》とはこれが最後《さいご》になるのだ。自分《じぶん》は決《けつ》してこの人《ひと》に再《ふたゝ》び逢《あ》ふまい。決《けつ》して再《ふたゝ》び逢《あ》ふまい。男《をとこ》に逢《あ》ふと云《い》ふ今日《けふ》の機會《きくわい》も自分《じぶん》が强《し》ひて作《つく》つたことを思《おも》ふと、榮《さかえ》は腹立《はらだゝ》しくさへ覺《おぼ》えた。

「男《をとこ》を愛《あい》さないと決《き》めるのも、寂《さび》しい生活《せいくわつ》ですね。」

峰夫《みねを》は嘆息《たんそく》するやうに重《おも》く云《い》つた。此女《このをんな》の世界《せかい》を峰夫《みねを》は知《し》る術《すべ》もなかつたが、榮《さかえ》が初《はじ》めて自分《じぶん》を訪《たづ》ねて來《き》てから三年《ねん》にも滿《み》たない月日《つきひ》の間《あひだ》で、自分《じぶん》は大抵《たいてい》この女《をんな》に近《ちか》づいてゐた。もしその間《あひだ》に女《をんな》に斯《か》う云《い》ふ尼《あま》のやうな決心《けつしん》を持《も》たせたほどの悲《かな》しい戀《こひ》の經歷《けいれき》があつたのだとすれば、時《とき》と云《い》ふものは恐《おそ》ろしく微妙《びめう》に敏捷《びんせう》に、人《ひと》と人《ひと》との間《あひだ》を縫《ぬ》ひながら種々《さまざま》な事實《じじつ》を急速《きふそく》に振《ふ》り撒《ま》いて過《す》ぎて行《ゆ》くものだと峰夫《みねを》は思《おも》つた。榮《さかえ》の氣《き》分《ぶん》にどことなく陰鬱《いんうつ》な陰《かげ》を帶《お》びてゐたことを峰夫《みねを》は今《いま》になつて氣《き》が付《つ》いた。この女《をんな》は何《なに》か自分《じぶん》にもつと話《はな》すことがあるのぢやないかと思《おも》つたが、榮《さかえ》は緊《しつ》かりと脣《くちびる》を閉《と》ぢて、窓《まど》の方《はう》に眼《め》を向《む》けてゐた。

峰夫《みねを》はいろ〳〵な話《はなし》を初《はじ》めた。弱《よわ》いものに對《たい》するそれが禮義《れいぎ》だと云《い》ふやうな柔《やはら》かな優《やさ》しい痛《いた》はるやうな調子《てうし》で、峰夫《みねを》はこの頃《ころ》讀《よ》んだ書物《しよもつ》の輕《かる》い印象《いんしやう》や、自分《じぶん》の製作《せいさく》に就《つ》いての話《はなし》をした。卓《たく》の上《うへ》の雜誌《ざつし》を引《ひ》きだして、ある所《ところ》を展《ひろ》げながら榮《さかえ》の前《まへ》に出《だ》してやつたりした。

「江上《えがみ》さんから來《き》た手紙《てがみ》をあなたに見《み》せませうか。」

峰夫《みねを》は立《た》つて行《い》つて、本箱《ほんばこ》の上《うへ》に取《と》り散《ち》らした紙箋《しせん》の中《なか》から、一通《つう》を取《と》り上《あ》げて戻《もど》つてきた。

「たいへん彼方《あつち》は面白《おもしろ》いそうですよ。」

と云《い》つて其《そ》れを榮《さかえ》に渡《わた》した。何《ど》うして急《きふ》に峰夫《みねを》の方《はう》から其《そ》れを露骨《ろこつ》にしてきたのか、榮《さかえ》には直《す》ぐには判斷《はんだん》ができなかつたが、「拜見《はいけん》してもいゝのですか。」と云《い》ひながら渡《わた》された手紙《てがみ》をそつと開《ひら》いて見《み》た。

秘密《ひみつ》は其《そ》れには書《か》いてなかつた。毎《まい》日《にち》健康《けんかう》で畫《ゑ》をかいてゐることが重《おも》なる消息《せうそく》になつてゐた。この畫《ゑ》の一枚《まい》をその内《うち》に送《おく》つてお目《め》にかけるなどゝしてあつた。

「畫《ゑ》が描《か》けるやうならいゝでせう。」

「私《わたし》の許《こゝろ》へも二三日前《にちまへ》に手紙《てがみ》が來《き》たのですよ。」

「然《さ》うですか。」

峰夫《みねを》の顏《かほ》が又赤《またあか》くなつたのを榮は見《み》た。

暗い空

田村俊子

六一

人《ひと》のよい、愛想《あいそ》のあつさりとした峰《みね》夫《を》の母親《はゝおや》と三人《さんにん》いつしよに、家《か》族同《ぞくどう》士《し》のやうな親《した》しんだ夕食《ゆふしよく》を母親《はゝおや》の室《へや》で濟《す》ましてから、夕暮《ゆふぐ》れの道《みち》を榮は峰夫《みねを》に送《おく》られて出《で》た。

午後《ごご》から群《むら》がつてゐた黒《くろ》い雲《くも》は又《また》すつかり晴《は》れ切《き》つて、空《そら》に紅《あか》い半月《はんげつ》がつゝましい影《かげ》を落《おと》して現《あら》はれてゐた。月《つき》は若《わか》くて戀《こひ》をしてゐるやうに、哀《あい》愁《しう》の美《うつく》しい瞳子《ひとみ》をうつとりさせて、悄然《しよんぼり》と空《そら》に風情《ふぜい》を映《うつ》してゐた。ひいやりとした露《つゆ》に濡《ぬ》れた空氣《くうき》が肌《はだ》に染《し》みた。田圃《たんぼ》からくる涼《すゞ》しい青《あを》い匂《にほ》ひを榮は嗅《か》いだ時《とき》、輕《かる》い眩暈《めまひ》がして胸《むね》が惡《わ》るくなつたが、二度目《にどめ》にその匂《にほ》ひを強《つよ》く吸《す》ひ込《こ》んだ時《とき》に、こゝろが鮮明《はつきり》した。蛙が鳴《な》いてゐた。草《くさ》にかくれて蛙はてんでんにその口《くち》で魔女《まぢよ》の喇叭《らつは》の曲《きよく》の旋律《せんりつ》をころがしてゐた。蔭《かげ》で滑稽《おど》けてゐるもの、はしやいでゐるもの、泣《な》きじやくつてゐるのも居《ゐ》た。

榮は愁《うれ》ひに惱《なや》んだ泣《な》きたい氣持《きもち》で步《ある》いた。峰夫《みねを》を憎《にく》んだ先刻《さつき》の一時《いちじ》の感《かん》情《じやう》が、まだ何處《どこ》かに殘《のこ》つてゐて、其《そ》れが峰夫《みねを》に對《たい》して打解《うちと》けずにゐると云《い》ふよりは拗《す》ねさせてゐた。錄子《ろくこ》との間《あひだ》も、錄子《ろくこ》が自分《じぶん》に云《い》ひ切《き》つたほど、峰夫《みねを》に強《つよ》い別《わか》れの最後《さいご》の言葉《ことば》が送《おく》つてあると思《おも》はれなかつた。それは峰夫《みねを》が見《み》せた錄子《ろくこ》の手紙《てがみ》に、際立《きはだ》つた感情《かんじやう》の裂《さ》け目《め》がなかつたのでも分《わか》る。二人《ふたり》の戀《こひ》はやはりあの儘《まゝ》何《なん》の事《こと》もなしに續《つゞ》いてゐるのに違《ちが》ひない「汚辱《をじよく》」だと云《い》つてあれほどにして男《をとこ》を憎《にく》んだ錄子《ろくこ》が、その纖男《さゝをとこ》を許《ゆる》してゐることが榮《さかえ》には今夜《こんや》はひどく嘲《あざ》けられた。

「私《わたし》は何《なに》も彼《か》も知《し》つてます。あなたのことも、江上《えがみ》さんのことも。さうしてあなたの知《し》らないでゐる重大《ぢうだい》なほんとうに重大《ぢうだい》な秘密《ひみつ》も私《わたし》は知《し》つてゐます。江上《えがみ》さんはその爲《ため》に罪《つみ》を犯《をか》さうとまでしたのです。江上《えがみ》さんは一時《いちじ》その爲《ため》にあなたをどんなに憎《にく》んだでせう。あなたは其《そ》れをちつとも御存《ごぞん》じないのですか。」

榮《さかえ》の癖《くせ》で、それが口《くち》へは出《で》ないで、心《こゝろ》の中《なか》で云《い》つてゐた。

「築地《つきぢ》の方《はう》とかなんとかへ毎日《まいにち》行《ゆ》くのですか。」

峰夫《みねを》がぼんやりした聲《こゑ》で榮《さかえ》に聞《き》いた、峰夫《みねを》は面《おもて》を眞《ま》つ直《す》ぐに行方《ゆくて》に向《む》けて歩《ある》いてゐた。

「毎日《まいにち》も行《ゆ》きません。」

「それが今《いま》のところあなたの一《ひと》つの職業《しよくげふ》なんですね。早《はや》くあなたの才能《さいのう》を何《なに》かで發揮《はつき》させたいものですね。然《さ》う云《い》ふことで無駄《むだ》に埋《うづ》もれてでも終《しま》ふと大分《だいぶん》惜しいから。」

「私《わたし》には江上《えがみ》さんのやうな絶對《ぜつたい》に持《も》つて生《うま》れた才能《さいのう》がないのですから何《なに》をしても駄目《だめ》なのです。藝術《げいじゆつ》と云《い》ふことは捨《す》てゝしまつて、他《ほか》に道《みち》を見《み》付《つ》けやうかと思《おも》つてゐるのです。」

榮《さかえ》は自分《じぶん》の不幸《ふかう》を身《み》に感《かん》じて、悲《かな》しく云《い》つた。

「江上《えがみ》さんは佛蘭西《フランス》へいらつしやるのだそうですね。」

「そんな事《こと》を云《い》つてましたが、家《うち》で許《ゆる》すか何《ざう》かわからんのでせう。――江上《えがみ》はあなたに何《なん》でも打明《うちあ》けるのですか。」

「えゝ。大概《たいがい》のことは。」

家《いへ》の立《た》ち並《なら》んだ小路《こみち》にはいると四邊《あたり》が小暗《をぐら》く見《み》えた。

暗い空

六二

田村俊子

「あなた方《がた》お二人《ふたり》は先《せん》から仲《なか》が好《よ》かつたのですか。特別《とくべつ》に。」

「え〻先《せん》から。それに私《わたし》は江上《ねがみ》さんが好《す》きなのですから。」

「江上《ねがみ》さんもあなたを友人《いうじん》以上《いじやう》に好《す》きなんでせう。」

「え、然《さ》うです。」

榮《さかえ》は峰夫《みねを》が錄子《ろくこ》を呼《よ》ぶのにさん付《づ》けにしたり、呼《よ》び捨《す》てにしたりしてゐるのを其時《そのとき》心付《こゝろづい》て可笑《をか》しく思《おも》つた。

「戀《こひ》と云《い》ふものは誰《た》れでも直《ぢ》きにお終《しま》ひになつてしまふものでせうか。永遠《ゑいゑん》なものではないのでせうか。どんな人《ひと》でも。」

榮《さかえ》は、折《をり》から通《とほ》りすがつた女學生風《ぢよがくせいふう》をした若《わか》い女《をんな》を見返《みかへ》りながら峰夫《みねを》に聞《き》いた。その女《をんな》は美《うつく》しい顔《かほ》をしてゐた。眞《ま》つ白《しろ》な額《ひたひ》に前髮《まへがみ》の毛《け》がくづれてゐた。夢《ゆめ》を追《お》つてゐるやうなおのゝいてる眼《め》が、榮《さかえ》の眼《め》と合《あ》つた時《とき》、その女《をんな》の清淨《せいじやう》な心臟《しんざう》の血《ち》が戀《こひ》に費《つひ》えてゐるやうな撓《たわ》はな風《ふう》でゐると榮《さかえ》は思《おも》つた。通《とほ》つてゆく家々《いへ〲》の角《かど》に樹《き》が多《おほ》かつた。大樹《たいじゆ》の葉《は》が夕闇《ゆふやみ》を抱《だ》いて往來《わうらい》の空《そら》を塞《ふさ》いでゐた。榮《さかえ》はその木《き》の根《ね》に時々《とき〲》躓《つまづ》いた。峰夫《みねを》はその度《たび》に、氣《き》にしては榮《さかえ》の方《はう》を振《ふ》り向《む》いた。

「何《なん》だか足《あし》が弱《よわ》つてますね。」と峰夫《みねを》は優《やさ》しく聲《こゑ》をかけた。

「戀《こひ》の生命《いのち》は短《みじか》いものなのですね。戀《こ》ひとほした戀《こひ》がいちばん價値《かち》があるのでせう。私《わたし》は自分《じぶん》だけで感《かん》じてゐる戀《こひ》——相手《あひて》が知《し》らないで過《す》ぎてしまふ戀《こひ》がいちばん永遠《ゑいゑん》だと思《おも》ふのですよ。いちばん美《うつく》しい戀《こひ》だと思《おも》ふのですよ。自分《じぶん》だけ知《し》つてる戀《こひ》なのです。ちつとも利己的《りこてき》な處《ところ》のない戀《こひ》ですね。戀《こひ》が自分《じぶん》の靈《こゝろ》の奧《おく》で生涯《しやうがい》うなだれてゐるのです。戀《こひ》が生涯淚《しやうがいなみだ》に包《つゝ》まれてゐるのです。寶《たから》のやうに。」

「それに何《なに》か意味《いみ》があるのですか。隨分空虛《ずゐぶんくうきよ》な戀《こひ》ですね」

と峰夫《みねを》が云《い》つた。

「然《さ》う云《い》ふ經驗《けいけん》があなたを一生《いつしやう》お母《かあ》さんにしないことにしたのですか。」

「經驗《けいけん》ぢやないのですよ。」

榮《さかえ》は淺《あさ》く笑《わら》つた。云《い》はなくても宜《よ》い事《こと》を輕《かる》く舌《した》の先《さき》で滑《すべ》らしたやうな不滿足《ふまんぞく》な感《かん》じが、直《す》ぐ榮《さかえ》の胸《むね》を取《と》りこめた。二人《ふたり》は裏道《うらみち》を出《で》外《はづ》れて場末《ばすゑ》の町《まち》の通《とほ》りに出《で》た。貧弱《ひんじやく》な灯《ひ》が夏《なつ》の色《しき》彩《さい》を裝《よそほ》つて外面《そと》に光《ひか》りを彈《はぢ》きだしてゐた。若《わか》い人《ひと》の白《しろ》い姿《すがた》などに、この灯《ひ》の尖《さ》きが派出《はで》に縺《もつ》れてゐた。その町《まち》の通《とほ》りに出《で》た頃《ころ》から、一《ひ》と刷《は》毛《け》殘《のこ》つてゐた薄光《うすびか》りが全《まつた》く街路《まち》の上《うへ》に消《き》

暗い空

田村俊子

え盡《つく》してゐた。榮《さかえ》は蒸《む》すやうな暑《あつ》さを覺《おぼ》えた。

「私《わたし》なんかは戀《こひ》なんてことのできない女《をんな》かもしれませんね。戀《こひ》をする前《まへ》に、私《わたし》には爲《し》なくちやならないことがあるのですから。然《さ》うかと云《い》つて私《わたし》には思《おも》ひ切《き》つて働《はたら》くこともできないし、働《はたら》くのがいやだし、私《わたし》はそんな事《こと》でも親《おや》を恨《うら》んでゐるのですよ。相應《さうおう》な財産《さいさん》があつたのですからね。其《それ》を少《すこ》しでも私《わたし》たちに殘《のこ》しておいて呉《く》れゝばよかつたにと思《おも》ふのです。自分《じぶん》で生活《せいくわつ》をして行《ゆ》かなくちやならないと云《い》ふ樣《やう》な境遇《きやうぐう》は、私《わたし》などに取《と》つて最《もつと》も不幸《ふかう》だと云《い》へるのですね。私《わたし》にはほんとに安《やす》つぽい憖《なま》じつかな享樂的《きやうらくてき》な氣分《きぶん》があるのですから。いつたい享樂《きやうらく》なんてことはお金《かね》のある人《ひと》に取《と》つてはひどく高尙《かうしやう》で、お金《かね》のないものに取《と》つてはその趣味《しゆみ》が安《やす》つぽく見《み》えるものですね。享樂《きやうらく》の血《ち》はお金《かね》のない私《わたし》たちをなまけものにするし、お金《かね》のある人《ひと》にはそれが美《うつく》しい遊《あそ》びになるのでせう。」榮《さかえ》がこんなに、自分《じぶん》の上《うへ》をつけ〳〵と云《い》つたのを峰夫《みねを》は初《はじ》めて聞《き》くと思《おも》つた。

「江上《えがみ》さんは又直《またぢ》きに東京《とうきやう》へ歸《かへ》つてゐらつしやるかも知《し》れませんね。」

少時《しばらく》してから榮《さかえ》が云《い》つた。

「どうですか。」

「お待《ま》ちになつてゐらつしやるのぢやないのですか。」

「僕《ぼく》がですか。何故《なぜ》です。もうお互《たがひ》に覺《さ》めてるのですよ。あれは。」

と峰夫《みねを》が少《すこ》し口《くち》ごもり乍《なが》ら云《い》つた。

六三

二人《ふたり》は默《だま》つて歩《ある》いた。男《をとこ》の身《み》の暖《あたゝか》みが自分《じぶん》の身《み》に感《かん》じられるほど、二人《ふたり》は近《ちか》く並《なら》んで行《い》つた。男《をとこ》の吐息《といき》が時《とき》〳〵な榮《さかえ》の頰《ほゝ》を打《う》つた。

橋《はし》に出《で》た時《とき》、峰夫《みねを》は江戸川《えどがは》の縁《ふち》を歩《ある》いてもいゝと云《い》つて、二人《ふたり》は左《ひだり》に折《を》れた。川《かは》の水《みづ》が紺靑《こんじやう》に流《なが》れてゐた。榮《さかえ》は水《みづ》を見《み》ながら樹《き》の下《した》をくゞつて歩《ある》いた。

「江上《えがみ》さんがお歸《かへ》りになる時《とき》、私《わたし》は停車場《ステーシヨン》まで送《おく》つて行《ゆ》きました。」

「然《さ》うですか。」

峰夫《みねを》は思《おも》ひがけなかつたと云《い》ふ樣《やう》な調子《てうし》で云《い》つた。

「僕《ぼく》には默《だま》つて歸《かへ》つたのですよ。も

つとも歸《かへ》るとは云《い》つてましたがね、歸《かへ》る日《ひ》を云《い》はなかつたのです。突然《とつぜん》だつたのです。」

「その晩《ばん》は雨《あめ》が降《ふ》つてましてね。十一時《じ》の汽車《きしや》でしたから停車場《ステーシヨン》には人《ひと》が少《すくな》くつて、印象《いんしやう》の深《ふか》い晩《ばん》でした。」

水色《みづいろ》の襦袢《じゆばん》の襟《えり》が、榮《さかえ》の眼《め》にふと見《み》えた。榮《さかえ》は急《きふ》に、友達《ともだち》のことをすべて峰夫《みねを》に語《かた》りたくなつたが、口《くち》を閉《と》ぢてゐた。決《けつ》して峰夫《みねを》に云《い》つてはいけないととゞめた秘密《ひみつ》を、榮《さかえ》は一《ひ》と言《こゝ》で峰夫《みねを》に聞《き》かしてやり度《た》い思《おも》ひに迫《せま》られながら、一種《しゆ》の反情的《はんじやうてき》な魅力《みりよく》を、その二人《ふたり》の間《あひだ》から感《かん》じて、榮《さかえ》は人知《ひとし》れず純《じゆん》な血《ち》をおのゝかした。

「江上《えがみ》さんはあの頃《ころ》ひどく苦《くる》しんでゐらしつたのですよ。」

「何《なに》をです。」

「私《わたし》もよくは知《し》りませんが。あなたはちつとも其《そ》れを御存《ごぞん》じないのですね。」

「僕《ぼく》は何《なに》も知《し》りませんよ。あれは私《わたし》に別《わか》れるつもりで一時《じ》歸《かへ》つたのですからね。苦《くる》しめば、それは新《あらた》に起《おこ》つた結婚問題《けつこんもんだい》でもあるのでせう。」

「結婚《けつこん》をするならあなたと結婚《けつこん》をなさるでせう。あのかたは結婚《けつこん》しない主義《しゆぎ》なんださうですもの。」

「僕《ぼく》は何《ど》うでもいゝのです。僕《ぼく》はこの頃女《ころをんな》に荒《すさ》んでやり度《た》いやうな氣《き》がしてゐるのです。」

此邊《こゝら》で別《わか》れやうかと云《い》ふ樣《やう》な氣勢《けはい》を見《み》せながら、峰夫《みねを》は足《あし》をとめて四邊《あたり》を見廻《みまは》したが、又《また》二三歩《ほ》歩《ある》きだした。今《いま》の峰夫《みねを》の言葉《ことは》の底《そこ》に男《をとこ》の怒《いか》りが湧《わ》いてゐたと榮《さかえ》は思《おも》つた。

「もう直《ぢ》き手紙《てがみ》で云《いつ》ておよこしになるでせう。私《わたし》はそう信《しん》じてゐます。」

「何《なん》です。どんな事《こと》です。」

「私《わたし》もよくは知《し》らないのです。二三日前《にちまへ》に來《き》た手紙《てがみ》にはあなたの事《こと》を大《たい》層戀《そうこひ》しく思《おも》つてゐると書《か》いてありました。あのかたの方《はう》ではちつとも覺《さ》めてはゐないのですから。戀《こひ》が。」

峰夫《みねを》はそれに答《こた》へないでゐた。榮《さかえ》は斯《か》う云《い》つた自身《じしん》の言葉《ことは》で、今日《けふ》一日《にち》の自分《じぶん》の感情《かんじやう》のいさくさがさらりと解《と》けて了《しま》つたやうな氣《き》がした。峰夫《みねを》を憎《にく》んだり、友達《ともだち》を嘲《あざ》けつたりした淺薄《せんぱく》な嫉妬《しつと》が、いつも榮《さかえ》の感《かん》ずる自《じ》分《ぶん》を孤獨《こどく》だと思《おも》ふ哀《あは》れな自身《じしん》の理解《りかい》のなかに消《き》えていつた。と、榮《さかえ》は自《じ》分《ぶん》の手《て》が峰夫《みねを》の手《て》に握《にぎ》られてゐたのに心付《こゝろづ》いた。

「ぢや。」

峰夫《みねを》は其《そ》の手《て》をはなして、そこで別《わか》れて行《い》つた。榮《さかえ》は電車《でんしや》がくるまで、川《かは》の水《みづ》の方《はう》を向《む》いて立《た》つてゐた。

正誤　前號「戀さほした」は「戀さは何うした」の誤り

暗い空

田村俊子

六三

榮はもう餘程《よほど》の時間《じかん》を何《なに》か考《かんが》へ込《こ》んでゐたと思《おも》つたが、何《なに》を考《かんが》へてゐたのか我《わ》れに返《かへ》つた時は其《そ》れを忘《わす》れてゐた。晝間《ひるま》この道端《みちばた》で煙草《たばこ》をのんでゐる勞働者《らうどうしや》を見《み》た。自分《じぶん》は何時《いつ》の間《ま》にかこんな所《ところ》を歩《ある》いてゐると思《おも》つて、榮は四方《あたり》に氣《き》を付《つ》けた。

勞働者《らうどうしや》の居《ゐ》た後《あと》は、夜《よる》の灰色《はいいろ》が土《つち》を拂《はら》つて空寂《くうじやく》としてゐた。自分《じぶん》が通《とほ》つてゆく時《とき》、あの男《をとこ》は煙《けむり》の隙《ひま》から眼《め》を上《あ》げて前《まへ》を通《とほ》つてゆく自分《じぶん》の顏《かほ》を見《み》たのである。濃《こ》い眉《まゆ》の間《あひだ》から鼻筋《はなすぢ》にかけて摘《つま》んだやうに高《たか》くなつてゐた色《いろ》の黑《くろ》いその男《をとこ》の顏《かほ》を自分《じぶん》は覺《おぼ》えてゐる。自分《じぶん》があの顏《かほ》を覺《おぼ》えてゐるやうに、あの男《をとこ》もあの瞬間《しゆんかん》に見《み》た自分《じぶん》の顏《かほ》を覺《おぼ》えてゐるかも知《し》れない。そうして——然《さ》うだ。今《いま》自分《じぶん》が斯《か》うしてあの男《をとこ》の居《ゐ》た道端《みちばた》を通《とほ》りながらあの男《をとこ》の顏《かほ》を思《おも》ひ浮《うか》べてゐるやうに、あの男《をとこ》も丁度《ちやうど》この時間《じかん》に何處《どこ》かでふと晝間《ひるま》この道端《みちばた》にゐた時に自分《じぶん》の前《まへ》を通《とほ》つて行《い》つた女《をんな》の顏《かほ》を思《おも》ひ浮《うか》べてゐるかも知《し》れない。その女《をんな》の顏《かほ》は自分《じぶん》なのである。もし丁度《ちやうど》この時間《じかん》にあの男《をとこ》の頭腦《あたま》のなかで自分《じぶん》のこの顏《かほ》がその儘《まゝ》動《うご》いてゐるとしたら——榮にはそれが不思議《ふしぎ》な事《こと》ではなくて、有《あ》りさうな事《こと》に思《おも》はれた。きつとあの男《をとこ》は今《いま》、自分《じぶん》があの男《をとこ》を思《おも》ひ浮《うか》べた瞬間《しゆんかん》に、自分《じぶん》の顏《かほ》を何所《どこ》かで思《おも》ひ浮《うか》べたに違《ちが》ひない。今日《けふ》此處《こゝ》で自分《じぶん》とあの男《をとこ》との間《あひだ》に起《おこ》つたある偶然《ぐうぜん》が記憶《きおく》になつてこの同《おな》じ瞬間《しゆんかん》にお互《たがひ》の頭腦《あたま》のなかで活《い》きてゐるのである。

其《そ》れはきつと有《あ》ることに違《ちが》ひない。「微《び》妙《めう》な人間《にんげん》の心靈《こゝろ》の響《ひゞ》きの作用《はたらき》」である。お互《たがひ》が、知《し》らない同士《どうし》でも、同《おな》じ時間《じかん》に同《おな》じ想《おもひ》を心靈《こゝろ》と心靈《こゝろ》とで喚《よ》び合《あ》ふと云《い》ふことは、有《あ》り相《さう》なことで少《すこ》しも不《ふ》思《し》議《ぎ》はない。

あり相《さう》なことだ。と榮《さかえ》は繰返《くりかへ》した。「微《び》妙《めう》な人間《にんげん》の心靈《こゝろ》の響《ひゞ》きの作用《はたらき》」である。自分《じぶん》はどうしてこんな言葉《ことば》を自分《じぶん》で編《あ》みだしたのだらうと思《おも》つた。勞働者《らうどうしや》のことを思《おも》ひ浮《うか》べる前《まへ》に自分《じぶん》は何《なに》か考《かんがへ》てゐた。——江戸川《ゑどがは》から——然《さ》うだ。あの時《とき》から心靈《しんれい》の響《ひゞ》きの作用《さよう》と云《い》ふ言葉《ことば》が編《あ》まれたのである。その考《かんがへ》への連鎖《れんさ》がこゝまで投《な》げかけられてゐたと思《おも》つて、榮《さかえ》は吻《ほつ》と息《いき》をついた。

江戸川縁《ゑどがはべり》の樹《き》の下《した》で男《をとこ》は榮《さかえ》の手《て》を握《にぎ》つた。その手《て》と手《て》の觸《ふ》れたあのあたゝかい感觸《かんしよく》が、榮《さかえ》に不《ふ》愉《ゆ》快《くわい》な不《ふ》滿《まん》足《ぞく》なものを殘《のこ》した時《とき》、榮《さかえ》は同時《どうじ》に、この感觸《かんしよく》が遠《とほ》く友達《ともだち》の感覺《かんかく》まで響《ひゞ》いてゆくやうな、物《もの》に襲《おそ》はれた氣《き》を味《あぢ》はつた。戀人《こひびと》がある女《をんな》に手《て》を與《あた》へた瞬《しゆん》間《かん》に、この友達《ともだち》に遠《とほ》く何《なに》か響《ひゞ》いたものがあつたに違《ちが》ひない。微《び》妙《めう》な心靈《しんれい》の響《ひゞ》きとは、榮《さかえ》がその時《とき》不《ふ》圖《と》して編《あ》んだ言葉《ことば》であつた。

あたゝかな手《て》の感觸《かんしよく》。それが榮《さかえ》の内《ない》臟《ざう》の奧《おく》まで徹《し》みとほつてゐた。ほんとうに榮《さかえ》には生《うま》れて初《はじ》めてのものがその身体《からだ》に印《いん》せられたのである。自《じ》分《ぶん》の肉《にく》が初《はじ》めて異性《いせい》の手《て》に觸《ふ》れたと云《い》つていゝのである。

然《し》かも蜂夫《みねを》と知《し》つてから、絶《た》えず榮《さかえ》の戀《こひ》ごゝろが男《をとこ》に向《むか》つて求《もと》めてゐた望《のぞ》みの一《ひ》とつが遂《と》げられたやうなものであつたが、榮《さかえ》には然《さ》うは思《おも》はれなかつた。

すべてが侮辱《ぶじよく》であつた。慚愧《ざんき》ばかりがその感觸《かんしよく》の上《うへ》に漂《たゞ》よつてゐた。殊《こと》に、男《をとこ》が自分《じぶん》の手《て》を取《と》つた刹那《せつな》に、自分《じぶん》ははつきりした意識《いしき》を持《も》ちながらその感觸《かんしよく》をぢつと保《たも》たうとした戀《こひ》の亂《みだ》れを思《おも》ふと、榮《さかえ》はどこまでも自《じ》分《ぶん》を厭《いや》なものに突《つ》き轉《ころ》がさずにはゐられなかつた。そうして、男《をとこ》の不《ふ》眞《しん》實《じつ》がその感觸《かんしよく》のうちに脈《みやく》を打《う》つてゐた。男《をとこ》の不《ふ》眞實《しんじつ》。男《をとこ》はまじめではなかつた。あれは僞《いつは》りの慾《よく》であつた。「私《わたし》は女《をんな》に荒《すさ》んでやりたい氣《き》がしてゐる。」とその少《すこ》し前《まへ》に男《をとこ》が云《い》つたではないか。

榮《さかえ》は住居《すまゐ》の方《はう》へは折《を》れずに、眞《ま》つ直《す》ぐに不忍池《しのばずのいけ》の方《はう》に向《むか》つて出《で》てしまつた。榮《さかえ》は家《うち》へ歸《かへ》つて父《ちゝ》の顏《かほ》が見《み》たくなかつたのである。日《ひ》が赤《あか》く傾《かた》いてゐた。

暗い空

田村俊子

六五

「お鐵《てつ》が怒《おこ》つてゐたぞ。」

父《ちゝ》の眞作《しんさく》は遲《おそ》く歸《かへ》つて來《き》た榮《さかえ》を見《み》ると、直《す》ぐに斯《こ》う云《い》つた。榮《さかえ》の振舞《ふるまひ》に我《わ》が儘勝手《まゝかつて》の多《おほ》いのを、眞作《しんさく》は今日《けふ》は殊《こと》に腹《はら》を立《た》つてゐた。

「あんまり常識外《じやうしきはづ》れですよ。」

來《き》たものを其《そ》の儘《まゝ》にして默《だま》つて出《で》て行《い》つて終《しま》つた榮《さかえ》を、叔母《をば》も斯《こ》う云《い》つて憤《おこ》つた。

「何《なに》かできてゐるなら結婚《けつこん》さしてしまつた方《はう》がいゝでせう。」

とも云《い》つた。然《さ》うして榮《さかえ》には約束《やくそく》した男《をとこ》でもあるのだらう。今《いま》もその男《をとこ》の許《ところ》へでも出《で》かけたのだらう。と嘲《てう》弄《ろう》を含《ふく》んだ物《もの》の云《い》ひ方《かた》をした。眞作《しんさく》は然《さ》うした叔母《をば》の言葉《ことば》を思《おも》ひ浮《うか》べながら、強《つよ》いことを云《い》ふ積《つも》りでゐたが、靜《しづか》な娘《むすめ》の態度《たいど》を見《み》ると、叱《しか》らうとした虚勢《きよせい》が崩《くづ》れて、後《あと》の言葉《ことば》が續《つゞ》かなかつた。父《ちゝ》が働《はたら》いたのか、座敷《ざしき》がよく片付《かたつ》いてゐた。方々《はう〴〵》の戸《と》閉《じま》りも濟《す》んでゐた。

「お鐵《てつ》の前《まへ》であんな事《こと》をしてくれると俺《おれ》が困《こま》るよ。彼女《あいつ》は不作法《ぶさはふ》だからな。直《す》ぐにお前逹《まへたち》の惡口《あくこう》をするからな俺《おれ》はそんな事《こと》は聞《き》きたくないんだから。又《また》、あんな時《とき》は挨拶《あいさつ》して出《で》て行《ゆ》くのが當然《たうぜん》だらう、默《だま》つて家《うち》を出《で》てゆくと云《い》ふ法《はふ》はない。」

榮《さかえ》は自分《じぶん》の顏《かほ》が赤《あか》くなつたと思《おも》つたので、茶《ちや》の間《ま》の方《はう》に入《はい》つて來《き》た。灯火《あかり》の點《つ》いてない暗《くら》い室《しつ》に入《はい》ると、一時《じ》に赫《くわつ》として身体《からだ》がふら〳〵した。榮《さかえ》は何時《いつ》までもこの暗《くら》い中《なか》に着《き》物《もの》を脱《ぬ》ぎかけたまゝ蹲踞《うづくま》つて、熱《あつ》くなつた頬《ほゝ》を兩手《りやうて》で押《おさ》へてゐた。

劇場《げきぢやう》にゐて一日《にち》疲《つか》れたやうな、萎《な》えた憧憬《どうけい》がその氣分《きぶん》になつかしく絡《から》んでゐた。と、不思議《ふしぎ》にあの勞働者《らうどうしや》の顏《かほ》がまた思《おも》はれ出《だ》した。榮《さかえ》の神經《しんけい》に、その男《をとこ》の眉《まゆ》の濃《こ》い顏《かほ》が大《おほ》きく大《おほ》きく擴《ひろ》がつてぼんやりと映《うつ》つた。

榮《さかえ》が再《ふたゝ》び父《ちゝ》の前《まへ》に行《ゆ》くと、自分《じぶん》の傍《わき》に坐《すわ》つた娘《むすめ》の顏《かほ》を眞正面《まとも》に見《み》ることのできない風《ふう》で、眞作《しんさく》は俯向《うつむ》いて煙草《たばこ》の粉《こな》を弄《いぢ》つてゐたが、明日《あす》田舍《ゐなか》の兄《あに》のところへ行《い》かうと思《おも》つてゐると云《い》つた。

「それで相談《さうだん》があるのだが。」

父《ちゝ》はおづ〳〵した樣子《やうす》をしてゐると榮《さかえ》は思《おも》つた。腹部《ふくぶ》の窪《くぼ》んだ上《うへ》に皺《しわ》苦《く》茶《ちや》になつて細《ほそ》く括《くゝ》れてゐる茶色木綿《ちやいろもめん》の兵子帶《へこおび》に、榮《さかえ》は眼《め》をやりながら口《くち》數《かず》を少《すくな》くしてゐた。榮《さかえ》は妹《いもうと》が不在《るす》になつて、父《ちゝ》と二人限《ふたりぎり》でゐる日《ひ》が續《つゞ》くやうになつてから、この家《や》の空氣《くうき》が一種《しゆ》の羞恥《しうち》を帶《おび》るやうになつて、榮《さかえ》はそれが堪《た》へられない氣《き》がした。榮《さかえ》は成《な》る丈父《たけちゝ》をはなれて一人《ひとり》を守《まも》つてゐた。これ迄《まで》は手《て》にした事《こと》のある白粉《おしろい》も、油《あぶら》も、妹《いもうと》が居《ゐ》なくなつてから榮《さかえ》は一切用《いつせつもち》ひないやうになつた。父《ちゝ》の前《まへ》で、自身《じしん》を女《をんな》だと意識《いしき》する事《こと》すらも榮《さかえ》には厭《いや》であつた。父《ちゝ》は自分《じぶん》の持《も》つてゐる金《かね》が田舎《ゐなか》へ行《ゆ》くだけの旅費《りよひ》にも足《た》りないことを榮《さかえ》に告《つ》げた。

「えゝ、私《わたし》が明日調《みやうにちこしら》へて來《き》ますから」

榮《さかえ》は明日《みやうにち》こそ築地《つきぢ》へ行《ゆ》かなければならないと思《おも》つた。それから榮《さかえ》は、伯《を》父《ぢ》のところへ行《い》つても金《かね》などを出《だ》す筈《はず》はないのだからと云《い》ふ樣《やう》な事《こと》を、世間馴《せけんな》れない初心《うぶ》らしい口調《くてう》で父《ちゝ》に説《と》いた。眞作《しんさく》は、若《も》し兄《あに》の奴《やつ》が金《かね》を出《だ》さなければ、酒《さけ》を飲《の》んで毎日暴《まいにちあば》れてやるまでの事《こと》だと云《い》つた。

暗い空

田村俊子

六

父《ちゝ》の歸《かへ》つてゐること。その父《ちゝ》が零落《れいらく》してゐること。自分《じぶん》たち姉妹《きやうだい》がその爲《ため》に困《こま》つてゐることなどを、榮《さかえ》は櫻子《さくらこ》の枕許《まくらもと》で話《はな》した。櫻子《さくらこ》はこの四五日《にち》風邪《ふうじや》で寢《ね》てゐたところであつた。然《さ》う云《い》ふ人《ひと》の困《こま》る話《はなし》は、今朝《けさ》は聞《き》きたくも無《な》さそうな氣色《けしき》が見《み》えて、櫻《さくら》子《こ》は横《よこ》になつた儘《まゝ》眼《め》を瞑《つぶ》つたり開《ひら》いたりしてゐたが、

「どのくらゐ要《い》り用《よう》なの。」

と云《い》つて床《とこ》の上《うへ》に起《お》き返《かへ》つた頃《ころ》には、榮《さかえ》の話《はなし》に少《すこ》しは同情《どうじやう》を持《も》つてゐた。榮《さかえ》は自分《じぶん》ながら哀訴的《あいそてき》な調子《てうし》が巧《たくみ》に言葉《ことば》を彩《いろど》るのを不快《ふくわい》に感《かん》じながら、金《かね》の額《たか》などは判然《はつきり》とも打《う》ち出《だ》せなかつた。

櫻子《さくらこ》は床《とこ》の間《ま》の違《ちが》ひ棚《だな》に紙入《かみい》れがはいつてると云《い》つて、榮《さかえ》に出《だ》して來《こ》させた。その中《なか》から折目《をりめ》のつかない大《おほ》きい紙幣《さつ》を二枚《まい》出《だ》して榮《さかえ》に渡《わた》した。

「足《た》りなくつてもそれで間《ま》に合《あ》はせてお置《お》きなさい。」

櫻子《さくらこ》は一寸《ちよつと》、其美《そのうつく》しい眼《め》に慢《まん》じた笑《わら》ひを盛らせたが、又夜《またよ》着《ぎ》のうちに横《よこ》になつた。もう直《ぢ》き東京《とうきやう》での興行《こうぎやう》が初《はじ》まるので、今日《けふ》はその作者《さくしや》と逢《あ》ふ筈《はず》だと云《い》ふ話《はなし》であつた。

「今日《けふ》いつしよに行《ゆ》きませんか。」

と櫻子《さくらこ》は勸《すゝ》めたが、榮《さかえ》は父《ちゝ》を出《た》立たしてやらなければならないので、斷《ことわ》つた。

「外國《あつち》へ行《ゆ》く決心《けつしん》は何《ど》う成《なり》ました。」

「まだ解《わか》りません。」

「九月《ぐわつ》の末《すゑ》か十月《ぐわつ》の初《はじめ》にはいよ〳〵出《で》かけますよ。」

「父《ちゝ》が何《ど》うにかならなければ私《わたし》の處《しよ》

置《ち》にも困《こま》ります。」

「然《さ》うですねえ。」

と櫻子《さくらこ》は眼《め》を榮《さかえ》の顔《かほ》の上《うへ》に据《す》ゑて少《しば》時《らく》考《かんが》へる風《ふう》をした。

「妹《いもうと》さんがあるのだから、その人《ひと》の方《はう》へでも預《あづ》けて行《い》つたらどうです。何《ど》うにかなるでせう。」

こんな會話《くわいわ》が二人《ふたり》の間《あひだ》にあつてから、榮《さかえ》はやがて富田《とみた》の家《いへ》を出《で》た。父《ちゝ》の眞作《しんさく》は榮《さかえ》の歸《かへ》つてくるのを待《ま》つてゐた。榮《さかえ》から調へた金《かね》を渡《わた》されると、父《ちゝ》はよろこんで、

「氣《き》の毒《どく》だな。」

と云《い》つて其《そ》れを自分《じぶん》の紙入《かみい》れにをさめた。厚《あつ》ぼつたいネルの上《うへ》に黒《くろ》の羽《は》織《おり》を着《き》て、紺足袋《こんたび》を穿《は》いて、父《ちゝ》は家《うち》を出《で》た。どんよりと日《ひ》が曇《くも》つて、ざわ〳〵と水《みづ》の流《なが》れのやうな音《おと》をたてゝ風《かぜ》が淋《さび》しく吹《ふ》いてる日《ひ》であつた。

この頃《ごろ》になつて少《すこ》しは強固《しつかり》してきた父《ちゝ》の歩調《あしどり》を榮《さかえ》は格子《かうし》の前《まへ》に立《た》つて見《み》送《おく》つた。

「四五日《にち》不在《るす》にしますから、それでは行《い》つて來《く》るよ。」

と出《で》てゆく時《とき》に云《い》つた父《ちゝ》の聲《こゑ》が、榮《さかえ》の耳《みゝ》に殘《のこ》つた、例《れい》の赤《あか》ちやけたパナマの帽子《ばうし》が見《み》えなくなると、榮《さかえ》は悲《かな》しみが込《こ》み上《あ》げてきて其所《そこ》に立《た》つてゐられなかつた。家《うち》にはいると、さめ〴〵と涙《なみだ》が流《なが》れた。榮《さかえ》は窓《まど》の際《きは》へ行《い》つて庭《には》の黄楊《つげ》の白《しろ》い花《はな》を涙《なみだ》の眼《め》で見《み》るともなく見《み》てゐた。悲《かな》しいのは唯《たゞ》父《ちゝ》への思慕《しぼ》の情《じやう》なのであつた。榮《さかえ》は父《ちゝ》が悲《かな》しくてやゝ長《なが》い間《あひだ》立《た》つたまゝで涙《なみだ》をこぼしてゐた。

榮《さかえ》は父《ちゝ》の上《うへ》がその心《こゝろ》から離《はな》れなかつた。短《みじか》い旅《たび》の間《あひだ》に何《なに》か不慮《ふりよ》な變事《へんじ》がこの父《ちゝ》の上《うへ》に起《おこ》るやうな不安《ふあん》が、榮《さかえ》の胸《むね》を騒《さわ》がせたり、急激《きふげき》に父《ちゝ》の身《み》に病氣《びやうき》などが發《はつ》して、伯父《をぢ》の家《うち》で寢付《ねつ》くやうな事《こと》に成《な》りはしないかと思《おも》はれたりした。

この二三週間《しうかん》、遠《とほ》く別《わか》れてゐた父《ちゝ》さ接《せつ》してから、やつぱりこれほどに父《ちゝ》な痛切《つうせつ》に思《おも》ふ情《じやう》が自分《じぶん》の心《こゝろ》に現《あらは》れてゐたことを、榮《さかえ》は悲《かな》しく自身《じしん》で眺《なが》めた。何《ど》うかしてあの父《ちゝ》を安《やす》らかにあらせたい。自分《じぶん》たちが物質上《ぶつしつじやう》にも相當《さうたう》な働《はたら》きを持《も》つて樂《らく》な生活《せいくわつ》を送《おく》つて行《い》かれたなら、父《ちゝ》もあれほどに金《か》錢《ね》の事《こと》で苛々《いら〳〵》もしないに違《ちが》ひない。

暗い空

六七

田村俊子

物質上《ぶつしつじやう》の豊《ゆた》かな生活《せいくわつ》、それが求《もと》めて得《え》られさへすれば、親子《おやこ》三人《にん》が兎《と》に角幸福《かくかうふく》であられるのである。もつと確實《かくじつ》な職《しよく》に就《つ》いて自分《じぶん》も働《はたら》かなくてはならないと云《い》ふ事《こと》が榮に烈《はげ》しく思《おも》はれた。

榮はやがて窓《まど》の障子《しやうじ》や縁《えん》の障子《しやうじ》を取《と》り外《はづ》して、狹《せま》い家《うち》のなかを開《あ》けひろげた。押入《おしい》れの隅《すみ》から巻《ま》いてあつた小《ちい》さい伊豫《いよ》簾を引《ひ》き出《だ》して、それを窓《まど》にかけたり、二時間《じかん》ほどかゝつて、榮は座敷《ざしき》の掃除《さうぢ》や、自分《じぶん》の机《つくゑ》の周圍《しうゐ》などを奇麗《きれい》に片付《かたつ》けた。散《ち》らけてゐるものは押入《おしい》れへ突《つ》つ込《こ》んで唐紙《からかみ》をぴつたり閉《し》めた。光線《くわうせん》がよろこんで方々《はう〴〵》の開《ひら》かれたところから室《しつ》の中《なか》に射《さ》し込《こ》んだ。唐紙《からかみ》の模様《もやう》の銀粉《ぎんぷん》が明《あか》るく光線《くわうせん》を受《う》けて浮出《うきだ》してゐたつ まだ肌《はだへ》に寒《さむ》い氣《き》はしたが、紺縮《こんちゞ》みの浴衣《ゆかた》に着《き》かへて、格子《かうし》に釘《くぎ》をさして置《お》いて榮は湯《ゆ》に出《で》かけた。その歸途《かへり》に、花屋《はなや》で見付《みつ》けた盛《さか》りの過《す》ぎた芍《しやく》藥《やく》の花《はな》を買《か》つてくると、榮は竹筒《たけづゝ》に花《はな》を短《みぢか》く盛《もつ》て、其《そ》れを本箱《ほんばこ》の上《うへ》においたりした。誰《た》れもゐない靜《しづ》かな家《いへ》の中《なか》に、赤《あか》い花《はな》が久《ひさ》しぶりで匂《にほ》やかな息《いき》を吐《は》いてゐた。

夜《よる》になつて雨《あめ》が降《ふ》りだした。晝間《ひるま》窓《まど》にかけた簾《すだれ》がはた〳〵と音《おと》を打《う》たしてゐた。障子《しやうじ》の除《さ》れた裸體《はだか》な雨戸《あまど》が、榮の眼《め》に荒涼《くわうりやう》とした感《かん》じを與《あた》へて、雨《あめ》の響《ひゞ》きが殊《こと》に強《つよ》く淋《さび》しく耳《みゝ》についたが、榮はもう一度《ど》障子《しやうじ》を入《い》れるのも億劫《おくくう》でその儘《まゝ》にしてゐた。榮はふと母《はゝ》の殘《のこ》しておいた繪双紙《ゑざうし》などがこんな晩《ばん》に見《み》たくなつて、黑《くろ》の一閑張《いつかんばり》の手文庫《てぶんこ》を燈火《あかり》の下《した》に持《も》ち出《だ》してきた。榮はいつも、昔《むかし》の牧《まき》の家《いへ》の祖《そ》父《ふ》や母《はゝ》の榮華《えいぐわ》がこの文庫《ぶんこ》にいつぱい詰《つ》まつてゐる錦繪《にしきゑ》のなかに、廢滅《はいめつ》の匂《にほ》ひを帶《お》んで哀愁的《あいしうてき》の情調《じやうてう》を忍《しの》ばせてゐるやうな氣《き》もするのである。優《やさ》しい母《はゝ》の追憶《つゐおく》が、必《かなら》ず榮にこの文庫《ぶんこ》を取《と》り出《だ》させた。そうして母《はゝ》の若《わか》い命《いのち》を、古《ふる》い役者《やくしや》の似顔繪《にがほゑ》の影《かげ》から吸《す》ひ取《と》つて懷《なつか》しい思《おも》ひに耽《ふけ》つた。

榮は引《ひ》きめくつてゆく繪《ゑ》の中《なか》から、國貞《くにさだ》の描《か》いた忠臣藏《ちうしんぐら》の見立繪《みたてゑ》のおかるの繪《ゑ》を、壁《かべ》に針《はり》で留《と》めて下《さ》げて見《み》たりした。「泥中《でいちう》の蓮《はちす》砂《さ》中の黄金《こがね》夫《をつと》の爲《ため》に苦界《くがい》にしづめど河竹《かはたけ》の節《せつ》にのぞみ兄《あに》のために 弟《おとうと》を殺《ころ》して其忠《そのちう》を……」とおかるの繪《ゑ》の上《うへ》に書《か》き記《しる》してある斯《か》う云《い》ふ文《ぶん》を、榮は初《はじめ》て氣《き》が付《つ》いて面白《おもしろ》く思《おも》ひながら、青《あを》い灯《ひ》の影《かげ》で顏《かほ》を仰向《あふむ》けて其《そ》れを讀《よ》んで見《み》たりした。紅麻《べにあさ》の葉《は》のおかるの衣裳《いしやう》が、美《うつく》しくなまめいてゐた。水淺黄《みづあさぎ》の島《しま》田《た》の布れが、笄《かうがい》の下《した》に亂《みだ》れて動《うご》いて見《み》えた。

暗い空

榮は横《よこ》になつて顋《あご》に掌《てのひら》を支《か》ひながらこの繪《ゑ》を見詰《みつ》めてゐた。小《ちひ》さくて踊《をど》りの上手《じやうず》であつた母《はゝ》の姿《すがた》がこの繪《ゑ》の姿《すがた》に紛《まぎ》れて見《み》えた。祖父《そふ》が自慢《じまん》で、母《はゝ》の踊《をど》り姿《すがた》を鳶《とび》の若《わか》い者《もの》に抱《だ》かせて近所《きんじよ》を連《つ》れ歩《ある》いたと云《い》ふ話《はなし》などを思《おも》ひ出《だ》してゐた。榮《さかえ》は懷《なつ》かしい母《はゝ》の死《し》を考《かんが》へてゐるうちに、ふと自分《じぶん》も何《い》時《つ》でも死《し》ねるやうな氣安《きやす》い心持《こゝろもち》がした。だん〳〵に苦《くる》しくなつてゆく自《じ》分《ぶん》の生活《せいくわつ》からいつでも容易《ようい》に脱《ぬ》けられるやうな氣《き》がした。頽廢的《たいはいてき》な物憂《ものう》ひ今夜《こんや》の情緒《じやうちよ》が、母《はゝ》の死《し》の追憶《つゐおく》の痛《いた》はしさと溶《と》けあつて、榮《さかえ》は母《はゝ》と同《おな》じ死《し》に誘《さそ》はれることに惱《なや》ましい憧憬《しようけい》を覺《おぼ》えた。

六八

田村俊子

榮《さかえ》は母《はゝ》が戀《こひ》しくて聲《こゑ》を出《だ》して泣《な》きたいやうになつた。母《はゝ》が時々《ときどき》語《かた》り殘《のこ》した昔《むかし》の牧《まき》の家《いへ》の全盛《ぜんせい》な時代《じだい》が、美《うつく》しい芝居《しばゐ》の世話《せわ》ものゝある幕《まく》でも見《み》る樣《やう》に、榮《さかえ》の目《め》にいつまでも次《つぎ》〳〵と浮《うか》んだり消《き》えたりした。庭《には》の池《いけ》に杜若《かきつばた》の咲《さ》いてゐる入谷《いりや》田甫《たんぼ》にあつた寮《れう》の庭先《にはさき》などが思《おも》はれた。垣根《かきね》の向《むか》ふが見渡《みわた》す限《かぎ》りの青《あを》い田甫《たんぼ》であつた。その縁《えん》に腰《こし》をかけて、雨《あめ》の降《ふ》る日《ひ》に遠《とほ》く田植女《たうゑをんな》の白《しろ》い笠《かさ》の動《うご》くのを見《み》てゐると、それはたまらなく悲《かな》しくなつて涙《なみだ》がこぼれたと母《はゝ》がよく話《はな》した。それが母《はゝ》の十五六の頃《ころ》であつた。その寮《れう》には祖父《そふ》の妾《めかけ》が住《す》んでゐた。女《をんな》は子飼《こが》ひからの吉原育《よしはらそだ》ちであつた。蒔繪《まきゑ》の煙草盆《たばこぼん》に銀《ぎん》の延《の》べ煙管《きせる》が——芝居好《しばゐず》きの祖父《そふ》は道樂《だうらく》で然《さ》う云《い》ふ趣味《しゆみ》の座敷道具《ざしきだうぐ》を好《この》んでゐた。——朱《しゆ》の塗《ぬ》り骨《ぼね》の行燈《あんどう》の影《かげ》になつて宵《よひ》の座敷《ざしき》に出《で》てゐたと云《い》ふことが、榮《さかえ》には夢《ゆめ》のやうに思《おも》はれた。田甫《たんぼ》からは螢《ほたる》が飛《と》んで來《く》て、五月雨《さみだれ》の降《ふ》る晝間《ひるま》杜鵑《ほとゝぎす》がよく鳴《な》いたと母《はゝ》が話《はな》した。榮《さかえ》はその寮《れう》の住居《すまゐ》が殊《こと》に今夜《こんや》はなつかしく偲《しの》ばれた。

外《そと》の雨《あめ》の音《おと》を聞《き》きながら、その頃《ころ》の雨《あめ》に蛙《かはづ》の鳴《な》く寮《れう》の夜《よ》るなどを遣《や》る瀬《せ》ない詩情《しじやう》で心《こゝろ》に描《えが》いて見《み》た。母《はゝ》が然《さ》うして寮《れう》の縁《えん》にかけて泣《な》いたのは、その頃《ころ》婿《むこ》の相談《さうだん》があつたからであつた。婿《むこ》が來《き》てから(榮《さかえ》の父《ちゝ》)母《はゝ》は其《そ》れを厭《いと》つて、よく寮《れう》に逃《に》げて行《い》つたと云《い》ふ話《はなし》も聞《き》いてゐた。然《さ》うして母《はゝ》は祖父《そふ》の妾《めかけ》に琴《こと》を教《をそ》はりながらその獄《らう》で暮《くら》してゐると、直《ぢ》きに家《うち》のものに迎《むか》ひに來《こ》られてはいや〳〵歸《かへ》つて行《い》つた。

榮《さかえ》は紅《べに》の夢《ゆめ》で掩《おほ》はれて育《そだ》つた母《はゝ》の姿《すがた》を可憐《いとほ》しく思《おも》ひ詰《つ》めた。その夢《ゆめ》を父《ちゝ》に破《やぶ》られた母《はゝ》は、現實《げんじつ》の生活《せいくわつ》の恐《おそ》ろしさにおびえ通《とほ》しながら、やがて永《なが》い夢《ゆめ》のなかに消《き》えていつたのである。榮《さかえ》は自分《じぶん》の生《せい》を通《とほ》して、自分《じぶん》の戀慕《こひした》ふのは母《はゝ》の魂《たましひ》より外《ほか》にはない氣《き》がした。榮《さかえ》は母《はゝ》が戀《こひ》しかつた。指《ゆび》先《さき》で唇《くちびる》を抑《おさ》へて齒《は》で唇《くちびる》を噛《か》ませる癖《くせ》や、いつも裾《すそ》を長《なが》く着《き》てゐた母《はゝ》の質素《じみ》な後姿《うしろすがた》とが榮《さかえ》の心《こころ》に浮《うか》んだ。

榮《さかえ》は母《はゝ》をぢつと思《おも》つた。何處《どこ》か明《あか》るい明《あか》るい天日《てんぴ》の下《した》を朦朧《もうろう》と歩《ある》いてゆくやうな母《はゝ》の形《かたち》が幻影《まぼろし》に映《うつ》つた。其《そ》れを夢見《ゆめみ》るやうに追《お》つてゆくと、やがて追憶《つゐおく》が病院《びやうゐん》の一室《いつしつ》に移《うつ》つていつた。白《しろ》い敷布《シーツ》の上《うへ》で息《いき》を引取《ひきと》つた母《はゝ》の屍骸《しがい》に、醫師《いし》がもう一度《いちど》呼吸《こきふ》を起《おこ》させ樣《やう》として其腹部《そのふくぶ》を押《お》してゐた。

榮《さかえ》はふと目《め》が覺《さ》めたやうに死《し》と云《い》ふ事實《じじつ》が恐《おそ》ろしく思《おも》はれた。小鼻《こばな》の落《お》ちた母《はゝ》の高《たか》い鼻《はな》と、肉《にく》のとれた尖《さき》つた頬骨《ほゝぼね》とに、死《し》の永久《えいきう》の醜《みにく》い印象《いんしやう》が、知《し》らず〳〵自分《じぶん》の心《こゝろ》に刻《きざ》まれてゐたことに氣《き》が付《つ》いて榮《さかえ》はびつくりした。榮《さかえ》の心《こゝろ》に浮《うか》んだ九《く》年前《ねんぜん》のその母《はゝ》の死《し》に顏《がほ》は、決《けつ》して今《いま》の榮《さかえ》の胸《むね》に涙《なみだ》を誘《さそ》はなかつた。母《はゝ》の追憶《つゐおく》がその死《し》の姿《すがた》に行《い》つた時《とき》に、急《きふ》に母《はゝ》を思《おも》ふ悲《かな》しみが消《き》えたのである。榮《さかえ》には其《そ》れが何《なん》の爲《ため》であつたか解《わか》らなかつた。生前《せいぜん》の母《はゝ》の追憶《つゐおく》が悲《かな》しく、そうして母《はゝ》の幼《をさな》い昔《むかし》の追憶《つゐおく》が戀《こひ》しくなつかしかつたのに、その母《はゝ》の死《し》の姿《すがた》をあり〳〵と思《おも》ひ浮《うか》べた時《とき》に、悲《かな》しみも戀《こひ》しさも一時《いちじ》に隱《かく》れて行《い》つた氣《き》がした。そうして榮《さかえ》は母《はゝ》と同《おな》じ死《し》に誘《さそ》はれることに憧憬《あこがれ》を覺《おぼ》えたさつきの一時《じ》の惱《なや》みが、自然《しぜん》と母《はゝ》の死《し》の姿《すがた》の陰《かげ》に覺《さ》めていつたことを知《し》つた。母《はゝ》の死《し》の姿《すがた》はもう再《ふたゝ》び思《おも》ひ出《だ》してはならない樣《やう》な氣《き》さへした。

榮《さかえ》は繪《ゑ》を片付《かたづ》けて机《つくゑ》の前《まへ》に來《き》た。繪《ゑ》の色彩《しきさい》がまだちら〳〵してゐるやうに、寮《れう》の夜《よ》るの行燈《あんどん》の灯影《ほかげ》が想像《さうざう》のまゝ薄《うつ》すりと心《こゝろ》に殘《のこ》つてゐた。だが榮《さかえ》は氣《き》を持《も》ち直《なほ》して、何《ど》う云《い》ふ生活《せいくわつ》が自分《じぶん》にとつていちばん眞實《しんじつ》な生活《せいくわつ》だらうかと云《い》ふ事《こと》を考《かんが》へ初《はじ》めた。

暗い空

六九

田村俊子

そこへ雨《あめ》に濡《ぬ》れた封書《ふうしよ》が二通《につう》いつしよに來《き》た。一《ひ》とつは咲子《さきこ》から、一《ひ》とつは錄子《ろくこ》から來《き》たのであつた。

咲子《さきこ》の手紙《てがみ》には、その手紙《でがみ》を書《か》いた日《ひ》の朝《あさ》から、すつかり身体《からだ》の工合《ぐあひ》が惡《わ》るくなつて、床《とこ》に就《つ》いたと云《い》ふをが書《か》いてあつた。來《き》たばかりの家《いへ》に氣《き》の毒《どく》なので、無理《むり》をしても起《お》きるつもりでゐるが、斯《か》う云《い》ふ身体《からだ》では此家《ここ》にも長《なが》くは務《つと》まらないやうな氣《き》がする。其《そ》れに馴染《なじみ》の薄《うす》い家《いへ》の人《ひと》たちだから、斯《か》うしてゐても氣《き》がひけるやうで神經《しんけい》が殊《こと》に勞《つか》れる。と云《い》ふ意味《いみ》が、哀《あは》れに手紙《てがみ》の上《うへ》に表《あら》はれてゐた。千葉《ちば》へ行《い》つてからまだ一週間《しうかん》にもならない程《ほど》である。榮《さかえ》は妹《いもうと》が千葉《ちば》へ行《ゆ》く前《まへ》の身体《からだ》の工合《ぐあひ》などを想《おも》ひ起《おこ》した。妹《いもうと》が強情《がうじやう》に出《で》かけて行《い》つたとは云《い》ふものゝ、もう少《すこ》し強《つよ》く云《い》つて引留《ひきと》めなければならない筈《はず》であつたと云《い》ふ悔《く》いも出《で》た。この前《ぜん》に田舍《ゐなか》のある學校《がくかう》に雇《やと》はれて行《い》つた時《とき》も、一二ケ月《げつ》で咲子《さきこ》は病氣《びやうき》を起《おこ》して東京《とうきやう》に歸《かへ》つて來《き》たのである。その時《とき》から惡《わ》るい病氣《びやうき》が妹《いもうと》の身《み》に兆《きざ》し初《はじ》めたと云《い》ふ事《こと》は榮《さかえ》は知《し》つてゐた。

「困《こま》つたことになつた。」

と榮《さかえ》は思《おも》つた。妹《いもうと》の墨《すみ》で書《か》かれた字《じ》の跡《あと》を辿《たど》りながら、他人《たにん》の家《いへ》に寢《ね》付《つ》いた妹《いもうと》の身《み》を思《おも》ひやつてゐると、直《す》ぐにも迎《むか》ひにでも行《ゆ》かなくてはならない樣《やう》に案《あん》じられた。

「千葉《ちば》へ行《ゆ》けば、きつとあなたの病氣《びやうき》は惡《わ》るくなる。健康《けんかう》ならいゝけれども、現在《げんざい》然《さ》うして身体《からだ》が良《よ》くないのだし、氣《き》ばかり強《つよ》がつても身体《からだ》の方《はう》は然《さ》うは行《い》きませんよ。」

と云《い》つた自分《じぶん》の言葉《ことば》が、實際《じつさい》に妹《いもうと》の身《み》を占《うらな》つた言葉《ことば》になつたと思《おも》ふと快《こゝろよ》くなかつた。心《こゝろ》に餘《あま》つた心配《しんぱい》な事《こと》が、咄嗟《とつさ》の間《ま》に殖《ふ》えひろがつてくるのも榮《さかえ》には、何《なん》とは知《し》れず恐《おそ》ろしかつた。

榮《さかえ》は錄子《ろくこ》の手紙《てがみ》を見《み》た。それには、二三日前《にちまへ》に來《き》た手紙《てがみ》と同《おな》じやうなことばかりが繰《く》り返《かへ》してあつた。峰夫《みねを》のところへ消息《せうそく》をしたと云《い》ふ事《こと》も書《か》いてあつた。

「とう〳〵我慢《がまん》ができないで手紙《てがみ》を出《だ》しました。余《よ》つぽど凡《すべ》てを打明《うちあ》けてやらうかとまで思《おも》つたのですが、それは考《かんが》へ直《なほ》しました。私《わたし》はいろ〳〵に迷《まよ》つてゐるけれども、父母《ふぼ》が頻《しき》りに物《もの》を可愛《かわい》がるほど、

暗い空

田村俊子

七〇

榮《さかえ》は友達《ともだち》の手紙《てがみ》を讀《よ》んで了《しま》つた時《とき》に、輕《かる》い反感《はんかん》が手紙《てがみ》の上《うへ》から彈《はじ》き返《かへ》つて來《き》たと思《おも》つたが、間《ま》もなく平靜《へいせい》になつた。

停車場《ステーション》で別《わか》れた時《とき》、友達《ともだち》がまだ男《をとこ》に對《たい》する怒《いか》りを持《ぢ》しながら「東京《とうきやう》へは引《ひ》つ歸《かへ》すにしても、峰夫《みねを》のところへは決《けつ》して歸《かへ》らない。」と云《い》ひ張《は》つた友達《ともだち》に、榮《さかえ》は明《あき》らかに不快《ふくわい》を覺《おぼ》えたのであつたが、それとは反對《はんたい》に今《いま》は、斯《か》うして峰夫《みねを》との結婚《けつこん》の幸福《かうふく》を夢《ゆめ》見《み》るやうになつた友達《ともだち》を榮《さかえ》は却《かへ》つて蔑《さげす》まずにはゐられない氣《き》がしてゐるのである。榮《さかえ》が斯《か》う感《かん》じたのは强《あなが》ち嫉妬《しつと》ばかりではなかつた。友達《ともだち》の思《し》想《さう》の徹底《てつてい》しないことが榮《さかえ》には歯痒《はがゆ》い

私《わたし》には何《ど》うしても何《なに》も云《い》へない樣《やう》です。それに兄《あに》も嫂《あによめ》もゐるのですからね。人間《にんげん》は兄弟《きやうだい》に對《たい》しても其《そ》れ相當《さうたう》の体面《たいめん》を保《たも》たなくちやならないですからね。私《わたし》はきつと其《そ》の内《うち》に東京《とうきやう》へ歸《かへ》つてゆくだらうと思《おも》ひますよ。私《わたし》には自分《じぶん》の將來《しやうらい》が見《み》える氣《き》がしますよ。其《そ》れは極《ご》く平凡《へいぼん》になつて現《あら》はれてくるのです。私《わたし》が家庭《かてい》を持《も》つのです。然《さ》うしてそこで事を生《う》むのです。私《わたし》は此家《ここ》へ何《なに》しに歸《かへ》つて來《き》たと思《おも》ひます。親《おや》のところへ結婚《けつこん》を許《ゆる》しに貰《もら》ひに來《き》たのです。私《わたし》は近《ちか》い内《うち》に親《おや》へ對《たい》してきつと口《くち》を切《き》りますが、その時私《わたし》はきつと斯《か》う云《い》ふだらうと思《おも》ふんです。ですが、その人《ひと》と結婚《けつこん》をします。親《おや》もきつと其《そ》れを喜《よろこ》ぶに違《ちが》ひないのです。私《わたし》は自分《じぶん》の上《うへ》に然《さ》う云《い》ふ傾向《けいかう》を見出《みいだ》してゐるのです。」

榮《さかえ》はその手紙《てがみ》を又《また》封筒《ふうとう》に入《い》れて机《つくゑ》の上においた。

正誤　六十七回中「兄のために弟を殺し」は「身を殺し」の誤り

やうな氣《き》がするのも、結婚《けつこん》を心《こゝろ》に描《ゑが》くやうになつた友達《ともだち》に對《たい》して蔑《さげす》みを持《も》つ一《ひ》とつの理由《わけ》なのであつた。

今《いま》思《おも》ひ返《かへ》すと、郊外《かうぐわい》の白壁《しらかべ》に包《つゝ》まれた畫室《ぐわしつ》で「消滅《せうめつ》」の惡夢《あくむ》に襲《おそ》はれながら、戀《こひ》も男《をとこ》も呪咀《じゆそ》してゐた時《とき》の友達《ともだち》の苦悶《くもん》にこそ、遙《はるか》に深《ふか》い思想《しさう》の光《ひかり》が見《み》えてゐた。その光《ひかり》がだん／＼に薄《うす》れてゆくのである。榮《えいこ》には其《そ》れが惜《をし》いやうな氣《き》がした。あの反抗《はんかう》の態《たい》度《ど》を、友達《ともだち》が何時《いつ》まてゞも持《も》ち續《つゞ》けて、男《をとこ》を呪《のろ》ひ通《とほ》したらどんなに心持《こゝろもち》の快《い》いことだらう。汚辱《をじよく》を消滅《せうめつ》させて再《ふたゝ》び男《をとこ》には逢《あ》はないと云《い》つた友達《ともだち》の、あの燃《も》えるやうに輝《かゞや》かした眼《め》が、榮《えいこ》には大《おほ》きな藝術《げいじゆつ》にでも打《ぶ》つ突《つ》かつたやうに、今《いま》では却《かへつ》て魅力《みりよく》を感《かん》ずるやうにさへ思《おも》つた。そうして、峰夫《みねを》が製作《せいさく》してゐたあの友達《ともだち》の醜《みにく》い嘲弄《てうろう》を含《ふく》んだ顏《かほ》を思《おも》ひ浮《うか》べた時《とき》、その顏《かほ》の表情《へうじやう》に、榮《えいこ》は自分《じぶん》の感情《かんじやう》を引《ひ》き摺《ず》られるやうな強《つよ》い快感《くわいかん》があつた。

だが、その友達《ともだち》もやつぱり男《をとこ》の手《て》に歸《かへ》らうとしてゐるのである。友達《ともだち》はやがて東京《とうきやう》に引《ひ》つ返《かへ》して峰夫《みねを》と結婚《けつこん》するに違《ちが》ひない。それは直き事《こと》になるに違《ちが》ひない。そうして友達《ともだち》と峰夫《みねを》の名聲《めいせい》は、その結婚《けつこん》によつて一層圓滿《ゑんまん》に揚《あ》がつてゆく。友達自身《ともだちじしん》もきつとそこまで、想像《さうざう》の上《うへ》に幸福《かうふく》を見《み》出《いだ》してゐるのであらう。

「何《なん》と云《い》ふくだらない事《こと》だらう。」

と榮《えいこ》は思《おも》つた。榮《えいこ》は妹《いもうと》に手紙《てがみ》を書《か》かうとして紙《かみ》を展《ひろ》げた。

「私《わたし》は今夜《こんや》はお母《かあ》さんの事《こと》なんか思《おも》ひ出《だ》してゐたのですよ。お父《とう》さんはお留守《るす》です。今日《けふ》田舎《ゐなか》の伯父《をぢ》さんのところへ行《い》つたのです。一昨日《ひ》叔母《をば》さんが來《き》てね、それからお父《とう》さんは急《きふ》に伯父《をぢ》さんのところへ出掛《でか》ける氣《き》になつたんです。だから今日《けふ》は私《わたし》一人《り》なのです。そこへあなたの手紙《てがみ》が來《き》たのですよ。困《こま》りましたね。一日《にち》も早《はや》く歸《かへ》つて來《き》た方《はう》がよくはありませんか。そうして醫者《いしや》にかゝつて手當《てあ》てをしてね。早《はや》く癒《なほ》した方《はう》がいゝと思《おも》ふから。凡《すべ》て心配《しんぱい》しないで歸《かへ》つておいでなさい。私《わたし》は行《い》かなければよかつたんだと思《おも》つてゐるけれども、そんな事《こと》は今更《いまさら》云《い》つても仕方《しかた》がない。あんまり惡《わ》るくなるといけない。私《わたし》もひどく心配《しんぱい》になるから迎《むか》ひにでも行《い》つて上《あ》げやうかと思《おも》つてゐます。」

書《か》いてるうちに、しみ／＼した哀《あは》れな氣《き》になつて、優《やさ》しい情《じやう》が動《うご》いてゐた。

暗い空

田村俊子

七一

榮《えい》は外《そと》へ出《で》て妹《いもうと》へ宛《あ》てた手紙《てがみ》を投《とう》函《かん》して來《き》た。

斯《か》う云《い》ふ雨《あめ》の晩《ばん》におそく田舎《ゐなか》の町《まち》を探《さが》し廻《まは》つて、妹《いもうと》のゐる家《うち》にやつと辿《たど》り着《つ》くと、見《み》も知《し》らない人《ひと》たちに案内《あんない》されながら、病氣《びやうき》で寢《ね》てゐる妹《いもうと》の室《しつ》に入《はい》つて行《ゆ》く。――榮《えい》は然《さ》うした場景《ぢやうけい》をいくらか小説的《せうせつてき》の色彩《しきさい》をつけて想像《さうざう》しながら、机《つくゑ》の前《まへ》に坐《すわ》つて考《かんが》へ込《こ》んでゐた。

その獨心《こゝろ》の中《なか》では嘗《かつ》て覺えたことのない眞實《しんじつ》なものが妹《いもうと》に對《たい》して動《うご》いてゐた。妹《いもうと》とはまだ何《なん》にも心《こゝろ》から話《はな》し合《あ》つたことさへない隔な氣《き》がした。同《おな》じ母《はゝ》の胎内《たいない》に生《うま》れ合《あは》せて、一所《しよ》に育《そだ》つて來《き》た姉妹《きやうだい》は、大《おほ》きくなつて各自《てんで》に自分《じぶん》の世界《せかい》を描《ゑが》くやうになつてから何《なん》となく他《よそ》〳〵しくなつたやうな氣《き》がした。お互《たがひ》に何《なに》も知《し》られ度《た》くないやうに避《さ》け合《あ》つて來《き》たりした。妹《いもうと》の友達《ともだち》とは自分《じぶん》は知《し》らないし、自分《じぶん》の友達《ともだち》のことは妹《いもうと》は知《し》らないのである自分《じぶん》の戀《こひ》を妹《いもうと》が知《し》らないやうに、妹《いもうと》の戀《こひ》も自分《じぶん》は知《し》らないでゐる。あの妹《いもうと》にも戀《こひ》があるのではないか。

榮《えい》には妹《いもうと》が優《やさ》しく可愛《かあい》いものに思《おも》はれた。妹《いもうと》の身体《からだ》を快《よ》くする爲《ため》に自分《じぶん》はどんなにでも働《はたら》かなくてはならない。そうして父《ちゝ》の爲《た》めにも、隨さした頼《よ》りごころの多《おほ》い生活《せいくわつ》を始《はじ》めなくてはならない。三人《にん》は何《ど》うしても三人《にん》一所《しよ》に生《い》きて行《ゆ》かなくてはならないのである。妹《いもうと》が病氣《びやうき》で弱《よわ》く、父《ちゝ》が年《とし》を老《と》つて弱《よわ》ければ、その二人《ふたり》は何《ど》うあつても自分《じぶん》の肩《かた》に引《ひ》き受《う》けなければならないのである。

榮《えい》の氣《き》が滿《み》ちて、晝《ひる》のやうな奮發《ふんぱつ》した氣持《きもち》が湧《わ》き返《かへ》つて來《き》た。力《ちから》いつぱいに何《なん》でも働《はたら》けさうな強《つよ》いものがその身体《からだ》を緊《し》めつけるやうに思《おも》つた。榮《えい》は金《かね》を多《おほ》く得る職業《しよくげふ》を求《もと》めやうとして、廣《ひろ》く女《をんな》の職業《しよくげふ》だけに就《つ》いて頻《しき》りに考《かんが》へて見《み》た。

榮《えい》は緊張《きんちやう》した心持《こゝろもち》で、瓦斯《がす》を消《け》して臺洋燈《だいランプ》を點《つ》けて原稿紙《げんかうし》に書《か》き初《はじ》めた。これを短《みじか》くても書《か》き上《あ》げて了《しま》つたら、築地《つきぢ》へ行《ゆ》く前《まへ》まで關係《くわんけい》してゐたある雜誌社《ざつししや》へ持《も》つて行《い》つて見《み》やうと決心《けつしん》した。妹《いもうと》が歸《かへ》つてからの用意《ようい》の金《かね》が差《さ》し當《あた》つて欲《ほ》しいと思《おも》つたからである。書《か》くものは今宵《こよひ》の追懷《つゐくわい》から思《おも》ひ付《つ》いた想《さう》で、少女《せうぢよ》が亡《な》くなつた母《はゝ》を思《おも》ひながら夢《ゆめ》を見《み》るのである。夢《ゆめ》で母《はゝ》に逢《あ》ふと云《い》ふ單純《たんじゆん》なものである。それをお伽的《とぎてき》の散文詩《さんぶんし》のやうに書《か》いてゐるうちに、それが極《きは》めて美《うつく》しい辭句《じく》でつゞられゐると、だん〳〵にお伽歌劇《とぎかげき》の体《たい》になつて作《つく》られて行《い》つた。それに興《きよう》を起《おこ》すと、榮《さかえ》は一字《じ》一句《く》に凝《こ》り初《はじ》めた。夢《ゆめ》を見《み》るまでの少女《せうぢよ》の平凡な行爲《かうゐ》を、庭《には》の葡萄《ぶだう》棚《だな》の下《した》から始《はじ》めてそれに友達《ともだち》の少女《せうぢよ》を配《はい》したりした。

氣分《きぶん》が安靜《あんせい》になつて、今《いま》まで考《かんが》へてゐた生活上《せいくわつじやう》のことなどは奇麗《きれい》に消《き》えて行《い》つた。妹《いもうと》の病氣《びやうき》も、鑊子《かくこ》の手紙《てがみ》も、刺《とげ》で時々《ときどき》心《こゝろ》を突《つ》きほじられるやうに思《おも》つた不愉快《ふゆくわい》な戀《こひ》の聯想《れんさう》も、ペンの先《さき》に描《ゑが》かれてゆく美《うつく》しい少女《せうぢよ》の面影《おもかげ》にかくれた。夜《よ》が更《ふ》けても雨《あめ》は降《ふ》つてゐた。榮《さかえ》が漸《やつ》と寢床《ねどこ》に入《はい》つたのは三時《じ》頃《ごろ》であつた。壁《かべ》におかるの繪《ゑ》が殘《のこ》つてゐるのを榮《さかえ》は見《み》たが、その錦繪《にしきゑ》の夢《ゆめ》の中《なか》にもう自分《じぶん》の心《こゝろ》は浸《し》みては行《ゆ》かなかつた。いかにも幸《かう》福《ふく》な滿足《まんぞく》な世《よ》の中《なか》に生《い》きてゐるやうな心持《こゝろもち》で、榮《さかえ》は眠《ねむ》りに就《つ》いた。

暗い空

田村俊子

七二

父《ちゝ》の眞作《しんさく》は田舍《ゐなか》に行《い》つた限《き》りでまだ端書《はがき》一枚《まい》も寄越《よこ》してなかつた。妹《いもうと》からも身体《からだ》の工合《ぐあひ》が惡《わる》いながら勤《つと》められないこともないので其《そ》の儘《まゝ》續《つゞ》けてゐると云《い》つてよこしてから、半《はん》月《つき》ほどになるけれども、暫時《しばらく》音信《いんしん》がなかつた。何故《なにゆゑ》か榮《さかえ》は、父《ちゝ》や妹《いもうと》に宛《あ》てゝ情誼めいたことを云《い》つたり書《か》いたりしやうとすると、氣恥《きはづ》かしくて堪《たま》らなくなるのである。この頃《ごろ》は殊《こと》に離《はな》れてゐる父《ちゝ》や妹《いもうと》に對《たい》して深《ふか》い心《こゝろ》を感《かん》じてゐながら、榮《さかえ》は自分《じぶん》から訪《たづ》ねてやることもしないでゐた。

その間《あひだ》に榮《さかえ》は可成《かな》り勉強《べんきやう》をした。嘗《かつ》ての晩《ばん》から書《か》き初《はじ》めたものも、出來《でき》上《あが》つてからその雜誌《ざつし》へ載《の》せて貰《もら》ふことになつた。榮《さかえ》は宮田《みやた》の家《いへ》で時々《ときどき》出《で》逢《あ》ふあるお伽芝居《とぎしばゐ》の一座《いちざ》に關係《くわんけい》を持《も》つてる年《とし》の若《わか》い男《をとこ》を想《おも》ひ起《おこ》して、あの歌劇《かげき》がその男《をとこ》の考《かんが》へで上場《じやうぢやう》されるやうな運命《うんめい》になればいゝと云《い》ふ希望《のぞみ》をかけても見《み》たりした。今度《こんど》機好《をりよ》く出逢《であ》ふやうな日《ひ》があつたら、其《そ》れとなく意《い》を漏《も》らして見《み》やうか。——と、作《さく》の中《なか》の夢《ゆめ》の場《ば》で、美《うつく》しいその女主《ぢよしゆ》人公《じんこう》の少女《せうぢよ》と同年《どうねん》ほどに見《み》える少女《せうぢよ》に花園《はなぞの》の蔭《かげ》で邂逅《めぐりあ》ふところで、その少女《せうぢよ》が母《はゝ》と分《わか》つて女主人公《ぢよしゆじんこう》の少女《せうぢよ》が驚《おどろ》く邊《あた》りの婉麗《えんれい》な文章《ぶんしやう》に、榮《さかえ》は一人《ひとり》で醉《ゑ》ふやうな思《おも》ひがした。妹《いもうと》にもつと音樂《おんがく》の力《ちから》があつたらあの作《さく》の曲《きよく》など試《こゝろ》みに作《つく》つて貰《もら》ふ事《こと》が出來《でき》る。妹《いもうと》に音樂《おんがく》の才分《さいぶん》を養《やしな》はせて、全《まつた》く其《そ》の方《はう》で身《み》を立《た》てるやうな考《かんが》へを持《も》たせたい。だが妹《いもうと》にそんな事《こと》でも云《い》へば、妹《いもうと》は直《す》ぐに自分《じぶん》たちの生《せい》活《くわつ》を考《かんが》へなくちやならないと拒《こば》むに定《きま》つてゐるのである。貧窮《ひんきう》な境遇《きやうぐう》にあるものは藝術《げいじゆつ》などに憧《あこが》れてはならないと云《い》ふ考《かんが》へを持《も》つてゐる。藝術《げいじゆつ》は遊戯《いうぎ》だとおもつてゐる。あれが自《じ》分《ぶん》の氣《き》に入《い》らないところなのである。妹《いもうと》を兎《と》もするとなつかしく思《おも》ふ事《こと》のできないのは、あの妹《いもうと》の惡《わる》るくこせついた實際的《じつさいてき》な考《かんが》へが自分《じぶん》に邪魔《じやま》をするからである。——

榮《さかえ》は富田《とみた》の家《うち》にもあまり顔出《かほだ》しをしないでゐた。今《いま》のところ櫻子《さくらこ》は劇《しばゐ》の興行《こうぎやう》を思《おも》ひ止《や》めてゐるので、榮《さかえ》にも何《なん》の用事《ようじ》もない日《ひ》が多《おほ》かつた。四五日《にち》とつゞいて行《ゆ》かずにゐれば、櫻子《さくらこ》は端書《はがき》をよこして榮《さかえ》を呼《よ》び出《だ》したりしたが、榮《さかえ》は行《い》つてゐても格別《かくべつ》の仕《し》事《こと》がないので、無駄《むだ》な時間《じかん》を過《す》ごすやうな氣《き》がした。

「牧《まき》さんも隨行《ずゐかう》の一員《いちゐん》なんでせう。」

櫻子《さくらこ》の弟《おとうと》は榮《さかえ》を見《み》ると、氣《き》にかけて斯《こ》う云《い》つて聞《き》きだした。

「まだ定《き》まらないんですか。一人者《ひとりもの》なら行《い》つたつて差支《さしつかへ》がなさそうなもんですね。」

弟《おとうと》は事務《じむ》の室《へや》の壁《かべ》に寄《よ》りかゝつて、脛《すね》の出《で》た兩足《りやうあし》を投《な》げ出《だ》しながら、厭味《いやみ》のない笑《わら》ひを浮《うか》べて榮《さかえ》の話相手《はなしあひて》になることがあつた。その室《へや》に弟《おとうと》は妹《いもうと》の春子《はるこ》と二人《ふたり》で、姉《あね》の蔭口《かげぐち》を聞《き》いてる時《とき》などは、榮《さかえ》は默《だま》つて其室《そこ》を避《さ》けた。

「兄《にい》さんは牧《まき》さんが好《す》きでね。おかみさんに成《な》つてやると宜《よろ》しいのよ。」

春子《はるこ》は榮《さかえ》に揶揄《からか》つたりした。榮《さかえ》はこの妹《いもうと》が嫌《きら》ひで、肩越《かたご》しにぢつと視《し》線《せん》を向《む》けられると、榮《さかえ》はきつと顏《かほ》が赤《あか》くなつた。年齢《とし》は榮《さかえ》よりも下《した》であつたが、榮《さかえ》が物《もの》を云《い》ひかけても、機《き》嫌《げん》の惡《わる》い時《とき》には決《けつ》して其《そ》れに對《たい》して返事《へんじ》をしないやうな娘《こ》であつた。

榮《さかえ》は春子《はるこ》に何《なに》か云《い》ひ出《だ》す時《とき》には、いつもおど〳〵して判然《はつきり》と口《くち》が開《あ》けなかつた。其《そ》れが然《さ》も強《つよ》いものに媚《こ》びるやうな態度《たいど》に取《と》れて、榮《さかえ》は自身《じしん》を腹立《はらだた》しく思《おも》つたりする事《こと》があつた。

暗い空

田村俊子

七三

櫻子《さくらこ》の弟《をとうと》は、榮《さかえ》に外國《ぐわいこく》へ行《ゆ》くことを止《や》めさせやうとしてゐた。

「今度《こんだ》姉《あね》が行《い》つたつて好《い》い事《こと》はありやしません。年《とし》が年《とし》ですもの。氣《き》ばかり若《わか》くつたつて駄目《だめ》ですよ。僕《ぼく》は考《かんが》へてるが、ひどい御難《ごなん》に逢《あ》つて、彼《あ》方《つち》でのたれ死《じに》でも爲《し》なきやあ好《い》いと思《おも》つてゐる。姉《あね》は少《すこ》し精神《せいしん》が何《ど》うかしてゐるんでせう。金《かね》を出《だ》す奴《やつ》も考《かんが》へ中《ちう》ですからね。この話《はなし》はまあ八九分《ぶ》まで出來上《できあが》らないかもしれませんよ。又隨《またつ》いて行《ゆ》く奴《やつ》に碌《ろく》な者《もの》はゐやしない。——と云《い》つても是《これ》はあなたの事《こと》を云《い》つたのぢやありませんよ。誤解《ごかい》しないやうに。だから行《ゆ》くのはお考《かんが》へなさいと云《い》ふ事《こと》なんです。」

榮《さかえ》は弟《をとうと》から斯《か》う云《い》ふ言葉《ことば》を聞《き》くことがあつた。

外國《ぐわいこく》の旅《たび》——海《うみ》を越《こ》えて知《し》らない土地《とち》に渡《わた》つて行《ゆ》き、異國《いこく》の町《まち》の刺戟《しげき》的《てき》な灯《ともしび》の色《いろ》に、放浪《はうらう》の旅情《りよじやう》を忍《しの》ぶやるせない心持《こゝろもち》を想像《さうざう》して、榮《さかえ》は其《そ》れに誘惑《いうわく》を感《かん》じてくると、ヂプシーの群《む》れなどにまでも強《つよ》い憧《あこが》れを持《も》たずにはゐられなかつた。

「自分《じぶん》は一生《いつしやう》を流浪《ろらう》して終《をは》る運命《うんめい》を持《も》つてゐるのかも知《し》れない。行《ゆ》き當《あた》りばつたりに山《やま》の中《なか》か海岸《かいがん》ででものたれ死《じ》にする運命《うんめい》を持《も》つて生《うま》れてゐる樣《やう》な氣《き》がする。自分《じぶん》の生《せい》の道《みち》はだん〳〵に然《さ》うした運命《うんめい》の方《はう》に曲《まが》つてゆく樣《やう》な氣《き》がする。」

榮《さかえ》は斯《か》う自身《じしん》を呪《のろ》ふやうに考《かんが》へることがあつた。弟《をとうと》の云《い》ふ樣《やう》にマダムの外國行《ぐわいこくゆき》の話《はなし》も何《ど》うなるかは分《わか》らなかつたが、榮《さかえ》は自分《じぶん》だけで何時《いつ》かは流浪《ろらう》の旅《たび》に一人《ひとり》して上《のぼ》る時《とき》があるやうな氣《き》がした。其《そ》れが何《なん》となく憧憬であつて、同時《どうじ》に自分《じぶん》の生《せい》に對《たい》する反抗《はんかう》でもあつた。自分《じぶん》の戀《こひ》にも藝術《げいじゆつ》にもの反抗《はんかう》であつた。榮《さかえ》は然《さ》う考《かんが》へる時《とき》におのづと心《こゝろ》が超越《てうゑつ》するやうに思《おも》はれた。

櫻子《さくらこ》の愛人《あいじん》の姿《すがた》もこの頃《ころ》は築地《つきぢ》の家《いへ》で榮《さかえ》は見受《みう》けることが稀《まれ》になつた。櫻子《さくらこ》との間《あひだ》が何處《どこ》となくほつれて了《しま》つた樣《やう》に詫《わ》びしい感《かん》が、その人《ひと》の噂《うはさ》など出《で》る時《とき》の櫻子《さくらこ》の冷《つ》めたい眼《め》に仄《ほの》見《み》えることがあつた。その男《をとこ》は何《なに》を職業《しよくげふ》にしてゐるのか、どんな身分《みぶん》の人《ひと》なのか榮《さかえ》には何時《いつ》になつても解《わか》らず終《じま》ひであつた。痩《や》せた、薄唇《うすくちびる》の受《うけ》口《くち》な顏《かほ》をしてゐた。美《い》い容貌《きりやう》ではなかつたが、眼《め》に愛嬌《あいけう》があつた。英語《えいご》に巧《たくみ》で、重《おも》に櫻子《さくらこ》を相手《あひて》にも英語《えいご》で

暗い空

田村俊子

會話《くわいわ》を交《か》はして、櫻子《さくらこ》を笑《わら》はせてゐることがあつた。

「子爵《ししやく》の坊《ぼつ》ちやんさ。」

櫻子《さくらこ》の弟《をとうと》は然《さ》う云《い》つてゐたが、榮《さかえ》には貴族《きぞく》の人《ひと》らしい品格《ひんかく》をその男《をとこ》から認《みと》めたこともなかつた。

弟《をとうと》が「子爵《ししやく》の坊《ぼつ》ちやん」と呼《よ》ぶ名稱《しよう》には、何《なに》かを馬鹿《ばか》にした音《おん》がその言葉《ことば》に響《ひゞ》いてゐると思《おも》つた。それは反語《はんご》なのか、櫻子《さくらこ》を馬鹿《ばか》にして云《い》ふのか、榮《さかえ》に態《わざ》と疑惧《ぎぐ》を醸《かも》させる爲《ため》に冗談《ぜうだん》にして云《い》ふのか、榮《さかえ》には判別《はんべつ》が出《で》來《き》なかつた。だがこの男《をとこ》は榮《さかえ》に逢《あ》つても、一度《いちど》も言葉《ことば》を交しへたことがなかつた。顏《かほ》を見合《みあ》へば僅《わづか》に首《くび》を下《さ》げてその人《ひと》は輕《かる》い會釋《ゑしやく》を見《み》せるばかりであつた。男《をとこ》は奇麗《きれい》な細《ほそ》い指《ゆび》を持《も》つてゐた。小指《こゆび》にはダイヤが光《ひか》つてゐた。櫻子《さくらこ》の弟《をとうと》とは親密《しんみつ》らしく見《み》えることもあつた。櫻子《さくらこ》の不在《ふざい》などに來合《きあ》はせた時《とき》、男《をとこ》と弟《をとうと》は二階《かい》の一室《しつ》で長《なが》い間話《あひだばなし》に耽《ふけ》つてゐることなどがあつた。家《うち》のものは誰《た》れも「坊《ぼつ》ちやん」と呼《よ》んでゐた。

七四

富田《とみた》の家《いへ》で榮《さかえ》はその日《ひ》一日《いちにち》を暮《く》らして歸《かへ》つて來《き》た。

その日《ひ》は榮《さかえ》が行《い》つた朝《あさ》から、櫻子《さくらこ》の弟《をとうと》は不快《ふくわい》な顏《かほ》をして、腕組《うでぐ》みをしながら事務《じむ》の室《しつ》の壁《かべ》に寄《よ》りかゝつてゐた。榮《さかえ》の顏《かほ》を見《み》ても平生《へいぜい》のやうな言葉《ことば》もかけなかつた。壁《かべ》の上部《じやうぶ》の切《き》り窓《まど》から、入梅《つゆ》前《まへ》の細《こま》かい雨《あめ》がばら〳〵と降《ふ》り込《こ》んで、弟《をとうと》の頸筋《えりすぢ》に霧《きり》がかゝるのを榮《さかえ》は注意《ちうい》したが、弟《をとうと》は物臭《ものくさ》さうに一寸《ちよつと》振《ふ》り仰《あほ》いだばかりで直《す》ぐに顏《かほ》を垂《た》れて考《かんが》へてゐた。切《き》り窓《まど》から青桐《あをぎり》の葉《は》が見《み》えた。榮《さかえ》は事《じ》務《む》の室《へや》にはゐないのが例《れい》なので、二階《かい》に上《あが》つて行《ゆ》かうとすると、

「まあ話《はな》していらつしやい。」

と弟《をとうと》は引《ひ》き留《と》めながら、別《べつ》に話《はな》す

ことも無《な》さそうな顔《かほ》で、又《また》俯向《うつむ》いてゐた。

「僕《ぼく》はこれで卅四になるのですよ。」

暫時《しばらく》してから弟《をとうと》は長《なが》い引《ひ》き息《いき》といつしよに口《くち》を開《ひら》いて強《つよ》い眼《め》で榮《えい》の顔《かほ》を見《み》た。

「三十四が五十四になつても、僕《ぼく》はかうして兄姉《きやうだい》の家《うち》の壁《かべ》に寄《よ》つかゝつて暮《く》らすんでせう。」

「でも寄《よ》つかゝる壁《かべ》があれば結構《けつこう》ぢやないんですか。」

「結構《けつこう》ですかね。――いつたい僕《ぼく》は確《たしか》に功勞《こうらう》のあつた人間《にんげん》のやうな氣《き》がするんですよ。兄《あに》に對《たい》しても姉《あね》に對《たい》しても、三十四年《ねん》の間《あひだ》寄《き》生虫《せいちう》だつたとは僕自身《ぼくじしん》には考《かんが》へられないんです。何《なに》かしら用《よう》に立《た》つてゐた筈《はず》だと思《おも》ふのです。だが僕《ぼく》は寄生虫扱《きせいちうあつか》ひにされてゐるんです。つまり寄《き》生虫《せいちう》が利《り》用《よう》されてゐるやうな僕《ぼく》の生活《せいくわつ》です。寄《き》生虫《せいちう》が時《とき》には調法《てうはふ》にされたり、馬鹿《ばか》にされたりするのです。此寄《このき》生虫《せいちう》は壁《かべ》に巣《す》を食《く》つてゐるんですね。」

弟《をとうと》は然《さ》う云《い》つて壁《かべ》を後《うしろ》手《で》に叩《たゝ》いた。

「僕《ぼく》の一生《いつしやう》の棲家《すみか》がこの壁《かべ》かと思《おも》ふと、心細《こゝろぼそ》くなりますね。枚《まき》さん同情《どうじやう》をしてくれませんか。」

榮《えい》は默《だま》つて笑《わら》つてゐるばかりであつた。その時《とき》に丁度《ちやうど》弟《をとうと》は櫻子《さくらこ》に呼《よ》ばれて、ぶつ〳〵呟《つぶや》きながら兵兒帶《へこおび》を締《し》め直《なほ》して出《で》て行《い》つた。やがて榮《えい》が二階《かい》に上《あが》つてゆくと、弟《をとうと》は入《い》り口《くち》の障子《しやうじ》に凭《もた》れて卷煙草《まきたばこ》をすつと吐いて二階《かい》の欄干《らんかん》から雨《あめ》のしぶく外《そと》を眺《なが》めてゐた。櫻子《さくらこ》が半巾《はんけち》で涙《なみだ》を拭いてゐるのを榮《えい》は暫《ちら》と見《み》た。

「お前《まへ》見《み》たいなものは惡黨《あくたう》と云《い》つても足《た》りないよ。姉《あね》の仕事《しごと》を邪魔《じやま》がしたいなら此家《こゝ》を出《で》てから遣《や》つて貰《もら》はうぢやないか。さつさと此家《こゝ》を出《で》て自分《じぶん》は自分《じぶん》で自分《じぶん》の行動《かうどう》を取《と》るがいゝぢやないか。何《なん》の爲《ため》にこゝの家《うち》にゐるんだい。その年《とし》になつても獨立《どくりつ》の出來《でき》ないやうな意氣《いく》地《ぢ》なしの癖《くせ》に。」

櫻子《さくらこ》は斯《か》う云《い》つた。

「僕《ぼく》だつて素手《すで》ぢや何《なんに》も出來《でき》ませんからね。請求《せいきう》してゐるんだけ下《くだ》さればいつまでも愚圖《ぐづ》〳〵はしてゐないんです。」

弟《をとうと》はそれだけ云《い》ふと、榮《えい》が來たので階下《した》へ降《お》りて行《い》つた。櫻子《さくらこ》の唇《くち》を結《むす》んだ蒼《あを》い顏《かほ》が美《うつく》しい怒《いか》りを含《ふく》んで、榮《えい》にも少時《しばらく》の間話をしかけないでゐた。

榮《えい》には其《そ》の姉弟《きやうだい》の爭《あらそ》ひが、何時《いつ》までも頭《あたま》に殘《のこ》つてゐた。青桐《あをぎり》の葉《は》の見《み》え

373　「暗い空」『読売新聞』大正3（1914）年6月26日

た切窓《きりまど》の下《した》で俯向《うつむ》いてゐた弟《をとうと》の深《しん》酷《こく》な眼尻《めじり》の皺《しわ》が、榮《さかえ》には忘《わす》れることのできない暗《くら》い思《おも》ひを映《うつ》してゐた。

暗い空

田村俊子

七五

家《いへ》に歸《かへ》ると咲子《さきこ》がゐた。榮《さかえ》は玄關《いりぐち》に出《で》てきた妹《いもうと》のひどく窶《やつ》れた顏《かほ》を見《み》ると、默《だま》つてぢつと眺《なが》めた儘《まゝ》で立《た》つてゐた。窶《やつ》れたと云《い》ふよりは、小《ちひ》さく萎《しな》びて、靑黃《あをき》色《いろ》い皮膚《ひふ》に、一種《しゆ》の厭《いや》な光《ひか》りを浮《う》かせてゐた。苦痛《くつう》の表《へう》情《じやう》が下眼瞼《したまぶた》の邊《あた》りから小鼻《こばな》の際《きは》の頰《ほゝ》まで太《ふと》い線《せん》を引《ひ》き釣《つ》らしてゐた。

「歸《かへ》つて來たの。」

榮《さかえ》は靜《しづか》に云《い》ひながら室《へや》に入《はい》つた。

「向《むか》ふで歸《かへ》つた方《はう》がいゝと云《い》ふんですの。」

咲子《さきこ》は力《ちから》のある聲《こゑ》で云《い》つてゐた。寢《ね》てゐたと見《み》えて室《へや》には床《とこ》が敷《し》いてあつた。寒《さむ》い雨《あめ》が降《ふ》りつゞくやうになつてから、又障子《またしやうじ》を入《い》れたので、夕《ゆふ》方《かた》の室内《しつない》が殊《こと》に薄暗《うすぐら》く陰氣《いんき》に閉《と》ざゝれてゐた。榮《さかえ》は窓《まど》の障子《しやうじ》を開《ひら》いた。簾《すだれ》が雨《あめ》に濡《ぬ》れてゐた。

「よく歸《かへ》られたぢやありませんか。餘《よ》つ程《ほど》容態《ようだい》が惡《わる》さうに見《み》えますよ。」

「何《なん》ですか家《うち》に入《はい》つたら急《きふ》に惡《わる》くなたんですの。熱《ねつ》が出《で》て。」

咲子《さきこ》は直《す》ぐに床《とこ》に就《つ》いた。

「家《うち》はいゝと思《おも》ひましたわ。」

咲子《さきこ》は千葉《ば》の家《いへ》の話《はなし》を二《ふ》たつ三《み》つしたが、話《はな》しの間《あひだ》にうと〳〵眠《ねむ》つた。

「主人《しゆじん》と云《い》ふのが大變《たいへん》な吝嗇《りんしよく》で、有《いう》名《めい》な好色《かうしよく》なんですつて。大概《たいがい》東京《とうきやう》に來《き》てゐるから私《わたし》は一度《ど》しつきや逢《あ》ひませんの。祖母《おばあ》さんは善《い》い人《ひと》なんですよ。妻君《さいくん》と云《い》ふのはまるで低能《ていのう》みたいな人《ひと》でね。」

眠《ねむ》つてゐるのかと思《おも》ふと、咲子《さきこ》は又《また》眼《め》を開《あ》いてこんな話《はなし》をした。

「私《わたし》を乳母《おんば》か何《なに》かのやうにしてゐたんですよ。家《うち》の人たちは。その子《こ》は亡《な》くなつた妾《おかけ》の一人《ひとり》つ子《こ》なんですつてね。他《ほか》にその家《うち》の子供《こども》が多勢《おほぜい》ゐるんですが、その子《こ》を家《うち》のものはみんな不思議《ふしぎ》に可愛《かはい》がつてゐたんですよ。祖母《おばあ》さんなぞは御飯《ごはん》を食《た》べさせてやつたりしてゐるんですの。ほんとに容貌《きりやう》の美《い》い子《こ》でね。その子《こ》の事《こと》は、一切《さい》私《わたし》がしたんですよ。洗濯《せんたく》でも何《なん》でも。隱居所《いんきよじよ》があつてね。その隱居《いんきよ》所《じよ》で祖母《おばあ》さんとその子《こ》と私《わたし》と三人《にん》一所《しよ》にゐたんですよ、その子《こ》は――咲《さき》子《こ》つて云《い》ふんですの。どう云《い》ふんだか井戸《ゐど》を覗《のぞ》くのが癖《くせ》でね。井戸《ゐど》側《がは》へ行《い》つて井戸《ゐど》の中《なか》ばかり覗《のぞ》いてゐるんですよ。水《みづ》が動《うご》かない時《とき》は顏《かほ》がよく映《うつ》るでせう。その自分《じぶん》の顏《かほ》を一日《にち》でも立《た》つて見《み》てゐるんですつて。私《わたし》が行《い》つてからあんまり其樣《そんな》ことはしませんでした。」

「身體《からだ》を癒《なほ》したら、又來《またき》てくれつて祖母《おばあ》さんが泣《な》いてゐたんです。その子《こ》はまだ私《わたし》にちつとも馴染《なじ》まないんですから何《なん》とも思《おも》つてはゐないんですの。でも私《わたし》が行《い》つてから自分《じぶん》の名《な》を書《か》くことを覺えましたよ。」

榮《さかえ》は咲子《さきこ》の話《はなし》を聞《き》きながら、その顏《かほ》を見《み》てゐたが、今度はすつかりと眠《ねむ》りに落《お》ちて行《い》つた。薄眼《うすめ》を開《あ》いた中《なか》から白眼《しろめ》が見《み》えてゐた。それは咲子《さきこ》の幼少《ちひさ》い時《とき》からの眠《ねむ》り癖《くせ》であつた。赤《あか》い髮《かみ》が汚《よご》れて粘《ねば》ついた生際《はえぎは》に押《お》し付《つ》けたやうな癖《くせ》がついてゐた。榮《さかえ》は妹《いもうと》の顏《かほ》を見《み》詰《つ》めてゐるうちに、病に衰弱《すゐじやく》した肉《にく》の陰翳《いんえい》に、死《し》の隈《くま》が薄《うす》く現《あら》はれてゐるやうに思《おも》つて冷《ひや》りとした。妹《いもうと》の寢《ね》てゐる傍《そば》をはなれてからも、その恐《おび》えた胸《むね》の動悸《どうき》が鎭まらなかつた。

暗い空

田村俊子

七六

その晩《はん》は、咲子《さきこ》は高度《かうど》な熱《ねつ》に苦《くる》しんだが、翌《あく》る朝《あさ》になると、氣分《きぶん》が快《よ》いと云《い》つて起《お》きて榮《さかえ》と共《とも》に食事《しよくじ》をした。食事後《しよくじご》榮《さかえ》は咲子《さきこ》を伴《ともな》つて、近《ちか》くの醫者《いしや》の家に出《で》かけて行《い》つた。醫者《いしや》の家は、茅町《かやちやう》へ出《で》やうとするごみ／＼した通《とほ》りにあつた。

「加藤《かとう》さんが達者《たつしや》なら、あの人《ひと》に診《み》てもらへるけれどもね。」

榮《さかえ》は妹《いもうと》に云《い》ひながら其處《そこ》まで歩《ある》いた。加藤《かとう》と云《い》ふのは、姉妹《きやうだい》が幼少い時《とき》からかゝりつけた頼《たよ》り深《ぶか》い親切《しんせつ》な醫者《いしや》であつた。その人《ひと》は藏前《くらまへ》にゐた。精神病《せいしんびやう》にかゝつて、その醫者《いしや》は晝《ひる》も夜《よる》も暗《くら》い室《しつ》に閉ぢこもつた儘《まゝ》で、死亡《な》つた。死亡《なくな》る一《ひ》と月《つき》ほど前《まへ》に、榮《さかえ》はその噂《うはさ》な聞《き》いて見舞《みま》ひに行《い》つたことがあつた。醫者《いしや》の妻《つま》は、主人《しゆじん》は誰《だ》れにも逢《よ》ふことを厭《いと》つて、子供《こども》さへもこの二三ケ月《げつ》は近寄《ちかよ》せたこともないから、と云《い》つてゐたが、不思議《ふしぎ》なことに、その醫者《いしや》は榮《さかえ》に逢《あ》ふと云《い》つたと云《い》ふので、醫者《いしや》の妻《つま》は、又《また》玄關《げんくわん》に迎《むか》へに來《き》た、榮《さかえ》は二たつ三つぐらゐな時《とき》から、胃《ゐ》が弱《よわ》くて絶《た》えず、殆《ほと》ど毎月《まいげつ》を通《とほ》して厄介《やくかい》になつた醫者《いしや》の許《もと》だつたけれども、二十年來《ねんらい》その日《ひ》初《はじ》めて醫者《いしや》の家《いへ》の診察室《しんさつしつ》から奥《おく》の室《しつ》に入《はい》つた。奥《おく》の座敷《ざしき》に面《めん》した庭《には》などが榮《さかえ》の眼《め》には珍《めづ》らしかつた。榮《さかえ》はやがて離《はな》れの縁側《えんがは》に坐《すわ》つて、室内《しつない》に寢《ね》てゐる醫者《いしや》に逢《あ》つて、醫者《いしや》と口《くち》を交いた。榮《さかえ》が何《なに》か云《い》へば、醫者《いしや》は、唯《たゞ》、平生《へいぜい》見馴《みつ》けたやうな柔和《にうわ》な口許《くちもと》をして「はあ。」と返事《へんじ》した。髭《ひげ》が蓬々《ぼう〳〵》と生《は》えて、髪《かみ》が額《ひたひ》を掩《おほ》ふくらゐに長《なが》く延《の》びて、もぢや〳〵と鬢際《びんぎは》に引《ひ》ついてゐた。榮《さかえ》はその醫者《いしや》の小鼻《こはな》のわきにある大《おほ》きな黒子《ほくろ》をいつものやうに直《す》ぐに見《み》た。榮《さかえ》がお見舞《みまひ》を云《い》つて別《わか》れてくる時《とき》、醫者《いしや》は蒲團《ふとん》の上《うへ》に起《お》き返《かへ》つて、榮《さかえ》の方《はう》をぢつと見《み》ながら丁寧《ていねい》な辭儀《じぎ》をした。その顔《かほ》にあるか無《な》いかの笑《わら》ひが僅《わづか》に染《し》み出《で》てゐた。醫者《いしや》の感謝《かんしや》の微笑《びせう》が、やつと病に疲弊《ひへい》した眼尻《めじり》の皺《しわ》を、動《うご》かしたその表情《へうじやう》が今《いま》も榮《さかえ》の眼《め》にあり〳〵と映《うつ》つてゐた。その時《とき》に榮《さかえ》は二十歳《はたち》であつた。醫者《いしや》はまだ四十を二たつ三つ越《こ》したぐらゐであつた。

榮《さかえ》は加藤醫師《かとういし》の顔《かほ》を思《おも》ひ出《だ》すと、ふと戀《こひ》しくなつた。

「またお腹《なか》ですか。診《み》ないでもいゝでせうからお藥《くすり》だけ持《も》つてゐらつしやい。」

往診《わうしん》の間際《まぎは》などに、女中《ぢよちう》に連《つ》れられて行《ゆ》く小《ちひ》さな榮《さかえ》に、若《わか》い醫師《いし》が着物《きもの》の上《うへ》から腹部《ふくぶ》を押《お》しながら優《やさ》しく云《い》つたことも思《おも》はれた。

「またお腹《なか》ですか。」

斯《か》う云《い》はれて、下女《げぢよ》の袖《そで》の蔭《かげ》にかくれて差含《はにか》んだ自分《じぶん》の痩《や》せた小《ちひ》さな姿《すがた》の追憶《おもひで》が、殊《こと》に加藤醫師《かとういし》を戀《こひ》しく思《おも》はせた。

「急《きふ》に加藤《かとう》さんを思《おも》ひ出《だ》した。」

榮《さかえ》が云《い》ふと、咲子《さきこ》は蒼《あを》い病人《びやうにん》らしい顔《かほ》に微笑《びせう》を見《み》せた。

「あなたは彼のかたに、かゝり通《とほ》しだつたけれども、私《わたし》は痲疹《はしか》の時《とき》に一度《ど》かゝつたぎりですよ。」

「幼少《ちひさ》い時《とき》はあなたはほんとに丈夫《ぢやうぶ》たつたのね。」

梅雨前《つゆまへ》の空《そら》が薄《うす》ら寒《さむ》く曇《くも》つてゐた。

木《こ》の葉《は》のそよぎが、秋《あき》の風《かぜ》を聞《き》くやうに肌《はだ》によそ／＼しく寂《さみ》しい感覺《かんかく》を傳《つた》はらせてきた。白《しろ》いものゝ上《うへ》に羽織《はおり》など引《ひ》つかけてゐる往來《わうらい》の人たちを見《み》ると、夏《なつ》から秋《あき》に變《かは》つてゆく氣候《きこう》らしく感《かん》じられて、薄《うす》ら寒《さむ》さが哀《かな》しい氣持《きもち》を誘《いざな》つた。加藤醫師《かとういし》のいつも眼《め》を伏《ふ》せて笑《わら》ひを上脣《うはくちびる》の上《うへ》に齎《もた》らせてゐたやうな蒼白《あをじろ》い顏《かほ》を思《おも》ひながら、榮《さかえ》は妹《いもうと》と新《あらた》な醫師《いし》の門《もん》をくゞつた。

「あゝ。醫學士《いがくし》だ。」

その瀨戸《せと》の標札《へうさつ》を見《み》ながら榮《さかえ》が云《い》つた。

暗い空

七七

田村俊子

妹《いもうと》が診察室《しんさつしつ》に行《い》つてる間《あひだ》、榮《さかえ》は玄關《げんくわん》の障子際《しやうじぎは》に寄《よ》りかゝつて、敷臺《しきだい》の前《まへ》においてある蘇鐵《そてつ》の鉢《はち》を心淋《こゝろさび》しく眺《なが》めてゐた。姉妹《きやうだい》の他《ほか》には、一人《ひとり》も患者《くわんじや》は來《き》てゐなかつた。

やがて咲子《さきこ》は帶《おび》を抱《かゝ》へて診察室《しんさつしつ》から出《で》て來《き》たが、姉《あね》の傍《そば》によつて、

「どこがわるいのだか、聞《き》いて來《き》て下《くだ》さいませんか。」

と囁《さゝや》いた。

榮《さかえ》は立《た》つて診察室《しんさつしつ》に入《はい》つて行《い》つた。卓《たく》の前《まへ》に腰《こし》をかけてゐた醫者《いしや》は、榮《さかえ》が會釋《ゑしやく》をすると、眼鏡《めがね》のなかで目《め》を見張《みは》つて輕《かる》く頭《あたま》を下《さ》げながら、

「あなたは？」

と聞《き》いた。醫者《いしや》は人品《じんぴん》のある樣子《やうす》を持《も》つてゐた。よく斯《か》う云《い》ふ顏《かほ》を中年《ちうねん》の男《をとこ》に見《み》ると榮《さかえ》は思《おも》ひながら醫者《いしや》の顏《かほ》を眺《なが》めた。色《いろ》が蒼《あを》く、細《ほそ》く緊《し》まつた輪廓《りんくわく》で、間《あひ》の狹《せま》い濃《こ》い眉《まゆ》が下《さが》り尻《じり》になり、眼《め》が小《ちひ》さく光《ひか》つて、唇《くちびる》がほつとりと重《おも》く結《むす》ばれてゐるのである。その顏立《かほだち》には何《なん》となく着實《ちやくじつ》なおもむきがあつて、榮《さかえ》の胸《むね》になつかしい信頼《しんらい》の心《こゝろ》が動《うご》いた。

「私《わたし》はあの人《ひと》の姉《あね》でございますが。」

醫者《いしや》はそれを聞《き》くと、うなづきながら暫時《ざんじ》榮《さかえ》の顏《かほ》から健康《けんかう》の容体《ようだい》を診斷《しんだん》でもするやうに見詰《みつ》めてゐた。

「お宅《たく》には肺《はい》の系統《けいとう》がございますか。お母《かあ》さんかお父《とう》さんか、どなたか、肺《はい》のおわるかつた方《かた》でもございましたか。」

「いゝえ。——母《はゝ》は肺炎《はいえん》で亡《な》くなりましたが——他《ほか》には。」

「然《さ》うですか。」

醫者《いしや》は默《だま》つてゐた。榮《さかえ》はその醫者《いしや》の

沈默《ちんもく》に壓迫《あつぱく》されるやうな切《せつ》なさを覺《おぼ》えながら、時々《ときどき》、醫者《いしや》の顏《かほ》をちらと偸《ぬす》み見《み》した。醫者《いしや》の眼《め》は卓《たく》の上《うへ》に落《お》ちてゐた。

「妹《いもうと》は肺《はい》が惡《わる》いのでございますか。」

「えゝ。——もう可《か》なり病氣《びやうき》が進《すゝ》んでゐられますよ。」

榮《さかえ》は、醫者《いしや》から一《ひ》と通《とほ》りの養生法《やうじやうはふ》などを聞《き》いて診察室《しんさつしつ》を出《で》た。

「病人《びやうにん》はなるたけ安靜《あんせい》にさせてお置《お》きにならなくてはいけませんよ。」

榮《さかえ》が出際《でぎは》に、醫者《いしや》は立上《たちあが》りながら聲《こゑ》をかけた。

「どこがわるいんですの。」

咲子《さきこ》は榮《さかえ》を見《み》ると直《す》ぐに聞《き》いた。鼠《ねずみ》の勝《か》つたネルの上《うへ》に、紬《つむぎ》の絣《かすり》の羽織《はおり》を着《き》てゐる咲子《さきこ》の姿《すがた》を、榮《さかえ》はふと見《み》馴《な》れない女《をんな》のやうに思《おも》つてぢつと見《み》据《す》ゑた。

「なんでも無《な》いんだそうですよ。直《ぢ》きに治《なほ》るの。神經衰弱《しんけいすゐじやく》ですつて。」

「私《わたし》知《し》つてますわ。肺《はい》がわるいんです。」

「自分《じぶん》でも然《さ》う思《おも》ふの。」

「えゝ。知《し》つてるんですわ。然《さ》うだらうと思《おも》つてゐたんですわ。」

二人《ふたり》はそれ限《ぎ》りで言葉《ことば》を交《かは》さずに、障子《しやうじ》の際《きは》に向《む》き合《あ》つて坐《すわ》つてゐた。そうして茫然《ぼんやり》と門《もん》の外《そと》を往來《わうらい》する人《ひと》々を二人《ふたり》は眺《なが》めてゐた。

「牧《まき》さん、牧《まき》さん。」

藥局《やくきよく》から書生《しよせい》が呼《よ》び立《た》てると、咲子《さきこ》は直《す》ぐに立《た》つて行《い》つて藥《くすり》を取《と》つて來《き》た。それを風呂敷《ふろしき》に包《つゝ》んで二人《ふたり》は外《そと》に出《で》た。咲子《さきこ》は池《いけ》の廻《まは》りから上野《うへの》の山《やま》の方《はう》を歩《ある》いて見《み》たいと云《い》つた。

「たいへん氣持《きもち》が快《い》いんですの。」

咲子《さきこ》は眼《め》を屢打《しばたゝ》いて、晴《はれ》々《ばれ》とした顏《かほ》をしながら往來《わうらい》を見返《みかへ》つた。

暗い空

田村俊子

七八

不忍《しのばず》の池《いけ》の水《みづ》が暗《くら》く靜《しづ》かに濁《にご》つてゐた。もう一《ひ》と月《つき》か二た月《つき》も經《た》てば、この池《いけ》いつぱいに紅蓮《ぐれん》白蓮《びやくれん》の花《はな》が咲《さ》くのである。この水底《みづそこ》の土《つち》のなかで、蓮《はす》のいのちの息吹《いぶき》が今《いま》さかんに捲《ま》き起《おこ》りつゝあると思《おも》へば、今更《いまさら》のやうに奇異《きい》であつた。水《みづ》はくらくまだその蓮《はす》の運命《うんめい》を伏《ふ》せてゐるのである。然《しか》し水面《すゐめん》は、そのいのちの息吹《いぶき》に少《すこ》しづゝ吹《ふ》かれて底《そこ》で笑《わら》つてるやうな表情《へうじやう》を浮《うか》べてゐる。榮《さかえ》は池《いけ》の岸《きし》に立《た》つて水《みづ》の上《うへ》を眺《なが》めてゐた。妹《いもうと》も姉《あね》の傍《わき》に立《た》つて、くらい水《みづ》の上《うへ》に空氣《くうき》が觸《ふ》れてゆくのを見詰《みつ》めてゐた。

「歸《かへ》りませうかね。」

榮《さかえ》は咲子《さきこ》に云《い》つたが、咲子《さきこ》はそこい

らを散歩《さんぽ》すると云《いつ》て聞《き》かなかつた。

「身体《からだ》に悪《わ》るかないでせうか。」

「今日《けふ》は快《い》いんですもの。昨日《きのふ》はあんなでしたけれども、千葉《ちば》の家《うち》にゐた間《あひだ》は朝《あさ》から其《そ》れはよく動《うご》いたんですよ。」

二人《ふたり》はぶら〳〵と歩《ある》き出《だ》した。妹《いもうと》が努《つと》めて、急《きふ》に身体《からだ》の工合《ぐあひ》がいゝやうに云《い》つてるのは、自分《じぶん》の病勢《びやうせい》に反抗《はんかう》してるからだらうと榮《えいご》は思《おも》つた。自分《じぶん》の病《やまひ》に反抗《はんかう》のできるほどの氣力《きりよく》があれば、妹《いもうと》の健康《けんかう》もまだ確《たしか》なやうな氣《き》がした。さつき「肺《はい》がわるいのでせう。」と妹《いもうと》が云《い》つた時《とき》、妹《いもうと》は格別《かくべつ》闇黒《あんこく》な世界《せかい》へ突《つ》き落《おと》されたやうな顔《かほ》も見《み》せなかつた。が、妹《いもうと》自身《じしん》は自分《じぶん》が感《かん》じたほどの落膽《らくたん》はしなかつたやうである。

榮《えいご》は黙《だま》つて歩《ある》いた。痛《いた》ましい悲《かな》しみがある一點《いつてん》に迸《ほとばし》らうとしてゐながら、その悲《かな》しみの周圍《しうゐ》が無感覺《むかんかく》に空《くう》虚《きよ》であつた、まるで悲《かな》しみの感情《かんじやう》だけが、自分《じぶん》の全心《ぜんしん》から游離《いうり》してゐる様《やう》な風《ふう》であつた。妹《いもうと》に向《むか》つて病《やま》ひの事《こと》に就《つ》いて一言《ひとこと》でも口《くち》を交けば、その悲《かな》しみが直《す》ぐに心《こゝろ》の底《そこ》に充滿《じうまん》してくるやうに思《おも》はれた。榮《えいご》はそれで口《くち》を開《あ》かずにゐた。物《もの》を云《い》はずに幾《いく》分時《ぶんじ》でも過《す》ごして終《しま》へば、この重《おも》い苦《くる》しい悲《かな》しみが自然《しぜん》に何處《どこ》かへ消《き》えてゆくだらうと思《おも》はれた。榮《えいご》は妹《いもうと》の顔《かほ》は見《み》ずに、自分《じぶん》は自分《じぶん》だけで池《いけ》の水際《みづぎは》を歩《ある》いた。

咲子《さきこ》は傍《そば》に寄《よ》つて來《き》て、藥瓶《くすりびん》を包《つゝ》んだ風呂敷《ふろしき》を抱《かゝ》へて、人《ひと》の通《とほ》る道《みち》の方《はう》に目《め》を送《おく》つて靜《しづか》に歩《あゆ》みを續《つゞ》けてゐた。頭《あたま》がかつとして、不規則《ふきそく》に高《たか》く動悸《どうき》が打《う》つてゐるので、咲子《さきこ》は歩《ある》くことが苦《くる》しかつたが、我慢《がまん》をしてゐた。家《うち》に歸《かへ》るよりは、いつまでも明《あか》るい外《そと》にゐて、外《ほか》の人々《ひと〴〵》を眺《なが》めてゐたかつた。歩《ある》くことができなくなつて、往來《わうらい》に仆《たふ》れてしまつたら、その儘《まゝ》外《そと》の往來《わうらい》に寢《ね》てゐたいと思《おも》ふほど、明《あか》るい外《そと》が戀《こひ》しかつた。咲子《さきこ》はふと、父《ちゝ》の事《こと》を云《い》ひ出《だ》した。

「何《ど》うなすつたのでせう。手紙《てがみ》もおよこしにならないの。」

「お酒《さけ》を飲《の》んで、威張《ゐば》つてるんでせう。毎日《まいにち》。」

「早《はや》く歸《かへ》つてゐらつしやるとよござんすね。」

「お父《とう》さんに逢《あ》ひたいんですか。」

「えゝ。お父《とう》さんにね。」

咲子《さきこ》は急《きふ》に涙《なみだ》が衝《つ》き上《あ》げて來《き》た。其《その》涙《なみだ》が何《ど》うしてもとまらなかつた。足《あし》をとめて、漸《やうや》く袂《たもと》から取《と》り出《だ》した半《はん》巾《けち》を顔《かほ》にあてた時《とき》に、二人《ふたり》は橋《はし》の傍《わき》まで歩《ある》いて來《き》てゐた。咲子《さきこ》はそこで暫《しば》らく立《た》つた儘《まゝ》で半巾《はんけち》を顔《かほ》から離《はな》さなかつた、橋《はし》の上《うへ》に遠《とほ》く人《ひと》の姿《すがた》がちらほらしてゐた。

暗い空

田村俊子

七九

榮《さかえ》は妹《いもうと》の横《よこ》に立《た》つて、その半巾《はんけち》を顔から取《と》るのを待《ま》つてゐた。空《そら》が薄《うす》光《ひか》りを帯《お》びてきて、光《ひか》りの反映《はんえい》が榮《さかえ》の瞼《まぶた》にふるえてゐた。榮《さかえ》は妹《いもうと》が泣《な》きながら立《た》つてゐる樣子《やうす》を、人《ひと》の目《め》に觸《ふ》れさせるのを厭《いと》ふやうに、方々《はう〴〵》を見廻《みまは》してゐた。絣《かすり》のきものに袴《はかま》を穿《は》いた書生《しよせい》が彼方《むかふ》から歩《ある》いて來《き》たが、榮《さかえ》二人の立《た》つてる傍《わき》まで來《く》ると、二人を避《さ》けて俯向《うつむ》いて通《とほ》り過《す》ぎて行《い》つた。

榮《さかえ》は橋《はし》を渡《わた》つて、辨天《べんてん》の境内《けいだい》にはいらうとして、足《あし》を動《うご》かすと、咲子《さきこ》も榮《さかえ》の後《あと》に從《つ》いて歩《ある》き初《はじ》めた。空《そら》がだん〳〵に光《ひかり》を増《ま》して行《い》つた。風物《ふうぶつ》が磨がれるやうに色《いろ》も鮮明《あざやか》に涯界《かいかい》をひろげて、自分々々《じぶん〳〵》の姿《すがた》の上《うへ》にも、白《しろ》つぽい光《ひかり》が直《ぢ》かに流《なが》れてゐた。橋《はし》の中途《ちうと》にくると、水《みづ》の上《うへ》から爽《さわ》やかに風《かぜ》がおもてに吹《ふ》いた。榮《さかえ》は、ふと見《み》返《かへ》つて妹《いもうと》の顔《かほ》を見《み》た。妹《いもうと》は下《した》を向《む》いて、唇《くちびる》を結《むす》んで、眉《まゆ》と眼《め》の間《あひだ》に無量《むりやう》の悲《かな》しみをあつめてゐた。榮《さかえ》は妹《いもうと》の顔《かほ》をぢつと見詰《みつ》めてから自《じ》分《ぶん》の面《おもて》を前《まへ》に返《かへ》した。

妹《いもうと》の、死《し》へ行《ゆ》くまでの姿《すがた》が、榮《さかえ》の眼《め》に見《み》えた。きつと、秋頃《あきごろ》までは煩《わづら》ふのであらう。妹《いもうと》のこの身体《からだ》の肉《にく》がそれまでに細々《ほそ〴〵》と衰《おとろ》へてゆくのである。蒼白《あをしろ》い指《ゆび》の先《さ》きにはいつも乾《かは》いた垢《あか》がついて、その指《ゆび》の先《さ》きで、妹《いもうと》は裁縫《さいほう》などを根《こん》よくあの薄暗《うすくら》い坐敷《ざしき》でやつたりするのである。癇《かん》が一層《そう》昂《たか》ぶつて、生活《せいくわつ》の困《くる》しいことなどを、絶《た》えず煩《うる》さく心《こゝろ》にかけながら、藥《くすり》を一《ひ》と口《くち》飲《の》むのにも、金錢《きんせん》のことなど數《かぞ》へ考《かんが》へるのである。そうして氣《き》ばかりは健康《けんかう》そうに、一層《そう》言《こと》葉《ば》が多《おほ》くなつて、それから、床《とこ》に就《つ》くと直《す》ぐ、重湯《おもゆ》も咽喉《のど》に通《とほ》らないやうになつて死《し》んでゆくのである。床《とこ》に就《つ》いてからは全《まる》で身體《からだ》が動《うご》けなくなる。下《しも》の世話《せわ》なぞは自分《じぶん》の手《て》一《ひ》とつで見《み》なければならないやうになる——と、其《そ》れは、肺病《はいびやう》で亡《な》くなつた友達《ともだち》のことをも交《ま》ぜて、思《おも》ひ辿《たど》つてゐたことに氣《き》が付《つ》いた。その友達《ともだち》は秋《あき》に亡《な》くなつた。亡《な》くなるまで、二年《ねん》ほども其友達《そのともだち》は病《や》むとも就《つ》かず、病《や》まないとも就《つ》かずにぶら〳〵してゐた。

境内《けいだい》に入《はい》ると池《いけ》の水際《みづぎは》に佇《たゝず》んで妹《いもうと》といつしよに榮《さかえ》は唯《たゞ》ぼんやりと水《みづ》を見《み》てゐた。

「家《うち》へ歸《かへ》つたらお父《とう》さんへ手紙《てがみ》を書《か》きませう。あなたはお手紙《てがみ》をお出《だ》しになつたことがありますの。お父《とう》さんのところへ。」

「いゝえ、まだ一度《ど》も。」

「私《わたし》直《す》ぐに歸《かへ》つて來《き》ていたゞくやうに手紙《てがみ》を出《だ》さう。私《わたし》が病氣《びやうき》だと云《い》ふことを云《い》つて上《あ》げてもいゝでせうね。」

「それは構《かま》はないでせう。何故《なぜ》?どうしてそんなにお父《とう》さんに逢《あ》ひたいのでせう。病氣《びやうき》になつて心細《こゝろぼそ》いのですか。」

榮《さかえ》は冷嘲《ひや》かすやうに云《い》つたが、自分《じぶん》の心《こゝろ》も何《なん》となく其《そ》れにつれて悲《かな》しまれた。然《しか》しその悲《かな》しみの中《なか》に、父《ちゝ》の運命《うんめい》の相《すがた》も妹《いもうと》の運命《うんめい》の相《すがた》も、それが必《かな》らず自分《じぶん》の運命《うんめい》の相《すがた》と相結《あひむす》び合《あ》ふとも限《かぎ》られないやうな、外々《よそ〳〵》したある感覺《かんかく》が動《うご》いてゐることを、榮《さかえ》は自身《じしん》に知《し》つてゐた。

八十

暗い空

田村俊子

家《いへ》へ辿《たど》り着《つ》く頃《ころ》には空《そら》が晴《は》れ上《あが》つてきて、日《ひ》が道傍《みちはた》にさつと走《はし》つたりしたつネルを着《き》た頸筋《くびすぢ》がぽつとした暑《あつ》さを感《かん》じて、榮《さかえ》は着物《きもの》を脱《ぬ》ぎ代《か》へると、團扇《うちは》を探《さが》し出《だ》してきて煽《あふ》いでゐた。榮《さかえ》はまた、障子《しやうじ》を外《はづ》して室《しつ》のなかを明《あか》るくした。

庭《には》に、實《み》の生《な》らない小《ちひ》さい枇杷《びは》の木《き》が一本《ほん》あつた。それが葉《は》をむらがらした影《かげ》に、果樹《くわじゆ》の葉《は》に似《に》つかはしい淸新《せいしん》な涼《すゞ》しさを保《たも》つてゐるのを、榮《さかえ》は氣持《きもち》のよい眼《め》で眺《なが》めたが、板塀《いたべい》の杭《くひ》が土《つち》に埋《うづ》まつた際《きは》だけ腐《くさ》れて、そこに草《くさ》が澤山《たくさん》に生《は》えてゐたり、杭《くひ》に陶器《たうき》の手水鉢《てうづばち》を載《の》せた吸《す》ひこみに、拔毛《ぬけげ》などが濡《ぬ》れた紙屑《かみくづ》といつしよに

381　「暗い空」『読売新聞』大正3（1914）年7月1日

塊《かたま》つてゐるのに目《め》が付《つ》くと、榮《さかえ》は貧しく乏《とぼ》しい住居《すまひ》のそちこちに無暗《むやみ》と氣《き》が苛《い》れて、陰潤《いんじゆん》した思《おも》ひにふさがれてきた。

「今日《けふ》は庭《には》を綺麗《きれい》にして、この庭《には》ぢう何《に》か花《はな》を植ゑやう。いろ〳〵な花《はな》をね。」

榮《さかえ》は妹《いもうと》を振返《ふりかへ》つて云《い》つた。咲子《さきこ》も元氣《げんき》の快《い》い顏《かほ》をして、洗濯《せんたく》などを始《はじ》めるつもりで戸棚《とだな》の中《なか》から着物《きもの》の汚《よ》れたのを取《と》り出《だ》してゐたが、榮《さかえ》はそれを見《み》ると、

「そんな事《こと》をしては。」

と厳《きつ》く云《い》つて立《た》つて行《い》つて遮《と》めた。

「今日《けふ》は私《わたし》が働《はたら》いて、そこいら中《ちう》綺《き》麗《れい》にして見《み》せますからね。庭《には》に花《はな》も植《う》ゑたりして、咲子《さきこ》さんが寝《ね》てゐても樂《たのし》みが多《おほ》くつて、さつぱりして、陽《やう》氣《き》なやうに、あなたの周圍《まはり》をきれいにして上《あ》げる。」

榮《さかえ》は自分《じぶん》も嬉《うれ》しくなつたやうな調子《てうし》で云《い》つた。

「そうして、病魔《びやうま》を逐《おひ》だしてやる。いつたいこの家《いへ》は陰氣《いんき》な家《うち》ね。あすこの四疊半《でうはん》が嫌《きら》ひで仕方《しかた》がない。あの室《へや》にはあなたはもう入《はい》らない方《はう》がよござんすよ。殊《こと》によつたら、明《あか》るい郊外《かうぐわい》の家《うち》でも見付《みつ》けませうか。あなたの爲《ため》にもその方《はう》がいゝから。」

大森《おほもり》の方《はう》へでも移《うつ》らうかと云《い》ふやうな話《はなし》を二人《ふたり》はしたが、咲子《さきこ》は「肺病《はいびやう》らしくつて、あんなところに行《ゆ》くのはいやだ。」とお終《しま》ひに云《い》つた。

「でも、少《すこ》しでも空氣《くうき》の新《あたら》しいところへ行《い》つてゐれば、それだけ早《はや》く治《なほ》るぢやありませんか。」

「然《さ》うぢやありませんわ。彼所《あすこ》等《ら》の借家《しやくや》は、みんな肺病患者《はいびやうくわんじや》が住《す》むんですつて。ですから前《まへ》にゐた人《ひと》の傳染《でんせん》質《しつ》の病毒《びやうどく》が殘《のこ》つてゐて、猶《なほ》いけないと云《い》ふことを聞《き》いたことがありますよ。」

之《これ》を聞《き》いてゐた榮《さかえ》は、此《こ》の家《うち》の中《なか》にも、妹《いもうと》の病毒《びやうどく》が殘《のこ》るのだと思《おも》つた。

「病毒《びやうどく》。」

なんと云《い》ふ毒々《どく〳〵》しい言《こと》葉《ば》だらう。

妹《いもうと》は平氣《へいき》でそれを云《い》つてゐる。せめて黴菌《ばいきん》とでも云《い》へばいゝのに、妹《いもうと》はわざと皮肉《ひにく》らしく反感的《はんかんてき》に病毒《びやうどく》と云《い》つてるのだ。自分《じぶん》もその病毒《びやうどく》に犯《をか》される時《とき》があるかも知《し》れない。一つ室内《しつない》に妹《いもうと》と二人《ふたり》で呼吸《こきふ》をしてゐれば、いつ妹《いもうと》の内臟《ないざう》のなかに潜《ひそ》んでゐる病毒《びやうどく》が、自分《じぶん》の脣《くちびる》に觸《ふ》れるかは計《はか》られないのである。

だが、榮《さかえ》は今《いま》そんな事《こと》は思《おも》ふまいとした。然《さ》うして裸足《はだし》になつて庭《には》に下《お》りて、草《くさ》を挘《むし》り始《はじ》めた。爪端《つまはし》折《を》りをした脛《すね》から足《あし》の爪先《つまさき》に、土《つち》の濕《しめ》りが異常《いじやう》に冷《つ》めたく徹《し》みとほつた。

暗い空

田村俊子

八十一

咲子《さきこ》も出《で》てきて草《くさ》を搿《むし》つた。榮《さかえ》は草《くさ》搿《むし》りが濟《す》むと、花鋏《はなはさみ》を持《も》つて來《き》て、手《てう》水《づ》鉢《はち》のわきの土《つち》によごれた汚《きたな》い檜《ひ》葉《は》の木《き》や、黄楊《つげ》の木《き》の刈《か》り込《こ》みなどをした。黄楊《つげ》の白《しろ》い花《はな》が豆《まめ》のやうにほろ〳〵と手《て》の上《うへ》に落《お》ちた。枝《えだ》が隙《す》くと狹《せま》い庭《には》も見《み》る目《め》に涼《すゞ》しくなつて、そこから快《こゝろよ》い空氣《くうき》が潜《くゞ》つてくるやうな氣《き》もした。

丁度《ちやうど》、今頃《いまごろ》になると「草花《くさばな》や、くさばな、」と毎日《まいにち》呼《よ》んで通《とほ》る花賣《はなう》りの聲《こゑ》が聞《き》こえると、榮《さかえ》は裸足《はだし》のまゝで庭《には》の木《き》戸《ど》から外《そと》に出《で》て見《み》た。花屋《はなや》は、黄色《きいろ》い大輪《だいりん》のダリヤや石榴《ざくろ》の鉢物《はちもの》などを荷《に》に載《の》せてゐた。紫《むらさき》のうなだれた憐《しほ》らしい花《はな》が圖案的《づあんてき》な葉《は》をつけてゐるのがあつた。

「紫《むらさき》しづかと云《い》ふ名《な》です。」

と花屋《はなや》が云《い》つた。その優美《いうび》な名《な》が榮《さかえ》の氣《き》に入《い》つて、榮《さかえ》は紫《むらさき》の花《はな》を三鉢《はち》ばかり買《か》つた。花屋《はなや》の荷《に》の前《まへ》に蹲踞《しやが》むと、鉢葵《はちあふひ》の薄淡紅《うすとき》色《いろ》や、美女櫻《びじよざくら》の赤《あか》い色《いろ》が目《め》に親《した》しく纏《もつ》れて、色素《しよそ》の彩《あや》が、人《ひと》の皮膚《ひふ》の纎維《せんゐ》を眺《なが》めるやうに生《い》き〳〵と脈《みやく》が動《うご》いてゐた。花屋《はなや》も荷《に》の前《まへ》に蹲踞《しやが》みながら、煙草《たばこ》などすつて煙《けむ》りを花《はな》の上《うへ》に靡《なび》かせた。荷《に》の上《うへ》に、いろ〳〵な花《はな》が載《の》つてゐた。

「ダリヤでもお買《か》ひなすつて。」

と花屋《はなや》が靜《しづ》かに云《い》つた。

花屋《はなや》は榮《さかえ》の買《か》つたものだけを、鉢《はち》から出《だ》して庭《には》に植《う》ゑて行《い》つた。植《う》ゑたばかりの花《はな》の上《うへ》に日《ひ》が照《て》つて來《き》た。紫《むらさき》しづかの紫《むらさき》の色《いろ》、ランタナの丹色《たんいろ》、マガレットの白《しろ》い色《いろ》が、低《ひく》く花《はな》の面《おもて》てを背向《そむ》かせあつて自分《じぶん》〳〵を守《まも》つてゐるやうな風情《ふぜい》を作《つく》つてゐた。丈《たけ》のひよろ長《なが》い孔雀草《こうじやくさう》が、一と握《にぎ》りほど見窄《みすぼ》らしく黄楊《つげ》の横《よこ》に植《う》ゑられてゐた。

「いろ〳〵な花《はな》を植《う》ゑたんですわね。ぼつちりづゝ。」

咲子《さきこ》は其《そ》れを縁《えん》の上《うへ》から眺《なが》めながら笑《わら》つてゐた。然《さ》うして座敷《ざしき》に床《とこ》を敷《し》いて急《きふ》に氣色《きしよく》が惡《わる》くなつたやうに、默《だま》つて横《よこ》になつた。明《あか》るい庭《には》の方《はう》に後《うしろ》を見《み》せて、唐紙《からかみ》にぴつたりと顏《かほ》を向《む》けてゐた。榮《さかえ》はそれを庭《には》に立《た》つて見《み》てゐたが、花《はな》に水《みづ》をやつて、臺所《だいどころ》に廻《まは》つて足《あし》を洗《あら》つてしまふと、疲《つか》れた身体《からだ》を運《はこ》んで來《き》て妹《いもうと》の枕許《まくらもと》に坐《すわ》つて聞《き》いた。

「氣分《きぶん》が惡《わる》くなつたの。」

「えゝ。」

「ひどく惡《わ》るいの。」

「そんなでもないんですけれどね。」

妹《いもうと》はそれだけ返事《へんじ》すると、後《あと》は榮《さかえ》が何《なに》を云《い》つても默《だま》つてゐた。榮《さかえ》は一《ひ》人《り》で緣《えん》に出《で》て、庭《には》に植《う》ゑた草花《くさばな》に宿《やど》つた露《つゆ》の雫《しづく》を眺《なが》めてゐたが、花《はな》がいぢらしく、乾《かは》いた色《いろ》をすがれさせてゐるのを見《み》ると、草《くさ》ばかりの汚《きたな》い庭《には》を見《み》た時《とき》よりも、一層《そう》褪《さ》めた味氣《あぢき》ない思《おも》ひがした。庭《には》の面《も》には唯《たゞ》病《や》んでゐるものゝ呼吸《こきふ》ばかりが響《ひゞ》いて、暗《くら》く陰鬱《いんうつ》な影《かげ》の尾《を》を曳《ひ》いてゐた。空氣《くうき》が動《うご》かないで、病毒《びやうどく》に濁《にご》つたやうな丹《たん》黄色《くわうしよく》の日《ひ》光の色《いろ》が庭《には》の一部《ぶ》に染《し》み付《つ》いてゐた。榮《さかえ》はいつまでも、その濁《にご》つた日《ひ》の色《いろ》を見《み》詰《つ》めて立《た》つてゐた。

暗い空

田村俊子

八十二

咲子《さきこ》は薄暗《うすくら》い四疊半《でふはん》を好《この》んで、毎日《まいにち》其室《そこ》へはいつては寢《ね》てゐた。床《とこ》を出《で》て、髮《かみ》を束《つか》ねて、姉《あね》とは一《ひ》と言《こと》も物《もの》を云《い》はずに目《め》を伏《ふ》せながら醫《い》者《しや》の家《うち》に出《で》て行《ゆ》く時《とき》もあつた。咲子《さきこ》は醫者《いしや》を自家《うち》に呼《よ》んで貰《もら》ふことを厭《いや》つて、いつも自分《じぶん》から診察《しんさつ》を乞《こ》ひに出《で》て行《い》つた。

「まだ肺《はい》になつた譯《わけ》ぢやないんですつて。」

ある日《ひ》咲子《さきこ》は斯《に》う云《い》つて、喜《よろこ》んで歸《かへ》つて來《き》たこともあつた。その時《とき》咲子《さきこ》は千葉《は》へも手紙《てがみ》を送《おく》つて、病氣《びやうき》が全《ぜん》快《くわい》すれば早速《さつそく》お伺《うかゞ》ひすると云《い》ふことを書《か》いてやつた。その日《ひ》は咲子《さきこ》は陽《やう》氣《き》になつて、榮《さかえ》に云《い》はれたやうに寢《ね》床《とこ》を明《あか》るい座敷《ざしき》に持《も》ち出《だ》して來《き》て、食《た》べ物《もの》の贅澤《ぜいたく》などを云《い》つた。午後《ごご》から湯《ゆ》に行《い》つて、白粉《おしろい》をつけて歸《かへ》つて來《き》た。

「私《わたし》がお湯《ゆ》に入《はい》つてると人《ひと》が見《み》て仕《し》方《かた》がありませんよ。何《ど》う云《い》ふんでせう。」

咲子《さきこ》は姉《あね》に然《さ》う云《い》つた。

「あなたの顏《かほ》を？」

榮《さかえ》は自分《じぶん》の前《まへ》に立《た》つた妹《いもうと》の顏《かほ》をつく〱と見《み》た、見馴《みな》れた榮《さかえ》にも驚《おどろ》かれる程《ほど》妹《いもうと》は靑《あを》い顏《かほ》をしてゐた。頰の肉《にく》の落《お》ちた顏《かほ》に、薄《うす》くつけた白粉《おしろい》が氣《き》味《み》惡《わ》るく骨立《ほねだ》つた顏面《がんめん》に微《かす》弱れて、窪《くぼ》んだ瞼《まぶた》のうちから、衰弱《すゐじやく》した身體《からだ》のすべての力《ちから》を支《さゝ》へてゐる眼《め》が大《おほ》きくぽかんと光《ひか》つてゐた。肉《にく》も血《ち》もだん〱に病菌《びやうきん》に食《は》み盡《つく》されて行《い》つて、最後《さいご》にこの妹《いもうと》の眼《め》ばかりが光《ひか》つたまゝに殘《のこ》るやうな、眼《め》ばかりで呼吸《いき》をしてゐるやうな顔付《かほつき》をしてゐた。妹《いもうと》の顔《かほ》を氣《き》にして能《よ》く見《み》た人《ひと》たちは、この死人《しにん》のやうな顔色《かほいろ》から、死《し》の間近《まぢか》いことを豫測《よそく》して不快《ふくわい》な念想《おもひ》を起《おこ》すからであらうと榮《さかえ》には思《おも》ひやられた。榮《さかえ》は無言《むごん》で妹《いもうと》の顔《かほ》を見詰《みつ》めてゐた。白粉《おしろい》などを塗《つ》けてきた妹《いもうと》の心持《こゝろもち》が榮《さかえ》には氣《き》の毒《どく》らしかつた。この眼《め》にも妹《いもうと》を氣毒《きのどく》らしく思《おも》ふ感情《かんじやう》が動《うご》いて、いくらか輕薄《けいはく》に冷淡《れいたん》に妹《いもうと》を見据《みす》ゑてゐたが、然《しか》し直《ぢ》きに、その感情《かんじやう》は悲慘《ひさん》な情《なさ》けないものに變《かは》つて、榮《さかえ》の胸《むね》を壓迫《あつぱく》した。

榮《さかえ》は妹《いもうと》の顔《かほ》が見《み》られなくなつて、眼《め》を反《そ》らした。妹《いもうと》自身《じしん》が、何故《なにゆゑ》他人《たにん》が自分《じぶん》の顔《かほ》を見《み》るかゞ解《わか》らずにゐるのは、むしろ妹《いもうと》に取《と》つての幸福《かうふく》であつた。

「お湯《ゆ》へ行《い》つて、たいへん綺麗《きれい》になつたこと。」

榮《さかえ》は眼《め》を反《そ》らした儘《まゝ》で妹《いもうと》に云《い》つた。

榮《さかえ》は窓《まど》から西日《にしび》が射《さ》すのを避《さ》けるために、白《しろ》い布《きれ》で窓《まど》かけを作《つく》つたり、妹《いもうと》の寢夜具《ねやぐ》を清淨《きれい》にしたりした。

榮《さかえ》は二三日《にち》、夜着《よぎ》の手入《てい》れで日《ひ》を暮《く》らしてゐた。瓦斯《がす》八丈《はちぢやう》の側《かは》の裏《うら》に鴇《とき》色《いろ》の綿《めん》モスリンの裏《うら》なぞつけた新《あた》らしい夜着《よぎ》を、一枚《まい》輕《かろ》く妹《いもうと》の上《うへ》にかけてやることも出來《でき》た。新《あた》らしい眞《ま》つ白《しろ》な天竺木綿《てんぢくもめん》の敷布《しきふ》が、小《こ》まめに幾度《いくたび》も榮《さかえ》の手《て》で取《と》り代《か》へられた。

「お金《かね》もないのに、布團《ふとん》なんか汚《きたな》くつても私《わたし》はいゝのですよ。」

咲子《さきこ》は新《あた》らしい染色《そめいろ》の匂《にほ》ひを嗅《か》ぎながら、姉《あね》に云《い》ふことがあつた。

「病人《びやうにん》は奇麗《きれい》にしてゐないと早《はや》く癒《なほ》らないから、あなたも奇麗《きれい》にされると氣持《きもち》がいゝでせう。」

榮《さかえ》はまた、朝《あさ》に晩《ばん》に滋養《じやう》の食料《しよくれう》を妹《いもうと》の爲《ため》に注意《ちうい》して調《こしら》へてやつた。

「鳥《とり》のスープ」

然《さ》う云《い》つて姉《あね》の拵《こしら》へて持《も》つてくるものを咲子《さきこ》は寢床《ねどこ》で待《ま》つてゐるやうな時《とき》が多《おほ》くなつた。

暗い空

田村俊子

八十三

庭《には》に植《う》ゑた草花《くさばな》は二三日《にち》で花《はな》が散《ち》つてしまつて、後《あと》は小《ちひ》さい花《はな》が言譯《いひわけ》のやうに三つ四つ咲《さ》いた他《ほか》は、葉《は》が雨《あめ》に打《う》たれ土《つち》に塗《まみ》れて見《み》る影《かげ》もなくなつてゐた。塀際《へいぎは》にはまた草《くさ》が生《は》えて、黄色《きいろ》くなつた花瓣《はなびら》がそこいらに居汚《ゐぎた》なく散亂いてゐた。軒《のき》には黑《くろ》い夕立雲《ゆふだちぐも》が垂《た》れてゐた。榮《さかえ》は遠雷《えんらい》の音《おと》を聞《き》き付《つけ》ると、縁《えん》に出《で》てぼんやりと庭《には》を眺《なが》めてゐたが、座敷《ざしき》に入《はい》つて再《ふたゝ》び妹《いもうと》の寢床《ねどこ》の傍《わき》に寄《よ》つて見《み》た。昨夜《ゆうべ》の發熱《はつねつ》から續《つゞ》いて、妹《いもうと》は今日《けふ》は一日《いちにち》暑苦《あつくる》しい寢床《ねどこ》に眠《ねむ》つてゐた。榮《さかえ》は斯うしては寢床《ねどこ》の傍《そば》に行《い》つて、昏々《こん〳〵》と眠《ねむ》つてゐる妹《いもうと》の顏《かほ》を覗《のぞ》いて見《み》た、妹《いもうと》は薄《うす》く白眼《しろめ》を見《み》せて、唇《くちびる》を僅《わづか》に開《あ》けて、そこから時々困難《こんなん》な呼吸《いき》を漏《も》らしてゐた。括《くゝ》り枕《まくら》の上《うへ》に延《の》ばした頸筋《くびすぢ》の頸動脈《けいどうみやく》が、目《め》に見《み》えないやうな鈍《にぶ》い脈搏《みやくはく》を打《う》つたり、烈《はげ》しく筋肉《きんにく》を痙攣《けいれん》るやうにごき〳〵と打《う》たりしてゐるのを、榮《さかえ》は立《た》つて長《なが》い間數《あひだかず》へて見《み》たりした。そうして、斯《か》う云《い》ふ睡眠《すゐみん》の間《あひだ》に死《し》がだん〳〵に準備《じゆんび》されてゆく樣《やう》な恐怖《きやうふ》が昂《かう》じてくると、榮《さかえ》は何時《いつ》までも妹《いもうと》の意識《いしき》を眠《ねむ》りのなかに浸《ひた》しておくことが不安《ふあん》になつて、時々《とき〳〵》妹《いもうと》を呼《よ》び覺《さ》ました。だが妹《いもうと》は、その度《たび》に瞼《まぶた》をぴく〳〵動《うご》かしながら、容易《ようい》に眠《ねむ》りから覺《さ》めなかつた。

榮《さかえ》は妹《いもうと》の顏《かほ》を覗《のぞ》きながら立《た》つてゐた。もう夕方《ゆふがた》に近《ちか》づかうとしてゐるのに、今日《けふ》は一度《いちど》服藥《ふくやく》した時《とき》に妹《いもうと》と言葉《ことば》を交《か》はしたきりである。榮《さかえ》は頻《しき》りに妹《いもうと》が戀《こひ》しくなつて、その靑《あを》ざめた寢顏《ねがほ》をぢつと眺《なが》めてゐた。見《み》てゐるうちに、もうこれ限《ぎ》りで妹《いもうと》とは永久《えいきう》に言葉《ことば》を交《か》はす折《をり》が失《な》くなつてゆくやうな、悲《かな》しい運命《うんめい》が目前《もくぜん》に迫《せま》つて思《おも》はれた。自分《じぶん》にはたつた一人《ひとり》の妹《いもうと》なのである。この全世界《ぜんせかい》に生《うま》れ出《で》る無限無數《むげんむすう》な人間《にんげん》の靈魂《れいこん》の中《うち》から、この二人《ふたり》だけが、一《ひ》とつ赤《あか》い糸《いと》につながれてゐるのである。榮《さかえ》はその懷《なつ》かしい一《ひ》と筋《すぢ》の赤《あか》い糸《いと》を辿《たど》つた。幼少《ようせう》な頃《ころ》の追憶《つゐおく》が、その一《ひ》と筋《すぢ》の赤《あか》い糸《いと》から薄《うす》ら光《ひか》りを帶《お》びて湧《わ》き起《おこ》つた。

ふと、妹《いもうと》が身動《みうご》きも見《み》せずに、ぱつかりと大《おほ》きく眼《め》を開《ひら》いた。開《ひら》いた眼《め》はその儘《まゝ》榮《さかえ》の顏《かほ》に眞《ま》つ直《す》ぐに向《む》いてゐた。やゝ少時《しばらく》、その眼《め》は開《ひら》いたまゝで瞳子《ひとみ》も動《うご》かずに、榮《さかえ》の顏《かほ》に落《お》ちてゐた。榮《さかえ》は思《おも》はず、自分《じぶん》の身《み》が後《うしろ》に居退《ゐざ》つたほど、その偶然《ぐうぜん》に大《おほ》きく開《ひら》いた妹《いもうと》の眼《め》が恐《おそ》ろしくつて、胸《むね》が鳴《な》つた。

「何《ど》うしたの。」

やがて榮《さかえ》が妹《いもうと》の眼《め》を見守《みまも》りながら、口《くち》を歪《ゆが》めて云《い》つた聲《こゑ》が戰《ふる》へてゐた。そうして押《お》し出《だ》すやうな突慳貪《つつけんどん》な調子《てうし》がその言葉《ことば》に籠《こも》つてゐた。咲子《さきこ》の口許《くちもと》に、平生《へいぜい》見《み》るやうな輕《かる》い安心《あんしん》した微笑《びせう》が浮《うか》んでくると、咲子《さきこ》は漸《やうや》く頭《あたま》を仰向《あふむ》けにしながら

「目《め》が覺《さ》めたの。」

と云《い》つた。深《ふか》い安《やす》らかな息《いき》がその口《くち》から出《で》て、咲子《さきこ》は寢床《ねどこ》の周圍《まはり》を眼《め》で見廻《みまは》した。

「今日《けふ》は蒸《む》し暑《あつ》い日《ひ》ですわね。」

「遠雷《ゑんらい》が鳴《な》つてゐるんですもの。」

榮《さかえ》は胸《むね》の鳴《な》りが止《や》むまで、立竦《たちすく》して妹《いもうと》を見《み》てゐた。

暗い空

田村俊子

八十四

「いま、お母《かあ》さんの夢《ゆめ》を見《み》てゐましたの。夢《ゆめ》の模樣《もやう》はわからないんですけれどね、唯《たゞ》お母《かあ》さんの顏《かほ》を見《み》たことだけは覺《おぼ》えてゐますよ。」

咲子《さきこ》は姉《あね》に湯《ゆ》で絞《しぼ》つてもらつた手拭《てぬぐひ》で、胸《むね》や額《ひたひ》を拭《ふ》きながら、瞼《まぶた》のゆるんだ和《やは》らかな輝《かゞや》きを持《も》つた眼《め》で姉《あね》を見《み》た。

榮《さかえ》は妹《いもうと》の常《いつも》の聲《こゑ》を聞《き》くと温《あたゝ》かい情《じやう》で何《なに》か云《い》はうとしたが、固《かた》くなつた自分《じぶん》の顏《かほ》の筋肉《きんにく》が中々《なか〳〵》ほぐれてこなかつた。今《いま》の妹《いもうと》のぽつかりと開《あ》いた眼《め》が、恐《おそ》ろしい呪《のろ》ひの印象《いんしやう》を殘《のこ》してゐて榮《さかえ》は不快《ふくわい》でたまらなかつた。

「何故《なぜ》、あんな恐《こは》い眼《め》をしたのだらう。眠《ねむ》りの覺《さ》め際《ぎは》にどうしてあんな眼《め》で私《わたし》を見《み》たのだらう。」

榮《さかえ》にはそれがおもしろくない疑惑《ぎわく》になつて、何時《いつ》までも其妹《そのいもうと》の恐《おそ》ろしさを打消《うちけ》すことができなかつた。

咲子《さきこ》は自分《じぶん》で起《お》き上《あが》つて、枕許《まくらもと》の藥《くすり》瓶《びん》などを引《ひ》き寄《よ》せてゐたが、榮《さかえ》は其《そ》れに手《て》を貸《か》してやらうともしなかつた。寢床《ねどこ》の中《なか》から漏《も》れてくる醫藥《いやく》の蒸《む》されたやうな匂《にほ》ひと、妹《いもうと》の髮《かみ》から發散《はつさん》してくる脂肪《しはう》と血《ち》の酸《す》くなつた匂《にほ》ひとが、榮《さかえ》の鼻《はな》をおそつた。

「今夜《こんや》はお父《とう》さんが歸《かへ》つてゐらつしやるんですね。」

「どうして？」

「私《わたし》にはそんな氣《き》がするんですもの。お父《とう》さんの夢《ゆめ》も見《み》たんですから。——だからお父《とう》さんは歸《かへ》つていらつしやるんですよ。今夜《こんや》か明日《あす》の朝《あさ》のうちに、きつと歸《かへ》つてゐらつしやいますよ。」

「夢《ゆめ》を見《み》るとその人《ひと》が歸《かへ》つてくるん

ですか。」

「えゝ。」

咲子《さきこ》は然《さ》う云《い》つて、又横《またよこ》になつた。非常《ひじやう》に氣持《きもち》の快《よ》さそうな顔色《かほつき》で四方《あたり》を見《み》てゐた。自分《じぶん》でも「氣分《きぶん》が快《よ》くなつた。何《なん》だか氣分《きぶん》が輕《かる》くなつた。」と呟《つぶや》きながら額《ひたひ》など撫《な》でゝゐた。

「私《わたし》はこの頃《ごろ》不思議《ふしぎ》なんですよ。夢《ゆめ》に見《み》たことが、必《かな》らず一日《にち》か二日《か》で事實《じじつ》になつてくるんですの。千葉《ちば》へ行《ゆ》く前《まへ》にもね、私《わたし》は小《ちひ》さな停車場《ステーション》を幾《いく》つも〳〵通《とほ》つてゆく夢《ゆめ》を見《み》たことがあるんですの。然《さ》うしたら、遂々《とう〳〵》千葉《ちば》へ行《ゆ》くことになつたし、其《そ》れから此方《こつち》へ歸《かへ》る一日前《にちまへ》の晩《ばん》にはあなたの夢《ゆめ》を見《み》たんですもの。あの日《ひ》は私《わたし》はまだ歸《かへ》つてくるつもりも何《なに》もなかつたんですよ。千葉《ちば》の家《うち》で斷《ことわ》られなければ私《わたし》はもつと勤《つと》めてゐるつもりだつたんです。それをあなたの夢《ゆめ》を見《み》たから、きつとあなたが訪《たづ》ねてゞも來《く》るんだらうと思《おも》つてゐたら、急《きふ》に斷《ことわ》られて歸《かへ》つてくることになつたんですもの。夢《ゆめ》で見《み》た人《ひと》には、きつと一日《にち》か二日《か》の内《うち》に逢《あ》ひますよ。」

妹《いもうと》が厭《いや》なことを云《い》ふ、と榮《さかえ》は思《おも》つた。母《はゝ》の夢《ゆめ》を見《み》たと云《い》つた妹《いもうと》が、夢《ゆめ》に逢《あ》つた人《ひと》には一日《にち》か二日《か》で必《かな》らず逢《あ》ふと平氣《へいき》で云《い》つてゐる。それは妹《いもうと》が無意識《むいしき》に此《こ》の暗示《あんじ》を自分《じぶん》に聞《き》いてるのではないかと思《おも》つた時《とき》、榮《さかえ》は迷信的《めいしんてき》な恐怖《きようふ》に包《つゝ》まれて慄然《　》とした。

「そんな馬鹿《ばか》なことを云《い》ふものぢやありませんよ。」

「いゝえ本當《ほんたう》なんですよ。ぢや見《み》てゐらつしやい。きつと今夜《こんや》お父《とう》さんは歸《かへ》つてゐらつしやるから。」

妹《いもうと》は、母《はゝ》の夢《ゆめ》を見《み》たことを忘《わす》れたと見《み》えて、母《はゝ》に逢《あ》ふことは言《い》はなかつた。雷鳴《らいめい》が近《ちか》くなつてきて、雨《あめ》が強《つよ》く降《ふ》り出《だ》した。榮《さかえ》は雨《あめ》が降《ふ》り込《こ》むので縁《えん》に出《で》て雨戸《あまど》を繰《く》つた。

暗い空

田村俊子

八十五

戸《と》を繰《く》つたので室内《へや》が暗《くら》くなつた。

電光《いなづま》が隙間《すきま》から射《さ》し込《こ》んでは、一時《じ》烈《はげ》しくなつた雷鳴《らいめい》が家根《やね》の上《うへ》に落《お》ちて家《うち》の周圍《しうゐ》を震動《しんどう》させた。

天變《てんぺん》の恐《おそ》ろしさが、降《ふ》り募《つの》る雨《あめ》の音《おと》にまで聞《き》かれた。すべてが雨《あめ》に破《やぶ》られて押《お》し流《なが》されてゆくやうな激《はげ》しい降《ふ》りであつた。榮《さかえ》はこの夕《ゆふ》べほど雷《らい》の音雨《おとあめ》の音《おと》に恐怖《きようふ》を感《かん》じたことはないと思《おも》つた。ばり／＼と虚空《こくう》を引《ひ》つ裂《さ》いてゆく雷鳴《らいめい》が、榮《さかえ》の心臓《しんざう》を打《う》つたびに榮《さかえ》は唇《くちびる》を噛《か》んで胸《むね》をしつかり押《おさ》へてゐた。

「あなたの顔《かほ》の青《あを》いこと。」

榮《さかえ》は静《しづか》に横《よこ》になつて眼《め》を閉てる妹《いもうと》の顔《かほ》を見《み》ると、直《す》ぐ顔《かほ》を反向《そむ》けながら云《い》つた。電光《でんくわう》が青《あを》く光《ひか》る時《とき》に、妹《いもうと》の顔《かほ》は殊《こと》に青《あを》く、死《し》の苦悶《くもん》のやうな痙攣《けいれん》が眼《め》の上《うへ》から頬《ほゝ》にかけて起《おこ》つてゐるかと思《おも》ふやうな陰影《いんえい》が、その顔《かほ》の上《うへ》に映《うつ》つた。

榮《さかえ》は咲子《さきこ》の顔《かほ》に電光《いなづま》の光《ひかり》が當《あた》らないやうに、立《た》つて行《い》つて戸《と》をきつちりと閉《し》めた。そうして室《へや》のうちに灯《ひ》を點《つ》けた。室《へや》の暗《くら》い隅《すみ》を見《み》ても、そこに何《なに》か恐《おそ》ろしいものが自分《じぶん》を待《ま》つてゐるか覗《のぞ》いてゐるかしてゐるやうで、榮《さかえ》の身體《からだ》が縮《ちゞ》んだ。その得《え》知《し》れない恐《おそ》ろしいものは、妹《いもうと》の青《あを》い顔《かほ》からも自分《じぶん》の胸《むね》に響《ひゞ》いてきた。死絶《しぜつ》しやうとする妹《いもうと》の靈魂《れいこん》を、榮《さかえ》はこの薄暗《うすくら》い室内《しつない》で自分《じぶん》一人《にん》がぢつと打《うち》守《まも》つてゐるやうな物恐《ものおそろ》しさも感《かん》じられた。電光《いなづま》はまだ何處《どこ》からか反映《はんえい》してきた。暗《くら》い闇《やみ》のなかに一種《しゆ》怪幻的《くわいげんてき》な青《あを》い光《ひか》りばかりが漂《たゞ》よつてゐた。

榮《さかえ》は

「咲子《さきこ》さん。咲子《さきこ》さん」

と妹《いもうと》を呼《よ》んだ。

「雷《らい》が恐《こは》くはない。」

「いゝえ。なんともありませんわ。姉《ねえ》さんの顔《かほ》こそ青《あを》い。眞《ま》つ青《さを》ですよ。」

咲子《さきこ》は世《よ》の常《つね》の人々《ひと〴〵》のやうな、そうして落着《おちつ》いた明瞭《はつきり》した聲《こゑ》で云《い》つてゐた。

「あなたは雷《らい》が嫌《きら》ひなのに――」

「今日《けふ》はちつとも何《なん》とも思《おも》はないんですの。恐《こは》くもなんとも。」

咲子《さきこ》は榮《さかえ》の顔《かほ》の移《うつ》つてゆく方《はう》に眼《め》を送《おく》つた。姉《あね》はこの頃《ごろ》臆病《おくびやう》になつたと咲子《さきこ》は心《こゝろ》でをかしく思《おも》つてゐた。つい二三日前《にちまへ》の晩《ばん》に、開《あ》けた窓《まど》から外《そと》を見《み》てゐると、星《ほし》よりはやゝ大《おほ》きな圓《まる》い光《ひか》るものが尾《を》を曳《ひ》いて二人《ふたり》の眼《め》の前《まへ》を過《す》ぎて飛《と》んで行《い》つた。その時《とき》

389　「暗い空」『読売新聞』大正3（1914）年7月7日

暗い空

田村俊子

八十六

その晩《ばん》に、偶然《ぐうぜん》に父《ちゝ》の眞作《しんさく》が歸《かへ》つて來《き》た。一《ひ》と月《つき》ほど前《まへ》に着《き》て出《で》た厚《あつ》ぼつたいネルに、揉《も》み苦茶《くちや》になつたパナマの帽子《ばうし》をかぶつた父《ちゝ》の姿《すがた》が格子《かうし》の外《そと》に立《た》つたのを、榮《さかえ》は上《あが》り端《はな》で見《み》付《つ》けた。

「ほんとうにお父《とう》さんが歸《かへ》つてゐらしつた。咲子《さきこ》さん。」

榮《さかえ》の然《さ》う呼《よ》んだ聲《こゑ》で、夜《よ》るになつてから床《とこ》を離《はな》れてゐた咲子《さきこ》は急《いそ》いで出《で》て來《き》た。そうして姉《あね》の肩《かた》に繊弱《かよわ》く捉《つかま》りながら闇《くら》い格子《かうし》の方《はう》を覗《のぞ》いた。父《ちゝ》は咲子《さきこ》の夢《ゆめ》の中《なか》から歩《ある》いて來《き》たやうに、ぼんやりした輪廓《りんくわく》を見《み》せながら上《うへ》へあがつて來《き》た。

なぞは榮《さかえ》は何時《いつ》まで經《た》つても聲《こゑ》が咽《の》喉《ど》から立《た》たなかつた。そうしてある恐《おそろ》しさにふるへてゐた。咲子《さきこ》は其《そ》れを思《おも》ひ出《だ》して姉《あね》に云《い》つて笑《わら》つた。

「ほんとにつまらない事《こと》に、私《わたし》はびくつ/\とする。」

其《そ》の恐《おそろ》しさの感覺《かんかく》は、いつも骨《ほね》の髓《ずゐ》まで貫《とほ》して全身《ぜんしん》をおのゝかした。榮《さかえ》自身《じしん》にも、何物《なにもの》が斯《か》う豫覺的《よかくてき》に恐怖《きようふ》を全身《ぜんしん》に渦卷《うづま》かせたのか解《わか》らなかつた。無敎義《むけうぎ》な無智《むち》な取《と》りとめのない臆病《おくびやう》を榮《さかえ》はこの時《とき》も妹《いもうと》の前《まへ》で恥《はづ》かしく思《おも》つた。然《し》かもそれが一面《いちめん》には妹《いもうと》の死期《しご》の豫想《よさう》からくる不氣味《ぶきみ》さと恐怖《きようふ》が交《ま》じつてゐると感《かん》じた時《とき》に、榮《さかえ》は妹《いもうと》に對《たい》してひどく無情《むじやう》のやうな氣《き》がした。

雷鳴《らいめい》がまた遠《とほ》のいて行《い》つた。雨《あめ》の降《ふ》りもそれに準《じゆん》じて弱《よわ》くなつた。榮《さかえ》は戸《と》を開《あ》けて見《み》た。外《そと》にはまだ晝《ひる》の明《あか》るさが、一日《にち》の殘務《ざんむ》を果《は》たす責任《せきにん》があると云《い》ふ風《ふう》に靜《しづ》かに雨《あめ》のなかに流《なが》れてゐた。榮《さかえ》はその明《あか》るさを頼母《たのも》しく見詰《みつ》めながら、遠《とほ》く天上《てんじやう》に引《ひ》き上《あ》げてゆく雷雨《らいう》の後《あと》を眺《なが》めてゐた。

「咲子《さきこ》が病氣《びやうき》だつ?」

父《ちゝ》は直《す》ぐ窪《くぼ》んだ眼《め》で咲子《さきこ》の方《はう》を見《み》た。物《もの》を探《たづ》ねるやうに首《くび》を前《まへ》に出《だ》したその顔《かほ》に鬚《ひげ》が延《の》びてゐた。父《ちゝ》はそればかりを心《こゝろ》にかけて歸《かへ》つて來《き》た人《ひと》のやうに、代《かは》る〴〵姉妹《きやうだい》を見《み》ながら咲子《さきこ》の容体《ようだい》をたづねた。

「そんなに惡《わる》くはないやうですよ。たゞ、お父《とう》さんが早《はや》く歸《かへ》つてゐらつしやればいゝつて、お父《とう》さんな戀《こひ》しがつてゐました。」

榮は父《ちゝ》に向《むか》つてこんな情感的《じやうかんてき》な言葉《ことば》が、はづんで出《で》たのを自分《じぶん》でも妙《めう》に思《おも》つた。咲子《さきこ》は「まあ、歸《かへ》つてゐらしつた。嬉《うれ》しかつた。」と云《い》つて父《ちゝ》の後《あと》に尾《つ》きながら喜《よろこ》んでゐた。咲子《さきこ》はその間々《あひだ〳〵》に輕《かる》い絡《から》んだやうな上《うは》つ咳《せき》をした。咳《せき》を堪《こら》へると、猶《なほ》胸《むね》の底《そこ》から搖《ゆす》り上《あ》げた。座敷《ざしき》へ行《い》つて唐紙《からかみ》に凭《もた》れた時《とき》は臉《まぶた》が赤《あか》くなつて、榮が一寸《ちよつと》目《め》を見張《みは》るほど咲子《さきこ》の容貌《ようばう》が美《うつく》しくなつてゐた。

「惡《わ》るい病氣《びやうき》になつたな。」

父《ちゝ》の然《さ》う云《い》つた聲《こゑ》が、榮の耳《みゝ》に聞《き》き外《はづ》されぬ眞《まこと》の愛《あい》を響《ひゞ》かしてゐた。

「お父《とう》さんはこればかり着《き》てゐらしつたんですか。」

然《さ》う云《い》つて、父《ちゝ》の着《き》臭《くさ》くなつた着物《きもの》を脱《は》がしながら、榮は父《ちゝ》の着代《きか》への料《もの》を出《だ》したりした。父《ちゝ》は一《ひ》と息《いき》して落着《おちつ》くと、田舍《ゐなか》の奴等《やつら》は人間《にんげん》ではないと罵《のゝし》りだした。

夜《よ》が更《ふ》けるまで父《ちゝ》と二人《ふたり》は田舍《ゐなか》の話《はなし》が盡《つ》きなかつた。田舍《ゐなか》の伯父《をぢ》は少《すこ》しも父《ちゝ》を相手《あひて》にしなかつた。父《ちゝ》が落魄《おちぶ》れて歸《かへ》つて來《き》たことは鐵子《てつこ》からの通《つう》知《ち》で疾《と》うに知《し》つてゐた。

「をばさんは、いつたい何《ど》うしたつて云《い》ふんでせう。」

咲子《さきこ》も榮も、同時《どうじ》に鐵子《てつこ》叔母《をば》に對《たい》して不愉快《ふゆくわい》な念《ねん》をはさんだ。

「榮から借《か》りて行《い》つたものはみんなお父《とう》さんの食料《しよくれう》になつてしまつたよ。お前《まへ》に濟《す》まなかつた。おれは兄《あに》貴《き》の家《うち》の米《こめ》は一《ひ》と粒《つぶ》も口《くち》にしなかつた。酒《さけ》はみんな酒屋《さかや》から借《か》りて飲《の》んでやつた。兄貴《あにき》はあとで吃驚《びつくり》するだらう。」

歸《かへ》り際《ぎは》に飲《の》んで來《き》た田舍《ゐなか》酒《ざけ》の醉《ゑひ》がまだ父《ちゝ》の面《おもて》にいくらか殘《のこ》つてゐた。

「おれは兄貴《あにき》に臺灣《たいわん》へ修業《しゆげふ》に行《い》つてこいと云《い》つてやつた。臺灣《たいわん》へ行《い》つてくると人間《にんげん》の道《みち》が分《わか》ると云《い》つてやつた。」

咲子《さきこ》は珍《めづ》らしく笑《わら》ひ出《だ》したが、榮は一《ひ》と月餘《つきあま》りの父《ちゝ》の田舍《ゐなか》の生活《せいくわつ》を想像《さうざう》したりして、心《こゝろ》がおもく閉《と》ぢてゐた。

暗い空

田村俊子

八十七

生計《せいけい》の苦《くる》しみがすべて榮《おさむ》の上《うへ》に落《お》ちてきた。榮《おさむ》は築地《つきぢ》へ行《い》つては、櫻子《さくらこ》から心苦《こゝろぐる》しい金《かね》を二度《ど》ほど借《か》りつゞけた。物質《ぶつしつ》の上《うへ》でも到底返《たうていかへ》す術《すべ》のない、そして又《また》、仕事《しごと》の上《うへ》でも報酬《はうしう》の見込《みこ》みのない金《かね》を借《か》りてゐた。櫻子《さくらこ》は自分《じぶん》の渡歐《とおう》の計畫《けいくわく》が外《はづ》れかけてゐるので、榮《おさむ》が金《かね》の事《こと》を云《い》つてくる時《とき》は、不機嫌《ふきげん》にその眉《まゆ》が曇《くも》つた。自分《じぶん》の手許《てもと》も櫻子《さくらこ》は窮迫《きうはく》してゐるからであつた。

「困《こま》るのね。」

櫻子《さくらこ》はいつも然《さ》う云《い》つて榮《おさむ》の顔《かほ》を見《み》つめた。そうして、渡歐《とおう》の便宜《べんぎ》のつかなくなつたことを、櫻子《さくらこ》は愚痴《ぐち》交《まじ》りに榮《おさむ》に話《はな》した。だが櫻子《さくらこ》は自分《じぶん》の上《うへ》に必死《ひつし》であつた。新《あたら》しく起《おこ》つてくる演劇《えんげき》の氣運《きうん》に壓迫《あつぱく》されて日本《にほん》の田舍《ゐなか》に腐《くさ》れて終《しま》ふよりは、不足《ふそく》な金《かね》を握《にぎ》つても、櫻子《さくらこ》は外國《ぐわいこく》の土地《とち》に飛《と》び出《だ》して行《ゆ》きたいと云《い》ふ野心《やしん》に充《み》ちてゐた。泰西《たいせい》の演劇《えんげき》を頭腦《づなう》で咀嚼《そしやく》した新奇《しんき》なしばゐが其方此方《そちこち》に起《おこ》つてゐても、櫻子《さくらこ》はもうその劇社會《げきしやくわい》の群《むれ》に投《とう》じるわけには行《い》かなかつた。自分《じぶん》よりは若《わか》いが故《ゆゑ》に新《あた》らしく思《おも》はれる多《おほ》くの女優《ぢよいう》も美《うつく》しく世《よ》に出《で》てゐた。櫻子《さくらこ》は其《そ》れ等《ら》に對《たい》する反感《はんかん》からも遁《のが》れなくてはならなかつた。

「人間《にんげん》は結局《けつきよく》あゝして逃《に》げ場《ば》を見付《みつ》けなくちやならないんですね。」

櫻子《さくらこ》の弟《おとうと》がいつも姉《あね》を見《み》て斯《か》う云《い》つてゐた。

「だから彼方《あつち》へ行《ゆ》くやうになつても出來《でき》るだけ人減《ひとべ》らしをするつもりだから、牧《まき》さんにもいろ〳〵云《い》つて無《む》理《り》勸《すゝ》めをしたけれども、何《ど》う云《い》ふことになるかわかりません。」

櫻子《さくらこ》は時《とき》によると、改《あらた》まつて榮《おさむ》に斯《か》う云《い》ふことがあつた。急激《きふげき》にその内情《ないじやう》が紊亂《ぶんらん》してきてから、櫻子《さくらこ》は榮《おさむ》を相手《あひて》にしてはゐられないやうな日《ひ》が多《おほ》かつた。金《かね》のことを云《い》ひに行《ゆ》く日《ひ》でも、榮《おさむ》は云《い》ひ出《だ》さずに空《むな》しく歸《かへ》つて來《き》たりした。妹《いもうと》の春子《はるこ》は姉《あね》の櫻子《さくらこ》と喧嘩《けんくわ》して家《うち》を出《で》てゐた。

榮《おさむ》は然《さ》う云《い》ふところへ金《かね》など借《か》りに行《ゆ》くことを辛《つら》く恥《はづ》かしく思《おも》つた。然《しか》し叔母《をば》の鐵子《てつこ》の許《ところ》に行《ゆ》くよりは、櫻子《さくらこ》に對《たい》して打出《うちだ》し好《い》いので、つい築地《つきぢ》の方《はう》に足《あし》が向《む》くのであつたが、今日《けふ》は父《ちゝ》の頼《たの》みもあつて、咲子《さきこ》の病氣《びやうき》の經過《けいくわ》をも告《つ》げかた〴〵、榮《おさむ》は小石《こいし》川《かは》の叔母《をば》の家《うち》に行《い》つた。叔母《をば》はまだ學校《がくかう》から歸《かへ》つてゐなかつた。自分《じぶん》たちが叔母《をば》の家《うち》を出《で》てから、此家《ここ》へ來《き》た女《をんな》の苦學生《くがくせい》が一人《ひとり》で玄關《げんくわん》に讀書《どくしよ》をしてゐた。妹《いもうと》の咲子《さきこ》はこの學生《がくせい》を知《し》つてゐたけれども、榮《さかゑ》は初《はじ》めてこの人《ひと》を見《み》た。

榮《さかゑ》は叔母《をば》の室《へや》に通《とほ》されてそこで叔母《をば》の歸《かへ》るのを待《ま》つてゐた。久《ひさ》しく來《こ》ない間《ま》に新《あた》らしい道具《だうぐ》がこの室《へや》に据《す》ゑられてあつた。籐椅子《とういす》が向《むか》ふ向《むき》に縁《ゑん》の上《うへ》に出《で》てゐたり、小形《こがた》な桑《くは》の本箱《ほんばこ》があつたりした。床《とこ》の間《ま》から百合《ゆり》の匂《にほ》ひが強《つよ》い刺戟《しげき》を持つてくるので、榮《さかゑ》が振《ふ》り向《む》くと、いつも床《とこ》にかゝつてゐる字《じ》の軸《ぢく》が今日《けふ》もそこにかゝつてゐた。それは鐵子《てつこ》の奉職《ほうしよく》してゐる學校《がくかう》の校長《かうちやう》が書《か》いた文字《もんじ》であつた。書《か》かれた字《じ》は「賢者辟世、其次辟地、其次辟色、其次辟言」と云《い》ふ論語《ろんご》の中《なか》の一句《いつく》であつた。

暗い空

田村俊子

八十八

さつきから大分《だいぶ》遠《とほ》い町《まち》の外《はづ》れの方《はう》から三味線《みせん》の音が聞《き》こえてゐた。叔母《をば》の鐵子《てつこ》は例の時間《じかん》になつても歸《かへ》つてこなかつた。榮《さかゑ》は待《ま》ち倦《あ》ぐみながら、卓《テーブル》の上《うへ》に疲《つか》れてゐる身体《からだ》を寄《よ》りかゝらせてゐた。蒸《む》れるやうな頭腦《づなう》の底《そこ》から眠《ねむ》りに似《に》たうつとりした感覺《かんかく》が瞼《まぶた》の上《うへ》を輕《かる》く浸《ひた》して、耳《みゝ》の傍《わき》がちり〳〵と暑《あつ》かつた。榮《さかゑ》はそれを堪《こら》へて庭《には》のおもてを眺《なが》めてゐた。

室《しつ》にはまだ障子《しやうじ》が篏《は》まつてゐた。西《にし》日《び》が縁《ゑん》から障子《しやうじ》の上《うへ》に、赤《あか》い炎《ほのほ》の色《いろ》を溶かして暑氣《しよき》を吸《す》ひ寄《よ》せてゐた。庭《には》の大《おほ》きい松《まつ》の幹《みき》がその障子《しやうじ》の影《かげ》から赤《あか》い腹《はら》を突《つ》き出《だ》してゐた。夕日《ゆふひ》はその枝《えだ》にも色《いろ》を掠《かす》らしてゐた。丸《まる》く刈《か》つた山梔《くちなし》の葉《は》も、照《て》りつけられた青《あを》い色《いろ》を日蔭《ひかげ》の底《そこ》に捲《ま》き縮《ちゞ》らしてゐる。榮《さかえ》は土《つち》の白《しろ》く乾《かは》いたおもてに眼《め》をやつてゐると、その儘《まゝ》そこに蒸《む》し暑《あつ》い眠《ねぶ》りが集注《しふちう》してうつとりした。榮《さかえ》は立《た》つて緣《えん》に出《で》て見《み》た。三味線《みせん》の音《おと》がはつきりと聞《き》こえた。その一《いち》の糸《いと》から起《おこ》る低音《ていおん》が殊《こと》に耳《みゝ》に付《つ》いた。夏《なつ》の倦《だ》るい晝《ひる》の町《まち》のごよみの中《なか》に、濁《にご》りながら重《おも》く緩《ゆる》く一《いち》の糸《いと》の音《ね》がハアモナイズしてゐた。そのハアモニイから起《おこ》る一種《しゆ》の憂鬱《いううつ》な調子《てうし》が榮《さかえ》の心《こゝろ》を暗《くら》く惱《なや》ましくさせた。

榮《さかえ》はその音《ね》の色《いろ》を追《お》ひながら、ぢつと動《うご》かない庭《には》の木《こ》の葉《は》に目《め》をとめてゐた。あの三味線《みせん》の音《おと》は、榮《さかえ》が叔母《をば》の家《いへ》に寄食《きしよく》してゐた頃《ころ》から聞《き》き馴《な》れてゐた。さうして、榮《さかえ》の戀《こひ》は、夏《なつ》の夕方《ゆふがた》にあの稽古師匠《けいこしゝやう》の家《うち》から三味線《みせん》の音《おと》の聞《き》こえてくる頃《ころ》から初《はじ》まつてゐた。今聞《き》こえてくるその音色《ねいろ》の底《そこ》にも、當時《たうじ》の榮《さかえ》の心臓《しんざう》のさゞめきが優《やさ》しく含《ふく》まれてそこに響《ひゞ》いてきた。榮《さかえ》は靜《しづか》な心《こゝろ》で、昔《むかし》の戀《こひ》の初《はじ》めを思《おも》つた。人《ひと》に對《たい》する限《かぎ》りない思慕《しぼ》の情《じやう》が、その音色《ねいろ》の底《そこ》に緩《ゆる》く渦卷《うづま》いてゐるのを、自身《じしん》にも手繰《たぐ》つて見《み》ながら、榮《さかえ》はそれを他事《よそごと》にして打《う》ち捨《す》てやうとした。坪庭《つぼには》に向《むか》つて心《こゝろ》を輕《かる》く避《さ》けた時《とき》、榮《さかえ》はふと悲《かな》しさが溢《あふ》れた。

榮《さかえ》は庭《には》に出《で》て裏《うら》へ廻《まは》つて見《み》た。昔《むかし》から使《つか》はれてゐる老婆《らうば》が風呂場《ふろば》にゐて火《ひ》を焚《た》き付《つ》けてゐた。老婆《らうば》は榮《さかえ》に久《ひさ》し振《ぶ》りの挨拶《あいさつ》などしてゐた。

「あなたはちつともお見《み》えになりませんで御座《ござ》いましたねえ。」

老婆《らうば》は然《さ》う云《い》つて、榮《さかえ》の貧《まづ》しく見《み》える裝《よそほ》ひに瞥《ちら》と目《め》を配《くば》つた。この家《うち》にゐて老婆《らうば》は一人《ひとり》で權力《けんりよく》を持《も》つてゐた。榮《さかえ》も咲子《さきこ》もこの老婆《らうば》からは意地《いぢ》の惡《わる》い扱《あつか》ひなどを受《う》けたことが度《たび》々あつた。氣《き》の弱《よわ》い咲子《さきこ》は、この老《らう》婆《ば》の顏色《かほいろ》など讀《よ》んで氣《き》に入《い》るやうに仕向《しむ》けたりしてゐた。若《わか》い女《をんな》の平素《へいそ》について、老婆《らうば》は用捨《ようしや》のない露骨《ろこつ》な批評《ひひやう》をつけ〳〵と云《い》つた。さうして自分《じぶん》が働《はたら》かずに、咲子《さきこ》に臺所《だいどこ》の用事《ようじ》などさせて平氣《へいき》でゐるやうなこともあつた。叔母《をば》は一切《さい》この老婆《らうば》の振舞《ふるま》ふ儘《まゝ》に任《まか》せてゐた。

榮《さかえ》は老婆《らうば》の頬骨《ほゝぼね》の出《で》た長《なが》い顏《かほ》を見《み》ると、不快《ふくわい》になつて又後《またあと》へ戻《もど》つてきた。裏《うら》の垣根《かきね》の傍《わき》に白《しろ》い花《はな》の咲《さ》く筴桃《けふちくたう》があつた。その實《み》が生《な》ると、老婆《らうば》は虫《むし》が食《た》べると云《い》つて、誰《た》れにも取《と》られないうちに、一人《ひとり》して叩《たゝ》き落《おと》しては能《よ》く取つて食《た》べてゐた。さうして其《そ》の内《うち》の一《ひ》とつか二《ふ》たつを榮《さかえ》や咲子《さきこ》に親切《しんせつ》らしく與《あた》へたりした。榮《さかえ》はその桃《もゝ》の實《み》のことなど思《おも》ひ出《だ》して傍《そば》に寄《よ》つて行《い》つて見《み》た。實《み》が三《み》つ四《よ》つ葉《は》がくれに附《つ》いてゐた。あの老婆《らうば》が厭《いや》なのも、叔母《をば》の家《いへ》を出《で》た一《ひと》つの因《もと》になつてたことを榮《えい》は思《おも》ひながら、座《ざ》敷《しき》に戻《もど》つてきた。

暗い空

田村俊子

八十九

叔母《をば》が歸《かへ》つて來《き》てから、榮《えい》は叔母《をば》と夜《よ》るの食事《しよくじ》をしたり、湯《ゆ》に入《はい》つたりした。

「榮《えい》さんが來《く》るとは珍《めづ》らしいね。」

叔母《をば》は乳《ちゝ》の大《おほ》きい反《そ》つた胸《むね》を、浴衣《ゆかた》着《ぎ》の上《うへ》に膨《ふく》らがして、團扇《うちは》を使《つか》つてゐた。空《そら》には月《つき》が出《で》てゐた。月光《げつくわう》の水色絹《みづいろぎぬ》の帳《とばり》が他《よそ》の家根《やね》の上《うへ》から庭《には》の樹々《きゞ》に靡《なび》いてゐた。榮《えい》は縁側《えんがは》に坐《すわ》つて蚊《か》を追《お》ひながら咲子《さきこ》の病氣《びやうき》が思《おも》つたよりも進《すゝ》んでゐるヿを話《はな》してゐた。

「肺病《はいびやう》の起《おこ》りさうな子《こ》だつたからね。」

叔母《をば》は心《こゝろ》から姪《めひ》を哀《あは》れに思《おも》つた。そうして自分《じぶん》が若干《いくら》でも補助《ほじよ》して咲子《さきこ》に轉地療養《てんちれうやう》をさせてやりたいと云《い》つた。

「もうぢき、私《わたし》も休暇《きうか》になるから、彼女《あれ》を連《つ》れて行《い》つてもいゝし、何《ど》うにかして今《いま》のうちに健康《けんかう》を恢復《くわいふく》させてやりたいものだが。」

叔母《をば》は斯《こ》う云《い》つて考《かんが》へてゐた。父《ちゝ》の眞作《しんさく》が田舍《ゐなか》に行《い》つて、伯父《をぢ》と口爭《くちあらそ》ひばかりして日《ひ》を送《おく》つて來《き》たことや、落魄《らくはく》して歸《かへ》つて來《き》た父《ちゝ》を伯父《をぢ》が少《すこ》しも相手《あひて》にしなかつたので、父《ちゝ》が憤《いきどほ》つてゐることなども榮《えい》は話《はな》した。叔母《をば》は榮《えい》の前《まへ》で、口《くち》を極《きは》めて眞《しん》作《さく》を惡《わる》く云《い》つた。第《だい》一に、あゝ酒飲《さけの》みでは仕方《しかた》がないと云《い》つて、鐵子《てつこ》は眞作《しんさく》のならず漢《もの》のやうな氣風《きふう》を賤《いや》しめた。

「あんな渡《わた》り者《もの》ばかりの群集《ぐんじゆ》してるところなどにゐるからさ。彼樣《あんな》下品《げひん》な樣子《やうす》をしてゐては、私《わたし》は兄《あに》だと云《い》ふのもいやだ。人《ひと》に紹介《せうかい》する譯《わけ》にも行《ゆ》かない。」

叔母《をば》は濃《こ》いいかつい眉《まゆ》を顰《ひそ》めて云《い》つた。榮《さかえ》はこの叔母《をば》が、父《ちゝ》の前《まへ》では自《じ》分《ぶん》たちの惡《わ》る口《くち》を云《い》ひ、又《また》自分《じぶん》の前《まへ》では父《ちゝ》の蔭口《かげぐち》をきくのが解《わか》らなかつた。そうして、叔母《をば》の口《くち》から父《ちゝ》の批《ひ》難《なん》が繰《く》り返《かへ》される度《たび》に、榮《さかえ》は心《こゝろ》で叔《を》母《ば》を憎《にく》みながら、父《ちゝ》を庇《ひ》護《ご》してゐた。この叔母《をば》が、つけ〳〵と自分《じぶん》の前《まへ》で父《ちゝ》を侮辱《ぶじよく》してゐることに微《かす》かな怒《いか》りさへ感《かん》じてゐた。

「私《わたし》はあなた方《がた》姉妹《きやうだい》だけのことなら、どんなにでも骨《ほね》を折《を》つて上《あ》げるつもりでゐるのだからね。けれども兄《にい》さんには私《わたし》は何《なに》もするとは厭《いや》だ。此方《こつち》へ歸《かへ》つて來《き》てからも、私《わたし》の顏《かほ》さへ見《み》ればお金《かね》の無心《むしん》をしてるんですからねえ。お金《かね》のことばかり云《い》つてゐるんだもの。その癖《くせ》、口《くち》では大《おほ》きな事《こと》を云《い》つて、決《けつ》して人《ひと》の世話《せわ》にはならんと云《い》つて威張《ゐば》つてる癖《くせ》に、直《す》ぐその口《くち》の下《した》から「少《すこ》し都合《つがふ》して貰《もら》ひたいんだが何《ど》うだらう。」だからねえ。私《わたし》はその度《たび》にぴつたりと拒絶《きよぜつ》をしてやる。第《だい》一、あんなに困窮《こんきう》しながら娘二人《むすめふたり》のところへのこ〳〵歸《かへ》つてくるなんて、それからして間違《まちが》つてゐる。あつちに居《ゐ》さへすれば何《ど》うやら働《はたら》く口《くち》がないんでもないのだから、もう少《すこ》し辛抱《しんばう》してゐればよかつたんだ。唯《たゞ》娘《むすめ》たちを困《こま》らせるばかりぢやないか。それで結局兄《けつきよくにい》さんは何《ど》うするつもりだらう。」

「臺灣《たいわん》へ歸《かへ》ると云《い》つてます。」

「その旅費《りよひ》はまた誰《たれ》かに算段《さんだん》させやうと云《い》ふんだらう。」

「えゝ。」

「榮《さかえ》さんはしつかりしなくちや可《い》けないぢやないか。すべてがあなたの肩《かた》に掛《か》つてゐるんだ。お父《とう》さんは彼《あ》樣だし、妹《いもうと》は病氣《びやうき》になるし、其《そ》れであなたには定《き》まつた職業《しよくげふ》もないんだから。あなたは何《ど》うしやうと思《おも》つてゐるの。」

榮《さかえ》は遂《つひ》、寛容《おほまか》な微笑《びせう》を浮《うか》べながら默《だま》つてゐた。其《そ》の現在《げんざい》にも將來《しやうらい》にも無《む》反省《はんせい》なやうな笑《わら》ひを見《み》ると、例感《いつもかんじ》る榮《さかえ》の「圖太《づぶと》さ」が、又鐵子《またてつこ》の心《こゝろ》に苦々《にが〳〵》しく上《のぼ》つてきた。

暗い空

田村俊子

九十

鐵子《てつこ》は例《れい》のやうに榮に敎師《けうし》になることを勸めてゐた。その傍《かたは》ら文學《ぶんがく》がやりたければやつたらいゝだらうと叔《を》母《ば》は云《い》つた。そうして妹《いもうと》の咲子《さきこ》は自分《じぶん》が引《ひ》き受《う》けて世話《せわ》をしてやるが、榮が、やつぱり今迄《いままで》の生活《せいくわつ》を續《つゞ》けてゐるやうなら、自分《じぶん》は牧《まき》の家《いへ》のことは何《なに》も構《かま》はないことにすると、叔母《をば》は強《つよ》く云《い》つてゐた。

「お父《とう》さんがこんな事《こと》を云《い》つてたが、あなたは聞《き》いたかい。」

「どんな事《こと》です。」

「臺灣《たいわん》の方《はう》へあなたか咲子《さきこ》を連《つ》れて行《ゆ》くと云《い》ふことなんだけれど、まだ聞《き》きませんか。一《ひ》とつはそのつもりで歸《かへ》つて來《き》たのだと云《い》ふ兄《にい》さんの話《はなし》を聞《き》いたことがあつた。」

「何《なに》をしに行《ゆ》くんでせう。」

「彼方《あつち》の學校《がくかう》の敎師《けうし》でもさせながら、話相手《はなしあひて》にするつもりだつたんでせう。今考《いまかんが》へると、それも咲子《さきこ》の方《はう》を連《つ》れて行《ゆ》く考《かんが》へだつたらしいやうだけれども、何方《どつち》も臺灣《たいわん》なんぞへ隨《つ》いて行《ゆ》きさうには思《おも》はれないので兄《にい》さんは云《い》ひ出《だ》さずにゐるやうな事《こと》を、私《わたし》に話《はな》してゐたことがあつた。」

榮は其《そ》れを聞《き》くと、父《ちゝ》の今《いま》までの口《くち》吻《ぶり》のうちに、然《さ》うした意向《いかう》の含《ふく》まれてゐたことが思《おも》ひ當《あた》つた。

「咲子《さきこ》が病氣《びやうき》では、一寸《ちよいと》連《つ》れて行《ゆ》くことも出來《でき》ないから、又兄《またにい》さんは一《ひと》人《り》で臺灣《たいわん》へ引《ひ》つ返《かへ》すつもりかもしれない。お父《とう》さんの彼方《あつち》の生活《せいくわつ》がどんなになつてゐるか、あなたは委しく聞《き》いたことがありますか。」

「私《わたし》たちはちつとも解《わか》らないんです。それに立入《たちい》つて聞《き》くつてことも父《ちゝ》に對《たい》して惡《わる》いやうな氣《き》がするもんですから。叔母《をば》さんは何《なに》かお聞《き》きになりましたんですか。」

「私《わたし》もはつきりは知《し》らないけれどもね。」叔母《をば》は榮の顏《かほ》を探《さぐ》るやうにぢつと見《み》て「何《なん》でも、妻君《かない》も子供《こども》もあるやうな樣子《やうす》だが。男《をとこ》の子《こ》が一人《ひとり》あるやうな風《ふう》だし。」

榮の顏《かほ》がふと赤《あか》くなつた。そうして一時《いちじ》に赫《くわつ》と逆上《のぼせ》て耳《みゝ》が鳴《な》つた。それで顏《かほ》をぢつと庭《には》の方《はう》に向《む》けて、月《つき》の光《ひかり》を眼《め》で吸《す》ふ樣《やう》に見詰《みつ》めた。葉《は》の蔭《かげ》から露《つゆ》のやうに月《つき》の光《ひか》りがこぼれてゐた。空氣《くうき》が水《みづ》の樣《やう》に流《なが》れて庭《には》の隅《すみ》の燈籠《とうろう》を柔《やは》かに霞《かす》ましてゐた。榮はしばらく然《さ》うした儘《まゝ》で、叔母《をば》の方《はう》に顏《かほ》を返《かへ》さずにゐた。それがある怒《いか》りの感情《かんじやう》のやうにも、榮は自身《じしん》に批判《ひはん》されたけれども、それが何《なに》を標《ま》點《と》にしての怒《いか》りなのか、榮《さかえ》にはわからなかつた。そうして怒《いか》りに似《に》た感《かん》情《じやう》の他《ほか》に、無量《むりやう》な羞恥《しうち》に似《に》た感情《かんじやう》も動《うご》いてゐた。榮《さかえ》は默《もく》しながら、自分《じぶん》の胸《むね》が鎭《しづ》まるのを待《ま》つてゐた。

「そんな事《こと》はあなた方《がた》には一寸《ちよいと》打《う》ち明《あ》けにくい事《こと》だと見《み》えるのね。私《わたし》には其《そ》れと就《つ》かずに話《はなし》をしたことがあるが、榮《さかえ》さんにも云《い》つてはないと見《み》えるね。兄《にい》さんはその男《をとこ》の子《こ》の事《こと》が中々《なか／＼》氣《き》にかゝるやうな樣子《やうす》だつた。私《わたし》はこの子《こ》の母親《はゝおや》が何《なに》を爲《し》てゐるかつて云《い》ふとも耳《みゝ》に挾《はさ》んでるが、身分《みぶん》のいゝものではないらしいのね。」

榮《さかえ》は叔母《をば》の云《い》つてることをぼんやりと聞《き》いてゐた。

暗い空

田村　俊子

九十一

叔母《をば》の手許《てもと》には少《すこ》しの金《かね》もなかつたので、榮《さかえ》は叔母《なは》から借《か》りてゆくこともできなかつた。

「そんなに困《こま》つてゐるの。それぢや病人《びやうにん》が可哀想《かあいさう》だ。」

叔母《をば》の鐵子《てつこ》は、もう眠《ねむ》さうに其《そ》の瞼《まぶた》を薄赤《うすあか》くしてゐた。でつぷりした色艶《いろつや》の良《よ》くない頬《ほゝ》や、瞼《まぶた》の下《した》の皺《しわ》が太《ふと》い腺《せん》を刻《きざ》んで、倦怠《けんたい》に滿《み》ちた表情《へうじやう》をしてゐた。

「學校《がくかう》へ勤《つと》める決心《けつしん》がついたら、直《す》ぐ世話《せわ》をして上《あ》げる。私《わたし》の方《はう》にいゝ口《くち》があるんだから。私立《しりつ》は私立《しりつ》だけれどもね。俸給《ほうきふ》が割《わり》にいゝんだよ。然《さ》う困《こま》つてゐるんだから、明日《あした》からでも學校《がくかう》へ出《で》る決心《けつしん》がつきさうなものぢやありませんか。考《かんが》へて見《み》る必要《ひつえう》も何《なに》もありやしないさ。」

叔母《をば》は何《なに》か云《い》ふ度《たび》に欠伸《あくび》をした。叔《を》母《は》は明日《あした》行《ゆ》くと云《い》ふ約束《やくそく》で、榮《さかえ》は暇《いとま》を告《つ》げた。

「氣《き》を付《つ》けてゐらつしやい。」

常《つね》に敎室《けうしつ》で若《わか》い女《をんな》たちの聲《こゑ》に相應《あひおう》じるやうに、若《わか》やかに響《ひゞ》かせる癖《くせ》をもつた一段《いちだん》張《は》り上《あ》げた叔母《をば》の聲《こゑ》が、厭《いや》らしく甘《あま》へるやうに榮《さかえ》の耳《みゝ》についた。外《そと》は月《つき》がしつとりしてゐた。夜《よ》るはまだ、其《そ》れ程《ほど》に更《ふ》けてはゐなかつた。榮《さかえ》はいろ／＼そのことを思《おも》ひ辿《たど》りながら、二三町《ちやう》は電車《でんしや》にも乘《の》らずに歩《ある》いた。叔母《をば》の前《まへ》で、痲痺《まひ》してゐた心《こゝろ》のある一部《ぶ》が、急《きふ》に外《そと》に出《で》て血《ち》を脈《みやく》打《う》たせ初《はじ》めてゐた。そうして冷《つ》めたい夜氣《やき》に浸《ひた》されたすべての感《かん》能《のう》が鋭《するど》くはつきりと自分《じぶん》の意識《いしき》のう

ちに返つて來た。

榮は叔母から聞いた腹違ひの弟の上にも、少時その好奇的な感情を動かしてゐた。叔母からその話を聞いた時の、あのふしぎな一時の怒りと恥かしさは消えて、自分と同じ父親を持つたその幼少な男の子を、ある一と粒の眞珠を拾ふやうな、珍らしい心持で考へ耽つた。

「男の子の名は何と云ふのだらう。」

榮は直ぐその名を知りたく思つた。姉弟と云ふ不意な血のなつかしさが弟の名を求めると云ふよりは、弟がありながら、その名を知らずにゐる事が、何となくこの事實の證跡を暗くしてゐるやうで氣になるからであつた。榮は頻りにその名を當て推量した。

「眞次。眞吉。眞太郎。」

そんな名が付いてゐるやうな氣がした。榮は又、その子の性質などを考へた。

何う云ふ譯か、その子は愚な子供のやうに思はれた。そうして狡猾で、誰れにでも噓を吐いて、黑い下唇を突き出して眼と笑ふやうな卑しい表情を持つてゐる子供のやうに思はれた。考へ直しても考へ直しても、その子は品の美い、奇麗な大人しやかな可愛らしいものには思ひ付かれなかつた。その想像が、弟に對して何時か又侮蔑と憎みになつてゐる人だと思つた。大きいと云つて、其子供はまだ僅か嬰兒ではないかと思つた。と、云つてもまだ四歳ぐらゐの子供かも知れない。併し然う思つた時には、榮はその幼少い子供が汚らしくて堪まらなくなつた。

榮はその子を生んだ獸親のことに考へが行つた時、叔母の鐵子が「身分がよくない」と云つた言葉などを思ひ出してゐた人だと思へば、榮は薄らなつかしい氣もした。父の第二の配偶に對しては、自分は自分との生活の上にも精神の上にも、なんにも交渉はないわけだとも思ひながら、何となくその女に心を惹かれた。父と何う云ふ關係からその人の妻になるやうになつたのか、どんな運命を持つて鬣溯などに流浪してゐたのか、どの女の生涯を知りたくも思つた。そ

九十二

暗い空
田村俊子

の母《はゝ》と子《こ》に對《たい》する極《きは》めて薄弱《はくじやく》な好意《かうい》と、なつかしみと、憐《あは》れみとが、榮《さかえ》の心《こゝろ》に哀《あは》れ深《ふか》く纏《もつ》れ合《あ》つた。そうしてお互《たがひ》にどこに何《ど》う存在《そんざい》してゐるかも知《し》らない同士《どうし》が、かうして何時《いつ》の間《ま》にか一とつ緣《えにし》の臺《うてな》の上《うへ》に乘《の》り合《あ》つてることなどを思《おも》つた。

然《しか》し、直《ぢ》きにその思《おも》ひはやんだ。ある身《み》慘めな母《はゝ》と子《こ》が、貧《まづ》しい生活《せいくわつ》の朝夕《あさゆふ》に一日《にち》々々と父《ちゝ》の歸《かへ》りを待《ま》つてゐる一家《か》の樣子《やうす》などを描《ゑが》きだしてくると、榮《さかえ》は堪《た》へられない悲慘《ひさん》な因果《いんぐわ》な思《おも》ひがした。然《さ》う云《い》ふ緣《えにし》の中《なか》に自《じ》分《ぶん》も結《むす》び付《つ》けられながら、父《ちゝ》とか母《はゝ》とか弟《おとうと》とか呼《よ》び交《か》はさなければならない自分《じぶん》の上《うへ》を思《おも》つた時《とき》に、榮《さかえ》はすべての人《ひと》に對《たい》する嫌厭《けんえん》の情《じやう》が一時《じ》に起《おこ》つてきた。偶然《ぐうぜん》に今夜《こんや》叔母《をば》の口《くち》から聞《き》き取《と》つた母《はゝ》と子《こ》の上《うへ》ばかりでなく、榮《さかえ》は父《ちゝ》の上《うへ》にも妹《いもうと》の上《うへ》にも、又《また》、叔母《をば》の上《うへ》にも一層《そう》その嫌厭《けんえん》の情《じやう》がみなぎつて、榮《さかえ》はその人《ひと》たちに自分《じぶん》の心《こゝろ》の一瞥《いちべつ》を送《おく》ることすらもいやになつた。そうして然《さ》う云《い》ふ人々《ひと〴〵》へ對《たい》する嫌厭《けんえん》から榮《さかえ》は永久《えいきう》に脫《のが》れてゆきたいやうに思《おも》つた。

榮《さかえ》は一人《ひとり》してぶら〳〵と步《ある》いてゐた。道《みち》は廣《ひろ》くつて、灯《ひ》が兩側《りやうがは》に賑《にぎ》やかに飾《かざ》られてゐるけれども、それが餘程《よほど》遠退《とほの》いたところに輝《かゞや》いてゐるやうな氣《き》がした。道《みち》の眞中《まんなか》に電車《でんしや》が走《はし》つてゐた。電車《でんしや》の兩側《りやうがは》の道《みち》は暗《くら》かつた。榮《さかえ》はその暗《くら》い迷《まよ》ひの影《かげ》をにじました道《みち》の上《うへ》を俯向《うつむ》いて辿《たど》つてゐた。自分《じぶん》の辿《たど》つてゆく道《みち》が陰氣《いんき》であつた。それで時々《とき〴〵》顏《かほ》を上《あ》げて巾《はゞ》の廣い道《みち》の兩《りやう》側《がは》を見《み》た。だん〳〵にその灯《ひ》が遠《とほ》くぼんやりとして、榮《さかえ》の心《こゝろ》からその道《みち》の行方《ゆくゑ》を昏《くら》まさうとしてゐるやうに見《み》えた。

榮《さかえ》はこの道《みち》の延《の》びるまゝに眞《ま》つ直《す》ぐに何所《どこ》かへ走《はし》つて行《ゆ》きたくなつた。今夜《こんや》限《かぎ》りで彌生町《やよひちやう》の家《いへ》には戾《もど》らないのである。どこか遠《とほ》い所《ところ》に自分《じぶん》を運《はこ》んで行《い》つて、再《ふたゝ》び此所《こゝ》へは歸《かへ》つてこないのである。父《ちゝ》の顏《かほ》も見《み》ず、病妹《びやうまい》の顏《かほ》も見《み》ずに、唯一人《たゞひとり》で自由《じいう》な健《すこや》かな空氣《くうき》に浸《ひた》れるやうなところに走《はし》つて行《ゆ》きたい。——榮《さかえ》は今頃《いまごろ》自身《じしん》の家《いへ》の中《なか》などを思《おも》ひやつた。自分《じぶん》が出《で》てくる時《とき》、咲子《さきこ》は工合《ぐあひ》の好《い》い顏色《かほいろ》をして臺所《だいどころ》に出《で》て煮物《にもの》をしてゐた。細《ほそ》い瘦《や》せた手《て》で菜箸《さいばし》を動《うご》かしてゐた手《て》の先《さき》が榮《さかえ》の眼《め》にあつた。けれども今頃《いまごろ》はもう熱《ねつ》に苦《くる》しんでる頃《ころ》である。今《いま》まで起《お》きてゐたものが、急《きふ》に陰氣《いんき》な默《だま》つた顏《かほ》をして寐床《ねどこ》にすつと入《はい》つてゆくあの妹《いもうと》の姿《すがた》を、榮《さかえ》は今《こん》夜《や》は見《み》ないで濟《す》んだと思《おも》つた。

暗い空

田村俊子

九十三

榮《さかえ》は病人《びやうにん》の傍《そば》に歸《かへ》つてゆくことが、今《こん》夜《や》は殊《こと》に氣《き》重《おも》く、苦《くる》しかつた。

「病《びやう》氣《き》は自分《じぶん》の心意《しんい》から起《おこ》るのだ。病《びやう》氣《き》なぞに負《ま》かされる奴《やつ》があるか。しつかりしなくては駄目《だめ》だぞ。うんと心《こゝろ》に力《ちから》を入《い》れてゐるんだ。病《びやう》氣《き》に犯《をか》されるやうな弱《よわ》い奴《やつ》があるか。」

酒《さけ》に醉《ゑ》ひながら、咲子《さきこ》の枕許《まくらもと》で煩《うる》さく云《い》ひ纒繞《まつは》る父《ちゝ》の言葉《ことば》を妹《いもうと》はうるさがつて「彼方《あつち》へ行《い》つて下《くだ》さい。靜《しづか》にさせておいて下《くだ》さいつて云《い》へば。」

と泣《な》き聲《こゑ》を立《た》てる妹《いもうと》の聲《こゑ》なぞが耳《みゝ》に響《ひゞ》いてくると、榮《さかえ》はその父《ちゝ》と妹《いもうと》の云《い》ひ合《あ》ひの後《あと》の陰鬱《いんうつ》な沈默《ちんもく》の中《なか》に歸《かへ》つてゆくことが一層《そう》厭《いや》に思《おも》はれた。

「此儘《このまゝ》何處《どこ》かへ行《い》つてしまい度《た》い。」

榮《さかえ》は暗《くら》い道《みち》の走《はし》るまゝに目《め》を走《はし》らせた。自分《じぶん》の歩《ある》き馴《な》れた東京《とうきやう》の街《まち》のある一部《ぶ》だとは思《おも》へないやうな、異郷《いきやう》の感《かん》じが土《つち》の上《うへ》にあつた。その土《つち》の感《かん》じが何《なん》となく榮《さかえ》の憧憬の思《おも》ひをつのらせた。この儘《まゝ》自分《じぶん》が走《はし》れるだけ走《はし》つて行《ゆ》けば、そこに自分《じぶん》を待《ま》ち設《まう》けてゐる明《あか》るい華《はな》やかな生《い》き〳〵した世界《せかい》があるやうな氣《き》がした。然《さ》うして其所《そこ》は自分一人《じぶんひとり》だけでなければ入《はい》れない世界《せかい》である。妹《いもうと》や父《ちゝ》や母《はゝ》違《ちが》ひの弟《おとうと》などを連《つ》れては入《はい》つて行《ゆ》けない世界《せかい》である。自分一人《じぶんひとり》が逃《のが》れてゆけば自然《しぜん》とその世界《せかい》は自分《じぶん》を迎《むか》へてくれるのである。そうして其所《そこ》へ入《はい》つて行《ゆ》かうとするのは、現在《げんざい》のこの一瞬間《いつしゆんかん》のうちの捺《やつ》た氣《き》がした。

暗い空

田村俊子

九十四

明《あか》るい運命《うんめい》の急速《きふそく》の轉化《てんくわ》が今《いま》この一歩《ぽ》で、自分《じぶん》の上《うへ》に起《おこ》つてくるやうな氣《き》がした。

ふと榮《さかえ》の呼吸《こきふ》が切迫《せつぱく》して、いつか握《にぎ》りしめてゐた片手《かたて》の掌《てのひら》のうちに汗《あせ》がにじんだ。

「妹《いもうと》も父《ちゝ》も捨《す》てゝ行《ゆ》く。そうして自分《じぶん》は何所《どこ》へ行《ゆ》くのであらう。」

榮《さかえ》は自分《じぶん》がこの土地《とち》から傍の土地《とち》へ移《うつ》つてゆくとして、妹《いもうと》や父《ちゝ》の周圍《しうゐ》を離《はな》れてゆくその順序《じゆんじよ》に辿《たど》つて考《かんが》へた。東京《とうきやう》を出《で》て何所《どこ》へ漂浪つて行《ゆ》けば、然《さ》うした自分《じぶん》にばかり幸福《かうふく》な世《せ》界《かい》があると云《い》ふのであらう。暗《くら》い一歩《ぽ》から明《あか》るい一歩《ぽ》へ自分《じぶん》だけが入《はい》つてゆかれる世界《せかい》——それはいくら思《おも》ひ廻《まは》しても、榮《さかえ》の現在《げんざい》の事實《じじつ》の上《うへ》に求《もと》められはしなかつた。

榮《さかえ》は一度《ど》無意識《むいしき》にとゞめた足《あし》の運《はこ》びを、その時《とき》また動《うご》かし初《はじ》めた。氣《き》が付《つ》くと榮《さかえ》は本郷《ほんがう》の通《とほ》りを歩《あ》るいてゐた。人《ひと》が賑《にぎ》やかに夜《よる》の町《まち》を群《む》れて歩《ある》いてゐるやうな騒《さわ》がしい氣分《きぶん》が、榮《さかえ》の周圍《しうゐ》に感《かん》じられながら、榮《さかえ》の歩《あゆ》みを運《はこ》んでゆく道筋《みちすぢ》には人《ひと》の影《かげ》が薄《うす》かつた。そうして道《みち》がやつぱり暗《くら》く、灯《ひ》の反映《はんえい》が乏《とぼ》しかつた。行《ゆ》く的《あて》のない浮浪者《ふらうしや》がとぼとぼと足《あし》に任《まか》せてうろついてゐるやうな、頼《よ》りどころのない淋《さび》しい思《おも》ひが、榮《さかえ》の妄想《まうさう》の消《き》えたあとの胸《むね》のなかを埋《うづ》めてゐた。榮《さかえ》は洋傘《かさ》を片手《かたて》に突《つ》きながら、家《うち》へ家《うち》へと道《みち》の順《じゆん》を追《お》つて歩《ある》いた。妹《いもうと》に頼《たの》まれたミルクキヤラメルを買《か》つて行《ゆ》くことを、榮《さかえ》はある角《かど》を曲《まが》らうとする時《とき》に不意《ふい》と思《おも》ひ出《だ》してゐた。榮《さかえ》は西洋菓子《せいやうぐわし》の店《みせ》に寄《よ》つて、それを買《か》つた。

咲子《さきこ》は起《お》きて食卓《しよくたく》の前《まへ》に坐《すわ》つてゐた。父《ちゝ》はその上《うへ》で僅《わづか》の酒《さけ》を嗜《たしな》んでゐた後《のち》であつた。榮《さかえ》は座敷《ざしき》に上《あが》つて二《ふた》人《り》の顔《かほ》を見《み》た時《とき》に、遠《とほ》い旅《たび》から久《ひさ》し振《ぶ》りで歸《かへ》つて來《き》たやうな氣《き》がした。古《ふ》るい岐阜《ぎふ》提灯《ぢやうちん》の灯《ひ》が縁先《えんさき》に見《み》えた。咲子《さきこ》があんなものを引《ひ》つ張《ぱ》り出《だ》したりした程《ほど》では、今夜《こんや》は餘《よ》つ程《ぽど》身《から》体《だ》の調子《てうし》が好《い》いのだと榮《さかえ》は思《おも》つた。

「おそうござんしたね。」

咲子《さきこ》は物憂《ものう》さうな顔《かほ》をして坐《すわ》つた儘《まゝ》で云《い》つた。濃《こ》く秀《ひい》でてる眉《まゆ》が榮《さかえ》の眼《め》に直《す》ぐにうつつた。咲子《さきこ》の眼《め》はこの頃《ごろ》一種《しゆ》の冴《さ》えを帯《お》びて、玉《たま》のやうに輝《かゞや》きながら才智《さいち》走《ばし》つた表情《へうじやう》を示《み》せてゐる時《とき》があつた。身體《からだ》の工合《ぐあひ》が好《い》い日《ひ》には眼《め》が殊《こと》に美《うつく》しく冴《さ》えてゐた。そうして前齒《まへは》がだん〳〵に上《うへ》に反《そ》つてきて上脣《うはくちびる》が尖《とが》つてきた。

榮《さかえ》は叔母《をは》が明日《あした》來《く》ると云《い》つてゐたこと。咲子《さきこ》を轉地《てんち》に連《つ》れて行《ゆ》くと云《い》つてゐたことなどを二人《ふたり》に話《はな》した。

「私立《しりつ》の學校《がくかう》の口《くち》があるとかで、叔《を》母《は》さんは私《わたし》に學校《がくかう》の先生《せんせい》になれと云《い》つて今《いま》まですゝめてゐたのです。」

榮《さかえ》は錄子《ろくこ》から來《き》てゐる封書《ふうしよ》を手《て》に取《と》り上《あ》げながら云《い》つたが、直《す》ぐに封《ふう》は開《ひら》かなかつた。妹《いもうと》は叔母《をは》と一所《いつしよ》に轉地《てんち》などすることは厭《いや》だと云《い》つた。父《ちゝ》や姉《あね》の傍《そば》にゐる方《はう》が樂《たの》しみが多《おほ》いし安心《あんしん》してゐられると云《い》つた。

瓦斯《がす》の灯《ひ》が榮《さかえ》にはむう〳〵した。火《ひ》取虫《とりむし》が瓦斯《がす》の笠《かさ》に打《ぶ》つ突《つ》かつては榮《さかえ》の肩《かた》や手《て》の上《うへ》などにばた〳〵と落《お》ちて來《き》た。榮《さかえ》はその虫《むし》が煩《うる》さくて氣《き》が苛《い》ら〳〵もした。癇《かん》の立《た》つた嚴《きつ》い眼《め》をしてゐた榮《さかえ》は、何《なに》も彼《か》も癪《しやく》にさはると云《い》ふ風《ふう》でぢつと坐《すわ》り込《こ》んでゐた。自身《じしん》にも、この頃《ころ》こんなに心《こゝろ》が横暴《わうばう》になつたことはないと思《おも》ひながら、その癇《かん》がなか〳〵治《なほ》らなかつた。榮《さかえ》は蒼《あを》い顏《かほ》をして妹《いもうと》に、叔母《をは》が轉地《てんち》をさせてくれることが厭《いや》だと云《い》ふのは我《わ》が儘《まゝ》過《す》ぎると云《い》つて、突然《とつぜん》に怒《おこ》り付《つ》けた。

「あの叔母《をは》さんが連《つ》れて行《ゆ》かうと云《い》ふくらゐなのぢやありませんか。病氣《びやうき》になつてからあなたはほんとに我《わ》が儘《まゝ》が強《つよ》くなつた。考《かんが》へてごらんなさい、今《いま》の境遇《きやうぐう》を。——叔母《をば》さんが然《さ》う云《い》つてくれるのは有難《ありがた》いんぢやありませんか。あなたの爲《ため》ぢやありませんか。」

榮《さかえ》は意地惡《いぢわる》く妹《いもうと》が憎《にく》くなつて、何《なに》か不條理《ふでうり》なことを其《そ》の場《ば》で云《い》ひ募《つの》らないではゐられなくなつた。榮《さかえ》の胸《むね》が大波《おほなみ》を打《う》つやうにわく〳〵した。それと同時《どうじ》に身体《からだ》が冷《つ》めたくなつて、神經《しんけい》がふるへた。

「そんな事《こと》を云《い》ふな。お前《まい》も。病氣《びやうき》になれば誰《た》れでも我《わ》が儘《まゝ》になるもんだ。」

「お父《とう》さんもこんな時《とき》にお酒《さけ》などあがらなくつてもよさそうなものだと思《おも》ひます。每日々々《まいにち〳〵》。こんな中《なか》でお酒《さけ》なんぞあがつたつて美味《おいし》くはないでせうし、もうお廢《よ》しになつた方《はう》がいゝだらうと思《おも》ひます。」

榮《さかえ》は思《おも》ひ上《あが》つた調子《てうし》で云《い》つた。榮《さかえ》は然《さ》う云《い》ふ傍《そば》から心《こゝろ》の中《うち》で何《なん》と云《い》ふ無《む》情《じやう》な自分《じぶん》だらうと思《おも》つた。病氣《びやうき》の妹《いもうと》を足蹴《あしげ》にするやうな事《こと》も。父《ちゝ》を打擲《ちやうちやく》するやうなこともできる自分《じぶん》だと思《おも》つた。自分《じぶん》の生《せい》を迫害《はくがい》するものゝ恨《うら》みを、父《ちゝ》や妹《いもうと》に持《も》つて行《い》つて、その妹《いもうと》や父《ちゝ》に當《あた》ると云《い》ふのは、あんまり卑《いや》しい下品《げひん》な心根《こゝろね》だと榮《さかえ》は思《おも》つた。だが、一度《いちど》募《つの》つた癇《かん》は悲《かな》しい反省《はんせい》が自分《じぶん》を責《せ》めるほど、自暴《じばう》な調子《てうし》を含《ふく》んで猶《な》ほ一層《そう》昂《たか》ぶつた。そうして食卓《しよくたく》の上《うへ》に俯向《うつむ》いてゐた妹《いもうと》の眼《め》から、涙《なみだ》がぼろ〳〵と落《お》ちるのを榮《さかえ》は凝視《みつめ》てゐた。

八十四回中「此の暗示を聞いてゐる」は「死の暗示を聞いてる」の誤り

暗い空

田村　俊子

九十五

父《ちゝ》の眞作《しんさく》は默《だま》つて俯向《うつむ》いてゐた。深《ふか》い溜息《ためいき》を漏《も》らして、窪《くぼ》んだ腹部《ふくぶ》のところを一層《そう》窪《くぼ》まして疊《たゝみ》の上《うへ》をぼんやりと眺《なが》めてゐた。咲子《さきこ》は袖《そで》で涙《なみだ》を拭《ふ》いては考《かんが》へ、涙《なみだ》を拭《ふ》いては考《かんが》へてゐた。榮《さかえ》の云《い》つた言葉《ことば》を非理《ひり》だとは妹《いもうと》も父《ちゝ》も思《おも》つてはゐなかつたが、何《なん》となく例《いつも》と異《かは》つたつけ〳〵とした榮《さかえ》の言葉《ことば》の調子《てうし》が情《なさけ》なく物《もの》を思《おも》はせてゐた。

「おれも何時《いつ》までお前《まい》たちの世話《せわ》になつてゐやうとは思《おも》はん。一日《にち》も早《はや》く彼方《あちら》へ歸《かへ》らうと思《おも》つてゐるのだ。金《かね》さへできれば。――、榮《さかえ》も苦《くる》しいだらうからな。」

父《ちゝ》が云《い》ふと、咲子《さきこ》は猶更《なほさら》悲《かな》しくなつたやうに泣《な》きだした。咲子《さきこ》は病氣《びやうき》になつてから今夜《こんや》初《はじ》めて、自分《じぶん》の病氣《びやうき》を悲《かな》しいと思《おも》つた。姉《あね》が生計《くらし》のことやさま〴〵の入用《にふよう》で苦《くる》しい思《おも》ひをしてゐることを心付《こゝろづ》かないではなかつたが、自分《じぶん》の身體《からだ》が惡《わる》くなつてから姉《あね》の苦《くる》しい思《おも》ひについて餘《あま》り心《こゝろ》を拂《はら》はないやうになつてゐた事《こと》を咲子《さきこ》は省《かへり》みてゐた。病氣《びやうき》になつてから自《じ》分《ぶん》は我《わ》が儘《まゝ》になつたと思《おも》つた。姉《あね》に甘《あま》へ過《す》ぎてゐた事《こと》を咲子《さきこ》は悔《く》いてゐた。そうして、父《ちゝ》に對《たい》しても自分《じぶん》の身體《からだ》が健康《ぢやうぶ》なら厭《いや》なことを聞《き》かせないでも濟《す》んだのだと思《おも》ふと、咲子《さきこ》は自分《じぶん》の病氣《びやうき》を恨《うら》まずにはゐられなかつた。咲子《さきこ》はいくら泣《な》いても泣《な》き盡《つく》せないほどに悲《かな》しかつた。

「私《わたし》の身體《からだ》はだん〳〵惡《わる》くなるばかりなのぢやないか。」

　咲子《さきこ》の悲《かな》しみの充《み》ちた胸《むね》に、ふと斯《か》うした不安《ふあん》も閃《ひらめ》いてゐた。咲子《さきこ》は今《いま》が今《いま》まで自身《じしん》の病氣《びやうき》の經過《けいくわ》に就《つ》いて少《すこ》しも氣《き》にかけずにゐたことを恐《おそろ》しくさへ思《おも》ひ初《はじ》めた。

「咲子《さきこ》。大《おほ》きな姿《なり》をして泣《な》く奴《やつ》があるか。泣《な》きたいことがあるなら心《こゝろ》で泣《な》くんだ。めそ〳〵聲《こゑ》を出《だ》して泣《な》く奴《やつ》があるか。」

　父《ちゝ》は然《さ》う云《い》つて七八《なゝつやつ》歳の子供《こども》を叱《しか》るやうに咲子《さきこ》を叱《しか》つてゐた。咲子《さきこ》は何《なん》でも、自分《じぶん》の身体《からだ》を早《はや》く癒《なほ》さなくてはならないと思《おも》つた。叔母《をば》の鐵子《てつこ》が親切《しんせつ》に云《い》つてくれるやうに、一所《いつしよ》に轉地《てんち》でもして靜《しづか》に養生《やうじやう》したら、またこの身体《からだ》が役《やく》に立《た》つやうになる。そうして姉《あね》の苦《くる》しみや父《ちゝ》の苦《くる》しみを助《たす》けなくてはならない。咲子《さきこ》は自分《じぶん》から頼《たの》んでも叔母《をば》に縋《すが》つて叔母《をば》の手《て》で養生《やうじやう》をさせて貰《もら》ひたかつた。咲子《さきこ》は然《さ》う考《かんが》へてくると、叔母《をば》がひどく頼《たよ》りに思《おも》はれて戀《こひ》しくさへなつた。自分《ぶん》を可哀想《かあいさう》に思《おも》つて、養生《やうじやう》させてやらうと云《い》つて呉《く》れた叔母《をば》の心持《こゝろもち》が、咲子《さきこ》にはしみ〴〵勿体《もつたい》なく感《かん》じられたりした。

　咲子《さきこ》は涙《なみだ》がやむと、それを奇麗《きれい》に拭《ふ》いて默《だま》つて考《かんが》へ込《こ》んでゐた。榮《さかえ》は自分《じぶん》のふとした風《かぜ》のやうに狂《くる》つた感情《かんじやう》が、父《ちゝ》や妹《いもうと》を不快《ふくわい》にさせて默《だま》りとませた事《こと》が、また氣《き》になつてゐた。其《そ》れでつとめて何《なに》か云《い》はうとしたが、心《こゝろ》が固《かた》くなつてゐて、さらりと唇《くちびる》が動《うご》かなかつた。榮《さかえ》は父《ちゝ》や妹《いもうと》の心《こゝろ》を柔《やわら》げて自分自身《じぶんじしん》も安《やす》らかな氣分《きぶん》に復《かへ》りたいと思《おも》ひながら、榮《さかえ》は氣《き》を變《か》へる爲《ため》に、二人《ふたり》から身体《からだ》を反《そ》らして錄子《ろくこ》の手紙《てがみ》を開《あ》けて見《み》た。手紙《てがみ》はなか〳〵長《なが》かつた。父子《おやこ》三人《にん》の重苦《おもくる》しい感情《かんじやう》が、各自《てん〴〵》の胸《むね》から胸《むね》へ映《うつ》り合《あ》つて、微《かすか》な溜息《ためいき》の響《ひゞ》きにもお互《たがひ》の神經《しんけい》がおのゝく樣《やう》な安靜《おちつき》のないその塲《ば》では、錄子《ろくこ》の手紙《てがみ》の上《うへ》に現《あら》はされた複雜《こみい》つた心持《こゝろもち》などは直《す》ぐには理解《りかい》はできなかつたが、それでも榮《さかえ》は一《ひ》と通《とほ》り目《め》を通《とほ》した。錄子《ろくこ》の手紙《てがみ》には幸福《かうふく》な感情《かんじやう》が漲《みなぎ》つてゐた。

暗い空

田村俊子

九十六

咲子《さきこ》は默《だま》つたまゝで四疊半《よでふはん》の方《はう》へ引《ひ》つ込《こ》んで行《い》つた。妹《いもうと》のゐなくなつた後《あと》の食卓《しよくたく》の前《まへ》が淋《さび》しく灯《ひ》の影《かげ》が沈《しづ》んだ。父《ちゝ》は榮《さかえ》にこの後《のち》の一家《か》の始末《しまつ》を相談《さうだん》した。

「おれは兎《と》に角《かく》臺灣《たいわん》へ歸《かへ》る。」

父《ちゝ》は低《ひく》い聲《こゑ》で云《い》つた。

咲子《さきこ》の病氣《びやうき》に就《つ》いての入費《にふひ》は叔母《をば》に任《まか》せるにしても、父《ちゝ》の臺灣《たいわん》に歸《かへ》つてゆく旅費《りよひ》は、また榮《さかえ》の手《て》で拵《こしら》へなければならなかつた、それは僅《わづか》に三十圓《ゑん》にも滿《み》たない金《かね》ではあつたが、榮《さかえ》はそれを宮田《みやた》の家《うち》から借《か》りてくるやうな事《こと》はできなかつた。

「彼方《あちら》へお歸《かへ》りになつて何《なに》をなさるんです。また直《す》ぐお困《こま》りなさるのではありませんか。」

「なに」

父《ちゝ》は頭《あたま》を振《ふ》つた。九年《ねん》の間《あひだ》住《す》み馴《な》れた土地《とち》に歸《かへ》つて行《ゆ》けば、長《なが》らく棄《す》てゝゐたこの土地《とち》にゐるよりも却《かへ》つて生計《くらし》の便宜《べんぎ》が多《おほ》かつた。

「斯《か》うしてお前《まへ》の厄介《やくかい》にばかりなつてゐても仕方《しかた》がないからな。」

父《ちゝ》は言葉《ことば》を少《すく》くして考《かんが》へてゐた。父《ちゝ》の身体《からだ》は此方《こちら》に歸《かへ》つた當時《たうじ》よりも壯健《さうけん》になつて、思想《かんがへ》も明瞭《はつきり》してきた。咲子《さきこ》の病氣《びやうき》が起《おこ》つてからは、殊《こと》に父《ちゝ》はどこか覺悟《かくご》がある人《ひと》のやうに、緊縮《きんしゆく》した面色《おもゝち》をして父親《ちゝおや》らしい靜《しづ》かな態度《たいど》を二人《ふたり》の娘《むすめ》に見《み》せてゐる事《こと》があつた。榮《さかえ》は然《さ》うした父《ちゝ》の態度《たいど》を見付《みつ》けることが好《この》ましかつた。そうして假想的《かさうてき》な慈愛《じあい》の泉《いづみ》を一人《ひとり》して快《こゝろよ》く汲《く》んでゐる時《とき》があつた。

榮《さかえ》は今《いま》、臺灣《たいわん》に殘《のこ》してきた父《ちゝ》の家庭《かてい》を考《かんが》へてゐた。腹《はら》ちがひの弟《きやうだい》や、父《ちゝ》の妻《つま》になる人《ひと》の生活《せいくわつ》の狀態《じやうたい》を想像《さうざう》してゐた。そうして、其《そ》れを父《ちゝ》に自分《じぶん》から切《き》り出《だ》さうか何《ど》うしやうかと思《おも》ひ惑《まど》つてゐた。然《さ》う云《い》ふ現在《げんざい》の父《ちゝ》の生活《せいくわつ》の大部分《だいぶぶん》になつてゐる第二《だいに》の妻子《さいし》の上《うへ》を、自分達《じぶんたち》が特《とく》に明《あきら》かに知《し》つておく必要《ひつえう》があるか何《ど》うかと榮《さかえ》は思《おも》ひ煩《わづら》つた。父《ちゝ》が遂《つひ》に何《なに》も云《い》はずに臺灣《たいわん》へ歸《かへ》つてしまつたとして、自分《じぶん》や咲子《さきこ》が生涯《しやうがい》の間《あひだ》に、父《ちゝ》が他《よそ》の國《くに》で偶然《ぐうぜん》に結《むす》んだその子族《しぞく》の群《む》れを何時《いつ》かはきつと知《し》る時《とき》がある。父《ちゝ》は此所《こゝ》で云《い》ひ出《だ》し憎《にく》いので、何時《いつ》か知《し》ら遠《とほ》いところからその子族《しぞく》の上《うへ》を手紙《てがみ》にしてよこすつもりでゐるのかも知《し》れない。「お前《まい》たちの他《ほか》に子供《こども》がある。」と云《い》ふことは、父《ちゝ》の口《くち》から唐突《たうとつ》に打《う》ち明《あ》けられないことなのであらう。其《そ》れを此方《こちら》から切《き》りだして父《ちゝ》の心《こゝろ》を狼狽《うろた》へさせるのは榮は心《こゝろ》ないことのやうにも思はれた。

榮は録子《ろくこ》の手紙《てがみ》など封筒《ふうとう》に入《い》れて、自分《じぶん》も少時《しばら》考《かんが》へてゐた。父《ちゝ》が再《ふた》び老《らう》衰《すい》してる身体《からだ》を遠《とほ》い熱帯《ねつたい》に運《はこ》んでゆくことが、榮にはある悲《かな》しみと、それから其《そ》れが自分《じぶん》の重《おも》い罪過《ざいくわ》でもあるやうな悔《く》いとを心《こゝろ》に殘《のこ》してゐた。それと同時《どうじ》に、遠《とほ》いところに父《ちゝ》を待《ま》つてゐる子供《こども》やその子供《こども》の母《はゝ》なぞの上《うへ》に、しめやかな思《おも》ひを寄《よ》せた。その人《ひと》たちはきつと父《ちゝ》を待《ま》つてゐるのである。父《ちゝ》からの消息《せうそく》を命《いのち》の糧《かて》にして待《ま》ち盡《つく》してゐるのである。そうして、東京《とうきやう》に在住《ざいぢう》してゐる父《ちゝ》の娘二人《むすめふたり》に就《つ》いても、母子《おやこ》はいろ／＼な想像《さうざう》を拵《こしら》つてゐるに違《ちが》いない。

榮は父《ちゝ》の顔《かほ》を見《み》ながら、其父《そのちゝ》の記憶《きおく》に潜《ひそ》む子供《こども》と母《はゝ》の顔《かほ》を掻《か》き探《さぐ》つた。

暗い空

田村 俊子

九十七

榮はその晩《ばん》は父《ちゝ》に何《なに》も云《い》はずにしまつた。父《ちゝ》は明日《あした》から舊知《きうち》を訪《たづ》ねて無《む》理《り》にも少《すこ》しの金《かね》でも調達《てうたつ》して見《み》やうと云《い》つてゐたが、榮の胸《むね》に問題《もんだい》になつて横《よこた》はつてる一《ひ》とつの事《こと》に對《たい》しては父《ちゝ》はやはり秘密《ひみつ》の緒《くち》を開《ひら》かなかつた。

父《ちゝ》は勢《いきほひ》のない顔《かほ》をしてやがて床《とこ》にはいつた。榮は間《あひだ》の障子《しやうじ》を開《あ》けて妹《いもうと》の寝《ね》てゐる方《はう》を見《み》た。暗《くら》いところで咲子《さきこ》の髪《かみ》の動《うご》いたのが榮の眼《め》に感《かん》じられたが、咲子《さきこ》の呼吸《いき》はひつそりしてゐた。

「寝《ね》て？咲子《さきこ》さん。」

「いゝえ。」

妹《いもうと》は細《ほそ》い聲《こゑ》で答《こた》へた。榮は傍《そば》に行《い》つて彼方《あちら》の座敷《ざしき》で寢《やす》むやうに妹《いもうと》に云《い》つたが、妹《いもうと》はもう動《うご》くのが太儀《たいぎ》だと云《い》つて姉《あね》の云《い》ふことに從《したが》はなかつた。

「姉《ねえ》さんはお父《とう》さんの方《はう》で寢《やす》んでくださいな。私《わたし》は今夜《こんや》は此室《ここ》に斯《こ》うしてゐますから。」

榮が妹《いもうと》の額《ひたひ》に手《て》をあてると、火《ひ》のやうに熱《あつ》く燃えてゐた。

「熱《ねつ》が出《で》ましたね。」

「然《さ》う。けれども今夜《こんや》は氣分《きぶん》がわるくはありませんよ。胸《むね》もさつぱりしてゐますよ。」

と咲子《さきこ》は靜《しづ》かに、何《なに》かを繰《く》るやうに一句《いつく》づゝ云《い》つた。榮は妹《いもうと》にその場《ば》で直《す》ぐに云《い》ひたいことがあつた。父《ちゝ》に子供《こども》のあること、其《そ》れが弟《おとうと》だと云《い》ふこと、また父《ちゝ》に第《だい》二の妻《つま》のあること、それを妹《いもうと》に假《かり》に聞《き》かせてやりたい思《おも》ひに迫《せま》られて榮はぢつと唇《くちびる》を噛《か》んでゐた。榮は妹《いもうと》の夜着《よぎ》の傍《わき》に蹲踞《しやが》んで、妹《いもうと》の髮《かみ》を見《み》つめてゐた。腹《はら》ちがひの弟《おとうと》があると云《い》ふことを聞《き》いた時《とき》、妹《いもうと》はどんなに驚《おどろ》き、そうして又《また》、さつき叔母《をば》の家《いへ》で自分《じぶん》が感《かん》じたやうな一種《しゆ》の怒《いか》りと恥《はぢ》さをその突嗟《とつさ》に味《あぢ》はふことだらうとも榮は思《おも》つた。あの一種《しゆ》の怒《いか》りと恥《はぢ》の感情《かんじやう》は、榮自身《じしん》にも今《いま》も解釋《かいしやく》はつかなかつたが、なんとなくその感情《かんじやう》が妹《いもうと》と共同《きやうどう》のものゝ樣《やう》な氣《き》がされた。妹《いもうと》もその話《はなし》を聞《き》けば、突《とつ》嗟《さ》にあの怒《いか》りと恥《はぢ》との感情《かんじやう》を湧《わ》き起《おこ》さずにはゐられないに違《ちが》ひないと思《おも》はれた。榮は今《いま》しばらくは妹《いもうと》にも聞《き》かせない方《はう》がいゝとも思《おも》はれた。突然《とつぜん》に妹《いもうと》に大《おほ》きな盲目的《まうもくてき》な感動《かんどう》を與《あた》へることが榮には氣《き》がひけた。

「ぢやあ、お寢《やす》み。」

「お寢《やす》みなさい。」

その聲《こゑ》がふるへて、泣《な》いてる人《ひと》のやうな掠《かす》れた音《こゑ》をつゞらしてゐた。榮はそれを聞《き》き咎《とが》めて立《た》つた身体《からだ》をまた屈《かゞ》まして妹《いもうと》にたづねた。

「泣《な》いてゐるの？咲子《さきこ》さん。」

「いゝえ。」

「私《わたし》の云《い》つたことを氣《き》にしてゐるのですか。さつき云《い》つたことを。」

「いゝえ。」

妹《いもうと》はあとを云《い》はずにゐた。そうして夜着《よぎ》の襟《ゑり》で啜《すゝ》り泣《な》きの音《ね》を抑《おさ》へてゐた。それを聞《き》いてる榮の眼《め》がおのづと涙含《なみだぐ》んだ。やがて咲子《さきこ》は父《ちゝ》が歸《かへ》ると云《い》つてゐたのが悲《かな》しいのだと云《い》つた。

「どうかしてお父《とう》さんが歸《かへ》らないで濟《す》むやうにはならないでせうかね。」

榮は直《す》ぐには返事《へんじ》をしなかつたが、

「お父《とう》さんは歸《かへ》らなくちやならないのでせう。」と囁《さゝや》くやうに云《い》つた。
「靜《しづか》にしてお寢《やす》みなさい。」
榮《さかえ》は障子《しやうじ》を押《お》し開《ひら》いて、其室《そこ》にも灯《あかり》の通《かよ》ふやうにして、自分《じぶん》は土間《どま》の上《あが》り端《はな》に小《ちひ》さく床《とこ》を敷《し》いた。

暗い空

田村俊子

九十八

父《ちゝ》の寢《やす》んでゐる座敷《ざしき》は灯《ひ》を消《け》して、病人《びやうにん》の室《へや》の入《い》り口《ぐち》に臺洋燈《だいらんぷ》を置《お》いた。そうして榮《さかえ》は床《とこ》にはいつた。榮《さかえ》の寢《ね》てゐるところから父《ちゝ》の方《はう》も妹《いもうと》の方《はう》も見通《みとほ》すことができた。榮《さかえ》は時々《ときどき》頭《あたま》を擡《もた》げて妹《いもうと》の寢姿《ねすがた》を見守《みまも》つては、また頭《あたま》を枕《まくら》に付《つ》けた。妹《いもうと》のすゝり泣《な》いてた聲《こゑ》はやんで、灯《ひ》の朦朧《もうろう》としてゐる影《かげ》に、妹《いもうと》の起《お》き上《あが》つてゐるやうな姿《すがた》が時《とき》によると縱《たて》にぼつと形取《かたど》られて見《み》えたりした。榮《さかえ》はその度《たび》に「咲子《さきこ》さん。」と聲《こゑ》をかけると、咲子《さきこ》は低《ひく》く寢《ね》てゐる枕《まくら》の邊《あた》りから「えゝ?」と返事《へんじ》した。

父《ちゝ》も靜《しづか》にしてゐた。時《とき》にふれて、長《なが》い息《いき》がその口《くち》から漏《も》れた。榮《さかえ》は寢付《ねつ》かれないので暫《しばら》くしてから夜着《よぎ》を疊《たゝ》んでそこへ小机《こづくゑ》を運《はこ》んできた。臺洋燈《だいらんぷ》も小机《こづくゑ》の傍《わき》に持《も》つてきて、榮《さかえ》は錄子《ろくこ》からの手紙《てがみ》を再《ふたゝ》び繰《く》りひろげて讀《よ》んだ。

「何《なに》も彼《か》も兩親《りやうしん》に話《はな》してしまつたあとは、久《ひさ》し振《ぶ》りで晴《は》れ〴〵してゐます。父《ちゝ》は私《わたし》のあやまちを殘《のこ》らず許《ゆる》してくれました。私《わたし》は近《ちか》いうちに明石《あかし》の別莊《べつさう》の方《はう》へ行《ゆ》きます。私《わたし》の身體《からだ》が舊《もと》に復《かへ》る迄《まで》。母《はゝ》がいつしよに伴《つ》いて行《い》つてくれるのです。然《しか》し、父《ちゝ》は私《わたし》に何故《なぜ》その男《をとこ》と結婚《けつこん》をしないかと云《い》つて聞《き》きました。峰夫《みねを》と結婚《けつこん》をすれば私《わたし》の身體《からだ》に傷《きず》がつかなくて濟《す》むのだとも云《い》つたりしました。兄《あに》は私《わたし》の素行《そかう》の惡《わ》るいことを怒《おこ》つてゐるのです。それが打《う》ち明《あ》けられて以來《いらい》兄《あに》は私《わたし》に一《ひ》と言《こと》も口《くち》をきゝません。「お前《まへ》の東《とう》京《きやう》で得《え》た名譽《めいよ》と云《い》ふのはどんなものだ。墮落《だらく》して兩親《りやうしん》のところへ歸《かへ》つてくる女《をんな》にも名譽《めいよ》と云《い》ふものがあるのか」と云《い》つて兄《あに》は私《わたし》を詰突いたんです。私《わたし》も兄《あに》とは決《けつ》して物《もの》を云《い》ひません。私《わたし》の畫《ゑ》を兄《あに》は破《やぶ》いたりしたんです。私《わたし》は一度《ど》兄《あに》に殺《ころ》されるほどな喧嘩《けんくわ》をしたことがあるのですが、父《ちゝ》が私《わたし》を解《わか》つてくれるので私《わたし》は我慢《がまん》をしてゐるのです。父《ちゝ》はほんとうに私《わたし》の生活《せいくわつ》全体《ぜんたい》に理解《りかい》を持《も》つてゐてくれます。身《から》体《だ》が舊《もと》に復《かへ》つてから佛蘭西《フランス》へ行《ゆ》きたいと云《い》ふことも父《ちゝ》は聞《き》いてくれました。

私《わたし》は幸福《かうふく》になりました。父《ちゝ》が幸福《かうふく》にしてくれたのです。私《わたし》は父《ちゝ》の愛《あい》のはかり知《し》られない深《ふか》さに涙《なみだ》を溢《こぼ》してゐます。きつと父《ちゝ》が私《わたし》を好《よ》くしてくれるだらうと云《い》つてゐましたね。ほんとに父《ちゝ》がすつかり私《わたし》の生活《せいくわつ》を好《よ》くしてくれました。――」

榮はそこいら迄《まで》讀《よ》むと、それだけにして傍《わき》に置《お》いた。友達《ともだち》の幸福《かうふく》が、榮の胸《むね》に少《すこ》しも同情《どうじやう》をにじませなかつた。その手紙《てがみ》の先《さ》きには、錄子《ろくこ》のこの頃《ころ》の峰夫《みねを》に對《たい》する愛《あい》が打《う》ち明《あ》けられてあるのである。結婚《けつこん》を避《さ》けながら、峰夫《みねを》に對《たい》する戀《こひ》がだん／＼に深《ふか》くなつてゆくことが歡《よろこ》びをもつて書《か》いてあつた。すべての絆《きづな》と、結婚《けつこん》と云《い》ふ形式《けいしき》とがその戀《こひ》から放《はな》たれると同時《どうじ》に、一層《いつそう》戀《こひ》が美《うつく》しく深《ふか》くなつてゆくことを錄子《ろくこ》は書《か》いてゐた。そうして錄子《ろくこ》はそれを峰夫《みねを》に一切《いつさい》書《か》いて送《おく》つたのであつた。榮はそこまで、手紙《てがみ》を繰《く》り返《かへ》して讀《よ》んでゆくことが物憂《ものう》く思《おも》はれた。

暗い空

田村俊子

九十九

父《ちゝ》は朝早《あさはや》く紺飛白《こんがすり》の單衣《ひとへ》一枚《まい》に焦茶《こげちや》色《いろ》の兵子《へこ》帶《おび》を結《むす》んだなりで板草履《いたざうり》を引摺《ひきずり》ながら家《いへ》を出《で》て行《い》つた。歸《かへ》つた當座《たうざ》に訪《たづ》ねて廻《まは》つた舊知《きうち》の家《いへ》を、又《また》たづねて金《かね》の調達《てうたつ》を計《はか》つて歩《ある》かうと云《い》ふのである。榮《さかえ》は僅《わづか》の金《かね》を父《ちゝ》に渡《わた》した。

父《ちゝ》が出《で》て行《い》つてから一時間《じかん》ほど經《た》つて雨《あめ》が降《ふ》りだしてきた。この頃《ごろ》の明《あか》るい空《そら》からばら／＼と降《ふ》つてくる雨《あめ》ではなくつて、暗《くら》く曇《くも》つた空《そら》から泣《な》くやうな小《ちひ》さい雨《あめ》がしみ／＼と冷《つ》めたく降《ふ》つた。そうして陰氣《いんき》な濕《しめ》つぽい空氣《くうき》が室《へや》のなかに吹《ふ》きたゞよつた。梅雨《つゆ》がもう二三日《にち》で明《あ》けやうと云《い》ふのに、急《きふ》に秋《あき》が襲《おそ》つて來《き》たやうであつた。榮《さかえ》はこんな風《かぜ》が病人《びやうにん》に當《あた》つてはよくあるまいと思《おも》つて縁《えん》の障《しやう》子《じ》などを閉《さ》ざした。

咲子《さきこ》は昨夜《ゆうべ》寢《ね》てゐる間《あひだ》に幾度《いくど》もうめき聲《こゑ》を立《た》てた。夢《ゆめ》に魘《おそ》はれて絶《た》え／＼な叫《さけ》びを曳《ひ》いて父《ちゝ》や妹《いもうと》をおどろかしたりしたが、今朝《けさ》は容体《ようだい》が惡《わ》るくつて烈《はげ》しい發熱《はつねつ》に苦《くる》しみながら床《とこ》のなかにゐた。榮《さかえ》は枕許《まくらもと》に寄《よ》り添《そ》つて額《ひたひ》ににじんでる寢汗《ねあせ》を拭《ふ》いてやつたりした。妹《いもうと》の体《からだ》の力《ちから》が目《め》に見《み》えて失《な》くなつてきた。妹《いもうと》は寢床《ねどこ》から片手《かたて》を出《だ》すのにもひざく太儀《たいぎ》らしく重《おも》く扱《あつか》つてゐた。妹《いもうと》の唇《くちびる》が白《しろ》く腫《は》れ上《あが》つてゐるのを榮《さかえ》は今朝《けさ》初《はじ》めて見《み》た。よく見《み》ると、妹《いもうと》の顔《かほ》に浮《うく》腫《み》があつた。青《あを》い顔《かほ》に水腫《すゐしゆ》をもつた滑《なめ》らかな咲子《さきこ》の顔《かほ》は、臺所《だいどころ》の引窓《ひきまど》からくる明《あか》りの蔭《かげ》に浮《うか》んでゐた。榮《さかえ》は何《なん》ともつかず妹《いもうと》の手《て》をとつて脈搏《みやくはく》を數《かぞ》へてゐた。不規則《ふきそく》に連續《れんぞく》する脈《みやく》の打《う》ちかたが、人差指《ひとさしゆび》の先《さき》から榮《さかえ》の心臟《しんざう》に絶命《ぜつめい》の最期《さいご》を傳《つた》へてくるやうにも思《おも》ひながら、榮《さかえ》はその脈《みやく》をしつかりと押《おさ》へて見《み》た。脈《みやく》は弛《ゆる》くなつたり、殆《ほと》んど指先《ゆびさき》に感《かん》じられないほど消《き》え／＼になつたり、又《また》おそろしく早《はや》く打《う》ち續《つゞ》いたりした。

咲子《さきこ》は目《め》が覺《さ》めると、榮《さかえ》を呼《よ》んでいつにもなく自分《じぶん》の病氣《びやうき》が次第《しだい》に惡《わる》くなるとを悲《かな》しそうに話《はな》したりした。

「私《わたし》の身体《からだ》は自分《じぶん》で思《おも》ふ樣《やう》にならなくなつてゆくのです。だん／＼に。そうしてだん／＼疲《つか》れてゆきますもの。これは何《ど》うしたと云《い》ふのでせうね。いくら精《せい》を張《は》つても身体《からだ》が動《うご》かなくなつて行《ゆ》くやうな氣《き》がします。」

暗い空

田村俊子

百

叔母《をば》の鐵子《てつこ》が咲子《さきこ》の枕許《まくらもと》に寄《よ》つた時《とき》に咲子《さきこ》は眠《ねむ》つてゐた。

「思《おも》つたよりもひどく惡《わ》るいぢやないか。」

叔母《をば》はその額《ひたひ》に垂《た》れた髪《かみ》を上《あ》げてやりながら榮《さかえ》に云《い》つた。咲子《さきこ》は眼《め》を開《あ》けて、

「叔母《をば》さんですか。」

と小《ちひ》さい聲《こゑ》で云《い》つた。強《し》ひて笑《わら》つた顏《かほ》を見《み》せやうとしたが、途端《とたん》に胸《むね》がごきりと生命《いのち》を浚《さら》つてゆくやうに烈《はげ》しく打《う》つて、息《いき》がぴたりとまつた。咲子《さきこ》は起《お》き上《あが》らうとした手《て》で空《くう》を握《にぎ》つて、その切《せつ》ない苦《くる》しさをぢつと我《が》慢《まん》した。榮《さかえ》は妹《いもうと》の眼《め》が上釣《うはづ》つて、

「今日《けふ》は身体《からだ》の工合《ぐあひ》がわるいから然《さ》う思《おも》ふのですよ。昨日《きのふ》はあんなに容《さう》体《だい》がよかつたぢやありませんか。好《い》い日《ひ》もあるし、わるい日《ひ》もあるのですよ。その好《い》い日《ひ》がずつと續《つゞ》くやうになれば快癒《なほ》るのも近《ちか》くなるのでせう。」

咲子《さきこ》は叔母《をば》が來《く》るまでに起《お》きてゐやうと云《い》つてゐたが、床《とこ》から離《はな》れる氣《き》力《りよく》がなかつた。

「私《わたし》は靜《しづか》なところに轉地《てんち》さへすればきつと快《よ》くなりますね。そうしてピアノばかり彈《ひ》いてゐたい。然《さ》うすれば私《わたし》はぢきに快《よ》くなる。ピアノももつと上手《じやうず》になる。」

咲子《さきこ》は急《きふ》に何《なに》かに目醒《めざ》めてきたやうな憧憬《あこがれ》の思《おも》ひを、その瞼《まぶた》にみなぎらした。この世《よ》にゐて自分《じぶん》は何《なに》も面白《おもしろ》いことをした事《こと》がない。苦《くる》しい夢《ゆめ》ばかりが自分《じぶん》の現實《げんじつ》の世界《せかい》のおもてを被《お》うてゐたと思《おも》つた。そうして自分《じぶん》の經驗《けいけん》しなかつたさま〴〵な人生《じんせい》が咲子《さきこ》の胸《むね》にいま美《うつく》しい假《か》りの世界《せかい》になつて華《はな》やかにひろがつてゐた。咲《さき》子《こ》はうつら〳〵した熱《ねつ》ばんだ眼《め》を、時々《とき〴〵》深《ふか》く閉《と》ぢながら、音樂《おんがく》と戀《こひ》の幻影《げんえい》のうちに病苦《びやうく》の眠《ねむ》りを濡らしては、又忽《またたちま》ちに目《め》を覺《さ》ました。

口許《くちもと》を痙攣《けいれん》した儘《まゝ》物《もの》を云《い》はずにゐる樣子《やうす》を見《み》て、驚《おどろ》いて傍《そば》に居膝《ゐざ》り寄《よ》りながら、妹《いもうと》の名《な》を呼《よ》ばうとしたが、聲《こゑ》が嗄《か》れてしまつて立《た》たなかつた。

「何《ど》うかしたのかね。」

叔母《をば》は身體《からだ》を避《よ》けて、その眞《ま》つ靑《あを》な色《いろ》に瀕死《ひんし》の苦痛《くつう》を刻《きざ》んでる姪《めひ》の顏《かほ》から眼《め》を反《そ》らした。叔母《をば》の鐵子《てつこ》は薄氣《うすき》味《み》が惡《わ》るくてその顏《かほ》を見守《みまも》つてはゐられなかつた。

「榮《さかえ》さん。何《ど》うかしたの。血《ち》でも吐《は》くのぢやないか。」

叔母《をば》がぢり〳〵と榮《さかえ》の傍《そば》に寄《よ》つて囁《さゝや》いた時《とき》に、咲子《さきこ》は、うめくやうな泣《な》くやうな戰《ふる》へる聲《こゑ》を「あふ――」と立《た》てた。そうして轉《ころ》げるやうに枕《まくら》の上《うへ》にぐるりと顏《かほ》をかへして、ぽかんと大《おほ》きく開《あ》いた眼《め》で、叔母《をば》の顏《かほ》をいつまでも見据《みす》ゑてゐた。

「何《ど》うしたの。咲子《さきこ》。」

叔母《をば》は叱《しか》るやうに大《おほ》きい聲《こゑ》で云《い》つた。その眼《め》を避《さ》けようとして、叔母《をば》は病床《びやうしやう》の周圍《まはり》を見廻《みまは》しながら、榮《さかえ》が藥用《やくよう》の葡萄酒《ぶだうしゆ》をコップに注《つ》いでる手《て》許《もと》なぞに顏《かほ》を向《む》けてゐた。咲子《さきこ》は起《おき》上《あが》つて姉《あね》の手《て》から渡《わた》された赤《あか》い酒《さけ》に唇《くちびる》を濡《ぬ》らした。

「何《ど》うしたの。」

榮《さかえ》も叔母《をば》と同《おな》じやうに言葉《ことば》を繰《く》り返《かへ》した。

「息《いき》が詰《つ》まつたんですの。」

咲子《さきこ》は夜着《よぎ》を腮《あご》のあたりまで、一人《ひとり》して引《ひ》き上《あ》げた。そうして苦《くる》しい呼《こ》吸《きふ》をその中《なか》に埋《うづ》めて眼《め》をふさいだ。姉《あね》も叔母《をば》も默《だま》つてゐたが、叔母《をば》はやがてその室《へや》を出《で》た。

「餘《よ》つぽど惡《わる》い。あれでは兎《と》ても癒《なほ》りはしない。榮《さかえ》さんも覺悟《かくご》をしてゐる方《はう》がいゝよ。」

叔母《をば》は榮《さかえ》の出《で》てくるのを待《ま》つて小聲《こごゑ》で榮《さかえ》に云《い》つた。先刻《さつき》姪《めひ》のあの苦《くる》しみを見《み》て、胸《むね》を戰《ふる》はした恐怖《きやうふ》の餘殘《なごり》がその眉《まゆ》にまだ漂《たゞ》よつてゐた。叔母《をば》は惡寒《さむけ》を覺《おぼ》えたやうに榮《さかえ》の傍《わき》で大《おほ》きい身体《からだ》を窄《すぼ》めながら、溜息《ためいき》をついた。

「今日《けふ》は少《すこ》し工合《ぐあひ》が惡《わ》る過《す》ぎるんですけれども、あれほどではないのです。昨日《きのふ》は一日《にち》起《お》きて、用事《ようじ》なぞを手傳《てつだ》つてゐたんですから、」

「然《さ》うかねえ。」

叔母《をば》は茶《ちや》も飮《の》まずに考《かんが》へてゐた。そうして、

「あれでは私《わたし》の手許《てもと》に咲子《さきこ》を一人《ひとり》だけ置《お》く譯《わけ》には行《ゆ》かないのね。私《わたし》はこれほど重態《ぢゆうたい》だとは思《おも》はなかつた。兎《と》ても連《つ》れて歩《ある》くこともできないぢやないか。」

と云《い》つた。あの儘《まゝ》で妹《いもうと》の容體《ようだい》が重《おも》つてゆくとは榮《さかえ》には信《しん》じられなかつたが、然《しか》し今《いま》までの經過《けいくわ》のうちで、

暗い空

田村俊子

百一

今日《けふ》が一番《いちばん》樣子《やうす》が惡《わる》いと云《い》ふことが氣《き》にかゝつた。叔母《をば》は兎《と》に角《かく》此所《こゝ》で養生《やうじやう》をするより仕方《しかた》がないと云《い》つた。

「要《い》るだけのものは私《わたし》が負擔《ふたん》して上《あ》げるから。」と叔母《をば》は親切《しんせつ》をもつた語調《ごてう》で云《い》つた。

鐵子《てつこ》は兄《あに》の歸《かへ》るのを待《ま》たずに、自分《じぶん》は歸《かへ》ると云《い》つた。榮《さかえ》の顏色《かほいろ》が蒼《あを》ざめてゐた。榮《さかえ》は、叔母《をば》が妹《いもうと》を轉地《てんち》させてくれないやうなら、家《うち》を他《ほか》に移《うつ》さうと思《おも》ふことなどを相談《さうだん》した。

「其《そ》れもいゝでせう。」

と叔母《をば》はわづかに云《い》つた。叔母《をば》の心《こゝろ》には苦《にが》い失望《しつばう》が落《お》ちてゐた。姪《めひ》の身体《からだ》を自分《じぶん》の手《て》で回復《くわいふく》させてやらうと思《おも》つたことも、今日《けふ》の容体《ようだい》を見《み》て其《そ》れが何《なん》の効《かう》にもならないことが分《わか》ると、鐵子《てつこ》はがつかりした。快癒《くわいゆ》の見込《みこ》みのない病人《びやうにん》に、多《おほ》くの無益《むやく》な財《ざい》を費《つひや》すこともつまらないと思《おも》ふやうな利己的《りこてき》な算用《さんよう》を叔母《をば》は胸《むね》で繰《く》つてゐた。

「兎《と》ても快《よ》くなることはないね。あの樣子《やうす》では。」

鐵子《てつこ》は其《そ》れを幾度《いくど》も、溜息《ためいき》といつしよに口《くち》から出《だ》した。そうして、昨日《きのふ》榮《さかえ》から頼《たの》まれたものを、鐵子《てつこ》は榮《さかえ》に渡《わた》した。

叔母《をば》が快癒《くわいゆ》の見込《みこ》みがないと云《い》つた言葉《ことば》に對《たい》して、榮《さかえ》は今《いま》のうちに充分《じうぶん》に養生《やうじやう》をさせれば、妹《いもうと》の健康《けんかう》は快《よ》くなるかも知《し》れないと云《い》ひ張《は》つた。自分《じぶん》が一人《ひとり》で妹《いもうと》の前《まへ》に打《う》向《むか》つてゐる時《とき》、妹《いもうと》がだん〳〵に死《し》の底《そこ》へ一秒《べう》づゝ命《いのち》を落《おと》しつゝゆく豫覺《よかく》におびやかされて、妹《いもうと》の青《あを》い顏《かほ》を見《み》てゐるにも堪《た》へないほどに恐《おそ》ろしく思《おも》つたりしながら、叔母《をば》が妹《いもうと》の命《めい》の助《たす》からないのを斷定《だんてい》すると、榮《さかえ》は忽《たちま》ちそれを神經的《しんけいてき》に打消《うちけ》さずにはゐられなかつた。殊《こと》に、叔母《をば》のやうに妹《いもうと》の病氣《びやうき》が癒《なほ》らないと云《い》ひ切《き》ることは無殘《むざん》でたまらなかつた。榮《さかえ》は何《ど》うしても「妹《いもうと》は癒《なほ》る」と云《い》ひ張《は》りたかつた。そうして又自身《またじしん》の心《こゝろ》にも「妹《いもうと》は死《し》なゝい。」と云《い》ふ信念《しんねん》がその時不思議《ふしぎ》に凝《こ》つてゐた。

「お金《かね》さへ充分《じうぶん》にあれば、妹《いもうと》の身体《からだ》は快《よ》くなるのです。それを思《おも》ふと咲子《さきこ》は可哀想《かあいさう》です、

榮《さかえ》は打沈《うちしづ》んで斯《か》う云《い》つた。思《おも》ふほどには滋養《じやう》の料《しろ》も取《と》らせられず、水《みづ》の清《きよ》い安靜《あんせい》な地《ち》にその身体《からだ》を養《やしな》はせることもできないのが、妹《いもうと》の命《めい》を不自然的《ふしぜんてき》にも失《うしな》ふやうなことになるに違《ちが》ひないと思《おも》つた。病人《びやうにん》を斯《か》うした室《しつ》に閉《と》ぢ籠《こ》めておいては病体《びやうたい》が一層《そう》不良《ふりやう》に陥《おちい》るにきまつてゐた。

「お父《とう》さんの身体《からだ》の始末《しまつ》さへつけば私《わたし》は咲子《さきこ》を連《つ》れて何處《どこ》か海岸《かいがん》へでも移《うつ》つてゆかうと思《おも》つてゐます。」

その費用《ひよう》だけは叔母《をば》さんに面倒《めんだう》を見《み》てもらひたい、と云《い》はうとしたが、榮《さかえ》の意地《いぢ》がそれを口《くち》に出《だ》さなかつた。その爲《ため》に今《いま》の言葉《ことば》が恐《おそ》ろしく氣負《きお》つたやうに聞《き》かれて鐵子《てつこ》はおもしろくなかつた。

家《うち》の中《なか》が陰氣《いんき》でたまらないと云《い》ふやうに叔母《をば》の鐵子《てつこ》は、その薄暗《うすぐら》い隅《すみ》なを見守《みまも》つてゐた。いかにもこの家《いへ》の中《なか》に死《し》の凶《きよう》が雲《くも》のやうに浮游《ふいう》してゐるやうな壓《おそ》はれる感《かん》じがした。鐵子《てつこ》は寒氣《さむけ》を覺《おぼ》えながら、自分《じぶん》の家《うち》の安靜《あんせい》な室《へや》を思《おも》ひやつた。

折好《をりよ》く醫者《いしや》が來《き》た。診察《しんさつ》が終《をは》つてから、叔母《をば》の鐵子《てつこ》は其醫者《そのいしや》に逢《あ》つて、この後《ご》の經過《けいくわ》などを聞《き》いたが、醫者《いじや》は「充分《じうぶん》な養生《やうじやう》をおさせになれば、それは御病人《ごびやうにん》の爲《ため》にお仕合《しあは》せです。」と云《い》つた。此病氣《このびやうき》の豫後《よご》の不良《ふりやう》なとを醫者《いしや》は輕《かる》く叔母《をば》に云《い》つて歸《かへ》つた。

暗い空

田村俊子

百一

薄鼠色《うすねずみいろ》の絽《ろ》の帯《おび》を締《し》めた叔母《をば》の大《おほ》きい身体《からだ》が、やゝ長《なが》く咲子《さきこ》の病床《びやうしやう》の傍《そば》に屈《くゞ》んで見《み》えたが、やがて歸《かへ》つて行《い》つた。

「叔母《をば》さんはあなたを連《つ》れて行《ゆ》くのが厭《いや》になつたんでせう。今日《けふ》はまた、あなたの身体《からだ》が好《よ》くなつたので叔母《をば》さんはびつくりしてゐた。もう明日《あした》にもあなたが死《し》ぬやうなことを考《かんが》へてゐたんですよ。」

「別《べつ》に轉地《てんち》なんぞをしたくもないから、何《ど》うでもいゝんですの。」

咲子《さきこ》は氣分《きぶん》が落着《おちつ》いたと見《み》えて、寢《ね》ながら頰《ほゝ》に亂《みだ》れた髮《かみ》を櫛《くし》で掻《か》きつけてゐた。榮はそれを慰《なぐさ》めるやうに、房州《ばうしう》あたりの海岸《かいがん》か、鎌倉《かまくら》の海岸《かいがん》へでも行《い》つて、小《ちひ》さい室《へや》を借《か》りて二人《り》で暮《くら》して見《み》やうかと云《い》つた。

「身体《からだ》の樣子《やうす》の好《い》い日《ひ》を待《ま》つて汽車《きしや》に乘《の》ることにして、此家《ここ》を引拂《ひきはら》つて終《しま》はうか。然《さ》うすれば私《わたし》もあなたの傍《そば》で勉強《べんきやう》が出來《でき》る。」

「お父《とう》さんは。」

「お父《とう》さんは此方《こつち》に長《なが》くいらつしやりはしないでせうよ。何《ど》うしても纏《まと》まつたお金《かね》ができなければ、旅費《りよひ》だけでも持《も》つて歸《かへ》るつもりに考《かんが》へてゐらつしやるんだから。」

榮は、叔母《をば》から聞《き》いたことを咲子《さきこ》に話《はな》した。臺灣《たいわん》には父《ちゝ》の子供《こども》も家内《かない》もあつて、家庭《かてい》を作《つく》つてゐることを、榮はあんまり咲子《さきこ》の心《こゝろ》に突然《とつぜん》な感動《かんどう》を與《あた》へないやうに注意《ちうい》しながら聞《き》かせた。

「だからお父《とう》さんは東京《とうきやう》に何時《いつ》までもいらつしやる譯《わけ》には行《い》かないのでせうよ。」

「お父《とう》さんはちつともそれをお話《はなし》になりませんでしたね。」

咲子《さきこ》は別《べつ》して驚《おどろ》いた風《ふう》にも見《み》えなかつた。世間《せけん》に有《あ》り觸《ふ》れたことだと云《い》ふ樣《やう》な顔《かほ》をして、その子供《こども》は女《をんな》か男《をとこ》かと靜《しづ》かに聞《き》いた。

「男《をとこ》の子《こ》。その子《こ》のお母《かあ》さんは、教育《けういく》のある女《をんな》のやうではないと叔母《をば》さんが云《い》つてゐたつけ。」

「お父《とう》さんを待《ま》つてゐるでせうね。その子《こ》は。——其《そ》れにしては手紙《てがみ》一とつ來《き》ませんとね。」

咲子《さきこ》は、父《ちゝ》がその子《こ》を非常《ひじやう》に愛《あい》してゐるに違《ちが》ひないと思《おも》つた。父《ちゝ》が窓《まど》の下《した》にゐて默《だま》つて煙草《たばこ》を吸《す》つてゐる時《とき》、早《はや》く床《とこ》に就《つ》いて眠《ねむ》られない夜《よ》を過《す》ごしてゐる時《とき》、父《ちゝ》は遠《とほ》くへ殘《のこ》して來《き》たその異母弟《いぼてい》のことをどんなにか

暗い空

田村俊子

百三

「僞見《うそみ》たいな氣《き》もしますわね。」

と咲子《さきこ》が考《かんが》へながら云《い》つた。父《ちゝ》が遠《とほ》くにゐる間《あひだ》に妻《つま》を娶《めと》り子《こ》を設《まう》けたと云《い》ふ事實《じじつ》が、咲子《さきこ》には物語《ものがた》りめいて信《しん》じられない氣《き》がした。

「叔母《をば》さんが作《つく》りごとをお話《はなし》したのぢやないでせうか。」

「そんな事《こと》はないでせう。」

「でもね。もし其《そ》れがお父《とう》さんの本《ほん》當《たう》なら、私《わたし》たちにお話《はなし》をなさりそうなものですわね。何《なんに》もおつしやらないんですもの。」

「噓《うそ》ではないでせう。けれども、お

思《おも》つてゐた事《こと》であらうと咲子《さきこ》は胸《むね》が塞《つ》まるやうに察《さつ》しられた。

「あゝしてゐても、お父《とう》さんは家《うち》の方《はう》が氣《き》になるのでせうね。何《ど》うして私達《わたしたち》にお話《はなし》をしなかつたのでせう。」

父《ちゝ》の生活《せいくわつ》と、自分《じぶん》たち姉妹《しまい》の生活《せいくわつ》とは當然《たうぜん》二《ふ》たつに分《わか》れてゐるのだと云《い》ふことを、二人《り》は同時《どうじ》に考《かんが》へてゐた。父《ちゝ》はその子供《こども》や、子供《こども》の母親《はゝおや》と共《とも》に生涯《しやうがい》ある土地《さち》に定住《ていぢう》するのであらう。自分《じぶん》たちはその父《ちゝ》の定住《ていぢう》の地《ち》に加《くは》はることはできないのである。現《げん》在《さい》墓《はか》の下《した》に眠《ねむ》つてゐるあの母《はゝ》が生《う》んだ自分等《じぶんら》姉妹《ふたり》は、他《よそ》の母《はゝ》が生《う》んだその男《をとこ》の子《こ》とは何《なん》の關係《くわんけい》もない。父《ちゝ》の子《こ》ではあつても、自分《じぶん》たちの弟《おとうと》ではない。父《ちゝ》は幼《をさな》い弟《おとうと》やその子《こ》の母親《はゝおや》と共《とも》に、生涯《しやうがい》を終《をは》る家《いへ》を作《つく》るのである。そうして自分《じぶん》たちは、その子《こ》と、その子《こ》の母親《はゝおや》を持《も》つた父《ちゝ》からは離《はな》れて行《ゆ》かなくてはならないのである。

咲子《さきこ》は淋《さび》しいと思《おも》つたが、その心《こゝろ》を語《かた》らずに默《もく》してゐた。

父《とう》さんは私《わたし》たちの前《まへ》ではもうお話《はなし》はなさらないでせう。云《い》ひ出《だ》しそびれたんでせうと思《おも》ふの。なんだかお父《とう》さんはお氣《き》の毒《どく》ですのね。」

貧しいその母子《おやこ》の上《うへ》が、咲子《さきこ》にも思《おも》ひやられた。そうして弟《をとうと》の姿《すがた》を心《こゝろ》に描《えが》き〳〵してゐるうちに、咲子《さきこ》は自分《じぶん》の手許《てもと》に抱《だ》きしめてもやりたいやうに可愛《かわい》く思《おも》はれた。其子《そのこ》の母《はゝ》と云《い》ふ人《ひと》もなつかしかつた。其弟《そのをとうと》も戀《こひ》しかつた。咲子《さきこ》は急《きふ》にその家族《かぞく》の群《むれ》に逢《あ》ひたくなつて、肉身《にくしん》のものに對《たい》するやうな温《あたゝ》かい愛情《あいじやう》を仄《ほの》かにその子《こ》の胸《むね》に感《かん》じた。その感情《かんじやう》が病的《びやうてき》に咲《さき》子《こ》の胸《むね》をいつまでも苦《くる》しめてゐた。咲子《さきこ》の眼《め》から自然《しぜん》と涙《なみだ》が流《なが》れてとゞまらなかつた。

「泣《な》くほど、その子《こ》に逢《あ》ひたいんですか。」

「えゝ、逢《あ》つて見《み》たいんでず。」

咲子《さきこ》は然《さ》う云《い》ひながら、夜着《よぎ》の襟《えり》のなかで戰へながら泣《な》いてゐた。榮は妹《いもうと》のその發作的《ほつさてき》な悲哀《ひあい》が、病《びやう》氣《き》の爲《ため》だとは思《おも》ひながらも、氣《き》の優しいいぢらしい樣子《やうす》に心《こゝろ》を動《うご》かされて、自分《じぶん》も涙《なみだ》を催《もよほ》してきた。そうして見《み》知《し》らない人々《ひと〴〵》の上《うへ》にも愛《あい》の思《おも》ひを幽《かす》かに波打《なみう》たしてゐた。

「泣《な》いたつてつまらないからお止《よ》しなさい。」

「お父《とう》さんにお話《はな》しをして、その子《こ》のところへ手紙《てがみ》でも送《おく》つてやりませうか。何《なに》か送《おく》つてやりたい氣《き》がしますね。」

咲子《さきこ》はふと、千葉《ちば》の女《をんな》の子《こ》の上《うへ》に思《おも》ひが延《の》びて行《い》つた。兩手《りやうて》の先《さき》を組《く》み合《あ》はして、いつも指《ゆび》と指《ゆび》とをもぢや〳〵と弄《いぢ》り合《あ》はせてゐる其《そ》の子《こ》の癖《くせ》などが眼《め》に浮《うか》んだ。咲子《さきこ》はどの子《こ》供《ども》も愛《あい》くるしく自分《じぶん》の心《こゝろ》をのぞき込《こ》んでゐるやうな氣《き》がした。

「病氣《びやうき》でさへなければ、私《わたし》はお父《とう》さんと臺灣《たいわん》へ行《い》くんですわ――」

「お父《とう》さんは其《そ》のつもりだつたんですつてね。あなたを連《つ》れて行《ゆ》くつもりでゐらしつたんだそうですよ。」

「ほんとに？」

「其《そ》れも叔母《をば》さんのお話《はなし》だけれども。」

「いえ、然《さ》うかも知《し》れませんわ。お父《とう》さんが然《さ》う云《い》つてらしつたことがあるんですの。一寸《ちよい》とした機會《はずみ》に。」

咲子《さきこ》はその時《とき》の父《ちゝ》の態度《たいど》を目《ま》探《さぐ》るやうな顔付《かほつき》をして、腮《あご》を夜着《よぎ》の襟《えり》から辷《すべ》らした。今朝《けさ》見《み》た時《とき》の顔《かほ》の浮腫《むくみ》が去《さ》れて、眼許《めもと》が奇麗《きれい》に見《み》えた。榮は妹《いもうと》の身体《からだ》の上《うへ》に就《つ》いて考《かんが》へてゐた。妹《いもうと》の健康《けんかう》を取り復《かへ》すことが出《で》來《き》るやうな好《い》い望《のぞ》みが、榮の心《こゝろ》に不《ふ》圖芽《さめ》ぐんでゐた。病氣《びやうき》を癒《なほ》してから、妹《いもうと》の心《こゝろ》に新《あたら》しい藝術《げいじゆつ》の境地《きやうち》を拓《ひら》いてやらうと思《おも》ふやうな樂《たの》しい期待《きたい》などが、その望《のぞ》みのうちに縺《もつ》れて、榮《さかえ》は久《ひさ》し振《ぶ》りに胸《むね》が躍《をど》るやうな感《かん》じがした。

「あなたの病氣《びやうき》は、直《ぢ》きに快《よ》くなるかも知《し》れないのね。なんだかそんな氣《き》がして來《き》た。」

榮《さかえ》は妹《いもうと》の顔《かほ》を眞面目《まじめ》にぢつと見《み》た。

暗い空

田村俊子

百四

晝《ひる》を過《す》ぎてから、日《ひ》が一時《に》に赫《かつ》と照《て》つてきて、雨《あめ》が晴《は》れた。日光《につくわう》が雨《あめ》を中途《ちうと》から蒸發《じようはつ》させて終《しま》つたやうに、太陽《たいやう》が强烈《きやうれつ》な熱《ねつ》を發散《はつさん》してくると、雨《あめ》の足《あし》が次第《しだい》に消《き》えて行《い》つた。そうして夏《なつ》の暑氣《しよき》を手《て》當《あた》り次第《しだい》にぢり〳〵と地上《ちじやう》のものに燒《や》き付《つ》けた。

妹《いもうと》が起《お》きたので、榮《さかえ》は妹《いもうと》の寢具《しんぐ》を裏《うら》に出《で》て干《ほ》したりした。日《ひ》に射《い》りつけられた眞《ま》つ赤《か》な顔《かほ》をしてはいつてくる姉《あね》を見《み》ると、咲子《さきこ》は力《ちから》のない身体《からだ》を臺所《だいどころ》に運《はこ》んできて、

「すみませんでした。外《そと》はあついでせう。」

と氣兼《きが》ねらしく禮《れい》を云《い》つた。出來《でき》るなら自分《じぶん》の始末《しまつ》は自分《じぶん》でしたいと云《い》ふやうな苛《じ》ら〳〵した心持《こゝろもち》を妹《いもうと》は薄《うす》く結《むす》んだ唇《くちびる》に漂《たゞよ》はしてゐた。

「病氣《びやうき》になつてから我《わ》が儘《まゝ》になつた」と云《い》つた昨夜《さくや》の自分《じぶん》の言葉《ことば》が、こんな些細《ささい》な妹《いもうと》の擧動《きよどう》を見付《みつ》けても、榮自身《さかえじしん》に悔《くひ》られた。榮《さかえ》はどんな表情《へうじやう》で、妹《いもうと》の心《こゝろ》に安《やす》らかさを與《あた》へたものかと氣遣《きづか》ひながら妹《いもうと》の顔《かほ》を柔和《にうわ》に眺《なが》めやつた。

咲子《さきこ》は榮《さかえ》が煩《うる》さく感《かん》じるほど、父《ちゝ》の遠《とほ》くへ殘《のこ》してきた子供《こども》のことを話《はな》して、やめなかつた。いろ〳〵な追憶《つゐおく》や、女《をんな》の死《し》の悲《かな》しみや、父《ちゝ》の落魄《らくはく》や、昔《むかし》の家《いへ》の有様《ありさま》などが浮《うか》んでくると、默《だま》つて考《かんが》へに落《お》ちながら、又《また》、その子《こ》の上《うへ》に咲子《さきこ》は話《はなし》をつゞけた。榮《さかえ》はそれよりも、妹《いもうと》の病氣《びやうき》が癒《なほ》つてか

らの、二人《ふたり》の生活《せいくわつ》の上《うへ》に、幸福《かうふく》な光《くわう》彩《さい》をみなぎらして空想《くうさう》してゐた。妹《いもうと》の音樂《おんがく》と自分《じぶん》の文學《ぶんがく》とを結《むす》び付《つけ》て、ほんたうに藝術的《げいじゆつてき》な、水入《みづい》らずのおもしろい生活《せいくわつ》を姉妹《きやうだい》でやらうと云《い》ふのである。もともと、榮《さかえ》はそうした生活《せいくわつ》を姉妹《ふたり》の上《うへ》に求《もと》める ために、強《し》ひても音樂《おんがく》を 妹《いもうと》にやらしたのであつたが、 妹《いもうと》の考《かんが》へが中途《ちうと》から妙《めう》に外《そ》れて、姉《あね》の理想《りさう》の世界《せかい》のなかにその才能《さいのう》を滴《したゝ》らせやうともしなかつた。だが、其《そ》れが今度《こんど》の病氣《びやうき》から不思議《ふしぎ》に 妹《いもうと》の思想《しさう》に詩《し》が生《い》きて來《き》た樣《やう》に榮《さかえ》には思《おも》はれるのである。榮《さかえ》はそれを嬉《うれ》しく觀《み》た。病《やまひ》に腐蝕《ふしよく》された 妹《いもうと》の心《こゝろ》には詩《し》の世界《せかい》や美《び》の世《せ》界《かい》が知《し》らず〲命《いのち》の泉《いづみ》のやうに拓《ひら》かれてゆくやうな、なつかしい跡《あと》があつた。

榮《さかえ》は咲子《さきこ》の病《やまひ》が早《はや》く癒《なほ》ることを、心《こゝろ》から祈《いの》りたいやうに思《おも》つた。今《いま》この妹《いもうと》を失《な》くすことは、榮《さかえ》にはすべてに代《か》へられない悲《かな》しみのやうに思《おも》はれた。

「弟《おとうと》 のことなぞは、私《わたし》の頭《あたま》にはちつともない。人《ひと》の子《こ》ですもの。それよりは私《わたし》たち姉妹《きやうだい》が大切《だいじ》ぢやありませんか。お互《たがひ》に」

咲子《さきこ》はそれを珍《めづ》らしさうにして聞《き》いてゐた。姉《あね》から自分《じぶん》を大切《だいじ》がられた云《い》ひ振《ふ》りが、嬉《うれ》しくも思《おも》はれたが、弟《おとうと》を人《ひと》の子《こ》と云《い》つたのが、咲子《さきこ》には可哀想《かあいさう》な氣《き》がした。

「でもお父《とう》さんの子《こ》ですからね。」

「私《わたし》にはその子《こ》が汚《きたな》らしくつて仕方《しかた》がないんですよ。初《はじ》めて聞《き》いた時《とき》は珍《めづ》らしかつたけれども、今《いま》では何《なん》ともなく汚《きたな》らしくて、考《かんが》へて見《み》やうとも思《おも》はない。」

姉《あね》の意地惡《いぢわる》く云《い》つた言葉《ことば》を、咲子《さきこ》は俯向《うつむ》いて酷《む》らしく聞《き》いてゐた。

暗い空

田村俊子

百五

その夕方《ゆふがた》に櫻子《さくらこ》の弟《おとうと》が來《き》た。姉《あね》の云《い》ひ付《つ》けで咲子《さきこ》の病氣《びやうき》見舞《みまひ》に來《き》てくれたのである。男《をとこ》の聲《こゑ》でおとなはれたのを、榮《さかえ》は意外《いぐわい》に感《かん》じて顔《かほ》を赤《あか》くしながら狼狽《うろた》へた。

榮《さかえ》は妹《いもうと》の藥《くすり》を醫師《いし》の許《ところ》から受取《うけと》つて來《き》て、着物《きもの》を脱《ぬ》いで涼《すゞ》んでゐたところであつた。榮《さかえ》は其《そ》の聲《こゑ》を聞《き》き付《つ》けると直《す》ぐ、其《そ》れが峰夫《みねを》のやうな氣《き》がした。峰夫《みねを》が訪《たづ》ねて來《き》たのだと思《おも》つた。咲子《さきこ》は病身《びやうしん》の姿《すがた》で出《で》てゆく事《こと》を憚《はゞか》つて、姉《あね》がいつにもなく怱卒《そうそつ》に騒《さわが》しい面色《おもゝち》をしながら着物《きもの》を引《ひ》つかけてゐるのを眺《なが》めてゐたが、やがて、其人《そのひと》を姉《あね》が招《せう》じてくる頃《ころ》には、四疊《でふ》半《はん》へ入《はい》つて障子《しやうじ》を閉《し》めてしまつた。

櫻子《さくらこ》の弟《おとうと》は、初《はじ》めて訪《おとづ》れて來《き》た家《いへ》に腰《こし》の落付《おちつ》かない風《ふう》で、ずつと緣側《えんがは》に行《い》つて柱《はしら》に凭《もた》れながら、汚《きたな》い狹《せま》い庭《には》をつく〴〵と眺《なが》めて、其處《そこ》から眼《め》をはなさなかつた。榮《さかえ》は築地《つきぢ》の富田《とみた》の家《いへ》とこの家《いへ》と嘗《かつ》て心《こゝろ》に比《くら》べて考《かんが》へて見《み》たこともなかつたが、富田《とみた》の家《いへ》に常住《じやうぢう》してゐるその家族《かぞく》の人《ひと》に來《こ》られて見《み》ると、おのづからその比較《ひかく》が胸《むね》に蟠《わだかま》つて、狹《せま》い燻《くす》ぶつた家居《かきよ》を櫻子《こ》の弟《おとうと》に對《たい》して一寸《ちよつと》恥《は》ぢ思《おも》ふやうな心持《こゝろもち》がした。榮《さかえ》は手持《ても》なく座蒲團《ざぶとん》を緣側《えんがは》に持《も》つて行《い》つて据《す》ゑて見《み》た。そうして妙《めう》に自分《じぶん》の心《こゝろ》が臆《おく》して、此《この》客《きやく》の前《まへ》につまらないことで神經《しんけい》をふるはしてゐるのを、榮《さかえ》は馬鹿《ばか》々々しいと思《おも》ひながら、やはり氣《き》がそわ〳〵した。平常《ふだん》此方《こつち》から卑《いや》しめてゐる男《をとこ》に對《たい》して、何《なん》とつかずこの場《ば》にかぎつて處女《しよぢよ》らしい胸《むね》のふるへが留《と》まらないのが、榮《さかえ》には自分《じぶん》で口惜《くちを》しかつた。

「御病人《ごびやうにん》は?」

弟《おとうと》は白《しろ》い扇《あふぎ》を手《て》まめにはた〳〵と動《うご》かしながら榮《さかえ》に聞《き》いた。榮《さかえ》が富田《とみた》の家《いへ》に行《い》つた時《とき》に見《み》る態度《たいど》とは變《かは》つて、弟《おとうと》は外々《よそ〳〵》しく眞面目《まじめ》にしてゐた。その眼《め》に侮蔑的《ぶべつてき》なものが皮肉《ひにく》に光《ひか》つてゐるのが、榮《さかえ》の胸《むね》には一層《そう》氣《き》重《おも》さを抱《いだ》かせた。榮《さかえ》は弟《おとうと》の顔《かほ》をいつもの何《なん》でもない心持《こゝろもち》で見《み》てゐることができなかつた。そうして暑《あつ》いと云《い》つた榮《さかえ》の挨拶《あいさつ》に、

「暑《あつ》いですね。」

と弟《おとうと》は答《こた》へたばかりで。何《なに》か興《きよう》ざ

めた思《おも》ひを、その簡單《かんたん》な言葉《ことば》のうちに包《つゝ》んでゐるやうなところがあつた。出《だ》された茶《ちや》には手《て》もつけないで、弟はやはり顏《かほ》を庭《には》の方《はう》に向《む》けた儘《まゝ》で無言《むごん》でゐた。榮はその男《をとこ》の姿《すがた》などを見守《みまも》つてゐると、まるで忘《わす》れきつてゐた一とつのある思《おも》ひ出《で》が薄《うす》く他《よそ》事《ごと》のやうに自分《じぶん》の胸《むね》に滲《し》み出《で》てきた。それは去年《きよねん》のことである。肌寒《はださむ》い風《かぜ》が夜《よ》の街《まち》を吹《ふ》きさまして、銀座《ぎんざ》の夜店《よみせ》の灯《ひ》のかげにも秋《あき》のかはいた情《じやう》調《てう》が動《うご》いてゐた。そうして柳《やなぎ》の裏葉《うらは》の白《しろ》い色《いろ》が、この灯《ひ》の影《かげ》に冷《つめ》たくかぢかんで見《み》えた初秋《はつあき》の夜《よ》であつた。榮は櫻子《さくらこ》の弟に強《し》ひられて、まだそれ程《ほど》も馴染《なじ》まない人《ひと》に遠慮《えんりよ》を持《も》ちながら、銀座《ぎんざ》の通《とほ》りを一所《いつしよ》に歩《ある》いて來《き》たことがあつた。そうして二人《ふたり》は他人行儀《たにんぎやうぎ》な彈《はず》まない話《はなし》ばかり爲《し》て來《き》たのに、弟は暗《くら》い橋《はし》の上《うへ》まで來《く》ると、突然《とつぜん》強《つよ》く握《にぎ》りしめた榮の手《て》に、熱《あつ》い唇《くちびる》を押付《おしつ》けて放《はな》さなかつた。榮はその手《て》を振《ふ》り切《き》つて橋《はし》の上《うへ》を走《はし》つて渡《わた》つてしまつたが、榮はそれを思《おも》ひ出《だ》したのである。

暗い空

田村俊子

百六

その男《をとこ》の突然《とつぜん》な行爲《しわざ》はその時《とき》ぎりで榮の念想《ねんさう》に強《つよ》いあるものは印《しる》しづけられなかつた。翌《あく》る日《ひ》の弟と顏《かほ》を見交《みかは》しての、榮には羞恥《しうち》の思《おも》ひなどは微塵《みぢん》もなかつたし、又腹立《またはらだ》しいやうな感《かん》じも殘《のこ》つてゐなかつた。男《をとこ》も榮に向《むか》つて其《そ》の晩《ばん》のことを二度《にど》と口《くち》から漏《も》らさなかつた。唯《たゞ》榮がその時《とき》から、男《をとこ》を避《さ》ける樣《やう》な用意《ようい》が多《おほ》くなつた。そうしてそれがつとめて偶然《ぐうぜん》らしくいつも榮の擧動《きよどう》の上《うへ》に行《おこな》はれてゐたと云《い》ふだけであつた。――

櫻子の弟は持《も》つて來《き》たものを其所《そこ》に出《だ》すと、やがて歸《かへ》らうとした。いきれてゐた暑《あつ》さが夕暮《ゆふぐ》れの日陰《ひかげ》に吸《す》はれて、縁側《えんがは》の柱《はしら》に凭《もた》れてゐた男《をとこ》の夏羽織《なつばおり》が涼《すゞ》しくそよいでゐた。マダムのことを二人《ふたり》は二《ふ》たつ三《み》つ語《かた》り合《あ》つてから、榮《さかえ》が咲子《さきこ》の爲《ため》に取《と》つて來《き》た水蜜桃《すゐみつたう》などを出《だ》さうとしてゐるうちに、櫻子《さくらこ》の弟《おとうと》は其《そ》れを辭《ことわ》つて歸《かへ》つて行《い》つた。

四疊半《でふはん》に閉《と》ぢ籠《こも》つてゐた咲子《さきこ》は、客《きやく》が歸《かへ》つて行《ゆ》くと障子《しやうじ》を開《あ》けてそとから顏《かほ》を出《だ》した。

「私《わたし》から御挨拶《ごあいさつ》もしないで、惡《わる》くはなかつたでせうか。」と心配《しんぱい》らしく云《い》つた。贈《おく》られた大《おほ》きな菓子《くわし》の箱《はこ》は、誰《た》れの心《こゝろ》にも際立《きはだ》つた好意《かうい》をもたらせないで、物《もの》の飾《かざ》りのやうに其處《そこ》に置《お》き放《はな》しになつてゐた。男《をとこ》の身体《からだ》についてゐた香水《かうすゐ》の匂《にほ》ひが、家《いへ》の内《うち》に咽せるやうに漂《たゞよ》つてゐた。

夜《よ》るになると、咲子《さきこ》は明《あか》りの下《した》に床《とこ》を設《まう》けて姉《あね》の傍《そば》に横《よこ》になつてゐた。

學校時代《がくかうじだい》のことが頻《しき》りに思《おも》はれる夜《よ》であつた。練習室《れんしふしつ》に入《はい》つて、木《き》の黒《くろ》い茂《しげ》みを窓《まど》の外《そと》に望《のぞ》みながら、電燈《でんとう》の薄明《うすあか》るい下《した》で譜《ふ》を繰《く》る自分《じぶん》の姿《すがた》などが、なつかしく思《おも》ひ浮《うか》んだりした。自分《じぶん》が嫌《きら》ひで彼方《あちら》からも厭《いや》がられたI先生《せんせい》の眼鏡《めがね》をかけた恐《こは》い眼《め》も思《おも》はれた。廊下《らうか》を歩《ある》いてゆく時《とき》などに赤《あか》い蹴出《けだ》しを裾《すそ》からはぢき出《だ》すその姿《すがた》も厭《いと》はしく思《おも》ひだされた。咲子《さきこ》は、向《むか》ふを向《む》いて机《つくゑ》に寄《よ》つてゐる姉《あね》の榮《さかえ》に、そのI先生《せんせい》の話《はなし》を始《はじ》めた。この先生《せんせい》の嚴《やか》ましい小言《こごと》の爲《ため》に、學校《がくかう》にゐる時《とき》、餘《よ》つ程《ほど》音樂《おんがく》の趣味《しゆみ》と熱情《ねつじやう》を失《な》くしたことなどを咲子《さきこ》は話《はな》した。

榮《さかえ》は妹《いもうと》が熱情《ねつじやう》と云《い》つた時《とき》に、自分《じぶん》の前《まへ》にひろげてゐる紙《かみ》の上《うへ》に「熱情《ねつじやう》」と書《か》いてゐた。榮《さかえ》はさつきから例《れい》の憂鬱《いううつ》のうちに默《だま》り込《こ》んでゐた。誰《た》れがなつかしく誰《た》れが戀《こひ》しいと云《い》ふのでもなく、胸《むね》が迫《せま》るやうな物思《ものおも》ひが榮《さかえ》を惱《なや》ましてゐた。榮《さかえ》の眼《め》には錄子《ろくこ》の畫室《ぐわしつ》の傍《そば》の赤《あか》い薔薇《ばら》の花《はな》が見《み》えたりした。あの花《はな》に自分《じぶん》の戀物語《こひものがたり》が包《つゝ》まれてゐるやうな氣《き》がした。あの花《はな》ばかりが自分《じぶん》の戀《こひ》を知《し》つてゐるやうな氣《き》がした。

錄子《ろくこ》の畫室《ぐわしつ》は何《ど》うなつてゐるだらうと思《おも》つた。あの老爺《らうや》と女中《ぢよちう》と二人《ふたり》ぎりで未《いま》だに不在《ふざい》を守《まも》つてゐるのだらうか。そうしてあの薔薇《ばら》は榮《さかえ》が顏《かほ》を埋《うづ》めた時《とき》のやうにして咲《さ》いてゐるだらう。榮《さかえ》はカーテンの中《なか》から錄子《ろくこ》の笑《わら》ひが響《ひゞ》いてくるやうに思《おも》つた。

暗い空

田村俊子

百七

父《ちゝ》の眞作《しんさく》が歸《かへ》つてこなかつた。

咲子《さきこ》は安《やす》らかに蚊帳《かや》のうちに眠《ねむ》つてゐたが、榮が父《ちゝ》の歸《かへ》りのおそいのに氣付《きつ》いて時計《とけい》を見《み》た時《とき》は、もう十一時《じ》を過《す》ぎてゐた。榮は書《か》きかけたものを置《お》いて不安《ふあん》らしく立上《たちあが》つた。胸《むね》に異樣《いやう》な響《ひゞ》きがあつて、その響《ひゞ》きが身体《からだ》の全神經《ぜんしんけい》をおのゝかした。

榮は妹《いもうと》に聲《こゑ》をかけやうとして妹《いもうと》の方《はう》を覗《うかゞ》つたが、妹《いもうと》は姉《あね》の動《うご》いた氣勢《けはひ》にも目覺《めざ》めなかつた。それで榮は音《おと》を忍《しの》ばして外《そと》に出《で》た。そうして路次《ろじ》から往來《わうらい》に出《で》て其所《そこ》にしばらく立《た》ちながら、父《ちゝ》の歩《ある》いてくる方向《はうかう》に眼《め》を放《はな》した。

靜《しづ》な夜《よる》の空氣《くうき》が榮の疲《つか》れた眼《め》に快《こゝろよ》く滲《し》みた。肩《かた》からしつとりと單衣《ひとへ》を透《とほ》して重《おも》く肌《はだ》を襲《おそ》つてくる露《つゆ》の感觸《かんしよく》が涼《すゞ》しく優《やさ》しかつた。榮の立《た》つてゐる往來《わうらい》を隔《へだ》てた正面《しやうめん》の家《いへ》の二階《かい》には、まだ灯《ひ》が明《あか》らさまに見《み》えた。硝子《ガラス》戸《ど》も障子《しやうじ》も開《あ》いて、室内《しつない》の何《なに》かの情景《ありさま》を照《て》らしてゐた電燈《でんとう》の光《ひか》りが、密《ひそ》やかに夜更《よふ》けの外《そと》の方《はう》にも灯《ひ》を散《ち》らしてゐた。庭内《ていない》の樹木《じゆもく》の、いかにも主《しゆ》人持《じんも》ちらしく上品《じやうひん》につゝましく纏《まと》まつた黒《くろ》い輪廓《りんくわく》の上《うへ》にも、灯影《ほかげ》は色《いろ》をなびかして、薄《う》つすりと闇《やみ》をぼかしてゐた。榮はいまだに、此《こ》の家《いへ》に何《ど》う云《い》ふ人《ひと》が住《す》み馴《な》れてゐるのか知《し》らなかつたが、其《そ》の二階《かい》の灯《ひ》を見上《みあげ》てゐると、明《あか》るい夢《ゆめ》のなかに自分《じぶん》の心《こゝろ》がさ迷《まよ》つてゆくやうな氣《き》がした。その灯《ひ》の周圍《しうゐ》には人《ひと》の感情《かんじやう》が華《はな》やかにをどつてゐるやうな空想《くうさう》があつた。

家《いへ》の門前《もんぜん》には二臺《だい》の車《くるま》が向《むか》ひ合《あ》つてゐた。榮はその提灯《かんはん》の灯影《ほかげ》を、二階《にかい》の灯《ひ》の次《つ》ぎに見《み》付《つ》けた。父《ちゝ》の姿《すがた》は何《い》時《つ》までも見《み》えなかつた。榮は二町《ちやう》、その道《みち》を逆《さか》に歩《ある》いて行《い》つた。邸前《ていぜん》の高《たか》いアーク燈《とう》の影《かげ》が盡《つ》きて、道《みち》が暗《くら》く淋《さび》しく見《み》えるところまで行《い》つて、榮はそこで立止《たちどま》つた、少《すこ》し勾配《こうばい》になつた道路《みち》の下《した》を望《のぞ》みながら父《ちゝ》を待《ま》つて見《み》たが、父《ちゝ》は歸《かへ》つてこなかつた。

榮はこの二三日《にち》、父《ちゝ》に對《たい》して碌《ろく》に親《した》しみを持《も》つた言葉《ことは》さへ交《か》はさなかつたことを、ひどく惡《わる》いことをしたと云《い》ふやうな後悔《こうくわい》が、ふとその胸《むね》に上《のは》つた。昨夜《ゆふべ》の僅《わづか》な感情《かんじやう》のいきさつなどが、一層《そう》大《おほ》きく強《つよ》く取《と》り返《かへ》しのつかないことのやうに自《みづか》らを責《せ》めた。

その事《こと》と、今夜《こんや》の父《ちゝ》の歸《かへ》りの遲《おそ》いことゝに、どんな關聯《くわんれん》があるとも思《おも》ふ譯《わけ》ではなく、父《ちゝ》をおろそかにしたと云《い》ふ念《ねん》が僅《わづか》の間《あひだ》榮《さかえ》を苦《くる》しめた。

榮《さかえ》はしばらくして、引返《ひつかへ》して來《き》た。此所《こゝ》とは違《ちが》つた道《みち》から家《うち》に歸《かへ》つてゐるかも知《し》れないと思《おも》ひながら、路《ろ》次《じ》をはいつて自分《じぶん》の家《うち》の前《まへ》に立《た》つたが、依然《やはり》父《ちゝ》は歸《かへ》つてゐなかつた。

「姉《ねえ》さん何《ど》うかしたんですか。」

咲子《さきこ》は姉《あね》が中《なか》に入《はい》つてくると直《す》ぐに聲《こゑ》をかけた。

「お父《とう》さんの歸《かへ》りが遲《おそ》いから、見《み》に行《い》つて來《き》たんだけれどもね。」

「お父《とう》さんが歸《かへ》つてゐらつしやらない？」

咲子《さきこ》は驚《おどろ》いて云《い》つた。

「もうそんなに遲《おそ》いのですか。」

「えゝ、もう直《ぢ》き十二時《じ》になる。」

榮《さかえ》は息《いき》を潜《ひそ》めながら時計《とけい》を見詰《みつめ》た。

暗い空

田村俊子

百八

榮《さかえ》は二三度《ど》路次《ろじ》の外《そと》に出《で》て見《み》た。向《むか》ふの家《うち》の灯《ひ》の見《み》えた二階《かい》は戸《と》が閉《し》まつて、車《くるま》の去《さ》つた門前《もんぜん》に深夜《しんや》の闇《やみ》が重《おも》く垂《た》れてゐた。軒燈《けんとう》の灯《ひ》も滅《めつ》してゐた。一時《じ》を過《す》ぎ、二時《じ》になつても父《ちゝ》は歸《かへ》らなかつた。

歸途《かへり》が遲《おそ》くなつたので、何所《どこ》かへ宿《とま》つたのだと咲子《さきこ》は云《い》つた。咲子《さきこ》は榮《さかえ》が心配《しんぱい》するほどに心《こゝろ》を遣《つか》はなかつた。そうして、明日《あす》の朝早《あさはや》く歸《かへ》つて來《く》るにちがひないと云《い》つて、自分《じぶん》は騷《さわ》いだ心《こゝろ》も見《み》せなかつた。

榮《さかえ》は寢鎭《ねしづ》まつた周圍《しうゐ》へ氣《き》を兼《か》ねながら、雨戸《あまど》を閉《し》めて、自分《じぶん》も床《とこ》に就《つ》いたが眠《ね》られなかつた。父《ちゝ》はこれぎり歸《かへ》つて來《こ》ない人《ひと》のやうな思《おも》ひが迫《せま》つてくると、榮《さかえ》は思《おも》はず床《とこ》の上《うへ》に起《お》き返《かへ》つた。父《ちゝ》の歸《かへ》らないことに就《つ》いての恐《おそ》ろしい前兆《ぜんてう》や、悲慘《ひさん》な前兆《ぜんてう》が、榮《さかえ》の胸《むね》に數限《かずかぎ》りなく閃《ひらめ》いては消《き》え、閃《ひらめ》いては消《き》えした。咲子《さきこ》が云《い》ふやうに、父《ちゝ》は歸途《かへり》がおくれて他家《よそ》に宿《とま》ることにしたのだらう。明日《あす》の朝《あさ》は早《はや》く戻《もど》つてくるに違《ちが》ひない。然《しか》し然《さ》う思《おも》ひ定《さだ》める傍《そば》から、父《ちゝ》の上《うへ》に何《なに》か不慮《ふりよ》な事件《じけん》が起《おこ》つてゐるやうな豫測《よそく》に胸《むね》を打《う》たれたりした。うと〳〵と夢《ゆめ》に入《い》つた瞬間《しゆんかん》に、ことことと云《い》ふ足音《あしおと》を聞《き》いて、榮《さかえ》は驚《おどろ》いて眼《め》を開《ひら》いたことも度々《たび〳〵》であつた。榮《さかえ》はその度《たび》に耳《みゝ》を外《そと》に傾《かたむ》けて、心臟《しんざう》の鼓動《こどう》を自身《じしん》の呼吸《こきふ》でぢつと押《お》しつけた。足音《あしおと》の響《ひゞ》きは夢《ゆめ》のなかだけで聞《き》いたので、眼《め》が覺《さ》めてからは四邊《あたり》は寂《しん》としてゐて、何《なん》の音響《おんきやう》も家《うち》の外《そと》には聞《き》かれなかつた。

「榮《さかえ》。」

榮《さかえ》はまだ、はつきりと耳許《みゝもと》で、父《ちゝ》の聲《こゑ》で斯《か》う呼《よ》ばれたと思《おも》つて眼《め》をあいた。父《ちゝ》の姿《すがた》が蚊帳《かや》の外《そと》に見《み》えたやうな氣《き》もした。

「妹《いもうと》が戸《と》を開《あ》けたのかしら。」

榮《さかえ》は然《さ》う思《おも》つて頭《あたま》を返《かへ》して彼方《あちら》此方《こちら》と見廻《みまは》してゐるうちに、其《そ》れも夢《ゆめ》だつたと分《わか》つて、全身《ぜんしん》にひやりとした惡寒《をかん》を感《かん》じたりした。

榮《さかえ》は成《な》る丈《たけ》眠《ねむ》るまいとして眼《め》を壓《お》しつけるやうな薄闇《うすやみ》にぢつと凝《こ》らして見《み》た。父《ちゝ》が朝早《あさはや》く歸《かへ》つてくるまで自分《じぶん》は起《お》きてゐやうとした。然《さ》う思《おも》つて妹《いもうと》の方《はう》に顔《かほ》を向《む》けた時《とき》、妹《いもうと》も眼《め》を大《おほき》く開《あ》いてゐたのを榮《さかえ》は見《み》た。

「起《お》きてゐるの。」

「今目《いまめ》が覺《さ》めたの。私夢《わたしゆめ》を見《み》て。」

咲子《さきこ》は苦《くる》しそうな息《いき》を吐《つ》いてゐた。喘《あへ》いでゐる呼吸《こきふ》の音《おと》が榮《さかえ》の耳《みゝ》に微《かすか》に通《つう》じてきた。

「お父《とう》さんの夢《ゆめ》でも見《み》たのぢやないの。」

「いゝえ。臺灣《たいわん》の夢《ゆめ》。」

妹《いもうと》は短《みじか》い夢《ゆめ》の話《はなし》をした。何所《どこ》だか分《わか》らないところだが煉瓦《れんが》の崩《くづ》れがたくさんに轉《ころ》がつてゐた。軌道《きだう》がちか〳〵と光《ひか》つて、白《しろ》い襯衣《しやつ》を着《き》た人《ひと》が一人《ひとり》立《た》つてゐた。向《むか》ふの方《はう》に山《やま》が見《み》えたのを覺《おぼ》えてゐる。其《そ》の中《なか》に自分《じぶん》がゐて、自分《じぶん》はあちこちと歩《ある》いてゐた。他《ほか》にはなんにも見《み》えない。其《そ》の白《しろ》い襯衣《しやつ》を着《き》た人《ひと》が、此處《こゝ》は臺灣《たいわん》の停車場《ステーシヨン》だと云《い》つた。それで自分《じぶん》は「あゝ、此處《こゝ》でお父《とう》さんの來《く》るのを待《ま》つてゐるのだ。」と思《おも》つた。と云《い》ふ夢《ゆめ》なのである。それだけで目《め》が覺《さ》めたと云《い》つた。

然《しか》し、その夢《ゆめ》の話《はなし》で、何《なん》となく榮《さかえ》は心《こゝろ》が安《やす》らかになつたやうな氣《き》がした。今《いま》まで小供《こども》らしい心配《しんぱい》をしてゐたと思《おも》つて、つまらない興奮《こうふん》を自身《じしん》で可笑《おか》しいやうにも思《おも》つた。明日《あした》の朝《あさ》になると父《ちゝ》は歸《かへ》つてくる。然《さ》う定《き》めて、そうして「臺灣《たいわん》の停車場《ステーシヨン》」と云《い》ふ言葉《ことば》を妹《いもうと》の方《はう》を向《む》いて榮《さかえ》は小《ちひ》さく笑《わら》つた。

暗い空

田村俊子

百九

まだやつと三時《じ》であつた。二人《り》は目《め》が覺《さ》めてから、物《もの》を云《い》はずに顔《かほ》と顔《かほ》を向《むか》ひ合《あ》はせてゐたが、不健康《ふけんかう》な身《から》体《だ》も惱苦《なうく》が咲子《さきこ》の胸《むね》を壓迫《あつぱく》してくると、咲子《さきこ》は苦《くるし》く唇《くちびる》を噛《か》みしめながら、姉《あね》から顔《かほ》を反向《そむ》けてしまつた。榮は何時《いつ》もするやうに瓦斯《ぐわす》の灯《ひ》を消《け》して、ランプばかりを枕許《まくらもと》に點《とも》しておいた。その灯《ひ》を今夜《こんや》初《はじ》めて吊《つ》つた蚊帳《かや》の外《そと》から、覗くやうにぽつと青《あを》くひろがつて、蚊帳《かや》の襞襀《ひだ》の流《なが》れたかげに、怪《あや》しい幻《まぼろし》が浮《うか》んで見《み》えた。夢《ゆめ》に見《み》た光《ひか》りは蚊帳《かや》の外《そと》にも漂《たゞよ》つてゐた。夢《ゆめ》の中《なか》の晝《ひる》とも夜《よる》ともつかない一道《いちだう》の、死人《しにん》の世界《せかい》を照《て》らすやうな光《ひか》りに、咲子《さきこ》は暫《しば》らく魘《おそ》はれてゐた。白《しろ》い襯衣《しやつ》を着《き》た人《ひと》の姿《すがた》も又《また》ぼうと頭《あたま》にはいつて來《き》た。いつともなく赤煉瓦《あかれんぐわ》のくづれが轉《ころ》がつてゐる中《なか》に自分《じぶん》は立《た》つてゐると思《おも》つた。咲子《さきこ》の眠《ねむ》りは先《さ》きと同《おな》じ夢幻《むげん》の裡《うち》にさまよひながら、再《ふたゝ》び夢魔《むま》に咲子《さきこ》の病《や》んでゐる肉《にく》は抱《いだ》かれて行《い》つた。

榮は目《め》が冴《さ》えて、蒸《む》されるやうにうと〳〵とする半知覺《はんちかく》の睡眠《すゐみん》がすつかり頭腦《づのう》の血《ち》から除《さ》れた。榮は彼方《かなた》を向《む》いた妹《いもうと》の細《ほそ》い頸筋《くびすぢ》を眺《なが》めてゐると、妹《いもうと》の果敢《はか》ない命《いのち》がそこから透《す》いて見《み》えるやうに思《おも》はれた。髪《かみ》を上《うへ》に掻《か》き上《あ》げた髱《たぼ》の毛際《けぎは》が薄《うす》く、ぼんのくぼが透《す》き徹《とほ》るやうに青白《あをじろ》かつた。榮は妹《いもうと》の肩《かた》にかゝつた夜着《よぎ》の上《うへ》からその靜《しづか》な呼吸《こきふ》をぢつと見詰《みつ》めてゐた。

と、この頃《ころ》になつて、この妹《いもうと》が死《し》ぬと云《い》ふことを自分《じぶん》が思《おも》はなくなつたことを、榮はふと心《こゝろ》に浮《うか》べた。妹《いもうと》の顔《かほ》を見《み》ても、殊更《ことさら》に死《し》の幻影《げんえい》を作《つく》らなくなつた。妹《いもうと》の寢《ね》てゐる姿《すがた》や、死《し》の恐怖《きようふ》に打《う》たれると云《い》ふ事《こと》が失《な》くなつた。妹《いもうと》と斯《か》うして同《おな》じ蚊帳《かや》のうちに枕《まくら》を並《なら》べてゐると妹《いもうと》は昔《むかし》のやうに健全《けんぜん》な人《ひと》のやうにも思《おも》はれた。けれども其《そ》れはきつと好《い》いことに違《ちが》ひない。妹《いもうと》の身体《からだ》が直《ち》き快《い》い方《はう》に向《むか》つて命《いのち》を延《の》びると云《い》ふ豫示《よじ》が自分《じぶん》の感《かん》覺《かく》の上《うへ》に現《あら》はれるのかも知《し》れない。妹《いもうと》の顔《かほ》の上《うへ》からも死《し》の表示《へうじ》が自然《しぜん》に消《き》えたので、自分《じぶん》の眼《め》に其《そ》れを感《かん》じなくなつたのである。妹《いもうと》の顔《かほ》は先《さ》き頃《ごろ》のやうに恐《おそ》ろしいものではなくなつた。

「お父《とう》さん、歸《か》つてゐらつしやらな

い。」妹《いもうと》が突然《とつぜん》に明《あか》らかな聲《こゑ》を出《だ》した。

「歸《かへ》つてゐらつしやらない。」

榮《さかえ》は斯《か》う返事《へんじ》したけれども、咲子《さきこ》は其《そ》れぎりで後《あと》を云《い》はなかつた。眠《ねむ》りの中《なか》から出《で》て來《き》た言葉《ことば》だと直解《すぐわか》つた時《とき》に、榮《さかえ》は自分《じぶん》の返事《へんじ》をした聲《こゑ》が、妹《いもうと》の魂《たましひ》の外《そと》で遠《とほ》く響《ひゞき》を消《け》したことが氣味惡《きみわる》く感《かん》じられた。榮《さかえ》は妹《いもうと》を呼《よ》び起《おこ》した。

「然《さ》う。何《なに》か云《い》ひましたか。」

妹《いもうと》は彼方《むかふ》を向《む》いた儘《まゝ》で云《い》つた。咲子《さきこ》は今《いま》の四五分の眠《ねむ》りの間《あひだ》に厭《いや》な汗《あせ》が身体《からだ》に出《で》てゐた。そうして熱《ねつ》がでてきて惡寒《をかん》がした。咲子《さきこ》は其《それ》を知《し》りながら默《だま》つて靜《しづか》に眼《め》を閉ぢてゐた。

榮《さかえ》は今日《けふ》の晝《ひる》父《ちゝ》の行《い》つた先《さき》を考《かんが》へてゐた。父《ちゝ》の宿《とま》つてくるやうな家《いへ》を考《かんが》へてゐた。何《なに》か又《また》、父《ちゝ》の歸《かへ》らないと云《い》ふことが不慮《ふりよ》な禍《わざはひ》の前兆《ぜんてう》のやうに思《おも》はれてくると、榮《さかえ》はそれを自《じ》身《しん》で打消《うちけ》した。

暗い空

田村俊子

百十

榮《さかえ》は、ふと安《やす》らかに熟睡《じゆくすゐ》した時間《じかん》があつたと見《み》えて、目《め》が覺《さ》めて戸を繰《く》つた時《とき》は、もう朝《あさ》の日《ひ》が逆に屋根《やね》の庇《ひさし》や、木《こ》の葉《は》の隙《すきま》をちら〳〵と金箔《きんぱく》の色《いろ》に微動《びどう》させてゐた。涼《すゞ》しい朝風《あさかぜ》が榮《さかえ》の顏《かほ》を吹《ふ》いた。露《つゆ》を含《ふく》んだ庭《には》の面《おもて》から、何《なに》か榮《さかえ》は歡《よろこ》びに滿《み》ちたものを送《おく》つてくれた。榮《さかえ》はそれを眼《め》で受《う》けて、まだ全《まつた》く水蒸氣《すゐじようき》の乾《かは》き切《き》らない、濡《ぬ》れ紙《がみ》のやうな空《そら》を、軒《のき》の下《した》から見《み》上《あ》げて朝《あさ》の健《すこや》かな呼吸《こきふ》を輕《かる》く吐《つい》た。何《なん》となく、朝《あさ》のよろこびに周圍《しうゐ》が笑《わら》つてゐるやうであつた。水《みづ》のやうな冷《つめ》めたい空氣《くうき》が頬《ほゝ》を掠《かす》めて、強《し》ひて榮《さかえ》の唇《くちびる》から口《くち》の中《なか》に忍《しの》び入《い》らうとして渦《うづ》をかいてゐた。榮《さかえ》は父《ちゝ》のことを思《おも》ひ浮《うか》べた。父《ちゝ》はこの朝風《あさかぜ》に吹《ふ》かれながら歸《かへ》つてくるだらう。

妹《いもうと》に云《い》はれて、榮《さかえ》は蚊帳《かや》を外《はづ》した。

妹《いもうと》は青《あを》い顔《かほ》を枕《まくら》に埋《うづ》めて朝風《あさかぜ》の吹《ふ》いてくる方《はう》に眼《め》をやつてゐた。咲子《さきこ》は斯《か》う云《い》ふ朝《あさ》の明《あ》けがたに海《うみ》など眺《なが》めたいと思《おも》つて、銀色《ぎんいろ》に漂《たゞよ》ふ海《うみ》の水《みづ》を際涯《はてし》なく心《こゝろ》に描《えが》いてゐた。海《うみ》を思《おも》ひだしてから、ひどく呼吸《こきふ》が苦《くる》しくなつてきて靜《しづか》に横《よこ》になつてゐることもできなかつた。それで、起《お》き返《かへ》つて咲子《さきこ》は枕《まくら》に寄《よ》りかゝつて胸《むね》を押《お》してゐた。乾《かは》いた咳《せき》が出《で》た。

日《ひ》が直《ぢ》きに高《たか》くなつて、熱《あつ》さが地《ち》の底《そこ》からも續《つゞ》いてくるやうであつた。

榮《さかえ》は朝《あさ》の仕事《しごと》がたくさんにあつた。其《そ》れを一《ひと》つづゝ、爽《さは》やかな感《かん》じのまつはつてる身体《からだ》を輕《かる》く動《うご》かして片付《かたづ》けていつた。水《みづ》を汲《く》みに行《ゆ》くまでの道程《みちのり》の間《あひだ》でも、自分《じぶん》の手足《てあし》に觸《ふ》れて流《なが》れてゆく朝《あさ》の空氣《くうき》を、自分《じぶん》の心《こゝろ》がからかつてゐた。榮《さかえ》は共同栓《きやうどうせん》の水《すゐ》道《だう》の傍《わき》で、よく朝《あさ》の間《ま》に出逢《であ》ふ近所《きんじよ》の女《をんな》たちに挨拶《あいさつ》した。誰《だ》れも皆丈夫《みなぢやうぶ》そうに筋肉《きんにく》を張《は》つて朝《あさ》の仕事《しごと》をしてゐると思《おも》つた。その人《ひと》たちは「今日《けふ》も暑《あつ》くなる」とか「お天氣《てんき》がいゝ」とか云《い》つて、鋭《するど》い快活《くわいくわつ》な聲《こゑ》を朝《あさ》の空《くう》氣《き》のなかに響《ひゞ》かしてゐた。丸髷《まるまげ》の赤《あか》い手柄《てがら》が笄《かうがひ》の傍《そば》から外《はづ》れかけてゐる奇麗《きれい》な妻君《さいくん》は、寢衣《ねまき》に赤《あか》い細紐《ほそひも》一とつで洗濯物《せんたくもの》を濯《すゝ》いでゐた。その人《ひと》は榮《さかえ》に妹《いもうと》の病氣《びやうき》を見舞《みま》つてくれた。榮《さかえ》はそれにも丁寧《ていねい》に挨拶《あいさつ》した。

家《うち》に戻《もど》つてくると、榮《さかえ》は近所《きんじよ》の人《ひと》が妹《いもうと》を訪《たづ》ねてくれたことを、妹《いもうと》に話《はな》してやつた。朝《あさ》の食事《しよくじ》が濟《す》んでも父《ちゝ》は歸《かへ》つてこなかつた。

榮《さかえ》の胸《むね》に、又《また》、ある不安《ふあん》が萌《きざ》し初《はじ》めてゐた。

「お父《とう》さんは何《ど》うなすつたのでせう。」

咲子《さきこ》が漸《やうや》く然《さ》う口《くち》を開《ひら》くまで、榮《さかえ》は父《ちゝ》のことを云《い》はずにゐたけれども、昨夜《ゆふべ》のやうな、異樣《いやう》な響《ひゞ》きが胸《むね》を打《う》つてゐて、榮《さかえ》は父《ちゝ》のことのみが氣《き》になつた。もし、晝《ひる》までも父《ちゝ》が歸《かへ》らなかつたなら、小石川《こいしかは》の叔母《をば》のところへ行《い》つて相談《さうだん》をして來《こ》やうかと榮《さかえ》は云《い》つた。

「お晝《ひる》までには歸《かへ》つてゐらつしやるでせう。お父《とう》さんは私《わたし》たちが然《さ》う心《しん》配《ぱい》しないと思《おも》つて安心《あんしん》してゐらつしやるんですね。」

咲子《さきこ》が寢《ね》てゐるところで云《い》つてる聲《こゑ》

がした。

暗い空

田村俊子

百十一

榮《さかえ》は叔母《をば》の學校《がくかう》に自働電話《じどうでんわ》で聞《き》き合《あ》はせた。叔母《をば》の家《うち》には父《ちゝ》は行《ゆ》かなかつたと云《い》ふ返事《へんじ》を叔母《をば》はした。田舍《ゐなか》の兄《あに》のところにもう一度《ど》行《い》つたのではないか。それほど心配《しんぱい》ならば、田舍《ゐなか》の伯父《をぢ》のところに電報《でんぱう》でたづねて見《み》た方《はう》がいゝと云《い》つて叔母《をば》は電話《でんわ》を切《き》つた。榮《さかえ》は家《うち》に歸《かへ》ると妹《いもうと》に相談《さうだん》して、伯父《をぢ》の處《ところ》に電報《でんぱう》を打《う》つた。

その返事《へんじ》が長《なが》くかゝつた。それで、父《ちゝ》は伯父《をぢ》のところに行《い》つてゐるのだと思《おも》つて、二人《ふたり》は少《すこ》し心《こゝろ》を安《やす》めた。暑《あつ》い日《ひ》が、ちり〳〵と狹《せま》い西向《にしむ》きの家《いへ》を灼《や》きつけてゐた。正午《しやうご》を過《す》ぎた時《じ》間《かん》であつた。咲子《さきこ》は姉《あね》に取《と》つてもらつた氷《こほり》の碎片《かけら》で咽喉《のど》を霑《うるほ》してゐた。榮《さかえ》が聞《き》いても、妹《いもうと》は身体《からだ》の調子《てうし》を好《よ》いとも惡《わる》いとも、はつきりと答《こた》へないでゐたが、咲子《さきこ》は今日《けふ》は殊《こと》に勝《すぐ》れなかつた。幾度《いくど》も幾度《いくど》も咲子《さきこ》は厭《いや》な眠《ねむ》りに落《お》ちた。その眠《ねむ》りの度《たび》に、咲子《さきこ》は赤光《しやくくわう》と黄金《わうごん》に輝《かゞや》く光《ひか》りの中《なか》に惱《なや》ましく閉《と》ぢられた。目《め》が覺《さ》めても、咲子《さきこ》はその光《ひか》りばかりが瞼《まぶた》を襲《おそ》つてゐてはなれなかつた。丁度《ちやうど》落日《らくじつ》の日光の色《いろ》のやうであつた。咲子《さきこ》はその病《や》んだ朦朧《もうろう》とした光《ひか》りが苦《くる》しくてたまらなかつた。

電報《でんぱう》の返事《へんじ》が來《き》た時《とき》、咲子《さきこ》は覺《さ》めてゐた。眞作《しんさく》來《こ》ぬと云《い》ふ返電《へんでん》を二人《ふたり》は各自《てんでん》に手《て》に取《と》つて見《み》た。父《ちゝ》の行方《ゆくへ》が分《わか》らないと云《い》ふ懸念《けねん》が、まるで榮《さかえ》を落着《おちつ》かせなかつた。非常《ひじやう》な事件《じけん》に遭遇《さうぐう》したやうな、普通《たゞ》なら

暗い空

田村俊子

百十一

ない眼《め》の光《ひか》りを榮《さかえ》は妹《いもうと》の顔《かほ》に射《い》ながら、父《ちゝ》の行方《ゆくへ》を彼方此方《あつちこつち》と心《こゝろ》で探《たん》索《さく》した。さま〴〵の疑問《ぎもん》や、不思議《ふしぎ》や、行《い》つた先《さ》き〴〵に就《つ》いての推測《すゐそく》などが、胸《むね》に亂《みだ》れてくると、榮《さかえ》は何《なに》か手段《しゆだん》をもつても、直《す》ぐ束《つか》の間《ま》に父《ちゝ》の在所《ありか》を認《みと》めなくては濟《す》まないほどに、氣《き》が急《せ》いた。

「父《ちゝ》は何《ど》うして昨夜《ゆふべ》のあひだに、この家《うち》に歸《かへ》つてくることが出來《でき》なかつたのだらう。」

榮《さかえ》はそれを憶測《おくそく》してゐた、それが解《と》ければ、自然《おのづ》と父《ちゝ》の不分明《ふぶんめい》な在所《ありか》に就《つ》いても何《なに》か發見《はつけん》されるやうな氣《き》がした。榮《さかえ》はそれを幾度《いくど》も妹《いもうと》にも繰《くり》返《かへ》した。

「遲《おそ》くなつたからぢやないんでせうか。」

妹《いもうと》は單純《たんじゆん》に云《い》つたが、それには時《じ》間《かん》のほかにまだ理由《わけ》があるやうに榮《さかえ》には思《おも》はれた。榮《さかえ》はその理由《わけ》をいろ〳〵な上《うへ》に求《もと》めてゐたが、不慮《ふりよ》の負《け》傷《が》とか、父《ちゝ》の酒癖《しゆへき》が人《ひと》に迷惑《めいわく》をかけて、その儘《まゝ》警察《けいさつ》にでも留《と》められてゐるとか云《い》ふ凶事《きようじ》ばかりが、何《なに》よりも正當《あた》つてゐるらしい理由《りいう》になつて其《そ》の詮索《せんさく》の上《うへ》に殘《のこ》つた。

「そんな事《こと》はありません。」

妹《いもうと》は然《さ》う云《い》つてきかなかつた。

「外《よそ》でおそくなつて其《そ》の儘《まゝ》お宿《とま》りになつたんですの。今日《けふ》はそれから引《ひ》き續《つゞ》いてお金《かね》のことで歩《ある》いていらつしやるんですよ。夕方《ゆふがた》にはきつと歸《かへ》つていらつしやるでせう。」

「きつと、然《さ》う思《おも》ふの。」

「えゝ、きつと夕方《ゆふがた》歸《かへ》つてゐらつしやいますよ。」

けれども榮《さかえ》は、妹《いもうと》の明白《めいはく》な言葉《ことば》によつて慰《なぐさ》められなかつた。父《ちゝ》が何所《どこ》かに無事《ぶじ》である限《かぎ》り、今朝《けさ》にも消息《せうそく》の一片《ぺん》を自分《じぶん》たちは受取《うけと》つてゐなければならない筈《はず》だと榮《さかえ》は思《おも》つた。

汗《あせ》にまみれた父《ちゝ》が、今《いま》突然《とつぜん》に歸《かへ》つて來たなら、どんなに飛《と》び立《た》つほど嬉《うれ》しく思《おも》ふことだらう。

榮《さかえ》は然《さ》う思《おも》ひ詰《つ》めながら土間《どま》から格子《かうし》の外《そと》を暫《しば》らく眺《なが》めて立《た》つた。倦《うん》じて濁《にご》つた炎暑《えんしよ》の午後《ごご》の影《かげ》を、日光《につくわう》は路次《ろじ》の間《あはひ》に延《の》ばしてゐた。榮《さかえ》はその日光《につくわう》の色《いろ》を心地《こゝち》惡《わ》るく見守《みまも》つた。

そうして、出《で》て行《い》つた時《とき》の紺飛白《こんがすり》の單衣《ひとへ》を着《き》た父《ちゝ》の後姿《うしろすがた》を、榮《さかえ》は眼《め》に滲《にじ》むやうに思《おも》ひ浮《うか》べてゐた。父《ちゝ》はあの姿《すがた》で何所《どこ》を歩《ある》いてゐるのだらう。

榮《さかえ》は其《そ》れから其《そ》れへと、父《ちゝ》の幻《まぼろし》の姿《すがた》を心《こゝろ》で追《お》つてゐた。父《ちゝ》が失望《しつばう》した眼《め》を炎熱《ゑんねつ》の路傍《ろはう》に投《な》げながら、力《ちから》なく歩《ある》いて行《ゆ》く姿《すがた》を、淋《さび》しい道《みち》の土塀《どべい》の一角《いつかく》で認《みと》めたりした。

「何所《どこ》へ行《い》つたのだらう。何《ど》うしたのだらう。」

榮《さかえ》はこればかりを心《こゝろ》に繰《く》り返《かへ》しながら、想像《さうざう》のでき得《う》る限《かぎ》りを、あらゆる觀念《くわんねん》の上《うへ》で榮《さかえ》は父《ちゝ》を探《さが》し求《もと》めた。

そうして、其《そ》れが思《おも》ひがけなく、横《わう》死《し》と云《い》ふ忌《い》まはしい相《すがた》の上《うへ》で父《ちゝ》の行方《ゆくへ》を捉《とら》へた時《とき》、榮《さかえ》は退《の》け反《ぞ》るやうに自身《じしん》で吃驚《びつくり》した。何《ど》うした幻覺《げんかく》だつたのだらうと思《おも》つて、榮《さかえ》はあわてゝ自分《じぶん》の周圍《しうゐ》を振返《ふりかへ》つた。けれども、一旦《いつたん》浮《うか》んだその想像《さうざう》の念《ねん》は、もう榮《さかえ》の心《こゝろ》から拭《ぬぐ》ひ去《さ》ることができなかつた。無連絡《むれんらく》に無意味《むいみ》にふつと榮《さかえ》の眼《め》に映《えい》じたその横死《わうし》——父《ちゝ》の自殺《じさつ》の恐《おそ》ろしい相《すがた》は、在《あ》りさうな事實《じじつ》の疑《うたが》ひをだん〳〵に榮《さかえ》の心《こゝろ》に濃《こ》くしてゆくばかりであつた。そうして、生活《せいくわつ》に窮迫《きうはく》し困憊《こんぱい》した老人《らうじん》の縊死《いし》、投身《とうしん》なぞが、自分《じぶん》の父《ちゝ》の定業《ぢやうごふ》の惨《いた》ましい最《さい》期《ご》のやうに、むごたらしく榮《さかえ》を苦《くる》しめた。

榮《さかえ》の身体《からだ》の慄《ふる》へがとまらなかつた。

榮《さかえ》は妹《いもうと》の傍《そは》に來《き》て、少時《しばらく》默《だま》つたまゝ坐《すわ》つてゐた。そうして、ふと警察《けいさつ》の手《て》で父《ちゝ》の行方《ゆくへ》を探《たづ》ねて貰《もら》はうかと思《おも》つた。

「そんな馬鹿《ばか》なことをして。恥《はぢ》を搔《か》くやうなものですわ。」

咲子《さきこ》はそれを聞《き》くと姉《あね》を冷笑《れいせう》した。夕方《ゆふがた》まで待《ま》つても見《み》ないで、徒《いたづら》に心《こゝろ》を苦《くる》しめてゐる姉《あね》の無智《むち》なことを咲子《さきこ》は笑《わら》つてゐた。

「ずゐぶん、あなたはお父《とつ》さんを辱《はづか》しめてゐるんですわね。幾何《いくら》お父《とう》さんがお困《こま》りなすつたつて、眞逆《まさか》そんな下等《かとう》な人《ひと》たち見《み》たいなことをなさりはしないでせう。其《そ》れは羅宇屋《らうや》か、日《ひ》傭取《ようこ》りのお爺《ぢい》さんなんかゞ、生計《くらし》に困《こま》つて自殺《じさつ》をしたりするんですわ。お父《とう》さんにはもつと考《かんが》へと云《い》ふものがおありになりますから。」

だが榮《さかえ》は、妹《いもうと》が斯《こ》う云《い》つても自分《じぶん》の心《こゝろ》は安《やす》まらなかつた。

榮《さかえ》は妹《いもうと》には行《ゆ》く先《さ》きをはつきりと告《つ》げないで外《そと》に出《で》やうとした。

「少《すこ》しの間《あひだ》、一人《ひとり》でゐられますか。」

「えゝ。」

斯《こ》う云《い》ふ短《みじか》い會話《くわいわ》を交《か》はしておいて榮《さかえ》はその儘《まゝ》の姿《なり》で往來《わうらい》に出《で》た。外《そと》はぢり〳〵と暑《あつ》かつた。蔭《かげ》を拾《ひろ》つても、炎《ほのほ》の熱氣《ねつき》は蛇《へび》の舌《した》のやうに、歩《ある》いてゆくものゝ身体《からだ》にまつはつて來《き》て、一二町《ちやう》行《ゆ》くうちに、榮《さかえ》は汗《あせ》て全身《ぜんしん》が濡《ぬ》れるやうに思《おも》つた。

暗い空

田村俊子

百十三

翳《さ》した洋傘《かうもり》の布《ぬの》を透《とほ》して、夏《なつ》の眞盛《まさか》りの熱《あつ》さが榮《さかえ》の全面《ぜんめん》に燃《も》えてゐた。足《あし》に任《まか》せて歩《ある》いて行《ゆ》くうちに、榮《さかえ》はきら〳〵する熱《ねつ》の光《ひか》りに額《ひたひ》を射《い》られて眼《め》が眩《くら》んだ。灼《や》けた鋼鐵《かうてつ》が直《ぢ》かに人《ひと》の皮膚《ひふ》にぴたりと當《あた》つて、ちり〳〵と皮《かは》を引剝《ひつむ》いて行《ゆ》くやうに、太陽《たいやう》の熱《あつ》い肉《にく》の上《うへ》に痛《いた》さを感《かん》じた。小《ちひ》さい店《みせ》は白《しろ》い日覆《ひおほ》ひを軒《のき》に出《だ》して、死《し》んだやうに町《まち》が靜《しづ》まり返《かへ》つてゐた。榮《さかえ》は醫科大學《いくわだいがく》の裏《うら》を廻《まは》つて細《ほそ》い坂《さか》を上《のぼ》つて行《い》つた。坂《さか》を上《のぼ》るのが榮《さかえ》には例《いつ》にもなく苦《くる》しかつた。眼《め》に繃帶《ほうたい》をかけた女《をんな》が一人《ひとり》、榮《さかえ》の前《まへ》を歩《ある》いて行《い》つた。榮《さかえ》は其人《そのひと》を越《こ》してから、足《あし》を緩《ゆる》めて吻《ほつ》と熱《あつ》い息《いき》を吐《つ》いた。警察《けいさつ》の前《まへ》に來《き》た時《とき》に、榮《さかえ》は足《あし》をとめて電車《でんしや》の通《とほ》る往來《わうらい》を見返《みかへ》つた。夢《ゆめ》を見《み》てゐるやうな湯出《ゆだ》つた顏《かほ》をした人《ひと》たちが、電車《でんしや》の窓《まど》から見《み》えた。電車《でんしや》は二三臺《だい》つゞいてのろ〳〵と通《とほ》つて行《い》つた。警察《けいさつ》の家根《やね》には日《ひ》が燃《も》えてゐた。

石《いし》の階段《かいだん》を上《のぼ》つて、榮《さかえ》は硝子張《がらすは》りの扉《とびら》に手《て》をかけて、其《そ》れを前方《ぜんぱう》に押《お》した時《とき》に、硝子《がらす》がびりゝと音《おと》を立《た》てた。暑《あつ》さに疲《つか》れて眠《ねむ》つてゐたものが急《きふ》にある衝動《しようどう》を受《う》けて驚《おどろ》いたやうな氣魂《けたゝま》しい音《おと》であつた。なかは薄暗《うすぐら》かつた。扉《とびら》を再《ふたゝ》び靜《しづ》かに閉《し》めると、蒸《む》し風呂《ぶろ》に入《はい》つたやうに全身《ぜんしん》がむつとした。榮《さかえ》は一番端《ばんはじ》にゐて何《なに》か書《か》き物《もの》をしてゐた警吏《けいり》の前《まへ》に立《た》つて、陳述《ちんじゆつ》する人《ひと》と警吏《けいり》との間《あひだ》を區劃《くぎ》つた高《たか》い板《いた》の傍《そば》に、身体《からだ》を摺付《すりつ》けた。何《なん》と云《い》ふこともなく、咽喉部《いんこうぶ》の上《うへ》から一時《いちじ》に何物《なにもの》かで扼《やく》されたやうな氣持《きもち》がした。

「何《なん》ですか。」

いつまでも立《た》つてゐる榮《さかえ》に、その警吏《けいり》は聲《こゑ》をかけた。榮《さかえ》は低《ひく》い聲《こゑ》で、

「行方《ゆくへ》の知《し》れないものを探《たづ》ねていたゞき度《た》いのですが。」

と云《い》つた。警吏《けいり》は自分《じぶん》よりずつと上《かみ》の方《はう》にゐるもう一人《ひとり》の警吏《けいり》を眼《め》で指《さ》して、彼方《あちら》へ行《ゆ》けと云《い》つた。其人《そのひと》も肱《ひぢ》を突《つ》いて熱心《ねつしん》に何《なに》か書物《かきもの》をしてゐた。榮《さかえ》は其人《そのひと》の方《はう》に歩《ある》いて行《い》つた。四角《かく》な窓《まど》が二《ふた》つ署内《しよない》の室《しつ》の横手《よこて》に並《なら》んでゐた。榮《さかえ》は恐《おそ》ろしく高《たか》い板《いた》の圍《かこ》ひの下《した》に立《た》つて、その警吏《けいり》を見上《みあ》げながら、又《また》、今《いま》と同《おな》じやうな言葉《ことば》を繰返《くりかへ》した。

「行方《ゆくへ》の知《し》れないものを探《たづ》ねていたゞき度《た》いのですが。」

暗い空

田村俊子

百十四

榮《えい》は眞《ま》つ赤《か》になつてゐた。警吏《けいり》は直《す》ぐに返事《へんじ》をしなかつた。返事《へんじ》をされなかつたことが榮《えい》に侮辱《ぶじよく》を感《かん》じさせたので、榮《えい》は默《だま》つてその警吏《けいり》の顏《かほ》を下《した》から仰《あふ》いでゐた。

「行方《ゆくへ》が知《し》れない？　何日《いつ》から？　餘《よ》つ程《ほど》日數《ひかず》が經《た》つのかね。」

平手《ひらて》で潰《つぶ》したやうな横《よこ》に小《ちひ》さい警吏《けいり》の顏《かほ》がふと上《あが》つた時《とき》に、警吏《けいり》は然《さ》う云《い》つた。榮《えい》はその顏《かほ》を見《み》てゐるうちに、その人《ひと》の小鼻《こはな》の上《うへ》に朱肉《しゆにく》の赤《あか》いものが一點《てん》くつついてゐるのを見付《みつ》け出《だ》してゐた。その朱肉《しゆにく》のいろが汗《あせ》にまみれて小《ちひ》さく艶《つや》を帶《お》びてゐた。

榮《えい》はそれを見守《みまも》りながら、昨夜《ゆうべ》父《ちゝ》の歸《かへ》らなかつたことを其警吏《そのけいり》に話《はな》した。

「昨夜？」

警吏《けいり》はぼんやりとした聲《こゑ》で聞き咎《とが》めた。

「いつたい、何《ど》うしたと云《い》ふのですか。書置《かきおき》でもあつて家出《いへで》をしたことが分《わか》つたのですかね。一と晩《ばん》ぐらゐなら親類《しんるゐ》へ宿《とま》ると云《い》ふこともあるだらう。何《なに》か家出《いへで》に就《つ》いて確《しつか》りした證跡《しようせき》でもあるのですか。」と云《い》つた。警吏《けいり》は榮《えい》の顏《かほ》を見《み》ないでゐた。榮《えい》は書置《かきおき》なぞはなかつたと答《こた》へた。

「親類《しんるゐ》をよく問《と》ひ合《あ》はせて見《み》たのかね。」

「何處《どこ》にもをりません。外《ほか》には行《ゆ》くところがない筈《はず》だと思《おも》ふものですから。」

「それは何《なん》です。あなたの家《うち》の何《なに》になるのです。」

「私《わたし》の父《ちゝ》でございます。」

警吏《けいり》は、その父《ちゝ》が自分《じぶん》の身体《からだ》でも始《し》終氣《じうき》にしてゐた癈疾者《はいしつしや》とでも云《い》ふのかと、又《また》聞《き》いた。榮《えい》は然《さ》うではないと答《こた》へた。そうして、父《ちゝ》が家《うち》を背にして出《で》た時《とき》のことを告《つ》げた。その時《とき》警吏《けいり》はきぶい鋭《するど》い表情《へうじやう》をして榮《えい》の顏《かほ》を見《み》た。そうして、一人《ひとり》の行方《ゆくへ》を探索《たんさく》するのには非常《ひじやう》に手數《てすう》のかゝることゝ、費用《ひよう》の要《い》ることゝを榮《えい》に輕《かる》く說明《せつめい》した。

「出來《でき》るだけあなたの方《はう》で八方《はつはう》手分《てわ》けをして見《み》てゞすね。それでも不明《ふめい》な時《とき》にはもう一度《ど》願《ねが》ひに出《で》て見《み》たらいゝでせう。あなたの話《はなし》では格別《かくべつ》危《き》險《けん》な家出《いへで》でもないぢやないか。」、

暗い空

田村俊子

百十五

榮《さかえ》は小鼻《こばな》の上《うへ》の朱肉《しゆにく》の赤《あか》い色《いろ》を見守《みまも》つてゐた。父《ちゝ》に對《たい》して強《つよ》く結《むす》び付《つ》いてゐた愛着《あいちやく》も、心配《しんぱい》も、不安《ふあん》も、一《いつ》切《さい》警吏《けいり》の顏《かほ》の表情《へうじやう》を見《み》てゐるうちに切《きり》はなされて行《ゆ》く樣《やう》な氣《き》がした。恐《おそ》ろしく現實的《げんじつてき》な警吏《けいり》の酷《むご》い言葉《ことば》が、榮《さかえ》の夢《ゆめ》を辿《たど》つてゐる樣《やう》な、取《とり》とまらない幻想的《げんさうてき》な精神《せいしん》を破《やぶ》つてゐた。榮《さかえ》は蒸《む》し暑《あつ》い苦《くる》しさに息《いき》を喘《あへ》がせながら、默《ちく》してゐた。警吏《けいり》の顏《かほ》の、一種《しゆ》の固定《こてい》した卑《いや》しげな侮蔑的《ぶべつてき》な表情《へうじやう》を、榮《さかえ》は見《み》てゐることができなかつた。榮《さかえ》はその儘《まゝ》歸《かへ》つて來《こ》やうとした。

「今夜《こんや》もう一《ひ》と晩《ばん》待《ま》つてごらんなさい。其《そ》の上《うへ》で電報《でんぽう》でも打《う》つて搜索《さうさく》の手續《てつゞ》きをして上《あ》げてもよろしい。市內《しない》の交番《かうばん》へは電話《でんわ》だけでも知《し》らしておいて上《あ》げませう。どんな樣子《やうす》をしてゐる人《ひと》ですか。」

警吏《けいり》は然《さ》う云《い》つて、立《た》つて行《い》つて大《おほ》きな帳簿《ちやうぼ》を持《も》つて來《き》た。警吏《けいり》はそれに榮《さかえ》から眞作《しんさく》の人相《にんさう》を一々《いち／＼》聞《き》き取《と》つて書《か》き記《しる》した。

「目《め》は大《おほ》きい方《はう》ですか小《ちひ》さい方《はう》ですか。鼻《はな》は？脊丈《せたけ》は？年齡《とし》は？どんな服裝《ふくさう》をしてゐる？」

警吏《けいり》のその問《と》ひに、榮《さかえ》はある不快《ふくわい》な念《ねん》に壓迫《あつぱく》されながら一《ひと》つ／＼押《お》し出《だ》すやうに答《こた》へた。

「何《なに》か特徴《とくちやう》はありませんか。」

榮《さかえ》は何《なに》もないと云《い》つた。

「よろしい。直《す》ぐ電話《でんわ》で各所《かくしよ》の交番《かうばん》へ通《つう》じておいて上《あ》げますから。」

榮《さかえ》は警吏《けいり》に挨拶《あいさつ》して外《そと》に出《で》た。石段《いしだん》の上《うへ》で日《ひ》がきら／＼と、榮《さかえ》の眞《ま》つ額《かう》を射《い》た。傾いた太陽《たいやう》が遠《とほ》い三角形《さんかくけい》の家根《やね》に光線《くわうせん》を打《ぶ》つ衝《つ》けて、そこから光《ひかり》を散《ち》らしてゐた。

蟬《せみ》の聲《こゑ》に交《ま》じつて烏《からす》の泣《な》く聲《こゑ》がしてゐた。榮《さかえ》は坂《さか》を下《お》りながら烏《からす》の泣《な》く方《はう》をふと振返《ふりかへ》つて眺《なが》めた。

日《ひ》が落《お》ちて、赤《あか》い雲《くも》が棚引《たなび》いてゐた。廣《ひろ》の熱氣《ねつき》を受《う》けた地上《ちじやう》のものは、それを空間《くうかん》に投《な》げ返《かへ》さうとしてゐた。熱氣《ねつき》は何處《どこ》へともなく吸《す》はれて行《い》つて、冷《ひや》々《ひや》した空氣《くうき》が斜《なゝめ》に地上《ちじやう》を流《なが》れ漂《たゞよ》つてゐた。こまかい鬱蒼《うつさう》した葉《は》の蔭《かげ》に風《かぜ》が宿《やど》つて、小波《さゞなみ》のやうに微風《よ》いでゐた。一日《にち》の暑熱《しよねつ》を口《くち》から吐《は》いて、白《しろ》い道《みち》の上《うへ》は靜《しづ》かに眠《ねむ》りに入《い》らうとしてゐる。もう夕方《ゆふがた》を過《す》ぎてゐた。道《みち》の途中《とちう》には誰《た》れも歩《ある》いて行《ゆ》く影《かげ》を見《み》なかつた。

435　「暗い空」『読売新聞』大正3（1914）年8月6日

榮《さかえ》は警察《けいさつ》を出《で》てから本郷《ほんがう》の叔母《をば》の學校《がくかう》まで行《い》つて叔母《をば》に逢《あ》つた。今《いま》はその歸途《かへりみち》なのである。あの時《とき》からも、一時間《じかん》ほどを過《す》ぎてゐた。叔母《をば》は榮《さかえ》が然《さ》う云《い》ふ場所《ばしよ》に出《で》て、父《ちゝ》の失踪《しつそう》を訴《うた》へたことを怒《いか》つてゐた。

「あなたは馬鹿《ばか》だ。」

叔母《をば》は然《さ》う叱《しつ》りつけた。「失踪《しつそう》したのだか、無事《ぶじ》に歸《かへ》つてくるのだか、まだ分《わか》らないぢやありませんか、余計《よけい》なことをする人《ひと》ですね。みつともなくつて仕様《しやう》がないぢやありませんか。そんな所《とこ》へ出《で》てゆくなんて。」

叔母《をば》はその恥辱《ちじよく》の一事《いちじ》が、自分《じぶん》の上《うへ》にまで及《およ》ぼしてくるやうな口吻《くちぶり》を見《み》せた。

「お父《とう》さんは小供《こども》ぢやないんだから、一と晩《ばん》や二た晩宿《ばんとま》つて來《く》たつて、まだ無事《ぶじ》に生《い》きてますよ。あんまり騒《さわ》がないやうにおしなさい、そんな事《こと》は無暗《むやみ》と世間《せけん》へ露骨《むきだし》にすることぢやありませんよ。例《たと》へお父《とう》さんにどんな事《こと》があるにしたところで。」

榮《さかえ》はそんな叔母《をば》の言葉《ことば》を聞《き》いて歸《かへ》つて來《き》た。警吏《けいり》に向《むか》つて、一とつ〳〵父《ちゝ》の人相《にんさう》を云《い》ひ立《た》てさせられた不快《ふくわい》さが、まだ榮《さかえ》の胸《むね》に嵩《かさ》んでゐた。そこへ叔母《をば》のこの云《い》ひ分《ぶん》を聞《き》き滲《し》むと、一層《そう》自分《じぶん》があんなところへ出《で》て行《い》つたことが、あんまり物《もの》を辨《わきま》へない小供《こども》らしい興奮《こうふん》だつたと思《おも》はずにはゐられなかつた。

だが、榮《さかえ》は依然《やはり》父《ちゝ》の歸《かへ》らないことが病的《びやうてき》に氣《き》になつて堪《たま》らなかつた。それは全然《まるで》普通《ふつう》人間性《にんげんせい》としての親《おや》を思《おも》ふ愛慕《あいぼ》の情《じやう》ばかりではなかつた。まだ何《なに》かその他《ほか》に、強《つよ》いある情感《じやうかん》が榮《さかえ》の心《こゝろ》を掻《か》きむしつてゐた。榮《さかえ》はその掻《か》きむしられるものゝ爲《ため》にすつかりと精神《こゝろ》が疲《つか》れてゐた。肉体《にくたい》も疲《つか》れてゐた。そうして、自分《じぶん》のあの切迫《せつぱく》した心持《こゝろもち》に、警吏《けいり》が少《すこ》しの同情《どうじやう》も感《かん》じないで、唯《たゞ》それを一《ひと》つの些細《ささい》な人《じん》事《じ》の事件《じけん》として取《と》り扱《あつか》つてゐた態度《たいど》が、榮《さかえ》には小供《こども》つぽく不愉快《ふゆくわい》を感《かん》じてゐて忘《わす》れることができなかつた。自《じ》分《ぶん》のすべてを靜《しづ》めやうとしながら家《いへ》の方《はう》に歩《ある》いて行《い》つた。粘《ねば》つた汗《あせ》が引《ひ》つ込《こ》んで肌《はだ》に羅衣《うすもの》が纏繞《まつは》つたやうにさらりとしてゐた。どこかに、まだ日光《につくわう》が輝《かゞや》きを殘《のこ》してゐた。その白金《はくきん》の薄光《うすびか》りを、榮《さかえ》は空《くう》に慕《した》ひながら坂《さか》を下《お》りつくした。町《まち》が賑《にぎや》かに灯《ひ》を交《ま》ぜて坂《さか》の下《した》に横《よこた》はつてゐた。

暗い空

田村俊子

百十六

家《いへ》の中《なか》は暗《くら》くなつてゐた。榮《さかえ》はがつかりした風《ふう》で格子《かうし》を開《あ》けて中《なか》に入《はい》つた。灯《ひ》も點《つ》けてないのを見《み》て、妹《いもうと》の容体《ようだい》が良《よ》くないのだと云《い》ふことを知《し》りながら、座敷《ざしき》に上《あが》ると、妹《いもうと》は寝床《ねどこ》を出《で》て薄暗《うすやみ》の庭《には》を見《み》つめながら縁側《えんがは》にしやがんでゐた。姉《あね》が傍《そば》に來《き》た時《とき》に、咲子《さきこ》は顔《かほ》を上《あ》げて大《おほ》きな抉《えぐ》つたやうな眼《め》で妹《いもうと》を見《み》た。

「何《ど》うかしたの。」

妹《いもうと》が少《すこ》しでも變《かは》つた樣子《やうす》をしてゐれば、直《す》ぐにびくりとする癖《くせ》のついてゐる榮《さかえ》は、何所《どこ》か異常《いじやう》な氣《き》分《ぶん》を妹《いもうと》のその身体《からだ》の上《うへ》に認《みと》めて、落着《おちつ》かない聲《こゑ》で急《いそ》いで聞《き》いた。

「いま、死《し》ぬのぢやないかと思《おも》ひましたの。」

「何《ど》うして。」

「急《きふ》に苦《くる》しくなつて來《き》て。」

妹《いもうと》は皺枯《しやが》れた聲《こゑ》で、痰《たん》の餘喘《よぜん》を絡《から》ませながら、ひざく苦《くる》しそうにしてゐた。そうして腰《こし》を突《つ》いて膝《ひざ》をくづしながら、冠《かぶ》るやうに吸《す》つた大《おほ》きい息《いき》を泣《な》きじやくるやうに刻《きざ》んで吐《は》いてゐた。呼吸《こきふ》の困《くる》しそうなのが、榮《さかえ》には見《み》てゐられなかつた。

「今《いま》も苦《くる》しいんですか。」

咲子《さきこ》は頭《あたま》を振《ふ》つて居《ゐ》た。榮《さかえ》は寝床《ねどこ》へ行《ゆ》くやうに勸《すゝ》めながら、灯《ひ》を點《つ》けたり、妹《いもうと》の床《とこ》の周圍《しうゐ》に蚊帳《かや》を吊《つ》つたりした。そうして咲子《さきこ》が何時《いつ》までも其所《そこ》から動《うご》かないのを見《み》ると、又《また》その傍《そば》に行《い》つてぼんやりと庭《には》を眺《なが》めながら立《た》つてゐた。闇《やみ》に包《くる》まれた庭《には》の上《うへ》に靑《あを》い幻《まぼろし》がくる〳〵と廻《まは》つてゐるやうに見《み》えた。

「お父《とう》さんは歸《かへ》つてこない。」

榮《さかえ》の頭《あたま》には又《また》、父《ちゝ》のとが浮《うか》んでゐた。

榮《さかえ》は父《ちゝ》のことを妹《いもうと》に云《い》はうか云《い》ふまいかと考《かんが》へながら、疲《つか》れた眼《め》を据《す》ゑて眉《まゆ》に皺《しわ》を作《つく》つてゐた。と、妹《いもうと》が今《いま》まで何所《どこ》へ行《い》つてゐたのかと榮《さかえ》に聞《き》いた。

「お父《とう》さんを探《さが》しに。」

榮《さかえ》は警察《けいさつ》へ行《い》つたことゝ、叔母《をば》に逢《あ》つてきたことを妹《いもうと》に話《はな》した。そうして叔母《をば》に怒《おこ》られたことは榮《さかえ》は妹《いもうと》に云《い》はずにゐた。

「お父《とう》さんはもうこゝへ歸《かへ》つてゐらしやらないんですね。お父《とう》さんは彼《あち》方《ら》へ歸《かへ》つておしまひになつたんですもの。」

「何故《なぜ》？どうして其《そ》れが解《わか》つたの。」

「はがきが來《き》てゐますわ。あすこに

暗い空

田村俊子

百十七

妹《いもうと》は振返《ふりかへ》つて眼《め》で彼方此方《あちこち》を見探《みさが》つてゐたが、自分《じぶん》の寢床《ねどこ》の枕許《まくらもと》にあつた筈《はず》だと獨語《ひとりごと》した。

榮《さかえ》は立《た》つて行《い》つてそこいらを探《さが》した。だが眼《め》にあたらなかつた。

「ありませんか。」

咲子《さきこ》は漸《やうや》く立上《たちあが》つて來《き》て、自分《じぶん》も枕許《まくらもと》を探《さが》して見《み》た。榮《さかえ》は机《つくゑ》の上《うへ》も、柱《はしら》にかけた状差《じやうさ》しも見《み》て廻《まは》つたが新奇《しんき》なはがきは見付《みつ》からなかつた。

「夢《ゆめ》だつたでせうか。」

子《こ》は寢床《ねどこ》の上《うへ》に坐《すわ》つて考《かんが》へてゐたいやな人《ひと》ね、夢《ゆめ》と事實《ほんたう》といつしよにして。何《ど》うしたんです。」

「いえ。確《たしか》に私《わたし》が上《あが》り端《はな》まで出《で》て行《い》つてその端書《はがき》を受取《うけと》つたんですもの。配達《はいたつ》の郵便《いうびん》の云《い》つた聲《こゑ》を私《わたし》は今《いま》でもはつきり覺《おぼ》えてゐますよ。」

「どんな事《こと》が書《か》いてあつたの。」

咲子《さきこ》は然《さ》ういはれて、初《はじ》めて端書《はがき》の文句《もんく》に少《すこ》しも記憶《きおく》のないことに心《こゝろ》が付《つ》いた。唯《たゞ》臺灣《たいわん》へ歸《かへ》るとしてあつた意味《いみ》だけが咲子《さきこ》の腦裡《なうり》にぼんやり殘《のこ》つてゐた。

「夢《ゆめ》だつたんですね。」

咲子《さきこ》は上《あが》り端《はな》まで端書《はがき》を受取《うけと》りに出《で》て行《い》つた夢《ゆめ》の中《なか》の明《あきらか》な意識《いしき》が、幾度《いくど》思《おも》ひ返《かへ》しても夢《ゆめ》とは思《おも》へなかつた。眠《ねむ》つてゐた間《あひだ》の魂《たましひ》は、夢《ゆめ》の中《なか》に動《うご》いてゐたのではなくつて、何《ど》うしても、ある事實《じじつ》の上《うへ》に動《うご》いてゐたやうな氣《き》がした。けれども受取《うけと》つた筈《はず》の端書《はがき》が其所等《そこら》にも見《み》えず、自分《じぶん》もその端書《はがき》に書《か》かれた文字《もじ》に確然《ちやん》とした記憶《きおく》がないのを考《かんが》へると、それはやつぱり夢《ゆめ》を見《み》たのに違《ちが》ひなかつた。

「夢《ゆめ》だつたんですね。」

咲子《さきこ》は、同《おな》じやうな事《こと》を云《い》ひながら、床《とこ》の上《うへ》に横《よこ》になつて眼《め》を閉《つぶ》つた。

榮《おゑい》は妹《いもうと》の横《よこ》になつた姿《すがた》を見下《みおろ》しながら、唐紙《からかみ》に凭《もた》れて黙《だま》つてゐた。何《なん》を云《い》ふこともなく、榮《おゑい》はぞつとして全《ぜん》身《しん》が顫《ふる》へてゐた。妹《いもうと》は病氣《びやうき》の爲《ため》に心《こゝろ》が錯亂《さくらん》してるのではないかとも疑《うたが》ひながら、妹《いもうと》の姿《すがた》から眼《め》を放《はな》さなかつた。

「夢《ゆめ》は一時間《じかん》ほど前《まへ》でしたわ。その夢《ゆめ》のあとで、あんなに酷《ひど》い苦《く》るしみをしたんですわ。」

「やつぱり身体《からだ》が疲《つか》れて、心《こゝろ》が衰弱《すゐじやく》してゐるせいなんですね。」

突然《とつぜん》、格子《かうし》の外《そと》で「郵便《いうびん》」と云《い》ふ聲《こゑ》がした。咲子《さきこ》の閉《つぶ》つてゐた眼《め》が大《おほ》きく開《あ》いて、姉《あね》の顔《かほ》を見詰《みつ》めた。榮《おゑい》の眼《め》も、同時《どうじ》に妹《いもうと》の顔《かほ》に注《そゝ》がれたが、その眼《め》と眼《め》がぴたりと合《あ》つた時《とき》に、榮《おゑい》は戰慄《せんりつ》した。榮《おゑい》は「はい」と云《い》ふ返《へん》事《じ》を聲《こゑ》の上《うへ》に立《た》てたつもりで、その儘疊《まゝたゝみ》の上《うへ》におつとしてゐた。榮《おゑい》の身《から》体《だ》が硬《こわ》ばつたやうに縮《すく》んで動《うご》かなかつた。

「郵便《いうびん》つて云《い》つたんでせう。」

咲子《さきこ》は細《ほそ》い聲《こゑ》で、自分《じぶん》の耳《みゝ》に疑《うたが》ひを持《も》ちながら姉《あね》の顔《かほ》を見《み》つゞけた。

「私《わたし》も然《さ》う聞《き》いたけれど。」

榮《おゑい》は耳《みゝ》をすまして見《み》たが、然《しか》し、それきりで格子《かうし》の外《そと》には何《なん》の音《おと》も聞《き》かれなかつた。

「見《み》てゐらつしやいな。」

咲子《さきこ》は、動《うご》かずにゐる姉《あね》が不思議《ふしぎ》で、その顔《かほ》や姿《すがた》を極《ご》く無心《むしん》な表情《へうじやう》で見廻《みまは》してゐた。榮《おゑい》は上《あが》り端《はな》に出《で》て行《い》つた。夜《よ》るに落《お》ちた格子《かうし》の外《そと》は眞《ま》つ闇《くら》で、そとには何《なん》の姿《すがた》も見《み》透《す》かすことはできなかつたが、土間《どま》の上《うへ》に一枚《まい》の端《は》書《がき》が白《しろ》い深秘《しんぴ》な陰《かげ》をまつはらして散《ち》つてゐた。榮《おゑい》はそれを拾《ひろ》ひ上《あ》げて明《あか》りの影《かげ》に映《うつ》して見《み》た。端書《はがき》は父《ちゝ》からよこしたものだつた。

「お父《さう》さんから。」

「ほんとうに？」

咲子《さきこ》は姉《あね》の手《て》にしてゐる端書《はがき》を、寢《ね》たまゝで見上《みあ》げてゐた。

「まあ。お父《さう》さんはもう此家《ここ》へは歸《かへ》つてはゐらつしやらない。」

「どこへいらしつたんですの。」

「臺灣《たいわん》へ。この端書《はがき》は。」と榮《おゑい》は裏《うら》を返《かへ》して、「新橋《しんばし》の停車場《ステーション》からお出《だ》しなすつたんだ。」

榮《おゑい》は端書《はがき》を妹《いもうと》に渡《わた》した。そうして、妹《いもうと》の夢中《むちう》の暗合《あんがふ》を氣味《きみ》惡《わ》るく思《おも》ひつめながら妹《いもうと》の顔《かほ》を眺《なが》めた。

暗い空

田村俊子

百十八

一旦《たん》立歸《たちかへ》らうかと考《かんが》へ候《そろ》へ共《ども》、思《おも》ひ立《た》つた事故《ことゆゑ》、神戸《かうべ》出船《しゆつせん》の時間《じかん》の都合上《つがふじやう》直《たゞち》に西下《さいか》の汽車《きしや》に乘《じやう》じ申《まうし》候《そろ》。旅費《りよひ》は漸《やうや》く永島《ながしま》にて今朝《こんてう》二十五圓《ゑん》調《とゝの》へくれ候《そろ》。必要《ひつえう》なものは別《べつ》に殘《のこ》しても無之《これなく》、よろしく鞄《かばん》の中《なか》のもの處分《しよぶん》あるべく候《そろ》。咲子《さきこ》の病《びやう》氣《き》はくれぐ〵も大切《たいせつ》に看病《かんびやう》ありたく、着臺《ちやくだい》の上《うへ》は金子《きんす》多少《たせう》とも送附《そうふ》いたすべくに付《つき》、安心《あんしん》なさるべく候《そろ》。咲子《さきこ》によろしく傳言《でんごん》を賴《たの》み申《まうし》候《そろ》、委細《ゐさい》後便《こうびん》。

父《ちゝ》のはがきは榮《さかえ》に宛《あ》てゝあつた。咲《さき》子《こ》は痩《や》せた腕《うで》を延《の》ばしてそれを蒲團《ふとん》の傍《そば》においた。

「はがきが斯《か》うして此家《こゝ》へ運《はこ》ばれてこないうちに、私《わたし》の夢《ゆめ》の中《なか》へ先《さ》きに映《うつ》つたんです。ね、妙《めう》ですわね。」

咲子《さきこ》は靜《しづ》かな流《なが》れるやうな聲《こゑ》で云《い》つた。運命《うんめい》を豫知《よち》する不可思議《ふかしぎ》な力《ちから》が、夢《ゆめ》の中《なか》におぼろに現《あら》はれてくることを咲子《さきこ》は、これで幾度《いくど》も經驗《けいけん》するやうに思《おも》つた。咲子《さきこ》は其《そ》れは、自分《じぶん》のどこかに宿《やど》つて自分《じぶん》を見守《みまも》り自分《じぶん》に慈愛《じあい》を垂《た》れてくれる神《かみ》と云《い》ふものゝ暗示《あんじ》ではないかと思《おも》つた。咲子《さきこ》は今《いま》まで宗教上《しうけうじやう》の神佛《しんぶつ》に就《つ》いては何《なん》の信《しん》仰《かう》も知識《ちしき》も持《も》たない女《をんな》であつたが、今偶然《いまぐうぜん》に、ふと神《かみ》と云《い》ふ敬虔《けいけん》な觀念《くわんねん》が咲子《さきこ》の頭《あたま》に發作的《ほつさてき》に閃《ひらめ》いてゐた。

「私《わたし》には神樣《かみさま》がついてゐる。」

咲子《さきこ》は冗談《じやうだん》のやうに、眞面目《まじめ》なやうに、蒼《あを》ざめた顏《かほ》に微笑《びせう》を作《つく》つて榮《さかえ》に云《い》つた。そうして其《そ》れに就《つ》いて、咲《さき》子《こ》は猶深《なほふか》く考《かんが》へることがあるやうに思《おも》つたが、父《ちゝ》の居《ゐ》なくなつたと云《い》ふ落膽《らくたん》が、直《すぐ》に咲子《さきこ》の胸《むね》を惱《なや》まして衝《つ》いて來《き》て、その考《かんが》へがふと失《うしな》はれた。

「お父《とつ》さんは餘《よ》つ程《ほど》彼方《あつち》の家《うち》が氣《き》になつていらしつたと見《み》えるのね。」

榮《さかえ》は父《ちゝ》の行爲《かうゐ》が思《おも》ひがけないやうであつた。昨夜《ゆうべ》からあれほど苦勞《くらう》にした父《ちゝ》の行方《ゆくへ》に就《つ》いても、自分《じぶん》たちに無斷《むだん》で父《ちゝ》がこの地《ち》を去《さ》つて行《い》つたのではないかと云《い》ふ憶測《おくそく》さへも交《ま》じへなかつたのである。父《ちゝ》は着《き》のみ着《き》の儘《まゝ》でふらりと立《た》つて行《い》つてしまつた。これが親子《おやこ》の永久《ながきう》の別《わか》れになるのではなからうか。父《ちゝ》は其《そ》れを考《かんが》へたのであらうか。自分《じぶん》たちへ對《たい》する永《なが》の別離《べつり》と云《い》ふことをあの父《ちゝ》は考《かんが》へたのだらうか。考《かんが》へながらも、父《ちゝ》は默《だま》つて汽車《きしや》に乘《の》つてしまつたのであらうか。

「子供《こども》のことなんぞが心配《しんぱい》で忘《わす》れることが出來《でき》なかつたのでせう。さうして私《わたし》たちの傍《そば》にゐることが、もう厭《いや》でたまらなかつたんですのね。お父《う》さんもお氣《き》の毒《どく》でしたわ。」

咲子《さきこ》は斯《こ》う云《い》つた。父《ちゝ》の面影《おもかげ》を描《ゑが》いた時《とき》に、自然《しぜん》に涙《なみだ》が眼《め》から流《なが》れた。

「一度《ど》歸《かへ》つてゐらしつてからお立《た》ちになつてもよござんしたのね。お父《とう》さんを無情《むじやう》だとは思《おも》はないけれども、默《だま》つて行《い》つておしまひにならなくつても、よかつたでせうに。」

「お父《とう》さんの心持《こゝろもち》になつたら、いろ〳〵苦《くる》しいことがおありでしたらうよ。昨日《きのふ》から今日《けふ》へかけて。」

二人《ふたり》はしばらく默《だま》つた。

暗い空

田村俊子

百十九

「姉《ねえ》さん。あなたが惡《わる》い。」

咲子《さきこ》は突如《いきなり》榮《さかえ》に云《い》つた。

「あなたは隨分《ずゐぶん》お父《とう》さんに冷淡《れいたん》でしたもの。お父《とう》さんは一昨日《さくじつ》の晩《ばん》のことを氣《き》にしてゐらしつたんですわ。」

榮《さかえ》はそれに返事《へんじ》をしなかつた。姉妹《きやうだい》はそれ限《ぎ》りでお互《たがひ》に口《くち》を交《き》き合《あ》ふ時《とき》が何日《いつ》あるとも思《おも》ひ知《し》られないやうに、深《ふか》く默《だま》り込《こ》んでしまつた。

家《いへ》の中《うち》は、何《なに》か大《おほ》きな響《ひゞ》きの跡《あと》の反《はん》動《どう》のやうに一層《そう》寂《さび》しく森《しん》としてゐた。榮《さかえ》は机《つくゑ》の傍《わき》に行《い》つて涙《なみだ》に壓《お》されたやうな微《かす》かな溜息《ためいき》を漏《も》らしてゐた。そうして、父《ちゝ》の究極《きうきよく》の後姿《うしろすがた》をどこまでも〳〵とぢつと見詰《みつ》めてゐた。父《ちゝ》の後姿《うしろすがた》はだん〳〵に遠《とほ》のいて行《ゆ》く。自《じ》分《ぶん》たちを離《はな》れて、自分《じぶん》たちを殘《のこ》して遠《とほ》のいて行《ゆ》く――父《ちゝ》の後姿《うしろすがた》は榮《さかえ》の眼《がん》前《ぜん》から全《まつた》く消《き》え去《さ》つては、又《また》その眼《がん》前《ぜん》にあり〳〵と浮《うか》んだ。

「誰《だれ》が惡《わ》るいと云《い》ふのでもない、みんなが不幸《ふかう》なのだ。」

榮《さかえ》は慚悔《ざんくわい》の交《ま》じつた鞭《むち》うたれるやうな重《おも》い心持《こゝろもち》で、心《こゝろ》の底《そこ》で呟《つぶや》いた。二《ふ》月《つき》の間《あひだ》、父《ちゝ》は眞《しん》から自分《じぶん》の子供《こども》に對《たい》するやうな、親《した》しみとよろこびとを自分《じぶん》に對《たい》して懷《いだ》いたらしい態度《たいど》を、榮《さかえ》は全《まつた》く見受《みう》けたことはなかつたと思《おも》つた。父《ちゝ》はいつも我子《わがこ》から心《こゝろ》を反《そ》らしてゐた。父《ちゝ》はあの見窄《みすぼ》らしい樣《やう》子《す》を窓《まど》の下《した》に屈《かゞ》めて、そうして、遠《ゑん》慮《りよ》の多《おほ》い六十餘《よ》日《じつ》の日《ひ》を送《おく》つてゐた。父《ちゝ》は何《なに》も彼《か》も知《し》つて斷念《だんねん》してゐたのだ。娘《むすめ》の心《こゝろ》が自分《じぶん》とはまるで離《はな》れてゐることも、それから又《また》、娘《むすめ》が父《ちゝ》を厭《いと》つて父《ちゝ》の傍《わき》から逃《に》げ出《だ》さうとして度々《たび〳〵》考《かんが》へたことも、――

「斯《か》う云《い》ふ成行《なりゆき》にさせたのが、私一人《わたしひとり》の罪《つみ》だと云《い》ふことはない。恐《おそ》らく。父《ちゝ》も私《わたし》たちの傍《そば》にゐることが退屈《たいくつ》になつたのだ。大《おほ》きい娘《むすめ》たちよりは、幼少《ちひさ》い子供《こども》にどんなにか父《ちゝ》は情愛《じやうあい》を感《かん》じて殘《のこ》して來《き》たものゝ上《うへ》に心《こゝろ》を惹《ひ》かれたことだらう。父《ちゝ》がそれ等《ら》の人《ひと》たちと生涯《しやうがい》をいつしよに爲《し》なくてはならないのは、此家《こゝ》へ戻《もど》つてこない前《まへ》から知《し》れてゐたのである。父《ちゝ》は唯《たゞ》私《わたし》たちを見《み》に來《き》たのである。そうして默《だま》つて歸《かへ》つて行《い》つたのだ。父《ちゝ》の永久《えいきう》に住《す》む家《いへ》は何處《どこ》かに定《さだ》められてゐるのである。父《ちゝ》は其處《そこ》へ歸《かへ》つて行《い》つたのだ。」

榮《さかえ》は斯《こ》う一人《ひとり》で思《おも》ひ直《なほ》しても、やつぱり心《こゝろ》が痛《いた》んだ。父《ちゝ》の默《だま》つて去《い》つてしまつたことが、針《はり》で胸部《きようぶ》を刺《さ》し貫《つらぬ》いたやうに、癒《い》えないものを榮《さかえ》の精神《せいしん》のうちに殘《のこ》した。父《ちゝ》は再《ふた》び自分《じぶん》たちを見《み》ることをしないで、無言《むごん》に別《わか》れて行《い》つてしまつたのに、自分《じぶん》は昨夜《ゆふべ》から今日《けふ》にかけて、父《ちゝ》の歸《かへ》らないことにあれほどの心勞《しんらう》をしたと云《い》ふことも何《なん》となく榮《さかえ》には愚痴《ぐち》な果敢《はか》なさを胸《むね》に冷《つ》めたく流《なが》して、榮《さかえ》の眼《め》に淚《なみだ》があふれた。

妹《いもうと》が何《なに》か云《い》つてると思《おも》つて、榮《さかえ》は耳《みゝ》を傾《かたむ》けた。四月《ぐわつ》の末《すゑ》に新橋《しんばし》まで父《ちゝ》を迎《むか》ひに行《い》つた時《とき》のことを、咲子《さきこ》は思《おも》ひ出《だ》したやうに呟《つぶや》いてゐたのである。「あの時《とき》お父《とう》さんが淚《なみだ》をこぼしてゐらしつた。」妹《いもうと》は幽《かすか》に然《さ》う云《い》つた。榮《さかえ》はこの妹《いもうと》の聲《こゑ》から無限《むげん》な哀傷《あいしやう》を絞《しぼ》り出《だ》してくるやうに思《おも》つて、悲《かな》しみに震《ふる》へた。

暗い空

田村俊子

百二十

翌《あく》る日《ひ》もよく晴《は》れて、暑《あつ》くなりそうな日《ひ》であつた。

朝《あさ》、目《め》が覺《さ》めた時《とき》に榮《さかえ》は父《ちゝ》の寢床《ねどこ》のないのを見《み》て、不安《ふあん》が胸《むね》を突《つ》いた。「昨夜《ゆふべ》も歸《かへ》らなかつた。」と思《おも》つたが、同時《どうじ》に昨夜《ゆふべ》の父《ちゝ》からの消息《せうそく》の一切《さい》がその胸《むね》に浮《うか》んだ。まるで長《なが》い時日《じじつ》を隔《へだ》てゝゐるやうに、その記憶《きおく》が遠《とほ》くなつてゐた。昨日《きのふ》一日《いちにち》父《ちゝ》の行方《ゆくへ》を探《さが》す爲《ため》に日中《につちう》を歩《ある》き廻《まは》つたことも、幼時《わうじ》のある一《ひ》とつの思《おも》ひ出《で》のやうに極《きは》めて薄《うす》れた印象《いんしやう》になつて、今朝《けさ》の榮《さかえ》の感覺《かんかく》に鈍《にぶ》く映《うつ》つてゐた。

窓《まど》を開《あ》けると、朝《あさ》の日《ひ》が眞《ま》つ紅《か》な色《いろ》

をつけて家《いへ》の中《なか》に射《さ》し込《こ》んだ。塵埃《ごみ》に汚《よご》れない清淨《せいじやう》の朝《あさ》の風《かぜ》が榮《さかえ》の額《ひたひ》を吹《ふ》いて榮《さかえ》の氣持《きもち》が爽《さはや》かであつた。殊《こと》更《さら》に父《ちゝ》のことを思《おも》つても、榮《さかえ》は少《すこ》しも悲《かな》しくはなかつた。唯《たゞ》なんとなく、非常《ひじやう》に遠《とほ》いところから父《ちゝ》の呼吸《いき》が自《じ》分《ぶん》の呼吸《いき》のなかに響《ひゞ》いてくるやうに思《おも》はれることだけが、榮《さかえ》の心《こゝろ》をふと挫《くぢ》いた。その人《ひと》を思《おも》ふのに、遙《はる》か遠《とほ》いところまでその思《おも》ひを漂《たゞよ》はしてゆくことに、まだ感《かん》じ馴《な》れない淋《さび》しみがあつた。

だが、父《ちゝ》は父《ちゝ》だけの片《かた》が付《つ》いたやうで、榮《さかえ》は肩《かた》が輕《かる》くなつたやうな氣《き》がした。自分《じぶん》の周圍《しうゐ》からすべてが離《はな》れてゆくと思《おも》ふと、榮《さかえ》はこの頃《ころ》にない自由《じいう》を覺《おぼ》えた。榮《さかえ》は父《ちゝ》の殘《のこ》して行《い》つたものをこま〲と胸《むね》の底《そこ》に入《い》れて始末《しまつ》した。そうしてこれは直《すぐ》に父《ちゝ》の許《ところ》に送《おく》り返《かへ》してやらうと思《おも》つた。

「姉《ねえ》さんはお父《とう》さんがゐなくなつて、せい〳〵したと云《い》ふ風《ふう》ですわ。」

それを見《み》た 妹《いもうと》の咲子《さきこ》は蚊帳《かや》のなかふら針《はり》のやうな聲《こゑ》で云《い》つた。

その日《ひ》一日《いちにち》咲子《さきこ》は食事《しよくじ》を欲《ほ》しがらなかつた。胸《むね》が苦《くる》しいと云《い》つて、乳《ちゝ》を飲《の》むことも拒《こば》んだ。そうして無言《だま》つて床《とこ》の中《なか》にゐた。榮《さかえ》が何《なに》か話《はな》しかけても、咲子《さきこ》は返答《へんじ》もしないでゐた。

「今日《けふ》は惡《わ》るいやうですね。」

榮《さかえ》が優《やさ》しくたづねかけても、咲子《さきこ》はだまつて怒《おこ》つてゞもゐるやうな氣勢《けはひ》を見《み》せてゐた。妹《いもうと》は父《ちゝ》のことを思《おも》つてゐるのだらう。父《ちゝ》の行《い》つてしまつたことが妹《いもうと》は悲《かな》しくて堪《たま》らないのだらうと、榮《さかえ》は察《さつ》した。榮《さかえ》は妹《いもうと》に向《むか》つては一《ひ》と口《くち》も父《ちゝ》のことを云《い》ひ出《だ》さないやうにした。

「海《うみ》の傍《そば》へ移《うつ》つて行《ゆ》く準備《じゆんび》をしませうよね。そうして靜《しづか》に暮《く》らして見《み》せう。あなたの病氣《びやうき》を癒《なほ》すのが何《なに》より先《さ》きだから。」

「私《わたし》なんか、もう何《ど》うでもいゝのですわ。」

榮《さかえ》はその咲子《さきこ》の言葉《ことは》をおもしろくなく思《おも》つたが、咎《とが》めずにゐた。咲子《さきこ》は藥《くすり》も拒《こば》んでゐた。物《もの》を云《い》はない時《とき》に、ふと榮《さかえ》が 妹《いもうと》の顔《かほ》を見《み》ると、妹《いもうと》は窪《くぼ》んだ大《おほ》きい眼《め》でぢつと姉《あね》の顔《かほ》を見《み》据《す》ゑてゐることがあつた。人《ひと》を責《せ》めるやうな皮肉《ひにく》な、意地《いぢ》の惡《わ》るいその妹《いもうと》の眼付《めつき》を榮《さかえ》はつとめて優《やさ》しい微《び》笑《せう》を漂《たゞよ》へて見返《みかへ》したりした。

「妹《いもうと》が何《ど》う云《い》ふ譯《わけ》で私《わたし》にあんな眼《め》を見《み》せるのだらう。」

榮《さかえ》は怒《いか》りが頭《あたま》の血《ち》を亂《みだ》すやうに、一時《じ》に逆上《のぼせ》て激《げき》して來《き》ても、それを唇《くちびる》を噛《か》んで我慢《がまん》をした。妹《いもうと》は何《なに》か思惑違《おもわくちが》ひをしてゐるのだ。妹《いもうと》はわざと其《そ》れを明《あき》らかにしないでゐる。そうして自分《じぶん》を憎《にく》んでゐる。それがあの眼色《まなざし》に現《あら》はれるのである。——榮《さかえ》はその眼《め》を避《さ》けながら妹《いもうと》に話《はなし》をしかけるやうにした。

暗い空

田村俊子

百二十一

妹《いもうと》の機嫌《きげん》のわるいのは、その日《ひ》一《いち》日《にち》で濟《す》まなかつた、妹《いもうと》は人《ひと》が變《かは》つたやうに打沈《うちしづ》んで、決《けつ》して姉《あね》に打解《うちと》けた挨拶《あいさつ》をしなかつた。妹《いもうと》は成《な》るたけ床《とこ》を離《はな》れて、出來《でき》るだけのことを一人《ひとり》でした。そうして氣分《きぶん》がひどく勝《すぐ》れなくなつてくると、默《だま》つて俯《うつ》向《む》いて床《とこ》に入《はい》つていつた。それが夜《よる》も晝《ひる》も繰《く》り返《かへ》された。

「何《ど》うかしたの。何《なに》が氣《き》に入《い》らないのか云《い》つてごらんなさい。私《わたし》は聞《き》きますから。」

榮《さかえ》は卑屈《ひくつ》な擧動《そぶり》を妹《いもうと》の上《うへ》に見《み》守《まも》りながら、自身《じしん》はわざと快活《くわいくわつ》な調子《てうし》を作《つく》つてゐた。朝《あさ》など、榮《さかえ》は久《ひさ》しく口《くち》にしなかつた歌《うた》などうたつてゐるときがあつた。日《ひ》を重《かさ》ねて鬱積《うつせき》してゐた血《ち》が、快《こゝろよ》く榮《さかえ》の身《み》を廻《めぐ》り初《はじ》めて、希《き》望《ばう》に輝《かゞや》く空《そら》の中《なか》へ燃《も》えるやうな感情《かんじやう》が蔓《はびこ》つて行《ゆ》くやうな、歡《よろこ》びに滿《み》ちた瞬間《しゆんかん》が夢《ゆめ》のやうに過《す》ぎて行《い》つたりした。煩《わづら》ひのない拘束《こうそく》のない心《こゝろ》が自由《じいう》に延《の》びて行《い》つた。そうして自分《じぶん》の肌《はだ》にぴつたりと密着《みつちやく》して縮《し》めつけてゐた懊惱《あうなう》の松毬《まつかさ》が自然《しぜん》に剝落《はくらく》したやうな爽《さはや》かな心持《こゝろもち》がつゞいた。榮《さかえ》の頭《あたま》に又《また》美《うつく》しい夢《ゆめ》が返《かへ》つて來《き》た。榮《さかえ》は一日《にち》でも二日《か》でもうつとりと其《そ》の夢《ゆめ》の中《なか》に浸《ひた》つてゐることができた。現實《げんじつ》の身《み》の慘《みじ》めさも生活《せいくわつ》の痛苦《つうく》も、茶褐色《ちやかつしよく》をした木《も》綿《めん》の兵《へ》子《こ》帶《おび》が自分《じぶん》の眼《め》の前《まへ》から消《き》えたやうに、どこへともなく流《なが》れて去《さ》つた。

夜《よ》るになると榮は一人《ひとり》で角《かど》に出《で》て、夏《なつ》の夜《よ》の空《そら》を仰《あふ》ぎながら時間《じかん》の經《た》つのも忘《わす》れて立《た》つてゐたりした。無數《むすう》の星《ほし》の光《ひかり》は、前途《ぜんと》の長《なが》い榮の上《うへ》にさま〴〵な期待《きたい》を物《もの》なつかしく投《な》げてゐた。榮は一《ひ》とつ一《ひ》とつ、其星《そのほし》の光《ひかり》に温《あたゝ》かい感謝《かんしや》の瞳子《ひとみ》を籠《こ》めやうとして、針《はり》の尖《さき》のやうに亂《みだ》れて並《なら》んでゐる星《ほし》の數《かず》を高《たか》い天《そら》に求《もと》め廻《まは》はつた。生活《せいくわつ》の苦患《くげん》の囁《さゝや》きは、夜《よる》の沈默《ちんもく》の何《ど》處《こ》からも響《ひゞ》いてはこなかつた。四邊《あたり》が唯《たゞ》ひろ〴〵としてゐた。榮の心《こゝろ》に隈《くま》がないやうに、闇《やみ》の空間《くうかん》は無限《むげん》に幸福《かうふく》にひろがつてゐた。榮は其《そ》の果《は》てしのない幸福《かうふく》に包《つゝ》まれながらぢつと立盡《たちつく》してゐた。そうして、父《ちゝ》をたづねて警察《けいさつ》へ行《い》つた或日《あるひ》のことも、石《いし》の階段《かいだん》で眞《ま》つ額《かう》に日《ひ》がぎら〳〵と射透《いとほ》したことも、妹《いもうと》が夢《ゆめ》に見《み》たはがきの消息《せうそく》が、一分《ぶん》の猶豫《いうよ》もなしに事實《じじつ》になつて自分《じぶん》たちの前《まへ》に現《あら》はれた不氣味《ぶきみ》な不思議《ふしぎ》な感《かん》じも——父《ちゝ》が二《ふ》た月越《つきご》し此家《このや》に住《す》んだそれさへも榮の麗《うら》かに返《かへ》つた心《こゝろ》が忘《わす》れてゐた。家《いへ》の中《なか》は、いつも森《しん》としてゐた。物《もの》を云《い》はない妹《いもうと》の咳《せき》の聲《こゑ》が、殊更《ことさら》に榮の心臟《しんざう》を痛《いた》く破《やぶ》るやうな事《こと》はあつても、榮は妹《いもうと》の病氣《びやうき》に鬱陶《うつたう》しさを味《あぢは》はなくなつた。自分《じぶん》の朗《ほがら》かに晴《は》れてきた幸福《かうふく》な生活《せいくわつ》の感《かん》じの中《なか》には、妹《いもうと》の生活《せいくわつ》も含《ふく》まれてゐた。妹《いもうと》の病《びやう》氣《き》が快《よ》くなると云《い》ふ豫感《よかん》であつた。それは必《かなら》ず當《あた》りそうに思《おも》はれた。その妹《いもうと》のやがての幸福《かうふく》が、自分《じぶん》の幸《かう》福《ふく》の感《かん》じの中《なか》に律《リズム》を響《ひゞ》かしてゐるのであつた。榮は妹《いもうと》の病氣《びやうき》に就《つ》いてさして氣《き》を揉《も》むことがないやうになつた。其《そ》の病氣《びやうき》の經過《けいくわ》によつて一々心《こゝろ》を煩《わづら》はされなくとも、癒《なほ》ると云《い》ふ日《ひ》の必《かなら》ず近《ちか》くにあることを榮は信《しん》じてゐた。それは妹《いもうと》の病《やまひ》に慣《な》れた自分《じぶん》の精神《こゝろ》の弛緩《しくわん》ではないと榮は思《おも》つてゐた。妹《いもうと》の病氣《びやうき》が快《よ》くなつて、二人《ふたり》が新《あらた》な望《のぞ》みの多《おほ》い生活《せいくわつ》に入《はい》れる日《ひ》が近《ちか》づいてゐるやうな、いゝ運命《うんめい》の直感《かん》が、榮の全身《ぜんしん》に傳《つた》はつてゐるからであつた。榮は何《ど》うしてこんなに、大《おほ》きなよろこびを身《み》に感《かん》じるのか自《じ》身《しん》にも解《わか》らなかつた。

暗い空

田村俊子

百二十二

ある時《とき》妹《いもうと》は默《だま》つて泣《な》いてゐた。榮《さかえ》が譯をたづねても咲子《さきこ》は容易《ようい》に口《くち》を開《ひら》かなかつた。

窓《まど》から外《そと》を見《み》てゐると、星《ほし》が尾《を》を曳《ひ》いて飛んだ夜《よる》であつた。草《くさ》のいきれる匂《にほ》ひがした。闇《やみ》のなかを風《かぜ》がさら〳〵と笹《さゝ》を滑《すべ》らせて吹《ふ》いてゐた。その日《ひ》に錄子《ろくこ》から短《みじか》い手紙《てがみ》が來《き》た。[illegible]《まつ》子《こ》へ錄子《ろくこ》の母《はゝ》といつしよに移《うつ》つた錄《ろく》子《こ》は、もう四五日《にち》して其所《そこ》へ訪《たづ》ねて行《ゆ》く筈《はず》の峰夫《みねを》を待《ま》つてゐると云《い》ふ消《せう》息《そく》であつた。錄子《ろくこ》は庭《には》の丘《をか》にいつぱい咲《さ》いてゐる黄色《きいろ》い月見草《つきみさう》の花《はな》を眺《なが》めて、ぼんやりと日《ひ》を暮《く》らしてゐるとしてあつた。自分《ぶん》はまだこの世《よ》の空氣《くうき》を呼吸《こきふ》しないものに對《たい》して、もう愛着《あいちやく》を起《おこ》しかけてゐる。私《わたし》はその愛着《あいちやく》に負《ま》けまいと思《おも》つて、可《か》なり氣《き》を張《は》つてゐるなど〻も書《か》いてあつた。自分《じぶん》はそこで、或《あ》る女《をんな》の齣を描《か》いた。其《そ》れは妹《いもうと》をモデルにして若《わか》い時《とき》の母《はゝ》の面影《おもかげ》を想像《さうざう》しながらかいたものだ、など〻云《い》ふこともあつた。

榮《さかえ》は此頃《このごろ》錄子《ろくこ》の手紙《てがみ》を披《ひら》く度《たび》に、妙《めう》に心《こゝろ》が慴れるやうな氣《き》がした。榮《さかえ》はあまり友達《ともだち》に手紙《てがみ》を書《か》かなかつた。友達《ともだち》の生活《せいくわつ》が何《ど》うなつても、子《こ》を生《う》んで外國《ぐわいこく》へ勉強《べんきやう》に行《ゆ》かうとも、峰夫《みねを》と結婚《けつこん》しやうとも、その子《こ》の永遠《えいゑん》の母親《はゝおや》にならうとも、榮《さかえ》は何《ど》うでもよかつた。友達《ともだち》がこんなに、こま〴〵とその生活《せいくわつ》の模樣《もやう》を書《か》いてよこすのが、榮《さかえ》にはまるで無意味《むいみ》なことに思《おも》はれた。友達《ともだち》はこの頃《ごろ》苦《くる》しみから脱《のが》れてゐるのである。苦《くる》しみから脱れた友達《ともだち》からは、榮《さかえ》は一層《いつそう》何《なに》も聞《き》くことはないやうな氣《き》がしてゐた。そうして自分《じぶん》の不如意《ふによい》な生活《せいくわつ》については一《ひ》と端《はし》も友達《ともだち》へは漏《も》らしてやりたいとは思《おも》はなかつた。妹《いもうと》の病氣《びやうき》も父《ちゝ》のことも榮《さかえ》は何《なに》も友達《ともだち》には書《か》き送《おく》るやうな事《こと》をしなかつた。錄子《ろくこ》のやうに他人《たにん》に心《こゝろ》を打明《うちあ》ける程《ほど》の餘裕《よゆう》は自分《じぶん》にはないのである。自分《じぶん》の身《み》に關《かゝは》つたことは、友達《ともだち》などにわざ〳〵書《か》いてやる必要《ひつえう》もない。自分《じぶん》には友《とも》達《だち》などは一人《ひとり》も要《い》らないのである。それから戀人《こひびと》も——それも自分《じぶん》には要《い》らないのである——自分《じぶん》は自分《じぶん》を打明《うちあ》けるやうな信頼《しんらい》を誰《たれ》にも持《も》たなくてい〻のである。自分《じぶん》は一人《ひとり》で一人《ひとり》の道《みち》を行《ゆ》けばい〻のである。友《とも》達《だち》が自分《じぶん》のところに繁々《しげ〳〵》と戀《こひ》の告白《こくはく》を書《か》いてよこすのは何《なに》も信頼《しんらい》ではない。あれは唯《たゞ》自身《じしん》の慰藉《ゐしや》半分《はんぶん》に書《か》いてよこすのである。その證《しるし》には、友《とも》達《だち》はあんな事《こと》を書《か》いてゐても決《けつ》して自分《じぶん》から同情《どうじやう》を求《もと》めてゐるのではないのでも知《し》れる。友達《ともだち》は心《こゝろ》の底《そこ》で冴《さ》え返《かへ》つた戀《こひ》を饒舌《しやべ》る相手《あいて》がないのでこの頃《ごろ》は自分《じぶん》に手紙《てがみ》で饒舌《しやべ》つてよこすばかりである。それが友達《ともだち》の心《こゝろ》である。

「あなたの生活《せいくわつ》は、まるで女王《ぢよわう》のやうに放縦《はうじう》を許《ゆる》されるのですね。」

然《さ》う云《い》つて友達《ともだち》に笑《わら》つてやるだけのことだと榮は思《おも》つた。

榮は孤獨《こどく》なことをいつものやうに淋《さび》しいとは思《おも》はなかつた。一人《ひとり》して踏《ふ》みしめる力《ちから》が、自分《じぶん》の身體《からだ》に漲《みなぎ》つてくるやうで、榮は自分一人《じぶんひとり》であると思《おも》ふほど、思《おも》ひ上《あが》つた氣《き》がした。

榮は今《いま》も、その手紙《てがみ》を思《おも》ひ浮《うか》べてゐた。峰夫《みねを》が四五日《にち》して訪ねて行《ゆ》くと云《い》ふことに、榮はある情熱《じやうねつ》を動《うご》かしながら、胸《むね》が燃《も》えてゐたが、眼《め》は靜《しづか》に闇《やみ》のなかを滑《すべ》る風《かぜ》の音《おと》に瞬《まばた》いてゐた。江戸《えど》川畔《かはばた》の別《わか》れの一《ひ》と時《とき》が、榮の追憶《つゐおく》に輕《かる》い罪過《ざいくわ》を負《お》はせて、心《こゝろ》の隙《ひま》をふつと過《す》ぎた。

暗い空

田村俊子

百二十三

「何《なに》を泣《な》いてるんです。お父《とう》さんのことですか。」

榮は蚊帳《かや》の波《なみ》が潮《しほ》たれてゐる裾《すそ》によつて、そつと聲《こゑ》をかけてゐた。妹《いもうと》の聲《こゑ》は聞《き》き取《と》れなかつたが、それでも二言三言《ふたことみこと》何《なに》か涙《なみだ》の中《なか》から云《い》つてゐるのが榮の耳にはいつた。

「お父《とう》さんは却《かへ》つてよくなつたのぢやありませんか。彼方《あちら》へお歸《かへ》りになる方《はう》がお父《とう》さんに取《と》つては好《い》いのぢやありませんか。お父《とう》さんは一人《ひとり》ぢやないのだから。――どうしてあなたは何時《いつ》までも其《そ》れを繰《く》り返《かへ》してゐるの。」

少時《しばら》經《た》つてから、妹《いもうと》は床《とこ》の上《うへ》に起《お》

き直《なほ》つたが、

「私《わたし》はもう一度《ど》お父《とう》さんに逢《あ》ひたいのです。どうかして、お父《とう》さんの所《ところ》へ行《ゆ》きたいのです。行《ゆ》かうと思《おも》へば行かれないとはないのですから。」

と云《い》つた。

「身体《からだ》が惡《わ》るいのに？」

「惡るいと云《い》つても、行《い》かうと思《おも》へば行《い》かれそうな氣《き》がしますの。私《わたし》は此家《こゝ》にぢつとして寐《ね》てゐるより、旅《たび》をして歩《ある》いて見《み》たいんですから。決《けつ》心《しん》して家《うち》を出《で》れば、病氣《びやうき》は其《そ》れ程《ほど》苦《く》痛《つう》にはならないかも知《し》れませんわ。」

「そんなにしてお父《とう》さんのゐらつしやる所《ところ》へ行《ゆ》きたいのですか。自分《じぶん》の身体《からだ》のことも思《おも》はないで。」

蚊帳《かや》のなかに起《お》き縮《すく》んでゐる妹《いもうと》の痩《や》せた身体《からだ》を、外《そと》からぢつと眼《め》を凝《こ》らして榮は見守《みまも》つてゐた。あの衰弱《すゐじやく》した身体《からだ》に、どうして其様《そんな》氣力《きりよく》が潜《ひそ》んでゐるのか、其《そ》れはまるで心の狂《くる》つた者《もの》が云《い》ふやうな事《こと》だと思《おも》つた。

「あなたは自分《じぶん》の身体《からだ》を知《し》つてゐるんですか。もつと丈夫《ぢやうぶ》にならなければ寝ても長《なが》い旅《たび》などは出來《でき》ないでせう。其《そ》れも一人《ひとり》で出《で》かけて見《み》やうなんて。寝て考《かんが》へてゐると空《そら》の上《うへ》まで飛《と》び上《あが》れるやうな氣《き》のするものですからね。この頃《ごろ》は格子《かうし》の外《そと》へも出《で》られなくなつたぢやありませんか。身《から》体《だ》さへ癒《なほ》れば何所《どこ》へだつて行《い》かれますよ。」

「癒《なほ》つたと思《おも》へば、癒《なほ》つたやうな氣《き》がしてゐるんですから。私《わたし》はどうしても急《きふ》にお父《とう》さんのところへ、行《い》きたいんです。然《さ》うしなければ私《わたし》は却《かへ》つて病氣《びやうき》がひどくなるやうな氣《き》がして仕方《しかた》がないのですわ。」

「それにしてもお金《かね》が先《さ》きに立《た》つことですもの。直《す》ぐあなたが行《い》き度《た》い相談《さうだん》と云《い》つても、それは出來《でき》ない相談《さうだん》と云《い》ふものですよ。だから、時日《じじつ》が經《た》つてから、あなたの病氣《びやうき》が癒《なほ》つてから、ゆつくり旅費《りよひ》でも調《こしら》へてあなたも臺灣《たいわん》へ行《い》つたらいゝでせう。然《さ》うすればお父《とう》さんの方《はう》でも、あなたが直《す》ぐに來《き》ても差支《さしつかへ》ないだけの用意《ようい》も出來《でき》るし、大變《たいへん》に都合《つがふ》が好《い》いぢやありませんか。もう一と月《つき》も經《た》つてごらんなさい。あなたは達者《たつしや》になつて、彼方《あちら》へ行《ゆ》くことが出來《でき》るから。」

「一と月《つき》なんて、待《ま》つてはゐられないのですもの。私《わたし》は直《す》ぐに行《い》きたいのです。行かれますとも。寝《ね》てゐれば何時《いつ》までも病氣《びやうき》はわるくつてゐます。」

榮はふと言葉《ことば》を變《か》へて、怒《おこ》つた調子《てうし》を見《み》せた。

「どうしてそんな變《へん》な事《こと》を考《かんが》へるのでせう。何《ど》うかしてゐますね。自分《じぶん》の身体《からだ》がわからなくなる程《ほど》、あなたの精神《せいしん》が何《ど》うかした譯《わけ》でもないのでせう。それはあなたの我《わ》が儘《まゝ》ですよ。それなら今直《いますぐ》ぐに旅行《りよかう》が出來《でき》ますか。あなたの身体《からだ》が健康《けんかう》の人のやうに動《うご》きますか。」

妹《いもうと》は返事《へんじ》をしなかつた。

暗い空

田村俊子

百二十四

咲子《さくこ》は興奮《こうふん》して泣《な》きつゞけてゐた、榮《さかえ》はこんなにして人《ひと》の泣《な》くのを見《み》たことがないと思《おも》つた。咲子《さくこ》は咽喉《のど》から氣管《きくわん》を痙攣《ひきつ》らしてゐるやうに、その痙攣《けいれん》がやんだ時《とき》には叫《さけ》びが舌《した》に繼《つな》れるやうな風《ふう》に、泣《な》いた。榮《さかえ》は何《ど》う慰《なだ》めていゝのか解《わか》らなかつた。自烈《じれ》て泣《な》いてゐるのだと知《し》つても。榮《さかえ》は其《そ》の儘《まゝ》に抛《はう》つて默《だま》つてゐた。それに榮《さかえ》は妹《いもうと》のその泣《な》く聲《こゑ》に厭《いや》はしい憎惡《ざうを》も感《かん》じてゐたからであつた。妹《いもうと》が泣《な》き入《い》るほど、榮《さかえ》には少《すこ》しも哀《あは》れな心持《こゝろもち》が起《おこ》らなかつた。

「泣《な》いたつて仕方《しかた》がないぢやありませんか。落着《おちつ》いて病氣《びやうき》を快《よ》くするのが何《なに》より先《さ》きのことぢやありませんか。」

時々、榮《さかえ》はこんな言葉《ことば》を無意識《むいしき》にその脣《くちびる》から漏《も》らしてゐた、妹《いもうと》が、全快《ぜんくわい》してから後《のち》の生活《せいくわつ》に、自分《じぶん》と二人《ふたり》の上《うへ》に新《あた》らしい期待《きたい》を持《も》たうとも考《かんが》へてゐないことに、榮《さかえ》は興味《きようみ》をさましてゐた。妹《いもうと》は父《ちゝ》のところに行《ゆ》きたくて、あゝして物《もの》も云《い》はずに鬱《ふさ》いでゐたのだ。そうして「私《わたし》もあなたの傍《そば》にはゐない。」と云《い》ふ心持《こゝろもち》を妹《いもうと》は皮肉《ひにく》にあてつけてゐるのだと思《おも》ふと、榮《さかえ》はおもしろくなかつた。

妹《いもうと》を責《せ》めてやり度《た》い事《こと》がいつぱいに迫《せま》つてゐるやうで、榮《さかえ》は激《げき》したが、病《びやう》の重《おも》い妹《いもうと》を捉《とら》へて感情《かんじやう》の爭《あらそ》ひをする大人氣《おとなげ》なさに恥《は》ぢて、榮《さかえ》は顏《かほ》を赤《あか》くしながら云《い》ひ度《た》いことを忍《しの》んでゐた。

「そんなことを考《かんが》へるのはおよしな

さい。行《い》きたいと思《おも》つても行《い》けないことを考《かんが》へるのは、つまらない妄想《まうさう》ぢやありませんか。其《そ》れよりはあなたの音樂《おんがく》のことでもお考《かんが》へなさい。好《い》い響《ひゞ》きがあなたの胸《むね》にくるやうに。然《さ》うすると早《はや》くあなたの病氣《びやうき》が癒《なほ》りますよ。」

「私《わたし》はお父《とう》さんばかりが賴《たよ》りなのですから。お父《とう》さんがゐらつしやらなければ、私《わたし》は生《い》きてゐたくもないやうな氣《き》がするのですもの。――私《わたし》はせめてお父《とう》さんにこれだけの事《こと》を云《い》つておきたかつた――」

「どんなことを。」

「私《わたし》だけはお父《とう》さんに離《はな》れたくはないと思《おも》つてゐると云《い》ふことを、云《い》つて上《あ》げたかつたんですの。お父《とう》さんはお氣《き》の毒《どく》ですもの。私《わたし》は一生《いつしやう》お父《とう》さんの傍《そば》を離《はな》れたくはないんです。」

「だから病氣《びやうき》が癒《なほ》つたらお父《とう》さんの傍《そば》に行《い》けばいゝのでせう。そうして一生《いつしやう》でもお父《とう》さんの傍《そば》にゐたらいゝでせう。」

咲子《さきこ》は突然《とつぜん》に蚊帳《かや》の中《なか》から出《で》て來《き》た。そうして、

「叔母《をば》さんのところへ行《い》つて來《き》ますわ。」

と云《い》つて、簞笥《たんす》の前《まへ》に立《た》つて着物《きもの》など取《と》り出《だ》してゐた。

「歩《ある》けるの。」

榮《さかえ》は冷淡《れいたん》に落着《おちつ》いて妹《いもうと》の方《はう》を見《み》てゐた。妹《いもうと》は何《なん》とも云《い》はずに着物《きもの》を引《ひ》つかけたり、髪《かみ》の後《うしろ》を掻《か》いたりした。

「外《そと》へ出《で》られるんですか。――馬鹿《ばか》なをするものぢやありませんよ。いつたい何《なに》をしに行《い》かうと云《い》ふんです。」

咲子《さきこ》は息《いき》が彈《はづ》んで、帶《おび》が締《し》められない樣子《やうす》で少時《しばらく》向《むか》ふを向《む》いて立《た》つてゐたが、又《また》いゝ加減《かげん》に鼠繻子《ねずみじゆす》の帶《おび》を小《ちひ》さく結《むす》んだ。榮《さかえ》が立《た》つて行《い》つてその手《て》を掴《つか》んだ時《とき》、咲子《さきこ》の手《て》は火《ひ》のやうに熱《ねつ》を持《も》つてゐた。

「熱《ねつ》が出《で》てるぢやありませんか。何《ど》う仕樣《しやう》と云《い》ふんです。」

「行《い》かれるんですから、一寸《ちよつと》行《い》かして下《くだ》さい。お願《ねが》ひですわ。」

咲子《さきこ》は又聲《またこゑ》を立《た》てはげしく泣《な》いた。

暗い空

田村俊子

百二十五

「外《そと》へなんぞ出《で》られはしないぢやありませんか。用《よう》があるなら叔母《をば》さんに來《き》て頂《いただ》いても濟《す》むことぢやないんですか。」

咲子《さきこ》は其處《そこ》に坐《すわ》つて泣《な》きつゞけてゐた。咲子《さきこ》は何《ど》うしても外《そと》に出《で》ると云《い》つて諾《き》かなかつた。今夜《こんや》叔母《をば》のところに行《い》かなければならない用事《ようじ》があると云《い》ひ募《つの》つた。それは尋常《なみ》ではなかつた。咲子《さきこ》の心《こゝろ》は確《たし》かに普通《いつも》とは異《ちが》つて錯亂《さくらん》してゐると榮は思《おも》つた。

「その用事《ようじ》を私《わたし》にお話《はな》しなさい。」

「今《いま》は云《い》はなくつても好《い》いんですわ。」

「何故《なぜ》。私《わたし》に云《い》へないやうな用事《ようじ》と云《い》ふのはどんな事《こと》なの。」

「姉《ねえ》さんが聞《き》かないで下《くだ》さいな。」

妹《いもうと》の眞《ま》つ蒼《さを》な顔《かほ》に髮《かみ》が亂《みだ》れてゐた。髮《かみ》の毛《け》が泪《なみだ》に濡《ぬ》れて頰《ほゝ》にひつたりと附《つ》いてゐた。そうして咲子《さきこ》の身体《からだ》は著《いちじる》しくかた／＼と戰《おのゝ》いてゐた。榮はその戰《おのゝ》きを、妹《いもうと》から手《て》を放《はな》して見詰《みつ》めてゐた。

「何《なん》の爲《ため》にこんな端《はし》たない騷《さわ》ぎを惹《ひ》き起《おこ》すんです。私《わたし》を困《こま》らせたつて仕方《しかた》がないでせう。あなたは少《すこ》し興奮《こうふん》してゐるんですよ。あなたが外《そと》へなんぞ出《で》れば、私《わたし》が心配《しんぱい》しなくつちやならないから。」

「姉《ねえ》さんが心配《しんぱい》をなさることはありませんわ。姉《ねえ》さんは御自分《ごじぶん》のことだけを考《かんが》へてゐらつしやれば宜《い》いんですから。私《わたし》なんかもお父《とう》さんと同《おんな》じに、あなたの傍《そば》から早《はや》くはなれた方《はう》がいゝんですもの。」

榮はふと口《くち》を噤《つぐ》んだ。咲子《さきこ》は姉《あね》の顔《かほ》を見《み》ずに眼《め》を反《そ》らしてゐた。そうしてわざと元氣《げんき》なやうに立上《たちあが》つたが、呼吸《こきふ》が切迫《せつぱく》して立《た》つてゐるのも苦《くる》しかつた。其《そ》れを押《お》して、咲子《さきこ》はそろ／＼と上《あが》り端《はな》の方《はう》に出《で》て行《い》つた。

「そんなに行《ゆ》きたいのなら、車《くるま》にでも乘《の》つてゐらつしやい。あなたは歩いて行《ゆ》かれるつもりでも、身体《からだ》が云《い》ふことをききはしませんよ。車《くるま》を云《い》つて來《き》て上《あ》げるから待《ま》つておいでなさい。」

榮は出《で》て行《い》つた。車《くるま》を連《つ》れて榮が歸つて來《き》た時、咲子《さきこ》は上《あが》り端《はな》に横《よこ》になつて突《つ》つ伏《ぷ》してゐた。車《くるま》が來《き》たと聞《き》くと、咲子《さきこ》は直《す》ぐに立《た》つて下駄《げた》を穿《は》いた。

「歩《ある》けないぢやありませんか。」

榮は然《さ》う云《い》ひながら咲子《さきこ》の腕《うで》をとつ

暗い空

田村俊子

百二十六

て夜《よる》の外《そと》に連《つ》れ出《だ》してやつた。咲子《さきこ》の身体《からだ》の戰《をのゝ》きはやんでゐた。

「身体《からだ》にどんな無理《むり》だか知《し》れないのですよ。いゝんですか。何《ど》うしても行《い》きたいんですね。」

咲子《さきこ》は首肯《うなづき》ながらだまつて車《くるま》に乘《の》つた。咲子《さきこ》は確《しつか》りした身体《からだ》の据《す》ゑかたをしながら、車上《しやじやう》に俯向《うつむ》いて車夫《しやふ》が膝掛《ひざかけ》で包《つゝ》むのをぢつとして待《ま》つてゐた。

「姉《ねえ》さん心配しないでゐて下《くだ》さい。」

咲子《さきこ》の然《さ》う云《い》ふ聲《こゑ》といつしよに、車《くるま》は家《うち》の前《まへ》を去《さ》つて行《い》つた。榮《さかえ》はその後《あと》を突《つ》つ立《た》つた儘《まゝ》で見送《みおく》つてゐた。あれ限《ぎ》りで、妹《いもうと》は自分《じぶん》の姿《すがた》を二度《ど》とこの世《よ》では見《み》せないところに隠《かく》して了《しま》ふのではないかと、ふと榮《さかえ》は思《おも》つた。榮《さかえ》の胸《むね》は破《やぶ》れるやうに懊悩が高《たか》まつた。

妹《いもうと》を家《いへ》から外《そと》に出《だ》すのではなかつたと云《い》ふ悔《く》いが、榮《さかえ》の胸《むね》を刻《きざ》んでゐた。榮《さかえ》は家《うち》に入《はい》つて蚊帳《かや》を眺《なが》めた。然《さ》うしてはゐられなくなつて、自分《じぶん》も仕度《したく》をして、戸閉《とじま》りをよくして家《いへ》を出《で》た。叔母《をば》の家《いへ》に着《つ》くと、その車《くるま》で歸《かへ》るつもりだつたのか、さつき妹《いもうと》の乘《の》つて行《い》つた車《くるま》がその儘門口《まゝかどぐち》に待《ま》つてゐた。叔母《をば》は自分《じぶん》の室《へや》で咲子《さきこ》と向《むか》ひ合《あ》つてゐた。榮《さかえ》を見《み》ると、叔母《をば》は「いま、迎《むか》ひにやらうと思《おも》つてゐた。」と云《い》つた。

咲子《さきこ》は半巾《はんけち》で口《くち》をおさへて、片手《かたて》を前《まへ》に廻《まは》して胸《むね》を押《おさ》へてゐた。

「何《なん》ともなかつたの。」

榮《さかえ》がきくと咲子《さきこ》は默《だま》つて首肯《うなづ》いてゐた。ひどく苦《くる》しんでゐることが榮《さかえ》には見《み》えるけれども、榮《さかえ》も叔母《をば》の前《まへ》を憚《はゞか》つて、然《さ》うあわたゞしい擧動《そぶり》もできなかつた。咲子《さきこ》のお納戸色《なんどいろ》をした帶《おび》が形《かたち》もくづれずに外《よそ》ゆきらしく端然《きちん》と縮《し》まつてゐる。榮《さかえ》はその後《うしろ》へ、介抱《かいはう》するやうな心持《こゝろもち》で坐《すわ》つた。

「咲子《さきこ》さんは何《なに》をしに來《き》たのだか、わからないで困《こま》つてゐたところです。いつたい何《ど》うしたと云《い》ふの。」

そうして叔母《をば》は、咲子《さきこ》が入《はい》つて來《き》た時《とき》の驚《おどろ》きを榮《さかえ》に話《はな》した。咲子《さきこ》は此處《こゝ》へ來《き》てからまだ何《なに》も云《い》はなかつた。云《い》はうとしても聲《こゑ》が震《ふる》へて小《ちい》さくつて叔母《をば》には聞《き》き取《と》れなかつた。其《そ》れでさつきから、斯《か》うして口《くち》を押《おさ》へたきりで咲子《さきこ》は自分《じぶん》の疲勞《ひらう》の休《やす》むのを待《ま》つてゐた。

「病人《びやうにん》が出《で》てこなくつたつて、あなたが來《く》ればわかる事《こと》ぢやないか。あなたがたの姉妹《きやうだい》のやうに世話《せわ》をやかせる人《ひと》もありませんね。兄《にい》さんが無《む》斷《だん》で彼方《あつち》へ歸《かへ》つたのも、無理《むり》はないと思《おも》ふ。兄《にい》さんもよく／＼面倒《めんだう》になつてだまつて行《い》つてしまつたのでせう。――二人《ふたり》で喧嘩《けんくわ》でもしたのですか。」

榮《さかえ》は「いゝえ。」と太《ふと》い眞《まじ》面目《め》な聲《こゑ》で答《こた》へた。咲子《さきこ》が何《なに》をしに來《き》たのか、榮《さかえ》にもわからなかつたが、父《ちゝ》のところへ行《ゆ》きたいからその旅費《りよひ》を作《つく》つてもらひ度《た》い、と云《い》ふやうな事《こと》を叔母《をば》に頼《たの》むつもりではなかつたかと榮《さかえ》は思《おも》つた。咲子《さきこ》が出《で》てくる時《とき》、激《はげ》しく泣《な》きたて、榮《さかえ》の手《て》もつけられなかつたことを榮《さかえ》は叔母《をば》に話《はな》して見《み》た。咲《さき》子《こ》はまるで枯渇《こかつ》したやうな眼《め》をぼんと開《あ》いてゐた。その眼《め》から涙《なみだ》などは、一と滴《しづく》も見《み》られなかつた。叔母《をば》には榮《さかえ》が嘘《うそ》を云《い》つてるやうに思《おも》はれた。

「私《わたし》には何《なに》がなんだかあなたがたの爲《す》ることはさつぱり解《わか》らない。病氣《びやうき》が重《おも》いかと思《おも》へばこんなところまで夜中《やちう》飛出《とびだ》してくるし。」

叔母《をば》は咲子《さきこ》を眺《なが》めてゐた。そうして榮《さかえ》に、直《す》ぐに咲子《さきこ》を連《つ》れて歸《かへ》るやうに云《い》つた。

「咲子《さきこ》さんは口《くち》もろくにきけやしないぢやないか。苦《くる》しいのだらう。此《こ》家《こ》で仆《たふ》れでもされると困《こま》るから、兎《さ》に角歸《かくかへ》つた方《はう》がいゝ。明日《あす》私《わたし》が行《い》つて話《はな》したい事《こと》を聞《き》いて上《あ》げるから、然《さ》うおしなさい。」

叔母《をば》は榮《さかえ》の車《くるま》をもう一臺《だい》呼《よ》ぶやうに急《いそ》いで家《うち》のものに云《い》ひ付《つ》けた。斯《か》うしてゐる間《ま》も、咲子《さきこ》がそこに仆《たふ》れて動《うご》けなくなりはしないかと云《い》ふ心配《しんぱい》で、落着《おちつ》いてはゐられないやうに見《み》えた。

「大丈夫《だいぢやうぶ》ですか。」

叔母《をば》が云《い》ふと咲子《さきこ》は首肯《うなづ》いてゐた。

「今夜《こんや》はどんな事《こと》があつたのか知《し》らないけれども、こんな輕卒《けいそつ》なことをさせては駄目《だめ》ですよ、出《で》てくるものよりも、出《だ》させるものが惡《わる》いのだ。」

榮《さかえ》はそれを聞《き》くと、咲子《さきこ》が父《ちゝ》のところに行《ゆ》くと云《い》つて今夜《こんや》泣《な》き騷《さわ》いだことを叔母《をば》に告《つ》げた。

暗い空

田村俊子

百二十七

叔母《をば》はそれを榮《さかえ》から聞《き》いても、別《べつ》に感動《かんどう》したらしい顏色《かほいろ》も現《あら》はさなかつた。

「そんな出來《でき》もしないことを云つても仕方《しかた》がない。子供《こども》ぢやあるまいし、あんまり馬鹿《はか》々々しすぎる。」

と冷《つ》めたく云《い》つてゐた。

「それを執《と》り成《な》すのが榮《さかえ》さんの役《やく》ぢやありませんか。あなたも又《また》そんな馬鹿《はか》なことを云《い》はせておくからいけないのです。咲子《さきこ》さんは病氣《びやうき》で我《わ》が儘《まゝ》が募《つの》つてゐるのだから、夫《それ》をあなたが取《と》り鎭《しづ》めてやらなければ何《なん》もならないぢやないか。是《これ》で病氣《びやうき》が重《おも》くでもなつたら何《ど》うするのです。」

暗《くら》い庭《には》から生温《なまぬる》かい風《かぜ》が座敷《ざしき》に吹《ふ》いてきた。夕立《ゆふだち》でも來《き》さうな空合《そらあひ》になつたと女《をんな》が云《い》つて來《き》た。車《くるま》の來《き》たことも告《つ》げて行《い》つた。黄色《きいろ》い熱臭《ねつくさ》い灯《ひ》のいろが三人《にん》を壓《お》しつけてゐた。叔母《をば》は早《はや》く二人《ふたり》に歸《かへ》れと云《い》つた。榮《さかえ》は咲子《さきこ》を立《た》たせたが、咲子《さきこ》は足《あし》が戰《ふる》へて疊《たゝみ》の上《うへ》に立《た》てなかつた。

「寢《ね》てゐたのを急《きふ》に起《お》きたり運動《うんどう》が烈《はげ》しかつたりしたから足《あし》が立《た》たないのだらう」

叔母《をば》は太《ふと》つた身体《からだ》を二人《ふたり》の傍《そば》に運《はこ》んで來《き》て、うしろから咲子《さきこ》が歩《ある》けるか歩《ある》けないかを危《あや》ぶみながら立《た》つてゐた。榮《さかえ》は咲子《さきこ》の腕《うで》を持《も》つて抱《かゝ》へてやつた。

「しつかりおしなさいよ。」

「えゝ。歩《ある》けます。」

咲子《さきこ》は囁《さゝや》くやうに、まるで氣管《きくわん》から外《そと》に聲《こゑ》が發《はつ》しないやうに漸《や》つと榮《さかえ》の耳許《みゝもと》で云《い》つた。咲子《さきこ》はそろ〳〵と榮《さかえ》に抱《かゝ》へられて外《そと》に出《で》た。下駄《げた》を穿《は》いても、咲子《さきこ》は叔母《をば》に挨拶《あいさつ》することもできなかつた。顏《かほ》を振《ふ》り向《む》けることが大儀《たいぎ》なので、車《くるま》の上《うへ》でも咲子《さきこ》はがつくりと顏《かほ》を俯向《うつむ》けてゐた。疲勞《ひらう》と病勢《びやうせい》とで絶《た》え〴〵になつてゐる氣息《きそく》を胸《むね》から上《うへ》に漏《も》らしながら、辛《や》つと、その肩《かた》の呼《い》吸《き》づかひで身体《からだ》を支《さゝ》へてゐるやうに見《み》えた。咲子《さきこ》は眼《め》を大《おほ》きく開《あ》いて叔母《をば》の方《はう》を見《み》た。若《わか》さの態《しな》がすつかり病《やまひ》に蝕《は》みつくされて、骨《ほね》ばかりが失《うし》なはれてゆく肉《にく》の上《うへ》にだん〳〵と突《つ》き出《で》て來《き》たと思《おも》つた。叔母《をば》はその咲子《さきこ》の身体《からだ》を軒燈《けんとう》の薄暗《うすぐら》い灯《ひ》の下《した》で見《み》た。

「生《い》きながらの骸骨《かいこつ》だ。」

と叔母《をば》は心《こゝろ》で思《おも》つた。骸骨《かいこつ》に光《ひか》る眼《め》を叔母《をば》は憎《にく》々しく此方《こつち》から見詰《みつ》めてゐた。咲子《さきこ》の眼《め》のうちに何《なに》か自分《じぶん》に對《たい》する執念《しふねん》が燃《も》えてるやうで叔母《をば》は心持《こゝろもち》が惡《わ》るかつた。叔母《をば》は外《そと》に出《で》て、

咲子《さきこ》の車《くるま》の下《した》へ行《い》つて、

「今夜《こんや》は氣《き》をおちつけてお寢《やす》みなさい。明日《あした》は私《わたし》が行《い》つてあなたの話《はなし》と云《い》ふのを聞《き》いて上《あ》げるから。早《はや》く歸《かへ》つて靜《しづか》に寢《ね》た方《はう》がいゝのだから。」

と云《い》つてやつた。咲子《さきこ》は、

「えゝ。」

と云《い》つて重《おも》く首肯《うなづ》いてゐた。

「いろ〱お話《はなし》があつたのですけれど、疲《つか》れてしまつてお話《はなし》ができませんでした。御心配《ごしんぱい》をかけて——明日《あす》はきつといらしつて下《くだ》さい。叔母《をば》さん。」

咲子《さきこ》はかすれ〱の小《ちひ》さな聲《こゑ》で、さも意識《いしき》は明瞭《はつきり》してゐるやうに挨拶《あいさつ》した。みんなの注意《ちうい》で幌《ほろ》を深《ふか》くかけた咲子《さきこ》の車《くるま》が先《さ》きに、榮もいつしよに叔母《をば》の家《うち》を出《で》た。

暗い空

田村俊子

百二十八

榮は車夫《しやふ》に手傳《てつだ》はして、咲子《さきこ》の手《て》をとつて家《うち》へ入《い》れた。車夫《しやふ》は背後《うしろ》から咲子《さきこ》の身体《からだ》を抱《だ》いて格子《かうし》のなかまで連《つ》れ込《こ》んだ、車夫《しやふ》の汗臭《あせくさ》い身体《からだ》の蒸《む》れた匂《にほ》ひが榮には力強《ちからづよ》さを感《かん》じたほど、氣を失《うしな》つたやうに疲勞《つか》れ果《は》てゝゐる咲子《さきこ》の身体《からだ》を、自分《じぶん》一人《ひとり》の手《て》に持《も》ち扱《あつか》ひかねて途方《とはう》に暮《く》れた。車夫《しやふ》の手《て》のあたりが肌《はだ》に痛《いた》かつたと見《み》えて、咲子《さきこ》は「痛《いた》い。」と云《い》つて聲《こゑ》を立《た》てた。榮は咲子《さきこ》を抱《かゝ》へるやうにして床《とこ》に横《よこ》にさせた。咲子《さきこ》は其《そ》の上《うへ》、自身《じしん》の身体《からだ》にさはられることを厭《いと》つて、帶《おび》も脱《さ》らずに床《とこ》の上《うへ》に仆《たふ》れてゐた。しばらくして、咲子《さきこ》は蚊帳《かや》のなかで苦《くる》しい息《いき》を高《たか》く吐《つ》いてゐたが、榮は自分《じぶん》の脱《ぬ》ぎ代《か》へたものゝ始末《しまつ》に紛《まぎ》れて初《はじ》めは知《し》らなかつた。榮は水《みづ》で絞《しぼ》つた手拭《てぬぐひ》で肌《はだ》などを拭《ぬぐ》つてゐた。何《ど》うしても、叔母《をば》のところに行《ゆ》くと云《い》つて騒《さわ》いだあの妹《いもうと》のまるで不可抗《ふかかう》な力《ちから》に、榮は今更《いまさら》のやうに打《う》たれてゐた。何《ど》う云《い》ふ力《ちから》が妹《いもうと》の意志《いし》にあゝまで凝《こ》つたのか榮には解《わか》らなかつた。病《やまひ》に勞《つか》れて弱《よわ》り果《は》てゝゐる妹《いもうと》が、すべてを押《お》し切《き》つて叔母《をば》のところまで引《ひ》つ張《は》られて行《い》つた力《ちから》が、榮には何《ど》う考《かんが》へても解《わか》らなかつた。あのために、妹《いもうと》の病氣《びやうき》が一時《じ》に惡《わる》くなるとも、容態《ようたい》が安靜《あんせい》でゐる筈《はず》がなかつた。自分《じぶん》もそれを知《し》つてゐながら、妹《いもうと》を抑《おさ》へることも出來《でき》ずにその儘《まゝ》外《そと》に出《だ》してやつた。妹《いもうと》の身体《からだ》に憑《つ》いてゐる魔《ま》が暴力《ばうりよく》をふるつたやうな時《じ》間《かん》を榮は見《み》たと思《おも》つた。榮も勞《つか》れてゐた。ぼんやりして自分《じぶん》

暗い空

田村俊子

百二十九

（中略）の肌《はだ》の廻《まは》りに蚊《か》が聲《こゑ》を立《た》てゝ群《むら》がつてくる氣勢《けせい》に心《こゝろ》を埋《うづ》めてゐた。身体《からだ》が棒《ぼう》の様《やう》になつてゐて、皮膚《ひふ》の感覺《かんかく》が何處《どこ》にもなかつた。自分《じぶん》も妹《いもうと》の様《やう》に、そこに仆《たふ》れて眠《ねむ》りたかつた。

その時《とき》に、妹《いもうと》が蚊帳《かや》のなかで唸《うめ》く聲《こゑ》を榮《さかえ》は聞《き》いた。その聲《こゑ》がだん〳〵に絞《しぼ》られるやうに、千断《ちぎ》れるやうに斷續《だんぞく》してゐた。榮《さかえ》はおどろいて立上《たちあが》つた。

蚊帳《かや》のなかを覗《のぞ》くと、妹《いもうと》は起《お》き上《あが》つた。胸《むね》のところに、かぢかました兩手《りやうて》で虚空《こくう》を掴《つか》んで掌《てのひら》を握《にぎ》りしめてゐた。羽二重《はぶたへ》の帶《おび》が脊中《せなか》で波《なみ》を打《う》つてゐた。全体《ぜんたい》が蚊帳《かや》に彩《いろど》られて青《あを》い色《いろ》をうつしてゐた。榮《さかえ》はあわてゝ蚊帳《かや》を潜《くゞ》つて中《なか》に入《はい》つた。

妹《いもうと》の苦痛《くつう》はもう薄《うす》らいでゐた。その時初《ときはじ》めて少量《せうりやう》の血《ち》を妹《いもうと》が吐《は》いたのを榮《さかえ》は見《み》た。妹《いもうと》は昏絶《こんぜつ》したやうに横《よこ》さまに突《つ》つ伏《ぶ》してゐた。あらゆる感情《かんじやう》の上《うへ》に重《おも》い石《いし》の蓋《ふた》がばつと落《お》ちて塞《ふさ》げてしまつたやうに、榮《さかえ》はたゞぼんやりと妹《いもうと》の突《つ》つ伏《ぶ》した姿《すがた》を見《み》た。そうして唇《くちびる》を嚙《か》むやうに結《むす》んで、妹《いもうと》の身体《からだ》を眞《ま》つ直《す》ぐに直《なほ》してやらうとした。

「しつかりしていらつしやいよ。」

榮《さかえ》は耳許《みゝもと》で囁《さゝや》いたが妹《いもうと》は返事《へんじ》をしなかつた。妹《いもうと》は、いつも寢《ね》てゐる時《とき》に見《み》るやうに、白眼《しろめ》ばかりを薄《うす》く見開《みひら》いてゐた。榮《さかえ》が「咲子《さきこ》さん。」と呼《よ》んでも妹《いもうと》は氣《き》が付《つ》かなかつた。咲子《さきこ》の白絣《しろがすり》の着物《きもの》の胸《むね》と蒲團《ふとん》が血《ち》に汚《よご》れてゐた。

榮《さかえ》は夢中《むちう》に着物《きもの》を引《ひ》つかけると、帶《おび》を結《むす》びながら上《あが》り端《はな》から外《そと》に驅《か》けて出《で》た。

醫師《いし》のところへ急《いそ》いで行《い》つて、醫師《いし》を連《つ》れて來《く》ると云《い》ふことの他《ほか》には、榮《さかえ》は何《なに》も考《かんが》へてゐなかつた。榮《さかえ》は走《はし》れるだけ走《はし》つた。

「妹《いもうと》が、ひどく惡《わる》う御座《ござ》います。」

誰《た》れもゐない玄關《げんくわん》へ驅《か》け上《あが》つた榮《さかえ》が斯《か》う藥局《やくきよく》のものに告《つ》げた時《とき》、醫師《いし》は直《す》ぐに診察室《しんさつしつ》の奥《おく》から出《で》て來《き》た。

「何《ど》うかしましたか。」

醫師《いし》は薄明《うすあか》るい靜《しづ》かな灯《ひ》の下《もと》に立《た》つて榮《さかえ》にたづねた。榮《さかえ》は妹《いもうと》が血《ち》を吐《は》いて苦《くる》しんでゐると云《い》つた。

「直《す》ぐに行《い》つて上《あ》げます。」

醫師《いし》の眼鏡《めがね》が落着《おちつ》いて光《ひか》つてゐた。醫師《いし》は云捨《いひす》てにして中《なか》へはいつた。

玄關《げんくわん》の正面《しやうめん》の大《おほ》きな柱時計《はしらどけい》が、丁度《ちやうど》十時《じ》をさしてゐた。榮《さかえ》はその時計《とけい》の針《はり》を、引《ひ》つ返《かへ》してくる時《とき》に見上《みあ》げた。その時《とき》の十時《じ》を指《さ》した時計《とけい》が榮《さかえ》の印象《いんしやう》に深《ふか》く殘《のこ》つた。榮《さかえ》は醫師《いし》の門《もん》を出《で》てから、戰《ふる》へる足《あし》の歩《あゆ》みを鈍《にぶ》くした。息《いき》が切《き》れて走《はし》れなくなつた上《うへ》に、榮《さかえ》は醫師《いし》の訪問《はうもん》より先《さき》に自分《じぶん》が家《うち》へ入《はい》ることが、不安《ふあん》でたまらなかつたからであつた。たつた一人《ひとり》で家《うち》へ入《はい》つて、もう一度《ど》蚊帳《かや》の中《なか》を覗《のぞ》くことが榮《さかえ》には恐《おそろ》しかつた。夜《よ》るの闇《やみ》が、榮《さかえ》には血《ち》の色《いろ》がにぢみ擴《ひろ》がつてゐるやうに思《おも》はれた。その血《ち》の闇《やみ》のなかに、榮《さかえ》は勞《つか》れた心《こゝろ》がふら〳〵と吸《す》ひ込《こ》まれて行《ゆ》くやうであつた。途中《とちう》で、醫師《いし》の車《くるま》が榮《さかえ》を拔《ぬ》いて走《はし》つて行《い》つた。榮《さかえ》は其《そ》れを見《み》ると追《お》ひかけるやうに急《いそ》いだ。空《そら》にはまた星《ほし》が一《ひと》つ二《ふた》つ、眞《ま》つ闇《くら》な帷幕《とばり》から光《ひかり》をこぼしてゐた。

醫師《いし》の聲《こゑ》が家《うち》のなかでしてゐた。その聲《こゑ》は妹《いもうと》に何《なに》か話《はな》してゐる聲《こゑ》のやうであつた。榮《さかえ》は救《すく》はれたやうな心持《こゝろもち》で中《なか》に入《はい》つて行《い》つた。醫師《いし》は蚊帳《かや》を外《はづ》して、横《よこ》たはつてゐる妹《いもうと》を診察《しんさつ》してゐた。妹《いもうと》は眼《め》を開《ひら》いての姉《あね》はいつて來《き》た方《はう》を透《す》かすやうにして眺《なが》めた。その顔《かほ》の色《いろ》が眞《ま》つ青《さを》であつた。

「これで落着《おちつ》かれゝば、今《いま》のところは別《べつ》に大《たい》したこともありません。御《ご》安心《あんしん》なさい。」

醫師《いし》はやがて然《さ》う云《い》つて歸《かへ》つた。榮《さかえ》は妹《いもうと》の傍《そば》に寄《よ》つて、着物《きもの》を脱《ぬ》ぎ代《か》へるか何《ど》うかと聞《き》いて見《み》た。その聲《こゑ》をふるへさせまいとして、榮《さかえ》は腹《はら》に力《ちから》をこもらせた。何《なに》にも驚《おどろ》かなかつたやうな、普通《ふつう》な態度《たいど》を自身《じしん》で裝《よそほ》ふことに榮《さかえ》は心《こゝろ》を惱《なや》ましながら、強《し》ひて落着《おちつ》いて妹《いもうと》に云《い》つた。妹《いもうと》はうなづいてゐた。榮《さかえ》は靜《しづか》に帶《おび》を取《と》つてやつた。

「身体《からだ》を動《うご》かしてはいけないと云《い》ふから、帶《おび》だけにしておきませう。」

榮《さかえ》は、着物《きもの》についた血《ち》を氣《き》にして見《み》た。妹《いもうと》は靜《しづか》に呼吸《いき》をしてゐた。どんなにか胸《むね》が樂《らく》になつたやうな靜《しづか》な呼吸《いき》がその口《くち》から、やゝ高《たか》く漏《も》れてゐた。

「私《わたし》はたいへん遠《とほ》いところへ行《い》つたやうな氣《き》がしますよ。たいへんに遠《とほ》いところへ。」

「叔母《をば》さんのところへ行《い》つたぢやありませんか。それが少《すこ》し惡《わる》かつたんです。行《ゆ》かなければよかつたんですよ。」

「然《さ》うでしたのね。叔母《をば》さんのところへ行《ゆ》きましたね。」

咲子《さきこ》の聲《こゑ》がいつものやうに明瞭《はつきり》とし

てゐた。榮《さかえ》はそつと蚊帳《かや》を蓄《もこ》のやうに吊つて裾《すそ》をひろげておいた。

暗い空

田村俊子

百二十

榮《さかえ》は妹《いもうと》の蚊帳《かや》のうちに入《はい》らずにゐた。蚊《か》やりを焚《た》いて灯《ひ》を明《あか》るくして、離《はな》れた所《ところ》に茫《ばう》として起《お》きてゐた。

と、あの血《ち》の付《つ》いたものを、何《ど》うしやうかと榮《さかえ》は當惑《たうわく》した。妹《いもうと》は靜《しづか》に眠《ねむ》つてゐた。榮《さかえ》は時々《ときどき》その寢《ね》息《いき》を耳《みゝ》にすましたり、蚊帳《かや》の外《そと》から妹《いもうと》の姿《すがた》を幾度《いくたび》も覗《のぞ》いて見《み》たりした。妹《いもうと》は此方《こちら》を向《む》いて兩手《りやうて》を枕《まくら》の下《した》に重《かさ》ね合《あ》はして投《な》げ出《だ》してゐた。安《やす》らかに熟睡《じゆくすゐ》してゐるやうな妹《いもうと》の顏《かほ》の表情《へうじやう》が蚊帳《かや》越《こ》しに見《み》られる。たゞ、妹《いもうと》の眼《め》がひどく落《お》ち窪《くぼ》んで、そこだけ黒《くろ》い隈《くま》が深《ふか》く大《おほ》きく穿《うが》つたやうに色《いろ》どつてゐる。ふと見《み》ると、それが眼《め》を開《ひら》いてゐるやうにも思《おも》はれた。

それで蚊帳《かや》に額《ひたひ》を押《お》しつけてぢつと見詰《みつ》めると、閉《つぶ》つた眼《め》の瞼毛《まつげ》の線《せん》がのぞかれた。榮《さかえ》はその妹《いもうと》の寢顏《ねがほ》を眺《なが》めてゐるうちに――

つぶつた眼《め》の線《せん》を眺《なが》めてゐるうちに、胸《むね》から物《もの》が滑《すべ》るやうに悲《かな》しくなつた。

妹《いもうと》との死別《しべつ》が、直《ぢ》きにくるやうに思《おも》つて榮《さかえ》は悲《かな》しくなつたのである。妹《いもうと》はもう快《よ》くはならない。妹《いもうと》の命《いのち》はもう長《なが》くは保《たも》たないと云《い》ふことが、今漸《いまやうや》く榮《さかえ》の心《こゝろ》にわかつたやうな氣《き》がした。逃《のが》れることの出《で》來《き》ない極《きは》まつた運命《うんめい》が姉妹《きやうだい》の間《あひだ》に襲《おそ》つて來《き》てゐる。妹《いもうと》の壽命《じゆみやう》が二十一年《ねん》で終《をは》つてしまふのである。妹《いもうと》の命《いのち》は今日《こんにち》までの命《いのち》であつた。

暗い空

田村俊子

百三十一

咲子《さかこ》の容体《ようだい》は其時《そのさき》から重《おも》つてきた。翌《あく》る日《ひ》は叔母《をば》の鐵子《てつこ》は手紙《てがみ》を持《も》たしてよこしただけで、自身《じしん》では訪《たづ》ねてこなかつた。手紙《てがみ》の中《なか》には少《すこ》しの金《かね》がはいつてゐた。

妹《いもうさ》がつひに死《し》ぬ時《さき》がくるまで自分《じぶん》はたゞ一人《ひとり》で妹《いもうさ》の傍《そば》についてゐなければならないと云《い》ふ不安《ふあん》が、榮《さかゑ》の胸《むね》に絶《た》えず起《おこ》つた。何時《いつ》思《おも》ひがけなく妹《いもうさ》の身《み》に異變《いへん》が來《く》るかわからなかつた。その時《さき》が來《く》るまで、斯うしてじつと見守《みまも》つてゐなければならないことが榮《さかゑ》には、苦痛《くつう》であつた。榮《さかゑ》は誰《た》れでも、もう一人《ひとり》この家に人《ひさ》の

「きつと快《よ》くなる。」

と思《おも》つてゐた事《こさ》は、何《なん》の甲斐《かひ》もなかつた。

榮《さかゑ》は妹《いもうさ》が可哀想《かあいさう》でたまらなかつた。悲《かな》しみが靜《しづか》に榮《さかゑ》を壓して來《き》た。二十一より上《うへ》には延《の》び得《え》ない弱《よわ》い命《いのち》を持《も》つて生《うま》れて來《き》た妹《いもうさ》は、幼少《ちひさ》い時《さき》から、暗《くら》くいぢ〳〵として、何物《なにもの》をも自身《じしん》で押《お》し開《ひら》くやうな力《ちから》がなかつた。

そうしてどんな時《さき》にも妹《いもうさ》はいつも不幸《ふかう》であつたと榮《さかゑ》は思《おも》つた。妹《いもうさ》は絶《た》えず虐《しひた》げられてゐた。――榮《さかゑ》は自分《じぶん》の顏《かほ》を蚊帳《かや》から引《ひ》いて、涙《なみだ》がやむまで一人《ひとり》で靜《しづか》に泣《な》いてゐた。涙《なみだ》が音《おと》もなく落《お》ちて來《き》て、膝《ひざ》の上《うへ》にほと〳〵と滴つた。自分《じぶん》のふるへる悲《かな》し氣《げ》な呼吸《こきふ》の氣勢《けせい》ばかりが、空覺した室《しつ》のなかに動《うご》いてゐた。咲子《さきこ》が目《め》を覺《さ》まして榮《さかゑ》を呼《よ》んだ。咲子《こ》は胸《むね》が苦《くる》しくつてたまらないと云《い》つた。榮《さかゑ》はそつと蚊帳《かや》の中《なか》に入《はい》つて、起《お》き上《あが》らうとする妹《いもうさ》をなだめた。そうして着《き》る物《もの》を脱《ぬ》ぎ代《か》へさせたり敷布《しきふ》を取《と》り外《はづ》したりした。妹《いもうな》の身《から》体《だ》は熱《ねつ》でもえてゐた。妹《いもうと》はまた横《よこ》になつて靜《しづ》かに眠《ねむ》つた。むつと空氣《くうき》が蒸《む》れて、榮《さかゑ》は視力《しりよく》がぼんやりと霞《かす》んでゐた。血《ち》の塊《かたま》りに汚《よご》れたものを丸《まる》めて其《そ》れを便所《はゞかり》の傍《わき》に榮《さかゑ》は置《お》いた。一種《しゆ》の匂《にほ》ひが榮《さかゑ》の鼻《はな》についた。榮《さかゑ》は雨戸《あまど》を少《すこ》し開《ひら》いて、そこから顏《かほ》を夜《よる》の風《かぜ》にさらして呼吸《こきふ》した。空《そら》がすつかり晴《は》れて、星《ほし》が一面《いちめん》に金砂《きんすな》を散《ち》らした樣《やう》に光《ひか》つてゐた。榮《さかゑ》は父《ちゝ》のことなどを思《おも》ひ浮《うか》べた。父《ちゝ》が居《ゐ》てくれたら、と榮《さかゑ》は思《おも》ひやつた。榮《さかゑ》はこんな時《さき》に、自分《じぶん》が一人《ひとり》ぎりだと云《い》ふことを、しみ〴〵と頼《たよ》りなく思《おも》つた。

影《かげ》が欲《ほ》しかつた。 妹《いもうと》の看護《かんご》だけでも、自分一人《じぶんひとり》の力《ちから》だけでは長《なが》い日《ひ》はつゞかないやうにも思《おも》つた。 叔母《をば》が來《き》たらば、その困難《こんなん》を叔母《をば》に話《はな》して、叔母《をば》の家《いへ》に寄《き》食《よく》してゐる若《わか》い女《をんな》にでも來《き》て貰《もら》はうと榮《さかえ》は考《かんが》へてゐた。それを叔母《をば》は來《こ》ずに、手紙《てがみ》だけ持《も》たしてよこしたのを見《み》て、榮《さかえ》はがつかりした。

近頃《ちかごろ》になつて、やゝともすると縋《すが》らうとする姉妹《きやうだい》の手《て》から、なるたけ摺《す》り抜《ぬ》けやうと考《かんが》へてゐる叔母《をば》の心《こゝろ》がそれで解《わか》つたと思《おも》つた。 榮《さかえ》は咲子《さきこ》の容体《ようだい》を簡單《かんたん》に書《か》いて使《つかひ》にもたして歸《かへ》した。

「叔母《をば》さんは來《こ》ない？」

妹《いもうと》も失望《しつばう》してゐた。 妹《いもうと》には叔母《をば》ばかりが頼《たよ》りのやうに見《み》えた。 暗黑《あんこく》な病床《びやうしやう》の傍《そば》に、 妹《いもうと》は姉《あね》ばかり一人《ひとり》ゐるヿが淋《さび》しくてたまらなかつた。

妹《いもうと》は少時《しばらく》經《た》つと、姉《あね》に叔母《をば》を呼《よ》んで來《き》てくれと強請《せがん》できかなかつた。

「叔母《をば》さんにどんな話《はなし》があるんです。」

「いろ〳〵お頼《たの》みしたいことがあるから。」

と咲子《さきこ》は考《かんが》へながら云《い》つた。

「私《わたし》の病氣《びやうき》がだん〳〵惡《わ》るくなるやうですからね。そのことで叔母《をば》さんに頼《たの》みたいことがあるのですわ。」

「お父《とう》さんのところへ行《い》きたいなんて無理《むり》な事《こと》を云《い》ふのではないのでせうね。」

「もうそんな事《こと》は云《い》ひません。 昨夜《ゆふべ》は私《わたし》が惡《わ》るう御座《ござ》いましたね。」

「その爲《ため》に、あなたの身体《からだ》もそんなにわるくなつたのでせう。」

「お父《とう》さんのところへ行《ゆ》かうと云《い》つても行《ゆ》かれないのです。 もう行《ゆ》かうとも思《おも》ひません。 たゞ私《わたし》の病氣《びやうき》のことで叔母《をば》さんにお頼《たの》みしたいことがあるのです。」

咲子《さきこ》の眼《め》から涙《なみだ》が流《なが》れてゐた。 榮《さかえ》はその涙《なみだ》を見《み》た。

「叔母《をば》さんはなるたけ私《わたし》たちに近寄《ちかよ》らないやうにしてゐるのですよ。だから今日《けふ》もわざと來《こ》なかつたのですよ。――私《わたし》はどんな事《こと》が起《おこ》つて來《き》ても、どう云《い》ふことがあつても叔母《をば》さんのお世話《せわ》にはなるまいと考《かんが》へたのです。あなたが呼《よ》んでも叔母《をば》さんは來《き》てはくれませんよ。決《けつ》して。」

「然《さ》うでせうか。」

「私《わたし》たちは二人《ふたり》つきりだと思《おも》ふより仕方《しかた》がないのですよ。」

咲子《さきこ》が悲《かな》しげな表情《へうじやう》で榮《さかえ》の顔《かほ》を見詰《みつ》めてゐた。大《おほ》きく開《ひら》いた眼《め》から涙《なみだ》が漸次《しだい》に流《なが》れた。咲子《さきこ》はそれぎりで叔《を》母《は》のことは云《い》はなかつた。その日《ひ》の夕方《ゆふがた》から熱《ねつ》が下《さ》がつて、咲子《さきこ》の容体《ようだい》

暗い空

田村俊子

百三十二

妹《いもうと》は自分《じぶん》の病氣《びやうき》のために、榮《さかえ》に心《しん》配《はい》をかけることを氣《き》にして、それをくど〳〵と病床《びやうしやう》の暇《ひま》に姉《あね》につぶやいてゐた。榮《さかえ》は輕《かる》い調子《てうし》で、

「病人《びやうにん》はそんな事《こと》を氣《き》にするものぢやない。」

と打消《うちけ》してゐた。妹《いもうと》は自分《じぶん》が死《し》ぬとは思《おも》つてはゐなかつた。死《し》と云《い》ふ考《かんが》へなどは微塵《みぢん》も持《も》つてゐなかつた。榮《さかえ》にはそれが心強《こゝろづよ》いやうで、又《また》いぢらしかつた。病人《びやうにん》は、たゞある苦《く》痛《つう》の經過《けいくわ》を息《いき》を刻《きざ》みながら待《ま》つてゐると云《い》ふ風《ふう》に見《み》えた。その經過《けいくわ》の後《あと》にはやつぱり生《せい》があつた。そうして、樂《くすり》もよく飲《の》むし、できるだけの養生《やうじやう》を盡《つく》さうとするやうに見《み》えた。あんな亂暴《らんばう》な外出《ぐわいしゆつ》をしてから、自分《じぶん》の身《から》体《だ》に激變《げきへん》が來《き》たことを咲子《さきこ》はひどく後悔《こうくわい》してゐた。その反動《はんどう》で咲子《さきこ》は一《いつ》層《そう》自分《じぶん》の身体《からだ》を大切《たいせつ》にしやうとするらしかつた。

「あの時《とき》、どうしてあんなにお父《とう》さんが戀《こ》ひしかつたのかわからない。」

と咲子《さきこ》は云《い》つてゐた。振返《ふりかへ》つて見《み》るとあの晩《ばん》のことはすべてが夢《ゆめ》のやうであつた。あの不快《ふくわい》な、絶息《ぜつそく》の間際《まぎは》を幾度《いくたび》も幾度《いくたび》も瞬時《しゆんじ》に繰《く》り返《かへ》してゐたやうな疲勞《ひらう》と困憊《こんぱい》が、今《いま》もまざまざと咲子《さきこ》の記憶《きおく》に殘《のこ》つてゐた。その記憶《きおく》が上《のぼ》るたびに、咲子《さきこ》は苦《にが》い表情《へうじやう》をした。

「大切《たいせつ》にして、靜《しづ》にして、早《はや》く病氣《びやうき》を癒《なほ》したい。」

咲子《さきこ》は絶《た》えず斯《か》う思《おも》ふ樣《やう》になつた。ある時《とき》が來《く》るまで、榮《さかえ》はぢつとそれが樂《らく》さうに見《み》えた。そうして、自分《じぶん》の病氣《びやうき》についての費用《ひよう》のことなどを姉《あね》にたづねてゐた。

を待《ま》たなければならないと思《おも》つた。

榮《さかえ》はそれを避《さ》けることのできないのを知《し》つて觀念《くわんねん》した。妹《いもうと》の上《うへ》に襲《おそ》つてくる恐《おそ》ろしい運命《うんめい》を、襲《おそ》ふまゝにぢつと見詰《みつ》めてゐなければならないその時《とき》が、いつ自分《じぶん》の眼前《がんぜん》に迫《せま》つてくるか、それを豫知《よち》することはできなかつたけれ共《ども》、その刹那《せつな》は今日《けふ》にも自分《じぶん》たちの上《うへ》に落《お》ちてくるかもしれなかつた。榮《さかえ》は胸《むね》を緊《し》めて、その刹那《せつな》をあらゆる時《とき》の上《うへ》に思《おも》ひ探《さぐ》りながら、家《いへ》の隅《すみ》に佇立《たゝず》んでゐる時《とき》があつた。榮《さかえ》の胸《むね》に自然《しぜん》とある覺悟《かくご》が強《つよ》く根《ね》を持《も》つた。

そうして榮《さかえ》はその刹那《せつな》が落《お》ちて來《き》た時《とき》の、周圍《しうゐ》の用意《ようい》まで心《こゝろ》に描《ゑが》いてゐた。たつた自分一人《じぶんひとり》が妹《いもうと》の死骸《しがい》を守《まも》り、妹《いもうと》の死骸《しがい》を葬《はうむ》るまでの、その順序《じゆんじよ》と光景《くわうけい》が、榮《さかえ》の悲《かな》しい空想《くうさう》の上《うへ》に現《あら》はれたりした。榮《さかえ》の沈着《おちつ》いた青《あを》い心《こゝろ》の底《そこ》から柔《やは》らかな溶《と》けるやうな涙《なみだ》が駛々《しは／＼》流《なが》れた。榮《さかえ》は默《だま》つて、隅《すみ》に行《い》つて妹《いもうと》に知《し》れないやうにその涙《なみだ》を拭《ふ》いてゐた。

暑氣《しよき》がどんなにか病人《びやうにん》と榮《さかえ》を苦《くる》しめた。氷《こほり》を買《か》ふために、炎天《ゑんてん》を走《はし》つてゆく榮《さかえ》はその日中《につちう》によく眩暈《めまひ》を起《おこ》した。それでも榮《さかえ》の心《こゝろ》は強《つよ》かつた。榮《さかえ》はすべてのものに負《ま》けまいと思《おも》つた。妹《いもうと》の上《うへ》に襲《おそ》つてくる運命《うんめい》を自分《じぶん》の手《て》で避《さ》けることはできないまでも、自分《じぶん》までがそれと同《おな》じ運命《うんめい》に征服《せいふく》されやうとは思《おも》はなかつた。榮《さかえ》は努《つと》めて健康《けんかう》な氣分《きぶん》のうちに弱《よわ》い考《かんが》へを纏めてゐた。目《め》に見《み》えない暗《くら》い忌《いま》はしいある力《ちから》に向《むか》つて、榮《さかえ》はいつも生《い》き／＼した自身《じしん》の笑《わら》ひを浴《あ》びせてゐやうとした。暗《くら》い忌《いま》はしいある力《ちから》に捲込《まきこ》まれてはならないと思《おも》つた。暗《くら》い忌《いま》はしい力《ちから》に對《たい》して、自分《じぶん》だけは潑剌《はつらつ》とした自分《じぶん》の生《せい》の力《ちから》で打《ぶ》つ衝《つ》からうとした。榮《さかえ》は妹《いもうと》を振《ふ》り返《かへ》つた時《とき》悲《かな》しさに塞《ふさ》がれながらも、自分《じぶん》だけは光明《くわうみやう》のなかに生《い》き得《う》るやうな幸福《かうふく》な豫覺《よかく》が榮《さかえ》の胸《むね》に流《なが》れてゐた。

暗い空

田村俊子

百三十三

船《ふね》に乘《の》る時《とき》に出《だ》した父《ちゝ》からの手紙《てがみ》が二人《ふたり》の許《もと》に着《つ》いた。父《ちゝ》はその手紙《てがみ》に、咲子《さきこ》の病氣《びやうき》を非常《ひじやう》に心配《しんぱい》してゐることを書《か》いてよこした。彼方《あつち》へ着《つ》けば、直《す》ぐに多少《たせう》とも金《かね》を送《おく》ると云《い》ふことも、二人《ふたり》が安心《あんしん》するやうにその手紙《てがみ》にも父《ちゝ》は言葉《ことば》を重《かさ》ねてあつた。

それを見《み》て咲子《さきこ》は喜《よろこ》んでゐた。「私《わたし》はやつぱりお父《とう》さんに救《すく》はれる。お父《とう》さんは私《わたし》を捨《す》てはしない。病《やまひ》に苦《くる》しむ上《うへ》にも貧《まづ》しさに苦《くる》しみたくはない。」と咲子《さきこ》は云《い》つた。

幾日《いくにち》か經《た》てば、咲子《さきこ》の病氣《びやうき》はいくらか快《い》い方《はう》に向《む》きそうに思《おも》はれた。榮《さかえ》はその樣子《やうす》を見《み》て、少《すこ》しでも妹《いもうと》の氣分《きぶん》の持《も》ち直《なほ》せた日《ひ》に海岸《かいがん》の方《はう》へ移《うつ》つてゆきたいと思《おも》つた。榮《さかえ》はそれを妹《いもうと》にも話《はな》して、あるたけのものなどを金《かね》に代《か》へやうとした。榮《さかえ》はある日《ひ》、すべてを取《と》り纏《まと》めて人《ひと》の手《て》に賣《う》り渡《わた》した。咲子《さきこ》は寢床《ねどこ》の中《なか》からそれを寂《さび》しく打眺《うちなが》めた。二人《ふたり》の常用《じやうよう》の古《ふる》い箪笥《たんす》も、鏡臺《きやうだい》も影《かけ》のやうに搖《ゆ》られながら其家《そのいへ》を出《で》ていつた。男《をとこ》は繩《なは》を繰《く》りながら、小《ちひ》さい荷車《にぐるま》で幾度《いくど》も行《い》つたり來《き》たりした。榮《さかえ》は自分《じぶん》の少《すこ》しばかりの衣類《いるゐ》も必要《ひつえう》な品《もの》を一《ひ》とつ二《ふ》たつ殘《のこ》したほかは、布屑《きれくづ》までも僅《わづか》の金《かね》にした。汗《あせ》を拭《ぬぐ》ひながら、榮《さかえ》は母《はゝ》から讓《ゆづ》られたもの〻何《なに》も彼《か》も、この世《よ》での緣《ゑん》を切《き》つたやうに何所《どこ》かへ失《うしな》はれて行《い》つてしまつた後《あと》を、いやな思《おも》ひを殘《のこ》しながら見渡《みわた》した。母《はゝ》の錦繪《にしきゑ》の入《はい》つた箱《はこ》ばかりが、三尺《じやく》の煤《すゝ》けた床《とこ》の間《ま》の上《うへ》にその儘《まゝ》になつてゐた。榮《さかえ》は氣《き》が付《つ》いてそれを開《ひら》いて見《み》たが、こんなものもあの男《をとこ》の手《て》に賣《う》つてしまへばよかつたと思《おも》つた。自《じ》分《ぶん》の衣類《いるゐ》の二三枚《まい》よりも、もつと高《かう》價《か》な價《あたひ》が拂《はら》はれたかも知《し》れなかつたと思《おも》つた。

榮《さかえ》は――然《しか》しさつぱりした心持《こゝろもち》で家《いへ》の中《なか》を掃《は》き出《だ》した。家《いへ》には行李《かうり》が二《ふ》たつと、榮《さかえ》の書物《しよもつ》が殘《のこ》つたばかりであつた。あとは、何時《いつ》でも二人《ふたり》が出《た》立つて行《ゆ》かうとする時《とき》に、其《そ》の儘《まゝ》にして行《い》つてもいゝやうなものばかりが棚《たな》なぞに置《お》き捨《す》てになつてゐた。榮《さかえ》の手《て》には、當分《たうぶん》の用意《ようい》にあてるだけの金額《かね》が渡《わた》されてゐた。二人《ふたり》は、後《あと》で人《ひと》の好《い》い道具屋《だうぐや》の老人《としより》とよろこびながら話《はな》し合《あ》つた。病氣《びやうき》の妹《いもうと》を養《やしな》はせる爲《ため》にこの家《いへ》を引拂《ひきはら》つて海岸《かいがん》へ行《ゆ》くと云《い》ふ話《はなし》を聞《き》いて、老《とし》人《より》は氣《き》の毒《どく》がつてゐた。

「道具屋《だうぐや》なんてものは、こんな時《とき》にはわざと足元《あしもと》につけこんで安《やす》く買《か》ふもんです。」

と老人《としよう》は自分《じぶん》で云《い》つてゐた。

「どんな奴《やつ》でも、こんな價《ね》では持《も》つて行《ゆ》きませんよ。」

老人《としより》は、斯《か》う云《い》つて情《なさけ》を置土産《おきみやげ》にして歸《かへ》つて行《い》つた。

「いつでも、あなたの身体《からだ》が動《うご》くやうになつたら海岸《かいがん》へ移《うつ》つてゆきませう。」

榮《さかえ》は妹《いもうと》に云《い》つたが、それはどつちへの旅立《たびだち》になつても困《こま》らないやうな用意《ようい》の金《かね》だと榮《さかえ》は思《おも》つた。そうして妹《いもうと》の病氣《びやうき》の靜《しづ》かなひまを見《み》て、自分《じぶん》は自分《じぶん》の仕事《しごと》にかゝらうと思《おも》つた。

榮《さかえ》はそのなかでも、自分《じぶん》にだけはきつと未來《みらい》に幸《さいは》びな日《ひ》があるやうに思《おも》はれた。自分《じぶん》の生《うま》れついた運命《うんめい》は、こんな場合《ばあひ》にも瞬間《しゆんかん》の生活《せいくわつ》から虐《しひた》げられないやうな強《つよ》いものがあるやうな氣《き》がした。榮《さかえ》は自分《じぶん》の内《うち》に潜《ひそ》むゐる力《ちから》を意識《いしき》しながら、目前《もくぜん》を過《す》ぎてゆく肉身《にくしん》の別《わか》れの不幸《ぶかう》を靜《しづ》かに待《ま》たうと思《おも》つた。妹《いもうと》が亡《な》くなつてから、初《はじ》めて一人《ひとり》して強《つよ》く生《い》きる日《ひ》が自分《じぶん》の上《うへ》に來《く》ると云《い》ふことが、榮《さかえ》に感《かん》じられた。

暗い空

田村俊子

百三十四

櫻子《さくらこ》の遠《とほ》くへ旅立《たびだ》つ日《ひ》が來《き》た、その知《し》らせが弟《おとうと》の書《か》いた手紙《てがみ》で來《き》た。弟《おとうと》は姉《あね》といつしよに又海《またうみ》を越《こ》えてゆくとしてあつた。彼方《あちら》で永住《えいぢう》の好《い》い土地《とち》を見付《みつ》けるつもり、けちな日《に》本《ほん》にはこれで當分《たうぶん》のお別《わか》れをするつもり、と書《か》いてあつた。然《しか》しマダムが一族《ぞく》を引《ひ》き連《つ》れて歐洲《おうしう》を廻《まは》つてくる期《き》間《かん》は、ほんの二年《ねん》ほどの豫定《よてい》であつた。櫻子《さくらこ》が榮《さかえ》を連《つ》れて行《ゆ》かうとしてゐたことは、あの當時《たうじ》のマダムの氣《き》紛《まぐ》れな空想《くうさう》であつたことが今《いま》知《し》れた。

榮《さかえ》は自分《じぶん》の今《いま》の境遇《きやうぐう》を書《か》いて、妹《いもうと》の

身体《からだ》から自分《じぶん》の手《て》のはなせない事《こと》を申《まを》し譯《わけ》に、富田《とみた》の家《いへ》には暫時《しばらく》の別《わか》れの挨拶《あいさつ》にも行《ゆ》かないことを詫《わ》びてやつた。富田《とみた》からはこの後《ご》に榮への消《せう》息《そく》はなかつたが、新聞《しんぶん》などで榮はその人《ひと》たちが何時《いつ》の船《ふね》で日本《にほん》を出《で》ると云《い》ふことを知《し》つた。榮はその二三日《にち》の間《あひだ》、いつかのやうに放浪《はうらう》の旅《たび》の憧憬《けい》に惱《なや》んだ。若《も》し妹《いもうと》が健康《けんかう》であるなら、自分《じぶん》は櫻子《さくらこ》に取縋《とりすが》つても一所《しよ》に兎に角《かく》日本《にほん》を出《で》たかも知《し》れないと思《おも》ふほどであつた。榮の胸《むね》に鬱《うつ》した黒《くろ》い翳《つばさ》が重《おも》く垂《た》れたやうに思《おも》つた。榮はそれを除《の》けることができなかつた。榮は沈《しづ》んだ陰《いん》氣《き》な面《おもて》を咲子《さきこ》から背向《そむ》けて過《す》ごす時《とき》があつた。だが、其《そ》の惱《なや》みはやがて萎《しぼ》んだ花《はな》が枝《えだ》から落《お》ちて行《ゆ》くやうに奇麗《きれい》に拭《ぬぐ》はれた。榮の心《こゝろ》は妹《いもうと》の上《うへ》に返《かへ》つて來《き》た。妹《いもうと》の身体《からだ》の調子《てうし》はだん〳〵に恢復《くわいふく》してきて、幾分《いくぶん》づゝ力《ちから》がついて見《み》えた。

「海岸《かいがん》へ行《ゆ》く日《ひ》が近《ちか》くなつて來《き》たやうだ。」と榮は妹《いもうと》を眺《なが》めて云《い》つた。少《すこ》しでも妹《いもうと》の健康《けんかう》の上《うへ》に快《こゝろよ》い日《ひ》を拾《ひろ》はうとする時《とき》、榮の心《こゝろ》にまだ嘗《かつ》て起《おこ》つたことのないやうな大《おほ》きな愛情《あいじやう》が妹《いもうと》に對《たい》して強《つよ》く動《うご》いた。その愛《あい》情《じやう》が動《うご》いてゐる間《あひだ》、榮は妹《いもうと》の爲《ため》に、どんなことをも爲《し》た。汚物《をぶつ》を、庭《には》の土《つち》を掘《ほ》つて埋《うづ》めたり、妹《いもうと》の心《こゝろ》持《もち》の勝《すぐ》れた朝《あさ》には、垢《あか》のついた手先《てさき》や頸首《えりくび》を湯《ゆ》で拭《ぬぐ》つてやつたりした。妹《いもうと》の爲《ため》に——恐《おそ》ろしい刹那《せつな》が妹《いもうと》の上《うへ》に落《お》ちてくるまで、自分《じぶん》になんでもしやうと榮は願《ねが》つた。

妹《いもうと》は海岸《かいがん》へ行《ゆ》く日《ひ》を、床《とこ》の中《なか》で待《ま》ちくらした。醫《い》者《しや》はまだ動《うご》いてはいけないと云《い》ひ含《ふく》めてゐた。咲子《さきこ》自身《じしん》には今《いま》でも外《そと》に出《で》やうと思《おも》へば出《で》られるやうな彈《はづ》んだ氣分《きぶん》が、時々《ときどき》その病衰《びやうすゐ》してゐる身体《からだ》を突《つ》いて起《おこ》つてくることがあつた。然《さ》う云《い》ふ瞬間《しゆんかん》は、咲子《さきこ》の容体《ようだい》が最《もつと》も樂《らく》な清々《すが〳〵》した落着《おちつ》いた後《あと》にあつた。榮はしみ〴〵した新《あらた》な愛情《あいじやう》で妹《いもうと》を慰《なぐさ》めた。

二人《ふたり》はたゞ、此家《こゝ》を空洞《うつろ》のやうに捨《す》てゝ海岸《かいがん》へ出《で》て行《ゆ》く日《ひ》を待《ま》つてゐた。咲子《さきこ》の病氣《びやうき》を聞《き》いてたづねてくれた堀田《ほつた》が、房州《はうしう》の海《うみ》の傍《ほと》りに好《い》い貸間《かしま》を求《もと》めておいてくれた。二人《ふたり》はまだ、其家《そこ》へ行《ゆ》くか、もつと近《ちか》い海《うみ》の傍《そば》に自分《じぶん》たちで新《あらた》に貸間《かしま》を探《さが》すか定《き》めてはゐなかつたが、唯《たゞ》その日《び》の來《く》るのを祈《いの》りながら待《ま》つた。

暗い空

田村俊子

百三十五

然《しか》し、榮が妹《いもうと》を連《つ》れて海岸《かいがん》へ出《で》て行《ゆ》く日《ひ》は、もう永久《ゑいきう》に來《こ》ないやうにも思《おも》はれた。妹《いもうと》は此家《このうち》でやがて命《いのち》を終《をは》るやうに思《おも》はれた。咲子《さきこ》の身体《からだ》に急激《きふげき》な異變《いへん》は直《す》ぐにも起《おこ》らうとは思《おも》ひがけない程《ほど》に安靜《あんせい》にはなつてゐたが、病勢《びやうせい》は咲子《さきこ》の身内《みうち》に漸次《ぜんじ》に變《かは》つていつた。それが榮に感《かん》じられた。醫者《いしや》は秋《あき》にでもなつたら轉地《てんち》ができる樣《やう》になるだらうと氣安《きやす》く云《い》つた。榮は寢《ね》てゐる妹《いもうと》の髪《かみ》を、そつと觧《さ》きつけてやつた時《とき》、耳《みゝ》の傍《はた》に枕摺《まくらずれ》のできてゐるのを見出《みいだ》した。血《ち》が染《に》滲《じ》んで爛《たゞ》れてゐた。そこに毛髪《かみのけ》が一と塊《かた》まりになつてひつたりと着《つ》いてゐた。

「痛《いた》くないのでせうか。」

榮はそこを擦《さす》りながら妹《いもうと》に聞《き》いたが、妹《いもうと》は痛《いた》いと思《おも》つてゐたけれども我慢《がまん》をしてゐたと云《い》つた。妹《いもうと》の身体《からだ》は十二三の子供《こども》のやうに小《ちひ》さく屈《くゞ》んできた。その顏《かほ》も子供染《こどもじ》みてきた。顏《かほ》の骨《ほね》が突《つ》き出《で》て、肉《にく》が削り落《お》ちて、そうして皮膚《ひふ》ばかりが上部《じやうぶ》に引《ひ》き吊《つ》られてゐるやうな、陰慘《いんさん》な顏《かほ》付《つき》が、この頃《ごろ》は瘦《や》せこけた儘《まゝ》に小《ちひ》さく整《とゝの》つて、まだ發達《はつたつ》しきらない頃《ころ》の女《をんな》の子《こ》の樣《やう》な相《さう》に變《かは》つてきた。母《はゝ》が死亡《なくな》つた頃《ころ》の妹《いもうと》の顏付《かほつき》に似《に》てきたと榮は思《おも》つた。榮は妹《いもうと》のその顏《かほ》を眺《なが》めて、妹《いもうと》の死《し》はきつと靜《しづか》な死《し》だらうと想像《さうざう》することがあつた。妹《いもうと》は父《ちゝ》のことも叔母《をば》のことも語《かた》らないやうになつた。「この家《いへ》の空氣《くうき》のなかに五分間《ふんかん》でも身体《からだ》を浸《ひた》しておくことが厭《いや》だから、非常《ひじやう》な事《こと》の起《おこ》つてこない限《かぎ》りはお前《まへ》たちのところへは足《あし》を入《い》れたくない。その代《かは》りどんな事《こと》でも云《い》つてよこせば直《す》ぐに應《おう》じて上《あ》げる。」と云《い》ふ叔母《をば》の手紙《てがみ》を見てから、咲子《さきこ》は叔母《をば》に逢ひたいと云《い》ふことはもう繰《く》り返《かへ》さなくなつた。

日《ひ》が照《て》りはたいて、風《かぜ》が死《し》んでゐる時《とき》、病人《びやうにん》は汗《あせ》を青《あを》い額《ひたひ》に浮《う》かせてよく眠《ねむ》つてゐた。空虚《がらん》とした家《いへ》の中《なか》は、病《びやう》人《にん》の臭氣《しうき》と日盛《ひざか》りの熱氣《ねつき》とで、榮《さかえ》の呼吸《こきふ》は詰《つ》まるやうであつた。榮《さかえ》は自《じ》分《ぶん》も窓《まど》の下《した》に横《よこ》になつて夏日《かじつ》の眞《ま》つ赤《か》な幻象《げんしやう》に夢《ゆめ》を射《い》られながらうつ〳〵した。病人《びやうにん》の微《かす》な唸《うめ》きにも、榮《さかえ》は直《す》ぐに眼《め》を覺《さ》まして頭《あたま》をもたげた。青《あを》い妹《いもうと》の顔《かほ》と、眞《ま》つ赤《か》に燃《も》える夏《なつ》の日輪《にちりん》とが、ぐる〳〵と入《い》り亂《みだ》れて廻轉《くわいてん》して一種《しゆ》の眩暈《げんうん》を起《おこ》しながら其《その》盛寢《ね》入《い》つてしまふ様《やう》な、苦《くる》しい晝《ひる》が今《け》日《ふ》も明日《あす》も榮《さかえ》を遂《お》つていつた。

榮《さかえ》はもう直《ぢ》き、その苦《くる》しみから逃《のが》れることができると思《おも》つた。ある悲哀《ひあい》が榮《さかえ》の心《こゝろ》の中《なか》で盡《つ》きてゐた。そうして恐《おそろ》しい刹那《せつな》が過《す》ぎて行《い》つてしまつてからの自分《じぶん》一人《り》の未來《みらい》の幸福《かうふく》が、時々榮《さかえ》の胸《むね》を撫《な》でるやうにふと現《あら》はれては消《き》えた。（完）

一日一信

俊子

私《わたくし》は毎日口癖《まいにちくちぐせ》のやうに、カチユーシャ可愛《かわ》いや別《わか》れのつらさ……を唄《うた》つてゐる。これを暗《くら》い室《しつ》で、一人《ひとり》で唄《うた》つてゐるとだん〳〵感傷的《かんしやうてき》になつてきて、しまひに自分《じぶん》の聲《こゑ》の餘韻《よゐん》に泣《な》いたりする。復活《ふくくわつ》も、マスロワも、ネフリユドフも、シベリヤの雪《ゆき》も、雪《ゆき》の別《わか》れも「どうぞ額《ひたひ》に」と云《い》つた須磨子《すまこ》の聲《こゑ》も、みんないつしよくたになつて、トルストイの情緒《じやうちよ》が私《わたくし》の唄《うた》ふ聲《こゑ》の中《うち》にしみでてくるやうな氣持《きもち》である。これを唄《うた》つてゐると、トルストイがなつかしくなつてきて仕樣《しやう》がない。

「印象と記憶」

田村俊子

十日の日《ひ》に客《きやく》を連《つ》れて博覧會《はくらんくわい》へ行《ゆ》きました。第二會場《だいくわいぢやう》の外國館《ぐわいこくくわん》を出《で》ると、洋服《やうふく》を着《き》た四五人《にん》の男連《をとこづ》れが出口《でぐち》に立《た》つて何《なに》か相談《さうだん》してゐます。この男《をとこ》も脊《せい》が低《ひく》くつて脊中《せなか》のところがちよいと丸《まる》くなつて、おそろしく襟《えり》を辷《すべ》らかして洋服《やうふく》を着《つ》けてゐます。近在《きんざい》の郡視學《ぐんしがく》とか村長《そんちやう》とか云《い》ふ連中《れんちう》だと思《おも》つて、行《ゆ》き過《す》ぎやうとしてふいと見《み》ると、一番脊《はんせい》の低《ひく》い顔色《かほいろ》の澁紙色《しぶかみいろ》をしたお爺《ぢい》さんは歌右衛門《うたゑもん》でした。それから八百藏《やをざう》に羽左衛門《うざゑもん》に龜藏《かめざう》でした。兒太郎《こたらう》に八百藏《やをざう》の子《こ》がゐました。日本《にほん》一の名優《めいいう》ぞろひでしたのに、何《なん》と云《い》ふみつともない洋《やう》服姿《ふくすがた》でしたらうと思《おも》つていまだに可笑《をか》しくつてたまりません。

一日一信

俊子

去年《きよねん》の秋《あき》に、早《わ》稲《せ》田《た》大學《だいがく》の創立《さうりつ》三十年《ねん》記《き》念《ねん》のボートレースに、お友達《ともだち》と二人《ふたり》で行《ゆ》きました。その時《とき》私《わたし》たちの席《せき》の後《うしろ》に大隈伯爵《おほくまはくしやく》がお附《つき》の人《ひと》といつしよに立《た》つてゐらつしたのです。お附《つ》きの人《ひと》は謹《つゝし》んで河《かは》の上《うへ》を遥《はるか》に指《ゆび》さしながら、白《しろ》が大分《だいぶ》おくれてをりますとか、赤《あか》が此方《こちら》がはを走《はし》つてをりますとか云《い》つて、伯爵《はくしやく》の遠《ゑん》望《はう》をお助《たす》けしてゐました。私《わたし》は大隈《おほくま》伯爵《はくしやく》に敬意《けいい》を表《へう》する爲《ため》に、お友達《ともだち》がおよしなさいと云《い》ふのにも構《かま》はず、眞《ま》つ正面《しやうめん》を向《む》いて伯爵《はくしやく》の二三尺前《じやくまへ》へ行《い》つてお辭儀《じぎ》を一とつしました。伯《はく》爵《しやく》は不思議《ふしぎ》さうに私達《わたしたち》を見《み》ていらしつたが、私《わたし》はもう一度《ど》お辭儀《じぎ》をすたと、伯爵《はくしやく》は初《はじ》めて輕《かろ》く微笑《びせう》されてお頭《つむり》を下《さ》げられました——。私《わたし》は今《いま》の總理大臣《そうりだいじん》が非常《ひじやう》になつかしく、非常《ひじやう》に親《した》しい方《かた》に思《おも》はれてなりません。

藝《げい》壇《だん》近《きん》時《じ》の感《かん》想《さう》

芝居《しはゐ》はわからない

田村俊子

この頃《ごろ》芝居《しはゐ》はちつとも面白《おもしろ》くない。芝居《しはゐ》を見《み》ても、好《よ》いのか惡《わか》るいのか、役者《やくしや》が上手《じやうず》か下手《へた》か、それもわからなくなつてしまつた。芝居《しはゐ》を見《み》る鑑識力《かんしきりよく》が消耗《せうまう》して了《しま》つたのかも知《し》れない。いや、初《はじ》めから鑑識力《かんしきりよく》なんぞはなかつたのかもしれない。新《あた》らしい芝居《しはゐ》は殊《こと》におもしろくない。反感《はんかん》が起《おこ》つて、馬鹿《はか》々々《〱》しくなるばかりである。高《たか》いお錢《かね》を出《だ》して見《み》る芝居《しはゐ》は殊《こと》に馬鹿《はか》々々《〱》しい。

（四月五日）

若葉を渡る風

田村俊子

何時の間にかすつかり櫻が散つてしまつて、柔らかい若葉がそよ〳〵と、晩春の風に動いてゐます。丁度、夭死をした美しい姉さんを、弟が後に殘つてそれを悲しみながら弔つてゐるやうな、感傷的な氣分が、あの櫻若葉の間に釀されてゐます。朝の日光晝の日光に刺戟されて、櫻若葉は威勢よく、きら〳〵と輝いてゐますが、夕方になると、櫻若葉は美しい姉の死を思ひ出して、しほ〳〵と愁いてゐます。それが何とも云へず哀れでたまりません。

ようさんは、二階の欄干に立つて、静に夕風にそよいでゐる庭の櫻若葉を見おろしてゐました。友禪の模様に見る鶸色のやうに、あざやかな、脆氣な、うつくしい青い色を、いたいけな風情に靡かせてゐる櫻若葉を、ようさんは、ほんとうに奇麗だと思つて眺め盡してゐました。

そうして、斯う云ふ葉の色なぞを美しいと思つて眺めたのは今年が初めてだと思ひました。花を見れば、いつも奇麗な色にその眼をびつくりさせられますが、今日のやうに葉の色に心を惹かれたことは今までに覺えがありませんでした。

遠くの方から樂隊の音が聞こえてきます。それは上野の博覽會場内でやつてゐる奏樂なのです。何かのマーチらしいやうな拍子が微に空氣を搖かして、高くなつたり低くなつたりしてゐます。高くひゞく時に、ようさんの胸にふとある悲しい心持をもたらします。ようさんは、急に哀愁の世界に踏み入つたやうに、耳に聞こえるもの、眼に映るものが、みんなかなしい律を戰はしながら、その心に輕く觸つてゆきました。

空は水色をして晴れてゐました。その空を見てゐると、鳥が何羽も何羽も、東南の方角から現はれて來ては斜に家根の庇を突つ切つて、西の方へ飛んでゆきます。後から來たのに追ひ越されて、よろ／＼しながら飛んでゆくのや、連れの鳥にはぐれないやうに、しつかりとくつついて飛んでゆくのだの――可哀想なのは、暮れ惑つた態を見せながらたつた一羽、森のはづれから出てきて、喘ぎながら飛んでゆくのがあります。ようさんは其れを見ると、一番おくれて、あの鳥は氣が氣ではないに違いないと思つて、ぢつとその飛んで行く姿に、自分が力を付けてやるやうな氣で見てゐると、やがて、その鳥が見えなくなつた頃に、二三羽ぞろ〳〵と、又森の方から出て來て、ようさんは安心したりしました。あの鳥より、まだ後れたのがあると思ふと、前の鳥に、それを傳へて心丈夫に思はせてやりたくなつたりしました。薄ら冷めたい風が、ようさんの頬を物思はしそうに吹いてゆきました。

ようさんには、何が悲しいのか分りませんでした。自分にはなんにも悲しい事も、憂いことも、又苦しい世の中の味も知つてはおりませんでした。だのに、晩春の夕暮れがこれほど思いを欝陶しくさせるのは何故なのだらうと思ひました。ようさんが尙嘗て聞いてゐるさま〴〵な音樂の、情緒をみなぎらしたある一節や、讀んだものゝ中で感じた哀れな人情の印象などが、しみ〴〵とようさんの今の感能の中に響きを打つておりました。ようさんはその響きの感動に心を搖がされながら、たゞ物悲しい思ひのなかに、ひつたりと沈んでゐました。

「何をしておいでゝす。其所で。」

然う云つて傍へ來た人がありました。それはようさんの姉の仲子の婿になつた人でした。姉が結婚してから、まだ三日しきや經ちませんでした。だがようさんは、仲子よりも先きにこの人に馴染んでゐました。仲子は養子を取ることをいやがつて、いよ〳〵話が決まつてからも、咚々《だゝ》を捏ねて泣いてばかりゐました。ようさんはその頃から仲子の機嫌がわるいので、まるで傍へ寄つたこともなくつて過ぎてゐました。式の日にも、仲子が强情を張つて、母親や叔母たちを困らせてゐた事もようさんは知つてゐましたが姉の心をたづねてやらうとも思ひませんでした。それはようさんが口を出せば、仲子は唯神經的にようさんに怒りつけるからでした。姉が何故結婚を嫌つたのか、結婚がいやだつたのか配偶者となる人がいやだつたのか、ようさんはどう〳〵聞く事もできませんでした。だがようさんには、それはそれほどの問題になつて心に殘つてもおりませんでした。結婚をする時は、誰れも女はあゝして悲しんだりそれを厭つたりするものなのだらうと思つてゐました。

　仲子は結婚してからも、この人をいやがつて、まるで同じ時に食事する事すらも避けてゐました。父親なしに育つた我儘な娘の心持を母は、この頃では唯嘆いてばかりゐました。先代からこの家に雇はれてゐる老爺やの定吉は、母の愚痴の聞き相手で、又、仲子をいろ〳〵にうまく機嫌を取ることにつとめたりしてゐましたけれ共、仲子は誰れの云ふ事も聞きませんでした。仲子もようさんも定爺いやには、男乳母のやうに守りをされて育つたのでした。

ようさんは、義兄を見ると、親しそうに笑ひかけて、夕暮れの空を見てゐるうちに悲しくなつた心持などを話しました。ようさんは、斯う云ふ立派な義兄のできた事が嬉しくてたまりませんでした。男きれなしに育つたようさんは、友達に兄や父親のあるのが羨しくてなりませんでした。一度は義兄に向つて、かうした自分のほんとうの考へを云つて見たいと思つてゐたのでしたけれども、まだそんな事を遠慮なしに云ひ出すやうな機がなかつたのでした。ようさんは然う云ふことを今、きつと云つて見やうと思つて、自身と並んで廊下に立つてゐる兄の姿をしばらく眺めてゐましたが、突然に、

「義兄さん。」

と呼んで見ました。義兄はびつくりしたやうにようさんの方を見返りましたが、懐かしそうな笑ひをその眼に浮べてようさんの顔を見詰めました。ようさんはその笑ひに取り縋るやうな一つ氣な心持で、

「私に義兄さんができて、ほんとに嬉しくつて仕方がないのですけれども――」

と云つて、其の後を途ぎらせました。ようさんは赤くなりました。ようさんはあわてゝ庭の、櫻若葉の上に眼を落しました。脆氣な、果敢なげな青い色は、だん／＼暮れてゆく空の下に、たよ／＼とそよいでゐました。

「ありがたう。」

しばらくして、沈んだ義兄の聲がようさんの耳にはいりました。ようさんはこの聲を聞いた瞬間に、何うしたのか、誰ぢいつと悲しみが込み上げてきました。ようさんの櫻若葉を見詰めてゐる眼に涙が浮びました。櫻若葉はようさんの涙に、かよわい生命の色をひそやかに映してふるえました。

大正博覽會を觀て最も深き印象を得たもの

○ 田村俊子

御返事おそくなりました。

南洋館の蕃人の踊りがをもしろくつてたまりませんでした。蜜柑を一とつまんなかにおいて、劍を持つた男がその周圍をいろ〳〵な動作を現はしながら廻《まは》つてゐたのが一番をもしろかつたのです。蜜柑を取らうか何うしやうかといふ心持を動作に見せた踊です。どの踊りも小供が馬鹿踊りの眞似をしてゐるやうでおもしろいのです。

會心の一編及一節（一）

著作著述《ちよさくちよじゆつ》の價値《かち》は、それを著《あらは》した當の著者自身《ちよしやじしん》が自《みづか》ら之《これ》を評《ひやう》する場合《ばあひ》に最《もつと》も的確《てきかく》に近《ちか》いとしなければならぬ。讀書《どくしよ》家《か》が其著者《そのちよしや》の面目《めんもく》を窺《うかゞ》ふの捷徑《せふけい》は著者自《ちよしやみづか》ら許《ゆる》す會心《くわいしん》の一編及至一節《へんきふしせつ》を選《えら》び讀《よ》むにある。次《つぎ》に掲《かゝ》げるものは、本誌《ほんし》が自著中比較的會心《じちよちうひかくてきくわいしん》の一編一節《ぺんせつ》を叩《たゝ》いて得《え》た論壇創作壇《ろんだんさうさくだん》諸大家《しよたいか》の回答《くわいたふ》である。

田村俊子

ございません。あつても、後になると、いやで仕方が御座いません。なさけないと存じます。

一日一信

俊子

ある一人《ひとり》に、お前《まへ》の書《か》くものはすつかり荒《すさ》んでしまつた。お前《まへ》の藝術《げいじゆつ》について確《たし》かだと思《おも》つてゐたものも、この頃《ころ》のものを讀《よ》んで見《み》るとすつかり失《な》くなつてしまつてゐる考《かんが》へなくちやいけないと云《い》はれて、彼《か》の女《ぢよ》は泣《な》き悲《かな》しんだ。自分《じぶん》は駄目《だめ》になつたに違《ちが》ひない、どうにかして自分《じぶん》を養《やしな》はなくちやならない、もう恥《はづ》かしくつて知《し》つた人《ひと》たちの前《まへ》にも顔《かほ》は出《だ》されないと思《おも》つた。そうして其《それ》をある一人《ひとり》に泣《な》きながら語《かた》つた。其人《そのひと》はそんな事《こと》はない。お前《まへ》の藝術《げいじゆつ》は荒《すさ》んではゐないそんな事《こと》で動《うご》かされるのは自分《じぶん》が弱《よわ》いからだと云《い》つて笑《わら》つた。然《さ》う言《い》つて忠告《ちゆうこく》してくれたものはお前《まへ》より偉《えら》いのかと云《い》つて聞《き》いた。彼女《かのぢよ》は考《かんが》へて見《み》た。前《まへ》に云《い》はれた人《ひと》から受《う》けた言葉《ことば》よりも、後《あと》に云《い》はれた人《ひと》から受《う》けた言葉《ことは》の方《はう》が彼《か》の女《ぢよ》には眞實《ほんたう》のやうに思《おも》はれた。

一日一信

俊子

三尺《じやく》四方《はう》ばかりの池《いけ》に金魚《きんぎよ》が七つ泳《およ》いでゐる。二錢《せん》の金魚《きんぎよ》が三つ。八錢《せん》の金魚《きんぎよ》が二たつ。三十五錢《せん》の金魚《きんぎよ》が一とつ。三十錢《せん》の金魚《きんぎよ》が一とつ。三十五錢《せん》と三十錢《せん》は夫婦《ふうふ》である。楓《かへで》の若葉《わかば》が靑《あを》く池《いけ》の底《そこ》に影《かげ》をうつしてゐる。若葉《わかば》を隙《す》いてくる日光《につくわう》が池《いけ》のおもてに浮《う》いてゐる。靑《あを》い空《そら》の色《いろ》が池《いけ》の底《そこ》の若葉《わかば》のすつと奥《おく》にあり〳〵と廣《ひろ》がつてゐる。金魚《きんぎよ》はどれも價《あたひ》の差別《さべつ》なしに美《うつく》しい。黄金《こがね》に光《ひか》り、赤《あか》に光《ひか》つて、女王《ぢよわう》の裳《すそ》のやうな尾《を》を振《ふ》つて泳《およ》ぎ廻《まは》つてゐる。三十五錢《せん》の金魚《きんぎよ》はいちばんお腹《なか》が河豚《ふぐ》のやうに膨《ふく》れてゐる。私《わたし》は麩《ふ》を小《ちひ》さくして投《な》げてやつた。金魚《きんぎよ》はよく見付《みつ》けてはよく口《くち》にくはへて走《はし》つてゆく。ふと二錢《せん》の金魚《きんぎよ》と三十錢《せん》の金魚《きんぎよ》が同《どう》時《じ》に一つの麩《ふ》を見《み》つけて驅《か》けてきたが、口《くち》の大《おほ》きい三十錢《せん》の金魚《きんぎよ》がパクりと奪《さ》つてしまつた。小《ちひ》さな奇麗《きれい》なおもちやの樣《やう》な水《みづ》の世界《せかい》に爭奪《さうだつ》のあとの小波《さゞなみ》が立《た》つて藻《も》が動《うご》いた。

一日一信

俊子

毎年《まいねん》季候《きこう》の移《うつ》り變《かは》り時《どき》になると、下女《げぢよ》は私《わたし》の前《まへ》に襤褸《ぼろ》をずつと並《なら》べるのである。人間《にんげん》の身《み》に着《つ》けたあらゆる襤褸《ぼろ》である。私《わたし》は其《そ》れを板《いた》に張《は》るものは張《は》らせ、洗《あら》ふものは洗《あら》はせ、紺屋《こうや》にやるものは紺屋《こうや》に送《おく》り、綴《つゞ》るものは綴《つゞ》らせて、やがて私《わたし》の手《て》で其《そ》れ／＼に出《で》來《き》る限《かぎ》り縫《ぬ》ひ上《あ》げるのである。昨日《きのふ》も下女《げぢよ》が襤褸《ぼろ》を私《わたし》の前《まへ》に並《なら》べ立《た》てた。私《わたし》は其《そ》れ等《ら》の襤褸《ぼろ》を見《み》てゐる中《うち》に、自分《じぶん》の藝術《げいじゆつ》も自分《じぶん》の努力《どりよく》も自分《じぶん》の時間《じかん》も、愛《あい》も戀《こひ》も感情《かんじやう》も、すべてこれだけの襤褸《ぼろ》になつて私《わたし》の周圍《しうゐ》に殘《のこ》つて行《ゆ》くばかりだと思《おも》つた。「人世《じんせい》は襤褸《ぼろ》である。」私《わたし》はしみ／＼斯《か》う感《かん》じた。下女《げぢよ》と向《むか》ひ合《あ》つた儘《まゝ》いつまでも嵩高《かさだか》に丸《まる》められた襤褸《ぼろ》を眺《なが》めてゐた。私《わたし》の手《て》でこの襤褸《ぼろ》を綴《つゞ》つてゐる限《かぎ》り私《わたし》自身《じしん》に改革《かいかく》の時《とき》は來《こ》ないのである。

悲《かな》しき青葉《あをば》の陰《かげ》

田村俊子

日《ひ》が薄曇《うすぐも》りしてゐる。

今日《けふ》の御大事《ごだいじ》の日《ひ》を想《おも》ひ乍《なが》らいま追憶《おもひ》まつる事《こと》が一《ひと》つある。私《わたし》はそれを静《しづか》に思《おも》つてゐる、夫《それ》は私《わたし》が十三の時《とき》（明治《めいぢ》廿九年）小學《せうがく》を高等《かうとう》三年迄《ねんまで》で濟《す》まして、一時《いちじ》お茶《ちや》の水《みづ》の高等女學校《かうとうぢよがくかう》に入學《にふがく》したことがある。その級《きふ》は三年《ねん》生《せい》だつたのである。級《きふ》には華族《くわぞく》の令嬢《れいぢやう》や名家《めいか》の令嬢《れいぢやう》ばかりがゐて、車《くるま》や馬車《ばしや》で通學《つうがく》する人《ひと》たちばかりであつた。華美しい装ひで、お雛様《ひなさま》のやうにお作《つく》りをして、「御免あそばせ」「お父様」「お母様《かあさま》」と云《い》ふやうな日常語《にちじやうご》ばかりを使《つか》ひ馴《な》れてゐる人《ひと》たちの中《なか》に下町《したまち》で生《うま》れて蓮葉に育《そだ》つた平民《へいみん》の娘《むすめ》の私《わたし》が交《ま》じつたのである。丁度《ちやうど》その時の五月《ぐわつ》の十八日《にち》に、皇后《くわうごう》で在《おは》した陛下《へいか》が女子高等師範《ぢよしかうとうしはん》と附屬《ふぞく》の女學校《ぢよがくかう》に行啓《ぎやうけい》になつた。私《わたし》はその時前《ときまへ》の反《そ》つた唐人髷《たうじんまげ》に結《い》つてゐた。（いつも淺《あさ》草《くさ》の三社《じや》の祭禮《さいれい》には雨が降るのである。それがその年《とし》の祭禮《さいれい》の日にはお天氣《てんき》が好《よ》かつた。それは行啓日和《ぎやうけいびより》であつたかも知《し》れない。私《わたし》はその日《ひ》祭《さい》禮《れい》に遊《あそ》びに行《い》くつもりで樂みにしてゐた。それでその朝早《あさはや》く唐人髷《たうじんまげ》に結つたのである。私《わたし》はそんな方《はう》に氣《き》を取られながら學校《がくかう》に出《で》て行つたことを覺《おぼ》えてゐる。）三年《ねん》の受持《うけもち》の先生《せんせい》は合原先生《かふはらせんせい》と云《い》つて、ヒステリックないつも白粉《おしろい》をつけた華奢《きやしや》な先生《せんせい》であつた。その教室《けうしつ》に陛下《へいか》が御參觀《ごさんくわん》あらせられた時《とき》は、國語《こくご》の時間《じかん》で、合《かふ》原先生《はらせんせい》が國語《こくご》を教《をし》へてゐた。宮女《くわんぢよ》が三四人《にん》供奉《ぐぶ》してゐた。殘《のこ》らず洋裝《やうさう》で陛下《へいか》はピンク色《いろ》の御洋裝《ごやうさう》で在《おは》らせられたやうに覺《おぼ》えてゐる。その間僅の二三分《ぷん》であつた。前《まへ》からの續《つゞ》きで先《せん》生《せい》が書物《しよもつ》について生徒《せいと》に何《なに》か質問《しつもん》してゐた。丁度《ちやうど》陛下《へいか》が室《しつ》をお出《で》ましになる際《さい》に私《わたし》に質問《しつもん》の當《あた》つた事《こと》を覺《おぼ》えてゐる。指《さ》された一人《ひとり》のうちに相《さう》馬子爵《ましゝやく》の馬《ま》さんと云《い》ふのがゐた。令嬢《れいぢやう》であつたかと思《おも》ふ。それが何《ご》う云《い》ふことだつたかは今思《いまおも》ひ出《だ》せない、其折生徒《このをりせいと》一同《どう》に陛下《へいか》から賜《たま》はつたお土産《みやげ》の和歌《わか》の本《ほん》が、ちやんと藏《しま》つてある。明倫歌集《めいりんかしふ》と云《い》ふのである。

今茲五月十八日

皇后宮陛下これなる女子高等師範學校に行啓おはしましてしたしく授業のさまを御覽せさせたまひぬかくて生徒等にものたまふべくおほしめすよし仰下されて其料をたまひしかはやかて此書を調して頒つことゝはなしつるになむ

明治二十九年六月

女子高等師範學校長

秋月新太郎しるす

と云《い》ふ序文《じよぶん》がついてゐる。

私《わたし》はこの本《ほん》を十何年振《なんねんぶ》りで出《だ》して見《み》

てゐる。「皇后陛下特賜御詠《くわうこうへいかとくしぎよえい》」と云《い》ふ一冊《さつ》がついてゐる。

磨《みが》すは玉《たま》もかゝみもなにかせん
學《まな》ひの道《みち》もかくこそ有《あり》けれ

これが御詠《ぎよえい》である。私《わたし》のやうな貧しい平民《へいみん》の娘《むすめ》は、この贅澤《ぜいたく》な物仰々《ものぎやう〳〵》しい學校《がくかう》にゐられなくて一學期《がくき》で廢《よ》してしまつて、直《ぢき》に府《ふ》立《りつ》の第《だい》一に入《はい》つたのである。私《わたし》は自分《じぶん》の僅《わづか》な學歴《がくれき》の上《うへ》に殘《のこ》つた不思議《ふしぎ》な記念《きねん》について、往時《わうじ》を思《おも》ひめぐらしてゐるのである。日《ひ》がやはり薄曇《うすぐも》りしてゐる。悲《かな》しい青葉《あをば》の陰《かげ》である。

初夏と女

○

田村俊子

初夏《しよか》の季節《きせつ》に著《き》るものは、まあ袷《あはせ》でせうか。袷《あはせ》は四季《き》の著物《きもの》のうちでいちばん著《き》瘦《や》せをして見《み》せるもので す。單衣《ひとへ》は却《かへ》つて人《ひと》の身體《しんたい》を太《ふと》らせますが、袷《あはせ》は形《かたち》をすらりと見《み》せます。素袷《すあはせ》などゝ云《い》ふ粋《いき》な風《ふう》もての季節《きせつ》には相應《ふさは》しい女《をんな》の姿《すがた》だと思《おも》ひます。それから若葉《わかば》青葉《あをば》に似合《にあは》ふのは赤《あか》い手柄《てがら》の丸髷《まるまげ》だと思《おも》ひますね。私《わたし》にこんなまづい句《く》があります。

若葉《わかば》がくれ、洋傘《かうもり》がくれ、赤《あか》てがら

春の晩

田村俊子

一

幾重《いくへ》はふと雨《あめ》の音《おと》に心付《こゝろづ》いて窓《まど》の方《はう》を見《み》た。窓《まど》が開《あ》けはなしてあつた。いつの間《ま》にか強《つよ》くなつた雨《あめ》の飛沫《しぶき》が窓《まど》の敷居《しきゐ》を濡《ぬ》らしてゐた。そこから見《み》える夕方《ゆふがた》の雨《あめ》の空《そら》に白絹《しろぎぬ》のやうな光《ひか》りがあつて、ぽち／＼と雨《あめ》の雫《しづく》が水晶《すゐしやう》の點々《てん／＼》を並《なら》べてゐる楓《かへで》の枝《えだ》の薄紅《うすあか》い芽《め》の色《いろ》に、その空《そら》の光《ひか》りを映《うつ》ろはせてゐた。垣根《かきね》の傍《そば》の椿《つばき》の花《はな》も、あざやかに群《むらが》つてゐる緑《みどり》の葉《は》の中《なか》からピンクの色《いろ》に浮《う》かしてゐた。幾重《いくへ》は立《た》つて行《い》つて窓《まど》から外《そと》を覗《のぞ》いた。

樹《き》が雨《あめ》に打《う》たれながら、明《あか》るくぼやつとしてゐた。斜《はす》かいに見《み》える軒燈《けんとう》の灯《ひ》が、艶消《つやけ》しがらすの球《たま》の中《なか》にほつかりと滲染《にじ》んで、頬紅《ほゝべに》のやうな和《やわ》らかい春《はる》の宵《よひ》の色《いろ》を包《つゝ》んでゐた。雨《あめ》にむせてる丁子《ちやうじ》の匂《にほ》ひが甘《あま》くなまめいて窓《まど》のほとりを流《なが》れてゐた。

幾重《いくへ》はしばらく立《た》つた儘《まゝ》で、灯《ひ》も花《はな》も緑《みどり》も、蕩《とろ》かすやうにさつと霞《かす》めて降《ふ》つてゐる雨《あめ》を見《み》つめてゐた。しづかな、しつとりと強《つよ》い雨《あめ》の響《ひゞ》きのなかに、何《なに》か女《をんな》の胸《むね》を甘《あま》やかすやうに咡《さゝや》く祕密《ひみつ》なものが含《ふく》まれてゐた。幾重《いくへ》はその囁《さゝや》きにそゝられながら、うつとりとした。

「なんて、いゝ雨《あめ》だらう。」

幾重《いくへ》はしみ〴〵と然《さ》う思《おも》ながら、いつまでも、雨《あめ》の降《ふ》るのを見《み》てゐた。少《すこ》し顔《かほ》を上《あ》げて、家根《やね》より高《たか》いところから降《ふ》る雨《あめ》を眺《なが》めたりした。空《そら》の光《ひか》りが優《やさ》しくなだらかに雨《あめ》のなかに溶《と》けてゐた。幾重《いくへ》の昔《むかし》の戀《こひ》の思出《おもひで》をどこかに隠《かく》して、春《はる》の雨《あめ》は限《かぎ》りない情緒《じやうしよ》を織《お》り込《こ》みながら生《なま》ぬるく幾重《いくへ》の白《しろ》い額《ひたひ》にしぶいた。幾重《いくへ》の前髪《まへがみ》が、絲《いと》のやうなこまかい雫《しづく》にはら〳〵と濡《ぬ》れた。

「なんて、いゝ雨《あめ》だらう。」

幾重《いくへ》は然《さ》う思《おも》つては雨《あめ》を見《み》た。雨《あめ》はさあと快《こゝろ》よい音《ね》を立《た》てゝは、また忍《しの》び音《ね》に輕《かる》く降《ふ》つた。幾重《いくへ》の心《こゝろ》に、十何年《なんねん》も前《まへ》の初戀人《はつこひびと》の若《わか》い姿《すがた》がふと色《いろ》めいて懐《なつ》かしく浮《うか》んだりした。思《おも》ひ合《あ》つたばかりで何《ど》うともならずに別《わか》れてしまつたある男《をとこ》の面影《おもかげ》が、愁《うれ》い深《ふか》くその胸《むね》に滲《し》みてきたりした。もう一度《いちど》、こんな春《はる》の宵《よひ》に逢《あ》つて見《み》たい男《をとこ》が幾人《いくにん》かあつた。幾重《いくへ》はそれを一人《ひとり》づゝ思出《おもひだ》して、浮氣《うはき》つぽい春《はる》の香氣《かうき》を含《ふく》んだ雨《あめ》の感覺《かんかく》を、しつとりと味《あぢは》つてゐた。

女中《ぢよちう》が何《なに》か運《はこ》んで來《き》たと見《み》えて、後《うしろ》の方《はう》でかた〳〵と食器《しよくき》や膳《ぜん》の打《ぶ》つ突《つ》かる音《おと》がしてゐた。女中《ぢよちう》が低《ひく》い聲《こゑ》で男《をとこ》に何《なに》か云《い》つた。男《をとこ》が、

「いえ」

とそれに返事《へんじ》をしてゐた。女中《ぢよちう》が行《い》つてしまふと、

「幾重《いくへ》さん。」
と男《をとこ》が幾重《いくへ》を呼《よ》んだ。

幾重《いくへ》は、その男《をとこ》の聲《こゑ》が妙《めう》に氣《き》に入らなかつた。自分《じぶん》の情趣《じやうしゆ》をさまたげられたやうにいやな感《かん》じがして幾重《いくへ》はだまつてゐた。ぽつねんと腕《うで》組みをして、食卓《しよくたく》の前《まへ》に座《すわ》つてゐる男《をとこ》の様子《やうす》などを心《こゝろ》に描《ゑが》きながらその前《まへ》に坐《すわ》らうとする自分《じぶん》の事《こと》を考《かんが》へても興味《きようみ》がなかつた。男《をとこ》の前《まへ》に行《ゆ》くよりは、かうして雨《あめ》を眺《なが》めてゐる方《はう》がおもしろかつた。

「何《ど》うしたの。」

繁雄《しげを》は立《た》つてきて幾重《いくへ》と並《なら》んだ。その言葉《ことば》の底《そこ》に哆々《だゞ》つ子《こ》らしい怒《いか》りを持《も》たせて、繁雄《しげを》は幾重《いくへ》の顏《かほ》を覗《のぞ》いたりした。さつき逢《あ》つた時《とき》から、女《をんな》の素振《そぶ》りが冷めたいと思《おも》つてゐた。自分《じぶん》が何《なに》か一と言云ふと、女《をんな》は直《す》ぐ小馬鹿《こばか》にしたやうな皮肉《ひにく》な笑《わら》ひを眼《め》に含《ふく》んで繁雄《しげを》を見《み》たりした。いつものやうな、わざと愛着を裝《よそほ》つた技巧的《ぎかうてき》な優《やさ》しみさへなくつて、女《をんな》は時々《ときぐ》切《せつ》ない溜息《ためいき》を吐いたりした。何《なに》も彼《か》もうるさくてたまらないと云《い》ふやうに、肩《かた》をさげて、澁面《じふめん》を作《つく》つて幾重《いくへ》は男《をとこ》の前《まへ》で外見《よそみ》をしてゐたりした。繁雄《しげを》には女《をんな》の心《こゝろ》が分《わか》らないいやうな氣《き》がした。繁雄《しげを》はそつと自分《じぶん》の手《て》を幾重《いくへ》の肩《かた》においた。

「いゝ雨《あめ》でせう。雨《あめ》を見《み》てゐるんですよ。いゝ雨《あめ》ねえ。」

「雨《あめ》なんかどうでもいゝぢやありませんか。」繁雄《しげを》はつまらなささうに呟《つぶや》きながら、幾重《いくへ》と同《おな》じやうに雨《あめ》を眺《なが》めた。雨《あめ》はだん／＼輕《かる》く降《ふ》つて、門《かど》の柳《やなぎ》が可愛《かあい》らしい靑《あを》い芽《め》をすんなりと靜《しづか》になびかしてゐた　それ故春信《はるのぶ》のかいた若衆姿《わかしゆすがた》のやうに、嫋《なよ》やかな風情《ふぜい》に幾重《いくへ》の眼《め》に映《うつ》つた。

「あゝいゝ雨《あめ》」

幾重《いくへ》は湿《しめ》つぽくなつた襟元《えりもと》を弄《いぢ》りながら、座《ざ》へ戻《もど》つて、女中《ぢよちう》が火《ひ》にかけて行《い》つた鍋《なべ》の前《まへ》に頬杖《ほゝづゑ》をついた。しばらく経《た》つてから繁雄《しげを》もそこに來《き》て坐《すわ》つた。繁雄《しげを》は下《した》を向《む》いてぢつと目《め》を落《おと》してゐた。

「食《た》べませうか。」

幾重《いくへ》は優《やさ》しく云《い》つて、割箸《わりばし》を口《くち》にくはへて片手《かたて》で割《わ》りながら男《をとこ》の顔《かほ》を見《み》た。男《をとこ》は漸《やうや》く口《くち》をひらいてむつゝりと、

「えゝ。」

と云《い》つて自分《じぶん》も箸《はし》を取《と》つた。今日《けふ》は繁雄《しげを》の顔《かほ》の皮膚《ひふ》が黄色味《きいろみ》を帯《お》びて、眼《め》のふちなどがきたなく見《み》えた。いつもの赤《あか》い唇《くちびる》も白《しろ》く乾《かわ》いてゐた。幾重《いくへ》は又振返《またふりかへ》つて窓《まど》の外《そと》を眺《なが》めた、雨《あめ》がやみさうな景色《けしき》になつて、外《そと》が少《すこ》し小暗《こぐら》くなつた。離《はな》れの座敷《ざしき》の灯《ひ》が、庭《には》を越《こ》した彼方《あちら》にぽつと白《しろ》い障子《しやうじ》に映《うつ》つてゐた。幾《いく》重《へ》の柔《やは》らかい白《しろ》い肉《にく》にまつはらうとするやうに、疲《つか》れたやうな春《はる》の匂《にほ》いに充《み》ちた濡《ぬ》れた空氣《くうき》が、彼女《かのぢよ》の方《はう》に微《かすか》に動《うご》いてきた。

繁雄《しげを》はいつものやうに、黙《だま》つてゐた。女《をんな》の前《まへ》にゐても繁雄《しげを》はなんにも話《はなし》をすることがなかつた。幾重《いくへ》に手《て》を取《と》られゝば自由《じいう》に其《そ》の手《て》を任《まか》せるし、幾重《いくへ》が何《なに》か綾《あや》してやれば、それに對《たい》して女《をんな》の愛《あい》に媚びようとずる笑《わら》ひなどを見《み》せたりするけれども、あとは、感情《かんじやう》が消《き》えてしまつたやうに繁雄《しげを》はいつも黙《だま》つて、

その表情《へうじやう》を靜《しづか》にしてゐた。

幾重《いくへ》はその石《いし》のやうに堅《かた》くなつてむつつりとしてゐる繁雄《しげを》の顏《かほ》を、時々《ときどき》ぢつと見《み》つめてゐた。こんな時《とき》、幾重《いくへ》の方《はう》から心《こゝろ》を誘《さそ》ふやうにしてやるのだけれども、今夜《こや》は幾重《いくへ》にはそれが面倒臭《めんだうくさ》かつた。

「あなたはいつも默《だま》つてゐる人《ひと》ねえ。」

幾重《いくへ》はおもしろくもなささうに斯《か》う云《い》つた。

おとなしいと云《い》ふよりは、戀《こひ》のシーンを解《かい》することを知《し》らないこの男《をとこ》の生野暮《きやぼ》な、女馴《をんなな》れない心持《こゝろもち》が幾重《いくへ》には殊《こと》に今夜《こんや》はつまらなかつた。

「ほんたうに味《あぢ》のない人《ひと》だ。」

幾重《いくへ》は心《こゝろ》の中《うち》でつく／＼然《さ》う思《おも》ひながら、何《ど》うかするとあのきれいな眼《め》が、皺《しわ》んだ瞼《まぶた》になつてひどく醜《みにく》くなるその男《をとこ》の眼《め》を見《み》てゐた。繁雄《しげを》はほんたうに何《なに》も知《し》らなかつた。それでも、幾重《いくへ》が相手《あいて》にしてゐる時《とき》には、繁雄《しげを》はその愛《あい》の中《うち》に包《つゝ》まれてゆかうとする心持《こゝろもち》を、僅《わづか》ながらその動作《どうさ》の上《うへ》に現《あら》はさうとしてゐるところが見《み》えたりしたけれども、たゞ其《そ》れだけであつた。この媚《こ》びの裏《うち》に、女《をんな》の思《おもひ》を苛《い》ら立《だ》たせるやうな、男《をとこ》の強《つよ》い肉《にく》の魅力《みりよく》などは、微塵《みじん》も持《も》つてゐなかつた。女《をんな》の眼《め》の色《いろ》に相槌《あひづち》を打《う》つやうな官能的《くわんのうてき》な笑《わら》ひを投《な》げることなどは、繁雄《しげを》は夢《ゆめ》にも知《し》らなかつた。

最初《さいしよ》は、女《をんな》のはげしい愛着《あいぢやく》にその心《こゝろ》を卷《ま》き込《こ》まれて、見當《けんたう》がつかずにゐるやうな男《をとこ》のあわてた初心《しよしん》さを、幾重《いくへ》は可愛《かあい》らしく思つたりしたけれども、今《いま》では、幾重《いくへ》のしびれきつた戀《こひ》の情熱《じやうねつ》を、一層荒々《いつそうあらあら》しく反撥《はんぱつ》させてくれるやうな力《ちから》を持《も》つてゐない繁雄《しげを》のすべてが、幾重《いくへ》は唯《たゞ》ぢれつたいばかりになつた。幾重《いくへ》にあてゝ書《か》く手紙《てがみ》でも、繁雄《しげを》はその言葉《ことば》の上《うへ》に、戀《こひ》の情緒《じやうしよ》を沁《し》みださせることを知《し》らなかつた。堅《かた》い文《も》字《じ》て、戀《こひ》とか、愛《あい》とか、なつかしいとか、可愛《かあい》がつてくれとか云《い》ふことを、をかしいほど試験《しけん》の答案的《たふあんてき》に書《か》いてあつた。

幾重《いくへ》はその手紙《てがみ》をいやなものゝ一《ひ》とつにしてゐた。概念的《がいねんてき》にばかり使《つか》はれてゐる戀《こひ》と云《い》ふやうな字《じ》を幾重《いくへ》はいつもよくは讀《よ》まないやうにした。熱《ねつ》がないと云《い》ふよりは、味《あぢ》のない手紙《てがみ》ばかり繁雄《しげを》は書《か》いた。

幾重《いくへ》はいつも、繁雄《しげを》のことを、綺麗《きれい》なお木偶《でく》さんだと思《おも》つたりした。それから、床柱《とこばしら》見《み》たいな男《をとこ》だとも思《おも》つた。稀《たま》には寄《よ》つかゝつて好《い》い心持《こゝろもち》のすることもあるけれども、向合《むかひあ》つてはなんにもならなかつた。抱《だ》くにも縺《もつ》れるにもなんの感情《かんじやう》もおこらないほど、繁雄《しげを》の戀《こひ》はぶつきらぼうであつた。幾重《いくへ》はこの戀《こひ》の相手《あひて》に倦《あ》き／＼した。さうして此方《こつち》から、綾《あや》してかゝることに幾重《いくへ》は好《い》い加減《かげん》疲《つか》れてしまつた。

二

繁雄《しげを》はだまつて、自分《じぶん》の持《も》つてゐた本《ほん》を繰《く》りひろげて見《み》たりした。さうして讀《よ》まないで、又《また》閉《と》ぢたりした。

繁雄《しげを》は口《くち》を結《むす》んでゐた。少《すこ》し赤《あか》い眼許《めもと》が、釣《つ》り上《あ》がつたり、又《また》撓《たゆ》んだりしてる筋肉《きんにく》の動《うご》きを、幾重《いくへ》は眺《なが》めてゐた。女《をんな》から、何《なに》かしかけられることを、ぢつとして待《ま》つてゐると云《い》ふやうな様子《やうす》があつた。幾《いく》重《へ》はわざと、冷《つ》めたい顔《かほ》をして卷煙草《まきたばこ》をふかしてゐた。

「すつかりあなたが倦《あ》きてしまつた。」

今《いま》、斯《か》う云《い》はうかと幾重《いくへ》は考《かんが》へたりした。

いつものやうに、男《をとこ》が斯《か》う云《い》ふ風《ふう》を見《み》せた時《とき》に幾重《いくへ》がするやうな事《こと》をして見《み》たとして、その先《さ》きを幾《いく》重《へ》は想像《さうざう》したりした。

想像《さうざう》してゐるうちに幾重《いくへ》は猶更《なほさら》つまらなくなつた。

「さあ、歸《かへ》りませうか。」

幾重《いくへ》は然う云《い》つて卷煙草《まきたばこ》を火鉢《ひばち》の中《なか》に投《な》げ入《い》れた。

「えゝ。」

繁雄《しげを》はおとなしくむつつりした返事《へんじ》をしながら、直《す》ぐには立《た》たなかつた。女《をんな》のきび／＼した冷《つ》めたい様子《やうす》が繁雄《しげを》には、初《はじ》めてのことなどで、さつきから何《ど》うしていゝか分《わか》らなかつた。幾重《いくへ》のちつとも優《やさ》しくない皮肉《ひにく》な眼付《めつき》が、繁雄《しげを》には一層《いつそう》繼穗《つぎは》がなかつた。幾重《いくへ》は立《た》つて支度《したく》をした、これから此處《こゝ》を出《で》てから、又《また》この人《ひと》と肩《かた》を並《なら》べて、何《なんに》も話《はなし》をする事《こと》がないので、たゞだまつてぽつ／＼歩《ある》く――さうして、とう／＼我慢《がまん》がしきれなくつて、自分《じぶん》はいつものやうに、子供騙《こどもだま》しのやうな甘《あま》つたるい言葉《ことば》を、あとから／＼と捨鉢《すてばち》に抛《は》りだすんだらうと思《おも》ふと、幾重《いくへ》はうんざりした。

「雨《あめ》が降《ふ》るから直《す》ぐ別《わか》れようぢやありませんか、

幾重《いくへ》は然《さ》う云《い》ひながら先《さ》にき立《た》つて室《へや》を出《で》た。繁雄《しげを》に別《わか》れたら、京子《きやうこ》のところへ行《い》つて見ようと思《おも》つた。

京子《きやうこ》――と思《おも》つたはづみに、幾重《いくへ》の胸《むね》に放埓《はうらつ》な戀《こひ》が燃《も》えるやうにきざした。あの可愛《かあい》らしい娘《むすめ》ごゝろを今夜《こんや》一と晩《ばん》で何《ど》うにかしてやりたいと思《おも》つた。赤《あか》い色彩《じきさい》で埋《うづ》まつてゐる京子《きやうこ》を、幾重《いくへ》はどうしても今夜《こんや》氣儘《きまゝ》にして見《み》たかつた。牡丹《ぼたん》の花《はな》の崩《くづ》れるやうに、自分《じぶん》の抱《だ》かうとする手《て》に崩《くづ》れてきさうな京子《きやうこ》の風情《ふぜい》などを描《あが》いて、幾重《いくへ》は自分《じぶん》の肉《にく》が震《ふる》へるやうな氣《き》がした。

京子《きやうこ》はいつも繪《ゑ》をかいてゐた。あんまり美《うつく》しいので幾重《いくへ》が見初《みそ》めた娘《むすめ》であつた。

幾重《いくへ》はふしぎな樂《たの》しみにそゝられながら、鳥料理《とりれうり》の門《かど》の灯《ひ》などをなつかしく眺《なが》めたりした。雨《あめ》はやんでゐた。幾重《いくへ》は傘《かさ》をさげて男《をとこ》より少《すこ》し先《さ》きに歩《ある》いた。

「ね、別《わか》れませう。」

幾重《いくへ》が繁雄《しげを》と並《なら》んだ時《とき》に、幾重《いくへ》は足《あし》をとめて、斯《か》う云《い》つたけれども繁雄《しげを》は、何《なに》か思《おも》ひ探《さぐ》るやうな眼《め》を暗《くら》い路《みち》に向《む》けて、それに直《す》ぐとは返事《へんじ》をしなかつた。

路《みち》は駒下駄《こまげた》で歩《ある》いても行《ゆ》けさうに見《み》えた。明《あか》りが所々《しよ〳〵》にありながら路《みち》が薄暗《うすぐら》かつた。車宿《くるまやど》の前《まへ》に、車《くるま》が往來《わうらい》の方《はう》に出《で》て並《なら》んでゐた。幾重《いくへ》はその狹《せま》くなつた通《とほ》りを行《ゆ》く時《とき》に、だまつてゐる男《をとこ》の手《て》をマントの上《うへ》から押《おさ》へた。

繁幾《しげを》は手《て》を出《だ》して、手袋《てぶくろ》をはめてゐる幾重《いくへ》の手《て》をとつた。さうして、不器用《ぶきよう》な調子《てうし》で、

「私《わたし》がいやになつたんでせう。」

と云《い》つた。

「なぜそんな事《こと》を聞《き》くんです。」

いやになつたと云《い》つたその言葉《ことば》が、幾重《いくへ》の耳《みゝ》に不快《ふくわい》に聞《きこ》えた。

「いやになれば何《ど》うするの。」

幾重《いくへ》は意地悪《いぢわる》く男《をとこ》に迫《せま》るやうに、腕《うで》を男《をとこ》にこすりつけながら云《い》つて笑《わら》つた。雨上《あまあが》りの生《なま》あたゝかい風《かぜ》が、幾重《いくへ》の頬《ほく》にさはつた。

「どうもしない。――」

繁雄《しげを》は低《ひく》い聲《こゑ》でそれだけ云《い》つて、だまつた。

「いやになんぞなりませんよ。私《わたし》はあなたが好《す》きですもの。」

斯《か》う云《い》ひかけて、自分《じぶん》はまた、そろ〳〵何時《いつ》ものやうに云《い》はなくてもいゝことを、云《い》ひ出《だ》すんだらうと幾重《いくへ》は思《おも》つた。繁雄《しげを》が、時々《ときぐ》笑《わら》ひながら、

「口《くち》から出任《でまか》せを云《い》つて。」

と云《い》ふやうに、幾重《いくへ》はぞんざいに、色氣《いろけ》の多《おほ》い言葉《ことば》を繁雄《しげを》に向《むか》つて出《だ》し〳〵した。

それは、いくらでも、どんな事《こと》でも繁雄《しげを》になら云《い》ふことができた。

「私《わたし》を思《おも》つてゐた？　私《わたし》の事《こと》ばかり思《おも》つてゐた？」

「別《わか》れてゐる間《あひだ》でも、あなたは私《わたし》の事《こと》を思《おも》つてゐるんですよ。寢《ね》ないで、寢《ね》ないで、私《わたし》の事《こと》を思《おも》ひつゞけてゐらつしやいよ。忘《わす》れちやいけない。」

「ほんとにあなたは可愛《かわ》いゝ人《ひと》ねえ。可愛《かわ》いゝ、可愛《かわ》いゝ、可愛《かわ》いゝ繁《しげ》ちやんねえ。」

「私《わたし》はあなたを何《ど》うすればいゝんでせう。」

幾重《いくへ》は夢中《むちう》になつてこんな事《こと》を云《い》つたりした。いつもいつも、お定《きま》り文句《もんく》の甘《あま》い言《こと》を云《い》つてゐると自《じ》分《ぶん》で思《おもひ》ながら、幾重《いくへ》はよく斯《か》う云《い》つた。こんな事《こと》を繁雄《しげを》の前《まへ》で云《い》つてる時《とき》は、歌馴《うたひな》れた好《す》きな歌《うた》を、勝《かつ》手《て》に口《くち》にしてゐるやうで、心持《こゝろもち》が快《よ》かつた。繁雄《しげを》はそれを嬉《うれ》しさうにして聞《き》いてゐた。

幾重《いくへ》の甘《あま》つたるい言葉《ことば》は、どこまでが、ほんたうで、どこまでが、でたらめか、繁雄《しげを》の若《わか》い心《こゝろ》では判《はん》断《だん》がつかなかつたけれども、それでも、それを戀《こひ》の生命《いのち》を絞《しぼ》つたやうな大切《たいせつ》な言葉《ことば》にして、繁雄《しげを》は眞劍《しんけん》に自分《じぶん》の心《こゝろ》に受《う》け入《い》れてゐた。

「私《わたし》を思《おも》つてゐた？」

と幾重《いくへ》に口癖《くちぐせ》のやうに聞《き》かれる度《たび》に、繁雄《しげを》は力《ちから》を入《い》れて、

「えゝ。」

と返事《へんじ》した。

けれども何《ど》うかすると、繁雄《しげを》の生野暮《きやぼ》な心持《こゝろもち》から、女《をんな》におもちやにされる事《こと》を憤《おこ》るやうな風《ふう》に見《み》えることがあつた。幾重《いくへ》はそれを知《し》つてゐた。さうして、自分《じぶん》のやうな女《をんな》に對《たい》して眞實《しんじつ》な愛《あい》を要求《えうきう》してゐると

思ふと、幾重《いくへ》はをかしかつた。

「私《わたし》は浮氣《うわき》ものですよ。」

幾重《いくへ》は嘲弄《からか》ふやうに斯《か》う云《い》つたりした。

「今日《けふ》あなたの事《こと》を思《おも》つてゐたつて、今夜《こんや》は誰《た》れに惚《ほ》れるか分《わか》りやしない。よござんすか。」

繁雄《しげを》はそんな事《こと》を云《い》はれると、仕方《しかた》なしに微笑《ほゝえ》んでゐた。その笑《わら》ひの影《かげ》に頼《たよ》りなささうな色《いろ》をひそめてゐた、然《さ》う云《い》ふ繁雄《しげを》の顔付《かほつき》が、ひどく幾重《いくへ》の心《こゝろ》に烈《はげ》しい戀慕《れんぼ》の波《なみ》を起《おこ》すことがあるけれども、又《また》、何《ど》うかすると、思《おもひ》きり殘忍《さんにん》に苛《いぢ》めてやりたいやうな氣《き》のすることがあつた。

「嘘《うそ》。そんな事《こと》は嘘《うそ》、私《わたし》はあなたが好《す》きなんですもの。外《ほか》に誰《た》れも思《おも》やしませんよ。あなたの口許《くちもと》は可《か》愛《あい》らしいんですもの。あなたの眼《め》はきれいでせう。こつちをお向《む》きなさい、よく見《み》て上《あ》げるから。――」

幾重《いくへ》は然《さ》う云《い》つて繁雄《しげを》の顔《かほ》を、兩手《りやうて》に挾《はさ》んだり、然《さ》うかと思《おも》ふと、

「今日《けふ》、ほんとにいゝ人《ひと》を見《み》た。私《わたし》はその人《ひと》が忘《わす》れられなくつて困《こま》つてしまつた。」

と云《い》つたぎりで、いつまでも、冷《ひや》やかに繁雄《しげを》の顔《かほ》を見《み》つめてゐたりすることがあつた。

二人《ふたり》とも、何《なに》も云《い》はずにぶら〱と歩《ある》いてゐた。灯《ひ》の賑《にぎ》やかな、電車《でんしや》の通《とほ》る大通《おほどほ》りへ出《で》ると、幾重《いくへ》はそこで別《わか》れやうと思《おも》つた。

「ぢや左樣《さやう》なら。」

繁雄《しげを》は目《め》眩《まぐ》るしい、濡《ぬ》れた明《あか》りの色《いろ》にぢつと見入《みい》りながら、中々《なかく》〱別《わか》れやうとしなかつた。

「もう少《すこ》し歩《ある》きませう。」

繁雄《あげを》は然《さ》う云《い》ひながら立《た》つた儘《まゝ》で動《うご》かずにゐた。

三

二人《ふたり》は大通《おほどほ》りから暗《くら》い小路《こうぢ》へはいつた。そこを拔《ぬ》けると、川端《かはばた》へ出《で》た。川向《かはむか》ふの灯《ひ》が三つばかり、とろんとした光《ひか》りを投《な》げてゐた。川《かは》の水《みづ》か黒《くろ》く、靜《しづか》に流《なが》れてゐた。

幾重《いくへ》は水《みづ》を見《み》ながら歩《ある》いた。水《みづ》は直《ぢ》きに河岸《かし》に並《なら》んだ竹材《ちくざい》の置場《おきば》や材木《ざいもく》の置場《おきば》などに隱《かく》れてしまつた。片側《かたがは》に黒《くろ》い塀《へい》がつゞいたり、軒《のき》の低《ひく》いしやれた格子《かうし》の先《さ》きに、なまめかしい燈籠《とうろう》の灯《ひ》がぼんやりと點《つ》いてゐたりした。

「二人《ふたり》つきりで、どこかを間借《まが》りして暮《くら》しませうか。」

幾重《いくへ》はふいとこんな事《こと》を云《い》つた。ある家《いへ》の二《に》階《かい》に、優《やさ》しく灯《ひ》の色《いろ》が障子《しやうじ》の篏《は》め込《こ》み硝子《がらす》に映《うつ》つてゐるのを見上《みあ》げた時《とき》に、どうしたのか急《きふ》に幾重《いくへ》の胸《むね》に、そんな二人《ふたり》の生活《せいくわつ》が空想的《くうさうてき》に樂《たの》しいものに思浮《おもひうか》べられた。

「さうしてね、私《わたし》はあなたの顏《かほ》ばかり見《み》てゐるんです。いゝてせう。なんにもしないで、私《わたし》はふところ手《て》をして、あなたの顏《かほ》ばかり見《み》てゐるの。あなたは何《ど》うしてゐるてせう。」

繁雄《しげを》はだまつて笑《わら》つてゐた。

「やつぱりなんにも云はないて、だまりこんでゐるでせう。え？だまつてね。」

幾重《いくへ》はつまらなささうに云《い》つた。

けれども、胸《むね》のなかでは、その空想《くうさう》がだん／＼に大仰《おほぎやう》になつていつた。ふところ手《て》をして、男《をとこ》の顔《かほ》ばかり眺《なが》めてゐる自分《じぶん》の姿《すがた》が、おもしろい姿《すがた》に、はつきりと描《ゑが》かれたりした。さうして、その相手《あひて》の男《をとこ》がさつき料理屋《れうりや》の窓《まど》で雨《あめ》を見《み》ながら思出《おもひだ》したある中年《ちうねん》の男《をとこ》になつてゐた。

思合《おもひあ》つただけで、その男《をとこ》とは何《なに》もならずに別《わか》れてしまつた。男《をとこ》はまだ二十三四のやうに美《うつく》しかつた。色《いろ》が白《しろ》くつて、面長《おもなが》な輪廓《りんくわく》な意氣《いき》なところがあつて、いつも情事《いろごと》で苦勞《くらう》してるやうな、女《をんな》と遊《あそ》び慣《な》れた浮氣《うはき》つぽい感覺《かんかく》がその顏《かほ》にあつた。

幾重《いくへ》はその男《をとこ》の家《いへ》に遊《あそ》びに行《い》つたことがあつた。幾重《いくへ》は袷《あはせ》を着《き》てゐた。五月《ぐわつ》の綠《みどり》の刺戟《しげき》強《つよ》い日光《につかう》が、その家《いへ》の廣《ひろ》い庭園《ていゑん》のうちにいつぱいに漲《みなぎ》つてゐた。幾重《いくへ》はその男《をとこ》に伴《つ》れられて廣《ひろ》い庭《には》の内《うち》を歩《ある》いたりした。さうして庭《には》つゞきの藪《やぶ》の奥《おく》の方《はう》まで二人《ふたり》は入《はい》つていつた。子供《こども》を多《おほ》く持《も》つてゐたその男《をとこ》は、幾重《いくへ》を娘《むすめ》のやうに扱《あつか》つて、後《うしろ》から輕《かる》く抱《だ》いたりした。竹《たけ》の根《ね》につまづきさうになつたりするのを、男《をとこ》は、

「あぶない。」

と云《い》つてその身體《からだ》を優《やさ》しく支《さゝ》へて笑《わら》つたりした。男《をとこ》の姿《すがた》は綠《みどり》の日《ひ》の影《かげ》に若《わか》く美《うつく》しく見《み》えた。

幾重《いくへ》はそこで藪蚊《やぶか》にさゝれた、頰《ほゝ》のところが赤《あか》くふくらんだのを、室《へや》に歸《かへ》ると、男《をとこ》は自分《じぶん》で香水《かうすゐ》を持《も》つてきて、その螫《さ》された痕《あと》へつけてくれた。

「いゝ氣持《きもち》でせう。」

男《をとこ》は輕《かる》く云《い》ひながら、その時《とき》幾重《いくへ》の半巾《はんけち》を持《も》つてゐる右《みぎ》の方《はう》の手《て》をしつかりと握《にぎ》つた。二人《ふたり》はしばらく笑《わら》つた眼《め》と眼《め》を見交《みか》はしながら窓《まど》のところに立《た》つてゐた。

男《をとこ》の夫人《ふじん》がいやな顏《かほ》をするので、幾重《いくへ》はちよい〳〵其家《そこ》へ行《ゆ》くこともできなかつた。男《をとこ》は身分《みぶん》があるので。幾重《いくへ》を連《つ》れて然《さ》う外《そと》を出歩《である》くこともできなかつた。お互《たがひ》に、何《なに》か好《い》い機會《をり》を待《ま》たうとするやうな默契《もくけい》を、心《こころ》の中《うち》に祕《ひ》め合《あ》つたまゝで、長《なが》い月日《つきひ》が經《た》つていつた。幾重《いくへ》からは男《をとこ》の手許《てもと》へ手紙《てがみ》を送《おく》ることもできなかつた。男《をとこ》からは今《いま》でも、思《おも》ひついたやうに、時々《とき〴〵》かすかな思《おもひ》を傳《つた》へてよこしたりした。幾重《いくへ》は思切《おもひき》つてはゐながら、その男《をとこ》ばかりは心《こゝろ》の奥《おく》から消《け》してしまふことのできないほど、戀《こひ》しい印象《いんしやう》があざやかに殘《のこ》つてゐた。唯《たゞ》、顏《かほ》を合《あ》はせるだけでもいゝから、一《ひ》と月《つき》に一度《いちど》、二た月《つき》に一度《いちど》でも日《ひ》を定《き》めて逢《あ》つて見《み》たい——幾重《いくへ》は然《さ》う思詰《おもひつ》めたりすることもあつた。けれども、あの男《をとこ》へは、そんな嬰兒染《ねんねえじ》みたことは云《い》つてやれなかつた。思《おも》ひ忍《しの》ぶと云《い》ふ事《こと》に、無限《むげん》の戀《こひ》の律《リズム》が波打《なみう》つてるやうに、いつも詩味《しみ》深《ふか》く思《おも》ひやられるのは、この男《をとこ》との陰《かげ》のやうな愛情《あいじやう》ばかりであつた。幾重《いくへ》は、何《ど》うかすると、その男《をとこ》への戀《こひ》が、自分《じぶん》一生《いつしやう》の間《あひだ》のほんたうの戀《こひ》であつたやうに思《おも》ひ返《かへ》されたりした。

幾重《いくへ》は一人《ひとり》て、樂《たの》しい空想《くうさう》に耽《ふけ》りながら、うか〳〵と歩《ある》いて行《い》つた。川《やは》の水《みづ》が、ふと見《み》えたりすると幾重《いくへ》はそこに立《た》つて、黑《くろ》い水《みづ》のおもてをいつまでもぢつと見詰《みつ》めてゐた。繁雄《しげを》は煙草《たばこ》をのみながら、幾重《いくへ》と同《おな》じやうにそこに立《た》つて水《みづ》を眺《なが》めたりした。

「行《い》きませう。」

繁雄《しげを》は、あんまり長《なが》く幾重《いくへ》が立《た》ち盡《つく》してゐると、直《す》ぐ斯《か》う云《い》つて促《うなが》した。

四

「ぢや左様《さやう》なら。」

幾重《いくへ》は暗《くら》い橋《はし》の角《かど》で、繁雄《しげを》に云《い》つた。橋《はし》の向《むか》ふで、廣告塔《くわうこくたふ》のイルミネーションが、赤《あか》く青《あを》く、くるくると變《かわ》つてゐた。電車《でんしや》がきし／＼と云《い》つて遠《とほ》くを通《とほ》つてゐた。空《そら》のまんなかのところに、星《はし》が群《むらが》つて現《あら》はれてゐた。

「別《わか》れませう。」

然《さ》う云《い》つて幾重《いくへ》の出《だ》した手《て》を繁雄《しげを》は取《と》つた。幾重《いくへ》は繁雄《しげを》の顏《かほ》をぢつと見《み》た。帽子《ばうし》の庇《ひさし》の下《した》から、されいな眼《め》が輝《かゞや》いてゐた。

「もう少《すこ》し送《おく》つて下《くだ》さいな、ね。どうせ家《うち》へ歸《かへ》るんでせう。」

「くたびれてしまつたから。」

幾重《いくへ》はいやさうに云《い》つた。傘《かさ》が重《おも》いと云《い》ふやうに、わざと傘《かさ》の先《さ》きを持《も》つて、振《ふ》り散《ち》らしてゐた。

「ぢや電車《でんしや》へ乘《の》りませう。いつしよに。」

「まあ一人《ひとり》でお歸《かへ》んなさいな。電車《でんしや》に乘《の》つたつてつまらないぢやありませんか。あなたは默《だま》つてゐるんだから。」

繁雄《しげを》は、幾重《いくへ》の手《て》を揺《ゆすぶ》りながら、何《なに》か云《い》はうとして、それで調子《てうし》好《よ》く弾《はづ》んで出《で》てこないやうな、もだ〳〵した眼色《まなざし》をした。

「一人《ひとり》で歸るのはいやなのですか。」

繁雄《しげを》は、うなづいてゐた。

「ぢや、お別《わか》れのしるしに。」

幾野《いくへ》は繁雄《しげを》の手《て》を自分《じぶん》の方《はう》へひいて、男《をとこ》の方《はう》へ顔《かほ》を振《ふ》り仰向《あほむ》けた。

「ね、いゝでせう。左様《さやう》なら。」

幾重《いくへ》は、繁雄《しげを》と別《わか》れて、橋《はし》を渡《わた》り返《かへ》した。

五

一人《ひとり》で歩《ある》いてくると、幾重《いくへ》は今別《いまわか》れた繁雄《しげを》のことが、ちよつと身《み》に沁《し》みて、この胸《むね》からはなれずにゐた。暗《くら》い街《まち》の灯《ひ》が、とぼ〳〵して少《すこ》し幾重《いくへ》の心《こゝろ》が滅入《めい》つた。

「京子《きやうこ》のところ――」

幾重《いくへ》は然《さ》う思《おも》つたが、さつきほどの熱《ねつ》がおこらなかつた。幾重《いくへ》の殊《こと》に氣《き》に入《い》つたあの眼《め》などを思《おも》ひ浮《うか》べて見《み》たけれども、それに心《こゝろ》が惹《ひ》かれなかつた。京子《きやうこ》に逢《あ》ひたいと云《い》ふ興味《きようみ》がなくなつてしまつたので幾重《いくへ》は何《ど》うしようかとしばらく道《みち》の中途《ちうと》で思《おも》ひ惑《まど》ひながら、寂《さみ》しい思《おも》ひをして歩《ある》いた。

行《ゆ》く道《みち》に、踊《おど》りの師匠《しゝやう》の家《いへ》があつた。舞臺《ぶたい》を踏《ふ》んでる可愛《かわ》いゝ足音《あしおと》が、二三人《にん》かたまつて喧《やか》ましくどたく〳〵してゐた。その音《おと》が往來《わうらい》の方《はう》に響《ひゞ》いてきた。三味線《しやみせん》の低《ひく》い調子《てうし》がそれに交《まじ》つてゐた。

幾重《いくへ》はそこから折《を》れて、的《あて》もなしに長《なが》い間足《あいだあし》に任《まか》せて歩《ある》いてゐた。どつちへ行《ゆ》けば電車《でんしや》の道《みち》に出《で》るか分《わか》らずに歩《ある》いてゐるうちに、待合《まちあひ》などの軒並《のきな》みに並《なら》んでる綺麗《きれい》な町《まち》へ出《で》た。大《おほ》きい門《もん》の中《なか》に植《う》ゑ込《こ》みが奥深《おくよか》く見《み》えて、金行燈《かなあんだう》の灯《ひ》が美《うつく》しく濡《ぬ》れてゐたりした。どの家《うち》も明《あか》るく、なまめいた灯《ひ》が流《なが》れてゐた。幌《はろ》を下《さ》げた車《くるま》が一臺《いちだい》彼方向《むかうむ》きにおいてあつた家《いへ》の門《もん》も過《す》ぎたりした。細《ほそ》い路次《ろじ》から、半玉《はんぎよく》が二人《ふたり》巫山戯《ふざけ》ながら出《で》てきた。友禪《いうぜん》の上《うへ》に一人《ひとり》は長《なが》い羽織《はおり》を引《ひ》つかけてゐた。腰高《こしだか》に端折《はしよ》つた赤《あか》い褄先《つまさき》から、塗《ぬ》り下駄《げた》を穿《は》いてゐる眞《ま》つ白《しろ》な足袋《たび》の恰好《かつかう》が、くつきりと出《で》てゐた。褄《つま》と、足袋《たび》の甲《かう》との間《あひだ》が、毛筋《けすぢ》ほどの差《さ》て、あざやかに線《せん》をきつてゐた。

幾重《いくへ》はその姿《すがた》を見送《みおく》りなどして、又《また》、石《みぎ》へ曲《まが》り〳〵した。小《ちひ》さい橋《はし》に出《で》た。橋《はし》の下《した》に船《ふね》が幾艘《いくさう》も舫《もや》つてゐた。幾重《いくへ》は直《す》ぐ眼《め》の下《した》の、船《ふね》の灯《ひ》を立《た》つて眺《なが》めた。船《ふね》の蓋《ふた》をとつたやうなところから、その灯《ひ》がゆるく漏《も》れてゐた。

幾重《いくへ》はいつともなく、さつき繁雄《しげを》に別《わか》れたところへ出《で》てきた。電車《でんしや》が遠《とほ》くの方《はう》に動《うご》いてゐた。幾重《いくへ》は電車《でんしや》の方《はう》へ歩《ある》いて行《い》つた。

六

幾重《いくへ》は山《やま》の手《て》のある坂《さか》を上《あが》つて行《い》つた。そこいらの邸内《ていない》や、道《みち》の傍《はた》に、大《おほ》きい櫻《さくら》がちよい／＼あつた。櫻《さくら》は、薄《う》つすりとこまやかに咲《さ》いてゐた。空《そら》がだん／＼に晴《は》れてきた。

小《ちひ》さい溝《みぞ》に、板《いた》の橋《はし》を渡《わた》した兎《と》ある門構《もんがま》への前《まへ》までくると、幾重《いくへ》は、松《まつ》の枝《えだ》に遮《さへぎ》られたその家《いへ》の二階《にかい》を見上《みあ》げて立止《たちどま》つた。夜《よる》など來《く》ると、よくその二階《にかい》から琴《こと》の音《ね》が聞《きこ》えたのだが、今夜《こんや》はひつそりしてゐた。その癖雨戸《くせあまど》はすつかり開《あ》いたまゝてあつた。高《たか》いところに電燈《でんとう》の輝《かゞや》いてゐるやうな、隈《くま》どつた明《あか》りの色《いろ》がずつと並《なら》んだ障子《しやうじ》に華々《はな／＼》しく射《さ》してゐた。

幾重《いくへ》は京子《きやうこ》がゐるか、ゐないか、と思《おも》ひながら、門《もん》のなかに入《はひ》つて行《い》つた。鈴《ベル》を押《お》しても押《お》しても、いつまでも誰《た》れも出《で》てこなかつた。

幾重《いくへ》は自分《じぶん》で格子《かうし》をがら／＼と開《あ》けて、土間《どま》に這入《はい》つた。そこへ、いつもの婆《ば》あやが出《で》てきて、

「おやまあっ」

と云《い》ひながら、愛想《あいさう》のいゝ顔《かほ》をした。

「いらつしやるんですか。」

「へえ」

婆《ば》あやは然《さ》う云《い》つて、膝《ひざ》を突《つ》いてゐた。

幾重《いくへ》は上《うへ》へあがつて暗《くら》い玄關《げんくわん》で、上《うへ》に着《き》てゐるものを脱《と》つたりした。幾重《いくへ》が來《く》れば、誰《た》れも幾重《いくへ》と京《きやう》子《く》の部屋《へや》へはわざ〱案内《あんない》しなかつた。幾重《いくへ》は構《かま》はずに、そこから廊下《らうか》をぬけて、奧《おく》まつた京子《きやうこ》の部屋《へや》の方《はう》へそつと歩《ある》いて行《い》つた。

突《つ》き當《あた》りの丸窓《まるまど》が、薄暗《うすくら》くつて、室内《なか》には誰《た》れもゐないやうに靜《しづか》であつた。京子《きやうこ》はもう寐《やす》んだのかしらなどゝ思《おも》ひながら、右《みぎ》に廻《まは》つてその入《い》り口《ぐち》の障子《しやうじ》を開《あ》けて見《み》ると、京子《きやうこ》はそこにはゐなかつた。誰《た》れか人《ひと》が來《き》てゐたやうに、京子《きやうこ》の机《つくゑ》の横《よこ》に、客《きやく》の座蒲團《さぶとん》が亂《みだ》れてゐた。

今《いま》にこの部屋《へや》へ京子《きやうこ》は戻《もど》つてくるのだらうと思《おも》つて、幾重《いくへ》はそこに坐《すわ》つてゐた。人形《にんぎやう》やおもちやが整《き》然《ちん》と並《なら》んでゐる置棚《おきだな》の前《まへ》に、小《こ》米櫻《ごめざくら》が挿《さ》してあつた。床《とこ》の間《ま》の上《うへ》に、繪絹《ゑぎぬ》を貼《は》つて尺五《しやくご》の枠《わく》が二三枚立《まいた》てかけてあつた。

京子《きやうこ》のいつも敷《し》いてる友禪《いうぜん》の座蒲團《さぶとん》の色彩《しきさい》が、こつくりと幾重《いくへ》の眼《め》に映《うつ》つたので、幾重《いくへ》はやがてその上《うへ》に行《い》つて坐《すわ》つた。繪筆《ゑふで》や、畫帖《ぐわてう》の亂雜《らんざつ》に散《ち》らかつてゐる机《つくゑ》の上《うへ》に、たつた一とつ位置《ゐち》を異《ちが》へてその角《かど》のところに置《お》き放《はな》しになつてるやうな形《かたち》で、載《の》つかつてある小形《こがた》の本《ほん》があつた。きれいな藤原時代《ふぢはらじだい》に見《み》るやうな姫《ひめ》が、扇《あふぎ》の顔《かほ》をかくしてゐる繪《ゑ》がその表紙《へうし》にかいてあつた。十二一重《へ》の裾《すそ》と、下《さ》げた髪《かみ》とが亂《みだ》れて、赤《あか》い色《いろ》が毒々《どく〱》しく見《み》えた。その上《うへ》のところに何《なに》か洋文字《やうもじ》が達者《たつしや》な筆《ふで》でかいてあつた。

「The irresistible Argument」

幾重《いくへ》はその字《じ》を讀《よ》みながら、そつと頁《ペイジ》を開《あ》けて見《み》た。

次《つ》ぎ〳〵と美《うつく》しい繪《ゑ》が刷《ず》つてあつた。「敵《てき》しがたき論證《ろんしよう》」の繪《ゑ》が、白《しろ》く、赤《あか》く、黒《くろ》く、強烈《きやうれつ》な色彩《しきさい》が縺《もつ》れ〳〵して、描《ゑが》かれてゐた。

帯《おび》が解《と》けて流《なが》れてゐたりした。女《をんな》の肉《にく》の露《あらは》な手《て》が空《くう》にのびて、何《なに》かに絡《から》まつてゐたりした。櫻《さくら》の枝《えだ》の背景《はいけい》や、燈籠《とうろう》に飛石《とびいし》の庭《には》の圖《づ》があつたりした。掛《か》け臺《だい》の上《うへ》に女《をんな》の簪《かんざし》が落《お》ちてゐたりした。

丹治郎《たんじらう》のやうな男《をとこ》や、久松《ひさまつ》のやうな男《をとこ》が澤山《たくさん》にゐた。鏡臺《きやうだい》の蔭《かげ》で、長《なが》い袖《そで》の中《なか》に顔《かほ》を埋《うづ》めてゐる美《うつく》しい娘《むすめ》の、振《ふ》り下《さ》げの鹿《か》の子《こ》の帯《おび》が男《をとこ》の手《て》の中《なか》に亂《みだ》れてもつれてゐたりした。

幾重《いくへ》は一枚《いちまい》づゝおもしろさうに繰《く》つて眺《なが》つた。十四五葉《えふ》て、その繪《ゑ》はおしまひになつてゐた。

見《み》てしまふと、幾重《いくへ》はその本《ほん》を舊《もと》の通《とほ》りにして、再《ふたゝ》び表紙《へうし》の姫《ひめ》の繪《ゑ》を見返《みかへ》した。さうして、洋文字《やうもじ》を又口《またくち》の中《なか》で讀《よ》んだ。

「敵《てき》しがたき論證《ろんしよう》。」

幾重《いくへ》はそれを繰《く》り返《かへ》した。

然《しか》し、直《す》ぐに、誰《だ》れがこれを持《も》つて來《き》たのだらうと思《おも》つた。さうして、この机《つくゑ》の上《うへ》に乘《の》つてゐるからには、京子《きやうこ》はこれを見《み》てゐたに違《ちが》ひないと思《おも》つた。

「京子《きやうこ》がこれを見《み》た。」

幾重《いくへ》はふしぎな興味《きようみ》にそゝられて、しばらくぢつと、何《なに》か心《こゝろ》に描《ゑが》いてゐた。

どこからともなく、ふだん京子《きやうこ》のきものから匂《にほ》つてくる香水《かうすゐ》の匂《にほ》ひが、あたりを籠《こ》めてゐて、それが幾重《いくへ》の鼻《はな》にしみた、長《なが》い袂《たもと》や、厚《あつ》い裾《すそ》を通《とほ》して、幾重《いくへ》は京子《きやうこ》の肌《はだ》なぞを空想《くうさう》しながら、又《また》、ぱら〱と本《ほん》の頁《ペイヂ》を繰《く》つた。人間《にんげん》の呼吸《こきふ》がそこから響《ひゞ》くやうに思《おも》つた。

七

そこへ婆《ば》あやが茶《ちや》を運《はこ》んできた。京子《きやうこ》がゐないと聞《き》いて、

「ぢやお二階《にかい》で御座《ござ》いますよ。いらしつて御覧《ごらん》なさいまし。」

と云《い》つた

今夜《こんや》は誰《た》れも家《うち》にゐなくて、孃《ちやう》さんと婆《ば》あやばかり留守《るす》してゐるところへ、いつも來《く》る原《はら》さんと云《い》ふ男《をとこ》のお友達《ともだち》がいらしつた。その方《かた》とお二階《にかい》にいらつしやるのでせう。」と婆《ば》あやは云《い》つた。

「お知《し》らせしませうか。」

婆《ば》あやは立《た》ち際《ぎは》に斯《か》う云《い》つたけれども、幾重《いくへ》は自分《じぶん》で二階《にかい》へ行《ゆ》くと云《い》つたので、婆《ば》あやは又室《またへや》を退《さが》つていつた。

これを書《か》いたのは、その原《はら》さんだらうと思《おも》ひながら幾重《いくへ》は部屋《へや》を出《で》て、廊下《らうか》から二階《にかい》へあがつていつた。唐紙《からかみ》がぴちんと閉《し》まつて、上《あが》り口《ぐち》が暗《くら》かつた。

室内《なか》からその時《とき》、低《ひく》い京子《きやうこ》の聲《こゑ》がした。幾重《いくへ》はだまつて、その聲《こゑ》のした方《はう》の唐紙《からかみ》をあけて、室《へや》にはいらうとした。びつくりして振向《ふりむ》いたのは、座敷《ざしき》の隅《すみ》にうづくまつてゐた京子《きやうこ》であつた。原《はら》は其《そ》の後《うしろ》に手

を下《さ》げて立《た》つてゐた。

原《はら》は眞《ま》つ赤《か》な顏《かほ》をして、立端《たちば》のないやうに、もぢ〳〵してゐたが、京子《きやうこ》は直《す》ぐに立《た》つて、膝前《ひざまへ》などを直《なほ》しながら幾重《いくへ》の方《はう》に向《む》いてよろ〳〵と歩《ある》いてきた。おしろいのついた顏《かほ》が眞《ま》つ蒼《さを》で、眼《め》ばかり赤《あか》くなつてゐた。大《おほ》きく卷《ま》いてる束髮《そくはつ》の髷《まげ》がくづれて前髮《まへがみ》から額《ひたひ》に輪《わ》のやうにかぶさつてゐた。

幾重《いくへ》は、なんと云《い》ふ美《うつく》しい顏《かほ》だらうと思《おも》つた。身體《からだ》ぢうの血《ち》を失《うしな》つてしまつたやうに、京子《きやうこ》は眞《ま》つ白《しろ》になつた手《て》を上《あ》げて、髮《かみ》を撫《な》で上《あ》げたらしい。脆《もろ》い花片《はなびち》のやうに、白々《しろ〴〵》と消《き》えさうになつてゐるその顏《かほ》のなかに、睫《まつげ》の長《なが》いくるりとした可愛《かはい》ゝ眼《め》が、鋭《するど》く光《ひか》つてゐた。

「いついらしつて。」

京子《きやうこ》は靜《しづか》に斯《か》う云《い》つたけれども、息《いき》が彈《はづ》んでゐた。幾重《いくへ》は原《はら》と云《い》ふ男《をとこ》を見《み》た。原《はら》は、座敷《ざしき》のなかに何《なに》もないので行《ゆ》き場《ば》がなかつた。それで障子《しやうじ》をあけて廊下《らうか》の外《そと》に出《で》ていつた。髮《かみ》の長《なが》い、眼鏡《めがね》をかけた、口許《くちもと》に愛嬌《あいきやう》のあつた顏《かほ》が、幾重《いくへ》の眼《め》に殘《のこ》つた。

「原《はら》さんいらつしやいな。」

京子《きやうこ》は然《さ》う云《い》つてをいて、幾重《いくへ》の袖《そで》に手《て》をかけた。

「階下《した》へ行《い》きませう。」

京子《きやうこ》は一生懸命《いつしやうけんめい》な顏《かほ》をして、幾重《いくへ》に笑《わら》つて見《み》せた。笑《わら》つてゐるうちに、その顏《かほ》に生《い》きた血《ち》が動《うご》いてきて、ふつくりした筋肉《きんにく》が柔《やは》らかに撓《たわ》んだ。匂《にほ》ひと、柔《やは》らかさと、なよ〳〵しさとで、京子《きやうこ》の小《ちひ》さい身體《からだ》が、ちよつと觸《さは》つても赤《あか》い色彩《しきさい》のなかに崩《くづ》れてしまひさうに見《み》えた。眼《め》が情慾《じやうよく》の詩《し》のやうに燃《も》えてゐた。

「美《うつく》しい顔《かほ》ね。なんて美《うつく》しい顔《かほ》をしてゐるんでせう。」

幾重《いくへ》は京子《きやうこ》の顔《かほ》から眼《め》をはなさなかつた。京子《きやうこ》はあわてゝその顔《かほ》を袂《たもと》でかくしながら急《きふ》に階下《した》へおりていつた。幾重《いくへ》は立《た》つた儘《まゝ》で、今《いま》、京子《きやうこ》のうづくまつてゐた座敷《ざしき》の隅《すみ》を見《み》た。電氣《でんき》が疊《たゝみ》を平《たひら》に照《て》らしてゐた。その隅《すみ》にはなんの影《かげ》も落《お》ちてゐなかつた。原《はら》はいつまで經《た》つても廊下《らうか》の外《そと》から這入《はい》つてこなかつた。

八

幾重《いくへ》も階下《した》へおりてきた。京子《きやうこ》の部屋《へや》へは行《ゆ》かずに、縁《えん》から硝子《がらす》戸《ど》越《こ》しに暗《くら》い庭《には》を眺《なが》めて立《た》つてゐた。外《そと》はくらくつて、なんにも見《み》えなかつた。こゝにも丁字《ちやうじ》の匂《にほ》ひがしてゐた。冷《つ》めたく、すつきりと幾重《いくへ》の胸《むね》を清《きよ》めるやうに、静《しづか》に闇《やみ》の外《そと》から匂《にほ》つてきた。少時《しばらく》して二階《にかい》から原《はら》の下《お》りてくるやうな氣勢《けはい》がしたので、幾重《いくへ》は京子《きやうこ》のところへ行《い》つて見《み》た。

幾重《いくへ》は入《はい》ると直《す》ぐ、机《つくゑ》の角《かど》のところに眼《め》を送《おく》つた。本《ほん》は其《そ》の儘《まゝ》になつてゐた。京子《きやうこ》は机《つくゑ》の上《うへ》に突《つ》つ伏《ぷ》してゐた。肩上《かたあ》げのある荒《あら》い絣《かすり》の羽織《はおり》の襟《えり》が肩《かた》から少《すこ》し落《お》ちてゐた。おしろいのついた頸筋《くびすぢ》が、後《おく》れ毛《げ》でぽや〳〵と埋《うづま》つてゐた。髪《かみ》がすつかりくづれて右《みぎ》の耳前髪《もみあげ》の方《はう》に落《お》ちかゝつてゐた。

「京子《きやうこ》さん。」

幾重《いくへ》が呼《よ》んで見《み》ると、京子《きやうこ》は直《す》ぐに顔《かほ》を上《あ》げて此方《こつち》を向《む》いた。その口《くち》が子供《こども》らしく笑《わら》つてゐた。

「氣分《きぶん》でも悪《わる》いんですか。」

「いゝえ。」

京子《きやうこ》は頭《あたま》を振《ふ》つて、さうして、机《つくゑ》の角《かど》の本《ほん》の表紙《へうし》をぢつと見守《みまも》つてゐた。

「お客様《きやくさま》がお歸《かへ》りになりますが、宜《よろ》しうござんすか。」

婆《ば》あやが障子《しやうじ》の外《そと》から聲《こゑ》をかけた。

「えゝ。」

意外《いぐわい》にはつきりと大《おほ》きな聲《こゑ》で返事《へんじ》した京子《きやうこ》は、ふと氣《き》が付《つ》いたやうに、その本《ほん》を取《と》つて急《いそ》いで部屋《へや》を出《で》て行《い》つたが、直《ち》きに歸《かへ》つてきた。

「The irresistible Argument」

幾重《いくへ》は京子《きやうこ》の顔《かほ》を見《み》ると、かう云《い》つて笑《わら》つた。さうして京子《きやうこ》の手《て》を取《と》つて、自分《じぶん》の膝《ひざ》の前《まへ》に引《ひ》き据《す》ゑた。仆《たふ》れるやうに凭《もた》れかゝつた京子《きやうこ》の身體《からだ》を、幾重《いくへ》は力《ちから》いつぱいに抱《だ》きしめて、その崩《くづ》れた髪《かみ》の毛《け》に頰《ほゝ》を押《お》し付《つ》けた。

「ね、ふるへてるぢやありませんか。」

京子《きやうこ》の身體《からだ》が微《かすか》に震《ふる》へてゐた。京子《きやうこ》は小《ちひ》さい口《くち》を結《むす》んで、魂《たましひ》の抜《ぬ》けてしまつたやうな眼《め》で自分《じぶん》の膝《ひざ》の上《うへ》を見詰《みつ》めてゐた。

「ね、何《ど》うしたんです。」

幾重《いくへ》は後《うしろ》から、京子《きやうこ》の腕《うで》をとつて其《そ》の身體《からだ》をゆすぶつた。膝《ひざ》の上《うへ》に乘《の》せた子供《こども》をいとしむやうに、京子《きやうこ》の頰《ほゝ》に、幾重《いくへ》は頰《ほゝ》を寄《よ》せた。さうして、こわれかけてゐる髪《かみ》のピンを一本《いつぽん》づゝ拔《ぬ》いてやつた。入《い》れ毛《げ》が、幾重《いくへ》の胸《むね》の前《まへ》にずるりと落《お》ちた。幾重《いくへ》はすつかり、その髪《かみ》をほぐして撫《な》でてゆつた。長《なが》い髪《かみ》がうねつて京子《きやうこ》の脊中《せなか》に波《なみ》を打《う》ちながら垂《た》れた。幾重《いくへ》は、ぢつとしてゐる京子《きやうこ》の胸苦《むなぐる》しいやうな呼吸《こきう》を靜《しづか》に聞《き》いてゐた。さうして、斯《か》うして京子《きやうこ》を抱《だ》いてゐる自分《じぶん》が、まるで愛《あい》の絶頂《ぜつちやう》にあるやうな氣《き》がした。

幾重《いくへ》はどんなにても京子《きやうこ》を可愛《かあい》がらうと思《おも》つて身《み》が燃《も》えた。さうして、その irresistible, な恐《おそろ》しい力《ちから》に引《ひ》きずられて、その迷蒙《めいまう》な慾《よく》のなかに醉《ゑ》ひしれてゆくものゝ狀態《じやうたい》を、ひそかに見守《みまも》ることのできる畸《き》形《けい》な快樂《くわいらく》を、幾重《いくへ》はうつとりと夢《ゆめ》みてゐた。

京子《きやうこ》は幾重《いくへ》を送《おく》つて外《そと》に出《で》た。送《おく》つてこなくてもいゝと云《い》つて斷《ことわ》つても、京子《きやうこ》は聞《き》かずに出《で》てきた。髪《かみ》を下《さ》げた上《うへ》から、漆黒《しつこく》の艶《つや》をもつた長《なが》いびらうどの襟巻《えりまき》をしてゐた。このびろうどの中《なか》から、京子《きやうこ》の白《しろ》い可愛《かわい》らしい腮《あご》が括《くゝ》れるやうに現《あら》はれてゐた。

夜《よ》の更《ふ》けた外《そと》が、暗《くら》く暖《あたゝか》にひつそりしてゐた。柵《さく》に添《そ》つた柳《やなぎ》が柔《やは》らかに色《いろ》をかくしてゐた。美《うつく》しい肉《にく》にかくれたある祕密《ひみつ》の聲《こゑ》が、この暗《くら》い夜《よる》のおもてにいつぱいに擴《ひろ》がつてゐるやうに思《おも》はれた。幾重《いくへ》は興奮《かうふん》してゐた。幾重《いくへ》は京子《きやうこ》の手《て》を握《にぎ》つた。

「もう遅《おそ》いからお歸りなさい。」

「えゝ。いゝわ。」

京子《きやうこ》はやつぱり隨《つ》いてきた。夜風《よかぜ》の身《み》に沁《し》みるのが快《い》い心持《こゝろもち》さうに京子《きやうこ》は美《うつく》しい眼《め》を闇《やみ》にさらしてゐた。その子供《こども》のやうな小《ちひさ》い頰《ほゝ》に、蒼《あを》い衰弱《すゐじやく》の陰《かげ》を微《かす》かに漂《たゞよ》はしてゐる魅力《みりよく》に幾重《いくへ》は惱《なや》まされながら歩《ある》いた。

「美《うつく》しい美《うつく》しい、ほんとに美《うつく》しい。」

幾重《いくへ》はふと立止《たちどま》つては、しばらく京子《きやうこ》を見詰《みつ》めてから斯《か》う云《い》つた。さうして、幾度《いくたび》も、幾度《いくたび》もその頰《ほゝ》、に唇《くちびる》をよせた。

「ぢやお歸《かへ》りなさい。もうこゝまでゞよう御座《ござ》んすから。」

「いゝえもう少《すこ》し、電車《でんしや》のところまで。」

京子《きやうこ》は幾重《いくへ》の顏《かほ》を見《み》ないで下《した》を向《む》いて然《さ》う云《い》つた。

「ごらんなさい。こんなに暗《くら》いんだから。」

幾重《いくへ》がそこいらを見廻《みまは》したので、京子《きやうこ》も顏《かほ》を上《あ》げてあたりを見《み》た。

「電車《でんしや》が通《とほ》らないわ。」

京子《きやうこ》は坂《さか》の下《した》を遙《はるか》に見《い》て云《い》つた。そこに燈光《でんかう》があつた。闇《やみ》にとざされた樹《き》の陰影《かげ》を受《う》けて、赤《あか》い電燈《でんとう》のいろが夢《ゆめ》におそはれてるやうな暗《くら》い隈《くま》のなかに輝《かゞや》いてゐた。

―完―

實社會に對する我等の態度

○田村俊子

私はこの頃になつて、一層實社會と云ふものは恐ろしく冷たく鋭いものだと云ふ事を感じます。さうして、私は何う自分の心を鞭つても、どうしてもこの實社會に對する私の態度は消極的だといふ事を感じます。私はいや／＼、この鋭い冷たい實社會に立交ぢつて働き通さなくてはならない運命を持つて生れた事を始終悲しんでゐます。この深い悲しみと嫌惡が、私を遂にどんな境涯へ導いて行くか分りませんが、私は自分が働いて生活しなくてはならない以上、何うかして實社會に對して積極的になりたいと考へます。それが自身の幸福だと考へます。然しそれは到底私の性情と並行することのできない矛盾です。私の境涯はつひに悲慘に終るに違ひないと自ら觀じてゐます。

五文《ぶん》星《せい》の相《す》撲《まふ》見《けん》物《ぶつ》

（四日目）

□　田村俊子

▲相撲《すまふ》と云《い》ふものを初《はじ》めて見《み》たのです。國技館《こくぎくわん》へも初《はじ》めて來《き》たのです。

▲勝負《しようぶ》を見《み》てゐると勝《か》つた相撲《すまふ》よりも負《ま》けた相撲《すまふ》の方《はう》に心《こゝろ》を惹《ひ》かれます。殊《こと》に容貌《きりやう》の美《うつく》しい相《す》撲《まふ》が、散々《さんざん》揉《も》んだ勝負《しようぶ》に負《ま》けて、髱《たぼ》のよく出《で》たふつさりと結《ゆ》つた髷《まげ》の刷毛《はけ》先《さ》きが曲がり、鬢《びん》が亂《みだ》れてしまつて悄然《しよんぼり》と歸《かへ》つてゆく姿《すがた》は哀感《あいかん》を催《もよほ》させます。そうして恐《おそろ》しく肉感的《にくかんてき》です。

▲私《わたし》はそれを秋津《あきつ》しまと云《い》ふ相《す》撲《まふ》に見《み》ました。

選評に就いて

その三　田村俊子

私《わたし》は成《な》る丈《だ》け女《をんな》の手《て》になつた作《さく》を抜《ぬ》くつもりで選《せん》にかゝりましたが、女《をんな》の書《か》いたらしいものはあんまり数《かず》がなくて困《こま》りました。だが其《そ》れを標《へう》準《じゆん》に兎《と》に角《かく》二十何篇《なんぺん》の中《なか》から六篇《ぺん》だけを抜《ぬ》きました。

「初夏《しよか》の頃《ころ》」（90）「ピアニスト」（80）「未來《みらい》」（70）「頸《ぼん》の窪《くぼ》」（70）「不《ふ》要《えう》な時間《じかん》」（65）「享樂《きやうらく》の兒《こ》」（60）

「初夏《しよか》の頃《ころ》」は心理《しんり》の描寫《べうしや》が少《すこ》し惡《わ》るくどく、それでゐて筆《ふで》の足《た》りない様《やう》なあとが見《み》えますが、可成《かなり》に初夏《しよか》の斯《か》うしたシーンが描《ゑが》かれてゐました。其《それ》に女《をんな》の寂《さび》しい情緒《じやうちよ》にも惹《ひ》かれました。女《をんな》のものと云ふ點《てん》で高點《かうてん》にしました。「ピアニスト」は男《をとこ》の書《か》いたやうなところはありましたが、女《をんな》の身《み》の慘《みじ》めな生活《せいくわつ》がすらりと描《ゑが》かれ、男《をとこ》を思《おも》ふ情《じやう》が可憐《しをら》しく出《で》てゐたと思《おも》ひました。「頸《ぼん》の窪《くぼ》」は見《み》た中《うち》で尤《もつと》も勝《すぐ》れたものだと思《おも》つて抜《ぬ》いておいたのですが、男《をとこ》の選者《せんじや》に呼聲《よびごゑ》が高《たか》かつたので點《てん》を輕《かる》くしておいたのです。「未來《みらい》」は文學《ぶんがく》を書《か》くに馴《な》れた人《ひと》の作《さく》だと思《おも》ひました。輕《かる》く、あるところが捉《とら》へてあると思《おも》ひました。

一日一信

俊子

ある工兵《こうへい》の少佐《せうさ》が來《き》てビールを呑《の》みながら戰爭《せんさう》の話《はなし》をしました。日露《にちろ》の役《ゑき》の奉天《ほうてん》の戰《たゝか》ひの話《はなし》で、その少佐《せうさ》はその戰《たゝか》ひで勳功《くんこう》があつた人《ひと》なのです。その中《なか》で、戰死者《せんししや》の肉《にく》を咬《くら》ふ滿洲犬《まんしういぬ》の話《はなし》がありました。戰《せん》場《ぢやう》に仆《たほ》れてゐる戰死者《せんししや》の上《うへ》には、一時《じ》、石灰《いしはい》をかけて見《み》えないやうにしておくのださうですが、然《さ》うすると例《れい》の猛惡《まうあく》な滿洲犬《まんしういぬ》がやつて來《き》て、その腕《うで》や肉《にく》を食《く》ひ裂《さ》いて、臟腑《ざうふ》の中《なか》に頭《あたま》を突込《つッこ》んで食《た》べるのださうです。他《ほか》の犬《いぬ》が來《き》てその肉《にく》を爭《あらそ》へば、その犬《いぬ》は臟腑《ざうふ》を口《くち》にくはへて引《ひ》き摺《ず》り出《だ》し、他《ほか》へ持《も》つて行《い》つて食《た》べるのださうです。私《わたし》は其悽慘《そのさんたん》な話《はなし》に驚《おどろ》いて、日本《にほん》の兵士《へいし》でその犬《いぬ》の餌食《えじき》になつた人《ひと》がどれ程《ほど》有《あ》らうと考《かんが》へてゐると、少佐《せうさ》がその話《はなし》にこんな註《ちう》を加《くは》へました。然《しか》しそれは皆《みな》露西亞《ロシア》兵《へい》ばかりです。日本《にほん》の兵《へい》は機敏《きびん》で後片付《あとかたづ》けが早《はや》いから、日本《にほん》の戰死者《せんししや》は決《けつ》して一人《ひとり》でもそんな目《め》には逢《あ》ひません。と。

一日一信

俊子

この間《あひだ》の晩博覧《はんはくらん》會《くわい》の第《だい》二會場《くわいぢやう》へ行《い》つた時《とき》、冷藏《れいざう》庫《こ》を見物《けんぶつ》したが、中《なか》に冷藏室《れいざうしつ》と云《い》ふのがあつたので、硝子《ガラス》の扉《と》を押《お》して室内《しつない》へ入《はい》つて見《み》た。何《なん》とも云《い》へない愴々《さう／＼》とした冷《れい》氣《き》が全身《ぜんしん》を襲《おそ》つて、非常《ひじやう》に不快《ふくわい》な氣《き》持《もち》がしたが我慢《がまん》して進《すゝ》んで行《ゆ》くと、室内《しつない》に大《おほ》きな雪達摩《ゆきだるま》が二たつ出來《でき》てゐた。見物人《けんぶつにん》が雪《ゆき》を指《ゆび》で彈《はぢ》くと見《み》えて達摩《だるま》に指《ゆび》の痕《あと》が澤山《たくさん》に付《つ》いてゐる。兩側《りやうがは》の硝子《ガラス》の戸棚《とだな》の中《なか》には、肉《にく》、生魚《なまうを》、玉子《たまご》、いろ〳〵と冷藏《れいざう》に由《よ》つて保存《ほぞん》して置《お》く參考品《さんかうひん》を並《なら》べてある。

その廿間《けん》ばかりの曲折《きよくせつ》した道《みち》を通《とほ》つてゆく中《うち》に(凡《およ》そ三分間《ぶんかん》)身体《しんたい》の冷却《れいきやく》してゆく感覺《かんかく》が漸次《ぜんじ》烈《はげ》しくなつて、呼吸《こきふ》が壓迫《あつぱく》され、高山《かうざん》の絶頂《ぜつちやう》に上《のぼ》つた時《とき》の心持《こゝろもち》はこんなではあるまいかと想像《さうざう》される程《ほど》、變《へん》に苦《くる》しくなつて息《いき》が詰《つ》まつた。私《わたし》は驚《おどろ》いて袂《たもと》で口《くち》を押《おさ》へて飛《と》び出《だ》したが、外《そと》に出《で》るとセルでも冷《ひ》え付《つ》くやうに思《おも》つた外《そと》の氣《き》温《をん》が、却《かへつ》て肌《はだ》にむつとして、暫時《しばらく》は蒸《む》されるやうに四邊《あたり》がぼつとして夜《よる》の花《はな》などがちら〳〵と夢《ゆめ》らしく動《うご》いて見《み》えた。体内《たいない》の血《ち》が凝結《ぎようけつ》してから、次第《しだい》に呼吸《こきふ》が絶《た》えてゆく凍死《とうし》の苦《くる》しさを私《わたし》はあれで痛切《つうせつ》に想察《さうさつ》ができるやうに思《おも》つて恐《おそ》ろしくなつた。

だが私《わたし》のやうなものは、半時間《はんじかん》ばかり冷藏室《れいざうしつ》に密閉《みつぺい》してやる必要《ひつえう》がある。腐《くさ》つた血《ち》を凝結《ぎようけつ》させる爲《ため》に。

文士の生活

△田村俊子氏

私の日常の生活と云ひましても

餘《あま》り簡單《かんたん》で取《と》り立《た》てゝお話《はなし》するほどの事《こと》もないやうです。

それにこの頃《ころ》は毎日《まいにち》讀賣紙上《よみうりしじやう》へ小說《せうせつ》を書《か》いてゐますので、殆《ほと》んど一日これに費《つひや》されて外《そと》にも滅多《めつた》に出《で》ないでゐます。好《す》きな劇場《げきぢやう》へも、氣分《きぶん》を騷《さわ》がせられる事《こと》が厭《いや》はしさに成《な》るたけ行《ゆ》かずにゐるのです。

いつたいに青葉《あをば》のこの頃《ころ》は頭《あたま》が重《おも》く心《こゝろ》が陰鬱《いんうつ》に傾《かたむ》くやうですが、殊《こと》に私《わたし》はこの青葉《あをば》の鮮《あざや》かな色《いろ》が私《わたし》の官能《くわんのう》を壓迫《あつぱく》して、到底《たうてい》はつきりとは眼《め》を向《む》けてゐられないやうに苦《くる》しいのです。朝《あさ》の綠《みどり》でも晝《ひる》の綠《みどり》の色《いろ》でも、私《わたし》にはその色《いろ》が重苦《おもくる》しく鬱陶《うつたう》しいのです。天氣《てんき》の好い晴《は》れ渡《わた》つた五月の日《ひ》などに、とても外《そと》を元氣《げんき》よく步《ある》くと云《い》ふ事《こと》などは出來《でき》ません。あの

きら〳〵した青葉へ映る日光の反射

が私《わたし》の神經《しんけい》をどんなに疲《つか》らせるか知《し》れないのです。それに目下《もくか》は毎日新聞小說《まいにちしんぶんせうせつ》を書《か》いてる爲《ため》に、餘計精神《よけいせいしん》が勞《つか》れてゐるせいかも知《し》れません。私《わたし》はぢつと家《いへ》に引《ひ》き籠《こも》つて、寢《ね》たり起《お》きたり、按《あん》摩《ま》を取《と》つたりしながら筆《ふで》を執《と》つてゐます。さうして、成《な》る丈《だけ》外《そと》の空氣《くうき》に觸《ふ》れないやうにしてゐるのです。雨《あめ》など降《ふ》ります時《とき》は、少《すこ》しは眼《め》をはつきりさせて外《そと》の青葉《あをば》の色《いろ》を靜《しづ》かに眺《なが》める事《こと》もできますが、とても、この強烈《きやうれつ》な日光《につくわう》の色《いろ》を眼《め》を上《あ》げて見《み》ることなどは出來《でき》ません。今頃《いまごろ》から夏《なつ》の季節中《きせつちう》私《わたし》はいちばん頭腦《あたま》が惡《わ》るいやうに覺《おぼ》えます。頭腦《あたま》が混濁《こんだく》してゐるやうで、物《もの》なども思《おも》ふやうには書《か》けないのです。

毎日新聞の小說を書き續けると云ふ事

は非常《ひぞう》に苦《くる》しい事《こと》です。私《わたし》は初《はじ》めて、毎日《まいにち》一回《くわい》づゝ筆《ふで》を執《と》ると云《い》ふ經驗《けいけん》を得たのですが、雜誌《ざつし》に短編《たんぺん》を書《か》くと違《ちが》つて、いろ〳〵な意味《いみ》で、恐《おそ》ろしく苦《くる》しい事《こと》だと思《おも》ひます。最初《さいしよ》は毎日《まいにち》一回《くわい》づつ書《か》くのだから、どんなに樂《らく》だらうと思《おも》ひましたが、決《けつ》して然《さ》うではありませんでした、第《だい》一私《わたし》は、小説《せうせつ》を毎日發表《まいにちはつぴやう》し初《はじ》めてから、友達《ともだち》などに逢《あ》ふ事《こと》が非《ひ》常《じやう》に恐《おそ》しくなりました。さうして毎日《まいにち》毎日《まいにち》、嘲笑侮蔑批難《てうせうぶべつひなん》の聲《こゑ》などが、何所《どこ》からともなく耳《みゝ》に響《ひゞ》いてくるやうで、殆《ほとん》ど居《ゐ》ても立《た》つてもゐられないやうな苦《くる》しい感情《かんじやう》を味《あぢ》はふことがあります、自《じ》信《しん》のある立派《りつぱ》な大家《たいか》が、悠々《いう〳〵》筆を執《と》つて回《くわい》を追《お》つてゆくと云《い》ふ態度《たいど》が、私《わたし》には殊《こと》に羨《うらや》しく思《おも》はれます。私《わたし》は毎日《まいにち》**何を書いてゐるのか分らなくなる時**かあります。前《まへ》も後も亂《みだ》れとして終《しま》つて何《なに》を中心《ちうしん》にし、何《なに》を骨《ほね》にして筆《ふで》をすゝめてゐたのか、まるで作《さく》に對《たい》する思想《しさう》のすつかりを失《うしな》つて終《しま》つた様《やう》に混沌《こんとん》として了《しま》ふ時《とき》があります。私《わたし》は自分《じぶん》の書《か》いた一回《くわい》を、紙上《しじやう》において直《すぐ》に目《め》を通《とほ》すことが出來《でき》ないのです。何《なん》となく恐《おそ》ろしいのです。それに新聞《しんぶん》の小説《せうせつ》は殊《こと》に、一回《くわい》の短《みじか》いものだけを掲《かゝ》げるのですから、猶更《なほさら》其《そ》れが眞珠《しんじゆ》のやうに細《こまか》く、美々《びゝ》しく、さうしてそこだけが潑溂《はつらつ》として生《い》きてゐなければならないと思《おも》ひます。私《わたし》は自分《じぶん》の粗雜《そざつ》な、出來合《できあひ》な、生命《せいめい》のない無用《むよう》の文字《もんじ》を並《なら》べてあるやうな自作《じさく》の一回《くわい》を、到底安心《たうていあんしん》して眼《め》に觸《ふ》れることができないのです。此爲《このため》に**猶更私は神經を勞らしたやうです**

原稿紙《げんかうし》に向《むか》つてゐる時《とき》は、絶息《ぜつそく》するほどに、心《こゝろ》を籠《こ》めて生命《せいめい》を滴《したゝ》らして筆《ふで》を執《と》つてゐるのですが、さて、其《そ》れを送《おく》つて了《しま》ふと、何《ど》うも其《そ》の後《あと》が心《こゝろ》が落着《おちつ》かないのです。恥《はぢ》を曝《さら》しつゝ毎日《まいにち》生きてゐるやうな感《かん》じです。私《わたし》はこの苦《く》痛《つう》に我慢《がまん》ができなくなつて、中止《ちうし》しやうかとまで思《おも》つたりしました。その爲《ため》に徳田《とくた》(秋聲《しうせい》)さんをお煩《わづら》はせしたりしたやうな事《こと》が御座《ござ》います。徳田《とくた》さんが鎭經劑《ちんけいざい》などを下《くだ》すつたりしました。兎《と》ても書《か》けないと斷念《だんねん》して、眞《ま》つ蒼《さを》な顏《かほ》をして、散《ち》らし髪《がみ》で徳田《とくた》さんのお宅《たく》へ中で驅けつけて行《い》つた事《こと》などがあるのです。私《わたし》はそんな時《とき》に泣《な》くのです。誰《た》れの前《まへ》でも我慢《がまん》ができずにぼろ〳〵と涙《なみだ》をこぼすのです。この泣《な》くと云《い》ふ事《こと》が餘計《よけい》私の神經《しんけい》を勞《つか》らせます。**泣いたあとは何うしても筆が動きません**

腦《なう》ばかり烈《はげ》しい動悸《どうき》が打《う》つて、そこいらへ打《う》ち仆《たふ》れて終ふやうな切《せつ》ない苦《くる》しい血《ち》を吐《は》くやうな思《おも》ひを致《いた》します。

然し社會的の事業と云《い》ふことを考《かんが》へますと、そんな悠な事《こと》は云《い》つてゐられないのです。其《そ》れは如《どう》しても見《み》つともない事《こと》だと思《おも》ひました。あるだけの力《ちから》で書《か》く。それより仕方《しかた》がない。私《わたし》は斯《か》う決心《けつしん》しました。新聞《しんぶん》の小説《せうせつ》は、社會《しやくわい》的《てき》の事業《しごと》と云《い》ふ色彩《しきさい》を帶《お》びてゐると思《おも》ひます。そこに非常《ひじやう》に大《おほ》きな責任《せきにん》があります。自分《じぶん》の放恣《ほうし》な氣分《きぶん》に任《まか》せて、書《か》いて見《み》たり、止《よ》して見《み》たり、又《また》は力《ちから》が盡《つ》きて拋《ほう》り出《だ》して見《み》たり、――そんな無責任《せきにん》な事《こと》は出來《でき》ない。自分《じぶん》は拙《まづ》いものを其處《そこ》に曝《さら》して、毎日《まいにち》恥《はぢ》を掻《か》く。それでも仕方《しかた》がない。其《そ》れは唯《たゞ》自分《じぶん》の力《ちから》の足《た》りない爲《ため》だ。恥《はぢ》を掻《か》きながらでも其《そ》れだけの務《つと》めは果《は》たさなくてはならない。私《わたし》は斯《か》く堅《かた》く決心《けつしん》して、

「書けない書けない」と云ふやうな泣き言

は決《けつ》して云《い》ふまいと決《き》めたのです。さうして、齒《は》を噛《か》みしめて、一生懸命になつて毎日《まいにち》筆《ふで》を執《と》つてゐます。これに由《よ》つて自分《じぶん》は唯《たゞ》磨《みが》かれてゆくのだと思《おも》つてゐます。例《たと》へこの一篇《ぺん》が見《み》られないやうな拙《まづ》いものでも、他日《たじつ》また、私《わたし》は勉強《べんきやう》し頭《あたま》を養《やしな》ひ力《ちから》を養《やしな》つて佳《い》いものを作《つく》る時《とき》が來《く》るに違《ちが》ひないのですから私《わたし》は唯《たゞ》、現在《げんざい》の事業《しごと》に向《むか》つては、出來《でき》るだけの努力《どりよく》で一生懸命に仕上げて行けば好《い》い。その他《た》には何《なに》も思《おも》ふことはない。人《ひと》の批難《ひなん》！そんなものは決《けつ》して心《こゝろ》にかけることはない、と私《わたし》は自身《じしん》に云《い》つて聞かしながら、せつせと書《か》いてゐます、この抑鬱《よくうつ》が大分《だいぶ》私《わたし》自身《しん》に功果《こうくわ》があつて、私《わたし》はこの頃《ころ》、兎に角《かく》

周圍に氣を配ると云ふ嫌なこと

だけは失《な》くなりました。然《さ》う云《い》ふ事《こと》は徒らに神經《しんけい》を勞《らう》するばかりです。そんな事《こゝ》を思《おも》ふ隙《ひま》に、たとへ一回《くわい》でも滿足《まんぞく》なものを草《さう》したいと考《かんが》へた方《はう》が、いゝのです。

然《しか》しそれでも、私《わたし》は人《ひと》の顏《かほ》を見《み》ることが恐《おそ》ろしいやうで堪《たま》りません、私《わたし》はなるだけ人《ひと》に接《せつ》することを避けてゐます。それに人《ひと》に接《せつ》するだけ、私《わたし》の心《こゝろ》を動《うご》かすだけですから。私《わたし》は默《だま》つて、この仕《し》事《ごと》を仕上《しあ》げて終《しま》ひませう。さうして私《わたし》は新《あらた》に勉強《べんきやう》を初《はじ》めやうと思《おも》つてゐるのです。

これは、今《いま》新聞《しんぶん》の小説《せうせつ》を書《か》く爲《ため》に私《わたし》の苦しみつゝあるお話《はなし》なのです。書《か》く時《じ》間《かん》なども定《き》まつてはゐません。惡夢に襲はれてゐるやうな時間《じかん》が、執筆《しつぴつ》の間の時間なのです。書《か》いて終《しま》ふと何《なに》も爲《し》すに仆《たふ》れて寢《ね》ます。この頃《ころ》の日常《にちじやう》で、たつた一《ひと》つ樂《たの》しみな事《こと》があります。

それは郭公の聲を聞くことです

今年《ことし》になつて三度聞《き》きました。谷中《やなか》へ來《き》てから、毎年郭公《まいねんくわくこう》の聲《こゑ》を聞《き》くのを樂《たの》しみにしてゐるのですが、この頃《ころ》に

なつて、この樂《たの》しみを追《お》ふ時節《じせつ》になりました。この間《あひだ》ある歌人《かじん》がある新聞《しんぶん》で、郭公《ほとゝぎす》の聲《こゑ》は別《べつ》して美しい聲《こゑ》でもなく平凡《へいぼん》な聲《こゑ》だが、この鳥《とり》の珍重《ちんちよう》がられたのは、この青葉《あをば》の季節《きせつ》に啼《な》いてくる鳥《とり》と云《い》ふこころで愛《め》でられたのに違《ちが》ひない。この新緑《しんりよく》の背景《はいけい》が郭公《ほとゝぎす》と云《い》ふ鳥《とり》を價《あたひ》づけたのだと云《い》ふ事《こと》を書《か》いてゐられましたが、それも郭公《ほとゝぎす》と云《い》ふ鳥《とり》の價《あたひ》に對《たい》する一《ひと》つの理論《りろん》かも知《し》れませんが、私《わたし》は矢つ張り郭公《ほとゝぎす》の聲《こゑ》は特殊《とくしゆ》な、悲調《ひてう》を持つた、

他の鳥には比較のできない一種の哀音

を有《いう》してゐると思《おも》ひます。それは聞《き》く人《ひと》の方《はう》の氣分《きぶん》や情調《じやうてう》ではなくつて、全《まつた》く郭公《ほとゝぎす》の有《いう》してゐる一種の聲《こゑ》だと思《おも》ひます。いかにも裂帛《れつぱく》と云《い》ふ感《かん》じを持《も》つた引《ひ》き緊《し》まつた、きりつとした、聲《こゑ》を二聲三聲ぐらゐ殘《のこ》してゆきます。私《わたし》はこの鳥《とり》を珍重《ちんちよう》する所以《ゆゑん》は、もう一つ他《ほか》にあると思《おも》ひます。それはこの鳥《とり》の聲《こゑ》ばかりは、餘程《よほど》心《こゝろ》が澄《す》み氣《き》の沈《しづ》んだ時《とき》でなくては聞《き》き外《はづ》すのです。心《こゝろ》が閑《かん》寂《せき》の境《さかひ》にゐるときでなくては決《けつ》して聞《き》きとることができないのです。私《わたし》と對《たい》して坐《すわ》つてゐるものが、私《わたし》が郭公《ほとゝぎす》の聲《こゑ》を聞《き》きつけて「あ、啼《な》いた。」と云《い》つてゐても、相手《あひて》は紙《かみ》の頁をひるがへしてゐて聞《き》き外《はづ》したと云《い》ふやうな事《こと》が能《よ》くあります。昔《むかし》の風流人《ふうりうじん》が、茶を飲《の》み、歌《うた》を考《かんが》へ、詩想を練《ね》りながら、靜《しづ》かに郭公《ほとゝぎす》の音《ね》を待《ま》つと云《い》つたあの會合《くわいがふ》などは然《さ》う云《い》ふ意味《いみ》で

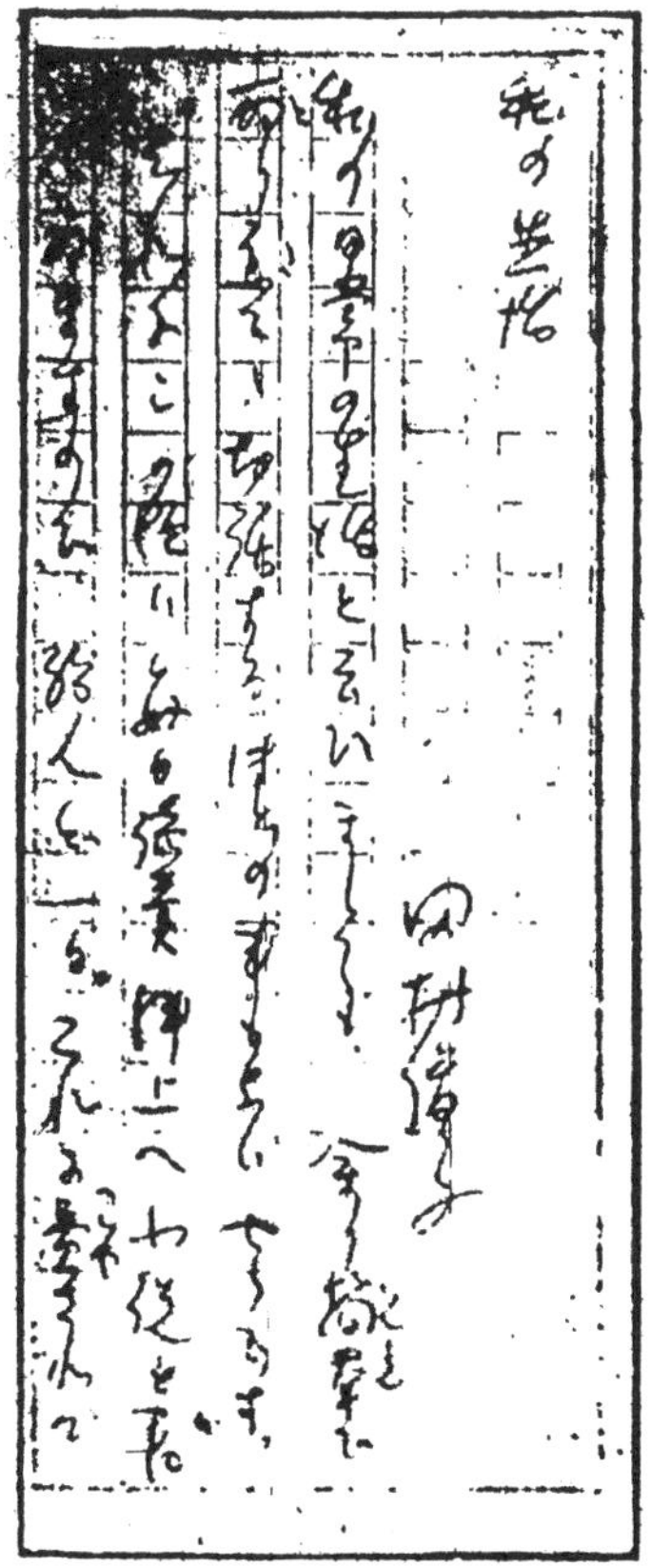
私の生活

最も郭公を珍重した閑雅ない、遊び

だつたと思《おも》はれます。この音《ね》が聞《き》きたいばかりに谷中《やなか》が離《はな》れられないやうな氣《き》がします。取《と》りとまらない斷片《だんぺん》です。昨日《きのふ》から簾《すだれ》をかけたので、窓《まど》の楓《かへで》の若《わか》葉《は》が水《みづ》のやうに美《うつく》しく映《うつ》つてゐます。今日《けふ》は雨《あめ》が降つてゐます。風《かぜ》が吹《ふ》いて輕《かる》い嵐《あらし》のやうな心持《こゝろもち》が簾《すだれ》に通《かよ》つてゐます。この簾《すだれ》の下《した》で、今日《けふ》も小説《せうせつ》の一回《くわい》を書《か》かなくてはなりません。

予が生ひ立ちの記

田村俊子

□

私《わたし》は直《ぢ》きに泣《な》く子《こ》で、淋《さび》しがりで、無暗《むやみ》と誰《たれ》れにでも取《と》り付《つ》いたり引《ひ》つ付《つ》いたりするやうな子《こ》でした。私《わたし》が六歳《むつ》の時《とき》、母《はゝ》の子供《こども》の時《とき》からずつと奉公《ほうこう》してゐた縫之助《ぬひのすけ》と云《い》ふ爺《ぢゝ》いやが、暇《ひま》を取《と》つて歸《かへ》つた事《こと》があります。爺《ぢい》やが歸《かへ》つてゆく時《とき》、私《わたし》は誰《た》れにも何《なん》とも云《い》はずに一番奥《ばんおく》の長四疊《ながでふ》にはいつて一人《ひとり》で泣《な》いてゐた事《こと》を覺《おぼ》えてゐます。その頃《ころ》に、やつぱり家《うち》にゐた女《をんな》の子供《こども》のみれと云《い》ふのが家《うち》に來《き》て、一日《にち》宿《とま》つて歸《かへ》つた事《こと》があります。私《わたし》はその子《こ》が歸《かへ》つてしまつてから、その子《こ》が戀《こひ》しくて泣《な》いてゐたので、おばさんが（祖父《そふ》の妾《めかけ》）私《わたし》をその子《こ》の家《うち》へ夜《よ》る連《つ》れてつてくれた事《こと》があります。その家《うち》は米屋《こめや》で、みれが半《はん》纏《てん》を着《き》て「ぢよつちやん」と云《い》ひながら奥《おく》から出《で》てきた事《こと》を覺《おぼ》えてゐます。私《わたし》は上《うへ》へあがらずに直《す》ぐおばさんに連《つ》れて歸《かへ》られました。千束町《せんぞくまち》の米久《よねきう》のうしろあたりにあつた家《いへ》でした。

521　「私の浴槽」『時事新報』大正3（1914）年6月30日

夏《なつ》十題《だい》 七

私《わたし》の浴槽《よくさう》

田村俊子

私《わたし》の宅《たく》から錢湯《せんたう》へ行《ゆ》くまで二三町《ちやう》ほどあります、丁度往復《ちやうどわうふく》四五町《ちやう》の道《みち》を歩《ある》いて入浴《にふよく》をすましますと、ぐつたり疲《つか》れて、その日《ひ》は一日何《にちなに》も出來《でき》ないことになるのです。忙《いそが》しい時《とき》などは、一週間《しうかん》も十日《か》も入浴《にふよく》に行《ゆ》かない時《とき》があります。頭腦《づなう》をはげしく使《つか》ふ日《ひ》がつゞきますと、私《わたし》はそれだけの道程《みちのり》と、それから湯《ゆ》に入《はい》つた後《あと》の疲勞《ひらう》を考《かんが》へますと、もう眩暈《めまひ》を催《もよほ》してきて、とても出《で》てゆく氣《き》になれないのです。その爲《ため》に、身體《しんたい》は垢《あか》と脂肪《あぶら》で肌《はだ》に蟲《むし》でも這《は》ひづゝてゐるやうな不快《ふくわい》な氣分《きぶん》でゐながら、「明日《あす》は行《ゆ》から、明日《あす》は行《ゆ》から」と云《い》ふ風《ふう》に入浴《にふよく》を延《の》ばして了《しま》ふのです。殊《こと》に夏《なつ》になりますと、赫々《かく〳〵》とした日光《につくわう》に射《い》られながら、錢湯《せんたう》まで行《い》つて歸《かへ》つて來《き》ますと、身體《からだ》が疲《つか》れて動《うご》けなくなります

涼《すゞ》しい朝《あさ》の間《ま》か、夜分《やぶん》でも行《ゆ》けば宜《よ》いのですが、仕事《しごと》の都合《つがふ》では、然《さ》う時間《じかん》を制限《せいげん》する譯《わけ》にも行《ゆ》かないヿがあります。ほんとうに入浴《にふよく》と云《い》ふことを考《かんが》へると、もう憶劫でたまらないのです。入浴《にふよく》に行《ゆ》くと云《い》ふヿは私《わたし》にとつては殆《ほと》んど一日《にち》を消《せう》費《ひ》して、何《ど》うかして風呂場《ふろば》が欲《ほ》しい欲《ほ》しいと思《おも》つてゐました。夏《なつ》になると殊《こと》にこの欲求《よくきう》に責《せ》められて、臺所《だいどころ》の前《まへ》の一《ひ》と坪《つぼ》ほどの空地《あきち》などを眺《なが》めながら、風呂場《ふろば》の設計《せつけい》に耽《ふけ》つたりしてゐたのです、然《しか》し、お金《かね》がないので、いつもその設計《せつけい》がふいになつて居《ゐ》ました。

先日《せんじつ》の、ある梅雨《つゆ》霽《ば》れの暑《あつ》い日《ひ》にも私《わたし》は例《れい》の多忙《たばう》で、十日《か》近《ちか》く湯《ゆ》に行《い》かなかつた身體《からだ》を氣持《きもち》わるく横《よこた》へながら、又浴室《またよくしつ》の空想《くうさう》に耽《ふけ》つてゐたのです。空想《くうさう》がだん〳〵に大《おほ》きくなつて、大理石造《たいりせきざう》の浴室《よくしつ》などを心《こゝろ》に描《ゑが》いたりしてゐましたが、私《わたし》はふと蟇口《がまぐち》のなかに十圓紙幣《ゑんしへい》が一枚《まい》あつたヿを思《おも》つて、それだけで風呂場《ふろば》はできないものだらうかと家《うち》のものに相談《さうだん》しますと、家《うち》のものは其《そ》れだけではむづかしいと云《い》ふのです。其《そ》れで兎《と》に角《かく》風呂《ふろ》だけを見《み》て來《こ》やうと云《い》つて家《うち》のものは出《で》てゆきましたが、やがて風呂《ふろ》を買《か》つて歸《かへ》つて來《き》ました。仕合《しあは》せなことには、風呂《ふろ》を賣《う》つた家《いへ》の小僧《こぞう》が手傳《てつだ》ひに來《き》てくれて、流《なが》しの板《いた》などを張《は》つてくれると云《い》ふのですそれは僅《わづか》な時間《じかん》でした。三時頃《じごろ》からかゝつて五時頃《じごろ》には、風呂場《ふろば》ができ上《あが》りました。庇《ひさし》ができ、流《なが》しができ、溝《みぞ》ができ、風呂《ふろ》もそこに据《す》えられました。そうして其《そ》の代金《だいきん》はすべてゞ八圓《ゑん》と少《すこ》しでした。六時頃《じごろ》には下《げ》女《ぢよ》がコークスを焚《た》いて、火《ひ》がよく點《つ》くとか燃《も》えないとか云《い》つて騷《さわ》いでゐました。

新富座《しんとみざ》の「片思《かたおも》ひ」

田村俊子

私《わたし》は二十歳《はたち》ばかりになるお孃《ぢやう》さんを連《つ》れて見物《けんぶつ》に出《で》かけた。お孃《ぢやう》さんは小説《せうせつ》などは好《す》きで讀《よ》んでる人《ひと》だが新劇《しんげき》などを見《み》るのは初《はじ》めてである。それでも兼々《かね〴〵》新俳優《しんはいゆう》の名《な》は聞《き》き及《およ》んでゐて、高田《たかだ》が見《み》たい、伊井《いゐ》が見《み》たい、河合《かはひ》が見《み》たいと云《い》ふので、大喜《おほよろこ》びで大跳《おほは》ねでいつしよに行《い》つた譯《わけ》である。

序幕《じよまく》が「八王寺《わうじ》在郡司《ざいぐんじ》家《け》納屋《なや》」である。多勢遊人《おほぜいあそびにん》が喧嘩《けんくわ》をしてゐる。私《わたし》は兎《と》に角際立《かくきはだ》つた俳優《はいゆう》だけをお孃《ぢやう》さんに紹介《せうかい》する責任《せきにん》があるので、福島《ふくしま》の傳吉《でんきち》、深澤《ふかざは》の黑川《くろかは》などをお孃《ぢやう》さんに敎《をし》へたがお孃《ぢやう》さんは別《べつ》に注意《ちうい》もひかない風《ふう》でゐる。小織《さおり》の禮之進《れいのしん》が出《で》る。一向《かう》ふや〳〵なお爺《ぢい》さんで、威《ゐ》も品《ひん》もない。小學校《せうがくかう》の校長《かうちやう》ぐらゐである。これと黑川《くろかは》とが何《なに》か話《はな》しをしてゐるが、私《わたし》には更《さ》らにわからない。舞臺《ぶたい》の眞中《まんなか》に大《おほ》きな椎《しひ》の木《き》(らしい)を置《お》いたのは私《わたし》の氣《き》に入《い》つてゐた。桃《もゝ》木のお力《りき》は、近代《きんだい》の遣手《やりて》婆《ばゝ》である。やがて高田亘《たかたわたる》の讓《ゆづる》が出《で》る。お孃《ぢやう》さんはまあ綺麗《きれい》ねと云《い》つて見惚《みと》れたやうであつた。大《おほ》きくなつたものだと思《おも》ふ。すべてに於《おい》て一寸《ちよつと》舊派《きうは》の兒《こ》太郎《たらう》と云《い》ふ觀《くわん》がある。聲代《こゑがは》りで其《そ》の聲《こゑ》のだらしのないのには一驚《きやう》を喫《きつ》しる。演《す》ることは可《か》なりだが、時々《とき〴〵》新派《しんは》臭《しう》のもつともひどい臭味《しうみ》を帶《お》びる事《こと》があるのは、あの子《こ》の將來《しやうらい》の爲《ため》に甚《はなは》だ憂《うれ》ふべきことだなどゝ思《おも》ふ。——忘《わす》れたが、ずつと前《まへ》に下男《げなん》の久太《きうた》が出《で》てゐた。井上《ゐのうへ》の役《やく》である。あの人《ひと》は新派《しんは》の俳優《はいゆう》のうちでは兎《と》に角藝術的《かくげいじゆつてき》なまじめな考《かんが》へを持《も》つてゐる人《ひと》ですよと云《い》つたが、お孃《ぢやう》さんは空耳《そらみゝ》で然《さ》うと云《い》つたぎりである。あの訛《なまり》り調子《てうし》が何《なん》となく一《ひ》と癖《くせ》あるらしい感《かん》を持《も》たせたのは、私《わたし》も一寸脅《ちよつとおびや》かされたものである。だが、矢《や》つ張《は》り何所《どこ》かに底力《そこぢから》があるのは嬉《うれ》しい。亘《わたる》の讓《ゆづる》と門脇《かどわき》の乳母《うば》のお米《よね》との抱《だ》き合《あ》つての愁嘆《しうたん》は、私《わたし》はあんまり冷汗《ひやあせ》を

かいたので身體《からだ》がぞく〳〵した。

よくしたものでお孃《ぢやう》さんは、讓《ゆづる》がお力《ちから》にいぢめられる時分《じぶん》から、泣《な》いてゐる。お米《よね》との愁嘆《しうたん》になつてからは、お孃《ぢやう》さんは嗚咽《をえつ》して泣《な》いてゐた。私《わたし》のお孃《ぢやう》さんばかりぢやなく、近所《きんじよ》でも大分《だいぶ》泣《な》いてゐた。

次《つ》ぎが「日暮里《につぽり》附《ふ》近《きん》植惣庭前《うゑさうていぜん》」である。花道《はなみち》の揚幕《あげまく》から山野《さんや》横斷《わうだん》競爭選手《きやうさうせんしゆ》と云《い》ふのが飛《と》び出《だ》して驅《か》け拔《ぬ》けて行《い》つたのは見物《けんぶつ》大受《おほう》け。河合《かあひ》の美奈子《みなこ》、石川《いしかは》の芳子《よしこ》が出《で》る。ほら、ほら、河合《かあひ》ですよ、綺麗《きれい》でせう。とお孃《ぢやう》さんを急《いそ》いで突《つ》つ付《つ》くとお孃《ぢやう》さんは返事《へんじ》もしないで息《いき》を詰《つ》めて舞臺《ぶたい》を見詰《みつ》めてゐる。河《か》合《あひ》の扮裝《こしらへ》が少《すこ》し太《ふと》つて見《み》える。河《か》合《あひ》の身體《からだ》が肥滿《ふと》つたのかも知《し》れないが、一寸《ちよつと》役柄《やくがら》に篏《はま》てるやうな身《から》

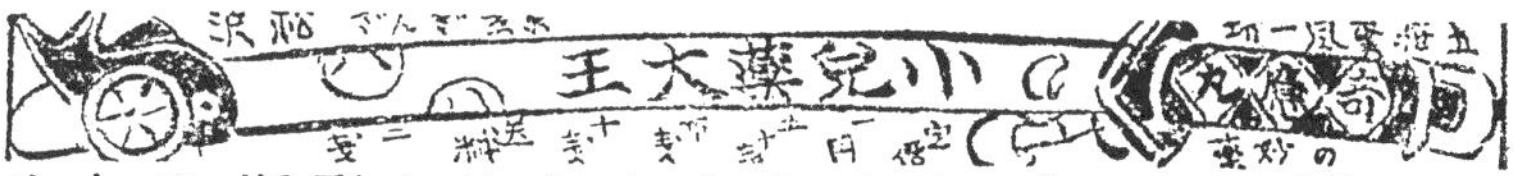

體《だ》つきに見《み》られる。許嫁《いひなづけ》が海外《かいぐわい》で死亡《なくな》つてから獨身《どくしん》を守《まも》つてゐる老孃《らうぢやう》と云《い》ふことがその會話《くわいわ》でわかる。芳子《よしこ》へ對《たい》する何《なん》でもない言葉《ことば》の調子《てうし》が、悉《こと〴〵》く輕《かる》い皮肉《ひにく》を帶《お》びて聞《き》かれるのはこの女《をんな》の性格《せいかく》が見《み》られておもしろい。河合獨特《かあひどく〳〵》の味《あぢ》である。眼《め》を非常《ひじやう》に鋭《するど》く使《つか》つてゐる。この人《ひと》の役《やく》の用意《ようい》がこゝにも見《み》える。石川《いしかは》はお話《はなし》にならない。お孃《ぢやう》さんはあの人《ひと》の口《くち》がいやだと云《い》ふ。喜多村《きたむら》の下枝《しづえ》が東屋《あづまや》の奥《おく》の方《はう》から出《で》てくる。薄《うす》い茶《ちや》じまのコートはいやな着付《きつけ》の好《この》みである。私《わたし》は一々《いち〳〵》お孃《ぢやう》さんへの紹介《せうかい》で骨《ほね》が折《を》れる。あれが河合《かあひ》と對立《たいりつ》の新派《しんぱ》の女形《をやま》ですよ。演《や》ることに寄《よ》るとこの人《ひと》の方《はう》がいゝのですよ。顔《かほ》は惡《わ》るいけれども。と云《い》ふ譯《わけ》である。お孃《ぢやう》さんはまるで女見《をんなみ》たいねと云《い》つた。相變《あひかは》らずの喜多村《きたむら》の顔《かほ》である。こゝで又伊井《またいゐ》の守衛《もりゑ》が出《で》る。お孃《ぢやう》さんはこの伊井《いゐ》には全《まつた》く見惚《みと》れて有頂天《うちやうてん》になつてゐる。酒井《さかゐ》の藝者《げいしや》が相變《あひかは》らず仇《あだ》つぽいが、恐《おそろ》しく舊式《きうしき》な姿《なり》をしてゐる。藍《あゐ》がかつた格《かう》子《し》縞《じま》に黒《くろ》の單衣《ひとへ》羽織《はおり》は守衛《もりゑ》のお馴染《なじみ》にしてはちと安價《あんか》な着《き》付《つ》けだと思《おも》ふ。何《なん》とか彼《か》とか女《をんな》を揶揄《からか》ひながら洋杖《つゑ》を廻《まは》してゐる伊井《いゐ》の放蕩兒《はうたうじ》は例《れい》によつて天下《てんか》一品《ぴん》(?)である。少《すこ》し落語家式《らくごかしき》になるのは困《こま》る。父親《おやぢ》の高田《たかた》の高松《たかまつ》が出《で》てからは一層《そう》お幇間《たいこ》染《じ》みてしまつたのは滑稽《こつけい》である。高田《たかた》の腮髯《あごひげ》

の濃《こ》い高松《たかまつ》の風貌《ようだう》は例《れい》によりて例《れい》の通《とほ》り、痩々《さう〱》とした黒絽《くろろ》の紋付《もんつき》の後姿《うしろすがた》が何《なん》だか犬養《いぬがひ》と云《い》ふ人《ひと》を聯想《れんさう》させたのは我《わ》れながら面白《おもしろ》いと思《おも》つた。こゝで又木下《またきのした》の葉末《はすゑ》が出《で》る。高《たか》部《べ》の勝山《かつやま》とのいさこさがある。哀《あは》れに窶《やつ》れた木下《きのした》の扮《こしら》へがよく、この人《ひと》の演《す》ることを見《み》てゐると卒《そつ》がないと思《おも》はせる妹《いもうと》との邂逅《かいこう》で、喜多村《きたむら》も木下《きのした》も最《もつと》も自然《しぜん》な輕《かる》い味《あぢ》の悲《かな》しみを見《み》せてゐた。さてこの幕《まく》が濟《す》んでから、一向《かう》筋《すぢ》がわからないので早速番附《さつそくばんづけ》のお総《しま》ひについてる梗概《かうがい》を讀《よ》んで見《み》たが、やつぱりわからない。役者《やくしや》の云《い》つてる言葉《ことば》がわからないので猶更筋《なほさらすぢ》がわからないと云《い》ふ譯《わけ》である。第《だい》一あの多《おほ》くの役々《やく〱》の關係《くわんけい》が不明《ふめい》なので役《やく》の性根《しやうね》の解釋《かいしやく》がしやうがないので一層困《そうこま》つたが、お孃《ぢやう》さんにも解《わか》らないので、見《み》てゐる内《うち》には何《ど》うにかなるだらうと云《い》ふ事《こと》に一決《けつ》する。何《なに》しろあの三十に近《ちか》さうに見《み》える守衛《もりゑ》と、七八歳《なゝやつ》の子《こ》と兄弟《きやうだい》で、そのお母《かゝ》さんが守衛《もりゑ》と夫婦《ふうふ》と云《い》つても好《い》いやうな若《わか》い下枝《しづえ》なのだから、解《わか》らない筈《はず》である。

次《つ》ぎが「鎭守社前《ちんじゆしやぜん》の森《もり》」である。好《い》い背景《はいけい》だが社前《しやぜん》の燈籠《とうろう》が大《おほ》き過《す》ぎる。此所《こゝ》でも舞臺《ぶたい》の眞中《まんなか》に大《おほ》きい木《き》がある。神《かん》主《ぬし》が石段《いしだん》の上《うへ》から下《お》りて來《き》て、燈籠《とうろう》に火《ひ》を入《い》れて歸《かへ》つてゆくのは、公衆劇團《こうしうげきだん》の演劇《しばゐ》から味《あぢ》を占《し》めたものと見《み》える。井《ゐの》上《うへ》の久太《きうた》がこゝで車輪《しやりん》にやる。深澤《ふかざは》の黒川《くろかは》が大受《おほうけ》である。コンミツシヨンと云《い》ふ言葉《ことば》や、アルコールの注射《ちうしや》で、滿場《まんぢやう》の喝采《かつさい》を受《う》けてゐる。この人《ひと》の感心《かんしん》なのは、決《けつ》して觀衆《くわんしう》の喝采《かつさい》のお調子《てうし》に乘《の》らないことである。何所《どこ》までも眞面目《まじめ》なのは結構《けつこう》なことだと思《おも》ふ。だから福島《ふくしま》のやうな厭味《いやみ》がない。新派《しんぱ》の臭味《くさみ》がありさうで居《ゐ》て、それをすつかり脱《だつ》してゐるのをいつもながら珍《めづ》らしく思《おも》ふのである。井上《ゐのうへ》の久太《きうた》との醉《よ》つぱらつた同士《どうし》のなぐり合《あ》ひは面白《おもしろ》かつた。横《よこ》つ面《つら》の張《は》りつこは殊《こと》に奇妙《めう》である。あの喧嘩《けんくわ》でお孃《ぢやう》さんは轉《ころ》がつて笑《わら》つてゐた。井上《ゐのうへ》の久太《きうた》は儲《まう》け役《やく》である。一生懸命《しやうけんめい》と云《い》ひながら井上《ゐのうへ》があの役《やく》をあれだけに演《や》るのは何《なん》でもない事《こと》に違《ちが》ひない。新劇《しんげき》にあり古《ふ》るした型《かた》のものだけに、巧《うま》いと思《おも》つて見《み》たが、格別井上《かくべつゐのうへ》のものとして特《とく》に注意《ちうい》を惹《ひ》いた點《てん》もなかつた。亘《わたる》の讓《ゆづる》はいよいよ困《こま》つた。帽子《ばうし》で顔《かほ》をかくしてわつと泣《な》きながら驅《か》けて入《はい》るあの演《し》ぐさは、誰《だ》れが敎《をし》へるのか知《し》らないが、唯《たゞ》おどろき入《い》るの他《ほか》はない。

次《つ》ぎが「高松家《たかまつけ》の露臺《ろだい》」である。喜多村《きたむら》の下枝《しづえ》が庭《には》の卓《テイブル》の上《うへ》でうたゝ寢《ね》をしてゐると、子供《こども》の友彌《ともや》が學校《がくかう》から歸《かへ》つてくる。此所《こゝ》の母子《おやこ》の絡《から》みは情味《じやうみ》があつてほろりとさせる。中村秋香《なかむらしうかう》の奥平《おくだいら》はちよいと重味《おもみ》がある。河合《かはあひ》の美奈子《みなこ》

525　「新富座の「片思ひ」」『演藝画報』大正3（1914）年7月1日

はこの幕《まく》でもいちばんこの性《せい》を發輝《はつき》してゐた。筋《すぢ》は一向《かう》わからないが、何《なん》でもこの美奈子《みなこ》と云《い》ふ女《をんな》は國民《くにたみ》に横戀慕《よこれんぼ》をしてゐるのぢやないかと云《い》ふ事《こと》を思《おも》はせる。國民《くにたみ》はこの女《をんな》の姉娘《あねむすめ》の婿《むこ》は何《なに》かで、其《そ》れの亡《な》くなつた後《あと》へ下枝《しづえ》が後妻《ごさい》に入《はい》つたと云《い》ふ譯《わけ》なのだらう。その姉婿《あねむこ》に、舊《もと》から戀《こひ》をしてゐたのか、其《そ》れともこの女《をんな》の孤《こ》獨《どく》の淋《さび》しさがだん／＼に國《くに》民《たみ》に對《たい》してある感情《かんじやう》を動《うご》かし初《はじ》めたのか、何方《どつち》にしてもそんな感《かん》じがある。庭《には》の卓《テーブル》の前《まへ》から立《た》つて、露臺《ろだい》の眞中《まんなか》の椅《い》子《す》へ來《き》て、一人《ひとり》でぢつと泣《な》くところがあるが（丁度國民《ちやうどくにたみ》に美奈子《みなこ》が何《なに》か云《い》ひかけても國民《くにたみ》が相手《あひて》にしないで行《い》つて終《しま》ふ後《あと》である）そこいらが、戀《こひ》がなくつて過《す》ぎてゆくこの女主《をんなしゆ》人公《じんこう》の生涯《しやうがい》の淋《さび》しい影《かげ》が現《あら》はれてゐてよかつた。こゝの美《み》奈子《なこ》の着付《きつけ》がはつきりした色彩《いろどり》でゐてそれで寂《さび》しい扮《こしら》へだつたのもいゝ。讓《ゆづる》が來《き》て奥《おく》さんに逢《あ》ひたいと云《い》ふのは唐突《とうとつ》だし、雀《すゞめ》の子《こ》の話《はなし》は馬鹿《ばか》々々しい、喜多村《きたむら》の下枝《しづえ》はいつたい譯《わけ》の分《わか》らない役《やく》で、唯《たゞ》この人《ひと》の淋《さび》しい持《も》ち前《まへ》の藝風《げいふう》が役《やく》柄《がら》をしつとりさせてゐたが、不得要領《ふとくえうりやう》なものだつた。然《さ》うして演《や》りどころがないと云《い》ふ風《ふう》が見《み》えた。こゝの煩悶《はんもん》なぞもあんまり氣《き》が爲《な》さすぎた。三吉《さんきち》の怨《うら》みを聞《き》いてる重《しげ》の井《ゐ》と云《い》つた形《かたち》があつて、馬鹿《ばか》に古《ふる》くさかつた。其《そ》の古《ふ》るい場《シー》景《ン》の眞中《まんなか》で、河合《かはあひ》が一人《ひとり》技藝《ぎげい》の上《うへ》に新《あた》らしい光《ひか》りを放《はな》つてゐた。深澤《ふかざは》の黒川《くろかは》が又《また》この幕《まく》で受《う》ける。

次《つ》ぎが返《かへ》しで「洋室《やうしつ》」である。高田《たかた》の國民《くにたみ》も下枝《しづえ》と同《おな》じく要領《えうりやう》を得《え》ない人物《じんぶつ》で、美奈子《みなこ》に妙《めう》に懸隔《けんかく》を置《お》いたり、皮肉《にく》を云《い》つて見《み》たりするかと思《おも》ふと、守衛《もりゑ》を當《あ》て付《つ》けらしく本《ほん》で打擲《ちやうちやく》したりする。守衛《もりゑ》を「馬鹿《ばか》」と罵《のゝし》つて高田式《たかたしき》の泣き笑《わら》ひをやるが、何《なん》の爲《ため》なのか一向《かう》解《げ》せない。守衛《もりゑ》が又《また》、自分《じぶん》の救《すく》つてやつた繼母《けいぼ》を、みんなの面前《めんぜん》で罵《のゝし》つたりする。要《えう》するにくだらない五行本式《ぎやうほんしき》の義理合《ぎりあ》ひのいたちこつこで、うんざりする。

終《をは》りの幕《まく》は出幕《でまく》にならない。お孃《ぢやう》さんは芝居《しばゐ》は分《わか》らなかつたが面白《おもしろ》かつたと云《い》つて喜《よろこ》んでゐた。伊井《いゐ》が綺麗《きれい》ね。と電車《でんしや》の中《なか》でも云《い》つてゐた。

新人月旦――其――

森田草平論

鈴木三重吉
田村俊子
相馬御風
近松秋江
生田長江
生方敏郎
馬場孤蝶

創作家としての天分と伎倆

▼御風氏曰く――創作家としての天分と云ふことは、僕は人としての天分と云ふとと同じに見て居るから、本當に其の人に接して見ない中は、其の人の創作家としての天分と云ふやうなことも云ひ得ない。森田氏がどれだけの天分を持つて居られるか、言ひ換へれば何う云ふ風な人であるか僕は餘り知らないから、之れに就ては云ひ得ない。しかし、之れ迄發表された作品だけに就て言へば、森田氏は謂ゆる技巧家ではないやうだ。自分では文章がうまいとか、技巧が豐富であるとか思つて居るかも知れないが、僕なんかの眼に映じた森田氏は、そんな人ではない。少くも世間の人々の眼から好い作だと思はれさうな作の書けさうな人ではない。尤り、專門の作家となれる人ではなささうだ。斯う云ふと創作家としての森田氏をひどく惡く云つたやうに聞えるかも知れないが、實は寧ろ其の反對であ

る。僕が森田氏を專門の創作家となれないと云ふのは、森田氏の作が職人風でないと云ふことである。これ迄發表された森田氏の作品に就て云ふと、自分の實際經驗を告白的に書かれたものが光りを放つて居て、さうでないやうな作品は實につまらない。氣が拔けて居る。それは充り僕なんかゝら考へると森田氏其の人が小說家ではとても飯の食へる人でないと云ふ證據になる。森田氏は矢張り自分に何か痛切な經驗がなければ好い作の書けない人らしい。金が必要の爲めに書かなければならないかも知らないが、先づ書かない方が好い人であるやうに思ふ。若し、それが何等かの方法で出來れば、たとへ一生の中に二つか三つの作品しか殘さないにしても、それは屹度「煤煙」のやうに價値のある作品であると思ふ。

▼**孤蝶氏曰く**――人としての創作家の資格以外更に創作家としての資格がなければならぬ。感情の强さと感觸の銳さとが創作家には最も必要である。此の點に於て森田君は十分の資格があると思ふ。感覺が鈍いとか粗大だとか云ふ評があつたやうだ。それは見る方面次第でさうも言へるかも知れないが、之を他の方面から見れば森田君の感覺は可也銳く常に働いて居る。一體幼稚な作家の缺點と云ふのは、物の細かい要點に眼のつかないことだが、森田君はさういふ所も見遁さない。森田君の筆は時々非常に强いことがある。人間の感情の激動する方面を書かうとして覘つて居た時代が、可也長く續いて居たやうである。其の一例は「煤煙」の上野の場の描寫である。さればと云つて謂ゆる平凡なことを書く筆がないかと云ふのに、確に其れを持つてゐる。

▼**敏郞氏曰く**――森田君の創作家としての天分なり伎倆なりを最も發揮した作品は「煤煙」であると云ふことだ。しかし、私は其の「煤煙」を未だ機會がなくて讀んで居らぬから、森田君の創作家としての天分と伎倆の最高潮に達したところを知らない。いづれ其のうちに機會を得て讀まうとおもつて居る。作家の質に依つて、一つだけしか好いものが出來ない人がある。女に一子不姙症と云ふのがある。一人だけ姙娠するけれども、後は何うしても子供が生れない。若しそれと同じやうに草平君も「煤煙」と云ふ一子だけを擧げて後が不姙症であるとすれば「煤煙」を讀まずして草平君の天分とか伎倆とかを議するのは間違いである。けれども森田君が其の一子不姙症でなければ、それ以外の作品、殊

に近頃の作品を見たゞけでもあの人の天分なり伎倆なりと云ふことは論じて差支へない。私は「煤煙」以外の作もたんとは讀ん居ぬが、六つや七つは讀んだ。しかし、それ等の作品を通して見ては、新赤門派の牛耳を取ると云ふ程の偉いところは認められなかつた。牛耳を握るのはさて措いて、若し名のない人の作ならば注意もせずに見過して了ふやうな作品が多かつた。早稲田派あたりの有象無象にでも幾らでも書けるやうな作品が多かつた。

▼**三重吉氏曰く**——森田は、創作家として特有の天分を有して居る。森田は思索する人である。考へる人である。だから其の云ふところにはサゼッションが多い。だん〳〵に進んで行つたならば、必ず大きな意義ある作を齎す人である。伎倆と云ふ點に就て云ふと、狭い意味の伎倆は森田に稍ゝ缺けて居るやうに思はれる。森田の作物の好い所は、其の全人格の重さ、その熱情的な力の文學であつて、神經的の洗練と云ふものが足りない様な氣がする。單に描寫とか何とか云ふことをより多く形式の方面から言へば、其の線が太過ぎて、打つきらぼうである。好い意味に於て不器用である。之は人間が形式の方面で不器用なのだから仕方がないかも知れないが、或は人の文學の領野が斯う云ふ點で別れて居るのかも知れない。森田は詩人の方向よりも、哲學者の方向の人である。歌ふよりも考へる人である。

▼**俊子氏曰く**——創作家としての天分は何うかと思ひます。伎倆は十分持つて居られる方だと思ひます。

▼**長江氏曰く**——近頃の作品なぞはあまり感心出來ないけれど、それでも矢張り貫目のある作家であること丈けは何人にも承認させるだらうと思ひます。

▼**秋江氏曰く**——創作家としての天分は、無論富んでゐる人でせう。それから伎倆もある。天分と伎倆とを分つて言ふ必要もありますまい。併し森田君の平生は、最近僕も相應に知つてゐるが、生活が忙しい、お互さまだが誠に推察する。生活が忙しい爲に、氏の本分を傾倒した凝つた作品も、ツイ裕然として書いてはゐられなくなる。『煤煙』以後、さまで凝つた藝術品が出來ないといふのも、一つはこの生活に忙しい所爲であらう。笑顔をしながら、實のお母さんと、妻君のお母さんと妻君と、他の婦人の所生の子息と自分と五人を筆一本で養つてゐるのだからエライと言はねばなるまい。

出世作「煤煙」の藝術的價値

▼孤蝶氏曰く――「煤煙」の藝術的價値は、或る事實を根據にして作者自身の解釋を樹て上げた點にあらう。作者はあの場合自分の解釋を最も明らかに合理的に讀者に傳へんが爲めに、其の事實以外なことを取合せたあとは確かにある。藝術品として見る場合にはそれで差支へはあるまいが、慾を云ふと、私ども事實好きな者の方から云ふと、最う少し事實の外形的進程を辿つた方が好かつたと思ふ。少くとも私どもならばあの場合もつと事實の外形に依つて行つたらうと思ふのである。今の作家の中ではたぐひ稀れなる事實であり、そして森田君自身も亦類の少ない人である。で、最う少し事實の記錄を書いて貰ひたかつたやうに思ふ。

▼御風氏曰く――「煤煙」はいろ／＼な方面から僕も好い作だと思つたが、何よりも先に擧げたいのは、此の作が小栗風葉氏の「青春」と相並んで、明治時代の或る時期の青年男女の生活傾向を代表した作物だと云ふ點である。「青春」は恰度僕等が學校に居る時分に讀賣新聞に連載されて居たが、あの當時僕等の仲間では皆、自分のことでも書いてあるやうに話し合つて居た。戀などを無暗に清い美しいもの丶やうに考へて居て、實際の問題に打つかると話にならぬほど無自覺で、臆病で、利己的なあの頃の青年の弱點が氣持好く暴露されて居た爲である。戀などと云ふ方面だけで新しくなつて、其の實少しも新しくなつて居なかつたのはあの時分の青年である。それを「青春」が兎に角或る程度迄近代的に描寫して居る。それが「煤煙」へ來ると、空想的に而も一層追求的になつて居る。「青春」時代には空想と實際とが全で離れ／＼になつて居たが、「煤煙」ではそれが兎に角空想の追求と云ふところまで行つて居る。そして、其の虚僞な遊戲が死と云ふクライマックスへまで持つて行かれて居る。此所まで來ると空想も最後であり、遊戲も危險性を帶びて來る。其の危險な遊戲の結末まで進んで行つて元へ戾つて來た青年の心持を、實際の經驗を通して示してくれたのが「煤煙」である。「青春」が若し日本の青年思想のロマンチック時代の衰退の初期を代表するものとすれば、「煤煙」はまさに其の末期を代表するものである。而もそれが單に觀察から生れた作品でなくして、自己の痛切な經驗を通して森田氏に依つて示されたと云ふことは、歷史的に見ても注目す可きことである。あの事件がなかつ

たならば或は森田氏は學校の教師かなんぞになつて、安全に、謂ゆる世間的に成功の道が開けて居た人かも知れない。けれどもあの事件の爲めに森田氏は其の世間的な幸福を犠牲にして了つた。それは一方から言へば森田氏其の人が時代思潮の代表的な犠牲者であると云ふことである。此の自分の世間的幸福をも犠牲にしてあれだけのことを經驗した森田氏の生活と「煤煙」と云ふ作物とは、二つながら相俟つて森田氏を今日の森田氏たらしめたのだと思ふ。好く言へば森田氏は「煤煙」あるが爲めに尊いので、惡く言へば今日の森田氏の文壇的の名聲の大部分は「煤煙」只一つゝお蔭で繋がつて居るのである。しかし、そんなことは何うでも好い。あれだけの作を一つ殘したゞけでも非常な事業である。只、あの作物の價値は森田氏自身の實際經驗を外にしては考へられないものであることを、一寸附け加へて云つて置く。

▼秋江氏曰く――『煤煙』は藝術的價値に富んでゐるけれど、藝術的價値にもいろ〳〵あつて、氏の作は、どちらかといへば、細く鋭いといふよりも、何處か悠揚とした温い粉飾を施した處が長所である。文章なども凝つたもので、『……桃の花の色を褪して春の淡雪が降つた。』――（てあつたか）――かういふやうな書き方の温味のある文章である。乍併氏には――氏のみならず鈴木三重吉氏などでも鋭い皮肉な暗い人生の裏面を微めかすやうな書き方は、書けないといふよりも、むしろ嫌いらしい。或意味に於て本當のリヤリストぢやないかも知れぬ。

▼三重吉氏曰く――斯う云ふ質問をお出しになつた意味を忖度すると「煤煙」が有名になつたのは其の背景に例の一件があるからで、あの一件が「煤煙」の廣告をしなかつたならば、「煤煙」があれ程までに名高くならなかつたのではないかと云ふ成心を以て問題を提出されたやうに思はれる。けれどもそれは俗人流の考へ方である。「煤煙」は鹽原事件の描寫ではないと思ふ。私は鹽原事件の眞相を知らないからして「煤煙」が鹽原事件の描寫でないと云ふことを云ふのは獨斷のやうに思はれるかも知れないが、「煤煙」が藝術的作品である以上は、たとへそれに或る程度の全體的モデル（と云ふのは人物にも事件にも）があるとしても、それは既に實際上の事件其の物とは別物であると斷言し得るのである。事實がある無しに拘らず、作品は何うしたつて作者のクリエーションに決つて居る。「煤煙」の藝術價値

如何は、森田に取つて今改めて云ふ可き問題でもないやうな氣がする。一寸即座の話であるから、どれだけの點で「煤煙」に藝術價値があるかを具體的に列擧して話すことは難かしいから、大ざつぱな結論だけで御免を崇りたいが、私一個の交渉から言へば、私は「煤煙」ぐらゐ藝術的に敎唆を受けた作品はない。今日までの日本の文學の全體を調べて見ても、「煤煙」のやうな種類の作物がないばかりではない。あれだけの壓力を持つて居る作物もないやうに思ふ。「煤煙」が書かれたのは今から六七年前である。それより以前は無論のことそれより後今日まで見ても、あれ程の創作的の緊張と熱烈さを示した作品は少いと云ふことは誤りなく云ひ得られるだらうと思ふ。或る種の人に取つては「煤煙」一巻がサゼストするやうな問題は、人生の一問題としては自己と沒交渉な問題のやうに受取る人もあるかも知れないが、我々に取つては少くとも興味ある作品たることを失はない。作品には藝術的の資格を備へて而して面白いと云ふ作品は少い。「煤煙」は嚴肅な意味で面白いと云ふことが出來る。兎も角何より「煤煙」が周圍に與へた最も有力な暗示は創作的努力の熾烈と緊張との感じてある。自分は「煤煙」を讀むごとにあの藝術的態度に頭が下るやうな氣がする。鹽原事件其の物の批評は無論出來ないが、平塚明子と云ふをなどに人間としてどれだけの意味があるのかは僕は疑問のやうな氣がする。「煤煙」の中の朋子が面白いと云ふのは、要吉の對象としての女性として面白いので、明子が面白いと云ふのとは自ら別である。あの中の人物で僕が一番好きなのは、あの隅江と云ふ女性である。あゝ云ふ種類のをなどを立派に書いた一例として推奬するに足ると思ふ。森田はあの女性に於て非常に美しいリリックを見せて居る。あゝ云ふリリックは森田には無意識的リリックてはないかと思ふ。森田の作物にはほかにさう云ふ意味のリリックを取り扱つたものがないやうである。

▼長江氏曰く——草平君の物はどうしても、「煤煙」のやうな動機と題材とから出來たのでなければ駄目のやうです。その後あれよりも瑕の少い作品は出來たかも知れないが、あれ丈けいのちがけの意氣込みをもつた、あれだけ血なまぐさい、あれ丈け物凄い、あれ丈けゑぐり込んだ作は出來てゐないやうに感じられます。忌憚なく云へば、草平君の「煤煙」でなくて、「煤煙」の草平です。

鹽原事件の眞相

▼**長江氏曰く**――「草平論」に論じて置いた以上のことは、今のところ直ぐには思ひ浮びません。兎に角、あの男子とあの婦人とでなければ、一通りあゝした境遇と地位とに置いて見たところで、あんな妙な事[illegible]の發展にはならなかつたでせう。

▼**三重吉氏曰く**――私は詳しく知らない。森田には大分前から接近して居るけれども、親密になつたのは近頃で、一件時代にはさう打明けて物を話したことはない。朧氣ながら記憶して居るところに依ると、何んでも生田長江があれを探しに行くとか行かぬとか云ふ話もあつたし、生田に聞いたら面白いと思ふ。

▼**秋江氏曰く**――鹽原事件の時代には、僕は森田氏と近づきがなかつたから、「煤煙」や「自叙傳」に書き表はされた以上に、詳かな事實を知らない。

▼**孤蝶氏曰く**――之れは私ども門外漢には能く分らないことではあるが、森田君の一面にある實行的興味がそれに相當する材料を得た結果のやうに思はれる。何うもあの事件は、森田君が發頭人であつたやうに私は思つて居る。まだ若かつた森田君、自己を外界へ持出す方法として隨分安全に使用し得べき藝術と云ふやうな道に入り切らず、何かせずには何うしても居られなかつた森田君に取つては、あの事件がやがて一種の藝術であつたのであらう。實際的の境遇の方からは、それ程行詰つて居たのではないやうに認められる。此のことは森田君自身に於ても認めて居ることのやうで、其の邊のことは「自叙傳」を讀めば大分くわしく分ることゝ思ふ

▼**倭子氏曰く**――鹽原事件の眞相は私には一向わかりません。が、一度（一昨年の春頃）平塚さんと海禪寺の歸途に上野を歩きながらその當時の事を平塚さんが話された事があります。一向纏まらない話でしたが、何でも平塚さんは徹頭徹尾平氣だつたさうです。森田さんと一緒にピストルを買ひに行つた時も、平塚さんは何ともなかつたさうです。平塚さんは愈〻家出をする間際に洗濯などをしたさうです。「森田先生は私を殺す〳〵と云ひながら、御自分は一度も自分も死ぬと云ふことを云はなかつた。決してあの方自身も死ぬと云ふことを口にしなかつた。だから私は平氣だつたし、馬鹿々々しかつた。」と平塚さんが云つてました。

▼**御風氏曰く**――あの當時平塚明子は僕なども敎へて

居た生徒であつた。けれども僕は二人の關係にも氣が付かねば、又、あゝした事件の突發も全く新聞で騷がれる迄知らなかつた。それを知つた後で、僕と云ふ人間の如何にも迂濶なことを耻かしく思つた。

女性に對して最もだらしなしと云ふ如何

三重吉氏曰く――森田がをなごに對して最もだらしなしと云ふことを誰が云つて居ることか知らないが、最もと云ふ字を取つて云つても森田はをなごに對してだらしのない男ではない。私は、森田とは隨分打解けた交際をして居るが、をなごばかりではない、何物に如何なる點に就て云つても森田にだらしがないと云ふ言葉を被せるやうな性格の發現は一つもない。女が好きか嫌いかと云ふ問題に觸れゝば、云ふまでもなく好きである。如何となれば男であるから。何時てあつたか森田に「俺とお前とどつちがをなごを好きだらう。」と、私が云つたら、森田は言下に、「それは俺の方さ。」と云つた。私は隨分をなごを好きなつもりで居るが、森田は其の私より好きだと云ふのだから、餘つ程好きと見える。但し二人とも肉慾が烈しいと云ふ意味で云つたのではないから、其の誤解だけはないやうに聞いて頂きたい。之は私の推測であるが、森田の好きなをなごに二通りあつて、一つの種類のをなごに自分を包まれて居つて、他の一種のをなごと戀愛的の戰爭をするのが好きなやうに想像される。之は私の考へなのだから、森田が怒れば徹回しても好い。一つは「煤煙」の中の隅江のやうなをなご、森田の言葉を藉りて言へば何處までも自分について來るやうなをなご、世界の果てまでも自分について來るやうなをなご、こんなまを森田が書いて居たやうに思ふ。つまりをなごらしい純なをなご、何事も知らないと云ふことが其のをなごのリリックを成して居るやうなをなご、さう云ふをなごは淨瑠璃なんぞに能く描かれて居る。森田はさう云ふをなごを根本に置いといて、さうして他の一種のをなごとの戰爭に疲れたら其のをなごのところへ歸つて來て睡眠をする。そして置いてはそのをなごが持つて居ないやうな方面――持つて居ないと云つても通常さう云ふをなごが持ち得ないやうな方面――智識的なをなごで、そして感情の近代的に發達して居るをなご、之は自分が其の感情を刺擊すれば、何事でも自分と共にドラマを演じるやうなをなごを求めて居る。森田に聞くと、自分は物の分つたをなごが好きだと云ふ。森田はどのくらゐな程度まで物の分つたをなごに接したか何うか知らないが、私は物の分らないをなごが好きだと始終云つて居る。其の意味は、無論物の分つたをなごで、充り今云つた第二種のをなごであつて、そして同時に第一種の方面を持つて居るをなごが居るならば、それに越したことはないけれども、私はさう云ふをなごを見出さない。もつと烈しく云ふとをなごには物の分つたやつは居ないと思つて居る。居ないやうな氣がして居る。だから仕方がないからまあ第一種のをなごの方が好い。さう云ふのがをなごの根本的要素だから、さう云ふのを求める。人のテーストだから仕方がないけれども、さう云ふ私から見ると森田が例の一件のをなごなぞに興味を持ち得るのが分らない。私は其の相手のをなごを知らないから、知らないで云ふのは非論理だけれども、若し、ひまがあつてあゝ云ふをなごの正體が遺憾なく實現されたのを見たら、私は好いと思ふけれども、兎に角森田はさう云ふ風に、同時に二種のをなごを要求して居る男である。

▼**秋江氏曰く**——僕の知れる限り女性に對して、決してダラシのない人ぢやないと思ふ。氏の家庭に於ける有様は、僕の知れる限りの文壇の人の中で最も温い、優しい、穏やか、自然の愛嬌のある、上品な人である。最も癇癪を起さぬ人である。來客を、女中をして、靜淑に玄關に取次がす程度の生活の家——例へば坪内とか森とか夏目とか言つたやうな所謂第一流の大家の生活は、あまり知らないが、今少し吾々に近い、砕けた主人公が、若い書生時代の生活と、あまり去つてゐない生活の家庭の主人として、森田氏ぐらい穏やかな顔をして家族の人達に接してゐる人は稀れであらうと思ふ。僕は、その目撃せる事實と、世評とを比べて、實に世評を案外に思つてゐる。所謂世評の決して信遽すべからざるとをも、ます／＼確信するのである。誰だつて若い時分には女は、あんまり嫌ひぢやない。森田氏ばかりが好きなわけもなからう。さうして前言つた家庭で最も穏かな、上品な主人公が、さう女にダラシのないといふわけもなからうと想像する。氏は酒は好きでも、それに心を狂はす人でもないらしいから、酒の上で、さう馬鹿げた狂態を女にしかけるといふこともあるまい、

▲**敏郎氏曰く**——知らぬけれども、森田氏が縦し女にだらしがないとしても、女にだらしのないのは藝術家

として、惡いことゝは言へない。無論、普通の人として女にだらしのないのは惡いことである。

▼孤蝶氏曰く――女性に對してだらしがないと云ふ評があるとしても、私は別にそれが森田君ばかしの特徵ではないと思ふ。女に滅多に手を出さぬ人は隨分あるが、多數の並の人は婦人に對して興味を持つことゝ思ふ。私自身の考へて森田君を忖度しては森田君も迷惑だらうと思ふけれども、先づ云つて見れば私どもにもさう云ふ氣分はある。が、境遇がさうでないうちに年を取つて了つたので、相手が容易に見付らぬだけである。尤も森田君は人と打解け易い人である。さう云ふところは生田君などゝは大分違ふ。森田君が若し過去に於て多くの罪を作つたと云ふのなら――私はさうだか何うだか知らないが――さう云ふ親しみ易いことが一つの機會にもなつたかと思ふ。が、しかし、前にも云ふ通りそんなことは男として別に珍らしいことでも何んでもないことである。

▼俊子氏曰く――それは情人同士の間でもあつたら知らんこと、私などが觀るところでは中々女に面と向つて辛辣な批評などをやられるやうです。女に負けてばかりはゐないやうなかただと思ひます。それでゐて、一寸《ちよつと》女にのろいやうな表情を見せるかたです。先天的に女に對する手管を持つてゐられる人かも知れません。

▼長江氏曰く――自分に用のある女と、用のない女とが非常にはつきりと別れて居た人のやうでした。最近のところは其の邊の消息に通じません。

彼の評論は總べて自家辯護なりと云ふ如何

▼秋江氏曰く――森田君は、成程自己の作に對する世評に就いて、批評の批評をすることがある。乍併その態度は、決して岩野泡鳴氏などのごとき傍若無人の粗野な態度でもない。岩野氏の自己に對する批評の批評にも屢ゝ傍から見てゐて道理ある如く、森田君の說にも道理がある。僕は、さういふ批評の批評を自から進んでせぬ人達の作をも不滿足な心持ちで讀んでゐて、さうして、その作が不評であつても、また好評であつても、其の批評に對して其の作者は決して、自意に充ちたものとは、必ずしも思つてゐない場合があらうと思ふ。假し過分な好評に對してでも、その作者に自己を知るの明ある人であつたならば、其の批評を妥當

とは思はぬであらう。さういふ人は、またさういふ人こ、唯默つてゐるのみである。森田君が批評の批評をしたつて、必ず自己の作を無上に傑作だと思つてしてゐるのでもなからう。あんまり批評の馬鹿氣てゐるのがツイ焦れつたくなつて、言つて見たくなるまでだと思ふ。

▼俊子氏曰く——自家辯護の說が多いやうです。さうして又御自身それを肯定してゐらつしやるではありませんか。

▼御風氏曰く——森田君の評論は感心して讀んで居る。あの仲間では一番しつかりして居ると思ふ。小宮君、安倍能成君、阿部次郎君などにも大いに啓發される所があるが、何うも世間を見る廣さと、人間を見る深さが足りないやうに思はれる。其所へ行くと森田君は、世間的に苦勞して來て、人間の生活をも深く味つて居る人と云ふ氣がする。從つて理屈として頷かれる點が多い。しかし、何うも物足りないのは、眞劍で書いたと云ふやうな、俗に言へば氣合の掛つて居るものが少い。しつこく斯うなければならぬと力瘤を入れて居るところがない、それは評論ばかりではなく、自分の經驗を外にして書いた作物にもさう云ふところがある。森田君は自分に近いことにだけ眞劍になつてゐる人ではなからうか。森田君の書く評論が自家辯護であると言はれるのは其の爲めではないか。眞劍に自分の考へを主張するのならば、する程好いのだが、それを森田は何うも橫合ひから自分の辯護をして居るやうな氣味がある。

▼孤蝶氏曰く——森田君は前に云つた通り常識の豐かな人である。從つて老成圓熟した考へて人生を見ようとして居るのだから、或る場合には今の批評界に對しては特に自家辯護の必要があるのは確かだと思ふ。其の上に自分のことは自分が一番能く知つて居るし、自分の作物は自分が一番能く理解して居る。又、自分の主義は一番好い主義と信じて居るのだから、實際を云ふと評論は評家自身のことを云ふのが一番確かであり、一番自然であると思ふ。一體自家辯護を惡いことのやうに思ふのは極めて舊い思想である。道理の前には自己も他人もないわけだ。自分のことを言へば高慢だとか、自惚れだとか感じるのは、全く日本的の舊くさい考へからである。

▼敏郎氏曰く——森田君の評論の總べてが自家辯護であるとも言へない。又、自家辯護のつもりで初めた評

論の中にも、自家辯護とは離れて聞く可き點のある場合がないこともない。無論自家辯護は悪いことでもない。世間と云ふものは其の人を正當に理解してくれないものだから、誰れも自分の爲めに辯護をしてくれる者のない時には、自分でやらなくてはならぬ場合もある。しかし此の自家辯護と云ふことは決して德なことではない。だから悧巧な人は遣らない。本當の悧巧な人の遣り方を見て居ると、戀愛の時の女のやうに向ふから云ひかけられるのを、どんなに愁くとも辛抱して待つて居るものだ。どちらかと云ふと自家辯護をする人は正直な人間である。だから自家辯護をするのは決して悪いとは言へないが、併し、草平君のやうに度々自家辯護を遣るのは好もしくない。それも僕の見たところでは隨分實力以上（之れも「煤煙」を讀んで居ないからしつかりしたことは言へないが）に世間から買はれて居るのだから、さうやつきになつて自家辯護を遣らなくても好さゝうに思へる。本當に自分をより以上理解させようと思つたら、自家辯護でなく、どしどし書いて行つた方が好からう。

▼長江氏曰く——自家辯護をするんは草平君に限らない。たゞ、いつも自分一身の問題から出立して行かうとする手續きが、あまりに自己中心らしく見えるだけのことでせう。

▼三重吉氏曰く——總べてが自家辯護と云ふのは少し大袈裟だらうと思ふ。無論、森田は自分の辯護の爲めに其の議論をすることもある。私とは性質が違つて居つて、森田君は自分に取つて不當なことを評論されると默つては居得ない人だ。さう云ふ意味から云ふと、森田にはそれが必要なのだ。森田は批評家としても立ち得るサゼスチーブの頭のある人だけれども、今の彼れの立場は評論家ではない。從つて彼れが評論をする場合は、自分の實際的必要の時でなくては評論をしない。それだからしてあの人の評論が自家辯護のやうに見えるのではないか。其の現象と彼れの評論が自家辯護であることゝは違ふ。森田君を離れて單に自家辯護と云ふとを考へて、或る作家の如きは自分が作をする分量よりも、自分の作に就て論議し、辯護し、辯駁する分量の方が多い人がある。それよりか書く分量の方をふやしたら何うだらうと思ふ。人の見るところは各々違つて居るものであつて、人から非常に啓發されると同時に、間違つたことも發見する。其の間違いを辯駁するのは悪いことでも無理なことでもない。けれど

も一つの間違いの爲に自己の立場がなくなる程覆されるやうなことは世の中には滅多にない。まかり間違へば刑罰の長短に關するやうなことなれば、それは告訴もしようし、大審院までも上告せねばならぬが、一々人の云ふことを氣にして居たのでは、自分の仕事が出來なくなりはしないかと、僕は心配して居る。之は森田に就て云つたのではなくて、或る作家に就て云つたのである。

彼が所謂「良心」及び「好人物」

▼**俊子氏曰く**——能く良心の悲劇と云ふやうな事を云つて居られます。御自分では中々お人好しのつもりでゐらつしやるやうです。自分でお人好しだなどゝ云つて居る者は、得て二本棒ではないやうです。

▼**御風氏曰く**——眞劍になる場合の少い人である。だから、自分に對して良心などゝ云ふことを云つても、好人物と云つても、むきになつて云つて居ないから其の言葉が空虚のやうに聞える。

▼**三重吉氏曰く**——彼の謂ゆる良心とは何う云ふ意味か分らぬ。彼が良心と云つたところで我々と共通な意味であると思ふ。彼が好人物と云ふのは、私に或る程度まで說明が出來ぬこともない。森田は自分で自分自身を好人物だと云つて居る。實際僕も或る意味に於てあの人を好人物的なところもあると思つて居る。森田の性格の好いところにはチャイルデッシュネスと云ふものがある。あの男には詭計などは一つもない。利害關係を考へないで突進する樣な性質もある。だからいろいろな意味で能く損もする。損をしたところで愚痴もない。斯う云ふ點を自ら好人物と云つて居るのだらうと思ふ。森田はをなごに對しては何時でも敗北者であると思ふ。と云ふのは森田が翻弄されて居ると云ふ意味ではないが、森田はをなごの好いところばかりを見て、それを詩化して進みはしないかと思ふ。向ふのをなごが森田と同程度に自己を詩化することが出來なければ、其の結果は到底相方の提携の連續と云ふことは、考へられない。つまりは森田が其のをなごを失ふことになる。其の失つたあとを觀察して見ると、何だか好人物的のやうな感じもする。

▼**長江氏曰く**——成程御自分で「良心」と「好人物」とを口にし過ぎるやうな傾きがありますね。

▼**孤蝶氏曰く**——森田君はあまり世間に揉まれた人ではなからう、どうも惡ずれのした所が見えない。何と

なく可愛氣のある人である。年齢が可なり違つてゐるので深いところまで交際ふことのない私などからは、森田君の綺麗な謂ゆる好人物である點、無邪氣な點が一番目立つて感ぜられる。恐らく夏目君の森田君に對する感じも同じやうなものではないかと思はれる。

誤譯指摘に於ける誠意如何

▼孤蝶氏曰く――森田君は中々の凝り家である。自分の仕事には隨分念を入れる人だから、從つて他人の遣りつ放しな仕事を見ると非常に厭な心持がするであらう。誤譯を見ては、氣になつて放つて置けず指摘することになる、つまり藝術家としての誠意からであらうと思ふ。

▼御風氏曰く――自分に痛切なことより外には眞劍になれない森田君としては、しないでも濟みさうなことをして居ると云ふ感じがする。

▼長江氏曰く――ちつとも不都合なことゝは思はないだけです。

▼秋江氏曰く――森田君は、あんまり誤譯指摘などしないだらう。去年本間久雄君のドリアングレイの誤譯を佐藤春夫君が指摘した時、森田君が春夫君を使嗾したといふ世評であつたが、それは、あんまり春夫君の個性を沒却した世評であらう。春夫君は、なか〳〵鋭い才人である。

▼俊子氏曰く――ドリアングレーの誤譯でしたが、爲めにするところあつて佐藤春夫さんを唆かし、本間さんを遣つ付けたのは森田さんの仕事だなどゝ云ふことを耳にしたことがありますが、それに何か私意を含まれてゐたとか云ふ事も私には解りません。私は大抵の堂々たる男子はそんな卑吝《けち》なことは爲る筈がないと思つて居りますから、無論森田さんにもそんな根性はおありにならない事と存じます。文壇の木《こ》つ葉《ぱ》聚《しゆ》が御自分の頭腦《あたま》相當につまらぬ事を云ひ觸らしたのではないかと思つてゐます。

▼三重吉氏曰く――森田が誤譯指摘をしたと云ふ事實を私は知らぬから、從つて此問題が私には無意味である。森田は敎師を馬鹿にして獨學的な努力で語學を勉强した人だから、發音などはひといものだ。けれども本は能く讀める。全體誤譯と云ふことは有意識でも無意識でも好くないことゝて、きつい言葉で云へば一種の不正と稱しても差支へない。森田のやうな能く讀める人が、人の誤譯を見て其の誤譯を發見したら隨分氣持

の好くないことであらう。誰だつてさうだらうと思ふだから森田を離れて云つて、さう云ふ時には其の不愉快と同時に公憤を洩らすに違いない。それが親切の人とか、又は攻撃好きの人とかであつたならば誤譯指摘が起るのは當然のことである。誤譯を指摘された者の方から言へば、向ふの誤譯指摘の態度如何に拘らず、兎も角間違つて居るところを指摘されるに對しては、自分の恥辱と共に感謝も感じなければならぬ。誤譯をして置きながら威張つて居る理由は少しもないと思ふ。誤譯を指摘されたら直すのが好い。直し切れない程誤譯をする人は譯する資格がないのだから、譯を止めたら好いだらうと思ふ。森田は或るひどい誤譯の本を指して、「之れは醉つ拂ひ以上だ。」と云つたことがある。しかし、人の非を、頭から罪悪をあばくやうな態度で指摘する習慣も私は好くないと思ふからして、相當の禮儀を以て指摘するやうな習慣をつけて欲しいと思つて居る。之れも森田のことでは無論ない。

▼敏郎氏曰く——通常の一つや二つの誤譯なら兎も角、非常に大間違ひをした場合には誤譯を指摘して遣つた方が、原作者の爲めにも、譯者の爲めにも、又、讀者の爲めにも好い。誤譯だら附の本の提灯を持つたりするやうなことは、却つて贔負の引倒して、弱點を保護することだ。だから暇があつて誤譯指摘をして見たいのなら決して悪いと云ふ程のことでもない。殊に草平君の場合はワイルドは自分が好んで讀んで居たところであつて見れば、途法もない馬鹿々々しい誤譯をされては癪に觸るのは當り前のことである。自分の大事にして居る花に蟲がついたやうなものだ。それから又ワイルドならワイルドを自分が愛讀して居れば、ワイルドか自分の縄張りだと云ふやうなところがある。それを分りもしない奴が出て來て間違ひだらけの誤譯をすれば、自分の縄張りを荒されたと云ふ氣もするだらう。愛讀者に對してはそれくらゐの熱心さがあつて好いとだ。しかし誤譯指摘をするならば自分で署名して遣つた方が好い。自分が黒幕になつて人をけしかけて書かせるのは厭なことだ。誤譯指摘其のことは厭ではないが、其の卑怯な點が厭なのだ。

先輩及び交友に對する關係と態度

▼敏郎氏曰く——大學出身の人で、外に文學を遣つて居ない人々でも、一般に小山内は駄目だけれども草平

57

は人物が好いと云ふことを能く聞く。私は深く交際はないから分らぬが、交際つたら味ひのある人だらうと思ふ。

▼**俊子氏曰く**――夏目先生に對する態度など、中々敬虔なものがあるやうにお見受けします。それから友人に對されても、信實いゝところを持つてゐられるやうです。阿部次郎さんなどは草平さんの缺點を隨所に見付けてゐられながらそれで友人として許してゐられます。あれなどは草平さんの友人に對する徳を證明してゐる一つだと思ひます。

▼**三重吉氏曰く**――森田は交友に隱し立てをする男ではない。私には親切な友人である。誰れにだつて親切な友人であると思ふ。之れは特に森田の親切を表明する程のことではないが面白い話だから云ふ。私は澁谷で泥棒に入られたことがある。すつかり盜られて學校に行く洋服もない。それで森田がわざ／＼金を拵へて來て森田の洋服が或る處へ入つて居るのを二人で出しに行つた。其の途中で雨に逢つて、二人は尻を捲つてびしよ濡れになつて歸つて來た。其の洋服のヅボンの膝には、平塚の熱湯のやうな涙が染みて居たのださうである。それを着て學校へ敎へに行つた。何だか型が古いので電燈會社の集金人のやうで氣になつたが、ないから仕方なく着た。靴も森田に貰つたやうに思ふ。其の洋服は未だ返さずに洗濯してちやんと納《しよ》つてある。返しに行かうと云つたら、何うでも好いと云つた。あんな可笑な洋服をおれは能く着たものだと云つたら、馬鹿を云つてらあ、あれは好んだぜと云つた。森田には外のことでもいろ／＼世話になつたが、あの洋服で雨に濡れたことが能く想ひ出される。

▼**孤蝶氏曰く**――先輩に對する態度と云ふことになれば、即ち夏目君に對する態度と云ふことになるのだが、先にも云ふ通り夏目君の方でも森田君を愛して居るやうであるし、森田君の方でも亦夏目君を何所までも尊敬して居ることは明らかである。他の友人に對しても森田君は別に憎まれては居ない。森田君は誰に對しても惡意を以てつき合つては居なからうと思ふ。只、森田君が惡い人でないが爲めに、知らず／＼一寸人の機嫌を損じるやうなことがあるかも知れない。誰と仲が惡いとか、誰と喧嘩したとか云ふことを聞いて、相方の言分を參酌して見ると、双方に尤もな點がある。で森田君に對しては大抵は一時機嫌を惡くしても、これが爲めに森田君の謂ゆる好人物であることを疑ふ人は

ないと云ふ現状である。森田君が好人物であることは何うも確からしい。生田君などの森田君を理解して居るのは、さう云ふ點にあるやうに思はれる。

▼秋江氏曰く――生田君や鈴木君や小宮君との關係は十分に知らない。一時、森田君と何か少し疎遠になつてゐたやうなことを兩方から一寸耳にしたやうに思ふが、さうかといへば二人で「反響」を出すのだから、誠に他愛もないものであつたと思はれる。兎に角あの夏目氏門下の人達の交遊は實に羨ましいものである。先輩夏目氏との關係もさうだらう。

森田君は、僕の知る限り決して矯飾の人ではない。人間には禮儀は、ある程度まで必要だ。僕はあまり無愛相を好まない。森田君がどうかして處女の如く羞《はにか》むやうな面持ちや様子や口元をするのは、あれは自然の性來である。僕が若し藝者か新らしい女かであつたならば、自から進んで草平氏を口説くねえ。……さうさねえ！若し僕をして藝者或は新らしき女たらしめ、文壇の誰を口説くだらうと思つて見るのに――僕は眞個《ほんと》に女に生れゝばよかつた、と思ふことが度々あるのだ。此處では餘計な事だが、さうすりや美しい着物も着られる。好ましい束髪や丸髷にも結はれる。肉體上の快樂も多からうといふものだ。――そこで、今の文壇の誰と〳〵を口説くかと思つて見るのに、矢張り森田文學士、小山内文學士などは男も好くし、一旦妻君にさへなつて了へば賴りにもなりさうだ。僕は今日になつても、平塚明子さんの心が分らない。それから德田秋聲氏をも口説いたかも知れぬ、是等は皆な、何とか彼とか言つても内に妻君を可愛がつてゐること正に疑ひを容れず。僕も文學は好きなのだから、自分で文學者になるより、女に生れて好い文學者の妻君になりやよかつた。早稻田の人だつて、妻君を可愛がつてはゐるだらうが、僕は口説きたい人は一人もない。必ず文壇の人とは言へないが、水谷竹紫君のみは口説くよ。眼先の利く苦勞人はあゝいふ男を口説かねば噓だ。

文壇的野心及び其生活の實際

名利を欲する念切なりとは眞乎

▼俊子氏曰く――何時でしたかお訪ねした時支那へ行くと云つてゐられました。支那の中學の先生で、月給は三百圓、百圓は家に送り百圓は小使錢にし百圓は貯蓄すると云つてゐられました。そうしてうんと勉强をしやうと思ふと云つてゐられました。これがお流れに

なつて雑誌經營を初められたやうです。その時、「自分の持つて生れたものだけしきや用ひる事のできない人間と、持つて生れたもの以外に他から借りて來ても運用のつく人間とゝある。自分はその不器用な前者の方だから不幸だと云つてゐられました。御自身の生活全體に對して如何にも力も興味もなく、消極的でいらしつた様な風でした。誰れしも若い賣り出しの初めは野心が盛んで、名利にも走せるでせうが、多くの生の葛籐を經て苦勞を積んできたものが、今更そんな空な名利ばかりの觀念のなかに自己を潜めてゐやうとは思はれません。もうちつと大きな深いところにその思想が動いてゐられることゝ思います。

▼**三重吉氏曰く**――文壇的野心とは何う云ふ意味ですか、傑作を書きたいと云ふ慾望なら誰にでも滿ち〳〵て居るだらうと思ふ。文壇的野心と云ふことが自己の俗世間的勢力を擴張しようと云ふ意味であるならば、森田はさう云ふ野心を持たぬ。森田がさう云ふ野心があるくらゐならば、第一あゝ貧乏はしないわけだ。森田は貧乏である。しかし之れは總べての文學者を社會がさせる貧乏だから仕方がない。貧乏なら名利を思ふのは當り前である。名と云ふ意味が能く分らぬが「不如歸」の能く賣れるのが蘆花の名の故爲だとすれば、私だつて森田だつて大いに名が欲しい。充り、利の爲めに名が欲しい。原稿料がもつと上つても不服はない。金がどし〳〵入るなら何の不服もない。生きて居る人間で斯う云ふ名利を追はぬ人間が一人ぐらゐ日本にあるか知ら？　天皇陛下ぐらゐのものだらう。餘裕がなければ好いものは書けない。

▼**秋江氏曰く**――誰だつて相應に好い作をしたからう。從つて野心もある。

▼**孤蝶氏曰く**――崇敬者を作ると云ふことは、誰も彼れも皆それに努めると云ふものではないかも知れないが、有るものまでなくして了ふ、即ち自分に感服する人間、自分の廻りに集るのをひどく全く心から厭がる人は滅多にない。て、森田君が若し一派の大將になりたがつて居るとしたところで、不思議はない。しかしさうひどく大將になりたがつて、いろ〳〵な裝飾を凝らすと云ふやうなところは見受けられない。何人も賞贊者が自分の周圍に集つて來るのは、先づ心持の惡いことではなからうから、森田君の場合も賞贊者が自然に集まるやうになつて、自然とお師匠株になると云ふわけであらうと思ふ。名利を欲する心か切であるか何

うかと云ふのだが、之れも口へ出して云ふ人と、云はない人とあるから能く分らないのであるが、森田君が若しさう云ふことを能く口へ出すとしても、それは餘り深い執着から來た言葉とは思へない。我々が能く云ふ何うかして金が儲けたいとか、金持になりたいとか云ふぐらゐの、一種の間投詞に過ぎないのだらうと思ふ。從つて其の方面に對して森田君が何等かの技巧を施すにしても、それはさう大したことではなく、ほんの一種の遊びのやうな氣分からであらう。が、そんなら謂ゆる連中を作ることの今の文壇に於て損益如何と云ふことになれば、連中を作る方が明らかに徳である。て、森田君が若しさう云ふ方面に努めるとしても、それは正當な行爲であらうと思ふ。

藝術的趣味——俗的趣味

▼三重吉氏曰く——藝術的趣味と云ふのを狹い意味に取つて、繪畫彫刻などの鑑賞嗜好と云ふ樣な意味とすれば、それは森田に甚しく缺けてゐる。繪などは僕ほど分らぬだらうと思ふ。俗的趣味もない男だ。食物なども一向關はぬ方だし、花を植ゑると云ふやうなこともない。書齋には何一つとして飾りがなく、古雜誌がごちやごちや積み重ねてあるだけだ。書齋は無論のこと、庭にだつて花一つあつたゞがない。隨分無頓着な男である。私は頓着過ぎて煩されて居る。頓着する實力のない者は無頓着であるならば幸福であると思ふ。只、書齋だけ見た森田は殺風景な男である。芝居は義理であらうが能く連中の募集をしたりなどする。森田のやうな人が能くさう云ふ無意義なことに堪へられるものだと思つて感心して居る。幸四郎は森田のやうな藝術家が見に行く程好い役者ではないと思ふ。森田に言はせれば、之れは義理で仕方がないと云ふてあらう。義理だつて出來ぬこともある。だから感心だ。森田は書齋的に殺風景なところもあるが、幸四郎的に感服なところもある。

▼俊子氏曰く——何に就けても趣味の乏しい人だと云ふことはうなづかれます。御自身でも遊戲は一切嫌いだと云つてられます。音曲演劇の趣味も極く淺い方です。自分の遊戲は女と戀ばかりだとは能く御自身の口から聞く事です。これが森田さん唯一の藝術的趣味で又同時に俗的趣味の最上のものではありますまいか。

▼秋江氏曰く——藝術的趣味も多いが、此は日本より外國物に多いやうだ。先輩夏目氏の俳諧趣味などは森

田氏には乏しい。併しさうかといへば、夏目氏のピアノ趣味であるに似ず、妻君は藤間流のお師匠さんである。これは生粋の日本趣味だ。

▼孤蝶氏曰く――森田君は今の新しい文學者の中では、可也趣味の多い人であらう。が、從來の通人などと云ふ者の趣味があらうとは思へぬ。森田君が大金持になつて見た上でなければ分らないが、何うも森田君に可也金が出來たところで、さう得體の知れぬ骨董品をひねくりさうでもない。要するに趣味のそんなに狹い人ではないと同時に、さう何でも彼でも遣つて見ると云ふたちの人ではないらしい。之れを趣味の中へ入れては變なことだと思ふが、森田君の女性に對する考へが、單に女性の肉を鑑賞すると云ふのではないやうだ。從つて選擇が嚴密であるか何うだかは知らないが、何等かの人事的興味を其の關係に持つやうに努めて居るやうに考へられる。同君は好奇心の導くまゝに、其の道を可也遠くまで進んで行くやうである。

文壇の人としての將來如何

▼長江氏曰く――過去に於て何等の仕事をもして居ないと思ふことが出來るならば、有望なる其の將來が、更により有望であらうと思ひます。

▼御風氏曰く――痛切な經驗が出て來れば好い物を書くし、さうでなければ餘り目立つやうな作は出來ない。何故かと云ふに努力に依つて好い作の出來る人だと思へないからである。絶えず積極的に創作する人とも思へないからである。だからあの人自身に痛切な經驗が出て來ない限りは、今日以上に價値の認められて來る人だとは思はない。けれども過去に於て人の遣れないやうな經驗をした人だから、將來に於てもどんな生活の渦中に自分自身を打込んで行かないとも限らない。

▼三重吉氏曰く――無論若い人だから好き將來があるのに決つて居る。しかし、お互ひに斯う餘裕がなくては將來が暗いやうな氣がする。最う少し文學者の生活が容易でないと、將來は危い。

▼孤蝶氏曰く――人生に對する達觀と云ふことが森田君の當然向はる可き道だと思ふ。常識のある、而して理解のある森田君は此の方面へ次第に進まれるとだらうと思ふ。只、獨り言を云つて居るやうな作家には、最う森田君は何うしてもなる氣遣ひはない。物の分つた人生に對する理解の深い好い作家に森田君がなられるのを我々は待つて居るのである

藝術家の觀たる『夏の女』

○

田村俊子

私は觀た女に就いて云ふよりも、自分に就いて云つて見る。

夏の姿はなるたけ自然的に作つてゐたいと思ふ。いつたいに、着物を素《す》て着《き》てゐたい。浴衣は無論《むろん》の事《こと》、お召《めし》ても素《す》て着《き》たい方《はう》だが、外出の時は仕方《しかた》なしに襦袢を着《き》る。私は汗《あせ》をかゝない方だから、いつも縮緬の長襦袢を下襦袢なしに素《す》て着てゐる。肌ざわりがさらりとして非常に氣持がいゝ。肌《はだ》に直《ぢ》かに附《つ》くものは、夏はいちばん縮緬《ちりめん》がいゝ。さもなければ洒《さら》し木綿にかぎる、羽二重や縮は、時によるとべたりとして氣色がわるい。メリンスも厚《あつ》ぼつたくていけない。外《そと》へ出《で》る時は、下帯《したおび》も縮緬《ちりめん》を素《す》て一枚締《し》めたぎりてゐる。嗜《たしな》みさへよければ、用心深く何枚も下帯《したおび》などするよりは、大膽《だいたん》だが氣《き》持《もち》がいゝ。さらりとして腰《こし》から裾《すそ》の捌《さば》きに何《なん》とも云《い》はれない快感《くわいかん》がある。

髪もさらりと心《しん》なしの束《たば》ね髪がいゝと云つてゐるが、これだけは私の氣持に從《したが》へない髪の毛を持つて生《うま》れてゐるので、私は夏になると、いつも髪て一と苦勞も十苦勞《とくらう》もする。私は髪の毛がわるいのである。其《そ》れを心《しん》の具合《ぐあひ》て巧《たく》みに結《ゆ》つてるので、心《しん》を取《と》つてしまふと、法返《はうがへ》しのつかない恰好《かつかう》になる。て何《ど》うにかして、輕《かろ》く恰好よく、其《そ》れて髪の毛をこつくりと見《み》えるやうに結ふ法《はう》はないかと苦心してるが思るやうにならない。夏の女ていちばん美しいのは、この髪のいゝものに限るとさへ私は思つてゐる。美《うつく》しいたつぷりした髪を、さらりと束《たば》ねて、ほつれ毛《げ》も癖《くせ》がなしにはらりと落《お》ちてる樣な女の髪《かみ》が、夏の女の秀逸だと思つてゐる。斯う云ふ點《てん》て、私は自身の髪について悲觀してゐる。

夏の女として申分《まうしぶん》のない私の資格《しかく》は、皮膚《ひふ》があんまり汚《きた》なくないことゝ、汗をかゝないことてある。この二《ふ》たつから、せい〳〵私は夏《なつ》は放膽な姿《なり》てゐやうと思ひ、又然《またそ》う云ふ風《ふう》をしてゐるのてある。

足袋も穿《は》きたくないが、外出の時は、砂《すな》まみれて直《ぢ》きに汚《きたな》くなるし、品《ひん》がわるいし、着物との調和て仕方なしに穿《は》いてゐる。夕方《ゆうがた》浴衣かげて、色《いろ》の眞《ま》つ白《しろ》な自分の素足《すあし》を見ながら散歩《さんぽ》してゐる時の氣持は、何物《なにもの》にも代へられない自身の美《び》の滿足《まんぞく》てある。これは自惚《うぬぼ》のお話てはない。

一日一信

俊子

今月《こんげつ》の新小説《しんせうせつ》の雜錄《ざつろく》に、鈴木《すゞき》三重《へ》吉《きち》さんが夏《なつ》になるといろ〳〵な虫《むし》に螫《さ》されて苦《くる》しむと云《い》ふお話《はなし》が出《で》てゐたのを讀《よ》んだが、私《わたし》も夏《なつ》になると、蚤《のみ》や蚊《か》や蟻《あり》に螫《さ》されて難澁《なんじふ》をするので、眞底《しんそこ》から御同情《ごどうじやう》をした。私《わたし》などは一《ちよ》寸《いと》螫《さ》されても惡寒《をかん》がして、手《て》の先《さき》まですつと冷《つめ》たくなつて戰《ふる》へてくる。螫《さ》された痕《あと》は眞《ま》つ赤《か》になつて、ぶつ〳〵と血《ち》の斑點《しみ》が、皮膚《ひふ》の上《うへ》を二寸《すん》四方《はう》ぐらゐ丸《まる》くざざつて、痛《いた》くて痒《かゆ》くて、ほんとに厭《いや》な心持《こゝろもち》である。二階《かい》の窓《まど》の前《まへ》に大《おほ》きな楠《くすのき》があつてそこから蟻《あり》が風《かぜ》に吹《ふ》かれて飛《と》び込《こ》んで來《き》ては、机《つくゑ》の前《まへ》にゐる私《わたし》を螫《さ》すのである今《いま》も左《ひだり》の足《あし》に五つ、右《みぎ》の足《あし》に二たつ螫《さ》された痕《あと》がある。これは毒蚊《どくか》に螫《さ》されたのも交《ま》じつてゐる。

それで私《わたし》は近頃《ちかごろ》カンプラをはなさないでゐる螫《さ》されたあとへ直《す》ぐ塗《ぬ》ると、ひどい毒虫《どくむし》にやられたのでも一日《にち》や一日半《にちはん》ぐらゐで癒《なほ》ると、一寸《ちよいと》蚤《のみ》や蚊《か》に螫《さ》されたのでも、カンプラを塗《ぬ》ると快《よ》い刺戟《しげき》であつて、いやな痒《かゆ》さが直《す》ぐに除《と》れる。夏《なつ》になると、私《わたし》の机《つくゑ》の上《うへ》にはインキ壺《つぼ》といつしよにカンプラの瓶《びん》が並《なら》んでゐる。三重《へ》吉《きち》さんも若《も》し御承知《ごしようち》なかつたら、これをお試りになるといゝと思《おも》ふ。

夏のかまくら

田村俊子

私《わたし》は去年《きよねん》の八月《ぐわつ》、姪《めひ》を訪《たづ》ねて鎌倉《かまくら》に行《ゆ》きました。

私《わたし》は東京《とうきやう》の土《つち》に巣籠《すごも》つてばかりゐて、滅多《めつた》に旅《たび》をしたことが御座《ござ》いません。暑《あつ》い盛《さか》りになると、蟬《せみ》の聲《こゑ》など聞《き》きながら「静《しづ》かさや岩《いは》にしみ入《い》る蟬《せみ》の聲《こゑ》」と口吟《くちずさ》んでゐると、無暗《むやみ》と旅《たび》と云《い》ふことが懐《なつ》かしくなつてくるのですが、中々《なか〳〵》億劫《おくくふ》で出《で》たこともありませんでした。

それが不圖《ふと》、姪《めひ》が鎌倉《かまくら》のある學校《がくかう》に奉職《ほうしよく》するやうになつて、其《そ》の地《ち》に滯在《たいざい》してゐるのを思《おも》ひ起《おこ》して行《い》つて見《み》る氣《き》になりました。私《わたし》は生《うま》れて初《はじ》めて鎌倉《かまくら》を見《み》るのです。いかに私《わたし》の旅《たび》に就《つ》いての經驗《けいけん》が乏《とぼ》しいかと云《い》ふことがこれだけでも思《おも》ひ知《し》られるやうです。三十年近《ねんちか》くになつて、まだ鎌《かま》倉《くら》一《ひ》とつ覗《のぞ》いたことがなかつたのですから。

いざ出掛《でか》けるとなると、子供《こども》の頃《ころ》學校《がくかう》から遠足《ゑんそく》へ行《ゆ》くときのやうな嬉《うれ》しさと樂《たのし》さで氣《き》が落着《おちつ》きませんでした。大船《おほふな》で乘《の》り換《か》へて、横須賀《よこすか》行《ゆき》の汽車《きしや》でかまくらに行《ゆ》くと云《い》ふをなどが、私《わたし》には旅中《りよちう》の重大《ぢゆうだい》な用件《ようけん》の一《ひと》つになつて、決《けつ》して忘《わす》れないやうにと、自身《じしん》で自身《じしん》に思《おも》ひ含《ふく》めたりしました。

然《しか》し汽車《きしや》に乘《の》つてからは、直《す》ぐにいやになりました。夏《なつ》の盛《さか》りに旅《たび》などをするものではないと感《かん》じました。汽車《きしや》のあの神經《しんけい》を破《やぶ》るやうな喧《やかま》しい音響《おんきやう》と、窓《まど》から飛《と》び込《こ》んでくる煤《ばい》煙《えん》とで、私《わたし》は氣味《きみ》が惡《わる》く、不快《ふくわい》でたまりませんでした。汗《あせ》ばんでゐる頸筋《くびすぢ》や顔《かほ》に、煤煙《ばいえん》が黑《くろ》く冠《かぶ》さつてくる不《ふ》快《くわい》さは何《なん》とも云《い》へない苦《くる》しみでした。けれども汽車《きしや》に乘《の》つてしまつたのですから、我慢《がまん》して可《か》なり長《なが》い道《だう》中《ちう》をかまくら迄《まで》行《ゆ》きました。

由《ゆ》比《ひ》ケ濱《はま》のある金物《かなもの》やに寄寓《ぐう》してゐる筈《はず》の姪《めひ》は、二三日前《にちぜん》に朽木《くちき》の家《いへ》に歸郷《ききやう》したあとでした。私《わたし》は失望《しつばう》しました。それで姪《めひ》がゐたら四五日滯在《にちたいざい》しやうと思《おも》つた計畫《けいくわく》もふいになつて、私《わたし》は二《ふた》つ三《み》つ見物《けんぶつ》を濟《す》ましてから直《すぐ》に東京《とうきやう》に歸《かへ》らうと決《き》めました。

鈍《にぶ》い車《くるま》は、暗《くら》い金物《かなもの》やの店《みせ》を離《はな》れて、灼《や》くやうな炎熱《えんねつ》の日光《につくわう》の下《した》を走《はし》つてゆきました。膝掛《ひざかけ》の上《うへ》に一面《いちめん》にあたつてゐる日光《につくわう》の熱《ほて》りの暑《あつ》さで、私《わたし》は車上《しやじやう》で眩暈《めまひ》さへ催《もよほ》しました。車《くるま》は長《は》谷《せ》の觀音《くわんおん》へ着《つ》いて、私《わたし》は長《は》谷《せ》寺《てら》を見《けん》物《ぶつ》しました。山《やま》を上《のぼ》つて行《ゆ》くと右手《みぎて》に海《うみ》の一角《かく》が見《み》えました。白金《しろがね》の板を抛《はう》り出《だ》してあるやうに平《ひら》つたく光《ひか》つてゐまし

551　「夏のかまくら」『読売新聞』大正3（1914）年7月13日

た。私《わたし》は寺内《じない》の御前立《おまへだち》の福進観世音《くわんぜおん》を拝《はい》してから、十錢《せん》を出《だ》して其《そ》の後方《うしろ》に安置《あんち》してある天照春日《てんせうかすが》御作《おんさく》と云《い》ふ三丈《ぢやう》三尺《じやく》の観音《くわんのん》を拝《はい》しました。小《ちひ》さい潜《くゞ》りを入《はい》ると、眞《ま》つ闇《くら》な凹みの中《なか》に蠟燭の灯《ひ》がゆらめいてゐました。二丈餘《ぢやうおよ》りの観音像《くわんおんざう》の顔《かほ》の方《はう》はよく見《み》えませんでしたが、この眞《ま》つ闇《くら》な中《なか》で蠟燭の灯《ひ》に照《て》らされてる巨大《きよだい》な彫像《てうざう》の、ある神秘的《しんぴてき》な感觸《かんしよく》に打《う》たれて私《わたし》は少時《しばらく》立《た》つてゐました。柵《さく》から手《て》を出《だ》して、私《わたし》は俯向《うつむ》いて観音像《くわんおんざう》の足《あし》に觸《さは》つて見《み》ました。ひやりと鑄物《いもの》の冷《つめ》たさが異常《いじやう》に私《わたし》の頭腦《づなう》まで染《し》みました。

私《わたし》はこゝを出《で》ると大佛殿《だいぶつでん》へ見物《けんぶつ》に廻《まは》りました。「かまくらや御佛《みほとけ》なれど釋迦牟尼《しやかむに》は美男《びなん》におはす夏木立《なつこだち》かな」と云《い》ふ晶子女史《あきこぢよし》の歌《うた》を、私《わたし》はいつも好《す》きで愛誦《あいしよう》してゐましたが、この時《とき》も其歌《このうた》を思《おも》ひ出《だ》すと、不思議《ふしぎ》に車《くるま》の上《うへ》で一味《み》の涼《りやう》を覺《おぼ》えて、すつとしました。然《しか》し大佛《だいぶつ》の前《まへ》へ行《い》つたときは日《ひ》に照《て》りつけられる暑《あつ》さに私《わたし》は五分《ぷん》とその前《まへ》に立《た》つてはゐられませんでした。鑄銅《ちうどう》の大佛《だいぶつ》の顔《かほ》の紫色《ししよく》が錆《さ》びて現《あら》はれてゐるのが典雅《てんが》に思《おも》はれました。

私《わたし》は大佛《だいぶつ》の身体《からだ》の中《なか》にも入《はい》つて見《み》ました。二尺方《しやくはう》ぐらゐづゝ銅板《どうばん》が繼《つ》ぎ合《あ》はされてるのが、裏《うら》から見《み》えました。大佛《だいぶつ》の咽喉《のど》のあたりに小《ちひ》さい佛像《ぶつざう》が此方《こつち》を向《む》いて安置《あんち》してありました。銅板《どうばん》の上《うへ》には横文《わうぶん》の樂書《らくがき》などがありました。中《なか》は蒸《む》し殺《ころ》されるやうに暗《くら》くつて暑《あつ》かつたので、私《わたし》は直《す》ぐに階子《はしご》を下《お》りて外《そと》に出《で》ました。日光《につくわう》がかん〳〵と照《て》りはたいて、松《まつ》は四邊の風物《ふうぶつ》に眼《め》を配《くば》つてゐる餘裕《よゆう》もありませんでした。私《わたし》は又車《またくるま》で海月《かいげつ》と云《い》ふ家《いへ》に行《い》つて食事《しよくじ》をしました。

海月《かいげつ》の二階《かい》からは海水浴《かいすいよく》の有様《ありさま》がすつかりと眼前《がんぜん》に見《み》えました。私《わたし》は初《はじ》めて海水浴場《かいすいよくぢやう》と云《い》ふものを見《み》たのです。ぎら〳〵と光《ひか》る海《うみ》の中《なか》で、數限《かずかぎ》りない男女《だんぢよ》がうよ〳〵としてゐました。海水帽《かいすゐばう》をかぶつて浴衣《ゆかた》を着《つ》けた女《をんな》が二三人《にん》群《む》れてこの宿《やど》へ海岸《かいがん》から歸《かへ》つてくるのが見《み》えました。腿から脛《すね》が白《しろ》くつて美《うつく》しい人が一人《り》ゐました。裸足《はだし》で砂《すな》を踏んでゆく足痕《あしあと》にも、だらりとした兩手《りやうて》の線《せん》にも、自由《じいう》な運動《うんどう》のあとの弛緩《しくわん》が見《み》えて、殊《こと》に伸《の》び〳〵した生命《せいめい》の感覺《かんかく》が、二階《かい》から見《み》てゐる私《わたし》の眼《め》にも映《うつ》りました。私《わたし》はおもしろく思《おも》ひながら、わや〳〵と騒《さわ》ぐ聲《こゑ》の聞《き》こえる海水浴場《かいすいよくぢやう》をいつ迄《まで》も見物《けんぶつ》してゐました。洋傘《かうもり》をさして砂《すな》の上《うへ》に寢轉《ねころ》んでる女《をんな》もゐました。筋肉《きんにく》の太《ふと》い頑丈《ぐわんぢやう》な男《をとこ》が三四人《にん》群《む》れてすた〳〵と海岸《かいがん》を辿《たど》つてゆくのを、私《わたし》はいつまでも見送《みおく》つたりしました。海《うみ》はたゞきら〳〵と光《ひか》つて、炎《えん》威《ゐ》な一面《めん》に渦巻《うづま》いてゐました。見《み》てゐれば面白《おもしろ》くも思《おも》はれますが、然《しか》し暑苦《あつくる》しくつて雑風景《ざつぷうけい》な光景《くわうけい》です。私《わたし》は其時《そのとき》海面《かいめん》に光《ひか》る日光《につくわう》の刺戟《しげき》の痛《いた》さで、頭脳《づなう》をひどく悪《わ》るくしました。

其家《そのいへ》を出《で》ると鶴《つる》ケ岡《をか》へ行《ゆ》き、そこで史実《しじつ》の昔《むかし》を忍《しの》んだりして、又《また》十銭《せん》を出《だ》して宝物《ほうもつ》を観《み》ました。そこで私《わたし》が吃驚《びつくり》したのは、運慶作《うんけいさく》の辨天《べんてん》でした。武将《ぶしやう》の好《この》みによつて形《かたち》のそれ〴〵異《ことな》つた、意気《いき》な兜《かぶと》や、荘重《さうちやう》過ぎた兜《かぶと》の作《つく》りなどにも興《きやう》を起《おこ》しました。門前《もんぜん》で、私《わたし》は河豚《ふぐ》の提灯《ちやうちん》を買《か》ひました。蝉《せみ》の聲《こゑ》が降《ふ》るやうに、昔《むかし》のかまくら山《やま》の樹々《きぎ》で鳴《な》いてゐました。

私《わたし》はそれだけで見物《けんぶつ》をやめて、晶子《あきこ》女史《ぢよし》の歌《うた》を忍《しの》ぶやうな、初夏《しよか》の青葉の涼《すゞ》しい鎌倉《かまくら》へ来《く》ることゝを心《こゝろ》に誓《ちか》ひながら直《す》ぐに又《また》汽車《きしや》に乗《の》つて東京《とうきやう》へ引《ひ》つ返《かへ》しました。私《わたし》は今《いま》かまくらを思《おも》ふと、何《なん》だか羽左衛門《うざゑもん》や八百蔵《やをざう》や歌右衛門《うたゑもん》の故郷《こきやう》を見《み》て来《き》たやうな気《き》がしてゐます。

奴隷　一幕

田村俊子

人物

星崎新之助　落魄してゐる文士
船井　藤子　同棲してゐる女、同じく職業的に筆を執つてゐる女
奥田　露子　星崎の家に寄食してゐる娘
おとみ　下女

時代　當今

時　六月初旬のある夜

場所　東京附近の郊外

星崎の住居。二階家。舞臺正面下手寄りに潜り門を附け、門の右から上手に極《ご》く奥行の淺い庭内の空地を取《と》つた見付で竹垣を圍《かこ》む門に軒燈をつける。(潜り門の左、下手《しもて》は郊外の淋しき道)垣根の上より僅に階下の家根を見せ垣根と家根の間《あひだ》に靑楓、檜葉《ひば》など二《ふ》たつ三つ植木の頭《あたま》が見える。その上いつぱいに二階を置く。事件はすべて二階にて起ることとなれば、少《すこ》し裝置が不自然でも二階を低く、場面をひろやかに設けること。二階の正面には欄干、その廊下を下手に曲《まが》つて階子段のついてる心《こゝろ》。室は三疊と八疊の二た間《ま》つゞき。一方の三疊の室は硝子の入《はい》つた障子二枚閉《た》てきつてあり、電燈の光りが障子に映つてゐる。八疊の室は、障子が開《あ》けはなしてある。障子の横《よこ》から机が見える。机の上にインキ壺、硯箱、原稿紙、書籍、亂雜に散らかつてゐる。油繪の額《がく》、柱にミケルアンゼロ模作《もさく》の死の女神の石膏の顏《かほ》などが高くかゝつてゐる。硝子のこわれた本箱も見える。上にシーザーのブロンズの胸像、佛像などが乘《の》つかつてゐる。室の中央に十燭のタングステンの電燈が下《さ》がつて、割合に煌々としてゐる。

(星崎新之助、三十七八才、神經質な顏面、頰骨の出た、瘦せた男机の前から少し居膝《ゐざ》つたところに、兩膝を立《た》て、その膝の上に兩腕をのせて突《つ》つ伏《ぶ》してゐる、ぼろになつた汚れた袷一枚を襯衣の上に素《す》で着てゐる。破《やぶ》けた裾から、細《ほそ》い脛《すね》と素足《すあし》が見える。と、潜《くゞ》りが開《あ》いて奥田露子が靜に出てゆく。ハイカラ。白粉が濃《こ》くついた一寸人目に立つ可愛らしい顏。十九か二十才。派出な餘所行《よそゆ》きの扮裝。門を出《で》ると家の垣根について上手に入《はい》る。その潜《くゞ》りの開《あ》いた音で新之助は顏を上げる。眼鏡をかけてゐる。階子段《はしごだん》を上《あ》がつて藤子出る。一寸廊下に立つて露子の行《い》つた方面《はうめん》を眺める。三十前後。お粧《つく》りをしてゐるが恐しく不健康な顏色をしてゐる。年よりは若く見えるが容貌《きりやう》の美《い》いと云ふ方でなし、表情によつて、馬鹿に奇麗に見える時もあるが。筋肉のよく動《うご》く顏面《がんめん》で、大柄《おほがら》な質《たち》。平生着《ふだんぎ》にしては上等な荒《あら》い縞《しま》のセルを着《き》てゐる。手にも指環など嵌《は》めてゐる。)

藤子。(障子際に立つて寄つかゝりながら、猶往來を見たまゝで)奥田さんも中々《なか〳〵》勝手をやるのね。私に一と言も斷らずに出て行つたんです。

新之助。行《い》つたのか。

藤子。えゝ。山上《やまがみ》とか云ふ人のところへ逢ひに行つたんです。直接當人《たうにん》に逢ふのでせう。奥田さんもあんな風《ふう》に不眞實では、ほんとに嫌になりますね。まるで蜘蛛が巣を引《ひ》つかけるやうに、方々へ結婚の網を張つて釣《つ》つてるんですもの。私たちの方の、堀田さんの話は何《ど》うするつもりでゐるんでせう。

（新之助無言で、又兩腕の上に頭を突つ伏す。）

藤子。堀田さんのところへは、あの人が自分からお嫁に行くと云ひ出して、こゝまで進んで來た話ぢやありませんか。其れを抛つておいて、私に一言の斷りもなしに、又山上《やまがみ》とか云ふ人の結婚の口《くち》に乘《の》つてゆくなんて、可《か》なり人を踏みつけてますね。

新之助。然し仕方がないさ。山上《やまがみ》の方《はう》の口《くち》が奧田に氣に入《い》つたんなら、それまでの事《こと》さ。そうして山上《やまがみ》の方の話が進行するなり、發展するなりしたならば、堀田の方は取消しにするまでさ。僕一人《ひとり》の責任に歸《き》しておけばいゝだらう。

藤子。（ヤヽ皮肉に）いやに今夜は、あなたは澄《す》まし返《かへ》つてゐるんですね。あなたは今朝私に何《なん》と云ひました。堀田さんに對してあなたが面目を失《しつ》しるやうな事があると困るから、話が定《き》まるまでは、奧田の行動に就いてはある程度《ていど》まで干渉する必要があると云つたぢやありませんか。然うして、山上に逢ひに行くやうな樣子《やうす》があつたら、一應差《さ》しとめなくちや可《い》けないと云つたてせう。

新之助。然しね。人の行動の自由はさまたげる譯には行《い》かない。――これはその時君の云つた言葉だ。全く然うさ。それに違《ちが》ひないんだ。何《なに》をしやうと其の人の意志にあることだ。其れを束縛《そくばく》する權利はない。奧田が山上《やまがみ》がよくなつて、堀田の約束を破りたければ破るがいゝさ。（ある事を思ひ出して）人の行動は自由さ。人の意志は尊重すべきものだ。男女の間《あいだ》でも。兄弟の間《あいだ》でも。例《たと》へば君が何を爲《し》やうと、僕にはそれを干渉する權利はない。君がどんなに爲《し》たいことを爲《し》ても。――

藤子。あなたは、又其《そ》れを云ひ出すんですか。

新之助。いや。止《よ》そう。

（二人暫《しば》らく沈默。藤子依然と立つたまゝで往來をぼんやりと見てゐる。）

新之助。僕も、もうこの袷を着てゐる譯にも行かないと思ふんだが。隨分《ずいぶん》ひどくなつたね。ぼろになつて方々が破《やぶ》れて來《き》た。

藤子。然うですか。

新之助。緋の單衣物はまだ出來ないんだらうか。

藤子。あれも奥田さんに頼んであるんですけれど、中々縫はないんです。結婚のことで夢中になつてるんですから。家《うち》にゐたつて十《と》間《ま》一《ひ》とつ掃《は》いたこともなし、着物を縫つて貰はうとすれば、半月も一と月も抛《ほう》つておくんです。口《くち》ばかりでお世話になるとか何《なん》とか云つてゐて、爲《す》ることはほんとうに自分勝手《じぶんかつて》なんですからね。

新之助。何時《いつ》出來るんだい。

藤子。聞いて見なけりや分《わか》りません。

新之助。見つともなくつて仕様がないからな。これぢや、もう湯《ゆ》にも行かれない。この近所で袷なんぞを着てるものは一人《ひとり》もないんだからな。誰だつて、もう單衣物を着《き》てゐるんだ。

藤子。ぢや、私が縫ひませう。今夜中に縫つて上げればいゝでせう。

（藤子は腹立しそうな聲で下女を呼ぶ。おとみ出る。廿一二、優し氣な女）

藤子。この間《あいだ》貰つて來た緋の反物を持て來ておくれ。針箱もいつしよにね。

（下女入る。藤子も座敷の内に入《はい》る。）

藤子。朝から晩まで、一日《いちにち》机に向つてゐるんですもの着物を縫つてる暇《ひま》なんぞはありやしません。六月になつたと云ふのに、あなたが襤褸の袷を着てゐるのを私だつて氣が付かない事はないのです。けれども手が廻《まは》らなければ仕方がないでせう。家《うち》には女が三人もゐながら、針の持てない女や、仕事《しごと》ができても縫ひ物をするのが億劫《おつくう》な女ばかり揃《そろ》つてるのですからね。

（下女、裁板《たちいた》の上に品々を揃へて持つてくる。藤子二尺ざしを取つて反物を裁《た》ち初める。捨鉢《すてばち》にてきばきとした擧動で鋏を使《つか》ふ。新之助は見てゐる。藤子が袖を縫い初めるまで二人とも無言《むごん》。やゝ沈默がつゞく。）

藤子。今夜寢ないだつて縫つて上げます。明日の朝から着られますよ。

新之助。然し君は明日《あした》の朝《あさ》の仕事《しごと》があるんだからな。

疲れるゝ氣の毒だ。

藤子。そんな事は構ふものてすか。あなたに襤褸《ぼろ》を着せておく譯には行《い》きませんから。――何《なに》から何《なに》まで私が一人《ひとり》て負擔《ふたん》して働けばいゝんてす。家中《うちぢう》が干乾《ひぼ》しにならないやうに、朝から晩まて仕事は仕つゞける。その間《あいだ》には主人に襤褸を着《き》せないやうに針仕事もする。臺所の煮物《にもの》の世話も燒くんてす。あなたは御主人てすからね。

新之助。そんなに苦しいのかい。一人て働くのがそんなに苦しいのかい。苦しいなら止《よ》したらいゝだらう。

藤子。何てすつて。止したらいゝだらうと云ふんてすか。

新之助。然うさ。何《なん》にも爲《し》ないてゐたらいゝだらう。

藤子。干乾《ひぼ》しになつてもいゝんてすか。

新之助。いゝとも。結構だ。そんなに苦しい思ひをして働いて貰ふ必要はない。一人て働く、一人て働くと君は云ふが、其れがどれほどの事《こと》なんだ。意氣地《いくぢ》のないことを云ふない。

藤子。（冷笑して）何《なん》にも爲《し》ずにぶら〳〵して、女に食《た》べさせて貰《もら》つてる人なんぞには、恐らく分らないてせうよ。私がどんなに苦しい切《せつ》ない思ひをしてゐるか。恐らくあなたなんぞには分らないてせうよ。私がどれほどの働きをしてゐるかとあなたは云ふんですね。（反語的に）そりやあなたの樣な精力家の眼から見たら、私の働きなんてものは、物の滓にも價《あたひ》しないてせうよ。けれども私にしては大變な努力なんてすからね。もう一年も私はこんな生活をつゞけてゐるんてす。ほんとうに私は喘《あへ》ぎ〳〵働いてるんてす。私は自分ながら、よくこれだけの精力が私の身體にあることだと思ふ程、私は力いつぱいに毎日々々働きつゞけてゐるんてす。えゝ。私は苦しいんてす。もうどんなに苦しいか知れないのてす。その苦しいのを我慢して働いてるんてす。（藤子、いつか涙聲になつてゐる。）苦しがつて働くなら止《よ》せと云ふんですね。それは何《ど》う云ふ言葉なんてす。どう云ふ意味の言葉なんてす。苦しがつて働いて貰つても有難《ありがた》くないと云ふんですか。然う云ふ意味なんですか。

新之助。まあ然うだ。

藤子。ぢやお止《よ》しになつたらいゝでせう。あなたがお止《よ》しになつたらいゝでせう。私なんぞに養つて貰ふことをお止《よ》しになつたらいゝでせう。苦しみ〳〵働いてるものに同情の言葉でもかけるなら知らんと、苦しがつて働いて貰つても有難《ありがた》くないとおつしやるんなら、そんな意氣地《いくぢ》のない女に養《やしな》つて貰はないことです。御自分《ごじぶん》でお働きになるがいゝ。

新之助。よし。僕は自分で働く。決して君の世話には、ならない。やるとも。僕はいつでも働かうと思へば働けるんだ。何《なん》だい。苦しがつて働くとか、喘ぎ喘ぎ働くとか云つてるが、その苦しい中で、若い男を戀したり、一所《いつしよ》に遊び廻《まは》つたりしてゐるだけの餘裕《よゆう》があれば結構ぢやないか。氣を付けて物を云へ。

藤子。あなたは其《そ》れを云ふんですか。

新之助。云つて惡るいと云ふことがあるか。

藤子。然うですか。云ひたきやお云ひなさい。

（藤子。縫物の手をやめて、しばらく新之助の顔を見詰めてゐる）

藤子。（冗談を帯びた口吻で）然《しか》しね。人に養つて貰ふやうな身分《みぶん》でゐながら、若い女に情慾を感じたりするよりは、私の方が立派ぢやありませんか。

新之助。誰れの事を云つてるんだ。

藤子。あなたの事を云つてるんです。あなたは奥田さんから始終《しじう》パッションを感じると云つてるぢやありませんか。

新之助。（低い聲で）然し僕は單に感じるばかりなんだ。僕はそれを抑制する道德を知つてゐる。だから僕は情慾を感じたつて奥田の傍に接したこともない。君は然うではないぢやないか。（次第に怒りを帯びて）君はその男と手まで曳いて歩いたぢやないか。接吻までしたぢやないか。

藤子。餘計《よけい》なことは云はないで下さい。――情慾を感じればもう女を犯したもおんなじぢやありませんか。抑制なんてことは降《くだ》らない表面的な道德です。感じたら行《や》つてしまつた方が徹底してるぢやありませんか。却つて男らしいぢやありませんか。

新之助。然うか。其れぢや君は例の場合には、君の意思を徹底させたと云ふんだね。

藤子。然しあなたとは愛欲の階級が違ひます。

新之助。それは何《ど》う云ふことだ。

藤子。私はあなたのやうに、本能的なパッションは感じなかつたんですからね。どんな場合にも私は唯戀のシーンを樂《たの》しんだだけです。私の爲《し》たことは精神的です。あなたのやうに、女を見るといきなりパッションを感じるのとは違ひます。私はどんな場合にも、男を美しい人形だと思つて見てゐたんですからね。肉を想像したなんてことは唯《たゞ》の一度もなかつたんですからね。私はいつも詩を作つてゐたんです。古《ふ》るい云《い》ひ草《ぐさ》ですが戀を戀してゐたんです。

新之助。どつちだつて同じことだ。戀を戀してゐるのは精神的だと云ふのか。精神的な行爲だと云ふのか。君の云つてることは僞《うそ》だ。

藤子。何が僞《うそ》です。

新之助。おい。情慾を感じない戀と云こものが何所《どこ》にある。

藤子。外《ほか》にあるか無《な》いか知りません。私は自分のことを云つてるのです。――僞《うそ》ですつて？それが僞だと云ふのですか。男を愛してゐながら情慾を感じないと云ふのが僞《うそ》だと云ふのですか。

新之助。あたりまへだ。それは僞《うそ》だ。君は僞《うそ》を云つてるんだ。

藤子。（冷靜になつて）然うですね。女を見ると、いきなりパッションを感じるやうなあなたには、そんな戀愛の心持はおわかりにならないでせう。然う云ふ高尙な感情は理解することができないでせうよ。あなたと私の、平生の生活から云つてもわかることです。あなたは徹頭徹尾肉に生《い》きてるぢやありませんか。あなたは、生活力を失つてくると反比例に、ます〳〵慾がさかんになつて行《い》つてるぢやありませんか。私のことを考へてごらんなさい。私はあなたと反對な狀態になつてゐるんです。

新之助。君はインポシブルだと云ふのか。ふん、そんな事《こと》が當《あ》てになるかい。僕の前《まへ》だけてインポシブルだと云つた方がいゝだらう。——愛欲の階級だと云やあがる。

藤子。もう一度云つてごらんなさい。（二尺ざして力任せに裁《たち》板《いた》を叩《たゝ》いたので物さしが縦《たて》に二たつに割れる）そんな野卑《やひ》な言葉を使つていゝんですか。

新之助。野卑な行爲をした女に對して、どんな立派な言葉を使へばいゝんだ。

藤子。何《なん》ですつて？野卑な行爲ですつて？おやあなたは何《なん》てす。あなたは野卑てないと云ふんですか。え？あなたは野卑てないと云ふんですか。

（新之助返事をしないでゐる）

藤子。（しばらく府を噛んで）あなたがね、それほど私を野《や》卑《ひ》な女だと思ふならてすね、そんな野卑な女から養つて貰はないがいゝぢやありませんか。野卑《やひ》な女から養つて貰つてるあなたは何《なん》てす。あなたこそ惡漢《ごろつき》てす。自分のことを考へてごらんなさい。——あなたよりは、もうちつと私の生活は高尚てすよ。

新之助。一人や二人の人間《にんげん》を養ふのが高尚《こうしやう》な生活だと云ふのか。

藤子。何《なに》も人間《にんげん》を養つてるから高尚な生活をしてゐると云やあしません。あなたの様に大事《だいじ》な月日《つきひ》を怠《なま》けてゐないだけても、私の生活は意義を持《も》つてゐます私は毎日勉强をしてゐるんてすから。

新之助。結構なことだ。勉强をして、ますます偉い女になるのかね。

藤子。偉くなるとか、偉くならないとかの問題ぢやありません。くだらない人間《にんげん》て終りたくないと云ふだけの心がけてす。一生《いつしやう》かゝつて、努力して、自分の精神生活を押し進めるだけ進《すゝ》めやうと云ふだけの考へてす。

新之助。精神々々と云ふ言葉を振りまわすが、君の精神は腐つてゐるんぢやないのか。おい。

藤子。私の精神は腐つてはゐません。あなたのやうに腐つてはゐません。

新之助。馬鹿を云へ。他に男がありながら、若い男と飲《のみ》食《くひ》をして遊んで歩く女の精神が腐つてゐないと云ふのか。

（藤子。相手《あいて》にしないと云ふ態度で無言でゐる。）

新之助。君は僕を惡漢《ごろつき》だとか、怠《なま》けてるとか、女に養つて貰つてるとか云つてるがね、斯うなつたのは誰の爲だと思つてるんだい。君には解《わか》つてるのか。僕は君の爲に僕の生活を阻害《そがい》されたんだぞ。

藤子。それは何う云ふことです。妙なことを云ふんですね。

新之助。僕は君の爲に世間へ出られなくなつたんだ。考へて見《み》ろ。

藤子。私にも解りません。

新之助。君は偉《えら》い女だ。君は僕等の生活を縱横に書《か》いて、それで人氣《にんき》を取《と》つた。それは君はたしかに才筆だ。又天分さ持つてるだらう。然し、僕はさん／＼君の筆《ふで》の先《さ》きにかけられたお蔭で、肩身の狹い人間《にんげん》になつてしまつたんだ。僕は君の爲にだん／＼因循《いんじゆん》な人間になつてゆくんだ。だん／＼世間に出られなくなつてゆくんだ。

藤子。馬鹿なことをお云ひなさい。私の爲にどうしてあなたが世間に出られないんですか。あなたはあなたで、世間《せけん》へお出《で》になつたらいゝぢやありませんか私はいゝ迷惑ですね。（冷笑して）もつとも、天才の前には多くの犧牲者を出すさうだから、私が天才で、あなたは犧牲者の一人なんでせう。

新之助。いや、事實においても、僕は君の犧牲にされたやうなもんだ。然し、いつまでも犧牲にされてはゐないぞ。僕は君と闘《たゝか》つて見せる。

藤子。私と闘ふんですか。闘つてごらんなさい。現在でさへ、二人は闘つてるんぢやないんですか。（藤子また愚弄的に冗談の口吻を帶びてくる）この上、どう云ふ準備をしてあなたは私と闘ふんです。あなたが一生私を敵にして闘つても、私はあなたなんかを相手《あいて》にしてゐやしませんよ。私はもつと大きな世間《せけん》と闘つてるんですから。

新之助。（憤りを含んで）僕は世間《せけん》に出る。そうして君の、名聲を滅茶々々に叩き落してやる。僕が君と闘《たゝか》ふと云ふのはそれだ。偉《えら》い女顔《をんなかは》をしてゐるのが癪にさわるんだ。君がどんなに偉い女だと云ふんだ。今に見るがいゝ。君をすつかり文壇から葬つてやる。

藤子。有難いことてすね。私にそんな名聲があるんてすか。私はちつとも知りませんてしたね。然し、私は、偉《えら》い女てはありませんよ。又、私は嘗て偉い女《をんな》顔《かは》をしたこともありませんよ。それから今日《こんにち》まて、私は一度てもあなたに對して、私の働き振りを鼻にかけたこともありません。よく考へてごらんなさい。私は一度だつて、あなたに對して威張《いば》つて態度を見せたことがありますか。そんな態度《たいど》を見せたことがありますか。それは、自分の名は大事《だいじ》てす。けれどもね、私は嘗《かつ》て自分の名《な》を誇《ほこ》つたことはありませんよ。又誇《ほこ》るほどの名聲てもないてせうからね。

新之助。然し君は、僕よりも幸福ぢやないか。僕の存存なんぞはまるて失《うしな》はれてゐるが、君は堂々《どう〳〵》とした文壇の生活をしてゐるぢやないか。

藤子。それが癪にさわるんてすか。あなたも卑吝《けち》な人《にん》間《げん》てすね。それが癪にさわるから、私を葬つてやらうと云ふんてすか。

新之助。いや、そればかりぢやない。

藤子。そんな小供見たいなことは云はない方《はう》が宜《よ》ござんすよ。見つともないから。あなたはこれ迄《まで》も、もう私に決して養つて貰はないとか、自分だけて働くとか云つて、二度も三度も家を出たぢやありませんか。そうしては、何《ど》うすることも出來なくつて歸つて來たぢやありませんか。冬の眞《ま》つ最中《さいちう》に、夜《よ》つぴて其邊中《そこいらぢう》をうろつき廻つて歸つて來たりしたぢやありませんか。そうして、小供のやうにおい〳〵泣いたりしたぢやありませんか。それは世間《せけん》へ出てお働きなさるのもいゝし、私を葬るもいゝし、何《なん》てもおやんなさるが宜《い》いが、何《ど》うすることも出來《でき》なくなつて、又《また》私のところへ引つ返してくるのが落《おち》てはありませんか。

新之助。馬鹿を云へ。僕は決心してるんだ。いつたん家《うち》を出《で》ては僕が直《す》ぐに此家《こゝ》へ歸つて來《き》たと云ふのはそれは以前《いぜん》のことだ。君にあゝ云ふ事のなかつた前《まへ》のことだ。今度は僕にも覺悟がある。僕には生涯忘れることのてきない恥辱を受《う》けさせられたんだからな。僕はその復讐をするんだ。其れだけなんだ。君は僕に對して、威張つた態度を見せたことがないと云つた。然うか。威張つた態度は見せないが、僕に恥辱を與へることはてきるんだ。君は偉い女だと自《じ》認《にん》してはゐないと云つた。然う云ふ謙遜《けんそん》な君が、何《ど》うしてあんな大膽なことが出來《でき》るんだ。何《ど》うしてあんな人を食《く》つたことがてきるんだ。――君は決して僕に愛《あい》があるのぢやない。恐らくそれは君も自覺してゐるだらう。君はたゞ、僕を食《く》はしておけばいゝと思つてゐるんだ。犬や猫を飼《か》つて、それに食物を與《あた》へるやうに、君は僕に食《しよく》を與《あた》へておきさへすればいゝと思つてゐるんだ。

藤子。然うぢやありません。

新之助。然うでないことがあるか。僕を犬畜生《いぬちくしやう》と同様に扱つてゐるのさ。

藤子。然《そ》う思ふなら。犬のやうな生活に甘《あま》んじてゐないがいゝでせう。私に犬扱《いぬあつか》ひにされるのが口惜しければ、犬から人間になつたらいゝでせう。

新之助。無論のことだ。

藤子。それなら犬扱ひにされながら私の傍《そば》にくつついてることは無《な》いぢやありませんか。何の爲にこの家《うち》から離れずにゐるのです。何の爲に私にくついてゐるんです。あなたよりは犬の方がましだ。犬はあなたより、もつと絶對屈從な動物です。主人に逆《さか》らふと云ふことを知りませんからね。食を與へられるものに對しては恩を感じてくれます。一生恩を感じてくれます。女に養つて貰ひながら、主人顏《しゆじんがほ》して、いつぱし權利のあるやうな理窟は云ひません。これから犬でも可愛がることにしませうよ。おんなじ食物を與へるならね。犬は食を與へられた主人に對して、牙《きば》をむくやうな恐しいことはしませんからね。

新之助。犬より若い男でも可愛がつたら猶《なほ》いゝだらう

藤子。侮辱するんですか。あなたは。

（藤子立上つて物さして新之助を突《つ》く。新之助は抵抗しないでゐる。）

藤子。あなたは、二度とあの事は云はないと誓つたんぢやありませんか。何故それを破るのです。何《ど》うしても其《そ》れが云ひたいのですか。

新之助。（嫉妬に激して）云ふ。幾度《いくたび》でも云ふ。僕は生涯それを云ひつゞける。僕には到底忘れることのできない事件だぞ。僕にはあの事件を忘れることは出來ない。僕はあの事件の爲《ため》にどんな苦痛を受けたと思ふんだ。（顔色青ざめてぶる〳〵と總身をふるはしてゐる。）僕の一生は君の爲に滅茶々々にされたんだ。君の爲に、僕は世間へ顔出《かほだ》しのできない大きな侮辱を受けたんだ。

藤子。あなたは決して二度とあの事は口《くち》にしないと誓つたぢやありませんか。其れを幾度でも云ふとおつしやるんですね。男らしくないことをするんですね。そんな卑怯な奴がありますか。

新之助。君は苦痛なんだなつ其《そ》れを云ひ出されるのが苦痛なんだな。

藤子。いゝえ。決して。あなたが何度《なんたび》それを云はうと私はなんとも感じません。然し、あなたの方から、絶えずあの事件は口《くち》にしないと云つておきながら、口《くち》にしてゐるぢやありませんか。私はそれを責めてゐるんです。あなたが何《ど》うしてもその誓を守《まも》らずに勝輪《かつわ》（ある男の名）の事《こと》を云ひ續《つゞ》けるとおつしやるなら、ごいつしよにゐる事《こと》をお斷りします。出て行つて下さい。直ぐ出て行つて下さい。私が何を爲たつて私の勝手《かつて》ぢやありませんかつ あなたと云ふ人といつしよにゐる爲に、あなたから始終意志の自由を侵されるんです。ほんとうに煩《うるさ》い。煩《うるさ》い。煩《うるさ》い。煩い。直ぐ出て行つて下さい。私といつしよに居ないで下さい。もう一分間でも私の傍にゐないで下さい。どつちに權利があると思つてゐるんです。あなたは私に養はれてる男ぢやありませんか。誰れが此家《こゝ》の主人だと思つてるんです。直ぐ出て行つて下さい。

出て行け。（藤子物さして新之助の肩を打つ。）

藤子。出て行け。

新之助。よし、出て行く。

藤子。然うして復讐でもなんでもやるがいゝ。どんな目にでも逢はして見るがいゝ、お前さんなんぞに叩き落されるとか、叩きつぶされるとか云ふほどの名聲でもなんでもないんだ。又《また》、そんな名聲なんとか云ふものを當《あ》てにして生《い》きてる人間《にんげん》ぢやないんだ

新之助。（立つて、汚《きた》ない服を着直《きなほ》したり、本などを二三册取り揃へたりする、いかにも見窄らし氣な風をしてゐる。）もう二度と汝《きさま》には逢はないからな。どんな復讐をされるか覺えてゐろ。

藤子。そんな捨《す》ぜりふ見たいなことは云はない方が立《りつ》派《ぱ》だ。黙《だま》つて出て行け。お前《まへ》さんは惡漢《ごろつき》ぢやないか惡漢《ごろつき》なんぞは相手《あいて》には出來ないんだ。お前《まへ》さんは、犬のやうに食を與へられると云つたがね、自分は犬畜生《ちくしやう》より劣つた人間ぢやないか。考へて見るがいゝや。私から離《はな》れゝば差《さ》し詰《づ》め食《た》べるに困るあなたぢやないか。其れが辛《つら》くつて私にくつついてゐた迄《まで》ぢやないか。そんな人間にどうして愛の問題の詮索《せんさく》なんぞが出來ると思ふんだ。あなたには、愛《あい》なんと云ふ立派な言葉を口《くち》にする資格はない。少《すこ》しでも、私から好遇を受《う》けられたら、それで滿足しておとなしくしてゐれば充分な人間なんだ。すべてに力《ちから》と云ふものを失《うしな》つてる人間《にんげん》の癖に、私にだけは抵抗のできる力《ちから》を持つてゐる――（俄に憤激して）私はまだ他人から馬鹿にされたことはないが、あなたには始終侮辱を受ける。なんて事《こと》だらう。私はお前さんのやうな人間といつしよにゐる爲に、お前さんのやうな無氣力な人間に馬鹿にされなくちやならないのだ。（ある限りの力で新之助を突きながら）出て行け。出て行け。

新之助二階を下《お》りて行く。藤子物さしを持つた儘で、少時《しばらく》の間《あいだ》立つてゐたが、あわてゝ下りて行く。二階はしばらく空虚）

新之助潜り門を出る。帽子をかぶつてゐる。

藤子。お待ちなさい。

（藤子の顔が潜り門から見える。）

藤子。念を押しておきますがね、今度こそ此家へは歸つてこないでせうね。

新之助。あたりまへだ。

藤子。きつと歸つてこないでせうね。

新之助。決して歸らない。何だつてそんなことを聞くんだ。

藤子。それだけ聞いておけばいゝんです。其れから復讎をすると云ひましたね。それも口先《くちさき》だけぢやないんでせうね。

新之助。きつと復讎をする。どんな方法でやられるか待《ま》つてゐたらいゝだらう。

藤子。復讎を待たうと待つまいと大きにお世話です。私はあなたに念《ねん》を押《お》したんです。復讎をすると云ふ覺悟が消えないやうに、念を押して上げたんです。

（新之助俯向きながらずん／＼と歩いてゆく。下手に退場、藤子門をしめる。）

藤子二階に現はれる。廊下に立つて外を見てゐる。丁度二十日頃の月が出る。道路の四邊《あたり》がいくらか薄明《うすあか》るく。田圃の蛙の鳴く聲が聞こえる。初夏の夜氣《やき》の染《し》み通つてくるやうな空寂な氣分が舞臺に漂ふ。若い男の通行人一人あり。上流の人のやうな裝ひをしてゐる。上手から下手に入《はい》る。藤子はそれを見送つてから座敷に入《はい》る。縫ひかけの單衣物などを弄《いぢ》つてるうちに、藤子は縫ひ上げた片袖を額にあてゝやゝ長い間《ま》、舞臺に背《せ》を向けて泣いてゐる。しだいに、幽かな嗚咽の聲が漏れる。下女おとみ出る。

とみ。（廊下の外に坐つて）奥さま。

藤子。（向ふを向いた儘で）何《なん》だい。

とみ。旦那樣は、又《また》何《ど》所《こ》かへいらしつたんで御座いますか。

藤子。あゝ。然《そ》うだよ。

とみ。もう歸つてこないとか云つてつらつしやいましたが、全く然うなんて御座いますか。

藤子。あゝ。

（とみ默つて考へてゐる。）

藤子。（とみの方を向き、今度は袂から半巾を出して涙を拭きながら）あんな汚《きた》ない風《ふう》をしてね。私はそれを考へたら悲しくなつたんだよ。

とみ。旦那様は短氣て御座いますからね。

この間《あいだ》に、奥田露子上手より出て、星崎の門を入《はい》る。

藤子。誰れか來たやうだね。

とみ。（階子の下り口へ行つて下の樣子をうかゞつてから、又廊下へ戻つて坐りながら）奥田さんて御座います。

藤子。歸つて來たんだね。

とみ。へえ。

藤子。何處《どこ》へ行《い》つたらうね。今夜は少《すこ》しもお金《かね》を持つてゐなかつたんだよ。

とみ。旦那樣て御座いますか。（少し笑つて）お金がなくつてはお困りて御座いませうがね。

藤子。友達があつてもお金なんぞは借《か》りることの嫌いな人だからね。今夜もまた、上野の山へでも行つて一《ひ》と晩夜《ばんよ》明《あか》しをやるんだらうよ。それとも――あゝ、本を二三冊持つて行つた。あれを賣《う》るんだらう。

とみ。然うて御座いますか。そのお金て、また横濱のお姉《おねへ》さまのところへでも入《い》らつしやるのでは御座いませんか。

藤子。然うかも知れないね。――然《こ》うしたらせめてこの單衣物だけでも送つてやりたいね。

とみ。然うて御座いますね。あの装《なり》では旦那樣もお困りて御座いませうから。

藤子。まるて乞食《こじき》見たいだもの。

（藤子、又涙が出て半巾で拭く。下女も眞實から悲しそうな風をしてゐる。）

とみ。旦那樣が短氣だからいけないので御座いますね。あゝして家を出てゐらしつても又直《す》ぐ歸つていらつしやるんて御座いますから少《すこ》しの事《こと》なら御《ご》辛抱《しんぼう》なさればよろしいんて御座いますがね。

藤子。何《なに》、あの人は此家《こゝ》にゐない方が仕合《しあは》せなんだよ。此家《こゝ》にゐると、あの人はだん／＼何《なんに》も出來なくなるんだよ。だから家を出た方が却つてあの人の爲になるのさ。

とみ。然うて御座いますかね。けれども、矢《や》つ張《ぱ》り此《こ》家《こ》にいらしつた方がお仕《し》合《あは》せだと存じますがね。

藤子。いつしよにゐれば、兩方が不《ふ》仕《し》合《あは》せさ。

とみ。皆さんが宜《い》いかたなんて御座いますけれどもね。

藤子。もし横濱へ行つたと分《わか》つたら、お小使《こづかい》も少《すこ》しは送つてやらう。それから着物《きもの》と。

とみ。それが宜《よ》う御座います。横濱へ電報でもお打《う》ちになつたら如何て御座います。

藤子。然うしてもいゝね。（藤子又泣く。）

とみ。奥樣がいらつしつても宜う御座いますね。お近《ちか》いところなんて御座いますから。

藤子。（きつぱりと）私が直接《ちか》に行くことはできないよ。

とみ。奥樣がいらしつては惡《わ》るいので御座いますか。そんな事は御座いませんてせう。却つてお喜びなさいますてせう。旦那樣のお姉樣も御安心なさいましし——

藤子。いゝえ。私が行くことはできないの。私から行《い》つてはいけないの。

とみ。然うて御座いますか。

藤子。それはお前には解《わか》らないことなの。

奥田露子出る。おとみの後《うしろ》に坐《すは》らうとしたが、狹《せま》いので、向ふへ廻《まは》る。

露子。たゞ今歸りました。

藤子。お歸んなさい。

露子。私ね、先生。お斷りして參らうかと思ひましたけれども、時間が無かつたもんて御座いますから急いて出てしまいまして。

藤子。何《なん》てすの？

露子。（恥羞を帶びて、手を突《つ》きながら）山上《やまがみ》と云ふ人のところて御座いますね。あの人の許《ところ》へ今晩《こんばん》逢いに參りましたの。

藤子。然うてすか。

露子。然ういたしましたらね。山上と云ふ人が云ひますには、私を是非もらいたいと云ふので御座いますの。

藤子。然《そ》うですか。

露子。私が婦人記者などを致《いた》したつて云ふことがわかりまして、あの方《かた》のお母様《かあさま》やお父様にお氣に入らなかつたんて御座いますけれども、山上《やまかみ》と云ふかたは是非私と結婚したいから、御兩親を說伏するまで待つてもらいたいと、おつしやつたんて御座いますの。

藤子。然うですか。

露子。けれども。――私は先生にお願ひして、堀田《ほつた》さんと云ふかたのところへ、お嫁に行くことに定《き》まりかけておりますから、――何《ど》うしやうかと存じまして。――

藤子。どつちでも、あなたが幸福だと思《お》ふ方にお決《き》めなすつたらいゝてせう。――堀田さんの方も確實に極《き》まつた譯《わけ》でもありませんからね。今の内なら、いくらても取消すことが出來ますからね。

露子。そんな事ができませうか。

藤子。てきなくつても、あなたが山上と云ふ人が氣に入つて、その人と結婚したいとお思ひなすつたら、その人と結婚をなすつたらいゝてせう。

露子。てゝ――私には分らないんて御座います。

藤子。分らないとは？　山上がいゝか堀田がいゝか分らないと云ふんてすか。

露子。えゝ。

藤子。けれども、山上と云ふ人には、もうこの前にも一度お逢いなすつたことがあるんてせう。その時のお話ては、あなたは大變山上と云ふ人を賞《ほ》めてゐましたね。

露子。えゝ。

藤子。堀田と云ふ人にはあなたはまだお逢いにならないんだし、手紙だけて定《き》めてることなんですからね。何方《どつち》かと云へば、山上と云ふ人に對する方《はう》が、逢つてゐるだけても確實な譯てすわね。

露子。えゝ。――もしお斷りてきるなら、堀田と云ふかたの方をお斷りしたいと思います。

藤子。（むつとして）然うなすつた方がいゝてせう。どつちても、好《よ》さそうな方を取るのがあなたの爲には幸福なんですから。――

露子。けれども、堀田と云ふかたは、旦那様のお親友ていらつしやるし、お断りしたら旦那様が御立腹になりはしないでせうか。

藤子。そんなことは構いません。それに、堀田と云ふ人は、これから働いて財産を作らうと云ふ人だし、山上と云ふ人は二三十萬の財産のある人だと云ふんですからね。地位から云つても、堀田と云ふ人の方は不安なものですよ。(氣が付いて) 星崎は、もう家にはゐないのです。

露子。え？　旦那様が？。

藤子。又《また》、家を出て行つたのです。

露子。まあ。然う。(急に冷嘲を帯びて) 今度はいくら旦那様でも、もうお帰りにはならないでせうね。

藤子。(ぢつと露子を見て無言でゐる)。

とみ。また歸つていらつしやいますよ。

露子。どんな風にしてお出《て》になつたんて御座《ござ》いますの。先生。

藤子。もう歸らないと云つて出てゆきましたよ。そうして私に復讐をするんだそうです。

露子。何《なん》の爲にで御座います。

藤子。私の文壇の地位をめちや／＼に叩き落すんだそうです。いろ／＼な復讐なんです。勝輪《かつわ》のことも含んでゐるんです。まあ、その爲なのでせうね。

露子。ずいぶん馬鹿なことをおつしやるんですわね。旦那様はどうかしてゐらつしやるわ。旦那様はひがんでゐらつしやるんですわね。そんな事て、先生の地位が失《な》くなつたらたいへんだわ。どんな事《こと》を成《な》さるかわかりませんですね。

藤子。何もできやしないでせう。又《また》、爲《さ》れたつて平氣ですよ。

露子。其れは然うで御座いますわね。(とみを顧みて) 旦那様の力なんかで叩き落されるやうな先生の地位てはないわ。ほんとにあの旦那様は卑《いや》しいんですのね。私、嫌いなんですの。旦那様は――

藤子。なにも、其れほどの私の地位でも名でもありやしません。（思はず涙聲になつたが氣を取り直す。）唯ね、亂暴でもされると困りますからね。

露子。ほんとに、あの旦那様はなさり兼ねませんね。先生は御用心なさらなくちや、険呑《けんのん》て御座いますわね。

（藤子だまつてゐる。）

とみ。旦那様はそんな事はなさいませんよ。短氣なかたですけれども、根《ね》はお優しいかたなんて御座いますから――

露子。それが却つていけないのよ。然う云ふ性質の人が亂暴なことをするのよ。いつかだつて、先生を打つたりしたてせう。お酒でも飲《の》むと、あゝ云ふ人が亂暴をするのよ。

とみ。そんな事は御座いませんよ。

露子。どうしておとみさんはそんな事を云ふの。

とみ。どうしてつて事もないけれども、（人の好い笑ひを含んで）旦那様は奥様をお好《す》きていらつしやるんてすから、そんな亂暴はなさいませんよ。さつと歸つていらつしやいますよ。

露子。だつて、いくら旦那様だつて、もうこれて三度かてせう。男てすもの、極《きま》りが惡るくてお歸られになりやしないわ。家を出ちや、歸つて來《き》、家を出ちや、歸つて來《き》しちや、見つともないわ。女ぢやあるまいし――よくありますね。先生。やきもちを燒いては、家を飛び出して、そうして死ぬんだの井戸へ飛び込むんだのと云つて、人を困らせるのよ。ねえ先生。よく世間に御座いますね。女見たいだわ。

藤子。（ぼんやりと笑つてゐる。立つて廊下へ出て來て外を見てゐる。しばらく三人沈默。）

藤子。寒くなつて來たね。

とみ。へえ。夜が更けましたから。

露子。（廊下へ立つて、藤子と並びながら）ねえ先生。男と女つてものは、ついした事て別れるものなんてすわね。

藤子。然うてすね。

露子。わからないもんてすことね。私がさつき家を出てゆくまて、旦那様は機嫌のいゝ顔をしてゐらしつたんてすけれど、そうして先生もね。何かお二階てお話して笑つてゐらつしやいましたわ。

藤子。然うてしたか。

露子。それが、一寸《ちよつと》の間《ま》に。――一時間もかゝりませんてせう。私がそこの停車場から次ぎの停車場まて行つて、そこて山上さんにお目にかゝつて、お話を聞いてゐた間《あひだ》が、たつた二十分ぐらゐてしたもの。ほんとに、一寸《ちよつと》した機《はづみ》なんてすわね。男と女が別れてしまふのは――

藤子。私たちは夫婦並《な》みな夫婦ぢやなかつたんてすから。けれども、ある事てくつついてゐた異性同士には違ひありませんね。

露子。先生はお一人の方がよろしいんてすから、却つて旦那様のゐらつしやらないのがお仕《し》合《あは》せてすわね。

藤子。つく〳〵、男女の關係なんてことはいやになりましたね。私はこれから宗教にてもはいつて、嚴しい禁欲生活ても送つて見やうかしら。

露子。そんな事をなさいますの。藝術をお捨てになるんて御座いますの。

藤子。なんだか少し世の中がいやになつて來ましたね。（笑ふ）おとみ。

とみ。はい。

藤子。床《とこ》を敷《し》いて頂戴な。

とみ。はい。

（とみ座敷に入つて、縫物などを片付《かたづ》ける。）

露子。そんな心細いことをおつしやつて。先生のやうに名の賣れたかたは、お一人になれば猶おもしろい生活がおてきになるぢや御座いませんの。（憧憬を持つて）私も先生のやうだつたら、結婚なんかしませんわ。一人てゐて、おもしろい生活をいたしますわ。

藤子。然うてすか。――恐らく人間におもしろい生活つてものはないてせうね。

露子。そんなことはないてせう。これから先生がお一人になれば、いくらても面白い生活をお送りになることがてきると思ひますわ。

藤子。どうして然うお思ひになるの?。

露子っだつてね、先生。旦那様がいらしつたから、おもしろい生活もおてきにならなかつたんですけれど、旦那様がいらつしやらなければ、ほんとに自由てすもの。何を爲《な》すつても先生の御《ど》勝手《かつて》てすもの。

藤子。だからおもしろい生活が送れるんてすか。

露子。然うては御座いませんの?。

藤子。然うてせうかね。

露子。ても、先生は、旦那様がいらつしやらない方がいゝんぢやないので御座いますか。

藤子。えゝ、然うてすよ。星崎が出て行つてくれて、私はせい〳〵してゐるんてす。

露子。其れぢや矢《や》つ張《ば》り、先生はお一人になる方が幸福てゐらつしやるんてせう。

藤子。（しばらく沈默して、）さあ寢ませうか。奥田さんもお寢《やす》みなさい。

露子。えゝ。では先生。あんまり御心配なさらない方が宜う御座いますわ。

藤子。有がたう。あなたの結婚問題も、あんまりあせらずによくお考へなさい。

露子。えゝ。よく考へて見ます。

（とみ床を延《の》べて、枕など据《す》ゑてゐる。藤子其れを見る。）

露子。今夜はお一人てお淋しいて御座いませう。

藤子。（おなじく寢床を見て）いゝえ。

露子。おやすみなさいまし。

（露子はいる。藤子座敷にはいつて寢衣に代へ、床にはいる。）

とみ。奥さま。おやすみなさいまし。

藤子。戸を閉《し》めて行《い》つておくれ。

とみ。はい。

（とみ雨戸を繰《く》る。舞臺ひつそりとする。それより三四時間の經過《けいくわ》を見物に思《おも》はせる爲に、一寸舞臺を暗黑にする必要あり。しばらくして舞臺が、以前の舞臺面より少《すこ》し暗《くら》い程度で、明《あか》るくなる。月が見えなくなつて、星崎の軒燈の灯も消えてゐる。新之助車にて下手より出る。星崎の家の前にて、下車し、車夫に賃金を拂つて歸す。新之助は門を輕く叩《たゝ》いたが、返事がないので、二三度叩《たゝ》く。考へては叩くこと二三度あり。やゝ長《なが》い間があつて、）

とみ。（家より）どなたて御座います。

新之助。おれだ。

とみ。旦那樣て御座いますか。

新之助。然うだ。あけてくれ。

（とみ門の潜り戸をあける。）

とみ。お歸りなさいまし。

新之助。藤子は寢てゐるのか。

とみ。お寢みて御座いませう。

新之助。藤子に一寸門のところまで出て下さいと云つて頼んで來てくれ。

とみ。旦那樣はお入りにならないのて御座ますか。

新之助。うむ。

（とみ不思議そうにして潜り戸を開いたまゝで入る。直《ぢ》きに藤子寢衣のまゝで出る。いつたん外を覗いてから、づか／＼と外に出てくる。）

藤子。何《なに》か用なんてすか。

新之助。僕は君にお願ひがあるんだが聞《き》いてくれないか。

藤子。なんてす。

新之助。僕は、再び此處へは歸つて來ないと云つて誓つたから、君の許しを受けるまでは、家へもはいるまいと思つて、それで君をわざ／＼呼んだのだ。君は許してくれるだらうか。

藤子。何をてす。

新之助。僕はあれから、本を賣つて、それから吉原へ行つた。吉原中歩《ある》いた。だが、僕はやつぱり家がなくつては、一時間も安らかに外にゐることが出來ない。――それて木賃宿へても行つて宿らうかと思つたが、僕は木賃宿へも行かれなかつた。――僕はこれから甘んじて君の奴隷になる。僕は再び君と一所といふ名《な》のもとに一とつ家根《やね》の下《した》に棲《す》まうとは思はない。僕は君の下婢になる。だから許してもらひたいんだ。――僕は此家《こゝ》をはなれては行きどころがない。――僕はこれから君の下婢になる。だから、僕をもう一二ヶ月置《お》いてくれ。その間《あひだ》に僕は僕て、きつと一身の方向を定める。

藤子。此處をはなれると、あなたはそんなに行きどころがないんてすか。

新之助。僕は明日の朝から食べることが出來ないんだ。だからどうか君の傍においてくれ。僕は決して、これから後、君には逆らはない。君と一所の昔に立復《たちかへ》らうとは云はない。唯、僕を玄關へても置《お》いてくれればいゝのだ。

藤子。ぢや、やつぱり私の犬になるより仕方がないんですね。

新之助。（一寸だまつて）然うだ。僕は君の奴隷になる。

藤子。それほど、人を食べさせると云ふことは權威のあることとなんてせうか。人を養《やしな》ふと云ふことは、それほど力《ちから》のあることとなんてせうか。あなたは奴隷になつても人に食《た》べさせて貰ひたいんてすね。

新之助。どうも仕方がない。（絶望をもつて）僕は君の傍《そば》をはなれることができない。

（藤子無言て考へながら家の前をあちこちしてから、その鑑門のなかに引つ返そうとする。）

新之助。許して貰へないだらうか。

藤子。おはいりになつたらいゝてせう。

（藤子入る。新之助つゞいて入らうとする時に、幕。）

今月の帝劇

田村俊子

揚屋《あげや》を見て私《わたし》が直《す》ぐに感《かん》じたのは女《ぢよ》優《いう》の藝《げい》の氣分《きぶん》が少《すこ》しも大切《たいせつ》らしく緊《きん》縮《しゆく》してゐないとであつた。所謂《いはゆる》補導《ほだう》の男優《だんいう》が舞臺《ぶたい》の上《うへ》で役《やく》の對象《たいしやう》になつてゐる時《とき》とゐない時《とき》とでは、氣《き》の入《い》れかたが全《まる》で違《ちが》つてゐると云《い》ふことがあれで分《わか》つた。この頃《ころ》殊《こと》に舞臺《ぶたい》に馴《な》れた女優《ぢよいう》の動作《どうさ》が、恐《こわ》いものなしに、無統一《ひとういつ》に演《し》たいことを演《し》てゐると云《い》ふところが澤山《たくさん》にあつた。技術《ぎじゆつ》の性根《しやうね》に少《すこ》しも制裁《せいさい》がなくつてだらしがなかつた。みんなが一人好《ひとりよ》がりを演《や》つてゐるやうなところがあつた。男優《だんいう》の大頭《おほあたま》を自分《じぶん》の前《まへ》においた時《とき》とは役者振《やくしやぶ》りががらりと落《お》ちて、非常《ひじやう》にあの幕《まく》に出《で》る女優《ぢよいう》がくだらなく、やくざに見《み》えた。そうして遂《つひ》した仕科《しぐさ》が素人臭《しろうとくさ》く手奇麗《てぎれい》に行《ゆ》かなかつたりしてゐた。嘉久子《かくこ》の信夫《しのぶ》が鏡《きやう》臺《だい》を退《ひ》く時《とき》に鏡《かゞみ》を落《おと》したり、菊枝《きくえ》の宮城野《みやぎの》が剃刀《かみそり》を懐中《ふところ》に入《い》れる時《とき》に何《なに》か紙片《かみき》れをふところから落《おと》してそれを又《また》あわてゝ仕舞《しま》つたり、房子《ふさこ》のお六が藥《くすり》を出《だ》してやるのに、煙草盆《たばこぼん》の抽斗《ひきだし》がうまく開《あ》かなくつてあわてたりしてゐた。菊枝《きくえ》のこの頃《ころ》の舞臺《ぶたい》はいつだつても感心《かんしん》したとはないが、この宮城野《みやぎの》は殊《こと》にお話《はなし》にならなかつた。幕切《まくぎ》れのかけの捌《さば》きがやつとこさと動《うご》いたぐらゐなもので、あとは凡《すべ》て棒呑《ぼうの》みだつた。嘉久子《かくこ》の信夫《しのぶ》もいつもよう見劣《みおと》りがした。私《わたし》の見《み》た日《ひ》は紅《べに》の板締《いたじ》め絹《ぎぬ》の腰卷《こしまき》が裾《すそ》から一尺《しやく》も摺《す》る下《さが》つてゐたので猶更《なほさら》形《かたち》がきりゝとしないで恰好《かつかう》がつかなかつた。せめて惣《そう》六でも梅幸《ばいかう》か宗《そう》十郎《らう》でもやつたらばお終《しま》ひの括《くゝ》りがついたのに、房子《ふさこ》のお六で、とう〳〵最後《さいご》まで舞臺《ぶたい》が締《し》まらずにしまつた。律子《りつこ》のお三輪《わ》も幸《かう》四郎《らう》が睨《にら》んでゐたので、あれだけの手《て》負《お》ひが演《や》つてのけられたのだと思《おも》ふと、やつぱり同《おな》じ舞臺《ぶたい》の上《うへ》には多少《たせう》批判《ひはん》のある恐《こわ》い目《め》が光《ひか》つてゐないと直《す》ぐに女《をんな》はやくざになるものだと思《おも》つた。女《をんな》と云《い》ふものは男《をとこ》の監督《かんさく》がないと何《なに》もできないものだと云《い》つた人《ひと》がある。西洋《せいやう》のある高名《かうめい》な女優《ぢよいう》が、男《をとこ》の監督者《かんさくしや》（その女《をんな》の良人《をつと》）が見物《けんぶつ》してゐる時《とき》と見《けん》物《ぶつ》してゐない時《とき》とでは、その舞臺《ぶたい》の上《うへ》の藝《げい》と力《ちから》に格段《かくだん》の差異《さい》があつて、男《をとこ》が見物《けんぶつ》してゐない時《とき》はまるで人《ひと》が違《ちが》つたやうに拙《まづ》くなると云《い》ふ話《はなし》がある。直《ぢ》きに自分《じぶん》で自分《じぶん》をスポイルして終《しま》ふのは、すべてを通《つう》じて女《をんな》の弱《じやく》

577　〔今月の帝劇〕『読売新聞』大正3（1914）年7月19日

點《てん》だが、けれども又《また》女《をんな》には、そこに育《はぐ》くんでやりたいやうな可愛《かわい》らしいところがあるのである。

選後の感

□　田村俊子

「日曜《にちえう》の夜《よる》」は純《じゆん》な筆《ふで》で若《わか》い女《をんな》の惱《なや》みを書《か》いたものである。何處《どこ》となく赤《あか》い花《はな》のしをれてゐるやうな可愛《かあい》らしいところがある。宗教《しうけう》のなかで育《そだ》つた若《わか》い女《をんな》が戀《こひ》に目覺《めざ》めてくる煩悶《はんもん》にしては、少《すこ》し深《ふか》くないやうなものであるが、年齢《とし》を友達《ともだち》に隱《かく》してゐるところなどに眞實《しんじつ》な感《かん》じが伴《ともな》つてゐる情感《じやうかん》が終始《しうし》一貫《くわん》して文章《ぶんしやう》がとゝのつてゐるのも取柄《とりえ》である。

「福島《ふくしま》と貫《くわん》ちやん」は痛快《つうくわい》なもので、ぴし〳〵とする感《かん》じがある。福島《ふくしま》の強《つよ》いのと貫《くわん》ちやんの弱《よわ》いのとの對照《たいせう》が面白《おもしろ》いけれども、お終《しま》ひに突然《とつぜん》貫《くわん》ちやんの死《し》んでしまふのは少《すこ》しをかしい。

「ばら」は情緒《じやうちよ》のあるものである。三重吉《へきち》氏の女《をんな》のタイプのやうな、しほらしい優《やさ》しい女《をんな》が、なか〳〵風情《ふぜい》深《ふか》く現《あら》はれてゐる。採點《さいてん》は「日曜《にちえう》の夜《よる》」（九五）「埋《う》め立地《たてち》の一夜《や》」（七〇）「ばら」（八〇）「福島《ふくしま》と貫《くわん》ちやん」（九〇）「秋近《あきちか》し」（六〇）

579　〔夏季の愛読書〕『時事新報』大正3（1914）年8月6日

夏季の愛讀書

（一）貴下の際《こゝ》に夏季に愛讀さるゝ書籍（並に貴下《きか》の夏季に愛讀される詩歌）（二）夏季に一般の讀物《よみもの》として面白からうと思はるゝ書籍《しよせき》

□

田村俊子

（一）夏季《かき》に限《かぎ》つて特《とく》に愛讀《あいどく》する書物《しよもつ》と云《い》ふやうなものは御座《ござ》いません。然《しか》し夏《なつ》の暑《あつ》い盛《さか》りに、極《ごく》むづかしい書物《しよもつ》を讀《よ》んで、その理解《りかい》に頭腦《づのう》をはげしく使《つか》つたりすると、却《かへ》つて涼《れう》を覺《おぼ》ゆることがあります、これは何《ど》う云《い》ふ神經《しんけい》の作用《さよう》でせう。

（二）夏季《かき》の一般的《はんてき》讀み物《もの》になるか何《ど》うか知《し》りませんが、然《さ》う云《い》ふ氣持《きもち》で私《わたくし》が讀《よ》むとすれば講談本《こうだんぼん》、又《また》は圓朝《ゑんてう》ものゝはなしなど。牡《ぼ》丹燈籠《たんどうろう》なんかはやつぱり面白《おもしろ》いでせう

一日一信

俊子

この暑熱《しよねつ》に、動《どう》物《ぶつ》は舌《した》を吐《は》いて四つ足《あし》を地上《ちじやう》に引《ひ》きのばして打《ぶ》つ倒《たふ》れてゐる。炎熱《ゑんねつ》に苦《くる》しんでる動《どう》物《ぶつ》の顔《かほ》が猛悪《まうあく》に見《み》え、炎熱《ゑんねつ》に苦《くる》しんでる人間《にんげん》の顔《かほ》が鈍悪《どんあく》に見《み》える。私《わたし》なんかも焦熱《せうねつ》地獄《ぢごく》の苦《くる》しさの爲《ため》に頭腦《づなう》が荒《あら》びて、机《つくゑ》に向《むか》つてぢつと落着《おちつ》いてゐることが出來《でき》なくて困《こま》る。殺伐《さつばつ》な事件《じけん》に對《たい》して心《こゝろ》を向《む》ける時《とき》だけ、ぴんと心《こゝろ》が張《は》つて神經《しんけい》が緊張《きんちやう》する。歐洲《おうしう》の各國《かくこく》があつちでもこつちでも宣戰《せんせん》布告《ふこく》と云《い》ふ通信《つうしん》記事《きじ》を讀《よ》んでると、一番《ばん》快《こゝろよ》い心持《こゝろもち》である。そうして獨逸《どいつ》と云《い》ふ國《くに》が一人《り》で暴《あば》れ廻《まは》つてゐるのを想像《さうざう》してゐると尙《なほ》おもしろくつて堪《たま》らない。

一日一信

俊子

今度《こんど》の歌舞伎座《かぶきざ》を見《み》て、松井《まつゐ》さんはやつぱりうまいなと思《おも》つた。あの人《ひと》の利口《りこう》なところが舞臺《ぶたい》の上《うへ》にも發現《はつけん》して來《き》たと思《おも》つた。又《また》、藝風《げいふう》がおそろしく揉《も》まれて世間的《せけんてき》になつたところを私《わたし》は面白《おもしろ》く思《おも》つた。二階《かい》で出方《でかた》らしい男《をとこ》が「うまいもんだな。やつぱし一方《はう》の旗頭《はたがしら》だけの價《ね》打《うち》があるなあ。」と云《い》つて賞賛《しやうさん》してゐたが、所謂《いはゆる》芝居《しばゐ》ものゝ斯《か》うした連中《れんちう》にこんな嘆聲《たんせい》を發《はつ》せさせれば、もう、或《あ》る勢力範圍《せいりよくはんゐ》へ松井《まつゐ》さんの藝《げい》が浸入《しんにふ》して來《き》たやうなものだと思《おも》つた。顔《かほ》もます〳〵美《うつく》しくなつてきたと思《おも》つた。でつぷりと顋《あご》のところが肉《にく》づいて來《き》たのも、舞臺《ぶたい》の人《ひと》として結構《けつこう》な事《こと》だと思《おも》つた。

趣味と好尚

この夏期號の爲めに、次のやうなお尋ねを發して、廣く諸名家のお答を待ちました。それは前月中旬のことでした。こんな小面倒な問ひに對して考へて見ることが、既に皆さんの『一番不幸に思ふこと』であつたかも知れません。併し、皆さんがこの企てに好意を持つて下すつた結果、斯樣に賑賑しく、感興多きお答を集めることの出來たのは、編者にとつて『一番幸福に思ふこと』と申す外はありません。所謂『メンタル、ホトクラブ』としても、それ〳〵皆さんの御面目が躍如として見えて來るやうな氣がしまして、まことに愉快です。——お禮の言葉にかへて、これ丈のことを一寸前書させて頂きました。——編者。

○

一　好きな色は？
二　好きな花は？
三　好きな樹木は？
四　好きな季節は？
五　一日の中の好きな時間は？
六　好きな遊戯と娯樂は？
七　好きな書籍は？
八　好きな名前（男並に女の）は？
九　好きな政治家（現在）は？
一〇　好きな歴史上の人物は？
一一　好きな女の顔と性格は？
一二　好きな時代（東西古今を通じて）は？
一三　世界中で住みたいと思ふ所は？
一四　外に好きな職業を選んだら？
一五　一番幸福に思ふことは？
一六　一番不幸に思ふことは？

田村俊子

一 水淺黄色、緋。
二 牡丹、萩。
三 柳、楓。
四 初秋、晩春。
五 黄昏。
六 勝負事は一切好き(但し愼んでゐる)。手細工物をする事。しばゐなど。
七 別になし、芭蕉の句集を折々好きで讀むくらゐ。研究的に讀む本はあれど、好きで讀む本はないやうです。
八 自分の俊と云ふ名など好き。
九 犬養と云ふ人が何となく好きなり。
一〇 實朝。
一一 優しくしほらしき女。顔に愁ひを含んだ面長な上品に美しい顔が好きなり。
一二 文化文政。
一三 水の上に住みたし。
一四 考へたことなし。
一五 誰れからも愛せられてゐるやうに感じる時。
一六 誰れからも厭がられてゐるやうに感じる時。

新進作家と其作品

新人月旦——其四——

一　最近新進作家の中にて最も有望と認めたる人々
二　最近新進作家の作品にて最も興味を惹きたる作品

夏目漱石　徳田秋聲　相馬御風　北原白秋　鈴木三重吉　中村星湖　大杉榮　近松秋江　小川未明

本間久雄　長谷川天渓　中澤臨川　野上臼川　前田晁　田村俊子　中村吉蔵　上司小剣　片上伸

田村俊子

一、あんまり、この頃は雑誌を讀んでゐませんから、どんな有望な人が現はれてゐるかも知れませんが、私は氣が付きません。それに私は有名な人の作ばかり選《よ》つて讀む偏僻《くせ》がありますから、若い人の作をわざと讀まずに見過ごしてゐるやうな事が御座います。貧しい自分にばかり追はれてゐる私は、人の金玉を見《み》拾《ひろ》つてる暇がないのです。

二、いつか素木しづさんの「三十三の死」といふのを非常に力を入れて讀みました。女の作家、殊に若い方としては、珍しく立派な筆を持つてる人だと思ひました。今に、いゝ作家になられることゝ思ひました。

父の死後

田村俊子

一

谷《たに》の家《いへ》では今日《けふ》も午前《ごぜん》から親戚《しんせき》の人《ひと》たちがあつまつてゐたが、晝過《ひるす》ぎには叔母《をば》の爲子《ためこ》と、總領《そうりやう》の娘《むすめ》の綾子《あやこ》と婚約《こんやく》のある關口《せきぐち》の家《いへ》の主人《しゆじん》とが殘《のこ》つたばかりて、他《ほか》の縁者《えんじや》たちはみな歸《かへ》つて行《い》つた。

門前《もんぜん》に待《ま》つてゐた二三臺《だい》の車《くるま》が去《さ》つてしまつてから、邸《やしき》の周圍《まはり》はひつそりした。表《おもて》二階《かい》から時々《とき〴〵》聲高《こゑだか》く漏《も》れた大伯父《おほをぢ》の笑聲《わらひごゑ》も聞《き》こえなくなつて、二階《かい》の欄干《らんかん》に垂《た》れた白《しろ》い日《ひ》覆《おほ》ひに日《につ》光《くわう》の反射《はんしや》が強《つよ》く搖《ゆ》いてゐた。庭内《ていない》に蟬《せみ》がないてゐた。

三女《ぢよ》の園子《そのこ》は外《そと》の暑《あつ》さに眞《ま》つ赤《か》になつて、時々《とき〴〵》白《しろ》い半巾《はんけち》で額際《ひたいぎは》の汗《あせ》を拭《ふ》きながら學校《がくかう》から歸《かへ》つて來《き》た。白《しろ》い洋傘《かうもり》を優《やさ》しく肩《かた》にして、藤鼠色《ふぢねづみいろ》をした絽《ろ》の袴《はかま》を穿《は》き、縮《ちゞみ》の荒《あら》い中形《ちうがた》の袖《そで》の下《した》から、薄《うす》とき色《いろ》の絽《ろ》の襦袢《じゆばん》の袖《そで》がこぼれながら、靴《くつ》を穿《は》いた園子《そのこ》の美《うつく》しい姿《すがた》は、日《ひ》の赫《かつ》と照《て》つてゐる道《みち》の上《うへ》に、白《しろ》桔《き》梗《きやう》が萎《しを》れてゐるやうにも見《み》えた。半町《はんちやう》ほどつゞいてゐる谷家《たにけ》の板《いた》塀《へい》にも燃《も》えるやうに、夏《なつ》の日光《につくわう》がいちめんに當《あた》つてゐた。園子《そのこ》はその塀《へい》に沿《そ》つて、ぽつぽとする炎威《えんゐ》の熱《あつ》さを堪《こら》へながら門《もん》の内《うち》に入《はい》つて行《い》つた。

玄關《げんくわん》には、例《いつも》のやうに小間使《こまづかひ》のお雪《ゆき》が迎《むか》ひに出《で》た。

「今日《こんにち》は溜池《ためいけ》の叔母様《をばさま》が、いらつしてゞ御座《ござ》いますよ。」

とお雪《ゆき》はにこやかに笑《わら》ひながら園子《そのこ》に告《つ》げた。

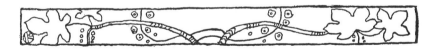

園子《そのこ》は離《はな》れの自分《じぶん》の室《へや》に行《い》つて、そこで着物《きもの》を脱《ぬ》いで汗《あせ》を拭《ふ》いたりした。お雪《ゆき》は傍《わき》に來《き》て後《うしろ》から靜《しづか》に團扇《うちは》で風《かぜ》を送《おく》つてくれた。着代《きが》への世話《せわ》などしながら、その間々《あひだ〳〵》に立《た》つたり坐《すわ》つたりして園子《そのこ》を煽《あふ》いだ。

園子《そのこ》の可愛《かあい》がつてゐる金魚《きんぎよ》も椽先《えんさき》の池《いけ》の中《なか》で、綺麗《きれい》に日《ひ》を負《お》ひながらちら〳〵と泳《およ》いでゐた。それから睡蓮《すゐれん》も、樂《たの》しみにしてゐた蕾《つぼみ》が今朝《けさ》一《ひ》とつ美事《みごと》に開《ひら》いて、涼《すゞ》しい色《いろ》を浮《うか》べてゐた。この室《へや》は園子《そのこ》と園子《そのこ》の直《す》ぐ上《うへ》の姉《あね》の香代子《かよこ》と二人《ふたり》の室《へや》に定《き》まつてゐた。

四疊《でふ》の間《ま》には鏡臺《きやうだい》や、簞笥《たんす》などが並《なら》んで、六疊《でふ》との境《さかひ》に紫陽花《あぢさゐ》模樣《もやう》のちゞみのカーテンが絞《しぼ》られてゐた。園子《そのこ》はそのカーテンを手《て》で除《よ》けて四疊《でふ》にはいつて、鏡《かゞみ》の前《まへ》で髪《かみ》を直《なほ》したりした。

「お姉《ねえ》さんは？」

園子《そのこ》はお雪《ゆき》を顧《かへり》みながら聞《き》いた。

「香代子《かよこ》さまで御座《ござ》いますか。」

「えゝ。」

「香代子《かよこ》さまも大姉《おほねい》さまも、皆《みな》さまと表《おもて》のお二階《かい》でお話《はなし》を遊《あそ》ばしてゐらつしやいますの。今日《こんにち》は皆《みな》さまがいらつしやいましてね。」

お雪《ゆき》は、眼尻《めじり》の下《さ》がつた可愛《かあい》らしい眼《め》で園子《そのこ》の顏《かほ》を見詰《みつ》めながら云《い》つた。

今日《けふ》は親類《しんるゐ》の人《ひと》たちが寄《よ》つて、此家《こゝ》の相談《さうだん》をする日《ひ》だと云《い》ふことは、園子《そのこ》は知《し》つてゐた。父《ちゝ》が亡《な》くなつてから、もう五七日《にち》まで濟《す》んだのに、この家《いへ》に就《つ》いての始末《しまつ》が未《いま》だにつかなかつた。園子《そのこ》はまだ十五歳《さい》であつた。父《ちゝ》の死《し》の悲《かな》しみは深《ふか》かつたけれども、其《そ》の父《ちゝ》の死後《しご》に、どんな事《こと》がこの家《いへ》に起《おこ》つてるかは解《わか》らなかつたけれども、この家《いへ》がやがて他人《たにん》の手《て》に渡《わた》り、さうして自分《じぶん》たちはひどく貧乏《びんぼふ》な生活《せいくわつ》に落《お》ちて行《ゆ》かなくてはならないと云《い》ふことだけは、園子《そのこ》にも推《お》し量《はか》られるやうな話《はなし》が、家内《かない》の人《ひと》たちで交《かは》されることに由《よ》つて知《し》つてゐた。

二

「お母様《かあさま》が今日《けふ》はほんとにお慘《いた》はしいほど、お泣《な》きになりましてね。私《わたし》は一寸《ちよつと》お傍《そば》にゐる間《あひだ》何《な》うしていゝか分《わか》りませんでしたの。それに溜池《ためいけ》の叔母樣《をばさま》と、いろ〳〵お云《い》ひ爭《あらそ》ひをなさいましたの。私《わたし》にはどちらが何《ど》うでいらつしやるのか分《わか》りませんけれども、溜池《ためいけ》の叔母様《をばさま》はあなたをお引取《ひきと》りになるやうなことを云《い》つてゐらつしやいましたよ。」

お雪《ゆき》は、思《おも》ひ出《だ》したやうに團扇《うちは》で園子《そのこ》を煽《あふ》ぎながら、いろ〳〵會議《くわいぎ》の時《とき》の模樣《もやう》などを話《はな》して聞《き》かせた。

「もう直《ぢ》き、お引移《ひきうつ》りになるので御座《ござ》いますつて。」

「何所《どこ》へ。」

「さあどちらで御座《ござ》いませうか。大姉様《おほねえさま》が一番《ばん》お氣《き》の毒《どく》でいらつしやいますわねえ。園子《そのこ》さま。」

「何故《なぜ》？」

「御破談《ごはだん》になるかも知《し》れませんのですよ。」

園子《そのこ》は默《だま》つてお雪《ゆき》の顏《かほ》を見返《みかへ》してゐた。父《ちゝ》が亡《な》くなつてから、自分《じぶん》たち姉妹《けうだい》や、弟《おとうと》も、妹《いもうと》も、其《そ》れから母《はゝ》までが、俄《にはか》に不幸《ふかう》な淵《ふち》に沈《しづ》んでしまつたことを、今悲《いまかな》しく園子《そのこ》は考《かんが》へてゐた。

父《ちゝ》の死《し》といつしよに、さま〳〵な不幸《ふかう》がこの家《いへ》を襲《おそ》つて、もう今《いま》にも自分《じぶん》たちはばら〳〵に他人《たにん》の手《て》に別《わ》れて行《ゆ》かなくてはならないのである。園子《そのこ》は其《そ》れに就《つ》けても、父《ちゝ》の亡《な》くなつたことが一層《そう》に悲《かな》しかつた。

「お父《とう》さまがお亡《な》くなりになつてかち、大變《たいへん》な借財《しやくさい》のあつたことがわかつたのですつて。會《くわい》社《しや》も何《なに》も、みんなお父《とう》さまのものではなかつたのですよ。お父《とう》さまは借財《しやくさい》ばかりで生《い》きてゐ

らしつたのですつて。」

香代子《かよこ》は園子《そのこ》に斯《か》う云《い》つて聞《き》かせたことがあつた。親類《しんるゐ》の人《ひと》たちは、谷《たに》の死後《しご》の財産分配《ざいさんぶんぱい》に就《つ》いて頭《あたま》を悩《なや》ましてゐたのに、事實《じじつ》は思《おも》ひかけない事《こと》になつて現《あら》はれた。谷《たに》の財産《さいさん》などは皆無《かいむ》であつた。さうして殘《のこ》つてゐたものは、谷《たに》の所有《しよいう》の建築《けんちく》や諸道具《しよだうぐ》の財産《さいさん》を抛《はう》り出《だ》してもまだ半《なか》ばにも達《たつ》し得《え》られないほどの借財《しやくざい》ばかりであつた。

誰《た》れも其《そ》の意外《いぐわい》なのに驚《おどろ》かない人《ひと》はなかつた。

さうして其《そ》の責《せ》めを妻《つま》の鶴子《つるこ》の上《うへ》に歸《き》して、親戚《しんせき》のものたちは鶴子《つるこ》を責《せ》めた。

妻《つま》は良人《をつと》の借財《しやくざい》に就《つ》いては、何《なん》にも知《し》らなかつた。そればかりでなく、良人《をつと》の死後《しご》の財産《さいさん》は豫想以上《よさういじやう》の多分《たぶん》にあることゝばかり考《かんが》へてゐた。萬一《まんいち》にも四人《にん》の娘《むすめ》に三人《にん》の男《をとこ》の子《こ》に對《たい》する充分《じうぶん》な扶育料《ふいくれう》だけには差支《さしつかへ》ないつもりでゐた。又然《またさ》う信《しん》じるだけの好《よ》い成績《せいせき》を、鶴子《つるこ》は良《をつ》人《と》の事業《じげふ》の上《うへ》に見《み》てゐたつもりでゐた。融通《ゆうつう》ばかりで金財《きんさい》の本《もと》を動《うご》かしてゐたとは云《い》ひながら、その間《あひだ》に數萬《すうまん》の財産《さいさん》は主人《しゆじん》の手《て》のうちに保《たも》たれてゐなければならない筈《はず》であつた。其《そ》れが主人《しゆじん》の沒後《ぼつご》、一錢《せん》の財《さい》も谷《たに》の家《いへ》にはないことが知《し》れた。小供《こども》の平常着《ふだんぎ》の襦袢《じゆばん》の襟一《えりひと》つでも自分《じぶん》の所有《しよいう》ではなかつた。岩城《いはき》にある炭礦《たんくわう》は素《もと》よりのこと、二《ふた》つの會社《くわいしや》も住宅《ぢゆうたく》も一切債主《いつさいさいしゆ》の手《て》に引《ひ》つ渫《さら》はれる日《ひ》が、もう疾《と》うに迫《せま》つてゐた。

親戚《しんせき》たちは、この事實《じじつ》が知《し》れ渡《わた》ると同時《どうじ》に、誰《た》れも谷家《たにけ》の相談《さうだん》にあづかる事《こと》を避《さ》け初《はじ》めた。さうして、平常《ふだん》からの、派出《はで》な贅澤《ぜいたく》な鶴子《つるこ》の生活《せいくわつ》などまでが、今《いま》になつてつけ〳〵と親《しん》戚《せき》のものから批難《ひなん》された。

「松代《まつよ》でも香代《かよ》でも、あの贅澤《ぜいたく》な躾《しつけ》は誰《た》れがしたのだ。踊《をど》りを習《なら》はせるとか、三味《み》線《せん》を習《なら》はせるとか云《い》つて、殆《ほと》んど娘《むすめ》の着料《きれう》に費《つひや》した三越《こし》の仕拂《しはらひ》までが、どんな月《つき》でも少《すくな》くて四五百圓《ゑん》を下《くだ》つたことがない。」

と云《い》ふやうなことまで、ある主《おも》だつた親戚《しんせき》からは云《い》ひ立《た》てられたりした。

美《うつく》しくて華美《はで》好《この》みな鶴子《つるこ》は、また氣前《きまへ》が寛濶《くわんくわつ》で、多《おほ》くの親戚《しんせき》の妻女《さいぢよ》たちにも、いつも餘分《よぶん》な心付《こゝろづ》けをした。自分《じぶん》ばかりが奢侈《しやし》な日《ひ》を送《おく》るのでもなく、又誰《またた》れにも彼《か》れにも能《よ》く世話《せわ》をした。然《しか》し、今《いま》となつては日頃《ひごろ》鶴子《つるこ》から多《おほ》くの恩《をん》を受《う》けた人《ひと》たちも、今《いま》では却《かへ》つて鶴子《つるこ》の奢《おご》つた贅《ぜい》を極《きは》めた生活《せいくわつ》を誹《そし》つて、明日《あす》からは母子《をやこ》八人《にん》が、その日《ひ》の生計《せいけい》にも困《こま》るやうな境涯《きやうがい》に落《お》ちてゆくことを嘲《あざけ》り笑《わら》つた。

さうして、日頃《ひごろ》の鶴子《つるこ》夫人《ふじん》の贅澤《ぜいたく》三昧《まい》を羨《うらや》んだ嫉妬《しつと》の腹癒《はらい》せにして、谷家《たにけ》の噂《うはさ》をし合《あ》つた。

三

園子《そのこ》は、窶《やつ》れ果《は》てた母《はゝ》の姿《すがた》を毎日《まいにち》見《み》た。母《はゝ》は痩《や》せ衰《おとろ》へて、髪《かみ》をぐる／＼巻《ま》きにした儘《まゝ》、櫛《くし》さへ通《とほ》さないてゐた。皺《しわ》が著《いちじる》しくも顔《かほ》に殖《ふ》えて、げつそりと力《ちから》を失《うしな》つてゐた。父《ちゝ》の亡《な》くなつた當座《たうざ》は、まだ顔色《かほいろ》も艶々《つや〳〵》して、美《うつく》しい濃《こ》い眉《まゆ》に緊張《きんちやう》した氣《き》を漲《みなぎ》らせて、物云《ものい》ふ調子《てうし》などもはき／＼してゐた。それがこの頃《ごろ》は、滅多《めつた》に娘《むすめ》たちに言葉《ことは》をかけることもしなかつた。三十前後《ぜんご》に見《み》えた若作《わかづく》りの美《うつく》しい母《はゝ》は、今《いま》は、四五十にも見《み》えるやうになつたと園子《そのこ》は思《おも》つた。

その母《はゝ》が、今日《けふ》も又親類《またしんるゐ》のものたちの會議《くわいぎ》の席《せき》で泣《な》いたりしたと聞《き》いて、園子《そのこ》は尚更《なほさら》に悲《かな》しくて堪《たま》らなかつた。何故《なぜ》女一人《をんなひとり》を、多勢《おほぜい》していぢめるのだらう。あの心配《しんぱい》と疲勞《ひらう》で窶《やつ》れ果《は》てゝる母《はゝ》を、尚《なほ》その上《うへ》にも泣《な》かしたりするのだらうと思《おも》ふと、園子《そのこ》は叔母《をば》も伯父《をぢ》も憎《にく》く怨《うら》めしかつた。

「叔母《をば》さんが私《わたし》を引取《ひきと》るとおつしやつたの。」園子《そのこ》はお雪《ゆき》に聞《き》いた。お雪《ゆき》は園子《そのこ》の脱《ぬ》ぎ捨《す》てた、ものを片付《かたづ》けながら、片袖《かたそで》で頤《あご》から頸筋《くびすぢ》に滲《にじ》み出《で》る汗《あせ》をおさへながら、園子《そのこ》の方《はう》を向《む》いてうなづいて見《み》せた。

「そんなお話《はなし》をしてゐらつしやいましたが、私《わたし》が申《まを》したなんて、仰有《おつしや》らないで下《くだ》さいまし。

お饒舌《しやべ》りのやうで御座《ござ》いますからね。」

園子《そのこ》は荒《あら》い縞《しま》の縮衣《ちゞみ》に着代《きか》へて、絹友禪《きぬいうぜん》に美《うつく》しい繡《ぬ》ひをした秋草模樣《あきぐさもやう》の帶《おび》を締《し》めた。姉《あね》の香代子《かよこ》と二人《ふたり》で作《つく》つたダリヤが美《うつく》しく咲《さ》いて、濃《こ》い牡丹《ぼたん》の輪《りん》が殊《こと》に大《おほ》きく花《はな》を驕《おご》らしてゐたコスモスも香代子《かよこ》と園子《そのこ》と二人《ふたり》所有《しよいう》の後庭《あとには》いつぱいに、脊《せ》が高《たか》く、よく育《そだ》つてゐた。ダリヤは貧《まづ》しかつたが、コスモスが咲《さ》けば、この秋《あき》は、コスモスが庭《には》いつぱいに花《はな》をひろげると思《おも》つて樂《たの》しんでゐた。だが他《よそ》に引移《ひきうつ》ればこの庭《には》も自分《じぶん》のものではなくなるのである。兄《あに》の信《しん》一と姉《あね》の松代《まつよ》のほかは皆此《みなこ》の品川《しながは》の家《うち》で生《うま》れて、然《さ》うして大《おほ》きくなつたのである。二女《ぢよ》の香代《かよ》子《こ》と園子《そのこ》は、この座敷《ざしき》が離《はな》れてあつた頃《ころ》にこの室《へや》で生《うま》れたので、改築《かいちく》の時《とき》に母屋《なや》と續《つゞ》いた建《たて》物《もの》になつてしまつたけれども、此處《こゝ》は二人《ふたり》が生《うま》れた記念《きねん》に、今《いま》になつても二人《ふたり》の部屋《へや》にして一所《しよ》に起《お》き臥《ふ》ししてきた。園子《そのこ》はそんなことを思《おも》つてひどく心《こゝろ》が悲《かな》しくなつた。煙《けむり》のやうなコスモスの葉《は》と葉《は》の摺《す》れ合《あ》つてゐる蔭《かげ》などを見詰《みつ》めてゐると、そこから亡《な》くなつた父《ちゝ》の顔《かほ》がふと見《み》えるやうな氣《き》がした。

「私《わたし》は忘《わす》れてをりました。あなたがお歸《かへ》りになりましたら、皆《みな》さんのいらつしやる方《はう》へお出《い》で遊《あそ》ばすやうにつて、爲子叔母《ためこをば》さまが仰有《おつしや》つたんで御座《ござ》います。」

「然《さ》う。」

「洋館《やうくわん》の方《はう》か、表《おもて》二階《かい》か、どつちかにいらつしやいましたが、私《わたし》が見《み》て參《まゐ》りませうか。」

「いゝえ。いゝわ。私《わたし》が行《ゆ》くから。叔母《をば》さまはあなたを、一番《ばん》可愛《かあい》がつていらつしやいますのね。」

「私《わたし》も叔母樣《をばさま》は好《す》き。香代姉《かよあね》さまもお母樣《かあさま》もお嫌《きら》いだけれども、私《わたし》は嫌《きら》いではないわ。」

「お偉《えら》いかたでいらつしやるんですもの。英語《えいご》の學校《がくかう》を御自分《おじぶん》でお建《た》てになつたんで御座《ござ》いますつてね。ほんとに見《み》たところからお偉《え》らさうな方《かた》でいらつしやいますもの。」

「叔母《をば》さまは偉《えら》いのよ。私《わたし》は叔母《をば》さまの子《こ》になるんでせう。きつと。」

園子《そのこ》は立《た》つて室《へや》を出《で》た。姉《あね》や母《はゝ》が集《あつ》まつてどんな事《こと》を話《はな》してゐるのかと思《おも》ふと、園子《そのこ》はその仲間《なかま》から別《べつ》になつてゐるのも心細《こゝろぼそ》かつた。もし叔母《をば》が、自分《じぶん》を引取《ひきと》ると云《い》ふやうな事《こと》を云《い》つたら、自分《じぶん》は直《す》ぐその場《ば》で何《なん》と返事《へんじ》をすればいゝだらうと惑《まど》ひながら廊下《らうか》を傳《つた》つてゐた。椽《えん》の御簾《みす》の蔭《かげ》から、築山《つきやま》の傍《そば》で炎天《えんてん》に照《てら》されながら、弟《おとうと》が二人《ふたり》で飛行機《ひかうき》の玩具《おもちや》を弄《いぢ》つてゐるのが見《み》えた。

「禍《ふう》さん。日《ひ》が直《ぢ》かにあたりますよ。帽子《ばうし》をかぶつてゐらつしやい。」

園子《そのこ》は其所《そこ》から聲《こゑ》をかけた。二人《ふたり》は直《す》ぐに庭《には》から駈《か》けて來《き》た。

「毒《どく》ですよ。勇《いさ》ちやんもね。」

「僕《ぼく》、今出《いまで》たばかりよお庭《には》に。」

勇夫《いさを》は其所《そこ》から上《あが》らうとしたが、又園子《またそのこ》に叱《しか》られて、二人《ふたり》は手《て》をつなぎながら裏《うら》に廻《まは》つて行《い》つた。

四

一同《みんな》が洋館《やうくわん》の一室《しつ》に集《あつ》まつてゐた。園子《そのこ》は快活《くわいくわつ》な顔《かほ》をして室《しつ》のうちに入《はい》つて行《い》つた。母《はゝ》も叔母《をば》もゐた。さうして姉《あね》が二人《ふたり》ともゐた。妹《いもうと》の乙女子《おとめこ》までが母《はゝ》の傍《そば》に腰《こし》をかけてゐた。大《おほ》きい姉《あね》の松代子《まつよこ》が泣《な》いた後《あと》のやうな赤《あか》い顔《かほ》をして、窓《まど》の下《した》に立《た》つて、外《そと》の植込《うゑこ》みを見《み》てゐた。

「園《その》さん歸《かへ》つたの。」

香代子《かよこ》が椅子《いす》に腰《こし》をかけた儘《なり》でたづねた。姉妹中《けうだいちう》での容貌美《きりやうよ》しの香代子《かよこ》は、今日《けふ》も華美華美《はではで》しい姿《なり》をして帶《おび》を高《たか》く結《むす》んでゐた。前髪《まへがみ》を分《わ》けた髪《かみ》に、水色《みづいろ》のリボンを通《とほ》して、拔《ぬ》き襟《えり》にした頸筋《えりすぢ》に、白粉《おしろい》を濃《こ》くつけてゐた。さうして、紫紺地《しこんぢ》に荒《あら》い立枠《たてわく》の縮緬浴衣《ちりめんゆかた》を着《き》た香代子《かよこ》の姿《むた》は、室《しつ》ぢうでいちばん目《め》に付《つ》いた。園子《そのこ》は香代子《かよこ》の傍《そば》に行《い》つて椅子《いす》に手《て》をかけながら立《た》つて、自分《じぶん》の顔《かほ》を見詰《みつ》めてゐた叔母《をば》の爲子《ためこ》に丁寧《ていねい》に挨拶《あいさつ》をした。

「學校《がくかう》はまだお休《やす》みにならないのかい。」

叔母《をば》は然《さ》う云《い》つて聞《き》いた。

「え。」

園子《そのこ》はその眼《め》で直《す》ぐに母《はゝ》の顔《かほ》を見《み》た。母《はゝ》は卓《たく》の上《うへ》に頬杖《はしづゑ》を突《つ》いて、園子《そのこ》の方《はう》は見向《みむ》きもしないでゐた。瘦《やせ》た眞《ま》つ白《しろ》な母《はゝ》の頸脚《えりあし》が、園子《そのこ》の眼《め》の眞《ま》つ直《す》ぐのところに見《み》えた。園子《そのこ》は母《はゝ》が自分《じぶん》を見《み》たら、もう思《おも》ひつきり優《やさ》しく親切《しんせつ》に微笑《びせう》しやうと思《おも》つてゐたが、母《はゝ》は顔《かほ》を上《あ》げなかつた。

「園姉《そのねえ》さんは何《なん》になるの？」

乙女子《おとめこ》がいきなり口《くち》を出《だ》した。園子《そのこ》には妹《いもうと》の云《い》ふ事《こと》が突然《とつぜん》なので何《なん》だか分《わか》らなかつた。色《いろ》が黒《くろ》くつて、乙女子《おとめこ》はまた姉妹中《けうだいちう》での一番《ばん》容貌《きりやう》惡《わ》るであつた。口《くち》が小《ちひ》さいのだが、妙《めう》に尖《とが》つてゐた。それを姉妹《けうだい》がみんなして弄《なぶ》つた。

「何《なん》のこと？」

園子《そのこ》は小《ちひ》さい聲《こゑ》で香代子《かよこ》に呼《よ》いた。細《ほそ》をもての權《けん》のある香代子《かよこ》の顔《かほ》が、につと笑《ゑ》んだばかりで香代子《かよこ》は何《なに》も云《い》はずにゐた。自分《じぶん》は自分《じぶん》だと云《い》ふやうな、思《おも》ひ上《あが》つた、傍《はた》を侮蔑《よべつ》しきつた高慢《かうまん》な顔《かほ》を、松代《まつよ》の方《はう》に反向《そむ》けて、香代子《かよこ》は塗骨《ぬりぼね》の扇子《せんす》で脣《くちびる》をはた〳〵と打《う》つてゐた。窓《まど》の外《そと》に熱《あつ》い日《ひ》が反射《はんしや》してゐた。死《し》んだやうな眞晝《まひる》の炎暑《えんしよ》が、其所《そこ》にも燃《も》えてゐた。園子《そのこ》は其《そ》れを乙女子《おとめこ》に聞《き》かうと思《おも》つて見返《みかへ》つた時《とき》に、

「これからはお前《まへ》がたは自活《じくわつ》をしなくちやならない境遇《きやうぐう》になるのですよ。だからね、各自《めい〳〵》に目的《もくてき》なり希望《きばう》なりを今《いま》のうちに考《かんが》へて、專門《せんもん》の學校《がくかう》をやらして貰《もら》ふとか、また學校《がくかう》をやりたくない人《ひと》は何《なに》か藝事《げいごと》でも覺《おぼ》えるとか、何《なん》とか獨立《どくりつ》のできるだけの事《こと》をしておいて、親《おや》の厄介《やくかい》をかけないで自分《じぶん》で世《よ》に立《た》つ工夫《くふう》をしなくちやならないんです。だから園子《そのこ》も、何《なに》か考《かんが》へがあ

つたら、そこで云《い》つてごらんなさい。もうあなた方《かた》はお嬢《ぢやう》さん學問《がくもん》をして、それから親《おや》にお嫁入《よめい》り仕度《したく》をして貰《もら》つて、結構《けつこう》な人《ひと》のところに嫁《とつ》ぐと云《い》ふ譯《わけ》には行《ゆ》かなくなつたのですよ。香代子《かよこ》は何《なに》も考《かんが》へてゐないと云《い》つておいでだが、お前《まへ》は何《ど》うしやうと思《おも》ふの。」

　爲子《ためこ》は眼鏡《めがね》を右《みぎ》の手《て》で一寸《ちよつと》突《つ》きながら園子《そのこ》の顔《かほ》を見《み》た。園子《そのこ》は何《ど》う返事《へんじ》していゝか分《わか》らなかつた。叔母《をば》さんの子《こ》になるのではなかつたと園子《そのこ》は思《おも》つた。何《なに》になるか、何《ど》うしていゝかそんな事《こと》は園子《そのこ》は考《かんが》へたことがなかつた。

「そんな事《こと》をこの子《こ》に云《い》つたつて、何《なに》がわかるもんですかね。まだ十五ぢやありませんか。」

　母《はゝ》の鶴子《つるこ》は低《ひく》い聲《こゑ》で云《い》つてから、初《はじ》めて顔《かほ》を上《あ》げて園子《そのこ》の方《はう》を見《み》た。園子《そのこ》はあわてゝ優《やさ》しく笑《わら》ふつもりでゐたのが、一寸《ちよつと》笑《わら》へなかつた。それは母《はゝ》の顔《かほ》が恐《おそ》ろしく嚴《きび》しい表情《へうじやう》を持《も》つてゐたからで、園子《そのこ》はまだ、こんなにきつい顔《かほ》をした母《はゝ》の顔《かほ》を見《み》たことがないと思《おも》つた。

「家《うち》の子供《こども》はあなたの考《かんが》へてるやうに、利口《りこう》に育《そだ》てゝいないんですから。急《きふ》に世《よ》の中《なか》に立《た》つの、獨立《どくりつ》するのと云《い》つても、家《うち》の子供《こども》たちには、自體《じたい》何《なん》のことだか分《わか》るもんですか。香代子《かよこ》だつて園子《そのこ》だつて、ほんのお嬢《ぢやう》さんなんですからね。」

「だからあなたは駄目《だめ》なんです。お嬢《ぢやう》さん育《そだ》ちにしておいたからと云《い》つて、愈々《いよ〱》自分《じぶん》で御飯《ごはん》を頂《いたゞ》いて行《ゆ》かなくちやならない切迫《せつぱ》になつてゐながら、何《ど》うしていゝか分《わか》らないと云《い》ふやうな事《こと》を云《い》つてゐると、大事《だいじ》な娘《むすめ》たちは、ほんとに取《と》り返《かへ》しのつかない墮落《だらく》の淵《ふち》に落《お》ちて了《しま》ひますよ。もう香代子《かよこ》も園子《そのこ》も、一人前《ひとりまへ》の女《をんな》なのですからね。谷《たに》の家《うち》がどんな破目《はめ》になつてゐるか、園子《そのこ》だつて滿更《まんざら》知《し》らないことはないでせう。人間《にんげん》は食《た》べなくては生《い》きてゐられない。それが食《た》べさせてくれる人《ひと》がなかつたら、園子《そのこ》は何《ど》うするの。」

「爲子《ためこ》さん。」

　鶴子《つるこ》は我慢《がまん》がならないと云《い》ふやうに聲《こゑ》をかけた。

「そんな卑《いや》しいことはこの人《ひと》たちに聞《き》かせないで下《くだ》さい。一人《ひとり》で食《た》べるとか、食《た》べられない

とか、——まあ私《わたし》はそんな事《こと》を聞《き》いてゐるのもいやです。情《なさけ》ないぢやありませんか。まだ其《そ》れほどに谷《たに》の家《いへ》は零落《れいらく》はしておりませんよ。」

鶴子《つるこ》は半布《はんけち》を顔《かほ》に當《あ》てながら云《い》つた。「自分《じぶん》で生活《せいくわつ》を立《た》てる」「自分《じぶん》で食《た》べてゆく」然《さ》う云《い》ふ言葉《ことば》が三人《にん》の娘《むすめ》の胸《むね》のうちに、同時《どうじ》に夢《ゆめ》のやうに繰《く》り返《かへ》されてゐた。だが其《そ》れは誰《た》れの心《こゝろ》にも痛切《つうせつ》に響《ひゞ》いてはこなかつた。松代《まつよ》が悲《かな》しく思《おも》つてゐるのは、關口《せきぐち》の縁《えん》がまとまり兼《か》ねてゐる事《こと》が悲《かな》しいのであつた。父《ちゝ》の歿後《ぼつご》、關口《せきぐち》の家《うち》にも、借財《しやくざい》の關係《くわんけい》から非常《ひじやう》な迷惑《めいわく》がかゝつて、關口《せきぐち》の方《はう》もその爲《ため》に破産《はさん》するやうな運命《うんめい》に落《お》ちるかも知《し》れないのであつた。主人《しゆじん》はその厄《やく》を逃《のが》れる爲《ため》に奔走《ほんそう》してゐた。縁談《えんだん》は破《やぶ》れると云《い》ふことがないまでも、まだ當分《たうぶん》はそれどころの話《はなし》ではなかつた。松代《まつよ》の悲《かな》しみは、道之助《みちのすけ》との相思《さうし》の仲《なか》までが、その儘《まゝ》に絶《た》たれはしないかと云《い》ふ悲《かな》しみであつた。松代《まつよ》は今朝《けさ》その話《はなし》を聞《き》いた時《とき》から、深《ふか》い絶望《ぜつばう》と悲《かな》しみに滿《み》ちてゐた。さうして明日《あす》からの變《かは》つた境遇《きやうぐう》の下《もと》に、自分《じぶん》が母《はゝ》の傍《かたはら》で、裁縫《さいはう》の手《て》内職《ないしよく》でもしなければならないことを考《かんが》へると、松代《まつよ》はまるで生《い》きてゐることに望《のぞ》みもないやうな氣《き》がして、打沈《うちしづ》んでゐた。

「卑《いや》しいことがあるでせうか。自分《じぶん》で生活《せいくわつ》してゆくことが卑《いや》しいとおつしやるんですか。然《さ》う云《い》ふ考《かんが》へで子供《こども》や娘《むすめ》をお育《そだ》てなさるから、いざと云《い》ふ場合《ばあひ》に、自分《じぶん》の考《かんが》へを碌《ろく》に云《い》ひ立《た》てることも出來《でき》ないやうなことにして了《しま》ふのですよ。いくら卑《いや》しくても何《ど》うあつても、境遇《きやうぐう》が變《かは》れば仕方《しかた》がありません。零落《れいらく》はしないとあなたは仰有《おつしや》つても、それなら何《ど》うしてあなたはこれから先《さ》きの子供《こども》たちやあなた御《ご》自身《じしん》の生活《せいくわつ》を送《おく》つて行《ゆ》かうと思《おも》つてゐらつしやるんです。」

「餘計《よけい》なことは云《い》はずにおいて下《くだ》さい。私《わたし》は私《わたし》だけの考《かんが》へがありますから、七人《にん》の子供《こども》は私《わたし》の子供《こども》なんですから。零落《れいらく》しやうと生活《せいくわつ》に差支《さしつかへ》やうと、私《わたし》は私《わたし》だけで何《ど》うにかやつてゆきます。爲子《ためこ》さんのお世話《せわ》にはならないのですから。」

「立派《りつぱ》なお考《かんが》へです。」

爲子《ためこ》は口《くち》を噤《つぐ》んで、卓《たく》の向《むか》ふから鶴子《つるこ》をぢつと見《み》た。

「然《しか》し、信之助《のぶのすけ》（故《こ》主人《しゆじん》の名《な》）は私《わたし》の、たつた一人《ひとり》の兄《あに》でございます。天《てん》にも地《ち》にもたつた一人《ひとり》の兄《あに》と妹《いもうと》で御座《ござ》います。私《わたし》はあなたが何《なに》をなさらうと、子供《こども》を何《ど》う教育《けういく》しやうと決《けつ》して口《くち》などは挾《はさ》みたくはないのですが、見《み》す〳〵、たつた一人《ひとり》の兄《あに》の娘《むすめ》たちが墮落《だらく》をしてゆくのを默《だま》つては見《み》てゐられません。私《わたし》は亡《な》くなつた兄《あに》の爲《ため》に、姪《めい》や甥《をひ》を一人《ひとり》でも人間並《にんげんなみ》に育《そだ》てゝやりたいのですから、それで餘計《よけい》な口《くち》も出《だ》すのです。」

「お默《だま》りなさい。」

鶴子《つるこ》は神經的《しんけいてき》に卓《たく》を打《う》つて爲子《ためこ》に突《つ》つかゝつた。頬《はゝ》が痙攣《けいれん》して、聲《こゑ》がふるえてゐた。

「誰《だれ》が墮落《だらく》をしました。どの娘《むすめ》が墮落《だらく》をしたと云《い》ふのです。」

「あなたの手《て》に任《まか》せておけば、みんな墮落《だらく》してゆきます。急激《きふげき》な境遇《きやうぐう》の變化《へんくわ》は決《けつ》してこの人《ひと》たちに、好《よ》い結果《けつくわ》を起《おこ》しはしません。私《わたし》はそれを香代子《かよこ》に見《み》てゐます。姉《ねえ》さんの教育《けういく》は、みんな娘《むすめ》をあゝして終《しま》ふのです。其《そ》れがあなた御自身《ごじしん》にお分《わか》りになりませんか。」

「香代子《かよこ》。彼方《あつち》へおいでなさい。」

鶴子《つるこ》は香代子《かよこ》を見《み》ると、はげしく云《い》つた。

「子供《こども》の前《まへ》で、そんな事《こと》を云《い》つていゝのですか。」

「何《なに》が差支《さしつかへ》るでせう。私《わたし》は香代子《かよこ》に云《い》はなくちやならない事《こと》がたくさんにあります。」

「叔母《をば》さん。どんな事《こと》ですの。」

香代子《かよこ》は笑《わら》ひながら云《い》つた。

「お母《かあ》さん默《だま》つてゐらつしやい。叔母《をば》さんは私《わたし》が墮落《だらく》すると思《おも》つてゐらつしやるんでせう。私《わたし》が女優《ちよいう》になるの、藝者《げいしや》になるの、と云《い》つたので叔母《をば》さんは怒《おこ》つてゐらつしやるんだわ。でも私《わたし》は爲《す》ることがなければ仕方《しかた》がありませんわ。御飯《ごはん》が食《た》べられなければ、私《わたし》はそんなことでも爲《す》るより仕方《しかた》がないんですもの。だけど、其《そ》れは何《なに》もお母《かあ》さんの教育《けういく》がわるいんではありませんから、叔母《をば》さんもそんな事《こと》はおつしやらないで下《くだ》さい。」

香代子《かよこ》はその儘外《まゝそと》へ出《で》て行《い》つた。香代子《かよこ》が出《で》てゆくと、松代《まつよ》も直《す》ぐにその後《あと》から外《そと》に出《で》た。

五

「あなたは決《けつ》して私《わたし》に構《かま》つて貰《もら》ひたくないとお思《おも》ひてせうけれども、私《わたし》は兄《あに》のために、默《だま》つてゐる譯《わけ》にはいきません。兄《あに》の遺族《ゐぞく》をめちや／＼にして了《しま》ひたくはないんですから。私《わたし》は誰《た》れの爲《ため》を思《おも》つて云《い》ふのでもありません。兄《あに》のためです。」

爲子《ためこ》の聲《こゑ》が涙《なみだ》でふるえてゐた。園子《そのこ》は丁度《ちやうど》香代子《かよこ》のゐた椅子《いす》に腰《こし》をかけて叔母《をば》と母《はゝ》の話《はなし》を聞《き》いてゐた。叔母《をば》の眼《め》から涙《なみだ》が點々《てん／＼》と落《お》ちてゐた。黑《くろ》い縞絽《しまろ》の叔母《をば》のきものも胸《むね》に涙《なみだ》がにぢんだ。叔母《をば》は眼鏡《めがね》を外《はづ》して半巾《はんけち》で涙《なみだ》を拭《ふ》いた。

「私《わたし》の方《はう》にも相當《さうたう》の親戚《しんせき》があるのですから、あなたの仰有《おつしや》る通《とほ》りに參《まゐ》りませんのですよ。私《わたし》は信之助《のぶのすけ》の妻《つま》です。あなたには姉《あね》では御座《ござ》いませんか。あなたは私《わたし》を馬鹿《ばか》にしてゐるんです。娘《むすめ》の前《まへ》で私《わたし》の教育《けういく》まで今更《いまさら》引《ひ》き出《だ》すなんて、あなたはあんまり人《ひと》を馬鹿《ばか》にしてゐらつしやる。あなたのやうな立派《りつぱ》な教育家《けういくか》では御座《ござ》いませんが、私《わたし》も相當《さうたう》な教《をしへ》を受《う》けた女《をんな》で御座《ござ》います。子供《こども》のことにまで立《た》ち入《い》らないで頂《いたゞ》きませう。娘《むすめ》どもがどんな人間《にんげん》になるか私《わたし》は私《わたし》だけの責任《せきにん》で御座《ござ》いますから、打《う》つ捨《ちや》つておいて下《くだ》さいまし。」

母《はゝ》は一滴《てき》も涙《なみだ》を見《み》せないでゐた。青白《あをじろ》く緊張《きんちやう》した筋肉《きんにく》が、時々《とき／＼》びくりびくりと動《うご》いて、薄《うす》い唇《くちびる》がわなゝいてゐた。園子《そのこ》は、やつぱり涙《なみだ》を落《おと》してゐる叔母《をば》よりも母《はゝ》の方《はう》が可哀想《かあいさう》なやうな氣《き》がした。

「園子《そのこ》さん。」

「はい。」

　園子《そのこ》は不意《ふい》に叔母《をば》に呼《よ》ばれてびつくりした。

「あなたは香代子《かよこ》のやうになつてはいけませんよ。」

　叔母《をば》は然《さ》う云《い》つて、眼《め》を拭《ぬぐ》つてから園子《そのこ》の顔《かほ》を優《やさ》しくぢつと見《み》た。亡《な》くなつた父《ちゝ》の面影《おもかげ》に似《に》たところが多《おほ》いだけに、園子《そのこ》はその顔《かほ》を打守《うちまも》つてゐると、何《なん》となくなつかしくなつて、何《い》時《つ》ものやうに甘《あま》えたくなつた。そこへお雪《ゆき》が冷《ひや》した紅茶《こうちや》を持《も》つて來《き》たが、姉娘《あねむすめ》が二人《ふたり》ゐなかつたので、四つだけ其所《そこ》に並《なら》べて、それから、帶《おび》の間《あひだ》から名刺《めいし》を出《だ》して其《そ》れを鶴子《つるこ》に渡《わた》した鶴子《つるこ》は其《そ》れを見《み》ると直《す》ぐ立《た》つた。さうして、園子《そのこ》を顧《かへり》みると。

「お姉《あね》さんたちの方《はう》へいらつしやい。あなたに御用《ごよう》があるんですよ。」

　園子《そのこ》は其《そ》れを聞《き》いて、直《す》ぐに立《た》たうとしたが、叔母《をば》の爲子《ためこ》が手《て》で其《そ》れをとめた。園子《そのこ》は何《ど》うしやうかと迷《まよ》つてゐるうちに、鶴子《つるこ》はもう出《で》て行《い》つてしまつた。乙女子《おとめこ》もお雪《ゆき》に手《て》を曳《ひ》かれて出《で》て行《い》つた。扉《と》の口《くち》でお雪《ゆき》は園子《そのこ》を招《まね》いたが、園子《そのこ》は頭《あたま》を振《ふ》つて出《で》て行《ゆ》かなかつた。

「園子《そのこ》。」

　叔母《をば》は立《た》つて來《き》て、園子《そのこ》の隣《とな》りに腰《こし》をかけた。叔母《をば》は猶《なほ》可愛《かあい》くて堪《た》まらないものゝやうに園子《そのこ》の肩《かた》に手《て》をかけて、もう一度《ど》。

「園子《そのこ》。」

と呼《よ》んだ。髮《かみ》を飾《かざ》ることが嫌《きら》ひて、いつも引《ひ》つ詰《つ》めてある園子《そのこ》の髮《かみ》にも叔母《をば》の手《て》が行《い》つた。

　叔母《をば》は、

「私《わたし》はお前《まへ》がいちばん可愛《かあい》いのだよ。」

と云《い》つた。聲《こゑ》がつまつて、叔母《をば》は後《あと》が出《で》ないでゐたが、又涙《またなみだ》がその眼《め》から流《なが》れた。

「可哀想《かあいさう》に、お前《まへ》は明日《あす》から苦勞《くらう》をしなくちやならないんです。お前《まへ》はお父《とう》さまが亡《な》くなつて悲《かな》しいど思《おも》ふ。」

「えゝ。私《わたし》は悲《かな》しくつてたまらないわ。其《そ》れにお父《とつ》さまがゐらつしやらなくなつてから、惡《わる》いことばかりが起《おこ》るんですもの。此家《ここ》もお引《ひ》つ越《こ》しをするんですつてね。叔母《をば》さまは知《し》つてゐらつしやるんでせう。」

叔母《をば》は唯《たゞ》うなづいて見《み》せた。叔母《をば》にとつては松代《まつよ》もおもしろくない娘《むすめ》であつた。因循《いんじゆん》で、内氣《うちき》で、少《すこ》しも熱情《ねつじやう》のないのが叔母《をば》には幼少《ちいさ》い時《とき》から氣《き》に入《い》らなかつた。香代子《かよこ》は殊《こと》に叔母《をば》は爪彈《つまはぢ》きしてゐた。才《さい》はたけて、幼少《ちいさ》ひ時《とき》からしやれもので、贅澤《ぜいたく》で華美《くわび》で、母親《はゝおや》そつくりの氣風《きふう》を享《う》けついで生《うま》れて來《き》たやうな娘《むすめ》であつた。

叔母《をば》がすゝめても、香代子《かよこ》は學校《がくかう》へも行《い》かなかつた。女學校《ぢよがくかう》も中途《ちうと》でやめて、香代子《かよこ》はあらゆる遊藝《いうげい》に浮身《うきみ》をやつした。其《そ》の代《かは》り、よく諸藝《しよげい》に通《つう》じて、何《なん》でも仕遂《しと》げないものはないやうな娘《むすめ》であつた。まだ十五の時《とき》、丁度《ちやうど》今《いま》の園子《そのこ》と同《おな》いどしの頃《ころ》に、ある子役《こやく》の役者《やくしや》と浮名《うきな》を流《なが》したりした。だが父《ちゝ》は香代子《かよこ》を愛《あい》してゐた。香代子《かよこ》には何《なん》でも金《かね》に飽《あ》かして其《そ》のねだる儘《まゝ》に與《あた》へてゐた。其《そ》れが叔母《をば》には氣《き》に入《い》らなかつたが、殊《こと》に母《はゝ》の鶴子《つるこ》が香代子《かよこ》を愛《あい》してゐるのが、叔母《をば》には蔑《さげす》まれた。

園子《そのこ》はほんとに爲子《ためこ》の理想《りさう》に叶《かな》つた子供《こども》であつた。素直《すなほ》で純《じゆん》なその氣質《きしつ》もよかつた。唯一《たゞひと》人《り》清《きよ》らかに眞《ま》つ直《す》ぐに生《お》ひ立《た》つて、誰《た》れの手《て》が其《そ》れにかゝつても手垢《てあか》のつかない水晶《すゐしやう》の玉《たま》のやうに、いつも小《ちい》さく姉妹《きやうだい》の中《なか》で光《ひか》つてゐると叔母《をば》は思《おも》つた。妹姉《きやうだい》が着物《きもの》の詮議《せんぎ》で日《ひ》を暮《く》らしてゐる間《あひだ》も、園子《そのこ》は怠《おこた》らず勉強《べんきやう》をして本《ほん》から其《そ》の心《こゝろ》をはなさなかつた。學問《がくもん》の好《す》きなことが何《なに》よりも叔母《をば》には嬉《うれ》しかつた。

園子《そのこ》は其《そ》れで愛深《あいぶか》い子《こ》であつた。深《ふか》く感《かん》じて深《ふか》く愛《あい》するやうなところがあつた。叔母《をば》はこの子《こ》一人《ひとり》に執着《しうちやく》して、人知《ひとし》れず愛《あい》してゐた。

「私《わたし》はお前《まへ》が可愛《かあい》いゝのだよ。」

窓《まど》からふいと黑《くろ》ひ蝶《てふ》が入《はい》つて來《き》て、卓《たく》の上《うへ》を飛《と》びまわつたが、直《ぢ》きに出《で》て行《い》つた。園子《そのこ》は

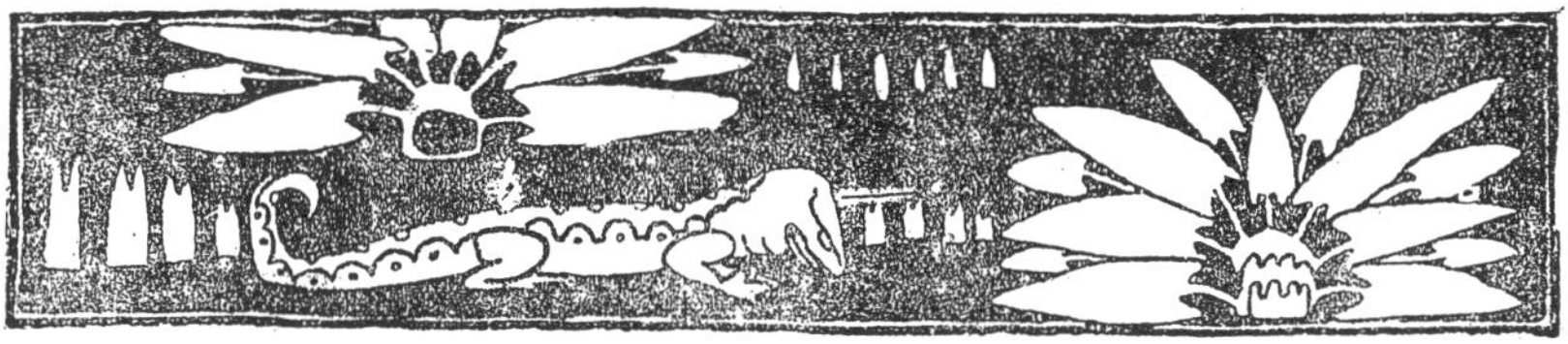

其《そ》れを美《うつく》しい眼《め》で追《お》つてゐた。

「お父《とう》さまがお亡《な》くなりになつて、惡《わる》いことばかりが起《おこ》ると云《い》いましたね。ほんとうにね、お父《とう》さまは生《い》きておいでの時分《じぶん》に、どんなに苦勞《くらう》をなすつたか知《し》れないのです。私《わたし》は然《さ》う思《おも》ひますよ。自分《じぶん》の家内《かない》にも兄弟《きやうだい》にも打開《うちあ》けずに一人《ひとり》して苦《くる》しんだのだからね。其《そ》れをお前《まへ》のお母《かあ》さまは何《なに》も知《し》らないでゐたんです。さうして、あんまり贅澤《ぜいたく》なことをしたので、今度《こんど》のやうにお前《まへ》たちまでが路頭《ろとう》に迷《まよ》ふやうな事《こと》になつたのですよ。さつき叔母《をば》さんが云《い》つたやうに、お前《まへ》たちはもう直《ぢ》き汚《きたな》い家《うち》に引《ひ》き移《うつ》つて、女中《ぢよちう》も何《なに》もおけないやうな貧乏《びんぼふ》な生計《くらし》をしなくちやならないのですよ。」

「お母《かあ》さまも？、お姉《あね》さまも？、福《ふう》ちやんもですか。」

「えゝ、みんな。——園子《そのこ》は叔母《をば》さんの家《うち》に來《き》ますか。」

お雪《ゆき》が云《い》つたのはこれだと園子《そのこ》は思《おも》つた。だが直《す》ぐには返事《へんじ》をしなかつた。母《はゝ》にも別《わか》れ姉《あね》にも別《わか》れて、園子《そのこ》は叔母《をば》のところに行《い》く氣《き》はしなかつた。

「叔母《をば》さんの子《こ》になつてしまふのですよ。いやではないでせう。然《さ》うしなければ好《す》きな勉強《べんきやう》も出來《でき》なくなるのですよ。お母《かあ》さんや香代子《かよこ》は、どんな人間《にんげん》になるか分《わか》らないのです。人《ひと》でない人《ひと》になつて終《しま》ふかも知《し》れないのです。あなたも其《そ》の傍《そば》にゐると、立派《りつぱ》な人《ひと》になれなくなるのですよ。あなたは立派《りつぱ》な人《ひと》になりたいか。それともお母《かあ》さんや香代子《かよこ》の傍《そば》にゐて、墮落《だらく》した人《ひと》になりたいか。どつちです。」

「立派《りつぱ》な人《ひと》になりたいわ。」

然《しか》し然《さ》うは云《い》つたものゝ、園子《そのこ》は、母《はゝ》や姉《あね》の香代子《かよこ》が決《けつ》して惡《わる》い人《ひと》ではないと思《おも》ひ信《しん》じてゐた。その人《ひと》たちの傍《そば》にゐて、自分《じぶん》が立派《りつぱ》な人《ひと》になれない譯《わけ》はないと思《おも》つた。それだけが園子《その》には分《わか》らなかつた。やつぱり園子《そのこ》には母《はゝ》の鶴《つる》子《こ》がいちばん戀《こ》いしく、また別《わか》れることもいやであつた。

「立派《りつぱ》な人《ひと》になりたい？　然《さ》う思《おも》ふの？。」

「えゝ。私《わたし》は勉強《べんきやう》して、叔母《をば》さんのやうな人《ひと》になりたいと思《おも》つてゐるんですから。」

園子《そのこ》は美《うつく》しい頬《ほゝ》を少《すこ》し赤《あか》くして云《い》つた。

「お父《とう》さまが、叔母《をば》さまはほんとに偉《えら》いのだとよく云《い》つてゐらしつたんです。」

「其《そ》れなら尚《なほ》、叔母《をば》さんの側《そば》にゐらつしやい。あなたが私《わたし》の傍《そば》に來《き》たいとさへ云《い》へば、私《わたし》はいつでもお迎《むか》ひに來《き》て上《あ》げるのだから。あなたは香代子《かよこ》のやうになつていけないのですよ。」

「香代姉《かよねえ》さまも私《わたし》は好《す》きです。」

「好《す》きでも、あゝ云《い》ふ不品行《ふひんかう》な噂《うはさ》を立《た》てられるやうな事《こと》をしては何《なに》もならないでせう。あなたも知《し》つてゐるでせう。香代子《かよこ》の品行《ひんかう》を。」

「いゝえ知《し》らないわ。何《なに》をなすつたの。」

「知《し》らなければ其《そ》れていゝのですよ。唯《たゞ》、あゝ云《い》ふ人《ひと》たちに染《そ》まらないやうにしなければならないの。園子《そのこ》は何《ど》うしても叔母《をば》さんの傍《そば》に來《こ》なければいけないんです。お父《とう》さまの子《こ》だもの。お前《まへ》だけはお父《とう》さまの子《こ》だもの。だから私《わたし》はどんなにしてもお前《まへ》だけは立派《りつぱ》な女《をんな》に育《そだ》て上《あ》げなくてはならないのだよ。」

園子《そのこ》はだまつてゐた。叔母《をば》の息《いき》がだん〳〵に熱苦《あつくる》しくなつて來《き》た。園子《そのこ》は早《はや》く、姉《あね》の傍《そば》に行《ゆ》きたくなつた。さうして母《はゝ》の傍《そば》にも行《ゆ》きたくなつた。いつまでも此所《ここ》で叔母《をば》と話《はな》しをしてゐることが、園子《そのこ》には何《なん》となく氣詰《きづま》りになつて來《き》た。園子《そのこ》は冷《つ》めたい紅茶《こうちや》を、取《と》り上《あ》げて弄《もてあそ》ぶやうに飲《の》んだ。叔母《をば》もそれを飲《の》んだ。

「叔母《をば》さんが云《い》つたことを忘《わす》れてはいけませんよ。お父《とう》さまを辱《はづか》しめないやうな立派《りつぱ》な女《をんな》にならうと思《おも》ふなら、叔母《をば》さんの云《い》ふ事《こと》を聞《き》かなくてはいけないのです。きつとですよ。」

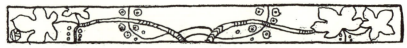

叔母《をば》は園子《そのこ》の小《ちひ》さい手《て》を取《と》つて云《い》つた。園子《そのこ》の小《ちひ》さい指《ゆび》には、ルビーの可愛《かあい》らしい指環《ゆびわ》が

はまつてゐた。

「園子《そのこ》さま。」

お雪《ゆき》が然《さ》う呼《よ》んではいつて來《き》た。

「お姉《あね》さまが御用《ごよう》がおありで御座《ござ》いますよ。」

園子《そのこ》は默《だま》つて、利口《りこう》さうにうなづいてゐた。叔母《をば》は歸《かへ》ると云《い》つて、室《しつ》を出《で》た。

六

誰《た》れも爲子《ためこ》叔母《をば》を送《おく》つてこなかつた。園子《そのこ》はお雪《ゆき》と二人《ふたり》で玄關《げんくわん》まで送《おく》つて行《い》つ　。

「お母《かあ》さまによろしくね。」

爲子《ためこ》は車《くるま》に乘《の》つてから、一寸《ちよつと》園子《そのこ》に會釋《ゑしやく》して歸《かへ》つて行《い》つた。門内《もんない》の砂利《じやり》が日《ひ》に乾《かわ》いてぎらぎらしてゐた。園子《そのこ》は幌《ほろ》のなかの叔母《をば》の後姿《うしろすがた》を見送《みおく》つてゐるうちに、自分一人《じぶんひとり》だけ、何《なに》か叔《を》母《ば》に約束《やくそく》したことでもあるやうな氣《き》がして、氣《き》になつた。園子《そのこ》は其《そ》れを松代《まつよ》に話《はな》して置《お》かうと思《おも》つた。

「叔母《をば》さまとどんなお話《はなし》をしてゐらつしやいましたの。」

お雪《ゆき》が聞《き》いたけれども、園子《そのこ》はだまつてゐた。

自分《じぶん》の室《へや》に行《い》つても、そこには姉《あね》たちはゐなかつた。お雪《ゆき》の他《ほか》には下《した》を働《はたら》く下《げ》女《ちよ》一人《ひとり》だけになつたので、幼少《ちひさ》い人《ひと》たちは遊《あそ》ぶ相手《あひて》がなくつて、むづかつてゐた。お雪《ゆき》は元氣《げんき》に、子供《こども》達《たち》をあやして、用《よう》の暇々《ひま〱》に遊《あそ》ばしてゐた。

園子《そのこ》は松代《まつよ》の室《へや》に行《い》つて見《み》た。そこに姉《あね》たち二人《ふたり》はゐた。香代子《かよこ》はさつきと違《ちが》つて、げつそりと淋《さび》しさうに陰氣《いんき》にしてゐた。室《へや》の隅《すみ》の衣桁《いかう》に、昨日《きのふ》の四七日《にち》忌《き》に墓參《ぼさん》に着《き》て行《い》つた松《まつ》代《よ》の藤鼠色《ふぢねずみいろ》の絽《ろ》のかさねなどが、まだ其《そ》の儘《まゝ》に引《ひ》つかゝつてゐた。緋《ひ》の下《した》じめなども、綾《あや》にもつれて散《ち》らばつてゐた。庭《には》はかげつて、春日燈籠《かすがどうろう》の上《うへ》に日影《ひかげ》が搖《ゆら》いでゐた。

二人《ふたり》の姉《あね》は無言《むごん》に庭《には》を見詰《みつ》めて、柱《はしら》に寄《よ》つてゐた。園子《そのこ》を見《み》ると、香代子《かよこ》が手招《てまね》ぎした。

「叔母《をば》さまとどんなお話《はなし》をしてゐらしつたの。」

園子《そのこ》は、叔母《をば》に云《い》はれたことを香代子《かよこ》に云《い》つてい丶か、何《ど》うか、ちよつと躊躇《ちうちよ》した。それで默《だま》つて松代《まつよ》の傍《そば》に坐《すわ》つて、唯微笑《たゞほゝゑ》んでゐた。

「ね、おつしやいよ、何《なん》とおつしやつたの。叔母《をば》さまはあなたを私《わたし》の子《こ》にするとおつしやつたでせう。え？」

園子《そのこ》は返事《へんじ》をしないでゐた。

「何故《なぜ》かくすの。をかしな人《ひと》。――もう叔母《をば》さまのお味方《みかた》をしてゐらつしやるのよ。いやな園子《そのこ》ね。あなたは叔母《をば》さまと氣《き》が合《あ》ふからい丶でせうよ。たんとおかくしなさい。叔母《をば》さまが云《い》つてはいけないとおつしやつたんでせう。

「然《さ》うぢやないわ。」

園子《そのこ》は松代《まつよ》の顔《かほ》を見《み》た。だが姉《あね》は園子《そのこ》の顔《かほ》を見《み》ずにゐた。松代《まつよ》は、いろ〳〵な思《おも》ひに一人《ひとり》して耽《ふけ》つてゐた。叔母《をば》の爲子《ためこ》が云《い》つたやうに、何《なに》かしら職業《しよくげふ》を求《もと》めて自活《じくわつ》をしなくてはならない境遇《きやうぐう》を、松代《まつよ》は痛切《つうせつ》に思《おも》ひ味《あぢは》うとしてゐた。嫁入《よめい》ることは此方《こつち》からでも斷《ことわ》らなければならない自分《じぶん》の立場《たちば》を、松代《まつよ》は悲《かな》しく考《かんが》へないではゐられなかつた。小《ちひ》さい妹《いもうと》や弟《おとうと》を、母《はゝ》といつしよに守《も》り育《そだ》て丶、自分《じぶん》の腕《うで》のつゞく限《かぎ》り、一家《か》の生計《せいけい》を助《たす》けて行《ゆ》かなくてはならないのである。親《おや》が仕込《しこ》んでくれた有難《ありがた》さには、弟子《でし》を取《と》つて、其《そ》れに物《もの》を教《をし》へるだけの資《し》格《かく》をもつた藝事《げいごと》が、その身《み》についてゐた。松代《まつよ》はそれを役《やく》に立《た》て丶、暫時《ざんじ》の間《あひだ》は、悲《かな》しい辛《つら》い世過《よす》ぎもしなければなるまいかと考《かんが》へた。

「云《い》つてい丶かわるいか、分《わか》らないわ。」

園子《そのこ》が静《しづか》な、おつとりした言葉《ことば》で云《い》つた。

「何故《なぜ》。」

「何故《なぜ》でも。――私《わたし》にもわからないんですもの。」

「ぢや、何《なん》とおつしやつたの。香代子《かよこ》の眞似《まね》をしてはいけませんよつて、仰有《おつしや》つたてせう。」

「えゝ。然《さ》うおつしやつたの。」

「ほら。よくあたつたてせう。」

香代子《かよこ》の怒《おこ》らない顔《かほ》を見《み》ると、園子《そのこ》はそれで何《なん》でも云《い》へるやうに氣《き》が安《やす》まつた。

「叔母《をば》さまはね、私《わたし》になんでも立派《りつぱ》な人《ひと》にならなくちやいけないとおつしやつたのよ。然《さ》うするには叔母《をば》さまの云《い》ふことを聞《き》くんですつて。」

「叔母《をば》さまの仰有《おつしや》りさうなことだわ。園子《そのこ》さんは叔母《をば》さまの云《い》ふ事《こと》を聞《き》いて、立派《りつぱ》な人《ひと》になるんでせう。」

「ねえ姉《ねえ》さま、立派《りつぱ》な人《ひと》になるつてこと、何《ど》う云《い》ふことだか御存《ごぞん》じ?、私《わたし》にはわからないのよ。」

「叔母《をば》さまのやうな教育家《けういくか》になることが。立派《りつぱ》な人《ひと》になるつてことなんでせう。」

「ぢや姉《ねえ》さまは?」

「私《わたし》はきらひよ。叔母《をば》さま見《み》たいな人《ひと》。あんな生涯《しやうがい》は送《おく》りたくはないわ。――私《わたし》は一生《しやう》おもしろくして暮《く》らすんですから。」

香代子《かよこ》はふと何《なに》か思《おも》ひだしてその美《うつく》しい眼《め》に涙《なみだ》ぐんだ。

「お父《とう》さまが然《さ》うおつしやつた事《こと》があるんですもの。香代子《かよこ》は一生《しやう》おもしろく暮《く》らすんだつて。けれどもね、お父《とう》さまがお亡《な》くなりになつては、おもしろく暮《く》らすことも出來《でき》ないわねこんなに困《こま》つて。親類《しんるゐ》の人《ひと》たちからは馬鹿《ばか》にされて。」

香代子《かよこ》の心《こゝろ》に新《あたら》しい悲《かな》しみが湧《わ》き返《かへ》つてきた。泣《な》いても泣《な》いても泣《な》き盡《つく》せない涙《なみだ》が、ほろ〳〵と落《お》ちた。その姉《あね》の涙《なみだ》を見《み》てゐるうちに、園子《そのこ》も悲《かな》しくなつて泣《な》いた。

「何《なん》ですね、園子《そのこ》さん。」

どつちの姉《あね》かが然《さ》う云《い》つて叱《しか》つたと思《おも》つた。園子《そので》はしやくり上《あ》げて泣《な》いてゐた。

「私《わたし》、叔母《をば》さまのところに行《い》かないわ。」

「叔母《をば》さまがいらつしやいと仰有《おつしや》つたの。」

香代子《かよこ》が鼻《はな》をかみながら園子《そのこ》に云《い》つた。

「えゝ。だけども、私《わたし》は姉《ねえ》さまやお母《かあ》さまとははなれるのはいやなのよ。」

「そりや、みんな然《さ》うよ。――けれども、矢《や》つ張《ば》りはなれなくちやならないかも知《し》れないわほんとは、あなたは叔母《をば》さまのところに行《い》くのが好《い》いの。私《わたし》は然《さ》う思《おも》ふわ。さうして好《す》きな學問《がくもん》をたくさんにしたらいゝわ。家《うち》でも一人《ひとり》だつて多《おほ》く親類《しんるゐ》で世話《せわ》をしてくれゝば、お母様《かあさま》は助《たす》かるのですもの。あんな威張《ゐば》つたことは仰有《おつしや》つても、お母《かあ》さまはたいへんなんですわ。千島《ちじま》の伯父《をぢ》さまだつて、お兄《あに》さまの學費《かくひ》を負擔《ふたん》なさるし、福《ふう》ちやんを面倒見《めんだうみ》て下《くだ》さるんだそうだから。」

松代《まつよ》が初《はじ》めて口《くち》を開《あ》いて、園子《そのこ》にこんな事《こと》を云《い》つた。園子《そのこ》は松代姉《まつよあね》の云《い》ふことを聞《き》いて、又新《またあら》たなことを知《し》つたと思《おも》つた。其《そ》れは一人《ひとり》でも親類《しんるゐ》で世話《せわ》をしてくれゝば、お母様《かあさま》が助《たす》かると云《い》ふことであつた。

「お母《かあ》さまがおよろこびになるの。」

「えゝ、ほんとうは其《そ》の方《はう》があなたの爲《ため》にも幸福《かうふく》なんですわ。然《さ》うでせう。これからはあなたなんかはどんな苦《くる》しい思《おも》ひをするか分《わか》らないんですもの。そんな辛《つら》い目《め》を見《み》るよりは叔母《をば》さまに可愛《かあい》がられて、勉強《べんきやう》をした方《はう》がいゝでせう。あなたは然《さ》うした方《はう》が却《かへ》つていゝのですよ。」

「そんな事《こと》はいけないわ。叔母《をば》さまのところに行《い》つたつて立派《りつぱ》な女《をんな》になれる譯《わけ》ぢやないんですもの。學問《がくもん》なんかしたつてつまらないぢやありませんか。其《そ》れよりはやつぱりお母《かあ》さまの傍《そば》にゐらつしやいよ。叔母《をば》さまの傍《そば》に行《い》きたいの。」

香代子《かよこ》は、わざと聲《こゑ》を強《つよ》めて云《い》つた。

「私《わたし》はおちぶれるなんて事《こと》はしないわ。決《けつ》してしないわ。叔母《をば》さまは一人《ひとり》て食《た》べるのなんのとおつしやつたけれども、そんなをかしな事《こと》はないわ。私《わたし》はなんにもしないでゐても大丈夫《だいぢやうぶ》だと思《おも》ふの。ぼろなんぞを着《き》るもんですか。そんな事《こと》は決《けつ》していやだし、又《また》しないのだわ。」

「だつて、然《さ》う云《い》ふ運命《うんめい》なんですもの。いくら香代子《かよこ》さんがおちぶれないと云《い》つても、私《わたし》たちの境遇《きやうぐう》が然《さ》うなつてしまつたのですもの。」

「私《わたし》はそんな運命《うんめい》に負《ま》けないわ。おちぶれるなんて、そんな厭《いや》なことは私《わたし》の上《うへ》にはこないんですもの。だから、園子《そのこ》さんもそんな事《こと》は思《おも》はない方《はう》がよくつてよ。お母《かあ》さまも然《さ》う云《い》つてゐらしつたわ。おちぶれるなんて思《おも》はないでくれと仰有《おつしや》つてよ。私《わたし》たちはやつぱり今迄通《いままでどほ》りだと思《おも》つてゐればいゝのですもの。」

「それは駄目《だめ》よ。香代子《かよこ》さんは夢《ゆめ》を見《み》てゐるんだから。」

「夢《ゆめ》でもいゝわ――急《きふ》にそんないやな目《め》に遇《あ》ひたくはないんですもの。」

園子《そのこ》は姉《あね》の話《はなし》を聞《き》きながら、庭《には》の方《はう》を向《む》いて叔母《をば》の云《い》つたことなどを考《かんが》へてゐた。其《そ》の庭《には》の方《はう》から關口《せきぐち》の次男《じなん》の銀之助《ぎんのすけ》が歩《ある》いてくるのを、園子《そのこ》は見付《みつ》けた。

「關口《せきぐち》の兄《にい》さんがいらしつたわ。」

二人《ふたり》の姉《あね》は同時《どうじ》に庭《には》の方《はう》を振《ふ》り向《む》いた。香代子《かよこ》は、團扇《うちは》を上《あ》げて銀之助《ぎんのすけ》を招《まね》いた。銀之助《ぎんのすけ》は縞絽《しなろ》のきもの、紫紺《したん》を絞《しぼ》つた兵子帯《へこたい》をだらりと結《むす》んでゐた。扇子《せんす》で日《ひ》を避《よ》けながら、銀之《ぎんの》助《すけ》は飛石《とびいし》を傳《つた》つて椽《えん》の方《はう》に來《き》た。緋《ひ》の松葉牡丹《まつばぼたん》が、銀之助《ぎんのすけ》の裾《すそ》から消《き》えたり、ほつれたりした。

七

「この庭《には》をかうして歩《ある》くのももう二三日《にち》ですね。」

銀之助《ぎんのすけ》は然《さ》う云《い》つてみんなの傍《わき》に腰《こし》をかけた。

「佐久間町《さくまちやう》へ越《こ》すんですつてね。」

「誰《た》れが云《い》つて？」

香代子《かよこ》は銀之助《ぎんのすけ》の向《むか》ふ側《がは》に廻《まは》つて、斯《か》う聞《き》いた。

「私《わたし》たちはちつとも知《し》りませんでしたの。」

「私《わたし》の家《うち》で見付《みつ》けた家《いへ》なんださうですよ。あんまりいゝ家《うち》ぢやないやうだけれども。」

銀之助《ぎんのすけ》は細《ほそ》い指先《ゆびさき》で帽子《ぼうし》を弄《いぢ》りながら、直《す》ぐにも立《た》ちさうな、落着《おちつ》きのない風《ふう》でゐた。園《その》子《と》が座蒲團《さぶとん》を持《も》つて來《き》て其所《そこ》に据《す》ゑた。

「ありがたう。」

銀之助《ぎんのすけ》は園子《そのこ》を振返《ふりかへ》つて笑《わら》つた。

「お父《とう》さまがゐなくなつて園《その》ちやんが一番《ばん》淋《さび》しいでせう。園《その》ちやんが一番《ばん》可哀想《かあいさう》なやうですね。」

銀之助《ぎんのすけ》は松代《まつよ》に云《い》つたけれども、松代《まつよ》は淋《さび》しく微笑《ほゝゑ》んだばかりで默《だま》つてゐた。

「兄《にい》さんはちつともいらつしやらないのね。何《ど》うなすつて？　今朝《けさ》伯父《をぢ》さまに伺《うかゞ》はうと思《おも》つてゐて、間《ま》がなかつたんですの。」

香代子《かよこ》が聞《き》くと、銀之助《ぎんのすけ》は、兄《あに》はこの四五日《にち》病氣《びやうき》で寢《ね》てゐると云《い》つた。

「まあ。何《ど》うなすつて？」

「男《をとこ》のヒステリー見《み》たいにね、寢《ね》てゐても起《た》きてゐても、何《ど》うかすると、ぼろ〳〵ぼろ〳〵と涙《なみだ》をこぼすんです。見《み》てゐても氣《き》の毒《どく》なやうですよ。」

松代《まつよ》は何《なに》も云《い》はずに俯向《うつむ》いてゐた。道之助《みちのすけ》が、一週間《しうかん》ほど前《まへ》から暑《あつ》さ中《あた》りで寢《やす》んでゐると云《い》ふことは、その人《ひと》からの手紙《てかみ》で知《し》つてゐた。だがそんなに、弱《よわ》く氣《き》を痛《いた》めてゐるとは知《し》らなかつた。

「寝《ね》てゐらつしやるの。」

「えゝ、ぶら〳〵してゐるんです。」

銀之助《ぎんのすけ》は兄《あに》に頼《たの》まれて持《も》つて來《き》た手紙《てがみ》を、松代《まつよ》に渡《わた》さうと思《おも》つて、香代子《かよこ》の方《はう》を見返《みかへ》つたが、默《だま》つて懷《ふところ》中から封書《ふうしよ》を出《だ》して其《そ》れを松代《まつよ》の前《まへ》に置《お》いた。松代《まつよ》は其《そ》れを手《て》に取《と》ると、顏《かほ》を赤《あか》くしながら自分《じぶん》も帯《おび》の間《あひだ》に挾《はさ》んで、直《す》ぐに座《ざ》を立《た》つて此室《こゝ》を出《で》て行《い》つた。

「園子《そのこ》さん何《ど》うしたい。」

銀之助《ぎんのすけ》は園子《そのこ》の手《て》を引《ひ》つ張《ぱ》つて自分《じぶん》の前《まへ》に寄《よ》せた。

「ぼんやりした顏《かほ》をしてゐますね。手《て》が日《ひ》に焦《や》けましたね。――去年《きよねん》は兄《にい》さんと一《ひ》と夏中《なつちう》木《き》曾《そ》で暮《く》らしたつけね。」

「えゝ。」

園子《そのこ》はなつかしさうな顏《かほ》をして、銀之助《ぎんのすけ》を見《み》た。

「後《あと》からお父《とう》さんがいらしつたね。」

「えゝ。」

「ほんとに去年《きよねん》は園子《そのこ》さんはいゝ事《こと》をしたのね。私《わたし》は病氣《びやうき》でつまらなかつたわ。」

其《そ》れ限《ぎ》りでみんなが默《だま》つた。亡《な》くなつた人《ひと》の上《うへ》に、三人《にん》の心《こゝろ》が同時《どうじ》に注《そゝ》がれてゐた。

「私《わたし》はいま泣《な》いたんですの。」

「何《ど》うして？」

「いろ〳〵なことを思《おも》つて。――園子《そのこ》は爲子《ためこ》の叔母《をば》さまの方《はう》に行《ゆ》くかもしれませんのよ。」

「あの人《ひと》の子《こ》になるのですか。」

「園子《そのこ》が行《ゆ》きたがつてゐるんですもの。」

園子《そのこ》は、又《また》こゝでも、自分《じぶん》が叔母《をば》のところに行《ゆ》くと云《い》ふ話《はなし》が出《で》たと思《おも》つた。

「叔母《をば》さまがね、立派《りつぱ》な人《ひと》になりたければ、私《わたし》の方《はう》へくるのですとおつしやつたんですもの

私《わたし》はまだ何《なん》だか分《わか》らないの。それに、お母《かあ》さまの傍《そば》の方《はう》がいゝわ。私《わたし》は學校《がくかう》なんか止《よ》してもお母様《かあさま》の手助《てだす》けをする方《はう》がいゝと思《おも》ふんですもの。」

銀之助《ぎんのすけ》は、もうこんな可憐《いぢ》らしいことを云《い》ふと思《おも》つて聞《き》いてゐた。園子《そのこ》は、あの叔母《をば》に可愛《か》《あい》がられてはならないものゝやうな氣《き》がした。母《はゝ》を捨《す》てゝ、叔母《をば》の方《はう》へ行《ゆ》くと云《い》ふことは、何《ど》うしてもいけない事《こと》のやうにも思《おも》はれた。それに叔母《をば》が、母《はゝ》を惡《わ》るく云《い》つたことも、みんなには默《だま》つてゐたけれども、園子《そのこ》は何《なん》となく悲《かな》しい氣持《きもち》がした。

「その方《はう》がいゝぢやないか。園《その》ちやんはあの叔母《をば》さんに可愛《かあい》がられてゐるのだから。さうして叔母《をば》さんのやうな偉《えら》い人《ひと》になるさ。」

「ほんとに其《そ》れがいゝわ。園《その》ちやんは叔母《をば》さんのやうなオールドミスで、教育《けういく》を一生《しやう》の事業《じげふ》にするやうな人《ひと》になるのでせう。私《わたし》とは違《ちが》ふのよ。」

「あなたは何《ど》うするの。」

「私《わたし》は私《わたし》よ。私《わたし》はどうせみんなの嫌《きら》はれものですもの。私《わたし》はやつぱりお父《とう》さまのやうにお金《かね》を儲《もう》けやうと思《おも》つてゐますのよ。」

「おや。あなたがお父《とう》さまのやうにお金《かね》を儲《もう》けるの。」

「えゝ。――お父《とう》さまはお金《かね》を儲《もう》けやうとなさつたのに、其《そ》れが中途《ちうと》でお亡《な》くなりになつたのだから、私《わたし》はね、ほんとのお金持《かねもち》になりますの。私《わたし》は然《さ》う決心《けつしん》してゐるんですの。何《ど》うして其《そ》れが出來《でき》るとお思《おも》ひになるでせう。私《わたし》にはちやんともう決心《けつしん》がついてゐるのよ。」

「女《をんな》が伯父《をぢ》さんのやうな事《こと》はてきないさ。」

「其《そ》れがてきるのよ。銀之助《ぎんのすけ》さん。」

香代子《かよこ》は團扇《うちは》の先《さ》きを、しなやかな白《しろ》い指《ゆび》で彈《はじ》いてゐた。さうして瞥《ちら》と銀之助《ぎんのすけ》を見《み》た時《とき》に長《なが》い瞼毛《まつげ》の下《した》で涙《なだ》をまたゝかした。

「だけど、私《わたし》は今《いま》は誰《た》れにも云《い》はないの。私《わたし》はお父《とう》さまがお亡《な》くなりなつてから、ほんとに口惜《くや》しい思《おも》ひをどれだけ經驗《けいけん》したか知《し》れませんわ。私《わたし》はきつとたいへんな富豪《ふがう》になるから見《み》てゐらつしやい。それはどんな方法《はうはふ》にしても、私《わたし》はきつとお父《とう》さまの遺《のこ》してゐらしつたことを續《つ》いで見《み》せるわ。」

香代子《かよこ》の眼《ま》ぶたが赤《あか》らんでゐた。園子《そのこ》は姉《あね》のその口惜《くちを》しさうな表情《へうじやう》を見《み》てゐると、自分《じぶん》も何《なに》がなしに口惜《くや》しい氣《き》がした。

「私《わたし》にはわからない。」

銀之助《ぎんのすけ》は然《さ》う云《い》つて紙巻煙草《かみまきたばこ》に火《ひ》をつけた。

「でも私《わたし》は其《そ》れを一生《しやう》の事業《じげふ》にするんですよ。私《わたし》はどんな事《こと》をしてもお金《かね》を儲《まう》けて見《み》せます。そうして今度《こんど》の恥辱《ちじよく》を私《わたし》は美事《みごと》に雪《そゝ》いでやりますわ。親類《しんるゐ》のものたちを私《わたし》はその時《とき》になつて見下《みさ》げてやらうと思《おも》つてゐますの。」

「その時《とき》になつたら、私《わたし》は食客《ゐそうろう》に行《ゆ》きますよ。香代子《かよこ》さんに頭《あたま》を下《さ》げるさ。」

「えゝ、いらつしやいとも。上等《じやうとう》な食客《ゐそうろう》にして上《あ》げるわ。」

香代子《かよこ》は襟《えり》を搔《か》き合《あ》はせながら下《した》におりた。長《なが》い袖《そで》に涼《すゞ》しい風《かぜ》がはいつて、鬢《びん》の毛《け》がそよそよと搖《ゆる》いだ。指環《ゆびわ》のたくさんに篏《は》まつた手《て》で髮《かみ》にピンを挿《さ》し直《なほ》しながら、香代子《かよこ》は陰《かげ》つた庭《には》に眼《め》を向《む》けながら、

「裏《うら》の堤《どて》から海《うみ》でも見《み》て來《き》ませう。ねえ銀之助《ぎんのすけ》さん。」

と呼《よ》んだ。銀之助《ぎんのすけ》が立《た》つてゆくと、香代子《かよこ》は園子《そのこ》の方《はう》を振《ふ》り向《む》いて手招《てまね》ぎしたけれども、園《その》子《こ》は頭《あたま》を振《ふ》つて行《ゆ》かずにゐた。さうして、姉《あね》の水色紗《みづいろしや》の銀糸《ぎんし》の繍《ぬひ》の細《ほそ》い筋《すぢ》を小《ちひ》さく吉彌《きちや》に結《むす》んだ後姿《うしろすがた》が、銀之助《ぎんのすけ》と並《なら》んでだん／＼に小松《こまつ》の蔭《かげ》から消《き》えて行《ゆ》くのを、園子《そのこ》はぼんやりと見《み》送《おく》つてゐた。

自分一人《じぶんひとり》が此所《ここ》に取《と》り殘《のこ》されてゐるのに氣《き》が付《つ》くと、園子《そのこ》は急《きふ》に淋《さび》しくなつて、室《しつ》を出《で》て行《い》つた。お風呂《ふろ》が湧《わ》いたと云《い》つて、お雪《ゆき》は、みんなを探《さが》してゐた。

「香代子《かよこ》姉《ねえ》さまはあちら。裏《うら》の堤《どて》へいらしつてよ。大姉《おほねえ》さまは？」

「大姉《おほねえ》さまもお見《み》えになりませんの。」

お雪《ゆき》は忙《いそが》しさうに、園子《そのこ》を捨《す》てゝ廊下傳《らうかづた》ひに彼方《あちら》へ行《い》つた。

夕方《ゆふかた》だと云《い》ふのに、人手《ひとで》が少《すく》なくなつてからまだ庭《には》には水《みづ》も撒《ま》いてなかつた。何《なん》となく邸《やしき》の内《うち》が森《しん》として、もう他《よそ》の家《うち》のやうな氣《き》が園子《そのこ》にはした、園子《そのこ》は母《はゝ》をたづねて、いつもの茶《ちや》の室《ま》に行《い》つて見《み》た。母《はゝ》が一人《ひとり》してそこに靜《しづか》に坐《すわ》つてゐた。

隣《とな》りの室《しつ》には父《ちゝ》の靈《れい》が祀《まつ》つてあつた。唐紙《からかみ》を開《ひら》いた隣室《となりしつ》から、香《かう》の匂《にほ》ひと、薄暗《うすくら》く點《とも》した灯《ひ》の搖《ゆる》ぎとが此方《こちら》の室《しつ》に流《なが》れてゐた。まるで遠《とほ》い冥土《よみ》の國《くに》から、なつかしい父《ちゝ》の御靈《みたな》がこの世《よ》に殘《のこ》つてゐる人《ひと》たちに愛《あい》の和《やは》らぎを送《おく》つてくるやうに、隣《とな》りの室《しつ》の奧《おく》が園子《そのこ》にはなつかしまれた。

「お母《かあ》さま。」

園子《そのこ》が斯《か》う母《はゝ》を呼《よ》ぶまで、母《はゝ》は園子《そのこ》の來《き》たことを知《し》らずにゐた。

園子《そのこ》は母《はゝ》の傍《そば》に淋《さび》しく坐《すわ》つてゐた。簾《すだれ》を上《あ》げた椽《えん》から涼《すゞ》しい風《かぜ》が室《へや》のなかを吹《ふ》きぬいていつた。母《はゝ》のやつれた顏《かほ》はその風《かぜ》に背向《そむ》いて、暗《くら》い方《はう》を何《なに》かぢつと見詰《みつ》めてゐるやうに思《おも》はれた。園子《そのこ》は叔母《をば》の話《はなし》を母《はゝ》にしやうと思《おも》つたが、母《はゝ》が此方《こちら》を向《む》かないので、又《また》、

「ねえ、お母《かあ》さま。」

と呼《よ》んだ。母《はゝ》は初《はじ》めて園子《そのこ》の方《はう》を見返《みかへ》つたが、ぽつとした眼《め》で園子《そのこ》の顏《かほ》を見詰《みつ》めた儘《まゝ》返事《へんじ》はしないでゐた。

「叔母《をば》さまがこんな事《こと》をおつしやつたの、ねえお母《かあ》さま。」

「うるさいぢやないか。お前《まへ》は誰《だれ》だい。」

母《はゝ》はいきなり疳走《かんばし》つた聲《こゑ》で園子《そのこ》に云《い》つた。園子《そのこ》はその聲《こゑ》があんまり恐《おそ》ろしかつたので、思《おも》はず母《はゝ》の顏《かほ》を見上《みあ》げながら、

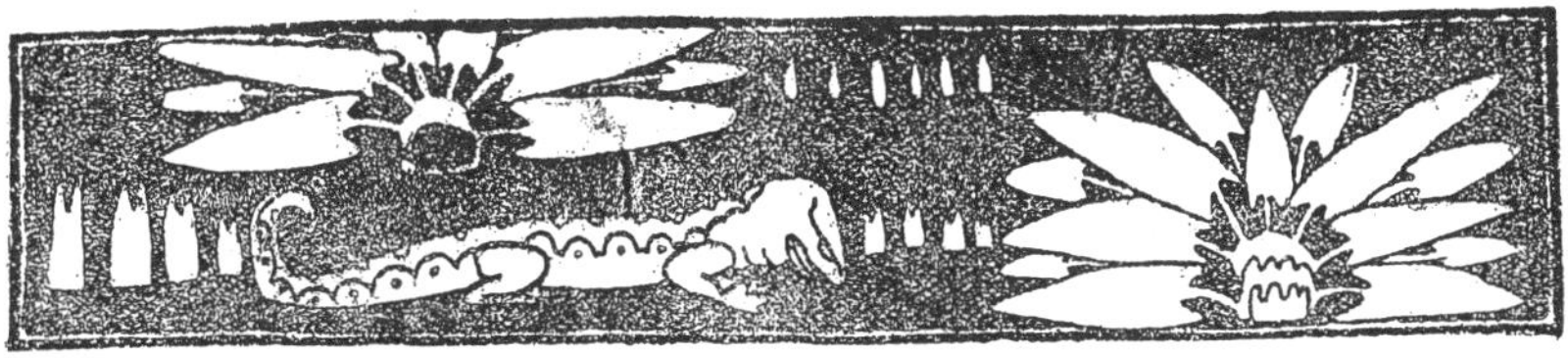

「お母《かあ》さま。」

と云《い》つた。鶴子《つるこ》は園子《そのこ》の顔《かほ》を唯《たゞ》ぢつといつまでも見据《みす》えてゐた。園子《そのこ》はその母《はゝ》の眼《め》が恐《こわ》くつて、又《また》、

「お母《かあ》さま。お母《かあ》さま。」

と叫《さけ》んだが、母《はゝ》は返事《かへじ》をしなかつた。園子《そのこ》は室《へや》を驅《か》けて出《で》ると、お雪《ゆき》や姉《あね》を呼《よ》び立《た》てゝ聲《こゑ》を出《だ》して泣《な》いた。

「お母《はゝ》さまが恐《こわ》いのよ。叔母《をば》さまのことで怒《おこ》つてゐらつしやるのよ。」

姉《あね》の松代《まつよ》が其所《そこ》に出《で》て來《き》た時《とき》に、園子《そのこ》は然《さ》う云《い》つてはげしく泣《な》いた。松代《まつよ》はそんな事《こと》はないでせう。もし然《さ》うだつたら姉《ねえ》さまがお詫《わ》びをして上《あ》げると云《い》つて、松代《まつよ》は茶《ちや》の室《ま》に行《い》つた。

お雪《ゆき》は、

「お母《か》さまがそんなにお怒《おこ》りになつたので御座《ござ》いますか。」

と聞《き》くと、園子《そのこ》は母《はゝ》が何《なに》も云《い》はずに自分《じぶん》を睨《にら》めてゐたことを話《はな》した。

「お母《かあ》さまが。氣《き》が變《へん》におなりなのよ。雪《ゆき》、香代《かよ》さんを呼《よ》んで來《き》て。銀之助《ぎんのすけ》さんがゐらつしやるから一所《しよ》に早《はや》く來《き》て下《くだ》さいつて。」

　松代《まつよ》はあわてゝ、驅《か》けて來《き》て雪《ゆき》に云《い》つた。雪《ゆき》は走《はし》つて行《い》つた。松代《まつよ》の顔《かほ》は眞《ま》つ青《さを》になつて脣《くちびる》がふるえてゐた。さうして園子《そのこ》をしつかりと抱《だ》き寄《よ》せた儘《まゝ》、立《た》ち縮《すく》んで動《うご》かずにゐた。姉《あね》の胸《むね》の慟悸《どうき》が、園子《そのこ》の肩《かた》から腕《うで》に大波《おほなみ》のやうに傳《つた》はつてゐた。…………（終）

枸杞の實の誘惑

田村俊子

智佐子《ちさこ》は枸杞《くこ》の實《み》を取《と》らうと思《おも》つて、今日《こんにち》も原《はら》へ一人《ひとり》で來《き》た。昨日《きのふ》は友達《ともだち》の延子《のぶこ》といつしよであつたが、延子《のぶこ》は今日《けふ》は頭《あたま》が痛《いた》いと云《い》つて、智佐子《ちさこ》が誘《さそ》つても來《こ》なかつた。

智佐子《ちさこ》はこの原《はら》の一隅《ぐう》で赤《あか》い枸杞《くこ》の實《み》を、ふと見付《みつ》けてから、毎日《まいにち》こゝに取《と》りに來《き》た。枸杞《くこ》の樹《き》は大《おほ》きく擴《ひろ》がつてゐて、智佐子《ちさこ》の手《て》の屆《とゞ》かないところに、赤《あか》い珊瑚《さんご》のやうな實《み》をいつぱいに付《つ》けた枝《えだ》が垂《た》れてゐた。その枝《えだ》は蔦《つた》と絡《から》んで椎《しゐ》の木《き》の根《ね》かたから生《は》えてゐた。誰《た》れが結んだのかわからない原《はら》の圍《かこ》ひの荒《あら》ひ四《よ》つ目垣《めがき》に、枸杞《くこ》の枝《えだ》も蔦《つた》も、それから名《な》の解《わか》らない蔓草《つるくさ》も、亂《みだ》れ縺《もつ》れて纏繞《まつわ》つてゐた。四《よ》つ目垣《めがき》は、絡《から》んだ枝《えだ》の蔦《つた》の重《おも》さで崖《がけ》の方《はう》に退《の》け反《ぞ》つてゐた。其《そ》の周圍《まはり》には雜草《ざつさう》が、智佐子《ちさこ》の帶《おび》を埋《うづ》めるまでに、深々《ふかぶか》と生《は》え伸《の》びてゐた。

崖《がけ》の下《した》は汽車《きしや》が通《とほ》つた。小供《こども》を脊負《おぶ》つた女《をんな》が、白《しろ》い前垂《まへだ》れを秋《あき》の風《かぜ》に靡《なび》かせながら其所《そこ》に立《た》つて、汽車《きしや》の走《はし》つてゆくのを小供《こども》に見《み》せてゐることがあつた。枸杞《こ》の實をこゝで見付《み》けたのは、智佐子《ちさこ》ばかりではなかつた。原《はら》へ遊《あそ》びに來《く》る子供《こども》は誰《た》れもこの椎《しひ》の木《き》の隅《すみ》に赤《あか》い實《み》がちら〳〵と色《いろ》を滴《こぼ》してゐるのを見付《みつ》けて取《と》りに來《き》た。智佐子《ちさこ》は延子《のぶこ》といつしよに、遂《つひ》この間《あひだ》こゝに枸杞《くこ》が生《な》つてるのを見付《みつ》けたのであつた。

「鬼灯《ほゝづき》にするのには青《あを》いのがいゝ。」

然《さ》う云《い》つて、二人《ふたり》は青《あを》い大《おほ》きいのを探《さが》した。枝《えだ》を引《ひ》き摺《ず》り出《だ》す時《とき》に、友達《ともだち》の延子《のぶこ》は刺《とげ》で手《て》を傷《きず》づけてゐた。

「枝《えだ》ごと取《と》つてやりませうよ。」

延子《のぶこ》は小供《こども》らしく興奮《こうふん》して、その手《て》で枝《えだ》を引《ひ》きちぎつた。無理《むり》に折《を》られた枝《えだ》は弾《はづ》みを打《う》つてみしりと云《い》ふ音《おと》を響《ひゞ》かせながら、椎《しひ》の木《き》に絡《から》んだあらゆる力《ちから》で、小供《こども》の手《て》から自身《じしん》を奪《うば》ひ返《かへ》した。葉《は》がさや〳〵と一時《じ》に鳴《な》り渡《わた》つた。延子《のぶこ》は二三歩《ほ》前《まへ》に引摺《ひきず》られてよろ〳〵した。小枝《こえだ》が自分《じぶん》の手《て》に殘《のこ》つたのを見詰《みつ》めながら延子《のぶこ》は胸《むね》をどきり〳〵させた。智佐子《ちさこ》は其《そ》の一生懸命《しやうけんめい》な延子《のぶこ》の樣子《やうす》が、何《なん》と云《い》ふこともなく恐《こわ》かつた。それから、みしりと云《い》つて枝《えだ》が撥《は》ね反《かへ》つたのにも智佐子《ちさこ》は吃驚《びつくり》した。

「あゝ、こわかつた。」

延子《のぶこ》も笑《わら》つた。延子《のぶこ》は枝《えだ》に引摺《ひきず》られたのが、いつまでも恐《こわ》かつた。延子《のぶこ》の取《と》つた小枝《こえだ》には細《こま》かい葉《は》の中《なか》に赤《あか》い實《み》や青《あを》い實《み》がみつしりと隠《かく》れてゐた。二人《ふたり》はしやがんで、桃色《もゝいろ》メリンスの兵子帯《へこおび》を草《くさ》の上《うへ》に引摺《ひきず》りながら枸杞《くこ》の實《み》を指《ゆび》で一《ひ》とつづゝ千切《ちぎ》つた。智佐子《ちさこ》はそれを小《ちひ》さい片手《かたて》の中《なか》に摘《つ》み入《い》れた。

元祿袖《げんろくそで》のネルの袂《たもと》の中《なか》にも枸杞《くこ》の實《み》が少《すこ》しづゝ入《はい》つてゐた。

「明日《あした》も來《き》ませうね。」

智佐子《ちさこ》が云《い》つて二人《ふたり》は仲好《なかよ》く家《いへ》に歸《かへ》つて行《い》つた。

二人《ふたり》は翌《あく》る日《ひ》も翌《あく》る日《ひ》も、いつしよに原《はら》へ枸杞《くこ》の實《み》を取《と》りに來《き》た。原《はら》の中《なか》には男《をとこ》の子供《こども》が長《なが》い黐竿《もちざを》を持《も》つて蜻蛉《とんぼ》を追《お》ひかけてゐた。二人《ふたり》が來《く》るのを見《み》ると、年層《としかさ》の小供《こども》は智佐子《ちさこ》の緋《ひ》の紗《しや》のリボンを竿《さを》にかけやうとした。

「大《おほ》きな蝶々《てふ〳〵》、大《おほ》きな蝶々《てふ〳〵》。」

小供《こども》は周圍《まはり》から囃《はや》し立《た》てた。智佐子《ちさこ》は立《た》ち縮《ちゞ》んで兩手《りやうて》で泣《な》いてゐた。それを延子《のぶこ》が追《お》ひ散《ち》らした。

「お父《とう》さんにいつけるからいゝわ。お前《まい》の家《うち》へ押《お》して行《い》くから。お前《まい》の家《うち》をちやんと知《し》つてるわ。」

年層《としかさ》の子供《こども》は人善《ひとよ》く笑《わら》つて竿《さを》を引《ひ》つ込《こ》ませた。小供《こども》の腰揚《こしあ》げのところが膨《ふく》らんでゐた。紫《むらさき》の兵子帯《へこおび》を巻《ま》いた、脛《すね》を半分出《はんぶんだ》した、草履《ざうり》を穿《は》いた男《をとこ》の子《こ》の後姿《うしろすがた》は、四五人《にん》の小供《こども》の影《かげ》といつしよに原《はら》の彼方《むかう》へだん〳〵に遠《とほ》くなつて行《い》つた。

「あの子《こ》の家《うち》を知《し》つてるのよ。おどかしてやつたもんがから行《い》つちまつたわ。」

「あたし。リボンを取《と》るわ。」

智佐子《ちさこ》はお下《さ》げに結《むす》んだリボンを延子《のぶこ》に取《と》つてもらつて、其《そ》れをたゝんで懐中《ふところ》に入《い》れた。

「私《わたし》だつて爲《し》てるのよ。ほら。」

延子《のぶこ》は、一度《ど》洗《あら》つて、よく皺《しわ》ののびてゐない白《じろ》いリボンをかけてゐた。

「私《わたし》のは汚《きたな》いでせう。あなたのは奇麗《きれい》だからからかつたのよ。」

二人《ふたり》は手《て》を繋《つな》いで、枸杞《くこ》の木《き》の方《はう》へ歩《ある》いて行《い》つた。草《くさ》を踏《ぶ》んで、大《おほ》きな聲《こゑ》で二人《ふたり》は唱歌《しやうが》をうたつた蝗蜢《はつた》が智佐子《ちさこ》の裾《すそ》に飛《と》びついた。

「お母《かあ》さんが、帽子《ばうし》をかぶつておいでとおつしやつたんだわ。忘《わす》れちやつたわ。」

智佐子《ちさこ》は、ぎら／＼光《ひか》る日光《につくわう》を見《み》て云《い》つた。

柔《やわ》らかな赤《あか》い二人《ふたり》のその髪《かみ》の毛《け》が、強《つよ》い日光《につくわう》に吸《す》はれて灼《や》けこげるやうに見《み》えた。はら／＼と亂《みだ》れる髪《かみ》の毛《け》の先《さ》きが、金色《こんじき》に纖細《かぼそ》く光《ひか》つてゐた。筒《つゝ》のやうに丸《まる》く細《ほそ》い二人《ふたり》の子《こ》の胴中《どうなか》が、草《くさ》の中《なか》を並《なら》んで行《い》つた。二人《ふたり》の子《こ》の足《あし》は、丁度蝗蜢《ちやうどこつた》のやうに飛《と》んだりした。小《ちひ》さな足《あし》の爪先《つまさき》に赤《あか》い草履《ざうり》の鼻緒《はなを》が括《くゝ》れてゐた。白玉《しらたま》のやうな智佐子《ちさこ》の圓《まる》い撓《しな》やかな脛《すね》が、ネルから捲《まく》れて強《つよ》い秋《あき》の日《ひ》の中《なか》に溶《と》けるやうに露出《むきだ》しになつた。しやがむ時《とき》、智佐子《ちさこ》のぽつちやりした兩股《りやうもゝ》が、着物《きもの》の裾《すそ》に區劃《くぎ》れて覗《のぞ》かれた。蝗蜢《はつた》が股《もゝ》にも飛《と》び付《つ》いた。火《ひ》にあぶつた釜《かま》の底《そこ》のやうに、草叢《くさむら》の中《なか》は秋《あき》の熱《あつ》い日《ひ》で蒸《む》れてゐた。熱《ほて》つた草《くさ》の埃《ほこり》が二人《ふたり》の足《あし》にそつと息《いき》を吹《ふ》きかけた。

細《ほそ》い小《ちひ》さな指《ゆび》と指《ゆび》が、長《なが》い間《あひだ》その日《ひ》も枸杞《くこ》の實《み》を摘《つ》んでゐた。摘《つ》んでも摘《つ》んでも枸杞《くこ》の實《み》は絶《た》えると云《い》ふことがないやうに、二人《ふたり》の小《ちい》さい眼《め》の限界《げんかい》を超《こ》えて、上《うへ》の方《はう》に・下《した》の方《はう》に・枝《えだ》が捲《ま》き上《あが》つてゐたり・垂《た》れ下《さ》がつてゐたり、伸《の》びてゐたりした。ずつと高《たか》いところに實《みの》つてゐる枸杞《くこ》を、二人《ふたり》はいつも仰向《あふむ》いて眺《なが》めた。

「あすこに、あんなに澤山《たくさん》生《な》つてゐる。あんなに。」

延子《のぶこ》は然《さ》う云《い》つては、二三日前《にちまへ》のやうに枝《えだ》を引摺《ひきず》り出《だ》さうとしなかつた。疲勞《くたび》れると、二人《ふたり》は歸《かへ》つて行《い》つた。原《はら》の上《うへ》は、夕方《ゆふがた》の秋《あき》の色《いろ》が滲《し》み流《なが》れてゐた。遠《とほ》い空《そら》の果《は》てに、紅《あか》い夕日《ゆふひ》が燃《も》えてゐた。烏《からす》が幾羽《いくは》も、二人《ふたり》の頭《あたま》の上《うへ》を飛《と》んで行《い》つた。

二人《ふたり》は、近所《きんじよ》にゐてもおんなじ學校《がくかう》に行《い》くのではなかつた。智佐子《ちさこ》は延子《のぶこ》の行《い》く學校《がくかう》よりも、少《すこ》し程度《ていど》の高級《かうきふ》な學校《がくかう》の方《はう》に行《い》つてゐた。

延子《のぶこ》の行《い》く學校《がくかう》よりも五六町遠方《ちやうゑんぱう》であつた。二三軒先《げんさ》きに住《す》み合《あ》つてゐる二人《ふたり》は、學校《がくかう》の外《そと》の遊《あそ》び友達《ともだち》になつてゐた。

學校《がくかう》から歸《かへ》つて來《き》て、二人《ふたり》が顏《かほ》を合《あ》はせると、どつちの心《こゝろ》にも直《す》ぐ枸杞《くこ》の實《み》のことが浮《うか》んだ。原《はら》へ行《い》つて枸杞《くこ》を摘《つ》んでくることが、二人《ふたり》は何《なに》よりもおもしろかつた。然《さ》うして樂《たの》しみであつた。摘《つ》んで來《き》た枸杞《くこ》はその儘《まゝ》鬼灯《ほゝづき》にもならずに、何所《どこ》かへ自然《しぜん》と失《うしな》はれてしまつた。それでも二人《ふたり》が顏《かほ》を合《あ》はせると、直《す》ぐに原《はら》の枸杞《くこ》の方《はう》に二人《ふたり》の小供《こども》らしい興味《きようみ》が走《はし》つた。

「取《と》りに行《い》きませうね。」

二人《ふたり》は手《て》を繋《つな》いで原《はら》へ出《で》かけて行《い》つた。赤《あか》い枸杞《くこ》の實《み》が、二人《ふたり》の仲《なか》を一層《そう》睦《むつま》じくさせた。

延子《のぶこ》は四五日《にち》つゞけると、枸杞《くこ》の實《み》に倦《あ》きてきた。倦《あ》きてはきても、智佐子《ちさこ》が誘《さそ》ひに來《く》ると、

「えゝ行《い》きませう。どつさり取《と》つて來《き》ませう。」

と云《い》ひながら出《で》て行《い》つた。學校《がくかう》から歸《かへ》ると、きつと智佐子《ちさこ》は來《き》た。

「もう、つまらないわね。」

歸《かへ》つて來《く》る時《とき》に延子《のよこ》は斯《か》う云《い》つて、原《はら》の途中《とちう》で枸杞《くこ》の實《み》を捨《す》てゝ來《く》ることがあつた。

智佐子《らさこ》はやつぱり、枸杞《くこ》の實《み》をなつかしく思《おも》つてゐた。夜《よ》るになつて床《とこ》に入《はい》る時《とき》に、

「あしたも延子《のぶこ》さんと原《はら》へ行《ゆ》かう。枸杞《くこ》の實《み》を取《と》りに行《い》くんだ。」

然《さ》う思《おも》つて樂《たの》しみながら寢《ね》た。女《をんな》が寶玉《ほうぎよく》を愛《あい》すやうな心持《こゝろもち》が、智佐子《ちさこ》の枸杞《くこ》の實《み》を思《おも》ふ上《うへ》に集《あつま》つてゐた。智佐子《ちさこ》は枸杞《くこ》の實《み》が可愛《かあい》らしくて堪《たま》らなかつた。椎《しひ》の木《き》の蔭《かげ》に生《は》えひろがつてゐる枸杞《くこ》の木《き》に

智佐子《ちさこ》の幼《をさな》い賞美《しやうび》の念《ねん》が潜《ひそ》んでゐて消《き》えなかつた。それを友達《ともだち》の延子《のぶこ》と二人《ふたり》して取《と》りに行《い》く樂《たの》しさと嬉《うれ》しさと睦《むつま》じさが、智佐子《ちさこ》の胸《むね》を、思《おも》ひ出《だ》すたびに小《ちひ》さく躍《をど》らしてゐた。

日曜《にちえう》に智佐子《ちさこ》はお晝《ひる》をすますと、延子《のぶこ》のところに行《い》つた。延子《のぶこ》は直《すぐ》に出《で》てこなかつた。智佐子《ちさこ》は窓《まど》

の下《した》に立《た》つて延子《のぶこ》の出《で》てくるのを待《まつ》てゐた。延子《のぶこ》の家《いへ》では末《すゑ》の弟《おとうと》が何《なに》か癇《かん》を起《おこ》して泣《な》き叫《さけ》んでゐた。

「あたしね、頭《あたま》が痛《いた》いから行《い》かないわ。又《また》あした、ね。」

延子《のぶこ》は窓《まど》から顔《かほ》を出《だ》して斷《ことわ》つた。肉色の薔薇を挿《はさ》んだ智佐子《ちさこ》の麥稈帽子《むぎわらはうし》が窓《まど》をはなれて行《い》つた。

「ごめんなさい。ね。智佐子《ちさこ》さん。」

延子《のぶこ》が、だるい掠《かす》れた聲《こゑ》で云《い》つた。

「えゝ。」

智佐子《らさこ》は首背《うなづ》いて延子《のぶこ》のところを出《で》た。

智佐子《らさこ》は一人《ひとり》で坂《さか》を上《あが》つてきた。坂《さか》の上《うへ》で、帽子《はうし》の紐《ひも》を口《くち》に啣《くは》へながら、智佐子《ちさこ》は足《あし》を一《ひ》と廻《まは》りさせて坂《さか》の下《した》の方《はう》を見《み》た。坂《さか》の上《うへ》に誰《だ》れも通《とほ》らなかつた。智佐子《ちさこ》は淋《さび》しかつた。家《いへ》に歸《かへ》らうかと思《おも》つて考《かんが》へてゐた。紐《ひも》を口《くち》に啣《くは》へた儘《まゝ》で、智佐子《ちさこ》は身體を搖《ゆす》りながら立《た》つてゐた。

だが、智佐子《ちさこ》は歩《ある》き出《だ》した。枸杞《くこ》の實《み》がふと智佐子《ちさこ》に戀《こ》ひしかつた。拘杞《くこ》の實《み》の生《な》つてゐる傍《かたはら》の草《くさ》や垣根《かきね》が、智佐子《ちさこ》の眼《め》に朧《おぼろ》に白《しろ》く映《うつ》つてゐた。智佐子《ちさこ》はそこまで一寸《ちよつと》でも行《い》つて見《み》たかつた。智佐子《ちさこ》はばた〱と往來《わうらい》を驅《か》けだした。

人家《じんか》の垣根《かきね》を三度《ど》か四度《ど》曲《まが》り〱して智佐子《らさこ》は原《はら》の入《い》り口《ぐち》に出《で》た。原《はら》はいちめんに光《ひか》りを空間《くうかん》から吸《す》つてゐた。秋《あき》の日和《ひより》が輝《かゞや》かしく草《くさ》の上《うへ》に流《なが》れて、空《そら》が青《あを》く、草《くさ》の上《うへ》が薄赤《うすあか》く燒《や》けてゐた。何《なに》か知《し》らず澄《す》んだ大氣《たいき》の底《そこ》から硬《かた》い響《ひゞ》きが原《はら》の周圍《しうゐ》を漂《たゞよ》つてゐた。靜《しづ》かな淋《さび》しい風《かぜ》が、燒《や》けた銅《あかがね》に水《みづ》を盛《も》るやうに原《はら》を吹《ふ》いた。智《ち》佐《さ》子《こ》は草《くさ》を踏《ふ》んで、一人《ひとり》で原《はら》を突《つ》つ切《き》つて行《い》つた。

智《ち》佐《さ》子《こ》はびくりした。

この間《あひだ》、自分《じぶん》のリボンを黐竿《もちざを》で追《お》い廻《まは》した小供《こども》がそこに立《た》つてゐたからであつた。小供《こども》は今日《けふ》は竿《さを》の先《さき》きに白《しろ》い袋《ふくろ》のついたのを持《も》つてゐた。小供《こども》はたつた一人《ひとり》で寒《さむ》そうにしてゐた。智《ち》佐《さ》子《こ》を見《み》ると、男《をとこ》の子《こ》はにつこり笑《わら》つた。智《ち》佐《さ》子《こ》は今《いま》も帽子《ばうし》の紐《ひも》を口《くち》に啣《くは》へてゐたが、男《をとこ》の子《こ》に笑《わら》はれて、自分《じぶん》も微《び》笑《せう》した。

「どこに行《い》くの。」

男《をとこ》の子《こ》は顔《かほ》を突《つ》き出《だ》して智《ち》佐《さ》子《こ》に聞《き》いた。男《をとこ》の子《こ》は黒《くろ》い絣《かすり》の袷《あはせ》を着《き》てゐた。そうして紫《むらさき》の兵子帶《へこおび》を締《し》めてゐた。

「ここの實《み》を取《と》りに。」

智《ち》佐《さ》子《こ》は返事《へんじ》した。男《をとこ》の子《こ》は「然《さ》う。」と云《い》つて智《ち》佐《さ》子《こ》の姿《すがた》をふと見《み》てから、自分《じぶん》は自分《じぶん》の行《ゆ》く方《はう》へ行《い》つてしまつた。黒《くろ》い輪廓《りんくわく》に淺黄《あさぎ》色《いろ》の模樣《もやう》をつけた翼《つばさ》の蝶《てふ》が、ひら／＼と男《をとこ》の子《こ》の後《あと》を追《お》つていつた。

智《ち》佐《さ》子《こ》は枸杞《くこ》の實《み》のある方《はう》へ歩《ある》いて行《い》つた。熱《あつ》い草叢《くさむら》の中《なか》の息《いき》が、今《いま》も智《ち》佐《さ》子《こ》の足《あし》にかゝつた。智《ち》佐子《さこ》は足《あし》を砂《すな》まみれにしながら草《くさ》を踏《ふ》んだ。黄色《きいろ》い小《ちひ》さい蝶《てふ》が智佐子《ちさこ》の足許《あしもと》から飛《と》び立《た》つた。智佐子《ちさこ》は淋《さび》しくなつて、低《ひく》い聲《こゑ》で唱歌《しやうか》をうたつて行《い》つた。智佐子《ちさこ》が歩《ある》く度《たび》に、だらりと下《さ》がつた片手《かたて》が、桃《もゝ》色《いろ》メリンスの兵子帶《へこおび》といつしよに搖《ゆ》れてゐた。赤《あか》い縞《しま》のフラネルの色《いろ》が、薄褪《うすざ》めて、日光《につくわう》の下《した》にぼんやりとぼけてゐた。智佐子《ちさこ》はだん〳〵に枸杞《くこ》の實《み》の方《はう》に近《ちか》づいて來《き》た。

椎《しひ》の木《き》から、風《かぜ》が急《きふ》に吹《ふ》いて來《き》た。智佐子《ちさこ》は風《かぜ》に吹《ふ》かれながら、枸杞《くこ》の木《き》の傍《そば》に立《た》つて、赤《あか》い實《み》を眼《め》で求《もと》めてゐた。推《しひ》の陰《かげ》になつて、枸杞《くこ》の木《き》には水《みづ》のやうな日陰《ひかげ》が落《お》ちてゐた。赤《あか》い實《み》は、智佐子《ちさこ》の心《こゝろ》になつかしく、遠《とほ》くの方《はう》に生《な》つてゐた。近《ちか》いところにはもう手《て》に取《と》るほどの實《み》も殘《のこ》つてはゐなかつた。智佐子《ちさこ》は腕《うで》をのばして實《み》を少《すこ》しばかり取《と》つた。

一《ひ》とつ取《と》つて、その實《み》を手《て》の上《うへ》に乘《の》せたり、折角取《せつかくと》つた赤《あか》い大《おほ》きい實《み》を、下《した》にこぼして、其《そ》れを草《くさ》の上《うへ》から拾《ひろ》ひ上《あ》げたりした。

延子《のぶこ》のゐないのが淋《さび》しくてつまらなかつた。智佐子《ちさこ》は一人《ひとり》していろ〳〵な所作《しよさ》をしてゐるうちに、淋《さび》しさがしん〳〵と慕《つの》つて來《き》た。枸杞《くこ》も默《だま》つて首垂《うなだ》れてゐた。智佐子《ちさこ》は少《すこ》しの實《み》を袂《たもと》に入《い》れて歸《かへ》つて來《こ》やうとした。

振《ふ》り向《む》くと、何《しろ》時の間《ま》にか其所《そこ》に一人《ひとり》の男《をとこ》が立《た》つてゐた。男《をとこ》は小《ちひ》さい風呂《ふろ》敷包《しきづつ》みを抱《かゝ》へてゐた。白《しろ》つぼい袴《はかま》を穿《は》いてゐた。男《をとこ》は智佐子《ちさこ》に、

「一人《ひとり》で何《なに》をしてゐるの。」

と聞《き》いた。智佐子《ちさこ》はそれが自分《じぶん》の知《し》らない人《ひと》だと思《おも》つた時《とき》に、恐《こわ》かつた。智佐子《ちさこ》に默《だま》つて男《をとこ》の傍《そば》を行《ゆ》き過《す》ぎやうとした。男《をとこ》の後《うしろ》には日光《につくわう》が赤《あか》く搖《ゆ》れてゐた。

「何《なに》をしてゐるの。」

男《をとこ》は重《かさ》ねて智佐子《ちさこ》に聞《き》いた。その聲《こゑ》がふるえてゐた。智佐子《ちさこ》は、この男《をとこ》と同《おな》じ年頃《としごろ》の兄《あに》を持つてゐた。智佐子《ちさこ》は兄《あに》を聯想《れんさう》した。その時《とき》に智佐子《ちさこ》の心《こゝろ》が優《やさ》しく動《うご》いた。智佐子《ちさこ》は小《ちひ》さい聲《こゑ》で、

「枸杞《くこ》の實《み》を取《と》つてゐます。」

と云《い》つた。

「取《と》れますか。」

その人《ひと》は又重《またかさ》ねて聞《き》いた。智佐子《ちさこ》は頭《あたま》を振《ふ》つた。乾《かわ》いた薔薇《ばら》の造花《ざうくわ》が帽子《ばうし》の上《うへ》でかさ／＼と音《おと》を立《た》つた。

「私《わたし》が取《と》つて上《あ》げませう。」

男《をとこ》は云《い》つて、片手《かたて》で枸杞《くこ》の枝《えだ》を折《を》つた。その枝《えだ》は、智佐子《ちさこ》が延子《のぶこ》といつしよに何時《いつ》も仰向《あほむ》いて眺《なが》めた高《たか》いところにある枝《えだ》であつた。二人《ふたり》ながら手《て》が届《とゞ》かないと思《おも》つて斷念《あきら》めてゐた枝《えだ》であつた。その枝《えだ》は男《をとこ》の手《て》で輕《かる》く手折《たを》られた。枝《えだ》は折《を》られても、いつか延子《のぶこ》が折《を》つた時《とき》のやうに恐《おそろ》しい響《ひゞ》きを打《う》つて剝《は》

ねかへらなかつた。枝《えだ》の力《ちから》よりは、男《をとこ》の力《ちから》の方《はう》が強《つよ》かつた。男《をとこ》は枝《えだ》を智佐子《ちさこ》に渡《わた》した。

「もつと取《と》つて上《あ》げませうか。」

「いゝえ。」

智佐子《ちさこ》は又頭《またつむり》を振《ふ》つた。枝《えだ》には、たわゝに枸杞《くこ》の實《み》が生《な》つて下《さ》がつてゐた。誰《だ》れの手《て》にも觸《さは》られなかつた熟《じゆく》し切《き》つた眞《ま》つ赤《か》た實《み》が、から〳〵と瓔珞《やうらく》のやうに無數《むすう》に下《さ》がつてゐた。延子《のぶこ》と二人《ふたり》で仰向《あふむ》いて眺《なが》めた枝《えだ》は斯《か》くして自分《じぶん》の手《て》に取《と》られた。枝《えだ》の取《と》られた後《あと》が丸《まる》く隙《す》いて、垣根《かきね》を透《すか》して遠《とほ》い空《そら》の一部《ぶ》が白《しろ》く見《み》えた。智佐子《ちさこ》は枝《えだ》を手《て》にしながら嬉《うれ》しく思《おも》つた。智佐子《ちさこ》は「有《あ》りがたう。」と云《い》つて男《をとこ》に辭《じ》儀《ぎ》をした。

男《をとこ》は半巾《はんけち》を出《だ》して黒《くろ》く汚《よご》れた手《て》を拭《ふ》いてゐた。智佐子《ちさこ》が歩《ある》き出《だ》すと、男《をとこ》もいつしよに隨《つ》いて來《き》た。智佐子《ちさこ》は大《おほ》きな枝《えだ》を地《ち》に曳《ひ》を摺《ず》りながら默《だま》つて行《い》つた。遠慮《ゑんりよ》を持《も》つた小刻《こきざ》みな智佐子《ちさこ》の足取《あしど》りが可愛《かあい》らしく見《み》えた。男《をとこ》は、智佐子《ちさこ》の手《て》を取《と》つて、

「此方《こつち》から廻《まは》つて行きませう。」

と云《い》つた。

「どつちから。」

「彼方《あつち》から、私《わたし》の後《あと》に隨《つ》いてゐらつしやい。もつと好《い》い枸杞《くこ》の實《み》が生《な》つてるかも知《し》れませんよ。」

と男《をとこ》は優《やさ》しくふるえる聲《こゑ》で智佐子《ちさこ》に云《い》つた。枸杞《くこ》の枝《えだ》を持つた智佐子《ちさこ》の姿《すがた》は、男《をとこ》の大《おほ》きな身體《からだ》の蔭《かげ》になつて並《なら》んで行《い》つた。細《ほそ》く、しなやかに、品《ひん》の美《うつく》しい智佐子《ちさこ》の背《せ》に、下《さ》げた髮《かみ》がこつくりと黒《くろ》く波《なみ》をうねらしてゐた。帽子《ばうし》の鍔《つば》の下《した》から、疑《うたが》ひを帶《お》びた智佐子《ちさこ》の星《ほし》のやうなきれいな眼《め》が、時々《ときどき》並《なら》んでゆく男《をとこ》の顏《かほ》を覗《のぞ》いた。男《をとこ》の白《しろ》い額《ひたひ》に日《ひ》の影《かげ》が映《うつ》つてゐた。二人《ふたり》は原《はら》の裏手《うらて》へ裏手《うらて》へと道《みち》を迂曲《うよく》して下《さ》がつて行《い》つた。

　太陽《たいやう》が、眞《ま》つ青《さを》に燐《りん》の炎《ほのほ》のやうにくる〳〵と廻轉《くわいてん》してゐた。下《さ》がつて行《ゆ》く道《みち》から線路《せんろ》を越《こ》した向《むか》ふの人家《じんか》の屋根《やね》が見《み》えた。家根《やね》には、眞《ま》つ青《さを》な太陽《たいやう》から黄色《きいろ》い日《ひ》が毒《どく》のやうに導《みちび》き流《なが》れてゐた。汽車《きしや》が通《とほ》り過《す》ぎた。黒《くろ》い煤煙《ばいえん》は枸杞《くこ》の木《き》の傍《そば》に聳《そび》えた椎《しゐ》の木《き》に打《ぶ》つ衝《つ》かつて靡《なび》いた。煤煙《ばいえん》が蔓《はびこ》つて原《はら》が僅《わづか》の間《あひだ》暗《くら》くなつた。

　智佐子《ちさこ》の鋭《するど》い泣《な》き聲《こゑ》が、裏手《うらて》の原《はら》のある一角《かく》から起《おこ》つて、垣《かき》に沿《そ》つた小路《こうぢ》の通《とほ》りに響《ひゞ》いて聞《きこ》えたのは、それから二三十分《ぷん》經《た》つてからであつた。丁度《ちやうど》小路《こうぢ》の道《みち》を通行《つうかう》してゐた郵便配夫《いうびんはいふ》は、その泣《な》き聲《こゑ》を聞《き》いたけれども其《そ》の儘《まゝ》行《ゆ》き過《す》ぎてしまつた。智佐子《ちさこ》の家《いへ》の近所《きんじよ》の女《をんな》が買物《かひもの》の歸《かへ》りがけに其所《そこ》を配夫《はいふ》と行違《ゆきちが》つて、智佐子《ちさこ》の泣《な》き聲《こゑ》に耳《みゝ》をとめた。女《をんな》は垣《かき》の傍《かたはら》によつて聲《こゑ》の方《はう》を覗《のぞ》いて見《み》た。角《かど》の建《た》ち腐《くさ》れに抛《はう》つてある物置小屋《ものおきこや》の横《よこ》から、智佐子《ちさこ》のネルの赤《あか》い縞《しま》が女《をんな》の眼《め》に見《み》えた。女《をんな》はそこから中《うち》に入《はい》ることが出來《でき》ないので、其《そ》の儘《まゝ》通《とほ》つて行《い》つた。女《をんな》は泣《な》いてた聲《こゑ》が智《ち》佐《さ》子《こ》の聲《こゑ》のやうだと思《おも》つた。その女《ひと》が智《ち》佐《さ》子《こ》の家《いへ》に行《い》つて注意《ちうい》してから、智佐子《ちさこ》の若《わか》い叔母《をば》はおどろいて飛《と》び出《だ》して行《い》つた。原《はら》を迂廻《うくわい》して、女《をんな》から注意《ちうい》された物置小屋《ものおきごや》の横《よこ》まで驅《か》けてきた時《とき》、見知《みし》らない男《をとこ》の人《ひと》に智佐子《ちさこ》は介《かい》抱《はう》されてゐた。

「いま、書生《しよせい》のやうな男《をとこ》が逃《に》げて行《ゆ》きましたが。」

男《をとこ》は然《さ》う云《い》つて、庇髮《ひさしがみ》をくづした若《わか》い叔母《をば》を見《み》た。

「何《ど》うしたんで御座《ござ》います。」

叔母《をば》は息《いき》を切《き》つて突《つ》つかゝるやうにその男《をとこ》に聞《き》いた。男《をとこ》は女《をんな》の子《こ》の叫《さけ》ぶ聲《こゑ》におどろいて、途中《とちう》から今垣根《いまかきね》を破《やぶ》つて入《はい》つたばかりだと云《い》つた。

「智佐子《ちさこ》さん。何《ど》うしたの。」

叔母《をば》がその肩《かた》に手《て》をかけた時《とき》、智佐子《ちさこ》は染《し》み入《い》るやうに泣《な》いてゐた。帽子《ばうし》が落《お》ちて踏《ふ》みにぢられてゐた。枸杞《くこ》の枝《えだ》が物置小屋《ものおきごや》の羽目《はめ》に立《た》てかけてあつた。赤《あか》い實《み》に日《ひ》が強《つよ》く照《て》つてゐた。叔母《をば》は、智佐《ちさ》子《こ》の足許《あしもと》に二三滴血《てきち》が滴《した》つてゐるのを目早《めはや》く認《みと》めた。

「おや。血《ち》が。」

ある一事《じ》を直感《ちよくかん》した叔母《をば》は、思《おも》ひがけない自分《じぶん》の羞恥《しうち》から催《もよほ》す矛盾《むじゆん》した憎《にく》みと怒《いか》りとで、胸《むね》をふるはしながら智佐子《ちさこ》を見詰《みつ》めた。智佐子《ちさこ》は聲《こゑ》を上《あ》げて泣《な》いた。

「怪我《けが》でもしたのぢやありませんか。」

男《をとこ》はもう四十を越《こ》してゐるやうな人《ひと》に見《み》えた。早《はや》く家《うち》へ連《つ》れて行《ゆ》くやうに若《わか》い女《をんな》に告《つ》げて、自分《じぶん》は落《お》ちた洋傘《かうもり》を拾《ひろ》つてその人《ひと》は引《ひ》つ返《かへ》して行《い》つた。

「可哀想《かあいさう》に。」

近所《きんじよ》の人《ひと》が三四人原《にんはら》へ驅《か》け集《あつま》つてきた。歸《かへ》つてゆく男《をとこ》はその人等《ひとら》に斯《か》うつぶやいて過《す》ぎた。原《はら》の出《で》口《ぐち》で男《をとこ》は警官《けいくわん》に逢《あ》つた。男《をとこ》は此方《こちら》の方《はう》を遠《とほ》く眺《なが》めながら警官《けいくわん》に手眞似《てまね》で何《なに》か話《はな》しをしてゐた。若《わか》い叔女《をば》は智佐子《ちさこ》を脊負《おぶ》つてその場《ば》を遠《とほ》ざかつた。地《ち》に落《お》ちてた帽子《はうし》の紐《ひも》を片手《かたて》に下《さ》げてゐた。智《ち》佐子《さこ》は叔母《をば》の脊中《せなか》で泣《な》きつゞけてゐた。近所《きんじよ》の人《ひと》たちは傍《そば》に寄《よ》つてきて、口々《くちぐ》に「何《ど》うしたのです。」と聞《き》き廻《まは》つてゐたが、叔母《をば》は何《なに》も告《つ》げなかつた。恥辱《ちじよく》を浮《うか》べた青《あを》い唇《くちびる》をしつかりと叔母《をば》は結《むす》んでゐた。

警官《けいくわん》が驅《か》けて來《き》たのに叔母《をば》は出《で》つ逢《くは》した。警官《けいくわん》は、智佐子《ちさこ》を背負《おぶ》つた儘《まゝ》の叔母《をば》を促《うなが》して、現場《げんぢやう》に引《ひ》つ返《かへ》させた。羽目板《はめいた》に立《た》てかけてあつた枸杞《くこ》の實《み》が、警官《けいくわん》の劍《けん》に觸《ふ》れて横《よこ》に倒《たふ》れた。葉《は》がしほ〳〵と生氣《しやうき》を失《うしな》つてゐた。秘密《ひみつ》は枸杞《くこ》の實《み》の赤《あか》い色《いろ》のなかに何時《いつ》までも埋《うづ》もれてゐた。

智佐子《ちさこ》は氷嚢《ひようのう》を頭《あたま》にあて、毎日《まいにち》床《とこ》の上《うへ》に寢《ね》てゐた。意外《いぐわい》の發熱《はつねつ》の爲《ため》に、縫《ぬ》つたあとの傷《きづ》が中々《なか〳〵》癒《なほ》らなかつた。

「ほんとうに、馬鹿《はか》な目《め》に逢《あ》つて。」

母親《はゝおや》は見舞《みま》ひに來《く》る人《ひと》に、氣恥《きはづか》しきおもひをしながら、いつも顔《かほ》を赤《あか》くした。智佐子《ちさこ》の兄《あに》は昏睡《こんすゐ》してゐる時《とき》の智佐子《ちさこ》の枕《まくら》を足《あし》で蹴《け》つた。智佐子《ちさこ》が目覺《めさ》めると、又《また》其《そ》の頰《ほゝ》を爪先《つまさき》で蹴《け》つた。

「まあ其《そ》の爲《ため》に病氣《びやうき》になつてるものを。」

母親《はゝおや》が制《せい》しても、兄《あに》はきかなかつた。破《やぶ》られた花《はな》を、尙《なほ》その上《うへ》にも踏《ふ》みにぢつてやれと云《い》ふやうなゐる反感《はんかん》が二十才《はたち》の兄《あに》の心《こゝろ》に潜《ひそ》んでゐた。兄《あに》は妹《いもと》を見《み》る度《たび》に、むら〳〵と怒《いか》りが胸《むね》を衝《つ》いた。

「こんな奴《やつ》、死《し》んぢまへ。」

と云《い》つて唾《つば》など吐《は》いた。親戚《しんせき》のものが寄《よ》つてゐる時《とき》、兄《あに》は殊《こと》にけば〳〵と座中《ざちう》で怒《おこ》つてゐた。

若《わか》い叔母《おは》は、その時《とき》のことを知《し》つてゐるので、又《また》、みんなから聞《き》かれた。卑《いや》しい好奇心《かうきしん》が聞《き》く人《ひと》たちの眼《まなこ》に光《ひか》つてゐた。若《わか》い叔母《をは》は誰《た》れに對《たい》しても先《ま》づそれを蔑《さげす》んだ。

「私《わたし》はいやですよ。あの時《とき》の話《はなし》なんかするのは。——私《わたし》も夢中《むちう》でしたからね。」

「血《ち》が落《お》ちてゐましたつてね。血《ち》を見《み》た時《とき》にはあなたもびつくりなすつたでせう。」

「えゝ。びつくり致《いた》しました。」

未婚《みこん》の叔母《をば》は、その話《はなし》が出《で》ると蒼《あを》い顔《かほ》になつた。あの時《とき》のやうな、恥辱《ちじよく》を浮《うか》べた唇《くちびる》をしつかりと結《むす》んで、その上《うへ》に返事《へんじ》を與《あた》へなかつた。

その中《なか》で。父《ちゝ》ばかりは智佐子《ちさこ》をどんなにか憫《あはれ》んでゐた。そうして外部《ぐわいぶ》の傷《きず》が、智佐子《ちさこ》の心《こゝろ》の永久《えいきう》の傷《きず》になりはしまいかと恐《おそ》れた。この一二年後《ねんご》の智佐子《ちさこ》の心《こゝろ》の經過《けいくわ》によつては、智佐子《ちさこ》の生涯《しやうがい》辿《たど》る道《みち》を定《さだ》めてやらなければならないと思《おも》つた。——宗教《しうけう》の道《みち》に入《い》れやうと云《い》ふ考《かんが》へが、突然《いきなり》父《ちゝ》の頭《あたま》に閃《ひらめ》いてゐた。

「あれはもう不具者《かたは》も同然《どうぜん》だ。」

斯《か》う云《い》ふ憫《あは》れみが、絶《た》えず父《ちゝ》の胸《むね》に涙《なみだ》を持たせた。

親戚《しんせき》がよると、不良少年《ふりやうせうねん》の横行《わうかう》が問題《もんだい》になつて、一同《みんな》の口《くち》から出《で》た。

「だからねえ。女《をんな》の子《こ》はほんとに心配《しんぱい》ですね。」

女《をんな》たちは斯《か》う云《い》つてゐた。

「親類《しんるゐ》うちに、いゝ話《はなし》の種《たね》ができた。」

と思《おも》ふと、母《はゝ》と智佐子《ちさこ》が怨《うら》めしかつた。

「そんなものに晝日中《ひるひなか》欺されるなんて。五《いつゝ》才や六《むつ》才の子供《こども》ぢやあるまいし、十三にもなつて、何《なん》てみだらな女《こ》だらう。あれがぼんやりだからだ。」

と母《はゝ》は妹《いもうと》に云《い》つた。

その時《とき》に、刃物《はもの》で脅《おびや》かされたと云《い》ふことが、余《よ》つ程日《ほどひ》が經《た》つて、智佐子《ちさこ》が漸《や》つと床《とこ》を離《はな》れるやうになつてから智佐子《ちさこ》の口《くち》から聞《き》かれた。智佐子《ちさこ》は勝《すぐ》れない色《いろ》をして、縁側《えんがは》に腰《こし》をかけてぼんやりと庭《には》など眺《なが》めて日《ひ》を暮《く》らした。

「この子《こ》は憑物《つきもの》でもしたやうですね。まるで。ぼんやりばかりしてるぢやありませんか。」

若《わか》い叔母《をば》は姉《あね》に囁《さゝや》くことがあつた。學校《がくかう》へも行《ゆ》けるやうに、健康《けんかう》が恢復《くわいふく》して來《き》たけれども、智佐子《ちさこ》は厭《いや》がつて家《うち》を出《で》なかつた。

「行《ゆ》きたくなければ休《やす》ましておけ。」

父《ちゝ》は家《うち》のものに、あんまり智佐子《ちさこ》の氣《き》にさはらないやうにじなくてはいけないと云《い》つた。まだ、激《げき》動《どう》が智佐子《ちさこ》の心《こゝろ》にその儘《まゝ》殘《のこ》つてゐた。父《ちゝ》は智佐子《ちさこ》の周圍《しうゐ》をなるたけ靜《しづか》にしておいてやりたかつた。けれども、父《ちゝ》が一日不在《にちふざい》の間《あひだ》、智佐子《ちさこ》は家《うち》のものから絶《た》えず突《つ》つ突《つ》かれた。母《はゝ》はヒステリカルに、

「お前《まへ》はもう私《わたし》の子《こ》でないよ。」

と強《つよ》く云《い》ふことがあつた。母《はゝ》の感情《かんじやう》は、いつかの事件《じけん》に對《たい》する怨《うら》みと憎《にく》みで燃《も》え立《た》つことが屡々《しば〳〵》あつた。母《はゝ》はその怨《うら》みを智佐子《ちさこ》に眞《ま》つ向《かう》に向《む》けた。

「私《わたし》はお前《まへ》を、そんな蓮葉《はすは》なものに躾《しつけ》はしないよ。お前《まへ》は親類《しんるゐ》うちの笑《わら》はれものだ。私《わたし》も笑《わら》はれもの

になつた。」

母《はゝ》は末《すゑ》の女《をんな》の子《こ》を膝許《ひざもと》に引《ひ》き付《つ》けながら、智佐子《ちさこ》を怒《いか》りの解《と》けない眼《まなこ》で見《み》た。智佐子《ちさこ》はそんな時《とき》、家《うち》の隅《すみ》で一人《ひとり》で泣《な》きくらした。

「お前《まへ》は不具者《かたわもの》だ。お父《とう》さんも然《さ》う云《い》つてゐらつしやる。」

口々《くち〳〵》に家《うち》のものは、智佐子《ちさこ》に向《むか》つて云《い》つた。若《わか》い叔母《をば》も智佐子《ちさこ》にわざと親《した》しまなくなつた。智佐子《ちさこ》の傍《そば》によることを、誰《た》れもが恥《は》ぢのやうにした。智佐子《ちさこ》には優《やさ》しさや戯《たは》ぶれを誰《た》れも見《み》せないやうにした。嚴《きび》しい、酷《ひど》い、意地《いぢ》のわるい顔《かほ》が智佐子《ちさこ》を虐《しひた》げた。

智佐子《ちさこ》は誰《た》れにも物《もの》を云《い》はなかつた。朝《あさ》も夕《ゆふ》も、智佐子《ちさこ》は硬《かた》い石《いし》のなかに轉《ころ》がされてゐるやうであつた。

「不具《かたわ》もの。」

斯《か》う云《い》ふ言葉《ことば》が智佐子《ちさこ》の魂《たましひ》のなかに悲《かな》しくいぢかんでゐた。智佐子《ちさこ》はだまつて、ぼんやりして、家《うち》の隅《すみ》にゐた。

ある朝《あさ》、智佐子《ちさこ》の心《こゝろ》に赤《あか》い枸杞《くこ》の實《み》がふと返《かへ》つて來《き》た。

十一月《ぐわつ》に移《うつ》らうとする朝《あさ》の日光《につくわう》が、うら〳〵と庭《には》の赤《あか》い土《つち》を染《そ》めてゐた。手水鉢《てうづはち》の水《みづ》がさや〳〵と冷《つ》めたい波《なみ》を浮《うか》べてゐた。葉蘭《はらん》のかげに淋《さび》しい晩秋《ばんしう》の最後《さいご》のおとづれがあつた。下女《げぢよ》が末《すゑ》の女《をんな》の子《こ》を脊負《おぶ》つて庭《には》から外《ほか》に出《で》て行《い》つた。智佐子《ちさこ》は椽《えん》の柱《はしら》につかまつて、その後《ご》を見送《みおく》つてゐた。智佐子《ちさち》はあの恐《おそろ》しい事件《じけん》に出逢《であ》つてから、殆《ほと》んど一と足《あし》も家《うち》から外《ほか》の土《つち》を踏《ふ》んでゐなかつた。智佐子《ちさこ》が出《で》まいとするよりも、出《だ》すまいとする家《うち》の人《ひと》の意向《いかう》の方《はう》が強《つよ》かつた。

「學校《がくかう》さへ行《ゆ》かないんぢやないか。およし。」

母《はゝ》は斯《か》う云《い》つて、智佐子《ちさこ》に決《けつ》して外出《ぐわいしゆつ》を許《ゆる》さなかつた。その時《とき》からもう三週間經《しうかんた》つてゐた。智佐《ちさ》子《こ》は今朝《けさ》初《はじ》めて、赤《あか》い枸杞《くこ》の實《み》のことを親《した》しく思《おも》ひ浮《うか》べた。

原《はら》の隅《すみ》に、まだ赤《あか》い枸杞《くこ》の實《み》があるだらうかと智佐子《ちさこ》は考《かんが》へた。智佐子《ちさこ》は原《はら》へ行《い》つて見《み》たくてたまらなくなつた。

午後《ごゝ》になつて、日《ひ》が強《つよ》く家《うち》の周圍《しうゐ》に當《あた》つた。智佐子《ちさこ》はやんわりと暖《あたゝ》い日光《につくわう》に包《つゝ》まれ乍《なが》ら庭《には》にゐた。

智佐子《ちさこ》は、今朝《けさ》下女《げぢよ》が出《で》て行《い》つたやうに庭《には》から木戸《きど》に廻《まは》つて外《そと》に出《で》た。

坂《さか》を上《のぼ》つて、智佐子《ちさこ》は一人《ひとり》して原《はら》へ行《い》つた。椎《しひ》の木《き》の傍《そば》の枸杞《くこ》の木《き》はその儘《まゝ》に枝《えだ》をひろげてゐた。赤《あか》い實《み》が熟《う》んで黑《くろ》ずんでゐた。赤《あか》い實《み》はいつかとは異《ちが》つて世《よ》を悲《かな》しんでるやうに萎《な》えたこまかい葉《は》のかげに縮《ちゞ》んでゐた。寒《さむ》い風《かぜ》がその隙《すき》を吹《ふ》いて通《とほ》つた。

智佐子《ちさこ》はなつかしく枸杞《くこ》の實《み》を見《み》た。だが手《て》には取《と》らなかつた。唯《たゞ》、赤《あか》い實《み》を見《み》つめたばかりで、智佐子《ちさこ》は直《す》ぐにそこから歸《かへ》つて來《き》た。智佐子《ちさこ》はあの事《こと》を忘《わす》れてゐた。枸杞《くこ》の實《み》の可愛《かあい》らしい影《かげ》に男《をとこ》の手《て》のかゝつたことを智佐子《ちさこ》は忘《わす》れてゐた。智佐子《ちさこ》はだまつて外《そと》に出《で》てきたことを惡《わ》るいことをしたと思《おも》ひ悔いながら急《いそ》いで歸《かへ》つて來《き》た。往來《わうらい》は賑《にぎ》やかであつた。人《ひと》が行《い》つたり來《き》たりしてゐた。智佐子《ちさこ》は木戸《きど》から庭《には》に入《はい》つた。

智佐子《ちさこ》が數分間《すうふんかん》ゐなかつたことが、家《うち》のものに知《し》れてゐた。智佐子《ちさこ》は「何所《どこ》へ行《い》つたのだ。」とみんなから聞《き》かれた。智佐子《ちさこ》は「原《はら》へ行《い》つた。」と眞實《ほんたう》のことを返事《へんじ》した。母《はゝ》も叔母《をば》も、それを聞《き》くと默《だま》つて顔《かほ》を見合《みあ》はせてゐた。

「原《はら》へ何《なに》をしに行《い》つたの。」

智佐子《ちさこ》は叔母《をば》から聞《き》かれて、「こゝの實《み》を見《み》に行《い》つたのだわ。」と答《こた》へたけれども、母《はゝ》も叔母《をば》もその返事《へんじ》を眞實《ほんとう》にしなかつた。

いつかの男《をとこ》が、智佐子《ちさこ》を呼《よ》び出《だ》しに來《き》たのではないかと母《はゝ》と叔母《をば》は云《い》ひ合《あ》つた。

「ほんとの事《こと》をお云《い》ひ。ほんとの事《こと》をお云《い》ひ。」智佐子《ちさこ》は母《はゝ》と叔母《をば》から責《せ》められても、云《い》ふやうな、ほん」、との事《こと》はなかつた。智佐子《ちさこ》は泣《な》いた。

「決《けつ》して外《そと》へ出《で》てはいけないよ。」

家《いへ》のものゝ疑《うたが》ひの眼《まなこ》が、智佐子《ちさこ》の身邊《しんぺん》からはなれなかつた。父《ちゝ》にも智佐子《ちさこ》が原《はら》へ何《なに》をしに行《い》つたのか解《わか》らなかつた。「こゝの實《み》を見《み》に行《い》つた。」と云《い》ふことが解《わか》らなかつた。父《ちゝ》は、智佐子《ちさこ》が家《うち》に倦《あ》きて外《そと》へふら〳〵と遊《あそ》びに出《で》たのだらうと思《お》つた。

新《あた》らしい學期《がくき》から外《ほか》の學校《がくかう》に移《うつ》すことに家《うち》のものは相談《さうだん》をしてゐた。それまで智佐子《ちさこ》を休《やす》ませておくことにした。覺《おぼ》えたことを忘《わす》れないやうによく復習《ふくしふ》をしておかなくてはいけないと父《ちゝ》は智佐子《ちさこ》に云《い》つた。

智佐子《ちさこ》は一人《ひとり》で淋《さび》しく勉强《べんきやう》をした。ほんとうの、枸杞《くこ》の實《み》の赤《あか》い誘惑《いうわく》がやがて智佐子《ちさこ》は來《き》た。枸杞《くこ》の實《み》の赤《あか》いかげから、だん〳〵に智佐子《ちさこ》の幻覺《げんかく》に男《をとこ》の手《て》が現《あら》はれてくるやうになつた。男《をとこ》の手《て》は智佐《ちさ》子《こ》の觸覺《しよくかく》にはつきりと目《め》ざめて來《き》た。なつかしい赤《あか》い實《み》の上《うへ》に、壓迫《あつはく》するやうな男《をとこ》の手《て》は次第《しだい》に大《おほ》きく、次第《しだい》にひろがつていつた。（終）

一日一信

俊子

私《わたし》の原稿《げんかう》が失《な》くなつた。全部《ぜんぶ》失《な》くなつた。いよ〳〵明《あ》日《す》から掲載《けいさい》されると云《い》ふ間際《まぎは》になつて、某新聞《ばうしんぶん》の編輯《へんしふ》室《しつ》で盗賊《どろばう》に持《も》つて行《ゆ》かれてしまつた。「十七の娘《むすめ》」と云《い》ふ短篇《たんぺん》の原稿《げんかう》はどこかへ失《な》くなつてしまつた。私《わたし》は生《うま》れて初《はじ》めてこんな悲《かな》しい思《おも》ひをした。盗賊《どろばう》がなんのために私《わたし》の原稿《げんかう》を盗《ぬす》んでいつたのだらう。私《わたし》は某新聞《ばうしんぶん》の使者《つかひ》の記者《きしや》が歸《かへ》つてから、ぼんやりと泣《な》いてゐた。涙《なみだ》が出《で》て仕方《しかた》がなかつた。いやないやな氣持《きもち》がした。あの作《さく》の上《うへ》にひらめいた尊《たふと》いインスピレーションは再《ふたゝ》びもう私《わたし》のペンの先《さ》きには歸《かへ》つてこない。あの原稿《げんかう》は土屑《つちくづ》のやうに何所《どこ》にか失《うしな》はれた。私《わたし》の原稿《げんかう》が失《な》くなつた。けれども仕《し》方《かた》がない。あんなまづいものは世《よ》に出《だ》すなと云《い》ふ神《かみ》の意思《いし》の暗示《あんじ》かもしれない。然《さ》う思《おも》つて書《か》き改《あらた》めるより仕《し》方《かた》がない。九月《くぐわつ》の八日《か》は悲《かな》しい日《ひ》であつた、盗賊《たうぞく》がそんなものを盗《さ》つても仕方《しかた》がないのに、返《かへ》してくれゝばよい。

一日一信

俊子

私《わたし》が小學校《せうがくかう》にゐた頃《ころ》、夏季《かき》にはいると運動場《うんどうぢやう》に葭簀《よしず》の日《ひ》除《よ》けができる。それができた時《とき》は子供心《こどもごころ》に懐《なつか》しくつて友達《ともだち》と一層《そう》仲《なか》好《よ》しになつて鬼《おに》ごつこをしたり飛《と》んだり跳《は》ねたりした。葭簀《よしず》の影《かげ》がいつぱいに地上《ちじやう》に落《お》ちて暗《くら》くなつた區域内《くゐきない》が私《わたし》にはなつかしくて堪《たま》らなかつた。それが冬《ふゆ》の初《はじ》めに取《と》り外《はづ》される。すると高《たか》い／＼空《そら》が運動場《うんどうぢやう》からむきだしになつて、もう寒《さむ》い風《かぜ》が吹《ふ》くやうになつてゐる。その時《とき》の高《たか》い空《そら》を見《み》て何《なん》とも云《い》へない淋《さむ》しさを感《かん》じたことを、私《わたし》は今《いま》思《おも》ひ出《だ》してゐる。幼少な頃《ころ》自然《しぜん》の哀《あはれ》をしみ／″＼と知《し》つたあの心持《こゝろもち》を、もう一度私《わたし》は繰《く》り返《かへ》して見《み》たい。

635　「秋、眼、唇」『時事新報』大正3（1914）年9月25日

秋《あき》、眼《まなこ》、唇《くちびる》［上］

田村俊子

秋《あき》もだいぶ深《ふか》くなつて來《き》た。初秋《はつあき》の頃《ころ》にざわめかした聲《こゑ》と違《ちが》つて、この頃《ころ》の虫《むし》の音《ね》が何《なん》となく沈思的《ちんしてき》である。

私《わたし》は身體《からだ》が好《よ》くない。夏《なつ》の疲《つか》れが今《いま》になつて出《で》たのだと見《み》える。胸《むね》が苦《くる》しく、足《あし》の股《もゝ》や二の腕《うで》などの血《ち》が痲痺《しび》れて、身體《からだ》中《ぢう》が戰《をのゝ》いてゐるやうな氣《き》がする。夕暮《ゆふぐれ》からは、殊《こと》に熱《ねつ》が出《で》て苦《くる》しい。ペン軸《ぢく》を握《にぎ》つてゐれば、軸《ぢく》が溶《と》けるやうなはげしい熱《ねつ》を感《かん》じる。

何《なに》を爲《す》るのも物憂《ものう》ひ。人《ひと》の顔《かほ》を見《み》るのも物憂《ものう》い。人間《にんげん》の顔《かほ》を見《み》てゐれば、その人《にん》間《げん》には眼《まなこ》がある。人間《にんげん》の眼《まなこ》は動《うご》く。私《わたし》は人間《にんげん》の眼《め》を見《み》てゐることが恐《おそ》ろしくつていけない。

この頃《ころ》私《わたし》の逢《あ》ふ人間《にんげん》の眼《め》は、誰《た》れの眼《め》でも鋭《するど》く光《ひか》つてゐる。そうして白眼《しろめ》が青《あを》い人間《にんげん》の眼《め》の動《うご》くのが私《わたし》には恐《おそ》ろしい。何故《なぜ》か分《わか》らないが、私《わたし》は人間《にんげん》の眼《め》と云《い》ふものが、この頃《ころ》はひどく氣味《きみ》がわるい。

眼《め》のない人間《にんげん》の顔《かほ》などを私《わたし》は想像《さうざう》して見《み》る。永久《えいきう》に閉《と》ぢてゐる眼《め》を想像《さうざう》して見《み》る瞼毛《まつげ》が長《なが》くつて、そうして切《き》れの長《なが》い眼《め》が静《しづか》に閉《と》ぢられてるやうな顔《かほ》を考《かんが》へる。

美《うつく》しい盲目《まうもく》などゝ差《さ》し向《むか》つてゐたら、それが人間《にんげん》だと思《おも》つても私《わたし》の心《こゝろ》は静《しづか》でゐられるかも知《し》れない。

人形《にんぎやう》の顔《かほ》でもいゝ。人形《にんぎやう》の眼《め》は、なんと無邪氣《むじやき》でおどけてゐることだらう。胡粉《ごふん》の飛《と》び出《で》て眼球《がんきう》が、塵芥《ごみ》に曝《さら》されて、黒《くろ》い瞳子《ひとみ》の上《うへ》に、小《ちひ》さな塵《ちり》がついてゐる。嶋田《しまだ》の人形《にんぎやう》の細《ほそ》い目《め》――この目《め》はいたづらな戀《こひ》などは知《し》らない目《め》である。土《つち》に埋《うづ》もれても開《ひら》いたまゝで潰《つい》えてかく目《め》である。人形《にんぎやう》の目《め》はなんにも知《し》らない。お臍《へそ》のやうな目《め》。胎《ご》麻《ま》粒《つぶ》のやうな目《め》。硝子《ガラス》の目《め》。胡粉《ごふん》の目《め》。これ等《ら》の目《め》はなんにも語《かた》つてゐない。なんにも見《み》てゐない。ぎろりと光《ひか》らない、ぢろりと見《み》ない。上目《うはめ》を使《つか》はない。下目《しため》を使《つか》はない。横目《よこめ》も使《つか》はない。轉《ころ》がせば天井《てんぜう》を見《み》てゐる。抛《はう》り出《だ》せば疉《たゝみ》を見《み》てゐる。手《て》に取《と》れば私《わたし》の鼻《はな》の先《さき》をぢつと見《み》てゐる。私《わたし》は人形《にんぎやう》の眼《め》は恐《こは》くない。

人間《じんげん》の眼《め》は恐《こは》くつていやだが、人間《にんげん》の口《くち》は少《すこ》しもこわくない。あの口《くち》で何《なに》を饒《しや》舌《べ》つても私《わたし》はこわくない。人間《にんげん》の口《くち》はぎくりと光《ひか》らない。誰《た》れの唇《くちびる》も薄赤《うすあか》い色《いろ》をしてゐる。きれいな色《いろ》である。あの赤《あか》い色《いろ》を見詰《みつ》めてゐれば、私《わたし》の心《こゝろ》は落着《おちつ》く人間《にんげん》の眼《め》は笑《わら》つたことはないが、人間《にんげん》の口《くち》はよく笑《わら》ふ。何《ど》うしたことだらう。

昔《むかし》は、よく人間《にんげん》の笑《わら》つた眼《め》を私《わたし》は見《み》た。人間《にんげん》の眼《め》が美《うつく》しく微笑《びせう》してゐたのを見《み》た私《わたし》は昔《むかし》は人間《にんげん》の眼《め》ばかり見《み》てゐたものである。誰《たれ》の眼《め》でも笑《わら》つてゐた。誰《たれ》の眼《め》でも懐《なつか》しかつたから、私《わたし》は誰《たれ》の眼《め》でも見詰《みつ》めてゐた。その誰《たれ》でもの眼《め》が、悉《ことごと》く微笑《びせう》してゐた。それが、この頃《ごろ》は誰《たれ》の眼《め》も笑《わら》つてゐた事《こと》がない。私《わたし》の近《ちか》づく人間《にんげん》の眼《め》は、ちつとも笑《わら》つたことがない。ほんとうに恐《こは》い眼《め》をしてゐる。

秋《あき》、眼《まなこ》、唇《くちびる》 （下）

田村俊子

私《わたし》は、その恐《こは》い眼《め》を見《み》ることがいやだから、人間《にんげん》と向《むか》ひ合《あ》つてゐる時《とき》は、私《わたし》は口《くち》許《もと》ばかり見《み》ることにする。人間《にんげん》の口《くち》から溢《あふ》れてくる言葉《ことば》は、私《わたし》の耳《みゝ》に決《けつ》していやな事《こと》を思《おも》はせない。人間《にんげん》の眼《め》は恐《こは》いが、あの口《くち》から出《で》てくる言葉《ことば》は恐《こは》くない。人《にん》間《げん》の口《くち》から出《で》てくる言葉《ことば》はおもしろい。可笑《をか》しい。優《やさ》しくつて、如才《じよさい》がない。赤《あか》い唇《くちびる》が、無造作《むざうさ》に開《ひら》いて、偶然《ぐうぜん》に閉《と》ぢて、白《しろ》い齒《は》をこぼしながらお饒舌《しやべり》をする口許《くちもと》はちつとも恐《こは》くない。だから、口許《くちもと》ばかり見詰《みつ》めてゐればいいのに、私《わたし》はつい、人間《にんげん》の眼《め》を見《み》る。まあほんとうに恐《おそ》ろしい眼《め》である。

人間《にんげん》の眼《め》と云《い》ふものは、何故《なぜ》あゝ光《ひか》るのであらう。眼《め》は腸《はらわた》のやうに青《あを》く、黄色《きいろ》く、どす黒《くろ》く、抉《ゑぐ》られてゐる。それがぎろりぎろりと見《み》る。眼《め》は、唇《くちびる》のやうに薄赤《うすあか》い色《いろ》、眞紅《しんく》の色《いろ》を持《も》つてゐない。無《む》言《ごん》の侮蔑《ぶべつ》、無言《むごん》の爭鬪《さうとう》、無言《むごん》の讒誣《ざんぶ》、無《む》言《こん》の苛責《かしやく》、無言《むごん》の憎惡《ぞうを》、それ等《ら》が、ぎろりぎろりと光《ひか》る。

この頃《ころ》私《わたし》は、人間《にんげん》の眼《め》を見《み》てゐると、自《じ》分《ぶん》の身體《しんたい》のおきどころが失《な》くなる。私《わたし》は戰える。人間《にんげん》の眼《め》がいやで堪《たま》らない。何《ど》うかして、人間《にんげん》の眼《め》が、私《わたし》に打《ぶ》つ突《つ》からないところに、離《はな》れて行《ゆ》きたいものである。私《わたし》はほんとうに人間《にんげん》の眼《め》がこわい。昔《むかし》のやうに、微笑《びせう》してゐる人間《にんげん》の眼《め》は何《ど》所《こ》かにゐないのだらうか。私《わたし》の師匠《ししやう》、私《わたし》の戀人《こいびと》、私《わたし》の友人《いうじん》、私《わたし》の親《おや》——そうして往來《わうらい》を歩《ある》いてゆく他人《たにん》の眼《め》も、どれもどれも微笑《びせう》してゐた——。

私《わたし》は身體《しんたい》が好《よ》くない。何《なに》をするのも物憂《ものう》い。人の顏《かほ》を見《み》るのが物憂《ものう》い。

一日一信

俊子

山《やま》の手《て》線《せん》電車《でんしや》のある停留場《ていりうぢやう》から電車《でんしや》に乘《の》らうとする時《とき》、昇降口《しようかうぐち》に七八人《にん》の女學生《ぢよがくせい》がかたまつて居《ゐ》て、お互《たがひ》に電車《でんしや》に乘《の》るのに讓《ゆづ》り合《あ》つてゐて果《はて》しがないので、後《あと》につかへてる連中《れんちう》は迷惑《めいわく》してゐた。私《わたし》が女學校《ぢよがくかう》にゐる頃《ころ》にも、友達同士《ともだちどうし》でよくあんな事《こと》をしたものだけれども、十何年《なんねん》も經《た》つた時代《じだい》の進歩《しんぽ》した現在《げんざい》でも、日本《にほん》の學校《がくかう》では矢《や》つ張《ぱ》り斯《こ》うした無意味《むいみ》な謙讓《けんじやう》の德《とく》を敎《をし》へてゐるのだと見《み》える

市川門之助《いちかはもんのすけ》を惜《を》しむ

田村俊子

羽左衛門《うざゑもん》が實盛物語《さねもりものがたり》をやつてゐた時《とき》、是非《ぜひ》見《み》に行《ゆ》かうと思《おも》つてゐると、門之助《もんのすけ》が病氣《びやうき》で樂屋《がくや》で卒倒《そつたう》して、それぎり缺勤《けつきん》してゐると云《い》ふ記事《きじ》が新聞《しぶん》に出《で》たので。門之助《もんのすけ》の小萬《こまん》が見《み》られないなら。まあ見物《けんぶつ》も止《よ》さうと思《おも》つて、とう〳〵それぎりで、行《ゆ》かずにしまつた。あの人《ひと》の小萬《こまん》が、非常《ひじやう》に見《み》たくて堪《たま》らなかつたのは、きつと彼れ限りでお名《な》殘《ご》りになると云《い》ふ蟲《むし》の知《し》らせだつたのかも知《し》れない。

私《わたし》は門之助《もんのすけ》が失《な》くなつてから、がつかりしてゐる。門之助《もんのすけ》はほんとに好《い》い女形《をやま》であつた。あの人《ひと》の柔《やはら》か味《み》がなんとも云《い》はれずによかつた。物《もの》によると、あんまり顏《かほ》が惡《わ》るく困《こま》るやうなこともあつたけれども、そんな事《こと》は忘《わす》れて見《み》てゐる。女形《をやま》のうちでは芙雀《ふじやく》が好《す》きだが、門之助《もんのすけ》に死《し》なれたのは、幾度《いくど》繰《く》り返《かへ》しても惜《を》しい。秘藏《ひぞう》の錦繪《にしきゑ》を一枚《まい》引《ひ》き剥《は》がして失《しま》はれたやうな氣《き》がしてうら淋《さび》しい。まだそれ程《ほど》の年《とし》でもないのに、ほんとに惜《を》しくつて堪《たま》らない。

あの人《ひと》の舞臺《ぶたい》を見《み》てゐると、一とつ一とつに自分《じぶん》の藝《げい》を彫琢《てうたく》しながら舞臺《たい》の上《うへ》に引《ひ》き展《の》べてゆくと云《い》ふやうなところがあつた。所謂《いはゆる》こまかいと云ふ藝風《げいふう》ではない。おつとりと、品好《ひんよ》く沈《しづ》みながら、つゝましく手《て》を上《あ》げるにも足《あし》を出《だ》すにも、一々《いち〳〵》自分《じぶん》で彫琢《てうたく》しながら、客衆《けんぶつ》の前《まへ》に技藝《ぎげい》の姿《すがた》を殘《のこ》してゆくと云《い》ふ風《ふう》であつた。あの人《ひと》の舞臺《ぶたい》はちつとも騷《さわ》がしくない。どんな騷《さわ》がしいやうなものをやつてる時《とき》でもおつとりと落着《おちつ》いてゐた。それでゐて、ねんばりした熱《ねつ》が保《たも》たれてゐた。

一生人氣《しやうにんき》もなくつて、うら淋《さび》しく終《をは》つた名人《めいじん》の、藝生涯《げいしやうがい》を、私《わたし》は九女八《くめはち》の上《うへ》に見《み》、又《また》この人《ひと》の上《うへ》にも見《み》ると思《おも》つて一層《そう》淋《さび》しい。

鈴虫

田村俊子

お文《よん》は二階の廊下《らうか》に出て涼《すゞ》んでゐました。簾が上《あ》がつて、鈴蟲《すゞむし》の籠《かご》が簾《すだれ》の端《はし》に支《つか》へて少《すこ》し曲《まが》つてゐました。萎《しな》びた生瓜《きうり》が斜《はす》になつた籠の中で轉《ころ》がつて、ゐるのを見たお文《よん》は、手《て》に持つてゐた團扇《うちわ》を其の儘椽に置《お》くと、引《ひ》つかけつ放しの浴衣《ゆかた》の裾《すそ》を曳《ひ》きながら、階下《した》におりてきて、階子《はしご》の傍《そば》から臺所《だいどこ》にゆきました。お文《よん》はそこで棚《たな》にのせておいた生瓜《きうり》の端《はし》を庖丁《はうてう》で切《き》つて、それを持つて上《あ》がつて來《こ》やうとしました。その時に臺所口から訪《おとな》ふ聲がしました。

「お關《せき》ちやんかい。」

お文《よん》が然う云つて、戸を開《あ》けてやらうとしてゐるうちに、お關は自分で開《あ》けて中《なか》にはいつて來ました。お關は姉の顔を見ると、一寸《ちよつと》まごついたやうな表情《へうじやう》をしましたが、直《す》ぐに娘らしく微笑《ほゝゑ》んで、

「こんちは。」

と挨拶をしました。お關は奇麗《きれい》に夕化粧《ゆふげしやう》をして、前《まへ》の反《そ》つた大きい桃割《もゝわれ》に結《い》つてゐました。そうして、大形な縮《ちゞ》みの浴衣《ゆかた》の上《うへ》に紫色をした紗《しや》のコートを着《き》てゐました。緋《ひ》ちりめんの帶上《おびあ》げが、コートの下から透《す》いて見《み》えました。

お文《よん》は姉《あね》ながら見惚《みと》れるやうな氣がしました。

「そんなに、おめかしをして來て、どこへ行《ゆ》くつもりなの。」

姉のお文《よん》は生瓜《きうり》の切《き》れはじを持つたまゝで、お關の顔《かほ》を見詰《みつ》めてゐました。濃い白粉が眼《ま》端に高《たか》く盛《も》り上《あ》がるやうに塗いてゐるのも可愛いく思はれました。お關は

「お稽古《けいこ》の踊りなのよ。」

と云つて土間《どま》へはいりました。お文《ぶん》は先きに立つて二階《かい》へあがつて來《き》ました。上《あが》つてくる時に、階下《した》の息子《むすこ》が茶《ちや》の間《ま》の方《はう》から出て來たのを見ましたが、お文《ぶん》は聲《こゑ》もかけずに階子《はしご》を上《あが》りました。そうして、生瓜の切れはじを籠《かご》の中に入《い》れてやつて、自分は浴衣《ゆかた》の上から伊達卷《だてまき》を卷《ま》きました。妹《いもと》が上《あが》つてくるだらうと思つてお文《ぶん》は散《ち》らかつた疊の上を片付《かたづ》けたりして待《ま》ちましたが、お關は直《す》ぐには上つて來ませんでした。

お文《ぶん》は階下《した》で何をしてゐるのだらうと思ひながら、妹に何か御馳走《ごちそう》をしてやらうなど、考へてゐました。妹は此所《こゝ》から近《ちか》い藤屋と云ふ料理屋に養女に貰はれて行つてゐるのでした。容貌遜みて貰《もら》はれて行《い》つてから、お關は可《か》なり仕合《しあは》せな月《つき》日《ひ》を送るやうになりました。年は未だ十六でしたが、稽古《けいこ》ごともいろ〳〵と養《やしな》ひ親が仕込《しこ》んでくれますし、着物《きもの》や持ち物《もの》なども、日《ひ》に〳〵贅澤《ぜいたく》なものが殖《ふ》えてゆきました。お關は此《こ》家《こ》の二階に來ては、出《で》來た品々《しな〳〵》を見《み》せに來《く》ることなどもありました。最初お關は初めお文《ぶん》と母親のおてると一所《いつしよ》に此家《こゝ》の二階を借《か》りて、お文《ぶん》は人仕事《ひとしごと》などをしてゐました。母のおてるは毎日三味線の出稽古《でげいこ》に通《かよ》つてゐました。お關は姉や母の生計《くらし》に困《こま》るのを見て、自分は藝者《げいしや》にでもならうかと能く考《かんが》へることなどがありましたがその内に藤屋《ふぢや》の主人《しゆじん》に見《み》られて、貰《もら》へるものなら貰《もら》いたいと云ふことになりました。藤屋《ふぢや》からは、可《か》なり多くの金《かね》が親子《おやこ》の手《て》に送《おく》られました。それは一昨年《ねん》の春《はる》のことでした。

お關《せき》は、親から許《ゆる》されて、よく此家《こゝ》の二階へもたづねて來ました。毎日《まいにち》のやうに稽古の踊りだと云つては寄《よ》つてゆきました。母のおてるは、

「あんまり家《うち》へ來《く》ると却《かへ》つて藤屋《ふぢや》さんの氣《き》を惡《わ》るくするから、なるたけ足《あし》を遠《とほ》くしなくてはいけないよ。」

と云ふ事がありますが、お關はそんな事《こと》は少《すこ》しも氣《き》にかけませんでした。姉のお文《ぶん》も妹が一日來《こ》ないと、それを心にかけて案《あん》じ暮《く》らしました。姉妹は何《なん》の彼《か》のと云つては、往《い》つたり來《き》たりしてゐましたが、藤屋《ふぢや》では、決してそれを惡《わ》るく思ひはしませんでした。お文《ぶん》にも、いゝ婿《むこ》を世話《せわ》してやりたいものだと云つて親切《しんせつ》にして呉《く》れます。そうして病身なお文を氣の毒がつて、おてるにも始終《しじう》心を付《つ》けてくれました。おてる親子は、藤屋の養家先《さ》きへは、足も向《む》けては寢《ね》られないと云ふ程《ほど》に恩《おん》を感《かん》じてゐるのでした。お關は、美しいものに包《つゝ》まれて、だん〳〵に容貌が上《あが》つてゆきました。おつとりした、品《ひん》の美しい、お關の娘姿《むすめすがた》は、この界隈《かいわい》には見られない麗《あで》やかな振《ふ》りでした。藤屋ではそれをどんなにか自慢《じまん》にして、一層《そう》お關を可愛《いと》しんでゐました。

お文《ぶん》は妹が上つてこないので、自分は廊下《らうか》に出《で》て、お向《むか》ふの擂き出《だ》し窓のあたりを眺《なが》めてぼんやりとしてゐました。夕方の風が町《まち》の角々《かど〳〵》から吹《ふ》き寄《よ》せて來て、お文の鬢《びん》を吹《ふ》いてゆきました。

お向《むか》ふの大きな構《かま》への家は、ある財產家に圍《かこ》はれてゐる藝妓上りの美しい人が住《す》んでゐるのです。時によると此方《こちら》に向いた二階の一室の擂き出し窓がすつかり開いて、欄の間など

には、寝《ね》亂《みだ》れた藤色《ふじいろ》の紋羽《もんは》二重《ぶたい》の蒲團《ふとん》などが覗《のぞ》かれる時がありました。其の夜着《よぎ》がよく、裏《うら》二階《かい》の欄干に干《ほ》してあるのをお文《ぶん》は通《とほ》りから見たこともありました。緋《ひ》縮緬裾《ちりめんすそ》がいつぱいに擴《ひろ》がつてゐるのを、お文《ぶん》は媚《なま》めかしく仰《あほ》いで通《とほ》り過《す》ぎて來《き》たりしました。

お文《ぶん》は欄干《らんかん》へ出ると、つい其《そ》の家《いへ》をのぞんで、評判《ひやうばん》の美《うつく》しい人の面影を思ひ忍《しの》ぶのが癖《くせ》になつてゐました。其の人は滅《め》多《た》に外《そと》に出《で》ることがないので、お文《ぶん》はつきりとは顔《かほ》なども見たことがありませんでしたが、例の掃《は》き出《だ》し窓《まど》の簾《すだれ》越しに、色《いろ》の白《しろ》い素足《すあし》と、其《そ》れに絡《から》んだ縮緬浴衣《ちりめんゆかた》の裾《すそ》とを見ることとなどがありました。ちらと消えてゆく其の嫋《なよ》やかな素足《すあし》のあとを、此方《こつち》からぢつと見詰《みつ》めてゐると、猶更《なほさら》その人の不常《ふだん》などがお文《ぶん》には興味的《きやうみてき》に思ひやられたりするのでした、

お文《ぶん》は今も、其の窓《まど》の方《はう》に目《め》をやりました。窓があいて簾《すだれ》から、疊《たゝみ》の上《うへ》が薄《うす》く透《す》いてゐましたが、人《ひと》の影《かげ》は見えませんでした。其の階《し》下《た》が浴室《よくしつ》になつてゐると思はれて、塀《へい》の上から浴室《よくしつ》の藍色《あいいろ》に塗《ぬ》つた鴨居《かもゐ》の壁《かべ》と、硝子戸《がらすと》の上部《じやうぶ》がほんの少し見えてゐます、その硝子戸《がらすと》に電燈《でんとう》の灯《ひ》が映《うつ》つてゐるのも見えてゐます、其の塀《へい》に開《ひら》きがあつて、人の好《よ》さそうな素朴《そぼく》な爺《ぢい》やが、その木戸を潜《くゞ》つては外《そと》に水《みづ》を撒《ま》いてゐるのを、お文《ぶん》は二階《かい》から見下《みおろ》してゐることもありました、今《いま》も、その木戸《きど》から爺《ぢい》やが出て來て、水を撒《ま》いてゐました。ぱつと散《ち》る水のしぶきから、水色《みづいろ》の涼《すゞ》しい風が立《た》ちました。お文《ぶん》はそれを眺《なが》めてゐました。爺《ぢい》やはお文の顔《かほ》を見ると、皺の顔に笑ひをもらして挨拶《あいさつ》をしました。

妹《いもと》は何《なに》をしてゐるのだらうとお文《ぶん》は氣にしながら、階子《はしご》の下《お》り口《くち》から聲をかけると、お關はあわてた聲で奥の方から

「はい。」

と返事をしましたが、やがて上つて來ました、お關の顔は上氣をして、鬢《びん》などが少《すこ》し亂《みだ》れてゐました。お文は不思議そうに妹の落着《おちつ》かない樣子を眺《なが》めました。

お文にはある疑《うたが》ひが、今もふとその胸《むね》に浮ひました。この頃になつてお關が此家《こゝ》へ來《く》る度《たび》に、階下《した》の息子《むすこ》の秀三と何《なに》か話《はな》しにことよせて、何時までも差向《さしむか》ひてゐたりするのがお文の目にも付《つ》いてゐました。だが、まだお關は小供のやうなものだから、そんな心遣《こゝろづか》ひもあるまいと思ひながら、若《わか》いものに間違《まちが》ひでもあつては藤屋に對しても申譯がないとお文《ぶん》は心《こゝろ》を痛《いた》めることもありました。秀三はまだ二十三でした。自分お養子《やうし》の身の上で、養母と云ふのは自分には義理の叔母に當《あた》るのでした。秀三は幼少《ちいさ》い時から叔母一人の手に育《そだ》てられて、今では給仕《きふじ》から經《へ》上《あが》つた銀行員でした。月に二十圓足らずの金を取《と》つて。毎月養母から小使の足《た》し前《まへ》などを貰《もら》ひながら、やかましい養母に小突《こづ》かれてゐるやうな男でした。色の白《しろ》い優しそうな華奢《きやしや》な風《ふう》があつて、お文《ぶん》も秀三を、どつちかと云へば好《す》きな方《はう》でしたが、あんまり養母に小突《こづ》かれてはい〱してゐるのを見ると、意氣地《いくぢ》のないのが却つて癪にさわるやうな事もありました。

養母と云ふのは評判のやかましい、それてゐて厭《いや》らしい女でした。八百屋半兵衛の婆《ばゞ》あ見たいだと、おてるが能く云《い》ふのてゐました。黑《くろ》あぶらで固《かた》めてつけた髮を丸髷にして、粋な

ど抜《ぬ》いて長煙管でよく煙草などを飲んでゐます。秀三が少《すこ》しでも歸りがおそければ、自分で銀行まで迎《むか》ひに行《い》つたりしました。近所では、あの親子は怪《あや》しいなどゝ云ひ立てゝゐました。もう三年越し此の二階を借りてるおてる母娘《おやこ》ですら、その噂《うはさ》がほんとうの様に思ふこともありました。

この秀三と、お關がこの頃になつて、ひどく仲《なか》の好《よ》いのがお文《ぶん》には氣になつてゐました。お文《ぶん》は一度はそれをお關《せき》に面《めん》と向《むか》つて云つてやらなくてはならないとも思つてゐましたが、逢《あ》ふと、ついそんな事は改《あらた》まつて云ふ氣にもなりませんでした。

「おつ母さんは何所へ行《い》つて？」

お關は廊下《らうか》に出て、コートを着たまゝて姉に聞きました。

「コートでもお脱《ぬ》ぎなさいな。いやにそわ〳〵して、直ぐにでも歸るやうね。」

「直《す》ぐ歸《かへ》るのよ。今日《けふ》は私《あたし》、ちよいと寄《よ》つたんですから。」

「直ぐ歸るやうな人が、何《なに》を下《した》て長《なが》くおしやべりをしてゐたの。」

「芝居《しばゐ》の話をしてゐたのよ。」

お關《せき》は然う云ひながらも眞《ま》つ赤《か》になりました。

それを姉に悟《さと》られまいと思つて、わざと顔《かほ》を背《そ》向《む》けて遠方《ゑんぱう》を眺《なが》めてゐました。お關の桃割《もゝわ》れの銀糸《ぎんし》の根《ね》がけがちら〳〵と光《ひか》つてゐました。コートの袖《そで》が薄くゆら〳〵と夕暮《ゆふぐ》れの風に靡《なび》ひてゐました。お文《ぶん》は妹の肩上《かたあ》げのところを見詰《みつ》めてゐましたが、

「お前《まへ》さんに聞《き》くことがあるのよ。」

と云ひました。

「ちよいと此所《こゝ》へおいでなさいな。」

「なあに。」

お文《ぶん》は傍《そば》へ來た妹の顔をちつと見ました。頰《ほゝ》がふつくりして、小さい可愛《かあい》らしい口元《くちもと》に、紅《べに》がほんのりと香《かほ》つてゐました。妹は伏目《ふしめ》になりながらコートを脱《ぬ》いてそこに座《すは》りました。

「階下《した》でね、この間こんな事《こと》を云つてたのさ。」

「どんなこと？」

お關の顔色《かほいろ》がさつと變《かは》りました。お文はその顔から眼《め》を放《はな》さずに、

「秀さんと私とが何《と》うかしてゐると云ふやうなことでね、この間《あひだ》も秀さんはお母《つか》さんに何か云はれてゐたのさ。私はそれを二階で聞いてゐたが、お母さんは二階へわざと聞こえるやうな聲《こへ》で、お前《まへ》は私を馬鹿《ばか》にしてゐるとか、二階の人だちにいゝやうにされてゐるとか云つてゐたのさ。私はまるで覺《おぼ》えのない事だし、そんなことには平氣《へいき》だけれども、もしお前《まへ》さんと何《と》うだとか云ふやうなことを云はれると、私たちは藤屋《ふじや》さんへ申《まを》し譯《わけ》がないからね。」

小聲《こごゑ》でしんみりと姉に云はれたお關は、何《なに》がなしに悲《かな》しくなつて涙含《なみだぐ》みました。自分と秀三とがそんな仲《なか》ではないが、お關はこの頃になつて妙に秀三のことが忘れられないやうになつて、姉のところへ來《く》ると云ふのは付《つ》けたりて、秀三に逢ひたくて、ちよい〳〵來《く》るやうなことを、自身でも知つてゐました。それをお關は恥《はず》かしく思ひました。姉に云はれて、お

戸張孤雁氏筆

闘は顔《かほ》を赤《あか》くしながら顔を上げることも出來《でき》ませんでした。

「お前さんはまだ小供だし、私はなんとも思つてはゐないけれども、私とさへ何《ど》うだとか云つて嫉妬《やきもち》をやくやうなお母さんだから、あんまりお前さんが秀さんに馴《な》れ〳〵しくすると、今度はお前さんを相手《あひて》にしてなんのかのと云はないとも限《かぎ》らないよ。そんな事を云ひ立てられないうちに、秀さんとは近《ちか》しくしないやうにしてお呉《く》れ。私たちも他《ほか》へ移《うつ》るやうに心がけやうし、なんにしてもお前さんの身體《からだ》は大切《たいせつ》なんだからね。よく考へておくれよ。此家《こゝ》へ來てゐるうちに間違《まちが》ひがあつたなどゝは云はれたくないからね。」

　少し云ひ過《す》ぎたと思ひながら、お文《ぶん》は妹を見ました。妹は悲《かな》しさが極《きはま》つてぽろ〳〵と涙《なみだ》を落《おと》してゐました。其れを袂《たもと》でおさへると、我慢《がまん》ができなくなつて聲を出して泣《な》きました。お文《ぶん》は驚《おどろ》いて、妹の傍に摺《す》りよつてなだめて見ましたが、お闘は頭を振《ふ》つていつまでも泣きました。

「私の云つたことが氣にさわつたのかい。」

「然うぢやないわ。」

　妹は然う云ひながら泣きやみませんでした。秀三に逢へなくなると云ふ悲しさて、妹のお闘は胸《むね》が破れるやうでした。お闘は直ぐに階下《した》におりて秀三に何か云はなければゐられないやうに、秀三が戀ひしくつてたまらなかつたのです。お闘は若《わか》い心に思ひつめました。

「泣かなくつてもいゝぢやないか。なにも泣くほどのことはないでせう。唯これから氣を付けてさへ呉れゝばいゝのだから。」

「私ね、これからお地藏樣《ちぞうさま》へ秀さんと行く約束をしたけれども、ぢやお斷《ことわ》りするわ。」

　お闘は涙を拭《ふ》いて姉に云ひました。白粉《おしろい》がむらになつて、脣《くちびる》の廻《まは》りが赤く腫《は》れたやうになつてゐました。お文《ぶん》は、それで妹がこんなにめかして來たのだと思ひました。

「然うおしよ。緣日なんぞへ二人して行《い》つてごらんなさい。あのお母さんがどんな事を云ふかわかりやせんよ。」

「えゝ。」

　お闘は然う云つてぼんやりと欄干《らんかん》の方を眺めましたが、又涙が湧《わ》いて來て、ぽろ〳〵と眼から涙を落しました。その悲しそうな妹の顏を見てゐるうちに、お文は可愛想《かあいさう》な氣がしました。妹は今夜秀三と緣日へ行かれなくなつて悲しがつてるのだと思ふと、今夜一と晩ぐらゐはその樂《たの》しみを遂《と》げさせてもやりたいやうに思ひました。

「秀さんは行くつもりなの。」

「えゝ。もう仕度《したく》をして待つてるのよ。姉さんにだけは斷《ことわ》つて行くつもりでゐたのよ。」

　然うは云つても、實は姉にも知らさずにそつと二人して行くつもりなのでした。秀三が姉さんには云はない方がいゝと云つたからでした。姉に呼ばれて上へあがつてくる時、秀三の脣がお闘の頰にさわつたのでした。お闘は今それを思ひ出して胸をふるはしました。

「斷《ことは》つてくるわ。」

　お闘は階下《した》へ行《ゆ》かうとして立上りました。袂《たもと》で顏を拭きながら、お闘は急《いそ》いで行かうとしましたが、姉にとめられまし

た、

「私が後《あと》て云つて上げるから、まあそんなにして急いて行かなくともいゝよ。」

お關には姉の言葉が意地惡《いぢわ》るく聞かれて、いやな氣がしました。それて再びそこに座《すは》りましたが、思ひがけないことて、今夜の樂《たの》しみが無《な》くなつてしまつたのが情《なさけ》ないやうで口惜《くちを》しくつてたまりませんでした。お關は歸ると云つて、姉の鏡臺《きやうだい》を引きよせて顔など直《なほ》しました。眼《め》の廻《まわ》りが赤くなつてゐました。お關は歸りしなに秀三に外に出て貰ふやうに、一《ひ》と言《こと》云つて行かうと決心したので、胸がすつかり晴れました。さうして一寸《ちよつと》五分間でも縁日《えんにち》を歩ひてゆかうと思ひました。

「ぢや歸るわ。」

お關はすつかり顔を直《なほ》して。薔《もと》のやうに美しくなつて、コートなど着やうとしました。

「そんなに急《いそ》がないでもいゝよ。御馳走《ごちそう》をするから。そうして歸りに私が送《おく》つて行《ゆ》きながら、縁日へ廻《まわ》つて行かうぢやないか。然《そ》うおし、その内にはお母さんも歸つてくるから。」

お文《ぶん》は帶など締《し》めて、煙草《たばこ》盆《ぼん》の曳《ひ》き出《だ》しから蟇口《がまぐち》を出してそれを帶に挾《はさ》んで出てゆきました。その隙《ひま》に妹が階下へ行《い》つて秀三に逢ふだらうとは、お文《ぶん》も思《おも》ひ付《つ》いてはゐましたが、その儘《まゝ》妹には何も云はずに行きました。お關は姉が居なくなると、もうぢつとは座《すは》つてゐられませんでした。あわてゝ階《はし》子《ご》段《だん》を下《お》りて奥の茶の間を覗きました。

「秀さん。一人《ひとり》?」

お關は小聲で聞きました。秀三はそれを聞《き》くと此方《こつち》へ出て來ました。母親が奥にゐるので、秀三は先刻《さつき》のやうに階子段《はしごだん》の下《した》の縁側《えんがは》へ出《で》て、四方《あたり》をうかゞひながらお關を招ぎました。

「もう行くの。」

「いゝえ。――」

お關は悲しくなつて口《くち》がきけませんでした。それて秀三の手を引《ひ》つ張《ぱ》つて、そつと二階へ上つて來ました。

「私はもう此家《こゝ》へ來《こ》られないのよ。」

「どうして?」

「秀さんに逢つてはいけないのですつて。だから來ちやいけないつて。秀さんのお母さんに何か云はれると困るからつて姉さんに云はれたの。」

「そんな事《こと》。」

秀三は斯う云ひながら、お關の手を取《と》りましたが、何《なん》となく困《こま》つたやうな氣がしました。

秀三は赤い顔をして、唐紙《からかみ》に寄りかゝつて立つてゐました。

「姉さんは何所《どこ》へ行つたの。」

「何か御馳走を買《か》いに行つたのよ。」

「だまつてればいゝぢやないか。もう少《すこ》し經《た》つと私は先きへ出てゐるよ。角《かど》の郵便函のところに待つてゐるから、後からおいて、ね。」

「縁日へ行《い》つてもいけないのよ。」

「そんなことを云つたの。」

「えゝ。」

「だまつてゐればいゝのに。――ぢや行かないんだね。」

お關《せき》は片手を男に取られ、片手で唐紙を指て弾《はじ》きながら頸《くび》を振《ぶ》つてゐました。それを見ると秀三は微笑しました。

「氣にしないでもいゝさ。」

秀三は然う云つて階下《した》へおりやうとしました。お關はその儘て、秀三が下へおりてゆくのが物足《ものた》りなかつたので、わざと拗《す》ねたやうにして、袂で顔をおさへてゐました。

「待つてるよ。」

秀三は下《お》りてゆきました。お關《せき》は階子段《はしごだん》のところへ顔を出して下を見送りました。

下へおりてしまつた秀三はそこから振返《ふりかへ》つて、お關を見て微笑しました。お關は姉に云はれたことなどは何《なん》でもなかつたと思つて嬉《うれ》しくなりました。今夜もお地藏さまへ秀三と一所に行かれるのです。お關《せき》は姉の歸つてこないうちに、此所《こゝ》を出やうかとも思ひました。姉か歸つてくれば、一所に送つて行くと云つたことをお關は思ひ出しました。

お關はずん〳〵下へおりて、又、さつきの様に茶の間を覗《のぞ》いて秀三に相圖《あひづ》して、臺所口から外に出ました。

路次《ろぢ》を抜《ぬ》けて表へ廻りますと、丁度秀三が帽子を冠《かぶ》りながら勝手の方から出て來ました。お關はわざと先きに立《た》つて、歩いてゆきました。氷屋の店だの、うどん屋だのが狭い横町にごた〳〵と並《なら》んでゐます。それを抜《ぬ》けると、淋しい寺町《てらまち》へ出るのです。お關《せき》はわざとこの淋《さみ》しい方へ行きました。暮《く》れかゝつた外《そと》が、ぼんやりと白《しろ》くにぢんだやうに見えました。お關の濃艶《のうえん》な姿《すがた》が薄暗《うすやみ》にぱつと色を散《ち》らしてゐました。秀三は追《お》ひ付《つ》いてくると、

「姉さんに逢ひはしないの。」と聞きました。お關は逢つてもいゝと思ひました。この樂《たの》しい時間を、姉の小言《こごと》などに代《か》へられないのでした。

「どうせ怒《おこ》られてよ。今も姉さんの歸らない内にだまつて出て來たんですもの。きつとあなたと一所に出たんだと思ふわ。」

「いゝさ。お互に覺悟《かくご》してるんだから。」

「えゝ。覺悟してるわね。」

お關はそれを一生懸命《しやうけんめい》な言葉で云ひました。何も彼も覺悟してる。と云ふ一念《いちねん》がお關のまだ小供らしい心の中にしつかりと擴《ひろ》がつて行くやうに思はれました。姉が何を云つても、母が何を云つても、それから藤屋《ふぢや》でどんなひどい目に逢つても。——

「あなたもね。お母さんが何を云つても構《かま》はないの。」

秀三はうなづきました。二人は人目も構はずに、お關の袂の下で手を握《にぎ》り合ひました、暮《く》れやうとして中々暮《く》れない夏の空に、柔かい光りを含《ふく》んだ星が一《ひと》つ、眞《ま》つ青《さを》な空に眞珠《しんじゆ》のやうに輝《かゞや》いてゐました。お關はそれを仰向《あふむ》いてふと見付けました。その時に秀三の手がもつと強く自分の手を握りしめてゐました。

○　△　○　△　○　△　○　▲

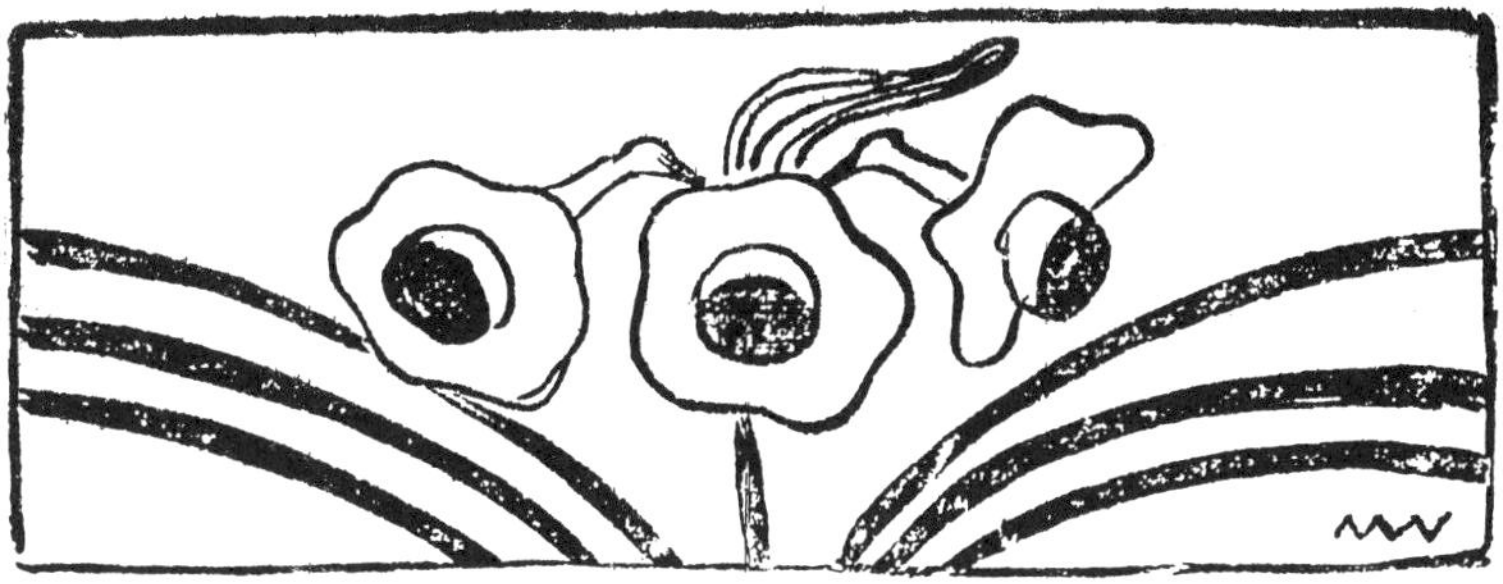

妙齢

田村俊子

母と娘は毎日のやうに爭つた。母は娘を憎み、娘は母を怨んだ。何うすれば母の機嫌が直るのか娘には分らなかつた。一日一日と母の氣はむづかしくなつて、娘の爲《す》ること、云ふことに、一々感情を損《そこ》ねた。そうして怒りつけた。母は殊に、娘が蓮葉になつて、立居《たちゐ》ふるまいが荒々しくなつたことを咎めた。浮《うは》ついた擧動《そぶり》を憎んだ。

だが娘には自分の様子が母が怒るほどに浮《うは》ついてゐやうとは思へなかつた。自分は朝に晩に悲しんでゐる。ある悲しい事一とつを思ひ詰めてゐる。その自分が何うして蓮葉でゐられるだらう。自分はそんな心持ではない。自分は此家へ歸つてから聲を出して笑つたことさへない。

それだのに自分の鼓動が浮ついてると云ふのである。娘には母の心が解らなかつた。

娘は悲しかつた。夫《をつと》が戀ひしい時娘は一層悲しかつた。夫が戀ひしくて泣く時は、娘は三疊の暗い室に入つて、古机の蔭にかくれて悲しい涙を絞つた。この涙を母に知られては、どんなにか怒られると娘は思ひながら、母にかくれて泣いた。

夫を戀ひしく思ふと云ふ事は、娘は誰れにも云へなかつた。兄にも、父にも、弟にも云へなかつた。夫その人へも云つてはやれなかつた。その人の許へ再び戻れるか戻れないか、まだ分らない間柄であつた。娘は勝手にその人へ手紙を送ることもできなかつた。

娘はたゞ、思ひ出して泣くより仕方がなかつた。嫁入りしてからたつた三月《みつき》の間の思ひ出が、娘にとつてはどんなにか美しく、濃く、華やかなものか知れなかつた。娘は日を數へて見た。七月の十日から九月の二十二日まで、七十三日あつた。娘はその日、その日の思ひ出を一とつづゞ辿つて、思ひ出しては泣いた。夫は優しかつた。さうして自分を愛してくれたと娘は思つた。夫の冴え〴〵とした眼は、七十三日の間、絶えず自分ばかりを見守つてゐてくれたやうな氣がした。娘は夫のあの眼に、もう一度ぢつと見守つて貰ひたくて泣いた。

娘の家の庭には、桃色の芙蓉と、薄鶸色の萩とが咲いてゐた。娘は芙蓉の花の下や、萩の叢の中に、秋の蟲のやうに隱れては男の眼を思ひ忍んだ。娘の唇は花の影に冷めたく結ばれてゐた。娘は花を挘つて、唇に花片を押付けながら夫の唇を思ひ忍んだ。芙蓉の花は毎日娘の手に擢られて散り失せた。ぼつかりと膨らんだ色濃い花の形が、娘の心を赤く惑はした。秋の日射しがちろ〳〵と屋根の瓦に流れて、花の色を紅ににぢませてゐる庭に潜んで、娘は慰みにした。娘の頭髪の上に、秋の梢の葉はこまかに搖れてゐた。日が暮れても娘はその中に佇んでぼんやりとしてゐる時があつた。

娘の嫁入りした東京の佐野と云ふ家では、その姑が娘を大切にしなかつた。娘を下女代り同様に働かせたと云ふことが、實家のものゝ憤りの因になつた。母は殊に、實家までを侮られたやうに思つて氣を損ねた。眉目も美しく生れ、髮も美しく伸び、親は身分に似合はない高等の教育までも娘に授けてやつた。寶にも代へられない娘を、所望されたまゝに十七で嫁入らしたのであ　。先きではその新嫁を寶のやうに大切にはしなかつた。

その模樣が自然に實家のものゝ耳に傳はつてきた。

「お宅のお孃さんか、髮も何もちらばらにして、坂道を大きな風呂敷包みを下《さ》げて行つたのに逢ひました。」

と東京ではからず娘を見かけた人が、歸國した時わざ〳〵知らせに來た。實家では、娘の兄を緣家へやつて、娘の日常の樣子など探らせた。兄は家に歸ると、身慘めな妹の樣子を委しく親たちに告げた。

姑が何彼につけて二人の間にやかましく言葉を挿んでゐると云ふこと、朝からでも二人が膝を付け合つて話をしてゐれば姑の氣に障つて、娘はつけ〳〵と小言を云はれると云ふこと、娘たち夫婦の室が、姑の室から見通しだと云ふこと、夜中に電氣を消《け》せば、姑に叱られると云ふことなどを、娘は兄に打ち明けた。家のなかの掃除は娘が一人して受け持つてゐた。娘が行つてから下女にも暇をやつて、臺所ごと一切から洗濯まで娘は一人して働いてゐた。毎朝々々、不淨場の掃除を缺かしてはならなかつた。娘は朝は五時に起きて、夜は十二時過ぎまでも姑の伽に起きてゐなくてはならなかつた。遠方まで娘は幾度でも使に出た、娘は髮を飾つたり、顏を美しく裝つてゐる暇などはなかつた。娘は瘦せて、衰へて、服裝にも構はずに働いてゐた。娘は疲れて、四肢の血がいつも痲痺れながら戰いてゐた。覺めてゐるのか、眠つてゐるのか分らないやうな、もや／＼した時間が夜となく日となく續いた。

「私は疲れてゐて、粗忽ばかりする。」

と娘は兄に云つた。兄は親たちにそれを一《ひ》とつ一とつ話して聞かせた。

打つ捨つておけば、娘は病氣になると云つて實家の親たちは心配した。實家では、母がひどく病つてゐると云ふ文面《ぶんめん》で、娘を佐野から呼びよせた。

實家から不意に呼ばれて、娘は歸らなくてはならなかつた。母がひどく病つてゐると云ふことが心にかゝつた。姑は嫁を立たせてやる時、途中の小使まで心付けて嫁の紙入れに入れてやつた。嫁入りしてから娘は多くの衣類を作つてもらつた。それを鞄に入れて、姑に挨拶して、娘は夫に連れられて停車場まで行つた。汽車が出る時、夫は娘の顏を見て微笑した。娘も夫の顏を見て微笑した。その微笑が直《す》ぐに消えて、夫は淋しい顏をした。娘は遠のいた夫の方を見て丁寧に頭を下げた。夫はそれに輕く會釋した。夫の姿はそれぎりて見えなくなつた。

家に着いた時、娘は父や母が戀ひしくて、淚がほろ／＼と落ちた。住み馴れた庭向きの八疊の座敷に座つて、兩親に言葉をかけられながら娘は泣いた。娘は窶れて、見る影もなかつた。母は娘の姿を見ると、涙をこぼした。

娘は親たちに開かれるまゝに、嫁入つてからのことを話した。當人の口から聞けば、さまでにない事にも、一層母は口惜しかつた。

「お前も馬鹿だ。」

母は然う云つて娘を罵つた。娘の嫁入りした先きは、三十年ほども古るい以前の、娘の父の知人であつた。その頃佐野の父は、娘の父の官の下に使はれてゐた。母はその恩故を嫁入る前にも娘に云つて聞かせた。今でこそ主人は亡くなつても佐野には財が殖えて、富裕な生活をしてゐるものゝ、三十年の昔には父《ちゝ》の下に使はれてゐた小役人だつたと母は娘に聞かせた。

「云はゞ主筋《しゆすち》の娘ぢやないか。」

と母は烈しく怒つた。

「お前はお父さんやお母さんの體面を忘れたんだ。あんまり意氣地がなさすぎるぢやないか。姑にそんな目に逢ひながらも、あんな家に居なくてはならない事はないぢやないか。お前はお父さんやお母さんを馬鹿にされながら平氣でゐたのだ。佐野のお母さんは私たちを馬鹿にしてゐるのだ。お前を大切にしないと云ふのは、私たちを見縊つてゐるからだ。」

母は身體を震はして怒つた。娘は二度と佐野へは歸さないと母は云つた。娘を引取りたいと云ふ手紙が、實家から佐野の家に直《ち》かに送られた。

娘は悲しかつた。不意に佐野へ歸されなくなつたことに失望した。娘は佐野へ歸りたかつた、娘は三晝にはいつては、幼馴染の夫《をつと》との急の別れを思つて獨りて泣いた。

自分が姑に下女はしたの樣に酷《むご》く使はれたことが、自分の親たちを恥しめることにならうとは娘は思ひも寄らなかつた。自分は嫁入つた日から佐野の家の人になつたのだと思つてゐた。佐野の家の生活は、實家とはまるで係《かゝ》りのないものだと考へてゐた。佐野の家の爲に、働くことは自分の爲に働くのだと思つてゐた。

娘は利發であつた。眞實の親たちへ對する愛情を、姑の前では決して露《あらは》にしなかつた。眞實の親の愛を姑に見せないことが嫁の務めだと思つてゐた。務めと云ふことを娘は大切に思つた。

こんな事は、誰れが敎へたのでもなかつた。嫁入つてから、姑の前で親たちの噂をしたり、稀に親たちへ手紙を一通書いても、姑の機嫌がよくはなかつた。娘の利發な性質は、その姑の心を解《よ》んで、さうして嫁の義理の務めと云ふことを、自然に娘は會得した。娘は決して實家へはしけじけと手紙を認めなかつた。それと同時に、眞《まこと》の親たちへの愛の務めと云ふことも娘は考へた。月に一二度でも、實家の親たちの機嫌だけをたづねてやつた。娘は佐野の家の事などは、一《ひ》と端《はし》でも汪濶《うくわつ》に漏らしてやるやうな事はしなかつた。兄が來た時、娘は遂、眞身《しんみ》のなつかしさに、一《ひ》とつ二たつ打明け話をした。――眞身の親たちは、それですべてを了解してくれて、許してくれるのだと娘は思つた。

それが母の氣に入らなかつた事を見出して、娘はしみ〴〵と悲しかつた。嫁入りしてから、娘が一度も細々《こま〴〵》とした消息を實家へ送らなかつた事を、母は娘に怒つた。實の親たちへ消息することさへも姑に氣を兼ねると云ふことはない。嫁入りしても實の親は親である。その親を忘れると云ふことはない。姑と實の親と何方《どつち》がお前には大切なのだと、母は云つた。

姑の機嫌に叶ふやうに務める爲に、實家の親を粗《おろそか》にした娘の心根が、母には憎かつた。

「お父さんやお母さんを忘れはしません。何所にゐても決して忘れやしません。」

娘は母に云つたけれども、母はきかなかつた。娘が佐野にゐて、朝夕姑に媚びたり阿諂《おもね》つたりしてゐたことが腹が立つた。佐野へ嫁《い》つてから、佐野の家のものに、好《い》い様《やう》にされてゐた娘が憎かつた。母はその怒りの感情を、ぴし〳〵と娘に投げ付けた。

云ひ解かうとするほど、母は尚更、娘を思ひ誤つた。娘は默つてゐた。娘はたゞ夫《をつと》が戀ひしかつた。夫を戀ひしく思ふことばかりに娘の心は眩んでゐた。三月の間の經驗は娘にさま〳〵な智恵をつけた。娘は誰れとも物を云はずに、三疊の暗い室にはいつて物思ひに暮《く》らした。

夜るになれば、夫のあたゝかい抱擁を娘は心でまさぐつた。娘は眠られなかつた。夜徹《よとほ》し眠られなかつた。曉方《あけがた》になつてはうつ〳〵と眠つた。床を出て、ぼんやりと井戸端の傍に立つのが、毎朝十時を過ぎてゐた。

娘は幼少な弟や妹が煩さかつた。三疊の襖を締めきつて、幼少なものを入《い》れないやうにした。

母は娘の一とつ一とつの擧動《ふるまひ》が癪にさわつた。しどけなく扱帶の端を引摺つて遲く床をはなれてくる娘を見ると、母は、

「その風はなんだ。宿場女郎見たいな。」

と叱りつけた。母の眼には、娘の踵の肉までが淫らに見えた。母はある晩、皆が寐鎮《ねしづま》つてから、三疊の襖の外に立つて、そつと室内の氣勢を立聞きしたりした。

娘は新婚の紀念の寫眞を持つてゐた。娘の島田の毛は、ふさ〱として鬢が張つてゐた。花辨の先きが見えた。裾模樣の裾を曳《ひ》いて、娘は腰をかけてゐた。夫の秀之助は、その傍に羽織袴で立つてゐた。夫は平常より老けて寫つてゐた。髭が娘にはなつかしかつた。娘は寫眞を取り出しては眺めた。盛粧して並んでゐる晴れの姿の二人の蔭に、娘の心の狂ふやうな、愛の抱擁が娘の眼に動いてゐた。娘の全身が愛で痲痺れ、愛でおのゝいてゐた。娘は寫眞を取り出す度にかつとして血が上つた。娘は寫眞を出しては眺めた。夜の床の中でも、娘は灯りに透かして眺めながら寐た。寫眞が夜着の下に挿んであることがあつた。ある日に、その寫眞を母に取り上げられた。

娘は齒を病んだ。白い洋傘をさして、堺を廻つて流れる小さい流れに添ひながら、娘は町の齒醫者に通つた。紫の龜甲絣の銘仙の袂が、長く路傍に搖れて、秋の日が淋しくうつろつてゐた。流れには青い空と白い雲が映つてゐた。娘はその流れの水を眺めながら歩いた。蟲が鳴いてゐた。風の音が娘には悲しくて堪らなかつた。遙かに、はなれたところに居る人《ひと》のなつかしい愛を娘は思つた。齒醫者の門をはいる時、娘の眼瞼《まぶた》には涙が浮んでゐた。

媒介人から返事が來た。何う云ふ間違ひか知らないが、佐野の母は非常に立腹してゐるので、落着いた和談もできないでゐる。その内秀之助とも計《はか》つた上で自分が參上する、と書いてあつた。それまで和子さんは預つておいていたゞきたい。と云ふことであつた。父は、再び先方から和子を取り戻さうとする時に、こちらから持ち出す條件などを考へてゐた。母はそんな話には乘らなかつた。決して佐野へは歸さないと定《き》めてゐた。佐野の母が自分たちの前に來て、手を突《つ》いて詫びない限り、娘は彼の人等の手に決して渡しはしないと云ひ張つた。娘に酷《むご》くした佐野の母へ對する恨みは、中々消えるところではなかつた。佐野の母の立腹と云ふことが、どんなにか母の心にさわつた。

「一度嫁入りしてから、もう一度他へ縁付くと云ふことは世間にはいくらもある。今の内に思ひ切つてしまはないと、お前の行末の爲にならない。まだお前は十七だから。」

と云つた母の言葉を、娘はさもしく聞きながら、何も云はずにゐた。心では、佐野との縁が切《き》れゝば二度と嫁入りなどはしないと、娘は覺悟してゐた。母は、娘が身《み》重《おも》にでもなつてはゐないかと、それを心配してゐた。

　娘は自分の母がいやで堪《たま》らない日があつた。母には物を云ふことも厭な日があつた。心の底で、四十を越してからも、子などを生んだ母を嘲笑つてゐるやうな時があつた。その大きい乳房の下がつた、眼尻が皺んで三角になる母の顏や姿が、娘には壓《お》しつけられるやうであつた。娘はこの世界中に、母のやうな厭はしい人はないやうな氣がした。

　二人は些細なことに云ひ爭つて、罵られたり、泣き聲を立てたりした。幼少いものは、姉の傍に行けば、泣いて母のところへ歸つて來た。

「姉さんの傍に行くのではない。どんな事をされるかわからない。」

母は態と娘にあてこすりを云つた。然うして幼少いものを、決して娘の手に預けなかつた。娘は思ひに欝して、身體は働くことができなかつた。うつら〳〵と秋の日和を眩ゆく眺めながら日を暮らした。母から渡された縫物は、いつまでも捗《はか》がゆかなかつた。母が自分の手から縫ひ物を引《ひ》つ奪《たく》つて、せつせと針を運ぶ様子などを、娘はぢつと打守つて默つてゐる時があつた。然う云ふ時の娘の態度が、母には打ちのめしても足りないほどに憎かつた。

娘が髮など上げてゐる時、母はその美しい娘の髮を見た。その髮も、今までのやうに母の自由にはならなくなつた事を母は直ぐに思つた。今までは、娘は母の思ふやうに髮を上げた。母の氣に入るやうに結び上げた。そうして其れをいちばん見好い形だと娘は思つてゐた。それが髮の結び振りまで違つて來た。母はそれを非難《けな》さずにはゐられなかつた。娘はおもしろくなかつた。娘は髮を好い加減に束ねて、きれいに結び上げると云ふやうな事《こと》もしなかつた。母にはそれが憎かつた。

母は、娘の髮を持つて引摺り廻すやうな事があつた。母がこれほどに娘を思ふことが、少しも娘に通《つう》じないと思ふ時、母は娘を苛み殺しても足りないほどに憎かつた。たゞ一圖《いちづ》に憎くつて堪らなかつた。娘の心は始終佐野の家にばかり惹き着けられてゐた。秀之助を忘れることのできない娘の情けが、母には淫《みだ》らなことにばかり思ひ取られて口惜しかつた。いくら折檻しても、娘の心は、もう決して母の懐《ふところ》に戻つてこなかつた。母の愛憎の感情が、烈しく娘をいぢるほど、娘は尚更母を忌み嫌つた。二人は爭はなければ、口を交《き》き合はなかつた。父は母娘の爭ひの仲裁に疲れた。

父は娘を、取り戻したことを悔いてゐた。今更、佐野の家に娘を直ぐにも連《つ》れてゆくと云ふことはできなかつた。父は自分の爲《し》たことを輕忽だつたと思つた。殊に娘の、哀れな愛着の惱みを見る度に、父は餘計なことをしたやうに思つた。妻があんまり娘について心勞をしすぎる爲に、遂、娘を呼び戻す氣になつた。然し、一旦《いつたん》他に嫁つた娘は、どこまでも他人のものになりきつてゐることを父は思つた。娘を取り戻したことは娘の不幸であつたと思つた。

母は强かつた。佐野との緣を切つて、もつと母自身の氣に入つた家に嫁入りをし直《なほ》させるまで、娘を自分の手から離すまいとした。長い間、何年かゝつても娘を引き付けておいて、三月《みつき》前までの母にばかり縋つてゐたあの舊《もと》の心に返させなくてはならないと思つた。

「お母さんに反抗してはいけない。」

と父は娘に幾度も云つた。

「然うすれば、お前たちの間には何もなくなるのだ。お母さんに反抗をすることはお前がどこまでも惡るいのだ。それをお母さんにあやまつて、お母さんと仲好《なかよ》くしてくれ。お父さんが辛いから。」

と父は娘に云ひ聞かせた。父が娘の肩《かた》を持てば、母は夫《をつと》にまで食《く》つてかゝつた。父はそれを煩《うる》さく思ふばかりに、いつも母に無理があると知つてゐながら、娘を叱つた。

「お前が惡るい。お前が惡《わ》るい。」

と父は娘に云つた。父はレウマチで半身が利《き》かなかつた。鳥の世話をしたり、畑のものなど弄りながら、奥の座敷に寐たり起きたりしてゐた。小供たちが大きく成長してくるほど、自分の求めた生活の平和が崩《くづ》れてゆくことを、父は心に哭いてゐた。娘の兄の新吉は、神經衰弱にかゝつて、中學も卒業し得なかつた。今は名を明《あ》かされない病氣にかゝつて、ぶら／＼してゐた。蒼い顏をして、一《ひ》と間《ま》に閉ぢ籠つて八犬傳などを讀んで暮らしてゐた。父はその新吉の顏を見ると、むらむらと怒りが心に上《のぼ》つてきて我慢ができなかつた。父はなるたけ、新吉に顏を合はせないやうにして日を過《す》ごした。母は又、新吉を可愛《いと》しかつた。夜着についてる汚點《しみ》などを、母は誰れにも知らさずにそつと洗濯しておいたりした。

娘はこの兄とも絕え間なしに口論をした。兄は、佐野の秀之助の惡る口を妹に云つた。娘はそれが口惜しかつた。母と娘が爭ふ時、兄はのそりと室から出て來て、母の味方《みかた》をした。

娘は「お母ざん。」と母を呼んだこともなかつた。母も娘を「和子。」と呼んだこともなかつた。何うすれば、何時《いつ》二人の仲が解《と》け合ふのかわからなかつた。娘は直ぐに、咽喉も裂き破れるやうな聲を出して泣いた。疳が募つてくると、眼を血走らして、着てゐるものをびり／＼と食《く》ひ裂《さ》いた。然う云ふ娘の仕《し》打《うち》を見る母は、娘の我が儘に怒つて、娘を打擲した。

「出て行け出て行け。裸體で出て行け。」

と母は云つた。

「お前は子だとは思はない。お前は私の子ではない。」

「私もあなたをお母さんだとは思ひませんせん。ほんとのお母さんぢやありません。私のお母さんはきつと他にあります。私は私のお母さんを探します。他へ行つてほんとのお母さんを探します。」

娘は斯う云つて泣きつゞけた。

「馬鹿なことを云ふものぢやない。お母さんがお前を生《う》みなすつたのだ。」

父は傍から娘に靜に云つたが、娘はきかなかつた。

「生んだのはこのお母さんでも、決してほんとのお母さんぢやない。私のほんとのお母さんぢやない。」

親子の愛はそんなものではない。と娘は深く思つた。娘には母の心が鬼のやうに思はれた。

「誰れが私をお嫁にやつたのです。私は自分勝手に佐野へ行つたのではありません。お父さんやお母さんが勝手に佐野へ私をやつたのではありませんか。」

娘が斯う云つて突つかゝつて行く時、母は氣狂ひのやうになつて、娘を折檻した。

「その口《くち》はなんだ。」

と母は云つた。

「おゝ姉上よ………姉上よ。私は決してもう二度と佐野の家には戻りません。けれどもこの實家にも私は足をとめてはおりません。もう直き私は家を出ます。私はどこへでも一人して流れ漂つてゆくつもりで御座います。私のやうな不幸なものはありません。實家は私にとつては地獄で御座います。殊に母は、まるで鬼のやうになつて私を憎むのです。私は母ぐらゐ、勝手な………」

娘は大阪へ嫁入つてゐる姉にあてゝ、斯う手紙を書きかけながら、悲しくつて筆が動かなかつた。片手に筆の軸を握つたまゝ、娘は片手を袂にあてゝ、机の上でしばらく泣いてゐた。娘《むすめ》は筆をおいて、泣きながら門の外に出た。

夜が更けてゐた。空には月があつた。門前の松並木が一本づゝ月の光りに包まれて、はつきりと透いて見えた。蟲の音ばかりがひろがつてゐた。娘は門に寄りかゝつて月を眺めた。月は靜であつた。空の色が薄く、星の光りが消えそうに淡かつた。娘は月を見詰めてゐるうちに、この世界のどこかに、あの月のやうに大きな耀いた愛がぢつとして動かずにゐるやうに思はれた。娘はその大きな愛にぢつと包んで貰ひたくて、玉のやうな月の光りに憧がれた。娘の眼から涙が流れた。

家のものは、娘の影が家内に見えないと云つて騒いでゐた。裏手《うらて》から井戸の廻りを父と兄は探した。どこにも、庭にも、娘の姿は見えなかつた。門の潜りが開《あ》いてゐたので、父も兄も吃驚しながら外に出た。娘は直ぐ門の傍に、露《つゆ》に濡れなから立つてゐた。

「何をしてゐる。もう遲いから家へはいるのだ。こんな所に立つてゐるのぢやない。」

父は優しく云つて娘を入れやうとしたが、娘は急に身體を固《かた》くして動かなかつた。

「强情《どうじやう》を張るんぢやない。お前か然う云ふ事をするから、お母さんは猶怒るのだ。中へ入つてお寢《やす》み。お母さんも心配してゐなさる。」

娘は家に入つて、疊の上に坐ることがいやであつた。洋燈《らんぷ》の灯に照らされながら、寢苦しい三疊の夜着の中に入ることがいやであつた。娘は今夜一と晩、門の外に佇んで月の光りで照《て》らされてゐたかつた。夜の空氣が、娘の精神を開かせた。娘は父に手を取られた時に、膝を折つて、土の上に坐つた。

「馬鹿。」

娘は父にも兄にも斯う云つて怒罵《どな》られた。娘は立つて、二人に連《つ》れられて内に入《はい》つた。

ある雨の降《ふ》る夕方に、佐野の秀之助が娘の家に來た。

娘は玄關にゐて、偶然、その訪れる聲を聞いた。娘はいきなり三疊に駈《か》け込《こ》んで、隠《かく》れた。

「佐野から。」

三疊の室の外で、父や母が何か云ひ合つてゐた。玄關で靴を脱《ぬ》いでゐる音が、娘のゐる所で聞こえた。娘は息《いき》をひそめて、眞つ赤な顔をして、袂で口を抑へてゐた。夫《をつと》の呼吸がこゝまで響いてくるやうに思はれた。秀之助が奥の座敷に伴《ともな》はれて行つてから、娘は、ほつとして、三疊の襖をあけた、幼少い妹を呼んで、

「お客様はどこの御座敷へ行つた。」

と聞いて見た。そこへ父が來て、挨拶だけに顔を出してこいと云つて行つた。娘は、髮もこわれて、顔も垢で汚れてゐた。その姿《なり》で直《す》ぐに出てゆくことが耻しかつた。あわてゝ鏡の前に坐つて髮を解《と》いたり、立つたり坐つたりした。ピンで鏡臺の縁《ふち》に疵を付けながら、娘は急　沈んで青い顔になつて、いつまでもぼんやりとして居た。

「なんでもいゝ。」

と娘は思つた。娘は又、髮をぐるぐると束《つか》ねて、その顔の儘《まゝ》で挨拶に行つた。

娘は秀之助の顔をよくは見なかつた。襖のところから半身を出して、手を突《つ》くと、もう娘は駈《か》けて歸つて來た。そうして三疊に入《はい》つて、誰れも來ないやうに襖をしめきつた。

一時間半ぐらゐ、秀之助はこの家にゐた。終列車に間《ま》に合《あ》ふ時間に、家を出て秀之助は歸つて行つた。娘は三疊に隱れたまゝて、秀之助の歸つて行く様子を聞いてゐた。

「和子によろしく云つて下さい。」

秀之助の斯う云つた聲が聞こえた時。娘は一途《いちづ》に悲しくなつた。待つてゐた車が、雨の中を軌《きし》つて出て行つた。娘は窓の傍《わき》に寄《よ》りかゝづて立ちながら、長い間泣いてゐた。

秀之助が娘の兩親に逢つた時、男泣きに泣いたと云ふことを、娘は後《あと》から聞いた。秀之助がすつかり窶れてゐたことも後から聞いた。姑と別居をすることにして、改めて和子を迎えたいと秀之助は娘の兩親に頼みに來たのであつた。姑に對する心持を、好《よ》くして貰ひたいと秀之助は娘の母に侘びて行つた。母と兄と父が、繰り返して話をしてゐる時に、娘は何時《いつ》の間にか、その座敷に入つて來て、聞いてゐた。

娘はそれから二三日、胸が晴れてひどく心持が快かつた。何か嬉しいことが迫つてくるやうで、氣がいそ〳〵した。ぴたりと蓋《ふた》をされてしまつた自分の運命が、ふと開かれたやうな幸ひな感じがあつた。娘は幼少な弟や妹にも、つとめて優しくした。髮を上げたり、顏を粧《つく》つたり、着物などを着代へたりした。

娘は秀之助と二人の上に來《く》る新《あら》たな生活を考へて樂《たの》しんだ。姑とはなれて、二人ぎりて家を作ることが、娘には嬉しかつた。三月《みつき》の經驗が、娘の空想の上に一層濃《いつそうこまや》かな色を織り出して娘を樂しませた。

媒介者から、はつきりしない手紙が來た。その文面《ぶんめん》では、姑の心が解けないので、話はこれきりになるかも知れなかつた。然し、是非この緣はもう一度纏めたいと思ふ熱心で、自分がいろ〳〵に姑を說《と》いてゐるとのことであつた。娘の實家の云《い》ひ分《ぶん》もよく聞いて見たいと思つてゐるから、その內《うち》伺ふつもりだと、云つて寄越《よこ》した。

「だから、私は秀之助にもはつきりした返事をしなかつたのだ。秀之助は意氣地なしだから駄目《だめ》だ。あれの意見は母親《はゝおや》の前ではちつとも通らないのだから、母親を說服すること一《ひ》とつ出來ないのだ。だから自分の大切な嫁を母親にこき使はれるやうな事をするのだ。」

と母は云つた。

「人の前で泣くやうな男はお母さんは大嫌ひだ。男らしくもない。お前はそんな男が好きか。」

と母が娘に聞いた。

娘はその時、うつかりと「自分も嫌いだ。」と母に云つた。

娘はあとになつて、其の言葉を取《と》り返《かへ》すことができないと知つた時に悲しかつた。何《ど》うしてあのやうな、心にもない僞りを母の前で云つたのか、娘にはわからなかつた。

娘はその時から、全く秀之助とは離れてしまつたやうな氣がした。自分の手で秀之助との緣を切つて了つたやうにも思はれた。自分の口《くち》で、秀之助を捨てたやうにも思はれた。娘は「嫌ひだ。」と云つた一と言に、その身を責められながら、悲しい日を送つた。

「尼にでもならうか、」

と娘は考へることがあつた。極《きはま》りない悲しみに閉《と》ざされながら、娘は、尼になることに憧れた。父の本箱からふと見付けた中將姫の緣起本を、娘は大事《だいじ》に毎日々々繰り返して讀んだ。娘は自分が十七で、もうさま〳〵に人の世の味を知つたことを悲しく悲しく思ひ返した。友達はまだ誰れも親の家にゐた。その友達たちは、未來にどんな光りがあるか、闇があるかも知らなかつた。娘はもう、昔のやうに笑ふことのできなくなつた自分の身を悲しんだ。娘の十七の心は、哀れに傷《きず》ついてゐた。

娘は家を出やうと決心した。

ある晩がたに、寒《さむ》い絞《しぼ》つたやうな風が吹く時、娘は平常着のネルを一枚着て、小《ちい》さい風呂敷包みを片手に持ちながら、片手に白い洋傘を持つて家を出た。母は小供たちと一所に湯を浴びてゐた。父は奥に寢んでゐた。兄が庭の掃除をしてゐた。娘はその隙《ひま》に家を出た。

けれども、其れは直ぐに見付かつた。丁度、母が湯から出て車井戸から水を汲んでゐた。母はそこから一と目に見える門の內から、娘が白い洋傘を持つて出て行くのを、ちらと見た。

「新吉。新吉。早《はや》く。」

母は兄を呼び立てた。狼狽《うろた》へて走つて來た新吉は、母に云はれて門の外に駈《か》けて出た。妹が一町程先きを、急いで歩いて行く姿が見えた。兄は、並木の外れて妹に追ひ着いた。風が追つて行くものと、追はれるものとの袂を吹いて過ぎた。

「何所へ行くんだ。和子。」

兄は妹の腕をおさへた。娘は立ち止つて兄の顔を見返しながら、

「はなして下さい。私は歸らない。」

と云つた。兄は妹を引き摺つて引つ返して來た。

「歸らない。歸らない。」

娘は足をとめては泣いた。洋傘に躓いて娘は地面に轉んだ。それを引つ立てられながら娘は連《つ》れて來られた。

「此家《こゝ》を出て何所《どこ》へ行くつもりだ。」

父は娘の顔を見ると聞いたが、娘は返事をしないで泣いてゐた。

その時から家のものは、嚴重に娘を監視した。娘は一人では門際へも出られなかつた。

「私を他へやつて下さい。大阪へやつて下さい。お願ひですから。」

娘は父に頼んだが、父は母の思惑を兼ねて、聞き入れなかつた。

娘はまた、三疊の暗い室に閉ぢ籠つて、そこで一人で物を思つた。娘は秀之助の涙を思つた。夫が此家へ來て泣いて行つたことを思つた。娘はその涙を自身の口に吸ふやうにも懷しかつた。娘も夫を見て泣きたかつた。その夫とも、永の別れをすることに定まつてしまつたことを娘ま思つた。

母は娘を可哀想に思ふ時、打ち解けて、いたはつてやり度いやうにも心の動くことがあつたけれど

も、母の意地《いぢ》は、自分から娘に優しく折れてゆくことができなかつた。母は、娘とはまだ氣の直らない仲てゐた。直《ぢ》かに二人が物を云ふことはしなかつた。間《あひだ》で誰れかゞ取り次いだ。娘は決して母に物を云はなかつた。

　母への怨み、それがだん／＼に娘の胸に深く穿《うが》たれていつた。自分の靈の疵は、親たちがつけたのだと娘は思ひ信じた。母らしくない母のなさけ——娘はそれを執念く胸に刻んで忘れまいとした。母に打たれた腕の痣が、まだ癒えなかつた。

「親が勝手に、嫁に行かせたのだ。」

たつた一度、斯う母に云ひ返した娘の言葉も、母の心からはなれなかつた。それが咒ひの言葉だと思ふほど、母は一層、然う云ふ事を云ひ募つた娘の考へを恐しく思つた。娘はそれを口惜しく思ふばかりに、毎日親たちに反抗してゐるのではないか。不貞腐れてゐるのではないか。

　母は然う感じる時、娘の性根《しやうね》を撓《た》めてやれ、と思つた。母は娘に種々の用を云ひ付けた。娘は兄から傳へられても、何も爲《し》なかつた。決して爲《し》ないでゐた。そうして、髮をばらばらにして三疊の暗い室にかくれてゐた。

「何《ど》うしたと云ふんだ。身體が惡るければ醫者へでも行つたらいゝぢやないか。」

　母は三疊に來て、娘に怒りつけた。その時娘は机の前に座つてぼんやりと窓から、外の靑桐の葉を見詰めてゐた。

「身體が惡るいのか。」

娘は默つてゐたが、眼から涙が傳はつた。娘は母の方を振向かないでゐた。

「お前は一體何《ど》うしやうと云ふのだ。親に不貞腐れてゐればそれでいゝと云ふのかい。」

娘は心の内で、優しくない母だと思つてゐた。この母には微塵も憫れみと云ふものがないと娘は思つてゐた。

「私の云ひ付けたことを何故しないのだ。」

娘はそれでも默つてゐた。

「お前見たいなものは死んでしまつた方がいゝ。死んでしまへ。」

母は怒りの上《のぼ》つた眼で、娘を睨み据へながら、斯う云つて三疊を出て行つた。

母の怒りの言葉が、靜に娘の頭腦のなかに泌《し》み流れた。母が、

「死んでしまへ。」

と云つた、娘は、その言葉を繰り返した。

娘は三疊から出て、母に云はれたことを爲《し》た。臺所に行つて働いたり、幼少いものゝ爲にも、用事をした。それが四五日つゞいた。娘はその時から食事がすゝまなくなつた。蒼いやつれた顏をして、物憂い手先《てさ》きを、黄色い秋の日のかげで動かしながら、張り物をしたりした。大人らしく冠つた手拭の下に、娘の耳前髪《みあげ》はおそろしく憔悴けて見えた。

娘は佐野の家を思はないやうになつた。秀之助のことも思はないやうになつた。一時《いちじ》のやうに、娘は夫を慕ひこがれるやうな事がなくなつた。唯時々、娘は夫と別れてからの日《ひ》を數へて見ることがあつ

た。別れてから一と月余りにもなつた。

娘は、いつかの晩、月を見た時のやうに、大きな愛がこの世界のどこかにぢつとしてゐるやうに思はれてならなかつた。娘はその大きな愛に抱き守られたかつた。娘はどこに其の愛が凝《ぢ》つとしてゐるのだらうと思つた。

死んでからの未來に、その大きな愛があるのではないかと娘は思つた。娘は死ねば、その優しい大きな愛が自分の全體を、抱きかゝへて吳れるのではないかと思つた。娘は死と云ふことを考へた。

「死んでしまへ。」

と母に云はれたやうに死ぬことが、娘には心持快く思はれた。遠く〳〵、いつの世になつても再び秀之助に逢へないことが、娘には心持が快かつた。娘の心臓は、ふしぎな快さに波立つて、笑つてゐた。

町を横切《よこぎ》つて流れるM川まで、娘が家を抜けて出て行つた晩は、木枯しのやうな風が強く松並木を吹いてゐた。闇であつた。

娘の靈魂は、その風に吹き揉まれながら永久に消えた。

669　「観劇の後　「和泉屋染物店」に就て」『読売新聞』大正3（1914）年10月1日

觀劇の後

「和泉屋染物店」に就て

田村俊子

「和泉屋染物店《いづみやそめものみせ》」は評判《ひやうばん》は聞《き》いてゐたけれども、私《わたし》は讀《よ》んだことがなかつた。新時代劇《しんじだいげき》を通《とほ》して、初《はじ》めて木下《きのした》氏《し》の「和泉屋染物店《いづみやそめものみせ》」を知《し》ることができた。

なるほど、面白《おもしろ》い、變《かは》つた作《さく》だと思《おも》つた。好《い》いものだと思《おも》つた。斯《か》う云《い》ふ、こまかい、牙《け》彫《に》りのやうに作者《さくしや》が神經《しんけい》を使《つか》つた作《さく》を、新時代劇《しんじだいげき》の俳優《はいいう》たちのやうに、がさつに演《や》つてしまつたことを考《かんが》へると、私《わたし》は惜《を》しくつて仕方《しかた》がなかつた。見物《けんぶつ》してゐる時《とき》は、私《わたし》は俳優《はいいう》が變《へん》なことをするから笑《わら》つたり惡《わ》る口《くち》を云《い》つたりして見《み》てゐたけれども、今《いま》考《かんが》へると其《そ》れどころではない。私《わたし》は餘《よ》つぽどあの作《さく》に心《こゝろ》を惹《ひ》かれてゐる。あゝ云《い》ふ芝居《しばゐ》をあゝ下手《へた》に片付《かたづ》けてしまつたことが惜《な》しまれる。

あゝ云《い》ふ作《さく》を、心《しん》から生《い》かしてやることは中々《なか〳〵》むづかしいには違《ちがひ》ない。あの作《さく》の持《も》つた特種《とくしゆ》の藝術《けいじゆつ》に化合《くわがふ》のできる、相應《さうおう》に考《かんが》へを持《も》つた新《あたら》しい俳優《はいいう》がやらなければ、到底《たうてい》舞臺《ぶたい》の上《うへ》では完成《くわんせい》しさうにもない作《さく》である。その一人《り》の俳優《はいいう》は一人《り》あれば好《い》い。その一人《り》の俳優《はいいう》の考《かんが》へが、他《ほか》の俳優《はいいう》の藝術《けいじゆつ》を綜合《そうがふ》することさへできれば、あの芝居《しばゐ》は作者《さくしや》の舞臺《ぶたい》の上《うへ》に描《ゑが》かうとする所《ところ》まで出來上《できあが》りさうに思《おも》はれる。

さうして其《そ》の俳優《はいいう》は、やつぱり孝《かう》一を演《や》る俳優《はいいう》でなくてはならない。丁度《ちやうど》、五代目《だいめ》菊《きく》五郎《らう》が默阿彌《もくあみ》の作《さく》を凝《こ》つて演《や》つたやうに、木下氏《きのしたし》の作《さく》に特《とく》に凝《こ》るやうな俳優《はいいう》が生《うま》れてこなければ、木下氏《きのしたし》の作《さく》は出來《でき》さうにもない。こまかに作者注文《さくしやちうもん》の情調《じやうてう》を吟味《ぎんみ》して、作者《さくしや》の使《つか》つた神經《しんけい》にまで、俳優《はいいう》の神經《しんけい》が動《うご》いてゆかなくては、面白《おもしろ》くない。讀《よ》んで見《み》たなら、私《わたし》だけの情緒《じやうちよ》でもつと面白《おもしろ》く、舞臺《ぶたい》の氣分《きぶん》が想像《さうざう》されることだらうと思《おも》ふ。私《わたし》はあの作《さく》を是非《ぜひ》讀《よ》んで見《み》やうと思《おも》つてゐる。

この芝居《しばゐ》に就《つ》いて、俳優《はいいう》を一々咎《いち〳〵とが》めるのは、却《かへ》つて氣《き》の毒《どく》なやうな氣《き》がする。俳優《はいいう》は中々《なか〳〵》熱心《ねつしん》に、愼重《しんちよう》にやつてゐた。だが私《わたし》が見《み》てゐてさへ、もう少《すこ》し考《かんが》へさうなものだと思《おも》ふやうな演技《ゑんぎ》の缺點《けつてん》が、ちよい〳〵目《め》に付《つ》いたのは、あれは矢《や》つ張《ぱ》り舞臺監督《ぶたいかんとく》の罪《つみ》だと思《おも》ふ。あの甘酒《あまざけ》なども、もうちつと自然《しぜん》に、趣味的《しゆみてき》に運《はこ》んで貰《もら》ひたいと思《おも》つた。二つこつきり御《お》盆《ぼん》の上《うへ》に乘《の》せて恭々《うや〳〵》しく娘《むすめ》が持《も》つて出《で》たり、おけんが又恭々《またうや〳〵》しくそれを兩手《りやうて》で飮《の》まないで、もつと自然《しぜん》に、恐《おそろ》しい吹雪《ふゞき》の元日《ぐわんじつ》の晩《ばん》に、女《をんな》が三人《にん》して甘酒《あまざけ》を飮《の》むと云《い》ふ氣分《きぶん》が出《で》さうなものである。數《かぞ》へ立《た》てれば、こんな、、あらは隨所《ずゐしよ》にあつた。潜《くゞ》り戸《ど》を開《あ》けると、おそろしく吹雪《ふゞき》が吹《ふ》き込《こ》むにもかゝはらず、舞臺《ぶたい》は、そんなに寒《さむ》さうな氣勢《けはい》も漂《たゞよ》つてゐなかつた。歌子《うたこ》の娘《むすめ》が、しんみりと、可愛《かあい》らしい娘《むすめ》になつて演《や》つてゐた。女優《ぢよゆう》のうちでは、この娘《むすめ》がいちばん味《あぢ》はひがあつたと思《おも》つた。

幕《まく》のうちで、孝《かう》一が暖簾《のれん》から入《はい》つてくるところに、私《わたし》には強《つよ》い印象《いんしやう》があつた。何《なに》か知《し》らないが、拙《まづ》い演技《えんぎ》を見《み》い〳〵、何時《いつ》の間《ま》にか芝居《しばゐ》があすこまで私《わたし》を引《ひ》き摺《ず》つて來《き》てゐたのである。私《わたし》は孝《かう》一が入《はい》つて來《き》た時《とき》、ふと強《つよ》くあるものを印象《いんしやう》されたので、急《きふ》にそれに氣《き》が付《つ》いた。さうして急《いそ》いで、今《いま》までの舞臺《ぶたい》の經驗《けいけん》を繰《く》り返《かへ》して考《かんが》へて見《み》たりした。作《さく》で扱《あつか》つたあの叔父《をぢ》さんの全体《ぜんたい》が、非常《ひじやう》に有力《いうりよく》な人《ひと》になつて考《かんが》へられた。あすこへ、孝《かう》一が出《で》てくるまでに、叔父《をぢ》さんの動作《どうさ》は、餘《よ》つ程見物《ほどけんぶつ》の胸《むね》を引《ひ》き緊《し》まらせ、さうして又《また》、一種《しゆ》の暗鬱《あんうつ》を感《かん》じさせなくちやならないのである。

然《しか》し、舞臺《ぶたい》の上《うへ》の叔父《をぢ》さんは何《なに》も持つてゐなかつた。唯《たゞ》そゝくさしてゐるばかりであつた。其《そ》れにもよらず、孝《かう》一が入《はい》つて來《き》た時《とき》に、偶然私《ぐうぜんわたし》に強《つよ》い印象《いんしやう》を與《あた》へたのは、非常《ひじやう》に作者《さくしや》の考《かんが》へた段取《だんど》りが成功《せいこう》してゐたのである。俳優《はいいう》の演技《えんぎ》の力《ちから》で與《あた》へられた印象《いんしやう》でなくつて、作《さく》の中《なか》に働《はたら》いてゐる作者《さくしや》の力《ちから》によつて與《あた》へられた印象《いんしやう》である。私《わたし》は近頃《ちかごろ》のそちこちの芝居見《しばゐけん》物《ぶつ》などに一度《いちど》も感《かん》じたことのない、あの瞬間《しゆんかん》のふしぎな印象《いんしやう》を忘《わす》れることができないでゐる。

幕切《まくぎ》れは、兎《と》に角《かく》いろ〳〵な物《もの》が私《わたし》の胸《むね》に響《ひゞ》いて來《き》て、結《むす》ぼれた悲《かな》しみを殘《のこ》した。然《しか》し、八百子《こ》のおけんが、三味線《みせん》を抱《かゝ》へたまゝで泣《な》き伏《ふ》したのは面白《おもしろ》くない形《かた》であつた。

671　〔一日一信〕『読売新聞』大正 3（1914）年 10 月 4 日

一日一信

俊子

好晴《かうせい》な日《ひ》には、よく百舌鳥《もづ》が鳴《な》いてゐる。乾《かは》いた澄《す》んだ秋《あき》の情調《じやうてう》にふさはしい聲《こゑ》で鳴《な》いてゐる。高《たか》い空《そら》を歡《よろこ》び、冴《さ》え〴〵した日光《につくわう》を歡《よろこ》び、秋《あき》の實《み》のりを歡《よろこ》んで、忙《せは》しなくきりきりとこの頭《こころ》の自分《じぶん》の生活《せいくわつ》を囀《さへづ》つてゐる。梢《こずゑ》に高《たか》く聲《こゑ》を上《あ》げてゐる百舌鳥《もづ》の愉快《ゆくわい》な生活《せいくわつ》が、まことに私《わたし》の胸《むね》にまでも、同《おな》じやうな愉快《ゆくわい》な響《ひゞ》きを持《も》つてくる。百舌鳥《もづ》は秋《あき》の即興詩《そくきようし》をうたふやうな事《こと》は知《し》らない。緊張《きんちやう》した銳《するど》い聲《こゑ》を上《あ》げて實際生活《じつさいせいくわつ》の叫《さけ》びを上《あ》げてゐるばかりである。百舌鳥《もづ》はきつと、萩《はぎ》の花《はな》のかげにないてゐる詩人《しじん》の虫《むし》を笑《わら》つてゐるのだらう。

十月の帝劇評（上）

田村俊子

第《だい》一の喜歌劇《きかげき》「天國《てんごく》と地獄《ぢごく》」は面白《おもしろ》かつた。鬼《おに》の邸《やしき》で主《ぬし》の神《かみ》が蟬《せみ》になつて女《をんな》を助《たす》け出《だ》すところが殊《こと》に私《わたし》にはおもしろかつた。私《わたし》はしばらく此場《こゝ》の歌劇部《かげきぶ》の人《ひと》たちを見《み》たことがなかつたが、久《ひさ》し振《ぶ》りで見《み》ると歌劇部《かげきぶ》の人《ひと》たちが今迄《いままで》のやうに此劇場《このげきぢやう》の居候《ゐさふらふ》らしくなく、てんでんに舞臺《ぶたい》を身方《みかた》のものにして大《おほ》きく演《や》つてゐるやうな氣《き》がした。それだけ歌劇部《かげきぶ》の人《ひと》たちの伎倆《うで》もあがつたのだと見《み》える。みんな揃《そろ》つて踊《をどり》も上手《じやうず》になつてゐた。原《はら》信子《のぶこ》もあれだけ聲《こゑ》が出《で》ればまあ好《よ》い、としておかなくてはならない。以前《いぜん》から考《かんが》へれば餘《よ》つ程《ほど》聲《こゑ》が自由《じいう》になつて來《き》た。姿態《かたち》も惡《わる》くない。可《か》なり柔《やはら》かい。蝶《てふ》を捉《とら》へやうとするところの姿態《かたち》に、一寸《ちよつと》いゝ表情《へうじやう》もあつた。清《し》水金太郎《みづきんたらう》は、今度《こんど》見《み》ると中々《なか／＼》舞臺《ぶたい》に愛嬌《あいけう》のある人《ひと》だと思《おも》つた。

「石橋山《いしばしやま》」はつまらないものである。幸《かう》四郎《らう》の頼朝《よりとも》が山車《だし》の人形《にんぎやう》のやうに塗《ぬ》つてゐた。小春《こはる》の色香《いろか》は可憐《かれん》らしかつた。日出子《ひでこ》の裏葉《うらは》と役《やく》を代《か》へたら丁度《ちやうど》いゝと思《おも》つた。日出子《ひでこ》の方《はう》はお俠《きやん》らしい顔《かほ》や調子《てうし》を持《も》つてゐて、あの役《やく》には相應《さうおう》しない娘柄《むすめがら》である。秀調《しうてう》の面影《おもかげ》があつて派出《はで》な顔《かほ》をしてゐる。手負《ておひ》は上手《じやうず》にやつてゐた。女《ぢよ》優《いう》を見《み》る毎《ごと》に何時《いつ》も思《おも》ひ付《つ》くことだが、何《ど》うしてあんなに赤《あか》い蹴出《けだ》しを膝《ひざ》から上《うへ》の方《はう》までだらしなく割《わ》つて出《だ》すのだらう。この女優も然うである。第《だい》一期《き》の女優《ちよいう》たちもみんな裾《すそ》を曳《ひ》く時《とき》にはみつともない程《ほど》赤《あか》い蹴出《けだ》しを出《だ》してゐる。あれは少《すこ》し氣《き》を付《つ》けなくては醜《みにく》くつていけない。衣裳《いしやう》の着《つ》けかたも惡《わる》くないのだらうけれども、裾《すそ》の捌《さば》きがうまく行《い》かないからに違《ちが》ひない。所謂《いはゆる》「曝《さら》け出《だ》す」と云《い》ふやうに、赤《あか》いものをぱつ／＼と出《だ》して歩《ある》くのは、ほんとに舞臺《ぶたい》の上《うへ》で無作法《ぶさはふ》とも云《い》ひ度《た》いくらゐである。あれだけは氣《き》を付《つ》けて貰《もら》ひ度《た》いものである。この二人《ふたり》も然《さ》うだつた。まだ小春《こはる》の方《はう》は小柄《こがら》なだけに目《め》に立《た》たなかつた。浪子《なみこ》の駒衣《こまぎぬ》は落着《おちつ》いた母《はゝ》親《おや》らしい氣《き》配《くば》りを演技《わざ》の上《うへ》に浮《う》かせてやつてゐた。與市《よいち》の姉《あね》とも見《み》えなかつたのは感心《かんしん》である。宗之助《そうのすけ》の景《かげ》季《すゑ》はまるで幽靈《いうれい》の影法師《かげぼふし》見《み》たいに氣《き》がなかつた。

十月の帝劇評（下）

田村俊子

「啞《おし》の旅行《りよかう》」は嘉久子《かくこ》や房子《ふさこ》の大阪辯《おほさかべん》は、ぎごちなくて聞《き》き苦《くる》しい。……

……だンね。」なぞと云《い》ふ言葉《ことば》が取《と》つて付《つ》けたやうである。甲板《かんぱん》の別《わか》れで日《に》本《ほん》タンゴと云《い》ふものをやる。私《わたし》はその踊《をど》りよりも、お終《しま》ひの黒奴《くろんぼ》の洋傘《かさ》を持《も》つた踊《をどり》の方《はう》が餘程《よつぽど》面白《おもしろ》かつた。こんな道樂《だうらく》を持《も》ち出《だ》さなくつては太《た》郎冠者《らうくわじや》の虫《むし》が納《をさま》らないのだと見《み》える。やるものを見《み》てゐるものも、好《か》い氣《き》なものである。律子《りつこ》の女優《ぢよいう》ローズは會話《くわいわ》の巧《うま》いところを聞《き》かせて一生懸命《しやうけんめい》である。傍《そば》にゐる菊枝《きくゑ》のリリー孃《ぢやう》の見窄《みすぼ》らしいのを氣《き》の毒《どく》に思《おも》つた。英語《えいご》の調子《てうし》も滑《なめ》らかで、姿《すがた》も西《せい》洋婦人《やうふじん》らしくすつきりと出來《でき》てゐたのは、田村壽美代《たむらすみよ》の捨子《すてご》の母《はゝ》であつた。幸《かう》四郎《らう》の巡査《じゆんさ》はあれでは御馳走《ごちそう》にも御愛嬌《ごあいけう》にもならない。松助《まつすけ》の双《さう》田《だ》を見《み》て、私《わたし》は何《なん》となく悲慘《ひさん》でたまらなかつた。その癖《くせ》、松助《まつすけ》の双田《さうだ》では一番《ばん》笑《わら》はせられた。甲板《かんぱん》の上《うへ》で「船《せん》長《ちやう》――」と金切聲《かなきりごゑ》を上《あ》げた時《とき》なぞは私《わたし》は引《ひ》つ繰《く》り返《かへ》つて笑《わら》つた。笑《わら》つた後《あと》でひし／＼と悲《かな》しくなつた。演《す》ることは殆《ほとん》ど妙《めう》を盡《つく》してゐた。浴室《よくしつ》の外《そと》で女中《ぢよちう》に玉子《たまご》を貰《もら》はうとするところなぞは、後《あと》になつて何時《いつ》思《おも》ひ出《だ》しても笑《わら》ひが起《おこ》つてくる。その勿体《もつたい》ない程《ほど》可笑《をか》しい松助《まつすけ》を思《おも》ふ時《とき》に、又《また》云《い》ひ知《し》れない悲慘《ひさん》な感《かん》じが伴《ともな》つてくる。宗之助《そうのすけ》の大野《おほの》は厭味《いやみ》にならないところにこの人《ひと》の値打《ねうち》と思《おも》ふだけである。分列式《ぶんれつしき》は綺麗《きれい》である。嘉久子《かくこ》の佛國將校《ふつこくしやうかう》が一番《ばん》すつきりして、形《すがた》がよかつた。服《ふく》の色《いろ》もよかつた。律《りつ》子《こ》の日本將校《にほんしやうかう》は何《ど》うしたのか一番女《ばんをんな》らしかつた。先年《せんねん》川上《かはかみ》の革新興行《かくしんこうぎやう》でやつた時《とき》の女優《ぢよいう》たちとは違《ちが》つて、この女優《ぢよいう》は學校《かくかう》でてんでんに体操《たいさう》でもやつただけあつて、中々《なか／＼》凛《きりつ》然として嚴《おごそ》からしかつた。

今度《こんど》の芝居《しばゐ》では「天國《てんごく》と地獄《ぢごく》」の喜歌《きか》劇《げき》が私《わたし》にはおもしろかつた。

自殺未遂者

田村俊子

竹屋《たけや》の渡船《わたし》からあがつて、私《わたし》はぶら〳〵と土堤《どて》を歩《ある》いて行《い》つた。丁度《ちやうど》三《み》圍《めぐ》りの前《まへ》あたりまで來《く》ると、川縁《かはぶち》の柵《さく》のところに、三四人《にん》の人《ひと》が立《た》つてゐて、何《なに》か話《はなし》をしてゐた。私《わたし》は何《なん》の氣《き》もなしに、行《ゆ》き過《す》ぎやうとして川《かは》の方《はう》に眼《め》をやると、水岸《みづぎし》のところに人《ひと》の聲《こゑ》がして、黒《くろ》い姿《すがた》や白《しろ》い姿《すがた》が、月《つき》の明《あか》りでぼんやりと見《み》えた。私《わたし》は其處《そこ》で釣《つ》りでもしてゐるのかと思《おも》つたが、立止《たちど》まつて、覗《のぞ》いて見《み》た。

苦《くる》しさうな男《をとこ》の聲《こゑ》が岸《きし》から聞《きこ》えた。續《つゞ》いて「お前《まへ》がそんなことを云《い》つたつて、見付《みつ》けた以上《いじやう》は助《たす》けねえ譯《わけ》には行《い》かないんだ。」

斯《か》う云《い》ふ言葉《ことば》が私《わたし》の耳《みゝ》にはつきりと聞えた。柵《さく》の傍《そば》に立《た》つてゐた若《わか》い書生《しよせい》は其《そ》れを聞《き》くと笑《わら》つてゐた。私《わたし》の後《あと》から集《あつ》まつてきた二三人《にん》の人《ひと》が前《まへ》から立《た》つてゐた人《ひと》に、何《なに》があるのだと聞《き》いてゐた。

「身投《みな》げを助《たす》けたんだ。」

と人々《ひと〴〵》が云《い》つてゐたので、私《わたし》は初《はじ》めて事件《じけん》がわかつた。私《わたし》は忽《たちま》ち好奇心《かうきしん》が動《うご》いて、其所《そこ》に立《た》つたまゝ、水岸《みづぎし》の方《はう》を見下《みおろ》した。

「男《をとこ》か、女《をんな》か。」

「年老《としよ》りか、若《わか》いのか。」

こんな場合《ばあひ》に、人々《ひと〴〵》の聞《き》きさうな事《こと》を、みんなが口々《くち〴〵》に聞《き》いてゐた。右《みぎ》と左《ひだり》から、男《をとこ》が二人《ふたり》で投身者《とうしんしや》を引《ひ》き摺《ず》り上《あ》げやうとしてゐるのが、私《わたし》にわかつた。右《みぎ》の方《はう》にゐる男《をとこ》は、白《しろ》い法被《はつぴ》を着《き》た老車夫《らうしやふ》らしかつた。それが投身者《とうしんしや》の帯際《おびぎは》を摑《つか》んでゐた。

投身者《とうしんしや》は、何《ど》う云《い》ふ意志《いし》でゐるのか、上《うへ》へあがらうとしないでゐる。其《そ》れを一生懸命《いつしやうけんめい》に、土堤《どて》の草《くさ》の上《うへ》に二人《ふたり》の男《をとこ》が引《ひ》き上《あ》げやうとしてゐるのである。

一番《ばん》最初《さいしよ》に見付《みつ》けたと云《い》ふ人《ひと》が、私《わたし》の傍《そば》にゐて、集《あつ》まつてゐる人々《ひと〴〵》に說明《せつめい》をしてゐた。その男《をとこ》は肥太《ぶと》つた大《おほ》きな体格《たいかく》の人《ひと》であつた。

「私《わたし》は初《はじ》め、ビール樽《だる》が流《なが》れてるのかと思《おも》つた。」

其《そ》れを聞《き》き付《つ》けると、みんなが其大《そのおほ》きな男《をとこ》の傍《そば》によつて耳《みゝ》を傾《かたむ》けてゐた。

「ビール樽《だる》にしちや少《すこ》し可笑《をか》しいと思《おも》つたが、何《なん》だか黒《くろ》いものが動《うご》いてゐるのさ、よく見《み》ると、なにあつぷあつぷやつてるのさ。」

「苦《くる》しくつて泳《およ》いでゐたんだな。」

「男《をとこ》かい。」

「男《をとこ》だ。若《わか》いやうだ。」

投身者《とうしんしや》を摑《つか》んでゐた下《した》の一人《り》が斯《か》う云《い》つて返事《へんじ》した。その時《とき》には、土堤《どて》の中途《ちうと》まで投身者《とうしんしや》は引《ひ》き摺《ず》り上《あ》げられて來《き》た。投身者《とうしんしや》は黒《くろ》い着物《きもの》を着《き》てゐた。俯向《うつむ》けになつてゐた。其《そ》れを引《ひ》つ張《は》つてくる事《こと》が、非常《ひじやう》な努力《どりよく》だと見《み》えて、ほんの一寸位づゝ、二人《り》の男《をとこ》は投身者《さうしんしや》を動《うご》かして來《き》た。何時《いつ》の間《ま》にか、可《か》なり多《おほ》くの人數《にんず》が私《わたし》の廻《まは》りにゐた。漸《やうや》く引《ひ》き摺《ず》つて來《き》た投身者《さうしんしや》を、柵《さく》の傍《そば》におくと、一方《はう》の男《をとこ》は柵《さく》を飛《と》び越《こ》えて此方《こつち》へ來《き》た。

「おい誰《だ》れか交番《かうばん》へ行《い》つたかい。」

と云《い》つて、前方《まへ》の車夫溜《しやふだま》りの方《はう》に聲《こゑ》をかけた。一方《はう》の白《しろ》い法被《はつぴ》を着《き》た老《らう》車夫《しやふ》はまだ、確《しつか》りと投身者《さうしんしや》の帶《おび》を摑《つか》んで屈《かゞ》んでゐた。さうして其方《そつち》を向《む》いて、

「早《はや》くしろ。」

と怒罵《どな》つてゐた。投身者《さうしんしや》はぴつたりと俯《う》つ伏《ぶ》しになつてゐた。

「どつちが頭《あたま》だ。」

然《さ》う云《い》つて人々《ひとびと》が覗《のぞ》いて見《み》た。

「職人《しよくにん》らしいな。まだ若《わか》いやうだ。」

覗《のぞ》いた人《ひと》は然《さ》う云《い》つて身体《からだ》を退《の》いた。投身者《さうしんしや》の頭《あたま》は柵《さく》の方《はう》にあつた。草《くさ》の上《うへ》に長《なが》く身体《からだ》がのびてゐた。

「なんだ。なんだ。なんだ。」

車《くるま》をひいて來《き》た若《わか》い車夫《しやふ》が、梶棒《かぢぼう》をドすと飛《と》んで來《き》てみんなを分《わ》けて前《まへ》に出《で》た。

「何《なん》でえ。いゝ若《わけ》えもんのくせに、死《し》ぬなんて了簡出《れうけんだ》すない。面白《おもしろ》くもねえ。」

その車夫《しやふ》は、罵《のゝ》しりながら、又梶棒《またかぢぼう》をひいて歸《かへ》つて行《い》つた。其《そ》れを聞《き》くと、人々《ひとびと》が低《ひく》く笑《わら》つた。笑《わら》つた聲《こゑ》は陽氣《やうき》に波《なみ》を打《う》つた。人々《ひとびと》が威勢《ゐせい》の好《い》い車夫《しやふ》の後《あと》を見送《みおく》つてゐた。だが、直《ぢ》きに又靜《またしづか》になつて、投身者《さうしんしや》の黑《くろ》い姿《すがた》を代《かは》る代《がは》る覗《のぞ》いてゐた。暗《くら》い息《いき》を吐《は》いて、人々《ひとびと》は同《おな》じやうに考《かんが》へ込《こ》んでゐた。投身者《さうしんしや》の生活《せいくわつ》を人々《ひとびと》が考《かんが》へてゐたのかも知《し》れない。投身者《さうしんしや》の運《うん》命《めい》を考《かんが》へてゐたのかもしれない。死《し》を遂行《すゐかう》した男《をとこ》の一瞬間前《いつしゆんかんぜん》の心理《しんり》を考《かんが》へてゐたのかも知《し》れない。

「水《みづ》を飲《の》んぢやゐないやうだ。」

老車夫《らうしやふ》は誰《だ》れかに答《こた》へてゐた。私《わたし》も頻《しき》りに覗《のぞ》いて見《み》た。投身者《さうしんしや》の姿《すがた》ははつきりとは分《わか》らなかつたけれども、投身者《さうしんしや》は昏絶《こんぜつ》してゐるやうにも思《おも》はれなかつた。投身《さうしん》者《しや》のその姿《すがた》を眺《なが》めながらさつき、老車夫《らうしやふ》が「助《たす》けない譯《わけ》には行《い》かないんだ。」と云《い》つてゐた言葉《ことば》が思《おも》ひ出《だ》された。投身《さうしん》者《しや》はあの時《とき》に助《たす》けて貰《もら》ふことを拒《こば》んだのだと見《み》える。男《をとこ》は助《たす》けて貰《もら》ふことが厭《いや》で、あの儘《まゝ》死《し》にたかつたのだらう。私《わたし》は川《かは》の方《はう》を見《み》た。川《かは》は黑《くろ》かつた。月《つき》の光《ひかり》が薄《う》つすりと水《みづ》の上《うへ》を刷《は》いてゐた。十八日《にち》の月《つき》だから、光《ひかり》が弱《よわ》い。その弱《よわ》い光《ひかり》を、水《みづ》から土堤《どて》の上《うへ》にちら〳〵と濃《こ》く淡《あは》くかげらしてゐる。投身者《さうしんしや》の周圍《しうゐ》は集《あつ》まつた

人々《ひと〳〵》の影《かげ》で暗《くら》かつた。

「狂言《きやうげん》だ。」

頸《くび》つ玉《たま》を荷物《にもつ》を括《くく》りつけた痩《や》せた老爺《おやぢ》が一度《ど》覗《のぞ》いて、話《はなし》を聞《き》くと然《さ》う云《い》ひ捨《す》てゝ行《い》つてしまつた。

黒《くろ》い徽章《きしやう》を左腕《さわん》に巻《ま》いた白服《しろふく》の巡査《じゆんさ》が、佩劍《はいけん》を握《にぎ》りながらゆる〳〵と歩《ある》いて来《き》た。その靴音《くつおと》が異様《いやう》に私《わたし》の耳《みゝ》に響《ひゞ》いた。知《し》らせに行《い》つた男《をとこ》が先《さき》に立《た》つて投身者《とうしんしや》の傍《そば》に来《き》た。人々《ひと〳〵》は巡査《じゆんさ》を見《み》ると一方《ぱう》に塊《かたま》つた。

「何《ど》うしたんだ。」

落着《おちつ》いた巡査《じゆんさ》の聲《こゑ》が、柵《さく》から屈《かゞ》んだ時《とき》に聞《きこ》えた。低《ひく》い聲《こゑ》で、巡査《じゆんさ》は續《つゞ》いて何《なに》か云《い》つてゐた。

「何《なに》！歩《ある》けないことがあるものか。歩《ある》ける。歩《ある》ける。」

巡査《じゆんさ》の大《おほ》きな、威嚇《ゐかく》するやうな聲《こゑ》が突然《とつぜん》に響《ひゞ》いた。巡査《じゆんさ》は投身者《とうしんしや》を引《ひ》つ立《た》てゝ柵《さく》から外《そと》に引《ひ》つ張《ぱ》り出《だ》した。

巡査《じゆんさ》に片手《かたて》を掴《つか》まれながら投身者《とうしんしや》はよろ〳〵と歩《ある》き出《だ》した。其《そ》れを見《み》た人々《ひと〳〵》は、一齊《せい》に嘲笑《てうせう》の聲《こゑ》を上《あ》げた。

「馬鹿《ばか》にしてやがるな。」

みんなが喜劇《きげき》の一幕《ひとまく》でも見《み》たやうに土堤《どて》の上《うへ》であはゝと笑《わら》ひ合《あ》つた。投《とう》身者《しんしや》の脛《すね》の出《で》た裸足《はだし》が、酩酊者《よつぱらひ》のやうに千鳥足《ちどりあし》になつて行《い》くのが私《わたし》の眼《め》に見《み》えた。巡査《じゆんさ》はぐん〳〵と引《ひ》つ張《ぱ》つて行《い》つた。同情《どうじやう》の持《も》つて行《い》きどころのなかつた人《ひと》たちは、皮肉《ひにく》に笑《わら》ひさゞめいて散《ち》つて行《い》つた。私《わたし》は一人《り》で投身者《とうしんしや》のよろめきながら引張《ひつぱ》つて行《い》かれる後《あと》を追《お》つて行《い》つた。巡査《じゆんさ》の足《あし》は驅《か》けるやうに早《はや》かつた。男《をとこ》の脊《せ》丈《い》は低《ひく》かつた。言問《こととひ》の先《さき》の派出所《はしゆつじよ》まで行《ゆ》くと、その前《まへ》の留置場《りうちぢやう》へ巡査《じゆんさ》は男《をとこ》を連《つれ》て入《はい》つた。扉《とあ》を開《あ》けはなしておいて、巡査《じゆんさ》は男《をとこ》に宿所《しゆくじよ》を聞《き》いてゐた。男《をとこ》は壁《かべ》の方《はう》を向《む》いて、俯向《うつむ》いて小聲《こごゑ》で尋《たづ》ねられることに答《こた》へてゐた。

「東京《とうきやう》に何《なに》か知《し》つた者《もの》があるのか？無《な》い？一人《ひとり》もないのか。」

男《をとこ》がうなづいてゐた。巡査《じゆんさ》は戸《と》を閉《し》めて、派出所《はしゆつじよ》に入《はい》つて電話《でんわ》をかけてゐた。私《わたし》は留置場《りうちぢやう》の縁《ふち》のかゝつた小《こ》窓《まど》から覗《のぞ》いて見《み》た。

男《をとこ》は俯向《うつむ》いて腰《こし》をかけてゐた。すぶ濡《ぬ》れになつた着《き》物《もの》が電燈《でんとう》で光《ひか》つてゐた。男《をとこ》は筒袖《つゝそで》を着《き》てゐた。と、その筒袖《つゝそで》の腕《うで》を上《あ》げて、腕《うで》で顔《かほ》を押《おさ》へて男《をとこ》は泣《な》き出《だ》した。男《をとこ》は子供《こども》のやうに、わあと云《い》つて泣《な》いてゐた。

嗚咽《をえつ》する度《たび》に頭《あたま》が動《うご》いた。私《わたし》は少時《しばらく》男《をとこ》の泣《な》くのを見《み》てゐたが、そこに又《また》多勢《おほぜい》集《あつま》つて来《き》た人々《ひと〳〵》に遮《さへぎ》られたので留置場《りうちぢやう》をはなれて、その儘《まゝ》土堤《どて》の奥《おく》の方《はう》へ歩《ある》いて行《い》つた。

男《をとこ》が巡査《じゆんさ》に引張《ひつぱ》られて歩《ある》き出《だ》した

が、群集《ぐんしふ》が聲《こゑ》を上《あ》げて嘲笑《あざわら》つたとを私《わたし》は考《かんが》へながらほつ〳〵と歩《ある》いた。あの男《をとこ》が死骸《しがい》になつて、土堤《どて》の草《くさ》の上《うへ》に引《ひ》き上《あ》げられたのだつたら、男《をとこ》は巡査《じゆんさ》に引《ひ》つ立《た》てられて歩《ある》くこともなかつた。生《せい》から死《し》へ跨《また》ぎ損《そこ》なつたばかりに、巡査《じゆんさ》に引《ひ》つ立《た》てられて、

「馬鹿《ばか》にしてやがるな。」

なぞと群集《ぐんしふ》に笑《わら》はれた。あれが死骸《しがい》であつたら、私《わたし》の考《かんが》へだつて、もつと深酷《しんこく》なものを得《え》てゐたらう。群集《ぐんしふ》にも、人間《にんげん》の絶滅《ぜつめつ》の暗示《あんじ》を與《あた》へて、恐怖《きようふ》と戰慄《せんりつ》と、それから、永遠《ゑいゑん》にとの一瞬間《しゆんかん》と一所《しよ》に、氣《き》の毒《どく》な男《をとこ》の運命《うんめい》を人々《ひと〴〵》の胸《むね》に印象《いんしやう》させたことだつたらう。――男《をとこ》が歩《ある》き出《だ》した時《とき》、私《わたし》も可笑《をか》しかつた。恐《おそ》ろしい死《し》と云《い》ふ事實《じじつ》の裏《うら》にあんなをかしな滑稽《こつけい》があらうとは思《おも》ひもよらなかつた。唯《たゞ》、見《み》てゐると、男《をとこ》の足《あし》がよろ〳〵してゐたので、直《す》ぐ悲慘《ひさん》な思《おも》ひがした。

「歩《ある》けないことがあるものか。」

斯《か》う云《い》つた巡査《じゆんさ》の習慣的《しふくわんてき》な壓制《あつせい》を持《も》つた言葉《ことば》の力《ちから》に、あの男《をとこ》は思《おも》はず引《ひ》き摺《ず》られたのに違《ちが》ひない。――然《さ》う思《おも》へば、あの時《とき》の巡査《じゆんさ》の聲《こゑ》は私《わたし》も吃驚《びつくり》するほどに大《おほ》きく強《つよ》かつた。

私《わたし》は又《また》引《ひ》つ返《かへ》して、交番《かうばん》の前《まへ》へ來《き》た。留置場《りうちぢやう》の前《まへ》で巡査《じゆんさ》は床屋《とこや》の男《をとこ》と立話《たちばなし》をしてゐた。多勢女《おほぜいをんな》や小供《こども》が、わい〳〵云《い》つて覗《のぞ》いてゐた。私《わたし》も覗《のぞ》いて見《み》た。男《をとこ》は手《て》を膝《ひざ》の上《うへ》に乘《の》せて俯向《うつむ》いてゐた。あの男《をとこ》は何《ど》う云《い》ふことを考《かんが》へてゐるのだらう。「死《し》なゝくつてよかつた。」と思《おも》つて、幸《さいは》ひな生《せい》の歡《よろこ》びに甦《よみがへ》つてゐるのかしら？耳《みゝ》の傍《そば》に生《い》きてる人間《にんげん》の聲《こゑ》を聞《き》き、輝《かゞや》いた留置場《りうちぢやう》の電燈《でんとう》を見《み》て、暗黒《あんこく》な死《し》につかまらなかつた事《こと》を、どんなにか仕《し》合《あは》せだつたと思《おも》つてゐるのだらうか。自分《じぶん》の運命《うんめい》に感謝《かんしや》をしてゐるのだらうか、男《をとこ》のずぶ濡《ぬ》れの着物《きもの》は矢《や》つ張《ぱ》り電燈《でんとう》の光《ひか》りで光《ひか》つてゐた。

私《わたし》は歩《ある》き出《だ》した。吾間の前《まへ》までくると、着物《きもの》を小《ちひ》さく疊《たゝ》んで其《そ》れを紐《ひも》で括《くゝ》つたものを吊《つ》る下《さ》げた一人《ひとり》の巡査《じゆんさ》が、急《いそ》いで此方《こつち》へ來《き》た。私《わたし》は其《そ》れを見《み》ると、

「あゝ、あれを着代《きかへ》させるのだな。」

と思《おも》つた。よく年老《としよ》りの云《い》ふ「お上《かみ》の手數《てかず》」と云《い》ふ言葉《ことば》が、あの巡査《じゆんさ》の吊《つ》る下《さ》げてゆくものゝ上《うへ》に現《あらは》れてゐた。乾《かは》いた着物《きもの》に脱《ぬ》ぎ代《か》へた時《とき》、あの男《をとこ》は初《はじ》めて自分《じぶん》の生《い》きてる事《こと》を痛切《つうせつ》に感《かん》じるかも知《し》れない。

狢丈のずんぐりした黒《くろ》い着物《きもの》を着《き》たあの投身者《とうしんしや》の姿《すがた》を、私《わたし》は忘《わす》れてしまはうと思《おも》ひながら、又《また》竹屋《たけや》の渡船《わたし》の方《はう》へ來《き》た。今《いま》の事件《じけん》のあつたところは靜《しづか》になつてゐた。男《をとこ》を助《たす》けた老車《らうしや》

夫《ふ》が車の上《うへ》に腰《こし》をかけてゐた。私《わたし》が通りかゝると、もう一人《ひとり》の車夫《しやふ》が「電車《でんしや》までいかゞです」と云つて乗車をすゝめてゐた。

一日一信

俊子

上野《うへの》には今《いま》いろ〳〵な畫《ゑ》の展覽會《てんらんくわい》がある。私《わたし》は毎日《まいにち》見《み》に行《ゆ》く。畫《ゑ》そのものに格別《かくべつ》知識《ちしき》はないけれども、それ〳〵畫家《ぐわか》自身《じしん》の考《かんが》へてゐる藝術《げいじゆつ》に朧氣《おぼろげ》ながら無言《むごん》の内《うち》に觸《ふ》れることの出來《でき》るのが私《わたし》には樂《たのし》みである。昨日《きのふ》は二科《くわ》の展覽會《てんらんくわい》を見《み》に行《い》つた。二科《くわ》の方《はう》の畫《ゑ》はそれぞれにどの畫家《ぐわか》も自《じ》分《ぶん》の色《いろ》を強《つよ》く持《も》つてゐる。それが好《よ》くも惡《わる》くも私《わたし》には興味《きようみ》があつた。兒《こ》島《じま》喜《き》久《く》雄《を》氏《し》の平日《へいじつ》などはゆつとりとして好《す》きだと思《おも》つた。津田《つだ》氏《し》の製作《せいさく》は久《ひさ》し振《ぶり》で見《み》たが中《なか》で紫陽花《あぢさゐ》が私《わたし》にはよかつた。梅原《うめはら》氏《し》のは出品數《しゆつぴんすう》の上《うへ》にも作《さく》の上《うへ》にも量《つや》がなくつて失望《しつばう》した。齋藤豐作《さいとうとよさく》氏《し》の諸作《しよさく》はみんな好《い》い。この人《ひと》の使《つか》ふ色《いろ》が私《わたし》には一番好《はんこの》ましくつてなつかしい。パステルの温泉《をんせん》など忘《わす》れられない。石井柏亭《いしゐはくてい》氏《し》の畫《ゑ》を田山《たやま》氏《し》の小説《せうせつ》のやうなところがあると思《おも》つて見《み》た。

「光の巷」を觀て

田村俊子

この間《あひだ》「光《ひかり》の巷《ちまた》」を見《み》た。私《わたし》は小説《せうせつ》で讀《よ》んでる時《とき》でも、この女主人公《をんなしゆじんこう》葉子《えふこ》には一とつの疑問《ぎもん》を持《も》つてゐた。それは葉子《えふこ》が姉《あね》の爲《ため》に秘密《ひみつ》を守《まも》り、姉《あね》の子《こ》の爲《ため》に自分《じぶん》の生涯《しやうがい》を犠牲《ぎせい》にしてゐるやうな一面《めん》美《うつく》しい清《きよ》い性情《せいじやう》の女《をんな》ではあるが、それと同時《どうじ》に戀人《こひびと》の龍《りう》一に向《むか》つて始終《しじう》僞《いつはり》を云《い》つてゐることである。姉《あね》の秘密《ひみつ》を守《まも》るためには、戀人《こひびと》に僞《いつはり》も云《い》はなくてはならないと云《い》ふ其《そ》の矛盾《むじゆん》した心持《こゝろもち》が、私《わたし》には解《わか》らなかつた。葉子《えふこ》が若《も》し清淨《しやうじやう》高潔《かうけつ》な女《をんな》なら愛人《あいじん》に對《たい》しても一日《にち》でも不《ふ》正直《しやうぢき》ではゐられない譯《わけ》である。自分《じぶん》の清淨《しやうじやう》な靈肉《れいにく》を愛人《あいじん》の前《まへ》に投《な》げ出《だ》す前《まへ》に、自分《じぶん》の清淨《しやうじやう》な靈肉《れいにく》を愛人《あいじん》に對《たい》して證明《しようめい》しずにはゐられない譯《わけ》である。自分《じぶん》の戀愛《れんあい》に對《たい》しても然《さ》う云《い》ふ強《つよ》い要求《えうきう》が燃えてこなければならない譯《わけ》である。殊《こと》に龍《りう》一が其《そ》の葉子《えふこ》の秘密《ひみつ》のために絕《た》えず煩悶《はんもん》し苦《くる》しんでゐる。葉子《えふこ》は其《そ》れを始終《しじう》眼前《がんぜん》に見《み》てゐながら秘密《ひみつ》を打明《うちあ》けないでゐると云《い》ふのは、葉子《えふこ》の戀《こひ》に眞實《しんじつ》が缺《か》けてゐるからだと云《い》ひ度《た》い。葉子《えふこ》自身《じしん》の戀《こひ》までも姉《あね》の秘密《ひみつ》のために犠牲《ぎせい》にさせると云《い》ふところに女《をんな》の美《うつく》しい道德《だうとく》があると、作者《さくしや》は自《みづか》ら考《かんが》へてゐられるかも知《し》れないが、其《そ》れは道德《だうとく》ではない。葉子《えふこ》の爲《し》てゐることは悉皆《しつかい》不《ふ》道德《だうとく》である。何《ど》れへ對《たい》しても葉子《えふこ》の眞實《しんじつ》が徹底《てつてい》してゐない以上《いじやう》、其《そ》の爲《し》てゐることは道德的《だうとくてき》ではない。其《そ》れで私《わたし》は斯《か》う思《おも》ふ。（未完）

「光の巷」を觀て

田村俊子

あのいたいけなる葉子《えふこ》は自分《じぶん》の靈《れい》肉《にく》の清淨《しやうじやう》を愛人《あいじん》の前《まへ》に證明《しようめい》すると同《どう》時《じ》に、姉《あね》の秘密《ひみつ》も、又《また》其《そ》の姉《あね》の子《こ》に對《たい》する自分《じぶん》の愛着《あいちやく》をも、龍《りう》一に打明《うちあ》けてしまはなくてはならない。打明《うちあ》けた上《うへ》での龍《りう》一の態度《たいど》によつて（たとへば、作者《さくしや》の所謂《いはゆる》龍《りう》一の自己主義《じこしゆぎ》の性格《せいかく》が、葉子《えふこ》の犠牲的精神《ぎせいてきせいしん》を却《かへつ》て蔑《な》みするやうな時《とき》とか、其《そ》の子供《こども》を姉《あね》の方《はう》に戻《もど》せと云《い》ふやうな要求《えうきう》をする時《とき》。）葉子《えふこ》は自分《じぶん》の戀《こひ》をも捨《す》てると云《い》ふやうな、新《あたら》しい姉《あね》のための犠《ぎ》牲《せい》の心《こゝろ》が出《で》て來《き》た時《とき》に、其所《そこ》で初《はじ》めて葉子《えふこ》の美《うつく》しい道德《だうとく》が結《むす》ばれるのだと思《おも》ふ。芝居《しばゐ》の上《うへ》でも、斯《か》う云《い》ふ葉《えふ》子《こ》の苦痛《くつう》と悲《かな》しみとを現《あら》はして行《い》つたなら、面白《おもしろ》いあるものがあつたらうと思《おも》ふ。今度《こんど》劇《げき》に脚色《しくま》れたあれだけの葉子《えふこ》の心持《こゝろもち》では、從來《じうらい》の無闇《むやみ》と人《ひと》をいぢめて泣《な》かせる芝居《しばゐ》と異《かは》りはない。殊《こと》に役者《やくしや》の伎倆《うで》が類子《るゐこ》に扮《ふん》した河合《かはひ》の方《はう》が目覺《めざ》ましかつただけ、

——其《そ》れから井上《ゐのうへ》の龍《りう》一が最高潮《さいかうてう》の熱情《ねつじやう》を持《も》つて居《ゐ》ただけに、一層《そう》葉子《えふこ》と云《い》ふ女《をんな》がぢれつたい女《をんな》になつて見《み》えたのは可笑《をかし》しかつた。然《しか》し芝居《しばゐ》は寫實的《しやじつてき》に中々《なか〳〵》面白《おもしろ》い場面《ばめん》がある。私《わたし》が一番《ばん》好《よ》いと思《おも》つたのは三幕目《まくめ》の染《そめ》物屋裏《ものやうら》の物干《ものほ》し場《ば》の舞臺《ぶたい》情調《じやうてう》と、四幕目《まくめ》の大杉《おほすぎ》の家《いへ》であつた。河合《かはひ》の類子《るゐこ》が朝寢《あさね》をして女中《ぢよちう》に世話《せわ》をやかせてゐるところあたりは、河合《かはひ》の技《ぎ》藝《げい》が妙《めう》を盡《つく》してゐる。其《そ》れから五味《み》の大杉《おほすぎ》が自然《しぜん》で好《よ》かつた。男《をとこ》の役《やく》のうちでは私《わたし》はこれを一番《ばん》に取《と》る。これと井上《ゐのうへ》の龍《りう》一が好《よ》かつた。高田《たかた》と云《い》ふ俳優《はいいう》は今度《こんど》見《み》て、この人《ひと》の厭《いや》な技巧《ぎかう》をうるさく思《おも》つた。（完）

紛失

田村俊子

一

下女《げぢよ》がＡ新聞社《しんぶんしや》の記者《きしや》の名刺《めいし》を持《も》つて來《き》た時《とき》、絹子《きぬこ》は鏡臺《きやうだい》の前《まへ》にゐた。髪《かみ》を結《むす》び上《あ》げたばかりのところて、兩手《りやうて》を裏返《うらがへ》しに膝《ひざ》の上《うへ》においてがつかりした顔《かほ》をしてゐた。今朝《けさ》按摩《あんま》を取《と》つたので、絹子《きぬこ》の身體《からだ》は心《しん》が拔《ぬ》けたやうに疲《つか》れを持《も》つてゐた。

絹子《きぬこ》はその記者《きしや》の名刺《めいし》を見《み》ると、直《す》ぐに訪問《はうもん》の意《い》を早呑込《はやのみこ》みした。Ａ新聞《しんぶん》にはその頃每日《ころまいにち》「戰爭《せんさう》と婦《ふ》人《じん》」と云《い》ふ題目《だいもく》て、種々《さまざま》な女流《ぢよりう》の戰爭觀《せんさうくわん》が出《で》てゐたから、今日《こんにち》の記者《きしや》の意向《いこう》もそんなところにあるのだらうと思《おも》つた。絹子《きぬこ》は襟《えり》を改《あらた》めながら、下女《げぢよ》に上《うへ》へ通《とほ》すやうに云《い》ひ付《つ》けた。

絹子《きぬこ》がやがて次《つ》ぎの室《へや》へ出《で》てゆくと、記者《きしや》は洋服《やうふく》の膝《ひざ》を堅《かた》く折《を》つて入《い》り口《くち》のところに構《かま》へてゐた。白《しろ》い詰襟《つめえり》の洋服《やうふく》を着《き》てゐた。絹子《きぬこ》が挨拶《あいさつ》をした時《とき》、記者《きしや》の服《ふく》の膝《ひざ》にインキの汚點《しみ》をつけてるのを瞥《ちら》と見《み》た。

「突然《とつぜん》でございますか。」

と記者《きしや》が云《い》つた。記者《きしや》はすべてを卒直《そつちよく》に云《い》はうとする爲《ため》に、その姿勢《しせい》まで卒直《そつちよく》にしてゐるやうに見《み》えた。半身《はんじん》を眞《ま》つ直《す》ぐにして、兩肱《りやうひぢ》をきちんと腋《わき》の下《した》にくつつけて、手《て》の先《さ》きだけて、行動《かうどう》を取《と》つてゐた。記者《きしや》の胸《むね》が突《つ》き出《で》てゐた。

「昨夜《さくや》、社《しや》の編輯室《へんしふしつ》に盗賊《どろぼう》が入《はひ》つたと見《み》えまして原稿《げんかう》が全部《ぜんぶ》失《な》くなつたのです。」

記者《きしや》は然《さ》う云《い》つて衣嚢《かくし》から、細長《ほそなが》い洋紙《やうし》に何《なに》か印刷《いんさつ》したものを出《だ》した。絹子《きぬこ》はそれを見《み》た。

それは絹子《きぬこ》の書《か》いた物《もの》の原稿《げんかう》の一部《いちぶ》であつた。

「既《すで》に組《く》み込《こ》みました一回《いつくわい》だけが殘《のこ》りまして、あなたの原稿《げんかう》を殘《のこ》らず盗《ぬす》まれたので御座《ござ》います。

「え？」

絹子《きぬこ》は迂濶《うくわつ》な眼《め》をして記者《きしや》の顔《かほ》を見《み》てゐた。

「どうも申譯《まうしわけ》が御座《ござ》いませんのです。今日《こんにち》から掲載《けいさい》される筈《はず》で、この通《とほ》り組《く》み込《こ》みにかゝつたものですから、全部《ぜんぶ》をその抽斗《ひきだし》に入《い》れてありましたのです。今日《こんにち》の新聞紙《しんぶんし》の原稿《げんこう》もこの原稿《げんかう》と一所《しよ》にすつかり失《な》くなりました。昨夜《さくや》二時頃《じごろ》まで編輯《へんしふ》のものがをりましたのですが、飛行機《ひかうき》の事件《じけん》で非常《ひじやう》に忙《せは》しくて遂《つひ》鍵《かぎ》をかけて歸《かへ》る事《こと》を忘《わす》れたのださうです、今曉《こんげう》やられたらしいやうなのです。」

絹子《きぬこ》は無言《むごん》で聞《き》いてゐたが、印刷《いんさつ》された殘稿《ざんかう》の一部《いちぶ》を手《て》に取《と》つて疊《たゝみ》の上《うへ》に繰《く》り展《ひろ》げて見《み》た。

活字《くわつじ》になつた原稿《げんかう》の文字《もじ》を、絹子《きぬこ》は目早《めばや》に一行《いちぎやう》づゝ追《お》つて行《い》つた。題《だい》と、絹子《きぬこ》の名《な》が「一」と云《い》ふ回《くわい》數《すう》の文字《もじ》と一所《いつしよ》に目《め》に入《はひ》つた時《とき》、絹子《きぬこ》は失望《しつばう》が心《こゝろ》の奥底《おくそこ》から靜《しづか》ににじんでくるのを覺《おぼ》えた。

「そんな事《こと》があるでせうか。原稿《げんかう》を盗《ぬす》まれるなんて。」

絹子《きぬこ》は記者《きしや》の顔《かほ》を見《み》ながら云《い》つた。

「何《ど》うしてもないのでせうか。」

「何《ど》うも……」

記者《きしや》は落着《おちつ》いた表情《へうじやう》をして、向《むか》ふても絹子《きぬこ》の顔《かほ》を見《み》た。記者《きしや》は、草稿《さうかう》がないだらうか。と言《い》つた。有《あ》つたら書《か》き直《なほ》して頂《いただ》きたい。失禮《しつれい》だが稿料《かうれう》は別《べつ》に差上《さしあ》げると、千切《ちぎ》れ千切《ちぎ》れな言葉《ことば》で、簡明《かんめい》に延《の》べた。

「草稿《さうかう》なんぞはありません。下書《したが》きなして書《か》くのですから。」

「はあ。同《おな》じものを二度《にど》お書《か》きになるのも興《きよう》の乗《の》らない事《こと》で御座《ござ》いませうし。——然《しか》し是非《ぜひ》もう一遍《いつぺん》書《か》いて戴《いただ》きたいので御座《ござ》いますが。」

絹子《きぬこ》はふと思《おも》ひ付《つ》いて、その原稿《げんかう》を草《さう》する時《とき》の書《か》き損《そん》じを、文庫《ぶんこ》から出《だ》して見《み》た。書《か》き損《そん》じが澤山《たくさん》にあつた。一行《ぎやう》二十字《じ》の上《うへ》を二字《じ》下《した》を一字《じ》づゝ明《あ》けて、綺麗《きれい》に書《か》いた原稿《げんかう》の書《か》き損《そん》じが纏《まと》めて束《たば》になつてゐた。絹子《きぬこ》はそれを擴《ひろ》げて見《み》たが、何《なん》にもならなかつた。書《か》き損《そん》じてあるところは、同《おな》じ箇所《かしよ》ばかりが多《おほ》かつた。それだけでは自分《じぶん》の書《か》いたものゝ全體《ぜんたい》を思《おも》ひ辿《たど》ることは到底《たうてい》むづかしかつた。絹子《きぬこ》はぼんやりと立《た》てた膝《ひざ》の上《うへ》に肱《ひぢ》を突《つ》いて、窓《まど》から外《そと》を見《み》た。秋《あき》の日《ひ》射《ざ》しがちろ／＼と薄《うす》クリーム色《いろ》に屋根《やね》の瓦《かはら》に流《なが》れてゐた。

「別《べつ》に稿《かう》を起《おこ》してもう一とつ書《か》く事《こと》にしませう。」

絹子《きぬこ》は落膽《らくたん》した語氣《ごき》を見《み》せながら、舊《もと》の座《ざ》に戻《もど》つて記者《きしや》と向《むか》ひ合《あ》つた。

「そんな事《こと》があるでせうかねえ。原稿《げんかう》を盗《ぬす》まれるなんて。」

絹子《きぬて》は又先刻《またさつき》と同《おな》じやうな事《こと》を繰《く》り返《かへ》して云《い》つた。絹子《きぬて》の兩方《りやうはう》の後腦《こうのう》にずんとした悲《かな》しみが迫《せま》つて來《き》た。その悲《かな》しみが緩《ゆる》く——ほんたうに緩《ゆる》く小鼻《こばな》の脇《わき》の肉《にく》の纖維《せんゐ》を傳《つた》つて來《き》た。絹子《きぬて》はそれと同時《どうじ》に涙《なみだ》の浮《うか》んできた眼《め》を、ぱつちりと開《ひら》いて、記者《きしや》の顏《かほ》を見詰《みつ》めた。絹子《きぬて》の眼《め》からは涙《なみだ》が落ちてこなかつた。

記者《きしや》は、是非《ぜひ》もう一遍書《べんか》いてくれるやうにと呉々《くれぐ》と賴《たの》んで、

「や、何《ど》うも有難《ありがた》う存《ぞん》じました。」

と卒直《そつちよく》な辭儀《じぎ》をして歸《かへ》つて行《い》つた。

「N先生《せんせい》は御存《ごぞん》じなのですか。」

絹子《きぬて》が斯《か》う云《い》つて聞《き》いた時《とき》、N先生《せんせい》はまだ御存《ごぞん》じないから、これから先生《せんせい》の方《はう》へ廻《まは》る積《つも》りでゐると記《き》者《しや》が答《こた》へた。N先生《せんせい》と云《い》ふのは、今度《こんど》絹子《きぬて》が草《さう》した原稿《げんかう》を取《と》り扱《あつか》つた人《ひと》であつた。A新聞《しんぶん》の創作欄《さうさくらん》は常《つね》に、先生《せんせい》の權威《けんゐ》の下《もと》に支配《しはい》されてゐた。絹子《きぬて》は自身の原稿《げんかう》をN先生《せんせい》に送《おく》るに就《つ》いても、二三度《ど》先生《せんせい》から手紙《てがみ》が來《き》たりしてゐた。原稿《げんかう》も直接《ちよくせつ》に先生《せんせい》へ送《おく》つた。だから絹子《きぬて》は「N先生《せんせい》は御存《ごぞん》じなのですか。」と聞いたのであつた。

空虛《から》の座敷《ざしき》に戾《もど》つて、一回《いつくわい》だけ印刷《いんさつ》された原稿《げんかう》の一部《いちぶ》を手《て》に取《と》つた時《とき》、絹子《きぬて》は眞《ま》つ赤《か》な顏《かほ》をしてゐた。絹子《きぬて》は聲《こゑ》を上《あ》げて慟哭《どうこく》したくつてそれが出來《でき》なかつた。悲痛《ひつう》なものに心臟《しんざう》がきつく壓《お》しつけられてゐた。絹子《きぬて》はぢつと落着《おちつ》いてゐることもできなかつた。立《た》つて座敷中《ざしきちう》を往《い》つたり來《き》たりした。自分《じぶん》の身體《からだ》を搖《ゆさ》ぶらずにはゐられなかつた。

「そんな事《こと》があるでせうか。私《わたし》の原稿《げんかう》がすつかり失《な》くなつてしまつたなんて。みんな、すかつり、失《な》いんです。」

絹子《きぬこ》は家《うち》のものに然《さ》う云《い》つて歩《ある》いた。絹子《きぬこ》の兩眼《りやうがん》から涙《なみだ》が流《なが》れてきた時《とき》に絹子《きぬこ》は少《すこ》し落着《おちつ》いて、心《こゝろ》が靜《しづか》になつた。机《つくゑ》の前《まへ》に座《すわ》り込《こ》んで、絹子《きぬこ》はやゝ少時《しばらく》、自身《じしん》の涙《なみだ》に誘《さそ》はれて泣《な》いてゐた。

「不思議《ふしぎ》だ。どうしても不思議《ふしぎ》だ。」

絹子《きぬこ》は獨《ひと》り言《ごと》を云《い》ひながら早速《さつそく》N先生《せんせい》へ手紙《てがみ》を書《か》いた。絹子《きぬこ》は悲《かな》しいし情緒《じやうしよ》にひきいれられながら盗《ぞ》賊《く》がはいつて自身《じしん》の原稿《げんかう》を持《も》つて行《ゆ》かれたことを書《か》いた。自分《じぶん》の作《さく》が拙《まづ》かつたから、あんなものを出《だ》しては可《い》けないと云《い》ふ神《かみ》の思召《おぼしめし》なのだらうから、又《また》、ふるつて書《か》き直《なほ》す、と萎《しほ》れて書《か》いた。

二

絹子《きぬこ》は、自分《じぶん》の關係《くわんけい》してゐるY社《しや》へ行《い》つて見《み》ようと思《おも》つて家《いへ》を出《で》た。Y社《しや》の人《ひと》たちにも聞《き》いて貰《もら》はなければゐられなかつた。利慾《りよく》の爲《ため》の盗《ぞ》賊《く》が、金錢《きんせん》はおいて何《なん》の意《い》があつて自分《じぶん》の原稿《げんかう》を盗《ぬす》んだのか絹子《きぬこ》には何《ど》うしても合點《がてん》がゆかなかつた。誰《た》れかゞ故意《こい》に自分《じぶん》の原稿《げんかう》を失《な》くしたのではないか？　絹子《きぬこ》はそんな事《こと》も考《かんが》へて見《み》た。だが、何《ど》う思《おも》ひを僻《ひが》めて見《み》ても、A社《しや》には絹子《きぬこ》の知人《ちじん》もなく、まして自分《じぶん》の仕事《しごと》をわざと害《そこな》はせられるやうな怨《うら》みを持《も》たれる人《ひと》などはある筈《はず》もなかつた。

偶然《ぐうぜん》な災難《さいなん》！　然《さ》う思《おも》つてあきらめるより仕方《しかた》がないか。

絹子《きぬこ》は初秋《しよしう》の、日蔭《ひかげ》の冷《つ》めたさと日中《ひなか》の熱《あつ》さとが、脊《せ》中合《なかあは》せをしてゐる街《まち》に出《で》た。絹子《きぬこ》はそこいらを眺《なが》めながら歩《ある》いて行《ゆ》くうちに、自分《じぶん》の原稿《げんかう》が、どう云《い》ふ人《ひと》の手《て》によつて、永久《えいきう》に失《うしな》はれてしまつたのか、それが一層《いつそう》空漠《くうばく》とした深《ふか》い疑《うたが》ひになつて來《き》て、さうして一層《いつさう》不可思議《ふかしぎ》なことに思《おも》はれた。

自分《じぶん》の所有物《しよいうぶつ》が、まるで見知《みし》りもしない他人《たにん》の手《て》によつて失《うしな》はれてしまつたのである。自分《じぶん》のものを他人《ひと》に失《なく》されたのである。それも、そこいらの商店《しやうてん》に賣《う》り並《なら》べてゐる物品《ぶつぴん》の所有物《しよいうぶつ》を、失《な》くされたのとは事《こと》が異《ちが》ふ、自分《じぶん》の生命《いのち》である。自分《じぶん》の魂《たましひ》である。自分《じぶん》の大切《たいせつ》な神經《しんけい》である。自分《じぶん》の文字《もんじ》である。過去《くわこ》の幾瞬間《いくしゆんかん》に、私《わたし》の頭腦《づなう》に閃《ひらめ》いた大切《たいせつ》な、換《か》け代《が》へのない創思《さうし》の點滴《てんてき》である。一度《いちど》失《うしな》つてしまつた彼《あ》れ等《ら》の私《わたし》の生命《いのち》の點滴《てんてき》は、再《ふたゝ》び私《わたし》のものにはならない、永久無窮《えいきうむきゆう》に失《な》くされてしまつた。

それは大變《たいへん》な罪惡《ざいあく》ではないか。單《たん》に人《ひと》の所有《もの》を失《な》くしたと云《い》ふ過誤《あやまち》にばかりはとゞまらないのである一種《いつしゆ》の罪惡《ざいあく》である。大變《たいへん》な罪惡《ざいあく》である。失《な》くされた私《わたし》は不幸《ふかう》である。こんな大《おほ》きな不幸《ふかう》はない。物品《ぶつぴん》を失《な》くされたのなら代價《だいか》の倍償《ばいしやう》でゞも酬《むく》ひられる。然《しか》し、精神的《せいしんてき》の仕事《しごと》の損傷《そんしやう》は、どうした代價《だいか》を拂《はら》はれても、償《つぐの》はれはしない。

斯《か》う思《おも》ひ詰《つ》めてくると、絹子《きぬこ》は、目《め》が眩《くら》むやうに思《おも》はれた。自分《じぶん》の原稿《げんかう》は、どんなところに埋《うづ》められてしまつたのか。捨てられてしまつたのか。

然《しか》し、まるきり其《そ》の行方《ゆくへ》が失《うしな》はれて了《しま》つたと云《い》ふ筈《はず》はない様《やう》な氣《き》がした。何所《どこ》かにその斷片《だんぺん》でも落《お》ち散《ち》つてゐるやうな氣《き》がした。絹子《きぬこ》は出來得《できう》るかぎり原稿《げんかう》の行方《ゆへく》を捜索《さうさく》したいように思《おも》つて、其《そ》の胸《むね》に熱《ねつ》氣《き》を帶《お》びた。

社《しや》へ行《ゆ》くと、Hさんがゐた。絹子《きぬこ》は直《す》ぐにその話《はなし》をした。

「そんな馬鹿《ばか》な事《こと》があるもんですか。」

Hさんが然《さ》う云《い》つた。それは盗賊《ぞく》ではない。誰《たれ》かゞ途《みち》で落《おと》してもしたのだらう。盗《ぬす》まれたのぢやない、紛失《ふんしつ》したんだ。その云《い》ひ譯《わけ》に盗《ぬす》まれたと云《い》つたのだらうと云《い》つた。

「置《お》き忘《わす》れでもしたのでせう。」

絹子《きぬこ》は原稿《げんかう》の失《な》くなつた事《こと》が悲《かな》しくつて堪《たま》らないと訴《うつた》へてゐた。

「ほんとに泣《な》いたの。」

Hさんは驚《おどろ》いた顏《かほ》をして絹子《きぬこ》に聞《き》いた。

「どうして今日《けふ》來《き》たんです。」

Kさんが云《い》ひながら室《へや》の外《そと》から入《はひ》つて來《き》た。絹子《きぬこ》はKさんにもその話《はなし》をした。

「思《おも》へばよく原稿《げんかう》なんてものは失《な》くならないもんだな。編輯室《へんしふしつ》や活版所《くわんぱんじよ》なんてものは、ごた〳〵してゐて原稿《げんかう》の失《な》くなりさうなところだがな。」

Kさんが云《い》つた。「一枚書《いちまいか》くと、同時《どうじ》に、二枚出《まいで》來《き》るやうな工合《ぐあひ》に原稿《げんかう》も書《か》けるといゝがね。郵便局《いうびんきよく》の受取《うけと》りを書《か》くもの見《み》たいにね。どうしてももう一とつ別《べつ》に原稿《げんかう》を取《と》つておかなくちや成《な》らん譯《わけ》だ。」

　Ｋさんはもう歸《かへ》り際《ぎは》であつた。帽子《ばうし》なぞ被《かぶ》りながら、

「原稿《げんかう》の失《な》くなつたのは困《こま》つたな。」

と云《い》ひながら、別室《べつしつ》の、編輯局《へんしふきよく》の方《はう》に眼《め》をやつた。

「冷《つ》めたいものでも飲《の》みに行《ゆ》きませんか。」

「行《い》きませう。」

　絹子《きぬこ》はＫさんと一所《いつしよ》にＹ社《しや》を出《で》た。絹子《きぬこ》はその時《とき》に、Ａ社《しや》へ原稿《げんかう》を探《さが》しに行《い》つて見《み》ようかと思《おも》ひ付《つ》いた。何《ど》うしても然《さ》うして來《こ》なければ氣《き》が濟《す》まなかつた。

　銀座《ぎんざ》の道《みち》は水《みづ》で濡《ぬ》れてゐた。絹子《きぬこ》は草履《さうり》で飛《と》び越《こ》し飛《と》び越《こ》し歩《ある》いた。Ｋさんは「可哀想《かあいさう》に。」と云《い》つて笑《わら》つた。カフエーへ入《はひ》つてアイスクリームや冷《つ》めたい紅茶《こうちや》などを飲《の》んで、二人《ふたり》は又《また》ぶら〳〵と歩《ある》いた。Ｋさんが秋《あき》の帽子《ばうし》を買《か》ふのに、絹子《きぬこ》は隨《つ》いて行《い》つた。絹子《きぬこ》は原稿《げんかう》の失《な》くなつたことを思《おも》ふと淋《さみ》しくて堪《たま》らなかつた。底冷《そこつ》めたい空氣《くうき》の中《なか》に、繁々《しげ〳〵》とした人《ひと》の往來《ゆきゝ》が、澱《よど》んでゐた。柳《やなぎ》の葉《は》に秋《あき》の色《いろ》が乾《かわ》いてゐた。人々《ひと〳〵》の眼《め》が水《みづ》のやうに澄《す》んで動《うご》いてゐた。

　帽子《ばうし》を買《か》つてから、Ｋさんは又絹子《またきぬこ》が雜誌《ざつし》を買《か》ふのに新橋《しんばし》から逆《ぎやく》に隨《つ》いて來《き》た。どの書店《しよてん》にも「太陽《たいやう》」が切《き》れてゐた。

「あゝ。原稿《げんかう》の事《こと》ばかり考《かんが》へてゐる。」

　Ｋさんに笑《わら》つてゐた。Ａ社《しや》へ原稿《げんかう》を探《さが》しに行《ゆ》かうと思《おも》つてゐることを、絹子《きぬこ》はＫさんに話《はな》さずにゐた。

時間《じかん》から考《かんが》へても、これからＡ社《しや》へ行《ゆ》くにはもう遲《おそ》かつた。自分《じぶん》の身體《からだ》の持《も》つて行《ゆ》きどころのない樣《やう》なしな〳〵した樣子《やうす》をしながら、絹子《きぬこ》は尾張町《をはりちやう》でＫさんと別《わか》れた。繁華《はんくわ》な十字《じ》街《がい》に、秋《あき》の日光《につくわう》の影《かげ》が叉《しや》に長《なが》く落《お》ちてゐた。絹子《きぬこ》を追《お》ひ越《こ》して行《い》つた電車《でんしや》に、絹子《きぬこ》の方《はう》を見《み》て笑《わら》つたＫさんの顔《かほ》があつた。絹子《きぬこ》も其方《そのはう》を見《み》て笑《わら》つた。

三

絹子《きぬこ》は本郷《ほんがう》の通《とほ》りを歩《ある》いてゐた。街《まち》が陰氣《いんき》で、呉服店《ごふくや》の友禪《いうぜん》の色《いろ》などが絹子《きぬこ》には堪《たま》らなく淋《さみ》しく映《うつ》つた。絹子《きぬこ》は疲《つか》れた足《あし》を引摺《ひきず》りながら、此所《こゝ》でも水《みづ》に濡《ぬ》れた道《みち》を草履《ざうり》で飛《と》び越し飛《と》び越《こ》ししながら、Ｔさんの家《いへ》に行《い》つた。

Ｔさんは毎日《まいにち》ｙ社《しや》の創作欄《さうさくらん》に筆《ふで》を執《と》つてゐた。人《ひと》が訪《たづ》ねて行《い》つたら迷惑《めいわく》に思《おも》はれるだらうと思《おも》ひながら、絹子《きぬこ》は何《ど》うしてもＴさんに逢《あ》つて原稿《げんかう》の失《な》くなつた事《こと》を話《はな》さずにはゐられなかつた。Ｔさんは色《いろ》の勝《すぐ》れない青《あを》い、厭《いや》さうな顔《かほ》をして奥《おく》から出《で》て來《き》た。

「や。」

Ｔさんは煙草盆《たばこぼん》を引《ひ》き寄《よ》せながら其所《そこ》に坐《すわ》つて、落着《おちつ》きながら絹子《きぬこ》を見《み》た。絹子《きぬこ》はＴさんの其《そ》の態度《たいど》に對《たい》しても、狼狽《あわて》たがらがらした素振《そぶ》りは見《み》せられなかつたから、自分《じぶん》もぢつとした靜《しづか》な聲《こゑ》で、何所《どこ》にも太陽《たいやう》がなかつたから、太陽《たいやう》を拜借《はいしやく》に來《き》たのですと云《い》つた。

さうして自分《じぶん》で立《た》つて行《い》つて床《とこ》の間《ま》に積《つ》んであつた雜誌《ざつし》の中《なか》から、太陽《たいやう》を拔《ぬ》いて持《も》つて來《き》た。

「何《なに》が用《よう》なんです。」

「えゝ。讀《よ》みたいものがあるんです。」

「はあ、然《さ》うですか。」

　Tさんの朗《ほが》らかな聲《こゑ》が、ぴちんと絹子《きぬこ》の耳《みゝ》に響《ひゞ》いた。絹子《きぬこ》はTさんのちよいと怒《いか》つた肩《かた》に味《あぢ》があると思《おも》つてゐるのだが、今《いま》もその肩《かた》のところを見《み》た。Tさんは浴衣《ゆかた》を着《き》てゐたが、熱《あつ》がつてゐた。靜《しづか》にTさんは煙草《たばこ》をのんでゐた。大《おほ》きな松《まつ》の樹《き》に夕闇《ゆふやみ》が絡《から》んで、よく掃除《さうぢ》の行《ゆ》き屆《とゞ》いてそ綺麗《きれい》な庭《には》が疲《つか》れたやうに暮《く》れて來《き》た。塀《へい》の外《そと》に、下宿屋《げしゆくや》の二階《にかい》のある一室《しつ》が、絹子《きぬこ》の坐《すわ》つてゐるところから見《み》えた。硝子戸《からすと》の篏《は》まつた室内《しつない》に、異様《いやう》な黄《き》色味《いろみ》を帶《お》びた電燈《でんとう》の光《ひか》りが明《あか》るく反映《はんえい》してゐた。その壁《かべ》に、赤黒《あかぐろ》いリボンをかけた大《おほ》きな少女《せうぢよ》の肖像畫《しやうざうぐわ》がかゝつてゐるのが見《み》えた。絹子《きぬこ》は其《そ》れをじつと見詰《みつ》めてゐた。遠《とほ》い二階《かい》の一室《いつしつ》の電燈《でんとう》の光《ひか》りが、絹子《きぬこ》にはひどく陰鬱《いんうつ》であつた。

絹子《きぬこ》は其方《そつち》を見《み》まいとしながら矢《や》つ張《ば》り眼《め》が行《い》つた。幾度《いくたび》見《み》ても、陰鬱《いんうつ》な厭《いや》な燈《ひ》の色《いろ》であつた。

「私《わたし》の原稿《げんかう》が失《な》くなつたんです。」

絹子《きぬこ》は暫時《しばらく》してから、そつと云《い》つた。

「えゝ。何所《どこ》て。」

絹子《きぬこ》はＡ社《しや》の話《はなし》をした。

「盗賊《どろぼう》ぢやあるまい。」

Ｔさんが、意味《いみ》を持《も》つた聲《こゑ》で云《い》つた。

「あなたは原稿《げんかう》をお失《な》くしになつた事《こと》がありますか。」

「いえ。まだ一度《いちど》もありません。」

「原稿《げんかう》を失《な》くした方《かた》なんかはまだ一人《ひとり》もないてせうね。そんな方《かた》はまだ一人《ひとり》もないんでせうね。」

「まあ。聞《き》いた事《こと》はないね。外國《ぐわいこく》にカーライルの原稿《げんかう》の話《はなし》があるぢやないか。」

絹子《きぬこ》は微笑《びせう》した。

「原稿《げんかう》を盗《と》つたつて仕方《しかた》がないてせうにね。何《ど》う云《い》ふのてせう。」

「分《わか》らないね。」

Ｔさんは黙《だま》つて煙草《たばこ》をのんでゐた。絹子《きぬこ》は原稿《げんかう》を失《な》くして見《み》ると、惜《を》しくつて惜《を》しくつて堪《たま》らないと愚痴《ぐち》を云《い》つた。大層《たいそう》、好《い》い文句《もんく》があつたやうな氣《き》がしたり、捉《とら》へるにも捉《とら》へられない微妙《びめう》な、突嗟《とつさ》の表《へう》現《げん》があつたやうに思《おも》はれたりして、何《ど》う考《かんが》へ直《なほ》しても惜《を》しくつて仕方《しかた》がないと、未練《みれん》な事《こと》を繰《く》り返《かへ》した。

「其《そ》れは然《さ》うだらう。」

Ｔさんは然《さ》う云《い》つた。Ｔさんは、何《ど》う云《い》ふ機會《きくわい》で原稿《げんかう》が失《な》くなつたのか、それを疑《うたが》つて考《かんが》へてゐた。

Hさんが云《い》つたやうに、誰《たれ》かゞ落《おと》してもしたのかと考《かんが》へたり。絹子《きぬこ》が考《かんが》へるやうに、故意《こい》に誰《たれ》かゞ絹子《きぬこ》の原稿《げんかう》を失《うしな》つたのかとも想像《さうぞう》して見《み》たりした。

「然《しか》し、そんな馬鹿《ばか》な事《こと》はあるまい。怨《うら》みがあるからつて、人《ひと》の原稿《げんかう》を何《ど》うするなんて事《こと》はある筈《はず》がない。」

とTさんは打消《うちけ》した。

Tさんは夕飯《ゆふめし》に何《なに》を食《た》べるかと親切《しんせつ》に云《い》つて、鰻《うなぎ》など云《い》い付《つ》けてゐた。二番目《ばんめ》の男《をとこ》の兒《こ》が、時々《ときぐ》硝子《がらす》のところから絹子《きぬこ》を覗《のぞ》きに來《き》た。

絹子《きぬこ》はだん〳〵に心《こゝろ》が滅《めい》入つて來《き》て、坐《すわ》つてゐるにも堪《た》へられない様《やう》な氣《き》がした。原稿《げんかう》の失《な》くなつたことは、自分《じぶん》の運命《うんめい》の不吉《ふきち》な卜《うら》のやうに思《おも》はれ出《だ》して來《き》た。決《けつ》して吉《い》い事《こと》ではないと思《おも》つた。凶兆《きようてう》だと思《おも》つた。絹子《きぬこ》は穴《あな》の中《なか》へ蹴落《けおと》されて行《ゆ》くやうに陰氣《いんき》であつた。

「きつと何《なに》かの凶兆《きようてう》ですね。」

と絹子《きぬこ》は浮《う》かない聲《こゑ》で云《い》つた。

「そんな事《こと》はない。」

Tさんは笑《わら》つてゐた。

「私《わたし》一人《ひとり》にこんな事《こと》があつたのですもの。」

絹子《きぬこ》は、この世界《せかい》の何所《どこ》に自分《じぶん》の原稿《げんかう》が埋《うづ》もれてゐるのだらう。とそればかり思《おも》つた。

「私《わたし》はＡ社《しや》へ原稿《げんかう》を探《さが》しに行《ゆ》かうかと思《おも》つてゐるんです。何所《どこ》かにありはしないかと思《おも》つて氣《き》が濟《す》まないんです。」

Ｔさんはやつぱり笑《わら》つてゐた。

「探《さが》しに行《い》つてもないものは何《ど》うも仕方《しかた》がないだらう。」と云《い》つた。子供《こども》たちが蓄音機《ちくおんき》を初《はじ》めた。絹子《きぬこ》はそれに少《すこ》し慰《なぐさ》められるやうに思《おも》つて、感情《かんじやう》がゆるんで來《き》た。春子《はるこ》太夫《だいふ》の酒屋《さかや》があつた。「道《みち》は六百――八十里《り》――」と云《い》ふ唱歌《せうか》の音譜《おんぷ》が初《はじ》まると、

「おい。おい。其《そ》れは困《こま》るよ。」

とＴさんは子供《こども》を制《せい》した。

絹子《きぬこ》は御馳走《ごちそう》もよくは食《た》べられなかつた。陰氣《いんき》で、淋《さみ》しくて、心《こゝろ》が沈《しづ》んで、兎《と》もすると涙《なみだ》が突《つ》つかけさうになつた。憤《おこ》るにも憤《おこ》れない纖細《かぼそ》い神經《しんけい》の沈壓《ちんあつ》が、絹子《きぬこ》の肉體《にくたい》をちり／＼と苦《くる》めてゐた。何《ど》うも、じつと坐《すわ》つてゐる事《こと》ができなくて、絹子《きぬこ》は苛々《いら／＼》してゐた。

「Ｎさんから何《なに》か云《い》つて來《き》てるでせう。其《そ》れでも見《み》て慰《なぐさ》めるんだね。」

「えゝ、きつと何《なに》かお手紙《てがみ》でもあるでせう、それで眞實《ほんたう》のことが分《わか》るかも知《し》れませんね。」

Ｔさんは、絹子《きぬこ》が義太夫《ぎだいふ》をやつた事《こと》なぞを聞《き》いて、

「へえ。そりや是非《ぜひ》聞《き》きたいもんだな。」

と熱心《ねつしん》に云《い》つたが、絹子《きぬこ》ははしやいだ顏《か》も見《み》せなかつた。だん／＼に絹子《きぬこ》は陰氣《いんき》になつた。人間《にんげん》には、

何時《いつ》何《ど》う云《い》ふ不幸《ふかう》が突發《とつぱつ》するものか分《わか》らないと思《おも》つたり、社會《しやくわい》の制度《せいど》と云《い》ふものは、隨分不完全《ずいぶんふくわんぜん》なものだと心《こゝろ》の中《うち》で憤慨《ふんがい》したりしてゐた。遠《とほ》くの二階《にかい》の一室《いつしつ》の黄色《きいろ》い灯《ひ》の色《いろ》がやつぱり陰鬱《いんうつ》に見《み》えた。

絹子《きぬこ》はＴさんの家《いへ》を辭《じ》した。お化粧《けしやう》をした可愛《かあい》らしい女《をんな》の子《こ》が、下《さ》げ髪《かみ》にリボンをかけて、らんぷを兩手《りやうて》に持《も》つて出《で》て來《き》た。絹子《きぬこ》は其《そ》の灯《ひ》で下駄《げた》を探《さぐ》つて外《そと》て出《で》た。

四

Ｎ先生《せんせい》からは何《なん》の沙汰《さた》もなかつた。今朝《けさ》來《き》た記者《きしや》があれから先生《せんせい》を訪《たづ》ねると云《い》つてゐた。それだのに、何《ど》うして先生《せんせい》から何《なん》とも沙汰《さた》がないのか、絹子《きぬこ》は不思議《ふしぎ》であつた。絹子《きぬこ》は明日《あした》先生《せんせい》を訪《たづ》ねると云《い》ふ事《こと》を書《か》いて（其《そ》れは面會日以外《めんくわいびいぐわい》の日《ひ》であつたから。）速達《そくたつ》で出《だ》した。何《ど》うしても思《おも》ひ切《き》れないから、明日《あした》Ａ社《しや》へ行《い》つて探《さが》して見度《みた》いと思《おも》ふと云《い》ふことも書《か》いた。其《そ》れを出《だ》した時間《じかん》がもう十時《じ》を過《す》ぎてゐた。

翌《あく》る朝《あさ》、Ｎ先生《せんせい》から手紙《てがみ》が届《とゞ》いた。其《そ》れは絹子《きぬこ》の書狀《しよじやう》を見《み》て、初《はじ》めて事《こと》の顚末《てんまつ》を知《し》つた手紙《てがみ》のやうであつた。先生《せんせい》の手紙《てがみ》は、太《ふと》い達筆《たつぴつ》な字《じ》で原稿《げんかう》が失《な》くなつたとの事《こと》で驚《おどろ》いたと云《い》ふことが書《か》いてあつた。責《せき》任者《にんしや》に相當《さうたう》な挨拶《あいさつ》をさせるから、Ａ社《しや》の方《はう》から何《なん》ともあなたの方《はう》へ云《い》つて行《ゆ》かないやうなら私《わたし》まで云《い》つてよこして貰《もら》ひたいとしてあつた。

絹子《きぬこ》は其《そ》れを讀《よ》んでから家《いへ》を出《で》た。N先生《せんせい》の處《ところ》へ行《ゆ》く前《まへ》に、代々木《よゝぎ》のSさんのところへ寄《よ》つて行《ゆ》かうと絹子《きぬこ》は考《かんが》へてゐた。Sさんは今度《こんど》N先生《せんせい》まで絹子《きぬこ》の作《さく》を推薦《すゐせん》した人《ひと》であつた。絹子《きぬこ》はSさんとはさして親交《しんかう》もなかつたけれども、一二度《ど》しんみりと逢《あ》つて見《み》れば、兄《あに》らしい懐《なつ》かしみを持《も》つた人《ひと》に思《おも》はれた。

其《そ》のSさんのところへ行《い》つてから、N先生《せんせい》を訪《たづ》ねやうと絹子《きぬこ》は考《かんが》へた。

山《やま》の手《て》線《せん》の電車《でんしや》の中《なか》は人《ひと》が隙《す》いてゐた。殘暑《さんしよ》の熱《あつ》さが晴《は》れた朝《あさ》の雲《くも》の光《ひか》りの中《なか》に兆《きざ》してゐた。森《もり》や青畑《むぎばたけ》に風《かぜ》がなかつた。眠《ねむ》りの足《た》りない絹子《きぬこ》の眼《め》に、外《そと》の景色《けしき》が重《おも》く垂《た》れるやうに被《かぶ》さつて過《す》ぎた。絹子《きぬこ》の胸《むね》は何《なに》か知《し》らず騒《さわ》いてゐた。さうして僅《わづか》な音響《おんきやう》にもびくりとして神經《しんけい》が動《うご》いた。頭腦《あたま》が熱《ねつ》してゐた。それて身體《からだ》の何所《どこ》やらが冷《ひ》えてゐた。

絹子《きぬこ》はN先生《せんせい》のところへ行《い》つても仕方《しかた》がないと思《おも》つた。

「ないものは、ない。」

これだけの事《こと》である。何所《どこ》へ行《い》つても、これだけの事《こと》である。唯《たゞ》N先生《せんせい》に煩《わづら》はしい思《おも》ひをさせるだけの事《こと》ではないか。

N先生《せんせい》のところへ行《い》つて見《み》ようと云《い》ふのは、唯《たゞ》、N先生《せんせい》がA新聞社《しんぶんしや》の内側《うちがは》の人《ひと》だから、何《なに》かある眞相《しんさう》が得《え》られるかも知《し》れないと云《い》ふだけの事《こと》である。何《ど》う云《い》ふ場合《ばあひ》に誰《たれ》が失《な》くしたかと云《い》ふことを知《し》るだけである。

「それで自分《じぶん》の苦《くるし》みが脱《のが》れるものでない。」と絹子《きぬこ》は思《おも》つた。矢《や》つ張《ば》り「ないものは、ない。」にとゞまる。

自分《じぶん》の大切《たいせつ》な原稿《げんかう》を、いつの間《ま》にか誰《たれ》の手《て》かもわからずに失《うしな》はれてしまつた。其《そ》の憤《いきどほ》りを何所《どこ》へ持つてゆくこともできない。「失《な》くされてしまひました。」斯《か》う云《い》つて馬鹿《ばか》な顔《かほ》をしてゐるより仕方《しかた》がない。なんと、人間《にんげん》の一《ひと》つの意志《いし》なんてもの丶弱小《じやくせう》なことよ。人間《にんげん》の一人《ひとり》の力《ちから》なんてもの丶哀《あは》れなことよ。社會《しやくわい》から受《う》けた損傷《そんしやう》に對《たい》して、何《なに》を何《ど》うすることも出來《でき》ない人間一人《にんげんひとり》の意志《いし》のつまらないことよ。社會《しやくわい》は、

「あなたの原稿《げんかう》が何時《いつ》の間《ま》にか失《な》くなりました。」

と云《い》つて、濟《す》ましてゐる。それだけである。

絹子《きぬこ》は斯《か》う考《かんが》へてくると、かつと腹《はら》が立《た》つた。そこいら中暴《ちうあば》れ廻《まは》り度《た》くなつて、かつかつとした。

「誰《たれ》が失《な》くしたんだ。誰《たれ》が失《な》くしたんだ。」と怒鳴《どな》つて歩《ある》きたくなつた。絹子《きぬこ》は逆上《のぼせ》た顔《かほ》をして、代々木《よゝぎ》から車《くるま》に乘《の》つた。

　Sさんの家《いへ》は、綺麗《きれい》に朝《あさ》の掃除《さうぢ》ができてゐた。贅澤屋《ぜいたくや》の玩具《おもちや》の家《いへ》のやうに、Sさんの家《いへ》は新《あた》らしい木《き》口《くち》で、こま〲とした部屋《へや》が華奢《きやしや》に彼方《あつち》の襖此方《ふすまこつち》の簾《すだれ》から覗《のぞ》かれるやうにできてゐた。赤《あか》い花《はな》、紫《むらさき》の花《はな》、それがSさんの家《いへ》の廻《まは》りに美《うつく》しく咲《さ》いてゐた。開《あ》け放《はな》した格子《かうし》から絹子《きぬこ》は突然《とつぜん》な風《ふう》で上《あが》つて行《い》つた。がらんとした無駄《むだ》な道具《だうぐ》は一とつも出《で》てゐない綺麗《きれい》な座敷《ざしき》から、Sさんの夫人《ふじん》が出《で》て來《き》て、奥《おく》にゐるSさんに傳《つた》へに行《い》つた。

奥《おく》から出《で》て來《き》たSさんは絹子《きぬこ》の顔《かほ》を見《み》ると、

「A新聞《しんぶん》の小説《せうせつ》はもう出來《でき》たんですか。」

といきなり聞《き》いた。絹子《きぬこ》は、

「その原稿《げんかう》が失《な》くなつてしまつたんです。」

と云《い》つた。

「何所《どこ》で。」

「社《しや》の編輯室《へんしふしつ》で。」

異様《いやう》な顔《かほ》をしたSさんは、嚙《か》んで吐《は》くやうに、「そんな馬鹿《ばか》な奴《やつ》があるもんか。」

と云《い》つた。

奥《おく》へ行《い》つて、絹子《きぬこ》はSさんの机《つくゑ》の傍《そば》にぎごちなく坐《すわ》つた。

Sさんも机《つくゑ》の前《まへ》に斜《はす》に座《すわ》つて、絹子《きぬこ》の話《はなし》を聞《き》いてゐた。Sさんの夫人《ふじん》も敷居《しきゐ》のところに來《き》て、非常《ひじやう》に重大《ちゆうだい》な事件《じけん》に打《ぶ》つ衝《つ》かつたやうな、悩《なや》ましさうな顰《ひそ》みを顔《かほ》に作《つく》つて、絹子《きぬこ》の話《はなし》を聞《き》いてゐた。

Sさんは、自分《じぶん》の事《こと》のやうに激《げき》してゐた。細長《ほそなが》い顔《かほ》を俯向《うつむ》けて、底《そこ》から聲《こゑ》を絞《しぼ》り出《だ》すやうな調子《てうし》で、人《ひと》の原稿《げんかう》を失《な》くしたことを憤慨《ふんがい》してゐた。だからその聲《こゑ》の響《ひゞ》きが何《なん》となく沈痛《ちんつう》であつた。

「構《かま》ふことはない。A新聞《しんぶん》と喧嘩《けんくわ》したれ。」

と眼《め》を鋭《するど》くして云《い》つたりした。Sさんは自身《じしん》が作《さく》をする時《とき》の苦心《くしん》なぞを、こま〳〵と話《はな》した。

「一度《ど》書《か》いたものが二度《にど》その通《とほ》りに書《か》けるもんぢやない。責任者《せきにんしや》があなたの前《まへ》に出《で》てあやまるのが當《あた》り前《まへ》だ。何《なん》とも云《い》つて來《こ》ないんですか。」

「えゝ。それは記者《きしや》が來《き》て詫《わ》びては行《い》きましたけれども、其《そ》れつきりです。もう一とつ書《か》けば、又其《またそ》の稿料《かうれう》を呉《く》れると云《い》ひましたつけ。」

「馬鹿《ばか》にしてるな。金《かね》の問題《もんだい》ぢやない。そんな事《こと》で償《つぐの》はれるもんぢやない。」

あんまりSさんが、底《そこ》に沈《しづ》んだ聲《こゑ》で、「不幸《ふかう》だな。」と云《い》つたり「女《をんな》だと思《おも》つて餘計馬鹿《よけいばか》にされるやうな氣《き》がするでせう。」と云《い》つたりしたので、しまひに絹子《きぬこ》は眼《め》に涙《なみだ》をいつぱい持《も》つて來《き》た。泣《な》くのはあんまり大人氣《おとなげ》ないと思《おも》つて、唾《つば》をのんで我慢《がまん》してゐたが、その爲《ため》に一層《いつそう》かつかつと逆上《のぼせ》て來《き》た。

「これからN先生《せんせい》のところへ行《ゆ》かうと思《おも》つてゐるのです。」

と云《い》ふと、其《そ》れが好《い》い。行《い》つて誰《たれ》が失《な》くしたのかそれを能《よ》く聞《き》くんだな。さうして、その者《もの》にはつきり詫罪《あやま》らせるんだな。と云《い》つた。絹子《きぬこ》がA社《しや》へ原稿《げんかう》を探《さが》しに行《い》くことは、止《よ》した方《はう》がいゝと留《と》めた。

「此方《こつち》の權威《けんゐ》を落《おと》すだけだから。」

と云《い》つた。

「原稿《げんかう》のことは、もう無《な》いものと斷念《あきらめ》てゐなくちや可《い》けない。——社會問題《しやくわいもんだい》だわな。」とSさんは、自身《じしん》の感情《かんじやう》を壓《お》しつぶすやうな強《つよ》い聲《こゑ》で云《い》つた。絹子《きぬこ》は朝《あさ》の食事《しよくじ》を濟《す》まさないで來《き》たと云《い》ふと、それではN先生《せんせい》の歸途《かへり》にもう一度《いちど》此家《こゝ》へ寄《よ》つて食事《しよくじ》をお濟《す》ましなさいと云《い》つた。乾《ほ》し鮎《あゆ》をうまく煮《に》てをくから、と云《い》つた。絹子《きぬこ》は車《くるま》でSさんの家《いへ》を出《で》た。Sさんの家《いへ》の出入《でい》りの車夫《しやふ》であつた。N先生《せんせい》の家《いへ》までその車《くるま》で往復《わうふく》することにした。

「それぢや、歸つていらつしやい。」

Sさんは車上《しやじやう》の絹子《きぬこ》を見《み》て、奥《おく》の方《はう》から聲《こゑ》をかけた。

五

日光《につくわう》が赫《かつ》と照《て》つてゐた。車上《しやじやう》に射込《いこ》んでくる日《ひ》は灼《や》くやうに熱《あつ》かつた。絹子《きぬこ》は懐中鏡《ふところかゞみ》を出《だ》して、自分《じぶん》の顏《かほ》を見《み》た。睡眠不足《すゐみんぶそく》と、逆上《のぼせ》てゐるのとで、顏《かほ》が眞《ま》つ赤《か》になつて、地《ぢ》が荒《あら》びてゐた。鏡《かゞみ》のなかに日《ひ》がちら／＼と陽炎《かげろ》つた。

青《あを》い鹿《か》の子《こ》の鏡入《かゞみい》れの布《きれ》に、絹子《きぬこ》は目《め》を休《やす》めながら、初《はじ》めて逢《あ》ふN先生《せんせい》の樣子《やうす》などを考《かんが》へてゐた。息《いき》が乾《かわ》くやうな思《おも》ひがした。道《みち》が中々遠《なか／＼とほ》かつた。若《わか》い達者《たつしや》な車夫《しやふ》は、すた／＼と砂《すな》の深《ふか》い道《みち》を走《はし》つて行《い》つた。

早稻田《わせだ》の先生《せんせい》の邸《やしき》を、車夫《しやふ》は二三度《ど》人《ひと》に聞《き》いて、漸《やうや》くその前《まへ》に來《き》た。絹子《きぬこ》は車《くるま》を下《お》りる時《とき》、胸《むね》がどき／＼してゐた。謹《つゝ》ましく格子《かうし》の前《まへ》で訪《おとな》ふと、書生《しよせい》が出《で》て來《き》て、一旦奥《いつたんおく》に通《つう》じてから、又絹子《またきぬこ》を迎《むか》ひに來《き》た。暗《くら》い玄關《げんくわん》の奥《おく》に、御簾《みす》がつゞいて垂《た》れてゐた。御簾《みす》の奥《おく》に、何《なに》か祀《まつ》つてあるものに供《そな》へてあるやうな燈火《ともしび》が、低《ひく》くちろ／＼としてゐた。その火《ひ》を御簾越《みすご》しに見《み》た時《とき》に、絹子《きぬこ》は神殿《しんでん》へでも上《のぼ》つたやうな氣《き》がした。入《い》り口《くち》に据《す》ゑてある大《おほ》きな姿見《すがたみ》の光《ひか》りから、絹子《きぬこ》は襲《おそ》はれるやうな感《かん》じを受《う》けた。ちらりと自《じ》分《ぶん》の肩《かた》が映《うつ》つたのを見返《みかへ》しながら、絹子《きぬこ》は廊下《らうか》を傳《つた》つて、書生《しよせい》に導《みちび》かれながら、洋館風《やうくわんふう》の廣《ひろ》い一室《いつしつ》に入《はい》つた。

二た室續《つゞ》いた座敷《ざしき》は――殊《こと》に次《つ》ぎの室《へや》は、紫檀《したん》の小机《こつくゑ》とその前《まへ》の座蒲團《ざぶとん》との周圍《しうゐ》を殘《のこ》して、あとは書物《しよもつ》ばかりで埋《うづ》まつてゐた。天井《てんじやう》に届《とゞ》くほどの大《おほ》きな書棚《しよだな》には、青《あを》や、海老色《えびいろ》や、茶色《ちやいろ》のクロースに金文字《きんもんじ》の光《ひか》る洋書《やうしよ》がいつぱいに並《なら》んでゐたり、向《むか》ふの書棚《しよだな》には古《ふる》びた漢書《くわんしよ》や、煤《すゝ》けた色《いろ》を帶《お》びた日本綴《にほんと》ぢの書《しよ》物《もつ》がぎつしりと積《つ》んであつたりした。低《ひく》い机《つくゑ》の周圍《しうゐ》にも、本《ほん》が澤山《たくさん》に彼方此方《あちこち》に並《なら》んでゐた。机《つくゑ》の下《した》には、白《しろ》い水藥《みづぐすり》の色《いろ》の濁《にご》つた藥瓶《やくびん》がおいてあつた。

N先生《せんせい》は直《す》ぐ絹子《きぬこ》の眼《め》の前《まへ》にゐた。室《へや》の外《そと》の廊下《らうか》に、籐椅子《といす》の上《うへ》に仰向《あふむけ》に寢《ね》てゐるN先生《せんせい》の足《あし》が細《ほそ》い入《い》り口《くち》から見《み》えた。四角《かく》に切《き》つた窓《まど》からは、青桐《あをぎり》の、眞《ま》つ青《さを》な幹《みき》ばかりが眺《なが》められた。

N先生《せんせい》は、絹子《きぬこ》が寫眞《しやしん》で想像《さうざう》したよりも、頭《つむり》が白《しろ》くて年《とし》を老《と》つてゐた。絹子《きぬこ》は禮《れい》に倣《なら》はない粗野《そや》な初《しよ》對面《たいめん》の挨拶《あいさつ》をした。先生《せんせい》は少《すこ》し息苦《いきぐる》しいやうな調子《てうし》で物《もの》を云《い》はれた。絹子《きぬこ》はN先生《せんせい》を見《み》た時何所《ときどこ》でも一度《いちど》も見受《みう》けた事《こと》のなかつた人《ひと》だつたので、潜《ひそ》かに安心《あんしん》をした。絹子《きぬこ》のこの妙《めう》な安心《あんしん》に就《つ》いて、一寸云《ちよつとい》ふことがある。

N先生《せんせい》と絹子《きぬこ》の間《あひだ》に、こんな挿話《さうわ》がある。それは、絹子《きぬこ》が今度《こんど》初《はじ》めてN先生《せんせい》へ手紙《てがみ》を出《だ》さなくてはならない用件《ようけん》があつた時《とき》、その手紙《てがみ》の初《はじ》めに挨拶《あいさつ》を書《か》いた。「一度《いちど》もお目《め》にかゝつたことがない。然《しか》し何所《どこ》かで御《ご》一所《いつしよ》した時《とき》もあつたかも知《し》れないけれども、よくお顏《かほ》を存《ぞん》じないので失禮《しつれい》してゐたかも知《し》れません。」と云《い》ふ意味《いみ》の挨拶《あいさつ》なのであつた。

絹子《きぬこ》は先年《せんねん》、旅《たび》の途中《とちう》で亡《な》くなられたFと云《い》ふ有名《いうめい》な明治《めいち》文壇《ぶんだん》の大家《たいか》の追悼會《つゐたうくわい》に出《で》たことがあつた。その時《とき》に、先生《せんせい》も來《き》てゐられると云《い》ふ事《こと》を絹子《きぬこ》は知《し》つてゐた。絹子《きぬこ》は頻《しき》りにその人《ひと》を求《もと》めてゐたけれども解《わか》らなかつた。若《わか》い知人《ちじん》の二三人《にん》に聞《き》いても、誰《たれ》も知《し》らないと答《こた》へた。その時《とき》、女《をんな》で來《き》てゐたのは絹子《きぬこ》一人《ひとり》であつた。

其《そ》の日《ひ》にN先生《せんせい》が來《き》てゐられたと云《い》ふ事《こと》は、後《あと》になつて尚確《なほたしか》になつた。それきりで、絹子《きぬこ》は、先生《せんせい》に逢《あ》つたことがなかつたけれども其《そ》の日《ひ》出席《しゆつせき》してゐた女《をんな》は絹子《きぬこ》一人《ひとり》きりであつたから、多分《たぶん》N先生《せんせい》に氣《き》が付《つ》いてゐられるかも知《し》れないと思《おも》つたから、絹子《きぬこ》は其《そ》れて、わざと「何所《どこ》ぞて御一所《ごいつしよ》の折《をり》があつたかも知《し》れませんが――」と書《か》いたのであつた。

其《そ》の手紙《てがみ》の文句《もんく》がN先生《せんせい》の氣《き》を損《そこ》ねたと云《い》ふ事《こと》が、あとになつて知《し》れた。帝劇《ていげき》で逢《あ》つたHと云《い》ふ先生《せんせい》の門下《もんか》の一人《ひとり》が、絹子《きぬこ》にそれを告《つ》げた。

「先生《せんせい》はあなたが先生《せんせい》を知《し》つてゐる癖《くせ》にわざと彼様《あゝ》書《か》いたのだと云《い》つてゐた。惡感《あくかん》を持《も》つてゐる。だから僕《ぼく》は、あれがあの女《ひと》の癖《くせ》だから氣《き》にしない方《はう》が好《い》いと云《い》つておいた。」

とHが云《い》つた。

絹子《きぬこ》は其《そ》れを聞《き》いてから非常《ひじやう》に其《そ》れが苦《く》になつた。

「先生《せんせい》の方《はう》ぢやあなたを知《し》つてるよ。」

と丑がその時《とき》云《い》つてゐたから、絹子《きぬこ》は倘更心持《なほさらこゝろもち》が悪《わる》かつた。其《そ》れて又《また》、自分《じぶん》は決《けつ》して先生《せんせい》を知《し》つてゐないと云《い》ふ事《こと》を委細《ゐさい》に書《か》いて絹子《きぬこ》は手紙《てがみ》を先生《せんせい》へ送《おく》つた。

その押問答《おしもんだふ》の手紙《てがみ》が二三度《ど》往《い》つたり來《き》たりした。——然《しか》し、斯《か》うしてN先生《せんせい》と逢《あ》つて見《み》れば、矢《や》つ張《ぱ》り絹子《きぬこ》には初《はじ》めて逢《あ》ふ人《ひと》であつた。

第《だい》一絹子《きぬこ》は、先生《せんせい》と云《い》ふ人《ひと》はこんなに年《とし》を老《と》つてゐられる人《ひと》だとは思《おも》ひも寄《よ》らなかつた。だから絹子《きぬこ》は安心《あんしん》した。N先生《せんせい》を見《み》て、

「どこかで逢《あ》つた事《こと》のある人《ひと》だつた。」

と云《い》ふ様《やう》な記憶《きおく》があるとすれば、自分《じぶん》には慥《たしか》に迂濶《うくわつ》な罪《つみ》や、非禮《ひれい》の罪があつた事《こと》になるからである。

それて絹子《きぬこ》はすつかり安心《あんしん》して、頭《つむり》の白《しろ》い先生《せんせい》の顔《かほ》を見《み》た。

N先生《せんせい》は、今朝《けさ》A社《しや》から來《き》た手紙《てがみ》だと云《い》つて、それを持《も》つて來《き》て絹子《きぬこ》の前《まへ》で讀《よ》んだ。時々《とき〴〵》、分明《わか》らない讀《よ》みにくい字《じ》があつて、先生《せんせい》が首《くび》を捻《ひね》つて考《かんが》へると、絹子《きぬこ》は顔《かほ》を出《だ》して傍《そば》から其《そ》れを讀《よ》み明《あ》かした。

「……全《まつた》く利慾《りよく》の爲《ため》の盜賊《とうぞく》にはこれなく、意味《いみ》ある行爲《かうゐ》……」

とお終《しま》ひの方《はう》に書《か》いてあつた。N先生《せんせい》の方《はう》へ絹子氏《きぬこし》が何《なに》か云《い》つて行《ゆ》くかも知《し》れないが、その時《とき》は、よろしくお執《と》り成《な》し、など云《い》ふ字句《じく》があつた。係《かゝ》りのもの丶手《て》から手《て》へ渡《わた》つて、最後《さいご》にその原稿《げんかう》は職工長《しよくこうちやう》の手《て》に行《い》つてから、何者《なにもの》かに盜《ぬす》まれたのであつた。然《さ》う云《い》ふ事《こと》も書《か》いてあつた。

N先生《せんせい》は、がつしりした膝《ひざ》の上《うへ》に兩手《りやうて》を突《つ》つ張《ぱ》つて、窓《まど》から外《そと》を見《み》い〳〵、絹子《きぬこ》から受取《うけと》つた原稿《げんかう》を

社《しや》へ送《おく》つた時《とき》の事《こと》や、稿料《かうれう》を早速《さつそく》届《とゞ》けてやるやうにと、社《しや》の方《はう》へ度々《たび／＼》注意《ちうい》したことなどを低《ひく》い聲《こゑ》で話《はな》した。N先生《せんせい》はなつかしやかな人《ひと》であつた。

絹子《きぬこ》は原稿《げんかう》の失《な》くなつたことが悲《かな》しくて思《おも》ひ切《き》れないと云《い》つた。私《わたし》に怨《うら》みてもあるのか、わざと失《な》くしたのかと邪推《じやすゐ》して見《み》たりすると云《い》つた。

「あなたの原稿《げんかう》だから特《とく》に失《な》くなつたと云《い》ふのではない。あの場合《ばあひ》、他《た》の人《ひと》の原稿《げんかう》だつたら矢《や》つ張《ぱ》りその原稿《げんかう》が失《な》くなるのに違《ちが》ひない。」

と先生《せんせい》は慰《なぐさ》めるやうに云《い》つた。あれをもう一度《いちど》書《か》き直《なほ》したら何《ど》うだと云《い》はれたが、

「あれより、きつと拙《まづ》いものが出來《でき》ると思《おも》ひますから。」

と絹子《きぬこ》は頑固《ぐわんこ》な口付《くちつき》をした。

「然《さ》う決《き》めなくてもいゝ。却《かへ》つていゝものが出來《でき》るかも知《し》れない。」

N先生《せんせい》の重《おも》みのある中《うち》に優《やさ》しさを含《ふく》んだ態度《たいど》や、輕《かる》く諷刺《ふうし》と洒落氣《しやれけ》を持《も》つたその言葉《ことば》の意氣《いき》が、絹《きぬ》子《こ》の昔《むかし》のKと云《い》ふ師匠《しゝやう》にたいへん能《よ》く似《に》てゐた。絹子《きぬこ》は一層《いつそう》N先生《せんせい》を懐《なつ》かしく思《おも》つた。N先生《せんせい》には何《なん》でも好《す》きな事《こと》が云《い》へるやうな氣《き》がした。相手《あひて》のものを誰《たれ》でも哆々《だゞつ》子《こ》にさせるやうな、大《おほ》まかな親《した》しみをN先生《せんせい》は持《も》つてゐた。絹子《きぬこ》は少《すこ》し圖《づ》に乘《の》つてきた。N先生《せんせい》に種々《いろ／＼》な事《こと》を云《い》つた。

「まあ。あきらめるより仕方《しかた》がない。戰爭《せんさう》に行《い》つて無意味《むいみ》な死《し》をするのと同《おな》じことだ。」

N先生《せんせい》は、どこかに重《おも》たく考《かんが》へを繰《く》りながら、輕《かる》く云《い》はれた。

「自分《じぶん》の原稿《げんかう》が犠牲《ぎせい》になつたのだ。」

と絹子《きぬこ》も考《かんが》へてゐた。A社《しや》と、A社《しや》に雇《やと》はれてゐるものとの間《あひだ》の紛紜《ふんぬん》が、自分《じぶん》の原稿《げんかう》や、他《た》の二三の原《げん》稿《かう》に及《およ》ぼして來《き》たと云《い》ふ事《こと》なのだらう。原稿《げんかう》が突然《とつせん》　A社《しや》の一部《いちぶ》の反亂者《はんらんしや》の人身御供《ひとみごくう》に上《のぼ》つたのである。原稿《げんかう》の所有者《しよいうしや》は、その不幸《ふかう》や落膽《らくたん》や憤懣《ふんまん》は、やつぱり何所《どこ》へも持《も》つて行《ゆ》きどころがない。

反亂者《はんらんしや》の一人《ひとり》か一《ひ》と群《む》れに向《むか》つて、「何《なん》だつて私《わたし》の原稿《げんかう》を損《そん》じたのだ。破《やぶ》つたのだ。失《うしな》つたのだ。」と喧《けん》嘩《くわ》をしたところで仕《し》方《かた》がない。

——然《しか》し、やつぱり何所《どこ》かに責任者《せきにんしや》がある譯《わけ》だ。A社《しや》の主《おも》な地位《ちゐ》にある人《ひと》で、斯《か》う云《い》ふ事件《じけん》を看過《かんくわ》してはゐられない責任者《せきにんしや》がある譯《わけ》だ。その人《ひと》は何所《どこ》にゐる？

絹子《きぬこ》はN先生《せんせい》のところへ手紙《てがみ》を寄越《よこ》したと云《い》ふA社《しや》の、ある重《おも》な地位《ちゐ》にゐる人《ひと》の手紙《てがみ》の文面《ぶんめん》を思《おも》ひ繰《く》つた。「何某《なにがし》の手《て》から何某《なにがし》の手《て》に渡《わた》り、最後《さいご》に、その原稿《げんかう》は職工長《しよくこうちやう》の手《て》に渡《わた》つてから失《うしな》はれたのである。」と云《い》ふ斷《ことわ》りがあつた。其《そ》れは責任《せきにん》を逃《のが》れる口實《こうじつ》ではないに違《ちが》ひない。何故《なぜ》と云《い》へば明日《あした》から紙上《しじやう》に掲載《けいさい》される筈《はず》になつてゐた原稿《げんかう》は、一部《いちぶ》だけ印刷《いんさつ》されてゐたのに見《み》ても、職工長《しよくこうちやう》の手《て》に渡《わた》つてしまつたらしく思《おも》はれるから。——手紙《てがみ》で見《み》れば責任者《せきにんしや》は職工長《しよくこうちやう》である。

原稿《げんかう》を失《な》くされたものと、職工長《しよくこうちやう》と向《むか》ひ合《あ》つて、其所《そこ》に何《なに》が初《はち》まるだらう？

「私《わたし》の原稿《げんかう》が失《な》くなつたんですつてね。」

「そゝ。何時《いつ》の間《ま》にか持《も》ち出《だ》されちまつて。」

職工長《しよくこうちやう》はきつと斯《か》う返事《へんじ》をする。それでお終《しま》ひてある。

「もう一遍《いつぺん》書《か》けば、それの金《かね》はよこすと云《い》つたでせう。」

「えゝ。然《さ》う云《い》ひました。」

「其《そ》れぢや、生活上《せいくわつじやう》まあ仕事《しごと》は徒勞《とらう》にはならない譯《わけ》だな。たゞ、精神上《せいしんじやう》の苦痛《くつう》が癒《い》やされないと云《い》ふことだが。」

「私《わたし》はこれを書《か》かうと思《おも》つてゐます。」

絹子《きぬこ》は不意《ふい》と思《おも》ひ付《つ》いて斯《か》う云《い》つた。N先生《せんせい》はゞそれを聞《き》くと、突然顏《とつぜんかほ》を赤《あか》くして笑《わら》ひ續《つゞ》けた。少時《しばらく》して笑《わら》ひがやんでから、

「これが小説《せうせつ》になるかな。」

と悠《ゆつ》くり云《い》つて、又笑《またわら》つた。絹子《きぬこ》には、N先生《せんせい》が可笑《をか》しいほど可笑《をか》しくはなかつた。N先生《せんせい》の内《うち》に吸《す》ふやうに閉《と》ぢた薄《うす》い一字形《いちじかた》の皮肉《ひにく》を盛《も》つた脣《くちびる》を見詰《みつ》めながら、先生《せんせい》から押《お》し伏《ふ》せられるやうな或《あ》る力《ちから》があつて、自分《じぶん》がすつかり落着《おちつ》いてゐることを絹子《きぬこ》は思《おも》つてゐた。其《そ》れに、何《なん》とも云《い》はれず周圍《しうゐ》が閑寂《かんじやく》であつた。N先生自身《せんせいじしん》が閑寂《かんじやく》の置物《おきもの》のやうであつた。絹子《きぬこ》は床《とこ》の間《ま》に枝先《えださき》を伸《の》ばしてゐる茱萸《ぐみ》の赤《あか》い實《み》のやうに、可憐《しほ》らしく寂《さ》びた心持《こゝろもち》でN先生《せんせい》を見守《みまも》つてゐた。絹子《きぬこ》はだん〳〵興奮《かうふん》を忘《わす》れて、N先生《せんせい》の上手《じやうず》な座談《ざだん》に惹《ひ》き込《こ》まれながら靜《しづか》にしてゐた。殊《こと》に、昨夜《さくや》絹子《きぬこ》の出《だ》した速達便《そくたつびん》が屆《とゞ》いた時《とき》、N先生《せんせい》の家《いへ》ではもう寐《やす》んでゐた。配達《はいたつ》にどん〳〵門《もん》を叩《たゝ》いて起《おこ》された。と話《はな》された時《とき》、絹子《きぬこ》は「惡《わる》いことをした。」と思《おも》つ

て、一層《そう》氣《き》が小《ちひ》さく優《やさ》しくなつた。

N先生《せんせい》は熱《あつ》がつてゐた。さうして、今日《けふ》は心持《こゝろもち》の快《よ》くない日《ひ》なのだと云《い》はれた。

「私《わたし》の身體《からだ》は狂《くる》ひの出《で》た時計《とけい》見《み》たいに、危險《きけん》でね。」

と、窓《まど》から外《そと》を眺《なが》めながら考《かんが》へてゐた。絹子《きぬこ》は座敷《ざしき》の内《うち》を見廻《みまは》して、油繪《あぶらゑ》を見《み》たり、机《つくゑ》の上《うへ》の筆立《ふでたて》に大《おほ》きな書家《しよか》の用《もち》ひるやうな太《ふと》い筆《ふで》を見返《みかへ》つたりして、それを一とつ一とつ先生《せんせい》に尋《たづ》ねた。N先生《せんせい》は物憂《ものう》げな容體《ようだい》でゐながら、一とつ一とつ其《そ》れ等《ら》に就《つ》いて短《みじか》い挿話《さうわ》を附《つ》けながら面白《おもしろ》く話《はな》された。

N先生《せんせい》には初《はじ》めて逢《あ》ふと云《い》ふ話《はな》の出《で》た時《とき》、絹子《きぬこ》はしつかりと、「私《わたし》は初《はじ》めて今日《けふ》お目《め》にかゝりましたのです。私《わたし》は今先生《いませんせい》にお目《め》にかゝつた時《とき》、こんなにお年《とし》を老《と》つた方《かた》だとは思《おも》ひませんでした。」と云《い》つた。

「お寫眞《しやしん》では、もつとお若《わか》いと存《ぞん》じてをりました。」

「もつと若《わか》い筈《はず》なんだが、病氣《びやうき》をしたり、いろ〳〵苦勞《くらう》をしたのでこんなに年《とし》を老《よ》つてしまつた。」

N先生《せんせい》は笑《わら》つてゐた。絹子《きぬこ》も可笑《をか》しくつて笑《わら》つた。

「私《わたし》は又《また》、私《わたし》の名《な》と、顔《かほ》と、それからあなたの智識《ちしき》とで、大凡見當《おほよそけんたう》がついてると思《おも》つたから。ぢや訂正《ていせい》をして置《お》きませう。」

「私《わたし》は昨年《さくねん》Fさんの追悼會《つゐたうくわい》で御一所《ごいつしよ》になりました他《ほか》には、先生《せんせい》と御一所《ごいつしよ》したことが御座《ござ》いません。」

「いゝえ。ありますよ。」

N先生《せんせい》は、二度《ど》も三度《ど》もいろ〳〵な場所《ばしよ》で絹子《きぬこ》を見《み》かけた事《こと》を話《はな》した。F氏《し》の追悼會《つゐたうくわい》の時《とき》は、N先生《せんせい》がある若《わか》い詩人《しじん》から挨拶《あいさつ》を受《う》けてゐる時《とき》、二三歩《ほ》前《まへ》に絹子《きぬこ》が無言《むごん》で立《た》つてゐたと云《い》つて、その場景《じやうけい》を委《くは》しく語《かた》つた。絹子《きぬこ》は少《ち》つとも覺《おぼ》えがなかつた。二度《ど》はN先生《せんせい》が夫人《ふじん》と一所《いつしよ》にある舞踊《ぶよう》の會《くわい》に來《き》てゐた時《とき》絹子《きぬこ》が直《す》ぐその後《うしろ》に居《ゐ》たとの事《こと》であつた。絹子《きぬて》はN先生《せんせい》の夫人《ふじん》には二度《ど》も逢《あ》つてゐながら、其《そ》の時《とき》も氣《き》が付《つ》かなかつた。三度《ど》は帝劇《ていげき》で、偶然《ぐうぜん》N先生《せんせい》が友人《いうじん》と一所《しよ》に行《い》つた時《とき》に、絹子《きぬこ》が居《ゐ》た。絹子《きぬこ》は其《そ》れも知《し》りはしなかつた。

「だから、あなたは私《わたし》を知《し》つてゐると思《おも》つた。然《さ》う認定《にんてい》しても差支《さしつか》へはないでせう。F氏《し》の追悼會《つゐたうくわい》の時《とき》にゐた婦人《ふじん》があなたとは其《そ》の時《とき》は知《し》らなかつたが、後《あと》で分《わか》つた。」

絹子《きぬこ》は自分《じぶん》の迂濶《うくわつ》さを詫《わ》びるよりも、如何《いか》に然《さ》う云《い》ふ公會《こうくわい》の場所《ばしよ》で自分《じぶん》の心《こゝろ》がそゝくさしてゐるかと云《い》ふことが思《おも》ひ知《し》られて、恥《はづ》かしく思《おも》つた。舞踊《ぶよう》の會《くわい》にN先生《せんせい》の後《うしろ》にゐたと云《い》ふ自分《じぶん》、帝劇《ていげき》でN先生《せんせい》が前《まへ》を通《とほ》られた時《とき》の自分《じぶん》、追悼會《つゐたうくわい》で、N先生《せんせい》の傍《わき》に立《た》つてゐた自分《じぶん》、それが浮《うは》つ調子《てうし》なふわ〳〵として擧《きよ》動《どう》を持《も》つた自分《じぶん》になつて、絹子《きぬこ》の心《こゝろ》に反映《はんえい》して來《き》た。

絹子《きぬこ》が暇《いとま》を告《つ》げて外《そと》に出《で》ると、車夫《しやふ》の姿《すがた》が見《み》えなかつたので、絹子《きぬこ》は門《もん》の外《そと》まで駈《か》けて行《い》つた。N先《せん》生《せい》は片手《かたて》で頭《つむり》に當《あた》る日光《につくわう》を避《み》けながら、門《もん》の外《そと》に出《で》て來《こ》られた。

半町程《はんちやうほど》先きを膝掛《ひざか》けと絹子《きぬこ》の洋傘《かふもり》を抱《かゝ》へて走《はし》つて行《ゆ》く車夫《しやふ》の後姿《うしろすがた》が見《み》えたので絹子《きぬこ》は「彼所《あすこ》へ行《ゆ》きます。」と小聲《こごゑ》で呟《つぶや》くと、N先生《せんせい》は破《わ》れるやうな聲《こゑ》で、

「車屋《くるまや》あ。」

と呼《よ》ばれた。車夫《しやふ》は振返《ふりかへ》つて、びつくりして走《はし》り返《かへ》つて來《き》た。

車《くるま》が舊《もと》の道《みち》を走《はし》つて行《い》つた。日《ひ》がぢり〳〵と沸《に》えてゐた。絹子《きぬこ》の心《こゝろ》は萎《しを》れてゐた。さうして昔《むかし》の師匠《しゝやう》を思《おも》ひ出《だ》して、十七八の若《わか》い時《とき》に返《かへ》つてゐた。師匠《しゝやう》は優《やさ》しかつた。さうして絹子《きぬこ》を可愛《かあい》がつた。師匠《しゝやう》と絹子《きぬこ》が別《わか》れてからもう七年《ねん》にもなつた。その師匠《しゝやう》とN先生《せんせい》と、似通《にかよ》つてゐた面影《おもかげ》が、絹子《きぬこ》にさま〴〵な事《こと》を思《おも》はせた。N先生《せんせい》の門下《もんか》の人《ひと》たちの上《うへ》を思《おも》ひやりながら、自分《じぶん》を愛《あい》してくれた昔《むかし》の恩師《おんし》を、永久《えいきう》に自分《じぶん》の心《こゝろ》から失《うしな》つてしまつてゐる事《こと》が、絹子《きぬこ》にはその時《とき》不思議《ふしぎ》に淋《さみ》しくてたまらなかつた。

Sさんの家《いへ》には、見知《みし》らない男《をとこ》の客《きやく》がゐた。絹子《きぬこ》は歸《かへ》つてくると　茶《ちや》の室《ま》に坐《すわ》り込《こ》んで、

「お腹《なか》が空《す》いて。お腹《なか》が空《す》いて。」

と云《い》つた。食卓《しよくたく》の上《うへ》に布片《ふきん》がかゝつてゐた。Sさんは其《そ》れを座敷《さしき》に持《も》ち出《だ》した。絹子《きぬこ》は一人《ひとり》で食卓《しよくたく》に向《むか》つて御飯《ごはん》を待《ま》ち兼《か》ねてゐた。

「社會問題《しやくわいもんだい》だぜ。」

Sさんはまだそんな事《こと》は云《い》ひながらも、今朝《けさ》ほど憤激《ふんげき》したやうな眉《まゆ》も見《み》せてゐなかつた。

「先生《せんせい》がね、戰爭《せんさう》に行《い》つて無意味《むいみ》な死《し》をするのと同《おな》じだと云《い》つてましたよ。」

と絹子《きぬこ》が云《い》ふと、Sさんは、「N先生《せんせい》の話《はな》し上手《じやうづ》に丸《まる》められて來《き》たな。」と云《い》ふ様《やう》な顏《かほ》をして、瓶詰《びんづめ》から何《なに》か出《だ》してゐた。食卓《しよくたく》の上《うへ》には、夫人《ふじん》の手《て》で美味《をいし》さうに煮《に》られた乾《ほ》し鮎《あゆ》が乘《の》つてゐた。

秋日和

—最近の日記—

田村俊子

十月《ぐわつ》四日《か》。

午後《ごご》、徳田《とくだ》さんと正宗《まさむね》さんが訪《たづ》ねてこられる。正《まさ》宗《むね》さんは松屋《まつや》の原稿紙《げんかうし》を二百枚《まい》ほど持つてゐた。其《そ》れだけの紙《かみ》で（百枚《まい》の綴《と》ぢで）二十枚《まい》書《か》ければ結構《けつこう》なんだと正宗《まさむね》さんは云《い》つてゐた。あとは皆《みな》消《け》しになるんだと聞《き》いて、私《わたくし》は嬉《うれ》しくなつてしまふ。何故《なぜ》と云《い》ふに、私《わたくし》も其《そ》のお仲間《なかま》で、一《ひ》とつの作《さく》をするのに百枚《まい》の原稿紙《げんかうし》で二十枚《まい》どころではない、まるで全部《ぜんぶ》を消《け》しにして了《しま》ふやうな時《とき》ばかりだからである。最初《さいしよ》の一枚《まい》だけで何帖《なんでふ》と云《い》ふ消《け》しができる。「ある。」と云《い》ふところを「あつた。」にする位《くらゐ》で、もう消《け》しになる。ところが正宗《まさむね》さんも矢《や》つ張《は》り然《さ》うださうである。最《さい》初《しよ》の一枚《まい》だけが出來《でき》きらないで何帖《なんでふ》も消《け》しにするんださうである。私《わたくし》はこんなに消《け》しばかり拵《こしら》へるのは、自分《じぶん》が駄目《だめ》なのかと思《おも》つて悲觀《ひくわん》してゐたが、こんな大家《たいか》も然《さ》うだと聞《き》いて安心《あんしん》した。斯《か》う云《い》ふ事《こと》を話《はな》し合《あ》つて見《み》ると、ほんとうに今更《いまさら》の樣《やう》に作《さく》をする時《とき》の作家《さくか》の心持《こゝろもち》に對《たい》して敬虔《けいけん》な念《ねん》が生《しやう》じて嬉《うれ》しくなる。

徳田《とくだ》さんは明日《みやうにち》か明後日入院《みやうごにちにふゐん》するのだと云《い》つてゐられた。窶《やつ》れて、腭《あご》の髯《ひげ》あたりが病人染《びやうにんじ》みた影《かげ》を帶《お》びてゐた。其《そ》れでも今日《けふ》は心持《こゝろもち》が快《よ》い日《ひ》なのだと云《い》つてゐられた。

田村《たむら》を加《くは》へて四人《にん》して上野《うへの》まで出《で》る。墓地《はち》を拔《ぬ》けて音樂學校《おんがくがくかう》の裏手《うらて》の方《はう》へ出《で》て行《ゆ》く。途中《とちう》で淨名院《じやうみやうゐん》の地藏尊像《ぢぞうそんざう》を見《み》る。うぢや〳〵と寺内《じない》に石地藏《いしぢざう》の彫《てう》像《ざう》が並《なら》んでゐて、線香《せんかう》の烟《けむ》りが咽《むせ》るやうに蔓《はびこ》つてゐる。正宗《まさむね》さんはこの線香《せんかう》の匂《にほ》ひが好《す》きだと云《い》つてゐた。徳田《とくだ》さんは石地藏《いしぢざう》の顔《かほ》を見《み》て一《ひ》とつ一《ひ》とつ惡《わ》る口《くち》を云《い》つてゐた。

　皆《みんな》が洋杖《すてつき》を突《つ》き立《た》てゝ、私《わたくし》は袋《ふくろ》をぶら〳〵させて、晩秋薄暮《ばんしうはくぼ》の上野《うへの》の森《もり》を通《とほ》つて行《ゆ》く。誰《た》れかゞ、まだ秋《あき》は然《さ》う深《ふか》くないと云《い》ふと、誰《た》れかゞ、然《さ》うぢやない。もう餘《よ》つ程《ほど》秋《あき》は深《ふか》いと云《い》つた。私《わたくし》も秋《あき》が深《ふか》いと思《おも》つてゐた。ちよびちよびと咲《さ》いてゐる萩《はぎ》の花《はな》の影《かげ》が淋《さび》しかつた。廣小路《ひろこうぢ》へ出《で》ると、夕食《ゆふしよく》をしやうと云《い》つて青陽樓《せいやうろう》へ入《はい》る。正宗《まさむね》さんは、死《し》ぬことゝ食《た》べることの他《ほか》は、この頃《ごろ》は何《なに》も考《かんが》へないと云《い》ひながら門《もん》を潜《くゞ》つて行《い》つた。然《さ》う云《い》つてる正宗《まさむね》さんは、近頃《ちかごろ》になく肥太《ふと》つて丈夫《ぢやうぶ》々々してゐた。徳田《とくだ》さんの方《はう》は、無理《むり》に健康《けんかう》な人《ひと》のお交際《つきあひ》をしてるやうなところがあつた。あんまり歩《ある》き過《す》ぎたりして徳田《とくだ》さんの病氣《びやうき》に障《さは》りはしないかと思《おも》つて、私《わたくし》は時々《とき〴〵》心配《しんぱい》した。だが徳田《とくだ》さんは元氣《げんき》がよかつた。附元氣《つけげんき》とも思《おも》はれないほどに、快活《くわいくわつ》によく談話《だんわ》をした。生活上《せいくわつじやう》と文藝上《ぶんげいじやう》の話《はなし》ばかり、もう澤山《たくさん》に澤山《たくさん》にした。食事《しよくじ》が濟《す》んでからも、何時《いつ》までも話《はな》してゐた。

　私《わたくし》は廊下《らうか》の向《むか》ふに見《み》える池《いけ》の端《はた》の灯《ともしび》や、夜《よる》の空《そら》の黒《くろ》い雲《くも》を見《み》ながら饒舌《しやべ》つた。藝術《げいじゆつ》と時代《じだい》との話《はなし》が出《で》た時《とき》、私《わたくし》は「時代《じだい》なんかに構《かま》はない。自然《しぜん》にしておけば好《よ》い。自然《しぜん》に任《まか》せて自分《じぶん》の歩《ある》いてゆく道《みち》を自《じ》分《ぶん》だけで孜々《しし》と歩《ある》いて行《ゆ》けばいゝ。」と云《い》ふやうなことを云《い》ふと、正宗《まさむね》さんは笑《わら》つてゐた。「そこまで行《ゆ》ければいゝさ。それなら、別《べつ》にもう書《か》かなくともいい。――新年《しんねん》にはうんと好《よ》いものを書《か》くなんて云《い》つてるんだからね。」と笑《わら》つてゐた。それは私《わたくし》が頻《しき》りと、新年《しんねん》には素的《すてき》に好《い》いものを一《ひ》とつ書《か》く。と意氣込《いきこ》んで云《い》つてゐたからである。私《わたくし》も仕方《しかた》なしに一所《しよ》に笑《わら》つてゐた。みんなが過去《くわこ》を談《だん》じてゐた。「過去《くわこ》を繰《く》り返《かへ》すやうになつてはお終《しま》ひだね。」と正宗《まさむね》さんが笑《わら》つてゐた。徳田《とくだ》さんは時々《とき〴〵》考《かんが》へ込《こ》むけれども、話《はなし》を初《はじ》めると元氣《げんき》だつた。あんまり長《なが》く話《はなし》をしてゐるので女中達《ぢよちうたち》が迷惑《めいわく》がつてゐる様子《やうす》なので、又新奇《またしんき》に菓子《くわし》などを取《と》つて話《はなし》したりした。外《そと》へ出《で》た時《とき》は、徳田《とくだ》さんの病氣《びやうき》が少《すこ》し惡《わ》るくなつてゐた。

十五夜《や》の月《つき》に雲《くも》が出《で》てゐた。其《そ》れを眺《なが》めながら「今《こ》年《とし》十五の人《ひと》は運《うん》が好《よ》くない。」なぞと私《わたくし》は云《い》ひながら、廣小路《ひろこうぢ》の十字路《じみち》で別《わか》れた。徳田《とくだ》さんは足《あし》を引摺《ひきず》つて、ひどく歩《ある》き憎《にく》さうにしてゐた。私《わたくし》たちは二《ふ》たつ三《み》つ買物《かひもの》をして、夜《よる》の道《みち》を歸《かへ》つて來《き》た。歸《かへ》つてから徳田《とくだ》さんの病氣《びやうき》がひどく惡《わ》るくなりはしないかと、其《そ》ればかりが氣《き》になつた。

十月七日《ぐわつか》。

午後《ごご》・髪《かみ》を洗《あら》つたところへ、岡田《をかだ》さんが來《く》る。表《おもて》の方《はう》で私《わたくし》の名《な》を呼《よ》んでる人《ひと》があるので、誰《た》れかと思《おも》つて二階《かい》の窓《まど》から覗《のぞ》くと岡田《をかだ》さんだつた、岡田《をかだ》さんは畫家《ぐわか》の有馬《ありま》さんを連《つ》れてゐた。

光風會《くわうふうくわい》へ誘《さそ》ひに來《き》たと云《い》ふことだつたので、髪《かみ》が乾《かわ》くまで待《ま》つて貰《もら》ふ。岡田《をかだ》さんは去年《きよねん》の秋《あき》に來《き》たぎりだつたから兩方《りやうはう》で珍《めづ》らしく思《おも》ふ。髪《かみ》が乾《かわ》く間《あひだ》二階《かい》で愚《ぐ》にも附《つ》かないお饒舌《しやべり》に耽《ふ》ける。有馬《ありま》さんが奥《おく》村博《むらはく》の個人展覧會《こじんてんらんくわい》を見《み》た話《はなし》をする。あんまり巧《うま》くないと云《い》つてる。後期印象派《こうきいんしやうは》の眞似《まね》見《み》たいな繪《ゑ》が多《おほ》かつたなぞと云《い》ふ。平塚《ひらつか》さんの眠《ねむ》つてゐる繪《ゑ》の枕《まくら》は、それは大《おほ》きいと吃驚《びつくり》して云《い》ふ。其《そ》れは大方《おほかた》、二人《ふたり》一所《いつしよ》の枕《まくら》なのぢやないかと誰《た》れかゞ云《い》つて大笑《おほわら》ひをする。

漸《やうや》く髪《かみ》が乾《かわ》いて結《ゆ》んだところへ、其所《そこ》へ田中《たなか》さんが玉子《たまこ》さんと云《い》ふ非常《ひじやう》に美《うつく》しい夫人《ふじん》を連《つ》れて來《き》た。玉子《たまこ》と云《い》ふ人《ひと》は私《わたくし》の知《し》らない人《ひと》だが、何《なに》か私《わたし》に逢《あ》ひたいと云《い》つてた人《ひと》ださうで、前《まへ》に手紙《てがみ》が來《き》てゐたが、圖《はか》らず今日《けふ》連《つ》れ立《だ》つて來《き》た。田中《たなか》さんは岡田《をかだ》さんを知《し》つてゐるので皆《みんな》が賑《にぎ》やかになる。同勢女《どうぜいをんな》五人《にん》で、淺草《あさくさ》の方《はう》へでも遊《あそ》びに行《ゆ》かうと云《い》つて家《いへ》を出《で》る。

外《そと》が少《すこ》し薄《うす》ら曇《くも》つて來《き》た。ぞろ〳〵と廣《ひろ》い道《みち》を列《つら》なつて上野《うへの》へ行《ゆ》く。序《ついで》だからと云《い》つて光風會《くわうふうくわい》を見《み》る。尾島《をじま》女史《ぢよし》の裸體畫《らたいぐわ》をわい〳〵と云《い》つて見《み》る。有馬《ありま》さんが「これではまるでお尻《しり》がない。」と云《い》つて、傍《そば》へ行《い》つて指《ゆび》で度《はか》つて見《み》たりしてゐる。安宅《あたか》氏《し》の畫《ぐわ》が私《わたくし》の心《こゝろ》を惹《ひ》いた。荒《あら》い筆觸《タツチ》に伴《ともな》ふやうな強《つよ》いあるものが、畫《ぐわ》の底《そこ》に動《うご》いてゐるのが心持《こゝろもち》快《よ》かつた。畫《ぐわ》は何《ど》うも私《わたくし》なぞには分《わか》らないが格別《かくべつ》吃驚《びつくり》するやうな畫《ぐわ》もなくつて、ぐる／＼五人《にん》して會場《くわいぢやう》を歩《ある》き廻《まは》つて外《そと》に出《で》る。

國民美術協會《こくみんびじゆつけふくわい》の前《まへ》を通《とほ》ると、入《い》り口《ぐち》が五寸《すん》ばかり開《あ》いてゐたので、入《い》れて貰《もら》へないだらうかと聞《き》くと、もう時間《じかん》過《す》ぎなのだが入《い》れて呉《く》れた。岡田《をかだ》さんの所《しよ》持《ぢ》してゐる優待券《いうたいけん》一枚《まい》で五人《にん》が入《はい》る。下駄《げた》を穿《は》いてゐる人《ひと》は下駄《げた》穿《は》きの儘《まゝ》、てんでんに洋傘《かうもり》を突《つ》いて見《み》て廻《まは》る。彫塑《てうそ》が眞《ま》つ先《さ》きにある。小倉右一郎《をぐらういちらう》と云《い》ふ人《ひと》の藝術《げいじゆつ》には少《すこ》しも感心《かんしん》しない。他《た》にも自分《じぶん》の心《こゝろ》に食《く》ひ込《こ》んでくるやうな立派《りつぱ》な大《おほ》きな作《さく》は一《ひ》とつもない。たゞ私《わたくし》の好《す》きなのは石川確治《いしかはかくぢ》と云《い》ふ人《ひと》の彫塑《てうそ》である。私《わたくし》はこの人《ひと》の輕《かる》いユーモアを持《も》つた藝術《げいじゆつ》を好《す》く。この中《うち》の「夢行《むかう》」と云《い》ふのにも快《い》い感《かん》じを味《あぢは》つた。朝倉《あさくら》さんのカチユーシヤは奇麗《きれい》である。皆《みんな》は顔《かほ》が似《に》てゐないとか何《なん》とか云《い》つて行《ゆ》く。朝倉《あさくら》さんの作《さく》の中《うち》では、『壺《つぼ》』を取《と》ると私《わたくし》は思《おも》つた。藤井《ふぢゐ》浩祐《こうすけ》氏《し》の『化《け》粧《しやう》する女《をんな》』とか云《い》ふのがおもしろかつた。徒《いたづ》らに大《おほ》きくばかり作《つく》つた、ふやけた日本《にほん》の男《をとこ》の肉體《にくたい》の彫塑《てうそ》を振返《ふりかへ》つて見《み》て、私《わたくし》は實《じつ》にうんざりした氣持《きもち》になる。

會場《くわいぢやう》は掃除《さうぢ》のあとの砂烟《すなけむ》りと、もう日《ひ》が暗《くら》くなつてきたのとで能《よ》く見《み》えない。五人《にん》は好《よ》い加減《かげん》に瞥見《けん》してずん／＼と出《で》て行《ゆ》く。油繪《あぶらゑ》の中《うち》で、青《あを》い海《うみ》が全面《ぜんめん》で・庭《には》の一角《かく》から椿《つばき》の木《き》が塀《へい》を越《こ》えて盛《さか》りの花《はな》を赤《あか》く群《むら》がらせてゐる畫《ぐわ》が、私《わたくし》の眼に氣持《きもち》が快《よ》かつた。誰《た》れの畫《ぐわ》か忘《わす》れてしまつた。外《そと》へ出《で》ると秋《あき》の夕《ゆふ》暮《ぐ》れの靜寂《せいじやく》が森《もり》の梢《こずゑ》を浸《ひた》してゐた。五人《にん》は電車《でんしや》に乘《の》つて淺草《あさくさ》へ行《ゆ》く。活動寫眞《くわつどうしやしん》の繪《ゑ》看板《かんばん》を見《み》て歩《ある》く。有《あり》馬《ま》さんは侮辱《ぶじよく》されたやうな顔《かほ》をして附《つ》いてくる。松《まつ》村《むら》へ行《い》つて粟《あは》のぜんざいを食《た》べる。

歸《かへ》りに岡田《をかだ》さんの知《し》つてるUと云《い》ふ藝者《げいしや》をたづねて見《み》たがお座敷《ざしき》でゐなかつた。それからTをたづねて見《み》る。共遊軒《きようゆうけん》へ行《い》つてると云《い》ふのでまた五人《にん》してどや〳〵と其方《そつち》へ行《ゆ》く。軒燈《けんとう》の灯《ともしび》が、どこも妙《めう》に赤《あか》い色《いろ》を流《なが》してゐて媚《なま》めかしい。詩人《しじん》Y氏《し》の黒瞳《くろひとみ》の主《ぬし》の家《いへ》の前《まへ》を通《とほ》る。その家《いへ》の格子戸《かうしど》の中《なか》の燈籠《とうろう》の灯《ともしび》が明《あか》るかつた。森律子《もりりつこ》を一層美くしたやうな顔《かほ》だなどと岡田《をかだ》さんが話《はな》して行《ゆ》く。

共遊軒《きよういうけん》の球突場《たまつきは》にTがゐた。眞《ま》つ先《さ》きに入《はい》つて行《い》つた私《わたくし》を見《み》るとTは吃驚《びつくり》して出《で》て來《き》た。二階《かい》に上《あが》つてサイダーなぞ飲《の》むTが御馳走《ごちそう》をすると云《い》つたが、誰《た》れも食《た》べたくないと云《い》つた。それから又《また》、五人《にん》してTの家《いへ》に伴《つ》いてゆく。島田《しまだ》に結《ゆ》つた、脊《せい》の低《ひく》い眼《め》の切《き》れの長《なが》い容貌《ようはう》の善《い》い人《ひと》が長襦袢《ながじゆはん》一《ひ》とつで何《なに》かしてゐた。どや〳〵と五人《にん》が奥《おく》の離《はな》れへ行《ゆ》く。離《はな》れの座敷《ざしき》に晶子《あきこ》女史《ぢよし》の歌《うた》の屏風《びやうぶ》がある。半双《はんさう》だけTが買《か》つたのだとの事《こと》だ。斯《か》うして見《み》ると字《じ》が巧《うま》いなと私《わたくし》は云《い》ふ。みんなして立寄《たちよ》つて讀《よ》んで見《み》たが、悉《ことごと》く字《じ》で埋《うづ》まつてゐて讀《よ》み疲《つか》れて止《よ》す。「寐《ね》ながら讀《よ》むのよ。失禮《しつれい》だけれども。」とTが云《い》つてた。床《とこ》の地袋《ぢぶくろ》の上《うへ》にいろ〳〵な書物《しよもつ》が却々《なかなか》たくさんに積《つ》んである。夏目先生《なつめせんせい》のものが多《おほ》い。夏目先生《なつめせんせい》のものは何《なん》でもあるやうだ。Tは夏目先生《なつめせんせい》のものが好《す》きで、何《なに》から何《なに》まで買《か》ふのだと云《い》つてゐた「文學論《ぶんがくろん》」と云《い》ふものを買《か》つたら、英語《えいご》ばかり多《おほ》くつて讀《よ》めないで其《そ》の儘藏《まゝしま》つてあると云《い》ふ。其《そ》れを出《だ》して見《み》せると云《い》つて探《さが》したが、一寸《ちよつと》見付《みつ》からないので「失《な》くしちやたいへんよ。」と云《い》つて騷《さわ》いでゐた。Tは自分《じぶん》の書《か》いたものを紙挾《かみはさ》みから出《だ》して「田村《たむら》さん見《み》て下《くだ》さいな」と云《い》つたが「あ、これは見《み》せられない。」と云《い》つて、又仕舞《またしま》つてしまつた。抱妓《かゝへ》に情人《いろ》ができて、何《ど》うしても其《そ》れが思《おも》ひ切《き》れないで他《た》へ住《す》みかへて行《ゆ》く妓《こ》のことを、書《か》いて見《み》たのがあるなど〻話《はな》した。その妓《こ》を他《ほか》へ目見得《めみえ》に連《つ》れて行《い》つて、夜《よ》る仁天門《にてんもん》を潜《くゞ》つて來《き》た時《とき》の心持《こゝろもち》などを、Tはセンチメンタアルに話《はな》してゐた。庭《には》の木立《こだち》が秋《あき》の夜《よ》の寂《さ》びた色《いろ》をにぢまして、虫《むし》の聲《こゑ》こそ聞《きこ》えないが何所《どこ》となく靜《しづか》でひきいれられるやうである。庭《には》を越《こ》した彼方《かなた》の座敷《ざしき》の電燈《でんとう》の灯《ともしび》に淋《さび》しい情緒《じやうちよ》がある。雛妓《おしやく》がお座敷《ざしき》から歸《かへ》つて來《き》て挨拶《あいさつ》に來《く》る。赤《あか》い友禪《いうぜん》がちらほらと可愛《かあい》らしい。お茶《ちや》なぞ飲《の》んでゐると、Tのところへお座敷《ざしき》がかゝつて來《き》た。Tは支度《したく》にかゝる。皆《みんな》で　を送《おく》つて行《ゆ》かうと云《い》つて待《ま》つてゐる。抱妓《かゝへ》の一人《ひとり》が座敷着《ざしきぎ》に着代《きか》へて支《し》度《たく》をしてゐたが、裾《すそ》を曳《ひ》きながら出《で》て行《い》つた。Tの支度《したく》ができると、、、、はこやと一所《しよ》に五人《にん》はTのあとに隨《つ》いて出《で》てゆく。Tが褄《つま》を取《と》つて、好《す》きな役者《やくしや》の話《はなし》をして行《ゆ》くのを取卷《とりま》いて、五人《にん》は洋傘《かうもり》を突《つ》き立《た》てながら大金《だいきん》の前《まへ》まで行《い》つて別《わか》れる。歩《ある》いてくると宮戸《みやと》座《ざ》の繪看板《ゑかんばん》のところに出《で》たので、宮戸《みやと》座《ざ》へ寄《よ》つて一《ひ》と幕《まく》のぞく。

　何《なん》の芝居《しばゐ》だか分《わか》らないが、武士《ぶし》が三人《にん》で比丘尼《びくに》茶《ちや》屋《や》へ行《ゆ》くところだつた。一《ひ》と幕《まく》濟《す》まして其所《そこ》を出《で》ると、馬道《うまみち》に出《で》て吉原《よしはら》へ行《ゆ》く。

　私《わたくし》はくたびれて歩《ある》けなかつたが、洋傘《かうもり》を杖《つゑ》にして無理《むり》に我慢《がまん》をしながら行《ゆ》く。時計《とけい》を見《み》るともう九時《じ》を過《す》ぎてゐる。缺《か》けた月《つき》が雲《くも》のうちからにぢんでゐるのを眺《なが》めながら土《ど》堤《てい》にあがつて、大門《おほもん》をはいる。誰《た》れかゞ、藝者《げいしや》になりたいものだなどゝ云《い》つてるのが、後《うしろ》から耳《みゝ》にはいる。誰《た》れか思《おも》ひがけない人《ひと》に逢《あ》へば面白《おもしろ》いと岡田《をかだ》さんと云《い》ひながら歩《ある》く。誰《た》れにも逢《あ》はない。貸座敷《かしざしき》の店《みせ》から花魁《おいらん》を覗《のぞ》くのよりも、引《ひき》手《て》茶《ちや》屋の行燈《あんどん》の灯《ともしび》を浴《あ》びながら、店《みせ》に美《うつく》しい娘《むすめ》などの坐《すわ》つてゐるのを覗《のぞ》いて行《ゆ》く方《はう》に、いゝ色町《いろまち》の情調《じやうてう》がある。例《れい》によつて廣《ひろ》い通《とほ》りばかりを見《み》て歩《ある》く。男《をとこ》のある人《ひと》が、吉原《よしはら》へ女《をんな》が行《ゆ》くと同性《どうせい》の汚辱《をじよく》を感《かん》じて厭《いや》になりやしませんかと何時《いつ》か云《い》つたことを思《おも》ひ出《だ》す。

　歩《ある》きくたびれて、廓《くるわ》の外《そと》に出《で》る。雷門《かみなりもん》で皆《みんな》に別《わか》れて一人《ひとり》して歸《かへ》る。もう十一時《じ》になつてゐた。上野《うへの》の森《もり》を車《くるま》で來《く》ると、文展出品《ぶんてんしゆつぴん》の畫《ぐわ》を若《わか》い男《をとこ》が二人《ふたり》して擔《かつ》いで行《ゆ》くのに逢《あ》つた。

選評雑感

□田村俊子

「櫻咲《さくらさ》く宵《よひ》」は幽婉《いうゑん》な作《さく》である。お戀《しま》の友達娘《ともだちむすめ》が二三人《にん》誘《さそ》ひにくるところに作者《さくしや》の技巧《ぎかう》があつて面白《おもしろ》い。「盲人《まうじん》の夕食《ゆふしよく》」は盲人《まうじん》が奇麗《きれい》に食器《しよき》についてる物《もの》まで浚《さら》つて、がつ〳〵と食《た》べるところに悲慘《ひさん》な感《かん》じがあつた。「退社際《ひけぎは》」はさら〳〵と熟達《じゆくたつ》した筆《ふで》で書《か》いてあるのが氣《き》に入《い》つた。「南瓜《かぼちや》の花《はな》」は初心《しよしん》な筆《ふで》づかひで、よく實情《じつじやう》を盡《つく》してゐる。「未決囚《みけつしう》」「泥溝板《どぶいた》」は何《ど》方《ち》も達者《たつしや》な筆《ふで》である。殊《こと》に未決囚《みけつしう》の方《はう》は描寫《べうしや》がこまかに行届《ゆきとゞ》いてゐる。「戀病《こひやまひ》」は厭味《いやみ》だ。「まゆずみ」はかつきりとした作《さく》である。情緒《じやうしよ》もある。

「どぶ板《いた》」60　「戀病《こひやまひ》」60　「赤色《あかいろ》の線《せん》」60

「霧雨《きりあめ》降る日《ひ》」60「放浪《はうらう》」60「南瓜《かぼちや》の花《はな》」60「退社際《ひけぎは》」80　「盲人《まうじん》の夕食《ゆふしよく》」80「櫻咲《さくらさ》く宵《よひ》」80「未決囚《みけつしう》」80「まゆずみ」80

一日一信

俊子

自分自身《じぶんじしん》が行詰《ゆきつ》まつてしまつて創作《さうさく》の筆《ふで》が途絶《とぜつ》してる作家《さくか》が、他人《たにん》の作《さく》を見《み》て、あの人《ひと》は行詰《ゆきつ》まつてるとか、もう發展《はつてん》の餘地《よち》の見《み》込《こ》みはないとか云《い》ふぐらゐ、癪《しやく》にさわることはない。大《おほ》きにお世話《せわ》だと云《い》ひ度《た》い。書《か》かずにゐる作家《さくか》よりも絶《た》えず苦《くる》しい作《さく》を續《つゞ》けながらその自身《じしん》の拙《まつ》い作《さく》に鞭《むちう》たれてゐる作家《さくか》の方《はう》に、人知《ひとし》れない努力《どりよく》や奮《ふん》勵《れい》がある。發展《はつてん》の餘地《よち》の見込《みこ》みがあつても無《な》くつても、行《ゆ》き詰《つ》まつて書《か》けなくなつてる作家《さくか》よりは、もがきながら書《か》き續《つゞ》けてゐる作家《さくか》の方《はう》が遙《はるか》に向上《かうじやう》の途《みち》にあるのだ。行《ゆ》き詰《つ》まつて書《か》けなくなつてる作《さく》家《か》こそ、自身《じしん》がもうちつと他人《たにん》の諸作《しよさく》に對《たい》して敬虔《けいけん》な態度《たいど》を持《ぢ》してゐたらよさそうなものだ。

山《さ》茶《ざん》花《くわ》

田村俊子

一、

羽生《はにふ》さんが私《わたし》の家《うち》に來《く》るやうになつたのは、去年《きよねん》の九月の末《すゑ》であつた。私《わたし》の近所《きんじよ》にＭと云《い》ふ女《をんな》の畫家《ぐわか》がゐる。私《わたし》はある夕方《ゆふがた》にこの人《ひと》の許《とこ》へ遊《あそ》びに行《い》つたことがあつた。其處《そこ》へ來合《きあ》はせてゐたのが羽生《はにふ》さんであつた。

學校《がくかう》を卒業《そつげふ》して、一度《いちど》故郷《こきやう》へ歸《かへ》つた羽生《はにふ》さんは、この頃《ころ》また上京《じやうきやう》して來《き》た。羽生《はにふ》さんには野村《のむら》と云《い》ふ醫學士《いがくし》の許嫁《いひなづけ》があつて、その人《ひと》と結婚《けつこん》が擧げられるまで、何處《どこ》か靜《しづか》なところで勉強《べんきやう》をしながらその日《ひ》を待《ま》ちたいと云《い》ふ羽生《はにふ》さんの願《ねが》ひを、Ｍは自分《じぶん》の口《くち》から私《わたし》に傳《つた》へた。其《そ》れには知《し》らない人《ひと》たちの家《うち》を借《か》りることは厭《いや》なので、居《ゐ》る所《ところ》に羽生《はにふ》さんは困《こま》つて居《ゐ》た。もしあなたの許《とこ》にでも置《お》いて貰《もら》へれば仕合《しあ》はせだとＭは好《い》い機《しほ》にそれを私《わたし》に頼《たの》んだ。

私《わたし》は前《まへ》から羽生《はにふ》さんを見知《みしつ》てゐた。羽生《はにふ》さんは學校《がくかう》に通《かよ》ふ頃《ころ》、このＭの家《うち》にゐた。私《わたし》はその頃《ころ》はまだＭとは知《し》り合《あ》ひになつてはゐなかつたが、羽生《はにふ》さんの袴《はかま》を穿《は》いた學生姿《がくせいすがた》は、時々《ときどき》私《わたし》の近所《きんじよ》で私《わたし》は見《み》かけた。顏《かほ》も美《うつく》しいとは思《おも》つてゐなかつた。色《いろ》の黑《くろ》い、髮《かみ》の引《ひ》き詰《つ》まつた、袴《はかま》を短《みじか》く穿《は》いた、日向臭《ひなたくさ》い女學生《ぢよがくせい》を、いつも能《よ》く見《み》かけると私《わたし》は思《おも》つたばかりであつた。

それが今夜《こんや》逢《あ》つて見《み》ると、まるで變《かは》つてゐた。白粉《おしろい》の濃《こ》く塗《つ》いた羽生《はにふ》さんの顏《かほ》は、人形《にんぎやう》のやうに可愛《かはい》らしく目鼻《めはな》立《たち》が整《ととの》つてゐた。眼《め》を伏《ふ》せると、驚《おどろ》くやうに睫毛《まつげ》が長《なが》かつた。拔《ぬ》き襟《えり》に衣紋《えもん》を作《つく》つた肩《かた》の恰好《かつかう》もすらりとしてゐた。何《なに》か紫《むらさき》の着物《きもの》を着《き》た羽生《はにふ》さんの姿《すがた》は、灯《ひ》の影《かげ》に品《ひん》よく派手《はで》に見《み》えた。羽《は》生《にふ》さんは、大人《おとな》しやかに手《て》を突《つ》いて私《わたし》に辭儀《じぎ》をしてゐた。

私《わたし》は羽生《はにふ》さんを見《み》ると、ものずきな心《こゝろ》が動《うご》いた。

「私《わたし》の方《はう》に差支《さしつかへ》はありませんから。明日《みやうにち》からでもいらつしやい。」

私《わたし》はＭにも、羽生《はにふ》さんにも約束《やくそく》した。その夜《よ》は雨《あめ》が降《ふ》つてゐた。私《わたし》は傘《かさ》をさして羽生《はにふ》さんと一所《いしよ》に外《そと》に出《で》た。羽生《はにふ》さんは私《わたし》の家《うち》には寄《よ》らずに、その儘《まゝ》自《じ》分《ぶん》の宿《やど》に歸《かへ》つて行《い》つた。

羽生《はにふ》さんの此家《ここ》に來《く》ることが私《わたし》には樂《たの》しまれた。江口《えぐち》と私《わたし》との二人《ふたり》の生活《せいくわつ》の中《なか》に、ある他人《たにん》の一部《いちぶ》の心《こゝろ》が不意《ふい》に立《たち》交《まじ》つて、さうして私《わたし》たちと一所《いしよ》になることを思《おも》ふと、其《そ》れは非常《ひじやう》に珍《めづ》らしかつたし、又《また》一層《そう》その人《ひと》を親《した》しみたいや

山《さん》茶《さ》花《くわ》

田村俊子

一

私《わたし》は羽生《はにふ》さんと、中々《なか〳〵》親しむことができなかつた。羽生《はにふ》さんの丁寧《ていねい》な行儀《ぎやうぎ》の好《い》い所作《しよさ》が、私《わたし》の應對《おうたい》をいつも臆劫《おつくふ》にさせた。

私《わたし》は遠《とほ》くから、羽生《はにふ》さんの綺麗《きれい》な顔《かほ》や姿《すがた》を眺《なが》めながら、なるたけ其《そ》の傍《そば》へは近付《ちかづ》かないやうに、羽生《はにふ》さんを避《さ》ける癖《くせ》が何時《いつ》の間《ま》にか私《わたし》の心《こゝろ》についた。羽生《はにふ》さんの丁寧《ていねい》な行作《ぎやうさ》に對《たい》して、私自《わたしみづ》

うな氣《き》がした。私《わたし》はこの因縁《いんねん》を嬉《うれ》しく思《おも》つた。だが江口《ゑぐち》はそれを不安《ふあん》にしてゐた。私《わたし》の爲《し》たことを輕卒《かるはずみ》ではなかつたかと責《せ》めた。それは江口《ゑぐち》は羽生《はにふ》さんをよく知《し》らなかつたからである。私《わたし》たちの生活《せいくわつ》の内部《ないぶ》に突然《とつぜん》侵入《しんにふ》してくるものに對《たい》して、私《わたし》にも微《かすか》な不安《ふあん》はないでもなかつたが、然《しか》し私《わたし》は何故《なにゆゑ》と云《い》ふこともなく、羽生《はにふ》さんを信《しん》じたかつた。私《わたし》は頻《しきり》に羽生《はにふ》さんに惹《ひ》かれた。

「ほんとうに、綺麗《きれい》な人《ひと》ですよ。」

私《わたし》は然《さ》う云《い》つて、江口《ゑぐち》の不安《ふあん》を紛《まぎ》らした。

羽生《はにふ》さんはその翌《よく》る日《ひ》、朝早《あさはや》く來《き》た。少《すこ》しの荷物《にもつ》も續《つゞ》いて屆《とゞ》いた。二疊《でふ》の小《ちい》さい室《へや》を羽生《はにふ》さんの室《へや》と決《き》めた。羽生《はにふ》さんは其室《そのへや》に机《つくゑ》や火鉢《ひばち》を並《なら》べて、綺麗《きれい》に裝飾《さうしよく》してゐた。羽生《はにふ》さんは優《やさ》しく、品《ひん》よく丁寧《ていねい》に物《もの》を云《い》ふ人《ひと》であつた。

私《わたし》の家《うち》は賑《にぎ》やかになつた。江口《ゑぐち》もよく世話《せわ》した。紫《むらさき》の着物《きもの》と、濃《こ》いおしろいの人形《にんぎやう》の様《やう》な顔《かほ》が、私《わたし》の眼《め》に限《かぎ》りなく優美《いうび》にうつつた。

からも其《そ》れだけの態度《たいど》を自身《じしん》に保《たも》たなければならないやうな、窮屈《きうくつ》さが感《かん》じられた。私《わたし》は羽生《はにふ》さんの部屋《へや》へも近寄《ちかよ》らないやうにした。羽生《はにふ》さんは私《わたし》を先生《せんせい》と呼《よ》んでゐた。其《そ》の呼名《よびな》は、私《わたし》の感情《かんじやう》をそゝけさせない程《ほど》に、優《やさ》しく自然《しぜん》に羽生《はにふ》さんの唇《くちびる》から漏《も》れた。私《わたし》は羽生《はにふ》さんから、先生《せんせい》と呼《よ》ばれても氣《き》にはならなかつた。そうして、私《わたし》と羽生《はにふ》さんとは滅多《めつた》に顔《かほ》を合《あ》はせる日《ひ》も少《すく》なかつた。私《わたし》はいつも自分《じぶん》の室《へや》に引籠《ひきこも》つてゐたし、羽生《はにふ》さんは絶《た》えず外出勝《ぐわいしゆつが》ちであつた。

私《わたし》のまだ寢《やす》んでゐるうちに羽生《はにふ》さんは家《うち》を出《で》てゆくことがあるし、羽生《はにふ》さんが外《そと》から戻《もど》つて來《き》ても私《わたし》は自分《じぶん》の室《へや》から出《で》る時間《じかん》もなくつて、その儘《まゝ》一日《にち》が終《をは》つてしまふ日《ひ》が多《おほ》かつた。三日も四日も顔《かほ》を合《あ》はせない日《ひ》が續《つゞ》いて、

「しばらくでしたわね。」

と二人《ふたり》は縁側《えんがは》で、ほんとうに久《ひさ》し振《ぶ》りな眼《め》を微笑《ほゝゑ》み交《か》はす時《とき》があつた。

家《いへ》の出入《でいり》にも羽生《はにふ》さんは靜《しづ》かな人《ひと》であつた。足音《あしおと》など、がた〳〵と響《ひゞ》かせて出《で》たり入《はひ》つたりは決《けつ》して爲《し》なかつた。遠慮《ゑんりよ》の深《ふか》い、謹《つゝし》み深《ぶか》い、其《そ》のちんまりとした姿《すがた》を、私《わたし》は時々《とき〴〵》、自分《じぶん》の室《へや》で一《ひと》人《り》ぎりゐる時《とき》などに、慕《した》はしく思《おも》ひやつた。けれども、中々《なか〳〵》私《わたし》たちは打解《うちと》けた心《こゝろ》をお互《たがひ》の上《うへ》に拾《ひろ》ひ合《あ》ふ日《ひ》はこなかつた。羽生《はにふ》さんはいつも行儀《ぎやうぎ》よく丁寧《ていねい》で、私《わたし》は又《また》、空々《そら〴〵》しく冷《つめ》たかつた。

羽生《はにふ》さんの許嫁《いひなづけ》の野村《のむら》と云《い》ふ人《ひと》は時《とき》時《どき》來《き》た。手土産《てみやげ》を持《も》つて、私《わたし》の室《へや》へも挨拶《あいさつ》に來《き》たりした。羽生《はにふ》さんはその人《ひと》に隨《つ》いて來《き》た。

「野村《のむら》が參《まゐ》りましたが、お逢《あ》ひ下《くだ》さいませんか。」

斯《か》う云《い》つて、赤《あか》い顔《かほ》をしながら羽生《はにふ》さんは私《わたし》のところに急《いそ》いで來《き》た時《とき》があつた。其人《そのひと》に逢《あ》つた時《とき》、眼鏡《めがね》をかけた、癖《くせ》のある其《そ》の口許《くちもと》を私《わたし》は不快《ふくわい》に思《おも》つた。樣子《やうす》は立派《りつぱ》な人《ひと》であつた。この人《ひと》が來《く》ると、羽生《はにふ》さんは二人《ふたり》して二疊《でふ》の狹《せま》い室《へや》に入《はい》つて、二時間《じかん》も閉ぢこもつてゐることがあつた。何《なに》をしてゐるのか下女《げぢよ》にも分《わか》らなかつた。最初《さいしよ》は私《わたし》たちの氣《き》にはとまらなかつたけれども、その時間《じかん》を過《す》ごす間《あひだ》、氣味《きみ》の惡《わる》いほどひつそりしてゐる事《こと》を、下女《げぢよ》がさも大切《だいじ》らしく私《わたし》たちに告《つ》げた。

野村《のむら》と云《い》ふ人《ひと》が來《く》れば、ふと、私《わたし》たちは羽生《はにふ》さんの室《へや》の方に心を凝《こ》らすやうになつた。下女《げぢよ》の告《つ》げたやうに、二人《ふたり》は話《はな》し聲《こゑ》さへも漏《も》らさずに靜《しづか》にしてゐた。たゞ、默《だま》つて差《さ》し向《むか》つてゐるやうな氣勢《けはひ》ばかりが思《おも》はれた。

日《ひ》が經《た》つにつれて私《わたし》たちは、あの二《ふた》人《り》の間《あひだ》の愛情《あいじやう》について考《かんが》へることがあつた。男《をとこ》から捨《す》てられやうとしてゐるのを、羽生《はにふ》さんが縋《すが》り付《つ》いてゐるやうな、若《わか》い人《ひと》の苦《くる》しい心が、時々《とき〴〵》私《わたし》に感《かん》じられることがあつた。一日《いちにち》でも、餘計《よけい》

721　「山茶花」『東京朝日新聞』大正3（1914）年11月12日

山《さ》茶《さん》花《くわ》

田村俊子

二、

　私《わたし》は幾度《いくたび》も。それを羽生《はにふ》さんに聞《き》かうとした。男《をとこ》との関係《くわんけい》が明《あき》らかにさへ私《わたし》に合点《がてん》が行《ゆ》けば、羽生《はにふ》さんの力《ちから》になつてやりたいと思《おも》つた。若《わか》い人《ひと》の思《おも》ひ詰《つ》めた心《こゝろ》の上《うへ》に、私《わたし》の冷《つ》めたい判断《はんだん》を與《あた》へてやりたいと思《おも》つた。けれども、羽生《はにふ》さんはすべてを私《わたし》に包《つゝ》んでゐた。

　「野村《のむら》の家《うち》では私《わたし》を貰《もら》ふのがいやなのださうで御座《ござ》います。いゝこころのお嬢《ぢやう》さんでも迎《むか》へたいとあの人《ひと》のお母《かあ》さんは思《おも》つてゐるのでせう。其《そ》れで中《なか》中《なか》話《はなし》が進《すゝ》みませんの。けれども野村《のむら》は私《わたし》と結婚《けつこん》をするつもりでをりますの。私《わたし》たちの方《はう》へもその約束《やくそく》の証書《しようしよ》が入《はひ》つてゐるのですから。」

　羽生《はにふ》さんはこれだけを話《はな》した。羽生《はにふ》さんは自分《じぶん》たちの間柄《あひだがら》に就《つ》いて、立入《たちい》つたことは決《けつ》して聞《き》かせようとしなかつた。羽生《はにふ》さんは随分《ずゐぶん》日々《ひゞ》の物《もの》入《い》りにも困《こま》つてゐるやうであつた。着《き》類《るゐ》なぞも沢山《たくさん》は持《も》つてゐなかつた。木《も》綿《めん》地《ち》の紫《むらさき》の着物《きもの》を、小取《こどり》まはし好《よ》く畳《たゝ》みつけて、身《み》に付《つ》けてゐた。下《げ》駄《た》は幾度《いくど》でも鼻緒《はなを》や臺《だい》を取《と》り代《か》へて、穿《は》いてゐた。自炊《じすゐ》をしてゐる羽生《はにふ》さんは、米《こめ》などを滅多《めつた》に取《と》つたことはなかつた、食事《しよくじ》までも、間《ま》に合《あ》ふだけは間《ま》に合《あ》はせてゐるやうに思《おも》はれた。

　羽生《はにふ》さんの父親《ちゝおや》が樺太の方《はう》にゐた。そこから、時々《ときどき》僅《わづか》の金《かね》を羽生《はにふ》さんの無

に男《をとこ》に逢《あ》はうと羽生《はにふ》さんは心《こゝろ》を砕《くだ》いてゐるらしかつた。男《をとこ》の勤《つと》め先《さき》に、羽生《はにふ》さんは絶《た》えず電話《でんわ》をかけて男《をとこ》を呼《よ》び出《だ》してゐた。未明《みめい》に起《お》きて、男《をとこ》の下宿へ尋《たづ》ねてゆくやうな朝《あさ》もあつた。私《わたし》に、羽生《はにふ》さんのある悩《なや》みがだん〳〵に解《わか》つて来《き》た。

心《しん》に應《おう》じて送《おく》つてよこした。母親《はゝおや》は弘《ひろ》前《さき》の方《はう》に別《わか》れて暮《くら》してゐた。羽生《はにふ》さんはその母親《はゝおや》とは別《べつ》して音信《おとづれ》もしなかつた。然《しか》し、そこからも時々《ときどき》衣類《いるゐ》なぞを送《おく》つてよこした。毎日《まいにち》綺麗《きれい》に化粧《けしやう》をして歩《ある》く羽生《はにふ》さんには、僕の父《ちゝ》からよこす金《かね》だけでは、白粉料《おしろいれう》にも足《た》りないやうであつた。羽生《はにふ》さんは友達《ともだち》や、Mの廓家《くるわ》のところに行《い》つては金《かね》を借《か》りて來《く》るやうであつた。

然《さ》う云《い》ふ事《こと》が私《わたし》の眼《め》に入《はひ》り、心《こゝろ》に付《つ》いてくるほど、私《わたし》は羽生《はにふ》さんを氣《き》の毒《どく》に思《おも》つた、羽生《はにふ》さんの生活《せいくわつ》について、私《わた》は他人ごとでなく考《かんが》へてやりたいと絶《た》えず思《おも》つた。羽生《はにふ》さんは、たゞ野村《のむら》との結婚《けつこん》を待《ま》つて日《ひ》を暮《く》してゐるのかも知《し》れないが、それが必《かなら》ず待《ま》つ甲斐《かひ》のある日《ひ》になつて羽生《はにふ》さんの前途《ぜんと》に現《あらは》れるか何《ど》うかは覺束《おぼつか》なかつた。

墓地《ぼち》には山茶花《さざんくわ》が咲《さ》くやうになつた。羽生《はにふ》さんは其花《そのはな》を見付《みつ》けては、よく折《を》つて來《き》た。湯《ゆ》の歸《かへ》りに、二人《ふたり》はその枝《えだ》を折《を》つてよろこんだりした。私《わたし》は羽《は》生《ふ》さんを連《つ》れて、ぶらぶらと其邊《そこいら》を散《さん》歩《ぽ》する日《ひ》もあつた。だが私《わたし》は、いつも話《はなし》をそこへ持《も》つて行《ゆ》くことが出來《でき》なかつた。

「野村《のむら》さんは何《ど》うしました。」

私《わたし》が漸《やう》く斯《か》うした所《ところ》へ緒《いとぐち》を持《も》つて行つても、

「この頃《ごろ》、忙《いそが》しいのださうで御座《ござ》いますの。」

羽生さんはこれだけ返事《へんじ》して、あとは默《だま》つてゐた。さうして羽生《はにふ》さんは、だんだんに野村《のむら》の話《はなし》を私《わたし》たちに對《たい》して避《さ》けるやうになつた。

私《わたし》はMに聞《き》くこともあつた。Mも野《の》村《むら》との結婚《けつこん》の話《はなし》をよくは知《し》らなかつた。羽生《はにふ》さんが弘前《ひろさき》に歸《かへ》つてゐた間《あひだ》に、そこで野村《のむら》との關係《くわんけい》が起《おこ》つたことだけをMは話《はな》した。其《そ》れも大概《たいがい》はMの想像《さうざう》から出《で》たことであつた。Mにも、羽生《はにふ》さんはすべてを包《つゝ》みかくして、明《あか》らさまな話《はなし》はしないでゐた。Mは、

「羽生《はにふ》さんが、いゝやうに野村《のむら》に欺《だま》されてゐるのではないか。」

と云《い》つてゐた。

723　「山茶花」『東京朝日新聞』大正3（1914）年11月13日

山《さ》茶《ざん》花《くわ》

田村俊子

四、

野《の》村《むら》はまるきり來《こ》ないやうになつた。

私《わたし》たちが不思議《ふしぎ》にするほど、遠《とほ》のいてしまつてゐた。年《とし》の暮《く》れ近《ちか》くなつて、寒《さむ》さが烈《はげ》しくなつた。羽生《はにふ》さんはその寒《さむ》さを冒《をか》して、誰《た》れもまだ起《お》き出《で》ないうちに何處《どこ》かへ出《で》て行《ゆ》く朝《あさ》が毎日《まいにち》つゞいた。

「羽生《はにふ》さんは何處《どこ》へ行《ゆ》くのだらう。」

家《うち》では皆《みな》言《い》ひ合《あ》つた。それは野《の》村《むら》の勤《つと》めに行《ゆ》く途中《とちう》を、停車場《ステーシヨン》へ見張《みは》りにゆくのだと云《い》ふことが後《あと》で知《し》れた。野《の》村《むら》はその頃《ころ》牛込《うしごめ》の下宿《げしゆく》を引拂《ひきはら》つて、近《きん》在《ざい》の自分《じぶん》の家《うち》に歸《かへ》つてゐた。野《の》村《むら》はそこから汽車《きしや》で都會《とくわい》の出勤先《しゆつきんさき》に通《かよ》つてゐた。

羽生《はにふ》さんはその人《ひと》を待《ま》つ爲《ため》に、毎朝《まいあさ》停車場《ステーシヨン》へ見張《みは》りにゆくのであつた。

たつた一度《ど》、羽生《はにふ》さんは野村《のむら》を連《つ》れて歸《かへ》つて來《き》たことがあつた。其《そ》れ限《きり》で、野《の》村《むら》はつひに羽生《はにふ》さんの許《とこ》へ姿《すがた》を見《み》せなくなつた。

私《わたし》はその年末《くれ》に、ある晩《ばん》、上野《うへの》の三橋《みはし》の際《きは》で、ふと野《の》村《むら》に逢《あ》つた。野《の》村《むら》は羽《は》生《にふ》さんよりも三つ四つ若《わか》い女《をんな》を連《つ》れてゐた。女《をんな》は長《なが》いコートを着《き》てゐた。足《あし》の早《はや》い野《の》村《むら》に追《お》ひ付《つ》かうとして、可愛《かあい》らしい態《しな》を作《つく》りながら女《をんな》は野《の》村《むら》に驅《か》けよつて其《そ》の傍《そば》に摺付《すりつ》いてゐた。私《わたし》は振《ふ》り返《かへ》つて野《の》村《むら》を見詰《みつ》めたが、野《の》村《むら》は知《し》らない振《ふ》りを裝《よそほ》つて行《ゆ》き過《す》ぎた。

私《わたし》は其《そ》れを羽生《はにふ》さんに話《はな》さずにゐた。羽生《はにふ》さんの心《こゝろ》を無駄《むだ》に搔《か》き亂《みだ》すことが私《わたし》には氣《き》の毒《どく》だからであつた。あの連《つ》れの女《をんな》は、野《の》村《むら》の妻《つま》のやうにも思《おも》はれたけれども、其《そ》れとも行《ゆ》きがゝりに一所《しよ》になつた親類《しんるゐ》の人《ひと》たちかも知《し》れなかつた。私《わたし》は然《さ》う云《い》ふことを、勢《いきほ》ひかゝつて若《わか》い人《ひと》の耳《みゝ》に入《い》れたりすることを、自《みづか》ら恥《はづ》かしいやうに思《おも》つた。羽《は》生《にふ》さんがあの儘《まゝ》で打明《うちあ》けやうとしない限《かぎ》り、私《わたし》もその事《こと》に就《つ》いて賢《さか》しらに差《さし》出口《でぐち》をすることを厭《いと》つた。

自分《じぶん》の室《へや》に入《はひ》つたぎりで、そつと羽《は》生《にふ》さんが泣《な》いてゐると云《い》ふやうな夜《よ》も度《たび》度《たび》あつた。私《わたし》は下女《げぢよ》からそれを聞《き》いた。眼《め》を泣《な》き腫《は》らした顏《かほ》を、私《わたし》も見《み》かけることがあつた。それを聞《き》いても、羽生《はにふ》さんは決《けつ》して、泣《な》いてゐたとは云《い》はなかつた。

「何故《なぜ》、あんなに羽生《はにふ》さんは私《わたし》に隔《へだ》

てるのだらう。」

　私《わたし》は然《さ》う考《かんが》へることがあつた。然《しか》し、羽生《はにふ》さんの方《はう》でも、然《さ》う容易《たやす》くは馴《な》れられないやうな、纖穠のない態度《たいど》が私《わたし》にあるのかも知《し》れなかつた。私《わたし》はなるたけ、羽生《はにふ》さんと差向《さしむか》つてゐる間《あひだ》は、私《わたし》の感情《かんじやう》を羽生《はにふ》さんの感情《かんじやう》の中《なか》にそつくり託《まか》けるやうに、骨《ほね》を折《を》ることがあつた。私《わたし》は羽生《はにふ》さんの周圍《しうゐ》に人知《ひとし》れずいろ〳〵と心《こゝろ》を配《くば》つた。

　父親《ちゝおや》から僅《わづか》の金《かね》がくれば、それで引《ひ》けばほつれさうな襟卷《えりまき》なぞを買《か》つて、羽生《はにふ》さんは若《わか》い女《をんな》らしく春《はる》の支度《したく》をしてゐた。

「羽生《はにふ》さんはどんなに困《こま》つても、白粉《おしろい》だけは絶《た》やさないのださうですよ。」

　下女は私《わたし》に云《い》つてゐた。綺麗《きれい》に、際《きは》立《た》つて化粧《けしやう》した羽生《はにふ》さんの美《うつく》しい顏《かほ》は、その見窄《みすぼ》らしげな服裝《ふくさう》を、一層見窄《みすぼ》らしくさせた。私《わたし》はその美《うつく》しい顏を見《み》る度《たび》に、思《おも》ひきり着飾《きかざ》らしてやりたいやうな哀《あは》れな願《ねが》ひにふさがれることがあつた。だが、顏《かほ》だけを綺麗《きれい》に塗《ぬ》つて、見窄《みすぼ》らしい服裝《ふくさう》をしてゐると云《い》ふものは、若《わか》い美《うつく》しい女《ひと》だけに一層卑《いや》しげにみつともなかつた。

山《さ》茶《ん》花《くわ》

田村俊子

五、

　年《とし》が明《あ》けてから、羽生《はにふ》さんは一層困《こま》つてゐた。いくら斷《ことわ》つても聞《き》き入《い》れずに、每月《まいげつ》私の手許《てもと》まで持《も》つて來《き》た僅《わづか》な室代《へやだい》も、羽生《はにふ》さんは都合《つがふ》が付《つ》かなかつたりしてゐた。此家《ここ》を自分《じぶん》の家《うち》と思《おも》つて、然《さ》う云《い》ふ氣兼《きか》ねなしに私《わたし》たちと起《おき》臥《ふし》は出來《でき》ないものかと、私《わたし》は羽生《はにふ》さんに云《い》ふこともあつたけれども、羽生《はにふ》さんは自分《じぶん》の生活《せいくわつ》はどこまでも二疊《でふ》の室《へや》

725　「山茶花」『東京朝日新聞』大正3（1914）年11月14日

の中《なか》に區限《くぎ》つて、他人行儀《たにんぎやうぎ》を忘《わす》れないやうにしてゐた。他人《たにん》から時借《ときが》りなどしながら、室代《へやだい》は綺麗《きれい》に拂《はら》つて、さうして炭《すみ》の破片《かけら》一《ひ》とつでも、私《わたし》の家《うち》の方《はう》のものとは混《ま》ぜまいとするやうな注意《ちうい》をこまかくしてゐた。私《わたし》は其《そ》れに對《たい》して反感《はんかん》を持つことさへあつた。其《そ》れ程《ほど》羽生《はにふ》さんは一とつ家《うち》にゐて、自分《じぶん》だけのものを二疊《でふ》の室《へや》の中《なか》にきつちりと濳《ひそ》めてゐた。其《そ》れが堅苦《かたくる》しい其《そ》の頃《ころ》まで續《つゞ》いてゐた。

けれども、其《そ》れが次第《しだい》に持ち應《こた》へられなくなつて來《き》たことが私《わたし》にも解《わか》つた。私《わたし》はある日《ひ》、呉《く》れ〴〵も然《さ》う云《い》ふ氣《き》兼《が》ねをしてはならないことを羽生《はにふ》さんに云《い》つて聞《き》かせた。

「無《な》いものは、此方《こつち》のもので間《ま》に合《あ》はせておきなさいよ。」

私《わたし》は時々《ときどき》羽生さんの心持《こゝろもち》に當《あた》らないやうにして口《くち》を出《だ》した。下女《げぢよ》にも其《そ》れとなく、日常《にちじやう》のものを用立《ようた》てるやうに云《い》ひ付《つ》けてもおいた。小使《こづかひ》なども、必要《ひつえう》の時《とき》は、いつでも間《ま》に合《あ》はせて上《あ》げると云《い》つても、羽生《はにふ》さんは却々《なか〳〵》金錢《きんせん》のことでは口《くち》を切《き》らなかつた。出《で》て歩《ある》く電車賃《でんしやちん》にも差支《さしつかへ》てゐるやうな時《とき》でも、羽生《はにふ》さんは私《わたし》までその難儀《なんぎ》なことを決《けつ》して傳《つた》へなかつた。下女《げぢよ》にもそれを堅《かた》く口留《くちど》めしてゐた。

父親《ちゝおや》からも、送金《そうきん》をしてよこさない樣《やう》になつた。さうして、東京《とうきやう》で結婚《けつこん》することも延《の》び〳〵になつてゐることを、羽生《はにふ》さんの父親《ちゝおや》は不安《ふあん》にしてゐた。然《さ》う云《い》ふ手紙《てがみ》が度々《たび〳〵》羽生《はにふ》さんの手許《てもと》へ來《き》た。羽生《はにふ》さんは、とう〳〵私《わたし》に野村《のむら》との關係《くわんけい》などを打明《うちあ》けた日《ひ》があつた。

「野村《のむら》さんには結婚《けつこん》の意志《いし》がないのでせう。」

「自分《じぶん》は結婚《けつこん》するつもりでゐるのですけれども、何《ど》うしても家《うち》の方《はう》で承知《しようち》しないのです。私《わたし》ももうあきらめやうかと思《おも》つてゐるのです。」

と羽生《はにふ》さんは云《い》つた。野村《のむら》から、もう半年餘《はんとしあま》りも斯《か》うして釣《つ》られてゐることを羽生《はにふ》さんは私《わたし》に話《はな》した。野村《のむら》が弘《ひろ》前《さき》で勤務《きんむ》してゐた頃《ころ》に、羽生《はにふ》さんを見《み》染《そめ》たらしい話《はなし》もした。

「無理《むり》に彼方《あつち》から望《のぞ》んでおいて。」

と羽生《はにふ》さんは云《い》つた。

「野村《のむら》さんから少《すこ》しでも生活費《せいくわつひ》を助《たす》けてもらつてゐたのですか。」

「いゝね。私《わたし》は一錢《せん》でもあの人《ひと》から貰《もら》つたことはありません。」

と羽生《はにふ》さんは云《い》ひ切《き》つた。私《わたし》はその時《とき》、ある夜《よ》に上野《うへの》で野村《のむら》に逢《あ》つたことを羽生《はにふ》さんに告《つ》げた。羽生《はにふ》さんは眞《ま》つ赤《か》な顏《かほ》をして默《だま》つてゐた。

「其《そ》の女《をんな》は何《なん》でせうね。」

私《わたし》は羽生《はにふ》さんに聞《き》いて見《み》た。羽生《はにふ》さんは暫時《しばらく》して、

「私《わたし》も野村《のむら》が結婚《けつこん》をしたのぢやないかと思《おも》つてゐました。然《さ》う云《い》ふ噂《うはさ》を聞《き》いたのです、」

と赤い顏《かほ》をした儘《まゝ》で云《い》つた。

「私《わたし》が聞《き》いても野村《のむら》はかくしてゐるのですの。結婚《けつこん》はしないと云《い》つてゐるんですから。」

「それでは他《た》の人《ひと》かも知《し》れませんね。」

「いゝわ。きつと然《さ》うです。」

其時《そのとき》、羽生《はにふ》さんの眼《め》に、涙《なみだ》がいつぱいに漲《みなぎ》つて來《き》たのを私《わたし》は靜《しづ》かに眺《なが》めた。

短篇集

山茶花《さんくわ》

田村俊子

六

羽生《はにふ》さんはその時《とき》から、私《わたし》に寄《よ》つてくるやうになつた。

「先生《せんせい》、少《すこ》しお話《はなし》したいことがあるんで御座《ござ》いますが。」

羽生《はにふ》さんは時々《ときどき》、斯《か》う云《い》つて私《わたし》の室《へや》に顏《かほ》を出《だ》すこともあつた。睫毛《まつげ》の長《なが》いその眼《め》が血走《ちばし》つてゐる時《とき》があつた。

羽生《はにふ》さんは野村《のむら》に體《てい》よく捨《す》てられたのであつた。野村《のむら》が結婚《けつこん》したのは事實《じじつ》であつた。羽生《はにふ》さんは或日《あるひ》、野村《のむら》とすつかり別《わか》れて終《しま》つたことを私《わたし》に話《はな》した。

それ迄《まで》の間《あひだ》に、羽生《はにふ》さんは何所《どこ》かで野村《のむら》に逢《あ》つたのかも知《し》れなかつたが、其《それ》は私《わたし》には明《あか》らさまに云《い》はなかつた。

「もう決《けつ》して、二度《にど》とあの人《ひと》に私《わたし》は逢《あ》ひません。」

と羽生《はにふ》さんは云《い》つた。

私《わたし》たち二人《ふたり》は上野《うへの》の森《もり》を歩《ある》いてゐた。路《みち》には、二三日《にち》前《ぜん》の雪《ゆき》が深《ふか》く殘《のこ》つてゐた。

「私《わたし》はもう、すつかり強《つよ》くなりました。もう何《なん》でもします。去年《きよねん》の暮《くれ》は、私《わたし》は大抵毎日《たいていまいにち》泣《な》いてゐましたけれども、もう今《いま》では何《なん》でも御座《ござ》いませんわ。悲《かな》しいことも御座《ござ》いません。私《わたし》はほんとに強《つよ》くなりました。」

羽生《はにふ》さんはこんな事《こと》を云《い》つてゐた。

私《わたし》たちは羽生《はにふ》さんのこれからの生活《せいくわつ》に就《つ》いて、眞實《しんじつ》に相談《さうだん》しあつた。

野村《のむら》との婚約《こんやく》が破《やぶ》れたことが、父親《ちゝおや》

にもわかつた。父親《ちゝおや》は羽生《はにふ》さんを頻《しき》に手許《てもと》に呼《よ》び戻《もど》さうとしてゐたが、羽生《はにふ》さんは遠《とほ》いところに歸《かへ》ることを厭《きら》つてゐた。父《ちゝ》からは送金《そうきん》のことも斷《ことわ》つてよこした。羽生《はにふ》さんは自分一人《じぶんひとり》の生活《せいくわつ》の爲《ため》に、何《なに》か職業《しよくげふ》を求《もと》めなくてはならなかつた。私《わたし》たちは羽生《はにふ》さんに同情《どうじやう》は持《も》つてゐても、私《わたし》たちの貧《まづ》しい收入《しうにふ》では、羽生《はにふ》さんの全部《ぜんぶ》の生活《せいくわつ》を負《お》ふことはできなかつた。

羽生《はにふ》さんの職業《しよくげふ》の爲《ため》に私《わたし》たちも心《こゝろ》を惱《なや》めた。新聞《しんぶん》の廣告《くわうこく》を見《み》て、羽生《はにふ》さんは何所《どこ》かに雇《やと》はれやうかと云《い》ふことなどを私《わたし》に相談《さうだん》したりした。尋常《じんじやう》一年《ねん》に通《かよ》ふ子供《こども》の家庭教師《かていけうし》を探《さが》す廣告《くわうこく》を見付《みつ》けた時《とき》、羽生《はにふ》さんは踊《をど》るやうに喜《よろこ》んでゐた。履歴書《りれきしよ》など作《つく》つて、其《そ》の家《うち》を外《よそ》ながら見《み》に行《い》つたりした。その家《うち》は宮内省《くないしやう》に勤《つと》める人《ひと》の家庭《かてい》で、大《おほ》きな構《かま》へであつたことを、羽生《はにふ》さんは歸《かへ》つて來《き》て私《わたし》に告《つ》げてゐた。だが、それは採用《さいよう》にならなかつた。

羽生《はにふ》さんは別《べつ》に際立《きはだ》つた技能《ぎのう》も持《も》つてゐなかつた。年《とし》の若《わか》い、これと云《い》ふ學歴《がくれき》も持《も》たない女《をんな》の身《み》では、到底《たうてい》しつかりとした職業《しよくげふ》などは得《え》られる筈《はず》がなかつた。羽生《はにふ》さんは焦燥《あせ》つてゐた。

「靜《しづか》にして待《ま》つてゐらつしやい。今《いま》に何《ど》うにかなりますから。急《きふ》に焦燥《あせ》つても、然《さ》う好《い》い仕事《しごと》は見付《みつ》かりませんよ。」

私《わたし》たちは羽生《はにふ》さんに云《い》つた。當座《たうざ》の小使《こづかひ》を、折々《をり/\》間《ま》に合《あは》せてやつたりした。其《そ》れが羽生《はにふ》さんにはひどく心苦《こゝろぐる》しいやうに見《み》えた。羽生《はにふ》さんは私《わたし》から金《かね》を受取《うけと》る時《とき》、いつも眞赤《まつか》な顏《かほ》をしてうぢうぢしてゐた。

「あなたとの結婚《けつこん》を半年《はんとし》も釣《つ》つておいた野村《のむら》は、あなたに對《たい》して生活費《せいくわつひ》を賠償《ばいしやう》する義務《ぎむ》があるぢやないか。」

江口《えぐち》は羽生《はにふ》さんに云《い》ふことがあつたが、羽生《はにふ》さんは、

「そんな事《こと》は出來《でき》ません。私《わたし》はもうあの人《ひと》とは一切《せつ》逢《あ》はないことにしたのですから。」

と云《い》ひ切《き》つて、思《おも》ひ決《けつ》してゐるやうに、薄《うす》い小《ちひ》さい口許《くちもと》を緊《きつ》く閉《と》ぢて居《ゐ》た。

山《さ》茶《さん》花《くわ》

田村俊子

七、

「野《の》村《むら》さんに對《たい》してあなたはどんな事《こと》を考《かんが》へてゐるのです。」

私《わたし》は斯く聞くことがあつた。

「私《わたし》は何《なん》とも思《おも》つてゐません。初《はじ》めから私《わたし》の方《はう》ではあの人《ひと》の事《こと》を何《なん》とも思《おも》つてゐなかつたのですから。」

と羽《は》生《にふ》さんは返事《へんじ》した。私《わたし》にはこの返事《へんじ》が面白《おもしろ》くなかつた。そうして、羽《は》生《にふ》さんの性格《せいかく》の一部《ぶ》を、これで知《し》つたやうに思《おも》つて私《わたし》はいやに思《おも》つたことがあつた。若《わか》い美《うつく》しい女《をんな》の、この反抗的《はんかうてき》な言葉《ことば》が、私《わたし》の羽《は》生《にふ》さんに對《たい》する情誼《じやうぎ》をその時《とき》幾分《いくぶん》か薄《うす》くしたやうに感《かん》じた。

私《わたし》はある婦人《ふじん》の雜誌《ざつし》の編輯主任《へんしふしゆにん》にあて、羽《は》生《にふ》さんを頼《たの》んでやつた。その人《ひと》は羽《は》生《にふ》さんを使《つか》ふことを約束《やくそく》してくれた。羽《は》生《にふ》さんも喜《よろこ》んでゐた。

名刺《めいし》などを拵《こしら》へて、羽《は》生《にふ》さんは主任《しゆにん》から頼《たの》まれた家《いへ》を訪問《はうもん》して歩《ある》いた。物《もの》を書《か》けば、それを江口《えぐち》が直《なほ》してやつたりした。けれども重《おも》なことは羽《は》生《にふ》さんには勤《つと》まらなかつた。それで僅《わづか》の報酬《はうしう》で、羽《は》生《にふ》さんは寫眞部《しやしんぶ》の仕事《しごと》をすることになつた。羽《は》生《にふ》さんは毎日《まいにち》、高《かう》貴《き》な人《ひと》の家《いへ》に行《い》つて、美《うつく》しい夫人《ふじん》や令《れい》嬢《ぢやう》の寫眞《しやしん》を求《もと》めて歩《ある》いた。

古《ふる》びた銘仙《めいせん》の着物《もの》や、褪た紫《むらさき》の羽《は》織《おり》を着て、高貴《かうき》な家《いへ》の門《もん》を出入《でい》りする羽《は》生《にふ》さんの心持《こゝろもち》を、私《わたし》は察《さつ》した。羽《は》生《にふ》さんは歸《かへ》つてくると、疲勞《ひらう》と辛苦《しんく》とで、沈《しづ》み込《こ》んでゐた。

私《わたし》は羽《は》生《にふ》さんの歸《かへ》りを待《ま》つてゐて、其《そ》れを慰《なぐさ》めた。濃《こ》いおしろいの浮《う》いた顏《かほ》に襟卷《えりまき》をあてゝ、羽《は》生《にふ》さんは疊《たゝみ》の上《うへ》に鬱伏《うつぶ》してゐることなどがあつた。

羽《は》生《にふ》さんの集《あつ》めて出《だ》した寫眞《しやしん》は、雜誌《ざつし》の方《はう》では中々《なか〳〵》掲載《けいさい》しなかつた。それでも、羽《は》生《にふ》さんの困《こま》つてゐる事《こと》を聞《き》いた編輯主任《へんしふしゆにん》は、心付《こゝろづ》けて多額《たがく》の金圓《きんゑん》を送《おく》つてよこした。羽《は》生《にふ》さんは其《そ》れに勢《いきほ》ひが付《つ》いて、二月《ふたつき》ばかりはまめに務《つと》めてゐた。美《うつく》しい夫人《ふじん》の寫眞《しやしん》などを、わざ〳〵私《わたし》の室《へや》まで持つて來て見せたりした。

羽《は》生《にふ》さんは、自分《じぶん》の出身《しゆつしん》の學校長《がくかうちやう》にもこの頃《ごろ》になつて時々《とき〴〵》出《で》かけて行《い》つて逢《あ》つてゐた。山口校長《やまぐちかうちやう》は世話《せわ》好《ず》きな、生徒《せいと》にもなつかしまれる人《ひと》であつた。

短篇集

山《ざ》茶《さん》花《くわ》

田村俊子

八、

「どうぞ、私《わたし》を捨《す》てないで下《くだ》さい。いつまでも。」

興奮《こうふん》して、羽生《はにふ》さんが斯《か》う縋《すが》るやうに私《わたし》に云《い》つたことがあつた。二人《ふたり》は夜《よる》の道《みち》を歩《ある》いてゐた。

「あなたさへ私《わたし》を信《しん》じるなら、私《わたし》はどんなにでもあなたに盡《つく》すつもりでゐるのですよ。」

その人《ひと》は羽生《はにふ》さんの上《うへ》に就《つ》いても心配《しんぱい》してゐた。

「あなたのやうな人《ひと》が、生活《せいくわつ》の爲《ため》に苦《くる》しむと云《い》ふのは悲慘《ひさん》なことだ……」

斯《か》う云《い》ふ手紙《てがみ》が羽生《はにふ》さんのこころへ來《き》てゐた。山口校長《やまぐちかうちやう》は、羽生《はにふ》さんに結婚《けつこん》をすることを勸《すゝ》めてゐた。さうして羽生《はにふ》さんの爲《た》めに、その口《くち》を探《さが》してゐた。

「あなたに取《と》つて、どう云《い》ふ生活《せいくわつ》がいちばん幸福《かうふく》か。」

私《わたし》たちは、よくこの問題《もんだい》で、羽生《はにふ》さんと話《はな》し合《あ》つた。

「あなたが私《わたし》の妹《いもうと》でないから、斯《か》うしなさいと云《い》つてあなたの生活《せいくわつ》を定める譯《わけ》には行《ゆ》きませんね。」

私《わたし》は斯《か》う云《い》ひながら、私《わたし》たちの方《はう》にどうしてもその全體《ぜんたい》を打任《うちまか》せてこない羽生《はにふ》さんを物足《ものた》りなく眺《なが》めてゐた。羽生《はにふ》さんは、山口校長《やまぐちかうちやう》と私《わたし》たちとをその胸《むね》で區別《くべつ》してゐた、私《わたし》たちに聞《き》かさないことを山口校長《やまぐちかうちやう》だけに明《あ》かしてゐることもあつた。さうして又《また》、私《わたし》たちには漏《も》らして山口校長《やまぐちかうちやう》には明《あ》かさないでゐることもあるやうに思《おも》はれた。若《わか》い人《ひと》の、その二重《ぢう》に扱《あつか》ふ技巧的《ぎかうてき》な僞《いつは》りを、私《わたし》は時々《ときぐ》見付《つ》け出《だ》して、そうして不滿《ふまん》に思《おも》つた。

其《そ》れは眞實《しんじつ》の私《わたし》の言葉《ことば》であつた。羽《は》生《にふ》さんはその約束《やくそく》を望《のぞ》んでゐた。私《わたし》の心《こゝろ》に、羽《は》生《にふ》さんに對《たい》する快《こゝろよ》い愛情《あいじやう》がその頃《ころ》から次第《しだい》に兆《きざ》してゐた。羽《は》生《にふ》さんの歸《かへ》りの遲《おそ》い夜《よ》など、私《わたし》はひどく淋《さむ》しかつた。

一日、外《そと》に出《で》てゐて羽《は》生《にふ》さんの姿《すがた》が家《うち》に見《み》えない時《とき》、私《わたし》は淋《さむ》しかつた。私《わたし》はそれを羽《は》生《にふ》さんに話《はな》した。

「ほんとうですか。まあ嬉《うれ》しい。」

羽《は》生《にふ》さんは嬉《うれ》しさうに云《い》つてゐた。けれども矢《や》つ張《は》り羽《は》生《にふ》さんは何處《どこ》となく自分《じぶん》を守《まも》つてゐる風《ふう》でゐた。他人《たにん》の偶然《ぐうぜん》な愛《あい》の中《なか》に、羽《は》生《にふ》さんの意志《いし》は手《て》觸《ざは》りが冷《つ》めたくいつも己《おの》れを構《かま》へてゐた。然《さ》う云《い》ふ羽《は》生《にふ》さんを見《み》る時《とき》、私《わたし》の胸《むね》にも反感《はんかん》があつた。私《わたし》は、羽《は》生《にふ》さんを省《かへり》みまいとして、自身《じしん》の心《こゝろ》を自分《じぶん》で惱《なや》めてゐる時《とき》があつた。羽《は》生《にふ》さんを憎《にく》んでゐる時《とき》、私《わたし》は殊《こと》に苦《くる》しかつた。

「何故《なぜ》あなたは私《わたし》に隱《かく》すのです。」

羽《は》生《にふ》さんに斯《か》う云《い》つてやりたい時《とき》が幾度《いくたび》かあつた。私《わたし》は羽《は》生《にふ》さんの總《すべ》てを知《し》り度《た》くつて悶《もだ》えてゐる時《とき》があつた。

羽《は》生《にふ》さんは、しげ〳〵と山口校長《やまぐちかうちやう》の家《うち》に行《い》つた。羽《は》生《にふ》さんは一々《いち〳〵》何《なに》も私《わたし》に告《つ》げるやうな事《こと》はしなかつた。雜誌《ざつし》の方《はう》も怠《おこた》つてゐた。

「あなたは藝術《げいじゆつ》で、一生《しやう》を貫《つらぬ》かうとは思《おも》ひませんか」

私《わたし》は羽《は》生《にふ》さんをそゝのかすことがあつた。その美《うつく》しい顏《かほ》を見《み》ながら、あなたはいくらでも豐富《ほうふ》な人生《じんせい》が送《おく》れるのだと私《わたし》は羽《は》生《にふ》さんに云《い》つた。

「今《いま》、急《いそ》いで結婚《けつこん》をすることはない。私《わたし》と一所《しよ》に、少《すこ》し世間《せけん》を歩《ある》いて見《み》ませんか。」

私《わたし》は斯《か》くまで云《い》つたけれども、羽《は》生《にふ》さんは危《あや》ぶんでゐた。羽《は》生《にふ》さんは女優《ぢよいう》の生活《せいくわつ》などに興《きやう》を持《も》ちながら、自分《じぶん》がその生活《せいくわつ》に落《お》ちてゆくことを恐《おそ》れてゐた。

綺麗《きれい》に、現在《げんざい》の貧《まづ》しい生活《せいくわつ》を切り上《あ》げて、そうして他《た》に嫁《ゆ》くことばかりを羽《は》生《にふ》さんは考《かんが》へてゐた。其れが自分《じぶん》のいちばん幸福《かうふく》な安全《あんぜん》な道《みち》だと考《かんが》へてゐた。樺太《からふと》にゐる父《ちゝ》は老《お》いてゐた。そうして、その人《ひと》たちも貧《まづ》しい生活《せいくわつ》に追《お》はれてゐた。年《とし》の經かない弟《おとうと》もあつた。自分《じぶん》の周圍《しうゐ》を思《おも》ふと、羽《は》生《にふ》さんは一日も早《はや》く、生涯《しやうがい》の頼《たよ》りになる人《ひと》を求《もと》めないではゐられないのであつた。

ふと、好《よ》い緣《えん》が山口校長《やまぐちかうちやう》の方《はう》にあつた。

その人《ひと》は木場《きば》のもので、家《いへ》には二三十萬《まん》の財産《ざいさん》があると云《い》つた。出戻《でもど》りの姉《あね》と、弟《おとうと》があつた。そうして其《そ》の人《ひと》は當主《たうしゆ》であつた。年《とし》もまだ若《わか》かつた。羽《は》生《にふ》さんはその人《ひと》と見《み》合《あひ》までしてから、初《はじ》めて私《わたし》にその話《はなし》をした。

「あなたはその人《ひと》に逢《あ》つて何《ど》う感《かん》じました。」

「たいへん、好《す》きな人《ひと》だと思《おも》ひましたの。」
羽生《はにふ》さんは然《さ》う云《い》つてゐた。

山茶《さん》花《くわ》

田村俊子

九、

本郷の人《ひと》は羽生《はにふ》さんに逢《あ》つてから、ひどく氣《き》に入《い》つてゐた。たくさんの仕《し》度金《たくきん》を調へて、さうして羽生《はにふ》さんを迎《むか》へやうと山口《やまぐち》校長《かうちやう》にまで云《い》ひ傳《つた》へてゐたけれども、その母親《はゝおや》たちが羽生《はにふ》さんの身許《みもと》をしらべて、さうして異議《いぎ》を云《い》つた。それで其《そ》の縁《えん》はまとまらなかつた。

羽生《はにふ》さんは失望《しつばう》してゐた。

「私《わたし》はもう何《なん》にでもなる。不見轉藝《みずてんけい》妓《しや》にでもなんにでもなる。私《わたし》はもう思《おも》ひ切《き》つて墮落《だらく》する。」

羽生《はにふ》さんは眼《め》を濕《うる》まして、巾《はゞ》の狹《せま》い胸《むね》をふるはしながら云《い》つてゐることがあつた。父親《ちゝおや》からは、しげ／＼と羽生《はにふ》さんに歸《かへ》つてくるやうに云《い》ひ迫《せま》つて來《き》た。

「山口先生《やまぐちせんせい》は私《わたし》に故郷《くに》へ歸《かへ》れと仰有《おつしや》るんですけれども、私《わたし》は田舍《ゐなか》へ行くのはいやです。もう其《そ》れ限《ぎ》りで埋《うづ》れてしまうんですから。」

何《ど》うしたらいゝだらう。と云《い》ふことを羽生《はにふ》さんは毎日《まいにち》のやうに私《わたし》のところに相談《さうだん》に來《き》た。

「あなたには覺悟《かくご》がないからいけない。東京《とうきやう》で獨立《どくりつ》するなら獨立《どくりつ》するやうに、もつと確固《しつかり》とした覺悟《かくご》を持《も》たなくちや駄目《だめ》ですよ。結婚《けつこん》と云《い》ふ問題《もんだい》は捨《すて》てしまはなければいけない。今《いま》、結婚《けつこん》

山茶花《さんくわ》

田村俊子

十、

東京《とうきやう》で結婚《けつこん》をしないならば、早速《さつそく》此方《こちら》へ來《き》て貰《もら》ひ度《た》いと云《い》ふ手紙《てがみ》は、父親《ちゝおや》の方《はう》から絕《た》えず來《き》た。羽生《はにふ》さんは其《そ》れを見《み》る度《たび》に、心《こゝろ》を惱《なや》ましてゐた。

「あなたには何《ど》うしても獨立《どくりつ》をする意志《いし》がないんだから、やつぱり結婚《けつこん》をするより仕方《しかた》がありませんね。さもなければお父《とう》さんのこゝろに歸《かへ》るのですね。」

しやうと思《おも》ふから苦《くる》しいのですよ。あなたはちつとも私《わたし》を信《しん》じないのだから。」

私《わたし》は斯《か》う云《い》つた。木場《きば》の方《はう》の結婚《けつこん》の口《くち》も、私《わたし》は幾度《いくど》羽生《はにふ》さんにそれは不幸《ふかう》な結婚《けつこん》だと云《い》ふことを說《と》いたか知《し》れない。けれども羽生《はにふ》さんは、まるで二三十萬《まん》の財產家《ざいさんか》と云《い》ふことに心《こゝろ》を醉《よ》はしてゐて、私《わたし》の言葉《ことば》に耳《みゝ》を傾《かたむ》けやうともしなかつた。

「私《わたし》にはなんにも技倆《ぎりやう》がないんですからね。縋《す》ることがありませんもの。私《わたし》は矢《や》つ張《ぱ》り田舍《ゐなか》へ歸《かへ》らなくちやならない運命《うんめい》なんでせう。」

羽生《はにふ》さんが悲《かな》しさうに斯《か》う呟《つぶや》くのを聞《き》いてゐると、私《わたし》も可哀想《かあいさう》になつた。私《わたし》は劇場《しばゐ》などへ、時々《ときどき》連《つ》れ出《だ》してやつた。彼方此方《あちらこちら》と羽生《はにふ》さんを連《つ》れ廻《まは》つた。自身《じしん》の美貌《びばう》に誇《ほこ》りを持《も》つてゐる羽生《はにふ》さんは、つまらない自分《じぶん》の服裝《なり》などを少《すこ》しも氣《き》にかけてゐなかつた。さうして私《わたし》に隨《つ》いて歩《ある》く時《とき》の羽生《はにふ》さんは優《やさ》しく可憐《しほ》らしい風《ふう》でゐた。羽生《はにふ》さんの方《はう》から云《い》ひ出《だ》さないでも、私《わたし》たちは心《こゝろ》を付《つ》けて小遣《こづかひ》なども渡《わた》してやつた。羽生《はにふ》さんは唯《ゆゐ》一の自分《じぶん》の生命《いのち》の白粉《おしろい》さへ、もう思《おも》ふやうには買《か》へなくなつてゐた。

「あせる事《こと》はありませんよ。靜《しづ》かにして、此家《こゝ》に斯《か》うしてゐれば何《ど》うにかなりますよ。私《わたし》たちと一緒《いつしよ》に貧乏《びんばふ》することさへあなたが我慢《がまん》できれば。」

私《わたし》たちは繰《く》り返《かへ》して羽生《はにふ》さんに聞《き》かせた。けれども羽生《はにふ》さんは落着《おちつ》いてゐられなかつた。羽生《はにふ》さんの爲《ため》に帶側《おびかは》を買《か》つて送《おく》つたり、簪《かんざし》を買《か》つて與《あた》へたりする度《たび》に、子供《こども》のやうになつて喜《よろこ》ぶ羽生《はにふ》さんの美《うつく》しい顏《かほ》を見《み》ると、私《わたし》は何《なん》とも云《い》ふことの出來《でき》ない不憫《ふびん》さを感《かん》じた。

「田舎《ゐなか》へ歸《かへ》るのは、どうしても厭《いや》なのです。」

羽生《はにふ》さんは涙含《なみだぐ》んで云《い》つてゐた。私《わたし》たちは急《きふ》に羽生《はにふ》さんの爲《ため》に結婚《けつこん》の口《くち》を探《さが》して見《み》た。丁度《ちやうど》その以前《いぜん》から江口《えぐち》の親友《しんいう》で外國《ぐわいこく》にゐる人から、妻君《さいくん》を世話《せわ》して貰《もら》ひたいと云《い》つて來《き》てゐたが、私《わたし》たちはまるで羽生《はにふ》さんの上《うへ》を、其《そ》れに配《はい》して考《かんが》へても見《み》なかつた。私《わたし》たちは其《そ》れを思《おも》ひ出《だ》した。

「ねゝ。私《わたし》は是非《ぜひ》外國《ぐわいこく》へ行《ゆ》き度《た》いのです。先生《せんせい》、どうぞ其處《そこ》へ頼《たの》んで下《くだ》さいませんか。私《わたし》は其處《そこ》へ行《ゆ》き度《た》い。私《わたし》は外國《ぐわいこく》へ行《ゆ》き度《た》いのです。」

羽生《はにふ》さんは夢中《むちう》になつた氣色《けしき》で私《わたし》たちにせがんだ。

「ほんとうに、そんな遠《とほ》いところへ行《ゆ》く氣《き》なのですか。親御《おやご》達《たち》は何《ど》うするのです。」

「ねゝ。行《ゆ》き度《た》いのです。父《ちゝ》などは構《かま》はないのです。私《わたし》は何《ど》うしても行《ゆ》きます。」

私《わたし》も其《そ》の友《とも》を知《し》つてゐた。友《とも》は其《そ》の土地《とち》で可《か》なりに成功《せいこう》してゐた。江口《えぐち》は早速《さつそく》羽生《はにふ》さんの身《み》の上《うへ》を委《くは》しく書《か》いて手紙《てがみ》を送《おく》つた。羽生《はにふ》さんの困《こま》つてゐることも書《か》いた。

「でも何《ど》うだか知《し》れませんわ。當《あ》てにはなりませんわ。」

後《あと》になつて羽生《はにふ》さんはよく斯《か》う云《い》つてゐた。何《なん》でも、信《しん》じることの出來《でき》ないこの人《ひと》を、私《わたし》たちは時々《ときどき》怒《おこ》つた。

一週間《しうかん》ほど過《す》ぎて、ふと羽生《はにふ》さんのところへ、木場《きば》の人《ひと》から速達便《そくたつびん》が來《き》た。羽生《はにふ》さんは不在《ふざい》であつた。

「まあ、こんな手紙《てがみ》が來《き》ました。」

羽生《はにふ》さんは息《いき》をはづまして、やがて其《そ》の手紙《てがみ》を持《も》ちながら私《わたし》の室《へや》に馳《か》け込《こ》んで來《き》た。それは、山口《やまぐち》校長《かうちやう》から羽生《はにふ》さんが歸國《きこく》をすると云《い》ふを聞《き》いたが、自分《じぶん》は何《ど》うしてもあなたと結婚《けつこん》をするつもりだから。しばらく待《ま》つて貰《もら》ひ度《た》い。そうして明日《あした》瀧《たき》の川《がは》で逢《あ》ひ度《た》いと云《い》ふ手紙《てがみ》であつた。私《わたし》は一旦山口《やまぐち》さんに話《はな》してから木場《きば》の人《ひと》に逢《あ》つた方《はう》がいゝと羽生《はにふ》さんに敎《をし》へた。

だが羽生《はにふ》さんは、私《わたし》たちに默《だま》つてその朝《あさ》早《はや》く木場《きば》の人《ひと》に逢《あ》ひに行《い》つた。夕方《ゆふがた》羽生《はにふ》さんは髪《かみ》をくづして歸《かへ》つて來《き》た。疲《つか》れた顏《かほ》をしながら私《わたし》たちの傍《そば》に來《き》た羽生《はにふ》さんは、外國《ぐわいこく》の友達《ともだち》へ頼《たの》んだことは取消《とりけ》して貰《もら》ひたいと云《い》つた。

木場《きば》の人《ひと》は羽生《はにふ》さんに堅《かた》い約束《やくそく》をしたのであつた。羽生《はにふ》さんもまた、其《そ》れに應《おう》じて來《き》たのであつた。江口《えぐち》は親友《しんいう》に對《たい》して自分《じぶん》の顏《かほ》を潰《つぶ》されたことを、羽生《はにふ》さんに向《むか》つてひどく怒《おこ》つた。

「でも、それは當《あ》てにはなりませんから。」

羽生《はにふ》さんは冷《つ》めたく云《い》つてゐた。

「馬鹿《ばか》なことをお云《い》ひなさい。矢田《やた》（親友《しんいう》の名《な》）はそんな男《をとこ》ではない。私《わたし》の云《い》つた言葉《ことば》はすべて信《しん》じる男《をとこ》です。」

あの手紙《てがみ》を見《み》れば、もうあなたを貰《もら》つたつもりでゐますよ。—

　けれども羽生《はにふ》さんは取合《とりあひ》はなかつた。

山茶花《さんくわ》

田村俊子

十一、

私《わたし》は其晩《そのばん》、山口校長《やまぐちかうちやう》の家《いへ》に行《い》つた。木場《きば》の人《ひと》との縁組《えんぐみ》がうまく運《はこ》ぶと云《い》ふなら、外國《ぐわいこく》の方《はう》の話《はなし》は取消《とりけし》してもいいことを話《はな》した。山口校長《やまぐちかうちやう》は何《なに》も知《し》らなかつた。木場《きば》の人《ひと》が直接《ちよくせつ》に羽生《はにふ》さんを呼《よ》び出《だ》したことを驚《おどろ》いてゐた。

　然《しか》し、私《わたし》たちは、羽生《はにふ》さんの爲《ため》にいちばん幸福《かうふく》な道《みち》を取《と》つてやり度《た》かつた。もし其の結婚《けつこん》がまとまるなら、羽生《はにふ》さんの現在《げんざい》では其《そ》れが何《なに》より幸福《かうふく》であつた。物質的《ぶつしつてき》な羽生《はにふ》さんの欲望《よくばう》も、満足《まんぞく》に遂《と》げられるのであつた。山口校長《やまぐちかうちやう》も木場《きば》の人《ひと》の熱心《ねつしん》さを考《かんが》へて、この縁《えん》はうまく行《い》くだらうと云《い》つた。

　江口《えぐち》は取消《とりけし》の手紙《てがみ》を友《とも》へ送《おく》つた。江口《えぐち》は羽生《はにふ》さんに此家《こゝ》を出《で》て傍《わき》へ行《い》つて貰《もら》ふやうにしてくれと私《わたし》に云《い》つた。江口《えぐち》の羽生《はにふ》さんに對《たい》する感情《かんじやう》は直《なほ》らなかつた。けれども私《わたし》には羽生《はにふ》さんにそんな事《こと》も云《い》へなかつた。

　然《しか》しその縁《えん》が纏《まと》まれば、此家《こゝ》を出《で》て行く人《ひと》であつた。私《わたし》はそれまで懸《かゝ》つてゐやうと思《おも》つた。羽生《はにふ》さんはその日《ひ》から、頻《しき》に買物《かひもの》をして歩《ある》いた。襦袢《じゆばん》の襟《えり》などを幾《いく》かけも買《か》つて來《き》たり、手提《てさ》げなどを買《か》つて來《き》たりしてゐた。

　「母《はゝ》の方《はう》から小使《こづかひ》を送《おく》つてくれました。」羽生《はにふ》さんは然《さ》う云《い》つてゐた。

木場《きば》の方《はう》の縁《えん》はやつぱり調はなかつ

た。木場《きば》の人《ひと》はある日直《ぢき》かに私《わたし》を訪《たづ》ねて、自分《じぶん》の輕忽《けいこう》を私《わたし》に詫《わ》びに來《き》た。何《ど》うしても母《はゝ》が不承知《ふしようち》でその縁《えん》は思《おも》ひ切《き》らなければならなかつた。外國《ぐわいこく》の方《はう》の話《はなし》も自分《じぶん》が邪魔《じやま》をしたやうになつた。それには、

羽生《はにふ》さんの結婚《けつこん》の口《くち》が再《ふたゝ》び見付《みつ》かるまで、羽生《はにふ》さんの生活費《せいくわつひ》は自分《じぶん》が負擔《ふたん》すると云《い》つた。夏《なつ》の盛《さか》りであつた。簾《すだれ》のか〻つた窓《まど》の下《した》で、木場《きば》の人《ひと》は汗《あせ》になつてゐた。まだ若《わか》い男《をとこ》であつた。

そこに私《わたし》は立合《たちあ》ふことを心苦《こゝろぐる》しくは思《おも》つたけれども、木場《きば》の人《ひと》の話《はなし》を私《わたし》は一應《いちおう》聞《き》いておいた。羽生《はにふ》さんは木場《きば》の人《ひと》と一所《しよ》に山口校長《やまぐちかうちやう》のところへ行《ゆ》くと云《い》つて出《で》た。

其晩《そのばん》歸《かへ》つて來《き》た羽生《はにふ》さんは、突然《とつぜん》折《を》入《い》つて私《わたし》に頼《たの》みがあると云《い》つた。それは自分《じぶん》が女優《ぢよいう》になりたいと云《い》ふ頼《たの》みなのであつた。

私《わたし》には、俄《にはか》に變《かは》つた羽生《はにふ》さんの心持《こゝろもち》が解《わか》らなかつた。私《わたし》はいろ〳〵に聞《き》いて見《み》た。

「今《いま》まで先生《せんせい》にお話《はなし》しませんでしたけれども、母《はゝ》の方《はう》が急《きふ》に都合《つがふ》がよくなつて月々《つき〴〵》私《わたし》に小使《こづかひ》を送《おく》つてくれる事《こと》になりましたのですから私《わたし》は女優《ぢよいう》になつて勉強《べんきやう》しようと思《おも》ひます。」

と羽生《はにふ》さんは云《い》つた。

今《いま》まで音信《いんしん》の絶《た》えてゐた母親《はゝおや》から、急《きふ》に送金《そうきん》してよこす都合《つがふ》になつたと云《い》ふ話《はなし》は、あまりに突然《とつぜん》で私《わたし》にはほんとも思《おも》ひ受《う》けられなかつた。けれども、羽生《はにふ》さんの生活《せいくわつ》にもつと立入《たちい》つて聞《き》くことは、私《わたし》にはできなかつた。

私《わたし》は新《あらた》に、羽生《はにふ》さんを世話《せわ》することに就《つ》いて考《かんが》へた。江口《えぐち》は、其《そ》れを拒《こば》んでゐた、羽生《はにふ》さんに就《つ》いてはもう一切《さい》力《ちから》を添《そ》へてはならないと云《い》つてゐた。

「其《そ》れはあなたの決心一《けつしんひと》つです。あなたがどんな苦痛《くつう》も辛抱《しんばう》して、立派《りつぱ》に夫《それ》で一生《しやう》を貫《つらぬ》かうと云《い》ふ決心《けつしん》なら。」

けれど私《わたし》だけは熱心《ねつしん》に羽生《はにふ》さんに云《い》つた。こゝまで行詰《ゆきつ》まつてから、初《はじ》めて藝術《げいじゆつ》の道《みち》に入《はひ》つて行《い》かうとした羽生《はにふ》さんの心持《こゝろもち》に、ふと私《わたし》は同情《どうじやう》を持《も》つた。

山《さ》茶《ざん》花《くわ》

田村俊子

十二、

羽生《はにふ》さんをG生《せい》に世話《せわ》した。そこでは羽生《はにふ》さんを採用《さいよう》してくれた。羽生《はにふ》さんはそこへ稽古《けいこ》に通《かよ》ふやうになつた。

「一生懸命《けんめい》におやんなさい。私《わたし》がどんなにでも面倒《めんだう》を見《み》て上《あ》げますから。」

羽生《はにふ》さんは喜んでゐた。

木塲の人《ひと》とは、どうなつたか私《わたし》は少《すこ》しも知《し》らなかつた。羽生《はにふ》さんも何《なに》も私《わたし》に告《つ》げなかつた。然《しか》しその頃《ころ》から、急《きふ》に羽生《はにふ》さんの身《み》の廻《まは》りが樂《らく》になつてゐた。羽生《はにふ》さんは頻《しき》に物《もの》を買集《かひあつ》めてゐた。

羽生《はにふ》さんの母親《はゝおや》の方《はう》から爲替《かはせ》の來《き》た日《ひ》があつた。丁度《ちやうど》その日《ひ》に父親《ちゝおや》の方《はう》から電報《でんぱう》が來《き》た。父《ちゝ》が病氣《びやうき》で羽生《はにふ》さんに直《す》ぐ歸《かへ》れと云《い》ふのであつた。

羽生《はにふ》さんは七月の暑《あつ》い午後《ごご》に、一人《ひとり》して旅立《たびだ》つた。G生《せい》の方《はう》へも斷《ことわ》りを云《い》つた。

「私《わたし》は直《すぐ》に歸《かへ》つて來《き》ます。きつと歸《かへ》へて來《き》ます。そうしてG生《せい》の方《はう》を一生《しやう》懸命《けんめい》に勉強《べんきやう》をします。私《わたし》の座敷《ざしき》は三日の間《あひだ》掃かないでおいて下《くだ》さい。一日でも早《はや》く私《わたし》が歸《かへ》つて來《こ》られるやうに。」

羽生《はにふ》さんは斯《か》う云《い》つた。二三月前《まへ》の晩《ばん》に、父《ちゝ》に咽喉《のど》を扼《やく》されて聲《こゑ》を立《た》てた夢《ゆめ》の話《はなし》などをして、羽生《はにふ》さんは父《ちゝ》を案《あん》じてゐた。そうして羽生《はにふ》さんは弘前《ひろさき》へ向《むか》つて上野《うへの》から汽車《きしや》に乘《の》つて行《い》つた。

丁度《ちやうど》その時間《じかん》に、もう一通《つう》母親《はゝおや》の方《はう》から報《はう》が來《き》た。それは叔母《をば》が病氣《びやうき》だから歸《かへ》つて來《こ》よと云《い》ふのであつた。

何《なに》か、羽生《はにふ》さんが私《わたし》たちを欺《あざむ》いてゐるやうに思《おも》つたけれども、私《わたし》たちはもう羽生《はにふ》さんの上に就《つ》いては話《はな》さずにゐた。羽生《はにふ》さんのことを思《おも》ふ時《とき》、私《わたし》たちは不愉快《ふゆくわい》であつた。

一と月經《つきた》つた。外國《ぐわいこく》の友《とも》から長《なが》い手《て》紙《がみ》が來《き》た。其《そ》れには羽生《はにふ》さんの生活費《せいくわつひ》として、五十弗《ドル》添《そ》へてあつた。友《とも》は喜《よろこ》んでゐた。

一等《とう》の船賃《ふなちん》や仕度金《したくきん》は、合《あは》せて後《あと》から送《おく》るとしてあつた。友《とも》は江口《えぐち》の手紙《てがみ》を信《しん》じてゐた。

その手紙《てがみ》を見《み》て、私《わたし》たちは苦《くる》しい思《おも》ひに虐《しひた》げられた。後《あと》から送《おく》つた取消《とりけし》の手紙《てがみ》は、もう友《とも》の手許《てもと》に着《つ》いてる筈《はず》であつた。私《わたし》たちは友《とも》の失望《しつばう》を描《ゑが》いて、そうして心《こゝろ》を苦《くる》しめた。私《わたし》は羽生《はにふ》さんが憎《にく》かつた。若《わか》い女《をんな》の不眞實《ふしんじつ》を憎《にく》まずにはゐられなかつた。

　ある日《ひ》私《わたし》が外《そと》から歸《かへ》つて來《く》ると、不《ふ》在《ざい》に羽生《はにふ》さんが來《き》たと家《うち》のものは私《わたし》に告《つ》げた。白葡萄酒《しろぶだうしゆ》の土産《みやげ》があつた、羽《は》生《にふ》さんは品川《しながは》の方《はう》にゐるとの事《こと》であつた。

「お父《とう》さんは病氣《びやうき》でもなんでもなかつたさうだ。」

「矢田《やた》さんの話《はなし》をしましたか。」

「あゝ。又外國《またあつち》へ行《い》つてもいゝやうな事《こと》を云《い》つてゐたよ。」

「G生《せい》の方《はう》は何《ど》うしたのです。」

「あれはやめるのださうだ。田舎《ゐなか》へ歸《かへ》ることにしたのださうだ。」

江口《えくち》はこんな話《はなし》をした。二三日經《た》つて羽生《はにふ》さんは又私《またわたし》のところに來《き》た。

「どうしても田舎《ゐなか》へ歸《かへ》ることに定《き》めました。然《さ》うするより仕方《しかた》がありませんから。」


羽生《はにふ》さんは、薄《うす》い小《ちひ》さい口許《くちもと》を緊《しつ》かりと閉《さ》ぢて、この外《ほか》には何《なん》にも云《い》はなかつた。私《わたし》たちは、又外國《またぐわいこく》の友《とも》の話《はなし》をした。

羽生《はにふ》さんは云《い》ひ責《せ》められながら默《だま》つてゐた。田舎《ゐなか》から連《つ》れて來《き》たと云《い》ふ小《ちひ》さい妹《いもうと》を羽生《はにふ》さんは連《つ》れてゐた。

山茶花《さんくわ》

田村俊子

十三、

　ある朝早《あさはや》く、羽生《はにふ》さんは自分《じぶん》の荷物《にもつ》を取《と》りに來《き》た。靜《しづか》に、ちんまりと、自《じ》分《ぶん》の荷物《にもつ》を調へてゐる羽生《はにふ》さんの樣子《やうす》を、私《わたし》はちらと見《み》た、羽生《はにふ》さんの顏《かほ》は美《うつく》しかつた。私《わたし》はその美《うつく》しい顏《かほ》を見《み》た。羽生《はにふ》さんは丁寧《ていねい》に林に朝《あさ》の挨拶《あいさつ》をしてゐた。

　其《そ》の次《つ》ぎにも羽生《はにふ》さんは私《わたし》の不在《ふざい》に

來《く》た。追《おつ》手紙《てがみ》がしてあつた。其《そ》の手紙《てがみ》の中《なか》に、大《おほ》きい紙幣《しへい》が二枚《まい》入れてあつた。そうして、私《わたし》から受取《うけと》つた小使《こづかひ》の額《だか》が一《ひと》つ〳〵明細《めいさい》に書《か》き記《しる》してあつた。

羽生《はにふ》さんは其《そ》れぎりで私《わたし》の許《もと》に來《こ》なかつた。私《わたし》は羽生《はにふ》さんから金圓《きんゑん》を返《かへ》されたことがおもしろくはなかつたけれども、もう一度《ど》親《した》しく羽生《はにふ》さんに逢《あ》つて、そして別《わか》れ度《た》いと思《おも》つた。餞別《はなむけ》の品《しな》など調《とゝの》へて私《わたし》は羽生《はにふ》さんの假《か》りの宿所《しゆくしよ》に宛《あ》て、端書《はがき》を出《だ》したけれども、返事《へんじ》がなかつた。羽生《はにふ》さんの音信《いんしん》も、その時《とき》ぎりで絶《た》ゑてしまつた。

私《わた》い先日《せんじつ》、G生《せい》の招待《せうだい》を受《う》けて、日《ひ》比谷《びや》の劇場《げきぢやう》に行《い》つた。そこで圖《はか》らず、私《わたし》は山口校長《やまぐちかうちやう》に逢《あ》つた。大理石《だいりせき》の柱《はしら》の影《かげ》で、私《わたし》はこの人《ひと》に肩《かた》を叩《たゝ》かれた。

「江口《ゑぐち》さん」

校長《かうちやう》は然《さ》う云《い》つて私《わたし》を呼《よ》びとめた。

私《わたし》たちは何《なに》よりも、羽生《はにふ》さんの上《うへ》を話《はな》した。

「どうしましたかねゑ。」

校長《かうちやう》は優しい聲《こゑ》で云《い》つた。

「一向消息がありませんよ。あなたの方《はう》へは何《なん》とか時々消息があるかと思《おも》ひましたが。」

校長《かうちやう》は滑《すべ》つこい心持《こゝろもち》の快《い》い調子《てうし》で輕《かる》く斯《か》う云《い》つた。

羽生《はにふ》さんが東京《とうきやう》へ來《き》てから、山口校長《やまぐちかうちやう》もその當時《たうじ》は二三度《ど》逢《あ》つてゐた。それから先《さ》き、羽生《はにふ》さんは何《ど》うなつたか、山口校長《やまぐちかうちやう》も知《し》らなかつた。

「この間《あひだ》、弘前《ひろさき》へ歸《かへ》つたことだらうと思《おも》つて、手紙《てがみ》を出《だ》しましたが、何《なん》とも云《い》つて來《き》ません。何處《どこ》にゐるのですかね。」

校長《かうちやう》は人混《ひとご》みの中《なか》で靜《しづ》かに話《はな》した。

「なんでも私《わたし》に匿《かく》してゐた事《こと》があつたらしいのです。それが私《わたし》に知《し》れたと思《おも》つてるらしい手紙《てがみ》をよこした事《こと》がありますがね。」

校長《かうちやう》は斯《か》う云《い》つてある話《はなし》を私《わたし》に聞《き》かせた。羽生《はにふ》さんが木場《きば》の人《ひと》を欺《だま》さうとして却《かへつ》てその人《ひと》から拒絶《きよぜつ》されたと云《い》ふ話《はなし》を、校長《かうちやう》は露骨《ろこつ》を憚《はゞか》るやうにして聞《き》かせだ。

「やつぱり然《さ》うでしたかね。」

私《わたし》の家《うち》を出《で》て行《い》つた當時《たうじ》の、羽生《はにふ》さんの素振《そぶ》りを私《わたし》はふと思《おも》ひ浮《うか》べながら、山口校長《やまぐちかうちやう》と少時《しばし》話《はな》した。

「羽生《はにふ》さんが欺《だま》された？」

校長《かうちやう》の話《はなし》を思《おも》ひ違《ちが》へて、私《わたし》が斯《か》う聞《き》き直《なほ》した時《とき》。

「羽生《はにふ》さんの方《はう》で、先《さ》きを欺《だま》さうとしたらしいのです。」

校長《かうちやう》が斯《か》う聲低《こゑひく》く繰返《くりかへ》した言葉《ことば》が、私《わたし》の胸《むね》に響《ひゞ》いて殘《のこ》つた。

迷《まよ》ひ勝《が》ちなあの若《わか》い心《こゝろ》が、とう〳〵自分《じぶん》の大切《たいせつ》な世間《せけん》にあやまちをしたと私《わたし》は思《おも》つた。

谷中《やなか》の墓地《はち》に、今年《ことし》もう彼方此方《かなたこなた》に山茶花《さゞんくわ》が咲《さ》いた。ほろ〳〵と果敢《はか》ない風情《ふぜい》をして、墓碑《ぼひ》に手向《たむ》けの色《いろ》を投《な》げてゐる其花《そのはな》を、淡《あは》い日《ひ》の影《かげ》に淋《さび》しい心持《こゝろもち》に眺《なが》めながら、私《わたし》は羽生《はにふ》さんのちんまりこした美《うつく》しい姿《すがた》を思《おも》ひ浮《うか》べる、若《わか》い年頃《としごろ》に純粋《じゆんすゐ》な戀《こひ》も求《もと》めることができずに、あの美《うつく》しい容貌《きりやう》ばかりを賣《う》らうとしてゐる羽生《はにふ》さんの、暗《くら》い運命《うんめい》の遠《とほ》い道筋《みちすぢ》を私《わたし》は一人《ひとり》して傷《いた》ましく思《おも》ひ繰《く》りながら。（終）

▲訂正　挿圖にG生とある箇所は皆G座の間違につき訂正す

俗緣（一）

田村俊子

谷岡《たになか》は、もう滅多《めつた》に、故郷《こきやう》の父母《ふぼ》にあてゝ音信《いんしん》をした事《こと》がなかつた。道子《みちこ》も谷岡《たにをか》の父母《ふぼ》にあてゝ、訪《と》ひ尋《たづ》ねをしたことがなかつた。

谷岡《たにをか》の故郷《こきやう》の人《ひと》たちは、誰《たれ》でも道子《みちこ》を好《よ》く思《おも》つてゐるものはなかつた。道子《みちこ》を惡《あ》しざまに書《か》いたものが、東京《とうきやう》の新聞《しんぶん》から田舍《ゐなか》の新聞《しんぶん》に轉載《てんさい》されたりして、故郷《こきやう》の人《ひと》たちはそれを讀《よ》んでゐた。驚《おどろ》き呆《あき》れるやうな道子《みちこ》の不行狀《ふらち》が、新聞《しんぶん》の記事《きじ》を通《とほ》して、仰々《ぎやう〳〵》しく田舍《ゐなか》の人《ひと》たちの眼《め》に觸《ふ》れる毎《ごと》に谷岡《たにをか》の姉《あね》などは、然《さ》う云《い》ふ女《をんな》を妻《つま》にしてゐる弟《おとうと》を腑甲斐《ふかひ》なしだと云《い》つて、口惜《くや》しがつたり腹《はら》を立《た》てたりしてゐた。その殘念《ざんねん》がつた手紙《てがみ》が、東京《とうきやう》の近《ちか》くに住《す》んでゐる谷岡《たにをか》の二番目《ばんめ》の姉《あね》のところへ、時々《ときどき》來《き》た。二番目《ばんめ》の姉《あね》からは、それを又谷岡《またたにをか》のところへ通《つう》じてよこした。

「道子《みちこ》と云《い》ふ女《をんな》は何《ど》う云《い》ふ女《をんな》だ。」

谷岡《たにをか》の姉《あね》は、自分《じぶん》の弟《おとうと》の妻《つま》について、いろ〳〵に詮索《せんさく》をした。道子《みちこ》はそれを聞《き》く度《たび》に、快《よ》い心持《こゝろもち》はしなかつた。

「あなたの姉《ねえ》さんだからと云《い》つて、私《わたし》の姉《ねえ》さんにしなくちやならないことはないんですからね。あの人《ひと》たちは皆《みんな》、私《わたし》に取《と》つては赤《あか》の他人《たにん》ですよ。」

道子《みちこ》は然《さ》う云《い》つた。道子《みちこ》と云《い》ふ女《をんな》が、谷岡《たにをか》の妻《つま》になつてゐることが、谷岡《たにをか》一家《か》の恥辱《ちじよく》でもあるやうな手紙《てがみ》が來《く》ることも、道子《みちこ》は聞《き》いて知《し》つてゐた。新《あたら》しい女《をんな》だなぞと囃《はや》されて、男《をとこ》をこしらへるとか、大酒《おほざけ》を飲《の》み廻《まは》るとか、云《い》ふことが新聞《しんぶん》に出《で》る度《たび》に、故郷《こきやう》の人《ひと》たちは、谷岡《たにをか》の面《かほ》を汚《けが》してゐるやうに考《かんが》へられる道子《みちこ》を、唾《つば》を吐《は》きかけるやうに憎《にく》んでゐた。道子《みちこ》のために、谷岡《たにをか》の一身《しん》が、擦《すた》りもするし滅《ほろ》びてゆくやうにも思《おも》つた。

「あなたも谷岡《たにをか》一家《か》の面目《めんもく》のために私《わたし》と別《わか》れなくちやなりませんね。」

道子《みちこ》は誰《た》れをも、彼《か》れをも、冷笑《れいせう》した。だが谷岡《たにをか》は、姉《あね》たちの云《い》ふことを取《と》り上《あ》げなかつた。

「僕《ぼく》は男甲斐《をとこがひ》がないんだから、それでいゝさ。姉《ねえ》なんぞが何《なに》を云《い》つたつて構《かま》ふものか。」

谷岡《たにをか》は煩《うる》さがつて、姉《あね》たちへも音信《いんしん》

741　「俗縁」『読売新聞』大正3（1914）年11月13日

俗縁　二

田村俊子

谷岡《たにをか》の父母《ふぼ》からも音信《いんしん》が絶《た》えてゐた。家《いへ》を相續《さうぞく》してゐる弟《おとうと》からも、一枚《まい》の端書《はがき》さへもよこした事《こと》もなかつた。此方《こちら》で、暑寒《しよかん》の挨拶《あいさつ》一とつ億《おつ》劫《くふ》にしてゐるやうに、彼方《あちら》でも、年賀《ねんが》状《じやう》のほかに手紙《てがみ》もよこさなかつた。道子《みちこ》はまるで、自分《じぶん》にばかり逐《お》はれて、谷岡《たにをか》の親兄弟《おやきやうだい》については考《かんが》へる暇《ひま》もなかつた。まして、義理《ぎり》の手紙《てがみ》などは書《か》いたこともなかつた。

その頃《ころ》、谷岡《たにをか》の弟《おとうと》が、義姉《あね》（道子《みちこ》のを絶《た》つてゐた。二番目《ばんめ》の姉《あね》は、東京《とうきやう》の近《ちか》くに住《す》む便宜《べんぎ》のために、谷岡《たにをか》とは交渉《かうせう》がつい絶《た》えなかつた。

子供《こども》が東京《とうきやう》に來《き》て、谷岡《たにをか》の家《いへ》に宿《とま》つたりした。子供《こども》たちは道子《みちこ》を「叔母《をば》さん」と云《い》つてよく馴《な》れてゐた。道子《みちこ》は大《おほ》きい子供《こども》たちへはそれだけの同情《どうじやう》を持《も》ち、小《ちひ》さい子供《こども》はそれ〲に可愛《かあい》がつた。それ等《ら》に對《たい》する道子《みちこ》の自然《しぜん》の情《じやう》が、義理《ぎり》の交際《つきあひ》と云《い》ふことをも捨《す》てさせてゐた。

けれども道子《みちこ》は、人《ひと》の姉弟《きやうだい》の情誼《じやうぎ》を酌《く》んでまで、自分自身《じぶんじしん》をもその情誼《じやうぎ》の中《なか》に織込《おりこ》まうとは思《おも》はなかつた。道子《みちこ》はいつもその姉《あね》や義兄《ぎけい》に對《たい》しては心《こゝろ》が離《はな》れてゐた。姉妹《あねいもうと》と云《い》ふ眞情《しんじやう》がどこにも流《なが》れてこないのに、其《そ》れに向《むか》つて強《し》ひて感情《かんじやう》をこまやかにすることが、道子《みちこ》には苦《くる》しかつた、彼《あち》方《ら》から寄《よ》つてこなければ、道子《みちこ》はそれ等《ら》の人《ひと》に對《たい》しても自分《じぶん》からは疎《う》々しく過《す》ぎた。

こと〳〵に向《むか》つて、一と言《こと》云《い》ひたいことがあるが、云《い》ひ送《おく》つてもいゝか。と谷岡《たにをか》のところへ手紙《てがみ》をよこしたことがあつた。谷岡《たにをか》は姉《あね》に對《たい》して何《なに》も云《い》ふことはならないと云《い》つて、手紙《てがみ》で弟《おとうと》を制《せい》したので、弟《おとうと》からはそれぎり何《なん》にも云《い》つてこなかつた。

「何《なに》が私《わたし》に云《い》ひたいのだか、云《い》はして見《み》ればよかつたぢやありませんか。私《わたし》も聞《き》きたかつたのに。」

道子《みちこ》は、それを後《あと》から谷岡《たにをか》に聞《き》くと、斯《か》う云《い》つた。弟《おとうと》が自分《じぶん》に對《たい》して何《なに》を責《せ》めやうとするのか、道子《みちこ》にはわかつてゐた。そうして、弟《おとうと》が自分《じぶん》を責《せ》めやうとするのが、少《すこ》しも無理《むり》ではないやうに思《おも》はれた。谷岡《たにをか》と、谷岡《たにをか》の親《おや》や兄弟《きやうだい》との間《あひだ》の親和《しんわ》を破《やぶ》つたのは、明《あきら》かに道子《みちこ》だと誰《たれ》も考《かんが》へてゐるに違《ちが》ひなかつた。殊《こと》に弟《おとうと》の心《こゝろ》には、自分《じぶん》の信《しん》ずる一人《ひとり》の兄《あに》と遠《とほ》ざけられた道子《みちこ》に對《たい》して、深《ふか》い憤懣《ふんまん》を持《も》つてゐるに定《き》まつてゐた。道子《みちこ》はその時《とき》、その弟《おとうと》の憤懣《ふんまん》を思《おも》ひやつて何《なん》となく悲《かな》しかつた。道子《みちこ》は弟《おとうと》にあてゝ、自分《じぶん》の現在《げんざい》の生活上《せいくわつじやう》のことなど、こま〴〵と書《か》いて送《おく》りたいやうな氣《き》もした。自分《じぶん》がどれほど眞面目《まじめ》な生活《せいくわつ》を送《おく》つてゐるかと云《い》ふことを、弟《おとうと》に聞《き》かしてやりたかつた。然《さ》うしてそれを、弟《おとうと》が少《すこ》しでも解《わか》つてくれゝば、どんなにか嬉《うれ》しい事《こと》だらうとも思《おも》つた。

けれども、道子《みちこ》は然《さ》う思《おも》つただけで、遂々《とう〳〵》手紙《てがみ》をやりもしなかつた。弟《おとうと》一人《ひとり》だけが、自分《じぶん》の生活《せいくわつ》に理解《りかい》を持《も》つてくれるだらうと信《しん》ずるのは、それは空《くう》な事《こと》だと思《おも》つたからであつた。何《なに》に動《うご》かされて、急《きふ》に然《さ》うまで弟《おとうと》に對《たい》して信誼《しんぎ》を運《はこ》ばうとしたのか、道子《みちこ》にもわからなかつた。道子《みちこ》はやつぱり弟《おとうと》とも絶《た》えてゐた。七十を越《こ》した谷岡《たにをか》の父《ちゝ》や母《はゝ》が、まるで自分《じぶん》たちの心《こゝろ》から、他人《たにん》のやうに打捨《うちす》てられてゐることも、その時《とき》から、道子《みちこ》に悲《かな》しみを與《あた》へるやうになつた。道子《みちこ》は何《なに》か、年老《としよ》りを慰《なぐさ》めるやうな音信《いんしん》を送《おく》りたいものだと絶《た》えず心《こゝろ》にかけるやうになつた。けれども、何《ど》う書《か》けば年老《としよ》りを慰《なぐさ》めることが出來《でき》るのか道子《みちこ》にはわからなかつた。つい一《ひ》と通《とほ》りの機嫌見舞《きげんみまひ》などは、道子《みちこ》には何《ど》うしても眞氣《ほんき》に書《か》くことができなかつた。道子《みちこ》はやつぱり、疎《そ》遠《えん》のまゝで暮《くら》してゐた。

お祖父《ぢい》さんもお祖母《ばあ》さんも年《とし》を老《と》つて、新吉《しんきち》に一度《ど》逢《あ》ひたいと云《い》つてゐますから、是非《ぜひ》今年中《ことしぢう》に歸《かへ》つて下《くだ》さい。

誰《た》れかに教《をし》へられて書《か》いたやうな斯《か》う云《い》ふ手紙《てがみ》が、思《おも》ひがけない時分《じぶん》に

743　「俗縁」『読売新聞』大正 3（1914）年 11 月 14 日

故郷《くに》の姉《あね》の子《こ》のところから來《き》たりする外《ほか》は、一切《いつさい》谷岡《たにをか》の故郷《こきやう》の音信《いんしん》は絶《た》えてゐた。

俗縁　三

田村俊子

その谷岡《たにをか》の父《ちゝ》が、不意《ふい》に上京《じやうきやう》すると云《い》ふはがきが、ある朝《あさ》二人《ふたり》のところに來《き》た。

赤《せき》十字《じ》社《しや》の總會《そうくわい》へ參列《さんれつ》するので、その爲《ため》に出京《しゆつきやう》する、十五日《にち》か十六日《にち》には新橋《しんばし》へ着《つ》く筈《はず》だと書《か》いてあつた。二人《ふたり》は、赤《せき》十字《じ》の總會《そうくわい》が、何日《なんにち》にあるのか知《し》らなかつた。道子《みちこ》は四五日《にち》前《まへ》の新聞《しんぶん》など出《だ》して、然《さ》う云《い》ふ記事《きじ》が出《で》てゐるかと思《おも》つて探《さが》したが見當《みあた》らなかつた。

それに今《いま》は月末《げつまつ》であつたから、その端書《はかき》はきつと來月《らいげつ》のことを指《さ》してゐるのだらうと二人《ふたり》は話合《はなしあ》つた。はがきには、十五日か十六日に行《ゆ》くとしてあつたから。

然《さ》う定《き》めて、二人《ふたり》は狼狽《うろた》へた心《こゝろ》を靜《しづ》めてゐた。その夕方《ゆふがた》に、晩《ばん》の十一時《じ》に着《つ》くと云《い》ふ電報《でんぱう》が父《ちゝ》から來《き》た。二《ふた》人《り》はたゞ、すべてが突然《とつぜん》なので驚《おどろ》いてばかりゐた。七十を越《こ》した父《ちゝ》が、はる〴〵四日《か》五日《か》の旅《たび》をつゞけて、東京《とうきやう》まで出《で》てくると云《い》ふことは、道子《みちこ》には恐《おそ》ろしく一大事《だいじ》のことのやうな氣《き》がした。道子《みちこ》は丁度《ちやうど》、その日《ひ》のうちに、ある一とつの仕事《しごと》を仕上《しあ》げてゐた。その仕事《しごと》の濟《す》んだ後《あと》の疲勞《ひらう》で、道子《みちこ》はぼんやりした顏《かほ》をして、折《をり》からの來客《らいきやく》を迎《むか》へてゐたが、その人《ひと》たちが歸《かへ》ると直《す》ぐ、父《ちゝ》が宿泊《しゆくはく》する用意《ようい》の夜《よ》着《ぎ》などに心《こゝろ》を配《くば》らなくてはならなかつた。道子《みちこ》の身体《からだ》が急《きふ》に重《おも》くなつて、斯《か》う、心《こゝろ》のあがきがつかないやうな氣《き》がした。道子《みちこ》は忙《せは》しない思《おも》ひに閉ざされた。

「なにも、七十にもなつて、こんな混雜《こんざつ》したところへ來《こ》なくつてもよさそうなものぢやないか。氣《き》が知《し》れないなあ。」

谷岡《たにをか》は斯《こ》う云つてゐた。

道子《みちこ》は下女《げぢよ》を連《つ》れて、近所《きんじよ》へ夜着《よぎ》など借《か》りに行《い》つた。

「お泊《とま》り客《きやく》ですか。——ほんとうにいやなものですね、人《ひと》が泊《とま》つたりするのは、面倒《めんだう》でね、自分《じぶん》の仕事《しごと》はできないし、勿体《もつたい》なく時間《じかん》を潰《つぶ》しますわね。」

其家《そのうち》の女主人《をんなしゆじん》は、云ひながら絹布《けんぷ》のいゝ夜着《よぎ》を出《だ》してくれた。

「谷岡《たにをか》の父《ちゝ》なのですよ。」

「おや〳〵。其《そ》れは一層《そう》たいへんですね。親《おや》なんてものは、手《て》がかゝるばかりでね。自分《じぶん》の親《おや》でさへ私《わたし》なんかもうほんとうに煩《うる》さくつていけないんですもの。連《つ》れ合《あひ》の親《おや》なんぞは、一層《そう》面倒《めんだう》でね。」

女主人《をんなしゆじん》は笑《わら》ひながら顔《かほ》を顰《しか》めて見《み》せた。道子《みちこ》も笑《わら》ひながら、自分《じぶん》も重《おも》い大《おほ》きな夜着《よぎ》を一《ひと》つ抱《かゝ》へて歸《かへ》つて來《き》た。

谷岡《たにをか》はなんとなく沈《しづ》んでゐた。座敷《ざしき》に寢轉《ねころ》んで、口《くち》もきかずにゐた。道子《みちこ》は、何《なん》にしても金《かね》が先《ま》づ入《い》り用《よう》なことを考《かんが》へてゐた。いゝ機《しほ》に今日《けふ》一とつ仕事《しごと》を仕上《しあ》げておいたことを、仕合《しあ》はせなことをしたと思《おも》つた。其《そ》れと同時《どうじ》に、澤山《たくさん》に支《つか》へてゐる仕事《しごと》は、泊《とま》り客《きやく》のために當分《たうぶん》妨《さまた》げられることも思《おも》つた。長《なが》くその人《ひと》が滯留《たいりう》するやうならば、自分《じぶん》だけは他《ほか》に假《か》り住《すま》ひするところを見付《みつ》けなくてはならないと考《かんが》へてゐた。谷岡《たにをか》もその方《はう》がいゝと云《い》つてゐた。

俗緣 四

田村俊子

夫婦《ふうふ》は九時《じ》を聞《き》くと、家《うち》を出《で》た。外《そと》には霧《きり》がおりてゐた。十月《ぐわつ》の末《すゑ》だけれども、その晩《ばん》は何《ど》うしたのか呼《い》吸《き》が凝《こ》るやうに寒《さむ》かつた。道子《みちこ》は初《はじ》めてショールを手《て》に抱《かゝ》へて出《で》た。歩《ある》きながら道子《みちこ》は、

「寒《さむ》くはありませんか。」

と氣《き》にして谷岡《たにをか》に聞《き》いた。谷岡《たにをか》は出《で》際《しな》に冷《ひや》の玉子《たまご》酒《さけ》を飲《の》んだので、寒《さむ》さを感《かん》じないと云《い》つた。谷岡《たにをか》は蒼《あを》く痩《や》せた自分《じぶん》の顔《かほ》を、十五年振《ねんぶ》りで逢《あ》ふ父親《ちゝおや》に見《み》せたくないと云《い》つて、酒《さけ》を飲《の》んで、顔《かほ》に血氣《けつき》を彩《いろど》つて來《き》た。谷《たに》岡《をか》の口《くち》から香《かん》ばしい清新《せいしん》な酒氣《しゆき》の匂《にほ》ひが漏《も》れて、冷《つ》めたい外氣《ぐわいき》にまぎれながら時々《とき〴〵》道子《みちこ》の方《はう》に仄《ほの》めいた。電車《でんしや》に乘《の》つても、二人《ふたり》は話《はなし》をしなかつた。乘客《じようかく》の少《すくな》い電車《でんしや》が閑散《かんさん》に夜《よる》の町《まち》を走《はし》つて居《ゐ》た。谷岡《たにをか》は新聞《しんぶん》を買《か》つて、一枚《まい》を道子《みちこ》の手《て》に渡《わた》しながら囁《さゝや》いた。

「なにか讀《よ》みながら行《ゆ》くと直《ぢ》きに着《つ》くよ。」

道子《みちこ》は云《い》はれる儘《まゝ》に、新聞《しんぶん》を膝《ひざ》の上《うへ》で披《ひら》いたが、何處《どこ》を讀《よ》み辿《たど》るのも億《おく》劫《くふ》であつた。それで態《わざ》と新聞紙《しんぶんし》を大《おほ》きくあけて、講談《かうだん》の挿繪《さしゑ》をぢつと見《み》ながら、谷岡《たにをか》の落着《おちつ》かない心《こゝろ》の中《うち》などを思《おも》ひやつてゐた。

道子《みちこ》はふと、谷岡《たにをか》の父《ちゝ》に逢《あ》つた時何《なん》と云《い》つて挨拶《あいさつ》をもたものだらうと思《おも》ひ付《つ》いた。新聞《しんぶん》を小《ちひ》さく疊《たゝ》んで、外套の灯《ひ》の光《ひかり》を窓越《まどご》しに見詰《みつ》めながら、道子《みちこ》は稍《やゝ》しばらく考《かんが》へ惱《なや》んだ。だが道子《みちこ》は何《ど》うしても、然《さ》う云《い》ふ場合《ばあひ》に特《とく》に用《もち》ひる、嫁《よめ》らしい儀《ぎ》式的《しきてき》の言葉《ことば》が思《おも》ひ浮《うか》ばなかつた。

「だまつて、お辭儀《じぎ》をすればいゝ。」

道子《みちこ》は然《さ》う考《かんが》へた。そうして、七十以上《いじやう》の初對面《しよたいめん》の老人《らうじん》の前《まへ》に出《で》て、默《だま》つてお辭儀《じぎ》をした自分《じぶん》の姿《すがた》を道子《みちこ》は描《えが》いてゐた。何《なん》となくある大《おほ》きな親《した》しみが、自然《しぜん》に自分《じぶん》の胸《むね》の中《なか》に滲《に》染《ち》みひろがつて、道子《みちこ》は却《かへ》つて快《こゝろよ》かつた。そうして、今夜《こんや》初《はじ》めて逢《あ》ふ人も、だまつてお辭儀《じぎ》をする自分《じぶん》を見《み》れば、それで何《なに》も彼《か》もすつかり呑《の》みこんで呉《く》れる老人《らうじん》のやうな氣《き》がした。道子《みちこ》はその老人《らうじん》を、もうどんなにか心《こゝろ》の中《なか》で愛《あい》してゐるやうに思《おも》はれた。それは思《おも》ひがけない愛《あい》の兆《きざ》し

であつた。谷岡《たにをか》の父《ちゝ》だからと云《い》ふ因縁《いんえん》なぞは、少《すこ》しも道子《みちこ》の感情《かんじやう》に、覆輪《ふくりん》をかけてゐるのではなかつたけれども、其《そ》れでゐて道子《みちこ》はその老人《らうじん》に、優《やさ》しい情《じやう》のありたけを傾《かたむ》けたいやうな氣《き》がしてゐた。道子《みちこ》は谷岡《たにをか》にも、今夜《こんや》は其心《そのこゝろ》が優《やさ》しく向《む》いてゐた。

新橋《しんばし》の停車場《ステーシヨン》に着《つ》いた時《とき》、十時《じ》少《すこ》し前《まへ》であつた。道子《みちこ》は婦人待合室《ふじんまちあひしつ》に一人《ひとり》でゐた。神戸《かうべ》からの急行《きうかう》が、電報《でんぱう》にあつたやうに全《まつた》く十一時《じ》に着《つ》くのか何《ど》うかと、谷岡《たにをか》に尋《たづ》ねに行《い》つた。やがて、その汽車《きしや》は十一時《じ》五十分《ぷん》に着《つ》くのだと云《い》つて、谷岡《たにをか》は待合室《まちあひしつ》に戻《もど》つて來《き》た。その時刻《じこく》までには、まだ二時間《じかん》ほど待《ま》たなくてはならなかつた。時間潰《じかんつぶ》しに銀座《ぎんざ》でも歩《ある》かうと云《い》つて二人《ふたり》は又停車場《またステーシヨン》を出《で》た。道子《みちこ》はすつかり疲《つか》れてゐた。眉《まゆ》から眼《め》がしらが痙攣《ひきつ》れるやうに痛《いた》んでゐた。

俗縁　五

田村俊子

道子《みちこ》は木村屋《きむらや》に寄《よ》つて、今夜《こんや》逢《あ》ふ人《ひと》のために軟《やはら》かいものなどを買《か》ひ求《もと》めた。その大《おほ》きな箱包《はこづゝみ》を下《さ》げて、二人《ふたり》は珈琲店《コーヒーてん》に入《はい》つて時間《じかん》を消《け》した。其家《そこ》は、道子《みちこ》が時々《とき〴〵》、自分《じぶん》の仕事《しごと》の上《うへ》で關係《くわんけい》のある男《をとこ》の人《ひと》たちと遊《あそ》びに來《く》る店《みせ》であつた。

道子《みちこ》は、つい四五日前《にちまへ》にも二三人《にん》して來《き》た時《とき》の食卓《テーブル》の方《はう》を眺《なが》めながら、谷岡《たにをか》にもその時《とき》の話《はなし》をした。その人《ひと》たちのなつかしやかな情誼《じやうぎ》を思《おも》ひ浮《うか》べながら、今《いま》ごろはその人《ひと》たちは何《なに》をしてゐるだらうと道子《みちこ》は思《おも》ひやつた。高《たか》い天井《てんじやう》に美《うつく》しく輝《かゞや》いてゐる灯《ひ》のいろも、人戀《ひとこひ》しい思《おも》ひを募《つの》らせた。谷岡《たにをか》は一度《ど》もこんなところへは來《き》たことがなかつた。それで珍《めづ》らしさうに卓《たく》の彼方此方《あちこち》を眺《なが》め廻《まは》してゐた。さうして珈琲《コーヒー》の味《あぢ》などを賞《ほ》めた。

「今度《こんど》親父《おやぢ》に逢《あ》へば、これがもう見《み》納《をさ》めだ。」

谷岡《たにをか》はやがて淋《さび》しい顔《かほ》をして、灯《ひ》を仰《あふ》ぎながら一人《ひとり》で呟《つぶや》いてゐた。

外《そと》に出《で》ても、時間《じかん》はさして捗取《はかど》らなかつた、店《みせ》の飾窓《かざりまど》に立《た》つて時《とき》の經《た》つのを五分《ふん》でも餘計《よけい》に算用《さんよう》しながら、のろ〳〵と舗石《しきいし》の上《うへ》を歩《ある》いた。風《かぜ》が寒《さむ》かつた。道子《みちこ》は手《て》に持《も》つてゐたシヨールを頸《くび》に巻《ま》いた。瓦斯《がす》の灯《ひ》の映《うつ》る白《しろ》い柳《やなぎ》の下《した》を俯向《うつむ》いて行《ゆ》く時《とき》に、かねて舞臺《ぶたい》で知《し》つてゐる美《うつく》しい女優《ぢよいう》

俗縁　六

田村俊子

今《いま》の列車《れつしや》が出《で》てしまつてから、場内《ぢやうない》はだんだんに寂寞《せきばく》として來《き》た。灯《ひ》が必要《ひつえう》な部分《ぶぶん》ばかりを殘《のこ》して、消《き》えて行《い》つた。廣《ひろ》い待合室《まちあひしつ》にはマントを着《き》た好《い》い加減《かげん》な年《とし》の女《をんな》が一人《ひとり》腰《こし》をかけてゐた。その傍《そば》に男《をとこ》がよく眠《ねむ》つてゐた。それぎりで此室《ここ》へはもう入《はい》つて來《く》る人《ひと》もなかつた。道子《みちこ》と谷岡《たにをか》は、さつき電車《でんしや》の内《うち》で買《か》つた新聞《しんぶん》を又取《またと》り出《だ》して讀《よ》んだりした。道子《みちこ》は身体《からだ》を起《おこ》してゐるにも堪《た》へられないほど方々《はうはう》が疲《つか》れて痛《いた》んでゐた。身体《からだ》を右《みぎ》に摺《す》れ違《ちが》つた。女優《ぢよいう》は舞臺《ぶたい》の上《うへ》で見《み》るよりも、斯《こ》うした時《とき》の姿《すがた》の方《はう》が餘《よ》つ程《ほど》脊《せい》が高《たか》く見《み》えた。

「十一時《じ》に着《つ》く汽車《きしや》があるのぢやないか。」

ふと谷岡《たにをか》は不安《ふあん》さうに云《い》ひ出《だ》した。

「神戸《かうべ》の急行《きふかう》は十一時《じ》五十八分《ぶん》に着《つ》くと云《い》つたけれども、電報《でんぱう》にはちやんと十一時《じ》としてあつた。十一時《じ》に着《つ》く汽車《きしや》に乘《の》つてくるのぢやないかな。」

「でも電報《でんぱう》は三時《じ》に濱松《はままつ》から打《う》つたのですよ。三時頃《じごろ》に濱松《はままつ》を通《とほ》つてゐる汽車《きしや》はなんの汽車《きしや》なの。」

「それは神戸《かうべ》からの急行列車《きふかうれつしや》にきまつてるんだが……」

谷岡《たにをか》は急《きふ》に足《あし》を早《はや》くし初《はじ》めた。

「兎《と》に角《かく》、僕《ぼく》は十一時《じ》に停車場《ステーシヨン》にゐて見《み》やう。」

谷岡《たにをか》は一人《ひとり》で先《さ》きへ驅《か》けるやうにして行《い》つた。

「私《わたし》は婦人待合室《ふじんまちあひしつ》にゐますからね。」

道子《みちこ》は後《うしろ》から聲《こゑ》をかけておいて、自分《じぶん》は緩《ゆつ》くり歩《ある》いた。谷岡《たにをか》の姿《すがた》は遠《とほ》くなつて行《い》つても見《み》えた。暗《くら》い道《みち》を拔《ぬ》けて、灯《ひ》の一面《めん》にかぶさる停車場《ステーシヨン》の近《ちか》くへその姿《すがた》が小《ちひ》さくなりながら現《あら》はれてゐた。

婦人待合室《ふじんまちあひしつ》の扉《とびら》は、もう締《し》めきつてゐた。道子《みちこ》は普通《ふつう》の待合室《まちあひしつ》へ行《い》つて腰《こし》をかけた。室《へや》には可《か》なりに人《ひと》が混《こ》んでゐた。もう何分《なんぷん》かして發車《はつしや》する汽車《きしや》に乘《の》らうと云《い》ふ人《ひと》たちであつた。谷岡《たにをか》はやがて道子《みちこ》を探《さが》しながら此室《ここ》に入《はい》つて來《き》た。

「十一時《じ》に着《つ》く列車《れつしや》は一《ひと》つもない。矢《や》つ張《ぱ》り十一時《じ》五十八分《ふん》だ。」

谷岡《たにをか》は道子《みちこ》の傍《そば》に腰《こし》をかけて笑《わら》ひながら云《い》つてゐた。道子《みちこ》は椅子《いす》に寄《よ》りかゝつた儘《まゝ》默《だま》つてゐた。

へ左《ひだり》へ反《かへ》しながら、道子《みちこ》はうめいてはその半身《はんしん》を延《の》ばした。誰《た》れも見《み》てゐる人《ひと》もなかつたけれども、腰掛《こしかけ》の上《うへ》に横《よこ》になることもできなかつた。

「疲《つか》れたらう。」

谷岡《たにをか》は氣兼《きが》ねをするやうに、度々《たび〳〵》道《みち》子《こ》に聲《こゑ》をかけた。

毎晩《まいばん》十一時《じ》に、との停車場《ステーシヨン》へ男《をとこ》を送《おく》りに來《く》たと云《い》ふある女《をんな》の話《はなし》などを思《おも》ひ出《だ》しながら、道子《みちこ》は氣《き》を紛《まぎ》らしてゐた。十一時《じ》になると、場内《ぢやうない》はがらんとして寂《さび》しくなるとその女《をんな》が云《い》つてゐた。男《をとこ》は毎夜《まいよ》十一時《じ》の汽車《きしや》で近《きん》郊《かう》の住居《すまひ》へ歸《かへ》つて行《い》つた。女《をんな》は毎夜《まいよ》それを送《おく》りに來《き》た。

「丁度《ちやうど》こんな時刻《じこく》だつたのだ。」

道子《みちこ》は薄暗《うすくら》い灯《ひ》の影《かげ》で別《わか》れの眼《め》を見《み》交《か》はした二人《ふたり》の上《うへ》などを想像《さうざう》した。道子《みちこ》は立《た》つて待合室《まちあひしつ》を出《で》た。そうして廣《ひろ》い構内《こうない》をあちこちと歩《ある》いた。其《そ》處《こ》等《ら》の廣告《くわうこく》の鏡《かゞみ》かけに、道子《みちこ》の蒼白《あをじろ》い顔《かほ》がぱつと映《うつ》つては消《き》えた。道子《みちこ》は自分《じぶん》の姿《すがた》が、夜《よる》の鏡《かゞみ》に朦朧《もうろう》と映《うつ》るのが氣《き》味《み》惡《わ》るく思《おも》はれた。

時《とき》がだん〳〵と經《た》つて行《い》つた。もう乘客《じやうかく》と交渉《かうせふ》のない出札係《しゆつさつがゝ》りの女《をんな》たちが、忙《いそが》しそうに殘務《さんむ》を整理《せいり》してゐた。道子《みちこ》は立《たち》どまつて、それを硝子《ガラス》越《こ》しに眺《なが》めたりした。手《て》に餘《あま》る紙幣《しへい》の束《たば》を、女《をんな》は器用《きよう》に數《かぞ》へてゐた。算盤《そろばん》を手《て》ばしこく彈《はぢ》いてゐる女《をんな》もゐた。ペンを走《はし》らしてゐる女《をんな》もゐた。一心《しん》不《ふ》亂《らん》に、四五人《にん》の女《をんな》たちは男《をとこ》に交《まじ》つて自分《じぶん》々々《〳〵》の仕事《しごと》をやつてゐた。道子《みちこ》は其女《そのをんな》たちの、恰好《かつかう》もなく束《つか》ねた髪《かみ》などを見《み》た。おしろいなどを塗《つ》けてゐる女《をんな》は一人《ひとり》もなかつた。青黄色《あをきいろ》い頸脚《えりあし》が、仕事着《しごとぎ》とかさねた白《しろ》い下襦《したじゆ》袢《ばん》の襟《えり》から出《で》てゐた。

道子《みちこ》はその人《ひと》たちの激《はげ》しい仕事《しごと》を思《おも》ひやつた。又《また》その人《ひと》たちの生活《せいくわつ》を考《かんが》へてゐた。作《つく》れば美《うつく》しく見《み》えそうなその顔立《かほだち》も、青黄色《あをきいろ》く膨《む》脹《く》んで醜《みにく》かつた。女《をんな》たちの眼《め》と手《て》は器械《きかい》のやうに目覺《めざま》しく敏捷《びんせふ》に動《うご》いてゐた。その中《うち》でも電話《でんわ》がかゝつて來《き》たりした。それに應接《おうせつ》する女《をんな》の聲《こゑ》は朗《ほが》らかにはつきりとしてゐた。灯《ひ》は明《あか》るく、女《をんな》たちの計算《けいさん》の多忙《たばう》を手傳《てつだ》ふやうに慰《なぐさ》めるやうに、硝子《がらす》のうちに光《ひか》りを抱《はう》擁《よう》してゐた。

谷岡《たにをか》も一人《ひとり》して構内《こうない》を歩《ある》き廻《まは》つてゐた。二三人《にん》の人影《ひとかげ》が灯《ひ》の落《お》ちる鋪石《しきいし》の上《うへ》にばらりとしてゐた。

「此方《こつち》へ來《き》たまへ。」

谷岡《たにをか》は道子《みちこ》を促《うなが》して、自分《じぶん》の方《はう》へ呼《よ》んだ。時計《とけい》の針《はり》は、十二時《じ》十五分前《ぶんまへ》を長々《ながなが》と指《さ》してゐた。

俗縁　七

田村俊子

汽車《きしや》が、轟《ぐわう》と最後《さいご》の響《ひゞ》きを打《う》たせながら入《はい》つて來《き》た、道子《みちこ》はショールを脱《はづ》して立《た》つてゐた。

僅な乗客《じやうかく》が、ぽそ〳〵と此方《こちら》へ歩《ある》いて來《き》た。

谷岡《たにをか》はその人《ひと》を見紛《みはぐ》るまいとして、息《いき》を凝《こ》らしてゐた。

「あの人《ひと》が然《さ》うぢやないかしら。」

道子《みちこ》は四十にも見《み》えるやうな人《ひと》を指《ゆび》さして谷岡《たにをか》に聞《き》いた。

「七十を越《こ》した爺《ぢい》さんだよ。」

谷岡《たにをか》は狼狽《うろた》へて云《い》つてゐた。道子《みちこ》には、七十と云ふ年齢《ねんれい》の人《ひと》の相貌《さうばう》が、その想像《さうざう》に浮《うか》ばなかつた。どの位《くらゐ》まで老《お》いてゐれば、其《そ》れが七十と云《い》ふ年齢《ねんれい》らしく思《おも》はれのか、わからなかつた。

「おつ母《か》さん。おつ母《か》さん。此方《こちら》ですよ。」

斯《か》う呼《よ》んでゐる夫婦《ふうふ》が、二人《ふたり》の横《よこ》にゐた。大《おほ》きな風呂敷包《ふろしきづゝ》みを提《さ》げた老婆《らうば》が、プラットフォームを歩《ある》いて來《き》た。

道子《みちこ》は、あすこにも親《おや》を迎《むか》ひに來《き》てゐる人《ひと》が居《ゐ》ると思《おも》つた。

谷岡《たにをか》は酒《さけ》の氣《け》がなくなつて、すつかり醒《さ》めてゐた。折角《せつかく》一時でも顔色《かほいろ》が良《よ》く見《み》えたのが、もう何《なん》にもならなくなつた。谷岡《たにをか》は何時《いつ》よりも、もつと青《あを》い顔色《かほいろ》に見《み》えた。

「あゝ、あの人《ひと》でせう。」

道子《みちこ》はふと或《あ》る群《む》れを認《みと》めて、指《ゆび》をさした。田舎《ゐなか》の紳士《しんし》らしい外套《ぐわいたう》を着《き》た男二人《をとこふたり》と伴《つ》れ立《だ》つて、小《ちひ》さな品《ひん》の好《い》い老人《らうじん》がふら〳〵と歩《ある》いて來《き》た。黒《くろ》い羽織《はおり》を着《き》てゐた。それは、道子《みちこ》がもう老《お》いを刻《きざ》んでゐると思《おも》つて見《み》る人《ひと》たちよりも、もう一層《そう》二十も三十も老《お》いた人《ひと》に見えた。七十でも、八十でも、いゝと思《おも》ふほど老年《らうねん》に見《み》えた。

「あゝ然《さ》うだ。」

谷岡《たにをか》も道子《みちこ》に云《い》はれて初《はじ》めて其《そ》の人《ひと》が解《わか》つた。谷岡《たにをか》は急《いそ》いで、その人《ひと》だちの抜《ぬ》けて來《こ》やうとしてゐる改札口《かいさつぐち》の方《はう》へ廻《まは》つた。道子《みちこ》は傍《そば》まで行《ゆ》かずにゐた。そうして、谷岡《たにをか》がそれ等《ら》の人《ひと》の前《まへ》で帽子《ばうし》を取《と》つて頭《あたま》を下《さ》げたのを眺《なが》めてゐた。

老人《らうじん》は直《す》ぐには氣《き》が付《つ》かなかつた。自分《じぶん》の前《まへ》に立《た》ち塞《ふさ》がつた男《をとこ》を見《み》上《あ》げてから、いかにも吃驚《びつくり》したやうにその小《ちい》さな額《ひたひ》を引緊《ひきし》まらした。其《そ》れから、子供《こども》がいつぱいに口《くち》を開《あ》けて泣《な》き出《だ》す時《とき》のやうな顔付《かほつき》をして、老人《らうじん》は

「ほう。」

と云《い》つた。でも、其《そ》れは泣《な》いたのではなくつて笑《わら》つたのだと云《い》ふことが、その皺《しわ》んだ上瞼《うはまぶた》で知《し》れた。そこだけには人《ひと》の笑《わら》ひの表情《へうじやう》が盛《も》り上《あが》つてゐた。老人《らうじん》は直《す》ぐに二人《ふたり》の男《をとこ》に谷岡《たにをか》を引合《ひきあ》はしてゐた。老人《らうじん》の着物《きもの》と大《おほ》きな羅紗《らしや》の羽織《はおり》が、その痩《や》せた身体《からだ》にだぶ〳〵してゐた。老人《らうじん》は草履《ざうり》を穿《は》いてゐた。道子《みちこ》は默《だま》つて、笑《わら》ひながら老人《らうじん》の顔《かほ》を見詰《みつ》めて立《た》つてゐた。老人《らうじん》はふと、女《をんな》の笑《わら》つてゐる顔《かほ》を認《みと》めて、その顔《かほ》を凝視してゐた。

「道《みち》です。」

と谷岡《たにをか》が云《い》つた。道子《みちこ》はお辭儀《じぎ》をした。老人《らうじん》は直《す》ぐに道子《みちこ》を他《た》の二人《ふたり》に引《ひ》き合《あ》はした。

「お前《まい》が來《き》てくれるとは思《おも》はなかつた。」

老人《らうじん》はよろこばしそうに、道子《みちこ》に云《い》つた。

俗縁　八

田村俊子

連《つ》れの人《ひと》たちが、車《くるま》で近《ちか》くの旅宿《りよしゆく》に向《むか》つてから、三人《にん》は電車《でんしや》の方《はう》へ歩《ある》いて來《き》た。谷岡《たにをか》は鞄《かばん》などを提《さ》げてゐた、老人《らうじん》は洋傘《かうもり》を杖《つゑ》にして、すた〳〵と歩《ある》いた。

「お疲《つか》れになりませんか、歩《ある》けますか。」

道子《みちこ》は癇走《かんはし》つた聲《こゑ》で老人《らうじん》に聞《き》いた。

「いや疲《つか》れてはゐない。歩《ある》ける。」

と老人《らうじん》は、確《しつか》りと云《い》つた。車《くるま》にしやうかと、二人《ふたり》が相談《さうだん》をしてゐるのを聞《き》いて、

「電車《でんしや》で行《ゆ》こ。電車《でんしや》で行《ゆ》こ。」

と老人《らうじん》は云《い》つた。電車《でんしや》が途切《とぎ》れてゐて中々《なか〳〵》來《こ》なかつた。老人《らうじん》は、道子《みちこ》が迎《むか》ひに來《き》てくれたことを、幾度《いくど》も云《い》つてよろこんでゐた。その眼《め》から何時《いつ》流《なが》れた涙《なみだ》かわからなかつたけれ共《ども》、頰《ほゝ》の上《うへ》に丁度《ちやうど》一と筋《すぢ》何《なに》かゞ光《ひか》つてゐた。白《しろ》い髭《ひげ》の上《うへ》には水鼻《みづばな》が垂《た》れてゐた。老人《らうじん》は自分《じぶん》のそれに氣《き》が付《つ》かないでゐた。夜《よる》は、一層《そう》しんしんと寒《さむ》くなつてゐた。

「寒《さむ》くはありませんか。」

老人《らうじん》は斯《か》う聞《き》かれると、

「いや、寒《さむ》うない。」

と云《い》つてゐた。老人《らうじん》は絶《た》えず道子《みちこ》を見《み》てゐた。暗《くら》い影《かげ》から、道子《みちこ》の顏《かほ》を引《ひ》き出《だ》すやうにして、老人《らうじん》は顏《かほ》をあちこちと傾《かし》げながら道子《みちこ》を眺《なが》めてゐた。道子《みちこ》が顏《かほ》を背向《そむ》けると、それを追《お》ふて老人《らうじん》は道子《みちこ》を見《み》やうとしてゐた。道子《みちこ》はそれを知《し》つてゐた。道子《みちこ》は何《なん》となく、老人《らうじん》の前《まへ》でぢつとしてゐられなかつた。

「お前《まへ》はえらう痩《や》せた。」

と老人《らうじん》は谷岡《たになか》に云《い》つた。

「然《さ》うか。」

谷岡《たになか》は返事《へんじ》をしながら道子《みちこ》の顏《かほ》を見《み》た。道子《みちこ》も谷岡《たになか》の顏《かほ》を見《み》た。道子《みちこ》は、この頃《ごろ》は谷岡《たになか》が少《すこ》しふとつて來《き》たのだと云《い》ふことを、老人《らうじん》に云《い》つた。老人《らうじん》には其れがよく聞《き》こえないやうであつた。

漸《やうや》く靑《あを》い電車《でんしや》が來《き》て、三人《にん》はそれに乘《の》つた。道子《みちこ》は老人《らうにん》と並《なら》んで、その傍《そば》に腰《こし》をかけた。老人《らうじん》の肩《かた》の邊《あた》りが殊《こと》に上品《じやうひん》に見《み》えた。洋傘《かうもり》の柄《え》な握《にぎ》つてゐる手《て》の先《さき》は皺《しわ》ばかりで出來《でき》てゐた。道子《みちこ》は七十を越《こ》した老人《らうじん》の手《て》を、電燈《でんとう》の光《ひかり》の下《した》でつく〴〵と見《み》た。老人《らうじん》は拍子《へうし》を取《と》るやうに片手《かたて》で片手《かたて》を叩《たゝ》いてゐた。

老人《らうじん》は時々《ときぐ〻》、道子《みちこ》に口《くち》をきいた。切符《きつぷ》を買《か》ふなら、此方《こちら》にこまいのがあるなど、注意《ちうい》した。道子《みちこ》は回數券《くわいすうけん》を見《み》せて、これがあるからいゝのですと云《い》つた。道子《みちこ》の聲《こゑ》は老人《らうじん》にはよく聞《き》き取《と》れなかつた。道子《みちこ》は、何《ど》う云《い》ふ風《ふう》な言葉《ことば》で云《い》つたら、老人《らうじん》の胸《むね》にはつきりと解《わか》らせることができるだらうかと、そんな事《こと》に心《こころ》を使《つか》つてゐた。老人《らうじん》に物《もの》を云《い》ふ時《とき》、道子《みちこ》は殊《こと》に自分《じぶん》の聲《こゑ》がきやん〳〵と響《ひゞ》くやうで、自《じ》身《しん》の聲《こゑ》を煩《うる》さく思《おも》つた。谷岡《たにをか》も老人《らうじん》と時々《ときぐ〻》物《もの》を云《い》ひ交《か》はした。二人は一と言《こと》か半言《はんこと》で、お互《たが》ひに意《い》が通《つう》じ合《あ》ふやうに短《みじか》な會話《くわいわ》で、合點《うなづ》き合《あ》つてゐた。道子《みちこ》はそれを首《くび》を延《の》ばして聞《き》いてゐた。上野《うへの》へ着《つ》くと、そこから深夜《しんや》の森《もり》を車《くるま》で行《い》つた。乗車《じやうしや》する時《とき》に、道子《みちこ》は自分《じぶん》のショールを老人《らうじん》に渡《わた》した。老人《らうじん》は直《す》ぐにそれを頸《えり》に卷《ま》いた。

俗縁　九

田村俊子

谷岡《たにをか》の家《うち》では、風呂《ふろ》などが湧いてゐた。灯《ひ》の明《あか》るい二階《かい》に通《とほ》つて、老人《らうじん》は炭火《すみび》のよく熾《おこ》つてゐる火鉢《ひばち》に手《て》をかざした。

「お前《まい》にまだ、よく挨拶《あいさつ》もせんが。」

と老人《らうじん》は道子《みちこ》を見《み》ると云《い》つた。道子《みちこ》は默《だま》つて笑《わら》つてゐた。道子《みちこ》はなんにも云《い》はずにゐた。云《い》ふことがないのではなかつた。澤山《たくさん》に云《い》ひたいことがあるのだが、道子《みちこ》はそれを何《ど》う云《い》ひ現《あら》はしていゝか解《わか》らなかつたからそれで默《だま》つて笑《わら》つてゐた。もし、突《とつ》然《ぜん》でも可笑《をか》しくないなら——又《また》、老《らう》人《じん》がそれを聞《き》いても、別《べつ》に吃驚《びつくり》もしないなら、

「私《わたし》はお父《とう》さんが大好きです。」

と一と言《こと》云《い》ひたかつた。

「私《わたし》はこんなに、自分《じぶん》ながら、年老《としよ》りに對《たい》して愛《あい》を持《も》つてゐやうとは思《おも》つてゐませんでした。私《わたし》はお父《とう》さんがこんなに年《とし》を老《と》つてゐらつしやるから、猶更《なほさら》好《す》きです。お父《とう》さんは、ほんとうにお爺《ぢい》さんですね。」

道子《みちこ》はこんな事《こと》も云《い》ひたかつた。だが突然《とつぜん》に、そんな事《こと》を云《い》ふのは、何《なん》だか眞面目《まじめ》でないやうな氣《き》がした。ふざけてゐるやうに思《おも》はれるやうな氣《き》がした。道子《みちこ》は眞面目《まじめ》にこの老人《らうじん》は大好《だいす》きだと考《かんが》へてゐるのだけれども、其《そ》れを口《くち》に出《だ》そうとすると、何《なん》だか其《そ》れが不眞面目《ふまじめ》なやうな氣《き》が射《さ》すのは何《ど》う云《い》ふ譯《わけ》だらう。……だから道子《みちこ》は默《だま》つてゐた。この親愛《しんあい》

俗縁 十

田村俊子

老人《としより》は中々《なか〳〵》床《とこ》に入《はい》らなかつた。三時《じ》を過《す》ぎても、

「まあ、いろ〳〵話《はな》そう。」

と云《い》つて起《お》きてゐた。老人《としより》は四日《か》の旅《たび》をつゞけて、その間《あひだ》毎晩《まいばん》ほとんど睡眠《すゐみん》を取《と》らないでゐた。列車《れつしや》は三等《とう》で揉《も》まれて來《き》た。それでも少《すこ》しも疲《つか》れたやうなところがなかつた。老人《としより》は、みんながこの位《くらゐ》の家《うち》に住《す》んでゐられたので、安心《あんしん》をしたと云《い》つてゐた。

「お母《かあ》さんは殊《こと》にそれを氣遣《きづか》つてゐられる。」

の心持《こゝろもち》を、どんな言葉《ことば》を用《もち》ひたら眞《ま》面《じ》目《め》に老人《らうじん》の胸《むね》に透徹《とうてつ》させることが出《で》來《き》るのか、道子《みちこ》はいくら考《かんが》へても、その言葉《ことば》が思《おも》ひ得《え》られなかつた。道《みち》子《こ》は老人《らうじん》の傍《そば》に近々《ちかぢか》と坐《すわ》つて、そうして默《だま》つて微笑《びせう》してゐた。老人《らうじん》も、道子《みちこ》が默《だま》つてゐるので、繼穂《つぎほ》がないやうに改《あらた》まつた言葉《ことば》も出《だ》さずにゐた。二人《ふたり》はやゝ長《なが》く沈默《ちんもく》して、炭火《すみび》に手《て》をかざしてゐた。

「お父《とう》さん、お湯《ゆ》が湧《わ》いてゐます。」

しばらくして、道子《みちこ》は言《い》つた。老人《らうじん》は、

「おゝ。」

と返事《へんじ》して、時計《とけい》などを外《はづ》した。

「谷岡《たにをか》が加減《かげん》を見《み》ながら、お先《さき》に入《はい》つてるのですよ。」

「然《さ》うか。」

老人《らうじん》は立《た》つて、羽織《はおり》など脱《ぬ》いだ。道《みち》子《こ》はだまつて坐《すわ》つてゐた。もう一時《じ》を過《す》ぎてゐた。

谷岡《たにをか》が迎《むか》ひに上《あが》つて來《き》て、老人《らうじん》を風《ふ》呂《ろ》場《ば》へ連《つ》れて行《い》つた。風呂《ふろ》場《ば》と云《い》つても、臺所《だいどこ》の傍《わき》に張出《はりだ》しの屋根《やね》をつけて、据風呂《すゑふろ》を一とつ置《お》いたばかりの無造作《むざうさ》なものであつた。閑《かこ》ひがないから、夜更《よふ》けには風《かぜ》が寒《さむ》くて、老《らう》人《じん》の身体《からだ》には惡《わ》るくはないかと思《おも》ひながら、道子《みちこ》も降《お》りて行《い》つた。老人《らうじん》は心持《こゝろもち》快《よ》さそうに、その湯《ゆ》に浸《ひた》つてゐた。谷岡《たにをか》は、蠟燭《らふそく》を點《さ》しながら、老《らう》人《じん》に細《こま》に注意《ちうい》してゐた。踏《ふ》み臺《だい》の危《あぶ》なつかしいことも、繰返《くりかへ》して注意《ちうい》してゐた。二階《かい》へ道子《みちこ》と連《つ》れ立《だ》つて上《あが》つて來《く》ると、

「まだ〳〵、なか〳〵達者《たつしや》だ。」

と谷岡《たにをか》は何《なに》かに感謝《かんしや》するやうに笑《わら》つて云《い》つた。

老人《としより》は云《い》ひながら、相當《さうたう》な家《いへ》の構《かま》へや、家具《かぐ》の裝飾《さうしよく》などを見廻《みまは》して、あんまり窮乏《きうはふ》してもゐないらしい生活《せいくわつ》振《ぶり》に、滿足《まんぞく》な表情《へうじやう》を見《み》せた。そうして、この事《こと》を老母《らうは》の許《もと》に一時《じ》も早《はや》く、電報《でんはう》で知《し》らしてやりたいと云《い》つた。「どんな家《うち》に住《す》んで、どんな生活《くらし》を爲《し》てゐるのやら、わからんげに、成《な》るべく國《くに》のものが上京《じやうきやう》する折《をり》にも、此方《こちら》の番地《はんち》は明《あ》かさずに、寄《よ》せんやうにしてゐた。」

老人《としより》に俯向《うつむ》きながら云《い》つてゐた。谷《たに》岡《をか》がもう長《なが》い閒職《かんしよく》を失《うしな》つてゐるし、道子《みちこ》の行狀《みもち》は信《しん》じられないしするので、その生活《せいくわつ》なども、身慘《みじ》めなものではないかと父《ちゝ》は危《あや》ぶんでゐたのであつた。今夜《こんや》も、二人《よたり》にあてゝ電報《でんはう》は打《う》つたものゝ、二人《ふたり》がわざ〳〵來《こ》てくれるか何《ど》うか、當《あ》てにはならないと老人《としより》は覺悟《かくご》してゐた。それが二《ふた》人《り》揃《そろ》つて迎《むか》ひに出《で》たので、老人《としより》は連《つ》れのものにも面目《めんぼく》が立《た》つたことを、嬉《うれ》しさうにして二人《ふたり》に話《はな》した。

道子《みちこ》は老人《としより》の、ぼつ〳〵した話《はなし》を聞《き》きながら、その心《こゝろ》づかひを痛《いた》ましいことに考《かんが》へてゐた。さうして、平生《へいぜい》の疎遠《そゑん》の詫《わ》びも、一《ひ》と通《とほ》りは述《の》べなくてはならないと思《おも》ひながら、それも口《くち》の先《さ》きに出《で》てこなかつた。

老人《としより》は、谷岡《たにをか》の寢衣《ねまき》を着《き》て、床《とこ》に入《はい》つた。厚《あつ》い夜着《よぎ》を見《み》て、自分《じぶん》は寒《さむ》くないから一枚《まい》でいゝと遠慮《ゑんりよ》して云《い》つた。若《わか》いものたちが、自分《じぶん》のために不自由《ふじいう》な思《おも》ひをしては惡《わる》い、と云《い》ふやうなとを老人《としより》は考《かんが》へてゐるのぢやないかと、道子《みちこ》は思《おも》つた。道子《みちこ》は夜《よ》着《ぎ》はいくらでもあると云《い》つて老人《としより》を安心《あんしん》させた。

「お父《とう》さんを、できるだけ喜《よろこ》ばして上《あ》げませうよ。どんな事《こと》をしてゞもね。」

道子《みち》子《こ》は床《とこ》に入《はい》ると谷岡《たにをか》に云《い》つた。道子《みちこ》はどんな事《こと》をして老人《としより》を滿足《まんぞく》させたらいゝかと、その方法《はうはふ》などを思《おも》ひめぐらしてゐた。生命《いのち》の枯《か》れた老人《としより》を見《み》てゐると、自分《じぶん》の血《ち》のみなぎつた若《わか》さが、目覺《めざ》ましく意識《いしき》されるやうに道子《みちこ》は思《おも》つた。そうして、老人《としより》に對《たい》する若《わか》いものゝ責任《せきにん》が殊《こと》に強《つよ》く感《かん》じられた。道子《みちこ》は、谷岡《たにをか》とのつながる緣《えん》などを、あの老人《としより》から繰《く》らうとは思《おも》はなかつたが、自分《じぶん》と一所《しよ》にあの老人《としより》が在《あ》る間《あひだ》だけは、できるだけの情《こゝろ》を盡《つく》して、一日《にち》だけでも幸《さいはひ》な煩《わづら》ひのない日《ひ》を送《おく》らせたいやうに思《おも》つた。

道子《みちこ》は、どれだけでも餘分《よぶん》に金《かね》を調《とゝの》へておくことなどを考《かんが》へながら寢《ね》た。道子《みちこ》は疲《つか》れてゐたけれども、直《す》ぐに眠《ねむ》りに入《はい》るとができなかつた。

俗縁　十一

田村俊子

その翌《あく》る朝《あさ》、老人《らうじん》は朝早《あさはや》く起《お》きて、

「家《うち》もよし、人《ひと》もよし……」

と云《い》ふやうな電報《でんぱう》の文言《もんごん》を、谷岡《たにをか》に書《か》かして母《はゝ》の許《もと》へ打《う》たしてゐた。

人《ひと》もよし。と云《い》ふ言葉《ことば》が道子《みちこ》にはをかしかつた。道子《みちこ》に逢《あ》つ老人《としより》は、道《みち》子《こ》が格別悪《かくべつわる》い女《をんな》にも見《み》えなかつたので、それを母《はゝ》にも安心《あんしん》させやうと云《い》ふので、その意味《いみ》を言葉《ことば》のうちに含《ふく》ませたのだらうと思《おも》つた。

老人《としより》は、自分《じぶん》の方《はう》の生活《せいくわつ》の話《はなし》などを二人《り》にした。老人《としより》は四十年《ねん》の間《あひだ》も、その地方《ちはう》の町《まち》の町長《ちやうちやう》を勤《つと》めてゐた。そうして現在《げんざい》も、その激《はげ》しい職《しよく》をつゞけてゐるのであつた。その月給《げつきふ》が、ほんに僅《わづか》なものであつた。それでも、小使《こづかひ》には足《た》りると思《おも》つて、老人《としより》はその職《しよく》をつゞけてゐた。それには、自分《じぶん》に代《かは》る人《ひと》もなかつた。その職《しよく》も、もう暫時《しばらく》で止《や》めるつもりでゐることを老人《としより》は話《はなし》した。

「職《しよく》をやめたら、お前《まへ》たちから、いくらでも送《おく》つて貰《もら》はねばならん。」

と老人《としより》は二人《り》に頼《たの》んでゐた。子供《こども》の多《おほ》い弟《おとうと》夫婦《ふうふ》も僅《わづか》な薄給《はくきふ》で生活《せいくわつ》してゐた。老人《としより》夫婦《ふうふ》は何《ど》うしても谷岡《たにをか》から少《すこ》しづゝでも送《おく》つて貰《もら》はなければならなかつた。

谷岡《たにをか》は、自分《じぶん》はまるで遊《あそ》んでばかりゐて、すべての生活《せいくわつ》は道子《みちこ》が一人《ひとり》でやつてゐる事《こと》などを老人《としより》に話《はな》した。

「お前《まへ》たちどつちが好《よ》うてもおんなじ事《こと》ぢやからな、一人《ひとり》がよければ、片方《かたはう》も好《い》い。お互《たがひ》に、おんなじに幸《かう》福《ふく》になることぢや。」

老人《としより》は道子《みちこ》を見《み》ながら云《い》つた。

道子《みちこ》はその時《とき》、この頃《ころ》の自分《じぶん》が一家《か》の經濟《けいざい》から追《お》はれて、自分《じぶん》の仕事《しごと》の上《うへ》から多分《たぶん》の金《かね》ばかりをむさぼらうとしつゝあることを、ふと思《おも》ひ浮《うか》べてゐた。道子《みちこ》は全《まつた》く、金《かね》の爲《た》めにばかり創作《さうさく》をしてゐた、道子《みちこ》の藝術《げいじゆつ》の力《ちから》は、その欲求《よくきう》と伴《ともな》はなかつた。道《みち》子《こ》はずゐぶん苦《くる》しい仕事《しごと》をつゞけてゐた。生活《せいくわつ》に苦《くる》しんで創作《さうさく》をすることが、道子《みちこ》の藝術《げいじゆつ》に對《たい》する態度《たいど》を、余《よ》つ程《ほど》眞面目《まじめ》にさせたやうに云《い》ひそやす人《ひと》もあつたけれども、道子《みちこ》自身《じしん》には然《さ》うは考《かんが》へられなかつた。道子《みちこ》は生活《せいくわつ》に追《お》はれて自分《じぶん》の力《ちから》を養《やしな》ふ暇《ひま》のないをがどんなにか悲《かな》しまれた。自身《じしん》の藝術《げいじゆつ》はだん〳〵に荒《すさ》んでゆくやうに思《おも》はれた。

「然《さ》う云《い》ふことをつゞけてゐると、あなたは墮落《だらく》をしますよ。」

と云《い》つた人《ひと》があつた。その人《ひと》は道子《みちこ》の藝術《げいじゆつ》を信《しん》じてゐる人《ひと》であつた。道《みち》子《こ》は何《ど》うしても自分《じぶん》の生活法《せいくわつはふ》を變《か》へなければならないと考《かんが》へてゐた。そうして藝術《げいじゆつ》を捨《す》てゝ、生活《せいくわつ》のための職業《しよくげふ》を新《あらた》に見付《みつ》け出《だ》さなくてはならないとも考《かんが》へてゐた。——

「私《わたし》はいまに、澤山《たくさん》にお金《かね》を儲《まう》けてお父《とう》さんに送《おく》つて上《あ》げますよ。」

と道子《みちこ》は老人《としより》に云《い》つた。道子《みちこ》は自分《じぶん》の親《おや》たちが、谷岡《たにをか》の親《おや》たちよりも、もう一層窮乏《そうきうはふ》した生活《せいくわつ》を送《おく》つてゐるとなどを思《おも》ひやりながら斯《か》う云《い》つた。

俗縁

十二

田村俊子

老人《としより》と向《むか》ひ合《あ》つて、老人《としより》の話《はなし》をするのを聞《き》いてゐる時《とき》には、まだ〳〵はつきりしてゐると思《おも》はれるやうなところがあつた。七十を越《こ》しても、一とつの役《やく》を務《つと》め果《は》せてゐるだけあつて、老人《としより》にはすべての機能《はたらき》の上《うへ》に活力と云《い》ふものがまだ殘《のこ》つてゐると思《おも》はれた。老人《としより》の精神《せいしん》は、晴《は》れた青空《あをぞら》のやうにはつきりしてゐた。物《もの》を處《しよ》理するのに馴《な》れたその頭腦《づなう》は、却《かへ》つて谷岡《たにをか》よりも明晰《めいせき》なところがある樣《やう》であつた。そうして老人《としより》には何《なん》でもよく解《わか》つた。現代《げんだい》の事物《じぶつ》に觸《ふ》れても、大方《おほかた》はそれを呑込《のみこ》むことができた。だが老人《としより》から離《はな》れて老人《としより》を考《かんが》へると、たつた一《ひと》つ老人《としより》の神經《しんけい》に生《い》きてゐるものがあつて、それが枯死《こし》しかゝつてゐる他《ほか》の神經《しんけい》を漸《やう》くと働《はたら》かしつゝあるやうな風《ふう》に思《おも》はれた。何《なん》となくぼけたところがあつた。そうして老人《としより》の身体《からだ》は、生木《なまき》をしつかりと組《く》み合《あは》せて作《つく》つたものが、だん〳〵に枯《か》れてきて、その木組《きぐ》みが兎《と》もすると外《はづ》れそうに見《み》えるやうに危《あぶ》なつかしかつた。道子《みちこ》は、老人《としより》をつく〴〵と見《み》てゐると、すべてが險呑《けんのん》でたまらなかつた。二階《かい》を上《あが》つたり下《お》りたりするのにも、道子《みちこ》は、ひや〳〵した。一寸《ちよつと》した物音《ものおと》が老人《としより》の周圍《しうゐ》に起《おこ》つても、道子《みちこ》はどきりとした。何《ど》うかすると、道子《みちこ》は老人《としより》の身体《からだ》をしつかりと抱《かゝ》へて歩《ある》きたいやうに、老《とし》

俗縁　十三

田村俊子

人《より》の身体《からだ》に接《せつ》する外界《ぐわいかい》のものが、何《なん》でも不安《ふあん》であつた。

道子《みちこ》は、思《おも》はないことに自分《じぶん》の心《こゝろ》が疲《つか》れるのを、自分《じぶん》で驚《おどろ》いてゐた。老《とし》人《より》が夜中《よなか》に起《お》きるたびに、道子《みちこ》は物《もの》に驚《おどろ》かされたやうに、びくりとして目《め》を覺《さ》ました。ある晩《ばん》は、老人《としより》が便《べん》所《じよ》へ行《い》つてからいつまでも、二階《かい》に上《あが》つてこない事《こと》があつた。道子《みちこ》は急《いそ》いで階下《した》におりて行《い》つて、

「お父《とう》さん。」

と聲《こゑ》をかけて見《み》た。

老人《としより》は、時《とき》を知《し》らうと思《おも》つて、自分《じぶん》の懐中時計《くわいちうとけい》を持《も》つて來《き》て、電燈《でんとう》の下《した》で時間《じかん》を見《み》てゐた。それが止《と》まつてゐたことに氣《き》が付《つ》くまでに、老人《としより》は長《なが》い時《とき》を費《つひや》してゐたのであつた。道子《みちこ》は時計《けい》と合《あは》せて、そうして老人《らうじん》を寢床《ねどこ》に連《つ》れて來《き》たことがあつた。

その脆《もろ》そうな危《あぶ》なそうな老人《としより》の身体《からだ》の、心《こゝろ》づかひで、道子《みちこ》は根《こん》が盡《つ》きるやうであつた。氣《き》にしまいと思《おも》つても、老人《としより》の立居《たちゐ》がすべて氣《き》になつた。老人自身《としよりじしん》は中々《なかなか》元氣《げんき》がよかつた。その痩《や》せこけた、まるで消滅《せうめつ》してゆくものゝ或《あ》る瞬間《しゆんかん》のやうに、小《ちい》さく萎《しな》びた其身体《そのからだ》を、老人《としより》は自分《じぶん》で彈《はづ》み玉《だま》のやうに扱《あつか》つてゐた。若《わか》い時《とき》の機敏《きびん》と聰明《そうめい》が、今《いま》も老人《としより》の擧動《きよどう》を操《あやつ》つてゐた。老人《としより》は自分《じぶん》で自分《じぶん》の擊動《げきどう》を制《せい》しきれないやうな所《ところ》があつた。

其輕忽《そのかるはづみ》に見《み》える老人《としより》の擧動《きよどう》が、一層《そう》道子《みちこ》には不安心《ふあんしん》であつた。それでも老人《としより》は、朝《あさ》はみんなが起《お》きない中《うち》に、一人《ひさり》して近所《きんじよ》を歩《ある》いて來《き》たりした。新《あたら》しい足袋《たび》や新《あたら》しい草履《ざうり》を一人《ひさり》で買《か》ひ求《もと》めて、それを穿《は》いて歩《ある》いた。若《わか》いものが疲《つか》れて寢忘《ねはう》をしてゐる間《あひだ》に老人《としより》は一人《ひさり》で朝《あさ》の空氣《くうき》に觸《ふ》れて來《き》て自分《じぶん》の用事《ようじ》を果《はた》してゐた。

老人《としより》は、二十七日《にち》の總會《そうくわい》が濟《す》めば、後《あと》一日《にち》をおいて、もう歸國《きこく》しなくてはならなかつた。役《やく》のために、老人《としより》は長《なが》く東京《とうきやう》で遊《あそ》んでゐることができなかつた。

谷岡《たにをか》は、毎日《まいにち》老人《としより》を連《つ》れて、賑《にぎ》やかなところを見物《けんぶつ》させた。美術展覽會《びじゆつてんらんくわい》などに行《い》つたり、帝劇《ていげき》に行《い》つたりした。老人《としより》は現代《げんだい》の繪畫《くわいぐわ》を見《み》ても彫塑《てうそ》を見《み》ても、それから、現代《げんだい》の劇場《げきぢやう》を見《み》ても、別《べつ》に驚《おどろ》きもしなかつたし、よろこびもしなかつた。

「道子《みちこ》に何處《どこ》ぞへ連《つ》れて行《い》つて貰《もら》はうかな。」

　老人《としより》は直《ぢ》きに道子《みちこ》に斯《か》う云《い》つた。老人《としより》は少《すこ》しも道子《みちこ》を惡《わる》く思《おも》つてゐなかつた。老人《としより》は、人交際《ひとつきあひ》の義理《ぎり》とか、人間《にんげん》の情誼《じやうぎ》とか云《い》ふもの以外《いぐわい》に、もつと誰《だ》れの心《こゝろ》にでも濶《ひろ》く深《ふか》く入《はい》つてゆける、世体《せたい》に通曉《つうげう》した好《い》い感情《かんじやう》を持《も》つてゐた。老人《としより》はその温《あたゝ》かさで道《みち》子《こ》にも接《せつ》した。老人《としより》は格別《かくべつ》道子《みちこ》を知《し》らうともしなかつた。見《み》たまゝの道《みち》子《こ》を信《しん》じやうとしてゐた。それが道《みち》子《こ》を一層《そう》老人《としより》に親《した》しませた。

　老人《としより》が滯留《たいりう》してゐた間《あひだ》に、道子《みちこ》は他《よそ》の結婚《けつこん》の披露《ひろう》に招《よ》ばれて、その席《せき》へ出《で》なければならない夜《よる》があつた。車《くるま》が遲《おそ》くなつても來《こ》なかつた時《とき》、老《とし》人《より》は、車《くるま》のあるところまで、わざ〳〵道子《みちこ》を送《おく》つて行《い》つた。老人《としより》が草履《ざうり》をとぼとぼと踏《ふ》んで、道子《みちこ》の後《あと》について來《き》た淋《さび》しさが、道子《みちこ》に忘《わす》れられなかつた。華《はな》やかな公會《こうくわい》の席《せき》でも、道《みち》子《こ》は絶《た》えず老人《としより》のことを思《おも》ひやつてゐた。その晩銀座《ばんぎんざ》通《どほ》りを友達《ともだち》と少《すこ》しぶら〳〵と歩《ある》いて、そうして遲《おそ》く歸《かへ》つて來《き》た道子《みちこ》を、老人《としより》は寢《ね》もせずに待《ま》ち暮《く》らしてゐた。

「君《きみ》がゐないと、親父《おやぢ》はすつかり悄《しよ》氣《げ》てゐるよ。」

と谷岡《たにをか》は云《い》つてゐた。谷岡《たにをか》は自分《じぶん》と老人《としより》と二人《ふたり》ぎりで歩《ある》いてゐる時《とき》、親《おや》も子《こ》も悲慘《ひさん》でたまらないと情感的《じやうかんてき》に云《い》つてゐることがあつた。

「四十近《ちか》くなつて、何《なに》も爲《し》遂《と》げてゐない息子《むすこ》にくつついて歩《ある》いてゐる親《おや》父《ぢ》を見《み》ると、僕《ぼく》はもう身慘《みじ》めでたまらない。」

　谷岡《たにをか》は斯《か》う云《い》つて、なるたけ道子《みちこ》を引《ひ》つ張《は》り出《だ》した。奇麗《きれい》にして歩《ある》く道子《みちこ》を見《み》ることを、老人《としより》もよろこんでゐた。老人《としより》に望《のぞ》まれて、三人《にん》は泉《せん》岳寺《がくじ》へ行《い》つたりした。老人《としより》は四十七士《し》の墓所《はかしよ》を見《み》たのが、何《なに》よりの土産《みやげ》だと云《い》つてゐた。

　赤《せき》十字《じ》社《しや》の總會《そうくわい》には、その混雜《こんざつ》を思《おも》ひやつて、谷岡《たにをか》も心配《しんぱい》してゐた。老人《としより》は晝《ひる》を過《す》ぎると、無事《ぶじ》な顔《かほ》をして歸《かへ》つて來《き》た。老人《としより》の滯留《たいりう》してゐる間《あひだ》、毎日《まいにち》よく晴《は》れが續《つゞ》いた。

　東京《とうきやう》の近《ちか》くにゐる二番目《ばんめ》の姉《あね》のところへ、通知《つうち》をしやうか何《ど》うかと云《い》ふ話《はなし》の出《で》た時《とき》、道子《みちこ》は姉《あね》などの此家《こゝ》に來《く》ることが忌《い》まれたので、口《くち》をつぐんでゐた。老人《としより》も、逢《あ》ひたくもないからと云《い》つて、通知《つうち》を出《だ》すことをとゞめてゐた。老人《としより》の歸《かへ》る日《ひ》は、直《ぢ》きに來《き》た。道子《みちこ》は故郷《くに》への土産物《みやげもの》などを調《とゝの》へるのに煩《わづら》はされた。弟《おとうと》の子供《こども》たちへ送《おく》る樣《やう》に、友禪《いうぜん》の反物《たんもの》や、リボンなどを求《もと》めた。

俗縁　十四

田村俊子

谷岡《たにをか》は、三人《にん》して紀念《きねん》の寫眞《しやしん》を撮《と》つておきたいと云《い》つたけれども、老人《としより》は寫眞《しやしん》をうつすヿはいやだと云《い》つた。谷岡《たにをか》は、それをひどく殘《のこ》り惜《を》しいことに繰《く》り返《かへ》して道子《みちこ》に云《い》つた。

「お父《とう》さんはきつと、寫眞《しやしん》をうつすと早《はや》く死《し》ぬと思《おも》つてゐらつしやるのでせう。」

道子《みちこ》も小聲《こごゑ》で谷岡《たにをか》に云《い》つた。道子《みちこ》も三人《にん》で並《なら》んだ寫眞《しやしん》をうつすヿを好《この》まなかつた。老人《としより》と三人《にん》の間《あひだ》に、永《えい》久《きう》——二世《せ》三世《せ》までの親子《おやこ》と云《い》ふ約《やく》束《そく》を、寫眞《しやしん》の上《うへ》に押當《おしあ》てられることが、道子《みちこ》には恐《おそ》ろしかつた。そうしてその寫眞《しやしん》から老人《としより》が不幸《ふかう》な思《おも》ひを感《かん》ずる日《ひ》があるやうな氣《き》がした。道《みち》子《こ》も寫眞《しやしん》をとることを心《こゝろ》で拒《こば》んでゐた。それが丁度好《ちやうどよ》く、老人《としより》の意《い》にも染《そ》まなかつたので、紀念《きねん》の寫眞《しやしん》はお流《なが》れになつた。

「お前《まい》はいから肥太《ふと》つてをるけに、好《い》い。内《うち》に疚《や》ましいヿがないけに、ふとるのぢやからな。」

老人《としより》は道子《みちこ》をつく〴〵と見《み》て、よろこばしそうに云《い》つてゐた。そうして谷岡《たにをか》を見《み》ると、

「お前《まい》は、もうちいつと、肥太《ふと》らにやいけんな。病氣《びやうき》でもあるのか。」

と云《い》つて氣《き》がかりにしてゐた。道子《みちこ》が傍《そば》にゐない時《とき》には、谷岡《たにをか》と老人《としより》はこま〴〵と生活上《せいくわつじやう》の話《はなし》などをしてゐるやうだつたが、道子《みちこ》はそれを立入《たちい》つて聞《き》かないことにしてゐた。

「親父《おやぢ》はよろこんでゐるよ。非常《ひじやう》によろこんでゐる。」

谷岡《たにをか》は道子《みちこ》に然《さ》う云《い》つてゐた。

道子《みちこ》が心《こゝろ》を籠《こ》めて、何《なに》か老人《としより》を喜《よろこ》ばしたいと思《おも》つたヿも、少《すこ》しも屆《とゞ》かないうちに、老人《としより》はもう歸《かへ》らなければならなかつた。老人《としより》が滞留《たいりう》してゐた日數《につすう》は、たつた六日《か》であつた。老人《としより》は又《また》、汽車《きしや》に揉《も》まれ、船《ふね》に揉《も》まれて、長《なが》い旅路《たびぢ》を歸《かへ》つて行《ゆ》くのである。

道子《みちこ》は、老人《としより》のあの枯《か》れ〴〵になつてる身体《からだ》が、よく其《そ》の激《はげ》しい動搖《どうえう》に堪《た》へられると思《おも》ふと、歸路《きろ》の旅中《りよちう》がひどく心配《しんぱい》になつた。道子《みちこ》は又《また》、それが氣《き》になつて堪《たま》らなかつた。自分《じぶん》の神經《しんけい》がちり〳〵と痛《いた》むやうに、老人《としより》の身体《からだ》が氣《き》になつた。

「大丈夫《だいぢやうぶ》ですかね。何《なん》ともないでせ

俗緣 十五

田村俊子

連《つ》れの人《ひと》たちに、道子《みちこ》は果物《くだもの》などを餞別《せんべつ》にした。その人《ひと》たちは、三等《とう》の待合室《まちあひしつ》に入《はい》つて老人《としより》を待《ま》つてゐた。道子《みちこ》はその混雜《こんざつ》した待合室《まちあひしつ》に入《は》いつて、谷岡《たになか》といつしよに連《つ》れの人《ひと》たちに挨拶《あいさつ》をした。夜《よる》であつた。

汽車《きしや》に乘込《のりこ》む時《とき》、改札口《かいさつぐち》の際《きは》に群《ぐん》集《しふ》は一列《れつ》になつて、札《ふだ》を切《き》るのを待《ま》つてゐた。老人《としより》も道子《みちこ》もその中《なか》に交《ま》じつて、長《なが》い間《あひだ》立つてゐた。改札《かいさつ》が

うか。」

道子《みちこ》は谷岡《たになか》に度々《たび〳〵》云《い》つた、谷岡《たになか》は。

「丈夫《ぢやうぶ》だから何《なん》ともないさ。」

と云《い》つてゐたが、何處《どこ》かに溢《あふ》れる心《しん》配《ぱい》と苦勞《くらう》を我慢《がまん》してゐるやうな顔付《かほつき》をしてゐた。

谷岡《たになか》は、老人《としより》の歸《かへ》る日《ひ》には殊《こと》に勝《すぐ》れない不快《ふくわい》な顔《かほ》をしてゐた。道子《みちこ》が見《み》てゐるにも忍《しの》ばれないやうな悲痛《ひつう》な顔色《かほいろ》を表《あら》はしてゐた。

「連《つ》れがあるから大丈夫《だいぢやうぶ》だよ。」

谷岡《たになか》は然《さ》う云《い》つて自分《じぶん》の心配《しんぱい》を紛《まぎ》らしてゐた。老人《としより》も、若《わか》いものが何《なに》かこそ〳〵と心配《しんぱい》をしてゐる樣子《やうす》に氣《き》が付《つ》いてゐたが、その話《はなし》を聞《き》くと、田舍《ゐなか》にゐれば、これよりも激《はげ》しい務《つと》めを毎日《まいにち》やつてゐるのだ。何《なん》でもない。と云《い》つて笑《わら》つてゐた。

谷岡《たになか》と道子《みちこ》は、鞄《かばん》や信玄袋《しんげんぶくろ》を各自《てんで》に下《さ》げて、又《また》、老人《としより》を新橋《しんばし》まで送《おく》つて行《い》つた。

済《す》むと、群集《ぐんしふ》は我《わ》れ先《さ》きに走《はし》り出《だ》した。道子《みちこ》も老人《としより》の席《せき》を取《と》るために、赤帽《あかばう》のあとに附《つ》いて息《いき》を切《き》つて駆《か》けて行《い》つた。室《しつ》に入《はい》つて後《うしろ》を見《み》ると、老人《としより》も走《はし》つて來《き》て室内《しつない》に入《はい》つた。老人《としより》は、少《すこ》しおど／＼してゐた。中《なか》は忽《たちま》ちのうちに混《こ》んできて、場席《ばせき》を取《と》ることのできない人《ひと》などが、うろうろしてゐた。

谷岡《たにをか》と道子《みちこ》は外《そと》に出《で》て老人《としより》の方《はう》を見《み》てゐた。老人《としより》の席《せき》に割《わ》り込《こ》んで來《き》た女《をんな》が、窓際《まどぎは》の方《はう》を占《し》めて、老人《としより》を一方《ぱう》の角《かど》に押《おし》やつてゐた。

「あれでは、お父《とう》さんは疲《つか》れてしまふ。寄《よ》りかゝることができないぢやありませんか。」

道子《みちこ》は其《そ》れを見《み》て氣《き》を揉《も》んでゐた。谷岡《たにをか》は窓《まど》の外《そと》から手《て》を入《い》れて、女《をんな》に傍《わき》へ寄《よ》るやうに云《い》つた。そして老人《としより》を窓際《まどぎは》へ招《よ》んだ。女《をんな》は前《まへ》の臺《だい》に移《うつ》つて、窓《まど》の外《そと》の人《ひと》たちを見《み》てゐた。

二人《り》は老人《としより》と何《なに》も話《はなし》をしなかつた。汽車《きしや》が出《で》る時《とき》、老人《としより》は帽子《ばうし》を取《と》つて、谷岡《たにをか》の顔《かほ》を見《み》ながら、「それぢや。」と云《い》つた。汽車《きしや》が動《うご》き出《だ》すと直《す》ぐ、二人《り》はプラツトフオームを歩《ある》いた。

道子《みちこ》は、谷岡《たにをか》がきつと悲《かな》しんでゐるだらうと思《おも》ひやりながら、默《だま》つて歩《ある》いた。老人《としより》が滯留《たいりう》してゐた間《あひだ》、何《なん》となくその愛情《あいじやう》に撫《な》でられてゐるやうな、ゆたかな顔《かほ》をしてゐた谷岡《たにをか》の樣子《やうす》が、道子《みちこ》の目《め》にあつた。

道子《みちこ》は悲《かな》しくなかつた。昨夜《ゆふべ》から今日《けふ》にかけて、老人《としより》の旅路《たびぢ》が無事《ぶじ》であれと、いふがと思《おも》ひ苦勞《くらう》をした心《こゝろ》づかひが、老人《としより》が汽車《きしや》に乘《の》つて此處《こゝ》をはなれて了《しま》ふと同時《どうじ》に消《き》えて行《い》つた。老人《としより》の身体《からだ》を険呑《けんのん》がる苦勞《くらう》が、老人《としより》と一緒《しよ》に汽車《きしや》に乘《の》つて行《い》つてしまつたやうであつた。

「君《きみ》のお蔭《かげ》で親父《おやぢ》に孝行《かうかう》ができたんだよ。僕《ぼく》は二十年《ねん》の不孝《ふかう》をこの四五日《にち》で取《と》り返《かへ》した。」

谷岡《たにをか》は云《い》ひながら歩《ある》いてゐた。いろ／＼物要《ものい》りの多《おほ》かつたことを、谷岡《たにをか》は道子《みちこ》に尋《たづ》ねたりした。

灯《ひ》の奇《き》麗《れい》な銀座《ぎんざ》の通《とほり》を二人《り》は、又《また》ぶら／＼と歩《ある》いた。老人《としより》を迎《むか》ひに來《き》た晩《はん》のことを道子《みちこ》は思《おも》つてゐた。そうして此《この》四五日《にち》「お父《とう》さん。」と呼《よ》び馴《な》れたあの老人《としより》を、自分《じぶん》は生涯《しやうがい》忘《わす》れることはないだらう。頸巻《えりまき》をして行《ぎやう》儀《ぎ》よく火鉢《ひばち》の前《まへ》に坐《すわ》つてゐた老人《としより》の姿《すがた》は、いつまでも自分《じぶん》の心《こゝろ》に、不思議《ふしぎ》な情愛《じやうあい》を強《し》ひつけるだらうと道子《みちこ》は思《おも》つた。

「もう電車《でんしや》に乗《の》つて歸《かへ》らうぢやないか。」

谷岡《たにをか》は寒《さむ》さうにして云《い》つた。二人《り》は兎《と》ある交叉點《かうさてん》で電車《でんしや》を待《ま》つた。

（終）

763　〔一日一信〕『読売新聞』大正3（1914）年11月18日

一日一信

俊子

日比谷《ひびや》の美術館《びじゆつくわん》で西村伊作氏《にしむらいさくし》の油《あぶら》畫《ゑ》を見《み》た。所謂《いはゆ》ろ素《しろう》人《と》の畫《ゑ》である。藝術《げいじゆつ》そのものに執《しふ》しないこころに純無垢《じゆんむく》な好《い》い味《あぢは》ひがある。一とつづゝ作畫《さくぐわ》を見《み》てゆくと、自然《しぜん》に柔《やわら》かな微笑《ほゝゑみ》が私《わたし》のおもてに上《のぼ》つてくる程《ほど》心持《こゝろもち》の快《よ》い感《かん》じがあつた。すべての藝術《げいじゆつ》もう一度《ど》こゝへ引《ひ》つ返《かへ》してくれば、初《はじ》めて味《あぢは》ひのあるものが得《え》られるのだと私《わたし》は考《かんが》へながら見《み》た。「樟《くす》の森《もり》と池《いけ》」などの専門家《せんもんか》を凌《しの》ぐやうな立派《りつぱ》なものもあるけれ共《とも》、私《わたし》は「降《ふ》り出《だ》す氣《け》はない」だの「樹《き》」だの「雲《くも》と電柱《でんちう》」などのやうな、作者《さくじや》の作《さく》に對《たい》する可愛《かあい》らしい心持《こゝろもち》の出《で》てゐる諸作《しよさく》の方《はう》を好《す》きだと思《おも》つた。「我家《わがや》の窓《まど》より」は一番《ばん》氣分《きぶん》の出《で》てゐる静《しづか》な作《さく》だと思《おも》つた。

一日一信

俊子

正宗《まさむね》さんの一日一信《しん》を讀《よ》んで私《わたし》は可《を》笑《か》しくなりました。私《わたし》もつい二三日前《まへ》ロンブロソーと云《い》ふ人《ひと》の「天才《てんさい》と狂人《きやうじん》」の譯《やく》を讀《よ》んだばかりで、そうして、いちばん正宗《まさむね》さんが天才《てんさい》の特質《とくしつ》を持《も》つてゐると思《おも》つて考《かんが》へてゐた時《とき》だからです。病弱《びやうじやく》な姿《なり》の小《ちひ》さいところなぞは直《す》ぐ私《わたし》の眼前《がんぜん》に天才《てんさい》の人《ひと》らしく正宗《まさむね》さんが映《うつ》つて來た。それから私《わたし》にも、この書《しよ》で讀《よ》むと澤山《たくさん》に天才《てんさい》の特質《とくしつ》らしいものがあると思《おも》つた。子供《こども》のないのも却《かへ》つて嬉《うれ》しくなつた。私《わたし》は正宗《まさむね》さんのやうに「なくて七癖《なゝくせ》」なんてその特質《とくしつ》を平凡《へいぼん》に否定《ひてい》はしない。なるほど、私《わたし》は天才《てんさい》の特質《とくしつ》を持《も》つてゐると思《おも》つて、せい〴〵自惚《うぬぼ》れてゐやうと考《かんが》へてゐる。そうしてこの特質《とくしつ》をもつと誇張増大《こちやうぞうだい》してやらうかなどゝ考《かんが》へてゐます。

765　「由良之助にはまる役者」『演芸画報』大正3（1914）年12月1日

由良之助《ゆらのすけ》にはまる役者《やくしや》

田村俊子

まあ、吉右衛門《きちゑもん》でせうか。

この間《あひだ》、幸《かう》四郎《らう》の由良之助《ゆらのすけ》を見《み》ましたが、年輩《ねんはい》は丁度好《ちやうどい》い加減《かげん》でしたけれども、私《わたし》などには感心《かんしん》のできない由良之助《ゆらのすけ》でした。第《だい》一、あの人《ひと》の顔《かほ》が忠義《ちうぎ》一圖《づ》に凝《こ》ると云《い》ふやうな忠臣《ちうしん》らしい顔《かほ》をしてゐません。あのぎろりとした空洞《うつろ》な眼《め》から、由良之助《ゆらのすけ》の精神《せいしん》はみんな拔《ぬ》けて行《い》つちまうやうな顔《かほ》ですから、いけません。それは演《す》ることは却々如才《なか〱じよさい》がないけれども、四段目《たんめ》で六人《にん》の諸士《しよし》をなだめるところなどはお説教《せつけう》の座《ざ》に就《つ》いた坊《ばう》さんが、殊勝《しゆしよう》らしくお説教《せつけう》の文言《もんごん》を持《も》ちかけたやうなところがあつて、厭《いや》でした。まあ通《とほ》して茶屋場《ちやゞは》の由良之助《ゆらのすけ》が一番《はん》よかつたかと思《おも》ひました。

由良之助役者《ゆらのすけやくしや》に左團次《さだんじ》も擧《あ》げたいのですが、この人《ひと》は師直《もろなほ》の方《はう》に廻《まは》る役者《やくしや》かも知《し》れませんね。頭腦《あたま》のある人《ひと》でゐて分別臭《ふんべつくさ》い役《やく》のできない人《ひと》です。これはあの人《ひと》の臺詞《せりふ》の調子《てうし》の荒《あら》つぽいせいもあるでせうが、割合《わりあひ》に藝《げい》を内《うち》へ引《ひ》つ込《こ》む力《ちから》に缺《か》けてゐるんです。然《さ》う云《い》ふ點《てん》では、吉右衛門《きちゑもん》の方《はう》が得《とく》ですね。あの堅《かた》い調子《てうし》が一層《そう》この人《ひと》の藝《げい》を奥深《おくぶか》いものにさせてゐますからね、由良之助《ゆらのすけ》などは、歌舞伎《かぶき》の一流《りう》の俳優中《はいいうちう》、誰《た》れを捉《とら》へて來《き》ても、吉右衛門《きちゑもん》と並《なら》べるものはないでせう。八百藏《ざう》にしろ、まあ羽左衛門《うざゑもん》にしろ、それ〲の味《あぢはひ》はあるでせうが、所謂《いはゆる》由良之助《ゆらのすけ》らしい由良之助《ゆらのすけ》の出來《でき》る役者《やくしや》は吉右衛門一人《きちゑもんひとり》だらうと思《おも》ひます。

一日一信

俊子

この間《あひだ》芝浦《しばうら》で開催《かいさい》してゐた英國《えいこく》の曲《きよく》馬《ば》を見《み》た時《とき》、私《わたし》も熱帯《ねつたい》の土地《とち》にでも生《うま》れて、女《をんな》の獅子使《ししつか》ひにでもなつてゐたら、私《わたし》の生活《せいくわつ》は幸福《かうふく》だつたらうと思《おも》つた。

767 〔一日一信〕『読売新聞』大正3（1914）年12月11日

一日一信

俊子

電車《でんしや》へ乘《の》ると丁度《ちやうど》私《わたし》の前《まへ》の席《せき》に二人《ふたり》の女學生《ぢよがくせい》が並《なら》んでゐてノートを出《だ》して何《なに》が頻《しき》りに暗誦《あんしよう》をしてゐた。其《そ》れを見《み》ると私《わたし》も學生時代《がくせいじだい》に試驗《しけん》が始《はじ》まると歩《ある》きながらでも暗誦《あんしよう》に耽《ふけ》つたことを思《おも》ひ出《だ》した。あんなにして學期試驗《がくきしけん》の度《たび》に頭腦《あたま》に詰《つ》めこんだものは、まるで何《なに》一とつ私《わたし》の現在《げんざい》の生活《せいくわつ》の上《うへ》に役《やく》に立《た》つてるものはない。私《わたし》はそんな事《こと》を思《おも》ひながら二人《ふたり》の女學生《ぢよがくせい》が夢中《むちう》になつて暗誦《あんしよう》してゐるのを見《み》てゐた

帝劇合評

田村俊子

貞奴《さだやつこ》の犬坂毛野《いぬさかけの》はまことに美《うつく》しかつた。目《め》鼻立《はなだ》ちのはつきりとしてゐるのも今更《いまさら》ながら心持《こゝろもち》が快《い》い。演《す》ることも相應《さうおう》にわるくなかつた。女装《ぢよさう》のまるで男《をとこ》の本體《ほんたい》に戻《もど》るところも可笑《をか》しくなかつた。取《と》り繕《つくろ》はずに自然《しぜん》にやつてゐたので惡落《わるおち》もなかつた。唯《たゞ》、男《をとこ》になつてから急《きふ》に足《あし》を踏《ふ》み開《ひら》きすぎたのが目《め》ざはりだつた。立廻《たちまは》りはあざやかなもの。女《をんな》であれだけに演《や》るのは感心《かんしん》だと云《い》ふ評判《ひやうばん》を聞《き》いたが然《しか》し舊《きう》の三崎座《さきざ》の連中《れんちう》にでもやらしたら、もつと立廻《たちまは》りなどは上手《じやうづ》にやれるだらう。

ドンナのトレリ夫人《ふじん》も美《うつく》しい。作《つく》りつけのやうなところもあるけれども形《かたち》もいふ、新《あた》らしい此頃《このごろ》の飜譯劇《ほんやくげき》で賣《う》り出《だ》した須磨子《すまこ》よりも、古《ふる》い時《じ》分《ぶん》の飜譯劇《ほんやくげき》で賣《う》り出《だ》した貞奴《さだやつこ》の方《はう》が顔《かほ》の上《うへ》では遥《はるか》に美《うつく》しいことを私《わたし》はつくづくと感心《かんしん》してゐた。

769　〔一日一信〕『読売新聞』大正3（1914）年12月19日

一日一信

俊子

あるところで或《あ》る作家《さくか》がたゞ一所《しよ》になりました。一方《はう》は通俗作家《つうぞくさくか》を持《も》つて文壇《ぶんだん》にをることを至當《したう》としてゐる人《ひと》たちで、一方《はう》は又《また》すべて然《さ》う云《い》ふ藝術家《げいじゆつか》はどし〳〵打破《だは》しなくてはならない事《こと》を主張《しゆちやう》する人《ひと》たちでした。一方《はう》は唯文壇《たゞぶんだん》の上《うへ》に流行《はや》ればいゝと申《まを》しました。流行《はや》る爲《ため》には自身《じしん》の藝術上《げいじゆつじやう》の信仰《しんかう》を枉《ま》げても差支《さしつかへ》ないと考《かんが》へてゐるやうな人《ひと》でした。一方《はう》は然《さ》う云《い》ふ文藝《ぶんげい》は忽《たちま》ち滅亡《ほろ》びてゆくのだと申《まを》しました。そんな事《こと》を考《かんが》へてゐては何日《いつ》になつても我々《われ〳〵》の文壇《ぶんだん》の階級《かいきふ》が高《たか》くはならないと申《まを》しました。私《わたし》はその時《とき》こんな事《こと》を考《かんが》へました。なるほど、自分《じぶん》の作《さく》が文壇《ぶんだん》に流行《はや》つてくれないのも困《こま》る。然《しか》し流行《はや》らせる爲《ため》に自己《じこ》の正《たゞ》しく歩《あゆ》んで行《ゆ》かうとする道《みち》を傍道《わきみち》に反《そ》らせることは出來《でき》ないと思《おも》ひました。そこに七分《ぶ》三分《ぶ》のかれあひが必要《ひつえう》になりさうな事《こと》だと思《おも》つたのです。七分《ぶ》三分《ぶ》のかれあひ——然《しか》し私《わたし》はこんな言葉《ことば》を自分《じぶん》の生命《せいめい》の藝《げい》術上《じゆつじやう》に冠《かぶ》せやうと考《かんが》へたことを直《す》ぐに恥《は》ぢました。そうして私《わたし》は悲《かな》しみを感《かん》じました。

異同

〈凡例〉

一、初出と単行本との異同を調査し、一覧を作成した。

一、異同の対象とした書目は以下の通りである。

『恋むすめ』（牧民社、大正三〈一九一四〉年四月二〇日）
『木乃伊の口紅』（牧民社、大正三〈一九一四〉年六月一五日）
『山吹の花』（植竹書院、大正三〈一九一四〉年一〇月二三日）
『春の晩』（鈴木三重吉方、大正四〈一九一五〉年三月一二日）
『恋のいのち』（実業之世界社、大正四〈一九一五〉七月一日）
『彼女の生活』（新潮社、大正六〈一九一七〉年三月二九日）

一、同じ作品に頻発する異同（例・そうして→さうして）は一度のみ採用し、あとは省略した。

一、異同の箇所の表記に関しては、原文のままを原則とし、旧字は新字に改めた。一段組の作品は「頁・行」二段組、三段組の作品は「頁・段・行」として記した。頁数は、本全集の頁数である。

（ゆまに書房編集部＝編）

市の晩（初出→『恋むすめ』所収）

3頁・上・1　一《ひ》とつ　→　一つ（以下省略）
3頁・上・1　老《と》る。」　→　老《と》る。──」
3頁・上・2　綾子《あやこ》は　→　綾子《あやこ》は、
3頁・上・7　さうして来年《らいねん》は、　→　さうして、来年《らいねん》は
3頁・上・8　二十四になる　→　二十四になる。
3頁・上・9　見詰《みつ》めながら　→　見詰《みつ》めながら、
3頁・上・10　綾子《あやこ》はいま、　→　綾子《あやこ》は、今《いま》
3頁・上・12　入《い》れて　→　入《い》れて、
3頁・上・13　ため　→　為《ため》
3頁・中・2　自分《じぶん》ながら　→　自分《じぶん》ながら、
3頁・中・3　顔《かほ》や頭髪《かみ》や　→　顔《かほ》や、頭髪《かみ》や、
3頁・中・6　でもないのに　→　でもないのに、
3頁・中・6　薄暗《うすぐら》くて　→　薄暗《うすくら》くて、
3頁・中・8　出《で》たくないやうな　→　出《で》たくない様《やう》な
3頁・中・12　ただ一人《ひとり》で、　→　たゞ一人《ひとり》で。──
3頁・中・16　なかに　→　なかへ
3頁・中・19　其《そ》れ　→　それ（以下省略）
3頁・中・21　いいと　→　いゝと
3頁・下・2　過《す》ごすのにと　→　過《す》ごすのにと、
3頁・下・4　綾子《あやこ》は　→　綾子《あやこ》は、
3頁・下・5　はいつて、しばらく　→　入《はい》つて、暫《しば》らく

く
3頁・下・6　中《うち》に別《べつ》に、　→　中《うち》に、別《べつ》に
3頁・下・7　人《ひと》もないのを　→　人《ひと》もないのを、
3頁・下・12　かしら。」　→　かしら。――」
3頁・下・14　又《また》　→　また
3頁・下・15　初《はじ》めてゐた　→　初《はじ》めた
3頁・下・16　一度《ど》も綾子《あやこ》は　→　綾子《あやこ》は一度《ど》も
3頁・下・18　前《まへ》を　→　前《まへ》を、
3頁・下・21　心《こゝろ》の中《うち》に　→　心《こゝろ》の中《うち》に、
4頁・上・3　いつも　→　いつも、
4頁・上・6　けれども　→　けれども、
4頁・上・7　云《い》ふことが　→　云《い》ふことは
4頁・上・9　淋《さび》しいやうな　→　淋《さび》しいやうな、
4頁・上・13　その度《たび》に、綾子《あやこ》は　→　けれども綾子《あやこ》は、
それを
4頁・上・14　けれども　→　ばかりか
4頁・上・15　馬鹿々々《ばか〳〵》しく　→　馬鹿々々《ばか〴〵》しくも
4頁・上・18　ことがある。　→　ことがある、
4頁・上・19　通《かよ》ひながら　→　通《かよ》ひながら、
4頁・上・20　以外《いぐわい》にも　→　以外《いぐわい》にも、

4頁・中・5　ほかには　→　ほかには、
4頁・中・9　思《おも》ひながら　→　思《おも》ひながら、
4頁・中・10　富祐《ふいう》　→　富裕《ふいう》
4頁・中・15　為《ため》に　→　為《ため》に、
4頁・中・15　綾子《あやこ》が　→　綾子《あやこ》は
4頁・中・22　済《す》んだし　→　済《す》んだし、
4頁・下・1　これからは、唯《たゞ》　→　これからは唯《たゞ》、
4頁・下・3　斯《か》く　→　斯《か》う（以下省略）
4頁・下・3　綾子《あやこ》には　→　綾子《あやこ》は
4頁・下・5　ために　→　ためには
4頁・下・5　しやうかと　→　しやうかとも
4頁・下・8　為《し》なければ　→　然《さ》う為《し》なければ
4頁・下・13　ものだか　→　ものだか、
4頁・下・15　何《なん》も　→　何《なん》にも
4頁・下・20　中《なか》には　→　中《なか》には、
5頁・上・2　自分自身《じぶんじしん》は　→　自分自身《じぶんじしん》には
5頁・上・4　其《そ》の　→　その（以下省略）
5頁・上・11　しても　→　しても、
5頁・上・15　だん〳〵　→　だん〳〵に
5頁・上・15　きたので、　→　なつてきた。

5頁・上・16　手《て》を出《だ》して　↓　手《て》を出《だ》して、
5頁・上・21　と云《い》つて　↓　と云《い》つて、
5頁・中・1　から？」　↓　から？。」
5頁・中・16　違《ちが》つて　↓　違《ちが》つて、
5頁・中・17　日射《ひざ》しが、　↓　日射《ひざ》しが
5頁・中・19　華《はな》やかさが　↓　華《はな》やかさが、
5頁・下・2　のだから、　↓　のであつた。
5頁・下・3　思《おも》ひながら　↓　思《おも》ひながら、
5頁・下・3　はいると　↓　はいると、
5頁・下・6　中途《ちうと》で　↓　中途《ちうと》で、
5頁・下・10　どきつかせて　↓　どきつかせて、
5頁・下・14　見《み》ると　↓　見《み》ると、
5頁・下・15　川崎《かはさき》さん？」　↓　川崎《かはさき》さん？。」
5頁・下・17　でせう。」　↓　でせう？。」
6頁・上・1　今日《けふ》はね、　↓　今日《けふ》は、
6頁・上・3　綾子《あやこ》は　↓　綾子《あやこ》は、
6頁・上・13　来《き》たのと同時《どうじ》に　↓　来《き》ると同時《どうじ》に
6頁・上・15　色《いろ》をして　↓　色《いろ》をして、
6頁・上・16　綾子《あやこ》は　↓　綾子《あやこ》は、
6頁・上・17　ところに　↓　ところに、
6頁・上・19　です？　↓　です。
6頁・中・3　指《ゆび》の先《さ》き　↓　指先《ゆびさき》
6頁・中・11　夢《ゆめ》！」　↓　夢《ゆめ》！。」
6頁・中・13　綾子《あやこ》は　↓　綾子《あやこ》は、
6頁・下・1　綾子《あやこ》は　↓　綾子《あやこ》は、
6頁・下・2　人《ひと》としても　↓　人《ひと》としても、
6頁・下・4　もつた　↓　もつた、
6頁・下・4　きつい　↓　強《きつ》い
6頁・下・6　綾子《あやこ》は　↓　綾子《あやこ》は、
6頁・下・7　なんて、　↓　なんて
6頁・下・8　眼付《めつき》　↓　眼《め》
6頁・下・8　もつてゐるのでせう　↓　もつてるんでせう
6頁・下・10　川崎《かはさき》は、　↓　川崎《かはさき》は
7頁・上・2　柳子《りうこ》は　↓　柳子《りうこ》は、
7頁・上・8　云《い》つたつて　↓　云《い》つたて
7頁・上・10　何《なに》を？」　↓　何《なに》を？。」
7頁・上・15　こんなに　↓　こんな
7頁・上・16　隠《かく》してゐる　↓　隠《かく》してる
7頁・上・19　綾子《あやこ》は　↓　綾子《あやこ》は、

7頁・上・21 𛀁ゝ。𛀁ゝ。 → えゝ〳〵。
7頁・上・23 に就《つ》いて → に就《つ》いて、
7頁・上・23 抱《いだ》いてゐる → 抱《いだ》いてる
7頁・中・2 然《さ》う。 → 然《さ》う?。
7頁・中・4 さうして → さうして、
7頁・中・7 其様《そんな》ことを → そんなこと
7頁・中・9 古《ふ》るい → 古《ふる》い
7頁・中・11 ところへ、 → ところへ
7頁・中・17 深入《ふかい》りをしやう → 深入《ふかい》りしやう
7頁・中・19 事《こと》は → 事《こと》は、
7頁・下・4 なんとなく、 → なんとなく
7頁・下・6 埋《うづ》まつてゐる → 埋《うづ》まつてゐた
7頁・下・10 するの。」 → するの?。」
7頁・下・12 どつちでも、 → どつちでも。——
7頁・下・13 構《かま》ひませんわ、 → 構《かま》ひませんわ。
7頁・下・15 面白《おもしろ》くないので → 面白《おもしろ》くないので、
8頁・上・3 どうするの。」 → どうするの?。」
8頁・上・5 まあ → まあ、
8頁・上・5 ありませんか。 → ありませんか、
8頁・上・7 くはへながら → くはへながら、

8頁・上・8 済《す》ませに → 済《す》ませに、
8頁・上・10 どうしたの、 → どうしたの?、
8頁・上・12 然《さ》う → 斯《か》う
8頁・上・12 きつく → きつと
8頁・上・13 何故《なぜ》? → 何故《なぜ》?。
8頁・上・14 けれども → けれども、
8頁・上・16 つまらなくなつて → つまらなくつて
8頁・上・17 云《い》ふ → いふ
8頁・上・19 変《へん》だわ、 → 変《へん》だわ。
8頁・上・22 私別《わたしべつ》に → 私別《わたしべつ》に、
8頁・中・2 ストーヴ → ストーブ
8頁・中・4 市《まち》 → 市《いち》
8頁・中・5 斯《か》く → 川崎《かはさき》は斯《か》う
8頁・中・7 はしやいで → はしやいで、
8頁・中・8 立《た》つて → 立《た》つて、
8頁・中・10 でせう。 → でせう?。
8頁・中・11 柳子《りうこ》に斯《か》う云《い》ひながら立《た》つた。 → 斯《か》う云《い》ひながら柳子《りうこ》の前《まへ》に立《た》つた。
8頁・中・15 云《い》つて → 云《い》つて、
8頁・中・16 別《わか》れてから、 → 別《わか》れてから

8頁・中・17　そんな　↓　川崎《かはさき》はそんな
8頁・中・17　考《かん》へながら　↓　考《かん》へながら、
8頁・下・5　ですけれど、　↓　ですの。けれども
8頁・下・6　できないので　↓　できないで
8頁・下・10　あなたが？　↓　あなたが？。
8頁・下・15　ですつて。　↓　ですつて？。
8頁・下・18　ですから。　↓　ですから。――
8頁・下・18　それに　↓　それに、
8頁・下・19　出来《でき》ないでんせうよ一生《しやう》！　↓　出来《でき》ないんでんせうよ。一生《しやう》！。
8頁・下・20　云《い》へばね、　↓　云《い》へば、
8頁・下・22　云《い》つてちや　↓　云《い》つてゐちや、
9頁・上・2　でなくつちや　↓　でゐなくつちや
9頁・上・14　手套《てぶくろ》　↓　手袋《てぶくろ》（以下省略）
9頁・上・16　ゐながら？　↓　ゐながら。
9頁・上・20　返事《へんじ》をしながら　↓　返事《へんじ》しながら
9頁・中・4　川崎《かはさき》は　↓　川崎《かはさき》が
9頁・中・9　二人《ふたり》は　↓　二人《ふたり》が
9頁・中・4　うなづきながら　↓　うなづきながら、
9頁・中・10　出《で》ると　↓　出《で》ると、
9頁・中・10　直《す》ぐ前《まへ》で　↓　直前《すぐまへ》で
9頁・中・14　云《い》つたけれども、　↓　云《い》つた。けれども
9頁・中・17　摺《す》れ〳〵　↓　摺《す》れ〴〵
9頁・中・19　自分《じぶん》も　↓　自分《じぶん》の
9頁・下・4　ね𛀁。　↓　ねえ、
9頁・下・4　あなたは？　↓　あなたは？。
9頁・下・10　さうして　↓　さうして、
9頁・下・10　真《ま》つ直《す》ぐ　↓　真直《まつす》ぐ
9頁・下・20　川崎《かはさき》は　↓　川崎《かはさき》が
10頁・上・7　雷門《かみなりもん》で、　↓　雷門《かみなりもん》で
10頁・上・8　さうして　↓　さうして、
10頁・上・10　直《なほ》しながら　↓　直《なほ》しなだら
10頁・上・14　浴《あ》びながら　↓　浴《あ》びながら、
10頁・上・15　そろ〳〵と　↓　ぞろ〳〵と
10頁・上・22　事《こと》　↓　こと
10頁・上・23　一《ひ》とつづ、、　↓　一つづ、
10頁・中・6　三人《にん》ながら　↓　三人《にん》は、
10頁・中・7　それでも、　↓　それでも
10頁・中・7　しながら押《お》されて　↓　して、押《お》れさな

がら

10頁・中・9　声《こゑ》が　↓　声《こゑ》が、

10頁・中・13　しながら　↓　しながら、

10頁・中・14　抜《ぬ》けて　↓　抜《ぬ》けて、

10頁・中・18　真《ま》つ赤《か》な　↓　真赤《まつか》な

10頁・中・18　向《むか》ふ向《む》きに　↓　むかふ向《む》きに

10頁・中・19　なつてゐる　↓　なつてる

10頁・中・20　真《ま》つ暗《くら》　↓　真暗《まつくら》

10頁・下・2　柳子《りうこ》は　↓　柳子《りうこ》は、

10頁・下・2　見《み》て　↓　見《み》て、

10頁・下・4　連中《れんぢう》と、　↓　連中《れんぢう》と

10頁・下・4　この市《いち》へ来《く》れば　↓　来《く》れば

10頁・下・5　二人《ふたり》に　↓　二人《ふたり》に、

10頁・下・7　川崎《かはさき》は　↓　川崎《かはさき》は、

10頁・下・8　同《おな》じやうに　↓　同《おな》じやうに、

10頁・下・10　帰《かへ》りますわ。　↓　帰《かへ》りますわ、

10頁・下・19　さうして、　↓　さうして

10頁・下・19　柳子《りうこ》は　↓　柳子《りうこ》は、

10頁・下・20　別《わか》れて、　↓　別《わか》れて

11頁・上・5　斯《か》う云《い》つて　↓　斯《か》う云《い》つて、

11頁・上・7　行《い》つて　↓　行《い》つて、

11頁・上・10　又弁天山《またべんてんやま》　↓　弁天山《べんてんやま》

11頁・上・11　傍《そば》へ来《き》て　↓　傍《そば》へよつて来《き》て

11頁・上・16　なくなつて　↓　なくなつて、

時雨の朝（初出　↓　『木乃伊の口紅』）

12頁・2　其《そ》の　↓　その（以下省略）

12頁・3　まはりが、　↓　まはりが

12頁・4　羞《は》ぢらい　↓　羞《は》ぢらひ

12頁・5　真《ま》ッ赤《か》　↓　真《ま》つ赤《か》

12頁・11　持《も》つて行《い》つて、　↓　持《も》つて行《い》つて

12頁・11　さうして　↓　さうして、

13頁・2　目《め》に立《た》つて、　↓　目《め》に立《た》つて

13頁・4　動《うご》いてゐたやうな、　↓　動《うご》いてゐたやうな

15頁・4　烟草屋《たばこや》　↓　煙草屋《たばこや》

15頁・9　その儘《まゝ》　↓　そのまゝ（以下省略）

15頁・12　然《さ》う云《い》ふ　↓　然《さ》ういふ（以下省略）

16頁・2　襷《たすき》　↓　襟《えり》

16頁・3　貰《もら》いあつめた　↓　貰《もら》ひあつめた

16頁・10　其《そ》れ　↓　それ（以下省略）

16頁・14　据《す》ゑた　↓　据《す》えた
16頁・17　よみかへつてきて、　↓　よみがへつてきて
17頁・3　縁側《えんがは》　↓　椽側《えんがは》
17頁・5　貸《か》し付《つ》け貸《か》し付《つ》けして　↓　貸《か》し付《つ》けて
17頁・12　嫌《きら》いだつた。　↓　嫌《きら》ひだつた。（改行）
17頁・15　する時《とき》は、　↓　する時《とき》は
18頁・2　突《つ》き出《だ》して　↓　突《つ》さ出《だ》して
18頁・3　目鼻立《めはなだ》ちまでが、　↓　目鼻立《めはなだ》ちまでが
18頁・4　綺麗《きれい》　↓　奇麗《きれい》（以下省略）
18頁・4　生涯《しやうがい》が、　↓　生涯《しやうがい》が
18頁・8　きろつと　↓　ぎろつと
18頁・10　彩《あや》などは、　↓　彩《あや》などは
18頁・17　下《くだ》さいましよ。　↓　下《くだ》さいましよ、
19頁・2　ことね。」　↓　ことね。
19頁・5　受《う》けてくれた　↓　受《う》けてくれた。
19頁・10　召《め》し上《あが》るものを、　↓　召《め》し上《あが》るものを
19頁・12　撥《か》いたり　↓　掻《か》いたり
20頁・6　さつきから、　↓　さつきから
21頁・5　見守《みまも》つてゐた　↓　見守《みまも》つゐた
21頁・13　してゐた　↓　しにゐた

22頁・5　、、の道男《みちを》　↓　、、の道男《みちを》
22頁・6　為《ため》に　↓　為《た》めに
22頁・7　思《おも》はなかつたのに、　↓　思《おも》はなかたのに
22頁・13　呼《よ》んだのも　↓　呼《よ》んだもの
24頁・1　怨念《かたみ》　↓　紀念《かたみ》
24頁・11　心中《しぢう》　↓　心中《しんぢう》
24頁・11　いけないからつて、　↓　いけないからつて
24頁・11　ずいぶん　↓　ずゐぶん
24頁・15　したけれと　↓　したけれど
25頁・1　鬱陶《うつたう》しく　↓　欝陶《うつとう》しく
26頁・1　そうして　↓　さうして
26頁・5　歩《ある》いてくる　↓　歩《ある》いてへる

楽屋（初出　↓　『恋むすめ』所収）

27頁・2　と云《い》ふ　↓　といふ（以下省略）
27頁・2　其《そ》の　↓　その（以下省略）
27頁・3　貴夫人《きふじん》　↓　貴婦人《きふじん》
27頁・6　ざわ〱　↓　ざわ〲
27頁・9　ぽた〱　↓　ばた〱
27頁・11　ああ。」　↓　ああ。」（改行）

27頁・11　蓋《かさ》　↓　蓋《かさ》
28頁・1　いやで、　↓　いやで
28頁・1　峰子《みねこ》は成《な》る丈《たけ》　↓　峰子《みねこ》は、成《な》るたけ
28頁・9　フリードランド街《がい》は、　↓　フリードランド街《がい》は
28頁・17　こないの?、　↓　こないの?
29頁・3　馬鹿《ばか》だらう　↓　馬鹿《ばか》だらう。
29頁・4　峰子《みねこ》は　↓　峰子《みねこ》は、
29頁・4　思《おも》ひ浮《うか》べながら　↓　思《おも》ひうかべながら
29頁・5　苛《いぢ》めて　↓　苛《いぢ》めて、
29頁・8　瞼毛《まつげ》　↓　睫毛《まつげ》
29頁・11　下《おろ》そうと　↓　下《おろ》さうと
29頁・13　微《かすか》に　↓　微《かす》かに
29頁・15　判断《はんだん》になつて、　↓　判断《はんだん》になつて
29頁・15　その男《をとこ》　↓　其男《そのをとこ》
29頁・16　男《をとこ》に就《つ》いて　↓　男《をとこ》に就《つ》いて、
29頁・16　思《おも》ひがけなく、　↓　思《おも》ひがけなく
29頁・16　相手《あひて》になつて　↓　相手《あひて》になつて、
29頁・17　顔《かほ》を　↓　顔《かほ》を、
29頁・17　途中《とちう》で、　↓　途中《とちう》で
29頁・18　男《をとこ》に対《たい》して、　↓　男《をとこ》に対《たい》して
29頁・18　いつの間《ま》にか　↓　いつの間《ま》にか、
29頁・18　自分《じぶん》　↓　私《わたし》
30頁・3　男《ひと》を　↓　男《をとこ》が
30頁・6　峰子《みねこ》は　↓　峰子《みねこ》は、
30頁・8　直《す》ぐ、　↓　直《す》ぐ
30頁・8　寄《よ》りながら　↓　寄《よ》りながら、
30頁・8　著《き》てゐた　↓　著《き》た
30頁・9　したの。　↓　したの?。
30頁・11　云《い》つて　↓　云《い》つて、
30頁・11　作劇家《さくげきか》　↓　劇作家《げきさくか》
30頁・12　脊丈《せい》　↓　背《せ》
30頁・14　泣《な》けば　↓　泣《な》けば、
30頁・17　ほども　↓　ほどでも
31頁・1　ゝ、やな枝《え》やら　↓　やな枝《え》から
31頁・2　半巾《はんかち》　↓　半巾《はんけち》
31頁・2　其《そ》れ　↓　それ（以下省略）
31頁・5　からね。　↓　からね、
31頁・5　いや?　↓　いや?。
31頁・7　この男《ひと》に　↓　この男《ひと》に、

31頁・7　カッフエーへ　↓　カフエーへ
31頁・9　乗《の》つて　↓　乗《の》つて、
31頁・9　陰潤《いんじゆん》した　↓　滅入《めい》つた
31頁・11　落《おと》して　↓　落《おと》して、
31頁・11　ゐられるのは、　↓　ゐられるのは
31頁・12　一《ひ》とつ　↓　一つ
31頁・13　そうして　↓　そうして、
31頁・13　友達《ともだち》たち　↓　友《とも》だち
31頁・14　楽《らく》になる　↓　楽《らく》になつた
31頁・18　来《き》てらしつたの。　↓　来《き》てらしつたの？
32頁・3　向《む》いて　↓　向《むか》つて
32頁・4　顔面《かほ》を　↓　顔面《かほ》を、
32頁・6　云《い》ひながら　↓　云《い》ひながら、
32頁・6　感《かん》じたやうな　↓　感《かん》じた様《やう》な
32頁・6　しげ〳〵と　↓　しけじけと
32頁・9　白壁《しらかべ》　↓　白《しろ》い壁《かべ》

お豊（初出　↓　『恋むすめ』所収）

33頁・8　云ふんだね。　↓　云《い》ふだんね。
34頁・上・4　かしら?　↓　かしら?。（以下省略）
34頁・上・23　隔てて　↓　隔《へだ》て、
34頁・下・17　驕つたり　↓　奢《おご》つたり
35頁・上・3　好かないの。　↓　好《す》かないの?。
35頁・上・6　この返事　↓　その返事《へんじ》
35頁・上・7　烈しひ　↓　烈《はげ》しい
35頁・上・23　なるのよ。　↓　なるよ。
35頁・下・2　光らかして　↓　光《ひか》らして
35頁・下・15　のに思ふ　↓　のにと思《おも》ふ
36頁・上・3　ずいぶん　↓　ずゐぶん
36頁・上・4　くれるわね、　↓　くれるわね。
36頁・上・22　何所《どこ》　↓　何処《どこ》
36頁・上・24　覚《さ》ませなくて　↓　覚《さま》させなくて
36頁・下・13　男が　↓　男《をとこ》の
36頁・下・13　よかつたと　↓　よかつたのだらうと
36頁・下・17　思ふけれども　↓　思《おも》つたけれど
36頁・下・17　直《ぢ》きに　↓　直《ぢ》きに、
36頁・下・18　笑つた眼で、　↓　笑《わら》つた眼《め》で
36頁・下・24　するんだわ、　↓　するんだわ。
38頁・上・2　この大平《おほひら》さん　↓　その大平《おひら》さん
38頁・上・3　この相手《あひて》　↓　その相手《あひて》

38頁・上・3　横町　↓　横丁《よこちやう》
38頁・上・11　こればかり　↓　そればかり
38頁・上・15　この日　↓　その日《ひ》
38頁・上・22　出来てしまつて、　↓　出来《でき》てしまつて
38頁・上・22　よかつたと　↓　よかつたと、
38頁・下・6　お艶なぞ　↓　お艶《つや》なんぞ
38頁・下・6　そんな仲には　↓　そんな仲《なか》に
38頁・下・19　おつねは、　↓　おつねは
38頁・下・19　顔をした　↓　顔《かほ》をして、
38頁・下・20　もう直《ぢ》き　↓　直《ぢ》きに
38頁・下・21　きまつてゐる――　↓　きまつてゐる。
――
39頁・上・1　いやなから　↓　いやだから
39頁・上・3　一度　↓　いちど
39頁・上・4　真《ま》つ白《しろ》　↓　真白《まつしろ》
39頁・上・9　お豊はちつとも、　↓　お豊《とよ》は、ちつとも
39頁・上・13　精《せい》を出してゐる　↓　精《せい》だしてる
39頁・上・14　ぼんやりと　↓　ぼんやりと、
39頁・上・21　誰《た》れの為に　↓　誰《たれ》のために
39頁・上・23　こんな事《こと》　↓　こんなこと

39頁・上・23　けれども　↓　けれど
39頁・上・25　そうして　↓　そうして、
39頁・下・2　挨拶《あいさつ》した、　↓　挨拶《あいさつ》した。
39頁・下・3　はいつて　↓　入《はい》つて
39頁・下・6　かう云つて　↓　恁《か》う云《い》つて、
39頁・下・9　ほんとに　↓　けれども
39頁・下・9　お別れをすると　↓　お別《わか》れするのは
39頁・下・15　厄払《やくばら》ひ　↓　おつねは厄払《やくばら》ひ
39頁・下・15　おつねはいゝ　↓　いゝ
39頁・下・19　お豊《とよ》は、　↓　お豊《とよ》は
39頁・下・20　ぽつと　↓　ぽうつと
40頁・上・2　逢《あ》つて何か　↓　逢《あ》つて、何《なに》とか
40頁・上・12　顔《あたま》を　↓　頭《あたま》を
40頁・上・13　はいつた　↓　入《はい》つた
40頁・下・4　だつてね　↓　だつてね、
40頁・下・4　なつてから。　↓　なつてから。――
40頁・下・5　私は余つぽと　↓　私《わたし》は
40頁・下・6　もんだから　↓　もんだから、
40頁・下・9　大平《おほひら》と　↓　大平《おほひら》に
40頁・下・10　通つたのが　↓　通《とほ》つたのは

昼の暴虐（初出　→　『山吹の花』所収「かすかな命」）

80頁・1　そうして　→　さうして（以下省略）
80頁・8　振るやうに　→　振ふやうに
80頁・9　ちいさな　→　ちひさな（以下省略）
80頁・15　ほつと　→　そつと
80頁・15　開きそうに　→　開きさうに（以下省略）
81頁・3　のせて　→　乗せて
81頁・16　ぴい――　→　ぴい
82頁・4　見ることが　→　見ることは
82頁・5　飼つたのは、　→　飼つたのは
82頁・6　お正月　→　御正月
82頁・6　迎えた　→　迎へた
82頁・14　ではないかと　→　ではないかとまで
83頁・13　悩みを持つた　→　悩みを持つて
83頁・14　自分の夢を自分の現《うつゝ》に　→　自分の現に
84頁・6　かがやいて　→　かゞやいて
84頁・7　鬱しきつて　→　鬱ぎきつて
84頁・13　ヴァニチーが、　→　ヴァニチーが
85頁・1　美知子に　→　美知子は
85頁・5　しあはせを　→　しあはせを、
85頁・8　悪るい　→　悪い
85頁・9　消へて　→　消えて
86頁・13　病ひ　→　病
87頁・3　美知子は　→　美知子の
88頁・3　おない　→　おなじ
88頁・3　うるほい　→　うるほひ
88頁・4　怜悧そうに　→　怜悧さうな
88頁・6　破れる　→　破ぶれる
90頁・4　まわり　→　まはり（以下省略）
90頁・16　煙り　→　烟り
91頁・8　予示《しらせ》てゐる　→　予示してゐる
91頁・11　自方　→　自分
94頁・8　自分も何も　→　自分も
94頁・9　そうして　→　そして
94頁・10　お鶴は、　→　お鶴は
94頁・11　させたいと　→　させたいく
95頁・7　思い浮べました　→　思ひ浮べました
95頁・8　いけない。　→　いけない、
95頁・15　いけない。　→　ならない。

96頁・5　億劫《おつくう》　→　億劫
96頁・9　思い切つて　→　思ひ切つて
97頁・1　夜る　→　夜
97頁・5　そうして、　→　さうして
97頁・9　ありました　→　あまりました
98頁・6　添へて。　→　添へた。
98頁・13　もし又、　→　もし又
99頁・1　と云ふ事は、　→　と云ふ事は
99頁・2　後悔　→　悔悟
99頁・14　現はれる　→　現はれろ
100頁・4　つとめてた　→　つとめた
100頁・7　美知子　→　羨知子
102頁・2　欝憤　→　鬱憤
102頁・14　経《た》つても　→　経ても
103頁・12　消へて　→　消えて
104頁・12　方がいゝ。　→　方がいゝ、
104頁・14　如何?　云ふ　→　如何?と云ふ
105頁・1　でした。　→　でした、
105頁・2　何事　→　何時
106頁・14　美知子には　→　美知子は
106頁・15　思つてる　→　思つてゐる
108頁・2　鞭達　→　鞭韃
108頁・5　どうして、　→　どうして
108頁・16　劇場で、　→　劇場で
109頁・1　つもりでゐる　→　つもりである
109頁・7　したもんで　→　したもので
109頁・7　どたんばで　→　どたんばて
109頁・15　河岸伝ひに　→　河伝ひに
109頁・15　家の方へ　→　家へ
110頁・3　消へてしまつて　→　消えてしまつた
110頁・5　美知子は　→　美知子の
110頁・11　ことから、　→　ことから
110頁・12　あはてゝ　→　あわてゝ
110頁・12　いろ〳〵な、いろ〳〵な、　→　いろ〳〵な、
110頁・16　うつら〳〵　→　うつ〳〵

或る日（初出　→『恋むすめ』所収）

111頁・上・1　髄《ずひ》を通《とほ》して眠《ねむ》りが、　→　髄《ずゐ》を通《とほ》して、眠《ねむ》りが
111頁・上・3　その儘《まゝ》　→　その儘《まゝ》、

111頁・上・6　いまは　↓　今《いま》は、

111頁・上・10　生暖《なまあた、》かくつて　↓　生暖《なまあた、》かくて

111頁・上・10　額際《ひたいぎは》などが、　↓　額際《ひたいぎは》などが

111頁・上・13　身體《からだ》は、　↓　身體《からだ》は

111頁・下・2　落《お》ちる音《おと》が　↓　落《お》ちる音《おと》が、

111頁・下・2　聞《き》こえる。　↓　聞《きこ》える。

111頁・下・3　聞《き》いてゐると　↓　聞《き》いてゐると、

111頁・下・3　向《むか》はうとする、　↓　向《むか》はうとする

111頁・下・3　けしき　↓　景色《けしき》

111頁・下・4　ゝ、ゝ、ぐるりに　↓　ゝ、ゝ、ぐるりに、

111頁・下・6　赤《あか》い色《いろ》　↓　紅《あか》い色《いろ》

111頁・下・14　起《お》きて、　↓　「起《お》きて、

111頁・下・14　暮《く》らさうか。――　↓　暮《く》らさうか。」

111頁・下・16　ものがなんにも　↓　ものが、何《なんに》も

111頁・下・17　でもあれば　↓　でもあれば、

112頁・上・2　寂《さび》しいやうな　↓　寂《さび》しいやうな、

112頁・上・3　壁《かべ》かけの　↓　壁《かべ》かけの、

112頁・上・10　そうして　↓　そうして、

112頁・上・13　洋書《やうしよ》の中《なか》から、　↓　洋書《やうしよ》の中《なか》から

112頁・上・14　新《あた》らしい　↓　新《あた》らしい、

112頁・上・17　見《み》たり、　↓　見《み》たり

112頁・上・18　するのが、　↓　するのが

112頁・下・4　自分《じぶん》の手《て》を　↓　自分《じぶん》の手《て》を、

112頁・下・4　出《だ》して　↓　出《だし》て

112頁・下・5　はまつてゐた　↓　嵌《はま》つてゐた

112頁・下・5　その手《て》が　↓　その手《て》が、

112頁・下・6　映《うつ》つて見《み》えた　↓　映《うつ》つてゐた

112頁・下・10　囁《さゝや》いてる　↓　囁《さゝや》いてた

112頁・下・11　ふいと　↓　ふと

112頁・下・14　この声《こゑ》は　↓　この声《こゑ》は、

112頁・下・16　ならないと　↓　ならないかのやうに

112頁・下・17　結婚《けつこん》をする？　↓　結婚《けつこん》をする。

113頁・上・3　其《そ》の中《なか》に、一人《ひとり》　↓　その中《うち》に、一人《ひとり》、

113頁・上・5　ある夕方《ゆふがた》　↓　或夕方《あるゆふがた》

113頁・上・6　自然《しぜん》と　↓　自然《しぜん》と、

113頁・上・7　英子《えいこ》は　↓　英子《えいこ》は、

113頁・上・8　其《そ》の　↓　その（以下省略）

113頁・上・8　夜《よ》の宿《やど》　↓　夜《よる》の宿《やど》

113頁・上・8　芝居《しばゐ》で、　↓　芝居《しばゐ》で

113頁・上・9　台詞《せりふ》　↓　臺詞《せりふ》

113頁・上・10　何《ど》う云《い》ふ　↓　何《ど》ういふ（以下省略）
113頁・上・11　胸《むね》の中《なか》で　↓　胸《むね》の中《うち》で
113頁・上・13　その時《とき》　↓　その時《とき》、
113頁・上・13　しばらく　↓　暫《ば》らく
113頁・上・14　ほどけてしまつて、　↓　ほどけてしま
つて
113頁・下・1　と英子《えいこ》は　↓　と、英子《えいこ》は
113頁・下・3　弱々《よわ〲》した　↓　弱々《よわ〲》しい
113頁・下・7　過《す》ぎない　↓　過《す》ぎない、
113頁・下・8　人《ひと》　↓　人々《ひと〲》
113頁・下・9　どれもこれも、　↓　どれも、これも、
113頁・下・13　たとへ　↓　たとへ、
113頁・下・14　握《にぎ》らせて　↓　握《にぎ》らせて、
113頁・下・14　其《そ》れを拒《こば》みもしないで　↓　それを拒《こば》み
もしずに
113頁・下・15　若《わか》い髪《かみ》の長《なが》い　↓　若《わか》い、髪《かみ》の長《なが》い、
113頁・下・17　英子《えいこ》は　↓　英子《えいこ》は、
113頁・下・17　女中《ぢよちう》が　↓　女中《ぢよちう》が、
113頁・下・18　疾《と》うから　↓　英子《えいこ》は
114頁・上・4　仝《おな》じに　↓　同《おな》じに

114頁・上・4　出《で》て　↓　出《で》て、
114頁・上・4　してゐる　↓　してる
114頁・上・5　一人新《ひとりあた》らしい　↓　一人《ひとり》、新《あたら》しい
114頁・上・6　四人《にん》が　↓　四人《にん》が、
114頁・上・7　書《か》きつけては　↓　書《か》きつけては、
114頁・上・7　ところ　↓　所《ところ》
114頁・上・8　さうして　↓　さうして、
114頁・上・9　逢《あ》つてゐる　↓　逢《あ》つてる
114頁・上・11　もんでなくて　↓　ものでなくて
114頁・上・15　英子《えいこ》は　↓　英子《えいこ》は、
114頁・下・1　逢《あ》つて　↓　逢《あ》つて、
114頁・下・2　今日《けふ》は　↓　今日《けふ》は、
114頁・下・2　読《よ》まうか…　↓　読《よ》まうか。——
114頁・下・4　英子《えいこ》は　↓　英子《えいこ》は、
114頁・下・4　先《さ》き　↓　先《さき》
114頁・下・5　コスモスの間《あひだ》に　↓　コスモスの間《あひだ》に、
114頁・下・6　含《ふく》んでゐながら　↓　含《ふく》んでゐながら、
114頁・下・10　ざあ〱　↓　ざあ〲
114頁・下・10　くれゝば、　↓　くれゝば
114頁・下・11　さして歩《ある》くのに。　↓　さして、——

114頁・下・13　足駄《あしだ》　→　高《たか》い足駄《あしだ》
114頁・下・13　柳《やなぎ》　→　柳《やなぎ》の樹《き》
114頁・下・13　街《まち》を　→　街《まち》を、
114頁・下・14　一人《ひとり》で　→　一人《ひとり》して
114頁・下・14　思《おも》ふと、　→　思《おも》ふと
115頁・上・4　英子《えいこ》は　→　英子《えいこ》は、
115頁・上・5　降《ふ》らなければ、　→　降《ふ》らなければ
115頁・上・6　落着《おちつ》いて、　→　落着《おちつ》いて
115頁・上・8　買《か》つてきて、　→　買《か》つてきて
115頁・上・10　さうして　→　さうして、
115頁・上・12　近《ちか》くの　→　近所《きんじよ》の
115頁・上・18　かさなつて　→　かさなつて、
115頁・上・18　接《せつ》しるやうに　→　接《せつ》しるやうに、
115頁・下・1　くつゝけ合《あ》つて　→　くつつけ合《あ》つて
115頁・下・1　英子《えいこ》は　→　英子《えいこ》は、
115頁・下・4　菊《きく》の匂《にほ》ひ　→　高《たか》い匂《にほ》ひ
115頁・下・5　英子《えいこ》は　→　英子《えいこ》は、
115頁・下・7　我《わ》が　→　わが
115頁・下・7　君《きみ》よ、　→　君《きみ》よ。
115頁・下・12　今日《けふ》は　→　今日《けふ》は、

115頁・下・12　この言葉《ことば》　→　此言葉《このことば》
115頁・下・16　小声《こごゑ》で、　→　小声《こごゑ》で
115頁・下・16　幾度《いくど》も、　→　幾度《いくど》も、幾度《いくど》も、
116頁・上・4　待《ま》つてゐる　→　待《ま》つてる
116頁・上・5　なんだか　→　なんだか、
116頁・上・7　其所《そこ》で　→　其所《そこ》で、
116頁・上・8　拭《ふ》いたりして、　→　拭《ふ》いたりして
116頁・上・11　その人《ひと》は　→　その人《ひと》は、
116頁・上・12　寄《よ》りかゝつて、　→　寄《よ》りかゝつて
116頁・上・13　見《み》ると、　→　見《み》ると
116頁・上・15　そうして美《うつく》しい顔《かほ》をしてゐた。　→
（削除）
116頁・上・18　この人《ひと》　→　此人《このひと》
116頁・下・1　友達《ともだち》たつた　→　友達《ともだち》だつた
116頁・下・1　遊《あそ》びの群《む》れ　→　遊《あそ》びの群《むれ》
116頁・下・3　そうして　→　そうして、
116頁・下・4　それか　→　それが
116頁・下・5　起《おこ》して　→　起《おこ》して、
116頁・下・5　社《しや》からも　→　社《しや》から
116頁・下・7　絶《た》へて　→　絶《たへ》て

116頁・下・9　友達《ともだち》に　↓　友達《ともだち》に、
116頁・下・15　この人《ひと》とは　↓　この人《ひと》とは、
116頁・下・17　困《こま》つてゐる　↓　困《こま》つてる
117頁・上・9　仝棲《どうせい》　↓　同棲《どうせい》
117頁・上・11　笑《わら》ひ　↓　笑《わらひ》
117頁・上・14　さうして　↓　さうして、
117頁・上・17　群《む》れから　↓　群《むれ》から
117頁・下・2　爪弾《つまはじ》きして　↓　爪弾《つまはじ》きして、
117頁・下・5　しながら　↓　しながら、
117頁・下・6　一人《ひとり》して　↓　ひとり
117頁・下・8　さうして　↓　さうして、
117頁・下・11　けれど、　↓　けれど。
117頁・下・13　から？　↓　から？。
117頁・下・14　暮《く》れから…　↓　暮《く》れから。
117頁・下・15　友達《ともだち》は　↓　友達《ともだち》は、
118頁・上・2　何《ど》ふ云《い》ふ　↓　何《ど》う云《い》ふ
118頁・下・4　笑《わら》ひを　↓　笑《わら》ひを、
118頁・下・5　英子《えいこ》は　↓　英子《えいこ》は、
118頁・下・9　却《しりぞ》けて　↓　却《しりぞ》けて、
118頁・下・10　絵葉書《ゑはがき》　↓　絵葉会《ゑはがき》

118頁・下・14　そうして　↓　さうして
118頁・下・17　見《み》たくなつた　↓　見《み》たなつた
119頁・上・4　友達《ともだち》は　↓　友達《ともだち》は、
119頁・上・4　数分間《すうふんかん》、　↓　数分間《すうふんかん》
119頁・上・7　そのお友達《ともだち》　↓　そうして、その友達《ともだち》
119頁・上・15　初《はじ》めて　↓　初《はじめ》て
119頁・上・17　何《なに》をしに　↓　何《なに》をして
119頁・下・1　年下《としゝた》の、　↓　年下《としした》の
119頁・下・3　顔付《かほつき》を　↓　顔付《かほつき》を、
119頁・下・4　英子《えいこ》は　↓　英子《えいこ》は、
119頁・下・5　そうして　↓　さうして、
119頁・下・6　鏡《かゞみ》のうちに　↓　鏡《かゞみ》の中《なか》に
119頁・下・9　浸《ひた》つてゐる　↓　浸《ひた》つてる
119頁・下・18　奥《おく》へと　↓　奥《おく》へと、

ぬるい涙（初出　↓　『木乃伊の口紅』）

120頁・3　と云ふ　↓　といふ（以下省略）
121頁・5　休ませて代《かは》りに、　↓　休《やす》ませて、代《かは》りに
121頁・5　二人《にん》　↓　二人《ふたり》
121頁・6　糧《りやう》　↓　糧《かて》

121頁・8　なかに　↓　中《なか》に
121頁・13　思い　↓　思《おも》ひ
122頁・2　信雄はは　↓　信雄《のぶを》は
122頁・9　煩《うるさ》そうに　↓　煩《うるさ》さうに（以下省略）
123頁・12　そうして　↓　さうして（以下省略）
124頁・2　あいだ　↓　あひだ
124頁・11　其れ　↓　それ（以下省略）
124頁・11　きてから、　↓　きてから
125頁・1　いゝがなあ。　↓　いゝがなあ、
125頁・2　脹れぼつたい　↓　脹《はれ》れぽつたい
125頁・5　一とつ〳〵を、　↓　一とつ〳〵を
125頁・11　其の　↓　その（以下省略）
126頁・3　聞かられなかつた　↓　聞《き》かされなかつた
126頁・4　見詰めてゐると、　↓　見詰《みつ》めてゐると
126頁・14　つきながら　↓　きつながら
127頁・2　返すから。　↓　返《かへ》すから、
127頁・3　この愛　↓　その愛《あい》
127頁・9　包まれながら。　↓　包《つゝ》まれながら、
127頁・9　灯の色に　↓　灯《ひ》の色《いろ》に、
127頁・15　食べてゐた　↓　食《た》べてゐた。

128頁・13　道　↓　通《みち》
129頁・1　何時　↓　何方《どつち》
129頁・1　自分の為の　↓　自分《じぶん》の為《ため》に
129頁・12　してくれた　↓　してくれた。
129頁・13　これから　↓　此《これ》から
129頁・15　何かやらしなければ　↓　何《なに》かしらやらなければ
129頁・16　一とつ　↓　一つ
129頁・16　あふれ　↓　あふれた
130頁・2　疲れて、　↓　疲《つか》れた。
130頁・2　この全身　↓　その全身《ぜんしん》
130頁・13　事業としても　↓　事業《じげう》としても、
131頁・15　小さひ　↓　小《ちい》さい
132頁・1　扱はなけれは　↓　扱《あつか》はなければ
132頁・9　抱へ上げて　↓　抱《かゝ》へ上《あ》げて、
132頁・13　ぱつきり　↓　すつきり
132頁・14　直ぐに　↓　直《すぐ》に
132頁・14　歌ひ出した　↓　歌《うた》ひ出《だ》した。
133頁・8　上げると、　↓　上《あ》げると
133頁・15　植ゑ込み植ゑ込みした　↓　植《う》ゑ込《こ》みした

134頁・3　Kの愁ひ　↓　その愁《うれ》ひ
135頁・6　多衛子　↓　K衛子《たゑこ》
135頁・10　羞恥　↓　羞恥《はぢ》
135頁・13　苦労です——　↓　苦労《くらう》です。——
136頁・3　多《た》あ子《こ》。多《た》あ子《こ》。　↓　多《た》あ子《こ》。多衛子《たゑこ》
136頁・4　ひゞいてきた。　↓　ひゞいてきた、
136頁・10　多衛子　↓　「多衛子《たゑこ》
136頁・10　出なかつた。　↓　出《で》なかつた。」
136頁・14　眠れなかつたの?。　↓　眠《ねむ》れなかつたの?
137頁・4　絶へず　↓　絶《た》えず
137頁・16　多衛子《たゑこ》はその足　↓　多衛子《たゑこ》の足《あし》
138頁・1　あたゝめてゐた。　↓　あたゝめゐた。

恋の手紙（初出　↓　『恋むすめ』所収）

139頁・1　あら。　↓　あら、
139頁・2　つて咽喉　↓　つて、咽喉《のど》
139頁・3　きつと　↓　きつと、
139頁・6　かしら?　↓　かしら?。
139頁・7　下さるのだわ。　↓　下《くだ》さるのだわ、
140頁・1　消えてゆく——　↓　消《き》えてゆく、——
140頁・2　嬉しい嬉しい　↓　嬉《うれ》しい、嬉《うれ》しい
140頁・2　してるやうに、　↓　してるやうに。
140頁・2　それから　↓　それから、
140頁・2　其れ　↓　それ（以下省略）
140頁・3　なるやうに、——　↓　なるやうに。——
140頁・3　なんだか　↓　なんだか、
140頁・5　どうしたの。　↓　どうしたの?。
140頁・9　あるでせう。　↓　あるでせう、
140頁・13　声を出して　↓　声《こゑ》を出《だ》して、
140頁・14　声をした　↓　声《こゑ》を出《だ》した
141頁・11　違ひない、　↓　違ひない
142頁・1　ゐらしつたの?　↓　ゐらしつたの?。
142頁・1　あなたの魂が　↓　あなたの魂《たましい》が、
142頁・5　ゐましたでせう。　↓　ゐましたでせう?。
142頁・6　しまひました。　↓　しまひました、
142頁・6　二人は!　↓　二人《ふたり》は!。
142頁・13　透徹してゐる　↓　透徹《すきとほ》つてゐる
142頁・13　その明るい　↓　その明《あか》るい、
142頁・16　見てゐらしつた　↓　見《み》てゐらしつた、
143頁・1　透み徹る　↓　透徹《すきとほ》る

143頁・2　斯くして　↓　斯《か》うして
143頁・4　漫つて　↓　拡《ひろが》がつて
143頁・6　いつまでも　↓　いつまでも、
143頁・9　瞬間ではない　↓　瞬間《しゆんかん》でもない
143頁・11　思います　↓　思《おも》ひます（以下省略）
143頁・13　ある思いが　↓　ある思《おもひ》が、
143頁・15　幻しの透み徹る　↓　幻《まぼろし》の透徹《すきとほ》る
143頁・16　真つ白　↓　真白《まつしろ》
144頁・1　晴れましたわね。　↓　晴れましたね。
144頁・2　なりましたのね。　↓　なりましたね。
144頁・3　紺碧の空　↓　紺青《こんじやう》の空《そら》
144頁・3　かかつたやうな　↓　かかつたやうな、
144頁・4　きれいな　↓　きれいな、
144頁・6　もうすつかり、　↓　もうすつかり
144頁・7　ほら、　↓　そら、
144頁・8　なつてゐませう。　↓　なつてゐるでせう
144頁・10　と云ふ、　↓　と云《い》ふ
144頁・14　言葉でね、――　↓　言葉《ことば》でね。――
144頁・15　ことなの――　↓　ことなの。――
144頁・15　のですつて。　↓　のですつて、

145頁・4　年　↓　年齢《とし》（以下省略）
145頁・10　いや。いや。　↓　いや、いや、
145頁・10　老《と》らない。　↓　老《と》らない、
145頁・10　今まで　↓　今迄《いままで》
145頁・11　そうしてね。　↓　そうしてね、
146頁・1　ええ。　↓　えゝ、
146頁・1　いいの。　↓　いゝの。（以下省略）
146頁・1　困るから。　↓　困《こま》るから。――
146頁・4　死に顔　↓　死顔《しにがほ》（146頁・5は同じ）
146頁・7　然うしてから、　↓　然《さ》うしてから。
146頁・7　そしてね　↓　そうしてね
146頁・8　西洋花で――　↓　西洋花《せいやうばな》で、――
146頁・9　そんな美しい　↓　美《うつく》しい
146頁・9　そうして　↓　そうして、
146頁・9　たかい花で、　↓　たかい花《はな》で、――
146頁・11　そうしてね。　↓　そうしてね、
146頁・14　顔へ――キス、――して　↓　顔《かほ》へ、――キ
スして
146頁・15　ところで、　↓　ところで
146頁・15　そうして　↓　そうして、

146頁・16　もうあなたの　↓　もう、あなたの
146頁・16　まぼろしは、　↓　まぼろしは
147頁・1　嬉しいこと　↓　嬉《うれ》しい事《こと》
147頁・2　あなたの涙を　↓　あなたの涙《なみだ》も
147頁・4　あなたのすつかり　↓　あなたにすつかり
147頁・9　ですもの――　↓　ですもの。――
147頁・9　ほんとにほんとに　↓　ほんとに、ほんとに
147頁・11　停車場　↓　停車場《ていしやじやう》
147頁・12　嬉しい、楽しい　↓　嬉《うれ》しい楽《たの》しい
147頁・13　紀念を　↓　紀念《きねん》を、
148頁・3　夜る　↓　夜《よる》（以下省略）
148頁・5　赤い薔薇　↓　赤《あか》い、薔薇《ばら》
148頁・6　あの時に。　↓　あの時《とき》に。――
148頁・7　泣いたでせう。　↓　泣《な》いたでせう?。
148頁・12　私には　↓　私《わたし》には、
148頁・12　それがほんとに、　↓　それが、ほんとに
149頁・1　落着いてゐた　↓　落着《おちつ》いてゐる
149頁・9　昨日から　↓　昨日《きのふ》から、
149頁・9　悪るく　↓　悪《わる》く（以下省略）
149頁・12　頂戴な。　↓　頂戴《ちやうだい》ね。

149頁・13　お蒲団のなかに　↓　お蒲団《ふとん》のなかに、
149頁・13　あなたのことを、　↓　あなたのことを
149頁・13　その内に、　↓　その内《うち》に
150頁・4　興行のときの、あの　↓　興行《こうぎやう》のとき、のあ
の
150頁・5　お目にかかつた　↓　お目《め》にかゝつた
150頁・7　果てへ　↓　果《はて》へ
150頁・7　けれども妹は　↓　けれども、妹《いもうと》は、
150頁・10　然うして其所で　↓　然《さ》うして、其所《そこ》で、
150頁・10　御養子　↓　養子《やうし》
150頁・10　けれどもね。　↓　けれども、
150頁・11　妹はなんとも　↓　妹《いもうと》　なんとも
150頁・13　私だけは。　↓　私だけは。――
150頁・16　そのかはり　↓　そのかはり、
151頁・2　妹はお父さんに　↓　妹《いもうと》は、お父《とう》さんに
151頁・2　妹はそれを、　↓　妹《いもうと》は、それを、
151頁・4　そうして　↓　そうして、
151頁・5　又、こちらへ　↓　又《また》こちらへ、
151頁・5　自分の　↓　自分《じぶん》の、
151頁・6　私にして　↓　私《わたし》として

151頁・9　ですから。　↓　ですから、
151頁・9　何《なん》とも云はない　↓　何《なん》とも云《い》へない
151頁・12　ああ云ふ人　↓　あゝ云《い》ふ子《こ》
151頁・12　考へても　↓　考《かんが》へても、
151頁・13　お葉ちやん　↓　妹《いもうと》（151頁・14は同じ）
151頁・16　容貌でせう。　↓　容貌《きりやう》でせう?。
151頁・16　誰れでも　↓　誰《だれ》れでも、
152頁・1　捨てるのですねえ。　↓　捨《す》てゝしまうのですわねえ。
152頁・3　今日は　↓　今日《けふ》は、
152頁・3　書きました。　↓　書《か》いてしまひました。
152頁・5　云いましたわ。　↓　云《い》ひましたわ。
152頁・6　一生の間に、　↓　一生《しやう》の間《うち》に
152頁・6　かしら。」　↓　かしら。――」
152頁・7　なんて、　↓　なんて。――
152頁・11　たいへん、　↓　たいへん
152頁・12　花束を、　↓　花束《はなたば》を
152頁・12　下すつて　↓　下《くだ》すつて、
152頁・12　何誰《どなた》から　↓　「何誰から
152頁・12　下すつたの、　↓　下《くだ》すつたの?。」
152頁・13　ええ、　↓　えゝ、
152頁・14　つて云つて　↓　つて、云《い》つて
153頁・1　アネモネが　↓　アネモネが、
153頁・1　奇麗で奇麗で、　↓　綺麗《きれい》で、
153頁・1　赤い色が　↓　赤《あか》い色《いろ》が、
153頁・1　乙女　↓　少女《をとめ》
153頁・3　着けたまま　↓　着《つ》けたまゝ
153頁・3　ベースに盛つて　↓　ベースに盛《も》つて、
153頁・4　私はあなたの　↓　私《わたし》は、あなたの
153頁・4　お手に、　↓　お手《て》に
153頁・5　嬉しい　↓　嬉《うれ》しい、
153頁・7　起きても。　↓　起きても
153頁・9　暖ひ　↓　暖《あたゝか》い
153頁・10　恋いしがつて　↓　恋《こひ》しがつて
153頁・11　ゐらつしやいますの。　↓　ゐらつしやいますの?。
153頁・12　下さいますの。　↓　下《くだ》さいますの?。
153頁・13　下さいますの。　↓　下さいますの?。
153頁・14　私は妹より、　↓　私《わたし》は、妹《いもうと》よりも、
153頁・16　よして　↓　よして、

154頁・2　ええ。　↓　えゝ。
154頁・3　父母は　↓　父母は、
154頁・3　私の我が儘は　↓　私《わたし》の我《わ》が儘《まゝ》は、
154頁・4　妹は強く　↓　妹《いもうと》は、強《きつ》く
154頁・4　それだけ　↓　それだけ、
154頁・5　妹はほんとうに　↓　妹《いもうと》は、ほんとうに
154頁・6　私は父も母も、　↓　私《わたし》は、父《ちゝ》も母《はゝ》も
154頁・8　けれども、それはお父さんを恐がつて、　↓
けれど。——そうして、お父《とう》さんを別段《べつだん》に恐《こわ》がつて、
154頁・10　気にして　↓　気《き》にして、
154頁・12　癒《なほ》つたら、　↓　癒《なほ》つたら
154頁・13　伺つてもいい　↓　伺《うかゞ》つてい、
154頁・14　然う云つたら、ほんとに、それは、それは、
↓　然《さ》う云《い》ひましたら、それは〳〵、ほんとに、
155頁・2　妹も　↓　妹《いもうと》も、
155頁・3　悲しくつて　↓　悲《かな》しくつて、
155頁・8　恋いしくて　↓　恋《こひ》しくつて
155頁・8　いいでせう。　↓　いゝでせう。
155頁・8　馬鹿ですね。　↓　馬鹿《ばか》ですわね。
155頁・9　あなたが、　↓　あなたが
155頁・10　今日は　↓　今日《けふ》は、
155頁・10　いただいた　↓　いたゞいた

やま子（初出　↓　『恋むすめ』所収）

156頁・上・10　婆《ば》あや　↓　婆《ばあ》や（以下省略）
156頁・上・12　いつても　↓　入《い》つても
156頁・上・15　悲《かな》しくつて、　↓　悲《かな》しくつて
156頁・上・17　した。　↓　した。——
156頁・中・4　誰《だ》れ　↓　誰《だれ》
156頁・中・13　直《ぢ》きに　↓　直《ぢき》に
156頁・中・13　真《ま》つ赤《か》　↓　真赤《まつか》
156頁・下・2　ですから——」　↓　ですから。——」
156頁・下・3　家庭《かてい》　↓　お家庭《かてい》
156頁・下・4　御家庭《ごかてい》は。　↓　お家庭《かてい》は。——
156頁・下・6　は。　↓　は、
156頁・下・6　御座《ござ》います　↓　ございます（以下省略）
156頁・下・14　きたのか　↓　来《き》たのか
156頁・下・15　してゐた　↓　してゐた。
156頁・下・21　思《おも》ひも　↓　思《おも》ひを
156頁・下・23　気《き》もした　↓　気《き》がした。

157頁・上・6　ゐらつしやる？」↓　ゐらつしやる？。」
157頁・上・9　上眼《うはめ》で、↓　上眼《うはめ》で
157頁・上・10　羞恥《しうち》↓　羞耻《しうち》
157頁・上・12　先《さ》き　↓　先《さき》
157頁・上・18　血潮《ちしほ》でぷつ〱と　↓　ぷす〱と
157頁・上・18　気《き》がしたほど、血《ち》の上《のぼ》つたのを知《し》つてゐた。↓　気《き》のするほど、血《ち》の上《のぼ》るのを知《し》つた。
157頁・上・22　炭《すみ》の上《うへ》で、↓　炭《すみ》の上《うへ》で
157頁・上・23　友達《ともだち》↓　友《とも》だち
157頁・中・1　らしいかつた。↓　らしかつた。
157頁・中・3　鑑賞《かんせう》も、↓　鑑賞《かんしやう》も
157頁・中・4　入《い》つてゐた。↓　入《い》つてゐた。（改行）
157頁・中・7　来《き》た、↓　来《き》た。
157頁・中・18　打《う》つ捨《ちや》つて　↓　打捨《うつちや》つて
157頁・中・20　あると　↓　あると、
157頁・中・20　抛《ほつ》て　↓　抛《ほふ》つて
157頁・下・4　してるけれども、↓　してゐるけれど、
157頁・下・5　其《そ》の　↓　その（以下省略）
157頁・下・6　不足《ふそく》なやうな　↓　不足《ふそく》してるやうな、
157頁・下・17　其《そ》れ　↓　それ（以下省略）

157頁・下・19　よござんすね　↓　ようござんすね
158頁・上・5　時《とき》は、↓　時《とき》は
158頁・中・13　味気《あぢき》↓　味気《あぢけ》
158頁・中・20　あつた。↓　あつた。（改行）
158頁・下・4　行《ゆ》かず、↓　行《ゆ》かず。
158頁・下・9　然《さ》う云《い》ふ　↓　然《さ》ういふ（以下省略）
158頁・下・12　勧《す》めた　↓　勧《す》める
158頁・下・15　安静《あんせい》を　↓　安静《あんせい》とを
158頁・下・16　一《ひ》とつ　↓　一つ
159頁・上・1　かさねながら　↓　かさねながら、
159頁・上・6　恐《こわ》もて　↓　こわもて
159頁・上・7　けれども　↓　けれど
159頁・上・16　込《こ》んでるし、↓　込《こ》んでるし
159頁・中・1　端書《はがき》↓　はがき（以下省略）
159頁・中・2　うちに　↓　中《うち》に
159頁・中・5　までには　↓　までには、
159頁・中・9　足音《あしおと》に、↓　足音《あしおと》に
159頁・中・11　時《とき》に　↓　時《とき》、
159頁・中・11　原《はら》はわざと　↓　わざと
159頁・中・20　気《き》になつて　↓　気《き》になつて、

159頁・下・1　思《おも》とつて。」↓思《おも》とつて。――」
159頁・下・3　云《い》ひ訳《わけ》↓言《い》ひ訳《わけ》
159頁・下・14　云《い》つて↓言《い》つて
159頁・下・22　長《なが》く――」↓長《なが》く?。――」
159頁・下・24　方々《ほうぐ》を廻《まは》つて↓方々《はうぐ》廻《まは》つて
160頁・上・5　悲《かな》しくつて――↓悲《かな》しくつて。――
160頁・上・9　見詰《みつ》めて居《い》る↓見詰《みつ》めてゐる
160頁・上・10　然《さ》うした↓さうした
160頁・上・11　して居《い》た↓してゐた
160頁・上・20　思《おも》つて、↓思《おも》つて
160頁・中・5　云《い》つた↓言《い》つた
160頁・中・10　かもしれないから↓かもしれない
160頁・中・22　御手紙《おてがみ》↓お手紙《てがみ》
160頁・下・5　御請《おう》けあひ↓お請《う》けあひ
160頁・下・11　出来《でき》ませんし――↓出来《でき》ませんし。――
160頁・下・12　書《か》いて下《くだ》さらなくつて↓下《くだ》さらなくつて
160頁・下・14　ですから――」↓ですから。――」
160頁・下・19　悲《かな》しくつて。」↓悲《かな》しくつて。――」
160頁・下・20　云《い》ひながら↓云《い》ひながら、
161頁・上・1　云《い》つて、かうして↓言《い》つて斯《か》うして、
161頁・上・1　果《は》てしもなしに↓果《は》てしもなく
161頁・上・17　二《ふ》たつ↓二《ふた》つ
161頁・上・22　から。」↓から。――」
161頁・中・3　なりますの。」↓なりますの?。」
161頁・中・5　ゐらしつて↓ゐらして
161頁・中・6　から。」↓から――。」
161頁・中・8　云《い》つてから、↓云《い》つて、
161頁・中・10　歩《ある》く↓外《そと》を歩《ある》く
161頁・中・16　でせう。↓でせう?。
161頁・中・20　云《い》ひ度《た》さうに↓云《い》ひたさうに
161頁・中・22　先生《せんせい》にお手紙《てがみ》を↓お手紙《てがみ》を
161頁・下・3　なりますの。↓なりますの?。
161頁・下・9　はいつて↓入《はい》つて
161頁・下・12　立《た》つて↓立《た》つて、
161頁・下・12　かゝつてる↓かゝつてゐる
161頁・下・14　出《で》てきて↓出《で》て来《き》て
161頁・下・19　出《で》た。↓出《で》た。(改行)
161頁・下・23　けれども↓けれど

162頁・上・3　旅行先《りよこうさき》から、↓旅行先《りよかうさき》から
162頁・上・4　やつて↓よこして
162頁・上・5　やらう↓やらうか、

寒椿（初出↓『彼女の生活』）

167頁・1　おりました↓をりました
167頁・8　ぽた〳〵と↓ほた〳〵と
167頁・8　私《わたし》は、↓私《わたし》は
168頁・8　むかふ↓むかう
168頁・10　駄目《だめ》です、↓駄目《だめ》です。
168頁・13　見《み》ただけ↓見《み》たゞけ
168頁・15　甘《あま》へた↓甘《あま》えた（以下省略）
169頁・2　大事《おとな》しく↓大人《おとな》しく
169頁・4　まあ、↓まア、
169頁・5　あなたの↓あなこの
169頁・5　そうして↓さうして（以下省略）
169頁・12　祕《かく》しがくし↓祕《ひ》しがくし
169頁・14　ものだと↓ものどと
169頁・15　もので↓もので、
169頁・16　玩弄《おもちや》にして、↓玩弄《おもちや》にして
170頁・7　さわりました↓さはりました（以下省略）
170頁・9　其《そ》の女《ひと》↓其《そ》の人《ひと》（170頁・11は同じ）
170頁・10　なくとも、↓なくとも
171頁・5　余《よ》つほど↓余《よ》つ程《ぽど》
171頁・7　云《い》ふのを聞《き》き得《う》る↓云《い》ふ事《こと》をはい〳〵と聞《き》ける
171頁・9　ゐらつしやる↓いらつしやる（以下省略）
171頁・16　はいつた↓入《はひ》つた
172頁・10　などと↓など、
172頁・11　ゐらつしたら↓いらしつたら
172頁・14　いらつした↓いらしつた
173頁・14　おしまい↓おしまひ
174頁・8　引《ひ》き受《う》けて、↓引《ひ》き受《う》けて
174頁・16　まあ、ちよいと↓まア、ちよつと
175頁・7　おこらないんです↓おこらないのです
175頁・9　聞《き》いてゐれば、↓聞《き》いてゐれば
175頁・12　なさいまし、↓なさいまし。
175頁・14　ごらんなさいまし、↓ごらんなさいまし。
175頁・14　はなれられたなら↓はなれたなら
176頁・8　操縦《さうじゆう》しやう↓操縦《さうじう》しよう（以下省略）

176頁・10　あなたが、　↓　あなたが
176頁・11　思《おも》ふだけが、　↓　思《おも》ふだけが

炮烙の刑（初出　↓　『木乃伊の口紅』）

177頁・5　こゝろの中に　↓　こゝろの中《なか》に、
177頁・6　と云ふ　↓　といふ（以下省略）
177頁・10　押附《おしっ》けた　↓　押付《おしっ》けた
178頁・8　彼女　↓　後女《かのぢよ》
178頁・12　音だ――　↓　音《おと》だ、――
178頁・13　一とつ　↓　一つ
179頁・1　殺さうとする　↓　殺《ころ》さうとすの
179頁・2　逃げてやる　↓　逃《にげ》てやる
179頁・4　報い　↓　報《むく》ゐ
179頁・6　おほはれた　↓　おそはれた
180頁・1　太太《ふとぶと》しい　↓　太々《ふと〲》しい
180頁・1　女だ。」　↓　女《をんな》だ。
180頁・3　真つ赤　↓　真赤《まっか》
180頁・9　突つ込まれなければ　↓　突込《つっこ》まれなければ
180頁・13　偽　↓　虚偽《うそ》
181頁・12　覚めた瞬間　↓　瞬間《しゆんかん》
181頁・13　聞きながら　↓　聞《き》きながら、
181頁・15　動悸　↓　動悴《どうき》
181頁・16　経つた時、　↓　纏《た》つた時
182頁・2　つかまりながら、　↓　つかまりながら
182頁・5　と思つて、　↓　と思《おも》つ。た
182頁・7　あいだ　↓　あひだ
183頁・9　考へが、　↓　考《かんが》へが
183頁・10　向いてゐた　↓　向《む》いた
184頁・6　いま、　↓　いま
184頁・13　龍子は、　↓　龍子《りうこ》は
184頁・14　其れ　↓　それ（以下省略）
185頁・3　飾りピンが　↓　飾《かざ》りピンが、
185頁・4　ペン　↓　ピン
185頁・5　其の　↓　その（以下省略）
185頁・6　であつた。　↓　であつた
185頁・6　野代慶子殿　↓　野代龍子殿《のしろけいこどの》
185頁・13　ことをした、　↓　ことをした。
185頁・14　犯した、　↓　犯《をか》した。
185頁・14　違いない　↓　違《ちが》ひない
186頁・1　ではない　↓　でない

186頁・9　彼男　↓　彼《か》男《をとこ》
186頁・16　ことは　↓　ことは、
187頁・6　い丶のか。　↓　い丶のか
187頁・7　懲罰として、　↓　懲罰《てうばつ》として
187頁・9　見つめてゐなければ　↓　見《み》つめゐなければ
187頁・10　苛み破る　↓　苛《いぢ》め破《やぶ》る
187頁・10　堪へられない　↓　耐《た》えられない
187頁・12　今からあてもない　↓　今《いま》かあらてもない
187頁・14　聞こえた　↓　聞《きこ》えた
187頁・15　書いてゐたのだ、　↓　書《か》いてゐたのだ。
188頁・2　肱へかけて、　↓　肱《ひぢ》へかけて
188頁・5　いら〳〵として　↓　いら〳〵とした
188頁・6　闃として　↓　森《しん》として
189頁・14　彼女　↓　彼女《かれ》
189頁・14　気がした。　↓　気《き》がした。（改行）
190頁・10　東京へ通じる　↓　市内《しない》へ通《つう》ずる
190頁・11　ばかり　↓　許《ばか》り
190頁・16　乗り場　↓　乗場《のりば》
191頁・2　廻されてゐた。　↓　廻《まは》されていた。（改行）
192頁・2　遮られて、　↓　遮《さへぎ》られて

192頁・9　気付いて　↓　気《き》が付《つ》いて
192頁・14　表はれる　↓　現《あら》はれる
193頁・3　いつぱいになつた　↓　いつぱいなつた
193頁・4　涙ぐんだ。　↓　涙《なみだ》ぐんだ、
193頁・8　寂しくて悲くして　↓　さびしくて悲《かな》しくて
193頁・9　まざ〳〵と　↓　さま〴〵と
193頁・12　駅夫が　↓　駅夫《えきふ》が。
194頁・14　直きに　↓　ぢきに
194頁・16　仰に　↓　仰向《あふむき》に（以下省略）
195頁・1　寐てゐる　↓　寐《ね》てゐる
195頁・11　事　↓　こと（以下省略）
196頁・5　そうして　↓　さうして（以下省略）
196頁・15　襞《ひだ》　↓　ひだ
197頁・2　直ぐ　↓　すぐ
197頁・7　ならなかつた――。　↓　ならなかつた。

―

197頁・15　この傍　↓　その傍《そば》
198頁・4　きき方《かた》　↓　き丶方《かた》
199頁・8　突つ切つて　↓　突《つ》き切《き》つて
199頁・8　又　↓　また（以下省略）

199頁・10　来たんだ　↓　来《き》んだ
200頁・1　引つ返して、　↓　引《ひ》つ返《かへ》して。
200頁・3　お互に　↓　お互《たが》ひに
200頁・9　黙つてゐた。　↓　黙《だま》つてゐた、
200頁・9　づき〳〵と　↓　づきづきと
200頁・13　出てくる　↓　出《で》てくる、
200頁・14　疳高く　↓　甲高《かんだか》く
201頁・7　事で、　↓　事《こと》で
201頁・10　毎日毎日　↓　毎日《まいにち》々
202頁・10　持つて来た。　↓　持《も》つて来《き》た
203頁・1　考へ込む　↓　考《かんが》へ込《こ》ゐ
203頁・14　溶け去つて　↓　解《と》け去《さ》つて
204頁・11　きたんだ。　↓　きたんだ、
204頁・11　ゐたんだ。」　↓　ゐたんだ。」（改行）
205頁・10　しなかつた。。　↓　しなかつた。
206頁・1　嗚咽で　↓　嗚咽《むせ》んで
206頁・5　と云つた。　↓　と云つた。――
206頁・6　起つて、　↓　起《おこ》つて
206頁・8　思ひをしたか　↓　思《おも》ひをしたか、
206頁・10　云つてから、　↓　云《い》つてから

206頁・11　気がして、　↓　気《き》がして
206頁・11　ふと　↓　偶《ふ》と
206頁・13　見据へて　↓　見据《みす》えて
206頁・14　ゐたのだ――　↓　ゐたのだ。――
206頁・17　方がいゝ。　↓　方《はう》がいゝ、
208頁・1　悔いてる　↓　悔《く》ゐてる
208頁・2　決して。」　↓　決《けつ》して。」（改行）
209頁・5　逢ひせう　↓　逢《あ》ひませう
209頁・10　龍子は　↓　龍子《りうこ》が
209頁・11　恥ぢた　↓　耻《は》ぢた（以下省略）
209頁・15　私は同時に　↓　私《わたし》が同時《どうじ》に
209頁・17　決 て　↓　決《けつ》して
210頁・2　悔い　↓　悔《く》ゐ
210頁・3　この人も　↓　この人《ひと》を
210頁・5　と思はない　↓　とは思《おも》はない
210頁・9　復讐か　↓　復讐《ふくしう》が
210頁・11　朝早く、　↓　朝早《あさはや》く
210頁・11　一人して　↓　一人《ひとり》して、
210頁・17　思つてくれ。　↓　思《おも》つてくれ、
211頁・5　それから、　↓　それから

211頁・5　からんで　→　うかんで
211頁・11　したまゝで　→　したまゝ
211頁・16　ちろ〳〵と　→　ちろちろと
212頁・5　橋がある。　→　橋《はし》がある、
212頁・8　かうして　→　かうしてゐて
212頁・15　雪を見た。　→　雪《ゆき》を見《み》た、
212頁・17　聞いた　→　聞《き》きい
213頁・6　いゝ。」　→　いゝ。」（改行）
213頁・8　思ふ。」　→　思《おも》ふ。」（改行）
213頁・9　龍子も　→　龍子《りうこ》は
214頁・3　返事を　→　返事《へんじ》は
214頁・15　けれ共　→　けれども（以下省略）
214頁・17　いらつしやい、　→　いらつしやい。
214頁・17　宿《とま》つて――　→　宿泊《とま》つて。――
215頁・4　したやうに、　→　した。やうに
215頁・5　しまふやうな　→　しまふやとな
215頁・7　此の町　→　この町《まち》
215頁・12　斯う　→　斯《か》と
215頁・12　入つて る　→　入《い》つてくる
215頁・15　偽りの　→　偽《いつは》りな

216頁・1　それぎりで　→　それきりで
216頁・3　考へるから。　→　考《かんが》へるから。」
216頁・4　一人でゐたいと云ふ望み　→　一人《ひとり》になつてからの望《のぞ》み
217頁・3　姿を、　→　姿《すがた》を
217頁・6　奪られてゐた　→　奪《うば》はれてゐた
217頁・10　下さい。　→　下《くだ》さい、
218頁・13　鬱憂な眼を　→　憂鬱《うついう》な色《いろ》を
218頁・14　あつたか、　→　あつたか。
218頁・15　動悸　→　慟悸《どうき》
219頁・5　煙草の　→　煙草《たばこ》が
219頁・14　気がして、　→　気《き》がして
220頁・4　訳にも　→　訳《わけ》には
220頁・7　ざくり〳〵と　→　ざく〳〵と
220頁・16　だん〴〵　→　だん〴〵に
221頁・11　であつた　→　であつた。
221頁・16　いらつしやれるなら、　→　いらつしやれるなら
222頁・5　起してゐた　→　起《た》てゝゐた
222頁・7　見下して　→　見下《みお》ろして

222頁・12　坐敷　→　座敷《ざしき》（以下省略）
222頁・12　彼方此方　→　彼此方《あちこち》
223頁・6　ひつたりと　→　ぴつたりと
223頁・10　放しておいて　→　放《はな》しておいで
223頁・11　注ぎ入《はい》つて　→　注《そゝ》ぎ入《い》つて
223頁・13　明《あか》るく　→　明《あか》るい
223頁・14　添つてある　→　添《そ》つてゐる
224頁・1　とうした　→　どうした
224頁・14　我れ知らず　→　我《わ》れ知《し》らず、
225頁・12　ぢつて　→　ぢつと
225頁・15　上がつて　→　参《あ》がつて
227頁・16　日光が　→　日光《につくわう》に
228頁・6　雪　反射　→　雪《ゆき》の反射《はんしや》
228頁・9　あつたのぢやない　→　あつたんじやない
228頁・16　自分が　→　自分《じぶん》は
228頁・16　追つて行つた　→　追《お》つた行《い》つた
229頁・14　乱暴な調子　→　乱暴《らんばう》の調子《てうし》
230頁・2　破れた――　→　破《やぶ》れた。――
230頁・4　思つたが、　→　思《おも》つたが。
230頁・8　されてゐない　→　されてゐない、
230頁・13　いやです、　→　いやです。
231頁・5　取らなければ――。　→　取らなければ。
――
232頁・3　聞こえた。　→　声《き》えた。
232頁・4　間の破れ―　→　間《あひだ》が破《やぶ》れた。
232頁・13　抑へてゐた。　→　抑《おさ》へてゐた。」
232頁・16　その儘　→　その儘《まゝ》、
234頁・7　宏三が　→　宏《かう》三は
234頁・11　龍子は、　→　龍子《りうこ》は
234頁・11　次に　→　慶次《けいじ》に
234頁・11　心が不快に　→　心《こゝろ》は不快《ふくわい》に
235頁・1　龍子はその顔を見た。　→　龍子《りうこ》はそれへ近《ちか》付《づ》いた。
235頁・6　押へた。　→　押《おさ》へた。」
235頁・15　行つた、　→　行《い》つた。
236頁・1　人生に然う　→　人生《じんせい》にも斯《か》う
236頁・1　おこるのだ――　→　おこるのだ。――

春の晩（初出　→　『春の晩』所収）

485頁・4　椿《つばき》の花《はな》も、　→　椿の花も

485頁・6　軒燈《けんとう》の灯《ひ》が、　↓　軒燈の灯が
487頁・4　座《すわ》つてゐる　↓　坐つてゐる
487頁・12　作《つく》つて　↓　作つた
487頁・15　つまらなささうに　↓　つまらなさうに（497頁・2は同じ）
488頁・1　若衆姿《わかしゆすがた》　↓　若象姿
489頁・2　むつつりと↓むつゝりと（491頁・10は同じ）
489頁・5　なささうに　↓　なさゝうに
489頁・10　ほんたうに　↓　ほんとうに（以下省略）
490頁・7　それから、　↓　それから
490頁・11　閉《と》ぢたりした　↓　閉ぢた
491頁・3　考《かんが》へたりした　↓　考へた
491頁・11　ことなどで　↓　ことなので
491頁・13　ぽつ〳〵　↓　ぽつ〳〵
491頁・14　甘《あま》つたるい　↓　甘つたるゐ
491頁・16　別《わか》れよう　↓　別れやう（以下省略）
491頁・16　ありませんか、　↓　ありませんか。」
492頁・1　先《さ》にき　↓　先きに
492頁・6　描《ゑが》いて、　↓　描いて
492頁・9　先《さ》きに　↓　先に
492頁・14　出《で》て　↓　向て
493頁・7　さはつた　↓　さわつた
494頁・2　ゐらつしやい　↓　いらつしやい
494頁・5　幾重《いくへ》は夢中《むちう》になつて　↓　幾重は立てつゞけに
494頁・6　思《おもひ》ながら　↓　思ひながら
494頁・6　歌馴《うたひな》れた　↓　歌ひ馴れた
494頁・6　好《す》きな歌《うた》を、　↓　好きな歌を
494頁・12　聞《き》かれる度《たび》に　↓　聞かれる毎に
495頁・6　烈《はげ》しい恋慕《れんぼ》　↓　激しい愛慕
495頁・7　思《おもひ》きり　↓　思ひきり
495頁・8　そんな事《こと》は嘘《うそ》　↓　そんな事は嘘。
497頁・3　だん〴〵に　↓　だん〳〵に
498頁・6　秘《ひ》め合《あ》つた　↓　秘め合つた
500頁・3　もだ〴〵した　↓　もだ〳〵した
500頁・10　この胸《むね》　↓　その胸
500頁・11　とぼ〴〵して　↓　とぼ〳〵して
501頁・11　石《みぎ》へ　↓　右へ
501頁・12　ところから　↓　切り窓から
502頁・4　立止《たちどま》つた。　↓　立止つた、

502頁・7　思《おも》ひながら、　↓　思ひながら。

503頁・1　幾重《いくへ》と　↓　幾重を

503頁・8　絵絹《ゑぎぬ》を貼《は》つて　↓　絵絹を貼つた

503頁・13　姫《ひめ》が、　↓　姫が

504頁・7　眺《なが》つた　↓　眺めた

505頁・1　ぱら〳〵と　↓　ばら〳〵と

505頁・5　と云《い》つた　↓　と云つた。

505頁・7　その方《かた》　↓　「その方

506頁・2　もぢ〳〵して　↓　もだ〳〵して

506頁・3　眼《め》ぱかり　↓　眼ばかり

506頁・6　撫《な》で上《あ》げたらしい　↓　撫で上げてゐた

506頁・6　白々《しろ〴〵》と　↓　白々と、

506頁・7　可愛《かは》いゝ眼《め》が、　↓　可愛いゝ眼が

507頁・7　立《た》つてゐた　↓　立つたゐた

508頁・8　はつきりと　↓　はつきりとした

508頁・8　本《ほん》を取《と》つて　↓　本を取つた

508頁・14　「ね、ふるへてる　↓　「ふるへてる

509頁・4　撫《な》でてゆつた　↓　撫でてやつた

509頁・7　irresistible　↓　irresistance

509頁・11　びろうどの中《なか》　↓　びらうどの中

510頁・14　とざされた　↓　とざゝれた

父の死後（初出　↓　『恋のいのち』所収）

585頁・2　娘《むすめ》の綾子《あやこ》　↓　娘《むすめ》の松代《まつよ》

585頁・2　ばかりで、　↓　ばかりで

586頁・2　しながら、　↓　しながら

586頁・8　手《て》で除《よ》けて　↓　手《て》で除《よ》けて、

587頁・19　のですつて。　↓　のですつて、

588頁・7　責《せ》めた。　↓　責《せ》めた

588頁・11　つもりでゐた。　↓　つもりでゐた

588頁・13　没後《ぼつご》、　↓　没後《ぼつご》

588頁・17　派出《はで》な　↓　派手《はで》な

588頁・22　云《い》い立《た》てられたり　↓　云《い》ひ立《た》てられたり

589頁・1　妻女《さいぢよ》たちにも、　↓　妻女《さいぢよ》たちにも

589頁・4　明日《あす》からは　↓　明日《あす》から

589頁・6　腹癒《はらい》せにして　↓　腹癒《はらい》せとして

589頁・10　この頃《ごろ》は、　↓　この頃《ごろ》は

589頁・14　のだらう。　↓　のだらう

589頁・15　叔母《をば》も　↓　叔父《をば》も

590頁・3　驕《おご》らしてゐた　↓　驕《おご》らしてゐた。

590頁・4　脊《せ》が高《たか》く、　↓　脊《せ》が高《たか》く

590頁・8　母屋《なや》　↓　母屋《おもや》

590頁・17　から。叔母《をば》　↓　から。」（改行）「叔母《をば》

591頁・20　目《め》に付《つ》いた。　↓　目《め》に付《つ》いた

593頁・4　何《ど》う　↓　何《ど》ふ

593頁・10　園子《そのこ》はまだ、　↓　園子《そのこ》は、まだ

593頁・11　ですから。　↓　ですから、

594頁・1　ありませんか。　↓　ありませんか、

594頁・9　道之助《みちのすけ》　↓　道《みち》の助《すけ》

594頁・15　なさるから、　↓　なさるから。

594頁・21　ですから。　↓　ですから、

596頁・9　にぢんだ。　↓　にぢんだ、

597頁・7　渡《わた》した　↓　渡《わた》した。

597頁・11　しまつた。　↓　しまつた

597頁・17　嫌《きら》ひ　↓　嫌《きら》い

597頁・17　引《ひ》つ詰《つ》めて　↓　引《ひ》き詰《つ》めて

597頁・20　出《で》ないでゐたが、　↓　出《で》ないでゐたが。

598頁・8　やめて、　↓　やめて

599頁・2　なりになつて、　↓　なりになつて

599頁・4　だからね。　↓　だからね、

599頁・5　ゐたんです。　↓　ゐたんです、

599頁・9　お母《かあ》さまも？、　↓　お母《かあ》さまも？

599頁・11　云《い》つたのは　↓　云《い》つたのは、

599頁・11　しなかつた。　↓　しなかつた

599頁・14　分《わか》らないのです。　↓　分《わか》らないのです

600頁・1　思《おも》ふの？。　↓　思《おも》ふの？

600頁・10　ゐるでせう。　↓　ゐるでせう

600頁・13　いけないんです。　↓　いけないんです、

600頁・18　なつて来《き》た。　↓　なつて来《き》た

600頁・21　と思《おも》ふなら、　↓　と思《おも》ふなら

601頁・5　室《しつ》を出《で》た。　↓　室《しつ》を出《で》た

601頁・19　引《ひ》つかゝつて　↓　引《ひ》つかゝて

601頁・20　かげつて、　↓　かげつて

602頁・5　おつしやいよ、　↓　おつしやいよ。

602頁・9　園子《そのこ》ね。　↓　園子《そのこ》ね、

602頁・10　でせう。　↓　でせう。」

602頁・12　松代《まつよ》は、　↓　松代《まつよ》は

602頁・16　育《そだ》てゝ、　↓　育《そだ》て、

602頁・18　間《あひだ》は、　↓　間《あひだ》は

603頁・6　おつしやつた　↓　おつしつた

603頁・12　なることが。　→　なることが、
603頁・18　出来《でき》ないわね　→　出来《でき》ないわね、
603頁・19　困《こま》つて。　→　困《こま》つて
604頁・4　云《い》つた。　→　行《い》つた。
604頁・6　知《し》れないわ　→　知《し》れないわ。
604頁・18　可愛《かあい》がられて、　→　可愛《かあい》がられて。
605頁・9　ゐらしつた　→　ゐらつしつた
606頁・13　黙《だま》つてゐた。　→　黙《だま》つてゐた
606頁・20　道之助《みちのすけ》　→　道《みち》の助《すけ》
607頁・11　なつかしさうな　→　なつかしそうな
608頁・1　いゝわ。　→　いゝわ
608頁・2　思《おも》ふんです　→　思《おも》ふです
608頁・10　なるのでせう　→　なるでせう
608頁・13　儲《もう》けやうと思《おも》つてゐますのよ。　→　儲《もう》けるの。
608頁・18　できないさ。　→　出来《でき》ないさ。
608頁・19　できるのよ。　→　出来《でき》るのよ。
609頁・2　ゐらつしやい。　→　ゐらつしつやい。
609頁・22　探《さが》してゐた。　→　探《さが》してゐた
610頁・4　撒《ま》いてなかつた。　→　撒《ま》いてなかつた
610頁・14　背向《そむ》いて、　→　背向《そむ》いた。
610頁・20　ぢやないか。　→　ぢやないか、
611頁・13　呼《よ》んで来《き》て。　→　呼《よ》んで来《き》て、

枸杞の実の誘惑（初出　→　『山吹の花』所収）

612頁・6　荒《あら》ひ　→　荒い
612頁・9　崖《がけ》の下《した》　→　の下
612頁・9　小供《こども》　→　子供（以下省略）
612頁・9　其所《そこ》　→　其処
613頁・12　こわかつた　→　こはかつた
614頁・9　知《し》つてるわ。」　→　知つてるわ。
614頁・13　もんがから　→　もんだから
615頁・3　汚《きたな》いでせう。　→　汚いでせう、
615頁・4　うたつた　→　うたつた。
615頁・7　智佐子《ちさこ》は、　→　智佐子は
616頁・5　出《だ》さうと　→　出さうと
616頁・5　疲労《くたび》れると、　→　疲労れると。
617頁・8　夜《よ》るに　→　夜に
618頁・2　あした。ね。　→　あしたね。
618頁・7　首肯《うなづ》いて　→　首背いて

618頁・9　帰《かへ》らうかと　↓　帰らうと
618頁・12　白《しろ》く映《うつ》つて　↓　映つて
619頁・4　追《お》い廻《まは》した　↓　追ひ廻した
619頁・5　寒《さむ》そうに　↓　寒さうに
619頁・6　啣《くは》へてゐた　↓　啣へてゐた
619頁・9　そうして　↓　さうして（以下省略）
620頁・2　歩《ある》く度《たび》に、　↓　歩く度に
620頁・3　兵《へ》子《こ》帯《おび》　↓　兵児帯
620頁・3　フラネル　↓　フランネル
620頁・5　傍《そば》に立《た》つて、　↓　傍に立つて
620頁・9　こぼして、　↓　こぼして
622頁・5　真《ま》つ赤《か》た　↓　真つ赤な
623頁・3　うねらしてゐた　↓　うねらしてゐる
623頁・3　帽《ばう》子《し》　↓　帽
623頁・3　疑《うたが》ひを　↓　疑を
623頁・6　太《たい》陽《やう》が、　↓　太陽が
623頁・10　垣《かき》に　↓　塀に
623頁・10　聞《きこ》えたのは、　↓　聞えたのは
623頁・13　行《ゆき》違《が》つて　↓　行違つて
624頁・10　智《ち》佐《さ》子《こ》さん。　↓　智佐子さん
624頁・15　怒《いか》りとで、　↓　怒りとで
625頁・5　「可《か》哀《あい》想《さう》に。」　↓　可哀想に。」
625頁・6　集《あつま》つてきた。　↓　集つてきて。
625頁・8　落《お》ちてた　↓　落ちた
625頁・12　促《うなが》して、　↓　促して
626頁・1　発《はつ》熱《ねつ》の為《ため》に、　↓　発熱の為に
627頁・7　「あれは　↓　あれは
627頁・12　親類《しんるゐ》うちに、　↓　親類うちに
627頁・14　五才《いつつ》や六才《むつつ》、　↓　五歳や六歳
628頁・5　してる　↓　してゐる
628頁・15　私《わたし》も　↓　私は
629頁・6　誰《た》れもが　↓　誰れも
629頁・7　酷《ひど》い、　↓　酷い
629頁・11　ぼんやりして、　↓　ぼんやりして
630頁・8　なつた。（改行）　↓　なつた。
631頁・4　知《し》れてゐた。　↓　知れてゐた、
631頁・10　いつかの男《をとこ》が、　↓　いつかの男が
632頁・5　智《ち》佐《さ》子《こ》は来《き》た　↓　智佐子に来た

山茶花（初出　↓　『彼女の生活』）

718頁・中・1　その人《ひと》　↓　この人《ひと》
718頁・中・7　困《こま》つて居《ゐ》た。　↓　困《こま》つて居《ゐ》る、
718頁・中・10　見知《みしつ》てゐた　↓　見知《みし》つてゐた
718頁・中・21　塗《つ》いた　↓　塗《ぬ》つた
718頁・下・14　一所《しよ》　↓　一緒《しよ》（以下省略）
718頁・下・20　そうして　↓　さうして（以下省略）
719頁・中・3　うつつた　↓　映つた
719頁・下・7　近付《ちかづ》かない　↓　近附《ちかづ》かない（以下省略）
720頁・下・1　この人《ひと》　↓　あの人《ひと》
720頁・下・12　告《つ》げた　↓　告《つ》げる
721頁・上・3　かけて　↓　かけて、
721頁・下・7　これだけ　↓　それだけ
721頁・下・8　就《つ》いて、　↓　就《つ》いては、
721頁・下・9　立入《たちい》つた　↓　いつも何故《なぜ》だか立入《たちい》つた
721頁・下・12　なぞも　↓　なども
722頁・上・13　思《おも》つた、　↓　思《おも》つた。
722頁・中・12　これだけ　↓　それだけ
722頁・中・13　だんだんに　↓　だん〱に
722頁・下・2　しないでゐた。　↓　しないでゐた、
723頁・中・8　その人《ひと》　↓　この人《ひと》

723頁・下・11　打明《うちあ》けやう　↓　打明《うちあ》けよう（以下省略）
723頁・下・12　その事《こと》　↓　この事《こと》
723頁・下・16　それを　↓　これを
724頁・上・12　ほつれさうな　↓　はづれさうな
724頁・下・5　してゐた。　↓　してゐた、
725頁・上・10　堅苦《かたくる》しい　↓　堅苦《かたくる》しく
725頁・上・12　其《そ》れが　↓　其《それ》が
725頁・上・18　おおきな　↓　おゝきな
725頁・中・1　小使《こつかひ》　↓　小遣《こづかひ》
725頁・下・21　のです、」　↓　のです」
726頁・下・3　何所《どこ》　↓　何処《どこ》（以下省略）
726頁・下・19　これからの　↓　それからの
727頁・中・7　ゐらつしやい　↓　いらつしやい
727頁・中・12　ゆつたりした　↓　やつたりした
728頁・上・3　斯《か》く　↓　斯《か》う（以下省略）
728頁・中・19　褪《さめ》た　↓　褪《さ》めた
729頁・上・14　斯《か》うしなさい　↓　斯《か》うなさい
730頁・上・5　夜など、　↓　夜《よ》など
730頁・上・10　まあ　↓　まア（以下省略）
730頁・下・16　若《わか》かつた。　↓　若《わか》かつた、

732頁・中・7　静《しづ》かにして、　↓　静《しづ》かにして

733頁・上・11　𛀁ゝ。　↓　えゝ、

733頁・中・16　はづまして　↓　はずまして

733頁・下・5　だが　↓　だが、

734頁・中・2　云《い》ふなら　↓　云《い》らなら

734頁・中・3　いい　↓　いゝ

734頁・下・14　懸《か》つて　↓　黙《だま》つて

735頁・上・6　それには、　↓　それには

735頁・中・6　ですから　↓　ですから、

735頁・中・11　ほんとども　↓　ほんとゝも

735頁・中・14　ことは、　↓　ことは

736頁・上・1　G生《せい》　↓　G座《ざ》（以下省略）

736頁・下・18　手紙《てがみ》は、　↓　手紙《てがみ》は

737頁・下・6　林《はやし》に　↓　私《わたし》に

738頁・上・14　私《あた》い先日《せんじつ》、　↓　其後《そのご》、

738頁・上・15　行《い》つた。　↓　行《い》つた時《とき》、

738頁・中・4　思《おも》ひましたが。」　↓　思《おも》ひましたが」

738頁・下・10　直《なほ》した　↓　直《なほ》じた

739頁・上・1　思《おも》ひ浮《うか》べる、　↓　思《おも》ひ浮《うか》べる。

俗縁（初出　↓　『彼女の生活』）

740頁・下・10　するし　↓　するし、

741頁・上・4　子供《こども》　↓　其《そ》の子供《こども》

742頁・上・14　そうして　↓　さうして（以下省略）

742頁・上・20　信《しん》ずる　↓　信《しん》する

742頁・中・13　思《おも》つただけ　↓　思《おも》つたゞけ

742頁・中・15　一人《ひとり》だけが、　↓　一人《ひとり》だけが

743頁・下・4　、、、十五日か十六日、、、　↓　、、、十六日か十五日、、、

744頁・上・4　閉ざされた　↓　閉《と》ざゝれた

744頁・上・6　よさそうな　↓　よささうな（以下省略）

744頁・上・8　なあ。　↓　なア。

744頁・上・15　勿体《もつたい》なく　↓　勿體《もつたい》なく

744頁・中・16　仕事《しごと》は、　↓　仕事《しごと》は

744頁・中・20　見付《みつ》けなくて　↓　見附《みつ》けなくて（以下省略）

745頁・中・9　呫《さゝや》いた　↓　囁《さゝや》いた

746頁・上・7　其心《そのこゝろ》　↓　心《こゝろ》

746頁・上・12　谷岡《たにをか》に　↓　谷岡《たにをか》は

747頁・下・10　身体《からだ》　↓　身體《からだ》（以下省略）

749頁・下・3　思《おも》はれのか、↓　思《おも》はれるのか
749頁・下・9　歩《ある》いて来《き》た　↓　歩《ある》いて来《き》る
750頁・中・19　引《ひ》き合《あ》はした　↓　引合《ひきあ》はした
751頁・上・3　提《さ》げてゐた、↓　提《さ》げてゐた。
751頁・中・7　水鼻《みづばな》　↓　水洟《みづばな》
751頁・中・16　出《だ》すやうにして、↓　出《だ》すやうにして
751頁・中・17　傾《かし》げながら　↓　傾《かし》けながら
751頁・中・18　背向《そむ》けると、↓　背向《そむ》けると
751頁・中・19　追《お》ふて　↓　追《お》うて
751頁・下・15　握《にぎ》つてゐる　↓　握《にぎ》つてゐた
752頁・下・8　ゐらつしやる　↓　いらつしやる（以下省略）
753頁・上・11　湧《わ》いて　↓　沸《わ》いて
753頁・上・19　羽織《はおり》など　↓　羽織《はおり》を
753頁・中・3　行《い》つた。↓　行《い》つた、
753頁・中・5　一とつ　↓　一つ
753頁・下・3　まあ　↓　まア
754頁・上・5　一時《じ》　↓　一時《とき》
754頁・中・2　もの　↓　者《もの》
754頁・下・12　一所《しよ》　↓　一緒《しよ》

754頁・下・17　余分《よぶん》に　↓　余分《よぶん》な
755頁・中・4　小使《こづかひ》　↓　小遣《こづかひ》
755頁・中・5　つゞけてゐた　↓　続《つゞ》けてゐた
755頁・下・14　余《よ》つ程《ほど》　↓　餘《よ》つ程《ほど》
757頁・中・10　撃動《げきどう》　↓　激動《げきどう》
757頁・中・18　寝忘《ねばう》　↓　寝坊《ねばう》
757頁・下・11　しなかつたし、↓　しなかつたし
758頁・上・8　世体《せたい》　↓　世體《せたい》
758頁・中・12　情感的《じやうかんてき》　↓　感情的《かんじやうてき》
759頁・中・8　紀念《きねん》　↓　記念《きねん》
759頁・中・13　よろこばしそう　↓　喜《よろこ》ばしさう
759頁・下・5　云《い》つて　↓　言《い》つて
760頁・上・2　谷岡《たにをか》は。↓　谷岡《たにをか》、
761頁・上・15　こと　↓　事《こと》
761頁・上・17　揉《も》んでゐた　↓　揉《も》んでゐた。
761頁・中・3　しなかつた　↓　しなかつた。
761頁・下・10　奇麗《きれい》　↓　綺麗《きれい》

解題

長谷川　啓

　第四巻には、大正三（一九一四）年一月一日から一二月一九日までに発表した長中短編小説、雑文、戯曲、紀行文、評論（座談会）、劇評、選評、アンケートの八十二篇が、発表順に収められている。同年三月一日に『新婦人』に掲載されたという「私の見た女優」については確認できなかったため、本巻には収録できなかった。確認できた場合は、別巻に収録予定である。また、大正三年一二月一日に『新潮』に掲載された「日記より」は、前月『文章世界』に掲載された「秋日和」の一部転載なので、本巻に収録しなかった。

　本巻は俊子三十一歳時の、作家として最も充実した時代の作品群である。第三巻に続いて、文学的開花期の頂点、最盛期における多産で旺盛な仕事の展開となっている。その中心は、何と言っても四ヶ月以上にわたって『読売新聞』に連載した「暗い空」であろう。女性の主張を声高に表現するよりも、女性の現実をじっくりと凝視した、まさに作家としての成熟期を示すものといえよう。女優業をはじめ、働く女性が増えてきている当時の現象も捉えられている。俊子にしては珍しい長編小説ながら、これまで一度も単行本化されて来なかった。

　また、いわゆる〈有夫恋〉もの、妻の心の揺らぎを表現した作品も多くなってきているが、俊子自身の実生活の反映でもあったろう。あらためて姦通罪が公布され、夫権が強化されていく社会にあって、果敢にそうした状況に抵抗するように、過激な「炮烙の刑」や「奴隷」を発表している。「炮烙の刑」は、メタファを駆使して少女のセクシュアリティを追求した「枸杞の実の誘惑」とともに、この巻の代表作といえるだろう。

日本の植民地となった台湾や朝鮮のことも作品に登場、時代の鏡としての役割を十分に果たす巻となっている。なお、この年には第一次世界大戦が勃発した。

市の晩

大正三（一九一四）年一月一日、同月二日発行『大阪朝日新聞』第一一四五九号、第一一四六〇号に「上」「下」として分割掲載。署名は田村俊子。同年四月二〇日に牧民社から刊行された『恋むすめ』に収録。収録時の主な異同については、巻末に一覧を付した。

富裕な家に生まれ、最高の教育まで終えて小説本や文学雑誌も購読し教養をつみながら、結婚も避け職業にもつかず、自分探しを求めつづけて、恋からも逃げている娘。その娘の、やがて恋に目覚めていくまでを描く短編小説。

時雨の朝

大正三（一九一四）年一月一日発行『秀才文壇』第一四巻第一号に掲載。署名は、田村俊子。同年六月一五日に牧民社から刊行された『木乃伊の口紅』に収録。収録時の主な異同については、巻末に一覧を付した。

人目をしのぶ男女の逢瀬を描く短編小説。一夜を共にした翌朝の光景から始まる冒頭が革新的だ。「生血」とは逆転して、年下の男の方が初心で羞恥心におののき、女に手をとられ、顔を見つめられている。女性はこの男と恋に落ち嫁ぎ先まで出てきているが、宿を借りることはもちろん、絶えずリードし、男を「可愛らし」く思うのも女の方で、男に従順な近代以降の女性イメージを一新している。男を見つめ鑑賞したり、かつての父の妾の家の娘を愛らしく眺めたり、〈見られる女〉ではなく、まさしく〈見る女〉が登場している。「雨の音を聞きながら、離れがたい恋の深みのうちに心と心を縺れ合はせ」とあるように、恋の情緒と雨が分かちがたく結びつき、江戸情緒的雰囲気が漂ってさえいる。

楽屋

大正三（一九一四）年一月一日発行『処女』第一〇年第一号に掲載。署名は田村俊子。同号には他に、田村松魚「南国の海」などが寄稿。同年四月二〇日に牧民社から刊行された『恋むすめ』に収録。収録時の主な異同については、巻末に一覧を付した。

舞台が終わった後、神経過労からか、いつも泣く発作に襲われる女優の、楽屋での夢想を描出。

お豊

大正三（一九一四）年一月一日発行『新公論』第二九年第一号に掲載。署名は、田村俊子。同号には他に、森田草平「母の娘」、小宮豊隆「木枯が吹く」、小山内薫「第二の女」などが寄稿。同年四月二〇日に牧民社から刊行された『恋むすめ』に収録。収録時の主な異同については、巻末に一覧を付した。

母と娘の物語で、短編小説。父親の死後の友達のような親子だが、娘の恋の相手を認めない母親に、「世界中で、一番癪にさわる」存在として、娘は反抗的になる。失恋して鬱ぎの虫にとりつかれ、一層母親に当たっていたが、やがて、その相手が二叉をかけていた事実を知り、娘の落ち込み気分も晴れて、母親との関係も回復する。

整二のこゝろ

大正三（一九一四）年一月一日発行『新小説』第一九年第一巻に掲載。署名は田村俊子。

同時代評には、田山花袋の「新小説に出てゐる田村俊子の「整子《ママ》のこゝろ」は、いかにも、女の作者の心持の現はれてゐるやうな作でした。かういふ風に男を見てゐるといふことも面白いし、お京といふ伯母さんの心に作者の主観の中心を置いたのも成ほど女の作者だなと思はせるに十分でした。しかし全体に、綺麗すぎてゐました。センテイメンタルでした。観察も物語から得て来る以上に個性に触れてゐませんでした。」（「新年の文壇（四）」『時事新報』大正三年一月四日）がある。

近世の近松の心中ものを思わせる中編。大きな袋物店の後継ぎである若旦那が初めて知った芸者と馴染みになり、親には内緒で身請けするが、やがて知られるところとなって引き裂かれ、その若い女性は整二の親から手切れ金を渡されて地方の実家に帰される。病で臥せっていた整二は後で知って、身も世もなく嘆き、伯母さんから借金をして愛する女を追いかけようとする話だ。親族では、伯母さんのみが理解者でもあった。恋に溺れる若い男女、ことに真面目で純情な若者が恋に狂って、はじめて親にも反抗することになる切ない恋情を追求している。

白昼の思ひ

大正三（一九一四）年一月一日発行『新潮』第二〇巻第一号に掲載。署名は田村俊子。洒落た短編小説。女への恋心を「最中」に詰めて贈ってきた男との、街中での偶然な出会い。その男に心揺すられる女の、白昼の想いを描く。男はたぶん、年下であろう。

昔ばなし

大正三（一九一四）年一月一日発行『新日本』第四巻第一号に掲載。署名は田村俊子。小説家および女優としての自分のこれまでの来歴を書いたエッセイ。

祖父や母が芝居好きで、家にはいつも芸妓や落語家や「たいこもち」が出入りしていたという、江戸文化が揺曳する家庭環境が語られている。小説家志望の夢を抱き始めてからは自らすすんで芝居をのぞき、浪花踊りの雲雀という女性に夢中になり、「後にも前にも、この女に逆上たほど逆上たものは一人もな」かったという、同性への恋の経験も語られる。女優として初舞台を踏むようになった経緯、「自分の最初に志した文学」に終始するのが最も自然だと文学復帰するいきさつ等々、田村俊子を知る手がかりになる作品だ。

昼の暴虐

大正三（一九一四）年一月一日発行『中央公論』第二九年第一号に掲載。署名は、田村俊子。同年一〇月二三日に植竹書院から刊行された『山吹の花』に「かすかな命」と題を改めて収録。収録時の主な異同については、巻末に一覧を付した。

同時代評には、田山花袋の「田村俊子の「霊《ママ》の暴虐」では或趣味とか気分とか言ふものを出さうとして作者があらゆる色彩の多い字を使つてゐるのを見ました。全体から受ける感じは、いかにも女らしいセンテメンタルなものでした。弱き光、弱き色彩に対する所謂、「霊の暴虐」といふ感じを出さうとした作者の意向はそれをよく理解することが出来ますけれど、要するに唯それだけで実際の気分とか心持とか言ふ事は十分に浮かんで出てをりませんでした。丁度琅玕洞の店に何時か出したといふあね様のやうなものでした」（「新年の文壇（二）」『時事新報』大正三年一月二日）や、山田檳榔の「田村俊子女史の『昼の暴虐』（中央公論）は純美な女優生活を唯一の憧憬として、病苦に悩む間も美しい舞台の上の芸術をあこがれ亘る可憐な女性を極めて感傷的な文章で描写したものである。彼女は医士や母の禁ずるのをも顧みずして、病駆を提げて、田舎廻りの俳優の一群に身を売つたその夜遂に発熱して、再び病中の人となつた。小さな美しい哀れな紅とりの死と同じ儚ない死を予期しながら夢のやうに美しい舞台の上の純美的生活をひたすらに追求して已まない一徹な思ひつめた女の心持ちが優しい柔かい筆触で写し出されて居る。繊弱な病衰した乙女がそのあこがれ亘る芸術美の為めに微かな微かな生命に取りすがつて力弱い執着を続けてゆくのを見るのは、むごたらしい残虐を見るやうな感じである。此作には此作家特有の鋭どさは見えない。異常性は乏しい。そして生活と芸術と、堕落と神秘と、さうした根本的問題の多くに触れ得可くして触れずにしまつて居る。殊に、幼稚な技巧によつて浅膚な象徴味を盛らうとした見え透いた努力が、此作の浅薄さを増して居る」（「一月の文壇」『帝国文学』大正三年二月一日）がある。

大正期は、女優という職業も新しく誕生したが、この作品では、虚弱で病魔に冒された女優の煩悶が描かれている。紅鳥の死に自らのそれをも予感しながらもなお再起を図ろうとして果たせない女性の夢と挫折を、執拗に追跡した中編。「どうせ女は一人立ちはできないにきまつてるんだから」という母親に抗して、結婚や囲い物など男の世話にはならず、己の夢に執着し、死んでも女優で生き通したいと願う。大正期の女性の新世代の動向が表象化されているといえよう。俊子の作品には、母と娘、姉と妹の話が多いが、彼女の生い立ちを語る「昔ばなし」からも、女世界を文学表現化する必然性がうかがえる。

或る日

大正三（一九一四）年一月一日発行『婦人評論』第三巻第一号に掲載。署名は、田村俊子。同号には、水野仙子の「暮れがた」という小説も掲載されている。同年四月二〇日に牧民社から刊行された『恋むすめ』に収録。収録時の主な異同については、巻末に一覧を付した。

「市の晩」とも共通する、結婚前で職業にもつかぬ女性の、一種のモラトリアム状態を描く。大学を出て三年目、小説家や女優になろうと思ったこともあり、読書を唯一の仕事にしていたが、それも億劫になってきて、気の合う友達と会ったりするのを日課としている。結婚を思い立ち候補者を考えてみるが、理想の男性はおらず、鼻であしらい冷たい一瞥を投げつけたい男たちばかりであり、結婚幻想すらもてない。大学の後輩で、男と同棲して貧乏している女性のせっぱ詰まった様子と対照させながら、親の家に住んで経済的余裕と時間ばかりはたっぷりありながら何の目的もない主人公の「無限の淋しさ」を布置させている。ユーモア漂う筆致で描いた名短編だ。

ぬるい涙

大正三（一九一四）年一月一日発行『早稲田文学』第九八号に掲載。署名は田村俊子。同年六月一五日に牧民社から刊行された『木乃伊の口紅』に収録。収録時の主な異同については、巻末に付した。

職務を解雇され、勤務生活の疲労もあって無気力状態になる夫を、生計も含めて背負い支える妻に、息抜きのように忍び寄るあらたな恋。男の面影を抱きつつ、体も心も弱っていく不甲斐ない夫の世話をしながら妻は涙を流すが、それは、熱い涙でもなく悲しみの涙でもない、まさに「ぬるい涙」なのだ。退職後の時間的余裕を楽しむ様から、しだいに意欲を失っていく夫の変貌ぶりと、健康で作家としての仕事に旺盛に取り組み出す妻の様子が、苦みとユーモアをもって対比的に描かれた好短編。それにしてもこの夫婦は、男が生活を支えなければならないという近代における男女の役割分担意識から免れてはいないようだ。その規範の逆転を生きることに自信がもてず、夫は自信喪失に陥り、妻自身も働くことに二人の生活のためではなく自分の生活のためだと、度々確認させているからだ。

恋の手紙

大正三（一九一四）年一月一日発行『我等』第一年第一号に掲載。奥付は大正二年一二月二六日発行と表記され、目次の作品名は「手紙」と記されている。署名は、田村俊子。同号には、高村光太郎・佐藤春夫・岡田八千代・与謝野晶子・北原白秋等の詩や小説も掲載されている。同年四月二〇日に牧民社から刊行された『恋むすめ』に収録。収録時の主な異同については、巻末に一覧を付した。十九歳の娘のラブレター。少女小説ふうの短編。

やま子

大正三（一九一四）年一月五日発行『大阪毎日新聞』第一〇九二八号に掲載。署名は田村俊子。同年四月二〇日に牧民社から刊行された『恋むすめ』に収録。収録時の異同については、巻末に一覧を付した。偏執的なほど作家ファンの、女弟子の話。

『海の婦人』を観て

大正三（一九一四）年一月二四日、二五日、二六日発行『時事新報』第一〇九一九号～第一〇九二一号に（1）（2）（3）として分割掲載。署名は、田村俊子。芸術座の第二回公演のイプセン作、島村抱月訳（同年二月に早稲田大学出版部より刊行）の『海の婦人』（主演・松井須磨子）の劇評。女優としての松井須磨子評でもある。

〔最近の感想〕

大正三（一九一四）年二月八日発行『読売新聞』第一三二一一号に掲載。アンケートの回答文。署名は、田村俊子。アルチバアセフ作・中島清訳『サアニン』（新潮社、大正二年一二月）の読後感。

寒椿

大正三（一九一四）年三月一日発行『新潮』第二〇巻第三号に掲載。署名は田村俊子。大正六（一九一七）年三月二九日に新潮社から刊行された『彼女の生活』に収録。収録時の主な異同については、巻末に一覧を付した。

同時代評に、山田檳榔の「田村俊子女史の『寒椿』（新潮）には、私共から、みても、見さげはてた、いくぢない男だと思へるやうに永年恋した女から捨てられてゆく男の事を、散々に言ひ罵しつてある。私共の味方する男は、やはり、飽かれさうな気はひの見えないうちに、みきりをつけてさつさと勝どきを揚げて引揚げる程賢明な、思ひ切りのいい男であつてほしい。女にしてもが、ねちねちした歯切れのわるい女は、真つ平だ。此の作は短いものではあるが、私は作者の態度を非常に痛快に感じて通読する事が出来た」（「三月の文壇」『帝国文学』大正三年四月一日）、岩野泡鳴の「これは丁度鈴木氏の『恋』の裏を書いたやうな物だ。そして鈴木氏は自分と異性な者に弱みを押し付けてあるが、俊子氏はまた自分の同姓の方に強みを持たせた。そしてまた鈴木氏の男性に於ける強みの表はれ方に不徹底なところがあるのを、俊子氏のこの作で訂正してある。これを小説と見るよりも、寧ろ婦人がはの婦人論として見た方が——多少の微妙性も伴つてゐて——面白い」（「三月の文壇」『文章世界』大正三年四月一日）がある。

未練なくせに「男振つた考へ」で女に敬意すら表さない男に対して、痛烈なパンチをお見舞した短編。十歳年上で世間的にも知られ社会的に地位のある女性と恋仲になり、「捨てられかけてる」男の愚痴を聞かされた「私」の反駁が痛快だ。態度が不徹底で、相手の女性に直接ぶつかっていく勇気がなく、秘密にしている情事を他の女性に相談つまりは「広告」などする男。相手の女性に対しても得手勝手で、「情人」を侮蔑的に「をんなが、をんなが」としかいえない男の傲慢さ。この男特有の「卑怯さ」を越えて、俊子という作者ならではの、男性批判そのものが展開されているように思う。この男に対して、相手の女性の、「独身で、一本立ちで、可愛がるものは蔭で可愛がつて、表面は一人で働いて」いる格好良さ。語り手に理想的だと言わせている。

炮烙の刑

大正三（一九一四）年四月一日発行『中央公論』第二九年第四号に掲載。署名は、田村俊子。同年六月一五日に牧民社から刊行された『木乃伊の口紅』に収録。収録時の主な異同については、巻末に一覧を付した。生前には他に、大正四（一九一五）年三月二〇日に植竹書院から現代代表作叢書第七篇として刊行された『あきらめ』に収録。他に、三陽堂から刊行された『あきらめ』（大正四年三月二〇日）、新潮社から刊行された『女作者』（大正六〈一九一七〉年一一月二五日）、改造社から刊行された『現代日本文学全集56』（昭和六〈一九三一〉年三月一五日）にも収録される。

同時代評には、青峰の「田村俊子氏の「炮烙の刑」（中央公論）といふ小説の冗漫なのには少々驚いた。女の心持を描いて深酷鋭利ならんと努めてゐるやうであるが、私にはどうもそれが徹底してゐないやうに思はれた。附焼刃のやうで、衒気が見えるやうで、なか〱厭であつた。「謙抑の心を以て紙に向はねばならぬ」といふやうな考へがふと念頭に浮んだ」（「文芸界雑記」『国民新聞』大正三年四月八日）、森田草平の「田村俊子氏の「炮烙の刑」は余りに生々しい作、芸術的作品としても、今少許頭の中で煉つてから発表されたらと思はれるやうな作で有る。男の主人公は真個気の毒に成る。女の主人公からダメーヂを受けたからと云ふよりも、寧ろ男の主人公其人が気の毒に成るやうな人で有る。此人は手紙の中で自分の事を卑劣だ〱と云つて自ら咎めて居る。併し女に対する未練其者は卑劣でも何でもない。其未練に何か不純な要素が混じて、それを咎めて居るのか。其辺が何うも能く解らない。それから女の主人公は、自分の為たことは自分の為たことだ、自分のものだ、罪悪でも何でもないと云ふやうな事を言ふんだが、そんな箆棒な事はない。又頻に自分の立場々々と言ふが、如何云ふ立場に立つて自分の行為が罪悪でないと云ふのか、それも能く解らない。これだけでは単に我儘な女と云ふだけで、女の人格も何も認められない。意地張と云ふ事にも切実な倫理的意識が伴つて、始めて意味もあり面白味も有るので有る」（「四月の小説（上）」『読売新聞』大正三年四月二一日）がある。また、西條八十の「この小説は何よりもまづ事実の興味にひかれて読んだ。読むに先だち私はあるひとりの皮肉な友人からその梗概に関し或るSuggestionをうけて、寧ろ予想より生じた反感を以てこの作品に対したのであつたが、読みゆくうちに、此作は私の反感を全部滅し、読後一種さめざめとした例へ難なき一味の哀感を私の胸に引起したほど力に盈ちた作であつた。真実な作であつた。私にこの作に於てLustの中に宝玉を見た。尠くとも今日の中央公論ては最もLa Vieに触れた作てあつたと思ふ。全体の書振から云へば、その女性的繊細にして一面また心増きほど旅《ママ》胆な筆致が強く強くとありながら、あはれにもろく優しき女性の心理を遺憾なく描いてゐるが、前半は殊にすべてが優れてゐる。後半宏三が出てからやや一帯に間延びがした。さうして主人公をたとへ如何にWhimsicalな女と許容するも、なほあれほど慶次が騒いでゐる宏三をあゝまで俄かに素気なく捨てやうとした心理に至つてはもう少しく筆を用ひねばなるまい」（「四月の創作」『仮面』大正三年五月一日）がある。

さらに中村孤月が、「女の自覚と生活の自由を欲する心とは、其少しく進むに従つて必ず自由を求める。深く人間の性質を考へ得ない人々にあつては、斯うなるのを直ちに其女の堕落であると断ずるけれども、女の生活が従来此性慾の束縛の為めに如何に自由を妨げられて居たかを考へる時には、新に眼覚めた女が、生活の自由の中に性慾の自由をも含ませて求めるのは当然である」（「現代作家論(3)」『文章世界』大正四〈一九一五〉年三月）と、示唆に富む指摘をしている。

田村俊子の代表的な三部作（「女作者」「木乃伊の口紅」に続く本作）の一編。良妻賢母規範に過激に反逆する女性の新しい自我のかたちを、〈有夫恋〉を通して表象した中編である。明治一三（一八八〇）年に布告され、さらに明治四〇（一九〇七）年に公布された姦通罪が効力を発していた時代に抗する作品であった。主人公は龍子と命名されているが、人間界から高く天までのぼっていく龍に、女性を囲い込む当時の制度や家父長社会そのものを越境していく意味を託しているかのようだ。男女両性の相剋という俊子文学のテーマの頂点ともいうべき作品で、冒頭から夫婦の争闘の話が出てくるなど、真っ向から男と対峙する女が活写されている。〈有夫恋〉を扱った俊子の代表作で、夫に愛を残しながらも若い恋人にも惹かれる妻が描かれているが、姦通の罪意識に逡巡する心はなく、不倫という意識さえ抱いていない。夫と恋人を傷つけたことで自分を責めつつも、すぐ反転して、夫を愛することも恋人を愛することも己の自由意志であって決して罪悪ではないこと、夫に懺悔するくらいなら焼き殺されてもかまわないとまで大胆な言説を吐かせている。炮烙の刑とは殷の紂王が行なった刑罰で、ここでは、夫に焼き殺される刑を意味している。その刑を受けようとも、本当に自分を裁くものは夫ではなく自分自身なのであって、妻は夫の従属物ではないという夫権への挑戦と、夫権からの越境すなわち自立、男の所有物からの自由と独立の獲得を象徴、まさに作品の言説が込められたタイトルといえよう。夫の裁きを拒否して自分に責任を持つ、つまり夫権を解体して自己決定権を持つとはどういうことかを見事に示しているのだ。それは恋人に対する時も同様である。夫に直接会って男同士で決着をつけようとする恋人に僭越と侮辱、不快を感じてさえいる。終幕で青い空は幸福に輝いているが、誇り高く自我を守り通す龍子の生き方・人生を、祝福しているようである。どの〈男〉の所有物にもならずに〈自分を生きる〉龍子にふさわしい最後といえよう。若い年下の男への恋は一時の浮気・火遊びに似ており、夫との関係こそが本命であり、その本命たる夫との闘いがこの作品の主眼といえよう。恋人の存在はその闘いのための、束縛からの解放の手段だったと考えられる。たとえ、夫との「肉」の関係では満たされない清潔で精神的なものを恋人に求めていたとしても、〈男〉からの自由と独立を獲得した、自決権奪還の物語なのである。

　それにしても、この夫婦の壮絶な争闘の背後にはサディズムとマゾヒズムが潜められているように思う。龍子は朝鮮にいる父親の元に逃げようと考えたりしているが、二巻解題でも触れたように、日本は近代国家成立後まもなく、

「朝鮮」を侵略し始め（日朝修好条規）、国母・明成皇后を暗殺して韓国併合に至り、植民地として支配していた。

双葉記

大正三（一九一四）年四月一日発行『読書世界』第四巻第一号（目次は第三巻第四号）に、「著述家出世譚手記」の一編として掲載。署名は、田村俊子。母の影響による小説との出会い、読書遍歴、女学校から事始めて幸田露伴の門下生となり、そこを離れて、田村松魚との結婚後に「あきらめ」で文学的再出発を遂げる経緯を語るエッセイ。

『匂ひ』を書いた頃

大正三（一九一四）年四月三日発行『新日本』第四巻第五号に掲載。署名は田村俊子。『新日本』創刊三周年記念号への依頼原稿。以前、『新日本』で発表した「匂ひ」（明治四四年一二月）と「山吹の花」（大正二年六月）の執筆経緯を回想したエッセイ。「匂い」は小説として書いたようだが、第二巻解題ではエッセイと記した。いずれにせよ、俊子自身の体験をもとにしていよう。

夜道

大正三（一九一四）年四月四日発行『読売新聞』第一三二六六号に掲載。署名は、田村俊子。俊子の小説では、道を歩き続ける女性がよく描かれているが、ここでは夜道のそぞろ歩きの相手は男性である。年上の女性が若い恋人を誘惑する光景で終わる掌編。

暗い空

大正三（一九一四）年四月九日から同年八月二九日まで『読売新聞』第一三三二七号～一三四一三号に一三五回にわたって連載された長編小説。一～二回は四月九日～四月一〇日、三～四四回は四月一二日～五月二三日、四五～一〇八回は五月二七日～七月二九日、一〇九～一一九回は七月三一日～八月一〇日、一二〇～一三〇回は八月一三日～八月二三日、一三一～一三五回は八月二五日～八月二九日に掲載。署名は田村俊子。

同時代評として、大正三年六月七日の『時事新報』に掲載された田山花袋の「私の読んだ創作（上）」を挙げておきたい。「田村女史の女にめづらしい筆致を持つてゐることも特記すべきことだと思ひます。（中略）「暗い空」のは女の煩悶といふことが割合によく書けてあります。唯、力一杯に書いてゐる為めに、周囲を見廻す余裕がなく、シーンが離れ〳〵になつてゐるやうな心持が致します」と述べているからだ。いかにも自然主義作家らしい指摘である。確かに「暗い空」は、自然主義的な方法で全力投球し、じっくりと「女の煩悶」が探究されている。

主人公の栄は、恋情さえ抱く西洋帰りの女役者の家で秘書のような役目を負って働きながら、病弱な妹を抱えつつ、創作を続ける作家志望の若い女性である。恐らく劇作家としての勉強も兼ねて、女役者の元に通っているのだろう。後輩で親友の女性画家は、佐賀の素封家である実家からの送金で芸術的な生活を満喫し、奔放な恋の結果として妊娠してしまい、栄は相談相手になっている。その親友は、一時は結婚を拒み、「どんな場合にも男が必ず勝利者となり、「性交の不自由が永遠に女を男のために物質にする」と言っているから、いわゆる「新しい女」の一人でもあろう。栄の妹も姉の勧めで音楽を学んでいるが、この主人公には、芸術への憧憬の念が強く、叔母に勧められても教師の口は拒み、文学の道で生き通したいという夢を抱いている。

しかし現実は、母の死後、台湾へ事業を起こしに出かけていた酒癖悪い父が零落して帰国し、栄の生活と生計を脅かす状態となる。そもそもその父親は栄の母親の婿養子となって、家を没落させてもいた。そのうえ、妹は肺結核となり、家族を背負う貧窮のなかで、夢と現実の狭間で追い詰められていく。やがて、父親は台湾に残してきたあらたな妻子の元に帰っていき、一つの負担から解放される。が、妹の病状は悪化。叔母は頼れず、女役者は再度外国へ旅立ち、親友も遠い気持ちになって、孤独な中、死の病に臥す妹を看病しながら独立独歩で生き抜く覚悟をする。そして、妹の死後の、悲しみや苦しみを突き抜けて、「自分一人の未来の幸福」を予感させて終わっている。後半の、家族を抱えて窮地に追い込まれていく栄の内面心理・苦悩の追求が見所といえよう。この小説の題名通りのいかにも暗い世界、暗部の深層を描ききり、田村俊子には、珍しい作品といえよう。

なお、「新らしく日本の領域になつた台湾」とあるが、明治二八（一八九五）年、日清戦争の結果、台湾が清朝から割譲され、日本の植民地支配下になったことをさしている。「土人」という差別的表現も含めて、台湾に対する当時の世相がうかがえる。また、栄の母親や祖父の追憶、地方出身で婿養子という父親の設定、病死しそうな妹（俊子の妹の場合は十四歳で病死）や零落した実家の設定には、田村俊子自身の家・家族の体験が重ねられているように思われる。栄の親友・女性画家が外出時に着用する「マント」は、作品発表年の大正三年に流行したようだ。

〔一日一信〕

大正三（一九一四）年四月一六日発行『読売新聞』第一三二七八号に掲載。署名は俊子。田村俊子の「一日一信」への最初の寄稿。以降、大正七〈一九一八〉年一二月四日までは三八回寄稿。大正三年だけでは、二一回寄稿している。

〔印象と記憶〕

大正三（一九一四）年四月一八日発行『読売新聞』第一三二八〇号に掲載。アンケートの回答文。署名は、田村俊子。大正三年三月に上野公園を中心に開催された東京大正博覧会をめぐる感想。歌舞伎役者の歌右衛門は中村歌右衛門、八百蔵は市川八百蔵、羽左衛門は市村羽左衛門、亀蔵は片岡亀蔵のこと。歌舞伎役者なのに、似合わない洋装姿をしなければならない近代化を皮肉っているようでもある。

〔一日一信〕

大正三（一九一四）年四月二三日発行『読売新聞』第一三二八五号に掲載。署名は、俊子。

芝居はわからない

大正三（一九一四）年五月一日発行『演藝画報』第八年第五号に「芸壇近時の感想」の一編として掲載。署名は、田村俊子。演劇界の状況に対する批評文。この頃芝居は面白くないといい、新しい芝居は殊に面白くないという背後には、皮相な近代化の文化に対する異議が込められているようにも思われる。

若葉を渡る風

大正三（一九一四）年五月一日発行『番紅花』第一巻第三号に掲載。署名は田村俊子。乙女の、晩春の憂愁を語る短編小説。婿養子を嫌がった姉の結婚相手・義兄への思慕がひそかに芽生えているための憂愁ともとれる。

〔大正博覧会を観て最も深き印象を得たもの〕

大正三（一九一四）年五月一日発行『中央公論』第二九年第五号に掲載。アンケートの回答文。署名は、田村俊子。大正三年三月に上野公園を中心に開催された東京大正博覧会をめぐる感想。第一会場の南洋館は、南洋諸島と東南アジアの文化の紹介を目的とした会場。博覧会は、この年、「大正天皇即位奉祝」として開催された。

〔会心の一編及一節（一）〕

大正三（一九一四）年五月一日発行『読書世界』第四巻第二号に掲載。アンケートの回答文。署名は、田村俊子。

〔一日一信〕

大正三（一九一四）年五月一日発行『読売新聞』第一三二九三号に掲載。署名は、俊子。

〔一日一信〕

大正三（一九一四）年五月一五日発行『読売新聞』第一三三〇七号に掲載。署名は、俊子。

〔一日一信〕

大正三（一九一四）年五月二三日発行『読売新聞』第一三三一五号に掲載。署名は、俊子。「人世は襤褸である」という皮肉な認識の仕方が面白い。「襤褸を綴ってゐる限り私自身に改革の時が来ない」という自己認識には、日常に埋まっている自らへの苛立ちさえ感じる。

悲しき青葉の陰

大正三（一九一四）年五月二五日発行『読売新聞』第一三三一七号に掲載。署名は、田村俊子。

〔初夏と女〕

大正三（一九一四）年六月一日発行『処女』第一〇年第六号に掲載。アンケートの回答文。署名は田村俊子。

春の晩

大正三（一九一四）年六月一日発行『新潮』第二〇巻第六号に掲載。署名は田村俊子。大正四年三月一二日に鈴木三重吉によって刊行された『春の晩』に収録。収録時の主な異同については、巻末に一覧を付した。

同時代評に、加能作次郎の「田村とし子氏の「春の晩」（新潮）は一寸面白いには面白いが、あまりに奇を好んだやうな態度に嫌味を感じた。年下の男を弄ぶ女の気まぐれな心持は受け取れるが、男の観方などに、独断的な所が多いやうに思つた」（「六月の小説の中より（三）」『時事新報』大正三年六月一五日）、山田檳榔の「田村俊子の『春の晩』（新潮）は幾重といふ感覚の病的にシヤルフな女の性慾倒錯を描いたものであるが、その倒錯の点が十分に描き尽されて居ない。幾重が京子と原といふ男との関係を目撃した刹那に、原といふ男に対して、恰かも同性に対するが如き病的に激烈な嫉妬が突発す可き筈であるが、此の作では、その刹那の描写も、それ以後京子の家から帰るまでの描写も頗る不完全である。しかし、前半、幾重が繋雄に対する性慾倒錯のジムプトウメは、或る程度まで、よく描出されて居る。殊に此の作者の特技であるアブノルマルなエムフインドウングの戯飜曲弄は随分と思はれる程誇張して表はしてある。此の作は今月の創作中では優秀の部に属する」（「六月の文芸」『帝国文学』大正三年七月一日）がある。

やわらかに雨が降る春の晩の情緒を、華麗な筆致で表現した短編小説。恋も美も享受者は女であり、若い男を誘惑するのも、男に倦怠を感じて「脆い花片」のような少女の美しさに悩まされるのも女である。とくに春の夜の幻想のようなレズビアン・ラブの官能美が魅惑的だが、それこそ〈見られる女〉ではなく、美しい女や男を鑑賞することに「快楽」すら覚える〈見る女〉、すなわち女性表現者を描いている。男に犯されそうになった少女の心身のざわめきからくる美に酔い、欲情する女。レズビアンの官能的な側面を最も鮮やかに捉えているが、近代的装いを纏った江戸情緒の退廃性が潜んでいるように思われる。サディスティックなほどの見る女の同性に対する官能性や、今開かれたばかりの幼い性の震えも描出されているのである。バイセクシュアルの女性の表象化でもある。

〈実社会に対する我等の態度〉

大正三（一九一四）年六月一日発行『早稲田文学』第一〇三号に掲載。アンケートの回答文。署名は、田村俊子。正宗白鳥・阿部次郎・生田長江等も寄稿。鋭く冷たい実社会で働き通さなければならない運命を悲しんでいるが、自分の性情と矛盾するからで、その深い悲しみと嫌悪がどんな境涯へ導いて行くかわからないと語っている。その重荷に耐えきれぬように、やがてバンクーバーへ恋の逃避行を遂げ、中国で客死する運命を予感している。このあたりが、社会の中で働くことを当たり前として書き続けた昭和の作家、林芙美子や佐多稲子と異なるところである。

〈五文星の相撲見物〉

大正三（一九一四）年六月三日発行『読売新聞』第一三三二六号に掲載。署名は、田村俊子。国技館で初めて見た相撲見物の感想。負け力士に「肉感的」なものを感じるなど、俊子らしい感想である。

〈選評に就いて〉

大正三（一九一四）年六月八日発行『読売新聞』第一三三三一号に掲載。『読売新聞』の第一回懸賞短編小説の選者（他に、徳田秋声、上司小剣、正宗白鳥）をつとめた田村俊子の選評。署名は、田村俊子。この時、第一等は西尾漂吉の「頸の窪」、第二等は大炊暁子の「初夏の頃」が選ばれた。

〔一日一信〕

大正三（一九一四）年六月一八日発行『読売新聞』第一三三四一号に掲載。署名は、俊子。日露戦争における奉天での満州犬の話。

〔一日一信〕

大正三（一九一四）年六月二五日発行『読売新聞』第一三三四八号に掲載。署名は、俊子。「腐つた血を凝結させる為」に冷蔵室に密閉する必要があるという自己認識を抱いている。

文士の生活

大正三（一九一四）年六月二八日発行『大阪朝日新聞』第一一六三七号に掲載。署名は、田村俊子。『読売新聞』に「暗い空」を連載執筆中の、苦闘が吐露されたエッセイ。

〔予が生ひ立ちの記〕

大正三（一九一四）年六月二九日発行『読売新聞』第一三三五二号に掲載。アンケートの回答文。署名は、田村俊子。淋しがり屋だった幼年時代の回想を書いている。

私の浴槽

大正三（一九一四）年六月三〇日発行『時事新報』第一一〇七六号に「夏十題」の「七」として掲載。署名は、田村俊子。執筆で忙しいのに銭湯が遠くて入浴ができないので、風呂を買う話。狭苦しい風呂場ではあるが、「この頃の必死の働きに対する唯一の報酬」と思ったとあり、この時期の俊子の生活がうかがえるエッセイ。

新富座の「片思ひ」

大正三（一九一四）年七月一日発行『演藝画報』第八年第七号に掲載。目次は「新富座の「片おもひ」」。署名は、田村俊子。劇評。

森田草平論

大正三（一九一四）年七月一日発行『新潮』第二一巻第一号に掲載。署名は田村俊子。森田草平をめぐる座談会。他に、鈴木三重吉、相馬御風、近松秋江、生田長江、生方敏郎、馬場孤蝶が参加。森田草平と平塚らいてうの心中未遂・塩原事件の真相についても言及されおり、俊子は平塚らいてうから直接聞いた話も披露している。草平について、「先天的に女に対する手管を持つてゐられる人」とか、遊戯は女と恋ばかりだと自らいうように、それが彼の唯一の芸術的趣味であり俗的趣味だと指摘するなど、なかなか辛辣な論でもある。

〔藝術家の観たる『夏の女』〕

大正三（一九一四）年七月一日発行『中央公論』第二九年第七号に掲載。署名は、田村俊子。夏の女性の服装をテーマにしたエッセイ。俊子は自分の着物の着方や、髪型について触れている。

〔一日一信〕

大正三（一九一四）年七月四日発行『読売新聞』第一三三五七号に掲載。署名は、俊子。

夏のかまくら

大正三（一九一四）年七月一三日発行『読売新聞』第一三三六六号に掲載。署名は、田村俊子。昨年の夏の、日帰り旅行となった鎌倉への旅を回想した紀行文。

奴隷

大正三（一九一四）年七月一五日発行『中央公論』第二九年第八号に掲載。題名に、「奴隷　一幕」とある。署名は、田村俊子。同時代評には、小宮豊隆の「田村俊子君の『奴隷』は作者の腹の中でもう一度篤と考へ直す必要のある作品である。此処に書かれたこと凡てが虚偽や誇張や態度《ぽーぜ》から生れたのでなくて、自然の「真実」にまことであつたか何うかと云ふことを。――あゝした女の心理が考へられないと云ふのではない、然し例へば露子が亭主の悪る口を云ふ時夫を聴く藤子の心理はもつと遣瀬なく又もつと心細く又もつと涙脆く働く筈ではなからうか」（「新脚本号」を批評す（二）」『時事新報』大正三年七月二五日）がある。

内容としては「ぬるい涙」の後日譚のような戯曲。家父長制下の夫と妻の位置を逆転させ、妻に扶養される夫がしだいに奴隷化していく話。妻一人働きつつ主婦の役目も負っているにもかかわらず、夫は扶養されながら家父長制の名残である「主人顔」をして、妻を束縛する。扶養される側のコンプレックスから僻み根性も持ち、いつまでも妻の若い男とのアバンチュールを許すことができない。妻に復讐するといって家出をこころみるが、結局は行く先も安定する場所もなく、妻の元に帰ってきて「君の奴隷」になると許しをこう。夫に哀れみを催すほど完膚無きまでに夫権の解体を迫った一篇といえよう。同時に、扶養されることは奴隷になることという、近代家族における妻の座を逆照射した痛烈な批判ともなっており、大正期の、世帯主の夫の扶養意識により明治期とは異なる形で夫権を強めていった社会への抵抗ともなっている。ただし、「ぬるい涙」にもあったように、この夫婦は、近代結婚制度の役割分担、男は扶養する側、女はされる側という意識から抜けきっていないように思われる。それゆえの矛盾や苦悩を、根底に抱えているように思う。

〔今月の帝劇〕
大正三（一九一四）年七月一九日発行『読売新聞』第一三三七二号に掲載。他に、上司小剣、徳田秋声が同欄に寄稿。署名は、田村俊子。批判的な女優論を展開した劇評。

〔選後の感〕
大正三（一九一四）年七月二七日発行『読売新聞』第一三三八〇号に掲載。第二回懸賞短編小説の選者（他は、徳田秋声、上司小剣、佐藤紅緑）をつとめた田村俊子の選評。この時、第一等には伊藤緑紫郎の「日曜の夜」、第二等には船の「埋立地の一夜」が選ばれた。

〔夏季の愛読書〕
大正三（一九一四）年八月六日発行『時事新報』第一一一一三号に掲載。アンケートの回答文。署名は、田村俊子。

〔一日一信〕
大正三（一九一四）年八月一一日発行『読売新聞』第一三三九五号に掲載。署名は、俊子。この年に始まった第一次世界大戦のことに触れている。

〔一日一信〕

大正三（一九一四）年八月一四日発行『読売新聞』第一三三九八号に掲載。署名は、俊子。

〔趣味と好尚〕

大正三（一九一四）年八月一五日発行『文章世界』第九巻第九号に掲載。アンケートの回答文。署名は、田村俊子。それぞれ、「一　好きな色は？」「二　好きな花は？」「三　好きな樹木は？」「四　好きな季節は？」「五　一日の中の好きな時間は？」「六　好きな遊戯と娯楽は？」「七　好きな書籍は？」「八　好きな名前（男並に女の）は？」「九　好きな政治家（現在）は？」「一〇　好きな歴史上の人物は？」「一一　好きな女の顔と性格は？」「一二　好きな時代（東西古今を通じて）は？」「一三　世界中で住みたいと思ふ所は？」「一四　外に好きな職業を選んだら？」「一五　一番幸福に思ふことは？」「一六　一番不幸に思ふことは？」に対する回答である。「九」は犬養毅、「一〇」は源実朝のこと。「一二」で好きな時代を問われて「文化文政」と回答しているが、祖父・母を通して江戸文化の影響を受けた俊子らしい。

〔新進作家と其作品〕

大正三（一九一四）年九月一日発行『新潮』第二一巻第三号に掲載。アンケートの回答文。署名は、田村俊子。他に、夏目漱石、徳田秋声、北原白秋、大杉栄などが回答。女性では俊子ただ一人である。「一」は「最近新進作家の中にて最も有望と認めたる人々」、「二」は「最近新進作家の作品にて最も興味を惹きたる作品」の回答。後者で素木しづ「三十三の死」を挙げていることに注目したい。俊子の鑑賞眼の鋭さを語るもの。

父の死後

大正三（一九一四）年九月一日発行『婦人画報』第一〇〇号に掲載。署名は田村俊子。大正四（一九一五）年七月一日に実業之世界社から刊行された『恋のいのち』に収録。収録時の主な異同については、巻末に一覧を付した。

少女小説ふうの短編小説。父の死後、負債を抱えていたことが明るみになり、財産を失い一家離散に追い込まれる矢先に、追い詰められた母が狂気に陥る。七人姉弟の裕福な家庭で何不自由なく女学校へ通い、事態の深刻さも受け止められない純粋な少女を襲った境遇の激変を、少女の眼を通して描いている。

枸杞の実の誘惑

大正三（一九一四）年九月一日発行『文章世界』第九巻第一〇号に掲載。署名は、田村俊子。大正三年一〇月二三日に植竹書院から刊行された『山吹の花』に収録。収録時の主な異同については、巻末に一覧を付した。

同時代評には、白石実三の「田村俊子氏の『枸杞の実の誘惑』（文章世界）は、こんど読んだ創作の中で最も感銘の深いものであつた。生血の滴る赤い肉の一切のやうな文章が、鮮やかな情緒と印象を胸に捺したせいもあつたらう。十三歳の少女が恥かしめられるあたりは、傷ましい愛惜の感を抱かずにはゐられなかつた。文章はやゝクドくもあるし、モウパスサンのやうに徹底した爽かなあぢはないけれども委曲を尽した細いシナヤかな後半の描写は寧ろそれにも増して面白く読まれた」（「九月文壇の印象」『国民文学』大正三年一〇月一日）、本間久雄の「田村俊子氏の本誌に載せた『枸杞の実の誘惑』は面白い読物であつた。自分には却つて氏の長篇『炮烙の刑』などよりも、却つて此方が味が深かつた。筆致から云つても却つて簡潔なこの方が、くだ〳〵しかつた前者よりも遙かに優れてゐる。それから、この作では、辱を受けた少女の周囲の人物。——母や兄や父や、若い叔母など——のその後の少女に対するサイコロジーも可なり微細に描かれてゐる。それから作の結末で、この少女が又々枸杞の実に誘惑されて、ふらりと家を出るあどけない心持ちや、それからだん〴〵少女の幻覚に男の手が現はれて来て、それが少女の心を次第に占領してゆくといふのも面白い心理の一端がとらへてあると思つた」（「九月の文壇」『文章世界』大正三年一〇月一日）がある。

また、後年、中野重治が「日本の女」（『海』昭和四九〈一九七四〉年七月）で、レイプされた少女の「家族の反応」について、「男中心主義、それを軸とする家中心主義」に言及し、「問題を外へひろげて扱わないで、それを避けて、ここでは犯人さがしなぞからは積極的に逃げて、内へ内と持つて行く行き方、つまりは解決へ向かわないで未解決へ向かってしまう一種の全く日本的な姿」を指摘している。

少女がレイプされる事件を扱った短編小説。赤い枸杞の実は禁断の実であり、性の誘惑のメタファとなっていて、見知らぬ青年から強姦されるという不幸な経験がきっかけになって、少女に性の目覚めが訪れる経緯が描かれている。さまざまなメタファが駆使されているが、ことに終幕のメタファ表現は秀逸である。男の手が少女の幻覚に現れてくるようになり、少女の触覚にはっきりと目覚めてくる。あらためておののきが蘇ってくると同時に、性の誘惑がやってくるのである。学校や友達という外の世界から遮断され家族からも疎外された淋しく孤独な時間に襲ってくる性の誘惑。むしろ、少女を傷もの「不具もの」扱いにして差別する家族たちの行為が少女をそこに追いやったことになる。そして、家族が最も嫌悪し恐れているレイプを引き金としての性の目覚めへと、逆手にとって反転させていることに、家族たちへの、ジェンダー社会への、作者の反撃を垣間見ることができよう。この場合、枸杞の実の赤と、処女の封印が破られたための出血の赤は、連関しているように思う。

この残虐なレイプから性の目覚めへの不自然ともいえる転化について、黒澤亜里子は当時のネオ・ロマンチズムの影響を指摘し（『田村俊子作品集』第2巻解説、オリジン出版センター、昭和六三〈一九八八〉年九月）、福田はるかは「闇のエロス」（『田村俊子　谷中天王寺町の日々』図書新聞、平成一五〈二〇〇三〉年四月）を見ている。いずれにせよ、近代主義的パラダイムでは捉えきれない少女のセクシュアリティ、エロスの深層を表象化した作品といえよう。

〔一日一信〕

大正三（一九一四）年九月一〇日発行『読売新聞』第一三四二五号に掲載。署名は、俊子。新聞社に出した原稿（短編「十七の娘」）が紛失したことについて書いているが、これを題材に『紛失』（『新潮』大正三年一一月）を執筆。

〔一日一信〕

大正三（一九一四）年九月一八日発行『読売新聞』第一三四三三号に掲載。署名は、俊子。

秋、眼、唇

大正三（一九一四）年九月二五日、二六日発行『時事新報』第一一一六三号、第一一一六四号に「上」「下」として掲載。署名は、田村俊子。人間の眼の恐ろしさについて語ったエッセイ。

〔一日一信〕

大正三（一九一四）年九月二九日発行『読売新聞』第一三四四四号に掲載。署名は、俊子。

市川門之助を惜しむ

大正三（一九一四）年一〇月一日発行『演藝画報』第八年第一〇号に、「故門之助観」の一編として掲載。同年八月二〇日に没した歌舞伎役者の市川門之助（六代目）の追悼文。他に、劇作家・評論家の岡村柿紅、小説家・演劇評論家の竹の屋主人（饗庭篁村）などが追悼文を寄稿。目次は「市川門之助を惜む」となっている。署名は、田村俊子。

鈴虫

大正三（一九一四）年一〇月一日発行『新公論』第二九年第一〇号に掲載。署名は、田村俊子。十六歳の幼い恋を描く短編小説。周囲に反対され、一途に燃え上がろうとする不安な行方を暗示して終わっている。

妙齢

大正三（一九一四）年一〇月一日発行『中央公論』第二九年第一一号に掲載。署名は、田村俊子。

同時代評には、中村星湖の「田村俊子女史の「妙齢」（中央公論）といふ作は、親が嫁入つた娘を思ひ過ごして却つて娘を殺してしまふ事を書いたもので、作意はたしかに面白い。同じ愛は愛でも、親子の愛と夫婦の愛とは違つてゐて、一つの心持には溶け合はない——そこに様々な誤解が生じて来る、そこらを狙つたものらしいがこれでも女性の書いた女性の生活かと驚かれる程、誇張と虚構とに満ちた物である。殊に最後の、娘が大きな愛を慕つて死んで行く所などは余りに幼稚な（と言はうかロマンチックなと言はうか）作り物である。筆つきの厭やにポキ〳〵して落ち着きの無いのも気に懸る」（「十月の小説（三）」『時事新報』大正三年一〇月六日）、石坂養平の「田村俊子氏の『妙齢』（中央公論）では何から何まで余りに説明し過ぎてゐるのが著しく目についた。同じやうな意味の語句を繰返し用ゐてゐるのが少しも感銘を強くしないばかりでなく、却つて倦怠を催させた。氏の多くの作品には一つ〳〵の表現のうちにみづ〳〵しい柔かい官能の動きがあるが、この作にはそれがない。和子も母も夫の秀之助も非常に抽象的にしか出てゐない。和子の悶え、悲しみなども、徒らにその外的発現の結果を写すに専らにしてその内的坌湧の機縁に触れてゐない。彼女が遂に死を決する迄のサイコロジイにしても、前後の説明から推して一応肯かれないことはないが、凡てこの説明的描写が外的に止まつてゐるので、作者が初めから一つの概念をもつてゐてそれに当て嵌めたやうに思はれてならない」（「十月の文芸」『文章世界』大正三年一一月一日）がある。

母と娘の物語、強き母親の犠牲になる娘を描く短編小説。母というものには慈愛の側面ばかりでなく、自分が産んだ子供ゆえに所有物のように、子供の人格・希望よりも己の願望を押しつける側面がある。今なお続く母性の両面だ。娘の母も、結婚相手の母もともに強く、若い夫婦を引き裂く悲劇を生み出していく。十七歳の娘は両親の意向にそって嫁ぎ、姑によって苛酷な労働を強いられるが、娘が訴えもしないのに実家の両親は心配して娘を連れ戻す。しかし、わずか三ヶ月ほどの短い結婚生活の間に若い夫婦はすでに離れがたい情を抱き合っていた。実家に帰った娘は鬱ぎ込み、愛の名のもとに自らの願望を強制する母親と毎日のように争い、娘は母を恨み、母は娘を憎むようになる。絶望に陥った娘は家出を繰り返した果てに死の道を選ぶ。母の強権が発動する悲劇を、母や姑の心を読む利発な娘から母親に反抗し続ける娘への変貌を通して表出しているが、これも又、女性の抱える問題である。

観劇の後　「和泉屋染物店」に就て

大正三（一九一四）年一〇月一日発行『読売新聞』第一三四四六号に掲載。署名は、田村俊子。明治四四（一九一一）年三月に『スバル』に掲載された木下杢太郎の同名戯曲を上演した際の劇評。江戸趣味の情調劇で、当時の耽美主義に少なからぬ影響を与えたようだ。

〔一日一信〕

大正三（一九一四）年一〇月四日発行『読売新聞』第一三四四九号に掲載。署名は、俊子。

〔十月の帝劇評〕

大正三（一九一四）年一〇月九日、一〇日発行『読売新聞』第一三四五四号、第一三四五五号に「上」「下」として掲載。署名は、田村俊子。劇評。女優評でもある。

自殺未遂者

大正三（一九一四）年一〇月一二日発行『読売新聞』第一三四五七号に掲載。署名は、田村俊子。川に投身した自殺未遂者の、「生から死へ跨ぎ損なつた」姿を目撃して、男の心理や運命を想像し、見物する群集心理を追跡した短編。深刻な話なのに可笑しみのある絶妙な一篇。

〔一日一信〕

大正三（一九一四）年一〇月一七日発行『読売新聞』第一三四六二号に掲載。署名は、俊子。上野へ毎日、絵の展覧会を見に行くことを記す。

「光の巷」を観て

大正三（一九一四）年一〇月二四日、二五日発行『読売新聞』第一三四六九号、第一三四七〇号に二回にわけて掲載。佐藤紅緑作・脚色「光の巷」（大正三〈一九一四〉年四月三日から一一月一六日まで『読売新聞』に連載、脚本は大正六〈一九一七〉年一一月に春陽堂より刊行）の劇評。かなり立ち入って評されている。

紛失

大正三（一九一四）年一一月一日発行『新潮』第二一巻第五号に掲載。署名は、田村俊子。

新聞社に出した小説の原稿を掲載直前に紛失された事件を扱っているが、その事情は「一日一信」（『読売新聞』大正三年九月一〇日）でも書いている。

同時代評には、石坂養平の「田村俊子の『紛失』（新潮）は作者の原稿が朝日新聞社にて紛失したことを中心として書いたものらしく、かう云ふ場合に於いて作者の抱くらしい失望や憤りや疑念などが相応に写されてゐるが、まだ何処かに気兼ねしてゐる所やちよい〳〵隠されてゐる或る物があるやうな気がした。しかしそれを作者に責むるは聊か無理であらう。私は夏目漱石氏らしい人や鈴木三重吉らしい人と作者との間の会話を面白く読んだ」（「十一月の文芸」『文章世界』大正三年一二月一日）がある。

「自分の生命」「自分の魂」も同然の原稿を新聞社で紛失され、失望・憤激の念を関係者や知人に聞いてもらい、対策方法を探して歩く私小説。A新聞社とは朝日新聞社で、同新聞の創作欄は夏目漱石が担当していたので、漱石に手紙で問い合わせ、自ら漱石宅を訪問している。漱石は、「軽く風刺と洒落気」を持った「言葉の意気」が俊子の師匠幸田露伴を想起させるという。原稿紛失を、「戦争に行つて無意味な死をするのと同じことだ」、「あきらめるより仕方がない」と漱石は俊子を慰めているが、漱石像の一面がうかがえる、その意味でも意義のある短編だ。「女だと思つて余計馬鹿にされるやうな気がするでせう」という見方も挿入されているが、対処方法には確かにそのような側面もあったのではなかろうか。

秋日和―最近の日記―

大正三（一九一四）年一一月一日発行『文章世界』第九巻第一二号に掲載。署名は、田村俊子。十月四日と七の日

記。前者は、徳田秋声・正宗白鳥・田村俊子と松魚、文士仲間の散策。後者は岡田八千代を初めとする女たち五人で美術展等を見て歩く。

〔選評雑感〕

大正三（一九一四）年一一月二日発行『読売新聞』第一三四七八号に掲載。第三回懸賞短編小説の選者による選評。他に、上司小剣、正宗白鳥、佐藤紅緑も選者をつとめ、選評を寄せている。この時、第一等には平田三郎の「泥溝板」、第二等には鈴賀森三の「退社際」が選ばれた。署名は、田村俊子。

〔一日一信〕

大正三（一九一四）年一一月六日発行『読売新聞』第一三四八二号に掲載。署名は、俊子。行き詰まって書かずにいる作家よりも、藻掻きながら自身の拙い作に鞭打たれている作家の方が、人知れない努力や奮励があることを指摘し、自らを励ましている。

山茶花

大正三（一九一四）年一一月一〇日から同月二二日まで『東京朝日新聞』第一〇一七一号～第一〇一八三号に、一三回連載。冒頭に「短篇集」と記されている。署名は、田村俊子。大正六（一九一七）年三月二九日に新潮社から刊行された『彼女の生活』に収録。収録時の主な異同については、巻末に一覧を付した。

　知人に頼まれて預かった若い娘の恋や失恋、迷いや変転と、それに振り回される女性作家夫婦の生活を描く。娘の打ち解けない様子に苛立ったり、しだいに娘の就職口や嫁入り先まで世話をして結局は裏切られる心情に陥ったりするなど、掻き乱される日々。娘は暗い運命を予感させて去っていき、女性作家に痛ましい余韻を残していく。

俗縁

　大正三（一九一四）年一一月一二日から同月二九日まで『読売新聞』第一三四八八号～一三五〇五号に、一五回連載。一（一二日）、二（一三日）、三（一四日）、四（一五日）、五（一七日）、六（一八日）、七（一九日）、八（二〇日）、九（二一日）、一〇（二二日）、一一（二五日）、一二（二六日）、一三（二七日）、一四（二八日）、一五（二九日）。署名は、田村俊子。大正六（一九一七）年三月二九日に新潮社から刊行された『彼女の生活』に収録。収録時の主な異同については、巻末に一覧を付した。

　夫の父が上京してから故郷に帰るまでを描く短編小説。夫が無職になり、妻は作家で一家の生計を支えてはいるが、新聞にゴシップを書き立てられて、夫の親族に評判悪くなっていた。父は所用を兼ねて、東京に住むこの夫婦の様子を見に来たのであった。息子夫婦のもてなしや、生活ぶりを直接見て、父は安心して帰っていく。妻の義父への気遣いも細やかで温かく、普通の家族というものの、まさに断ち切れない俗縁を描出している。誇張化した「炮烙の刑」や「奴隷」の夫婦の造形とは異なる、現実の夫婦の様相をリアリズムで描出しているのだ。というよりも、危うい夫婦の関係も父の接待という共同戦線のもとで、一時休止せざるをえなかったのかも知れない。父と一緒に写真を撮ろうという夫の提案に、妻は「二世三世までの親子と云ふ約束を、写真の上に押当てられること」を恐ろしく感じているから、別離も予測される不安定なものともいえる。いずれの夫婦像も、田村俊子の当時の現実を反映したものであろう。

〔一日一信〕
大正三（一九一四）年一一月一八日発行『読売新聞』第一三四九四号に掲載。署名は、俊子。

〔一日一信〕
大正三（一九一四）年一一月二九日発行『読売新聞』第一三五〇五号に掲載。署名は、俊子。正宗白鳥の特質について言及。

由良之助にはまる役者
大正三（一九一四）年一二月一日発行『演藝画報』第一年第二号に掲載。「当代の由良之助役者」の一編。長谷川時雨、小宮豊隆等も寄稿。署名は、田村俊子。由良之助は『仮名手本忠臣蔵』の主人公・大星由良助義金（モデルは大石内蔵助）。

〔一日一信〕
大正三（一九一四）年一二月九日発行『読売新聞』第一三五一五号に掲載。署名は、俊子。

〔一日一信〕
大正三（一九一四）年一二月一一日発行『読売新聞』第一三五一七号に掲載。署名は、俊子。

〔帝劇合評〕

大正三（一九一四）年一二月一三日発行『読売新聞』第一三五一九号に掲載。他に、徳田秋声、小宮豊隆、正宗白鳥が寄稿。署名は、田村俊子。『南総里見八犬伝』と翻訳劇の『ドンナ』に言及。川上貞奴の美しさを評価。

〔一日一信〕

大正三（一九一四）年一二月一九日発行『読売新聞』第一三五二五号に掲載。署名は、俊子。文壇で生き延びる方法の難しさ。通俗的な流行作家となれば、自分が正しく思う芸術から逸れてしまう。その兼ね合いを考えてしまう自分を恥じ、悲しみを感じる。俊子の本音が滲み出ている。

田村俊子全集　第4巻

2012年11月20日　印刷
2012年11月30日　第1版第1刷発行

[監修]　黒澤亜里子
　　　　長谷川 啓

[発行者]　荒井秀夫

[発行所]　株式会社ゆまに書房
〒101-0047　東京都千代田区内神田 2-7-6
tel. 03-5296-0491 / fax. 03-5296-0493
http://www.yumani.co.jp

[印刷]　株式会社平河工業社

[製本]　東和製本株式会社

落丁・乱丁本はお取り替えいたします。　Printed in Japan

定価：本体 24,000 円＋税　ISBN978-4-8433-3785-1 C3393